LA
FILLE DE L'OUVRIÈRE
DRAMATIQUE ROMAN D'AMOUR
Par PAUL FÉVAL Fils et A. d'ORSAY

H. GEFFROY, éditeur, 222, boulevard Saint-Germain, Paris.

LA

FILLE de L'OUVRIÈRE

PREMIÈRE PARTIE

I

ABANDONNÉE DEUX FOIS

Un des derniers jours du mois de janvier de l'année 1873, vers six heures et demie du matin, un riche coupé de maître stationnait devant une de ces coquettes petites maisons — véritables palais en miniature — dont est bordée de chaque côté la rue Franklin qui, on le sait, est située aux alentours du Trocadéro.

Il faisait encore nuit pleine et une neige fine et serrée qui tombait depuis plusieurs heures couvrait tout de son suaire humide et glacé.

Le cocher du coupé, les jambes enveloppées dans une épaisse couverture, les épaules enfouies sous une ample et chaude pèlerine, paraissait peu se soucier de l'inclémence de la température.

C'était un nègre du plus beau noir et dont la large face, perdue dans l'ombre, ne se révélait que par les deux bourrelets charnus et d'une nuance plus claire qui constituaient sa bouche.

Adossé nonchalamment au coffre de la voiture, il gardait sur son siège une immobilité de statue, se contentant, parfois, de lever les yeux vers le premier étage de la petite maison où brillait une vive clarté.

Soudain il se redressa, secoua la neige dont il était recouvert, puis, assurant les guides dans ses mains, se tint prêt à partir.

L'étage éclairé venait tout à coup de se plonger dans l'obscurité et on entendait des pas descendre rapidement un escalier.

Évidemment les hôtes du lieu n'allaient pas tarder à sortir.

En effet, au bout d'un instant, la porte d'entrée s'ouvrit et deux hommes parurent au dehors.

Ils étaient chacun engoncés dans un chaud paletot de fourrure dont ils s'empressèrent de relever le collet et de croiser les revers sur leur poitrine.

La lumière d'une des lanternes du coupé, qui les frappait en plein, permettait de distinguer leur physionomie.

L'un semblait avoir de vingt-cinq à vingt-six ans, l'autre quelques années de plus.

La teinte brune de leur visage accusait chez eux une origine exotique et il n'était pas douteux qu'ils n'eussent vu le jour par delà les mers, dans un de ces pays lointains où le soleil brûle la terre.

— Brrr!... quel temps! — dit le plus jeune, — cette neige vous glace jusqu'aux moelles.

— Il est certain, José, qu'on se trouvait beaucoup mieux là-haut, — répondit son compagnon.

— Je crois bien, surtout en la joyeuse compagnie où nous étions et que je viens de renvoyer seulement, à mon grand regret, du reste.

— Le fait est que nous aurions pu la garder encore un peu, ne fût-ce que pour attendre le jour.

— Cela t'est bon à dire, à toi qui n'as rien à faire de la journée. Mais moi qui dois être à dix heures à la Légation, il est assez juste que je désire auparavant prendre un peu de repos. Aussi, malgré tout le plaisir que j'avais à être avec ces dames et ces messieurs, ai-je dû me décider à les mettre à la porte. Allons, filons vite, il me tarde d'être dans mon lit.

— Filons; tu me déposeras chez moi en passant.

Et les deux hommes, qui s'étaient exprimés en très bon français, quoique avec un accent étranger prononcé, se disposèrent à monter dans le coupé.

Déjà ils en avaient ouvert la portière, quand leur attention fut attirée par une ombre qui se mouvait à peu de distance de là et dont les allures leur parurent singulières.

Cette ombre, qu'ils ne distinguaient que vaguement, s'avançait par moments vers eux, puis, s'arrêtant soudain, reculait de quelques pas pour ensuite reprendre sa marche en avant.

— Que diable est-ce cela, Gomez? — demanda à l'autre celui qui portait le nom de José.

— Quelque ivrogne, sans doute, qui s'est égaré par ici, — répondit ce dernier.

— Mais non, regarde donc : on dirait une femme ?

— Eh bien ! remplaçons ivrogne par ivrognesse.

— Tu te trompes encore, Gomez ; ce n'est certainement pas là la démarche que donne l'ivresse.

— Alors c'est une folle.

— Ma foi, on le croirait.

Pendant ce court échange de paroles, l'ombre gesticulant et semblant discourir s'était encore avancée dans la direction des deux hommes.

Elle se trouvait maintenant près d'un réverbère, dont la lueur tremblotante n'arrivait qu'à percer difficilement l'obscurité.

Brusquement, ils la virent s'arrêter et, comme prise de faiblesse, tomber sur ses genoux au pied du luminaire.

Ils s'élancèrent vers elle.

Arrivés auprès, ils constatèrent qu'ils avaient devant eux une jeune fille dont l'extérieur semblait indiquer un profond dénûment.

Elle était vêtue d'une de ces mantes d'importation anglaise, de nuance rouge-brique, qui l'enveloppait en entier, et dont le capuchon retombé livrait à la bise sa tête nue qu'auréolait une magnifique chevelure blonde.

Sous cette espèce de manteau, troué en maints endroits, se dessinait la forme d'un paquet assez volumineux qu'elle entourait de ses bras et serrait contre elle avec force.

Malgré ces dehors misérables, elle était adorablement jolie et les deux hommes ne pouvaient se retenir d'admirer la pureté et la délicatesse de ses traits, dont le Sanzio eût été fier de parer une de ses madones.

Elle paraissait avoir vingt ans au plus.

A la vue de José et de Gomez, — ainsi que nous désignerons jusqu'à nouvel ordre ces deux personnages, — elle eut un mouvement d'effroi et darda sur eux ses yeux, où brillait une flamme sombre.

— Ah çà ! que faites-vous là, ma belle enfant ? — lui demanda Gomez.

Elle fut quelques instants avant de répondre, fixant alternativement les nouveaux venus, en même temps qu'une expression d'amer désespoir revêtait son visage ; puis d'une voix sourde, d'un timbre étrange, elle articula, en scandant chacun de ses mots :

— Il le faut... c'est la fatalité qui m'y force... mais je ne puis faire autrement... oui... il le faut... il le faut !...

— Quoi ? qu'est-ce qu'il faut ? — questionna à son tour José, ne comprenant rien, non plus que Gomez, à ces paroles bizarres.

— Je vous dis qu'il le faut !... — répéta l'inconnue en guise de réponse à la question qui lui était faite; — j'ai pu retarder jusqu'à ce jour... mais à présent ce n'est plus possible... non... plus possible... ça me fait trop de peine de la voir souffrir... mieux vaut mourir toutes les deux... oui... toutes les deux...

— Hein! que parlez-vous de mourir... et toutes les deux encore?

— Oh! quelle torture! — continua la jeune femme, qui parut ne pas entendre cette nouvelle interrogation. — Plus un morceau de pain à lui donner... plus un seul vêtement pour la couvrir... plus d'abri pour la faire reposer... Non... non... plutôt cent fois la mort que cette affreuse misère... la mort... la mort... qui sera pour nous la délivrance et mettra fin à toutes nos souff'...

Ce dernier mot expira dans sa gorge.

Sa tête venait de s'incliner sur une de ses épaules, et les lèvres blanches, les yeux mi-clos, elle semblait près de s'évanouir.

— Mais elle se trouve mal! — s'écria Gomez.

— En effet, — repartit José, — la voilà plus pâle qu'une morte... Vite, transportons-la dans la maison, nous lui donnerons les soins nécessaires.

Et les deux hommes, prenant la femme sous les bras, s'efforcèrent de la soulever.

Mais, à leur contact, celle-ci recouvra soudain son énergie, se dressa d'un bond sur ses pieds, et, après leur avoir jeté des regards où se lisait un commencement de folie, s'enfuit avec la légèreté d'une biche poursuivie par une meute, en répétant une dernière fois :

— Oui... oui... la mort... la mort... la délivrance pour elle et pour moi!...

Cette action avait été si rapide que ni Gomez ni José n'avaient pu la prévoir.

Et ils demeuraient là immobiles, encore tout stupéfaits de ce dénouement inattendu, que l'inconnue avait déjà disparu au loin dans l'ombre.

Revenant le premier de son étonnement, José dit à Gomez :

— Lançons-nous à sa poursuite, peut-être pourrons-nous la rejoindre. Vraiment, je m'en voudrais de la laisser attenter à ses jours, quand il ne suffit, j'en suis sûr, que d'un peu d'argent pour la faire vivre.

— D'autant plus qu'elle saura sans doute reconnaître ta générosité, — insinua Gomez avec un sourire significatif.

José haussa les épaules.

— Il ne s'agit pas de cela pour le moment, — répliqua-t-il, — et je n'y songe guère. Je ne vois en elle qu'une malheureuse à sauver, sans aucune arrière-pensée. Mais ne nous attardons pas à causer et filons.

Tous deux allaient prendre leur course, lorsque de faibles plaintes s'élevèrent du pied du réverbère.

Vivement surpris, ils se baissèrent et aperçurent à terre, caché dans l'ombre du pilier de bronze, une sorte de paquet qui paraissait doué de mouvement.

— Un enfant ! — s'exclama Gomez en ramassant la chose.

— Ah ! — fit José, — je comprends maintenant pourquoi la malheureuse parlait au pluriel. C'est avec cette petite qu'elle voulait mourir. Car c'est une fille, d'après la façon dont elle s'exprimait.

— Et qu'elle portait sous son manteau.

— Elle l'aura laissée glisser sur le sol lorsqu'elle a failli se trouver mal.

— Sans s'en apercevoir, probablement.

— Tu crois ?

— C'est à présumer, du moins, puisque, en s'enfuyant, elle a dit encore : « La mort... pour elle et pour moi. » Donc elle pensait avoir toujours la petite avec elle. D'ailleurs, l'état d'égarement dans lequel elle était avant de nous quitter permet de supposer qu'elle ne se rendait plus compte de ses actes et que, par suite, elle n'a pas eu conscience de cet abandon.

— Cela se peut bien, après tout. Mais, quoi qu'il en soit, nous voilà avec un enfant sur les bras et, du diable, si je sais ce que nous allons en faire.

— Moi non plus.

— Nous ne pouvons évidemment laisser là cette innocente ?

— Ce serait peut-être, pourtant, le parti le plus sage, — dit froidement Gomez.

— Oh ! — fit José avec indignation, — j'espère que tu veux plaisanter ?

— Point du tout.

— Allons, tu as le cœur mauvais, Gomez. Moi, je ne suis pas un saint, tant s'en faut, mais j'aurais un remords éternel de commettre une telle lâcheté.

— Alors que décides-tu ?

— Nous allons d'abord la porter là-haut pour la réchauffer, car elle est transie ; ensuite nous verrons ce qu'il y a lieu d'en faire...

— Eh ! mais, — fit Gomez sur un ton persifleur, — le généreux Vincent de Paul n'eût pas fait mieux.

Il ajouta par manière de raillerie :

— Ta grandeur d'âme comprendra qu'il faut aussi s'occuper de la mère.

Ordonne à Pepe d'aller à sa recherche avec la voiture. S'il la rencontre, il nous la ramènera et tu n'auras plus, dès lors, qu'à lui remettre sa fille.

— C'est une bonne idée, Gomez; tu es meilleur que tu ne veux le paraître.

Les deux hommes retournèrent sur leurs pas. En passant devant le cocher, José lui donna l'ordre de courir après la jeune femme et de faire tout son possible pour la retrouver, puis il rentra avec Gomez dans la petite maison.

Au premier étage, tous deux pénétrèrent dans une salle assez vaste et qui, bientôt éclairée, apparut luxueusement meublée.

Le milieu en était occupé par une grande table toute chargée encore des reliefs d'un copieux et délicat festin, qui avait dû être signé par Véfour ou Chabot.

Gomez et José s'empressèrent d'examiner l'enfant qui, autant qu'ils en purent juger, devait être âgée de seize à dix-huit mois.

Le pauvre bébé avait les joues bleuies par le froid et tout son corps était agité d'un tremblement continu.

Il n'était couvert que de quelques vêtements en loques dans lesquels flottaient, pour ainsi dire, ses petits membres amaigris.

De dessous un étroit bonnet de toile, qui protégeait mal sa tête, s'échappaient de soyeuses mèches de cheveux d'un blond doré, que le plus léger souffle faisait voltiger autour de son mignon visage, dont les traits d'une rare finesse rappelaient déjà ceux de sa mère.

— La jolie enfant! — s'exclama José.

— Baste! — repartit Gomez, — à cet âge, que nous importe!

— Elle doit avoir faim, — reprit José sans relever cette observation où se révélait tout l'égoïsme du coureur de femmes. — Je vais tremper un biscuit dans de l'eau rougie sucrée et le lui faire sucer; ça la réconfortera toujours un peu.

Le jeune homme fit aussitôt comme il le disait et put reconnaître qu'il ne s'était pas trompé.

L'enfant avait même plus que faim, elle mourait d'inanition, et ce fut avec avidité qu'elle mangea le biscuit qui lui était présenté.

Ce que voyant, José lui en donna un second que, comme le premier, elle fit disparaître en un clin d'œil.

Puis elle but ensuite tout ce qui restait de l'eau rougie.

Ce repas, quoique sommaire, la ranima instantanément.

Le sang, qui s'était figé dans ses veines, se remit à circuler, le grelottement qui la secouait cessa soudain et ses joues perdirent leur teinte violacée pour redevenir roses et vermeilles.

— A présent, fllons vite, La Bibasse, — dit l'homme à sa compagne.

En même temps, ses yeux mornes et sans lueur jusque-là se mirent à briller comme des escarboucles.

— Ah! ah! ma gaillarde, — fit José en lui souriant, — ça va mieux, hein?

L'enfant comprit sans doute le sens de ces paroles, car elle agita vivement ses bras et poussa quelques petits cris joyeux.

LIV. 2. — H. GEFFROY, éditeur. — Reproduction interdite.   2

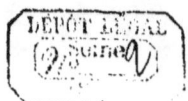

Mais, bientôt, ses traits s'assombrirent pendant que ses prunelles allaient de l'un à l'autre des deux hommes avec une sorte d'étonnement craintif.

Assurément ces visages inconnus l'effrayaient quelque peu et elle semblait se demander par quel hasard elle les voyait ainsi devant elle.

Après les avoir considérés un moment avec cette fixité de regard qu'ont les enfants, elle jeta autour d'elle des yeux pleins d'inquiétude.

On eût dit qu'elle cherchait quelqu'un.

— Elle est en peine de sa mère, — dit José.

— Pas plus que nous, — grommela Gomez, — et Pepe nous rendrait un fier service s'il pouvait nous la ramener.

— Certes oui... mais j'entends le bruit d'une voiture ; ce doit être lui qui revient.

José alla ouvrir une fenêtre.

C'était en effet le cocher qui, un instant après, arrêtait le coupé devant la porte.

Interrogé par le jeune homme sur le résultat de ses recherches, le nègre lui apprit qu'elles avaient été vaines.

Il n'avait aperçu, dans tout le parcours qu'il avait fait aux environs, qu'un homme et une femme, munis chacun d'un instrument de musique, — des chanteurs ambulants, croyait-il, — qui paraissaient être en quête de quelque endroit pour se mettre à l'abri.

Quant à la fugitive, il n'avait pu en découvrir la moindre trace.

— Allons, — dit José en refermant la fenêtre, — nous n'avons plus rien à espérer de ce côté et la petite nous reste pour compte.

— Quelle désagréable aventure nous arrive là ! — fit Gomez avec humeur.

— Oh ! en fait, le désagrément n'est pas bien grand, — répliqua José. — A mon avis nous n'avons qu'une chose à faire : c'est d'aller la porter dans le premier poste de police que nous rencontrerons. — On prendra évidemment des mesures pour lui procurer un gîte jusqu'à ce que sa mère soit retrouvée.

— Tu ne songes pas, José, que si nous faisions cela il en résulterait pour nous... pour toi, notamment, les plus graves ennuis.

— Et pourquoi ?

— Pourquoi ? Mais parce que tu serais obligé de dire qui tu es, ce que tu es et expliquer ta présence dans ces parages, ce qui t'amènerait à faire connaître que toi, premier secrétaire à l'ambassade du Chili, qui passes pour un homme froid et compassé, aux mœurs irréprochables, possèdes rue Franklin une petite maison particulière où tu viens deux ou trois fois par semaine banqueter et festoyer en compagnie de joyeux viveurs et de jeunes personnes rien moins que vertueuses.

— Comment! je serais tenu d'entrer dans tous ces détails?

— Certainement. Tu comprends bien que ces messieurs de la police n'accepteraient pas notre dépôt sans s'être enquis, au préalable, de notre identité et de notre situation sociale à chacun, ainsi que des circonstances exactes dans lesquelles nous avons recueilli l'enfant; d'où, je te le répète, l'obligation où nous serions de raconter une foule de choses qu'on n'a pas besoin de savoir.

— Santo Dios! — s'exclama José presque effrayé, — je ne pensais point à tout cela. Mais que faire, alors? Nous ne pouvons pourtant pas garder cette petite avec nous?

— Cela me paraît difficile; à moins que tu ne te résignes à remplir près d'elle le rôle de père nourricier.

— Voyons, ne raille pas, Gomez, la situation est embarrassante. Cherche plutôt, toi qui es homme de ressources, à nous tirer de là sans que nous ayons à redouter les graves ennuis dont tu parles.

— Il y a un moyen, un moyen bien simple, même, c'est d'aller la replacer au pied du réverbère, en faisant des vœux pour que la Providence lui vienne en aide.

— Oh! cela, jamais, par exemple! — s'écria José avec véhémence. — Ce serait d'une cruauté inouïe et je repousse ce moyen de toutes mes forces. Déjà, tout à l'heure, tu voulais la laisser où elle était et maintenant, après que nous l'avons secourue et peut-être sauvée de la mort, tu voudrais l'y reporter, au risque de la vouer à une affreuse agonie! Décidément tu es méchant.

— En ce cas, je ne vois pas trop comment sortir de cette impasse : ou la garder, ou l'abandonner de nouveau.

Ayant ainsi parlé, Gomez pirouetta sur ses talons tandis que son ami, très perplexe, réfléchissait.

— Je veux bien l'abandonner de nouveau, s'il est impossible de faire autrement, mais non en plein air, — fit enfin ce dernier, non sans hésitation. — Par un temps comme celui-ci, autant vaudrait la tuer tout de suite.

— Ah! il me vient une idée, — dit Gomez, — et je ne la crois pas trop mauvaise.

— Quelle est-elle?

— Il y a non loin d'ici une église, l'église Saint-Honoré d'Eylau. Eh bien! je vais aller l'y déposer.

— Mais à l'heure présente cette église doit être encore fermée et tu ne pourrais la laisser que sous le porche, ce qui, à peu de chose près, équivaudrait à la jeter à la rue.

— Tu te trompes. A Paris les églises ouvrent à sept heures, quelques-unes, même, à six heures et demie; or, comme il est sept heures moins deux ou trois minutes, celle dont je te parle sera certainement ouverte quand j'y arriverai et je pourrai ainsi placer la petite à l'intérieur... Je m'arrangerai de façon à ce que personne ne me voie.

— Et ensuite, que deviendra-t-elle ?

— Ma foi, tu es bien curieux!... Ensuite? Elle sera ramassée, soit par le bedeau, soit par quelque vieille dévote, venue là pour assister à la première messe, et qui l'un ou l'autre feront les démarches que nous n'avons pu faire.

— Si c'est comme cela, j'adopte ton idée. Va vite alors.

— Je cours.

— Attends... — ajouta José en retenant Gomez qui partait déjà après s'être saisi de l'enfant, — elle est à peine vêtue et quoiqu'elle n'ait que peu de temps à rester sur la pierre, elle pourrait néanmoins souffrir du froid. Tiens, enveloppe-la là-dedans.

Et prenant un riche et souple tapis qui recouvrait un guéridon, il aida Gomez à en entourer chaudement la petite.

— Puis, — continua le jeune homme, — il ne sera pas dit qu'elle sortira d'ici aussi pauvre qu'elle y est entrée. J'ai là, sur moi, un bijou que je destinais à une des dames avec lesquelles nous avons soupé et que j'ai oublié de lui donner ; ma foi, c'est elle qui va en profiter.

Il tira alors d'une poche de son paletot un écrin contenant un superbe collier de perles fines, d'un orient merveilleux, et le passa autour du cou de l'innocente qui, après avoir appelé deux ou trois fois « maman... maman » avait fini par s'endormir d'un paisible sommeil.

— Toujours généreux avec les femmes, — ricana Gomez, — même quand elles n'ont que dix-huit mois.

— Oui, toujours, et il serait à souhaiter que je ne plaçasse jamais plus mal mes cadeaux. Allons, pars, maintenant. Je t'attends ici.

Gomez sortit aussitôt, dissimulant la petite fille sous sa pelisse.

Quelques minutes lui suffirent pour être rendu devant l'église Saint-Honoré d'Eylau qui, ainsi qu'il l'avait prévu, était déjà ouverte.

Avant d'y entrer, il scruta avec soin les alentours pour voir si personne ne s'y trouvait qui pût remarquer sa présence, puis, constatant qu'ils étaient absolument déserts, il franchit le seuil du lieu saint.

L'intérieur de celui-ci offrait la plus entière solitude. Il y régnait une obscurité presque complète.

Seules, deux petites lampes qu'on venait d'allumer brûlaient près du maître-autel, trouant l'obscurité de leur clarté douteuse.

Certain de ne pas être épié, Gomez alla déposer son fardeau humain sur les marches du chœur, dans la zone lumineuse produite par les lampes, afin que nul ne pût passer à proximité sans l'apercevoir.

Puis il s'esquiva rapidement et reprit, ou crut reprendre le chemin de la rue Franklin.

Il venait à peine de s'éloigner que, d'un angle du porche, où ils étaient accroupis dans l'ombre, surgirent un homme et une femme, qui, après s'être consultés un instant à voix basse, pénétrèrent à leur tour dans l'église.

Ils marchaient tortueusement.

L'homme serrait un violon sous son bras et la femme portait une guitare en bandoulière.

C'étaient les deux musiciens ambulants que le cocher Pepe avait rencontrés, pendant qu'il était à la recherche de la fugitive.

Au bout d'un moment ils ressortirent, la femme ayant l'enfant caché dans un des plis de sa robe.

— A présent, filons vite, La Bibasse, — dit l'homme à sa compagne. — Il ne fait pas bon pour nous de rester plus longtemps ici.

— Tu as raison, Le Rouquin, — repartit celle-ci, — décampons dare dare... Si on nous pinçait, ça nous ferait une mauvaise affaire.

Et tous deux, quittant immédiatement l'endroit, ne tardèrent pas à se perdre dans l'ombre.

II

LA DÉSESPÉRÉE

En sortant de l'église, Gomez, comme nous venons de le dire, avait cru reprendre le chemin de la petite maison. Mais par une étrange distraction il s'était engagé dans une tout autre direction et ce ne fut qu'après avoir déjà accompli un certain trajet qu'il s'aperçut de son erreur.

— Ah çà ! où suis-je ici ? — se demanda-t-il en se voyant sur une large voie plantée d'arbres et qui ne lui rappelait en rien les abords de la rue Franklin. — On dirait que je tourne le dos à Paris.

Il avisa une plaque indicatrice placée près d'un réverbère ; s'en étant approché, il lut : *Avenue de la Grande-Armée.*

-- Parbleu ! — dit-il, — j'allais tout droit à Neuilly, par là. Où ai-je donc la tête ce matin pour me perdre ainsi. Décidément cette singulière affaire m'a troublé la cervelle.

Il fit alors volte-face et remonta l'avenue afin de rentrer dans le bon chemin.

À ce moment il vit venir de son côté un homme et une femme qui marchaient d'un pas alerte et se retournaient souvent, comme s'ils eussent craint d'être poursuivis.

L'un et l'autre étaient pauvrement habillés et, comme on dit vulgairement, « marquaient assez mal ».

Gomez n'était brave qu'à demi et n'aimait pas les mauvaises rencontres.

Il se dissimula prudemment derrière un arbre, dont le tronc était assez gros pour le masquer en entier.

Comme les deux matineux promeneurs arrivaient à sa hauteur, il entendit l'homme dire à sa compagne :

— Vrai, La Bibasse, c'est tout de même une bonne idée que nous avons eue de nous mettre à l'abri sous le porche de l'église. Elle nous vaut une jolie aubaine, que je crois ?

— Sûrement, Le Rouquin, vu que la p'tiote que j'ai là dans le pan de ma robe doit être quelque enfant de richard ; le collier de perles qui lui entoure le cou et le moelleux tapis dont elle est enveloppée en sont la preuve.

— Le monsieur qui l'a apportée avait l'air, du reste, joliment cossu. Il se peut bien qu'un jour on nous paye cher pour la ravoir. C'est malheureux que nous n'ayons pas pu voir la *frime* (figure) du quidam.

— N'aie pas peur, nous finirons bien par savoir à qui elle est c'te mioche... et alors !

Gomez ne put en entendre davantage ; l'homme et la femme étaient passés.

Mais, d'après leurs paroles, il comprit qu'ils venaient de s'emparer de la petite fille déposée par lui dans l'église un instant auparavant.

Son premier mouvement fut de courir après eux et d'essayer de la leur reprendre.

Une réflexion le retint.

— D'abord, — pensa-t-il, — je ne tiens pas, connaissant leurs intentions, à montrer ma figure à ces loqueteux. Ensuite l'enfant sera aussi bien avec eux qu'elle aurait été aux Enfants-Trouvés, où on n'aurait pas manqué de la mettre, car j'ai la conviction que la mère est allée, ou va aller se jeter à l'eau et qu'à l'heure présente la petite n'est pas loin d'être orpheline, si elle ne l'est déjà.

« Elle sera même mieux entre leurs mains qu'entre celles de l'Administration, attendu que, la supposant une enfant de personnes riches dont on a voulu se défaire, ils en prendront grand soin dans l'espérance d'en tirer parti plus tard.

« Donc, de toute façon, mieux vaut la leur laisser. Seulement, comme José n'approuverait peut-être pas ma manière de voir et m'en voudrait de ce que je ne la leur aie pas fait rendre, je me garderai bien de lui apprendre la chose.

Après s'être tenu ce raisonnement, Gomez s'orienta et, s'étant remis dans la bonne voie, regagna en peu de temps la petite maison où son ami l'attendait.

— C'est fait, — lui annonça-t-il en le rejoignant. — Ta *protégée* est actuellement en sûreté et tu n'as plus aucune inquiétude à avoir sur son sort.

— Bien, merci, cela me fait plaisir. Maintenant allons-nous-en et espérons que d'ici notre rentrée à nos domiciles respectifs il ne nous surviendra pas de nouvelle aventure.

Sur ces mots, les deux hommes sortirent, montèrent dans le coupé et, bientôt, roulèrent vers les Champs-Élysées où ils demeuraient l'un et l'autre.

José de Penaflor, marquis de Moncade, et Gomez Erreguy étaient amis intimes.

Chiliens tous deux, ils s'étaient connus autrefois au collège de Santiago où ils faisaient leurs études ensemble. Après s'être perdus de vue pendant plusieurs années, ils s'étaient un jour retrouvés inopinément à Paris, José occupant l'emploi de premier secrétaire de la légation du Chili, poste où il venait d'être nommé, Gomez exerçant la profession… d'entrepreneur d'affaires, situation mal définie et qui offre quelque ressemblance avec celle peu recommandable de chevalier d'industrie.

Les deux jeunes gens avaient alors renoué connaissance et de ce jour étaient devenus inséparables.

Cette rencontre, qui datait de six mois au moment où commence notre récit, avait été pour Gomez la meilleure affaire qu'il eût jamais faite, car, en réalité, depuis trois ans qu'il habitait la capitale, il n'avait guère vécu que d'expédients, après avoir dissipé en quelques mois une vingtaine de mille francs que son père, modeste commerçant de Santiago, lui avait laissés en mourant.

Déjà habile dans l'art de jouer la comédie, Gomez Erreguy, pour expliquer sa position précaire, s'était donné comme une victime de la malchance, et le jeune marquis, riche autant que généreux, avait immédiatement mis sa bourse à l'entière disposition de son compatriote.

De sorte que le déclassé s'était vu tout à coup tiré de l'ornière où il était empêtré depuis si longtemps.

Pour reconnaître cette générosité, il n'avait alors trouvé rien de mieux que d'introduire le jeune secrétaire dans le monde où l'on s'amuse, et de l'initier à cette existence de plaisirs faciles, si vide au fond, mais pourtant si attrayante, surtout pour le novice qui y ébauche ses premiers pas.

José y avait en effet si bien et si vite pris goût, qu'il n'avait pas tardé à devenir un des plus joyeux viveurs de Paris.

Seulement, comme sa situation officielle devait être sauvegardée et qu'elle aurait eu fort à souffrir s'il s'était livré à ses fredaines dans des endroits publics, par l'intermédiaire de son « pays », il avait loué la maison de la rue Franklin, où, deux ou trois fois par semaine, il réunissait une bande joyeuse avec laquelle il festoyait en toute sécurité.

C'était à la suite d'une de ces agapes nocturnes que nous l'en avons vu sortir ce matin-là, se disposant, comme il le disait, à rentrer chez lui pour s'accorder un peu de repos avant d'aller vaquer à ses occupations quotidiennes.

Le coupé suivait les bords de la Seine et filait avec rapidité.

Pepe, le cocher qui, la nuit, n'était pas très sûr de son itinéraire, avait préféré, au lieu de prendre par l'intérieur de Paris, longer le quai de Billy pour gagner le Cours-la-Reine et de là les Champs-Elysées.

Le jour se levait. C'était un de ces jours ternes, grisâtres, sorte de crépuscule hyperboréen, qui vous mettent du noir dans l'âme et font presque regretter de vivre.

Paris, une demi-heure auparavant encore endormi, s'éveillait maintenant — nous parlons du Paris travailleur — et l'on voyait de nombreux groupes d'ouvriers se rendre à leur besogne journalière.

Ils marchaient en se hâtant sous la neige qui continuait à tomber, impatients d'être à l'usine ou à l'atelier, qui devait les mettre à l'abri de cette température sibérienne.

— La pauvre femme ! — murmura, à un moment, José, — qu'a-t-elle pu devenir d'un pareil temps ?

— Hein ! de qui parles-tu ? — questionna Gomez, dont la pensée, ne voulant pas s'attacher à ce qui était présentement pour lui une corvée, voyageait déjà vers la prochaine orgie qu'ils feraient tous deux avec leurs commensaux habituels.

— Parbleu ! de cette infortunée jeune femme.

— Comment, tu y songes encore ?

— Oui, son affreuse situation m'intéressait.

Aucun battement ne se faisait sentir.

— Mon cher José, s'il fallait s'apitoyer sur toutes les misères qui existent à Paris, on aurait fort à faire.

Et Gomez haussa dédaigneusement les épaules.

— J'en conviens, — répliqua l'attaché d'ambassade ; — mais son cas à elle paraissait tout particulier et vraiment digne de pitié. En être arrivé au point de vouloir mourir avec son enfant !...

LIV. 3. — H. GEFFROY, éditeur. — Reproduction interdite.   3

Au fait! se reprit-il avec une émotion soudaine, pourvu qu'elle n'ait pas donné suite à son projet?

Ne s'étant pas aperçue, comme tu le supposes, qu'elle n'avait plus sa fille avec elle, il se pourrait très bien qu'elle l'eût mis à exécution.

— Je t'avouerai que cela ne m'étonnerait point : j'ajouterai même que j'en ai la quasi certitude, repartit Gomez avec le plus grand calme.

— Et cela ne t'émeut pas davantage ! fit le marquis douloureusement surpris de l'indifférence que témoignait son ami pour une semblable infortune.

— Mais pourquoi veux-tu que cela m'émeuve ? N'est-ce pas, au contraire, ce que nous pouvons lui souhaiter de meilleur, attendu que, s'il en est ainsi, toutes ses souffrances sont term...

Un brusque arrêt de la voiture, qui venait de dépasser le pont de l'Alma, interrompit net Gomez.

L'attaché allait s'informer de ce qui survenait, lorsqu'une petite trappe placée à la partie supérieure du véhicule, et dont le cocher se servait pour communiquer avec son maître, se leva brusquement, laissant paraître la noire figure de Pepe qui, dans son jargon nègre, cria par l'ouverture :

— Messié José... Messié José... la femme... la voilà... la voilà... vient de passer devant.

— Quoi? Que dis-tu? fit le jeune homme. — Tu parles de la femme à la recherche de laquelle je t'ai envoyé ?

— Oui, messié José... elle est là... derrière... l'ai reconnue tout suite à sa figure... l'avait bien vue là-bas sous colonne à lumière.

José sauta hors de la voiture pendant que Gomez se disait :

— Allons bon, il ne manquait plus que ça. Moi qui croyais en avoir terminé avec elle!... Voilà qui va, à cause de l'enfant, singulièrement compliquer la situation.

A part les quelques travailleurs qui se rendaient hâtivement à l'atelier ou au chantier, il y avait peu de monde sur le quai, les omnibus n'ayant pas encore entrepris leur premier voyage.

Debout sur la chaussée, le marquis regarda tout autour de lui et ne vit d'abord qu'une voiture balayeuse, auprès de laquelle marchait, sa longue cuvette de fer en avant, un nettoyeur d'entre-voie.

— Où est-elle ? demanda-t-il.

— Là... près du pont... répondit Pepe.

Le jeune homme ayant tourné ses yeux de ce côté aperçut, en effet, à une vingtaine de mètres devant lui l'inconnue de la rue Franklin, qui, de loin, était facilement reconnaissable à son grand manteau rouge et aux longs cheveux blonds dont les mèches embroussaillées par le vent, flottaient derrière elle.

Elle se tenait adossée à un arbre et avait, machinalement, ramassé en paquet son water-proof sur ses bras qu'elle arrondissait en avant comme si elle eût encore porté son enfant.

Assurément cet amas d'étoffe ainsi disposé devait lui donner à croire qu'elle avait toujours sa fille avec elle et que, comme l'avait supposé Gomez, elle ne s'était pas rendu compte de sa disparition.

José se dirigea vers elle. Mais il n'avait encore fait qu'un ou deux pas, qu'il la vit se mettre en marche comme si elle venait de prendre une résolution, s'engager sur le pont d'une allure rapide, puis, après en avoir franchi le tiers environ, regarder par-dessus le parapet et continuer sa route en faisant un geste de dépit.

— La malheureuse ! — pensa le Chilien ; — veut-elle se noyer?

Il regarda, lui aussi, en se penchant sur la rampe de pierre et vit, passant sous l'arche, un énorme chaland que remorquait un petit vapeur.

Il rebondit en avant, comprenant que ce n'avait été qu'un contretemps pour la désespérée.

La femme, en effet, venait de s'arrêter juste au milieu du pont. Elle fit un grand signe de croix et, sans hésitation, sans pousser un cri, sans que personne, sauf le marquis, eût pu soupçonner ses intentions, elle enjamba le parapet et se lança dans le vide.

Le jeune homme resta cloué sur place par la surprise.

Il n'avait pas été le seul à voir.

Le conducteur de la balayeuse, le cureur de rails, de nombreux ouvriers et quelques petites ouvrières avaient également été témoins de cet acte de désespoir et avaient jeté un même cri.

On sait avec quelle rapidité les attroupements se forment à Paris.

Tout à l'heure déserts, le pont et le quai s'encombraient de curieux.

De tous côtés arrivaient des passants qui s'empilaient sur les parapets.

Ils allaient bientôt pouvoir jouir d'un spectacle émouvant.

La Seine était haute, comme elle l'est ordinairement à cette époque de l'année, et roulait impétueusement ses flots jaunes et limoneux qu'entraînait un fort courant.

Aussi, bien qu'il y eût plus d'un brave parmi les assistants, aucun d'eux n'osait-il se risquer à se jeter dans le fleuve pour porter secours à la désespérée.

Celle-ci n'avait pas disparu.

Soutenue par ses vêtements et comme enlevée par le courant, elle surnageait au milieu de l'eau rejaillissante.

Malgré cela, elle paraissait irrémédiablement perdue et une affreuse anxiété pesait sur tous les cœurs, lorsqu'un nouvel incident vint porter à son comble l'intérêt éprouvé par les spectateurs.

Un homme, écartant violemment les curieux penchés sur le parapet, sauta tout debout sur la balustrade de pierre et, calculant ses distances, les mains en avant, le front bas, d'un bond prodigieux il se lança dans le fleuve.

III

SAUVETAGE

Ce courageux plongeur n'était autre que José de Peñaflor, marquis de Moncade.

En un tour de main, avec des mouvements rapides autant que les décisions de son cerveau, le secrétaire d'ambassade s'était débarrassé de sa pelisse de fourrure et de ses vêtements de dessus.

Il avait lancé le tout, roulé en un paquet, sur les genoux de Pepe ahuri, puis avait opéré le plongeon sensationnel que nous savons.

Les curieux étaient, maintenant, doublement émotionnés : il y avait deux existences en péril.

Tous les yeux demeuraient braqués sur l'eau qui s'était ouverte et refermée sur le corps lancé en projectile.

Le jeune homme, vu la hauteur de laquelle il avait « piqué », était allé à une grande profondeur et ce ne fut qu'au bout de quelques secondes qu'il remonta à la surface, blanc sous l'eau verdissante et jaunâtre.

Tout de suite il replongea, revint à la surface pour respirer et disparut encore.

Ses recherches sous l'eau étant demeurées sans résultat, il scrutait avec attention le remous bouillonnant autour des piles du pont et à la crête de chaque vague.

N'apercevant rien qui eût forme humaine, il pensa alors que la femme avait peut-être déjà fait un assez long trajet sous l'eau et, se laissant aller à l'impulsion du courant, qui le portait en avant avec une extrême rapidité, il se tint prêt à la saisir si elle venait à se montrer.

Soudain, l'oreille du jeune homme fut frappée par des clameurs qui partaient d'en haut.

Il leva la tête et vit tous les bras tendus vers un point du fleuve situé un peu à sa gauche et non loin d'où il était.

— Là!... là!... lui criait-on en même temps; — on la voit... elle remonte... attrapez-la vite...

Tirant vigoureusement sa coupe, José obliqua dans la direction indiquée et distingua bientôt un corps humain qui filait entre deux eaux.

En quelques brasses, il l'eut joint.

Mais lorsqu'il reparut, pas seul, cette fois, toutes les mains qui s'apprêtaient à se joindre en un bravo restèrent suspendues, toutes les poitrines qu'un soupir de soulagement allait dilater se serrèrent plus angoissées que jamais.

Il y avait lutte, lutte terrible entre la désespérée et le courageux sauveteur.

La femme, en effet, douée d'un reste de vigueur et obéissant à l'instinct de conservation si puissant chez les personnes qui se noient, s'était cramponnée aux bras du jeune homme et l'enlaçait avec tant de force que ses mouvements s'en trouvaient complètement paralysés.

Vainement, essayait-il de se dégager de cette affolante étreinte, ses efforts ne servaient, au contraire, qu'à la resserrer davantage et, enfin, perdant le souffle, ne pouvant plus se soutenir à l'air, il coula à pic avec l'infortunée.

Un cri de poignante angoisse jaillit de toutes les poitrines; puis il se fit un morne silence.

Mais, presque aussitôt, un second cri retentit, et celui-là d'allégresse.

Les deux disparus venaient de surgir à nouveau non loin de ce dangereux écueil en charpente qui surmonte le tourbillon formé par la prise d'eau de la pompe à feu.

Par bonheur pour tous deux, le jeune homme était parvenu à se délivrer de l'enlacement de la femme et il traînait maintenant vers la berge, du côté du quai de Billy, un objet informe, des vêtements trempés d'eau, de longs cheveux flottants entre les mèches desquels on distinguait un pauvre petit visage pâle comme de la neige, des lèvres exsangues, des yeux fermés.

De la main droite, José tenait la tête de la noyée au-dessus de l'eau, de la gauche il nageait énergiquement, mais n'avançait qu'avec beaucoup de peine, drossé qu'il était tout à la fois et par la rapidité du courant, et par l'effrayante succion de la pompe.

Plusieurs personnes étaient descendues sur la berge, dans l'intention d'aller le recueillir avec une barque.

Malheureusement, elles n'avaient pu donner suite à leur dessein, aucune embarcation ne se trouvant à proximité.

Cependant il eût été grandement nécessaire qu'on portât aide au nageur.

Ses forces commençaient à s'épuiser et ses membres, raidis par le froid, ne se mouvaient plus qu'avec peine.

On voyait que chaque brasse, maintenant, lui coûtait une dépense d'énergie extraordinaire.

Cependant il avançait toujours, lentement, sûrement et l'inquiétude ressentie par les spectateurs s'émoussait.

Vraiment, il n'était pas raisonnable de penser que cet audacieux jeune homme pût échouer au moment de toucher au port.

Le conducteur de la balayeuse songeait sérieusement à démonter son gros rouleau en brosse pour le lui envoyer en guise de bouée.

Cette idée, communiquée au nettoyeur de rails, parvint aux oreilles d'un vannier qui portait, attachée derrière son dos, une forte botte de baguettes d'osier. Frappé d'une soudaine inspiration, le brave homme détachant vivement sa botte, se préparait à la faire glisser sur l'eau dans la direction du nageur.

Il n'en fut pas besoin.

José venait enfin d'atterrir à la berge et lui et son fardeau étaient maintenant sur le pavé du bord, entre Gomez Erreguy et Pepe.

Sur le pont et sur le quai, des applaudissements éclatèrent.

Des voix crièrent :

— Bravo !

Volontiers on eût porté le jeune marquis en triomphe, car il venait d'accomplir ce sauvetage avec une crânerie peu commune.

Gomez était d'abord resté tranquillement assis dans la voiture, se demandant où allait encore les mener cette nouvelle fantaisie de son riche ami. Il n'en augurait rien de bon, car elle lui faisait appréhender une foule de complications.

Apathique, ennuyé, affaissé sur les coussins, il ne s'occupait de rien, ne remarquant même pas le rassemblement qui se formait sur le pont lorsque la voix effrayée de Pepe était venue soudain l'arracher à son calme :

— Messié Gomez... messié Gomez... maître vient jeter à l'eau.

— Tu dis ? — fit l'ami de José en secouant sa torpeur et ne comprenant pas.

— Maître sauter dans Seine... floc ! floc ! — expliqua le noir cocher en montrant le paquet de vêtements lancé sur son siège par le marquis.

Le Chilien sortit précipitamment de la voiture.

— Ah! le fou! — exclama-t-il comprenant aux deux : floc! floc! lancés par Pepe que deux corps avaient dû tomber à l'eau : celui de la femme, sans doute avant celui de son ami : — Ah! le fou... risquer sa vie aussi stupidement... et pour qui?...

— Vite, messié Gomez... vite, allons voir si moyen d'aider maître... coupa Pepe qui sauta à bas de son siège, attacha son cheval à un arbre et entraîna le Chilien sur le pont.

Ils y arrivèrent comme José de Penaflor, après son engloutissement avec la femme, reparaissait à la surface la tenant par les cheveux et se disposait à regagner le bord.

Alors ils suivirent les personnes qui descendaient sur la berge, tous deux en proie à une vive émotion, Pepe, surtout, qui semblait être au désespoir.

Depuis de longues années au service de la famille de Moncade, il avait vu naître son jeune maître et s'était proposé lui-même pour l'accompagner sur le continent de la vieille Europe, afin de ne pas le laisser sans un dévouement et de lui rappeler sans cesse par sa présence le pays natal et ceux qui y étaient restés...

Il avait donc pour lui une affection désintéressée de bon chien, — affection sincère qu'aucune autre n'égale, — et son angoisse était grande à la vue du péril qu'il courait.

Quant à Gomez, son trouble venait d'un tout autre sentiment.

S'il redoutait, lui, que son compatriote succombât, c'était parce que, vivant exclusivement à ses dépens, sa mort le mettrait du jour au lendemain dans une position des plus fâcheuses, c'est-à-dire le rejetterait dans cette existence problématique qu'il avait menée autrefois et dont le souvenir ne lui était rien moins qu'agréable.

Par suite, faisait-il des vœux aussi ardents que ceux du nègre pour que *son ami* conservât une vie qui lui était si précieuse, et fut-il le premier, avec Pepe, à le soulager de son fardeau pour l'aider à prendre pied sur le pavé du bord.

A peine à terre, le jeune marquis fut pris d'un étourdissement.

Ce que voyant, un des assistants, vêtu en ouvrier, sortit de sa poche une petite bouteille qui contenait un peu d'eau-de-vie et lui en mit le goulot dans la bouche.

— Avalez-moi ça, dit-il, ça va vous recaler *illico*. C'était ma goutte pour après mon déjeuner, mais elle vous fera plus de bien qu'à moi.

José but la liqueur brûlante et se sentit sur-le-champ réconforté.

Indifférent alors à l'ovation dont il était l'objet, son premier soin fut de s'occuper de la femme qu'il avait sauvée.

— Où est-elle? — demanda-t-il.

— Là, à côté, —lui répondit Gomez en l'aidant à repasser ses vêtements et sa pelisse. — Mais tu n'as pas à t'inquiéter, on s'occupe d'elle. Songe plutôt à retourner promptement chez toi pour te changer, sans quoi tu vas tomber malade.

Le marquis le repoussa :

— Moi, m'éloigner ainsi de cette malheureuse?

Puis plus bas :

— Tu penses bien qu'en raison de l'affaire de tout à l'heure, j'ai des mesures à prendre à son égard.

L'inconnue avait été déposée à terre à quelques pas de là.

Les paupières hermétiquement closes, les traits affreusement tirés, avec des plaques livides aux joues, la bouche entr'ouverte laissant voir les dents laiteuses, dont le violacé des lèvres faisait encore ressortir la blancheur, l'infortunée semblait avoir cessé de vivre.

C'était, du reste, la conviction de ceux qui l'entouraient, et on le croyait si bien qu'au lieu de s'occuper d'elle, comme l'avait dit Gomez, on jugeait même superflu de lui donner le moindre soin.

Une profonde tristesse était peinte sur tous les visages et dans les yeux se lisait une immense pitié.

Tous les gens présents étaient des travailleurs pour la plupart, de ceux qui peinent du matin au soir pour gagner le pain quotidien, et ils reconnaissaient une des leurs dans celle qu'ils avaient devant eux.

Car c'était une ouvrière à n'en pas douter. L'index de sa main gauche, tout moucheté de piqûres d'aiguille, le montrait assez.

Et à voir la pauvreté de son accoutrement, on devinait, dans la fatale détermination qu'elle avait prise, le dénouement d'un de ces terribles drames de la misère dont Paris est si souvent le théâtre.

José fendit le cercle que les curieux formaient autour d'elle et, s'en approchant, la considéra avec attention.

Lui aussi, tout d'abord, crut qu'elle était morte et qu'ainsi son dévouement avait été inutile.

Cependant, ne se fiant pas aux apparences, il passa sa main sous son manteau et la lui mit sur le cœur.

Aucun battement ne se faisait sentir.

Il souleva les paupières; la prunelle avait déjà cette teinte vitreuse qu'ont les yeux des cadavres.

— Vous ne pouvez pas garder cette jeune femme chez vous.

Les assistants le regardaient se livrer à ces constatations et hochaient la tête comme pour dire :

— Oh ! vous avez beau faire... c'est bien fini, allez.

Le jeune homme était désespéré.

Il aurait voulu, même au prix d'un grand sacrifice, pouvoir rendre la vie à cette femme vers laquelle il se sentait irrésistiblement attiré.

LIV. 4. — H. GEFFROY, édit. — Reproduction interdite.   4

Une dernière lueur d'espoir lui restait.

Comme tous les élégants, il portait toujours sur lui un petit nécessaire de toilette dans lequel il y avait une glace.

Il prit celle-ci et la plaça à un centimètre des lèvres de la noyée, puis, au bout d'un instant, l'examina.

Un cri de joie lui échappa.

Le miroir était terni par une légère buée, nuage à peine perceptible, mais suffisant, néanmoins, pour indiquer que le jeu des poumons n'était pas encore complètement arrêté.

— Elle vit ! — exclama-t-il avec triomphe.

Il renouvela deux fois l'expérience, et deux fois il obtint le même résultat.

Il y eut alors comme un soulagement dans l'assistance et les visages se détendirent.

Le secours était venu à temps ; il n'y avait eu qu'un commencement d'asphyxie.

Immédiatement, tout le monde voulut s'empresser près de la femme, chacun proposant un moyen infaillible pour la ranimer.

Mais le marquis s'interposa.

— Messieurs, — dit-il, — ce que, à mon avis, il y aurait de plus pratique à faire, ce serait que je l'emmenasse chez moi. Mon domicile est peu éloigné et elle y sera soignée bien plus efficacement qu'elle ne saurait l'être ici.

Quelques-uns élevèrent la voix pour faire observer qu'il serait nécessaire, au préalable, d'attendre la venue d'un représentant de la loi, ne fût-ce qu'un simple gardien de la paix, afin que procès-verbal fût dressé de l'événement, ainsi que l'exigeaient *les règlements*.

C'étaient de ces gens amis de la *fooorme* qui, pour eux, prime tout, même l'humanité.

L'attaché d'ambassade n'était pas homme à se laisser influencer.

Aucun agent de la force publique ne s'étant encore montré et estimant que le plus proche était peut-être très loin de là, il prit sur lui de ne pas différer d'une seconde le transport de la pauvre femme à sa demeure, chaque instant de retard pouvant lui être fatal.

Le peuple est toujours partisan des hommes à décisions promptes ; aussi José rallia-t-il les suffrages de la majorité des curieux lorsqu'il ordonna à Gomez et à Pepe d'aller installer la noyée, toute ruisselante, sur les coussins de son coupé.

— Je ne veux pas la quitter, — dit-il en riant ; — si elle allait vouloir recommencer !

On approuva ; sa récente prouesse lui donnait des droits et tous ceux qui étaient là eussent été honorés et fiers de lui serrer la main.

— A la maison, — commanda-t-il en se plaçant à côté de sa protégée, — et grand train !

Gomez Erreguy et Pepe montèrent côte à côte sur le siège, et le coupé partit, effleurant à peine le sol de ses roues caoutchoutées.

IV

CONSULTATION

M. de Penaflor occupait rue Marbœuf un assez spacieux rez-de-chaussée qui avait cet avantage de posséder une entrée particulière.

Les quartiers riches se réveillant assez tard, il put donc, vu l'heure matinale, introduire chez lui celle qu'il venait d'arracher à la mort, sans que nul de l'endroit n'en eût connaissance, pas même l'honnête cerbère préposé à la garde de l'immeuble.

Malgré la grande fortune dont il jouissait, le marquis, ayant réservé tout son luxe pour la maison de la rue Franklin, n'avait apporté aucune richesse, mais simplement le confortable britannique dans l'ameublement de son domicile officiel ; et tout son domestique se composait de Pepe et de sa femme la vieille Mouna qui, elle aussi, l'avait accompagné depuis le Chili.

Pepe remplissait les fonctions de valet de chambre et de cocher ; Mouna, celles de femme de ménage.

D'ailleurs le marquis recevait peu ; il n'avait même guère pour toute relation que son compatriote, Gomez Erreguy, le mauvais conseiller, l'ami pauvre, le mentor pernicieux.

Il est toutefois bon d'ajouter que la loyauté de José et l'élévation de son cœur ne s'étaient pas encore trouvées diminuées, ni même effleurées par ce contact...

Dès que l'inconnue eut été déposée sur la chaise longue de sa chambre, le marquis chargea Pepe d'aller réveiller Mouna, de la mettre au courant de l'événement et de l'inviter à venir prodiguer immédiatemnnt ses soins à la nouvelle venue.

Durant le trajet du quai de Billy à la rue Marbœuf, une légère amélioration avait semblé se produire dans l'état de la jeune femme.

Le mouvement du pouls était devenu plus sensible et les poumons se reprenaient à jouer presque normalement.

Il s'en fallait, cependant, qu'elle fût hors de danger, car l'immersion, quelque courte qu'elle eût été, avait causé de graves désordres en elle.

La vieille Mouna était accourue ayant à peine pris le temps de se vêtir.

Elle n'était pas novice, la bonne négresse : là-bas, à Santiago, elle avait été appelée plus d'une fois à donner ses soins aux asphyxiés, les accidents étant nombreux sur le port; aussi vit-elle tout de suite ce qu'elle avait à faire.

— Faut coucher li... — prononça-t-elle en regardant son maître.

— Fais ce qu'il est utile! — dit celui-ci en entraînant Gomez hors de la chambre; — je vais, moi, envoyer Pepe avec le coupé chez le docteur Lavrance; à cette heure, il le trouvera chez lui et le ramènera.

Demeurée seule avec la désespérée, Mouna la déshabilla en un tour de mains et, avec une vigueur dont on ne l'eût pas cru capable, elle la souleva comme elle l'eût fait pour une fillette et la porta sur le grand lit.

Puis, allumant la rampe de la cheminée à gaz, elle ouvrit l'armoire à glace, y prit un peignoir de flanelle qui servait pour le bain, le fit chauffer, tout cela sans paraître se presser, mais avec une rapidité surprenante.

Quand l'étoffe de fine laine fut presque brûlante, — ce qui ne tarda pas, le gaz étant démesurément ouvert, — elle revint vers la malheureuse, l'en enveloppa et se prit à lui frictionner presque brutalement les bras, les jambes, le dos, la poitrine, de façon à combattre le froid dont elle était pénétrée.

Au bout d'un quart d'heure de ce travail qui mettait de la sueur aux tempes de la négresse, le sang commença à remonter aux joues de l'asphyxiée et de légers tressaillements agitèrent son corps demeuré inerte jusque-là.

Sans interrompre ses frictions, Mouna y mit un peu plus de douceur et ne s'arrêta enfin que lorsqu'elle jugea que toute crainte devait être momentanément écartée, le retour à la vie se manifestant par le refonctionnement normal de la respiration.

Alors, croisant bien la flanelle encore chaude sur le corps de la malade, la négresse appela son maître, heureuse de pouvoir lui montrer les effets de son traitement.

Le jeune homme avait profité des quelques instants qu'il avait eus de libres pour se changer des pieds à la tête, ce qui, on l'admettra, lui était des plus nécessaire.

Il parut avec le docteur Lavrance qui venait d'arriver.

Ce dernier était un de ces vieux praticiens de l'ancienne école dont l'espèce se fait de plus en plus rare aujourd'hui. Homme de science scrupuleux, avant de songer aux honoraires à inscrire sur son carnet de visites, il pensait à soigner ses malades.

Depuis de longues années, le docteur Lavrance était attaché comme médecin à la légation du Chili. Inamovible dans cette place, il avait donné ses soins aux différents titulaires et à leurs secrétaires qui s'étaient succédé à l'ambassade et c'est un peu en vieil ami ayant beaucoup connu son père qu'il traitait le marquis José de Pénaflor-Moncade.

En entrant, il alla droit au lit, éprouva le pouls de la malade, son cœur et se prit à l'examiner attentivement, tandis que Mouna, bavarde comme toutes les femmes de sa race, disait orgueilleusement :

— Ténez, maître, couleurs, revenir à li; commence à remuer... Bon signe... Bientôt ouvrir ses yeux.

— Alors tu la crois sauvée ?

— Sauvée ?... Oui, tout à fait... Aurait été grand malheure si li mouri, car bien belle... bien belle !

— N'est-ce pas qu'elle est belle ? — murmura le jeune homme semblant chercher une approbation, et le regard fixé, comme en extase, sur le visage de sa protégée, lequel, réellement, était d'une rare perfection, mais dont la beauté devait être autrement radieuse quand ses yeux, alors obstinément clos, venaient à en éclairer l'ensemble.

— Oui, — répéta Mouna qui joignit ses vieilles mains dont la teinte noire tournait au gris cendré ; — li belle, bien belle !

Le docteur, ayant terminé son examen, entraîna le marquis hors de la chambre.

Son visage s'était rembruni ; il ne semblait pas rassuré.

— Vous ne pouvez pas garder cette jeune femme chez vous, — dit-il.

— Pourquoi cela ? — demanda le marquis, cherchant à prendre un air dégagé.

— Une inconnue !

— Qu'importe !

— Les convenances... l'obligation pour vous de conserver un certain décorum étant donnée votre situation officielle...

José haussa imperceptiblement les épaules.

— Ne suis-je pas libre ? — fit-il. — Ai-je des comptes à rendre à quelqu'un ?

Il y avait une amertume dans sa voix.

Le médecin le regarda mieux. Il croyait le bien connaître et s'étonnait de cette résistance à accepter un conseil d'ami.

— Enfin, — demanda le marquis, — pourquoi voulez-vous faire partir d'ici cette pauvre femme ?

— Parce que je redoute des complications.

— Lesquelles ?... Croyez-vous qu'elle soit restée trop longtemps sous l'eau ?

— Non, le mal vient de plus loin et n'en est que plus grave... cette jeune femme a été fortement éprouvée par la misère... En outre, elle a dû avoir de grands chagrins pour se décider à une si triste fin... Peut-être la perte d'un époux, d'un enfant adoré... car la malheureuse est mère, je l'ai reconnu à des signes qui ne nous trompent pas...

José ouvrit la bouche, mais ne parla pas.

Une vive rougeur envahit son front.

La mémoire venait de lui rappeler la lâche action commise par lui une heure auparavant : la trouvaille de la petite fille et son abandon immédiat dans l'église.

— Le moral est attaqué, — continua le docteur Lavrance, — la tête faible... Le mieux qu'il y aurait à souhaiter pour elle serait une fièvre cérébrale...

— Pourquoi ?

— Parce qu'on guérit parfois d'un transport au cerveau !

Cette énigmatique explication ne fut pas comprise de José qui s'écria :

— Si le danger est si grand, raison de plus pour ne pas l'abandonner... je n'entends pas l'avoir sauvée pour rien !

— Il y aurait un moyen de tout concilier — réfléchit tout haut le docteur après quelques instants de silence.

— Lequel ?

— Puisque vos deux serviteurs... le mari et la femme, je crois, logent dans une partie indépendante de votre appartement, ce serait de la transporter chez eux. Elle aurait les mêmes soins et...

— Les apparences seraient sauves ? — termina le marquis. — Car c'est ce que vous voulez dire, n'est-ce pas, mon cher maître ?

— A peu près.

— Oh ! docteur, que c'est mal. Vous me supposez des intentions que je suis loin d'avoir, je vous l'assure. Je ne connais pas cette jeune femme...

— J'entends bien, mon ami, mais elle est terriblement jolie... même

les yeux clos... et les langues ne demandent qu'à jaser... Si vous tenez à
lui rendre service, faites ce que je vous dis...

— Elle est si bien, dans ce grand lit.

— Elle peut être installée dans un lit tout semblable, mais chez vos
vieux serviteurs... je ne vous ai jamais donné que de bons conseils, à vous
et à votre père... il n'eût pas résisté si longtemps, lui.

Le marquis céda. Depuis quelques instants, d'ailleurs, il paraissait
tourmenté et pris d'une certaine hâte de voir s'éloigner le médecin.

Un moment après, un lit ayant été vivement préparé dans la plus belle
des trois pièces réservées au ménage de Pepe, la vieille Mouna y transportait la malade tout à fait à son insu, car elle était hors d'état de comprendre ce qui se passait.

Le pronostic du vieux docteur se réalisait.

La malheureuse jeune femme délirait, en proie à un commencement
de fièvre cérébrale.

La négresse avait absolument voulu la porter elle-même, ne trouvant pas bienséant qu'un homme la prit dans ses bras, eu égard à la
façon sommaire dont elle était vêtue, car le peignoir de bain qu'elle lui
avait mis, s'il était bien sec et bien chaud, ne la couvrait qu'imparfaitement.

Après cela, elle s'installa au chevet de l'inconnue, persuadée qu'elle
ne pouvait rien faire de plus agréable à son maître pour lequel elle se
serait fait hacher en morceaux.

Sans doute, les serviteurs de cette trempe se font rares.

C'est comme pour les docteurs désintéressés.

Mais si peu commune qu'en soit l'espèce, il est consolant de penser
qu'on en rencontre encore par-ci par-là quelque échantillon égaré.

Dans le petit salon, Gomez Erreguy avait fumé pour tuer le temps, et il
disait à José qui venait de le rejoindre :

— Ah çà ! j'espère bien que tu ne vas pas garder longtemps cette
étrangère chez toi ?

— Mais, mon ami, — répondit le marquis surpris de la forme un peu
brutale de cette demande, — je la garderai aussi longtemps qu'il sera
nécessaire.

— Tu veux dire jusqu'à ce qu'elle soit en état de marcher ?

— Sans doute.

Puis, se penchant à l'oreille de son compagnon de plaisir, José ajouta :

— Et, en outre, jusqu'à ce que nous lui ayons rendu son enfant.

Gomez sursauta

— Hein ! tu veux lui rendre sa fille ?

— Parbleu ! Qu'y a-t-il là qui puisse t'étonner ?... N'est-ce pas notre devoir?... Puisque nous la lui avons prise, il est assez juste que nous la lui rendions.

— J'en conviens, cher. Seulement, comment ferons-nous pour cela?

— Franchement, mon ami, voilà qui ne me paraît pas difficile à résoudre : nous irons la chercher où tu l'as déposée!

Gomez fit craquer ses doigts.

Il était vivement contrarié.

— Mais elle a déjà dû être ramassée, — dit-il.

— Ramassée?

— Oui, par... le bedeau!

— Au fait, c'est probable, — pensa tout haut le marquis. — Toutefois, comme il est à présumer que, en raison du peu de temps qui s'est écoulé depuis qu'il l'a trouvée, elle est encore entre ses mains, nous n'aurons qu'à la lui réclamer en lui racontant une histoire quelconque pour expliquer son abandon momentané.

— Hum! c'est bien délicat!

— Au besoin, nous appuierons notre récit d'une large gratification qui lui en démontrera l'entière nécessité. Ces rats d'église ne sont pas à l'abri d'une tentation pécuniaire et je suis convaincu que le bonhomme ne demandera pas à en savoir davantage, trop heureux de se voir débarrassé d'une affaire ennuyeuse.

— Hum! — répéta Gomez avec doute. — Tu as toi-même semé sur notre route un obstacle assez difficile à tourner.

— Lequel?

— Le collier de perles fines que tu as passé au cou de la fillette.

— Eh bien?

— Eh bien, ne comprends-tu pas que le bedeau pourra voir en nous d'adroits spéculateurs, s'il a la moindre idée de la valeur des perles?

— Au besoin je le lui donnerai.

— Ce qui augmentera ses soupçons au lieu de les diminuer... A notre tournure d'exotiques, il nous prendra pour des aventuriers et l'idée lui viendra tout naturellement que l'enfant, fille de gens très riches — le collier est là pour appuyer cette erreur — représente une forte somme...

— Mais c'est abominable!... S'il le faut, je couperai court à ces vilaines suppositions en me nommant, en lui donnant mon adresse.

A bout d'arguments, Gomez Erreguy ouvrait la bouche pour prévenir son ami qu'ils allaient faire là une course inutile, attendu que l'enfant était à ce moment loin de l'église; mais, comme il lui aurait fallu avouer tout ce qu'il savait, entrer dans des détails, fournir le signalement des

— Vous arrivez trop tard !... Elle n'est plus ici !...

chanteurs ambulants, entre les mains desquels il avait vu la petite au
collier, il préféra garder le silence.

    — Allons, viens, — lui dit José, — il faut nous dépêcher si nous ne vou-
lons pas arriver trop tard. Pepe n'a pas dû encore dételer. Dans un instant,
nous serons là-bas.

    Fort ennuyé de la démarche à laquelle l'astreignait son silence,

LIV. 5. — M. GEFFROY, édit. — Reproduction interdite.   5

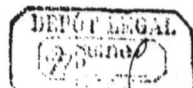

démarche dont il connaissait d'avance le résultat, Gomez se laissa
emmener.

. . . .

Il pouvait être un peu plus de cinq heures du soir.

La nuit tombait.

Assis au chevet de la malade, le Dr Lavrance et le marquis de
Moncade causaient à voix basse.

De son excursion à l'église Saint-Honoré-d'Eylau, le jeune homme était
revenu complètement désespéré. Il avait interrogé le suisse, questionné
le bedeau, fait tout ce qu'il était en son pouvoir de faire auprès des prêtres
desservants, du sacristain, des chaisières; la réponse avait été la
même :

Aucun enfant n'avait été abandonné dans le temple. Nul n'avait con
naissance d'une pareille aventure.

Le curé, questionné à son tour, avait même été plus loin, en conseillant aux deux jeunes gens de veiller sur leur trop fertile imagination...

. . . .

— C'est grave, — dit le médecin, répondant à une question du marquis, — très grave, et ce sera long.

— Dites-moi qu'elle s'en tirera, docteur ?

— Peut-on jamais rien affirmer ?

— Si vous ne la sauvez pas, moi, je la sauverai !

Le regard pénétrant du praticien se fixa sur son jeune ami.

— L'aimeriez-vous? — demanda-t-il.

— Moi ! — exclama le marquis avec surprise. — Quelle idée! Je ne
sais seulement pas comment elle s'appelle.

— Alors, il y a un grain de folie là-dedans, dit le docteur en lui touchant le front.

— Les fous de ma sorte, cher maître, seraient de bien mauvais clients
pour les médecins aliénistes. La vérité est que le hasard seul vous lance
parfois dans de singulières aventures et vous crée des engagements
moraux. Ainsi, vous conviendrez que je ne peux pas livrer à elle-même
cette pauvre créature que j'ai sauvée. Elle est mieux que belle c'est vrai,
mais surtout très malheureuse et sous le coup d'un désespoir mortel.
M'en désintéresser serait manquer à tous mes devoirs.

Il allait parler de l'enfant, mais il se retint et rougit.

C'était là son point faible, l'objet de ses remords.

— Alors, — demanda le docteur après avoir réfléchi, — vous ne connaissez même pas son histoire?

— Ni son histoire ni son nom.

— Dans ce cas, mon cher marquis, on peut tout vous dire... Vous n'avez pas l'âge d'être son père... Vous n'êtes pas son frère ?...

— Vous pouvez le jurer...

— Son amant ?

— Docteur !

— Ne vous formalisez pas, on a vu des choses plus étranges... Son mari ?

— Pas plus que le reste.

— Alors, inutile de vous dissimuler la vérité sur son état...

— Parlez ! — fit anxieusement le marquis.

— Voici : vous auriez tout aussi bien fait de vous épargner un plongeon en Seine. Il eût été sage de la laisser mourir tout de suite...

— Pouvez-vous parler ainsi ?

— Certainement, elle n'aurait plus à souffrir.

— Serait-elle donc en danger ?

— Certes !... Tout ce que vous ignorez d'elle, elle n'aura sans doute pas l'occasion de vous l'apprendre... le moment de la crise est venue, dans quelques heures la mort peut la prendre.

— Mon Dieu !... Une méningite peut-être ?

— Hélas ! les symptômes l'indiquent... Si la pauvre femme en réchappe, d'ailleurs, ce ne sera pas entièrement ; cette crise lui ravira la vie ou la raison.

Le marquis José de Penaflor s'affaissa, écrasé.

La science du vieux praticien n'avait pas été mise en défaut.

La crise ne tarda pas à éclater avec une extrême violence.

En proie à un affreux délire, la malade était totalement incapable de dire qui elle était et les causes de sa résolution désespérée.

Cloué à son chevet, les larmes lui montant aux yeux, José écoutait les divagations de ce pauvre cerveau ébranlé, et, à chaque instant, il pouvait saisir ces mots incompréhensibles pour lui, qui revenaient en refrain sur ses lèvres ;

— Kerdaniou !... Jean !... Jeanne !... Fatalité !... Il le faut !... il le faut !

Soudain, dans un accès plus terrible, la pauvre martyre, rejetant ses couvertures, se dressa, haletante, l'œil égaré, et cria d'une voix lamentable :

— Jean ! mon Jean ! ta Denise et ta fille vont mourir... mourir de faim ! ! !...

V

CHAMBRE VIDE

A l'heure où les habitants du rez-de-chaussée de la rue Marbeuf assistaient à cette triste scène, un jeune homme de vingt-six à vingt-sept ans descendait, ou plutôt sautait d'un fiacre qui venait de s'arrêter vers le milieu de la rue Saint-Jacques, et s'engouffrait dans la maison qui lui faisait face avec une telle impétuosité, qu'on l'eût dit projeté par une catapulte.

L'immeuble avait six étages.

La pauvreté de son extérieur indiquait assez qu'il ne pouvait être habité que par de modestes ménages ouvriers ou par des étudiants à maigre pension, comme il s'en trouve au quartier Latin.

Le jeune homme, passant comme le vent devant la loge de la concierge, gagna l'escalier, en gravit les marches quatre à quatre et parvint ainsi, en l'espace d'un éclair, sur le dernier palier.

Devant lui était une porte sur laquelle se voyait cloué un petit carré de carton contenant ces mots ainsi disposés :

Mlle Denise BRIANT

Couturière en robes.

D'une main fiévreuse, il frappa contre l'huis, en même temps qu'il prononçait d'une voix forte que faisait trembler l'émotion :

— Denise... c'est moi, Jean... ouvre vite... vite!...

La porte restant close malgré cet appel pressant, il heurta de nouveau et avec plus de vigueur, en répétant :

— C'est moi, te dis-je... moi, Jean... ouvre donc tout de suite, Nisette.

Il achevait de parler quand un bruit se fit entendre sur sa gauche.

De ce côté, le palier se prolongeait en un corridor étroit et sombre, à l'extrémité duquel on parvenait au grenier au moyen d'une échelle.

Une ouverture d'un mètre carré environ, où aboutissait celle-ci, servait d'entrée à cette partie extrême de la maison.

Le bruit était produit par quelqu'un qui descendait précipitamment les degrés de l'échelle.

— Ah ! tu es là, Pacault ? — fit le jeune homme en plongeant ses regards dans le fond du corridor.

— Oui, je suis là, — répondit l'individu ainsi désigné et qui, ayant touché le sol, s'avança vers ce dernier.

Le personnage qui apparaissait ainsi était un être bizarre.

De petite taille, — trois pieds au plus, — il avait une tête énorme couverte d'une épaisse chevelure rousse qui lui retombait sur le front et venait se mêler à de broussailleux sourcils, sous lesquels brillaient, profondément enfoncés dans les orbites, ses yeux noirs comme la nuit.

Son corps, trapu et de large carrure, était supporté par deux jambes torses, mais puissantes, semblables à des fûts de colonnes mal équilibrés, et ses bras, démesurément longs, se terminaient par des mains larges comme des assiettes, dont une seule eût pu, sans peine, entourer le cou d'un adulte.

Cet être étrange, qui aurait pu passer pour le véritable sosie de Quasimodo, devait avoir de vingt-deux à vingt-trois ans.

— Oui, je suis là, — répéta-t-il. — Mais qui êtes-vous, vous?

Le visage du jeune homme était dans l'obscurité, il tournait le dos au jour pour regarder le pied de l'échelle.

Il demanda :

— Tu ne me reconnais donc plus, Pacault?

— Ah si, — fit avec un amer dédain le pauvre être difforme qui répondait au nom de Pacault. — Je vous reconnais maintenant ; vous êtes monsieur Jean, baron de Lavaur... Mlle Nisette vous a appelé bien longtemps... Vous arrivez trop tard... Elle n'est plus ici.

— Plus ici? — exclama l'autre avec une douloureuse surprise. — Et depuis quand?

— Depuis quand? dame ! vous savez, quand il n'y a plus rien au râtelier, les chevaux meurent, si on ne les met dehors.

Le ton sur lequel étaient prononcés ces mots marquait peu de sympathie et était plutôt agressif; mais le baron Jean n'y prenait garde, son cœur se serrait.

Il répéta :

— Depuis quand est-elle partie?

— Depuis hier matin.

— Et où est-elle?... Pourquoi est-elle partie ?...

— Où elle est? Si je le savais, je serais en ce moment près d'elle, soyez-en sûr, puisqu'elle est ma seule affection en ce monde.

« Pourquoi elle est partie?... N'avez-vous donc pas compris ce que je

vous disais ?... Elle est partie parce qu'on l'a mise à la porte de son logement, faute de pouvoir payer son loyer.

« C'était hier le 8 et elle devait deux termes.

— Oh! Dieu! elle en était réduite là!... Mais n'a-t-elle rien dit en
s'en allant; n'a-t-elle pas fait connaître l'endroit où elle se rendait?

— Non, mam'zelle Nisette est partie sans me voir. Lorsque, comme
d'habitude, je suis descendu de mon grenier, hier matin, pour lui dire
bonjour, elle avait déjà quitté la maison.

Et, accentuant soudain la rudesse de sa voix, le nain grommela, en
roulant de gros yeux :

— Vous, monsieur Jean, vous êtes un homme sans cœur, c'est sûr!
puisque la pauvre enfant vous attendait et que vous ne veniez pas... Elle
était dans une mansarde; vous dans un château... Ah! si la petite Jeanne
avait eu son père auprès d'elle, si celui que son devoir d'honnête homme
devait appeler à veiller sur elle n'avait pas lâchement déserté, elles
seraient encore là toutes les deux, pas vrai?... Abandonnée par son soutien, avec un petit ange à élever, mam'zelle Nisette devait fatalement
tomber dans la misère...

« Car sa beauté lui valait plus de rebuffades que de travail;
les patrons lui en voulaient de ne parler jamais que de vous En
effet, de jour et de nuit, son refrain était toujours le même : Jean, Jean,
Jean!

En même temps, il fixait des yeux courroucés et mouillés de larmes
sur son interlocuteur.

Le baron de Lavaur paraissait écrasé.

Il balbutia :

— Oui, je suis coupable, je l'avoue, mais beaucoup moins que tu ne
le crois, Pacault, et si j'avais connu plus tôt sa triste position, il y a longtemps que je serais revenu.

— Oh! pas de mensonge! — clama le terrible petit homme, en balayant
son front de sa large main. — Écoutez donc, je sais bien qu'elle ne vous
cachait rien, elle était trop malheureuse et les lettres qu'elle vous a
écrites, pendant que je berçais la petite Jeanne sur mes genoux, ont
dû vous éclairer complètement; elles étaient assez douloureusement expli-
catives.

—Mais je n'ai reçu aucune lettre,—s'écria le jeune homme,— aucune...
si ce n'est celle d'avant-hier soir, et, encore, est-ce le hasard seul qui a
fait qu'elle m'est parvenue.

« Tu vois que je n'ai pas perdu de temps pour accourir.

— Comment! ses lettres ne vous ont pas été remises? — demanda Pacault avec défiance.

Le visage de Jean de Lavaur était blême.

Il souffrait.

— Non, — dit-il après une assez longue hésitation; — on devait les intercepter.

— Et qui donc commettait ce crime; car c'en était un, puisque par là on condamnait une femme et un enfant à mourir de misère et de privations.

La voix du jeune homme trembla.

— C'était ma mère... elle croyait agir pour mon bien, — prononça-t-il en baissant les yeux.

Puis, en redressant la tête :

— Mais ne nous occupons pas du passé... Songeons au présent. Il faut à tout prix retrouver Denise... Voyons, n'as-tu pas quelque idée du lieu où elle a pu se retirer?

— Pas la moindre, malheureusement, sans quoi, comme je vous l'ai dit, je serais déjà allé la rejoindre.

« Hier matin, quand j'ai vu qu'elle n'était pas dans sa chambre, j'ai été trouver la nouvelle concierge, la veuve Filoche, et lui ai demandé si elle savait pourquoi mam'zelle Nisette était sortie sitôt.

« A ce moment seulement, j'ai appris avec stupeur qu'elle avait quitté la maison pour toujours.

« La veuve Filoche avait reçu l'ordre du propriétaire de la renvoyer de chez elle à midi au plus tard, sans lui permettre d'emporter quoi que ce fût de son mobilier, qui devait servir à couvrir sa dette envers celui-ci; et elle lui avait annoncé, la veille, la mesure qu'elle aurait à prendre à son égard le lendemain.

« Il est probable, alors, que la pauvre malheureuse, affolée et honteuse, n'aura pas voulu attendre au dernier instant pour s'en aller et aura préféré partir ainsi, à la première heure, afin de n'être aperçue de personne.

Pacault reprit haleine et se toucha le front.

Une chose semblait le tracasser, car c'était un garçon de sentiment.

— Ce que je ne puis m'expliquer, — reprit-il au bout d'un moment, — et ce qui me cause un grand chagrin, c'est que mam'zelle Nisette ait oublié, dans cette extrémité, de venir me voir avant son départ, moi, son seul ami; je me serais mis en quatre pour lui être utile, pour lui trouver un nouvel asile, la consoler, la remonter.

« Car si les gens riches pratiquent couramment l'indifférence et l'oubli, — ajouta sévèrement le nain, — chez nous autres, les gens du peuple, on sait s'entr'aider et compatir... on a du cœur.

Le jeune homme se garda bien de relever ce qu'il y avait de personnellement agressif dans ces paroles. Une inquiétude l'envahissait peu à peu.

L'autre reprit :

— Oui, c'est étrange, bien étrange. J'étais son compagnon, son domestique, la bonne d'enfant de la petite ; j'étais celui auquel elle savait pouvoir confier tous ses chagrins et dire tous ses secrets.

« Aussi, cette fuite — je ne saurais nommer autrement sa disparition soudaine — est un véritable mystère pour moi.

— Écoute, Pacault, — murmura Jean de Lavaur d'une voix mal affermie, — nous allons entrer chez elle ; il se peut que nous y découvrions quelque chose qui nous mette sur la trace de sa nouvelle demeure.

Et il n'osa ajouter : « Si elle en a une. »

— Entrer ! et comment ? — questionna le nain en haussant les épaules.

— Tu vas aller dire à la concierge que M. Jean est revenu et qu'il se porte garant de tout ce que doit Denise ; elle ne pourra te refuser la clef de sa chambre.

« Va vite, j'ai hâte de voir cette porte ouverte. Il me semble que derrière est l'explication de ce que nous cherchons.

Pacault — grognant pour la forme — descendit en courant et peu après remonta avec la clef demandée.

Les deux hommes pénétrèrent aussitôt dans le logement de l'absente.

Ce logement ne se composait que d'une pièce de dimension moyenne et d'une petite cuisine.

Le mobilier en était des plus sommaires.

Un lit, une commode, une table et quatre chaises.

Près du lit, un berceau suspendu.

Dans un angle de la pièce, un petit poêle de fonte.

C'était tout.

En pénétrant dans cette chambre, Jean de Lavaur se sentit la gorge serrée par une émotion profonde.

Car il l'avait habitée autrefois et y avait passé, avec celle qui n'y était plus, de longs jours de joie et de bonheur.

Aussi, demeura-t-il d'abord immobile sur le seuil, la parcourant des yeux et arrêtant ses regards sur chaque objet, qui lui rappelait un instant

LA FILLE DE L'OUVRIÈRE

— Où est donc Jean ? questionna-t-elle.

Liv. 6. — H. GEFFROY éditeur. — Reproduction interdite.

6

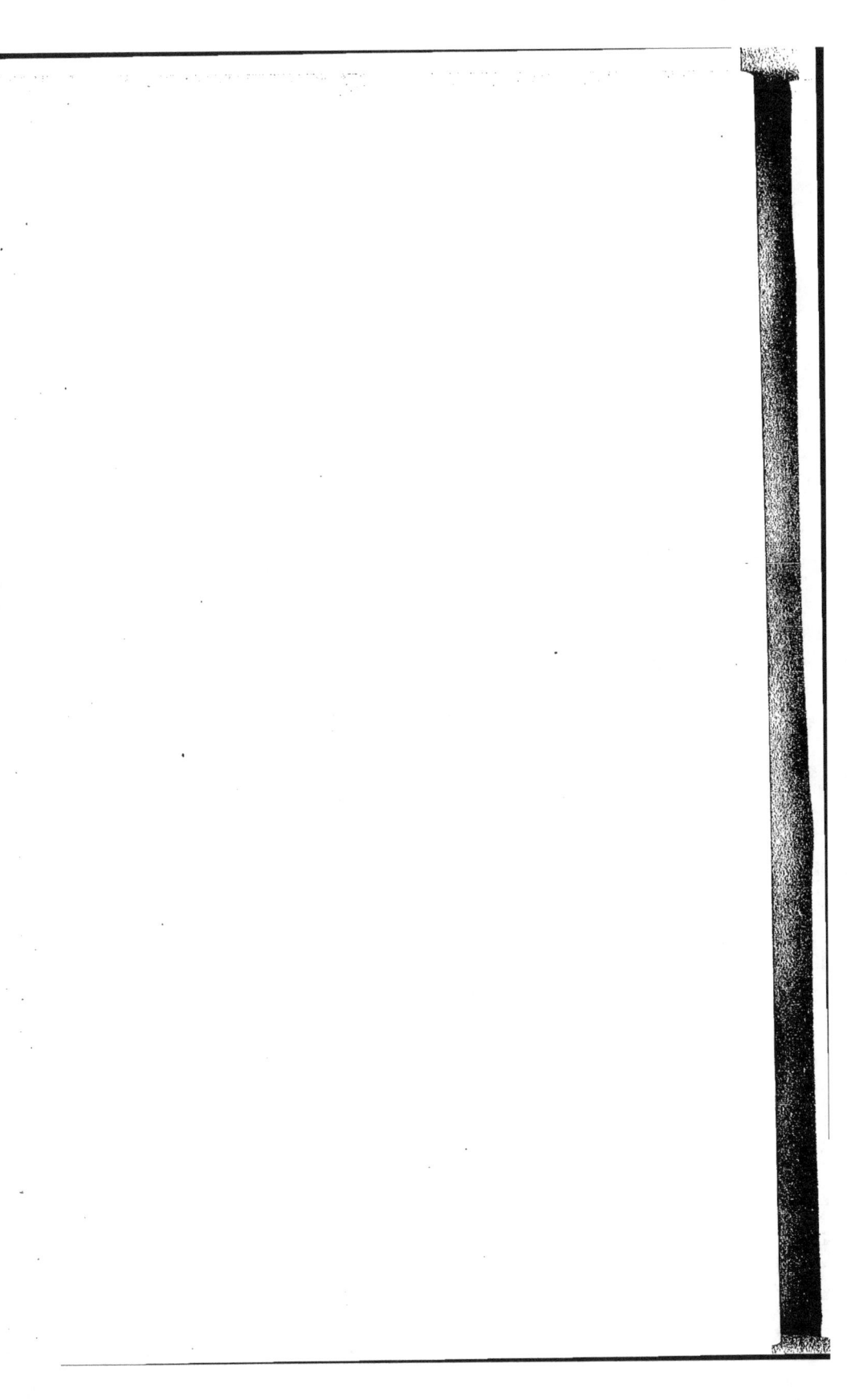

de cette vie heureuse à laquelle un événement fortuit, que nous connaîtrons bientôt, avait brusquement mis fin.

Mais il fut promptement ramené à la situation présente par une soudaine exclamation de Pacault.

Le nain tenait dans sa main une lettre qu'il venait de trouver sur la commode.

— Donne vite, — dit le jeune homme, — elle est pour moi, sans doute ?

— Non, pour moi, — fit Pacault en lui montrant la suscription. — Voyez : « Pour remettre à M. Pacault. »

Disant cela, il déchira l'enveloppe de la missive.

A peine en eut-il lu les premières lignes qu'il poussa un rugissement de douleur et s'écria :

— Ah ! c'est affreux... affreux !... Elle et sa fille !... toutes deux ensemble !...

Et il se laissa tomber accablé sur une chaise, pendant que de grosses larmes jaillissaient de ses yeux.

Jean de Lavaur, en proie à un trouble mortel, s'empara de la lettre et la lut à son tour.

Mais, presque aussitôt, elle lui échappa des mains, en même temps qu'il s'écroulait à terre, comme s'il eût été frappé d'un coup de massue.

Il n'avait même pas eu la force, lui, de jeter un cri ni de prononcer la moindre parole.

Le fatal papier portait une écriture tremblante qui heurtait l'œil comme un sanglot blesse l'oreille ; chacune de ses lettres semblait tracée avec des larmes de sang.

Elle disait :

« Mon pauvre Pacault. La noire misère où je me débats depuis si longtemps, sans avoir jamais l'espoir d'en sortir, me fait prendre la résolution de mourir... et de mourir avec Jeanne...

« Chassée du seul asile que j'avais, ne sachant où aller chercher un refuge et voyant ma fille agoniser lentement, je préfère en finir sans plus attendre.

« Quant à *lui*, qui nous a si cruellement abandonnées l'une et l'autre, si jamais tu le revois un jour, tu lui diras que, sur le point de quitter ce monde, je lui ai pardonné ne voulant me souvenir que du bonheur qu'il m'a donné jadis...

« Adieu donc, mon pauvre Pacault. Je ne veux pas te voir avant de partir, de crainte de me trahir en ta présence et de perdre une partie du courage dont j'ai tant besoin en cet instant suprême... Adieu encore...

« Petite Jeanne pleure de faim, sa souffrance me fait mal... mieux vaut la mort!

« Adieu!... Tu *lui* diras que, malgré tout, la dernière pensée de Nisetteserapour lui ! »

Cette lettre n'était pas signée : à quoi bon? Les deux hommes ne savaient-ils pas qui l'avait écrite ?

La douleur de chacun se traduisait bien différemment : Jean de Lavaur était anéanti de douleur; une colère aveuglante grondait sourdement dans la grosse tête de Pacault.

— Partie! partie! — murmura le premier, comme en rêve.

— Après? — cria l'autre avec emportement. — N'était-elle pas libre?

Sa lourde main pesa sur l'épaule du baron et il ricana avec amertume :

— Vous voilà libre aussi; les riches comme vous n'ont pas de cœur. Allez-vous-en cette fois, et pour tout de bon, puisqu'elle vous donne un prétexte.

Ses narines se gonflèrent, ses poings se fermèrent, son œil brûla, tandis qu'il ajoutait, soufflant presque au visage du jeune homme :

— Oui, partez! mais avant, ne prononcez pas un mot contre elle! pas un! car si amis que nous ayons été autrefois, monsieur Jean, maintenant vous n'êtes plus pour moi que l'homme du château, et je vous casserai la tête contre la muraille, foi de Dieu!

Jean de Lavaur, en effet, ne prononça pas un mot, pas un seul, mais il ne s'en alla pas non plus.

Le nain, qui le sentit chanceler, fut obligé de le soutenir dans ses bras, puis de le soulever, pour le déposer, inerte, sur le lit de Denise, à côté du berceau de la petite Jeanne.

VI

CLARA LA LYONNAISE

Pour expliquer les faits que nous venons de raconter, il nous faut remonter à deux années en arrière et conduire le lecteur au milieu de la bruyante et turbulente jeunesse des Écoles.

Un soir du mois de novembre 1873, une soixantaine d'étudiants en médecine étaient attablés au Vachette, un des principaux cafés du boulevard Saint-Michel.

Cette réunion peu ordinaire de carabins en un même endroit avait un motif.

On devait aller un peu avant minuit « conspuer » et « charivariser » à domicile, c'est-à-dire sous ses fenêtres, un professeur dont on avait à se plaindre.

Le coupable avait osé exiger qu'on écoutât ses leçons en silence et qu'on ne se permît pas, pendant qu'il les donnait, de rire, de causer ou de se lancer des boulettes de papier mâché, ce qui, on l'avouera, était d'une outrecuidance peu commune.

En attendant que l'heure fût venue de se livrer à l'agréable divertissement en question, ces messieurs, pour s'entraîner sans doute, chantaient, criaient, gesticulaient, s'interpellaient d'un bout de la salle à l'autre, ébranlaient le plancher à coups de talon, tapaient sur les tables avec leurs poings ou avec leurs cannes, en un mot faisaient un tapage d'enfer, tout en absorbant force bocks ou autres consommations, dont les soucoupes se dressaient en majestueuses pyramides devant chacun d'eux.

Une âcre fumée sortie des pipes, des cigares ou des cigarettes, fichés à demeure entre les lèvres, montait en longues volutes blanchâtres au-dessus des têtes, et allait s'accumuler au plafond où elle formait un nuage épais derrière lequel semblaient se cacher les divinités présidant à cette bacchanale.

Quelques « carabines » (féminin de carabin) étaient disséminées çà et là dans les groupes et ponctuaient agréablement de leurs frais minois cet assemblage de visages barbus et moustachus, dont quelques-uns auraient pu rivaliser avec celui du Jupiter Olympien.

Ces dames, bien entendu, devaient être de la partie.

Comme onze heures allaient sonner, plusieurs étudiants proposèrent de se mettre en route pour aller accomplir « l'œuvre de la haute justice » qui avait été projetée.

Mais d'autres s'opposèrent à ce départ immédiat, alléguant qu'il leur manquait le principal d'entre eux, celui sans lequel on ne pouvait mener à bonne fin cette importante affaire.

— Vous comprenez bien, — dit un de ces derniers, — qu'il nous est impossible de partir si Jean n'est pas là.

— C'est évident, — appuyèrent ceux qui étaient de cet avis, — il nous faut Jean, absolument. A lui seul il en vaut dix comme nous et, lui absent, le charivari perdrait la moitié de sa saveur.

— Mais puisqu'il ne vient pas? — objectèrent les premiers.

— Il va venir pour sûr, — répliquèrent les seconds, — vu qu'il nous a formellement promis d'être notre chef de file. Attendons-le donc. Justement, voici Clara la Lyonnaise, Mme son épouse ; c'est signe qu'il ne doit pas être loin, car elle est d'une jalousie féroce et ne le quitte pas d'une semelle.

Une grande et jolie fille, mais aux allures un peu communes, venait d'entrer dans le café et paraissait chercher quelqu'un des yeux parmi la masse des étudiants.

— Où est donc Jean? — questionna-t-elle en s'approchant des groupes, — je ne l'aperçois pas.

— Comment! où il est? C'est à nous de te le demander, ma belle, — lui dit-on. — Nous ne l'avons pas vu de la soirée et l'attendons avec impatience.

— Vous ne l'avez pas vu de la soirée? — s'exclama la jolie Lyonnaise avec une vive surprise. — Voilà qui est fort, par exemple!

— Pourquoi est-ce fort?

— Parce qu'il devrait être avec vous depuis longtemps.

— Bah!

— Certainement; après le dîner, vers neuf heures, nous nous sommes quittés, moi pour aller garder la loge de maman qui avait à s'absenter un petit bout de temps, lui pour venir ici directement... du moins il me l'a assuré. Il m'a même bien recommandé d'être au Vachette à onze heures au plus tard, toutes vos maîtresses devant, paraît-il, vous accompagner chez papa Bonhomet.

— En effet, — dit un des jeunes gens, — nous vous emmenons parce que vous avez un rôle à jouer dans l'affaire.

— Lequel donc?

— Celui d'imiter par vos cris une troupe de chats aux prises avec une meute.

— Ah! et c'est vous qui ferez la meute?

— Naturellement; et nous aboierons, je ne le dis que ça.

— Bien, vrai, ça en fera un joli tintamarre!

— Oui, ce sera assez corsé et le père Bonhomet, notre si digne... et si assommant professeur, se souviendra de ce concerto en *la* bémol... Mais revenons à Jean. Voyons ma fille, qu'a-t-il bien pu devenir après ton départ et qu'est-ce qui le retient actuellement loin d'ici?

— Je me le demande, — fit la jolie fille.

Puis, fronçant soudain les sourcils, elle ajouta :

— Est-ce qu'il me ferait des infidélités, par hasard? Oh! si je le savais, il me le paierait cher!

On la savait vindicative et très capable de se montrer mauvaise ; aussi, mi-souriant, mi-sérieux, quelqu'un demanda-t-il :

— En quelle monnaie?

— En la même, — répondit-elle d'une voix creuse, — car je lui rendrais la pareille... et ce ne serait pas long.

On battit des mains, un rire approbateur circula autour des tables, et celui qui avait provoqué cette réponse s'écria :

— Très bien, Clara, c'est ainsi qu'une femme doit se venger. Nous sommes tous là pour t'aider à perpétrer ta vengeance. Tu n'aurais qu'à choisir parmi nous celui qui...

— Oh! — coupa la demoiselle, — si je quittais Jean, vous pouvez être certains que ce n'est pas avec un étudiant que je me remettrais; la position n'est pas assez brillante.

— Tu trouves? Que te faut-il donc? Des milords, peut-être?

— Tout juste. J'en connais un, précisément, qui demeure dans la maison de maman, un vieux qui me fait toujours des yeux en coulisse chaque fois que je le rencontre, et, si je voulais, je n'aurais qu'un mot à dire pour qu'il me couvrît d'or et de diamants à m'en écraser.

— Eh! il faut le dire, ce mot. Tu n'ignores pas que l'occasion n'a qu'un cheveu, comme ton vieux, sans doute, et qu'on ne doit jamais la laisser échapper.

— Si Jean me trompait, — fit-elle en promenant sur le cercle un regard qui semblait chargé d'électricité, — ce serait tôt fait, je vous prie de le croire. Et, je ne sais pas pourquoi, mais j'ai un pressentiment que ça n'en est pas loin. Car, enfin, comment se fait-il qu'il ne soit pas encore ici? Où peut-il être depuis deux heures?

Puis, s'adressant au plus barbu des jeunes gens, celui précisément qui lui servait d'interlocuteur, elle demanda :

— Tu dis, Taillefer, qu'il a bien promis de venir?

— Il nous en a donné l'assurance formelle, ma fille, et nous comptons absolument sur lui, répondit ce dernier.

— Alors, je vais l'attendre. Je tiens à connaître tout de suite la cause de son retard... et si elle n'est pas bonne, gare à lui !

Après avoir proféré cette menace, la jalouse Lyonnaise, agitée, nerveuse, alla s'asseoir, et, pour tromper son impatience jusqu'à ce que se présentât l'absent, elle se fit servir un double bock.

Celui dont il était ainsi question n'était autre que Jean de Lavaur.

A cette époque, Jean de Lavaur était bien le plus joyeux garçon qui fût au monde et, en même temps, le plus fou de tous les « escholiers » qui eussent jamais foulé le sol du quartier Latin.

Haut de taille et d'une puissante carrure, doué d'une santé exubérante et, par suite, d'un entrain de tous les diables, aimant le bruit et le tumulte par tempérament, frondeur, batailleur, casseur de vitres comme pas un, toujours prêt à sauter à pieds joints dans les plats, sans se soucier des dégâts qui pouvaient en résulter, il était considéré, par ses camarades, comme leur chef incontesté, dès qu'il s'agissait de se livrer à une expédition quelque peu tapageuse.

Aussi n'avait-on pas manqué de lui confier la direction du concert cacophonique dont on voulait régaler le malheureux professeur qui avait encouru la disgrâce de la classe.

On savait qu'avec lui, comme chef d'orchestre, le charivari serait décuplé et atteindrait à des proportions épiques.

Dix minutes s'étaient écoulées depuis l'entrée de Clara la Lyonnaise, quand il parut enfin à la porte du café.

A sa vue, de tous les groupes partirent des exclamations de joie et, à l'aide des verres et des soucoupes, on ouvrit un ban pour fêter son arrivée.

Mais, presque immédiatement, les exclamations s'éteignirent et les verres demeurèrent immobiles.

Jean avait un aspect si différent de celui qu'on lui connaissait d'ordinaire, qu'il semblait que ce ne fût plus lui.

Au lieu de cette face épanouie, de cette mine radieuse qu'on était habitué à lui voir, de ce visage qu'éclairaient sans cesse le rire et la gaieté, il avait la physionomie grave et réfléchie, comme s'il eût médité sur une proposition d'Euclide ou cherché à approfondir quelque haute question philosophique.

Ses camarades le considérèrent avec un étonnement qui touchait à la stupeur et quelques-uns pensèrent même que ce grand fou n'avait changé de masque que pour donner plus de piment à la petite fête projetée, car, depuis qu'il était au pays Latin, c'était la première fois qu'ils le voyaient ainsi.

Le dernier interlocuteur de Clara la Lyonnaise, c'est-à-dire celui qui portait le nom de Taillefer, allait l'interroger sur cette subite et étrange métamorphose, quand la jeune femme, se chargeant de ce soin, courut à lui, posa ses deux mains sur ses épaules et, le regardant bien au fond des yeux, lui demanda, d'un ton inquisiteur :

— Ah çà! d'où sors-tu donc, Jean? En me quittant, après le dîner, ne m'avais-tu pas dit que tu devais venir directement au Vachette?

— C'est vrai, — répondit le jeune homme, — mais... *errare humanum est...* j'ai été un peu retenu en route.

— Un peu ! Tu appelles ça un peu... deux heures pleines ?

— Allons, pas tant de manières et marchons ! lui disait l'un des hommes.

— Deux heures ! Pas possible. Il me semble qu'il y en a une demie à peine que nous étions encore à table.

— Eh bien ! tu sais, le temps ne te dure pas, loin de moi, — répliqua Clara sèchement, — et, pour un bavard, tu es singulièrement réservé aujourd'hui. Voyons, qu'est-ce qui t'a retenu ?

— Ce qui m'a retenu ? — fit Jean qui parut chercher sa réponse.

LIV. 7. — H. GEFFROY, éditeur. — Reproduction interdite.   7.

— Oui, je suis curieuse de le savoir.

— C'est... Au fait, — se reprit-il en se forçant à rire, — je n'ai ni tué ni volé et tu m'as tout l'air de te poser en juge d'instruction. Un peu de patience, que diable ! laisse-moi arriver, laisse-moi souffler... et permets, d'abord, que je m'assoie...

— Soit, assois-toi... tu me raconteras ça plus en détail.

Et Clara, jetant un regard vainqueur à tous les jeunes gens qui, par discrétion, ne voulaient pas intervenir, entraîna Jean vers la table qu'elle occupait, lui fit faire le tour du marbre et le poussa sur la molesquine du divan.

Dès qu'il y eut pris place :

— Parle, maintenant, — lui dit-elle, — je t'écoute.

— Oh ! — fit-il après un moment de silence et d'un ton dégagé, — la chose est bien simple : j'ai rencontré des amis.

— Ah ! et lesquels ?

— Tu ne les connais pas.

— Je croyais les connaître tous, cependant. Ce sont donc des nouveaux ?

— Oui, c'est cela... ce sont des nouveaux.

— Et tu es resté deux heures avec eux ?

— Il paraît.

— Qu'est-ce que vous avez donc fait, ensemble, pendant ces deux heures ?

— Ce que nous avons fait?... Parbleu, ce qu'on fait généralement entre amis. Après être entrés dans un café, nous avons causé, raconté des histoires, joué aux cartes, etc.

— Et puis, — fit Clara dont les yeux ardents continuaient l'inspection commencée, — vous avez fini par vous colleter?

À cette question, prononcée sur un ton élevé, les quelques conversations qui avaient repris cessèrent et les oreilles s'ouvrirent pour entendre la réponse de Jean.

Du moment où la querelle de ménage, l'explication pour dire mieux, allait sans doute amener le récit d'un combat, on pouvait écouter.

— Comment ! nous colleter? — exclama le jeune homme.

— Dame ! mon petit, — poursuivit Clara, — tu as les mains écorchées, les habits fripés et le feutre bossué ; ça me fait supposer que vous avez dû vous battre.

C'était vrai, Jean avait quelques meurtrissures sur le dos des mains. Ses vêtements eux-mêmes portaient les marques d'une lutte qu'il avait dû avoir à soutenir.

— Ah! — fit-il, — j'oubliais de te dire qu'avant de rencontrer mes amis, j'ai glissé sur une peau d'orange et fait une chute assez rude à terre. Alors, il en est résulté ce que tu vois.

Bien que Jean eût cherché à prononcer ces paroles d'un ton naturel, une légère émotion avait néanmoins fait trembler sa voix.

Clara en fit la remarque.

Elle n'avait pas cessé de scruter sa physionomie pendant qu'elle l'interrogeait, et elle sentait qu'il ne lui disait pas la vérité.

Soudain, elle porta ses doigts à sa barbe, qu'il avait longue et bien fournie, et en retira plusieurs fins et soyeux cheveux bruns qui y étaient mêlés.

— Dis donc, — fit-elle avec un petit rire ironique, — il paraît qu'elle était chevelue, la terre, à l'endroit où tu es tombé?

A la découverte que venait de faire sa maîtresse, Jean eut dans les yeux un éclair de joyeux étonnement et d'un geste brusque tenta de ressaisir les cheveux.

Clara les mit vivement hors de sa portée.

— Tu ne diras pas qu'ils sont de moi, — reprit-elle; — je suis brune et ces vilains crins-là sont blonds comme cette bière. Tiens, — continua-t-elle, — je ne sais pas quelle vie tu as menée, ce soir; mais, pour sûr, tu viens d'avec une femme.

— Au fait, quand cela serait, où est le mal? — répliqua le jeune Breton paraissant prendre enfin un parti. — Ne puis-je avoir été deux heures en la compagnie d'une femme en tout bien tout honneur?

Un grondement de colère sortit de la gorge de Clara.

— Tu te décides à avouer, — glapit-elle, — ce n'est pas malheureux. Alors, c'est ça, n'est-ce pas, tu as assez de moi maintenant et tu m'as remplacée par une autre qui te plaît mieux? Après la brune, la blonde, comme dans la chanson.

— Allons, tu es folle, Clara, et tes propos n'ont pas le sens commun.

— Non, au contraire. Dis tout de suite que je rêve.

— Ma foi oui, je le dis.

— Ainsi, ces cheveux-là, c'est une illusion, hein?

De nouveau, on causait autour des tables; l'explication prenant une tournure par trop intime, le mieux était de ne pas se mettre entre l'arbre et l'écorce.

— Ah! tu m'ennuies, à la fin, — lança Jean que l'impatience gagnait.— Je te répète que...

— C'était en tout bien tout honneur, parbleu... — ricana méchamment Clara. — Ah! ah! je n'hésite pas à te croire, va. Ce que cette femme t'a laissé dans la barbe indique assez de quelle façon tu l'as... *honorée.*

A cette insinuation malveillante, Jean devint pâle de colère ; cependant, par un effort de volonté, il parvint à rester calme.

Rageusement, alors, et toute à son idée qu'une autre l'avait supplantée près de lui, sa maîtresse poursuivit :

— Puisque c'est comme ça, je me vengerai, je te le promets. Tu penses peut-être que je vais *me sécher* de désespoir, me tourner les sangs et pleurer comme une Madeleine ? Tu te trompes joliment, mon petit. Si tu ne veux plus de moi, moi non plus je ne veux plus de toi. Et, tu sais, je ne suis pas embarrassée pour te donner un successeur. J'ai un milord dans la manche... et un milord *anglais,* même. Oui, rien que ça, un milord *anglais* qui ne demandera pas mieux que de te remplacer, je t'en réponds.

Et Clara fixa Jean, pour juger de l'effet que ce qu'elle lui annonçait produisait sur lui.

A sa grande déception, celui-ci demeura impassible ; seul un léger sourire détendit ses lèvres.

Prenant cette attitude pour une marque d'incrédulité de sa part, elle reprit :

— Oh ! je vois bien que tu doutes de ce que je dis là ; tu crois peut-être que c'est tout bonnement pour me vanter et me faire valoir, n'est-ce pas ?

— Nullement, — assura Jean, dont le sourire s'accentua. — Je suis au contraire pleinement convaincu que tu dis vrai.

— Non, tu ne l'es pas, — continua Clara que ce sourire irrita encore. — Mais je veux te prouver que je ne mens point... et j'y vais de ce pas, trouver mon milord... oui, de ce pas...

— Eh bien ! vas-y, — dit Jean sans s'émouvoir.

— Oui, j'y cours.

Et Clara, se levant, enfila ses gants fiévreusement, tapa sa robe pour lui donner l'harmonie des plis, arrangea sa voilette, enfin, très lentement, tout en ayant l'air de se hâter, prit ses dispositions pour partir.

Mais voyant que Jean ne faisait aucun mouvement pour la retenir :

— Ainsi, c'est entendu... ce n'est plus moi qui suis ton étudiante ? — lui demanda-t-elle.

— Eh ! laisse-moi tranquille... ta question est ridicule.

— Voyons, réponds... réponds oui ou non... Est-ce toujours moi, ou est-ce l'autre... celle aux cheveux ?

— Je ne répondrai rien, — dit Jean. — Crois ce que tu voudras, peu m'importe.

— Bon, — fit-elle les dents serrées, — je sais à quoi m'en tenir, main-

tenant... Adieu, je vais où je t'ai dit. Mais n'aie pas peur, je la connaîtrai
ta *nouvelle*, et je lui causerai entre quat'-z-yeux... tu peux y compter.

« D'abord, pour commencer, — ajouta-t-elle, — voilà ce que je fais de
ses cheveux... jusqu'à ce que je lui en fasse autant... Regarde!...

Et elle se mit à rompre les fils soyeux entre ses doigts, de manière à
les réduire en tronçons minuscules, puis elle jeta le tout à terre et le pié-
tina.

Après quoi, ayant lancé à Jean un dernier regard de menace, elle sortit
furibonde du café.

VII

UNE ERREUR DES MŒURS

Bien que la scène qui venait d'avoir lieu entre le jeune Breton et sa
maîtresse ne fût pas la première de ce genre à laquelle assistassent ses
camarades des écoles, elle les avait néanmoins suffisamment distraits pour
leur faire oublier momentanément le but de leur réunion.

Clara une fois disparue, ils revinrent à leur idée et, comme il était
convenu, invitèrent Jean à se mettre incontinent à leur tête afin de ne
pas retarder davantage leur expédition nocturne.

Ils se levaient déjà pour se former en troupe derrière lui et prendre le
chemin de la demeure de leur victime, quand le jeune homme les arrêta
d'un geste en leur annonçant qu'il ne se sentait pas du tout en train
d'aller avec eux.

— Ah bah! — fit-on à la ronde.

Et Taillefer ajouta :

— Qu'est-ce que cela signifie? Serais-tu malade?

— Pas le moins du monde, — répondit Jean. — Seulement, il vient
de m'arriver une aventure qui m'a ôté toute envie de m'amuser ce soir.

Les plus jeunes, les plus turbulents, ceux surtout qui ne connaissaient
que depuis peu le boute-en-train de l'École de médecine, s'irritaient d'avoir
attendu en vain et, frappant les soucoupes sur les tables de marbre, ils
commençaient à conspuer en sourdine leur chef, lorsque Taillefer, l'étudiant barbu qui avait donné la réplique à Clara, leur imposa silence et
demanda :

— Une aventure? Quel genre d'aventure? Conte-nous cela, ami Jean?

— Je vous le conterai, — riposta celui-ci, — mais pas maintenant.

— Pourquoi?

— Ce serait trop long.

— Est-ce grave?

— Cela se pourrait bien, — repartit Jean en souriant.

— De quelle drôle de façon nous dis-tu ça? Voyons, ne nous fais pas languir; de quoi s'agit-il?

— Pas maintenant, vous dis-je, j'en aurais pour jusqu'à demain.

— Eh bien! ça ne fait rien, va tout de même, le père Bonhomet attendra.

— Non, encore une fois, et vous me ferez plaisir en n'insistant point... Je ne serais même pas venu ici si ce n'avait été pour vous prévenir de ne plus avoir à compter sur moi comme chef de file.

— Oh! oh! — s'exclama Taillefer en ouvrant de grands yeux, — Clara aurait-elle deviné juste et lui donnerais-tu réellement une remplaçante! Nous qui croyions que tu t'étais mis des cheveux dans ta barbe exprès pour la faire enrager! Si c'est là ton aventure, compliments, mon ami... et nous comprenons que tu aies autre chose à faire que de venir avec nous. Peste! tu n'as pas été long à enlever la position...

Jean de Lavaur secoua la tête d'un mouvement négatif.

— Ces derniers mots sont de trop, mon cher Taillefer, — dit-il en posant sa main sur le bras du porte-parole de la troupe; — ils m'obligent à révéler une partie de ce que je voulais cacher durant quelques jours. Oui, comme l'a pressenti Clara, et comme je le lui ai d'ailleurs presque avoué, il y a une femme dans ce qui m'est arrivé ce soir, mais je vous jure à tous que vos suppositions, de même que les siennes sont absolument fausses et que, malgré les apparences, — ces cheveux qui étaient sur moi, — je suis resté vis-à-vis de cette femme dans les bornes du plus profond respect.

Jean avait dit cela avec un tel accent de sincérité qu'il était impossible de ne pas croire que ce fût l'exacte vérité.

— A présent, — reprit-il, — je vous le répète, mes amis, vous me rendrez service en ne me questionnant plus à ce sujet et, aussi, en ne me retenant pas davantage. En égard à la disposition d'esprit où je suis, je ne ferais que vous embarrasser dans votre expédition nocturne, au lieu de vous y être un auxiliaire utile. Donc, mieux vaut vous passer de moi.

Et, brusquant son départ, Jean de Lavaur s'empressa de donner des poignées de main à droite et à gauche, puis s'éclipsa prestement, laissant ses camarades commenter comme ils l'entendraient la confidence qu'il venait de leur faire.

— Ma foi, — fit Taillefer lorsque la porte de l'établissement se fut refermée, — ou je me trompe fort, ou Jean m'a tout l'air d'être amoureux... et très gravement même. Je dis gravement parce que, vous le savez, la Faculté considère l'amour comme étant une maladie.

— Et c'en est une vraiment, — confirma un petit blondin qui étudiait la médecine et spécialement tout ce qui avait rapport aux dérangements du cerveau; — elle vous retourne un homme comme un gant. Pour preuve, voyez Jean. Lui, le plus fou de nous tous, était presque raisonnable ce soir. Cependant il n'en est encore qu'à la première phase. Que sera-ce donc quand il entrera dans la période aiguë? Il est capable de l'être tout à fait. Aussi, selon moi, devons-nous avoir pour principe fondamental d'aimer les femmes... mais de ne jamais en être amoureux.

— Tu as raison, ami Cambise, — répliqua Taillefer, — et tu viens en quelques mots d'émettre un apophtegme d'une profondeur incommensurable. Salomon, qui se connaissait en la matière, n'eût assurément pas mieux parlé.

— Mes enfants, — observa un autre carabin, — ce que vous dites là est très joli, je le reconnais; cependant je vous ferai remarquer que nous ne nous sommes pas réunis au Vachette pour discuter sur l'amour et sur ses conséquences. Voyons, allons-nous là-bas, oui ou non?

A cette question, il y eut de l'hésitation dans les groupes.

La défection de Jean, sur le concours duquel on fondait de si belles espérances, avait éteint l'enthousiasme du premier moment et on demeurait indécis.

Taillefer proposa alors de mettre aux voix le pour ou le contre, ce qui fut accepté.

Après un vote assez mouvementé, la majorité se déclara pour le contre.

On se décida donc à laisser le père Bonhommet dormir tranquille. Mais on convint que c'était simplement partie remise et qu'il n'y perdrait rien pour attendre... à moins, toutefois, qu'il ne consentît à s'amender, c'est-à-dire à permettre aux élèves de faire ce que bon leur semblerait pendant le cours de ses leçons.

Quel était donc l'événement survenu à Jean de Lavaur pour qu'il crût devoir le céler si soigneusement à ses camarades?

C'est ce que nous allons raconter, n'ayant pas, nous, les mêmes raisons que lui pour en faire mystère.

Après avoir dîné avec sa maîtresse dans un petit restaurant de la rue Soufflot, où tous deux avaient l'habitude de prendre leurs repas, cette dernière, nous le savons par elle, l'ayant quitté pour aller remplacer momentanément Mme sa mère dans le maniement du cordon, il prit la direction du café Vachette où étaient réunis ses camarades.

Il était d'humeur joyeuse et se réjouissait d'avance de la « bonne farce » dont on allait régaler le père Bonhomet.

Doué d'une voix puissante qu'il savait faire tonitruer à l'occasion, possédant des poumons au souffle boréen, il se promettait bien d'y participer dans une large mesure ; et ceux qui avaient dit qu'à lui seul il pouvait faire la besogne de dix n'avaient certes pas menti.

Pressé de se trouver au milieu de ses amis, il avançait d'un bon pas, tout en poussant de temps à autre un « hem » retentissant, afin d'entretenir son organe qui, bientôt, allait avoir à travailler ferme.

Comme il traversait la place Saint-Michel, il aperçut, à peu de distance devant lui, deux hommes qui tenaient une femme par les poignets et cherchaient à l'entraîner en dépit de la résistance énergique qu'elle leur opposait.

Il s'approcha vivement pour voir ce dont il s'agissait.

Les deux hommes étaient deux gaillards aux traits durs et communs que, du premier coup d'œil, on reconnaissait pour appartenir aux plus basses classes de la société.

La femme, elle, une jeune fille de dix-sept à dix-huit ans, paraissait être une de ces petites ouvrières comme on en voit tant, le soir, sortir par bandes des grands magasins de nouveautés ou de couture.

Elle avait bien le plus charmant et le plus gracieux visage qu'on pût imaginer.

— Allons, pas tant de manières et marchons, — lui disait l'un des hommes au moment où Jean arrivait ; — vous vous êtes fait pincer, tant pis pour vous.

— Je vous jure que vous vous trompez, messieurs, — répondit la jeune fille, qui pleurait à chaudes larmes. — Je ne suis pas ce que vous croyez... Oh ! non, je ne le suis pas, je vous le jure.

— C'est bon, c'est bon, vous dites toutes la même chose, — répliqua l'autre homme ; — heureusement nous connaissons la valeur de ces moyens de défense. Voyons, ne vous trémoussez pas comme ça, la belle, autrement nous allons être forcés de vous ligotter.

— Oh ! mon Dieu ! mon Dieu ! comment vous prouver ce que je dis, — reprit la pauvre enfant qui continuait toujours à se débattre entre les deux individus. — Tenez, conduisez-moi chez ma tante, Mme Briant, avec qui je demeure au n° 24 de la rue Dauphine, vous verrez bien alors que je ne vous mens pas...

— C'est ça, la belle ; l'invention n'est pas neuve et nous sommes

— Tiens! voilà comme je me rends!...

payés pour nous défier. Vous voulez essayer, n'est-ce pas, de nous
brûler la politesse en chemin ou de nous faire escarper par quelques-uns de
vos bichons qui doivent rôder aux alentours. Non, non, pas si bêtes. Nous
nous doutons d'ailleurs de ce que doit être votre tante et nous ne tenons
pas à faire sa connaissance... jusqu'à nouvel ordre, du moins, car son

tour viendra sûrement un de ces quatre matins, ou plutôt un de ces quatre soirs.

Jean comprit tout de suite ce qui se passait.

Les deux hommes étaient des agents des mœurs dans l'exercice de leurs fonctions.

Mais, tout de suite aussi, il se rendit compte de l'erreur grossière qu'ils commettaient.

La candeur répandue sur les traits de la jeune fille, son maintien modeste, la pureté angélique de son regard, tout en elle, enfin, lui démontrait assez qu'elle était l'honnêteté même et qu'il fallait être aussi brute que l'étaient ces policiers pour la confondre avec les malheureuses qu'ils avaient mission de surveiller.

S'adressant alors aux deux agents qu'il venait de rejoindre, il leur dit d'un ton poli, quoique légèrement impératif :

— Messieurs, j'ai la certitude que cette jeune personne n'est pas du tout ce que vous pensez et je vous prie de lui rendre immédiatement la liberté. Au besoin, je me porte garant pour elle.

En voyant Jean intervenir, la jeune fille fixa sur lui ses grands yeux humides de pleurs et sembla implorer sa protection.

Il répondit à cette muette prière par un regard qui signifiait :

— N'ayez pas peur... je suis là, pour vous défendre.

Les agents, à l'ordre que venait de leur intimer l'étudiant, se tournèrent vers lui et le considérèrent un instant en silence, paraissant stupéfaits de ce qu'il osât se mêler de leurs affaires.

Puis l'un d'eux dit à son collègue d'un air narquois :

— Dis donc, Gibou, as-tu entendu ?

— Que oui, Pitard, — répondit l'autre sur le même ton, — j'ai entendu, parbleu !

— Eh bien ! comment trouves-tu le pékin ?

— Je le trouve plutôt gai.

— N'est-ce pas ? Et puis un peu godeau (naïf) peut-être ?

— Oui, oui, un tantinet godeau.

— Messieurs, — reprit Jean qui méprisait ces grossièretés, mais perdait patience, — je vous le répète, j'ai l'entière conviction que cette demoiselle est parfaitement honorable et, de nouveau, je vous enjoins de la laisser libre.

— Oh ! merci de prendre ma défense, monsieur, — s'écria alors la jeune fille. — Oui, vous avez raison de me croire honnête, car je le suis réellement. Je travaille comme couturière dans un magasin situé près de la Bastille et je ne sors de l'atelier que pour rentrer chez moi au plus vite,

Aussi je ne comprends pas pourquoi ces messieurs m'ont arrêtée tout à l'heure au moment où je passais sur cette place.

— Vous n'y passiez pas, — interrompit rudement l'agent Gibou ; — que je suis là incontinent pour dire que vous y stationniez.

— Vous étiez là-bas près de la fontaine, sans bouger, — ajouta l'agent Pitard.

— C'est vrai, messieurs, je ne le nie pas, j'étais immobile à cet endroit, mais depuis deux secondes seulement. Je craignais d'avoir oublié un patron de corsage que j'ai à préparer pour demain et j'étais occupée à le chercher partout dans mes poches. Je ne faisais pas autre chose.

Pitard et Gibou eurent un haussement d'épaules qui semblait dire : « Nous croit-elle donc assez bêtes pour couper là-dedans? » Puis le premier reprit :

— Tout ça, ma petite, ce sont des histoires en l'air et, encore une fois, ça ne prend pas avec nous. Vous vous teniez là en quête d'aventures, c'est certain, et, par conséquent, tombez sous le coup de la loi. Sur ce, assez regimbé, sans quoi, comme nous venons de vous le dire, nous vous ligottons *illico*.

Et, brutalement, les deux hommes s'efforcèrent d'entraîner leur prisonnière qui, réunissant toutes ses forces, tentait de leur résister encore.

Quant à Jean, ils ne paraissaient aucunement s'inquiéter de lui.

Ils avaient tort et ne tardèrent pas à s'en apercevoir.

— Ainsi, — leur demanda le jeune homme, se croisant les bras et réprimant difficilement la colère qui faisait bouillonner son sang, — vous ne voulez pas lâcher mademoiselle, malgré ce que je vous dis et l'explication qu'elle vient de fournir de sa station sur cette place, explication des plus plausibles pourtant, et qui devrait vous faire reconnaître votre erreur?

Pitard et Gibou se consultèrent du regard.

— Est-il crampon ! — murmura l'un.

— Et pas mariolle ! — ajouta l'autre.

— Écoutez, mon garçon, — fit l'agent Pitard qui, cette fois, daigna lui répondre, — je vais, dans votre intérêt, vous donner un conseil que vous ferez bien de suivre : c'est d'aller voir sur le Pont-Neuf si par hasard Henri IV ne serait pas descendu de son cheval, et de revenir nous le dire dare dare.

Ces paroles, prononcées d'un ton ironique, achevèrent d'exaspérer Jean.

Les deux argousins étaient des gens d'aspect robuste et qui, selon toute apparence, devaient posséder une assez grande force physique.

Mais, de son côté, l'étudiant, avec ses épaules carrées, sa large poitrine, ses reins solidement attachés, disposait d'une vigueur peu ordinaire.

— Ah! c'est comme cela, — gronda-t-il. — Eh bien! tant pis, c'est vous qui l'aurez voulu.

Et, plus prompt que la foudre, il s'élança sur l'agent qui venait de lui parler, et, d'un coup violent qu'il lui asséna sur le bras, l'obligea à lâcher le poignet de l'ouvrière.

— Tonnerre! — jura le policier, rendu furieux par cette agression inattendue. — Tu vas me payer ça cher, toi le pékin... je vais te coffrer d'abord et te *passer à tabac* ensuite.

En même temps il empoigna le jeune homme à bras-le-corps et chercha à le renverser.

D'un brusque coup de reins, ce dernier se dégagea de cette étreinte, puis lui décocha une si rude bourrade qu'il l'envoya rouler au loin sur le sol.

Voyant son camarade traité de la sorte, l'autre agent, qui était celui ayant nom Gibou, voulut le venger et se jeta sur l'étudiant, abandonnant à son tour la jeune fille.

C'était bien sûr quoi comptait Jean.

— Sauvez-vous, maintenant, mademoiselle! — cria-t-il à celle-ci, — moi je vais m'arranger avec ces deux individus et leur ôter pour longtemps l'envie de venir se promener par ici... filez... filez vite...

L'ouvrière s'éloigna rapidement du lieu de la scène, mais elle s'arrêta à quelques pas de là, anxieuse sans doute de savoir ce qui allait se passer.

Le jeune homme reçut le second agent au bout de son poing qui, prenant contact avec sa poitrine, la fit sonner comme un tambour.

L'argousin en eut le souffle coupé net et resta un moment anéanti sous le choc.

Mais, revenant bientôt à lui, il s'écria :

— Ah! il paraît que tu veux nous démolir, mon garçon? Attends un peu, on va te mettre à la raison et te régler. Nous avons là un petit joujou avec lequel tu vas faire un brin de causette.

Tout en parlant, il sortait de sa poche un instrument composé d'une forte boule de plomb fichée à l'extrémité d'un jonc très court qui lui servait de manche.

C'était un casse-tête, arme terrible s'il en fût, surtout entre les mains des gens de police qui en connaissent à fond le maniement.

La position pouvait devenir critique pour Jean, car il n'avait aucun secours à espérer.

En effet, bien qu'on ne fût pas encore en plein hiver, la température était déjà basse, et les quelques rares personnes qui passaient de-ci de-là sur la place étaient plus pressées de rentrer chez elles que de s'amuser à regarder des gens se battre.

Peu importait, du reste, au jeune homme qu'on lui vînt en aide ou non, et la vue de l'engin meurtrier, au lieu de l'intimider, ne fit au contraire qu'accroître son courage.

— Ah! coquin! — cria-t-il à l'agent, — tu veux m'assommer à ce que je vois... Cela ne m'étonne pas de toi; quand on fait le métier que tu fais, on est capable...

Le casse-tête qui siffla à son oreille et dont il n'évita le coup qu'en se jetant brusquement de côté l'empêcha de finir la phrase.

Le croyant touché, l'argousin lui dit :

— Hein! tu as ton affaire maintenant... Allons, ne fais plus le méchant, bibi, et rends-toi, sans cela je repique... et plus dur encore.

— Tiens, voilà comme je me rends, — répliqua Jean en détachant au beau milieu de la figure du pauvre Gibou, et de toute la force de son bras, un coup de poing qui lui mit le nez au niveau des joues.

L'agent poussa un hurlement de douleur et lâcha aussitôt son casse-tête, pour porter ses deux mains à son visage ensanglanté.

L'étudiant en profita pour ramasser l'arme et la lancer dans une bouche d'égout qui s'ouvrait à proximité.

Il pensait après cela en avoir fini avec les deux policiers.

Il se trompait.

Comme il reprenait haleine, il entendit une voix qui lui criait :

— Prenez garde, monsieur, prenez garde, voilà l'autre qui s'approche derrière vous...

Il opéra une volte rapide et vit, en effet, se glisser sournoisement vers lui l'agent Pitard auquel il avait fait mesurer le sol.

Le chenapan, après quelques secondes d'étourdissement, s'était remis sur pied et revenait à Jean, mais non de face, sachant maintenant qu'il ne faisait pas bon de l'aborder de cette manière.

Il espérait ainsi le surprendre à l'improviste et en avoir facilement raison.

L'avertissement qui venait d'être jeté à Jean déjoua ses calculs.

Il s'arrêta alors comme irrésolu et, quoiqu'il eût, lui aussi, sorti son casse-tête, sembla se demander s'il devait continuer d'avancer ou prendre la fuite.

Le jeune homme coupa court à son hésitation.

Il bondit jusqu'à lui et avant qu'il n'eût eu le temps de se servir de son arme, la lui arracha violemment des mains et l'envoya rejoindre la première.

Après quoi, il se disposa à lui faire subir le sort de son compagnon.

Mais Pitard, rendu prudent, ne lui permit pas de s'offrir cette satisfaction.

Tournant le dos aussitôt, il déguerpit avec une telle vélocité qu'en un instant il eut disparu aux yeux de Jean.

L'autre, avec sa figure nivelée, avait déjà gagné au large.

De sorte que l'étudiant se trouva maître du terrain

VIII

LA PETITE OUVRIÈRE

Alors seulement Jean de Lavaur aperçut la petite ouvrière réfugiée près de la fontaine Saint-Michel et devina d'où lui était venu l'avis qui l'avait fait se retourner si à propos.

Il courut à elle.

La pauvrette était toute tremblante d'émotion et pouvait à peine se soutenir.

— Oh! merci... merci, monsieur, — lui dit-elle d'une voix entrecoupée et les yeux humides de larmes de reconnaissance; — sans vous, sans le secours que vous m'avez apporté, ces misérables m'entraînaient avec eux... et j'étais à jamais déshonorée... oh! oui, merci... merci encore!...

— Croyez bien, mademoiselle, que ce que j'ai fait là est tout simple, — répondit Jean. — J'ai vu tout de suite de quelle abominable erreur vous étiez victime et il eût été lâche de ma part de ne pas tenter de vous dégager.

— C'est vrai. Cependant, si simple et si naturel que ce soit, d'autres peut-être ne l'auraient pas fait. Aussi vous en garderai-je toujours une profonde gratitude et le souvenir de votre généreuse conduite sera-t-il sans cesse présent à ma mémoire.

— Vraiment, mademoiselle, — repartit le jeune homme embarrassé de ces remerciments qu'il trouvait exagérés, — vraiment, vous me rendez confus et c'est plutôt à moi de vous savoir gré de m'avoir procuré l'occasion d'empêcher une infamie.

« Écoutez, — ajouta-t-il afin de détourner la conversation, — puisque vous avez cru devoir assister à la correction que j'ai infligée à ces deux gredins, voulez-vous m'autoriser, de crainte qu'il ne vous arrive quelque nouvelle aventure, à vous accompagner jusque près de chez vous? Mon offre, croyez-le bien, est des plus respectueuses et n'a d'autre but que de vous protéger s'il était nécessaire.

Elle fixa sur lui ses beaux yeux où se lisait la franchise et murmura :

— Oh! monsieur, pensez-vous que je puisse en douter après ce qui vient de se passer? J'allais, d'ailleurs, vous prier de le faire et, non seulement jusque près de chez moi, mais encore chez moi-même, ou mieux chez ma tante, qui m'en voudrait beaucoup, j'en suis sûre, de ne pas vous avoir amené à elle pour qu'elle pût vous remercier à son tour.

— En ce cas, allons, mademoiselle, — dit Jean. — Il faut, je le vois, me résigner à être un héros et, naturellement, subir toutes les conséquences de cette situation, ajouta-t-il en souriant.

Et il offrit son bras à la jeune fille qui ne fit aucune difficulté pour s'y appuyer; puis tous deux se mirent en route aussitôt.

Ils n'avaient encore fait qu'un court trajet, devisant de l'aventure qui les réunissait, quand le jeune homme crut s'apercevoir que sa compagne n'avançait plus qu'avec peine et que sa respiration devenait haletante, oppressée.

Il remarqua aussi qu'elle semblait se raidir pour continuer sa marche et que sa main se crispait fortement sur sa manche dont elle étreignait le drap convulsivement.

— Qu'avez-vous donc, mademoiselle? — lui demanda-t-il en s'arrêtant anxieux; — seriez-vous souffrante?

— Oui, un peu... — répondit la jeune fille d'une voix éteinte. — Je ne sais pas ce que j'ai... ça vient de me prendre à l'instant... j'éprouve dans tout mon être une faiblesse extrême... on dirait que mon sang se fige dans mes veines... et que mon cœur va cesser de battre...

— Reposons-nous un moment alors, — dit Jean en considérant l'ouvrière avec une certaine inquiétude, — peut-être cela va-t-il se dissiper?

— Je veux bien... il me serait, du reste, impossible d'aller plus loin... Mais que se passe-t-il en moi?... — s'écria soudain l'enfant... — Je sens le sol qui se dérobe sous mes pieds... ma vue se trouble... je n'y vois plus... je... je... Ah! mon Dieu!... je me meurs!... je me...

Ces derniers mots expirèrent sur ses lèvres et, tout à coup, les yeux clos, le visage subitement envahi par une pâleur extrême, elle se laissa aller, inerte, contre Jean de Lavaur, qui n'eut que le temps de la retenir pour l'empêcher de choir à terre.

Elle venait de perdre connaissance.

Jean, d'abord effrayé de la voir dans cet état, se rassura bientôt en constatant qu'elle n'était simplement qu'évanouie.

Il se rendit même compte, sans peine, des causes de cette syncope, laquelle était due, certainement, aux émotions violentes que venait de traverser la jeune fille et à l'ébranlement nerveux qu'elles avaient provoqué en elle, ce qui offrait peu de gravité, il le savait.

Par contre, s'il n'avait plus aucune appréhension à son égard, il n'en était pas moins dans un grand embarras et se demandait, assez perplexe, ce qu'il allait faire en cette occurrence.

Évidemment, bien que son évanouissement fût bénin, il eût été dangereux d'attendre là, dans la rue, que la pauvre enfant fût revenue à elle.

Le froid pouvait lui être fatal en ralentissant encore la circulation du sang, dont l'activité était déjà si diminuée.

Il fallait donc lui trouver un abri au plus vite.

Jean chercha des yeux s'il ne voyait pas passer une voiture aux environs.

Il l'y aurait installée et reconduite ainsi chez elle.

Malheureusement, pas le moindre véhicule ne se montrait, de quelque côté qu'il dirigeât sa vue.

Alors il fit la seule chose qui lui restait à faire.

Il prit l'ouvrière dans ses bras et se mit en marche vers la rue Dauphine, en suivant la rue Saint-André-des-Arts.

La distance était courte et un quart d'heure au plus devait suffire pour arriver à destination.

Au contact de ce corps jeune et souple qu'il serrait contre sa poitrine, Jean se sentait pénétré par un charme inconnu, qui peu à peu s'infiltrait dans chacune de ses fibres et les faisait vibrer délicieusement.

Puis, le visage de la jeune fille étant près du sien, son souffle pur venait lui caresser la joue et lui procurait une sensation d'une douceur infinie.

Parfois, aussi, ses longs cheveux, qui s'étaient dénoués pendant qu'elle était aux prises avec les agents, s'envolaient, fouettés par la bise, et, s'accrochant à sa barbe, semblaient l'enchaîner à elle par un lien charmant.

Afin de prolonger plus longtemps ces instants d'ivresse, — la route se faisant trop vite à son gré, — il avait un peu modéré son allure et contemplait ses traits si fins et si harmonieux, dont il devait à jamais conserver l'image profondément gravée dans son cœur.

Et, chose étrange, quoiqu'il fût dans toute l'ardeur, dans toute la fougue de la jeunesse, aucune mauvaise pensée ne surgissait en lui.

— Que m'est-il donc arrivé, mon Dieu!...

Le sentiment qu'il éprouvait était dégagé de toute idée matérielle et le faisait planer en plein azur, bien au delà des régions terrestres.

Il est, d'ailleurs, un fait à remarquer, — et plus d'un de ceux qui nous lisent ne l'ignorent sans doute pas, — on n'aspire point à la possession de l'être aimé au début d'un véritable amour.

Ce n'est que plus tard, quand l'âme est redescendue des hauteurs où

Liv. 9. — H. GEFFROY, éditeur. — Reproduction interdite.

9

elle s'était élevée, que les sens s'éveillent et font naître des désirs charnels.

La jeune fille était donc dans les bras de Jean aussi en sûreté qu'elle l'eût été dans ceux d'une mère.

L'étudiant avait déjà accompli les trois quarts du trajet, lorsqu'il sentit l'enfant tressaillir et prendre une pose moins abandonnée.

Il comprit que son évanouissement cessait.

Aussitôt, et avant qu'elle fût revenue à la connaissance des choses, il la laissa glisser doucement à terre, craignant qu'elle ne se froissât de se voir portée de la sorte.

Cela acheva de la ranimer tout à fait et, presque immédiatement, elle ouvrit les yeux.

Cherchant alors à rassembler ses idées, elle demanda à Jean :

— Que m'est-il donc arrivé, mon Dieu! Il me semble que je sors d'un rêve?

— Vous avez eu une légère syncope, — répondit le jeune homme.

— Ah! oui, je me souviens... cette défaillance qui m'a prise tout à l'heure et m'a fait croire que j'allais mourir... oh! quelle angoisse j'ai éprouvée...

— Vous en ressentiriez-vous encore?

— Non, à présent c'est fini... il ne m'en reste rien, si ce n'est un peu de lassitude.

Puis, regardant autour d'elle, l'ouvrière, surprise, demanda :

— Mais où sommes-nous ici? Nous avons donc quitté la place Saint-Michel?

— Oui, mademoiselle. Je n'ai pas voulu, dans l'état où vous étiez, vous laisser exposée à la bise glaciale qui souffle ce soir, et...

— Et vous m'avez portée?

— Pardonnez-moi de m'être permis une telle liberté, — repartit Jean du ton d'un écolier qui s'attend à une réprimande. — Comme je viens de vous le dire, je redoutais pour vous l'action du froid et il était absolument nécessaire de vous faire regagner votre domicile sans le moindre retard. J'ai donc employé ce moyen de locomotion, faute d'autre plus pratique. Encore une fois, veuillez me pardonner.

— Vous pardonner! — s'exclama la jeune fille dont les yeux sourirent angéliquement. — Comme vous renversez habilement les rôles, monsieur. C'est moi, au contraire, qui dois m'excuser près de vous de la peine que je vous ai donnée... car j'ai dû beaucoup vous fatiguer.

Le ton candide avec lequel elle dit cela montra à Jean toute l'ingénuité de son cœur et combien elle était éloignée de croire au mal.

Mais ce fut à son tour de se récrier.

Le fatiguer!

Elle plaisantait, à coup sûr.

Il n'avait même pas senti son poids.

Et il se retint d'ajouter qu'il serait bien allé ainsi avec elle jusqu'à l'extrémité de Paris sans penser à la fatigue... ce qui était vrai.

Puis il reprit :

— Maintenant, si vous croyez pouvoir marcher, continuons notre route. Quoique remise, plus tôt vous serez chez vous, mieux cela vaudra. Nous ne devons plus être bien loin de votre demeure, ce me semble?

— Non, à une centaine de pas environ, et je puis facilement les faire si vous me soutenez un peu.

Et la petite ouvrière ajouta, en reprenant le bras de Jean et en s'appuyant légèrement contre son épaule :

— Tenez, comme ça, pas davantage...

— Oh! — fit-il hypocritement, — vous pouvez vous appuyer plus fort; cela vous soulagera d'autant et nous n'en irons que plus vite.

— Non, c'est inutile, — repartit l'enfant qui craignit probablement d'abuser de l'aide du jeune homme.. — Telle que je suis là, je me sens de force à faire une lieue sans broncher, vous allez voir.

En même temps, pour prouver sa vaillance, elle se mit la première en marche.

Comme elle l'avait assuré, le léger soutien qu'elle avait réclamé de Jean lui fut suffisant et, peu après, elle pénétrait avec l'étudiant dans un petit logement situé tout au fond de la cour d'une vieille maison de la rue Dauphine.

Dès qu'il fut entré, Jean se trouva en présence d'une dame âgée, à la physionomie douce et sympathique et qui, quoique mise très modestement, paraissait appartenir à un monde tout autre que le monde ouvrier.

Il avait déjà remarqué, du reste, que la jeune fille avait un air et des manières qu'on ne rencontre généralement pas chez les personnes de sa condition.

Rapidement, après une présentation sommaire, — puisqu'elle ignorait encore le nom de son sauveur, — l'ouvrière mit la vieille dame au courant du danger qu'elle venait de courir et de la façon dont l'en avait tirée celui qui était devant elle.

— Oui, ma tante, — fit-elle en terminant, — sans monsieur, sans son courage, ces misérables m'emmenaient en prison et, peut-être, ne m'auriez-vous plus jamais revue, car je crois que j'y serais morte de honte.

Et elle cacha sa tête dans le sein de sa parente qui était si troublée de ce qu'elle apprenait que c'est à peine si elle put trouver les expressions nécessaires pour exprimer sa reconnaissance à Jean.

Quand enfin elle y fut parvenue et que, par discrétion, ce dernier voulut se retirer, elle l'arrêta en lui disant :

— Donnez-nous encore un moment, monsieur, je vous prie. Avant que vous partiez, il est bon que vous sachiez qui nous sommes, ma nièce Denise et moi. Vous verrez par là combien vous avez eu raison d'agir comme vous l'avez fait.

Le jeune homme, dont le cœur subissait un petit commencement de crise, céda avec d'autant plus d'empressement au désir de la vieille dame qu'il souffrait déjà depuis un moment d'avoir à quitter si tôt le voisinage de sa protégée, et, ayant pris place près des deux femmes, ses oreilles se prêtèrent au récit de la tante, tandis que, par ses yeux, allait vers la nièce le meilleur de lui-même.

Alors il apprit que les parents de cette dernière avaient autrefois occupé un certain rang dans la société et joui d'une assez belle aisance, grâce au père qui, ingénieur d'un grand mérite, trouvait à exécuter des travaux largement rémunérés.

Par malheur, on ne sait quel démon était venu un jour s'emparer de lui. Il avait été pris tout à coup de la folie de l'argent et, délaissant son métier, s'était lancé dans des spéculations hasardeuses qui, selon ses calculs, auraient dû le rendre millionnaire en peu de temps, mais qui, au contraire, — et cela était prévu, car il ne connaissait absolument rien aux affaires, — l'avaient totalement ruiné en moins d'une année.

D'autant plus qu'il était tombé entre les mains d'escrocs fieffés pour qui ce n'avait été qu'un jeu de le dépouiller.

Le coup avait été si rude qu'il n'avait pu le supporter et était mort quelques mois après, suivi bientôt par sa malheureuse femme qui, elle non plus, n'avait pas eu la force de résister à cette catastrophe.

Leur fille, Denise, avait alors douze ans.

— La pauvre orpheline, n'ayant plus que moi comme soutien sur terre, — continua la vieille dame, — je la recueillis et tâchai, par la tendresse que je lui témoignai, de lui faire oublier le malheur qui la frappait.

« Mais nous n'étions pas encore au bout de nos peines.

« Je jouissais moi-même d'une petite fortune qui s'élevait à environ soixante mille francs de capital.

« Sans m'en rien dire, mon frère, — car je suis la tante paternelle de Denise, — mon frère, dis-je, avait, paraît-il, fait fond sur moi et engagé presque tout mon avoir. Si bien qu'un beau matin, un individu vint me réclamer une somme de cinquante mille francs qu'il lui avait, disait-il, prêtée sur l'assurance formelle que je le rembourserais au cas où il ne pourrait s'acquitter lui-même.

« Il me montra, en effet, des papiers qui établissaient le prêt en question d'une façon indiscutable, ainsi qu'une lettre de mon frère par laquelle celui-ci lui donnait cette assurance.

« Je pouvais, naturellement, me retrancher derrière la loi et dire que je refusais de payer, puisque la dette avait été contractée sans mon assentiment.

« Ce fut, du reste, ce que j'essayai d'abord de faire.

« Mais alors l'individu, un certain Isaac Moser, sorte de juif allemand à physionomie louche et astucieuse, menaça de m'intenter un procès, disant que s'il ne le gagnait pas, il aurait au moins pour se venger la satisfaction de déshonorer la mémoire du mort.

« Je fus effrayée et, pour éviter ce scandale, pris le parti de m'exécuter.

« Il ne me restait donc plus que dix mille francs pour vivre, l'enfant et moi.

« Nous ne pouvions, vous le comprenez, aller bien loin avec cette misère. Aussi, dus-je me résoudre à placer cet argent en viager, pensant qu'ainsi il nous serait plus profitable.

« Eu égard à mon âge et à ma santé précaire, — car depuis longtemps je ne suis plus bien portante, — je parvins à en obtenir un revenu de neuf cents francs, ce qui déjà me tranquillisa sur notre sort. Nous étions sûres, en effet, de ne pas mourir de faim désormais.

« Toutefois, un souci m'obsédait.

« Quel allait être l'avenir de Denise ?

« Bien entendu, il ne fallait plus songer, comme auparavant, à en faire une « demoiselle ».

« Maintenant que nous nous trouvions dans une situation plus que modeste et qui, d'un jour à l'autre, pouvait, si je venais à quitter ce monde, se changer pour elle en véritable indigence, il était nécessaire qu'elle apprît un métier qui, plus tard, lui permît de gagner sa vie.

« J'étais venue, après la perte de mon bien, loger dans ce petit appartement, dont le modique loyer s'accordait avec mes faibles ressources.

« Ayant su, par une voisine, qu'un grand magasin de nouveautés de la place de la Bastille prenait des fillettes en apprentissage et qu'ensuite, une fois devenues ouvrières, on les rétribuait par un salaire suffisamment élevé, je me décidai à la placer là.

« La voisine, travaillant elle-même dans ce magasin, voulut bien se charger de l'y conduire le matin et de l'en ramener le soir, ce qui m'ôta toute inquiétude au sujet des accidents qui auraient pu lui arriver en route ou des mauvaises rencontres qu'elle aurait pu faire.

« Cela dura trois ans, au bout desquels l'apprentissage de Denise prit fin. Aujourd'hui, il y a dix-huit mois qu'elle est ouvrière et, par conséquent, payée de son travail, dont le gain régulier a amené un peu d'aisance chez nous.

« Par malheur, l'obligeante voisine dont je vous parlais, ayant déménagé l'année dernière, la petite est obligée, depuis cette époque, de faire seule le chemin, aussi bien le matin que le soir.

« Cependant, jusqu'à présent, il ne lui était jamais rien survenu, et il faut que ces deux hommes qui ont voulu l'emmener soient de bien vilaines gens.

« Est-il possible, je vous le demande, de se méprendre à ce point, si l'on n'a pas l'âme complètement pervertie ?

— Vous avez raison, madame, — repartit Jean de Lavaur arraché à sa contemplation par cette demande ; — ce sont d'ignobles personnages et je ne comprends pas que la police emploie de pareils chenapans ; car en agissant comme ils le font, ils peuvent être cause de malheurs irréparables.

— Oh ! oui, irréparables, monsieur. Que serait-il advenu, grand Dieu ! si vous ne vous étiez pas trouvé là pour leur retirer Denise des mains ? J'en frémis rien que d'y songer. Aussi ne pourrons-nous jamais nous acquitter envers vous du service éminent que vous nous avez rendu, ni vous témoigner assez toute notre gratitude.

— Vous le pouvez, madame, et d'une façon bien simple, même, — dit Jean en souriant.

— Oh ! dites-nous comment, monsieur ? — s'exclama Denise.

Et la vieille dame ajouta :

— Si cela est en notre pouvoir, croyez que nous n'hésiterons pas un instant à le faire.

— C'est de me permettre de venir de temps à autre vous présenter mes respects et saluer Mlle Denise. Non seulement alors je serai largement payé de ce service, mais c'est moi, de plus, qui me considérerai comme votre débiteur.

Point n'est besoin de dire si ce que demandait Jean lui fut aussitôt accordé par la vieille dame et sa nièce qui lui assurèrent que, dès ce jour, la porte de leur demeure lui était toute grande ouverte.

Le jeune homme, qui pensait n'être entré là que pour quelques instants, resta une partie de la soirée avec les deux femmes, trouvant à leur société un charme tout particulier et s'enivrant de la vue de la jeune fille devant laquelle il demeurait dans une sorte d'extase.

Quand enfin il dut se résigner à les quitter et se revit dehors, il lui sembla que chaque chose s'offrait à sa vue sous un aspect nouveau.

Tout paraissait rayonner autour de lui, comme si la nuit fut soudain devenue lumineuse et, ainsi que dans un mirage, il entrevoyait des horizons qui lui avaient été inconnus jusque-là.

Sans savoir où il allait, il se mit à marcher à l'aventure, absorbé par les pensées qui l'assaillaient en foule et dont l'unique objet était la jeune ouvrière.

Il la voyait toujours devant lui, entendait sans cesse le timbre musical de sa voix et croyait encore sentir le parfum qu'exhalait sa soyeuse chevelure, parfum dont il s'était grisé quand il la portait évanouie dans ses bras.

Il déambulait ainsi depuis déjà un certain temps, faisant le plus joli rêve qu'il lui eût jamais été donné de faire, lorsque plusieurs vibrations sonores, qui remplirent l'air et se répercutèrent au loin, vinrent le ramener brutalement à la réalité.

Comme il regardait où il était — car il n'en avait pas la moindre idée — il constata avec étonnement qu'il se trouvait en face de l'église Saint-Germain-des-Prés, sur le parvis de laquelle le hasard de ses pas l'avait conduit, et dont la grosse horloge qui surmonte le portail achevait lentement de sonner onze heures.

Il se souvint alors de la partie projetée avec ses camarades et de la promesse qu'il leur avait faite de se mettre à leur tête.

Hélas ! il n'était plus guère d'humeur, maintenant, à se divertir aux dépens du père Bonhommet.

Il avait l'esprit bien trop occupé d'autre chose.

Toutefois, il se dit qu'il était au moins convenable d'aller prévenir la bande qu'elle n'eût plus à compter sur lui.

Ce qui l'ennuyait, par exemple, c'est qu'il venait également de se rappeler être en possession d'une maîtresse — détail qui lui était complètement sorti de la cervelle depuis deux heures — et que cette maîtresse l'attendait à coup sûr au lieu du rendez-vous, puisqu'il lui avait bien recommandé de ne pas manquer de s'y trouver.

Connaissant son caractère jaloux, il se demandait comment il allait lui expliquer son retard d'une façon à peu près vraisemblable ; car il va de soi qu'il était fermement résolu à ne pas lui dire un mot de la vérité.

— Bah ! — fit-il après avoir cherché un moment, mais en vain, ce qu'il pourrait bien lui débiter, — nous verrons cela quand nous y serons.

Et, là dessus, il prit sa course dans la direction du boulevard Saint-Michel.

Nous savons le reste.

IX

BONHEUR ET DEUIL

Le lendemain de ce jour, vers huit heures, Jean alla stationner près du magasin où travaillait Denise Briant et, dissimulé sous une porte cochère voisine, se mit à guetter sa sortie.

Toute la nuit et toute la journée, il n'avait cessé de songer à elle. Pris d'un désir impérieux de la revoir, il n'avait pas voulu attendre les quelques jours qu'exigeaient les convenances, pour qu'il lui fût permis de profiter de l'autorisation qui lui avait été accordée de se représenter chez sa tante.

Puis il s'était dit aussi que les deux policiers, malgré la rude leçon qu'il leur avait donnée la veille, pourraient bien, afin de se venger sur elle de leur défaite, se mettre à l'affût en quelque endroit de son passage et chercher de nouveau à l'arrêter.

Il tenait donc, en prévision de cette éventualité, à être là pour la protéger encore si besoin était.

Au bout d'un quart d'heure d'attente, il eut une sorte de commotion à laquelle il ne s'attendait pas, en la voyant sortir avec le flot des autres ouvrières : décidément cette jeune fille lui tenait au cœur.

Quand elle eut commencé à prendre le chemin de la rue Dauphine, il quitta sa cachette et s'engagea sur ses pas, mais en se maintenant à une certaine distance, de manière à ce qu'elle ne pût l'apercevoir.

Ils cheminèrent de la sorte jusqu'à la place Saint-Michel, la jeune fille n'ayant pas songé un seul instant à se retourner.

Mais, une fois là, par exemple, sous le coup d'une appréhension bien légitime au souvenir de l'événement de la veille, elle n'avança plus qu'avec circonspection et en jetant de tous côtés des regards investigateurs pour s'assurer qu'elle n'avait rien à craindre.

Au cours de cette inspection, elle distingua Jean de Lavaur qui, sans s'en douter, s'était graduellement rapproché d'elle et qui, en outre, vu l'espace, ne trouvait plus à se masquer derrière les passants comme il l'avait fait jusqu'alors.

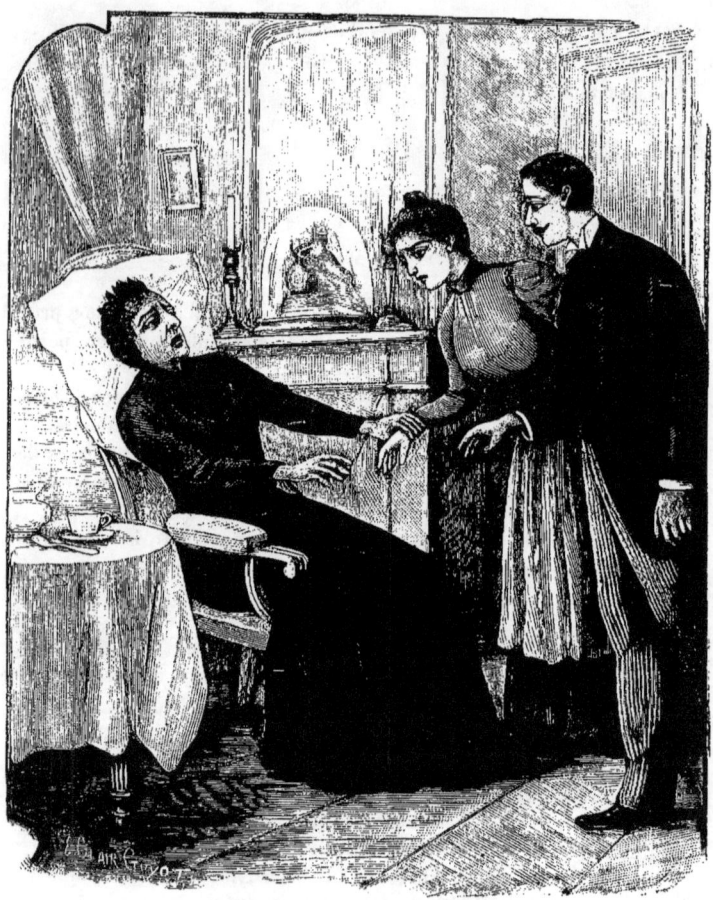

— Donnez-moi vos mains... que je les unisse!...

A sa vue, elle laissa échapper un cri de joyeuse surprise et courut presque à lui.

— Comment! c'est vous? fit-elle en lui souriant gentiment.

Et finement elle ajouta :

— Vous vous promenez donc par ici tous les jours?

— Oh! simple hasard... je flânais après le dîner et faisais un petit tour

LIV. 10. — H. GEFFROY, édit. — Reproduction interdite.   10

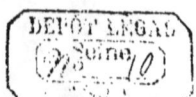

dans ces parages, répondit le jeune homme, qui ne voulut pas avouer que depuis bientôt vingt minutes il la suivait à la piste.

— Quelle bonne idée vous avez eue là !

— Vraiment ?

— Mais oui ; car cela me fait grand plaisir de vous revoir, avoua naïvement la jeune fille.

— Et moi aussi, mademoiselle, je suis bien heureux de... cette rencontre, répliqua Jean.

En prononçant ces mots, sa voix avait vibré d'une telle intonation de tendresse que, malgré son innocence, l'enfant eut la prescience du sentiment qu'elle avait inspiré au jeune homme ; ce qui amena sur ses joues une vive rougeur et la fit demeurer toute confuse devant lui, n'osant même plus le regarder.

Voyant son embarras et en devinant facilement la cause, l'étudiant fut à son tour pris d'une sorte de honte pour s'être ainsi trahi et, comme elle, ne sut plus trop quelle contenance tenir.

Toutefois, ce moment de gêne n'eut qu'une courte durée. Ce fut l'ouvrière qui, la première, le fit cesser.

Avec cet instinct féminin qui fait des filles d'Ève, même les plus ingénues, des diplomates d'une rare habileté en matière d'amour, elle comprit qu'il fallait sortir au plus tôt de cette situation délicate, sous peine de la voir se changer en une contrainte pénible, qui eût jeté comme une barrière entre eux et ne leur eût plus permis la moindre familiarité.

Aussi, reprenant sur-le-champ son air enjoué, elle demanda à Jean :

— Monsieur le flâneur, vous n'avez pas encore terminé votre promenade, j'espère ?

— Non, mademoiselle ; je la commençais.

— En ce cas, vous avez un peu de temps à perdre ?

— Certainement... beaucoup même.

— Et vous n'avez pas de préférence marquée pour telle ou telle direction ?

— Un flâneur sait-il où il va ?

— Eh bien ! monsieur le sentimental, car il faut l'être pour errer sans but, si ce n'était pas abuser de votre complaisance, pourquoi ne me reconduiriez-vous pas comme hier ?

— Très volontiers, répliqua Jean avec un peu trop de vivacité peut-être, enchanté qu'il était de cette bonne aubaine que sa confiance en son étoile ne lui avait pas fait espérer.

Et de même que la veille, passant le bras de la jeune fille sous le sien, il se dirigea avec elle vers la rue Dauphine.

Peu d'instants après, sans trop savoir comment, il se retrouva assis entre elle et sa tante dans le petit logement du n° 24.

La vieille dame parut bien quelque peu surprise de revoir si promptement le jeune homme ; et quand sa nièce lui eut expliqué qu'ils s'étaient rencontrés tout à fait fortuitement, elle eut, à l'adresse de l'étudiant un sourire légèrement incrédule, qui lui fit comprendre qu'elle n'était point si sûre que cela de la seule intervention du hasard — ce dieu des amoureux — dans cette circonstance.

Cependant, elle ne fit montre d'aucune contrariété, la loyauté et la franchise peintes sur la figure de Jean de Lavaur excluant de sa part toute mauvaise pensée.

Cette seconde soirée, l'étudiant la passa comme la précédente, presque en entier avec les deux femmes ; et quand il partit, il était, s'il est possible, encore plus heureux que la première fois.

Il avait, en effet, obtenu la permission d'aller tous les soirs attendre Denise à son magasin et de la ramener jusqu'à sa demeure.

Certes, il s'était montré bon défenseur de sa propre cause en faisant un noir tableau des dangers qui pullulent dans Paris, mais son meilleur avocat avait été Denise. Elle avait plaidé dans le même sens, si bien que Mᵐᵉ Briant, incapable de résister et jugeant finalement cette précaution nécessaire, s'était laissée convaincre et avait donné son autorisation, afin d'éviter le retour de faits semblables à celui qui s'était produit déjà.

C'est pourquoi, chaque jour, à partir de ce moment, Jean et Denise firent de compagnie le chemin de la place de la Bastille à la rue Dauphine.

S'ils babillaient tous deux le long de la route, on le devine.

L'étudiant avait l'esprit cultivé, l'ouvrière l'avait vif et alerte ; et ils échangeaient mille menus propos dont la matière leur était fournie par tout ce qu'ils voyaient ou entendaient, trouvant parfois à s'étendre en détails charmants sur la moindre des futilités.

Le jeune homme, qui, en fait d'intellect féminin, n'avait guère connu que celui de Clara la Lyonnaise, ou de demoiselles du même genre, était ravi de découvrir chez l'enfant un sens des plus fins et des plus délicats.

Mais ce qui lui causait une plus grande joie encore, c'était de la voir de jour en jour s'attacher davantage à lui.

En effet, l'esprit sans méfiance et le cœur droit, Denise lui montrait ingénument tout le bonheur qu'elle éprouvait de se sentir à ses côtés.

Et il n'avait pas besoin d'être grand clerc, cet ancien don Juan des Écoles, — don Juan converti, il est vrai, — pour constater que ce bonheur ne résultait pas d'un simple sentiment de reconnaissance ou d'amitié, mais bien d'un autre plus tendre, tel que celui qu'il ressentait pour elle.

La première semaine qu'il l'avait reconduite, il s'était contenté, sauf une ou deux fois qu'il était entré avec elle, de la laisser à sa porte, ne voulant pas, par sa trop fréquente présence, en venir à importuner la bonne tante.

Cependant, Mme Briant lui ayant fait entendre qu'elle ne voyait aucun inconvénient — loin de là, même — à ce qu'il se fît moins rare, il avait peu à peu rapproché ses visites et, finalement, les avait rendues quotidiennes.

Afin de répondre à la confiance que lui témoignait la vieille dame, dès le début il lui avait fait connaître qui il était et donné en même temps quelques détails sur sa famille.

C'est ainsi qu'il lui avait appris que son père, ancien officier de marine, était mort depuis de longues années et qu'il ne lui restait plus que sa mère, dont il était l'unique enfant.

Mme de Lavaur, née de Kerdaniou, était une Bretonne de sang et habitait la Bretagne.

Elle résidait au manoir de Kerdaniou, vieux château féodal, situé aux environs de Brest. Autour du château, s'étendait une vaste propriété lui appartenant et de laquelle dépendaient plusieurs fermes qui lui assuraient d'assez forts revenus.

Par suite, sa fortune était-elle relativement grande et s'accroissait-elle de jour en jour, en raison de l'existence plutôt modeste qu'elle menait.

Jean, en bon fils qu'il était, lui accordait toutes les qualités.

Il ne lui reconnaissait qu'un petit défaut, le seul qu'elle eût selon lui.

C'était d'avoir un goût prononcé pour l'argent et d'aimer à thésauriser avec un peu trop d'âpreté.

Il ajoutait, en souriant, qu'il la croyait un peu entêtée, comme tous les Bretons.

Mais il ne pouvait lui en vouloir ni de ce petit défaut inhérent à la race, ni de son goût particulier pour le « vil métal », puisque, en définitive, comme elle le lui avait dit, c'était à son profit qu'elle arrondissait son bien, tout ce qu'elle possédait devant, en effet, lui revenir plus tard.

Le jeune homme avait terminé en expliquant qu'elle avait d'abord eu l'idée de lui faire suivre la carrière de son père, mais qu'ayant remarqué son peu de dispositions pour le métier de marin, elle l'avait fait se tourner vers la médecine, cette profession étant des plus honorables et ne dérogeant nullement au nom qu'il portait.

C'est ce qui faisait que, depuis trois ans, il était à Paris, suivant les cours de la Faculté et prenant ses inscriptions pour être reçu docteur.

La vieille dame avait écouté ces détails avec un vif intérêt.

Elle s'était tout de suite aperçue du doux penchant des jeunes gens l'un pour l'autre et un espoir avait surgi en elle.

— Pourquoi — s'était-elle dit — M. Jean n'en viendrait-il pas à épouser Denise? Il est noble, c'est vrai, et riche, ou du moins doit l'être; mais s'il l'aime réellement, à notre époque ce n'est point là un obstacle... non plus que sa condition d'ouvrière, d'ailleurs, puisque, connaissant notre histoire, il sait comment elle l'est devenue.

« Denise est bien élevée, il a pu en faire la remarque ; elle serait pour lui une femme charmante de tous points. Donc rien d'extraordinaire à ce que ce mariage ait lieu.

Avec le temps, cette idée s'implanta si bien dans l'esprit de Mᵐᵉ Briant qu'elle finit par considérer Jean et sa nièce comme deux fiancés et en vint à attendre avec impatience que l'étudiant se déclarât ouvertement, c'est-à-dire lui demandât la main de la jeune fille.

Sa hâte était compréhensible. Sa santé n'avait jamais été bien bonne et s'altérait depuis quelques mois d'une façon inquiétante. Le pressentiment qu'elle avait de sa fin prochaine lui faisait désirer avec ardeur de voir l'orpheline établie le plus promptement possible.

S'il faut dire le vrai, Jean, jusqu'alors, n'avait pas encore pensé au mariage.

Il se laissait aller à la douce impulsion de son cœur qui le poussait vers l'enfant sans songer à ce qu'il en adviendrait.

Toujours plongé dans le rêve qu'il avait commencé le premier soir de sa rencontre avec Denise, il n'était pas encore retombé dans la réalité.

Un événement inattendu devait bientôt l'y ramener.

Un soir, il fut surpris de ne pas voir la jeune fille sortir de son magasin à l'heure habituelle.

Supposant qu'elle y était retenue par un travail pressé, il aborda une ouvrière qu'il savait être une de ses camarades d'atelier, et lui demanda dans combien de temps elle serait libre.

L'ouvrière lui répondit que Denise Briant, loin d'être encore au magasin, en était partie un peu avant six heures, la concierge de sa maison étant venue la chercher en toute hâte parce que sa tante paraissait très malade.

A cette nouvelle, Jean de Lavaur ne fit qu'un bond jusqu'au logement de la rue Dauphine.

Quand il y arriva, un spectacle navrant s'offrit à sa vue.

Dans un fauteuil où elle se tenait d'ordinaire, la vieille dame gisait presque sans vie, pendant que sa nièce, à genoux près d'elle et ses mains serrées dans les siennes, pleurait à chaudes larmes en lui prodiguant les plus tendres caresses.

La moribonde avait les paupières closes et était d'une pâleur livide ; son souffle ne sortait plus qu'à de longs intervalles de ses lèvres décolorées.

En apercevant l'étudiant, la jeune fille s'élança vers lui et lui cria d'un accent désespéré :

— Oh! sauvez-la... sauvez-la!... monsieur Jean! sauvez-la... Je n'ai plus qu'elle en ce monde... et si elle mourait, je serais seule sur terre désormais... Mon Dieu!... mon Dieu!... sauvez-la!

Tout de suite, rien qu'à l'aspect de sa vieille amie, Jean avait vu qu'elle était perdue.

Déjà habitué à considérer froidement les différentes façons dont s'approche la grande séparatrice, il devinait aux symptômes qui se présentaient que la malade succombait à une embolie des vaisseaux cardiaques, affection contre laquelle il n'existe aucun remède.

Cependant, pour ne pas ôter toute espérance à l'enfant, il répondit :

— Je vais essayer de la sauver, mademoiselle Denise, mais je ne dois pas vous cacher que son cas est très grave.

Il s'approcha de la moribonde qu'il commença par redresser sur son fauteuil, où elle était affaissée, comme cassée en deux, ce qui empêchait le libre jeu des voies respiratoires.

Ensuite, n'ayant rien de mieux sous la main, il lui fit prendre, en guise de cordial et afin d'activer le cours du sang, une bonne cuillère de café, dans laquelle il versa quelques gouttes de rhum.

Ces soins ranimèrent un peu la pauvre femme. Elle ouvrit les yeux et les promena autour d'elle. Hélas! la prunelle en était déjà terne et comme voilée par les ombres de la mort.

— Denise! ma mignonne... es-tu là? — parvint-elle à prononcer faiblement.

— Oui, là, tout près de vous, ma bonne tante... Vous ne me voyez donc pas?...

— Non... je ne vois plus rien... C'est la fin... ma pauvre petite... je n'ai plus que quelques instants à vivre... mais puisque tu es là... va vite chercher M. Jean... J'ai à lui parler... je voudrais...

— Je suis là aussi, madame, s'empressa de dire le jeune homme plus ému qu'il ne voulait le laisser voir.

— Ah! bien... Alors écoutez-moi, mon cher enfant, — reprit la mourante. — Je voudrais, avant de partir, être assurée que Denise ne restera pas sans un soutien dans la vie... Vous l'aimez, je le sais, d'un pur et sincère amour... elle-même a pour vous, je le sais encore, un sentiment de tendre affection... Eh bien ! promettez-moi... aussitôt que les circonstances le permettront... de la prendre pour femme... et je mourrai contente.

— Je vous le promets, madame, — répondit Jean solennellement, — et avec d'autant plus de joie que c'est le vœu le plus cher de mon cœur.

S'il est possible de ressentir un immense bonheur quand le chagrin vous étreint, Denise en éprouva un bien puissant en entendant prononcer cette promesse, qu'elle désirait du fond de son cœur, sans oser l'espérer.

— Merci... mon cher enfant... merci... cela me rend bien heureuse... — fit la vieille dame, — et, maintenant, je peux m'en aller tranquille...

Puis la malade ajouta, d'une voix qui s'affaiblissait de seconde en seconde :

— Donnez-moi vos mains .. que je les unisse... il me semblera que vous êtes déjà mariés...

Les deux jeunes gens lui tendirent leurs mains qu'elle prit pour faire comme elle le disait.

Mais avant qu'elle eût pu seulement les approcher l'une de l'autre, un spasme violent la secoua des pieds à la tête, un flot de sang jaillit de sa poitrine qui venait soudain d'éclater sous les efforts qu'elle avait faits pour prononcer ces quelques phrases, puis, après s'être raidie dans une dernière convulsion, elle demeura immobile pour toujours...

Elle avait fini de souffrir.

X

LA MAISON DE LA RUE SAINT-JACQUES

Quand l'orpheline eut conscience du malheur qui la frappait, son désespoir fut immense; elle en resta affaissée, presque comme hébétée durant plusieurs heures.

Enfin, grâce aux consolations de Jean, aux douces paroles qu'il ne cessa de lui adresser, elle parvint à reprendre le dessus et trouva même la force de veiller la morte avec lui.

Toute la nuit, Denise pria près de la couche sur laquelle dormait pour jamais l'excellente femme qui lui avait tenu lieu de mère; mais au matin, brisée autant par la fatigue que par le chagrin, elle finit par tomber dans un profond assoupissement.

Un rêve bizarre vint alors la visiter.

Elle se revit la veille, au moment où sa tante, prenant sa main et celle du jeune homme, s'apprêtait à les réunir.

Comme elle allait les faire se joindre, une femme au visage sévère et qui lui était absolument inconnue surgit tout à coup de derrière le fauteuil de la vieille dame et, lui saisissant les bras, les lui écarta brusquement, s'opposant ainsi à ce que leurs mains se touchassent.

A plusieurs reprises, la mourante voulut renouveler sa tentative et toujours la femme étrangère y mit obstacle de la même manière.

En même temps, elle leur jetait à tous trois des regards courroucés, surtout au jeune homme, qui baissait la tète devant elle comme s'il eût été coupable.

L'orpheline se réveilla en sursaut et en proie à un malaise inexplicable.

Elle eut d'abord l'intention de raconter son rêve à l'étudiant et de lui demander s'il comprenait ce qu'il signifiait. Une crainte la retint, car, pensant qu'il trouverait peut-être cette demande puérile, elle préféra n'en rien faire.

Elle se dit qu'au surplus ce n'était qu'un songe et que, comme tous les songes, il ne méritait pas qu'on y ajoutàt la moindre importance.

Néanmoins, elle en garda une impression pénible dont elle ne parvint pas à s'affranchir, la pensée que c'était peut-être un avertissement cherchant à s'implanter de plus en plus dans son esprit.

Dans la journée, le jeune homme s'occupa des démarches nécessaires à l'inhumation, et le lendemain tout était terminé.

En revenant du cimetière, la jeune fille confia à Jean combien allait être grande son affliction de se voir seule désormais dans un logement où elle avait vécu si longtemps avec sa tante.

L'étudiant, comprenant fort bien ce sentiment, lui suggéra alors l'idée de changer de demeure, lui faisant comprendre que de cette façon sa douleur recevrait quelque adoucissement, sans que, pour cela, le souvenir de sa parente fût amoindri en elle.

L'orpheline ayant adopté cette idée, Jean alla sur-le-champ louer cette petite chambre de la rue Saint-Jacques dans laquelle nous l'avons vu pénétrer, à la suite de Pacault, le matin même du jour où José de Peñaflor avait opéré en Seine le sauvetage de la pauvre désespérée.

Jean de Lavaur fit transporter le mobilier de la défunte dans ce nouveau logis qui, n'ayant pas les proportions de l'ancien, parut de suite moins vide à Denise, dès qu'avec le concours de son obligeant ami, elle s'y fut installée.

. . . .

Depuis trois semaines que Clara la Lyonnaise était sortie furieuse du

Un soir, au bal de Bullier, après un quadrille échevelé...

café du boulevard Saint-Michel pour aller, disait-elle, retrouver le *milord anglais* qui demeurait dans la maison où madame sa mère était préposée au cordon, ni Jean, ni ses camarades de l'École de médecine ne l'avaient pas revue une seule fois et n'en avaient eu non plus aucune nouvelle.

Elle devait, du reste, avoir momentanément quitté le quartier Latin, sa présence n'ayant été signalée dans aucun des nombreux établissements de l'endroit : cafés, tavernes ou brasseries que fréquente la jeunesse plus joyeuse que studieuse.

Cette éclipse totale de son ancienne maîtresse n'avait pas été pour déplaire à Jean, tant s'en fallait.

Il avait toujours craint que si elle venait à le rencontrer avec Denise, elle ne se livrât en pleine rue à quelque esclandre de mauvais goût dont la jeune fille et lui eussent certainement eu beaucoup à souffrir.

Il savait qu'elle en était fort capable, n'étant pas femme à faire bon marché de son ressentiment.

Plus d'une fois il avait eu l'occasion d'être témoin de ses emportements et le souvenir lui en suffisait. Non qu'il eût peur pour lui-même, certes ! mais il lui eût été pénible, pour protéger Denise, de faire valoir sa force contre la vindicative Lyonnaise.

Maintenant, il pouvait se croire tranquille et ne formait qu'un vœu : celui de ne point la voir reparaître de longtemps — de très longtemps — dans les environs.

Pour ne pas diminuer notre bel étudiant dans l'esprit des jeunes personnes sensibles, il faut dire ici que sa liaison avec Clara n'avait jamais eu le moindre caractère sérieux.

Ce n'avait été entre eux qu'une de ces « unions libres » — si fréquentes au pays latin, — qui se nouent et se dénouent au gré du hasard et dans lesquelles le cœur n'a absolument rien à voir.

Un soir, au bal Bullier, il y avait cinq mois de cela, un bol de vin chaud les avait rapprochés après un quadrille échevelé dansé ensemble. Comme elle était jolie fille, lui beau garçon, ils s'étaient pris d'un caprice l'un pour l'autre.

Au « quartier » ces caprices-là, sans avoir la vie plus longue que celle des roses, ont souvent le destin plus pénible de se survivre à eux-mêmes en se prolongeant par la seule force de l'habitude.

C'est le cas du plus grand nombre des « mariages » d'étudiants.

Sans s'aimer, par simple lassitude et pour ne pas avoir à changer leur existence, les deux jeunes gens avaient donc continué à vivre en commun.

Toutefois, malgré cette sorte d'indifférence mutuelle, Clara n'en faisait pas moins de fréquentes scènes de jalousie à Jean : question de nerfs et question d'amour-propre.

En effet, elle jugeait inadmissible que le jeune homme pût trouver une autre femme mieux qu'elle.

En outre, elle avait un singulier point d'honneur.

C'était, au cas d'une rupture, de vouloir que cette rupture vînt d'elle et non de Jean.

Sa « dignité », comme elle disait, exigeait qu'il en fût ainsi.

De là, cette fureur que nous lui avons vue quand elle avait pressenti que l'étudiant allait la quitter et aussi cette menace de se venger immédiatement en lui rendant la pareille.

Avait-elle réellement fait ce qu'elle avait annoncé et suivi son milord sur les rivages brumeux de la Tamise, ou bien une autre cause l'avait-elle obligée à déserter jusqu'à nouvel ordre les parages de la rive gauche ?

Nul n'aurait su le dire !

Quoi qu'il en fût, nous le répétons, elle avait complètement disparu et sans laisser derrière elle le plus léger indice qui pût faire connaître ce qu'elle était devenue.

Pour faire oublier à l'orpheline son nouveau deuil et changer le moins possible ses habitudes d'autrefois, comme auparavant, lorsque sa tante vivait, Jean de Lavaur allait tous les soirs passer une partie de la soirée avec Denise, après l'avoir, comme auparavant aussi, été chercher à son magasin et reconduite jusqu'à sa chambrette de la rue Saint-Jacques.

C'était une grande consolation pour l'enfant, que de sentir battre près d'elle ce cœur loyal qui l'aimait si ardemment et dont les pulsations s'accordaient si bien avec celles du sien.

Aussi s'était-elle réfugiée tout entière dans cet amour qui devait être sa vie, désormais, et sans lequel l'existence n'eût plus eu aucun but pour elle.

Le jeune Breton avait coutume de ne la quitter qu'assez tard, ne voulant pas perdre un seul des instants qu'il lui était donné de rester avec elle.

Deux ou trois fois déjà, au moment où il sortait de sa chambre, il avait entendu distinctement des pas furtifs s'éloigner de devant la porte comme si quelqu'un eût été là aux aguets.

Les pas se perdaient dans le fond du corridor, par lequel — il en avait fait la remarque, — on accédait aux combles, au moyen d'une échelle.

— Qu'est-ce que cela veut dire ? — se demanda-t-il. — Le grenier serait-il donc habité, et la personne qui y loge chercherait-elle à nous épier, Denise et moi ?

Afin de se renseigner à ce sujet, — ou du moins sur le premier point, — il prit le parti de s'adresser à la concierge.

Celle-ci lui apprit, qu'en effet, le grenier servait de logement à un pauvre être tout contrefait, fils d'une ancienne bonne du propriétaire et auquel ce dernier, en reconnaissance des services que lui avait rendus sa mère, avait « généreusement » permis de gîter en cet endroit, tant qu'il lui plairait.

Il se nommait Pacault — Etienne Pacault, — et s'occupait à faire de la vannerie, métier dans lequel il était assez habile pour qu'il lui rapportât aisément de quoi se nourrir.

— C'est, — ajouta la concierge dont la langue ne demandait qu'à se délier, — un garçon tout à fait inoffensif et qui n'aurait pas le cœur d'arracher une aile à une mouche.

« Je le crois un tantinet innocent.

« Seulement, il a l'humeur un peu sombre et farouche, sans doute à cause de la solitude constante où il vit, car il ne fréquente personne et ne sort que très rarement.

« Si c'est ce pauvre corps-là qui vous inquiète pour la petite demoiselle, — termina malicieusement la bonne femme avec un sourire entendu, — dormez sur vos deux oreilles, monsieur Jean; n'y a pas plus jocrisse que Pacault.

Ce renseignement éclaira Jean sur une partie de ce qu'il désirait savoir. Mais il lui restait maintenant à connaître la raison qui poussait ce singulier voisin à venir stationner devant la porte de Denise.

Il devait bientôt l'apprendre.

Un dimanche matin, — c'était une quinzaine de jours après l'emménagement de Denise dans la maison, — un dimanche matin, disons-nous, l'étudiant montait chercher la jeune fille pour l'emmener faire une petite promenade dans Paris, ainsi qu'il en avait été convenu la veille avec elle, lorsqu'au moment où il mettait le pied sur son palier, il vit agenouillé, vis-à-vis de sa porte, un homme d'aspect étrange et qui, les mains jointes, les yeux rivés sur l'huis, semblait en proie à une sublime extase.

Intrigué par ce bizarre spectacle, il demeura immobile à contempler le personnage sans que celui-ci parût s'apercevoir de sa présence.

De l'intérieur de la chambre parvenait une voix d'une rare pureté et dont les suaves accents avaient quelque chose de mélancolique et de touchant tout à la fois.

C'était Denise qui chantait une vieille chanson de l'ancien temps que sa tante lui avait apprise.

En la redisant, l'enfant pensait à la morte et de sa voix, qui en était comme mouillée de larmes, se dégageait un charme d'une tristesse infinie.

Quand la chanson fut terminée, l'homme agenouillé, — on devine que c'était Pacault, — sortit enfin de son extase et remarqua alors l'étudiant toujours occupé à le considérer curieusement.

Aussitôt, comme honteux d'avoir été ainsi surpris, il s'enfuit vers l'extrémité du corridor.

Décidé à lui demander l'explication de sa conduite, Jean courut après lui.

Mais, le voyant venir, Pacault gravit l'échelle avec une agilité de singe et s'engouffra dans les combles.

Sans hésiter, l'étudiant suivit le même chemin.

XI

PACAULT

Le grenier était éclairé par plusieurs vasistas qui, malgré leurs vitres brouillées par la pluie et la poussière, y laissaient pourtant entrer suffisamment de jour, pour qu'on pût s'y reconnaître.

Le jeune homme l'explora du regard et aperçut dans un angle une construction singulière dont l'architecture, quoique des plus primitives, ne manquait pas d'un certain pittoresque.

C'était une espèce de cage, composée de lattes entrecroisées, sur lesquelles était collé un gros papier d'emballage dont la teinte brune simulait assez bien des murs en ciment.

Le plafond de ce réduit était formé par le toit, à un endroit où s'ouvrait une des lucarnes.

Quant à la porte... il n'y en avait pas.

La baie qui servait d'entrée était simplement close par un vieux rideau de reps qui pendait au-devant et qu'on écartait pour se frayer passage.

Jean pensa que c'était évidemment là le logis du solitaire, et, ne l'apercevant nulle part, il se dit en même temps qu'il avait dû s'y retirer.

Il s'approcha donc de la cage et en souleva le rideau.

Il ne se trompait point. Le nain s'y trouvait, accroupi dans un coin comme une bête dans sa tanière.

A la vue de l'étudiant, Pacault se dressa et s'avança vers lui les sourcils froncés.

— Que voulez-vous et pourquoi entrez-vous ainsi chez moi sans ma permission? — lui demanda-t-il rudement.

— Ce que je veux? Je veux vous parler, mon ami, — répondit Jean d'un ton froid mais poli et sans paraître remarquer l'accueil peu engageant qui lui était fait. — Quant à ce qui est d'être entré chez vous sans permission, — ajouta-t-il, — il m'eût été difficile de faire autrement, puisque pour obtenir cette permission, il me fallait précisément pénétrer ici.

Le nain saisit sans doute la justesse de cet argument, car il fit de la tête un signe qui signifiait :

— C'est vrai, je n'y songeais pas.

Puis il reprit :

— Et de quoi voulez-vous me parler, monsieur?

— Je vais vous le dire. Je désirerais que vous me fissiez connaître ce que vous faisiez tout à l'heure devant la porte de la jeune fille qui demeure au-dessous de ce grenier.

Les sourcils du pauvre homme se rejoignirent de nouveau. Évidemment, cette demande lui déplaisait.

Au bout d'un instant, il interrogea au lieu de répondre :

— De quel droit m'adressez-vous cette question?

— Du droit que me donne... l'affection que je porte à cette jeune fille et de la mission que je me suis imposée de veiller sur elle, attendu qu'elle doit être ma femme un jour.

Les yeux du nain s'ouvrirent démesurément.

— Et s'il ne me plaisait point de vous répondre?

— Vous m'obligeriez à mettre en garde contre vous la personne dont il s'agit.

— Comment, en garde contre moi! Qu'entendez-vous par là, monsieur? — fit vivement Pacault qui parut effrayé de cette menace et dont le ton baissa immédiatement.

— J'entends que je la préviendrais d'avoir à s'assurer fréquemment qu'il n'y a pas quelqu'un derrière sa porte, occupé à l'épier ou à l'écouter chanter, ce qui, si elle le savait, ne serait peut-être pas pour lui faire grand plaisir.

— L'épier! — exclama le nain qui sembla froissé du mot. — Oh! je ne l'épie pas, monsieur.

— Alors pourquoi plusieurs fois déjà vous ai-je surpris le soir sur son palier? Car, d'après ce que je viens de voir, c'était assurément vous dont

j'entendais les pas s'éloigner dans le corridor au moment où je sortais de
chez elle.

— Je l'avoue, c'était moi, mais je vous jure, monsieur, que je ne
l'épiais en rien.

— En ce cas, à quelle intention étiez-vous là?

— A quelle intention?

— Oui ; sans aucun doute vous obéissiez à un mobile quelconque en
agissant ainsi, et c'est ce mobile que je désire connaître.

Au lieu de répondre, Pacault baissa la tête comme en proie à un grand
embarras.

Jean remarqua qu'il y avait même une sorte de confusion dans son
attitude.

— Eh bien! reprit le jeune homme après un instant de silence, — vous
ne me répondez pas! Vous étiez donc guidé par une pensée que vous ne
pouvez avouer?

— Monsieur, je ne sais que vous dire, — repartit enfin le nain, la tête
toujours inclinée, — car j'ignore moi-même pourquoi j'étais là.

— Bah!

— C'est la vérité, monsieur. Tout ce que je sais, c'est que... j'étais
bien heureux d'y être.

— Vraiment! — fit Jean qui se mit alors à examiner plus attentivement
Pacault. — Et pour quelle raison étiez-vous si heureux?

— Parce que... parce que... j'étais près d'*Elle*.

Ces mots furent un trait de lumière pour Jean à qui la conduite du
nain fut dès lors tout expliquée.

Pacault était amoureux de Denise.

A cette révélation, le jeune Breton éprouva soudain trois sentiments
distincts qui se firent jour en lui presque simultanément.

D'abord, ce fut un sentiment de jalousie, car il n'était plus seul maintenant à aimer Denise ; ensuite, un sentiment de dégoût né de l'idée qui
lui vint qu'un pareil être tenterait peut-être d'approcher la jeune fille ;
enfin, un sentiment de profonde ironie en faisant la comparaison de
la hideur quasi-fantastique de Pacault et de la radieuse beauté de
celle-ci.

Heureusement, un quatrième sentiment, celui-là de pitié, vint effacer,
ou du moins atténuer grandement les trois autres.

Le personnage qu'il avait devant lui était horriblement laid, il est
vrai, et avait à peine face humaine, mais ne possédait-il pas un cœur
fait comme le cœur de tous les autres hommes, c'est-à-dire susceptible
d'être embrasé par ce rayon divin qu'on appelle l'amour?

Le nain s'y trouvait accroupi dans un coin.

Et, dans ce cas, n'était-il pas plutôt digne de compassion que de raillerie ?

Pauvre misérable qui ne devait jamais être payé de retour et sur les lèvres duquel un aveu de sa passion eût semblé un blasphème !

Ce fut donc avec des yeux pleins de commisération que Jean considéra dès lors Pacault.

LIV. 12. — H. GEFFROY, édit — Reproduction interdite.

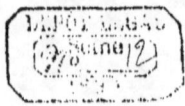

Il voulut savoir néanmoins si cet amour ne pouvait pas en arriver un jour à être dangereux pour Denise, et il continua à interroger le nain :

— Ainsi, — reprit-il d'une voix dont toute sécheresse avait disparu, — ainsi vous êtes heureux quand vous vous trouvez près de cette personne... je veux dire derrière sa porte ?

— Oh! oui, bien heureux! répondit Pacault qui releva la tête, ce qui permit à Jean de voir l'éclair de joie intense qui jaillit de ses prunelles à ce moment.

— Et vous seriez sans doute encore plus heureux si vous l'approchiez davantage ?

— L'approcher davantage! répéta Pacault qui ne saisit que ces deux mots dans la phrase qu'il venait d'entendre et dont le visage prit une telle expression d'étonnement qu'on eût dit que son interlocuteur venait d'émettre une hypothèse du domaine de l'invraisemblable.

— Oui, — reprit Jean, — afin, comme je viens de vous le dire, d'être encore plus heureux. Vous pourriez, par exemple, essayer, à titre de voisin, d'entrer en relations avec elle.

— Oh! jamais, monsieur, jamais! exclama le nain avec véhémence.

— Et pourquoi ?

— Pourquoi? Parce que... elle se sauverait en m'apercevant... je lui ferais peur... Vous ne voyez donc pas comme je suis bâti ?

Et un sourire amer crispa les lèvres du pauvre homme, pendant que des yeux il désignait à l'étudiant toutes les difformités de son individu.

— J'avoue — répliqua ce dernier — que la nature a été quelque peu marâtre envers vous; cependant, il s'en faut que vous soyez à faire peur, je vous l'assure.

Le jeune homme disait cela par générosité, vu que l'aspect de Pacault était réellement effrayant, surtout la première fois qu'on se trouvait en face de lui.

On se souvient, du reste, du portrait que nous en avons tracé et qui était plutôt au-dessous de la vérité.

Le nain pénétra le sentiment qui dictait les paroles de l'étudiant et il le remercia par un regard de reconnaissance.

Mais il se connaissait trop bien lui-même pour s'abuser et croire ce qu'il lui disait :

— Si, si, — reprit-il, — je suis horrible, horrible! je le sais, et ma vue provoque l'effroi, la répulsion, même. Aussi, voyez, je vis seul, toujours seul, me montrant le moins possible et ne sortant de mon trou que lorsque j'y suis absolument forcé. Encore ai-je soin de m'affubler d'un grand manteau qui me couvre des pieds à la tête et dissimule en partie ma monstrueuse enveloppe.

— Pauvre garçon, murmura Jean touché de tant de misère.

Puis, revenant à son idée qui était de savoir si l'ouvrière n'avait rien à redouter de lui.

— Ainsi, dit-il, — vous ne chercherez jamais à aborder Mᴵˡᵉ Denise, — c'est le nom de la jeune fille dont nous parlons, — ni même à vous placer parfois sur son passage ?

— Non, monsieur, encore une fois non, jamais. Je viens de vous en dire la raison. Et, même, si j'ai une prière à vous adresser, ce serait de ne pas lui parler de moi. Je veux toujours rester ignoré d'elle.

— Si cela vous est agréable, je ne demande pas mieux, mon ami. Pourtant, il faudra bien qu'un jour ou l'autre elle sache qu'elle a un voisin qui demeure dans les combles.

— C'est probable, en effet, qu'elle finira par le savoir; seulement, si vous faites ce que je vous dis, elle ne connaîtra pas ce voisin, car je ferai moi-même en sorte que jamais elle ne me voie.

— Alors vous ne la verrez jamais non plus ?

— Au contraire, je la verrai souvent. Couché sur le plancher de ce grenier, près de l'ouverture par laquelle on y accède et d'où la vue plonge facilement jusqu'à sa porte, je l'apercevrai chaque fois qu'elle entrera chez elle ou en sortira, sans qu'elle se doute un instant que je suis là, à dix pas d'elle tout au plus.

« C'est d'ailleurs de cette façon que je l'ai vue tous les jours depuis qu'elle habite ici, et je suis sûr qu'à aucun moment elle n'a soupçonné ma présence.

— Eh bien! c'est convenu, — dit Jean ; — je ne lui parlerai pas de vous. Mais j'appréhende fort que, malgré le silence que je garderai sur vous, votre incognito ne lui soit bientôt dévoilé d'une manière quelconque.

« Déjà, ce matin, vous étiez si attentif à l'écouter chanter, je pourrais dire si perdu dans les nuages, que vous ne m'avez même pas entendu monter ; et pourtant je n'ai pas le pied des plus légers. A plus forte raison ne l'auriez-vous pas entendue ouvrir sa porte s'il lui avait pris fantaisie de sortir pendant que vous étiez là.

— Oui, c'est vrai, fit le nain dont les yeux marquèrent une comique frayeur, — il me semblait que j'avais quitté la terre et que j'étais dans le ciel. C'était la première fois que sa voix frappait distinctement mon oreille et elle se révélait à moi dans ce qu'elle a de plus pur et de plus harmonieux... Elle m'avait attiré d'ici jusque sur le palier, comme si j'eusse été entraîné par une force invincible.

« Sans doute, serais-je resté longtemps encore dans la position où vous m'avez vu, si elle ne s'était tue soudain et n'eût fait ainsi brusquement cesser le charme qui me dominait.

« Mais, je vous le jure, monsieur, dorénavant je saurai résister à pareille séduction et ne commettrai plus une aussi grave imprudence ; les conséquences pourraient en être trop cruelles pour moi.

« Je vous le répète, si elle me voyait, elle fuirait comme à l'aspect d'un monstre et, même, serait peut-être dans le cas de quitter la maison... ce qui me rendrait fou de désespoir, ajouta Pacault en devenant tout pâle à l'idée que cette supposition pouvait devenir une réalité.

— Allons, soit, — fit Jean, — puisque vous avez une telle crainte de vous montrer à elle, ingéniez-vous donc à lui demeurer toujours inconnu. A présent, mon ami, il ne me reste plus qu'à vous dire que je suis très content de l'explication ou plutôt de l'entretien que nous venons d'avoir ensemble et qui, je l'espère, ne sera pas le dernier. Car, maintenant que nous nous connaissons, rien ne nous empêche de nous revoir quand bon nous semblera.

— Quoi ! monsieur, vous consentiriez à supporter ma société de temps à autre ?

— Certainement, et je vous assure que ce ne sera pas une contrainte pour moi, comme vous paraissez le croire.

— Vous êtes la première personne, monsieur, que je vois rechercher ma compagnie, — dit Pacault avec émotion. — Jusqu'alors tout le monde m'a fui.

— Eh bien ! moi, je ne fais pas comme tout le monde, voilà tout. Donc, si cela ne vous gêne point, je monterai ici deux ou trois fois par semaine — sans en parler à qui vous savez, naturellement, — et nous nous livrerons tous deux à quelque agréable causerie, ou du moins que nous tâcherons de rendre telle.

« Vous m'intéressez plus que vous ne pensez, ajouta le jeune homme qui, par ce qu'il proposait, voulait non seulement atténuer l'isolement du nain, mais encore, à titre de médecin, étudier en lui l'esprit d'un être vivant en véritable paria au milieu de trois millions de ses semblables.

Puis, en signe d'adieu, il tendit la main à Pacault.

Il est à présumer que ce geste n'était guère familier au malheureux, car il n'en parut pas saisir tout de suite la signification.

Pourtant, ayant fini par comprendre ce que désirait Jean, il se décida à avancer la main à son tour, mais avec tant d'hésitation que celui-ci dut aller la chercher à mi-chemin.

Malgré tout son empire sur lui-même, l'étudiant ne put réprimer un léger frisson en sentant ses doigts emprisonnés dans la large patte de Pacault qui, toute recouverte de longs et rudes poils roux, semblait bien plus appartenir à un animal qu'à une créature humaine.

Toutefois, il sut se dominer assez à temps pour que ce frisson passât inaperçu aux yeux du nain.

Pacault le reconduisit jusqu'à l'ouverture du grenier d'où il se disposa à regagner le palier.

Par malheur, le jeune Breton ignorait probablement que, s'il est facile de monter à une échelle, il est beaucoup plus difficile d'en descendre, surtout quand on n'a pas l'habitude de pratiquer ce genre d'escalier ; de sorte que, n'ayant pas pris les précautions nécessaires pour assurer sa stabilité sur les degrés, il perdit l'équilibre dès le premier et, battant l'air de ses bras, plongea dans le vide la face en avant.

Déjà il n'était plus qu'à cinq ou six pieds du sol sur lequel il allait choir avec une rudesse qui aurait pu lui occasionner quelque grave blessure, lorsqu'il se sentit saisir au collet par une main de fer qui l'arrêta net dans sa chute et le maintint en l'air assez de temps pour qu'il pût se rétablir solidement sur l'échelle.

C'était Pacault qui, en le voyant tomber, s'était aussitôt jeté à plat ventre sur le plancher des combles et, se penchant presque tout entier hors de l'ouverture, était parvenu à le repêcher ainsi dans l'espace, donnant par là la preuve d'une rare puissance musculaire.

Car, pour accomplir un pareil exploit, il fallait posséder une force vraiment herculéenne, Jean pesant tout près de cent soixante livres.

Quand l'étudiant, ayant réussi à achever sa descente sans autre encombre, leva la tête, tant pour remercier le nain du service qu'il venait de lui rendre, que pour le féliciter de sa vigueur extraordinaire qui le remplissait d'admiration, celui-ci avait disparu et Jean l'entendit qui reprenait la direction de son logement.

— Allons, ce sera pour une autre fois, — pensa-t-il. — Voilà bien un nouveau sujet d'études pour moi. Qui aurait pu supposer que, dans un corps si mal construit et d'une taille si exiguë, résidât la force d'un géant.

« Il faut que ce garçon-là soit réellement musclé comme un fauve et je vois en lui une de ces curieuses anomalies physiologiques dont la nature nous offre si souvent l'exemple.

« Moi qui cherchais les éléments de ma prochaine thèse, je n'ai plus besoin de me creuser la cervelle, les voici tout trouvés, parbleu !

Et, là-dessus, il entra chez la jeune fille certain, maintenant, d'après ce que lui avait dit Pacault, que jamais Denise n'aurait à souffrir, en quoi que ce fût, de la passion qu'elle lui avait inspirée.

XII

EN CABINET PARTICULIER

Toute parée et prête à partir, Denise attendait l'étudiant breton.

Elle était ravissante sous ses vêtements de deuil. Les sombres reflets de l'étoffe rehaussaient l'éclat nacré de son teint que le chagrin avait quelque peu appâli, sans en altérer toutefois la délicatesse et le soyeux qui en formaient le principal attrait.

Aussi, bien que Jean fût habitué à la voir quotidiennement, la trouva-t-il, ce matin-là, encore plus jolie que les autres jours.

Et une bouffée d'orgueil lui monta au cerveau à la pensée que bientôt cette adorable enfant serait à lui, toute à lui, que rien ne pourrait jamais l'en séparer.

Ils sortirent de la chambre.

Sur le palier, l'étudiant jeta à la dérobée un regard vers l'ouverture du grenier.

Dans un angle de la baie, il vit luire deux yeux dont le rayon se fixait sur sa compagne.

C'était Pacault qui avait repris son poste habituel.

De la façon dont il était placé, personne, en effet, ne pouvait le voir, à moins d'avoir été prévenu de sa présence à cet endroit.

Les deux jeunes gens descendirent.

Le temps était beau, l'atmosphère fraîche mais non froide et le soleil brillait dans un firmament d'un bleu pâle à peine ponctué, çà et là, de quelques nuages laiteux, qui semblaient de grands oiseaux blancs aux ailes éployées planant au haut des airs.

Par la promenade qu'il lui faisait faire, Jean voulait distraire la jeune fille de la tristesse où elle était plongée depuis qu'elle avait perdu sa tante.

Il savait qu'il n'est pas bon de s'absorber dans une douleur constante et, en voyant les joues décolorées de l'orpheline, ses yeux cernés d'un halo de bistre, il redoutait qu'elle n'en vînt à tomber malade.

Comme Denise lui avait dit n'avoir jamais visité le Jardin des Plantes, il résolut de l'y mener.

Il y avait là matière à distractions pour elle et il se promettait de faire en sorte qu'elle ne s'y ennuyât pas.

Ils traversèrent donc cette partie de Paris, qu'on appelait autrefois la montagne Sainte-Geneviève et qui est désignée plus prosaïquement aujourd'hui sous le nom de « quartier du Panthéon », puis ils entrèrent dans le jardin par la place Saint-Victor.

Vu l'heure matinale — dix heures venaient de sonner — et, aussi, vu la saison, les promeneurs y étaient rares.

Cela ne déplut pas aux jeunes gens.

Ils seraient ainsi plus seuls et, partant, plus à l'aise pour causer et se faire leurs confidences.

D'ailleurs, si le lieu était solitaire, il s'en fallait qu'il fût triste.

Car, quoique l'automne touchât à sa fin et que l'hiver s'avançât à grands pas, nombre d'arbres et d'arbustes étaient encore pourvus de tout leur feuillage.

Et les animaux, auxquels leur instinct faisait prévoir à bref délai de longs jours sans soleil, fêtaient avec une vivacité, un mouvement inaccoutumé, les derniers rayons que daignait leur envoyer l'astre prêt à disparaître.

Pendant deux grandes heures, Jean fit parcourir dans tous ses méandres le jardin à Denise, répondant, en érudit qu'il était, aux mille questions qu'elle lui adressait.

A un moment, dans le dessein de l'amuser, il la conduisit à la cage des singes, dont elle lui avait avoué n'avoir jamais vu de spécimens qu'en gravures.

Mais, au lieu d'être égayée par la vue de ces faces grotesques et grimaçantes qui étaient comme la caricature de l'humanité, la jeune ouvrière fut prise d'une espèce de dégoût répulsif qui lui causa un véritable malaise.

— Allons-nous-en d'ici, fit-elle en entraînant vivement son compagnon ; — cela me fait peur de voir ces horribles bêtes et il me semble que je mourrais d'effroi si l'une d'elles venait à me toucher.

— Bon, pensa à part lui le jeune homme, — je crois que mon pauvre Pacault a bien fait de prendre la résolution de ne jamais se montrer à elle, car, hélas ! il est encore plus laid que certains de ces quadrumanes et je ne sais trop ce qu'il adviendrait si Denise se rencontrait avec lui.

Vers midi, le temps étant venu de songer à déjeuner, nos promeneurs quittèrent le jardin pour se mettre en quête d'un restaurant.

Comme ils ne savaient trop où aller, ils passèrent la Seine et tout en cherchant un endroit qui leur convînt, parvinrent aux environs de la gare de Lyon.

— Ma foi, — avoua Jean que travaillait un solide appétit, — je pense qu'il est inutile de pousser plus loin, et que nous ferons bien de nous arrêter par ici.

Et désignant à Denise un établissement de modeste apparence, mais propre et coquet, qui avait pour enseigne « Au Joyeux Départ », il ajouta :

— Tenez, voici justement quelque chose qui me semble être tout à fait ce qu'il nous faut. Voulez-vous que nous entrions-là ?

— Volontiers, répondit la jeune fille séduite aussi par l'aspect du lieu.

Le « Joyeux Départ » comprenait un rez-de-chaussée et un premier étage.

Le rez-de-chaussée était occupé par la salle commune, le premier, par des cabinets particuliers, ainsi que l'indiquait une inscription placée sur les panneaux de la devanture.

Les jeunes gens entrèrent et firent le tour de la salle commune, cherchant une table ; toutes étaient occupées ; aussi, ne tenant pas à déjeuner en si nombreuse société, ils montèrent au premier.

Là, à la grande joie de Denise, qui, ne connaissant pas les habitudes de ces sortes d'établissements, s'étonnait qu'on pût s'entasser dans une salle, ils s'installèrent en un cabinet.

Un garçon vint aussitôt se mettre à leur disposition.

C'était un individu à longs favoris grisonnants, au crâne luisant comme si on l'eût passé à l'encaustique et aux petits yeux égrillards et rusés.

Il avait la démarche glissante, presque silencieuse et l'on devinait plutôt qu'on entendait le bruit de ses pas.

Un vrai type de garçon de cabinets particuliers.

Un type disparu comme tant d'autres, depuis que notre jeune génération, plus décadente que celle de Rome, met la valetaille de moitié dans ses amusements.

Le garçon de cabinet, aujourd'hui, est paternel, presque camarade : ses clients le veulent ainsi.

D'un regard rapide, le nôtre examina Jean et Denise, et s'étant sans doute formé sur eux une opinion avantageuse, il demanda avec son plus gracieux sourire :

— Monsieur et madame désirent-ils être servis à la carte ou à prix fixe ?

— A la carte, dit Jean.

— Bien, fit le garçon en éventaillant du doigt ses favoris ; — monsieur a raison, le choix est plus étendu et c'est comme ça qu'on mange le mieux. Si monsieur veut commander...

— Un conseil? fit le jeune homme étonné.

Et il plaça devant le jeune homme la liste des mets offerts à l'appétit des clients.

Plusieurs de ces mets étaient effacés par un trait de crayon bleu.

Jean se prépara à faire un choix de concert avec Denise.

— Comme monsieur et madame ne sont pas des habitués d'ici, veulent-ils me permettre de leur donner un petit conseil? reprit le garçon.

Liv. 13. — H. GEFFROY, édit. — Reproduction interdite.

13

— Un conseil? fit le jeune homme étonné.

— Oui... et monsieur m'en remerciera.

— Dites, alors.

— C'est de ne choisir que parmi les « articles » qui sont rayés.

— Tiens, pourquoi cela? Je croyais que les plats ainsi barrés étaient « épuisés », comme on dit en termes de restaurant.

— C'est, en effet, pour le faire croire que nous les biffons de la sorte. Mais ce n'est qu'une ruse dont nous nous servons pour que les clients d'en bas n'en demandent pas, et qu'ils nous restent pour notre monde des cabinets, car ils sont d'une qualité bien supérieure aux autres.

— Et d'un prix aussi, à ce que je vois, répliqua Jean en consultant la carte. — Dites-moi, est-ce que vous avez un intérêt dans la maison?

— Oh! si minime, monsieur, que ce n'est pas la peine d'en parler. Mes principaux bénéfices sont ceux que je retire de la générosité des personnes que j'ai eu l'honneur de servir.

— Ah! bien, bien, nous vous entendons à demi-mot, fit le jeune homme qui ne put s'empêcher de rire de cette façon non déguisée de solliciter un fort pourboire.

Il ajouta après une légère pose :

— Pour en revenir à ce que vous me disiez, il me semble qu'il serait plus logique, puisque les clients du rez-de-chaussée n'ont pas droit aux mêmes plats que ceux du premier étage, de faire deux listes distinctes : l'une destinée à ceux-ci, l'autre destinée à ceux-là.

— C'est vrai, mais monsieur ne réfléchit pas qu'alors nous aurions l'air de n'avoir que peu de choses à offrir à chaque catégorie de consommateurs; or, le bon renom de l'établissement en souffrirait... Par le moyen que nous avons adopté, tout au contraire, la réputation de la maison ne peut que gagner, car en voyant cette carte si bien garnie et toujours diminuée à coups de crayon, les personnes de passage sont intimement persuadées qu'elles viennent trop tard, le bon choix ayant déjà été fait par une ou deux fournées de clients véritables ou imaginaires, et elles se promettent de revenir plus tôt en une autre occasion... Nous en sommes quittes pour prévenir les dames et messieurs, qui, comme vous, viennent seulement ici par hasard, car nos habitués des cabinets connaissent parfaitement cette petite combinaison.

Denise, qui commençait à comprendre le « truc », riait, elle aussi, se laissant gagner par la gaîté de l'étudiant.

— Voilà qui est assez original, même un tantinet audacieux, — fit ce dernier, — et, ma foi, je suis forcé d'avouer que ce n'est déjà pas si maladroit.

« Voyons, reprit-il en reprenant son sérieux, je veux profiter de votre conseil. Nous allons commencer par des marennes vertes... deux douzaines ; elles sont barrées.

— Bien, monsieur... et après ?

— Après, nous verrons ; je m'entendrai avec mademoiselle.

— Comment, monsieur ne commande pas tout à la fois !

— Non, nous ne sommes pas pressés et préférons ne commander qu'au fur et à mesure.

— C'est comme monsieur voudra ; mais je me permettrai de lui faire observer qu'alors il sera souvent dérangé.

Et le garçon accompagna ces mots d'un sourire significatif et d'un coup d'œil qui désigna Denise :

Jean comprit la pensée du personnage et, désirant couper court à toute fausse interprétation de sa part, il lui répliqua sèchement :

— Faites comme je vous le dis. Peu importe à mademoiselle et à moi d'être dérangés aussi souvent que le service l'exigera.

— Ah ! — fit le garçon avec surprise et en considérant les jeunes gens d'un air qui voulait dire : S'il en est ainsi, ce n'était pas la peine de prendre un cabinet.

Puis, intimidé par le regard sévère que Jean fixait sur lui, il ajouta :

— Monsieur et madame vont être servis à l'instant. Je descends chercher les huîtres.

Et il disparut.

Cinq minutes après, il revenait avec les marennes.

Par habitude, avant d'entrer, il prit la précaution de frapper discrètement à la porte et aussi celle, quand il eut pénétré dans le cabinet, de ne s'avancer d'abord qu'à pas lents et en contemplant attentivement les savoureux mollusques, comme si leur vue eût été pour lui d'un intérêt palpitant.

Il tenait sous un bras une bouteille de vin blanc.

— Voici, — dit-il en posant les huîtres et la bouteille sur la table. Monsieur avait oublié le vin... je me suis permis de lui choisir un cru de moi-même. C'est du Grave... du vieux... il est très généreux...

— Ça m'est égal, — avoua froidement le jeune homme, que tous ces sous-entendus et ces mines ridicules, dont, par bonheur, la jeune fille ne saisissait pas le sens, commençaient à agacer furieusement. — Maintenant, laissez-nous, nous vous appellerons quand nous aurons besoin de vous.

Le garçon s'en alla et les jeunes gens attaquèrent leur déjeuner.

Jean et Denise avaient des voisins dans le cabinet contigu au leur.

Ces voisins — un homme et une femme, comme ils le distinguaient leur voix, — paraissaient avoir quelque différend ensemble, car ils les entendaient causer avec animation et se répliquer mutuellement sur un ton assez revêche.

Nos deux amoureux, peu soucieux des affaires des autres, ne prêtèrent d'abord aucune attention à cette conversation et continuèrent tranquillement leur repas qui, on peut le penser, ne s'arrêta pas aux huîtres.

Ils étaient à cet âge où l'appétit est toujours en éveil et la promenade matinale qu'ils venaient de faire le leur ayant encore fortement aiguisé, ils mangèrent comme s'ils eussent été à jeun depuis quarante-huit heures.

Arrivés à la fin du déjeuner, ils se disposaient à déguster leur café en toute quiétude lorsque la discussion de leurs voisins, qui s'était apaisée un moment, reprit de plus belle et, cette fois, parut dégénérer en querelle.

Soudain, un grand mouvement se produisit chez eux, puis la porte de leur cabinet s'étant ouverte violemment, les jeunes gens entendirent la femme crier du seuil à l'intérieur et d'un ton plein de colère :

— Eh bien, puisque vous me refusez ce que je demande, je m'en vais, vous ne me reverrez plus... Adieu.

— Restez, Clara, restez, folle que vous êtes, — clama l'homme à son tour avec un accent germanique prononcé dont nous faisons grâce au lecteur.

— Non, je ne resterai pas, à moins que vous ne m'accordiez ce que vous savez, — répliqua la femme. — Voulez-vous, oui ou non ?

— Voyons, Clara, voyons, ma petite, revenez d'abord ici à votre place, nous nous expliquerons plus commodément l'un près de l'autre.

— Non, non, non, je ne veux pas revenir à ma place... voilà une heure que nous nous expliquons et nous n'en sommes pas plus avancés... je veux dire, moi, je n'en suis pas plus avancée. Aussi, j'en ai assez. Si c'est oui, je reste, si c'est non, je m'en vais, choisissez.

— Vous êtes un démon, Clara, — reprit l'homme qui se leva de table et s'approcha de la porte contre le chambranle de laquelle devait être appuyée celle qu'il nommait Clara. — Vous vous fâchez parce que ne veux pas céder à un de vos caprices, après avoir cédé à tant d'autres. Est-ce gentil, ça ? Il me semble que vous n'avez cependant pas à vous plaindre de moi. Je viens de vous faire faire un voyage dans mon pays, un joli pays où l'on vit comme en paradis...

— Oh ! je vous conseille de le vanter, votre pays, ricana la femme en le repoussant, car il y eut, sur le parquet, un bruit de souliers en quête de leur équilibre... Il y fait un froid de loup, au point qu'on gèle sur pied en plein soleil ; on y entend hacher de la paille toute la journée, comme si, en parlant, les habitants avaient une paire de cisailles dans le gosier ; on y mange de la choucroute agrémentée de confitures d'oignons ou de betteraves (moi qui l'aimais, j'en suis dégoûtée) ; on n'y voit que des gens avec des cheveux jaunes comme de la filasse et des visages plus rouges que des tomates ; les femmes ont l'air de gros paquets de linge sale, les hommes de sacs bourrés de foin...

— Je vous dis que la Prusse est un beau, très beau pays, — interrompit le Germain d'un ton sec — ... Vous n'avez pas su l'apprécier, voilà tout. Quoi qu'il en soit, je vous y ai promenée pendant trois semaines allant partout où vous vouliez aller, visitant tout ce que vous désiriez visiter et ne regardant pas à la dépense.

— Il n'aurait plus manqué que cela. Moi qui, après vous avoir pris pour un *milord anglais*, consentais à rester avec vous, sachant que vous étiez Allemand... et juif par-dessus le marché !...

— Clara, vous êtes méchante. Si je ne suis pas un *milord anglais*, comme vous dites, je n'en ai pas moins eu beaucoup de bontés pour vous. Non seulement, ce voyage en Allemagne m'a coûté très cher, mais de plus les nombreux cadeaux que je vous ai faits ont grandement allégé ma bourse.

« Enfin, actuellement, je vous mène à Nice, où, nécessairement, je vais être obligé de dépenser encore pas mal d'argent. Vous voyez donc bien qu'il ne m'est pas possible de vous offrir cette broche en diamants pour laquelle vous me cherchez querelle.

La bottine de Clara frappa rageusement le sol.

— Allons donc, — cria-t-elle, — ce n'est pas parce que vous aurez dix huit cents francs de moins en poche que vous serez ruiné, je suppose ? car le bijoutier a dit qu'il vous la laisserait pour ce prix au lieu du prix réel qui est deux mille francs... Vous êtes si marchandeur.

— Ruiné, non, mais cela me gênerait. Je n'ai que peu de fonds liquides, en ce moment, et ne veux pas toucher à mes valeurs de repos. Je suis un homme d'ordre, moi.

— Un juif, vous voulez dire. Enfin, faites comme vous voudrez ; seulement ne comptez plus sur moi et, encore une fois, adieu !...

Ce disant, la femme fit mine de s'en aller et ébaucha même quelques pas dans le couloir de sortie.

Mais l'homme courut après elle et la rattrapa presque aussitôt, en l'adjurant de ne pas donner suite à son projet de départ, ce qui fit naître une nouvelle discussion entre eux.

XIII

LA PRÉDICTION DE CLARA

De leur cabinet, dont la porte était simplement poussée, Jean et Denise n'avaient pas perdu une syllabe de la conversation qui venait d'avoir lieu.

Aux premiers mots qu'avait prononcés la compagne du Teuton, le jeune homme avait eu un brusque tressaillement.

Cette voix que, maintenant, il percevait clairement, il ne la connaissait que trop : c'était celle de son ancienne maîtresse. Et comme il s'efforçait de croire qu'il se trompait, le nom de celle-ci, lancé par l'homme, ne lui avait plus permis d'en douter.

Clara était près de lui !

Dès lors, il avait été pris d'une crainte assez vive, car si jamais, par un hasard quelconque, l'ex-étudiante venait à savoir qu'il était là avec Denise, elle ne manquerait pas de lui faire la scène qu'il redoutait tant.

Il formait donc des vœux pour qu'elle s'éloignât au plus vite, ou fâchée ou raccommodée avec son juif allemand.

Lorsqu'il l'entendit lui dire adieu et marcher dans le couloir comme si réellement elle partait, sa poitrine laissa échapper un soupir de satisfaction ; hélas ! ce soupir n'était pas achevé que l'inquiétude le reprit.

Clara venait d'être rejointe par son compagnon et cela, justement, devant le cabinet même qu'il occupait avec la jeune fille.

Bien entendu, par respect pour sa compagne, Jean avait laissé en tranquillité le petit verrou qui, une fois fermé, isole le cabinet particulier.

Sentant son ancienne maîtresse de l'autre côté de la porte, et désirant à tout prix l'éviter, il se leva vivement pour aller le pousser.

Il n'en eut pas le temps.

En cherchant à glisser des mains du Teuton qui la retenait par sa robe pour l'empêcher de fuir, Clara venait de donner un si rude coup de coude dans l'huis que, sous le choc, il s'était ouvert en grand, découvrant soudain les deux jeunes gens aux yeux de la Lyonnaise.

A la vue du jeune homme et de l'ouvrière, l'ex-étudiante demeura d'abord clouée sur place par l'étonnement, puis, bientôt dominée par la colère, car elle devinait qu'elle était en face de celle pour qui Jean l'avait quittée, elle s'avança dans le cabinet, un sourire méchant sur les lèvres.

L'étudiant, voyant qu'il ne lui était pas possible de se soustraire à l'orage qu'il pressentait, l'attendit de pied ferme et résolu à ne pas lui permettre le moindre mot blessant à l'égard de la jeune fille.

— Bonjour, Jean, — lui dit-elle d'un ton ironiquement familier. — Comment vas-tu depuis que je ne t'ai vu? Bien, n'est-ce pas? Eh! oui, parbleu! ça se voit assez. Tu as, ma foi, une mine de propriétaire. Est-ce le plaisir d'être avec mademoiselle qui te vaut une si belle santé?

— Précisément, — répondit l'étudiant sans se déconcerter.

— Ah! ah! voyez-vous ça, — reprit Clara; — il paraît alors que tu te trouves mieux avec elle qu'avec moi, car, lorsque nous étions ensemble, tu avais, la plupart du temps, une vraie tête de déterré.

Puis, à Denise qui, effarée, regardait tour à tour Jean et la nouvelle venue et essayait vainement de comprendre ce que tout cela signifiait :

— Mes compliments, mademoiselle, — lui dit-elle railleusement; — mes compliments sincères pour l'heureuse influence que vous exercez sur mon ancien amant. Vous devriez bien me livrer votre secret pour que, si je le reprends un jour...

Le Breton, à la tête duquel montait déjà la colère, ne la laissa pas continuer.

— Madame, — fit-il d'une voix si rude que Denise le regarda avec surprise, ne le reconnaissant plus; — madame, je vous défends expressément de dire un mot de plus. Les oreilles de cette jeune fille ne sont pas accoutumées à entendre de pareilles expressions et vous lui faites une grave injure en les employant devant elle.

— Ah! bah! — riposta Clara avec insolence, — est-ce que mademoiselle sortirait du couvent, par hasard? Le fait est qu'elle en a tout l'air et son éducation, je le vois, y a été des plus soignées, puisqu'on lui a appris à déjeuner en cabinet particulier avec des messieurs.

— Sortez! madame, sortez! — intima le jeune homme qui se contenait difficilement; — ni mademoiselle ni moi, moi surtout, ne sommes d'humeur à supporter davantage vos insultants sarcasmes.

La Lyonnaise laissa retomber ses bras, jouant la stupeur.

— Comment! sortir? — fit-elle, — mais je suis à peine entrée! Laisse-moi au moins examiner un peu ma... remplaçante.

Et dévisageant effrontément Denise, dont l'exquise beauté l'exaspérait encore, car elle se sentait presque laide à côté d'elle, Clara continua :

— Sais-tu, Jean, — tu vois, — fit-elle en forme de parenthèse, — si tu me traites de « madame », je ne te traite pas de « monsieur », moi; je t'appelle Jean, tout bonnement, comme autrefois; — sais-tu qu'elle n'est pas mal du tout, cette petite, pas mal du tout, vraiment. C'est elle qui t'avait mis de ses cheveux dans la barbe, n'est-ce pas? Ne dis pas non. Drôle d'idée qu'elle avait eue là. Enfin, chacun a ses fantaisies... Et où diable l'as-tu dénichée? Je ne l'ai jamais vue ni à Bullier ni à Mabille: car, quoi que j'en aie dit, je ne pense pas qu'elle soit une ex-pensionnaire des *Oiseaux* ou du *Sacré-Cœur.*

« Voyons, d'où sortez-vous, ma belle? — s'interrompit-elle en s'adressant directement à Denise, — je serais curieuse de le savoir...

« Ah! j'y suis! — exclama-t-elle en s'apercevant que l'index de la main gauche de la jeune fille portait les stigmates du travail à l'aiguille, — j'y suis! vous étiez dans la couture, si je ne me trompe... Bon, bon, je comprends, maintenant: vous avez trouvé que c'était trop fatigant et préféré faire comme dans la chanson; vous savez celle qui commence ainsi :

> Gentille couturière
> Bien dur est le métier,
> N'as-tu pas mieux à faire
> Que de tant travailler?

C'était le premier couplet d'une ineptie grivoise qui courait alors les brasseries de la rive gauche.

La drôlesse avait débité tout cela avec tant de volubilité que le jeune Breton n'avait pas eu le temps de placer un mot.

— Sortez! sortez! — ordonna-t-il avec véhémence, dès qu'elle eût cessé de parler. — Sans quoi je fais intervenir le maître de l'établissement pour qu'il nous débarrasse de votre présence.

— Allons, allons, calme-toi, Jean, — reprit Clara, — tu vas t'enrouer à crier si fort, et mademoiselle sera obligée de te confectionner des sirops béchiques, comme vous dites, vous autres carabins.

Puis, entendant l'étudiant donner l'ordre au garçon qui venait d'entrer de faire monter le patron, elle ajouta :

— C'est inutile; j'ai dit ce que j'avais à dire et m'en vais de moi-même... Toutefois, un mot encore.

Et à Denise, avec une raillerie mauvaise :

— Permettez-moi, ma petite, de vous gratifier d'un bon conseil. C'est, lorsque Jean vous quittera, ce qui, naturellement, aura lieu un de ces quatre matins, car je vous préviens qu'il aime le changement, — j'en suis une preuve, puisque j'étais avec lui avant vous, — c'est, dis-je, quand cette aventure vous arrivera, de prendre la chose gaiement et de faire comme moi : vous consoler avec un autre.

— N'est-ce pas vous, monsieur, qui auriez perdu ceci chez nous?

« Avec votre jolie frimousse, les consolateurs ne vous manqueront pas, je vous en donne mon billet, et il est à présumer que vous aurez plus de chance que je n'en ai eu, attendu que je suis tombée, moi, sur une espèce de vilain juif, que vous pouvez voir là-bas dans le couloir, et qui est si rat, qu'il rendrait des points à Harpagon lui-même.

Liv. 14. — H. GEFFROY, éditeur. — Reproduction interdite.   14

« Sur ce, ma belle, au revoir, et, surtout, souvenez-vous de mon conseil... Vous aurez peut-être à le mettre en pratique avant peu.

« Au revoir aussi à toi, Jean ; j'espère que, lorsque je te reverrai, tu en auras une *nouvelle* à me présenter, hein ?

Ayant ainsi déversé son fiel et pensant qu'elle avait suffisamment insulté les deux jeunes gens, Clara, la Lyonnaise, se décida à refranchir la porte, au delà de laquelle, comme elle l'avait dit, se tenait le Teuton.

Impassible, mais amusé, au fond, de cette scène, ce dernier avait assisté à toute la comédie et l'avait trouvée très drôle. D'autant plus drôle qu'elle devait, selon toute probabilité, avoir fait oublier à sa maîtresse l'achat de la fameuse broche.

Clara sortit en coup de vent, dans un froissement de soie, un tourbillon de parfums mal combinés, saisit le bras de son Allemand, et tous deux descendirent, ce dernier constatant en secret qu'il avait prévu juste, la vue de Jean et de Denise ayant mis trop de rage au cœur de l'ex-étudiante pour qu'elle songeât encore au bijou demandé.

Jean de Lavaur, de nature nerveuse et habituellement moins maître de lui, avait dû faire un puissant effort de volonté pour garder un calme relatif devant les injures — nous pourrions dire les infamies — proférées par son ancienne maîtresse.

Une seconde de plus et, peut-être, la colère qui faisait bouillir son sang l'emportant sur la raison, il se serait élancé sur elle et l'eût lui-même jetée dehors.

Par bonheur, la répugnance instinctive qu'il avait à user de violence envers une femme l'avait empêché d'en venir à cette extrémité.

D'autre part, il était désespéré.

Il craignait que ce qui venait de se passer ne l'eût amoindri dans l'esprit de Denise ; et à voir, maintenant qu'ils étaient seuls, le regard plein d'une douloureuse angoisse que la jeune fille attachait sur lui, cette crainte ne lui paraissait que trop fondée.

— Quoi ! — semblait dire l'enfant, — cette créature aux manières communes, au parler bas et trivial, cette malheureuse qui vit dans la débauche et la dissolution a été votre maîtresse, c'est-à-dire a été aimée de vous, de vous qui bientôt devez être mon époux, à qui je dois confier le soin de me guider et de me soutenir en ce monde ? Oh ! comment cela peut-il être... et dois-je toujours vous conserver ma tendresse, à vous qui m'abandonnerez un jour, comme elle l'a prédit ?

Cette pensée était si clairement écrite sur le front de Denise que, l'eût-elle émise avec la voix, Jean ne l'eût pas mieux saisie.

En réalité, de toutes les paroles de Clara, celles-là seulement avaient fortement impressionné la petite ouvrière : « Je vous préviens qu'il aime le changement et qu'il vous quittera... »

Voulant se relever aux yeux de Denise, l'étudiant prit le parti de lui faire sa confession, afin de lui montrer combien il y avait de différence entre la pure et sainte affection qu'il ressentait pour elle et le sentiment grossier qui l'avait lié à Clara pendant quelques mois.

Alors, avec tous les ménagements possibles, — son affection et son respect lui soufflant les mots, — car il jugeait superflu d'appuyer sur certains détails par trop réalistes qui eussent été de nature à alarmer la pudeur de la jeune fille, — il lui raconta quelle avait été sa vie avant qu'il la connût et comment celle qui venait de disparaître était entrée dans son existence, en s'efforçant de bien lui faire comprendre le peu de place qu'elle y avait tenu.

Puis il termina en disant :

— Avant de vous rencontrer, Denise, j'étais un fou, un écervelé, qui ne songeais qu'au plaisir auquel je m'adonnais sans frein ni retenue.

« Je n'avais aucun but sérieux, aucune aspiration élevée, rien qui pût me faire prendre intérêt à la vie.

« Le travail était pour moi un fardeau et je ne m'y soumettais qu'avec répugnance, uniquement parce que j'y étais pour ainsi dire contraint par la férule de mes maîtres.

« Il faut vous dire aussi que je suis doué d'une étonnante facilité d'assimilation, d'une prodigieuse mémoire, si bien qu'en quelques heures d'application je parvenais à en savoir plus long que nombre de mes condisciples dont le labeur continuel avait duré des mois.

« En un mot, j'étais une machine pensante et agissante, mais absolument inutile aux autres et à moi-même.

« L'amour, dont vous m'avez fait connaître la divine douceur et, en même temps, la force vivifiante, m'a totalement transformé.

« J'ai senti comme un sang nouveau qu'on infusait dans mes veines et comme un voile qui se déchirait dans mon esprit.

« Dès lors, de fou, je suis devenu raisonnable ; de paresseux, je suis devenu travailleur, et de mon passé il ne m'est resté qu'un vague et lointain souvenir qui tend à s'effacer tous les jours de plus en plus.

« Vous voyez, ma chère Denise, qu'entre l'homme qui a connu cette femme et l'homme que vous connaissez il y a un abîme... et que je n'ai pas démérité de votre affection.

« Puis-je espérer vous en avoir convaincue ?

A mesure que l'étudiant avait parlé, les traits de la jeune fille, de crispés qu'ils étaient, avaient repris peu à peu leur sérénité, et quand il prononça les derniers mots de sa petite harangue justificative, c'était la joie et le bonheur qui se lisaient sur eux à la place de la douleur

— Oui, mon cher Jean, — dit-elle, refoulant au fond d'elle-même le souvenir des mauvaises paroles prophétiques, lancées par Clara, — vous m'avez pleinement prouvé que, plus que jamais, je devais avoir foi en vous. Oublions donc ce qui vient de se passer comme on oublie un mauvais rêve et ne songeons plus qu'à l'avenir.

— Vous avez raison, Denise, ne songeons plus qu'à l'avenir, — s'écria-t-il charmé; — ne songeons plus qu'à notre amour qui, désormais, doit être inaltérable, quelque atteinte qu'il puisse avoir encore à subir.

— Oh ! à présent, — dit l'ouvrière, — je puis vous assurer que, quoi qu'il arrive, rien ne pourra vous faire déchoir à mes yeux... même si le hasard mettait encore cette femme en ma présence.

— Merci, Denise, merci, — répondit le jeune homme, profondément touché de ces paroles. — Je saurai toujours, je vous le jure, me rendre digne de la confiance que vous avez en moi.

« Quant à cette malheureuse, sa vie est tellement différente de la vôtre que, fort probablement, jamais plus elle ne se rencontrera avec vous.

Un quart d'heure après, les deux jeunes gens sortaient du restaurant, qu'avaient déjà quitté Clara et le Teuton.

Ils en étaient à une cinquantaine de pas, environ, quand ils furent rejoints par le garçon qui, tenant un petit portefeuille à la main, demanda à Jean en le lui montrant :

— N'est-ce pas vous, monsieur, qui auriez perdu ceci chez nous ? Je viens de le ramasser dans le couloir des cabinets particuliers.

— Non, mon ami, ce n'est pas moi, répondit le jeune homme, après avoir regardé l'objet, dont la couverture était ornée d'une petite plaque en argent sur laquelle était gravé un nom.

— Alors, si ce n'est pas vous, c'est le monsieur de cette dame qui vous a parlé tout à l'heure, car il n'y avait pas d'autres clients que vous quatre au premier étage.

— Évidemment, s'il en est ainsi, ce ne peut être que lui.

— En ce cas, comme il doit être à la gare, puisque je viens de le voir se diriger par là, je vais y courir pour tâcher de le retrouver

— Vous ferez bien. Toutefois, avant de lui remettre l'objet et afin d'être certain de ne pas commettre d'erreur, prenez la précaution de lui demander son nom.

— Son nom ?

— Oui, c'est un bon conseil.

— Pourquoi ?

— Parce que son nom doit être le même que celui qui est sur cet écusson.

— Ah! il y a un nom là-dessus? — fit le garçon qui, paraît-il, n'avait pas très bonne vue.

— Parbleu!... si vous ne pouvez pas le lire, je vais vous le lire, moi.

— S'il vous plaît, monsieur, vous m'obligerez.

L'étudiant prit le calepin et, non sans quelque difficulté, car c'était gravé très fin, en caractères allemands, il lut sur la plaque le nom de « Isaac Möser ».

— Bon, merci, monsieur, je m'assurerai, avant de le lui rendre, qu'il s'appelle bien comme ça, — dit le garçon qui aussitôt tourna les talons et prit la direction de la gare.

— Isaac Möser! — exclama Denise dès qu'il se fut éloigné. — Eh bien, voilà qui est singulier, par exemple.

— Qu'est-ce qui est singulier? — interrogea Jean.

— Vous ne vous souvenez donc plus de ce que vous a raconté ma tante? qu'après la mort de mes parents un homme d'affaires, qui portait ce nom, était venu lui réclamer cinquante mille francs que, affirmait-il, mon père lui avait empruntés?

— Ah! si, si, je me souviens, maintenant. Je me souviens même très bien. Votre tante m'a dit, en effet, que cet individu s'appelait ainsi. Mais serait-ce donc ce personnage qui était là à quelques pas de nous dans le restaurant?

— Lui-même.

— Vous en êtes sûre?

— Parfaitement sûre. Du reste, quand cette femme me l'a désigné et que ma vue s'est arrêtée sur lui, tout de suite, je me suis dit : voilà une figure que je connais. Seulement je ne pouvais préciser où elle m'était déjà apparue.

« Ce nom inscrit sur le portefeuille a fixé mes souvenirs.

« C'est lui qui est venu chez nous, il y a six ans. J'ai assisté aux entrevues qu'il a eues avec ma tante et je mettrais ma main au feu que je ne m'abuse pas.

— Alors, en effet, cette rencontre est assez bizarre.

— N'est-ce pas? Il est écrit, je le vois, que cet homme ne doit se présenter à moi que dans des circonstances désagréables. Oh! comme il me déplaît. Il a un air faux et rusé qui ferait grandement douter de son honorabilité. Au surplus, ma tante a dit souvent depuis, en parlant de lui, qu'il avait une véritable face de coquin; et n'eussent été les preuves irrécusables qu'il a fournies du prêt consenti à mon père, elle aurait cru à une audacieuse escroquerie de sa part.

— Ces preuves, dites-vous, étaient irrécusables?

— Du moins, elles ont paru telles à ma tante.

— Et a-t-elle conservé les pièces qui les constituaient?

— Je ne sais pas. Je ne les lui ai jamais revues entre les mains par la suite. Peut-être les aura-t-elle brûlées afin de ne plus rien avoir par devers elle qui lui rappelât cette malheureuse affaire à laquelle elle ne pouvait songer sans un profond chagrin.

« Pourquoi me demandez-vous cela?

— Parce que, si ces pièces existaient encore, on aurait pu les revoir et s'assurer de nouveau de leur authenticité. J'ai des amis qui se connaissent beaucoup en ces sortes de choses et je les aurais priés de jeter un coup d'œil dessus.

— A quoi cela aurait-il servi?

— Cela aurait servi à reconnaître si votre tante n'avait pas été victime d'un vol habilement combiné.

— Oh! ce serait tout de même bien extraordinaire.

— Pas tant que vous le pensez. Il se passe à Paris des choses bien plus extraordinaires encore.

— Eh bien! en admettant que ce soit, que ma tante ait réellement été volée, qu'y pourrais-je faire, maintenant?

— Comment, ce que vous pourriez y faire! — exclama le jeune Breton auquel la lutte ne déplaisait pas. — Parbleu! forcer votre voleur à vous restituer ces cinquante mille francs qui vous appartiennent de droit, à titre d'héritière directe de la défunte. Il y a des tribunaux, ce me semble?

— Oh! que de tracas ça me causerait, mon Dieu! Je crois que si ce que nous supposons était vrai, j'aimerais encore mieux abandonner cet argent que de me créer tous les ennuis d'une action en justice.

— Allons, vous êtes philosophe, — dit Jean déconcerté. — Moi j'agirais autrement.

— D'ailleurs, je vous le répète, — reprit Denise, — j'ignore totalement ce que sont devenues les pièces dont il s'agit et, en conséquence, ne puis vous dire si elles existent ou non.

« Laissons donc cela. Je me trouve heureuse telle que je suis, — ajouta-t-elle en souriant gentiment au jeune homme, — et ne tiens pas du tout à la richesse, je vous l'assure.

— Chère Denise, — fit Jean de Lavaur avec une douce émotion, — vous avez toutes les perfections.

Et les deux jeunes gens, se serrant tendrement l'un contre l'autre, se remirent en chemin vers la rue Saint-Jacques.

En cet instant de confiance en l'avenir, l'ouvrière se rappelait sans aucune crainte les mots lancés par Clara la Lyonnaise; elle la plaignait presque et, dans sa bonté d'âme, trouvait aux paroles pleines de fiel une traduction moins méchante, quelque chose comme l'amer cri de détresse de la maîtresse délaissée.

XIV

SUR L'ESCALIER

Un des matins de la semaine suivante, la jeune fille descendait l'escalier de sa maison pour acheter, selon sa coutume, les deux sous de lait et le petit pain qui formaient son premier déjeuner, lorsqu'elle rencontra, à la hauteur du troisième étage, la concierge, la mère Bouquet, qui tenait à la main un pot en faïence duquel s'échappait une vapeur odorante qui réjouissait l'odorat.

Elle s'arrêta stupéfaite, paraissant ne pas en croire ses yeux et regarda à deux fois la bonne femme pour bien s'assurer que c'était elle et non son ombre.

Cette stupéfaction de Denise mérite une explication.

La mère Bouquet, qui avait dépassé la soixantaine, était depuis trente-cinq ans dans la maison.

Jadis active et vigoureuse, elle remplissait avec le plus grand zèle ses délicates fonctions et pouvait passer pour le parangon des concierges.

Mais, à force d'escalader dix et quinze fois par jour les cinq étages qui composaient l'immeuble dont elle avait la garde, — car elle n'avait pas de mari pour l'aider, étant restée veuve peu après son entrée en place, — à force, disons-nous, de dépenser sans compter sa vigueur et son énergie, la fatigue était venue et, peu à peu, l'âge aidant, elle s'était vue obligée de réduire, dans de notables proportions, ses ascensions quotidiennes.

Puis, après le nombre des ascensions, c'avait été le nombre des étages qu'il lui avait fallu diminuer.

D'abord, elle n'avait plus pu monter que jusqu'au quatrième, puis, bientôt, elle s'en était tenue au troisième, puis au deuxième, puis au premier et, finalement, n'avait plus quitté le rez-de-chaussée.

Car, à la longue, ses articulations s'étaient si complètement ankylosées que toute flexion des jambes lui était devenue impossible; et, actuellement, il y avait près de trois ans qu'elle n'avait pas gravi une seule marche.

Ici, on se demandera probablement comment se faisait alors le service de la maison.

A cette question, nous répondrons que les locataires qui, pour la plupart, étaient là depuis très longtemps aussi et se souvenaient du zèle que la pauvre vieille avait déployé autrefois, s'étaient chargés, après entente mutuelle, de faire à sa place le dit service en se partageant la besogne.

Ainsi, au point de vue de la propreté, chaque étage était entretenu par ceux qui y habitaient et, cela, sans que jamais il y eût la moindre négligence de part ou d'autre.

Quant aux lettres, chacun les prenait dans la loge, soit en montant, soit en descendant, et tout était pour le mieux.

Comme on le voit d'après ce qui précède, Denise, qui connaissait nécessairement tous ces détails, puisque, lorsqu'elle avait pris possession de sa chambre, il avait fallu, pour la faire participer à l'œuvre commune, lui donner la raison du règlement auquel tout le monde était astreint, Denise avait lieu d'être extrêmement surprise de rencontrer la mère Bouquet à une telle hauteur dans la maison.

A coup sûr, ce n'était pas sans un motif des plus puissants qu'elle avait fait exécuter à ses malheureuses jambes un pareil exercice.

Elle paraissait, d'ailleurs, entièrement épuisée et de grosses gouttes de sueur sourdaient sur son front où se collaient les longues mèches de ses cheveux gris.

— Ah! ma pauvre fille, — dit-elle à l'ouvrière en se cramponnant à la rampe pour ne pas tomber, — sûrement je n'arriverai jamais... non, jamais, car je n'en puis plus.

— Où donc allez-vous ainsi, madame Bouquet? — demanda Denise avec un étonnement croissant; — et comment êtes-vous parvenue à grimper jusqu'ici? Moi qui croyais que vous ne pouviez même pas monter une demi-marche.

— C'est vrai, mon enfant, j'ai les jarrets si raides que j'ai besoin de me démener en diable pour lever un pied haut seulement comme une largeur de main. Aussi, voyez, pour faire ce que j'ai fait j'en ai plus que mon compte, car foi de Gertrude Bouquet je suis rendue... absolument rendue.

— Et pourquoi donc vous fatiguez-vous de la sorte; vous n'y êtes pas forcée, je suppose?

— Ah! ma pauvre fille! sûrement je n'arriverai jamais!

— Forcée, oh! non, mais n'empêche que ce ne serait pas bien de laisser ce pauvre garçon sans soins.

— Ce pauvre garçon! De qui voulez-vous parler?

— Eh! de votre voisin, pardine.

— Comment, de mon voisin? Vous voulez rire, madame Bouquet,

Liv. 15. — H. GEFFROY, éditeur. — Reproduction interdite.
                                                    15

vous savez bien que je n'ai pas de voisin puisque je suis seule sur mon carré.

— Oui, mais vous avez quelqu'un au-dessus de vous.

— Allons donc, en voilà une plaisanterie. Au-dessus de moi, c'est le grenier.

— Eh bien! le grenier est habité.

— Pas possible! Et par qui?

— Par un jeune homme.

— Quoi! il y a un jeune homme qui loge près de moi? — fit Denise en rougissant légèrement.

La mère Bouquet surprit cette rougeur, eut un sourire malicieux et, s'amusant du trouble de l'ouvrière, détailla lentement :

— Un jeune homme, mon Dieu, oui, ma mignonne.

— Je ne l'ai jamais vu, — reprit celle-ci.

— Oh! je le pense bien... il est invisible.

— Ce n'est pas sérieux, n'est-ce pas, ce que vous me dites là, maman Bouquet?

— Tout ce qu'il y a de plus sérieux, au contraire.

— Alors, c'est bien étrange. D'habitude on n'habite pas un grenier, que je sache?

— Non, c'est vrai, vu que les greniers sont plutôt faits pour les chats et les souris que pour les chrétiens; cependant, vous voyez qu'il y a des exceptions. Du reste, ce garçon aime beaucoup la solitude et il se trouve très bien où il est, personne ne venant jamais le déranger.

— C'est donc un sauvage?

— Quasiment.

— Ah!

— Oui, et si vous le connaissiez, vous ne seriez point étonnée qu'il cherche à se cacher comme ça de tout le monde.

Denise, inquiète, demanda :

— Que peut-il avoir fait pour s'isoler ainsi?

— Il n'a pas commis un crime, sûrement, le pauvre être en est bien incapable; c'est son *fesique* qui en est cause.

— Qu'a-t-il donc de si extraordinaire, son physique?

— Ce qu'il a? Je vais vous le dire, ma fille.

Et la concierge apprit à Denise ce qu'était Pacault, dont elle lui fit le portrait exact.

— Oh! le malheureux. — fit l'ouvrière avec un accent de réelle pitié.

— Se peut-il qu'il ait été aussi disgracié de la nature.

— Et ce n'est rien que de le dire, mon enfant; si vous le voyiez, vous
en auriez peur, pour sûr.

— C'est à ce point là?

— Hélas! oui... vous ne pouvez pas vous l'imaginer. Il n'y a guère
que moi qui puisse supporter sa vue, parce que j'y suis habituée. Vous
comprenez, je l'ai connu comme il venait de naître et en vingt ans — car
il a cet âge — j'ai eu le temps de m'accoutumer à lui. Les locataires de
la maison, eux, se sauvent quand par hasard ils l'aperçoivent. C'est ce
qui fait que je suis obligée de lui monter moi-même cette tisane, attendu
que personne ne voudrait s'en charger ou, du moins, ne le ferait qu'à
contre-cœur.

« Mais que c'est dur, bon Dieu, que c'est dur! acheva la bonne vieille
qui, ne pouvant plus se tenir debout, prit le parti de s'asseoir sur les
marches.

— Et pourquoi lui montez-vous de la tisane? Il est donc malade?

— Je le crains. Hier soir, j'étais sur le pas de ma loge au moment où
il rentrait, revenant de porter quelques paniers qu'il avait tressés durant
la semaine — vous ai-je dit qu'il est vannier? oui. — En le voyant passer,
il m'a semblé qu'il n'était pas dans son état ordinaire.

« — Eh bien! qu'est-ce que tu as donc, mon pauvre Étienne? lui ai-je
demandé. — On dirait que ça ne va pas?

« — C'est vrai, m'ame Bouquet, qu'il m'a fait, — ça ne va pas très
bien. Je ne sais ce que j'ai depuis ce tantôt, mais je grelotte la fièvre et
j'ai comme des charbons ardents dans la poitrine. Je crois que j'ai attrapé
froid.

« — Alors, entre un peu te chauffer, ça te remettra peut-être, que je
lui ai dit en lui montrant un bon feu de coke qui grésillait dans ma
cheminée.

« — Non, merci, m'ame Bouquet, qu'il a répliqué en me donnant une
poignée de main pour me montrer qu'il était reconnaissant de mon offre.
— ce qui m'a fait remarquer que sa peau était sèche et brûlante. — Merci,
j'aime autant aller me coucher tout de suite, ça se passera sans doute
dans le lit.

« Là-dessus, il est monté.

« Mais je ne sais pas pourquoi, tout à l'heure, en me levant, je me suis
figurée que sa fièvre ne s'était pas du tout passée pendant la nuit et
qu'au contraire, ce matin, ça allait encore plus mal qu'hier. Alors, j'ai
vite allumé mon feu et comme j'ai toujours chez moi des « quatre fleurs »
je lui en ai préparé une bonne potée que voilà.

— C'est vraiment gentil de votre part, madame Bouquet, — fit l'ouvrière dont le cœur sensible s'était serré, — et je suis sûre qu'il vous en remerciera bien, le pauvre garçon.

— Oui, mais le hic est d'arriver là-haut.

— Le fait est que vous aurez bien de la peine, — dit Denise, qui sembla réfléchir.

— Et puis, une fois là-haut, je veux dire au *cintième*, j'aurai encore l'échelle à avaler. Ça, par exemple, ce sera le plus rude.

— Quelle échelle?

— Pardine! l'échelle du grenier.

— Ah! oui, c'est juste... Oh! oh! cela vous sera absolument impossible. Comment, si vous ne pouvez déjà pas monter un escalier, pourrez-vous, à plus forte raison, gravir les degrés d'une échelle?

— C'est ce que je me demande. Pourtant il n'y a pas à dire, je veux que Pacault ait ma tisane, coûte que coûte.

— Eh bien, il y a un moyen très simple, maman Bouquet.

— Lequel? Je voudrais bien le connaître, ça me rendrait un fier service.

— C'est de me laisser la lui porter.

— Vous! — exclama la concierge en regardant fixement l'ouvrière pour voir si elle lui parlait sérieusement.

— Oui! moi-même, — repartit Denise.

Et remarquant l'étonnement de la bonne femme, étonnement qu'elle crut venir de ce que sa proposition lui semblait peu bienséante, elle ajouta:

— Je sais bien qu'il n'est pas très convenable qu'une jeune fille entre seule chez un jeune homme, surtout si ce jeune homme est au lit, comme il est à présumer; mais, dans le cas présent, vous avouerez, madame Bouquet, qu'on peut, je crois, enfreindre les convenances.

— Ah! ma chère petite, il s'agit bien de convenances! exclama la vieille concierge. — Du diable si c'est ça qui cause la surprise où vous me voyez au sujet de ce que vous m'offrez de faire.

« Est-ce que Pacault est un homme comme les autres et croyez-vous que les jeunes filles comptent plus pour lui qu'il compte pour elles?

« Non, non, quant à ça il ne faut pas en parler et M. Jean, votre futur, n'a pas à être jaloux, ah! Dieu, non!

« Seulement, je trouve joliment brave de votre part qu'après vous avoir fait la peinture du pauvre garçon, vous ne craigniez pas de le voir.

— Il se peut que je sois effrayée à sa vue, mais je pense avoir assez d'empire sur moi-même pour dompter mon effroi et ne pas me sauver de lui.

— Vous seriez la première qui auriez ce courage... Non, voyez-vous, il vaut mieux ne pas essayer; l'épreuve serait trop forte pour vous.

— Cela m'est égal. Quoi qu'il arrive, je veux la tenter. Il ne sera pas dit que, parce qu'il est laid, cet infortuné restera sans secours ; car, malgré toute votre bonne volonté, madame Bouquet, je vous répète que vous ne réussirez jamais à parvenir jusqu'à lui.

« Voyons, donnez-moi cette tisane, je vais la lui porter.

— Décidément, vous le voulez?

— Certainement.

— Allons, ma fille, je vous cède ; mais, à mon avis, vous ferez bien de vous mettre la main sur les yeux.

— Bon, bon, donnez, ça me regarde.

— Tenez, voilà le pot... et que cette bonne action vous soit comptée, car elle en vaut la peine.

— Merci du souhait, dit Denise.

Et, vive comme un oiseau, pendant que la concierge entreprenait la descente de l'escalier, elle s'envola avec le récipient vers les hauteurs de la maison, sans plus s'occuper de son déjeuner.

— Vous savez, — lui cria la bonne femme, — c'est au fond du grenier. Vous verrez une espèce de cage en lattes et recouverte de papier, avec un rideau devant. C'est ça qui lui sert de logement.

— Bien, je trouverai, répondit l'ouvrière qui avait déjà disparu.

XV

L'EFFET D'UNE TISANE

En un clin d'œil, Denise eut atteint le cinquième étage.

Là, elle constata que la tisane s'était aux trois quarts refroidie pendant sa conversation avec la mère Bouquet et que, par suite, elle devait avoir perdu une partie de sa vertu.

Alors, elle entra chez elle.

Comme elle avait allumé son feu d'avance pour faire bouillir son lait, il n'y eut pas de temps perdu et l'infusion fut promptement ramenée au degré de chaleur voulu.

Cela fait, la jeune fille monta au grenier où elle découvrit facilement la « demeure » de Pacault.

Résolument elle se dirigea vers elle ; mais, arrivée près du rideau qui en fermait l'entrée, elle s'arrêta, ne sachant trop comment remplir sa commission; car elle ne voulait pas pénétrer chez le nain sans qu'il l'y eût autorisée et l'absence de porte lui interdisait de s'annoncer par quelques coups discrets.

Son embarras lui suggéra une idée.

— Monsieur, — fit-elle doucement à travers le rideau, — c'est Mme Bouquet qui, pensant que vous étiez malade, m'envoie vous porter un pot de tisane. Puis-je entrer vous le remettre?

Une sorte de cri rauque et étouffé fut la seule réponse qui lui parvint.

— Le malheureux souffre sans doute si fort qu'il n'a pas la force de parler, pensa-t-elle.

En croyant cela, Denise se trompait.

Pacault, il est vrai, était réellement malade et souffrait beaucoup, cependant il n'en était point à ne pas pouvoir parler.

La plainte qu'il avait poussée avait une toute autre cause.

De son lit, où il était cloué par le mal, il avait parfaitement entendu venir la jeune fille, dont il avait sans peine reconnu le pas léger et, alors, tout en se demandant à quelle étrange circonstance il devait sa visite, il avait été pris d'une indicible terreur.

Ce qu'il redoutait le plus : être vue par elle, allait-il donc avoir lieu?

— Oh! s'était-il dit, — pourvu qu'elle n'entre pas ici! Je serais perdu!... Car de lire dans ses yeux le dégoût que je ne puis que lui inspirer, serait pour moi pis que la mort.

Et les paroles que lui avait adressées Denise, dont il se savait séparé par son seul rideau, avaient tellement augmenté sa frayeur qu'elle s'en était changée en véritable épouvante et que, pour toute réponse, il n'avait pu que laisser échapper ce gémissement, par lequel s'exhalait son angoisse.

Au bout d'un instant d'attente, l'ouvrière répéta sa phrase, espérant que le jeune homme réussirait enfin à articuler quelques mots.

Cette fois, par exemple, elle eut beau écouter, ses oreilles ne perçurent aucun son venant de l'intérieur du réduit où régnait le plus grand silence.

— Allons, — se dit-elle en souriant, — que penserait Jean s'il me savait sur le point de violer le domicile d'un garçon? Pourtant, je vois qu'il me faut entrer sans permission; hésiter davantage ne servirait à rien, si ce n'est à faire refroidir de nouveau la tisane.

Aussitôt, soulevant le rideau, elle se glissa dans le logement.

Tout d'abord, comme il y faisait un peu sombre, elle ne distingua que confusément les objets qui s'y trouvaient.

Cependant, ses yeux s'habituant à cette demi-obscurité, elle finit par apercevoir, dans le fond, une caisse de grande dimension qui, au besoin, pouvait faire office de lit.

Elle s'avança de ce côté.

Dans la caisse, sur un matelas de varech, était étendue une forme humaine, qui disparaissait entièrement sous un drap que recouvrait en partie un maigre lambeau de laine grise.

Denise, croyant que le malade, qu'elle supposait s'être ainsi enfoui afin d'avoir plus chaud, ne l'avait pas entendue s'approcher, lui dit doucement pour lui signaler sa présence :

— Monsieur, voici la tisane de Mᵐᵉ Bouquet. Vous feriez bien, je crois, de la prendre tout de suite, sans quoi elle ne vous produirait plus d'effet.

Un second gémissement, encore plus douloureux que le premier, sortit de dessous le drap.

— Oh! mon Dieu! — fit la jeune fille continuant à se tromper et attribuant comme auparavant cette plainte à la souffrance, — avez-vous donc tant de mal? En ce cas, raison de plus pour boire immédiatement de cette infusion, vous n'en serez que plus vite soulagé.

« Voyons, faites un effort et si vous êtes trop faible pour tenir le vase, je vous y aiderai.

« D'abord, — ajouta-t-elle, — ne restez pas ainsi le visage couvert... vous allez étouffer.

Et, prenant la partie du drap qui cachait la tête de Pacault, elle le rejeta en arrière, faisant brusquement apparaître celle-ci.

Ce mouvement avait été si rapidement exécuté que le nain, qui ne le prévoyait pas, n'avait pas eu le temps de s'y opposer.

Quand Denise aperçut ce chef monstrueux, elle fut littéralement terrifiée et, quoique, d'après ce que lui avait dit la mère Bouquet, elle s'attendît à voir quelque chose d'horrible, il lui sembla être le jouet d'un affreux rêve, le cauchemar seul pouvant façonner une telle hideur.

Aussi, malgré elle et avant qu'elle n'ait pu faire appel à sa raison, se recula-t-elle vivement, en poussant un cri de frayeur, comme si quelque démon de l'Apocalypse eût soudain surgi devant elle.

Mais, aussitôt, son bon cœur dominant l'impression ressentie par ses nerfs, et se reprochant cette faiblesse, elle se rapprocha non moins vivement de Pacault.

La figure de ce dernier exprimait un tel désespoir qu'elle se rendit compte du mal affreux qu'elle venait de lui faire.

— Pardon, — balbutia le malheureux, — pardon, mademoiselle... ce n'est pas de ma faute... je voulais vous rester caché.

Une poignante émotion envahit Denise.

L'infortuné demandait pardon quand c'était elle qui était coupable.

Peut-être se condamnait-il à cause de la frayeur causée par sa vue?

Une telle délicatesse de sentiment dans une enveloppe si mal en point, était-ce possible?

Elle voulut racheter sa cruelle maladresse.

— Tenez, — lui dit-elle d'une voix engageante et en lui présentant le vase, — buvez à même, ce sera plus chaud. Seulement, il faut vous lever un peu sur votre séant.

Puis, voyant que le nain ne bougeait pas et se bornait à jeter sur elle des regards apeurés :

— Vous n'avez probablement pas la force de vous dresser? — ajouta-t-elle. — Eh bien, je vais vous aider.

Passant alors le bras qu'elle avait de libre sous le cou de Pacault, bien que celui-ci essayât de l'en empêcher, elle lui souleva la tête et lui approcha le pot des lèvres.

Dans l'impossibilité où il était de faire autrement, le nain but quelques gorgées, puis chercha à se dégager de l'étreinte de la jeune fille.

— Non, non, — dit Denise, prenant au sérieux son rôle de charité, — ce n'est pas assez, buvez encore.

Et elle l'obligea à absorber presque la moitié de la tisane.

Après quoi elle lui permit de reprendre la position horizontale.

Maintenant, dans les yeux de Pacault, se lisait un ravissement intense.

Et, chose étrange, il ne songeait plus à se cacher d'elle.

Il comprenait que, dès ce moment, puisqu'elle était parvenue à vaincre la répulsion qu'elle avait ressentie tout d'abord à sa vue, il n'avait plus à craindre de lui faire peur.

— Oh! merci, mademoiselle, merci, — murmura-t-il, comme on prie, — vous êtes un ange du bon Dieu.

Ces paroles, qui eussent été banales dans la bouche d'un autre, ne l'étaient pas dans celle du nain, car on sentait qu'elles étaient l'expression même de sa pensée.

En effet, pour ce pauvre paria qui vivait complètement retranché du monde, que chacun fuyait comme une bête malfaisante, dont les oreilles n'avaient jamais été caressées par la voix d'une femme, l'affectueuse attention que venait de lui témoigner la jeune fille, les mots pleins de tendresse qu'elle lui adressait encore, devaient la lui faire passer pour un être d'une essence supérieure.

— Je suis, hélas! bien loin d'avoir droit au titre que vous me donnez, — répliqua Denise en souriant. — Si j'étais un ange du bon Dieu, comme

— Oh! merci! mademoiselle, merci! Vous êtes un ange du bon Dieu.

vous le croyez à tort, j'aurais deviné que vous étiez malade et n'eusse pas eu besoin que Mme Bouquet me l'apprît.

« Il s'en serait suivi que, dès hier soir, vous auriez commencé à recevoir mes soins, ce qui vous eût, sans doute, épargné quelques heures de souffrance. A l'altération de vos traits, je vois, en effet, que votre nuit a dû être mauvaise.

— Ma souffrance de cette nuit, — répondit Pacault, — n'était rien auprès du bien-être que j'éprouve à présent. Si la fièvre ne m'a pas quitté un instant depuis hier au soir, à l'heure actuelle, je me sens beaucoup mieux... il me semble même que le mal contre lequel je me débattais vient de s'enfuir soudain loin de moi.

— C'est évidemment la tisane qui commence à produire son effet.

— Oh! non, ce n'est pas cela! — fit le nain en regardant la jeune fille avec enivrement.

— Cependant, il ne peut y avoir d'autre cause au soulagement que vous éprouvez, — assura naïvement la jeune fille. — A moins, ajouta-t-elle en riant, que, sans le savoir, je ne possède un fluide bienfaisant dont vous ressentiez l'influence.

Pacault allait crier : Oui, c'est cela, c'est vous, c'est votre vue, ce charme divin dont toute votre personne est empreinte, qui opère sur moi comme un baume rafraîchissant.

Par bonheur, il se contint, craignant par cet aveu de blesser l'ouvrière.

— Enfin, quoi qu'il en soit, — reprit Denise en voyant qu'il gardait le silence, — vous vous sentez mieux et c'est là le principal. Je vais en ce cas vous quitter, car je n'ai malheureusement pas le moyen de rester à ne rien faire, il me faut travailler pour vivre. Tâchez de bien vous reposer, je reviendrai ce soir voir comment vous allez.

— Vous reviendrez?

— Certainement... si, toutefois, ça ne vous gêne pas?

— Oh! vous!... me gêner!...

— Alors, c'est convenu, à ce soir... Ah!... — dit-elle, — j'y pense... il est nécessaire que cette tisane soit entretenue chaude, car, puisqu'elle vous a fait tant de bien, il vous faudra en boire encore. Avez-vous quelque chose ici pour faire du feu?

— Non, je n'ai rien, mademoiselle ; mais c'est inutile, ne vous occupez pas de cela... je m'arrangerai.

— Oui, vous la boirez froide, n'est-ce pas? C'est ce que je ne veux pas. Attendez, c'est moi qui vais m'arranger.

Et Denise descendit à sa chambre, y prit une petite lampe à esprit-de-vin dont elle se servait parfois pour se faire du café quand elle avait à veiller tard, puis remonta avec elle chez le nain où, après l'avoir allumée et mise à la portée de sa main, elle plaça dessus le pot contenant l'infusion.

— Là, — dit-elle avec satisfaction, — comme ça, voyez-vous, elle sera toujours à une bonne chaleur... Allons, à ce soir, il m'est impossible de rester près de vous plus longtemps, mais je viendrai aussitôt rentrée de mon magasin.

« Surtout, ne faites pas d'imprudence pendant mon absence, je veux dire ne vous levez pas dans la journée ; je vois que vous êtes en moiteur et vous pourriez vous rendre beaucoup plus malade que vous n'êtes.

Sur cette dernière recommandation, la jeune fille fit un geste amical à Pacault et s'en alla.

Quand elle fut partie, il sembla au malheureux que la nuit venait de se faire soudainement dans son logis.

Le rayonnement qu'elle avait apporté s'était enfui avec elle et tout n'était plus que ténèbres autour de lui, comme s'il eût été plongé au fond d'un noir cachot.

Alors, afin d'abréger les longues heures qui devaient s'écouler avant qu'elle ne lui réapparût, il ferma les paupières et chercha dans le sommeil l'oubli du temps.

Il se berçait peut-être de l'espoir qu'il la reverrait en rêve !...

Un quart d'heure après, en passant devant la loge de la concierge, Denise cria :

— Votre commission est faite, madame Bouquet.

— Vraiment, ma fille ! — fit la bonne femme, — et vous n'avez pas eu peur en le voyant ?

— Si, un petit peu d'abord. En somme, ça été l'affaire d'une seconde ; je me suis tout de suite habituée à sa... physionomie.

— Eh bien ! j'en suis tout ébaubie, mon enfant... jamais je ne l'aurais cru. Aucun de mes locataires n'a pu s'y faire. Mais, au fait, comment va-t-il ? Est-ce que je m'étais trompée dans mon idée que sa nuit n'avait pas été bonne ?

— Non, vous aviez raison ; il m'a avoué qu'il avait beaucoup souffert depuis hier soir. Aussi, ce matin, il était très fatigué, et votre tisane est arrivée fort à propos ; elle lui a fait du bien sur-le-champ.

— Allons, tant mieux, je lui en préparerai d'autre.

— Non, ce sera moi, si vous le permettez, puisque je me charge de le soigner dorénavant. Vous comprenez, je suis sa voisine, c'est bien le moins que je lui rende ce service.

— Vous êtes un bon petit cœur, ma mignonne, et M. Jean n'aura pas à se plaindre de vous avoir pour femme...

— Au revoir, madame Bouquet, — coupa Jenny qui ne tenait pas probablement à aborder ce sujet avec la concierge; — je suis un peu en retard et n'ai pas le temps de causer davantage.

— Alors, filez vite, ma belle, il ne faut jamais faire attendre l'ouvrage, car lui ne vous attend pas. A vrai dire, avec vos jambes, qui sont un peu meilleures que les miennes, vous aurez bien vite fait de rattraper le temps perdu.

Jenny n'entendait plus la mère Bouquet. Elle trottait déjà d'un pas alerte vers son magasin.

XVI

DANS LE GRENIER

Lorsque Jean de Lavaur vint le soir, comme d'ordinaire, chercher l'ouvrière à la Bastille, les premières paroles de celle-ci furent pour lui raconter sa visite à Pacault et les circonstances qui l'avaient amenée.

On pense si l'étudiant fut stupéfait.

— Eh! quoi! — exclama-t-il, — vous avez vu ce pauvre garçon?

— Tiens, le connaîtriez-vous donc? — répartit Denise.

— Mais oui, depuis dimanche matin.

— Comment donc cela se fait-il? Il se cache comme un loup et, sans Mme Bouquet, je ne me serais jamais douté de son existence.

— Je le sais; aussi est-ce par le plus grand des hasards que je suis entré en relations avec ce solitaire. Je l'ai rencontré ce matin-là sur votre palier occupé à...

Ici, Jean s'arrêta. Il allait dire « occupé à vous écouter chanter et plongé dans une sorte d'extase », mais c'aurait été dévoiler le secret de Pacault à la jeune fille, ce qu'il ne jugeait pas encore opportun de faire.

— Eh bien, à quoi était-il occupé? — demanda Denise. — Ah! fit-elle, — à balayer le corridor, je parie. Comme c'est moi qui suis chargée de cette besogne, il aura probablement voulu me l'épargner. Du reste, j'ai remarqué plusieurs fois déjà que, au moment où je me préparais à nettoyer mon étage, la chose était faite et très bien faite, même. Je mettais ça sur le compte d'un des locataires du dessous; à présent, je gagerais que c'est à lui que je suis redevable de cette complaisance.

Denise était dans le vrai en croyant cela.

Souvent le nain, pour éviter à sa voisine la petite corvée réglementaire, s'était levé de très bonne heure et, silencieusement, ne voulant pas être surpris par elle, il l'avait accomplie à sa place.

— Oui, précisément, — dit Jean saisissant la balle au bond, — il était en train de balayer le corridor, ce pauvre garçon.

— Et il ne s'est pas sauvé en vous apercevant ?

— Si, il est remonté rapidement à son grenier, fuyant comme un malfaiteur pris en faute ; mais une sorte de curiosité m'a fait le suivre et nous sommes restés près d'une demi-heure ensemble.

— Vous ne m'aviez rien dit de cela ?

— Non, et c'est lui qui m'avait prié de ne vous en point parler.

Ils marchaient tous deux au bras l'un de l'autre, regagnant le haut de la rue Saint-Jacques.

A ce dernier mot du Breton, la jeune ouvrière leva les yeux sur lui et demanda, très intriguée :

— Pourquoi donc ?

— Parce qu'il tenait à ce que vous ignoriez sa présence près de vous le plus longtemps possible. Il craignait que, le sachant là, vous ne cherchiez à le voir et que son horrible laideur ne vous causât une trop grande peur. C'est ce qui fait que je suis stupéfié de ce que vous m'apprenez.

« Ainsi, Denise, vous avez pu supporter sa vue, vous qui, l'autre jour, éprouviez un réel malaise à regarder les singes du Jardin des Plantes ?

— Oh ! — fit-elle, le visage animé d'une jolie indignation, — pouvez-vous bien faire une telle comparaison, mon cher Jean ?

« Les singes sont des bêtes, tandis que ce malheureux est un homme, c'est-à-dire un de nos semblables, doué comme nous d'un cœur et d'une âme. Nous ne devons donc pas, chez lui, considérer l'enveloppe, mais bien ce qui est dedans.

— Ma chère Denise, on ne saurait plus sensément et, surtout, plus charitablement parler. D'autant mieux, comme j'ai pu m'en convaincre, que Pacault n'a que l'extérieur de laid.

— C'est également ma conviction. La reconnaissance touchante qu'il m'a témoignée pour le petit service que je lui ai rendu est déjà l'indice d'une excellente nature.

— Evidemment, — approuva Jean. — Mais, au fait, qu'a-t-il au juste ?

— Dame, je ne sais trop. Il m'a dit qu'il avait eu la fièvre toute la nuit, ce qui l'avait fait beaucoup souffrir. Il s'était plaint la veille à Mᵐᵉ Bouquet d'avoir la poitrine en feu, et c'est pour cela qu'elle lui avait fait de la tisane.

— Hum! — grommela l'étudiant en allongeant involontairement le pas; — la fièvre, la poitrine en feu... il faudra que je voie ça. Je vais monter près de lui dès que nous serons arrivés.

Denise le remercia d'un regard.

— J'allais vous en prier, mon ami. Vous qui êtes médecin, vous reconnaîtrez tout de suite ce qu'il a. Quant à moi, pendant que vous serez là-haut, je lui préparerai une nouvelle infusion de « quatre fleurs » dont je vais acheter un paquet chez le premier herboriste que nous allons rencontrer. Cette boisson, ce matin, a paru lui procurer un certain bien-être.

— En tout cas, ça ne peut pas lui faire de mal. Cependant, d'après ce que vous m'apprenez, il y aura peut-être autre chose à lui ordonner.

« Enfin, je verrai.

Se pressant encore et coupant au plus court, les jeunes gens arrivèrent bientôt à la maison de la rue Saint-Jacques dont Mme Bouquet était l'impotente gardienne.

Jean monta sur-le-champ au grenier, laissant Denise entrer dans sa chambre pour s'occuper de la tisane.

Le réduit du nain n'était éclairé que par la lueur d'une chandelle, dont la flamme vacillante faisait danser des ombres bizarres sur les parois et au plafond.

Du lit, émergeait la tête de Pacault qui, vue ainsi à cette lumière douteuse, paraissait encore plus effrayante qu'en plein jour.

— Eh bien, mon ami, — demanda le jeune homme en s'approchant, — qu'est-ce que je viens donc d'apprendre? Nous nous offrons le luxe d'être malade, il paraît?

— Ma foi oui, monsieur, répondit Pacault d'une voix faible. — Voyez, ça ne va pas du tout.

— Le fait est que vous semblez assez souffrant. Quand cela vous a-t-il pris?

— Hier, dans la journée.

— Tout d'un coup?

— ... Oui, monsieur, dit le nain après une légère hésitation.

— Et qu'éprouvez-vous.

— Une fatigue extrême, très douloureuse.

— Donnez-moi votre main que je vous tâte le pouls.

Pacault donna sa main.

— Bon, je vois ce que c'est, — reprit l'étudiant au bout d'un moment. — Vous avez attrapé ce qu'on appelle vulgairement un chaud et froid. Vous avez mal aux reins, n'est-ce pas?

— Beaucoup.

— Aux genoux, aux épaules, à toutes les articulations?

— Oui.

— Puis vous ressentez comme une brûlure au creux de l'estomac?

— Oui, oui, c'est bien cela.

— Vous avez, en outre, de la peine à respirer?

— C'est vrai. Par instants, même, il me semble que je vais étouffer.

— Bien, bien, mon diagnostic est exact... Mais, du diable! qu'avez-vous donc fait pour pincer ça?

— Ce que j'ai fait?... rien, monsieur.

— Allons, mon ami, ce n'est pas venu tout seul. Vous avez dû, ayant chaud, vous exposer brusquement au froid?

— Ah! peut-être bien.

— Oh! c'est sûr; et si je vous demande de me faire connaître comment cela vous est arrivé, je veux dire dans quelles circonstances, ce n'est pas par simple curiosité. Souvent, le savoir du médecin est dérouté si le malade ne lui fournit pas tous les renseignements dont il a besoin.

— Mais... je ne sais pas, monsieur... je ne me rappelle plus... balbutia le nain que la gravité du jeune homme parut quelque peu embarrasser.

— Il faut vous rappeler. Vous comprenez, ce que vous me direz peut me guider pour les soins que j'ai à vous donner.

Cette insistance de Jean parut redoubler la gêne de Pacault.

— Suis-je donc indiscret en vous demandant cela? — finit par questionner l'étudiant qui remarqua la contrainte du nain. — S'il en est ainsi, mon ami, n'en parlons plus.

— Au fait, monsieur, — dit celui-ci comme prenant une résolution, — je puis bien tout vous avouer à vous, puisque vous m'avez déjà surpris sur le palier de Mlle Denise.

Jean de Lavaur dissimula un sourire qui signifiait :

— Nous y voilà!.. Je m'en doutais!

Et, tout haut, il demanda :

— Ah! c'est à cause de Mlle Denise que vous vous êtes rendu malade?

— Oui, à cause d'elle... et voici comment... Vous me promettez au moins de garder pour vous ce que je vais vous raconter.

— Je vous le promets, mon ami.

— Bon, alors je n'hésite plus à vous confier la chose... Avant-hier soir, je m'étais attardé à travailler, parce que j'avais de l'ouvrage pressé à rendre hier matin.

« Vers minuit, ma besogne étant terminée, je me disposais à me cou-

— Tout ce que je pouvais apercevoir, c'était une partie de sa croisée.

cher, quand, ayant eu l'idée de jeter un regard à travers la vitre de ma
lucarne, pour voir quel temps il faisait, j'aperçus une raie lumineuse sur
mon cadran solaire.

— Comment ! votre cadran solaire ?

— Oui, il y a là, sur le toit à quelques pieds d'ici, un grand corps de
maçonnerie où viennent aboutir plusieurs tuyaux de cheminées. C'est ça

mon cadran solaire, attendu que, lorsque le soleil luit, un énorme clou,
que j'ai été y planter et qui y promène sa flèche d'ombre, m'indique
l'heure aussi exactement que pourrait le faire le meilleur chronomètre.

« Donc, le voyant éclairé, je me dis : Tiens, il paraît que ma voisine
veille aussi, ce soir ?

« Car, j'ai reconnu qu'il n'y a que la lumière provenant de chez elle qui
puisse arriver jusque-là.

« Alors, que fais-je ? J'ouvre ma lucarne, je grimpe sur le toit et vais
me placer près du corps de maçonnerie.

« Vous n'ignorez pas, naturellement, que la fenêtre de Mlle Denise est
située juste à l'angle de l'aile en retour de la maison.

« De sorte que, de l'endroit où je me tenais, il m'était impossible de
voir la jeune fille, non plus que l'intérieur de son logement.

« S'il en avait été autrement, je vous jure que je me serais en allé, ne
voulant pas me permettre de pénétrer ainsi par ruse dans l'intimité de sa
vie .

« Tout ce que je pouvais apercevoir, c'était une petite partie de sa
croisée, large seulement de quelques centimètres et d'où s'échappait le
filet de lumière qui avait attiré mon attention.

« Mais cela me suffisait ; et, m'étant installé contre mon cadran solaire,
je demeurai immobile, les yeux fixés sur cet étroit espace où, parfois,
quand Mlle Denise avait affaire de ce côté, j'avais le bonheur de surprendre sa silhouette qui venait se dessiner sur le rideau avec une grande
netteté.

« Peu à peu, je tombai dans un état assez semblable à celui où vous
m'avez trouvé dimanche, ne sentant pas que le froid m'envahissait par
degrés et me ligeait le sang dans les veines.

— Et vous êtes resté là longtemps ? — demanda Jean.

— Jusqu'à ce que la clarté disparut.

— Tant que cela ?

— Il devait être tard, en effet, car la lune, déjà haute dans le ciel quand
j'avais commencé ma station, était, à la fin, très basse sur l'horizon.

— Je crois bien. Savez-vous quelle heure il était ?

— Non.

— Trois heures du matin. Je le sais par Mlle Denise elle-même qui
m'a appris hier que, la nuit précédente, elle avait veillé jusqu'à cette
heure-là. Je ne m'étonne plus que vous soyez malade, surtout si vous
aviez chaud, au moment où vous êtes monté sur le toit, ce qui doit être
d'après les symptômes que je découvre chez vous.

— C'est vrai ; j'étais même presque en sueur. J'avais travaillé toute la soirée à tresser de ces forts paniers qu'on appelle mannes et pour la confection desquels il m'avait fallu tordre de nombreuses et grosses baguettes d'osier, dont quelques-unes n'étaient pas moindres que le pouce. D'autant que j'avais fait cela avec mes seules mains, ne possédant pas de tordeuse, instrument spécial dont on se sert généralement en pareil cas.

— Et en rentrant vous êtes-vous couché tout de suite, au moins?

— Oui.

— Que ressentiez-vous alors?

— Peu de chose, si ce n'est que j'avais très froid. Comme je vous l'ai dit, ça m'est venu dans la journée, seulement, je m'étais endormi assez vite, comptant être sur pied de bonne heure pour aller rendre mon ouvrage. Mais le mal qui me tenait me fit dormir jusqu'au milieu de l'après-midi et, lorsque je me réveillai, je constatai avec un très désagréable étonnement que je pouvais à peine faire un mouvement.

« J'étais comme perclus. Mes bras et mes jambes me semblaient de plomb. De plus, j'avais dans tout le corps de violents frissons qui me secouaient à me briser.

— Et, malgré cela, vous êtes sorti le soir, m'a-t-on dit?

— Dame! il fallait bien reporter mes paniers qui étaient attendus depuis le matin. Par exemple, j'avoue qu'à mon retour j'étais à bout de forces, et je n'eus que le temps d'arriver ici pour me jeter sur mon lit.

— Quelle folie! Il y avait de quoi vous tuer du coup.

— Cela se peut, monsieur. Cependant, je ne regrette pas, loin de là, de l'avoir commise, cette folie, puisque c'est grâce à elle que j'ai eu la visite de Mlle Denise. Car, si je n'étais pas sorti, la mère Bouquet ne m'aurait pas vu rentrer et, en conséquence, ne lui aurait pas parlé de moi.

— C'est d'une logique remarquable. A propos, vous qui croyiez lui rester si longtemps inconnu et redoutiez tant qu'elle ne vous aperçût, vous voilà au mieux avec elle, maintenant? Vous voyez que vous vous faisiez un épouvantail d'une chose fort simple, au fond.

— J'en conviens. Mlle Denise n'est pas une femme comme les autres; elle leur est de beaucoup supérieure en tout et, si je l'avais su, je n'aurais pas été dans une telle crainte. C'est si vrai que, peu après son entrée chez moi, je n'avais plus peur de me montrer à elle... et je sens, qu'à présent, plus jamais je n'aurai peur.

— Vous allez la revoir dans un instant. Elle vous prépare en ce moment une infusion comme celle de la concierge et va vous la monter dès qu'elle sera prête... Et, tenez, justement la voici; j'entends ses pas.

Effectivement, la jeune fille ne tarda pas à paraître.

Elle portait un pot de tisane, encore plus grand que celui de la mère Bouquet.

En la voyant, Pacault mit rapidement un doigt sur ses lèvres pour, de nouveau, recommander à Jean le silence sur la cause de sa maladie.

L'étudiant fit signe que c'était entendu.

XVII

LE DÉLIRE

— Voilà! fit l'ouvrière en posant son pot sur la table. — J'en ai fait une pleine casserole pour que vous ayez de quoi en boire jusqu'à demain sans vous gêner. — Et comment vous trouvez-vous ce soir, monsieur?

Ce fut Jean qui répondit pour le nain.

— Pas très bien, ma chère Denise, — dit-il. — La mal est dans la période ascendante et, pour l'enrayer, il va falloir que je médicamente énergiquement votre malade.

— Cette tisane ne suffit donc pas? — demanda naïvement la jeune fille.

— Hélas! non, — répliqua l'étudiant en secouant la tête. — Elle est bonne tout de même, — ajouta-t-il vivement, car il craignait d'avoir involontairement effrayé sa petite amie; — elle peut servir d'adjuvant au remède que je vais ordonner, mais, seule, elle ne serait pas assez efficace.

— Ah! pourtant, ce matin, elle avait paru faire beaucoup de bien à monsieur?

Au regard suppliant que lui lança Pacault, Jean devina bien que la présence de la jeune fille, secrètement adorée comme une madone par le nain, devait avoir été pour la plus grande part dans le « beaucoup de bien » dont elle parlait, mais il n'en souffla mot pour ne pas manquer à la parole donnée et dit lentement :

— Malheureusement, ma chère Denise, ce n'était qu'en apparence. Vous voyez, d'ailleurs, que s'il y a eu du mieux ce matin, ce mieux ne s'est pas soutenu. Il est donc nécessaire de recourir à une médication moins anodine; et comme le temps presse toujours en semblable occasion je vais descendre moi-même chercher ce qu'il faut chez le pharmacien. Si, en attendant, vous voulez bien tenir compagnie à l'ami Pacault, je crois qu'il ne s'en plaindra pas.

— Vous me permettez d'employer ce terme familier vis-à-vis de vous, n'est-ce pas? — ajouta-t-il, en se tournant vers le malade.

— Oh! oui, monsieur, cela me fait même grand plaisir, car je ne suis guère accoutumé à être appelé ainsi.

— Eh bien, vous vous y accoutumerez avec moi, dit Jean.

Puis à Denise :

— Je descends et reviens dans un moment. Ne le faites pas trop causer pendant mon absence, je vous prie. Il est un peu fatigué de l'interrogatoire que j'ai dû lui faire subir pour me renseigner sur les causes de son mal, et de parler encore pourrait lui être nuisible.

Sur quoi, le jeune homme, ayant soulevé la tenture qui séparait la soupente du grenier, s'éloigna du côté de l'échelle.

— Que vous êtes bonne, mademoiselle, — murmura Pacault dès que les pas de l'étudiant ne se firent plus entendre, — et combien je suis honteux de tout l'embarras que je vous donne.

— Chut!... — fit gentiment la garde improvisée; — vous savez ce qu'on vient de vous recommander?

— Cependant, il faut bien que je vous remercie de tout ce que vous faites pour moi?

— Plus tard, plus tard, nous avons le temps. Pour l'instant soyez muet... c'est l'ordonnance du médecin, ajouta l'ouvrière d'un ton sévèrement comique.

Obéissant à cette injonction, le nain ne dit plus un mot.

Quant à Denise, pour ne pas rester inactive jusqu'au retour de Jean, elle s'occupa de refaire un peu le lit du pauvre garçon, qui en avait grand besoin.

Elle tira le drap, tendit la couverture, égalisa l'un et l'autre de chaque côté du matelas, puis borda soigneusement le tout.

Ensuite, elle releva le chevet qui était affaissé et y assujettit la tête de Pacault dans une position commode.

Ce dernier ne perdait rien de ses mouvements, et s'il lui était défendu de parler, il s'en dédommageait en faisant exprimer à ses yeux la profonde gratitude dont son cœur était rempli. Et, certes, sa langue n'aurait jamais été à même de parler un langage aussi éloquent.

Jean revint au bout d'un quart d'heure, muni d'un flacon contenant une préparation pharmaceutique.

— Là! — fit-il, — avec cela nous allons livrer bataille à la maladie et j'ai tout lieu de penser que nous remporterons bientôt la victoire. Avez-vous un verre ou une tasse?

De la main et sans détourner ses yeux extasiés, Pacault désigna l.
tiroir de la table.

Le jeune homme ouvrit le tiroir indiqué, et en ayant sorti une espèc.
de timbale en étain, il y versa le contenu du flacon.

— Vous allez prendre ceci, — dit-il au nain. — Je vous préviens qu
ça va provoquer chez vous une très forte sudation ; en conséquence, aye.
bien soin de ne pas vous découvrir dans la nuit.

— Oui, monsieur, je ferai bien attention.

— Alors, avalez... Bon, voilà qui est fait et le combat est commenc.
contre cette vilaine fièvre. A présent, nous allons vous laisser, Mlle Denis.
et moi afin que vous puissiez reposer tranquillement ; car ce médicament
contenant une substance somnifère, vous allez vous endormir dans un
instant. Mais il est probable que vous vous réveillerez dans cinq ou six
heures et vous serez très altéré. C'est alors que vous pourrez faire usage
de cette tisane, dont je vous permets de boire autant qu'il vous plaira.
à condition qu'elle soit chaude, toutefois, attendu que froide elle arrêterait
la transpiration, ce qui serait extrêmement dangereux. Vous me comprenez bien, mon ami?

— Oui, monsieur, très bien.

— En ce cas, — dit l'ouvrière, — il faut, comme ce matin, la mettre au
chaud sur la lampe à esprit-de-vin, que je vais aller remplir pour qu'elle
dure au moins jusqu'au jour.

— C'est cela, — approuva Jean ; — en même temps cette lampe servira
de veilleuse, car il n'est pas bon, lorsqu'on est souffrant, de rester la nuit
sans lumière ; d'autre part, une chandelle qu'on laisserait brûler plusieurs
heures de suite empesterait l'air en l'alourdissant et le rendrait, par suite,
très malsain à respirer.

En une minute à peine, Denise eut fait ce qu'elle disait et, quand tout
fut préparé, les deux jeunes gens souhaitèrent le bonsoir à Pacault, puis
descendirent.

— Quelle maladie a-t-il donc? — demanda l'ouvrière au jeune homme
dès qu'ils furent seuls.

— Parbleu, — le pauvre garçon a tout bonnement un commencement de fluxion de poitrine ou, pour parler scientifiquement, une pneu-
monie, c'est-à-dire une inflammation des poumons.

— Oh! mon Dieu! mais c'est grave, cela?

— Certes! et, sans me vanter, il était temps que je vinsse, car votre
charitable sollicitude eût été bien impuissante, ma chère Denise.

— Serait-il en danger?

— Je ne crois pas; néanmoins, je ne pourrai me prononcer sûrement que dans quarante-huit heures. Le mal va suivre sa marche régulière pendant deux ou trois jours encore, et ce n'est qu'à ce moment que je verrai s'il y a réellement à craindre quelque chose.

— Ce que vous lui avez donné ce soir ne va-t-il donc pas, comme vous le disiez, enrayer le mal?

— Très peu; je suis arrivé trop tard; il aurait fallu que je commençasse le traitement dès hier soir. Aussi mon remède, une potion au chloral, n'a-t-il d'autre but que de l'empêcher de souffrir en lui procurant un sommeil réparateur et en lui coupant momentanément la fièvre. Je dis « momentanément » parce que demain, dans la journée, elle le reprendra et avec une nouvelle intensité. Mais, cette fois, je la lui laisserai car, alors, elle fera office d'exutoire. Au cours de cet accès, il aura, je le présume, un assez fort délire accompagné d'une grande agitation. Cela ne m'effraie point, l'échauffement du sang réagissant toujours sur le cerveau qu'il perturbe violemment.

Jenny écoutait effrayée... et émerveillée. Ces souffrances, dont son ami prévoyait la marche avec tant d'assurance, lui donnaient une haute idée de son savoir. Et, de fait, Jean de Lavaur eut pû en remontrer à beaucoup de vieux praticiens.

— Ce dont je suis le plus préoccupé, — reprit-il après un court silence, — c'est de ce qui se passera après-demain, ce jour étant celui où doit se produire une crise qui peut amener les plus graves complications.

— Ce serait à ce point-là? — fit l'ouvrière très émue.

— Hélas! oui.

— Et le malheureux ne se doute pas de ce qu'il a?

— Aucunement; j'ai même fait en sorte qu'il ne le soupçonnât point. Vous avez dû remarquer que, devant lui, j'ai eu l'air de croire à une simple indisposition et non à une affection sérieuse?

— En effet, j'y ai été trompée moi-même... Dites-moi, Jean, comment cela a-t-il pu lui venir?

— C'est ce que je lui ai demandé, et il m'a avoué qu'avant-hier soir, ayant pris chaud à travailler, il était allé se promener sur le toit pour se rafraîchir.

— Quelle imprudence! Mais je n'ai pas le courage de le blâmer, il est assez puni.

— Vous avez raison, Denise, plaignez-le plutôt.

— Oh! oui, je le plains, je le plains même très sincèrement. Et, puisqu'il en est ainsi, voici quelle est mon intention. Je vais aller demain prévenir à mon magasin que j'ai quelqu'un de gravement malade à soigner et tâcher d'obtenir qu'on me donne de l'ouvrage à faire chez moi. J'ai la

presque certitude qu'on ne me refusera pas. Puis, alors, j'irai m'installer
près de lui avec mon travail et y resterai tout le temps qu'il me sera possible d'y rester. Cette idée a-t-elle votre approbation?

— Entièrement; elle est des plus généreuses et je ne saurais trop la
louer.

— Eh bien! c'est dit, je ferai comme cela.

Le lendemain, la jeune fille ayant, ainsi qu'elle le désirait, obtenu de
ses patrons l'autorisation de travailler chez elle durant une semaine
environ, alla s'installer au chevet de Pacault.

Celui-ci avait passé une bonne nuit.

Comme l'avait prévu Jean, il s'était réveillé vers quatre heures
du matin; et, se sentant grand soif, avait bu les deux tiers au moins de la
tisane.

Mais, depuis, il était demeuré dans un état comateux, dans une sorte
de somnolence qui lui ôtait la perception exacte des choses.

Aussi, fût-ce avec des yeux vagues, une impression confuse, qu'il vit
Denise venir s'asseoir près de son lit, s'y installer avec tout son attirail
de couturière et se mettre ensuite à jouer de l'aiguille et des ciseaux tout
comme si elle eût été dans sa chambre.

Et cela, silencieusement, sans prononcer un mot.

Il croyait à un rêve.

L'ouvrière, ayant, en effet, remarqué la torpeur où il était, et le calme
qui en résultait pour lui, avait compris qu'il serait cruel de l'en tirer en
lui adressant la parole.

Elle s'ingénia même, une fois à l'ouvrage, à ne faire aucun mouvement
trop brusque qui fut susceptible d'éveiller son attention.

Vers onze heures, l'étudiant arriva; il n'avait pas voulu manquer son
cours du matin.

— Bien, — dit-il doctoralement, en constatant le demi-sommeil du
pauvre être qui était son premier client. — Ceci est la conséquence naturelle de la potion au chloral. Laissons-le dans cet engourdissement, il y
puise des forces pour la lutte qu'il aura à soutenir tantôt, quand la fièvre
s'emparera de nouveau de lui.

Puis il partit en promettant à Denise de revenir aussitôt qu'il serait
libre, car il était dans une période de travail, piochait ferme maintenant
et se préparait avec ardeur aux examens qui devaient avoir lieu prochainement.

Dans l'après-midi, Pacault, qui avait gardé jusque-là une quasi immobilité, commença à se remuer et à s'agiter sur sa couche.

Puis sa face s'empourpra et ses yeux prirent un éclat d'une extrême

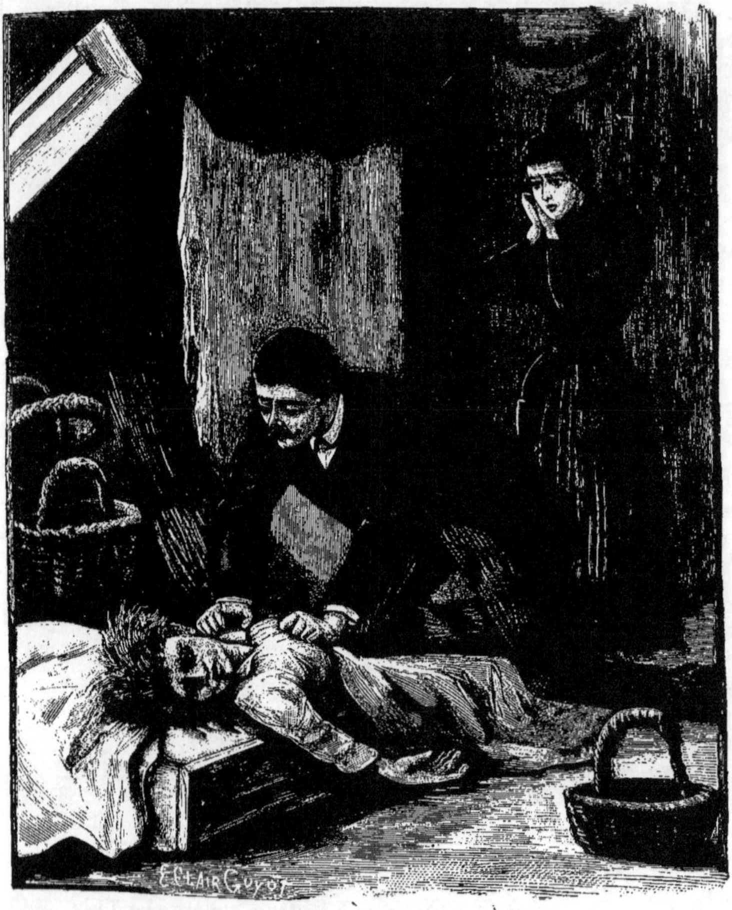

Il lui posa de tout son poids et par secousses sur la poitrine.

acuité en même temps que les veines de son cou se gonflaient avec force sous les flots de sang qui lui montaient à la tête.

C'était la fièvre qui réapparaissait.

Prévenue comme elle l'était, la jeune fille ne s'inquiéta pas outre mesure de ce retour du mal.

La science de Jean avait parlé, avait ordonné la tranquillité.

LIV. 18. — H. GEFFROY, édit. — Reproduction interdite.   18

Elle attendit.

Bientôt, l'agitation du nain s'accrut encore. Il se tournait et retournait en tous sens avec de violents soubresauts, comme s'il eût été sur une plaque de fer rougie.

Brusquement vint le délire annoncé par l'étudiant.

D'abord, Pacault se mit à parler à voix basse et d'une façon incompréhensible.

Les mots se pressaient, tumultueux, sur ses pauvres lèvres naturellement boursouflées, d'où ils ne sortaient qu'en un sourd balbutiement.

Peu à peu, cependant, ses paroles se coordonnèrent, devinrent distinctes, et Denise put facilement les saisir.

L'infortuné se plaignait du sort qui lui était fait, de l'isolement où le reléguait son horrible difformité.

Il maudissait la nature d'avoir été aussi marâtre envers lui, et son poing se tendait dans l'air, menaçant un ennemi invisible.

A un moment, pris d'une véritable rage, il s'écria :

— Oh! pourquoi ne m'a-t-on pas étouffé au sortir du sein de ma mère... pourquoi m'a-t-on infligé le supplice de la vie... de la vie qui est un enfer pour moi et dont chaque instant m'est une torture nouvelle?... Ne valait-il pas mieux me faire disparaître,.. me rendre au néant d'où je n'aurais jamais dû être tiré?

Et ses traits, affreusement crispés, décelaient l'infinie souffrance de son âme.

Soudain, presque sans aucune transition, ils se détendirent et revêtirent une expression de joie ineffable.

— Oh! qu'ai-je dit là.... — prononça-t-il d'une voix charmée. — Quel blasphème ai-je osé proférer... Non, non, on a bien fait, au contraire, de me laisser vivre... puisque je devais la connaître un jour... puisque, maintenant, mon existence est devenue un paradis... Oh! que je suis heureux quand je la vois... quand j'entends le bruit de ses pas... le frôlement de sa robe... Oui, bien heureux... bien heureux!...

— De qui veut-il donc parler? se demanda la jeune fille, très vivement intriguée.

Pacault continua :

— Mon bonheur est encore plus grand, depuis hier... car elle est venue ici... elle s'est approchée de moi... tout près... tout près... oui, de moi, l'avorton...l'être sans nom rejeté de la société et dont chacun s'écarte avec dégoût... Et elle n'a pas eu peur, elle... non, elle ne m'a pas fui comme les autres... elle m'a même parlé... et si doucement, si doucement, qu'on aurait dit le chant d'un petit oiseau... Oh! comme cela me faisait plaisir d'écouter ce qu'elle me disait... j'aurais voulu qu'elle me parlât longtemps... longtemps... toujours !...

Il s'arrêta une seconde, puis reprit :

— Et son nom... comme il est joli !... C'est M. Jean qui me l'a appris l'autre jour... elle s'appelle Denise, m'a-t-il dit. Depuis que je le sais, je le répète sans cesse, car il est bien doux à prononcer...

Et, avec un accent d'indicible ivresse, d'une voix musicalement tendre, il répéta par trois fois ce nom :

— Denise !... Denise !... Denise !...

— Eh quoi ! — s'exclama la jeune fille qui, à ces mots, se leva toute troublée, — c'est de moi qu'il parle !

— Oui, c'est de vous, — répondit une voix derrière elle.

Elle se retourna.

Jean était là.

L'étudiant, entré depuis un instant sans que l'ouvrière s'en aperçût, avait entendu ce que venait de prononcer le malade dans son délire.

— Ah ! vous voici, mon ami, — fit Denise, — j'en suis bien contente. Voulez-vous m'expliquer ce que cela signifie ? Je ne comprends pas du tout.

— Cela signifie, ma chère Denise, que ce malheureux vous aime.

— Oh !

— Il vous aime, je vous l'affirme ; mais vous n'avez pas à redouter son amour, car le sentiment qu'il éprouve pour vous n'est pas un sentiment terrestre, si je puis m'exprimer ainsi, c'est plutôt un culte ; et il vous aime comme il aimerait une sainte.

— Serait-ce possible ?

— Vous pouvez m'en croire. Je l'ai confessé la première fois que j'ai causé avec lui et ai pu me convaincre de la pureté de sa passion. Aussi n'en ai-je pris aucun ombrage.

La jeune fille était stupéfaite de cette révélation et elle en ressentait une étrange émotion.

Mais cette émotion n'avait rien de pénible. C'était, au contraire, comme une sorte de joie qui lui dilatait le cœur, car elle songeait que, par elle, Pacault connaissait le sublime enchantement de l'amour, et qu'ainsi elle avait fait de la nuit de sa vie un foyer de lumière divine.

Alors, dès cet instant, elle considéra le nain avec d'autres yeux.

Il ne méritait plus seulement sa pitié, mais bien sa plus tendre affection.

N'y avait-il pas, désormais, entre elle et lui un lien étroit et indissoluble ?

Pacault, qui, pendant le court entretien des deux jeunes gens, avait encore murmuré à plusieurs reprises le nom de Denise qu'il semblait savourer délicieusement, éleva subitement la voix et se remit à parler, s'interrogeant lui-même et se répondant :

— Mais pourquoi donc est-elle venue ici?... Je ne me souviens plus... je cherche.., je cherche... Ah! si, si, je me rappelle à présent... c'était pour m'apporter de la tisane... Comme elle est bonne!... On lui avait dit que j'étais malade... et elle venait me soigner... Elle, me soigner!... Oui... la veille, j'étais resté longtemps sur le toit... près de la cheminée... à regarder le filet de clarté qui s'échappait de chez elle... et alors j'ai eu froid... très froid... Oh! je ne sentais pas que j'avais froid... j'étais si bien... si bien... que je n'aurais jamais voulu m'en aller... non, jamais... jamais!...

— Ah çà! que dit-il encore? — demanda Denise. — Cette soi-disant promenade sur le toit, c'était donc...?

— Mon Dieu, oui, vous l'avez deviné, — fit l'étudiant, — et mieux vaut ne pas vous le cacher plus longtemps... C'était pour contempler un simple rayon de lumière qui filtrait à travers un coin de votre fenêtre. Je suis bien obligé de vous l'avouer puisqu'il vient de vous l'apprendre. Pourtant, il m'avait instamment recommandé de vous le laisser ignorer; recommandation qui, par l'enchaînement des choses, a été aussi inutile que celle qu'il m'avait faite de ne jamais vous révéler sa présence dans le grenier.

— Ainsi c'est à moi qu'il doit d'être malade? — balbutia la jeune fille douloureusement affectée. — Oh! je vais, s'il est possible, redoubler encore de soins et d'attentions envers lui.

Le nain s'était tu et, les yeux fermés, paraissait avoir cédé au sommeil.

Il n'en était rien cependant, et Jean ne s'y trompait pas.

Un léger mouvement de ses lèvres et de petits frissons qui lui couraient à fleur de peau indiquaient au jeune homme qu'il était encore en état de veille.

— La fièvre persiste, — dit-il, — et c'est tant mieux, car, en raison de l'abondante sudation qu'elle lui procure, elle chasse au dehors une partie du mal. Toutefois, vers dix heures, je lui donnerai la même potion qu'hier afin qu'il puisse reposer comme l'autre nuit. Actuellement, il n'y a plus rien à faire. Pour savoir exactement à quoi nous en tenir, attendons que survienne la crise décisive.

XVIII

LE PASSÉ DE PACAULT

Cette crise, prévue par l'étudiant, se produisit le lendemain dans la matinée, et fut terrible.

Elle débuta par un râle prolongé qui sortit des profondeurs de la poitrine de Pacault, et dont le bruit était assez semblable à un roulement de tonnerre lointain.

Puis, à ce râle, succéda un hoquet convulsif, coupé de subites suffocations durant lesquelles les traits du nain se contractaient horriblement, en même temps qu'une écume sanguinolente découlait des coins de sa bouche tordue par la souffrance.

Tout à coup, comme mû par un ressort, il se dressa d'un bond sur son séant, et portant ses deux mains à sa gorge :

— J'étouffe !... j'étouffe !... — cria-t-il d'une voix rauque et qui n'avait plus rien d'humain. — J'étouffe !... de l'air !... de l'air !...

Et, de ses ongles, auxquels il restait des lambeaux de chair, il se labourait le cou comme s'il eût voulu se le déchirer pour livrer passage à cet air qu'il sentait lui manquer.

Le malheureux, les yeux hors des orbites et la langue pendante, semblait sur le point de passer.

Denise, plus pâle qu'un linge, avait besoin de faire appel à toute son énergie pour ne pas fuir cet effrayant spectacle.

Quant à Jean, calme et froid en apparence du moins, car à voir les gouttes de sueur qui lui perlaient à la racine des cheveux, on devinait l'anxiété où il était, — il suivait attentivement les phases de la crise.

— C'est beaucoup plus grave que je ne pensais, — dit-il à un moment ; — le pauvre garçon est sur le point de passer littéralement, étouffé par le sang qui engorge ses poumons, si dans quelques secondes un spasme violent ne parvient pas à le lui faire expectorer.

Jean tentait sa première cure. Pour la première fois il faisait l'essai *in anima vili* et mettait en pratique les leçons apprises à l'école.

Très pâle, il consulta sa montre, attendant le spasme sauveur.

Rien ne vint et le visage de Pacault commença à se violacer, puis, graduellement, à tourner au noir. C'était l'asphyxie à son dernier degré.

— Oh! mon Dieu! c'est fini... c'est fini... gémit la jeune fille qui se cacha la figure dans les mains.

— Non, — fit résolument l'étudiant en se levant, — il y a encore un espoir.

— Vraiment!... Oh! alors, sauvez-le!

— Je vais faire mon possible, mais il me faut employer un moyen extrême. Ne vous effrayez pas de ce que je vais tenter et éloignez-vous un peu, Denise.

L'ouvrière obéit.

Aussitôt, d'un mouvement brusque, le jeune homme renversa le malade sur son lit, se pencha en avant et, de ses deux mains étendues, il lui pesa de tout son poids et par secousses sur la poitrine.

Le spectacle était effrayant à voir. On eût dit qu'animé d'une bestiale colère, il cherchait à broyer le moribond, à l'écraser.

A chacune de ces secousses, le torse du nain rendait un bruit étrange, comme un glouglou tement de bouteille qui se serait vidée.

Soudain, Jean, se relevant, attira Pacault sur le bord de sa couche et le plaça sur le côté en lui maintenant la tête qu'il fit légèrement déborder du matelas.

Il ne lui avait pas plus tôt fait prendre cette position qu'un flot de sang noir et grumeleux jaillit de sa bouche et vint former sur le sol une nappe épaisse, éclaboussant tous les objets d'alentour.

Ce jet fut bientôt suivi de deux autres, aussi abondants.

L'étudiant poussa un cri de joie.

— Sauvé! dit-il simplement.

— Sauvé? répéta Denise.

— Oui! voilà l'ennemi hors de la place. C'est toute cette matière décomposée qui, accumulée dans ses poumons, en empêchait le jeu. Maintenant ceux-ci sont dégagés et l'air peut y entrer librement. Voyez comme il respire déjà avec facilité.

C'était vrai : depuis un instant, la poitrine de Pacault se dilatait largement et un souffle puissant s'en exhalait.

Mais il était brisé, anéanti par la commotion qu'il venait de subir, et demeurait dans une prostration complète.

— Oh! que j'ai eu peur! fit Denise encore toute tremblante, — je ne savais pas ce que vous faisiez.

— Vous avez compris, à présent? Par les pressions réitérées que j'ai exercées sur le thorax, j'ai provoqué l'expulsion de ce sang coagulé qui l'étouffait et se refusait à sortir de lui-même. Par exemple, je ne vous cacherai pas qu'au lieu de réussir, comme j'ai réussi, je pouvais très bien amener une mort foudroyante. Mais puisque, de toute façon, l'infortuné était perdu, autant valait employer ce moyen qui offrait une dernière chance de salut.

— Et il est guéri, alors ?

— Ah ! non. Peste, comme vous y allez ! Sauvé, oui, mais pas guéri. Il en a encore pour une huitaine avant d'être à même de se lever. Son organisme a été fortement ébranlé et il faut lui donner le temps de se rétablir.

— Enfin, il n'y a plus de danger ?

— Pour cela, je puis vous l'assurer.

— Oh ! que je suis donc heureuse ! s'exclama Denise. Sachant d'où venait son mal, il me semble que, toute ma vie, je me serais reprochée sa mort.

Et dans l'explosion de sa joie, elle allait se jeter au cou du sauveur.

Il n'étaient pas seuls ; elle se contint et lui tendit seulement son front sur lequel le jeune homme appuya amoureusement ses lèvres.

Il n'avait pas espéré d'aussi splendides honoraires.

Une dizaine de jours après, Pacault entrait en pleine convalescence.

Denise était constamment restée près de lui, ne le quittant qu'à la dernière heure du jour pour revenir le matin à la première.

Le culte du nain pour elle avait encore grandi pendant ce laps de temps et s'était pour ainsi dire changé en adoration.

Dès qu'il put abandonner son grenier, la jeune fille le décida — non sans peine, car il s'en défendait vivement de crainte d'être importun — à venir passer quelques moments chez elle tous les soirs.

Précisément, Jean de Lavaur, fort occupé par ses études, ne venait plus régulièrement comme auparavant, et l'ouvrière trouvait en la personne de son nouvel hôte une compagnie qui, si elle ne remplaçait pas celle de son fiancé, ne lui en était pas moins très agréable.

Il ne faudrait pas croire que Pacault fût un sot, loin de là. Il n'était pas non plus dénué de toute instruction.

D'abord, il avait fréquenté l'école primaire, jusqu'à l'âge de douze ans, et bien que, comme on s'en doute, il y eût été en butte à toutes les tracasseries imaginables de la part de ses petits camarades qui, sans pitié, le raillaient sur sa difformité et se moquaient de lui outrageusement, il avait néanmoins grandement profité de cette courte période d'enseignement.

A ceci il y avait une raison fort naturelle : le déshérité ayant détourné à son profit ces nombreuses tracasseries, ses maîtres, moins obsédés par la malice des écoliers, avaient bien voulu lui en savoir quelque gré et s'étaient attachés à développer son intelligence déjà assez ouverte.

En outre, il avait beaucoup lu.

Tous les livres que le hasard avait fait tomber sous sa main avaient été avidement dévorés par lui, quelles que fussent les matières qu'ils traitassent.

Son esprit avait ainsi pris une légère teinte de toutes choses et s'était mûri d'une façon précoce.

Denise pouvait donc avoir avec lui des conversations intéressantes et ne se privait pas de le faire bavarder tout en bavardant elle-même.

Quand il fut entièrement guéri, comme il avait chômé pendant près de trois semaines, il se remit courageusement à la besogne et, pour regagner le temps perdu, dut veiller tous les soirs assez tard.

Cela ne rompit pas son intimité avec la jeune fille et sa satisfaction lui fit oublier la fatigue, car celle-ci avait absolument exigé que ces veilles eussent lieu près d'elle.

De son côté, d'ailleurs, elle était fort occupée chaque soir pour son magasin et cela s'accordait parfaitement.

En conséquence, dès qu'elle était rentrée, Pacault descendait de chez lui avec son osier et ses outils, et, tout en causant, confectionnait ses paniers.

L'ouvrière prenait grand plaisir à le regarder travailler.

Elle s'émerveillait de le voir, de ses mains puissantes, tantôt plier en arc, aussi aisément que s'ils eussent été des badines de jonc, des bâtons gros comme un manche à balai ; tantôt entrelacer, avec une remarquable légèreté de doigts, de fines et déliées baguettes qui semblaient n'avoir pas plus de résistance qu'un fétu et qu'elle-même eût hésité à manier de crainte de les briser.

Mais il était si adroit que, jamais, aucun accident de ce genre ne survenait.

— Qui donc vous a appris ce métier? — lui demanda-t-elle un jour.

— C'est un ancien locataire d'ici, — répondit-il, — le père Foreau, comme on l'appelait. Il habitait justement dans le logement que vous occupez, mademoiselle, et s'était pris d'amitié pour moi. Ç'a été la seule personne de la maison, en dehors de Mme Bouquet, qui m'ait jamais témoigné quelque affection.

— Il était donc vannier?

— Oui, et même très habile vannier. Voici comment je me suis lié avec lui. Quand j'eus perdu ma mère — ma mère qui m'aimait tant et me trouvait beau, elle, la chère femme, prononça Pacault avec émotion, — le

L'ouvrière prenait grand plaisir à le voir travailler.

propriétaire, M. Michon, chez qui elle était bonne, me voyant jeté sur le pavé de Paris sans aucune ressource, eut pitié de moi et voulut bien consentir à ce que je logeasse dans le grenier, pour ne pas, au moins, me laisser sans abri. C'était déjà bien joli, j'en conviens, de ne pas être dans la rue; mais il me fallait vivre et je ne possédais, en fait d'argent, qu'une vingtaine de francs, tout ce qui me restait de l'héritage de la pauvre

Liv. 19. — H. GEFFROY, édit. — Reproduction interdite.   19

défunte, le peu d'économies qu'elle avait ayant servi à la faire enterrer.

« J'avais alors quatorze ans. Qu'allais-je devenir ?

« Je m'adressai à la concierge, pensant que, peut-être, elle connaîtrait quelqu'un chez qui je pus entrer comme apprenti nourri. J'étais décidé à apprendre n'importe quel métier et à faire n'importe quoi pourvu que cela me rapportât ma subsistance.

« Malgré sa sincère bonne volonté, comme presque toujours en semblable circonstance, elle me dit que je la prenais un peu à court et qu'elle ne connaissait personne qui fût en mesure de m'employer dans les conditions demandées.

« J'en fus désespéré.

« Cependant, elle me consola un peu en me promettant de s'occuper sérieusement de la chose.

« Mes vingt francs, bien entendu, ne me menèrent pas loin, aussi doucement que j'allasse. Je me voyais donc près de mourir d'inanition et je crois, vraiment, que j'en serais arrivé là si Mme Bouquet n'était venue à mon secours en m'apportant chaque jour une part de son déjeuner ou de son dîner, sur laquelle je me jetais comme un affamé, car j'avais une faim de jeune loup.

« Pendant que je mangeais, je l'entendais parfois marmonner entre ses dents des choses peu obligeantes pour M. Michon, le propriétaire.

« Elle disait que c'était un vieux grigou, qu'il aurait bien pu m'aider un tantinet de ses écus et ne pas se croire quitte à mon égard parce qu'il m'avait permis de loger avec les rats et les souris.

« Elle ajoutait que ma mère ayant été longtemps à son service, c'était bien le moins qu'il m'assurât l'existence jusqu'à ce que j'eusse trouvé à me l'assurer moi-même.

« Avait-elle tort, avait-elle raison en tenant ces propos ? J'étais trop jeune pour le savoir et n'ai pas cherché par la suite à approfondir la question.

« Cela ne m'empêchait point d'être très reconnaissant à M. Michon de ne pas m'avoir laissé dehors, comme je le lui suis encore, d'ailleurs, pour l'autorisation qu'il m'a donnée de gîter là-haut tant que cela me conviendrait.

« Il est vrai que Mme Bouquet soutient que s'il me permet de continuer à habiter gratis le grenier, c'est parce que j'entretiens celui-ci en bon état et lui épargne par là des réparations.

« J'aime à croire qu'elle se trompe et que le bonhomme n'a agi avec moi de la sorte que par pure bonté de cœur.

« Il y avait deux mois que je vivais ainsi, si on peut appeler cela vivre, quand, un matin, je vis entrer le père Foreau dans mon taudis.

« Je le connaissais déjà pour lui avoir parlé plusieurs fois, lorsque je le rencontrais sur le palier ou dans l'escalier, et j'avais remarqué que, contrairement aux autres locataires, il paraissait avoir quelque sympathie à mon endroit.

« — Dis donc, petit croquemitaine, — fit-il sans méchanceté et par façon de plaisanterie, faisant allusion à l'effroi que j'inspirais déjà aux enfants du quartier ; — Mme Bouquet vient de me causer un brin de toi. Elle m'a confié que tu voudrais bien apprendre un métier qui te fît tout de suite gagner ta vie. Veux-tu que je t'en montre un ?

« — Oh ! oui, monsieur Foreau, — répondis-je tout heureux, — vous me rendrez un grand service.

« — Eh bien ! je vais te montrer le mien, ça te va-t-il ? »

« Si ça m'allait ! Certes oui, ça m'allait, et joliment même ! Car je savais que le métier de vannier, s'il ne rapportait pas des mille et des cents, était, néanmoins, très suffisamment rémunérateur, surtout pour quelqu'un qui, comme moi, n'avait que des besoins restreints.

« Je m'empressai d'informer le père Foreau que j'acceptais sa proposition et l'en remerciai bien sincèrement.

« — Alors, c'est convenu, — reprit-il, — et voici comment nous allons nous arranger. Je ne te baillerai pas d'argent *illico*, naturellement, vu que tu me gâteras d'abord de l'ouvrage et que ça me coûtera, mais je te donnerai la pâtée. Plus tard, quand tu commenceras à manier proprement l'osier, je te payerai suivant la valeur de ton travail. Je crois que je ne peux pas mieux t'offrir, hé ! garçon ?

« — Oh ! non, monsieur Foreau, — dis-je tout ému, — c'est même déjà beaucoup ce que vous faites-là.

« — Bah ! bah ! il faut bien s'aider un peu en ce monde. Quand veux-tu t'y mettre, loupiot ?

« — Le plus tôt possible... aujourd'hui, si vous voulez ?

« — Soit, aujourd'hui. Viens cette après-midi, tu recevras ta première leçon. »

« Trois mois après, je m'étais si bien appliqué à suivre les conseils de mon maître et à étudier sa façon de travailler, que j'avais déjà acquis assez d'habileté pour réussir à gagner mes vingt-cinq à trente sous par jour. Le père Foreau, lui, gagnait de trois francs cinquante à quatre francs. C'est, d'ailleurs, ce que je me fais actuellement dans les moments de presse...

— Vous devez être riche, alors ? demanda Denise en riant.

— J'avoue que j'ai quelques petites économies, mais rien que cela,

parce que, comme dans tout métier, il y a du chômage, malheureusement.
On travaille en moyenne huit mois sur douze.

« La maison qui m'emploie est bonne, cependant — c'est celle, du reste,
qui employait le père Foreau ; — mais, vous comprenez, elle ne donne de
l'ouvrage que suivant les nécessités de son commerce.

— Et qu'est-il devenu, votre maître ?

— Il est mort.

— Ah ! le pauvre homme !

— Vous avez raison de dire le pauvre homme, car, vraiment, il n'a
pas eu de chance.

— Que lui est-il donc arrivé ?

— Le plus grand malheur qui puisse survenir à un honnête homme,
qu'il soit de condition modeste ou aisée. Le père Foreau avait un vaurien
de fils qui a fait le malheur de sa vie et qui peut se vanter de l'avoir tué.

« C'était bien le plus grand chenapan que la terre eût jamais porté.

« Il était aussi paresseux que son père était travailleur et ne se plaisait
qu'au milieu de gens de la pire espèce.

« Il s'était sauvé un jour de la maison paternelle et vivait on ne sait où
ni comment.

« Quand il avait besoin d'argent, on le voyait tout à coup reparaître,
pour ne s'en aller qu'il n'eût obtenu ce qu'il désirait, de gré ou de force.

« Plusieurs fois, j'ai assisté à des scènes révoltantes qui me faisaient
bondir d'indignation, mais auxquelles je n'osais pas me mêler, de crainte
de déplaire au pauvre père qui, malgré son inconduite, aimait toujours
le misérable.

« — Auguste finira mal, vois-tu, Pacault, — me disait souvent le vieillard
en pleurant. — Que devient-il ? A quoi passe-t-il son temps ? Ce ne doit
être à rien de bon, assurément. Depuis six ans qu'il m'a quitté, je jurerais
qu'il n'a pas touché un instrument de travail... et un garçon de vingt-
deux ans qui ne fait rien est perdu ! »

« Je le consolais de mon mieux, sans conviction toutefois, car au fond,
je pensais comme lui : Auguste avait le vice imprimé sur la face.

« Un soir que M. Foreau et moi venions de finir de dîner, et que lui, en
guise de café, se distrayait à lire un journal, je le vis soudain choir à la
renverse en poussant un grand cri.

« Je courus à lui, croyant qu'il venait d'être pris d'un étourdissement
subit, ce qui, vu son âge, — il avait soixante-cinq ans, — était fort admissible.

« Il gisait étendu sur le sol, roide comme une barre de fer, et ses yeux,
grands ouverts, avaient une fixité étrange.

« Vivement, je le relevai, le portai sur son lit et essayai de le faire parler pour savoir exactement ce qu'il avait.

« Mais j'eus beau lui adresser vingt fois la parole, il ne me répondit pas un mot.

« Effrayé, je descendis prévenir Mme Bouquet qui, aussitôt, partit quérir un médecin, — elle avait encore ses jambes à cette époque-là, — pendant que moi, je remontais quatre à quatre près du vieillard.

« Alors, seulement, il me vint une idée : c'est que, peut-être, Auguste avait été mêlé à quelque affaire désagréable dont le journal faisait mention.

« Je pris la feuille et me mis à la lire.

« Il y avait un moment que je la parcourais, quand je tombai sur un fait divers intitulé : « Capture d'une bande » et qui relatait l'arrestation de plusieurs individus surpris en flagrant délit de vol avec effraction chez un bijoutier de la rue de Rivoli.

« On citait les noms des voleurs et, parmi ces noms, figurait celui d'Auguste Foreau dit *Le Rouquin*, qui, disait-on, était considéré comme un malfaiteur des plus dangereux, recherché depuis longtemps par la police.

« Une femme, qui faisait partie de la bande et dont le rôle consistait à surveiller les dehors, pendant que ses compagnons « opéraient », avait été également arrêtée.

« Elle se nommait Justine Lacombe, mais était plus connue sous le sobriquet de *La Bibasse* qui, en argot, paraît-il, signifie ivrognesse.

« Le journal ajoutait que cette malheureuse était la maîtresse du Rouquin.

« La brusque chute à terre du père Foreau m'était expliquée.

« Le pauvre homme avait été comme foudroyé en apprenant dans quel abîme d'infamie avait fini par rouler son enfant.

« Le médecin arriva et diagnostiqua un transport au cerveau.

« Puis il dit :

« — Il faut, sans perdre un instant, le porter à l'hôpital. Ce n'est que là qu'il peut être traité efficacement. Ici, il ne serait pas à même de recevoir les soins nécessaires. »

« On transporta donc le vieillard à l'Hôtel-Dieu... où, trois jours après, il mourut sans avoir repris sa lucidité d'esprit.

« Et je crois que ce fut un bien pour lui, — conclut Pacault en terminant.

« De cette façon, il n'a pas su que son fils avait été condamné à cinq années de détention, peine que le gredin doit subir encore, car il n'y a que quatre ans de cela.

Denise, de nature très sensible, demeura tout attristée de ce que venait de lui raconter le nain, et sa tristesse se prolongea jusqu'à la fin de la soirée.

Non seulement elle songeait à la mort malheureuse du vieux vannier, mais encore, sans qu'elle sût pourquoi une telle pensée surgissait en elle, elle avait comme l'intuition angoissante qu'un jour cet Auguste Foreau devait lui faire du mal, beaucoup de mal.

Nous verrons par la suite si ce pressentiment était fondé.

En attendant, rappelons pour mémoire que c'est le Rouquin, aidé de la Bibasse, qui, au début de cette histoire, s'empare de l'enfant déposée par le Chilien Gomez Erreguy dans l'église Saint-Honoré-d'Eylau.

XIX

LE SUBTERFUGE DE JEAN

Cette année-là, le printemps fut d'une rare précocité.

Dès la fin de février, les premiers effluves s'en firent sentir et la nature commença aussitôt à se parer de ses plus brillants atours.

Le ciel écartait ses nuages ; le vent portait des parfums inconnus et grisants ; l'air était tiède.

Il faisait bon vivre dans cette atmosphère de fête ayant au-dessus de sa tête le perpétuel azur.

Pour Jean et Denise, qui s'aimaient plus que jamais, sans illusion ce printemps-là paraissait incomparablement plus beau que ses devanciers ; ils entendaient partout et dans tout chanter l'éternelle chanson d'amour.

Quand ils se regardaient, maintenant, leurs yeux avaient une flamme inaccoutumée, et une enivrante langueur envahissait tout leur être.

Depuis la mort de Mme Briant, Jean de Lavaur semblait avoir dit un adieu définitif à la brasserie, et ses camarades ne le voyaient autant dire plus en dehors des cours, car il donnait à la jeune fille tous les instants qu'il avait de libres.

Et il en avait beaucoup. Il venait de passer, avec succès, ses examens pour la prise de sa dernière inscription et n'avait donc plus qu'à attendre de subir ceux à la suite desquels il comptait conquérir le doctorat, épreuves finales qui ne devaient avoir lieu que l'année suivante seulement.

Maintenant, il était sans cesse auprès de Denise qui ne s'en plaignait pas et, souvent, tous deux, oubliant l'heure, prolongeaient les soirées au delà des limites habituellement permises.

En cette saison printanière qui réchauffait la nature entière et grisait de ses enivrants parfums tous les êtres animés, une telle intimité entre les deux jeunes gens qui se sentaient poussés l'un vers l'autre devait avoir les conséquences que l'on prévoit.

Elles ne se firent pas attendre.

Un matin, l'étudiant se réveilla dans la chambre de l'ouvrière

L'amour, las de voir ces deux beaux enfants ne lui rendre qu'un hommage platonique, les avait jetés aux bras l'un de l'autre en leur ôtant toute force et toute volonté pour lui résister.

En ouvrant les yeux, Denise resta tout d'abord stupéfaite, ne comprenant pas pourquoi Jean de Lavaur était là, près d'elle, l'enveloppant d'un regard tendre.

Puis le souvenir de ce qui s'était passé, de ses instances pressantes à lui et de son propre abandon final, lui revenant soudain en mémoire, elle enfouit sa tête dans le duvet de son oreiller, prise d'un immense besoin de pleurer, le buste entier secoué par un long et douloureux sanglot.

Ce profond chagrin, cette douleur muette de celle qu'il aimait maintenant plus que la vie, émut le jeune homme bien plus que ne l'eussent pu faire une série de reproches.

Lentement, câlinement, il coula ses deux mains sous la tête de la pauvre éplorée, baisant ses paupières rougies, buvant les perles amères qui étaient à ses cils.

Les larmes de Denise n'en coulaient que plus fort et maintenant, inconsciente de ses paroles, elle répétait d'une voix brisée :

— Jean ! oh ! Jean ! Qu'avons-nous fait là, mon Dieu?... Je suis perdue ! perdue !

Alors, il comprit ses angoisses, et voulant d'un coup mettre fin à cette douleur qui le gagnait, lui aussi, il lui jura de nouveau sur ce qu'il avait de plus sacré, sur son honneur, qu'elle serait sa femme, puisqu'elle l'était déjà devant Dieu !

— Vrai? bien vrai? — fit-elle, souriant déjà à travers ses larmes.

Pour la troisième fois, il renouvela son serment.

Elle l'embrassa avec frénésie, rassurée, heureuse !

Le jeune homme s'était proposé d'attendre six mois, à dater de la mort de la tante de la jeune fille, avant de solliciter de Mme de Lavaur l'autorisation de se marier avec elle.

A présent qu'elle était sa maîtresse, qu'il s'était engagé par serment, il était logique d'avancer ce terme. Aussi écrivit-il à la châtelaine de Kerdaniou le jour qui suivit.

Il ne lui avait pas encore parlé de l'orpheline, qu'il ne voulait lui faire connaître qu'au dernier moment.

En effet, sans vouloir se l'avouer à lui-même, il devinait sa mère d'esprit assez étroit, la savait entêtée comme une vraie Bretonne, et soupçonnait que ce ne serait pas sans difficulté qu'elle se déciderait à lui laisser épouser une « fille sans dot », car il lui avait toujours entendu dire que l'argent était maître en ce monde.

Dans la lettre qu'il lui adressa, il lui fit le portrait de Denise, tant au moral qu'au physique, et lui raconta son histoire.

Cette lettre était tout à la fois respectueuse et ferme ; il la terminait en assurant à sa mère — et cela de la façon la plus formelle — qu'il n'aurait jamais d'autre épouse que l'ouvrière.

Malheureusement, Mme de Lavaur, qui avait été maîtresse tenace dans son ménage, devait s'irriter plutôt que s'attendrir à cette presque sommation de son fils. Habituée à tout voir plier autour d'elle, elle en bondit de fureur et le lendemain, c'est-à-dire courrier pour courrier, sa réponse arrivait à Paris.

Elle était catégorique.

La voici :

« Mon cher enfant, — écrivait-elle ; — j'en suis à me demander si tu n'est pas devenu subitement « diot », selon la rude expression de nos paysans. Comment as-tu pu supposer, ne fût-ce qu'une seconde, que je consentirais à une pareille mésalliance? Y songes-tu? Un de Lavaur épouser une Denise Briant, une petite ouvrière de rien du tout : honnête? mon Dieu! je veux bien l'admettre puisque c'est toi qui me le dis, mais qui n'a ni sou ni maille, non plus que la moindre espérance d'avoir quoi que ce soit plus tard ! C'est, je te le répète, de la pure aberration de ta part d'avoir pu penser que je me rendrais complice d'une semblable folie. Ne me parle donc plus jamais de cette ridicule affaire, — simple gageure d'étudiant, je m'efforce de le croire, — sans quoi je penserais que tu cherches à m'offenser.

« D'ailleurs, sache-le, j'ai ici, sous la main, une jeune fille charmante que je te destine pour femme. C'est Yvonne de Kermor, ton amie d'enfance, dont le père, comme tu le sais, est un des grands armateurs de Recouvrance. Depuis deux ans, Mme de Kermor et moi avons arrangé

— Nous l'appellerons Jean, murmura Denise quand elle put parler.

cela et il est convenu que les bans seront publiés aussitôt que tu auras été
reçu docteur.

« Je ne voulais t'apprendre cette bonne nouvelle que le jour où tu
m'apporterais ton diplôme, mais ce que tu m'écris m'oblige à t'en faire
part dès maintenant.

« Inutile de te dire que je considère ce mariage — un bon celui-là — comme déjà fait.

« Au revoir, mon cher enfant, travaille toujours bien et, si tu veux m'en croire, romps au plus vite avec cette petite qui, j'en mettrais ma tête sur le billot, ne tient à l'épouser que parce qu'elle sait que tu as une mère riche dont toute la fortune doit te revenir un jour.

« Ta mère, qui t'embrasse comme elle t'aime,

« BARONNE ADÉLAÏDE DE LAVAUR.

« P.-S. J'oubliais de t'informer d'un détail qui ne manque pas d'importance. Les Kermor donnent à Yvonne cinq cent mille francs de dot... Oui, tu as bien lu ! *Cinq cent mille francs ! ! !* »

Cette réponse navra Jean.

Il s'attendait bien, ainsi que nous venons de le dire, à ce que sa mère ne consentirait pas à accepter Denise pour bru, comme cela, d'emblée, mais, bien que connaissant son caractère et son amour pour l'argent, il était loin de prévoir qu'elle lui opposerait un *non possumus* aussi péremptoire, surtout formulé en des termes tels qu'ils en étaient presque injurieux pour l'ouvrière.

En effet, aller supposer celle-ci capable de chercher à se marier avec lui dans un but intéressé, c'était lui faire un véritable outrage.

Un moment, emporté par la fougue de ses sentiments, — n'avait-il pas de qui tenir, — il fut sur le point de ressaisir la plume et d'envoyer à Kerdaniou un télégramme explicatif.

Peut-être n'avait-il pas déployé une éloquence suffisante pour dépeindre son amour et vanter les qualités et les vertus de l'orpheline.

Mais, après avoir réfléchi, il se dit qu'il valait mieux attendre quelque temps avant de se risquer à une nouvelle tentative près de sa mère, afin de ne pas heurter de front la volonté de celle à laquelle il avait toujours obéi en fils soumis, de celle qui paraissait si fermement résolue à lui barrer la route.

— Le temps et mes supplications feront plus pour Denise que ma colère, — se disait-il en se calmant, à force de volonté.

Il espérait que, peu à peu, Mme de Lavaur s'habituerait à l'idée de son union avec la jeune fille et en arriverait à la trouver beaucoup moins disproportionnée qu'elle le lui semblait maintenant.

C'était, évidemment, sous le coup d'une vive irritation qu'elle lui avait écrit cette lettre si dure. Il présumait qu'une fois apaisée, lorsqu'elle envisagerait la chose de sang-froid, elle reviendrait certainement sur sa détermination.

Au reste, il comptait bien, de temps à autre, lui livrer de nouveaux assauts pour l'y aider.

Toutefois, il ne se dissimulait pas que cette union projetée entre Yvonne de Kermor et lui ne fût un sérieux obstacle au revirement qu'il souhaitait de voir se produire en elle.

Comme elle le faisait ressortir fort judicieusement, Denise n'avait rien, absolument rien, ni espérance d'avoir jamais rien, tandis qu'Yvonne, elle, apportait à son époux cinq cent mille francs dans les plis de sa robe de mariée.

C'était là la grosse, la sérieuse raison. Jean devinait que sa mère avait tout de suite été séduite par le chiffre, ce chiffre derrière lequel, en femme indifférente aux passions juvéniles, elle se retrancherait longtemps avant de se résoudre à céder.

Néanmoins, avec cette foi aveugle qu'ont les amoureux en leur étoile, il se raisonnait, s'encourageait à la fermeté, ne doutant pas qu'un jour ou l'autre il finirait par avoir raison de son entêtement.

Ainsi réconforté par cette espérance, il ne songea plus qu'à ce qu'il allait dire à Denise pour la faire patienter. Car, connaissant la démarche qu'il venait de faire, elle ne manquerait pas, bien entendu, de lui demander quel en avait été le résultat.

Il était, ma foi, assez embarrassé à ce sujet.

Quel prétexte inventer?

Il va de soi que s'il était dans l'impossibilité de ne pas lui avouer le refus formel de sa mère, — qu'il lui affirmerait naturellement ne considérer que comme momentané, — il ne pouvait cependant lui apprendre la raison même de ce refus, raison qu'à bon droit elle eût jugée offensante pour elle.

Il fallait donc lui déguiser adroitement la vérité.

Le soir, quand il la revit, tandis qu'elle se suspendait à son cou et plongeait dans ses yeux le regard interrogateur par lequel elle l'accueillait maintenant chaque jour, voulant tout de suite en finir avec cette question, il prononça d'un ton qu'il chercha à rendre dégagé :

— J'ai reçu aujourd'hui une réponse de Kerdaniou, mais je n'en suis pas très satisfait.

— Ah! et pourquoi ? — fit la jeune fille, déjà inquiète.

— Parce que... parce que... ma mère ne veut pas que je me marie avant d'avoir passé mon doctorat... c'est-à-dire pas avant l'année prochaine.

C'était tout ce que son esprit fertile lui avait suggéré de plus plausible à alléguer.

Le nuage, qui venait d'assombrir le front de l'ouvrière, se dissipa. Comme si son intuition féminine lui eût fait pressentir le contenu de la lettre de Mme de Lavaur, elle redoutait quelque chose de beaucoup plus grave.

— Mon Dieu ! que c'est long ! — fit-elle avec un soupir.

Et comme le jeune Breton baissait les yeux, attristé du mensonge qu'il s'était vu dans l'obligation de faire pour ne pas tuer cette mignonne et confiante créature, elle reprit, se forçant à sourire :

— Eh bien ! Jean, nous obéirons à ta mère, nous attendrons.

— Hélas ! oui, — fit-il, remué jusqu'au fond de lui-même par la douce sécurité que faisait naître en elle son invention ; — il m'en coûterait trop d'aller contre sa volonté.

Elle voulait se montrer forte pour ne pas contrister le jeune homme ; aussi répondit-elle, souriante, semblant avoir vite pris son parti de ce contretemps :

— Oh ! je le comprends, mon cher Jean ; du reste, une année est bien vite écoulée.

— C'est vrai, surtout quand on s'aime comme nous nous aimons, n'est-ce pas, ma chère Denise ?

— Oui, renvoya-t-elle tendrement.

L'étudiant se montra ravi de voir avec quelle facilité l'ouvrière semblait accepter la situation nouvelle qui lui était faite. Mais, pour répondre à la douce confiance qu'elle lui témoignait, plus que jamais il se promit de tout tenter pour obtenir le consentement de sa mère.

Les jours passèrent avec rapidité.

Les deux amants, grisés par leur bonheur, ne s'apercevaient pas de la fuite du temps.

Jean de Lavaur, ayant quitté sa chambre d'hôtel meublé, était venu demeurer chez Denise, ce dont Pacault avait d'abord été quelque peu suffoqué de surprise. Toutefois, le nain s'étant assez vite rendu compte de la phase nouvelle dans laquelle entrait l'amour des jeunes gens, avait trouvé ce rapprochement tout naturel.

Le pauvre garçon n'était nullement jaloux de l'étudiant, sa passion, on le sait, étant purement idéale.

Au contraire, il éprouvait un vrai plaisir à les voir heureux tous les deux. Son bonheur, à lui, semblait fait du leur.

Un soir, en rentrant de son magasin, l'ouvrière se plaignit à Jean d'éprouver une grande lassitude, de ressentir comme des maux de cœur.

— C'est singulier, — dit-elle à l'étudiant, — voici une semaine, déjà, que je ne me sens pas à mon aise et je ne sais à quoi attribuer ces chaleurs qui me montent soudain à la tête, ces faiblesses qui me prennent de plus en plus fréquemment, sans cause apparente. Je ne t'en avais pas encore parlé, mon ami, — ils se tutoyaient, à présent, — parce que je croyais que ça allait se passer. Comme, au lieu de cela, ça ne fait qu'empirer, je ne veux pas te le cacher plus longtemps.

Jean la questionna. Il avait peine à la croire, car tout en elle indiquait une santé florissante.

Alors elle lui définit son mal aussi exactement que possible.

Elle n'avait pas terminé que le jeune homme jeta un cri de joie qui sonna comme une fanfare et, la saisissant à pleins bras, il l'embrassa éperdument.

— Eh bien!... Eh bien!... — exclama-t-elle, à moitié étouffée par l'étreinte de son amant; — que te prend-t-il donc, Jean?... Je ne comprends pas, vraiment, que tu sois si joyeux de me savoir malade.

— Joyeux! oh! oui, je le suis... et plus que tu ne peux le supposer, même, ma chère, bien chère Denise, — s'écria l'étudiant en se reculant et en contemplant sa compagne avec des yeux rayonnants.

Puis, aussitôt, se penchant vers elle, il lui chuchota quelques mots à l'oreille.

Ce fut, alors, au tour de l'ouvrière de laisser échapper un cri d'allégresse.

— Quoi!... ce serait?... — fit-elle haletante d'émotion et en posant d'instinct ses mains sur son sein palpitant.

— Oui!... — lui répondit Jean d'un signe de tête.

Et, de nouveau, il l'enlaça, la couvrant de tendres caresses qu'elle lui rendit avec usure.

— Nous l'appellerons Jean, — murmura Denise quand elle put parler.

— Si c'est un garçon, j'y souscris volontiers, mais si c'est une fille? Car enfin, nous ne savons pas...

— Une fille? — répéta l'ouvrière. — Oh! je ne pense pas. Mon Dieu! si c'était une fille, nous la nommerions Jeanne, mais j'ai l'intime conviction que ce sera un garçon. Depuis le jour... enfin, tu sais bien, dans mes rêves, j'ai toujours eu idée que s'il nous venait un bébé, ce serait un garçon, tout ton portrait. Et les rêves sont des présages, tu le sais bien.

— Enfant, va! — dit le jeune homme.

— Comment, tu douterais?

— Non pas! — répliqua l'étudiant avec un sérieux comique; — si tu en as la certitude, c'est différent, bien différent, — répliqua Jean avec un sérieux enjoué. En ce cas, va pour monsieur Jean.

Cet événement incita Jean de Lavaur à écrire une seconde fois à sa mère d'une façon plus pressante, mais en ayant bien soin de lui céler la grossesse de Denise qui, si elle l'eût connue, n'eût fait sans doute que perdre davantage celle-ci dans son opinion.

De même que pour sa première lettre, il reçut la réponse par retour du courrier.

Elle ne lui laissa plus guère d'espoir.

« Je vous avais prié, mon fils, écrivait la vieille dame cessant de le tutoyer, de ne plus jamais me toucher un mot de cette ridicule affaire sous peine de m'offenser. Comme je vois que vous ne tenez aucun compte de ma prière et que vous semblez peu vous soucier de me manquer, je vous ordonne de cesser, dès maintenant, toute correspondance avec moi.

« Votre mère, qui attend que vous reveniez à de meilleurs sentiments envers elle.

« BARONNE ADÉLAÏDE DE LAVAUR. »

Le chagrin de Jean fut extrême, car, si entier qu'il fût, il ne se sentait pas le courage de se révolter contre l'autorité maternelle.

Heureusement, il n'avait pas informé Denise de cette nouvelle démarche, de sorte que, pour elle, les choses restaient toujours au même point qu'auparavant. Et, comme on le pense, le jeune homme n'eut garde de la tirer de son erreur.

Vers le mois de décembre, le terme fixé par la nature étant arrivé, l'ouvrière, trompée par ses prévisions, donna le jour à une fille qui, ainsi qu'il en avait été convenu entre elle et Jean, reçut le nom de Jeanne.

Nous ne décrirons pas la joie folle des deux amants.

Ce fut du délire !

Le petit être était une merveille de grâce et de charme. On eût dit que Dieu avait pris un soin tout particulier pour la pétrir du limon le plus pur, du même, sans doute, dont il avait pétri la mère.

Pacault partageait le bonheur commun.

Il adorait l'enfant et n'était jamais si heureux que lorsqu'il la tenait dans ses bras où il la berçait des heures entières.

C'était une réelle affliction quand on la lui retirait. Si bien que Denise, qui avait voulu la nourrir elle-même, était parfois obligée de presque la lui arracher de force pour lui donner le sein.

Chose digne de remarque, la mignonne créature s'habitua tout de suite au monstrueux physique du nain et, à aucun moment, ne manifesta la moindre peur de le voir, ce qui accrut encore sa tendresse pour elle.

Aussi tous deux devinrent-ils promptement amis si inséparables que le père et la mère en étaient jaloux.

Lorsqu'elle fut relevée de couches, l'ouvrière ne retourna pas à son magasin.

Elle s'entendit avec ses patrons, qui l'appréciaient beaucoup à cause de sa régularité, pour travailler dorénavant chez elle.

Jean, lui, aurait bien désiré qu'elle abandonnât définitivement la couture, qui n'avait plus pour elle la même utilité qu'autrefois. Il estimait, non sans raison, qu'elle avait bien assez à faire avec son enfant; et sa pension mensuelle de trois cents francs, — pension que lui continuait la châtelaine de Kerdaniou malgré leur brouille, — était, selon lui, très suffisante pour les faire vivre aisément l'un et l'autre.

Mais elle lui avait fait observer que les soins qu'elle donnait à Jeanne, pour aussi assidus qu'ils fussent, étaient loin de lui prendre tout son temps et que cela lui pèserait de rester inactive pendant les moments qu'elle n'aurait pas à s'occuper d'elle.

Ne voulant pas la contrarier, le jeune homme s'était alors abstenu d'insister davantage et l'avait laissée agir à sa guise.

On n'était plus éloigné, maintenant, de l'époque où l'étudiant allait avoir à subir les examens pour le doctorat.

A mesure qu'elle approchait, il devenait perplexe.

D'après ce qu'il avait dit à Denise, Mme de Lavaur devait faire parvenir son consentement à leur mariage, aussitôt qu'il aurait été diplômé.

Ce mensonge lui pesait et l'avenir se montrait à lui sous un jour assez terne, car, comme il avait lieu de croire, en se rappelant la dernière lettre de sa mère, celle-ci n'était pas femme à désarmer sans lutte. Il la voyait irritée contre lui et d'autant plus disposée à se montrer intraitable, qu'enfreignant la défense qu'elle lui avait faite de ne plus lui reparler de *cette affaire*, il lui avait encore adressé deux autres missives qui l'en entretenaient tout au long. Celles-là, il est vrai, étaient restées sans réponse, et il ne savait trop, cette fois, quelle raison il donnerait à sa maîtresse pour la faire continuer à prendre patience.

Dans son embarras, il en venait à se demander si, afin de trancher la difficulté, il ne ferait pas bien d'échouer aux examens en question.

Cette idée lui plut; il s'y arrêta.

Elle accordait tout.

En effet, n'étant pas reçu docteur, il n'y aurait rien de surprenant à ce que Mme de Lavaur refusât d'autoriser leur union, puisque sa nomination au doctorat en était, soi-disant, la condition *sine qua non*.

Cependant, le jour du concours arriva qu'il était encore dans l'indécision.

Denise, elle, était radieuse.

— Je compte bien que tu seras reçu, n'est-ce pas ? — dit-elle à Jean comme il se disposait à partir pour se rendre à la Faculté de médecine où devait avoir lieu la séance d'épreuves.

— Mais... j'y compte aussi, — répondit l'étudiant avec quelque hésitation.

— Oui, oui, j'ai rêvé d'eau claire, bonheur !... tu seras reçu, je le sens. D'abord, il est absolument nécessaire que tu le sois. Pense donc, si tu ne l'étais pas, quel malheur en résulterait pour nous... nous ne pourrions pas nous marier !...

— C'est vrai, ce serait un grand malheur. Aussi, ferai-je tout ce qui dépendra de moi pour ne pas être *boulé*... je te le promets.

— Bien, merci, — fit Denise qui ne remarqua pas le peu d'enthousiasme avec lequel son amant avait prononcé ces mots. — Va, mon Jean, et, dès que ce sera fini, reviens en courant m'apporter la bonne nouvelle, car, malgré mon rêve, vois-tu, je ne vis plus...

Jean s'éloigna, de plus en plus irrésolu.

— Eh bien! non, — se dit-il une fois dehors, — je ne me ferai pas recevoir, sans quoi je me trouverais dans une impasse d'où il me serait impossible de sortir. Non, non, c'est bien décidé... Pauvre Denise, ce qu'elle va pleurer... mais au moins l'espoir restera...

Ce fut dans cette disposition d'esprit qu'il entra dans la salle où siégeait l'aréopage des examinateurs.

Mais lorsqu'il se vit en présence de ceux-ci, parmi lesquels étaient deux de ses professeurs qu'il avait en grande vénération et qui, évidemment, eussent été très mortifiés de son insuccès, ses idées se modifièrent soudain, l'orgueil du triomphe s'empara de lui et, oubliant complètement sa résolution, il n'eut plus qu'une unique pensée : enlever brillamment tous les suffrages.

Ce ne lui fut pas difficile...

Deux heures après, à l'issue d'une thèse soutenue avec une rare supériorité, il eut la gloire de s'entendre décerner le titre de docteur accompagné de la mention « extrêmement bien », qui était la plus haute qu'on pût obtenir.

Il retourna promptement près de Denise, qui lui sauta au cou dès qu'elle le vit entrer.

LA FILLE DE L'OUVRIÈRE

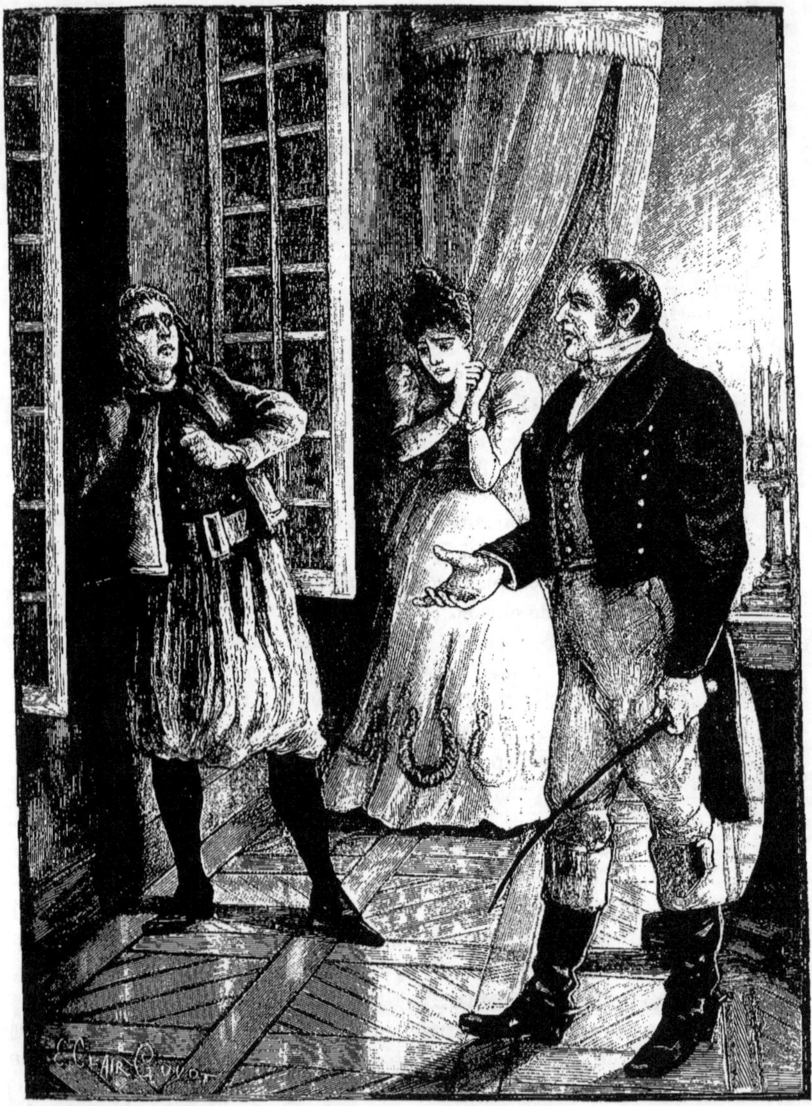

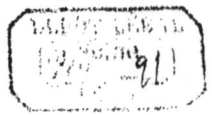

— A propos, as-tu de l'argent sur toi?

— Bonjour, docteur ! — lui dit-elle avant même qu'il ait eu le temps de placer un mot. — Inutile me dire que tu es reçu... Je le savais par avance... mon rêve !...

« Écris vite à Brest; si le consentement que nous attendons arrive immédiatement, nous pourrons nous marier avant un mois.

— Je vais faire mieux que cela, — répliqua Jean, — je vais l'aller chercher moi-même.

Il avait réfléchi en route que la seule chance qui lui restât de fléchir sa mère était d'aller la voir et de plaider près d'elle sa cause en personne.

— Crois-tu donc que cela soit nécessaire ? — fit Denise dont le front se voila d'une ombre de tristesse à l'idée qu'elle allait être séparée du jeune homme pendant un temps indéterminé.

— Nécessaire, non ; car c'est là un bien grand mot, mais préférable, oui, parce que, pour aussi éloquente que serait ma lettre, elle ne dirait jamais tout ce que je pourrais dire de vive voix; et, peut-être, éprouve-rions-nous encore un retard assez long... assez long, relativement à l'impatience où nous sommes, j'entends.

— En ce cas, pars, mon ami, — dit la jeune ouvrière. — Tu es meilleur juge que moi de ce que tu as à faire. Mais, je t'en prie, ne me fais pas trop attendre; je vais compter les heures jusqu'à ton retour.

— Sois tranquille, — assura Jean, — j'abrégerai mon absence autant qu'il sera en mon pouvoir. Malgré tout le plaisir que j'aurai à me retrouver auprès de ma mère, que je n'ai pas vue depuis deux ans, je ne pourrai m'empêcher de penser à notre mariage qui prime tout.

Le soir même, l'étudiant fit ses adieux à sa maîtresse.

L'instant de la séparation fut des plus pénibles.

Tous deux, elle surtout, avaient l'âme angoissée, comme s'ils eussent eu le pressentiment qu'ils ne devaient plus se revoir de longtemps.

A plusieurs reprises, Jean revint sur ses pas pour serrer contre son cœur Denise et sa fille, à qui il prodiguait de longs et tendres baisers dans lesquels il mettait toute son âme.

Enfin, après avoir réuni dans une dernière étreinte les deux chers êtres qu'il aimait plus que sa vie, et donné une vigoureuse poignée de main à Pacault, en lui recommandant de bien veiller sur l'ouvrière pendant qu'il serait absent, il partit et alla prendre à la gare Montparnasse le train de Bretagne.

XX

LA CHATELAINE DE KERDANIOU

Le château de Kerdaniou, où résidait Mme de Lavaur, était situé à peu de distance de Brest, à l'ouest de la ville et au delà du faubourg si populeux de Recouvrance.

C'était une vieille demeure de différents styles, qui, disait-on, remontait à cinq ou six cents ans.

Elle avait été construite par un certain Éric de Kerdaniou qui, jadis, s'était colossalement enrichi dans le métier de corsaire et avait dépensé les trois quarts de ses richesses à la faire bâtir.

Sur les massives substructions aux proportions grandioses, à l'aspect rude et parfaitement conservées, qui semblaient devoir défier encore pendant de longs siècles l'œuvre destructive du temps, les descendants d'Éric avaient fait élever plusieurs corps de logis. Leur architecture donnait à chacun son âge : une aile en contrefort datait du règne de François II, père de la duchesse Anne, la Quiquengrogne ; puis venaient successivement des bâtisses en accotement ou en surélévation, construites sous Henri IV, Louis XIII et Louis XV. Ces dernières croulaient en ruine, littéralement, et devaient leur misère plus à la main de l'homme qu'à l'injure du temps, car les troubles de la Terreur s'étaient très sérieusement fait sentir dans ce coin de pays.

Aucune réparation n'avait été faite depuis cette époque.

La partie la mieux conservée, la seule habitable, était, sans conteste, la plus ancienne, celle qui marquait l'époque de la réunion de la Bretagne à la France.

La mère de Jean était née en ce manoir une cinquantaine d'années auparavant et ne l'avait jamais quitté depuis sa naissance.

C'était une Kerdaniou... mais une Kerdaniou de contrebande.

Son grand-père se nommait en réalité Pierre Choquard et avait été l'intendant des vrais et derniers comtes de Kerdaniou, seigneurs de Goulaine, Larchantel et autres lieux.

Quand, à l'époque de la Révolution, les biens des nobles furent mis en vente, Pierre Choquard, qui, quoique jeune encore — il avait quarante ans à peine — avait déjà amassé une assez jolie fortune aux dépens de celle de ses maîtres, s'était rendu acquéreur du vieux manoir et s'y était installé sans scrupule, commandant et levant haut la tête, là où autrefois il avait été commandé et s'était servilement incliné.

Ensuite, dédaignant son nom de Pierre Choquard il avait pris celui de Kerdaniou... Kerdaniou tout court, d'abord.

Puis, avec le temps, il y avait ajouté la particule. Puis, enfin, ayant appris que tous les anciens seigneurs de ce nom étaient morts en exil, il s'était effrontément paré de leur titre.

Les grands événements qui se passaient alors en France avaient empêché qu'on fît trop attention à cette usurpation de nom et de qualité ; et le calme une fois revenu, on n'avait plus songé à la lui reprocher.

Si bien qu'à la longue on s'était insensiblement accoutumé à le considérer comme un véritable Kerdaniou et que lui-même, à force de s'entendre nommer « Monsieur le comte », avait fini par se croire réellement issu de cette noble souche.

Cependant il n'était pas nécessaire d'être bien perspicace pour deviner, sous les dehors brillants qu'il affichait, l'écorce rugueuse du roturier... et du roturier pris dans le mauvais sens du mot.

Maints actes et faits qu'il avait à son actif dénotaient en effet chez lui une âme rien moins qu'élevée.

L'histoire suivante en fournira d'ailleurs une preuve évidente.

Resté célibataire jusqu'à quarante-cinq ans, il lui prit tout à coup fantaisie de se marier.

Après avoir cherché un peu partout une femme à son gré — car il se croyait en droit d'être difficile — il finit par jeter son dévolu sur une jeune fille qui habitait avec son père à Penarven, hameau des environs de Kerdaniou.

Ce dernier, ancien porte-guidon du régiment d'Artois, s'était retiré là pour y vivre sans trop de peine d'un petit bien qu'il y avait.

Désireux d'établir sa fille, qui atteignait ses vingt ans et qu'il souffrait, de voir partager sa pauvreté, il l'avait fiancée à un nommé Yvonnic Tréguz, brave garçon du voisinage qui l'aimait et en était aimé, mais qui, quoique un peu plus à son aise que lui, ne possédait pourtant pas grand'chose.

Leur union devait avoir lieu dans un délai rapproché.

Sur ces entrefaites, l'ex-intendant se présenta et demanda Marie-Laure en mariage.

Marie-Laure était le nom de la jolie fille.

Le père, ébloui, fasciné par la « haute situation » de ce nouveau postulant, rompit net les accordailles des deux jeunes gens, et, malgré leurs pleurs et leurs prières, voulut absolument que Pierre Choquard devînt son gendre.

Huit jours après, celui-ci épousait Marie-Laure en grande solennité, sans remarquer qu'elle se faisait traîner à l'autel comme une victime qui eût marché au sacrifice.

Mais la cérémonie accomplie, la nouvelle châtelaine déclara à son mari que, si pour ne pas désobéir à son père elle avait consenti à être sa femme, jamais elle ne serait qu'une étrangère vis-à-vis de lui.

En toute autre contrée, le mari eût patienté et le temps se fût chargé de donner un démenti à la résolution de l'épouse.

Mais en Bretagne, on est têtu.

Marie-Laure tint parole, en dépit de tout ce que put faire et dire l'ex-intendant pour la faire revenir sur une pareille détermination.

A la fin, las de menacer ou de supplier vainement, Pierre Choquard comprit que la résolution de sa femme était irrévocable et il chercha à oublier sa mésaventure conjugale en se lançant dans des distractions de toutes sortes.

Un soir qu'il revenait de la chasse avec plusieurs amis, un valet, pensant être récompensé de sa peine, vint lui rapporter à voix basse qu'il avait vu Yvonnic s'introduire dans la chambre de madame, où il devait être encore.

Pierre Choquard était un homme de haute taille, d'aspect plutôt sauvage, de force peu commune, et sa réputation de brutalité le faisait redouter de tous ses voisins.

Après avoir écouté la délation du valet, il courut chez sa femme et, effectivement, y trouva l'ancien fiancé de celle-ci.

Sous le regard terrible que lui lança le mari, le jeune homme garda assez bonne contenance et dit franchement :

— Si les circonstances semblent plaider contre nous, monsieur, du moins ne sommes-nous pas coupables... Sur le point de quitter le pays pour toujours, je venais simplement faire mes adieux à Mⁿᵉ de Kerdaniou.

— Bon, bon, — fit Pierre Choquard, refrénant la colère qui le rendait écarlate et se forçant à jouer la bonhomie. — Je sais que ma femme est une honnête personne et toi un brave garçon. C'est pourquoi je vous crois volontiers.

« Seulement, mon ami, comme ta présence ici pourrait faire jaser les compagnons que j'ai ramenés de la chasse avec moi, il faut que tu t'en ailles sans que personne te voie. Attache vite ces draps à la fenêtre et pars à l'instant.

Puis pendant qu'Yvonnic, trompé par cette apparente générosité, obéissait sans trop savoir ce qu'il faisait, le châtelain lui dit :

— A propos, as-tu de l'argent sur toi ?

— Oui, — répondit le jeune homme sans comprendre le but de cette question. — J'ai là, dans une ceinture, quelques louis qui proviennent de la vente de ma ferme.

— Eh bien ! donne-m'en un.

— Pourquoi ?

— Je te le dirai, — fit Pierre Choquard narquois, — c'est un souvenir.

Yvonnic donna le louis et se laissa glisser le long des draps.

Il n'était pas au bas de la fenêtre que le châtelain lui cria :

— Tu avais oublié de payer, mon garçon, je t'ai fait réparer ton oubli. Hé ! hé ! un louis, ce n'est pas trop cher, je pense, pour une Kerdaniou ?

Les draps étaient retirés, le jeune homme dut s'éloigner, la rage au cœur, comprenant trop tard l'infamie à laquelle on l'associait.

Depuis ce jour, à chaque repas, le mari de Marie-Laure lui fit servir au dessert, dans une assiette d'argent qu'on plaçait devant elle, le louis qu'il avait demandé à Yvonnic.

Quand il y avait du monde et qu'on s'étonnait de ce plat étrange, dont naturellement on cherchait à connaître la raison, Pierre Choquard disait :

— C'est un secret qui ne m'appartient pas. Mme de Kerdaniou, seule, est en droit de vous le révéler. Interrogez-la, peut-être vous répondra-t-elle.

Comme la malheureuse femme, plus pâle qu'un spectre, paraissait endurer un affreux supplice, on s'abstenait, bien entendu, de lui adresser la moindre question.

Mais les suppositions allaient leur train.

La torture de Marie-Laure se prolongea deux ans, au bout desquels la mort vint enfin l'en délivrer.

Lorsqu'on l'ensevelit, son mari, poursuivant sa basse vengeance jusqu'au delà de la tombe, fit placer le fameux louis dans la bière.

Quant à Yvonnic, le bruit courut que le lendemain de son départ du château, il avait été saisi par des valets de Pierre Choquard et transporté à bord d'un navire d'allures louches qui allait faire voile pour des pays lointains.

Le capitaine, disait-on, avait été grassement payé pour exécuter certaines instructions concernant le jeune homme duquel on n'entendit plus jamais parler depuis.

Six mois après le décès de Marie-Laure, l'ex-intendant se remariait et cette fois trouvait une épouse docile à ses volontés.

C'est de ce mariage que naquit le père de Mme de Lavaur, qui fut inscrit sur les registres de l'état civil comme issu du comte de Kerdaniou.

Pierre Choquard, maintenant tout-puissant dans le pays, n'avait pas hésité à commettre un pareil faux.

D'ailleurs, comme nous l'avons dit, peut-être s'illusionnait-il à ce point qu'il ne se rappelait plus son ancien nom.

Il résulta de là que le fils qui venait de lui naître était un Kerdaniou authentique... d'après la loi, et que tous ses descendants devaient être également des Kerdaniou.

C'est pourquoi la mère de Jean en était une.

Femme de cinquante ans, grande et sèche, d'allure cassante, presque automatique, Mme de Lavaur était douée d'un physique sinon laid, tout au moins peu avenant. En ombre chinoise, son profil eût pu donner l'illusion d'une tête de grand-duc; elle avait en effet le nez recourbé comme le bec de cet oiseau de proie et le bas de sa mâchoire, fortement accusé, indiquait la ténacité poussée à l'extrême.

Très autoritaire, les manières dures et revêches, elle n'admettait pas qu'on lui résistât.

Tout devait plier devant elle ou se briser.

Dès qu'elle avait été en âge de se marier, Adélaïde de Kerdaniou, entichée de sa noblesse, — dont elle n'ignorait pas l'origine, cependant, — avait déclaré nettement qu'elle ne voulait épouser qu'un homme dont la condition sociale fût en rapport avec son titre et son rang à elle.

Aussi avait-elle repoussé de nombreux partis, bien qu'ils fussent très honorables, sous prétexte que c'étaient de petites gens et qu'elle ne pouvait pas souffrir la roture.

A ce compte là, — sa beauté n'étant que la passagère fraîcheur de la jeunesse, — elle aurait pu rester fille indéfiniment, lorsqu'un officier de marine en subsistance à Brest, le baron de Lavaur, appartenant à une des premières familles du Tarn, la rencontra dans les principaux salons de la ville, s'éprit de cette singulière personne et en fit la baronne de Lavaur.

Pour Adélaïde, ce mariage avait été une sorte de pis-aller, car elle s'était bien souvent flattée de ceindre la couronne fermée de marquise, ou même celle de duchesse. Aussi n'avait-elle accepté que par crainte de vieillir sans trouver mieux.

Le baron était un excellent homme et sa femme l'eût trouvé parfait, s'il n'avait eu, à ses yeux, un grand travers.

Imbu d'idées égalitaires et se souciant peu de son titre, il se faisait tout

— Qu'y a-t-il et pourquoi vient-on me déranger?

simplement appeler « de Lavaur », ce dont était profondément froissée la jeune épouse qui, elle, au contraire, voulait qu'on lui donnât de la baronne à tout propos.

Mais elle n'eut pas longtemps à souffrir de ce « manque de noblesse » de son mari, ainsi qu'elle disait.

LIV. 22. — H. GEFFROY, éditeur. — Reproduction interdite.   22

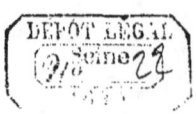

Le baron mourut trois ans après, la laissant veuve avec un fils âgé de vingt mois.

Dès lors, elle put tout à son aise jouer à l'aristocrate.

Cependant, malgré ses hautes prétentions, elle était, comme son père et son grand-père, restée Choquard jusque dans le bout des ongles, et au milieu de la hautaine théorie des fiers seigneurs et des grandes dames, dont les portraits garnissaient la salle des ancêtres, au manoir, le côté petite bourgeoise se révélait chez elle, d'une façon choquante, dans mille détails.

Puis elle était d'une économie qui touchait à l'avarice et se faisait un dieu de l'argent.

Ses fermiers en savaient quelque chose, car de nombreuses métairies dépendaient du château et lui constituaient un très fort revenu annuel.

Au moindre retard dans le payement des fermages, tout de suite, elle avait recours aux huissiers, auxquels elle donnait l'ordre de poursuivre les débiteurs avec la plus grande diligence et de n'accepter aucune transaction.

Une perte de quelques écus eût été pour elle cent fois pire qu'un coup de poignard.

Par suite, n'était-elle guère aimée dans le pays.

Heureusement, Jean tenait entièrement de son père, dont il possédait les nobles qualités.

Titre et fortune lui importaient peu.

— Un homme, — disait-il avec raison, — n'a réellement de valeur que par son mérite personnel.

Lorsqu'il eut terminé ses études et quitté le collège, sa mère, nous le savons, voulut d'abord lui faire suivre la carrière navale ; mais le jeune homme, ne se sentant aucune disposition à courir les mers, avait prié la baronne de lui faire embrasser un autre état que celui de marin.

C'est alors qu'elle lui avait dit d'étudier la médecine, et cela, non pas pour qu'il pût l'exercer plus tard, mais bien pour qu'il fût à même de faire briller dans la société, qui formait son entourage, à elle, les hautes connaissances qu'il aurait acquises.

Puis elle rêvait pour lui une union de « première marque », c'était son expression.

Et, quand le temps était venu d'y songer sérieusement, elle avait jeté les yeux sur la fille du marquis de Kermor, le grand armateur de Recouvrance, qu'elle connaissait beaucoup, et qui avait paru accepter avec plaisir les ouvertures faites par elle à ce sujet

— Arrangez cela avec ma femme, — lui avait-il dit. — Si elle y consent, moi, je ne demande pas mieux.

Elle s'était donc entendue avec la marquise et le mariage de Jean et de Mᴵˡᵉ de Kermor avait été arrêté pour avoir lieu dans deux ans, époque où le jeune homme serait nommé docteur.

On juge donc de son indignation quand, une première fois, celui-ci avait sollicité d'elle l'autorisation de se marier avec Denise, et nous avons vu quelle avait été sa réponse.

Encore, dans cette réponse s'était-elle contenue, n'avait-elle pas donné un libre cours à la colère qui bouillonnait en elle, sans quoi c'eût été bien autre chose.

Mais sa fureur n'avait plus connu de bornes, lorsqu'elle avait vu Jean insister avec chaleur pour obtenir son consentement ; et, dans la rage où elle était, elle lui avait signifié de ne plus avoir désormais à correspondre avec elle, espérant ainsi l'amener à résipiscence.

Quant aux deux autres lettres qu'il lui avait encore écrites, c'est à peine si elle s'était laissée aller jusqu'à y jeter un coup d'œil, et voyant qu'elles parlaient toujours de Denise, elle les avait aussitôt déchirées.

Puis, patiemment, elle s'était mise à attendre que Jean eût passé ses examens, comptant alors le rappeler près d'elle par un ordre formel, auquel il n'oserait certainement pas résister.

Une fois à Kerdaniou, elle espérait bien lui faire oublier Denise et l'obliger à épouser Mᴵˡᵉ de Kermor, dût-elle pour cela employer des moyens extrêmes.

Ce fut justement au moment où, afin de lui donner cet ordre, elle allait s'enquérir si le jeune homme était enfin nommé docteur, que ce dernier arriva au château.

XXI

MÈRE ET FILS

Bien qu'il vînt de passer dix heures en wagon, le jeune Breton était si pressé d'embrasser sa mère et, aussi, disons-le, de plaider près d'elle la cause de son mariage avec l'ouvrière, qu'il ne fit qu'un saut de la gare de Recouvrance à Kerdaniou.

Sans prévenir personne de son arrivée, il alla trouver directement la châtelaine dans ses appartements.

Huit heures du matin venaient à peine de sonner, mais on était au commencement de juin et Jean n'ignorait pas qu'à cette époque de l'année, la baronne avait l'habitude de se lever de très bonne heure.

Quand il parvint à sa chambre, voyant que la porte en était entr'ouverte, il y entra sans frapper et aperçut, en effet, la vieille dame qui, déjà tout habillée, était assise à un petit bureau occupée à écrire une lettre.

Mme de Lavaur était à cent lieues de soupçonner quel était le visiteur qui lui arrivait ainsi sans se faire annoncer. Aussi, croyant que c'était simplement un de ses serviteurs, appelé dans sa chambre pour le nettoyage quotidien, ou bien pour lui faire une communication quelconque, demanda-t-elle sans lever la tête :

— Qu'y a-t-il et pourquoi vient-on me déranger?

— Pour vous embrasser, ma mère ! — clama Jean joyeusement.

A la voix de son fils, la baronne eut un tel sursaut qu'elle faillit en tomber à la renverse et en écrasa sa plume sur son papier qui s'étoila d'une large macule noire.

Puis, se dressant toute droite, elle regarda le jeune homme avec un étonnement qui tenait de la stupeur.

On eût dit qu'elle ne pouvait croire que ce fût lui.

Ce dernier attendait qu'elle lui fît un signe, prononçât un mot, pour se jeter à son cou; car il n'était pas sans appréhension sur la façon dont elle allait le recevoir, surtout en remarquant que peu à peu ses sourcils se fronçaient et que son regard devenait dur.

Le fait est que Mme de Lavaur ne pensait guère à lui faire bon accueil.

Elle se disposait, au contraire, à lui adresser de sanglants reproches; d'abord pour ne pas avoir rompu avec sa maîtresse comme elle le lui avait formellement ordonné, ensuite pour oser venir affronter sa présence dans l'état de rebellion où il se trouvait vis-à-vis d'elle.

Et elle ouvrait déjà la bouche pour stigmatiser sa conduite ainsi qu'elle le méritait, lorsqu'une réflexion qui lui vint arrêta soudain les paroles prêtes à sortir de ses lèvres.

Elle se dit qu'après ce qu'elle lui avait écrit, il était impossible que Jean n'eût pas craint de se présenter devant elle s'il avait été encore lié avec Denise; qu'assurément, écoutant la voix de la raison, il avait fini par s'en séparer, quelque peine que cela lui eût coûtée, et qu'en conséquence, c'était en fils repentant et soumis qu'il opérait sa rentrée au château.

Cela lui parut, en effet, si évident qu'elle s'en voulut d'avoir pu penser un instant qu'il en fût autrement, et ne songea même pas à le demander au jeune homme.

Alors, un revirement subit s'opéra dans son attitude.

Ses yeux perdirent leur dureté, le froncement de ses sourcils s'effaça, et sa figure, jusque-là rigide, s'éclairant d'un rayon de joie, elle tendit les bras à Jean, qui s'y précipita.

— Ah! mon cher enfant, — lui dit-elle quand cette première effusion de tendresse eut pris fin, — que ton arrivée me rend donc heureuse! Voilà bientôt deux ans — une éternité — que je ne t'ai vu. Au fait! deux ans entiers, puisque l'année dernière tu n'as pas jugé bon de m'accorder le temps de tes vacances.

— C'est vrai, ma mère, — répondit Jean, — mais c'est...

— Bon, bon, peu m'importe la raison: bonne ou mauvaise, tu dois être assez grand avocat pour me la faire accepter... Je sais bien qu'à ton âge les jeunes gens ont souvent autre chose à faire que d'être près de leur mère... et je ne t'en veux pas pour cela. D'ailleurs, te voici, le mal est réparé. A propos, es-tu docteur, enfin? J'étais précisément en train d'écrire au recteur de la Faculté de médecine de Paris, pour m'en informer.

— Quelle chance vous avez, ma mère! — s'exclama le jeune homme en riant. — La réponse vous arrive avant que votre demande soit partie... Oui, je suis docteur depuis hier.

— Et tu es accouru me l'annoncer? Cet empressement me touche beaucoup, mon cher enfant, car il me prouve ton affection pour moi et l'excellence de ton cœur. Allons, je vois que tu es toujours un bon fils, et je ne te cache pas combien mon bonheur est grand de te savoir définitivement revenu à Kerdaniou.

— Comment, ma mère! mais...

— Oui, définitivement, — reprit Mme de Lavaur. — Tu ne me quitteras plus dorénavant, ou du moins tu ne t'éloigneras plus du pays. Ce rêve que je caresse depuis longtemps, tu ne vas pas vouloir le faire évanouir dès ton retour, j'espère? Il est convenu, en effet, avec les Kermor, pour l'époque où vous serez mariés, Yvonne et toi, que vous habiterez dans les environs.

— Mais, ma mère, cela ne se peut pas! — s'écria Jean vivement. — Je vous jure que cela ne se peut pas...

Se méprenant sur le sens de l'exclamation du jeune homme, et croyant qu'il faisait allusion à sa résidence près d'elle, tandis que, on le devine, ses paroles se rapportaient à son union avec Mlle de Kermor, la baronne crut inutile d'insister à ce sujet.

— Après tout, — reprit-elle au bout d'un instant, — tu es libre, complètement libre. Cependant les parents d'Yvonne et moi espérions que vous consentiriez à ne pas nous abandonner et à rester nos voisins. Nous avions même déjà choisi votre demeure. C'étaient les Chaumettes, cette jolie petite propriété qui est située sous la batterie, sur la route de Kergillerm à Recouvrance, et que nous voulions vous donner comme cadeau de noces.

« Enfin, quelque chagrin que cela puisse nous causer, tu feras comme il te plaira, tu es le maître, et les parents doivent se faire à l'idée d'une séparation. Seulement, si tu m'en crois, tu ne retourneras pas à Paris. On ne sait jamais ce qui peut arriver et si, ayant Yvonne à ton bras, tu venais à rencontrer... tu sais qui je veux dire, cela serait fort gênant pour toi, bien que tu aies complètement rompu avec cette personne.

Jean comprit alors l'erreur où était la baronne.

— Permettez, ma mère, — fit-il d'un ton un peu sec, — je vois que vous vous méprenez totalement. Il est donc de mon devoir...

— Oui, oui, je me doute de ce que tu vas m'opposer, parbleu! — interrompit M{{me}} de Lavaur, continuant à interpréter à sa façon les paroles de son fils. — La capitale est grande, les rencontres de ce genre y sont rares ; en outre, le monde dans lequel tu fréquenteras sera tout autre que celui où fraye cette petite...

« A ton aise ; je devine ces objections et bien d'autres. Aussi ne chercherai-je pas à battre en brèche ta belle confiance. Néanmoins, laisse-moi te faire remarquer que le hasard amène bien des choses auxquelles on ne s'attend pas et que, par suite, il vaut toujours mieux prendre ses précautions pour les éviter.

La pensée allant plus vite que la parole, Jean croyait avoir rendu ses interruptions suffisamment explicites ; aussi sa mère lui faisait-elle l'effet d'une personne sourde qui, n'ayant entendu qu'une partie des sons exprimés, aurait répondu plus à son propre raisonnement qu'à celui de son interlocuteur.

La baronne paraissait si pleinement convaincue qu'il n'était plus avec Denise, et la conversation venait de prendre un tel tour, que le jeune homme hésitait maintenant à lui avouer la vérité, et surtout le motif de sa venue, ce dont il éprouvait une vive contrariété.

L'effort qu'il faisait pour trouver l'énergie nécessaire à cet aveu voilait son front d'un léger nuage.

Le remarquant, et pensant que ce qu'elle venait de lui dire touchant son séjour à Paris allait contre ses vues, M{{me}} de Lavaur poursuivit sur un ton conciliant :

— Mais, laissons cela, n'est-ce pas ? Aussi bien, je te le redis encore une fois, tu feras comme bon te semblera. Pour le moment, occupons-nous du présent, nous avons assez à faire. D'abord, tu loges ici, bien entendu ;

il ne te faut pas aller habiter en ville. Songes que tu entres, dès aujour-
d'hui, dans ton rôle effectif de fiancé, et que tu n'as plus le droit de
t'amuser.

— Oh! je n'en ai pas la moindre envie, je vous prie de le croire, —
déclara Jean avec un sourire contraint.

— Bien, cela me montre que tu es devenu raisonnable, car, autrefois,
il m'a été rapporté que tu t'en donnais joliment là-bas.

— Oui, autrefois, peut-être, ma mère... mais j'ai bien changé depuis
que... que...

— Que je t'ai parlé d'Yvonne? — acheva Mme de Lavaur rayonnante.

« Je suis charmée de cette conversion, mon enfant. En pensant à elle, tu
as certainement compris qu'il était temps de l'amender et de te disposer
par une bonne conduite, à devenir son époux. Non que le mariage doive
se préparer dans la retraite comme une première communion, notre rigo-
risme breton ne va plus jusque-là, heureusement pour bien des écervelés;
mais enfin une bonne tenue et une certaine surveillance de soi-même sont
assez de circonstance...

« Au fait, te la rappelles-tu, cette chère Yvonne? Il y a longtemps que
tu ne l'as vue, puisqu'elle n'est sortie du couvent qu'il y a dix-huit mois.
C'était encore une gamine quand tu es parti pour Paris, et maintenant
c'est une grande et belle fille qui va sur ses vingt ans. Je gage que tu en
raffoleras tout de suite. Ah! heureux gaillard, tu n'es pas à plaindre, je
t'en réponds...

« Puis, souviens-toi de ce que je t'ai écrit : elle t'apporte une dot de
cinq cent mille francs en bonnes valeurs courantes, ce qui n'est pas le
plus mauvais de l'affaire.

Et en énonçant ce chiffre d'un demi-million, la vieille dame avait les
yeux tout brillants de convoitise.

Jean souffrait cruellement en écoutant sa mère.

A chaque instant il était prêt à l'interrompre pour la désabuser. Une
lâcheté le prenait alors à la gorge, lui clouait la langue au palais et l'en
empêchait.

Son hésitation à lui confesser la vérité s'était maintenant transformée
en une véritable peur.

Il ne prévoyait que trop, en effet, dans quelle fureur serait la baronne
lorsqu'elle verrait ses projets réduits à néant, et ce n'était pas sans effroi
qu'il en envisageait les suites.

— Décidément, — pensa-t-il, — il me faut remettre mon aveu à un
autre jour. Aujourd'hui je ne me sens vraiment pas le courage de détruire

l'illusion de ma mère, et encore moins de chercher à en obtenir le consentement que je désire.

— Eh bien ! — reprit Mme de Lavaur en voyant que le jeune homme restait, autant dire froid, devant l'existence dorée qu'elle lui faisait entrevoir, — on croirait que tu n'es qu'à moitié content d'apprendre une si agréable nouvelle? Cinq cent mille francs, cependant, c'est déjà un joli denier et tu ne pouvais, ce me semble, espérer plus. Pour moi, j'avoue que cela me paraît très suffisant.

Il y eut un moment de silence. La baronne attendait avec une impatience légitime que son fils voulût bien la féliciter d'avoir si heureusement arrangé son avenir sans qu'il eût à s'en occuper. Et lui, à qui cet entretien pesait mortellement, ne trouvait pas un mot à répondre.

Cependant, trouvant un biais, il répliqua :

— Pardon, ma mère, je suis un peu fatigué et n'ai pas présentement l'esprit très lucide. Ne vous étonnez donc pas du peu d'enthousiasme que me cause ce que vous m'annoncez.

— Eh ! mon pauvre enfant, c'est vrai, — fit la baronne, — tu viens de passer toute une nuit en chemin de fer! Quelle égoïste je suis! Moi qui te fais bavarder là depuis une demi-heure au lieu de t'envoyer reposer. Mais vas-y maintenant, va dormir jusqu'au déjeuner; j'irai te chercher vers midi pour te mettre à table.

— C'est cela, — approuva Jean qui avait hâte d'être seul, — quelques heures de sommeil me remettront tout à fait et je vais m'empresser d'aller les prendre. Où dois-je me rendre pour cela?

— Dans ton ancienne chambre, parbleu; celle qui donne sur la plaine de Larchantel et que tu as occupée chaque fois que tu es venu ici. Précisément, je l'ai fait nettoyer il y a peu de temps.

— Tiens! vous m'attendiez donc? — demanda le jeune homme étonné.

Mme de Lavaur parut un peu embarrassée. Elle ne voulait pas dire, cela va de soi, qu'elle avait l'intention de le rappeler près d'elle et qu'en cette prévision, elle avait fait préparer sa chambre d'avance.

— Dame! — fit-elle, — je me doutais bien que cette année, malgré le dissentiment qui s'était élevé entre nous, tu viendrais néanmoins passer quelques jours ici. M'ayant déjà faussé la politesse l'année dernière, il était assez naturel que je me berçasse de cette espérance.

— C'est juste, — dit Jean à qui cette raison parut fort plausible. — Alors je vous quitte, ma mère, et vais aller faire un somme.

— Va, mon enfant, et tâche de voir Yvonne en rêve jusqu'à ce que tu la voies en réalité.

La baronne dit à Mme de Kermor en lui prenant les deux mains

Le jeune homme s'esquiva rapidement sans répondre à ce souhait qu'il était loin de formuler lui-même.

Comme on le présume, Jean ne put fermer les yeux. Il était bien trop chagrin de s'être, pour ainsi dire, laissé circonvenir par la baronne et de reconnaître combien il lui serait peu aisé, maintenant, de mener à bonne fin l'affaire pour laquelle il était venu.

S'il ne désespérait pas, tant s'en fallait, il ne pouvait se dissimuler, cependant, que la chose était beaucoup plus difficile qu'il ne l'avait cru tout d'abord et qu'il aurait, sans doute, grandement à lutter avant de remporter la victoire.

A midi, la châtelaine vint comme elle le lui avait dit.

Il était étendu sur son lit les yeux grands ouverts et plongé dans ses pensées qui n'étaient pas des plus riantes.

Mme de Lavaur supposa qu'il venait seulement de se réveiller.

— T'es-tu bien reposé, mon enfant? — lui demanda-t-elle.

— Très bien, — répondit Jean.

— Tant mieux, car, puisque tu es frais et dispos, nous irons, dans la journée, faire une petite promenade à Recouvrance.

— Une promenade à Recouvrance! Et dans quel but?

La baronne eut un sourire malicieux.

— Tu ne devines pas?

— Non, fit le jeune homme.

— Cherche un peu.

— Mais... je cherche et ne vois pas... Ah! visiter les travaux du port, peut-être. J'ai remarqué en débarquant qu'on y faisait d'importantes réparations.

— Nigaud! il s'agit bien de cela.

— Alors, mettez-moi sur la voie, car je n'ai aucune idée du but de cette promenade.

— Voyons, je vais te donner quelques indications. Te rappelles-tu, hors des murs de Recouvrance, à Kerguillerm, une jolie maison avec un jardin devant et une grille qui l'entoure. Sur le toit est un belvédère surmonté d'un mât d'où pendent des cordages, le long desquels flottent de petits pavillons triangulaires.

— Comment! c'est là que vous voulez aller? — s'écria Jean, qui venait de reconnaître dans cette description l'habitation des Kermor.

— Oui, c'est là.

— Vous n'y songez pas, ma mère, — dit le jeune homme en sautant du lit. — Regardez donc dans quel état je suis?

Et il montra à la baronne ses habits tout fripés par le voyage de la nuit.

— Je ne puis vraiment me présenter ainsi, — ajouta-t-il. — Ce serait d'un désastreux effet, et, vous l'avouerez, d'un sans-façon qui friserait l'impolitesse.

— J'imagine que tu as apporté d'autres vêtements que ceux-là?

— C'est vrai, seulement je ne les ai pas ici; ils sont dans une malle que j'ai laissée en consigne à la gare pour être plus vite près de vous.

— Je vais envoyer chercher cette malle. Elle sera au château avant que nousayons fini de déjeuner. Tu pourras donc t'habiller convenablement.

Jean ne tenait pas du tout, on le comprend, à aller chez les Kermor.

Puisqu'il ne devait jamais épouser leur fille, il jugeait complètement inutile de les voir et de renouer des relations avec eux.

Aussi essayait-il de trouver un prétexte pour détourner la baronne de son projet.

Voyant que celui qu'il venait de donner n'avait pas réussi, il reprit :

— Puis-je vous faire observer, ma mère, que M. et Mme de Kermor s'étonneront peut-être que, à peine arrivé, j'aille tout de suite comme cela leur imposer ma présence ? Je crains qu'ils ne voient là une importunité de ma part.

— Tu plaisantes, mon cher enfant. Au lieu de voir une importunité dans cette visite faite le jour même de ton retour à Kerdaniou, ils n'y verront, sois-en certain, qu'un témoignage de déférence pour eux et un empressement à faire ta cour à celle qui doit être ta femme.

— J'aurais pourtant préféré attendre un peu, — répliqua Jean, ne sachant plus que dire pour se dérober à la corvée que lui infligeait la baronne ; — dans quelques jours, il me semble que je me serais senti avec eux plus à l'aise que maintenant.

— Bah ! ce n'est pas d'hier que tu les connais, ce me semble ? D'ailleurs, en admettant que tu sois gêné dans le premier moment, ce sera l'affaire de cinq minutes de te ressaisir et de reprendre ton assurance.

— Mais, — insinua encore Jean dans l'espérance de gagner du temps, — serait-il bon, au moins, de les prévenir de notre venue. Tomber ainsi chez eux comme une bombe, cela me paraît manquer à toutes les convenances. Vous leur enverriez aujourd'hui un petit mot et, alors, demain ou après... ou la semaine prochaine...

— Ou dans six mois... — interrompit la baronne en riant. — Allons, laisse-moi agir à ma guise et ne plaisante pas ; je sais mieux que toi comment je dois en user à leur égard. C'est une surprise que je veux leur faire en t'amenant à eux aujourd'hui même, et, naturellement, si je les prévenais, ce n'en serait plus une. Donc, vers trois heures tu t'habilleras et nous partirons pour Recouvrance.

Jean se résigna.

Il ne trouvait plus rien à objecter. Toute sa force de résistance s'émoussait en face de sa mère. Mais il maudissait son idée et aurait voulu que les Kermor n'eussent jamais existé.

XXII

ENTREVUE DE FIANÇAILLES

A l'heure dite, n'ayant plus aucune raison pour temporiser, puisque sa malle était arrivée au château, le jeune homme s'habilla.

Un moment, il pensa à se vêtir ridiculement, afin de donner au marquis et à la marquise de Kermor une mauvaise opinion de son goût, et, par là, faire peut-être avorter le projet de son union avec leur fille.

Il avait apporté deux vêtements. Un de « tenue » : redingote, pantalon et gilet noirs, et un autre pour rester au château ou aller se promener en campagnard aux environs.

Ce dernier était un de ses anciens costumes d'étudiant à l'époque où il faisait encore des folies.

Il se composait d'un veston-sac à gros boutons de métal larges comme des pièces de cent sous, d'un gilet genre Robespierre dont les revers lui couvraient la poitrine et d'une culotte à la hussarde, c'est-à-dire qui, très ample du haut et étranglée dans le bas, descendait sur le cou-de-pied et tirebouchonnant.

Le tout en gros velours gris côtelé.

Déjà, il avait commencé à s'en affubler, quand il songea qu'il avait tort de faire aussi bon marché de sa dignité.

Du reste, sa mère se serait très certainement opposée à le laisser sortir vêtu de cette grotesque façon.

Il endossa donc son habillement noir, qui était un peu sévère mais relevait tous les avantages plastiques de sa personne et sous lequel il avait, ma foi, belle et fière mine.

Mme de Lavaur avait fait tirer d'une remise, où il dormait les trois quarts de l'année, un vieux landau à l'aspect vénérable, dont elle ne se servait que dans les grandes occasions.

Ce véhicule devait dater d'une époque reculée, car il était de forme totalement démodée.

En outre, n'ayant jamais été réparé depuis que sa malheureuse destinée l'avait fait échouer à Kerdaniou — la baronne l'avait acheté vingt ans auparavant dans une vente par huissier, — en outre, disons-nous, il était dans un état de délabrement inquiétant.

La sécheresse avait apporté quelque désaccord entre le cercle de fer et le bois des roues qui ne s'accolaient plus exactement l'un à l'autre. Ces mêmes roues, fatiguées par l'âge et les cahots se distinguaient de celles des autres voitures en ce qu'elles n'étaient pas parallèles au coffre, et qu'il y manquait plusieurs rayons. De plus les brancards montraient de grandes velléités de se détacher de l'avant; et l'essieu, corrodé par la rouille, semblait supporter avec une peine énorme le poids qui l'écrasait.

Puis, pour ajouter à toute cette misère, l'étoffe, qui garnissait la capote et les coussins, offrait de nombreuses solutions de continuité par lesquelles passaient des flocons d'étoupe à demi moisie.

A n'en pas douter, de nombreuses générations de mites avaient dû y faire ripaille.

Malgré cela, Mme de Lavaur s'était toujours refusée à désaffecter ce véhicule, dont les cris d'agonie et la marche trébuchante étaient connus de Locmariá à Lambézellec.

Quand la baronne et son fils descendirent, on était en train d'y atteler un lourd et massif cheval de labour qui venait d'être arraché à la charrue.

Le landau était une vieille connaissance pour Jean. Bien souvent, étant enfant, il avait joué dessus dans la remise et, sans respect pour son âge, lui avait fait supporter des assauts, dont chaque fois la malheureuse voiture était sortie un peu plus invalide.

— Comment! — fit-il avec un mouvement de recul, — c'est là-dedans que nous partons à Kerguillerm?

— Oui, — répondit la baronne. — J'avais d'abord pensé à la petite charrette bourgeoise avec laquelle je vais visiter mes fermiers et qui me sert aussi, d'ailleurs, pour aller, en voisine, voir les Kermor, lorsque j'ai réfléchi qu'il serait plus convenable, vu la circonstance, de prendre une voiture de cérémonie.

Le mot fit rire Jean, quoiqu'il ne fût guère à la gaîté.

— Pourquoi ris-tu? — lui demanda sa mère.

— Parce que, pour une voiture de cérémonie, je trouve qu'elle manque absolument de prestige.

— Je reconnais qu'elle n'est pas de première jeunesse; cependant elle représente encore assez bien et, dans tous les cas, a meilleure tournure que ma charrette.

— Oh! cela, sûrement, — approuva Jean.

Il se rappelait que la charrette dont parlait Mme de Lavaur était une affreuse boîte carrée, avec, comme siège, une simple banquette dans le milieu et qui, n'étant pas suspendue, faisait subir à ceux qu'elle transportait des cahots à leur rompre les os, surtout quand elle roulait sur un terrain quelque peu accidenté.

— Allons, montons, — dit la baronne, — les Kermor ont coutume de sortir vers quatre heures pour se rendre sur le port ou sur les chantiers, et si nous tardions trop nous ne les trouverions pas chez eux.

Jean et sa mère prirent alors place dans le landau, pendant que le cocher se hissait sur son siège.

Celui-ci n'était autre que le jardinier investi, pour le moment, des fonctions d'automédon. Il était plus habitué à manier la bêche ou la serpe que le fouet et, comme son paisible coursier, ne goûtait que médiocrement l'honneur de conduire ses maîtres.

— Mène-nous bon train, Mahurec, — lui dit la vieille dame, — nous sommes pressés.

— Bien, m'ame la baronne, — répondit Mahurec qui, en même temps, fouetta avec les guides les reins de son cheval, lequel se mit aussitôt en marche.

Mais il est probable que la pauvre bête, depuis qu'elle était à la charrue, avait perdu l'habitude de courir, car son trot, pesant et irrégulier, ne faisait que lentement avancer le véhicule dont l'essieu se lamentait d'une effroyable façon.

Jean restait sourd à ce concert et s'infligeait intérieurement une verte semonce pour son peu de fermeté.

A son gré, on allait encore trop vite. Il eût voulu que le cheval piétinât sur place.

A cette bête de labour il fallait la terre molle pour bien marcher, et la route qui va de Recouvrance au Conquet, route qu'on devait suivre durant un bon kilomètre, était trop ferme pour lui ; il n'y posait ses fers qu'avec hésitation. Il ne retrouva un peu d'assurance que sur le chemin de traverse de la grande rivière.

Enfin, après trois quarts d'heure de course, on arriva devant la demeure des Kermor.

Tout le long du chemin, le jeune homme avait espéré que le landau se disloquerait ou subirait une avarie assez grave pour qu'ils ne pussent continuer leur route et fussent obligés de retourner au château.

Mais non, le malheureux éclopé s'était très gaillardement comporté, bien que ses roues, qu'on avait oublié de graisser, n'eussent cessé de geindre et plus souvent glissé sur le sol que roulé, ce qui, hélas ! n'avait pas empêché le trajet de s'accomplir.

L'habitation des Kermor ne ressemblait en rien à celle de Mme de Lavaur.

C'était une demeure toute moderne, mais d'une fine et élégante architecture qui lui donnait un relief tout particulier.

Elle comprenait un rez-de-chaussée et deux étages, et était précédée d'un jardin, enclos d'une belle grille en fer forgé, dont les gracieux ornements faisaient l'admiration de tous les connaisseurs.

Un coquet belvédère surmontait le toit construit en terrasse.

Ce belvédère permettait à l'armateur de voir venir, bien avant leur entrée dans le goulet, les navires qui lui appartenaient et de correspondre avec eux à une grande distance, au moyen de la série des pavillons de timonnerie dont étaient garnis de grands coffres placés en bordure de la terrasse.

Comme on le voit, ce belvédère était une sorte de sémaphore.

Le landau de la baronne, ayant franchi la grille, contourna une vaste pelouse agrémentée de gracieuses corbeilles de fleurs et de massifs de plantes rares, puis alla s'arrêter au bas d'un perron à double escalier cintré par lequel on accédait dans la maison.

Jean et sa mère, ayant mis pied à terre, gravirent le perron.

Un domestique, qui était en faction dans le vestibule, reconnaissant Mᵐᵉ de Lavaur, alla aussitôt l'annoncer.

Peu après, les deux visiteurs entraient dans un joli salon du rez-de-chaussée où étaient Mᵐᵉ de Kermor et sa fille.

Mᵐᵉ la marquise de Kermor, qui avait été très belle et conservait, d'ailleurs, encore de beaux restes, comptait quelques années de moins que la baronne.

C'était une femme d'une grande distinction et d'une amabilité parfaite.

Elle était liée depuis lorgtemps avec la châtelaine de Kerdaniou pour laquelle, malgré ses défauts et bien qu'elle lui fût supérieure en tout, elle avait une certaine affection.

Sa fille Yvonne qui, ainsi que l'avait dit la baronne à son fils, touchait à ses vingt ans, paraissait être une seconde elle-même... avec la jeunesse en plus.

C'est dire qu'elle était une fort jolie et fort séduisante personne.

Elle possédait cette riche carnation que donne le sang breton pur de tout élément étranger, et l'éclatante fraîcheur de son teint était encore rehaussée par une somptueuse chevelure châtain foncé, qui tranchait son front d'une ligne sombre du plus heureux contraste.

Il y avait près de six ans qu'elle et Jean ne s'étaient vus, et bien du changement s'était opéré en eux durant cet intervalle.

Quand le jeune homme était parti pour Paris, elle n'avait alors que quatorze ans et n'était pas encore femme.

Aussi avait-il de la peine à reconnaître, dans cette belle jeune fille qui s'offrait maintenant à lui en plein épanouissement de sa beauté, la fillette maigriotte et sans formes définies avec laquelle il jouait autrefois.

De son côté, lui, d'adolescent était devenu homme, et Yvonne s'efforçait de découvrir dans ce solide gaillard, à la barbe fournie, aux épaules carrées, le grand garçon dégingandé, à la poitrine étroite et à la figure imberbe qu'elle avait connu jadis.

Pendant qu'ils s'examinaient tous deux avec une assez vive curiosité, la baronne dit à Mme de Kermor en lui prenant les deux mains :

— Pardonnez-nous, marquise, de venir ainsi chez vous à l'improviste, mais Jean est un grand enfant très volontaire et, ma foi, il m'a fallu céder. Arrivé ce matin à Kerdaniou, il était si impatient de vous présenter ses respects et aussi de voir cette chère Yvonne qu'il ne m'a pas laissé le temps de vous prévenir de notre visite.

Jean demeura stupéfait de l'aplomb de sa mère.

— C'est très aimable de sa part, chère madame, — répondit gracieusement la marquise, — et M. Jean nous fait là, à ma fille et à moi, une bien agréable surprise, croyez-le.

Mme de Lavaur jeta un regard au jeune homme comme pour lui dire :

— Tu vois que je ne me trompais pas quand je t'assurais qu'on serait ravi de notre venue inopinée.

— Mais quel beau garçon il fait, maintenant, M. Jean ! ajouta la marquise avec une franchise toute bretonne. — C'est tout au plus si je le reconnais. A ce que je vois, le séjour de Paris ne lui a pas été nuisible.

— C'est vrai; cependant je suis très contente qu'il en soit revenu, — répliqua un peu vivement la baronne.

— Vous êtes comme toutes les mères qui ont des fils, — renvoya en riant Mme de Kermor. — Elles ont une peur effroyable de cette moderne Babylone où l'on perd son corps et son âme, suivant l'expression de notre vieux curé.

— Et je suis bien de cet avis, marquise, car c'est la pure vérité.

«Je ne dis pas cela pour Jean, — s'empressa d'ajouter Mme de Lavaur; — lui est d'une bonne trempe et a su résister à toutes les séductions dont il était entouré, à tous les entraînements de la vie un peu libre que mènent là-bas messieurs les étudiants. Aussi nous revient-il tel qu'il nous est parti.

— Vraiment, monsieur Jean, — demanda malicieusement la mère d'Yvonne, — vous seriez resté un petit saint dans cet enfer peuplé d'une nuée de jolis diablotins ?

— Ma mère me flatte, madame, repartit le jeune homme avec un sou-

L'armateur ainsi que sa femme et sa fille lui faisaient des signaux de bienvenue.

rire. — J'ai fait à Paris ce que font tous les jeunes gens de mon âge et
l'on ne me croirait pas si je soutenais le contraire.

— Ah! ah! voyez-vous, le garnement! — dit la marquise d'un ton enjoué.
— Eh! bien, j'aime mieux cela. Les jeunes gens trop sages, selon moi,
c'est mauvais signe pour plus tard... et les meilleurs époux ne sont pas
ceux qui ont été les plus tranquilles à l'âge où l'on doit s'amuser.

« Voilà mon opinion.

« Quoi qu'il en soit, conclut — la baronne qui ne voulait pas appuyer sur le séjour de son fils dans la capitale, — Jean fera un excellent mari et saura rendre Yvonne parfaitement heureuse, n'en doutez pas, chère marquise.

— Eh ! je n'en doute nullement, — répartit Mme de Kermor. — Mais, au fait, quand sera-t-il en passe de le devenir, cet époux modèle?

— Quand il vous plaira. Il est reçu docteur.

— Bah !

— Oui, depuis hier.

— Voici une nouvelle surprise qui n'est pas moins agréable que la première. Mes bien sincères félicitations, monsieur Jean.

Le jeune homme s'inclina.

— Et c'est à titre de fiancé « effectif », de Mlle Yvonne qu'il se présente aujourd'hui devant vous, — ajouta la baronne. — Je dis « effectif » parce que, en raison de son éloignement, il ne l'a été jusqu'alors que d'une façon à peu près fictive.

— C'est juste. Eh ! bien, nous l'agréons comme tel et, puisqu'il en est ainsi, lui octroyons la permission de faire sa cour à Yvonne. Allons, monsieur Jean, déployez vos grâces devant votre future femme, vous y êtes autorisé.

Jean admirait la tactique de sa mère qui, sans lui laisser le temps de souffler, sans même prendre son avis à lui, jetait une fiancée dans ses bras, à la façon dont on met un couteau sur la gorge.

Il était dans une situation fort embarrassante par le fait d'avoir trop tardé à avouer son amour et le serment fait à Denise.

Aussi se faisait-il l'effet d'un capitaine qui s'obstine à rester sur le pont de son navire incendié et que des gens bien intentionnés jettent à l'eau pour l'arracher au feu.

Bien déterminé à ne s'engager en rien, vis-à-vis des Kermor, relativement à son mariage avec leur fille, il avait cependant trop de savoir-vivre pour leur refuser ouvertement la main de celle-ci et, par là, leur faire une flagrante injure.

Or, s'il faisait sa cour à Mlle de Kermor, c'était, cela va de soi, prendre l'engagement de devenir son mari; d'autre part, ne pas la lui faire, c'était montrer qu'il repoussait leur alliance.

Il ne savait donc à quoi se résoudre et se demandait avec anxiété comment il allait sortir de ce pas difficile, lorsqu'il crut distinguer dans les yeux d'Yvonne, fixés sur lui, une expression qui était rien moins que celle du plaisir, comme si ce que venait de dire sa mère l'eût vivement contrariée.

— Tiens, tiens, — pensa-t-il, — aurais-je la chance de lui déplaire, par hasard? Voilà qui simplifierait joliment les choses, car, alors, ce n'est pas moi qui la refuserais.

Cette idée le mit tout de suite à l'aise et désireux de s'assurer s'il ne s'abusait pas, il se prépara à entamer avec la jeune fille une conversation qu'il comptait conduire de manière à savoir à quoi s'en tenir sur ce point délicat.

Mais il n'avait pas encore eu le temps de prononcer un mot que le marquis de Kermor entra précipitamment dans le salon.

Il descendait de son belvédère où, depuis une heure, il était à observer au loin un navire qui avait doublé les Fillettes pour entrer dans le goulet.

Ce navire à marche rapide n'avait pas tardé à passer sous le vent de la Pointe-du-Diable, des forts de Dellec et du Portzic, et maintenant, visible dans tous ses détails, il s'avançait dans la rade, se dirigeant vers le port.

— Henriette, Yvonne, — cria-t-il d'une voix joyeuse et avant d'avoir remarqué la présence de Jean et de sa mère, — vite, mettez votre mante et votre chapeau, il faut que dans vingt minutes nous soyons sur le port.

Puis, voyant alors les deux visiteurs :

— Eh! toutes mes excuses, madame la baronne, je ne vous avais pas aperçue ni... monsieur, fit-il en dévisageant le jeune homme qu'il prenait pour un étranger.

— Mon fils! monsieur le marquis, — dit Mme de Lavaur.

— Quoi! ce serait Jean... le petit Jean?... Ma foi, mon cher garçon, vous ressemblez si peu au Jean d'il y a six ans, que si madame votre mère ne vous avait pas nommé, je ne vous eusse jamais reconnu... Et vous êtes venu passer quelques jours à Kerdaniou ?...

« Mais pardon, — ajouta le gentilhomme armateur, sans attendre la réponse du jeune homme, — je n'ai pas le temps de causer maintenant. Comme vous venez de l'entendre, j'ai à me rendre sur le port immédiatement pour une affaire des plus urgentes.

— Ah çà! qu'y a-t-il donc, mon cher Henri? — demanda la marquise à son mari. — Vous paraissez radieux.

— Et j'ai lieu de l'être, ma bonne amie... La *Belle-Margot* vient d'entrer en rade.

— La *Belle-Margot* ! — exclamèrent avec joie Mme de Kermor et sa fille, en même temps que le visage de cette dernière se couvrait d'une rougeur subite, ce que remarqua encore Jean.

— Oui, elle-même. Dépêchez-vous, dépêchez-vous... Je veux être là pour la voir s'embosser.

« Madame la baronne et son fils nous feront le plaisir de venir avec nous, je présume? — ajouta l'armateur en interrogeant du regard Jean et sa mère.

— Très volontiers, — s'empressa de répondre Mme de Lavaur, qui ne tenait pas à terminer si tôt sa visite.

— Bien; alors, je vais faire atteler le break.

Et le marquis disparut en coup de vent.

— Oh! oui, dépêchons-nous, maman, — supplia Mlle de Kermor, qui semblait en proie à une agitation extrême. — Il me tarde tant de voir... toutes les jolies choses qu'on nous rapporte, ajouta-t-elle en devenant encore plus rouge.

— Ah! coquette, — fit la marquise, — tu voudrais déjà être en possession des quelques caisses de belles étoffes des Indes que la *Belle-Margot* contient à ton adresse, n'est-ce pas?

— Oui, maman, c'est cela, — répliqua Yvonne, heureuse de dissimuler par ce mensonge qu'on lui soufflait le véritable motif de son empressement. — J'ai hâte de contempler ces riches et merveilleux tissus de soie qu'on dirait être sortis de la main des fées.

Une femme de chambre, appelée par un coup de sonnette, apporta les mantes et les chapeaux de ces dames.

Mlle de Kermor s'habilla prestement et aida sa mère qui était un peu moins prompte.

Quand ce fut fait :

— Vite, à présent descendons, — dit-elle impatiente.

Et elle entraîna Mme de Kermor.

La baronne et son fils suivirent.

La visite de fiançailles de Jean n'avait pas duré longtemps, à son grand plaisir, et sans qu'il eût rien fait pour l'abréger.

Son cœur en sortait plus à l'aise. Il soupçonnait Yvonne d'avoir un secret qui serait le meilleur impedimentum à leur union.

XXIII

« LA BELLE-MARGOT »

Devant le perron, un superbe break attendait tout attelé.

L'armateur donnait un dernier coup d'œil au harnachement pour s'assurer que rien n'y manquait.

En voyant son monde venir, il monta sur le siège pour conduire lui-même, ainsi qu'il en avait l'habitude.

Les trois dames et Jean s'installèrent dans la voiture et l'on partit sur-le-champ.

Le jeune homme était placé vis-à-vis de Mlle de Kermor et pouvait l'examiner à son aise.

Elle rayonnait.

Jean se demanda si c'était bien le plaisir seul de voir de belles étoffes qui lui causait une telle joie.

Et en se rappelant l'expression de contrariété qu'il avait lue tout à l'heure dans ses yeux, lorsque sa mère l'avait autorisé à lui faire sa cour, un soupçon lui venait à l'esprit.

Aimerait-elle donc quelqu'un ?

Oh ! que ce serait heureux, si cela était !

Son amour pour Denise doublait sa perspicacité.

Pendant que le break, enlevé par un magnifique anglo-saxon de demi-race, filait comme l'aquilon vers l'embouchure de la Peufeld, Mme de Kernior donnait à la baronne quelques renseignements sur la *Belle-Margot*.

La *Belle-Margot* était un trois-mâts barque à vapeur leur appartenant et qui, deux fois par an, faisait le voyage des Indes, d'où il revenait toujours chargé d'une riche cargaison.

Ce voyage n'était pas sans danger, en raison des pirates malais qui infestaient les parages des ports indiens et se lançaient hardiment à la poursuite des bâtiments qu'ils supposaient devoir leur procurer un abondant butin.

Aussi, chaque retour de la *Belle-Margot* était-il une fête pour les Kernior, qui craignaient sans cesse que leur navire ne fût devenu la proie des écumeurs des mers.

Puis, comme le capitaine ne manquait jamais de rapporter plusieurs caisses d'étoffes ou d'objets rares à l'adresse de la marquise et de sa fille, la fête était double pour elles.

La Belle-Margot était commandée par un jeune homme d'une trentaine d'années, nommé Loïc Tredern.

C'était un marin d'une énergie peu commune et qui, en maintes occasions, avait donné des marques d'une grande bravoure.

A plusieurs reprises, attaqué par des pirates dans des endroits où il n'avait à espérer aucun secours, il avait accepté courageusement la lutte et en était chaque fois sorti victorieux, après avoir fait subir à ses ennemis des pertes importantes. Ceci, grâce au concours des deux petits canons à pivots qui constituaient son seul armement.

Par suite, l'armateur l'avait-il en une estime toute particulière.

En général, un voyage durait de trois mois à trois mois et demi à cause des relâches dans les différents ports.

Celui-ci avait duré quatre mois pleins et l'on commençait à être inquiet sur le sort du bâtiment.

Son retour causait donc une joie encore plus grande que de coutume.

Le break du marquis, mieux attelé que l'antique voiture de la baronne, traversa comme le vent les rues tortueuses de Recouvrance, passa sur le pont flottant jeté sur la rivière au-dessus de l'arsenal et suivit la Peufeld jusqu'au château derrière lequel commençaient les quais.

Comme Mme de Kernior finissait de parler on atteignit le port.

La *Belle-Margot* n'était plus qu'à trois ou quatre encâblures du pont tournant.

Dans quelques instants, elle rangerait les deux tours servant d'appui à ce pont qui franchit le port militaire, et viendrait se ranger à quai dans le port Napoléon situé au sud de la ville, à l'est du château.

Par les signaux qu'elle avait échangés avec le sémaphore, elle avait indiqué que tout allait bien à son bord et la *Santé* ayant fait sa visite la *libre pratique* lui avait été accordée.

« N'est pas duc de Bretagne qui n'est sire de Brest » disait-on au moyen âge. C'est qu'en effet l'importance de cette place, comme ville forte et port de guerre, ne faisait doute pour aucun. Vauban lui-même, l'illustre Vauban, restait en admiration devant les défenses accumulées comme à plaisir par la nature à l'entrée de la rade.

Ce grand homme, Duquesnes et Choquet de Lindre achevèrent l'un après l'autre ce qu'avait si bien commencé le Créateur.

Ils armèrent de formidables batteries le goulet, ce chenal d'une longueur de cinq kilomètres, éclairé par cinq phares, dominé de droite et de gauche par des rochers gigantesques et par lequel, en venant de la haute mer, il faut forcément passer pour gagner la rade.

Cette rade, qui mesure environ trente kilomètres de circuit, qui peut contenir cinq à six cents vaisseaux de guerre, dont tous les rivages sont hérissés de forts, de batteries et de redoutes, est une des plus belles qui soient en Europe et à coup sûr la plus imprenable.

Nous n'en voulons pour preuves que les deux coups de mains malheureusement tentés par nos sympathiques voisins les Anglais : le premier en 1694 avec l'aide de la Hollande ; le second en août 1757 avec vingt-mille hommes de troupe et dix-neuf vaisseaux.

Le port militaire est formé par la Peufeld ; il est encadré par les bâtiments de l'arsenal, qui s'étend sur ses deux rives depuis les batteries de la Rose à l'arrière-garde et l'anse du moulin à poudre. La citadelle le sépare du nouveau port marchand ou port Napoléon que protègent trois longues jetées.

Cette citadelle, appelée le château, a son histoire héroïque tout comme la ville, puisque souvent assiégée, même par Duguesclin et Clisson, elle ne se rendit jamais à la force.

Bâti au xiiiᵉ siècle sur un rocher escarpé qui supportait avant lui un ancien castellum gallo-romain comme l'indique une des tours qui porte encore le nom de César, ce château-fort recèle dans son enceinte une autre forteresse, le donjon, isolée du château proprement dit par un fossé profond et muni de tours à deux angles.

C'est dans les appartements de ce donjon que logeaient les ducs de Bretagne quand ils visitaient leur bonne ville de Brest. En 1347, ils servirent de prison à Charles de Blois.

Ces détails nécessaires étant donnés, revenons à notre récit :

Mˡˡᵉ de Kermor, aussitôt la voiture arrêtée, sauta lestement à terre la première ; puis, avant que les autres personnes n'eussent eu le temps de descendre du break, elle s'avança presque en courant jusqu'à l'extrême bord du quai.

Un instant, on eût pu croire qu'elle allait s'élancer à la mer pour aller au-devant du navire.

— Prends donc garde, Yvonne, lui cria sa mère effrayée ; — un faux pas et tu tomberais à l'eau !

Mais la jeune fille ne parut pas entendre cet avertissement et demeura à la même place, les yeux rivés sur le bâtiment.

Mᵐᵉ de Kermor, la baronne et Jean, ayant pris pied sur le sol à leur tour, la rejoignirent et la forcèrent à reculer de quelques pas, ce à quoi elle ne consentit qu'en montrant un peu d'humeur.

— Quelle imprudente tu fais ! — lui dit la marquise. — N'es-tu donc pas assez près ici pour voir venir la *Belle-Margot* ?

— C'est parce que je voudrais déjà être à bord, — répliqua Yvonne, — semblant plutôt se répondre à elle-même qu'à sa mère.

— Oui, je comprends l'impatience où tu es de jouir des jolies surprises qui t'y attendent, cependant, ce n'est pas une raison pour risquer de te noyer.

A ce moment arriva l'armateur qui était allé à quelques mètres de là attacher son cheval par la bride à une borne de fer formé par un canon de réforme dont on avait planté la volée en terre.

— Tudieu ! — fit le marquis, — regardez donc comme elle marche, ma *Belle Margot* ! Elle n'a pourtant pour appuyer sa machine que son foc et sa brigantine, et elle file sur l'eau aussi vite qu'un croiseur de guerre.

Le navire, en effet, venait de doubler l'extrême pointe de la jetée ouest, et, le cap au nord, s'approchait avec une grande vitesse.

Mais il dut bientôt modérer son allure. Il commençait à entrer dans la fourmilière des vaisseaux et embarcations de toutes sortes, ancrés dans le port, et il lui fallait user de grandes précautions pour éviter un abordage.

Le pilote, qui avait été le prendre en mer, devait être un vieux loup habitué à se jouer des difficultés, car, debout près de la barre comme un écuyer bien en selle, à travers les mille obstacles qui encombraient sa route, il faisait évoluer la *Belle-Margot* ainsi qu'une cavale docile.

Un homme se tenait sur le gaillard d'avant, et inspectait le quai à l'aide d'une jumelle.

— Ne serait-ce point M. Tredern que nous voyons là ? — demanda tout à coup la marquise.

Et s'adressant à sa fille, elle ajouta :

— Toi qui as de bons yeux, regarde donc, Yvonne.

— Si, si, c'est lui... il y a longtemps que je l'ai reconnu, répartit la jeune fille d'une voix qu'agitait une vive émotion.

Mlle de Kermor ne se trompait pas. C'était bien le jeune capitaine qui était à l'avant du navire.

Soudain, on le vit lever sa casquette et la balancer plusieurs fois en l'air.

Il venait évidemment d'apercevoir l'armateur, ainsi que sa femme et sa fille et leur faisait des signaux de bienvenue.

Ceux-ci y répondirent, le marquis de la même façon, c'est-à-dire, en brandissant son « panama » au bout de son bras, et les dames par des gestes de la main.

Deux matelots venaient déposer près des dames une sorte de grand coffre carré.

Dix minutes après, la *Belle-Margot* était à quai et, presque aussitôt, le marquis montait à bord avec sa suite.

Loïc Tredern était un beau garçon de vingt-huit à trente ans. Armoricain de sang pur, mais de taille un peu au-dessus de la moyenne, il n'avait de commun avec les gens de sa race que sa carrure puissante; sa physionomie était des plus sympathiques, bien que l'habitude du com-

LIV. 25. — H. GEFFROY, éditeur. — Reproduction interdite.

25

mandement eût donné à ses traits une expression constante de sévérité.

Il n'avait rien de la rudesse ni de la grossièreté coutumière des marins. Tout en lui, au contraire, décélait une distinction native, qu'on était quelque peu étonné de rencontrer chez un homme de sa condition.

On sentait qu'il n'était pas à sa place dans l'emploi qu'il occupait et devait appartenir à un autre monde que celui avec lequel il vivait.

L'armateur et lui s'abordèrent en se donnant une cordiale et vigoureuse poignée de main.

Puis le jeune homme s'inclina devant les dames avec une grâce parfaite, en arrêtant sur Mlle de Kermor un regard plein d'une tendresse contenue, qui fit violemment palpiter le sein de la jeune fille.

Le marquis le présenta à Mme de Lavaur et à Jean.

— M. Loïc Tredern, — dit-il — ancien lieutenant dans l'infanterie de marine, qu'il a quittée pour courir les mers...

Et au capitaine :

— Mme la baronne de Lavaur et son fils.

On se salua de part et d'autre.

— Eh bien! et votre voyage, — demanda ensuite l'armateur, — comment s'est-il effectué, mon cher Tredern.

— Très bien, monsieur le marquis.

— Pas d'accident de route?

— Aucun.

— Pas de mauvaises rencontres?

— Ah! cela, si.

— Quoi donc?

— Nous avons été attaqués par des pirates à la sortie du golfe du Bengale.

— Comment! encore?

— Oui, ces écumeurs sont plus nombreux que jamais et d'une audace vraiment extraordinaire.

— Et vous avez pu vous tirer de leurs griffes?

— Non sans quelque peine, je dois l'avouer. Toutefois j'y ai réussi. Nous avons même fini par leur donner la chasse, ce qui, avec notre modeste armement, était audacieux, même imprudent. Je crois cependant qu'ils se souviendront longtemps des pertes que nous leur avons infligées.

— Tant mieux. Ah! les bandits, que ne peut-on les exterminer tous! C'est le fléau de l'océan Indien. Enfin, espérons qu'on y arrivera... Et les affaires?

— Excellentes. Précisément, tous vos comptoirs de la côte bengalaise avaient besoin des marchandises que je leur apportais et m'avaient réservé un fret de premier ordre.

— Parfait, — fit M. de Kermor avec une évidente satisfaction, car il avait le goût du négoce et était heureux quand ses entreprises réussissaient. — Je me suis toujours bien trouvé de m'en remettre à votre sagacité d'acheteur, mon cher Tredern; aussi, n'agissant pas avec vous comme avec mes autres capitaines auxquels je dois indiquer la nature des achats ou des échanges, le contenu de la *Belle-Margot* est-il souvent pour moi le sujet d'agréables et fructueuses surprises... Dites-moi, de quoi se compose votre chargement?

— D'étoffes qui abondaient sur le marché de Madras et de denrées de diverses sortes, le tout d'une qualité supérieure.

— Puis-je jeter, dès maintenant, un coup d'œil sur le *connaissement*? Je me rendrai tout de suite compte de l'importance des articles.

— Rien de plus facile. Si vous voulez bien descendre à ma chambre, je vais vous le communiquer sur-le-champ.

— Allons, — fit le marquis. — Madame la baronne veut-elle bien me permettre...? ajouta-t-il en s'adressant à Mme de Lavaur.

— Certainement, — répondit celle-ci, — les affaires avant tout.

— Mais ne soyez pas trop long, Henri, — recommanda la marquise, — car lorsque vous êtes dans vos comptes, vous n'en finissez plus.

— Non, non, je reviens dans une minute.

— Madame et mademoiselle désirent-elles, en attendant le retour de M. le marquis, que je fasse monter sur la dunette et ouvrir une des caisses que, comme de coutume, j'ai rapportées pour elles? — demanda le capitaine à Mme de Kermor et à sa fille. — Peut-être prendront-elles quelque intérêt à voir ce qu'elle contient?

— Mais bien volontiers, — dit la marquise. — Vous ne pouviez même pas faire de plus grand plaisir à cette curieuse Yvonne. L'idée de ces caisses lui trottait fort par la tête. Ainsi, dès que la *Belle-Margot* a été signalée, il lui a été impossible de tenir en place; elle aurait voulu avoir des ailes pour être plus tôt à bord.

A ces mots, Mlle de Kermor devint toute confuse et baissa les yeux, pendant que le visage de Loïc Tredern se colorait d'un léger incarnat.

Il est à supposer que la hâte qu'avait montrée Yvonne à se trouver sur le navire avait pour lui une toute autre raison que celle donnée par la marquise... et que cette raison, il la connaissait.

Afin de couper court à l'embarras où ils étaient tous deux, le jeune pitaine murmura entre haut et bas :

— Mademoiselle est trop aimable de juger si favorablement le quelque peu de goût que je puis avoir.

Sur ces mots il s'empressa de conduire ses visiteurs à l'arrière du navire où il les installa sur des sièges de rotin qui y étaient disposés, puis il descendit dans sa cabine avec M. de Kermor, en priant son second de vouloir bien donner l'ordre de faire apporter la caisse en question.

Bientôt, en effet, deux matelots venaient déposer près des dames une sorte de grand coffre carré en bois des îles de nuance acajou clair, qui exhalait un parfum pénétrant se rapprochant beaucoup de celui de la rose.

Ce coffre était entouré de fortes lanières de cuir qui le maintenaient solidement clos.

Des clous d'acier à têtes damasquinés, légèrement corrodés par le souffle salin, défendaient ses angles contre les chocs.

Les matelots le dépouillèrent de ses liens et en soulevèrent le dessus qui ne jouait pas sur des charnières, mais s'emboîtait exactement, en forçant un peu, sur sa partie inférieure.

Yvonne, quoi qu'en eût dit sa mère, ne faisait preuve d'aucune presse pour voir ce qu'il renfermait.

Elle avait les yeux tournés vers l'écoutille par laquelle avait disparu Loïc Tredern et semblait guetter l'instant où il reparaîtrait.

Jean de Lavaur remarquait ce petit manège et réfléchissait que la jeune fille avait été calomniée par sa mère, car les curieuses ici étaient bien plutôt la marquise et la baronne qui, elles, plongèrent aussitôt les mains dans le coffre et se mirent à en retirer le contenu.

Alors apparurent des mousselines de Dacca et d'Arni, si délicates et d'une telle ténuité que le moindre souffle les faisait onduler comme une vapeur légère; d'autres de Delhi, brodées d'or avec une finesse tenant du prodige; des damas de Bantam, aux dessins étranges et compliqués, comme l'imagination asiatique peut seule en concevoir; des brocards de Bénarès, tout chargés d'ornements d'or et d'argent qui les rendaient d'une richesse incomparable; des velours, des satins de Timor, dont la souplesse et le moelleux auraient fait paraître rudes et secs des produits européens similaires; des soies de Java qui semblaient fondre dans la main et glissaient entre les doigts comme une matière fluide; des cotons de Bornéo aux couleurs si vives et si brillantes que les yeux en soutenaient difficilement l'éclat, etc... etc... car il nous faudrait plusieurs pages pour énumérer les autres étoffes précieuses que contenait encore le coffre.

Toutes ces merveilles venaient s'amonceler aux pieds des deux dames extasiées et y formaient un somptueux et opulent fouillis.

Jean lui-même, bien que peu connaisseur en « chiffons », ne pouvait s'empêcher d'admirer ces magnifiques productions de l'industrie indienne qui lui étaient restées inconnues jusqu'alors.

— Que de jolies choses à faire avec tout cela... et que de délicieuses toilettes d'intérieur et de sortie nous allons être à même de nous confectionner ! — s'écria la marquise quand le coffre eut été vidé. — Oh ! cette fois ci, M. Tredern nous a réellement gâtées, n'est-ce pas, Yvonne ?

— Oui, maman, répondit assez froidement Mlle de Kermor.

— Et si les autres caisses sont pareilles, nous avons là de quoi nous habiller comme des princesses jusqu'à la fin de nos jours, — ajouta Mme de Kermor, trop intéressée pour remarquer l'indifférence de la jeune fille

— Oui, maman, — répondit encore celle-ci du même ton, et les regards toujours dirigés vers l'écoutille par où devait remonter le capitaine.

La marquise et la baronne ne se lassaient pas de toucher, de palper les étoffes et de les examiner sous toutes les faces, les prunelles agrandies par le ravissement.

Mais si la première ne songeait qu'à les convertir en vêtements luxueux, la seconde en supputait mentalement la valeur et calculait le bénéfice qu'on pourrait retirer de leur vente.

— Il y en a au moins pour dix mille francs, — se disait-elle, — et il serait facile de les vendre le double, soit un gain net de cinquante pour cent. Quelle belle opération ! Il faudra qu'au prochain voyage de M. Tredern, je m'entende avec lui pour qu'il m'achète là-bas quelques lots de semblables *articles*... Je lui donnerai une petite commission.

Pendant que les deux dames étaient ainsi absorbées chacune dans leurs réflexions, Jean, dont l'admiration s'était vite épuisée, s'occupait, pour se donner une contenance, — car maintenant qu'il avait aisément pénétré le secret d'Yvonne, il se fût fait un scrupule de la distraire de ses pensées par une conversation banale, — s'occupait, disons-nous, à considérer quelques caractères étrangers sculptés en creux sur le couvercle du coffre.

Ces caractères, d'une grande pureté d'exécution, étaient divisés par groupes et semblaient figurer des mots.

Immédiatement au-dessous, se voyait le dessin, également en creux, d'une arme de forme bizarre.

C'était une espèce de large poignard dont l'extrémité était recourbée et la lame dentelée d'un seul côté.

Comme le jeune homme observait très attentivement l'inscription qui paraissait assez l'intriguer, il entendit prononcer près de lui :

— Ça, monsieur, c'est le nom et le titre de l'écumeur à qui nous avons pris cette grande boîte. La traduction de ces caractères est à peu près celle-ci : « J'appartiens à Coja-Acem, roi des jonques malaises. »

Celui qui venait de parler était le lieutenant du bord, celui là même qui avait donné l'ordre à deux matelots d'apporter le coffre. Étant resté là pour le tirer à l'écart dès que son contenu aurait été visité, et voyant Jean examiner curieusement les caractères du couvercle, il avait cru lui faire plaisir en lui en donnant la traduction qu'il connaissait.

— Ah ! — fit le jeune homme, — cette grande boîte, comme vous dites, appartenait à un pirate malais?

— Oui, monsieur, à un chef très redouté et que ses compagnons avaient surnommé « le Raja » ou le roi.

— Et vous avez pu la lui prendre?

— Dame, il paraît, puisque la voilà.

— Mais comment avez-vous fait pour cela?

— Nous l'avons tué.

— Bah !

— Oui, monsieur, lui et pas mal d'autres avec, car l'affaire a été chaude, allez.

— Quelle affaire?... Ah ! il s'agit sans doute de cette attaque de pirates que vous avez eu à subir dans le golfe du Bengale et dont parlait tout à l'heure votre capitaine?

— Justement.

— Et vous dites que cela a été sérieux?

— Je crois bien que ça l'a été. Sans le courage et le sang-froid de M. Tredern, il y a beaux jours que nous ferions la planche au tréfonds de la mer, à moins que nous n'ayons déjà servi à régaler les requins. Tandis qu'au lieu de ça, non seulement nous en avons réchappé, mais encore nous avons trempé à ces racailles une soupe qui a dû leur paraître joliment dure à avaler.

— Contez-moi donc cela? — demanda Jean, qui voyait là un moyen agréable de passer le temps.

— Je veux bien, monsieur, si ça ne vous ennuie pas trop.

— Non, non, ça m'intéressera beaucoup au contraire.

— Alors, voilà comme ça s'est passé, — dit le lieutenant qui, sans plus de préambule, commença son récit.

XXIV

UNE ATTAQUE EN MER

— Faut vous dire, d'abord, que nous étions sur notre retour.

« Pour faire notre chargement, nous nous étions promenés tout le long des côtes d'Orissa et de Coromandel, dans le golfe du Bengale, depuis Chandernagor jusqu'à Karikal, qui était notre dernière station ; et n'ayant plus rien à faire avec les faces jaunes ou couleur d'olive que nous voyions depuis près de trois mois, nous avions mis le cap au sud afin de doubler le cap Comorin après avoir franchi le détroit de Palk, chose assez difficile, vous le savez peut-être, puisque, malgré les cent vingt et cent soixante kilomètres qui séparent la côte de Carnatie de l'île Ceylan, le détroit est traversé par une chaîne de bancs de sable et de récifs, appelée *Pont d'Adam* ou *Chaussée de Brahma.*

« C'est dans les dentelures de l'île et dans les anses nombreuses qui émaillent la côte cingalaise entre le cap Palmyre et le cap Dundra, que viennent assez souvent s'embusquer les pirates.

« Ils y trouvent un abri commode et peuvent en toute sécurité attendre le passage des navires. Ils s'y occupent aussi à une distraction fructueuse, celle de piller les pêcheries perlières de l'anse d'Adam située tout au fond du golfe de Manaar.

« Or donc, un soir nous étions entrés dans le détroit et, les voiles sur cargues, — il n'y avait pas le plus léger souffle de brise, — marchions à petite vapeur de crainte de nous heurter à un des écueils qui sont assez fréquents dans ces parages, quand, vers minuit, l'homme de barre me fit remarquer, flottant sur la mer, à une certaine distance par tribord-arrière, de grandes ombres noires dont il ne nous fut pas possible de déterminer la nature.

« La chaleur étant très forte, le capitaine n'avait pu descendre dans sa cabine et s'était assoupi sur le banc de quart. Mais comme s'il se fût douté que nous allions être attaqués cette nuit-là, il m'avait bien recommandé de ne pas hésiter à le réveiller à la moindre chose qui me paraîtrait louche.

« Ces ombres ne pouvaient être des récifs, puisque la carte consultée par moi n'en mentionnait pas en cet endroit. Aussi, craignant d'endosser une responsabilité dont j'ignorais les conséquences, j'allai prévenir le capitaine afin qu'il vînt se rendre compte lui-même de ce que ça pouvait être.

« Il faut croire qu'il avait meilleure vue que l'homme de barre et que moi-même, car il dit sans hésitation, dès qu'il eut regardé avec la jumelle de nuit que je venais de lui passer :

« — Ce sont trois barques à rames qui nous donnent la chasse et ce ne peut être dans une bonne intention. Elles m'ont tout l'air d'être montées par des pirates. Faites réveiller la bordée qui n'est pas de quart... Nous n'allons pas changer de route... Armez tous les hommes et que chacun gagne sans bruit son poste de combat. »

« Cet ordre fut immédiatement exécuté. Chaque homme reçut un sabre et un fusil, et les pointeurs furent envoyés aux pièces qu'on approvisionna en silence.

« Avec les navires de commerce dont l'équipage est forcément restreint, les pirates ont beau jeu presque toujours, surtout s'ils ont à combattre des marins n'ayant pas encore eu affaire à eux et ignorant leurs ruses.

« La *Belle-Margot* n'était heureusement pas dans ce cas, car le capitaine, nos vingt-cinq hommes et moi, nous savions comment procèdent ces bandits, ayant déjà eu à nous défendre contre eux en diverses circonstances. C'est pourquoi M. Tredern ne voulait pas les fuir, ce qui nous eût été facile en forçant un peu les feux.

« Les barques n'étaient plus maintenant qu'à une petite portée de pistolet. Elles s'étaient réunies, pour se consulter sans doute sur leur plan d'attaque, et restaient en panne, semblant abandonner la chasse.

« Comme vous allez voir, ce n'était qu'une feinte.

« Il n'y avait pas de lune, mais, dans ces pays, l'obscurité des nuits est très transparente, sauf par les temps d'orage. En effet, l'atmosphère y est si limpide que le pouvoir éclairant des étoiles y atteint son maximum d'intensité.

« Soudain, les trois barques se séparèrent et, faisant force de rames, s'avancèrent sur nous à toute vitesse.

« L'une d'elles nous dépassa et les deux autres restèrent à l'arrière.

« — Bon! — dit le capitaine, — je vois leur manœuvre : ils veulent nous couper le chemin... Lieutenant, faites cacher les hommes sous la bâche de la chaloupe et dans le poste de l'équipage; de cette façon, ils croiront que tout le monde est endormi. Vous, allez prévenir dans la chambre des machines qu'on ne s'émotionne pas du bruit qui pourra se faire sur le pont... Je reste à la barre. Que personne ne se montre avant

LA FILLE DE L'OUVRIÈRE

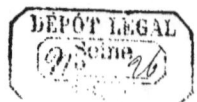

Ils se mettaient déjà à pousser des cris de victoire.

LIV. 26. — H. GEFFROY, édit. — Reproduction interdite.

26

que les assaillants ne soient montés ici et avant mon coup de sifflet.

« Pour exécuter cet ordre, je fis coucher la moitié des matelots dans la chaloupe que vous voyez là-bas, au milieu du pont, sur ces chantiers, sous le prélart goudronné ; l'autre moitié était déjà dissssimulée dans le poste installé sous le gaillard d'avant. Alors je descendis à la machinerie, et l'œil collé à la lentille d'un hublot, je ne perdis pas de vue les embarcations.

« Elles étaient si près que je pouvais reconnaître leur forme et même compter ceux qui étaient dedans. Il y avait d'abord une longue jonque de course montée par trente hommes, puis deux lantées ou lantéas, semblables à celles que l'on voit entre Canton et Macao. Quinze écumeurs de races variées, Cingalais, Malayalas, Cafres et Javanais occupaient les bancs de chacune de ces embarcations. Ce qui, avec les trente Malais de la jonque, portait à une soixantaine le nombre de ceux que nous allions avoir sur les bras.

« Ne voyant personne sur le pont, les coquins tombèrent dans le piège que nous leur avions tendu.

« Pleins de confiance en leur bonne étoile qui leur livrait le navire endormi, — du moins pouvaient-ils le croire, — ils s'enhardirent et escaladèrent comme des écureuils les flancs de la *Belle-Margot*, les uns par les post-haubans de misaine, les autres par le bout-dehors de martingale où les chaînes descendent des bossoirs aux escaliers.

« En un instant, ils furent plus de trente à bord... Ils se mettaient déjà à pousser des cris de victoire lorsque, tout à coup, un strident coup de sifflet — le signal de M. Tredern — fit bondir nos matelots hors du poste et de la chaloupe. J'étais déjà remonté de la machine. Sabre au poing, nous fondîmes avec ensemble sur eux.

« A la brusquerie de notre attaque, leur surprise fut telle que nous en avions abattu les trois quarts avant qu'ils eussent eu le temps de se reconnaître.

« Quand, enfin, ils virent de quoi il retournait, ceux qui restaient se massèrent rapidement sur le gaillard d'avant, et là, bien serrés les uns contre les autres, retranchés en quelque sorte derrière le cabestan et deux énormes glènes de pilier, ils semblèrent nous défier.

« Suivant leur coutume, ils n'étaient pas munis d'armes à feu dont ils sont maladroits à se servir, mais ils possédaient tous un « lofar », arme qui, dans leurs mains, est cent fois plus terrible que le meilleur fusil ou le meilleur pistolet, surtout dans les combats corps à corps.

« C'est ce poignard que vous voyez représenté sur ce coffre.

Jean de Lavaur interrompit le lieutenant :

— Il me semblait, — remarqua-t-il, — autant que je pouvais en juger, d'après quelques spécimens vus par moi dans des panoplies particulières et dans des musées, que c'était un cric — ou kriss — malais.

— Ça y ressemble beaucoup, mais ce n'est pas tout à fait la même chose.

« Le lofar est, vous le voyez, recourbé à la pointe comme une serpette et dentelé à la façon d'une scie, tandis que le kriss a une lame longue d'un demi-mètre et contournée en zigzag comme les anciennes *miséricordes*.

« La forme d'ailleurs n'y fait pas grand'chose, car ces deux armes font de terribles blessures ; la seconde, cependant, est de beaucoup plus meurtrière que la première, les habitants de Sumatra, de Bornéo, des Célèbes, de Timor, des Philippines et des Moluques ayant pour coutume d'empoisonner leurs armes au venin de serpent.

« Nous avons pu en faire la comparaison parce que, avec les Cingalais, il y avait des Malais qui, eux, avaient de véritables kriss.

« Donc, nos assiégeants, transformés en assiégés, étaient là à nous attendre, le lofar en arrêt et paraissant prêts à lutter avec courage.

« Le capitaine les somma alors de se rendre, en employant la langue anglaise, que la plupart, il le savait, parlent fort bien.

« Il leur promit la vie sauve s'ils consentaient à se laisser désarmer, mais ne leur cacha pas qu'il les retiendrait prisonniers et ferait d'eux ce qu'il croirait nécessaire de faire.

« Ils nous répondirent par des injures et l'un d'eux, même, s'emparant d'un lourd épissoir qui était près de lui, nous le jeta de toutes ses forces.

« Ce que voyant, M. Loïc nous commanda :

« — Sus à eux, mes enfants... Surtout pas de quartier ! »

« Et le premier, il s'élança sur l'échelle de gaillard, le sabre levé.

« Nous le suivîmes résolus, suivant son ordre, à ne pas en épargner un seul, sachant bien que, de leur côté, ils ne nous épargneraient point.

« Nous atteignions déjà et nous allions enlever d'assaut leur retranchement improvisé, quand l'un de ceux qui étaient restés sur la jonque de course — et qui, nous l'apprîmes plus tard, était Coja-Acem lui-même, — leur ayant crié quelque chose dans un jargon auquel nous ne comprîmes rien, ils se laissèrent tomber avec ensemble dans le filet de beaupré et de là à la mer, puis nagèrent vigoureusement vers les lantées qui s'étaient laissées dériver sous le vent.

« Devant les pertes que venait d'éprouver sa troupe et que nous semblions devoir lui faire éprouver encore, Coja avait dû se dire sans doute qu'il valait mieux pour lui abandonner l'entreprise que de risquer d'y laisser ses hommes jusqu'au dernier.

« Cette fuite ne faisait naturellement pas notre affaire.

« Aussi, lâchant nos sabres pour prendre nos fusils, nous fîmes un feu roulant sur les nageurs et sur les embarcations.

« Je ne saurais dire si nous leur causâmes ainsi des pertes sensibles ; je serais plutôt disposé à croire qu'en cette occasion nous brûlâmes notre poudre assez inutilement. En effet, la plupart des nageurs filaient entre deux eaux et nous pûmes voir les embarcations en recueillir un grand nombre avant de s'éloigner à force d'avirons.

« Cette déroute, bien que marquant notre victoire, nous déconcertait.

« Soudain, une détonation formidable nous fit tressauter en même temps que des cris de désespoir s'élevaient dans l'espace.

« C'était le capitaine qui venait de faire feu du petit canon de l'avant.

« Lorsque la fumée se fut un peu élevée, nos matelots poussèrent un hourra d'enthousiasme.

« Une des lantées, la coque trouée à fleur d'eau par le boulet, sombrait au loin ; les deux autres barques continuaient à fuir sans chercher à lui porter secours.

« M. Trédern s'était précipité vers le tuyau acoustique communiquant à la machine.

« — En avant, toute vapeur ! » — cria-t-il dans le cornet.

« Et à moi :

« — Faites mettre tribord la barre, lieutenant. Nous allons appuyer la chasse à cette canaille. Il ne faut pas qu'elle puisse gagner quelque étroit goulet de l'île, où nous ne pourrions nous-mêmes nous introduire. »

« Lorsque la *Belle-Margot*, obéissant au gouvernail, eut accompli son abattée, le capitaine, remarquant qu'une légère brise soufflait du grand largue, fit border le grand foc, la misaine-goélette, la brigantine et le petit hunier.

« Ce travail étant accompli, pour occuper nos hommes et débarrasser le pont avant de rejoindre les pirates, auxquels le capitaine voulait donner une leçon qui devait leur ôter pour longtemps l'envie de recommencer, je fis jeter les morts à la mer.

« Il y en avait vingt et un.

« Chose bizarre, plusieurs avaient leur kriss planté en pleine poitrine. C'étaient des blessés qui s'étaient achevés eux-mêmes pour ne pas tomber vivants entre nos mains.

« Nous lançâmes tous ces corps par-dessus le bastingage, mais bien peu allèrent visiter le fond du détroit, happés qu'ils furent en route par d'énormes squales, surgis on ne sait d'où et qui nous faisaient la conduite depuis le commencement du combat.

« La nuit étant devenue plus opaque, nous filions dans le sillage des barques sans les voir. Enfin, après deux grandes heures de poursuite, nous les aperçûmes comme elles n'étaient plus qu'à une lieue de la côte.

« Il avait fallu que les fugitifs déployassent une énergie extraordinaire pour avoir fait tant de chemin en si peu de temps. Toutefois, cela ne nous étonnait pas trop, connaissant leur habileté à manier les avirons et la vélocité qu'ils parviennent à donner à leurs bateaux, qui sont longs et étroits, et filent sur l'eau comme des flèches à la façon de nos légères felouques de la Méditerranée.

« — Est-ce que les coquins nous échapperaient? — dit M. Loïc. — Envoyons leur donc quelques paroles amicales au moyen de notre canon de chasse. »

« En moins de cinq minutes, nous leur eûmes lancé huit boulets. Mais, quoique le pointeur visât de son mieux, pas un seul ne porta.

« Les racailles les évitaient adroitement en faisant louvoyer leurs embarcations et empêchant par là qu'on pût les mettre exactement au point.

« Le jour commençait à venir — car il était près de trois heures du matin — et l'on voyait se dessiner nettement les contours de la partie ouest de l'île qui, comme je vous l'ai dit, forme une suite de petites baies dans lesquelles un bâtiment d'un tirant d'eau un peu fort — tel qu'est le nôtre — ne peut s'engager sans crainte de s'y échouer.

« Nos brigands se rapprochaient de la terre avec une vitesse de plus en plus grande. Malgré tous nos efforts, il était certain que nous ne parviendrions jamais à les rattraper avant qu'ils y fussent arrivés; ce qui nous désolait.

« En effet, bientôt nous les vîmes entrer dans une petite crique qui se creusait au milieu d'une langue de terre faisant saillie assez loin dans le détroit.

« — Voilà ce que je craignais, — dit le capitaine avec humeur; — les bandits sont maintenant en sûreté. »

« Mais presque aussitôt il ajouta :

« — Eh bien! non, ils n'y sont pas. Nous allons descendre à terre et continuer à les poursuivre... Ça vous va-t-il, mes enfants?

« — Oui, oui!... — répondirent tous les matelots d'une seule voix.

« — Bon! en ce cas, voici ce que nous allons faire, — ajouta M. Trédern. — Les cinq chauffeurs et mécaniciens, le cannonier et quatre hommes resteront à bord sous le commandement du lieutenant... Les autres viendront à terre avec moi.

« — Désignez ceux qui doivent vous suivre, » — dis-je.

« Le capitaine pensait bien qu'il ferait des mécontents s'il s'occupait lui-même de la chose, aussi dit-il en croisant ses bras derrière son dos :

« — Qu'ils s'arrangent entre eux ; mais vite ! »

« Alors, se présenta une difficulté.

« Tout le monde tenait à aller avec le capitaine et personne ne voulait rester à garder la *Belle-Margot.*

« Après une vive discussion qui n'aboutit à rien, on résolut de tirer au sort.

« Les quinze que le hasard choisit pour accompagner M. Loïc sautèrent de joie ; les quatres autres firent une mine longue d'une aune.

« Cependant, le sort ayant parlé, ils durent se résigner.

« Pendant ce temps, nous étions arrivés près de la côte.

« L'eau, comme nous l'indiqua un coup de sonde, étant encore suffisamment profonde à l'entrée de la crique, nous pûmes nous avancer jusque-là. Et la compagnie de débarquement organisée par le capitaine n'eut ainsi qu'une centaine de brasses à franchir, dans la chaloupe, pour atterrir.

« Le terrain sur lequel ils prirent pied n'était couvert que de petits arbustes, semés de-ci de-là, et dont l'écartement laissait la vue libre assez loin en avant.

« Ils poussèrent droit devant eux, le sabre d'abordage en main et le fusil en bandoulière.

« Au bout d'un quart d'heure de marche, ils distinguèrent, à cinq cents mètres environ, quelques huttes de grandes dimensions et ayant l'air d'être très solidement construites.

« On aurait tout à fait dit un village d'Indiens.

« C'était, d'après ce que m'a rapporté le calfat du bord qui l'apprit lui-même après l'affaire, une des « nangas » ou stations de Coja-Acem.

« Il en possédait comme cela plusieurs disséminées en différents endroits de la côte, et logeait dans chacune une partie de ses hommes, dont le nombre total, paraît-il, dépassait quatre cents.

« Souvent, il venait prendre en personne le commandement d'une de ces stations, ainsi qu'il l'avait fait cette fois.

« En peu de temps, le capitaine et ses marins parvinrent près des huttes où ils étaient en droit de penser que les pirates avaient cherché un refuge ; car, non loin de là, la lantée était amarrée à un tronc d'arbre et la jonque, auprès d'elle, s'échouait sur le sable.

« Ils ne se trompaient pas.

« Comme le capitaine, hésitant, ne savait s'il devait donner l'ordre d'investir la nanga et craignait de s'être trop avancé pour la vie de ses hommes, les pirates s'élancèrent brusquement hors des huttes et se jetèrent sur la compagnie de débarquement avec une fureur extraordinaire.

« S'ils ne s'étaient pas montrés jusque-là, c'était une simple ruse de guerre assez en usage chez les Malais, car, comme ils ne se battent généralement qu'à l'arme blanche, ainsi que je crois vous l'avoir déjà dit, le principal pour eux est d'engager la lutte avant que leurs adversaires aient pu faire usage de leurs fusils.

« Nos marins en comptèrent une trentaine en tout, ce qui les confirma dans l'opinion qu'il y en avait déjà eu autant de tués, de noyés ou de mis hors de combat, puisqu'ils étaient soixante quand ils nous avaient abordés en mer.

« Leur assaut fut si rude que les nôtres eurent bien juste le temps de se mettre en garde pour parer les nombreux coups de lofar qu'ils décochaient avec une effroyable rapidité.

« Mais aussitôt le capitaine Tredern, faisant prendre l'offensive, déchargea à bout portant, sur les plus audacieux, les six coups de son revolver, tandis que nos marins, revenus de leur stupeur première, faisaient pleuvoir sur les bandits une grêle de coups de sabre.

« Comme dans les duels, il y eut une pause ; huit ou dix écumeurs, grimaçant et se tordant dans les affres de l'agonie, jonchaient déjà le sol.

« Le combat reprit et devint terrible.

« Ceux qui restaient debout, se sentant perdus, luttaient en désespérés.

« Ce n'étaient plus des hommes, c'étaient des bêtes fauves.

« Ils poussaient des cris, des rugissements à assourdir et bondissaient comme des tigres et des panthères.

« Les Malais et les Javanais, notamment, étaient d'une souplesse et d'une agilité sans égales. A eux seuls, bien qu'ils fussent en petit nombre, ils donnèrent plus de mal aux hommes de la *Belle-Margot* que tous les autres.

« Nos marins, vous le savez, ne manquent ni d'agilité ni de souplesse ; mais, à cet égard, ces démons pouvaient leur en remontrer joliment ; ils étaient tout à la fois devant et derrière eux, et il leur fallait faire des voltes continuelles pour se garer d'eux.

« Le calfat, de qui je tiens la plus grande partie des détails de cette lutte émouvante puisque je n'y assistais pas, la garde du navire m'ayant été confiée, le calfat attrapa un Javanais au vol.

« Ce dernier, évitant un coup de pointe qui venait de lui être porté, avait pris son élan et fait un saut si prodigieux, que le marin le vit planer un instant au-dessus de sa tête.

« Son intention était, évidemment, de « coiffer » son adversaire, comme on dit en terme de chasse. Il n'en eut heureusement pas le loisir, car

... et lui fendit la tête jusqu'aux dents.

ce dernier, d'un revers de sabre, lui coupa presque entièrement un pied et, avant qu'il fût retombé sur le sol, le transperça d'outre en outre.

« Ces Javanais ont la vie chevillée au corps. Bien qu'il fût mortellement frappé, celui-là eut encore la farouche énergie de lancer son kriss, et avec une telle vigueur que, sans la boucle de son ceinturon sur lequel la pointe glissa, l'arme empoisonnée entrait jusqu'au manche dans le ventre du calfat.

LIV. 27. — H. GEFFROY, éditeur — Reproduction interdite.

27

« La violence du choc qu'il en éprouva et le profond sillon resté tracé sur la boucle, dont le cuivre avait fait feu, ne permettaient pas d'en douter.

« Pendant ce temps, le capitaine se multipliait. Sans être perplexe sur l'issue du combat, il songeait, pourtant, à la grave responsabilité qui pèserait sur lui si plusieurs de ses hommes étaient tués et, dans cette série de corps à corps, ce malheur n'avait rien d'improbable.

« Dès le début de l'action, nos marins, reconnaissant que leurs fusils les gênaient plutôt qu'ils ne leur étaient utiles, s'en étaient débarrassés en les jetant à terre, assez loin derrière eux cependant pour que les écumeurs ne pussent pas s'en emparer.

« Mais dans le heurt incessant avec les crics, les sabres avaient fini par si fort s'ébrécher qu'ils ne faisaient plus que des blessures insignifiantes et servaient à peine à protéger ceux qui en faisaient usage.

« Un à un, alors, sur l'ordre de M. Tredern, les marins coururent reprendre leurs fusils. Seulement, il leur fut impossible de les employer comme armes à feu, et ils durent en user à la façon des massues en les tenant par le canon.

« En ce moment, les deux partis se composaient à peu près du même nombre de combattants, car cinq ou six nouveaux bandits trépassaient sur le sol en le labourant de leurs ongles et en poussant des cris affreux.

« Tout cela, vous le pensez bien, monsieur, n'avait pas eu lieu sans que quelques-uns des nôtres eussent été blessés ; non grièvement, par bonheur, mais assez, cependant, pour que leurs forces en fussent diminuées et qu'ils ne pussent plus lutter avec avantage.

« Les gredins, constatant l'infériorité que cela donnait à la petite troupe des assaillants, redoublèrent de furie et, en dépit de tout courage, on ne sait trop, ma foi, ce qui serait arrivé, quand il se produisit un événement qui changea soudain la face des choses.

« M. Loïc, qui se battait comme un lion et paraissait infatigable, quoiqu'il fut blessé lui aussi, avait l'œil à tout. Ayant remarqué qu'un des pirates semblait commander aux autres, il n'eut rien de plus pressé que de courir à lui.

« Il pensait à bon droit que s'il parvenait à priver les forbans de leur chef, ceux-ci, désorientés, se laisseraient vaincre plus facilement.

« Par malheur, pour joindre le bandit qui se tenait un peu éloigné du centre de la mêlée, il ne s'aperçut pas qu'il se séparait de ses marins et se mettait dans une situation des plus dangereuses.

« En effet, il fut immédiatement cerné par une partie des coquins qui avaient compris son intention et qui, devinant de leur côté qu'il était le capitaine, s'attachèrent à sa personne avec acharnement.

« Ah! ne croyez pas que M. Trédern soit un commandant hautain et fier de son autorité, comme il y en a trop malheureusement. Son humanité, sa justice et ses hautes qualités de marin ont fait de lui un père bien plus qu'un maître, pour son équipage. Un jeune père, je vous le concède. Aussi, le péril où ses hommes le virent les exalta à tel point que tous, blessés ou non, retrouvant une nouvelle ardeur, se ruèrent avec rage à son secours, résolus, s'il le fallait, à se faire tuer jusqu'au dernier pour le délivrer.

« Il n'en fut pas besoin.

« Le capitaine sut se dégager tout seul du cercle dans lequel l'enserraient ses agresseurs.

« Son revolver déchargé ne pouvant plus lui servir, d'un coup de crosse il brisa le crâne du premier Malais qui encombrait son chemin ; puis, exécutant avec son sabre une série de moulinets qui eût fait honneur à un maître d'armes consommé, il s'ouvrit un passage à travers les autres et continua à courir droit au chef.

« Celui-ci, le voyant venir dans un élan furieux, s'entoura vivement le bras gauche d'une sorte de petit manteau de laine blanche qui lui couvrait les épaules. Cela fait, il l'attendit, prêt à le percer de son kriss dès qu'il serait à sa portée.

« En deux bonds le capitaine fut sur lui et l'aborda par une estocade à traverser un mur. Mais le chenapan était sur ses gardes. Il para adroitement le coup avec son bras autour duquel le manteau formait comme un épais matelas, puis, profitant de ce que M. Loïc, emporté par sa course, l'avait un peu dépassé et lui tournait presque le dos, il leva son arme et l'en frappa violemment à la nuque...

Ici, le narrateur fut interrompu par un cri perçant que venait de pousser Mlle de Kermor, qui, la figure décomposée, semblait sur le point de s'évanouir.

Depuis quelques minutes, déjà, Jean de Lavaur n'était plus seul à écouter le récit du lieutenant.

Yvonne et les deux vieilles dames y prêtaient aussi une oreille attentive et en suivaient avec intérêt toutes les péripéties.

La jeune fille, surtout, paraissait suspendue aux lèvres du conteur et à plusieurs reprises on eût pu la voir témoigner d'une vive admiration pour le courage que M. Tredern avait déployé, ou frémir de crainte à la pensée des dangers auxquels il s'était exposé.

Jusqu'alors, ces deux sentiments ne s'étaient traduits chez elle que d'une façon muette, soit par un rayon de fierté qui avait brillé dans ses yeux lorsqu'elle avait éprouvé le premier, soit par une pâleur soudaine qui s'était répandue sur ses traits, lorsqu'elle avait été sous l'empire du second.

Mais le lieutenant avait mis un tel feu à narrer la rencontre du capitaine et du chef, l'avait même mimée avec tant de vérité, que Mlle de Kermor, croyant voir l'arme du pirate plantée dans la nuque de M. Loïc et ce dernier rouler ensanglanté sur le sol, n'avait pu retenir le cri d'angoisse qui venait de jaillir du plus profond d'elle-même.

La marquise et la baronne, elles, moins impressionnables, et pour cause, s'étaient bornées à lancer un double : « Oh ! mon Dieu ! » indiquant l'émotion qu'elles éprouvaient.

— Rassurez-vous, mesdames, — s'empressa d'ajouter le conteur très flatté du succès obtenu. — M. Tredern, comme s'il eût pressenti le coup qu'allait lui porter le forban, s'était instinctivement baissé et le kriss, lui rasant seulement l'occiput, ne lui avait pas même fait, chance inouïe, la plus petite égratignure.

« Je dis : chance inouïe parce qu'en effet, si l'arme avait entamé la peau, même légèrement, c'en était fait du capitaine, le kriss du chef étant empoisonné au venin de crotale.

Un soupir de soulagement desserra les poitrines des trois femmes et le sang remonta aux joues décolorées d'Yvonne.

— Et alors ? — demanda Jean.

— Alors, — reprit le lieutenant, — M. Tredern, se retournant avec la promptitude de l'éclair, octroya à son homme, non encore revenu de sa surprise de l'avoir manqué, un coup de taille à toute volée qui l'atteignit au haut du crâne et lui fendit la tête jusqu'aux dents.

« A la vue de leur chef mort, les bandits ne tentèrent plus de résister et s'enfuirent dans toutes les directions.

« Mais on ne les laissa pas aller loin. Pouvant maintenant se servir de leurs fusils, nos marins les canardèrent comme des lièvres et les achevèrent tous, à l'exception de deux qui eurent la louable idée de se rendre.

« Après quoi, le feu fut allumé aux huttes, dans l'une desquelles on découvrit ce coffre, et on ruina complètement la *nangas*.

« Ce fut un des prisonniers qui nous traduisit l'inscription que vous voyez et nous apprit, en outre, que celui que venait de tuer M. Loïc était Coja-Acem en personne.

« La compagnie de débarquement revint à bord avec les deux pirates, qui étaient des Javanais. On les mit aux fers à fond de cale, en attendant que nous ayons prévenu les autorités de l'endroit d'avoir à venir s'en emparer.

« Mais les racailles, se doutant du châtiment qui leur était réservé, c'est-à-dire quelques aunes de corde avec un nœud coulant au bout, se firent justice eux-mêmes.

« Dans la journée, quand nous allâmes les visiter pour voir ce qu'ils devenaient, nous les trouvâmes morts tous les deux.

« Ils s'étaient, suivant la mode de leur pays, étouffés en s'introduisant la langue dans le larynx.

« Nous n'eûmes donc plus qu'à les envoyer rejoindre leurs camarades au fond de la mer.

XXV

INVITATION MAL ACCUEILLIE

Comme le lieutenant finissait de parler, M. de Kermor et le capitaine remontaient sur le port.

Tous deux s'approchèrent du groupe formé par le jeune de Lavaur et les dames.

L'armateur avait un air de vive satisfaction.

— Ma chère amie, — dit-il à sa femme, — vous me voyez enchanté de la cargaison que me ramène notre brave M. Tredern et je vous prie de lui faire vos remerciments comme je lui ai déjà fait les miens. La *Belle-Margot* revient bondée de richesses.

— Bien volontiers, — repartit la marquise; — je dois d'ailleurs le remercier non seulement pour la cargaison, mais encore pour ce qu'il nous a rapporté, à Yvonne et à moi.

« Tenez, voyez, — ajouta-t-elle en montrant les superbes étoffes amoncelées à ses pieds, — n'est-ce pas féerique?

— Certes! — approuva le marquis en admirant à son tour; — on ne peut rien voir de plus merveilleux; et vous allez sûrement rendre jalouses toutes les Brestoises, qui paraîtront avoir des loques auprès de vous.

« Mais quelle singulière caisse est-ce cela? — demanda-t-il en remarquant le coffre.

— Ah! voilà, — intervint la baronne de Lavaur, — si vous aviez entendu l'histoire qu'on vient de nous raconter, vous le sauriez.

— On vient de vous raconter une histoire?

Mme de Kermor souriait.

— Oui, oui, — répondit-elle, — et même une histoire qui nous a vivement captivés tous les quatre.

— Laquelle donc ?

— Celle du combat qu'a soutenu M. le capitaine contre les pirates dans la baie de Manaar.

— Ah ! oui, au fait. Eh bien ! puisqu'elle est si intéressante, je serai fort aise de la connaître aussi. Justement, j'ai fait promettre à M. Tredern de venir dîner avec nous. Il me la dira ce soir lui-même au moment du café; ce me sera une agréable distraction.

« A propos, — ajouta-t-il en s'adressant à Mme de Lavaur et à son fils, — madame la baronne et monsieur Jean voudront-ils bien nous faire l'honneur de s'asseoir également à notre table? Aujourd'hui c'est jour de fête et nous serons très heureux de leur présence.

— Nous acceptons avec grand plaisir, — répondit la baronne, — et je vous en remercie particulièrement pour mon jeune docteur qui, en sa qualité de fiancé d'Yvonne, ne saurait, dès à présent, être assez souvent près d'elle.

— Tiens, c'est vrai, — s'exclama l'armateur ingénument, — Jean est le fiancé d'Yvonne. Je l'avais, ma foi, oublié, bien que ma femme m'en ait encore parlé il y a une quinzaine de jours à peine. Que voulez-vous, les affaires m'absorbent tellement!... Mais, en ce cas, j'ai l'air d'un écervelé, et mon invitation était de rigueur, car c'est bien le moins que pour son jour d'arrivée j'offre à dîner à mon futur gendre.

En entendant le titre qui venait d'être donné à Jean, le capitaine eut une violente secousse et ses yeux se fixèrent durement sur ce dernier ; puis, se détournant peu après vers Mlle de Kermor, ils se voilèrent d'une expression de douleur intense.

La jeune fille paraissait aussi profondément affectée, et ses doigts se contractaient nerveusement sur un magnifique éventail de nacre dont ils froissaient les lames à les briser.

Quant à Jean, il avait le sourire sur les lèvres.

Depuis que cette nouvelle invitation avait été faite et acceptée, la marquise semblait pressée de partir.

— Puisqu'il en est ainsi, — dit-elle, — il me faut rentrer sur-le-champ à la maison. J'ai des ordres à donner pour que le dîner soit un peu moins simple que d'habitude, car deux jeunes gens comme M. Tredern et M. Jean ne se contenteraient certainement pas de notre modeste ordinaire. A leur âge on a bon appétit et je ne veux pas les laisser mourir de faim.

— Madame, — intervint le capitaine d'une voix légèrement altérée, — je vous prie de vouloir bien agréer toutes mes excuses ; il me sera impossible de me rendre ce soir à Kerguilhem... absolument impossible.

— Comment ! — s'exclama le marquis stupéfait, — vous venez de me promettre d'être des nôtres il n'y a pas cinq minutes ! Quelle idée vous prend donc, mon cher Loïc ?

— En vous faisant cette promesse, — repartit le jeune homme, — je n'avais pas songé que ma soirée allait être entièrement occupée par des affaires de service. Cela me revient seulement maintenant.

— Quelles affaires de service ? Je n'en vois pas, — répliqua l'armateur.

— Mais... voir M. Lavieuville, le capitaine de port... faire le relevé des colis qui composent la cargaison... me rendre compte si rien n'est avarié ou même perdu... puis passer l'inspection minutieuse de mon navire pour m'assurer que toutes ses parties sont en bon état. Cela me conduira au moins jusqu'à la nuit, peut-être même plus loin.

Le marquis le regardait avec une sorte d'ébahissement dans les yeux. Il ne pouvait en croire ses oreilles et se demandait sous l'empire de quelle influence le capitaine avait pu changer d'idée aussi brusquement.

— Ah çà ! vous plaisantez, mon ami ! — dit-il en faisant un pas vers lui. — A part votre visite à M. Lavieuville, n'avez-vous pas le temps de vous occuper de tout le reste demain ou après-demain ? Nous ne sommes pas à vingt-quatre ou quarante-huit heures près, je suppose ?

— C'est vrai, monsieur le marquis, cependant je préférerais m'en débarrasser tout de suite.

— Mais je m'y oppose formellement, mon cher Loïc. Aujourd'hui, vous n'avez plus rien à faire sur la *Belle-Margot*, si ce n'est à procéder à son complet amarrage, tant par sécurité que pour satisfaire aux exigences toutes naturelles du capitaine du port. Cela ne va pas vous tenir bien longtemps, j'imagine. Or, comme il est cinq heures, vous pouvez être libre à six et chez nous une demi-heure ou trois quarts d'heure plus tard.

M. Tredern était sombre et paraissait souffrir de cette insistance.

Très certainement une raison majeure et d'une gravité exceptionnelle devait être la cause de son refus.

Il dit :

— Permettez-moi de persévérer, monsieur, dans mon intention d'accomplir dès maintenant les devoirs que m'imposent les règlements. Il m'en coûterait beaucoup, je vous l'assure, d'en ajourner l'exécution.

L'armateur arpentait maintenant la dunette à grands pas. L'entêtement énigmatique de l'officier semblait le contrarier vivement.

— Du diable si je comprends votre changement de front subit ! — fit-il en s'arrêtant devant le capitaine. — Après avoir accepté avec joie de venir passer la soirée à Kerguilhem, voici à présent que vous refusez net en alléguant je ne sais quels prétextes !

Puis, se tournant vers ceux qui assistaient à cette altercation courtoise, il ajouta, en ouvrant ses bras comiquement comme s'il abandonnait la partie, à bout d'arguments :

— Voyons, mesdames, et vous, monsieur de Lavaur, tâchez donc de persuader M. Tredern qu'il nous appartient aujourd'hui et que ses affaires de service, comme il dit, ont tout le temps d'attendre.

L'ex-étudiant devinait parfaitement ce qui avait provoqué le revirement du capitaine. Ce dernier, et il eût agi de même à sa place, ne voulait pas se trouver en intimité, comme il l'eût été forcément à dîner, avec celui qu'il croyait être son rival.

Aussi, Jean pensa-t-il qu'il pourrait, mieux que tout autre, faire revenir M. Tredern sur sa décision.

Donc, prévenant la marquise et sa mère qui se disposaient à joindre leurs instances à celles de M. de Kermor, — Yvonne restant neutre, bien entendu, — il s'avança vers le jeune officier et lui dit :

— Monsieur, laissez-moi nous exprimer tout le regret que ces dames et moi éprouvons de votre refus. Nous espérions passer quelques heures charmantes en votre compagnie, et votre absence — je crois être l'interprète de tout le monde, en parlant ainsi — gâtera la petite fête que M. le marquis se proposait de nous donner. Moi, en particulier, j'en serai très sincèrement fâché, car je comptais profiter de cette occasion pour devenir un de vos amis.

— Vous, monsieur, vous vouliez devenir un de mes amis ? — repartit M. Tredern d'un ton où perçait un mélange de stupeur et de sourde colère.

— Oui, monsieur, moi ; et je me flattais même d'être sinon le meilleur, du moins un des meilleurs.

Puis, baissant la voix de manière à ce que le capitaine seul pût saisir ses paroles, Jean lui glissa rapidement :

— Il y a un malentendu entre nous, monsieur ; venez, je vous l'expliquerai.

En même temps il regarda M. Loïc d'un air significatif, comme pour lui faire comprendre qu'il avait quelque chose à lui confier secrètement.

Le capitaine répondit à ce regard par un autre qui chercha à pénétrer la pensée de Jean.

Celui-ci appuya ce qu'il venait de dire d'un petit signe de tête d'intelligence, puis reprit tout haut :

— Voyons, monsieur, accordez-nous votre soirée et nous vous en

Jean entama la conversation par ces quelques mots de compliment banal.

aurons un gré infini, M. de Kermor affirme que vous avez tout le temps de vous occuper des affaires dont vous parlez et il doit, je présume, être compétent en la matière.

— Oui, cédez, monsieur, cédez, — insistèrent les deux vieilles dames; — nous vous en serons vivement reconnaissantes.

M. Tredern hésita quelques secondes, puis ayant sans doute l'intuition

Liv. 28. — H. GEFFROY, édit. — Reproduction interdite.   28

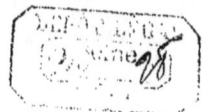

que de ce que devait lui dire Jean dépendait son bonheur, il sembla se rendre aux pressantes sollicitations qui lui étaient faites et répliqua, en se forçant de sourire :

— En présence d'une coalition aussi puissante, je vois qu'il m'est impossible de résister davantage et je me rends. Au surplus, je l'avoue, ce n'était que par excès de zèle que je tenais à me conformer, aujourd'hui même, aux règlements. Mais, puisque M. de Kermor consent à me libérer momentanément de ces corvées obligatoires, je ne demande pas mieux, en définitive, que de les renvoyer à demain.

— A la bonne heure ! — s'exclama l'armateur. — Franchement, mon ami, j'en étais à chercher quelle mouche vous avait piqué pour avoir changé d'idée aussi vite. Ainsi donc, cette fois c'est bien convenu, à ce soir, sans faute ?

— A sept heures au plus tard, je serai à Kerguilhem, je vous en donne ma parole.

— Bon, entendu. Nous vous attendrons.

— Est-ce que vous partez aussi, Henri ? — demanda la marquise à son mari.

— Oui, rien ne me retient plus ici. D'ailleurs, puisque vous voulez rentrer tout de suite, il faut bien que je vous reconduise dans le break. Un fiacre vous ramènerait je ne sais quand...

— C'est juste, nous arriverions pour le moins à la nuit tombante.

Sur ces mots, la petite troupe quitta la *Belle-Margot* et reprit le chemin de Kerguilhem qu'elle eut bientôt regagné.

XXVI

CONFIDENCES

Pendant que le marquis, retiré dans son cabinet, se livrait à des calculs compliqués pour évaluer les bénéfices qu'allait lui rapporter la cargaison de son navire, et que la marquise, secondée par Mme de Lavaur, s'occupait des préparatifs du dîner, Jean descendit au jardin avec Yvonne.

Le jeune docteur avait sollicité de Mlle de Kermor quelques minutes d'entretien et celle-ci n'avait pas cru devoir les lui refuser.

Quand ils furent assez éloignés de la maison pour qu'aucune oreille

indiscrète ne pût les entendre, Jean entama la conversation par ces quel
ques mots de compliment banal :

— Savez-vous, ma chère Yvonne, que je vous trouve adorablement
jolie et que...

— Est-ce pour me dire cela que vous avez désiré me parler? — interrompit sèchement la jeune fille.

— Oui, d'abord... et autre chose ensuite. Mais cela vous déplaît donc
que je vous fasse une pareille déclaration?

Mlle de Kermor ne répliqua pas, seulement elle fit une petite mine qui
signifiait : Oui, cela me déplaît.

— Cependant, — reprit Jean, jouant la surprise, — je ne sache pas
qu'il soit défendu à un fiancé de dire à sa fiancée qu'il la trouve jolie, —
adorablement même, je le répète, — surtout quand c'est l'expression de
la pure vérité.

— Fiancés! — répéta tout bas Yvonne avec un soupir douloureux, —
nous sommes fiancés!...

— Dame! il paraît... et je vois combien cela vous rend heureuse.

La fille de l'armateur regarda son camarade d'enfance pour voir s'il
ne raillait pas.

Celui-ci était sérieux comme un bonze.

Toutefois, elle crut distinguer dans ses yeux une imperceptible lueur
de malice qu'il s'efforçait de cacher.

— Et moi aussi, allez, cela me rend bien heureux, — continua-t-il en
poussant un soupir qui aurait pu servir d'écho à celui qu'avait laissé
échapper Mlle de Kermor.

« Ah! nous ferons à coup sûr un ménage modèle et jamais la moindre
discussion ne s'élèvera entre nous. Nous vivrons bien gentiment... chacun
de notre côté, ayant l'un et l'autre un appartement... particulier, le vôtre
situé à l'ouest, le mien situé à l'est, les deux points cardinaux opposés,
... Oh! oui, ce sera charmant.

— Qu'entendez-vous par là? Je ne vous comprends pas, — fit Mlle de
Kermor qui cherchait où voulait en venir le jeune homme.

— C'est pourtant bien simple. A l'ouest est la mer, à l'est est Paris.
Or, comme vous aurez souvent à regarder dans la direction de l'Océan et
moi dans celle de la capitale, il est assez juste que nous disposions nos
appartements en conséquence.

Yvonne se tourna vers Jean et le considéra bien en face, ses yeux
plongeant dans les siens, dont le pétillement malicieux s'accentuait d'une
façon visible.

— Voyons, parlons franchement, — dit-elle. — Il y a dans vos paroles un sens caché que je ne saisis pas bien. Quel est-il ?

L'ex-étudiant resta un moment silencieux, soutenant hardiment le regard de Mlle de Kermor; puis, se penchant à son oreille, il lui chuchota :

— Dites-moi, ma chère Yvonne, était-ce bien seulement pour voir de chatoyantes étoffes que vous étiez si impatiente de vous trouver sur la *Belle-Margot* ?

A cette question imprévue, le visage de la jeune fille devint pourpre et, sous le tissu léger de son corsage, son sein se prit à battre avec rapidité.

— Je... Je ne sais pas... ce que vous voulez dire... — balbutia-t-elle en se détournant pour ne pas laisser voir son embarras et cacher, autant que possible, l'angoisse qui l'étreignait à se voir devinée par le jeune homme.

— Vraiment ! Vous ne savez pas ? — répéta ce dernier. — En ce cas, je vais parler plus clairement !

Pour le coup, la pauvre petite Yvonne fut prise d'une véritable terreur.

— Oh ! non... non... taisez-vous !... — supplia-t-elle, — si on vous entendait !...

Et l'expression de sa physionomie décalait une telle épouvante que Jean ne put s'empêcher de sourire, car il lisait comme à livre ouvert dans le regard limpide de celle qu'on venait de lui donner comme fiancée, et ne doutait en rien de son angélique pureté.

Aussi voulut-il la rassurer en prenant un ton de familiarité badine.

— Ah ! vous voyez bien que vous savez ce que je veux dire, mademoiselle la cachottière, — murmura-t-il en faisant une moue comique.

Les paupières aux cils soyeux de la jeune fille voilèrent l'éclat de ses prunelles tandis qu'elle soupirait :

— Mon Dieu ! comment avez-vous pu pénétrer ce secret... que je croyais si profondément enfoui en moi...?

— Il aurait fallu que j'eusse un bandeau sur les yeux pour ne pas le surprendre.

— Mais, alors, tout le monde a pu comme vous ? — exclama Mlle de Kermor.

— Non, rassurez-vous; moi seul, j'ai tout lieu de le penser, ai dû faire cette découverte... que j'avais intérêt à faire et qui m'a comblé de joie.

Yvonne releva sur lui ses yeux candides.

Ils marquaient la surprise et disaient assez qu'elle cherchait à deviner ce que signifiaient ces paroles, sans pouvoir y parvenir.

Jean reprit :

— Je dis : qui m'a comblé de joie, car j'avais une peur terrible que vous ne vinssiez à m'aimer.

Et comme le regard de sa fiancée restait toujours interrogateur, son cerveau encore troublé par l'émotion se refusant à trouver le mot de cette charade, il acheva, sans ambiguité, cette fois, s'expliquant catégoriquement :

— Oui, j'avais cette crainte qui me causait une cruelle anxiété et j'eusse été le plus malheureux des hommes s'il en eût été ainsi, attendu que je me fusse vu obligé de repousser votre amour... quoique vous soyez bien jolie, je vous le dis encore.

— Vous ne tenez donc pas à **être** mon mari ? — s'écria la jeune fille avec une intonation joyeuse.

— Pas plus que vous à être ma femme.

— Vrai, bien vrai ? — fit Yvonne dont les traits s'irradièrent.

— Je vous le jure.

— Oh ! comme je suis contente, mon cher Jean... oui, bien contente. Si vous saviez, de mon côté, combien j'appréhendais que vous ne vous prissiez d'une belle passion pour moi. C'était là mon souci continuel, depuis qu'on m'avait parlé de ce mariage entre nous deux, car bien entendu je n'aurais jamais pu non plus y répondre.

— Évidemment. Mais vous ne me demandez pas pourquoi je ne puis vous aimer ?

— Pourquoi ?... Attendez, — dit Mlle de Kermor qui examina un instant la physionomie de Jean. — Ah ! j'y suis !... — fit-elle en remarquant la lueur de tendresse que le souvenir de Denise mettait dans les yeux du jeune homme. — Vous aussi, aimez ailleurs ?

Celui-ci fit un signe affirmatif.

— Là-bas à Paris, sans doute ?

— Oui, répondit Jean.

— Et elle, vous aime-t-elle ?

— Autant que je l'aime.

— Est-elle belle ?

Cette question, bien digne d'une fille d'Ève, fit sourire l'ancien lion du boulevard Saint-Michel.

— Belle et bonne, — fit-il, — plus qu'un ange de Dieu !

— Qui est-ce ?

— Une pauvre petite ouvrière.

— Une ouvrière ? — observa Yvonne avec surprise.

— Oui, mais une ouvrière qui est bien au-dessus de sa condition.

Et le jeune homme raconta à Mlle de Kermor l'histoire de Denise et comment il l'avait connue, en se gardant, toutefois, afin de ne pas blesser la pudeur de la jeune fille, de lui parler de l'intimité dans laquelle il avait vécu avec elle, non plus que de la petite Jeanne.

— Mme de Lavaur ignore cette liaison, je présume?

— Non, elle la connaît.

— Elle la connaît et elle veut vous marier avec moi ? — fit Yvonne qui parut froissée de ce qu'elle apprenait.

— Ma mère a une excuse, — dit Jean. — Elle est convaincue que mon amour pour Denise n'est qu'un simple caprice, une de ces amourettes sans conséquence ainsi qu'en ont tous les jeunes gens, et qui ne doivent influer en rien sur le côté sérieux de la vie.

— Vous ne l'avez donc pas détrompée?

— J'ai tout fait pour cela, mais vainement, hélas ! Cependant, j'espère y parvenir. C'est même dans cette intention que je suis venu à Kerdaniou, car, jusqu'alors, je ne lui ai parlé de la pauvre enfant que dans les lettres que je lui adressais de Paris.

— Et en attendant vous êtes mon fiancé, — exclama la jeune fille, riant tout à la fois de sa belle peur passée et de la situation qui leur était faite.

— Hélas, oui ! — répondit Jean avec une affliction mi-plaisante, misérieuse. — Ma mère tient absolument à ce que je vous épouse. C'est terrible ! Heureusement que vous ne voulez pas de moi, ce qui me donne déjà une chance de réussite pour lui faire abandonner cette funeste idée.

« Au fait, j'y songe, si, afin de la désabuser plus vite vous preniez sur vous de lui dire que je ne vous conviens pas comme mari?

— Oh! je n'oserais jamais.

— Alors, faites-en part à Mme votre mère qui le redira à la mienne.

— Non plus... Ma mère, comme la vôtre, s'est mise en tête que nous devions être époux et, jusqu'à nouvel ordre, je ne puis moi-même lui enlever cette illusion; cela m'amènerait à des explications embarrassantes.

— Pourtant, puisque ce mariage ne doit jamais avoir lieu, il vaudrait mieux que nos parents sussent tout de suite à quoi s'en tenir à ce sujet.

— Eh bien! faites la confidence à ma mère, vous, mon cher Jean.

— Vous n'y pensez pas, Yvonne, ce serait d'une inconvenance sans pareille.

— C'est vrai, — fit la jeune fille. — Mais alors que faire?

— Oui, que faire?

— Attendons: peut-être le hasard viendra-t-il à notre aide. D'ailleurs, vous me dites que vous espérez ouvrir les yeux à Mme de Lavaur. Si cela était, la solution du problème serait toute trouvée.

— En effet; seulement je ne sais pas au juste quand j'y parviendrai.

— Nous avons le temps.

— Parlez pour vous, ma chère Yvonne, moi je ne l'ai guère, — répliqua Jean en songeant que Denise allait compter les heures pendant son absence. — Et je voudrais bien savoir si M. Tredern n'est pas quelque peu pressé aussi, lui.

Au nom du capitaine de la *Belle-Margot*, les joues de Mlle de Kermor se colorèrent de nouveau.

— Pressé de quoi? — demanda-t-elle naïvement.

— Comment, de quoi? De vous épouser, parbleu!

— Oh! qui sait lorsque nous pourrons nous unir? — dit tristement la jeune fille.

— Quel empêchement y aura-t-il donc, une fois notre mariage rompu?

— Un grand : M. Tredern est pauvre.

— Qu'est-ce que cela fait, vous êtes riche, vous?

— Raison de plus.

— Ah!

— Oui, ma fortune lui fait peur.

— Je comprends. Il craindrait qu'on ne crût qu'il vous épouse par intérêt.

— Justement.

— Mais, en ce cas, vous pouvez rester longtemps tous les deux à l'état de soupirants.

— Hélas! c'est à craindre... et il y a déjà deux ans que nous nous aimons, car je l'ai connu quand j'étais encore au couvent.

— Tiens, tiens, voyez-vous cela, mademoiselle, — fit Jean avec un petit rire malicieux. — Eh bien! c'est du joli ce que vous m'apprenez là. — Et comment cela s'est-il fait, je vous prie... Car, — ajouta-t-il en tenant difficilement son sérieux, — ma condition de fiancé officiellement agréé me donne le droit de tout savoir. Il n'y avait donc pas de murs à ce couvent?

— Si, il y en avait — de très hauts, même — et cela s'est fait de la façon la plus simple du monde. M. Tredern venait tout bonnement voir sa sœur qui y était pensionnaire aussi et avec laquelle j'étais amie intime. Comme j'assistais presque toujours aux entrevues qu'ils avaient ensemble nous nous voyions souvent... et nous nous sommes aimés.

— Vous vous l'êtes dit, je pense?

— Quand il rendait visite à Madeleine, — continua Mlle de Kermor sans répondre directement, — c'est le nom de sa sœur, — on lui permettait par faveur spéciale de se promener avec elle dans les allées du jardin. Moi je les accompagnais. Un jour, nous nous fîmes l'aveu de notre penchant. Je lui dis alors que je n'avais plus que peu de temps à rester au couvent et qu'il pouvait, dès maintenant, demander ma main à mon père. J'ignorais encore, bien entendu, que nous fussions fiancés tous deux, mon cher Jean, sans quoi...

— Sans quoi? — répéta le jeune homme.

— Sans quoi c'eût été identiquement la même chose, monsieur le grand fat! — déclara Yvonne en pinçant les lèvres, avec une douce ironie.

— Il me répondit que cela lui était malheureusement impossible, attendu qu'il ne possédait aucune fortune. Je lui fis observer que j'étais riche, moi, et que, par conséquent, peu importait qu'il fût pauvre. Il ne voulut pas se rendre à cette raison, alléguant, comme vous venez de le dire vous-même, que sa recherche serait prise par tous en mauvaise part et qu'on verrait en lui un monsieur intéressé cherchant à faire du mariage une assez profitable spéculation.

— Cela indique une grande élévation de cœur et d'esprit, — fit remarquer Jean.

— N'est-ce pas? D'ailleurs, c'est le plus noble caractère qu'on puisse voir, et quand vous le connaîtrez, car j'espère que vous nouerez un jour ou l'autre des relations ensemble...

— Je l'espère aussi... et pas plus tard que ce soir même, — ajouta le jeune homme.

— ... Eh bien! vous serez absolument de mon avis.

— Je n'en doute pas. Mais monsieur votre père ne disait-il pas, cette après-midi, que le commandant de la *Belle-Margot* était auparavant officier dans l'infanterie de marine?

— Oui, en effet.

— Et d'où vient qu'il a quitté cette arme?

— De ce qu'il n'y avait aucune chance d'améliorer sa situation au point de vue pécuniaire. Alors, il a donné sa démission et est venu demander à mon père de vouloir bien lui confier le commandement d'un de ses navires.

— Il s'entendait donc à la navigation?

— Parfaitement. C'est le fils d'un ancien maître au cabotage et il avait fait, étant jeune, toutes ses études maritimes.

— Pourquoi, en ce cas, n'était-il pas marin?

Yvonne de Kermor se recueillit un instant et répliqua :

— M. Tredern père, — mort aujourd'hui, — avait déjà perdu à la mer ses deux fils aînés, engagés dans la marine de l'État, lorsque M. Loïc,

Curieusement elle s'approcha pour voir ce que c'était.

son cadet, atteignit l'âge d'embrasser une carrière. Redoutant de le
perdre comme les autres, le brave homme, d'ailleurs un peu revenu des
illusions de la jeunesse, s'opposa formellement à ce qu'il entrât dans la
marine. Loïc, lui, voulait à toute force servir son pays. Il supplia son
père tant et tant que celui-ci consentit enfin à le laisser s'engager dans
l'infanterie de marine. C'était la dernière concession qu'il pouvait faire à

ses propres répulsions, car ce corps d'élite, dans lequel M. Loïc a conquis
les galons de lieutenant, grâce à son mérite, n'appartient, à proprement
parler, ni à la flotte, ni à l'armée de terre et forme un corps mixte de combattants coloniaux.

— Et M. de Kermor lui a accordé ce qu'il demandait? demanda
Jean.

— Quelle raison aurait-il eue pour lui refuser?

— Dame !... commander une compagnie ou guider un navire cela me
semble être deux métiers bien différents l'un de l'autre.

— C'est vrai. Aussi mon père s'assura-t-il tout d'abord qu'il n'avait
oublié aucune des leçons pratiques du vieux maître au cabotage, et reconnaissant sans peine qu'il avait d'excellentes capacités, il lui confia, pour
commencer, la conduite d'un petit caboteur habitué à faire escale dans
toutes les villes côtières entre Brest et Bordeaux ; puis, comme il prouva
qu'il était apte à en commander un plus important, il le nomma capitaine
de *la Belle-Margot* qui fait le service des Indes.

— Mais il espère donc gagner une fortune dans son nouveau métier?
— interrogea encore le jeune homme que ces confidences commençaient
à intéresser très sérieusement.

Mlle de Kermor secoua affirmativement la tête et expliqua :

— Sinon une fortune, tout au moins assez d'argent pour ne pas avoir
l'air de m'épouser par calcul.

« Sa façon de procéder est bien simple.

« Tout en faisant le négoce pour mon père il le fait aussi pour lui et,
à chaque voyage, il achète, de ses propres deniers, des marchandises qu'il
revend ensuite dans les différents ports de mer où le navire relâche pour
s'approvisionner de combustibles ou de vivres, car il veut laisser ignorer
ce commerce à Brest.

« Depuis dix-huit mois qu'il se rend aux Indes trois fois par an, il a pu
déjà réaliser de la sorte quelques gains assez élevés. Mais ces gains sont
encore loin de constituer la somme qu'il veut posséder avant de me
demander en mariage... et le temps me semble long...

— Je le conçois, — dit Jean.

— D'autant plus long, qu'il m'a bien fait promettre de taire notre
amour à mes parents, tant qu'il ne serait pas en mesure de faire sa
demande. C'est pourquoi, ainsi que je vous le disais tout à l'heure, je ne
puis, m i, provoquer la rupture de notre union, à nous deux, de crainte
que ma mère n'en vienne à soupçonner cet amour ; ce dont M. Loïc serait
très fâché, certainement.

A cet instant, les deux jeunes gens aperçurent Mme de Lavaur et la marquise, qui d'une fenêtre du rez-de-chaussée les regardaient avec un bon sourire sur les lèvres.

Tout en se promenant, Jean et Yvonne se rapprochèrent d'elles.

— Eh bien ! mes enfants, leur demanda Mme de Kermor, — faites-vous de beaux projets pour l'avenir ?

— De superbes, madame, — répondit le jeune homme.

— De merveilleux, maman, — renchérit Yvonne.

— Ils ont réellement été créés l'un pour l'autre, — dit la baronne à la marquise d'une voix attendrie.

— C'est vrai, approuva cette dernière, — et il serait difficile de trouver un couple mieux assorti. Leur bonheur se lit dans leurs yeux.

— Le fait est que nous sommes très heureux, — repartit Jean ; — nous venons de nous faire des confidences qui nous ont ravis d'aise chacun.

Mme de Lavaur les menaça d'un geste caressant et dit en attirant la marquise à l'intérieur de la pièce :

— Cela se voit. Mais que nous n'interrompions pas votre agréable causerie ; vous devez avoir encore bien des choses à vous dire et nous nous en voudrions de vous prendre d'aussi précieux instants.

Les deux dames disparurent alors de la fenêtre et les jeunes gens reprirent leur promenade en même temps que leur entretien.

Un peu avant sept heures, arriva M. Tredern.

En franchissant la grille de la propriété, la première chose qu'il vit fut Jean et Yvonne assis sur un banc l'un près de l'autre dans la pénombre d'un bosquet. Ils paraissaient plongés dans une conversation des plus intéressantes.

La joie rayonnait sur leur visage. On eût dit deux amoureux en train de s'avouer leur tendresse mutuelle.

Le capitaine devint tout pâle et demeura un moment sur place à examiner les deux causeurs.

Comme ceux-ci lui tournaient le dos et ne se doutaient point de sa présence, ils continuaient paisiblement de s'entretenir en toute familiarité et en tout abandon.

M. Tredern s'avança vers eux.

Il semblait souffrir horriblement.

Parvenu à peu de distance du banc sur lequel ils étaient assis, le bruit de ses pas les fit se retourner vers lui.

A sa vue, Yvonne poussa un petit cri de surprise, lui sourit gentiment, puis, légère comme une gazelle, s'éloigna dans la direction de la maison.

Les deux hommes restèrent face à face.

— Est-ce donc pour me rendre témoin de votre bonheur, monsieur, que vous m'avez dit de venir ce soir ici? — demanda le capitaine au jeune homme, d'une voix où l'on sentait une irritation contenue.

— Oui, monsieur... et de celui de Mlle Yvonne aussi... — répondit Jean avec aplomb.

— C'est là, monsieur, une amère raillerie; et si ce n'était par respect pour le lieu où nous sommes, je vous en demanderais raison sur-le-champ.

— Ce n'est pas une raillerie, capitaine, je vous le jure. Rien n'est au contraire plus sérieux que ce que je dis, et d'une chose aussi naturelle vous auriez grand tort de prendre ombrage.

Profondément blessé dans ce qu'il avait de plus cher au monde, l'officier se maîtrisait à grand'peine et sa main écrasait nerveusement le tronc flexible d'un sorbier nain qui, cependant, n'était pour rien dans l'affaire.

— Je suis peu habile à déchiffrer les énigmes, monsieur, — fit-il en contenant l'éclat de sa voix. — Veuillez donc, je vous prie, m'expliquer celle-ci, sans quoi je sors immédiatement de cette demeure en vous invitant à m'adresser deux de vos amis avec lesquels je mettrai deux des miens en rapport.

— Je compte bien que vous resterez avec nous, monsieur Tredern, et même qu'au dîner nous choquerons notre verre ensemble, comme deux bons amis que nous serons devenus.

— A vos fiançailles avec Mlle de Kermor, peut-être? — demanda le capitaine d'un ton quasi-menaçant et les yeux enflammés de colère.

— Non, monsieur... aux vôtres, — répliqua Jean.

Et, prenant le commandant de la *Belle-Margot* par le bras, l'ex-étudiant recommença avec lui la promenade qu'il venait de faire avec Yvonne.

Cinq minutes après, Loïc Tredern, ivre de joie, serrait à les briser les mains du jeune docteur, et se retenait pour ne pas lui sauter au cou.

Il ne parlait plus de s'en aller.

XXVII

UNE MACHINATION PEU HONORABLE

Jean de Lavaur était à Kerdaniou depuis près de deux semaines et il n'avait pas encore écrit à Denise.

La raison de ce silence envers elle, était qu'il ne savait vraiment que lui dire, les choses ayant tourné tout autrement qu'il ne l'espérait.

Elle était loin, la belle résolution prise par lui à son départ de Paris, de brûler ses vaisseaux coûte que coûte ; car nous savons déjà qu'en fils respectueux, il perdait la meilleure partie de ses moyens dès qu'il s'agissait de contrecarrer les volontés de la baronne. Il préférait donc atermoyer, attendre l'occasion favorable pour faire son entière confession.

A parler franc, étant donné le caractère entier, despotique, buté de la châtelaine de Kerdaniou, cette attitude était la plus sage, un mot maladroitement dit ne pouvant être qu'une étincelle de discorde entre la veuve du baron de Lavaur et son fils.

Et, à aucun prix, Jean n'eût voulu se voir en guerre ouverte avec sa mère ; cela lui eût causé un bien trop grand chagrin et, d'ailleurs, eût été la perte irrémissible de sa cause.

Son cœur partagé entre ces deux amours : l'amour filial et l'amour de Denise, lui conseillait, au contraire, d'agir diplomatiquement pour assurer son bonheur en rapprochant la petite Parisienne, la pauvre ouvrière laborieuse, de la vieille Bretonne qui se cantonnait avec entêtement dans sa noblesse de parvenue.

Cependant, les jours passant et rien ne venant modifier sa situation vis-à-vis de cette dernière, — car le moment propice qu'il attendait pour lui avouer la vérité ne se présentait toujours pas, — il comprit qu'il ne pouvait laisser plus longtemps sa maîtresse sans lui donner de ses nouvelles.

Un matin donc, profitant de ce que la baronne était allée visiter aux environs de Larchantel un pâtis qu'elle avait dessein d'acheter et certain, ainsi, de ne pas être surpris par elle, il se mit à écrire à l'ouvrière une lettre dans laquelle il lui disait que, eu égard à des circonstances indépendantes de sa volonté, il n'avait pas encore pu obtenir le consentement de sa mère, mais que cela ne pouvant tarder, elle ne devait avoir aucune inquiétude à ce sujet ; leur mariage, — affirmait-il, — n'était simplement qu'une question de temps.

Ensuite, il lui marquait son chagrin d'être éloigné d'elle et de la petite Jeanne et lui faisait mille protestations de tendresse, en lui assurant que jamais il ne l'avait tant aimée que depuis qu'il en était séparé.

Puis, pour terminer, il lui recommandait, dans le cas où elle voudrait lui répondre, d'adresser sa lettre à Recouvrance, bureau restant, et non chez sa mère, ayant, disait-il, des motifs très sérieux pour qu'on ignorât leur correspondance à Kerdaniou.

Sa missive achevée et mise sous enveloppe, il la plaça dans une des poches intérieures de son vêtement et se disposa à aller la porter lui-même à la poste.

Il avait endossé ce jour-là, pour la première fois depuis son arrivée au château, le fameux costume de velours gris à côtes dont il avait eu un moment l'idée de s'affubler pour se rendre chez les Kermor avec la baronne.

Ce costume était encore en assez bon état, mais il avait un défaut capital que le jeune homme sans doute avait oublié : toutes les poches en étaient plus ou moins trouées et ne pouvaient guère servir que de passage aux objets qu'elles étaient chargées de recéler.

Celle dans laquelle Jean avait mis la lettre étant précisément l'une des moins pourvues de fond, il en advint que, à peine y fut-elle insérée, l'épître glissa par l'hiatus qu'elle présentait dans le bas et, obéissant aux lois de la pesanteur, tomba aussitôt sur le tapis sans que l'ex-étudiant s'en aperçût.

Un instant après le jeune homme quitta sa chambre, sortit du château et prit allègrement le chemin de Recouvrance où était le bureau de poste.

Il y avait une demi-heure qu'il était parti quand Mᵐᵉ de Lavaur rentra.

Elle était toute joyeuse. Le pâtis qu'elle avait été visiter à Larchantel lui convenait d'autant plus qu'il était très généreusement ombragé par des pommiers dont la récolte lui permettrait de faire du cidre ; et vu la gêne du vendeur, elle comptait l'avoir presque pour rien.

Impatiente d'apprendre à son fils le résultat de sa course matinale, elle monta incontinent à sa chambre où elle croyait le trouver.

Ayant constaté qu'il n'y était pas, elle s'apprêtait à redescendre, un peu désappointée, lorsque, du seuil où elle se tenait, elle remarqua, faisant tache blanche sur le fond sombre du tapis, près de la table de travail de Jean, un petit carré de papier où il lui parut y avoir de l'écriture.

Curieusement, elle s'approcha pour voir ce que c'était et, reconnaissant une lettre la ramassa en jetant machinalement les yeux sur la suscription, laquelle portait :

« Mademoiselle Denise Briant, rue Saint-Jacques, nᵒ 178, Paris. »

— Comment ! — s'écria la baronne après avoir lu, — Jean est encore en relations avec cette fille? A quel propos donc, puisqu'il en a fini avec elle? Voilà qui est singulier, par exemple.

Puis, prise d'une crainte, elle ajouta :

— Je gagerais que, malgré leur rupture, la mâtine trouve encore moyen de lui soutirer de l'argent. Ah ! mais, c'est que je ne veux pas de cela, moi, et je vais y mettre bon ordre.

Elle soupesa la lettre, la retourna en tous sens, chercha à voir en transparence si elle ne contenait pas quelques billets de banque, mais ne découvrit rien qui, extérieurement, pût l'éclairer sur ce qu'elle voulait savoir.

Alors elle trépigna d'impatience; cette enveloppe lui brûlait les doigts, le démon de la curiosité chauffait son cerveau.

— Une mère a des droits! — prononça-t-elle intérieurement comme pour se stimuler.

Elle venait de prendre le parti de l'ouvrir.

L'enveloppe n'était fermée que par un pain à cacheter dont la pâte n'était pas encore tout à fait sèche.

Il ne vint même pas à la pensée de Mme de Lavaur qu'elle allait violer un secret d'autant plus sacré qu'il était moins protégé.

Avec une grande habileté, en s'aidant d'une épingle à cheveux, elle parvint à détacher, sans produire aucune déchirure ni aucun froissement, les deux parties de l'enveloppe qui adhéraient ensemble, puis s'empara de la lettre dont elle prit connaissance.

La foudre tombant à ses pieds ne lui eût pas causé un effet plus terrifiant que ce qui venait de lui être révélé.

Elle demeura un moment comme pétrifiée, semblant prête à s'écrouler sous le coup de massue qu'elle recevait.

Car c'était l'effondrement de tous ses projets, l'anéantissement de toutes ses espérances... et aussi une situation terrible vis-à-vis des Kermor, qui se croiraient, à bon droit, cruellement offensés de la ridicule comédie qu'on avait jouée devant eux et dont on la supposerait complice.

— Ah! le malheureux! finit-elle par s'écrier quand elle fut sortie de sa stupeur, — m'avoir ainsi trompée... s'être ainsi raillé de moi sans pitié... Eh quoi! non seulement il n'a pas rompu avec cette gourgaudine, selon l'ordre que je lui en avais donné, mais de plus, malgré ma défense, il a osé revenir à Kerdaniou... Et dans quel but encore? Pour m'arracher le consentement de se marier avec elle... Oh! c'est infâme!... et l'audacieuse comédie dans laquelle il me fait jouer un rôle aussi ridicule ne peut se prolonger... Il ne va pas rester un instant de plus ici... Mon devoir est de le chasser impitoyablement, de le renvoyer à sa créature... Je ne veux plus le voir... jamais... jamais... ce n'est plus mon fils... je le renie et dès cet instant il n'existe plus pour moi.

Elle reprit un moment haleine puis continua:

— L'infâme coquine, comme elle a su l'ensorceler... jusqu'à lui faire croire qu'elle lui avait donné un enfant... car il est peu probable que cette petite soit de lui... ou, du moins, de lui seul... Sait-on jamais à quoi s'en tenir avec ces femmes-là?... Et dire qu'il en a accepté bonnement la paternité, sans l'ombre d'un soupçon!... Quel triple sot... Mais tant pis pour lui; je ne chercherai même pas à lui montrer sa bêtise... Puisqu'il est féru à ce point de cette donzelle, qu'il aille vivre avec elle..., ce sera sa punition... Quant à avoir désormais la moindre chose de moi, qu'il n'y compte pas... je ne lui donnerai plus un centime... non, plus rien... rien... rien!... Il m'a déjà assez coûté!...

Ayant ainsi exhalé son indignation, la baronne de Lavaur s'affaissa accablée sur un siège, en proie aux plus sombres pensées.

Sa décision était irrévocable.

Dès le retour de son fils, elle allait lui signifier d'avoir à quitter Kerdaniou sur-le-champ et de n'y jamais reparaître.

Peu à peu, cependant, ses nerfs venant à se calmer, et son esprit n'étant plus perturbé par la colère, elle se mit à réfléchir froidement à la situation qu'allait créer le départ de Jean du château.

C'était parfait de le renvoyer à Paris et de le rendre à ses amours clandestines; par contre, était-ce d'une bonne politique?

Quel scandale n'allait-il pas en résulter dans le pays? Car sans aucun doute, le motif de cette nouvelle séparation de la mère et du fils se saurait, s'ébruiterait; et, en passant de l'un à l'autre, grossirait à la taille d'un événement, quelque précaution qu'elle pût prendre pour étouffer l'affaire.

Elle connaissait assez ses compatriotes pour se défier de l'agilité de leurs langues et savoir que leurs oreilles s'ouvriraient avidement au premier écho de la médisance.

Puis comment s'en tirerait-elle avec les Kermor? Cela l'embarrassait fort.

Elle se demanda alors s'il n'y avait pas mieux à faire que de chasser Jean.

Pourquoi, par exemple, puisqu'elle l'avait sous la main, n'essaierait-elle pas de le sortir de l'ornière où il était?

Bien entendu, l'ornière, c'était Denise.

Elle était adroite, rusée, se savait un grand ascendant sur son fils qui jamais ne s'était départi du plus affectueux respect à son égard; peut-être réussirait-elle à lui faire oublier l'ouvrière.

Si elle échouait, il serait toujours temps d'en arriver à son renvoi.

Mme de Lavaur médita longuement sur la chose; et, après avoir pesé le pour et le contre de la détermination qu'elle allait prendre, elle finit par abandonner sa première idée et se résolut à garder le jeune homme près d'elle.

— Oui, c'est cela, — se dit-elle, en résumant par ces mots un plan qu'elle venait d'élaborer, — il va rester ici sous ma surveillance constante,

Jean mettait la main dans sa poche pour y prendre la missive.

et par tous les moyens dont je pourrai disposer je m'efforcerai de lui arracher le souvenir de cette Denise de malheur.

L'éloignement où il en est me sera déjà un puissant auxiliaire et aussi l'absence de toute correspondance avec elle, car je vais faire en sorte qu'ils ne puissent s'écrire, sans quoi mes efforts seraient entièrement annihilés.

Toutefois, comme il est bon de lui laisser ignorer que j'ai surpris sa fourberie à mon égard, je vais replacer cette lettre où elle était.

Par quel hasard se trouve-t-elle là ? Je n'en sais rien et peu m'importe. L'essentiel est qu'elle soit tombée entre mes mains.

La châtelaine de Kerdaniou réintégra alors l'épître dans l'enveloppe, recacheta celle-ci avec le même soin qu'elle avait pris pour en surprendre le secret et reposa le tout sur le tapis près de l'un des pieds de la table.

Cela fait, satisfaite de pouvoir marcher vers un but dont la réussite concilierait tout, elle regagna ses appartements où, sans perdre un instant, elle fit appeler Mahurec, ce vieux domestique qui cumulait au château les fonctions de cocher et de jardinier.

Le bonhomme ne tarda pas à être introduit en sa présence et, après, s'être découvert, il tira gravement sur une mèche de ses longs cheveux, ce qui est le salut par excellence des braves gens de la Basse-Bretagne.

— Dis-moi, Mahurec, — lui demanda sa maîtresse, — ton neveu Joël est toujours employé au bureau de poste de Recouvrance, je crois?

— Que oui, m'ame la baronne, — répondit celui-ci en pétrissant de ses deux mains son bonnet de grosse laine pour se donner une contenance.

— De quoi y est-il chargé, au juste ?

— Du départ des lettres pour Paris et de la réception d'celles qui en viennent.

— Cela tombe bien et il pourra aisément me rendre un service.

— Pour sûr, il n'demand'ra pas mieux, m'ame la baronne. V'n'avez qu'à dire c'que vous voulez et le fera sans mentir. N'a pas oublié qu'il est vot... obligé.

— Mon obligé? — répéta Mme de Lavaur avec quelque surprise.

— Pour vrai, not'dame. Vous n'vous souv'nez donc plus 'd'la pièce éd'dix francs?

— Ma foi, pas le moins du monde. De quelle pièce de dix francs veux-tu parler?

— D'celle qui s'a égarée un jour qu'il vous apportait d'l'argent d'chez vot'notaire, Maît' Grivel, où y s'trouvait alors saute-ruisseau ; car n'est entré à la poste qu'l'année dernière.

— Ah! oui... je crois me rappeler.

— Était assez désolé, l'pauv' gars; poursuivit Mahurec dont la langue commençait à se délier. — Et craignait ben d'êt'accusé d'vol, arrêté, prisonné ! Enfin, tout l'tremblement. Aussi, c'qu'il a sauté d'joie quand v's'avez dit comme ça, approchant : « J'sais ben qu't'es n'un n'honnête p'tit gars, Joël, et n'crois point en rien ni brin qu't'as pu m'voler d'dix francs.

« Quoiqu'ça, n'ayant ni moyen d'les perdre, faut qu'tu m'les rendes. »
Et le p'tiot n'était bien, marri, not'dame, ah! pour sûr! car n'les avait
point d'avec lui ni d'autrement... Mais v's'avez ajouté par ainsi : « Donc,
toutes et toutes les p'tites sommes qu'tu r'cevras pour tes courses chez
les clients d'ton patron, tu m'les r'mettras jusqu'à perfection d'la pièce. »
Et c'était ben honnête d'vot' part, m'ame la baronne... Joël a donc fait
comme ça et s'est r'acquitté en longtemps par sous, par brins, par
mailles...

— C'est vrai, et quoique j'aie attendu six mois avant d'être rem-
boursée intégralement, je ne lui ai jamais adressé le moindre reproche,
approuva la châtelaine en laquelle, — comme nous le prouve cette aventure, — reparaissait la fille Choquart dès qu'il s'agissait d'une question
d'intérêt, si minime qu'elle fût.

— V's'a toujours grande obligation d'la chose, fit le vieux serviteur
qui semblait comprendre la magnanimité de sa maîtresse; — et n'se
r'fusera pas à vous rendre c'service.

— Je l'espère bien, mon ami. D'ailleurs, ce que je lui demande est peu
de chose. Voici. Pour des raisons qu'il est inutile de t'expliquer, je ne
veux pas que mon fils écrive à une certaine demoiselle qui réside à Paris.
En conséquence, chaque fois que Joël, en faisant son tri, trouvera une
lettre adressée à une demoiselle dont je vais te donner le nom et l'adresse,
il l'apportera ici et sans en rien dire à qui que ce soit, tu entends : à qui
que ce soit.

— Bien, m'ame la baronne.

— En outre, — continua Mme de Lavaur, — comme il se pourrait que
cette personne, lui écrivît, elle, de Paris, chaque fois aussi qu'il arrivera à
Recouvrance une lettre pour Joan, Joël me la remettra également. Tu vois
que c'est peu compliqué.

— Oh! dame oui, m'ame la baronne, très simple, sans mentir!

— Et pour tenir en éveil l'attention de ton neveu, je lui promets vingt
sous par lettre qu'il m'apportera.

— Oh! m'ame la baronne, c'est inutile d'le payer.

— Si, toute peine mérite salaire; et quoique vingt sous soient une
somme, je n'hésite pas à faire ce sacrifice.

— Comme m'ame la baronne voudra. Et quand que j'dois aller pré-
v'nir Joël d'la chose?

— A l'instant. Il faut qu'il soit averti le plus tôt possible. Naturellement tu lui diras cela en secret; nul autre que lui ne doit être dans la
confidence.

— J'sommes point tant si niais qu'j'en avons l'air, not'dame; j'lui glisserai ça dans l'tuyau d'l'oreille, par après l'avoir fait sortir du bureau.

— C'est cela. Allons va vite. Tiens, voici le nom et l'adresse de la personne dont il s'agit, dit Mme de Lavaur en donnant à Mahurec un papier sur lequel elle avait transcrit la suscription de la lettre de Jean à Denise.

— Et pour te récompenser, — ajouta-t-elle, — tu iras en revenant te tirer un demi-pichet de cidre fort.

Le bonhomme, stimulé par cette générosité à laquelle il n'était pas accoutumé, partit aussitôt pour Recouvrance avec toute la rapidité que lui permettaient ses jambes de soixante ans.

— Maintenant, — se dit la vieille dame lorsqu'elle fut seule, — nous allons voir quelle sera la plus forte de cette fille ou de moi. Leur correspondance interceptée à tous deux, — car voyant que Jean ne lui écrit pas, elle lui écrira, certainement, et c'est pour cela que j'ai fait recommander aussi à Joël d'arrêter les lettres qui viendraient de Paris à son adresse, — leur correspondance interceptée, dis-je, il faudrait vraiment que je jouasse de malheur pour ne pas arriver à mes fins.

XXVIII

LETTRES DÉTOURNÉES

Au moment où sa mère rentrait au château, Jean, qui avait marché d'un pas allègre, s'arrêtait devant le bureau de poste de Recouvrance et mettait la main dans sa poche pour y prendre la missive.

Mais à son grand désappointement il n'y rencontrait que le vide et constatait, en même temps, le gouffre qu'elle formait.

— Sacrebleu ! — jura-t-il, — quelle stupide aventure... j'ai perdu ma lettre !

Et machinalement, il jeta les yeux autour de lui pour voir s'il ne l'y apercevrait pas sur le sol.

Puis, réfléchissant, il pensa :

— Que vais-je la chercher ici ? ce doit être pendant le trajet qu'elle aura glissé de mon veston, et il est probable qu'actuellement elle gît au beau milieu de la route... Vite, allons essayer de la retrouver.

Prestement, alors, il retourna sur ses pas, tout en explorant ses autres poches dans la vague, très vague espérance d'y découvrir la fugitive. Exploration qui n'eut d'autre résultat que de lui faire reconnaître que, n'importe où il eût placée celle-ci, elle se fût comportée de même.

Ayant regagné la route, il se mit à l'inspecter avec une attention minutieuse, marchant lentement, la tête inclinée vers la terre, comme si accablé par quelque remords cuisant il eût eu honte de regarder le ciel.

Il revint ainsi jusqu'à Kerdaniou.

Encore tout absorbé par ses recherches, il ne remarqua point qu'à ce moment en sortait Mahurec qui, pour accomplir plus rapidement la commission dont il venait d'être chargé par la baronne, coupait à travers champs à longues enjambées.

— Rien ! — fit-il avec dépit. — Elle aura été ramassée par quelqu'un. Si, encore, elle avait été affranchie, ce quelqu'un aurait peut-être eu l'intelligence de la mettre à la poste ou de la donner à un facteur ; mais elle ne l'était pas et peu disposé, sans doute, à en débourser l'affranchissement, il s'en sera offert la lecture et l'aura déchirée ensuite. Il me faut donc aller en écrire une autre.

Tout à coup, il eut une idée. Il se dit qu'elle pourrait bien s'être échappée de sa poche dans sa chambre même.

Il entra vivement au château.

— Pourvu, si cela est, que ma mère ne soit pas revenue et n'ait pas eu la fantaisie de pénétrer chez moi, car, en ce cas, elle n'aura pas manqué de la trouver.

Il avait à peine formulé cette pensée qu'il aperçut dans la cour, les brancards en l'air, la petite charrette bourgeoise avec laquelle Mme de Lavaur faisait ses pérégrinations aux alentours.

Un frisson lui courut dans le dos.

Mais il fut promptement rassuré.

La baronne venait de se montrer à une fenêtre et avait un air souriant.

Par conséquent, elle n'avait rien découvert.

— D'où viens-tu donc, lambin ? — lui cria-t-elle d'un ton doucement grondeur ; — voici un bon quart d'heure que je t'attends pour déjeuner.

— Je suis allé faire un tour à Recouvrance, ma mère.

— Ah ! tu es allé voir les travaux du port, je parie ?

Puis, à elle-même :

— Je suis sûre que, ne sachant pas que tu avais laissé ta lettre là-haut, tu es allé pour la mettre à la poste. Diable ! il était joliment temps que je fisse prévenir le petit Joël.

— Oui, — répondit Jean, — je me suis rendu sur le port ; les travaux en sont très intéressants.

— Eh bien! comme cette promenade a dû te creuser l'estomac, dépêche-toi de venir te mettre à table.

— Je vous demande une seconde, ma mère; je désirerais, auparavant, changer de veston, parce que celui-ci est trop chaud.

— Va, et ne sois pas long, car moi aussi j'ai faim.

Puis, encore en aparté, la baronne ajouta :

— Par la même occasion, rentre en possession de la tendre épître dont tu dois être quelque peu en peine.

Le jeune homme ne fit qu'un saut jusqu'à sa chambre.

A la vue de sa lettre, qui, tout d'abord, attira ses regards, il poussa un cri de joie et courut vivement la ramasser; puis, endossant alors un vêtement qui n'avait pas le défaut de l'autre, — il eut soin de s'en assurer, — il lui confia la missive et, par surcroît de précaution, l'emprisonna sous un foulard qu'il plaça dessus en tampon.

Ensuite, très libre d'allure, ne pouvant soupçonner qu'un autre que lui-même connaissait le secret de sa correspondance, il descendit déjeuner.

Sa mère fut charmante avec lui et rien, sur la physionomie de la vieille dame, ne transpira des sentiments qui l'agitaient.

Vers quatre heures, le jeune homme retourna à Recouvrance. Il voulait que Denise reçut de ses nouvelles le lendemain, et la dernière levée des dépêches pour Paris n'allait pas tarder à être faite.

En le voyant partir, Mme de Lavaur eut un petit sourire ironique. Elle savait où il allait... et à quoi aboutirait sa démarche.

Cette fois, tout se passa correctement. La lettre ne s'était pas permise une seconde fugue et, parvenu à la poste, Jean la retrouva sous le foulard.

Ce fut avec une véritable satisfaction qu'il la vit disparaître dans l'ouverture de la boîte de réception.

— Enfin, elle y est, — dit-il, — ce n'est pas malheureux.

Et ayant du temps de libre, il se dirigea vers le port, non pour voir les travaux qu'on y exécutait, et dont il ne se souciait guère, mais pour aller sur la *Belle Margot* faire une petite visite à M. Tredern.

Le capitaine et Mlle de Kermor étaient les deux seuls confidents de ses amours avec Denise. Il était heureux quand il pouvait parler de l'ouvrière à l'un d'eux.

Pendant qu'il s'éloignait de la poste un employé du bureau prenait à l'intérieur, la missive dans le fond de la boîte et, voyant à qui elle était adressée s'empressait de la mettre à l'écart sur une petite tablette où s'en trouvait déjà une autre.

Cet employé n'était autre que Joël, le neveu du père Mahurec.

— Bon, — se dit-il, — en voilà deux pour la dame du château. Une de Paris, une pour Paris. L'oncle a bien fait de venir me prévenir ce tantôt, car j'allais donner la première au facteur. Ça me fait quarante sous de gagnés. S'il en arrivait comme ça tous les jours, seulement...

Le petit gars, on peut le croire, ne se figurait pas faire un manquement grave à son devoir et ne soupçonnait pas l'infamie dont il allait se rendre complice en empochant les deux francs, prix de son premier vol... car c'en était un.

Après le dîner, profitant de la sortie de Jean qui avait pris l'habitude de faire un tour de parc en fumant son cigare, Mahurec alla frapper à la porte de l'appartement de la baronne, pour lui annoncer que son neveu Joël était à l'office.

Il avait deux lettres pour elle.

— Deux ! — fit Mme de Laveur étonnée, car elle ne comptait que sur celle de son fils.

— N'y en a eune qué vient ed'Paris, — expliqua le vieux paysan.

— Ah ! bah ! Fais vite entrer le petit, alors.

Mahurec introduisit Joël puis s'éclipsa.

Comme il lui avait été bien recommandé de remettre les lettres en cachette à la baronne, le jeune gars commença par sonder d'un regard scrutateur tous les coins et recoins de la chambre dans laquelle il venait de pénétrer, pour s'assurer qu'il ne s'y trouvait pas quelque autre personne.

Son examen se prolongeant un peu trop au gré de la châtelaine elle lui demanda :

— Eh ! bien, et ces lettres ?

— Vous êtes bien seule, madame la baronne ? — questionna Joël au lieu de répondre et en prenant un air mystérieux.

On remarquera que le neveu de Mahurec disait « madame la baronne » et non « m'ame la baronne » comme son oncle. Cela venait de ce que le garçon avait reçu de l'instruction.

Il savait lire et écrire couramment et, de plus, possédait ses quatre règles, connaissances grâce auxquelles il avait pu entrer dans l'administration des Postes en qualité de trieur. C'était presque un monsieur.

— Si je suis seule ? Parbleu, ne le vois-tu pas, nigaud, — répliqua Mme de Lavaur avec quelque impatience, car il lui tardait d'avoir les lettres.

— Alors voilà, — dit Joël en tirant avec précaution de dessous la coiffe de son chapeau les deux missives qui y étaient cachées et qu'il remit à la châtelaine.

Celle-ci s'en empara avec vivacité et mettant de côté, sur son bureau, celle de Jean, elle prit un petit couteau de nacre pour décacheter l'autre. Cependant elle se contint, ne voulant pas opérer devant le grand garçon qui restait planté devant elle ainsi qu'un mai.

— Merci, — fit-elle en lui faisant signe de se retirer. — Je suis contente de toi.

Mais comme Joël ne s'en allait pas, quoique sa commission fût faite, elle reprit :

— C'est bien, mon ami, tu peux te retirer maintenant ; ta présence ne m'est plus nécessaire.

— Oui, madame la baronne, je m'en vais... je m'en vais tout de suite... — affirma le jeune Breton qui cependant ne bougea pas de place et eut un rire niais accompagné d'une petite toux qui semblait avoir une signification particulière.

— Parbleu, je ne m'aperçois guère de ton empressement à m'obéir, — exclama Mᵐᵉ de Lavaur dont le regard se fit sévère en constatant cette immobilité. — Est-ce ainsi qu'on marche à la poste? Par ma foi, les échalas de mes vignes sont vifs auprès de toi. Voyons qu'attends-tu ?

— C'est que l'oncle m'avait dit que... que... j'aurais par lettre que je vous apporterais...

Un sourire plissa imperceptiblement les lèvres de la châtelaine, ce qui arrivait rarement. Elle, si intéressée éprouvait une sorte de plaisir à voir ce jeune rustre mal dégrossi n'agir que pour l'appât du gain.

Aussi murmura-t-elle :

— Ah ! bon, j'y suis : tu veux être payé en détail, c'est-à-dire chaque fois que tu me rendras ce petit service, n'est-ce pas ?

— Dame, si ça ne faisait rien à madame la baronne, j'aimerais autant cela.

— Ça ne me fait rien du tout, mon garçon. Si je ne parlais pas de te rétribuer dès à présent, c'est que mon intention était de te régler le tout à la fois. Du moment qu'il te convient de toucher au fur et à mesure, il m'est facile de te contenter.

Puis, comme Joël ébauchait déjà un sourire de satisfaction, Mᵐᵉ de Lavaur reprit :

— Voyons, réfléchis bien : il ne te conviendrait pas mieux de recevoir d'un coup une bonne somme, peut-être huit francs... dix francs même, qui sait?

Le neveu de Mahurec fit un signe de tête négatif. Il se méfiait. Connaissant la quasi-avarice de la châtelaine, il pensait que si elle lui proposait cette combinaison c'est qu'elle comptait sûrement, dès qu'elle n'au-

— Eh bien ! et ces lettres ?

rait plus besoin de ses services, lui faire ce qu'on appelle une cote mal taillée et ne le payer que d'une partie des lettres seulement.

Il préférait donc, pour éviter plus tard des contestations ennuyeuses, être rémunéré à chacune de ses visites au château.

C'était beaucoup moins aléatoire.

Le plus singulier c'est que Joël avait deviné juste en soupçonnant sa débitrice de vouloir le léser. Si modeste que fût la somme, l'idée était tout naturellement venue à la baronne de la conserver le plus longtemps possible, et même de ne pas s'en dessaisir entièrement, si faire se pouvait.

— Allons, dit Mme de Lavaur avec un soupir, puisque tu y tiens, je vais te donner ton dû. Cela fait trente sous, je crois... deux fois quinze...

Joël la regarda en dessous :

— L'oncle m'avait annoncé vingt sous par lettre... ce qui ferait quarante sous.

— Ai-je dit vingt sous? Au surplus, c'est possible. En ce cas, cela fait bien deux francs, je ne puis le nier.

Et la baronne se décida à tirer de sa poche une bourse de cuir à ventre rebondi dans laquelle elle prit une pièce de deux francs, qu'elle tint un bon moment dans ses doigts en la couvrant d'un regard humide, comme si c'était un enfant chéri dont elle allait se séparer, puis qu'elle remit à Joël en poussant un nouveau soupir.

Le jeune gars s'en saisit prestement et la fit disparaître aussitôt dans son gousset, afin d'épargner un plus long supplice à la châtelaine.

— J'ai bien l'honneur de saluer madame la baronne, — dit-il en même temps. — Dès qu'il viendra de nouvelles lettres au bureau, je m'empresserai de les lui remettre comme j'ai fait pour celles-ci... et dans les mêmes conditions.

— C'est cela, je compte sur toi. Tu vois que je n'hésite pas à te récompenser et ne recule devant aucun sacrifice.

Joël n'entendit pas ces derniers mots; il était déjà sorti de la chambre.

Une fois seule, Mme de Lavaur fit sauter l'enveloppe de la lettre adressée à son fils et lut ce qui suit :

« Mon cher Jean,

« Voici seulement quinze jours que tu es parti et il me semble qu'il y a un siècle. Comme le temps me paraît long loin de toi. Chaque minute, chaque seconde est décuplée et les heures se traînent avec une mortelle lenteur.

« Si encore, tu m'avais écrit un petit mot, cela m'aurait fait prendre patience ; mais j'ai eu beau attendre tous les jours, rien n'est venu.

« Ne crois pas, mon cher Jean, que je te fasse le moindre reproche de ton silence. J'en comprends la raison. Le bonheur que as d'être auprès de ta mère te fait m'oublier momentanément, et ce n'est que trop juste.

« Cependant, si tu dois rester encore quelque temps là-bas, sois donc assez gentil pour répondre à cette lettre Tu m'apprendrais, dans ta réponse, si tu as arrêté l'époque de notre mariage avec Mᵐᵉ de Lavaur ; car je suppose que maintenant elle n'y est plus opposée, puisque, d'après ce que tu m'as dit, elle attendait que tu fusses docteur pour nous donner son consentement.

« Oh ! comme j'ai hâte, moi aussi, de pouvoir l'appeler ma mère. Sans l'avoir jamais vue, je l'aime déjà et lui tiens en réserve toute une provision d'amour filial pour le jour où je la connaîtrai. Tu verras, tu en seras jaloux.

« Jeanne trouve comme moi le temps bien long, la mignonne. Elle te cherche partout des yeux et semble très dépitée de ne plus te voir. Tu lui manques énormément. Ne ris pas ! Aux petits enfants, aux filles surtout, les caresses paternelles sont aussi nécessaires que les baisers d'une mère.

« Quand viennent les heures où tu avais l'habitude de la faire jouer, et elle s'en souvient bien, va ! — elle regarde tout autour de la chambre, dans l'espérance de t'apercevoir quelque part, et lorsqu'elle a fini par être certaine que tu n'y es pas, elle se met à pleurer si fort que j'ai toutes les peines du monde à la consoler. Je n'y arrive qu'en lui faisant comprendre que tu es sorti mais que tu vas rentrer bientôt. Et alors elle guette obstinément la porte... jusqu'à ce qu'elle s'endorme.

« J'ai une triste nouvelle à t'apprendre. La concierge, la mère Bouquet, vient d'être portée à l'hôpital. La paralysie lui est remontée des jambes dans le corps. Elle n'est plus maintenant qu'une masse inerte, totalement incapable de se mouvoir. La pauvre vieille ! Cela me cause un vrai chagrin, car nous avions l'une pour l'autre une réelle affection et sa disparition de la maison fait un vide dans ma vie. Elle est remplacée par une femme déjà d'un certain âge, qui n'a pas l'air du tout de lui ressembler sous le rapport de l'amabilité. Mais je ne veux rien en dire de plus, ne la connaissant pas encore suffisamment pour la juger.

« Pacault me prie de ne pas l'oublier près de toi. Le brave garçon est le dévouement en personne. Comme il me voit souvent triste, il fait tout son possible pour me distraire et passe une grande partie de ses journées avec moi. Je lui en suis bien reconnaissante.

« Mais je ne voulais t'écrire que quelques lignes et voici mes quatre pages entièrement remplies. Je m'arrête donc.

« Au revoir, mon bien-aimé Jean, ne me fais pas trop attendre ta réponse, car, je te le répète, les heures sont bien lentes pour moi. Je t'embrasse pour nous deux Jeanne.

« DENISE. »

Mᵐᵉ de Lavaur avait lu cette lettre avec un sourire de dédaigneuse pitié sur les lèvres.

— La coquine, pensa-t-elle quand elle l'eut achevée. Si on ne croirait pas, vraiment, que c'est écrit par une honnête femme ? Hélas ! c'est là évidemment ce qui fait la force de ces créatures. Celle-ci sait se donner vis-à-vis de Jean les dehors de la vertu. Sainte nitouche, va ! On les connaît les semblables. Bonnes filles jusqu'au mariage, puis après, démons.

« Et comme elle est rusée, la mâtine ! Ne doutant pas, bien entendu, que Jean me montrerait sa lettre, elle y a mis quelques phrases sentimentales à mon adresse. Ah ! ah ! elle me fait rire avec sa provision d'amour filial qu'elle me tient en réserve pour le jour où elle me connaîtra. Eh bien ! ma belle, je ne te le souhaite pas, de me connaître. Tu n'aurais pas à t'en féliciter, je t'en réponds.

« Puis comme elle sait bien jouer de l'enfant, de cette petite qu'elle attribue à mon grand bénet de fils. C'est attendrissant, ma foi !

La châtelaine prit sa tête à deux mains et, les coudes sur la tablette de son bureau, les yeux fixés sur la petite écriture cursive de Denise, elle reprit :

— Mais voyez combien toutes ces malheureuses-là sont bêtes, au fond. Malgré la finesse dont elles se targuent, elles en arrivent toujours à commettre quelque sottise. Ainsi, sachant que sa prose me passerait sous les yeux, elle en vient naïvement à parler de sa concierge avec laquelle elle était liée d'amitié.

« Voilà, j'espère pour la relever dans mon estime !

« Et cette autre maladresse : aller avouer que pendant l'absence de Jean elle a près d'elle un consolateur, ce Pacault dont elle parle et qui m'a tout l'air de faire le troisième dans le ménage.

« Non, franchement, on n'est pas stupide à ce point-là.

« Allons, allons, la demoiselle n'est pas aussi redoutable que je croyais ; elle fait mon jeu, cette petite, et mon but ne sera pas trop difficile à atteindre.

« Que Joël fasse bien son service et cela ira tout seul.

« Au fait, ajouta la baronne en se redressant, il me faudra lui donner aussi le nom du partenaire. Il se pourrait bien que Jean, ne recevant rien de son ouvrière, écrivît à ce Pacault, ce qui amènerait peut-être des complications inattendues. Et il est bon de tout prévoir.

Ayant ainsi terminé son monologue, Mme de Lavaur ouvrit un tiroir secret de son bureau et y serra la lettre de Denise.

XXIX

LE MARTYRE DE DENISE

Le temps passait pour Jean avec une rapidité surprenante. Il trouvait à la vie nouvelle qu'il menait, vie si différente de celle de Paris, une saveur toute particulière qu'il goûtait de plus en plus chaque jour.

Et les semaines succédaient aux semaines, sans qu'il en eut pour ainsi dire conscience.

Non pas qu'il oubliât Denise un seul instant; il y pensait, au contraire constamment; mais par une de ces faiblesses si communes, hélas! à l'espèce humaine, il finissait insensiblement par s'habituer à leur séparation passagère.

L'existence de chacun s'émaille généralement de plaisirs et de peines, ces dernières toujours en plus grand nombre. Or si le jeune homme paraissait s'accommoder si bien de la distance qui existait entre Denise et lui, c'est qu'il en était arrivé à penser que toute une vie de félicité peut être, sans déraison, précédée d'un tout petit temps de purgatoire.

Pourtant une chose le taquinait; c'était de ne recevoir aucune nouvelle de l'ouvrière.

Outre la lettre qu'il avait perdue et retrouvée, il lui en avait envoyé une seconde, puis une troisième sans qu'elle lui eût accusé réception d'aucune; or les deux dernières, écrites à un mois d'intervalle, contenaient chacune un billet de banque de cent francs.

Il s'était alors demandé d'où pouvait venir son silence et en était venu à supposer qu'elle était peut-être trop occupée pour avoir le temps d'écrire.

En son for intérieur, il s'avouait à regret que cette supposition peu vraisemblable ne supportait pas un sérieux examen; toutefois, il s'y attachait avec obstination, ne voulant pas croire que sa petite amie, celle à laquelle il s'était engagé d'honneur à donner son nom, jugeait superflu de se rappeler à son souvenir, ou même lui tenait rigueur et le boudait de rester si longtemps éloigné de Paris.

Et plus il y réfléchissait, plus cette hypothèse lui paraissait se rapprocher de la réalité.

Denise s'abstenait de toute correspondance pour le faire revenir plus vite.

S'il eût fouillé dans certain tiroir du bureau de sa mère, il eût immédiatement reconnu combien il était dans l'erreur.

Ce tiroir, en effet, renfermait, d'abord ses lettres à lui, moins les billets de banque, cela va de soi, — ces billets ayant été subtilisés non sans joie, par la baronne, — puis quatre autres lettres de l'ouvrière, que celle-ci avait happées au passage, de complicité avec Joël.

Mais, naturellement, le jeune homme ignorait ce recel et en était réduit à penser ce que nous venons de dire.

. . . .

Seule maintenant avec sa fille — sa Jeanne — dans leur petit logement du 178 de la rue Saint-Jacques, Denise avait d'abord supporté patiemment l'absence de Jean.

En personne sensée, elle s'était dit qu'il ne serait certainement pas de retour dans un aussi bref délai qu'il le présumait.

Elle prévoyait bien que sa mère, ne l'ayant pas vu depuis deux ans, le retiendrait près d'elle le plus qu'elle pourrait et que lui-même, heureux de la revoir, ne se presserait pas trop de revenir.

On a pu remarquer, d'ailleurs, que tout en se plaignant de la lenteur du temps, elle lui avait écrit en ce sens.

Dans la rectitude de son jugement, et bien qu'elle ignorât tout de la vie, l'ouvrière, ne voulant pas voir son amant rougir d'un mensonge, si petit ou involontaire fût-il, avait pris les devants en le prévenant qu'elle n'éprouverait aucune surprise si son séjour à Kerdaniou venait à se prolonger un peu au delà du terme fixé par lui au hasard.

Cette générosité, nous le savons, ne devait pas arriver à la connaissance du principal intéressé et n'allait pas lui être compté, à elle.

Aussi, après quelques jours d'attente, ne recevant pas de réponse à sa lettre, la première qu'elle lui avait adressée et dont nous avons relaté la teneur plus haut, elle avait commencé à éprouver une assez vive appréhension.

Puis les jours passant sans que le père de Jeanne lui donnât signe d'existence, l'inquiétude s'était emparée soudain de la jeune mère et ne sachant à quoi attribuer cette absence indéfinie, elle lui avait écrit, presque coup sur coup, trois nouvelles lettres, le suppliant dans chacune

d'elles de lui répondre, ne fût-ce que par un mot, un seul, de manière à
ce qu'elle sût au moins ce qu'il devenait.

Hélas! malgré ses instantes prières, le silence inexplicable de Jean
avait persisté; et le jour où nous la retrouvons dans la petite chambre de
la rue Saint-Jacques, il y avait quatre mois entiers qu'elle était seule à l'habiter.

Quatre mois d'angoisses croissantes.

Quatre mois de torture !

On était alors à la fin du mois d'octobre.

Un jour gris se levait.

La vieille horloge de Saint-Jacques du Haut-Pas venait de sonner huit
coups.

Déjà vêtue de sa petite robe sombre, Denise était assise près du berceau de son enfant qu'elle balançait d'un mouvement machinal.

Elle semblait enfoncée dans une sombre méditation.

Un grand changement s'était opéré en elle depuis le départ de
Jean.

Les éclatantes couleurs de son teint, qu'animait la santé, avaient
disparu pour faire place à une pâleur de cire, ses yeux, autrefois si rieurs,
s'étaient creusés et cernés d'un halo de bistre et sur ses joues amaigries
se dessinait un long sillon, tracé par le passage des larmes abondantes
qu'elle avait versées.

Eh bien ! malgré ces stigmates de la douleur, la beauté de l'ouvrière ne
se trouvait en rien altérée.

Bien au contraire, elle en était plutôt comme affinée et adoucie.

Son visage avait la transparence laiteuse de ces madones d'albâtre
qu'on vénère en Italie, et si les lignes en étaient plus sévères elles n'en
étaient aussi que plus pures.

Longtemps elle resta plongée dans ses pensées, qui souvent amenaient
des pleurs au bord de ses paupières et arrachait de sa poitrine un long et
douloureux soupir.

Soudain, sortant de sa pénible rêverie, elle se leva, jeta un coup
d'œil à la petite Jeanne qui dormait paisiblement et, après s'être assurée
qu'elle n'était pas près de se réveiller, elle quitta sa chambre en murmurant :

— Allons, je vais encore aller voir en bas s'il n'y en aurait pas une
aujourd'hui.

— Par ce mot « une » elle entendait une lettre... une lettre de l'absent.

Bien que depuis des semaines, elle ne comptât plus sur une réponse

— Eh bien, lui demanda-t-elle railleusement, ça va-t-il toujours les amours?

du jeune homme, tous les jours, néanmoins, un dernier espoir subsistant en elle, elle descendait demander à la concierge s'il n'était rien arrivé à son adresse.

Invariablement, celle-ci lui répondait d'une façon négative.

Comme elle l'avait annoncé à Jean — ou du moins comme elle avait cru le lui annoncer — ce n'était plus la bonne mère Bouquet qui avait la garde de la maison.

La pauvre vieille était allée mourir à l'hôpital et avait été remplacée par une autre chevalière du cordon. Celle-ci, dont l'aspect n'avait rien d'engageant et prévenait peu en sa faveur, se faisait appeler veuve Filoche.

C'était une femme d'une cinquantaine, d'années au visage anguleux et ponctué de nombreuses verrues qui semblaient autant de grosses mouches collées sur sa peau déjà ridée à plaisir.

Son ensemble présentait cette particularité bizarre de ressembler à une de ces petites poupées que font les enfants en plantant des bouts d'allumettes dans une amande.

En effet, étant assez fortement hydropique, ses membres paraissaient risiblement grêles auprès de la proéminence fastueuse de son abdomen.

Son parler rude, ses manières revêches faisaient d'elle le vrai type de la portière, dans la plus mauvaise acception du mot.

Malgré sa maladie, elle était ingambe, et il lui aurait été facile de monter les lettres aux locataires. Mais en entrant en fonctions, elle avait appris que ceux-ci avaient l'habitude de venir les chercher eux-mêmes dans la loge et, trouvant cette coutume excellente, s'était fait scrupule de rien y changer.

C'est pourquoi Denise descendait chaque jour, sachant bien que, s'il était arrivé quelque chose pour elle, la concierge ne le lui aurait pas apporté.

Au moment où elle allait pénétrer dans l'antre de la veuve Filoche, il en sortit une voix féminine autre que la sienne et qu'il parut à l'ouvrière avoir déjà entendue quelque part.

La personne à qui appartenait cette voix causait familièrement avec la veuve.

— Alors, ça ne cordait plus avec lui et tu l'as tout à fait lâché? disait cette dernière en s'adressant à l'étrangère.

— Oh! oui, tout à fait; j'en avais joliment assez de lui, répondit celle-ci. Quel pingre! Il aurait coupé un liard en quatre. Si tu savais le mal que je me suis donné pour en tirer quelques pauvres sous! Non, tu ne peux pas t'en faire une idée.

— Hem! ce doit être un juif, pour sûr?

— Un juif? Ah! je te crois, parbleu, et un sale juif allemand, même... Quand je pense que je l'ai pris pour un *milord anglais!* Étais-je assez cruche?

— Et où est-il, maintenant?

— Là-bas, dans son pays, à *Perlin*, comme il dit. Il y avait quatorze mois que j'y étais avec lui. Quatorze mois, que je mangeais de la choucroute, du saucisson à l'ail et des confitures d'oignons, sans compter d'autres machines du même acabit... Tu comprends, ça ne pouvait pas durer plus longtemps. Aussi, avant-hier soir, j'ai pris la poudre d'escampette, je veux dire le train pour Paris, et me voilà.

— Oui, te voilà, et sans le sou, je parie; ce qui fait que tu me retombes sur les bras.

— N'aie pas peur, si je t'y retombe, ce ne sera pas à présent, car j'ai pu tout de même lui gratter quelques picaillons. Mais ç'a été rudement dur. Enfin, je suis arrivée à me faire une petite pelote de six mille balles.

— Six mille balles! s'écria joyeusement la veuve Filoche.

Et, sur un mode de tendresse inusitée, elle ajouta :

— Ah! ma fille!

L'autre ricana :

— V'là que tu vas m'aimer. Quel amour de mère tu fais... Tu trouves donc ça beau, toi?

— Dame, écoute, si ce n'est pas le Pérou, c'est déjà quelque chose, pourtant.

— Heu! tu n'es pas difficile. Six mille balles pour avoir subi ce vilain choucroutard pendant près de deux ans! Vrai, j'aurais voulu te voir à ma place. Tu en aurais fait une tête!

— Oh! à ton âge, moi, j'en ai supporté de plus raides que ça et si je te racontais ce qu'ont coûté les cinq cents francs destinés à former ma dot et sans lesquels Filoche *s'ostinait* à ne pas vouloir m'épouser.

— Tu me l'as déjà raconté cinq ou six fois.

— Eh bien, alors, tu dois voir que tu n'as pas trop à te plaindre. — Mais tu m'en donneras un peu de ta pelote, dis? Ça fait que je pourrai me payer mon demi-setier de rhum tous les jours, au lieu d'attendre quelquefois des semaines avant d'avoir tant seulement de quoi m'en offrir un demi-quart.

L'ouvrière ne voulut pas en entendre davantage.

Cette conversation lui faisait monter le rouge de la honte au front.

Elle n'avait continué à écouter que pour chercher à se rappeler, par le son de la voix, quelle était la personne qui causait avec la veuve Filoche.

Elle était de plus en plus sûre que cet accent, à l'intonation commune, avait déjà frappé son oreille.

Mais elle avait beau fouiller sa mémoire, aucun souvenir précis ne venait la mettre sur la trace.

Elle espérait s'être trompée, — les voix peuvent se ressembler comme les physionomies, — car l'interlocutrice de la concierge venait de l'appeler sa mère, et elle était bien certaine de n'avoir jamais connu une Filoche avant la venue de la veuve dans la maison.

Pour annoncer sa présence et ne pas avoir l'air de surprendre les deux femmes au milieu de leur intéressant entretien, elle heurta doucement aux carreaux de la loge.

La concierge vint lui ouvrir.

— Ah ! c'est encore vous ? — fit-elle d'un ton bourru en voyant Denise. — C'est toujours pour votre lettre qui ne vient pas, hein ? Eh ! bien, nisco, elle n'est pas plus venue aujourd'hui que les autres jours,

Et elle allait brutalement refermer la porte sur le nez de l'ouvrière, quand elle fut soudain repoussée en arrière par sa visiteuse qui, prenant sa place sur le seuil de la loge, se mit à dévisager Denise avec attention.

— Eh ! mais, — prononça-t-elle au bout d'un moment, — je ne me trompe pas : c'est bien l'ingénue que j'ai vue un jour en compagnie de mon petit baron breton dans un caboulot près de la gare de Lyon... Tiens, tiens, en voilà une rencontre. Dites donc, la belle, est-ce que vous ne me reconnaîtriez pas, par hasard ? Vous devez pourtant vous souvenir de moi, il me semble ?

Denise demeurait atterrée.

Certes oui, elle la reconnaissait cette femme.

C'était l'ancienne maîtresse de Jean qui l'avait si cruellement insultée lors du déjeuner qu'elle avait fait jadis avec le jeune homme, au restaurant du « Joyeux Départ ».

Quelle fatalité la ramenait de nouveau devant elle ?

Allait-elle donc encore avoir à subir ses injures.

Clara, la Lyonnaise, — on a déjà deviné que c'était elle la fille de la concierge, — Clara considérait l'ouvrière avec un mauvais sourire sur les lèvres.

En remarquant l'air abattu de la pauvre enfant, la méchante fille pressentait son malheur et s'en réjouissait.

— Eh bien! lui demanda-t-elle railleusement, — ça va-t-il toujours les amours... et Jean vous a-t-il été plus fidèle qu'à moi ?

— Tu connais donc cette petite, Clara ? — questionna la veuve Filoche.

— Si je la connais ! C'est elle qui m'a soufflé l'étudiant que j'avais avant de me mettre avec mon juif. Tu sais bien, maman, Jean de Lavaur, mon petit baron, dont je t'ai souvent parlé dans le temps?

— Ah! oui, je sais qui tu veux dire : un qui ne te donnait guère, autant que je me rappelle? Ma foi, la perte n'était pas *conséquente*.

— Oh! ce n'est pas que je le regrette beaucoup. Ça n'avait été qu'une toquade vite passée. Seulement j'ai été vexée qu'il m'ait quittée le premier. Tu comprends, affaire d'amour-propre.

— Oui, je comprends; et c'est pour cette chipie qu'il t'a fait une pareille mistoufle?

Clara eut un rire qui sonna faux.

— Penses-tu? — dit-elle employant malgré elle l'argot des femmes dévoyées. — Il n'a jamais gobé que lui-même, ce type, et voulait seulement s'amuser de la donzelle comme de moi. Je lui en conserve tout de même une dent rudement longue. Mais je crois que je suis déjà vengée, car à voir sa mine à l'envers, on dirait que ça ne va plus, le ménage.

— Pour sûr, que ça ne va plus, — répliqua la concierge en faisant grimacer, dans sa joie, toutes les rides de sa face. — Depuis que je suis ici, je n'ai pas encore vu le nez de son galant, qui m'a si tellement l'air de l'avoir plantée là pour toujours, que j'en mettrais ma main au feu. Il paraît qu'il est parti dans son pays.

— Bah! serait-ce vrai, la belle, Jean vous a-t-il plaquée? Eh bien! je ne vous le cache pas, ça me fait plaisir. Nous voilà toutes les deux au même niveau.

La méchante fille était quelque peu excusable de s'exprimer ainsi, car elle ne se rendait qu'imparfaitement compte de l'insulte grossière que contenaient ces derniers mots.

— Pas tout à fait, — répartit la veuve Filoche.

— Comment cela?

— Dame, le gaillard ne t'a pas laissé un souvenir comme à elle.

— Un souvenir? Qu'est-ce que tu veux dire?

— Je veux dire que la petite a un poupon.

Pour le coup, Clara la Lyonnaise manqua suffoquer de joie et esquissa un pas de cette danse vulgairement appelée « chahut ».

— Eh! quoi, il y a un mioche? — s'écria-t-elle lorsque la voix lui revint. — Mais, alors, je m'explique pourquoi Jean a décampé. Vraiment, on n'est pas bête comme ça, ma fille, et vous deviez vous attendre à ce qui vous arrive... Parbleu! il voulait bien filer le parfait amour avec vous, mais du moment que vous lui faites un cadeau de ce genre-là, il se dit : « Bernique, ça ne va plus; je vais aller prendre l'air de mon castel breton et reviendrai dans quelques années... si je reviens...

Jusque-là, Denise, stupéfiée par la présence inattendue de Clara et comme en proie à une sorte de cauchemar, avait laissé dialoguer les deux femmes, sans essayer de placer un mot; mais en entendant celle-ci assurer que Jean ne reviendrait probablement jamais, elle reprit possession d'elle-même et répliqua d'une voix vibrante :

— Vous vous trompez, madame, le retour de M. Jean de Lavaur ne peut maintenant tarder, quoi que vous en disiez. Oui, il est parti chez lui, en Bretagne, mais simplement pour obtenir le consentement de sa mère à notre mariage et non pour me fuir, comme vous paraissez le croire.

A ces paroles, Clara et sa mère poussèrent ensemble un éclat de rire retentissant. La première se tenait les côtes, la seconde se tapait les cuisses en claironnant du nez comme un cheval.

C'était un succès délirant.

— Oh! riez tant que vous voudrez, mesdames, — reprit Denise avec force; — j'ai la certitude de ce que j'avance et vos railleries ne l'ébranlent point.

— Franchement, là, ma petite, vous me faites de la peine, — dit Clara quand son hilarité eut cessé, et avec un air de fausse commisération. — Voyons, raisonnez. Depuis combien de temps Jean est-il parti?

— Depuis quatre mois.

— Et il devait revenir?

— Il n'avait pas fixé d'époque, mais je comptais qu'il ne resterait pas plus d'un mois.

— Bon, ça fait déjà trois de trop. A présent, lui avez-vous écrit?

— Oui, plusieurs fois.

— Et vous a-t-il répondu?

— Hélas! non, — dit l'ouvrière en soupirant; — pas à une seule de mes lettres.

— Cependant la poste existe toujours, d'ici en Bretagne. Or, s'il ne vous répond pas, c'est pour vous faire entendre que tout est fini entre vous. C'est parfaitement clair, ça pourtant.

— Oh! c'est impossible! s'écria Denise, — il ne m'aurait pas abandonnée. Non, non, vous dis-je; Jean, la loyauté même, est incapable d'un tel crime. M'abandonner! abandonner son enfant, lui! Je croirais plutôt à la chute des étoiles sur la terre!...

— Croyez à ce que vous voudrez, ma belle, ça ne changera rien à la chose. D'ailleurs, je vous le répète, c'est précisément à cause du poupon qu'il a filé. Pour moi, vous savez, c'est aussi sûr que deux et deux font quatre. N'est-ce pas ton avis, maman?

— En plein, — approuva la veuve Filoche sans hésiter. — Ce n'est pas d'aujourd'hui que je connais ces canailles d'hommes, et je peux en parler par *espérience*. L'amour, ça leur va tant que c'est pour l'amusement; mais sitôt que ça tourne du mauvais côté, je veux dire dès qu'il y a un mioche à la clef, flûte! ni vu ni connu, j't'embrouille! les voilà qui jouent la fille de l'air sur celui de « Va-t'en voir s'ils viennent, Jean ».

« Tiens, comme ça se trouve, — murmura la vieille femme avec un rire gouailleur, — c'est justement le nom de votre pigeon, ma tourte-relle.

— Non, encore une fois non, — lança l'ouvrière, désespérément. — Vous aurez beau dire, j'ai la ferme conviction que Jean ne nous a pas délaissées, ni moi ni sa petite Jeanne qu'il adorait. S'il ne nous écrit point et reste là-bas, c'est qu'il ne peut pas faire autrement. Il y a là quelque chose d'incompréhensible, j'en conviens; cependant, j'ai toujours pleine confiance en lui et crois plus que jamais au serment qu'il m'a fait de m'épouser.

— Vous êtes encore jeune, ça se voit, — répliqua Clara. — Est-ce qu'on nous épouse, nous autres, — ajouta-t-elle en faisant ainsi un insul-tant rapprochement entre elle et Denise, rapprochement auquel celle-ci ne fit pas attention tant elle était bouleversée. — Allons, ne vous faites pas du mauvais sang comme ça et soyez philosophe.

« Puisqu'il vous a plantée là, n'y pensez plus et cherchez-en un autre, tout bonnement.

« Avec votre jolie frimousse, vous ne serez pas longue à lui trouver un remplaçant, c'est moi qui vous le dis. Seulement, il faudra vous débar-rasser de la gamine, la placer quelque part. Vous comprenez, votre nou-veau ne serait pas content si vous lui apportiez un pareil objet de luxe.

Ces affreux conseils provoquèrent un profond dégoût chez l'ouvrière.

Dédaignant de répondre à celle qui les donnait, elle remonta préci-pitamment à son logis, où elle se mit à pleurer à chaudes larmes.

XXX

AU SOMMET DU CALVAIRE

En dépit de l'assurance qu'avait Denise d'être toujours aimée de Jean, les paroles perfides de Clara eurent pour résultat immédiat de faire naître en elle un doute terrible.

Elle eut beau se raidir contre ce soupçon, vouloir le chasser de son esprit, il y revint avec plus de force et s'y implanta, victorieusement, après une lutte des plus douloureuses pour la pauvre ouvrière.

Jean l'avait-il donc vraiment abandonnée?

Tout son être se révoltait à cette idée.

Cela lui semblait si monstrueux qu'elle avait même de la peine à le concevoir.

Et, cependant, pourquoi cette si longue absence? Pourquoi ce silence absolu qui durait depuis quatre mois?

Vainement, elle en cherchait les causes et ne les découvrait point.

Le jeune homme aurait-il été victime d'un grave accident qui l'obligerait à rester là-bas?

Mais si cela était, il aurait toujours trouvé le moyen de lui envoyer un mot pour l'en avertir.

N'aurait-il pas reçu ses lettres?

Si, évidemment, puisqu'elles ne lui avaient pas été retournées.

Alors, quoi? Que devait-elle croire réellement?

Et ce doute, d'avoir été délaissée par lui, l'envahissait de plus en plus, la torturant, lui broyant le cœur, comme avec des tenailles de fer rougi.

Dans son berceau, inconsciente du drame poignant qui se jouait auprès d'elle, la petite Jeanne s'agitait, souriant divinement aux célestes visions qui traversent les rêves de l'enfance.

Loin de la calmer, la vue de la mignonne créature fit redoubler la douleur de Denise, qui, tombant sur ses deux genoux, près de la couchette, y appuya sa tête et se prit à sangloter amèrement sur son bonheur mort et sur l'implacable avenir que la société devait réserver à la fille sans père!

Un peu après midi, Pacault descendit chez elle pour y travailler tout le reste de la journée, ainsi qu'il en avait l'habitude.

Il la trouva dans un état d'accablement extrême.

Il lui en demanda le motif.

Elle lui apprit alors la conversation qu'elle avait eue le matin avec la fille de la concierge, dont elle lui fit connaître les anciennes relations avec Jean.

Son récit n'alla pas jusqu'au bout sans de nombreuses interruptions du pauvre être dont les poings noueux se fermaient avec rage, chaque fois qu'elle venait à répéter quelque nouvelle insulte.

Sans aucun doute, si la veuve Filoche et sa fille se fussent trouvées sous sa main, en cet instant, il leur eût fait payer cher le méchant plaisir qu'elles s'étaient accordé le matin.

Lorsque l'ouvrière eut fini de raconter, le brave garçon s'efforça de la rassurer en lui disant que la demoiselle Filoche n'avait certainement parlé

Une heure après, la veuve Filoche était chez le propriétaire.

de la sorte que par vengeance; qu'elle ne devait nullement ajouter foi à ses propos et que, comme elle le pensait, si M. de Lavaur ne lui écrivait point, c'est qu'il en était empêché par quelque raison majeure.

Mais, malgré toute l'éloquence que put déployer le nain, il ne parvint pas à dissiper la cruelle anxiété qui s'était emparée de la jeune femme.

L'infortunée avait le moral si fortement frappé, qu'aucun baume ne pouvait être salutaire à sa blessure.

Cet état d'esprit, où elle vécut désormais, eut pour elle des conséquences désastreuses.

Depuis que l'inquiétude était venue l'assaillir, c'est-à-dire dès le second mois du départ de Jean, elle n'avait plus travaillé que très irrégulièrement et seulement lorsque le besoin l'y forçait, mais, à partir de ce jour, elle ne travailla plus du tout.

Elle, autrefois si soigneuse, si active, si laborieuse, se désintéressa tout à coup de la coquetterie dans laquelle elle avait jusque-là entretenu son ménage et, n'ayant plus aucun goût pour son métier de couturière qui ne parvenait pas à tromper sa lassitude morale, elle se laissa aller à un découragement complet.

Elle se prit à mener une existence affreuse, ne sortant plus, repliée sur elle-même dans une contemplation intérieure qui consumait ses dernières forces en son foyer de désespérance.

Si peu dépensière qu'elle fût, ses modestes économies ne résistèrent pas longtemps aux emprunts quotidiens qu'elle dut leur faire après avoir abandonné tout travail.

Bientôt, pour ne pas mourir de faim, elle et sa petite Jeanne, maintenant sevrée et dont les forces devaient être soutenues par une nourriture substantielle, elle dut se résigner à emprunter au banquier national du pauvre, en portant au Mont-de-Piété d'abord ses effets de toilette et ensuite des objets mobiliers.

Pacault, le cœur tout retourné, refoulant les larmes qui lui montaient aux yeux, se chargeait naturellement de ces navrantes commissions et prenait des précautions d'Apache pour cacher les *reconnaissances* à Denise qui, ne s'occupant plus de rien, ne demandait même pas à les voir.

Le nain, est-il besoin de le dire, avait une âme aussi belle qu'un corps mal fait et, s'il en agissait ainsi, c'était pour mieux dissimuler son penchant à la charité, ses petites recettes de vannier passant presque en entier dans le ménage de l'ouvrière, sous le couvert du généreux Mont-de-Piété, tandis que lui-même s'était, dès longtemps, mis au régime du pain sec qu'il mangeait de bon appétit.

Ce généreux et incessant mensonge du brave garçon ne parvint, hélas! qu'à prolonger de quelques jours l'agonie de Denise et elle en arriva à constater qu'elle s'était défaite de tout ce dont elle pouvait se défaire.

Pacault dut alors s'adresser à ces louches usuriers d'Israël qui s'engraissent des dernières gouttes de sang du pauvre, en achetant, pour un prix dérisoire, les reçus des nantissements déposés à la banque de charité.

Ce furent ses dernières cartouches.

Denise fut donc bientôt aux prises avec une misère noire, atroce, qui lui enleva le peu d'énergie qui lui restait.

Puis vint l'hiver, avec tout son cortège de rigueurs, qui ajoutèrent encore à ses souffrances.

Dans sa chambre, à présent presque nue, humide et sans feu, des journées entières elle demeurait immobile, engourdie par la douleur autant que par le froid, le cerveau vague, bourdonnant et n'ayant même plus la force de penser.

Les gémissements de sa fille, qui criait famine, avaient, seuls, le pouvoir de la tirer de cette sorte de léthargie.

Mais les plaintes de la pauvre petite ne faisaient que l'affoler sans lui rendre le courage... et de sombres idées venaient maintenant la hanter.

Pacault luttait encore, lui, avec un héroïsme surprenant.

Bien qu'il gagnât à peine de quoi se nourrir, — car c'était l'époque de la morte-saison pour la vannerie, — le nain n'hésitait pas, cependant, à rogner encore sur sa maigre part pour que ni elle ni son enfant ne manquassent d'aliments.

Mais ceux-ci étaient en si petite quantité qu'ils ne parvenaient point à les sustenter, et que toutes deux succombaient lentement à l'inanition.

Aussi, l'une et l'autre dépérissaient-elles à vue d'œil, ce dont se désespérait Pacault, qui ne savait que faire pour remédier à un tel état de choses.

Sur ses conseils, Denise écrivit de nouveau à Jean, en lui dépeignant sa navrante position.

Comme les précédentes, cette lettre resta sans réponse.

Deux autres, de plus en plus pressantes, eurent le même sort.

Alors, le doute qu'elle avait d'avoir été abandonnée par son amant se changea pour la malheureuse en une complète certitude et elle faillit en devenir folle.

Pacault finit lui-même par partager sa conviction. Il en devint sombre, sentant naître et grandir en lui une violente colère contre le jeune homme; et l'amitié qu'il lui avait vouée se changeait peu à peu, devant l'effondrement lamentable de celle qu'il aimait et respectait comme une sainte, en une sorte de haine encore latente, mais dont l'horrible étreinte enserrait formidablement son cerveau.

Rentré dans son grenier, le soir, il se parlait tout seul et ne pouvait plus prononcer le nom de Jean de Lavaur, qu'il désignait maintenant par ces mots pleins d'amertume: « l'homme du château ! »

On atteignit les premiers jours du mois de janvier.

Un matin, Denise, sortant pour aller faire prendre l'air à la petite Jeanne, qu'un mois de pluie et de brouillard avait tenue renfermée, rencontra une seconde fois Clara et sa mère sur le pas de la loge.

— Avez-vous reçu enfin des nouvelles de mon petit baron breton... ou, du nôtre, si vous aimez mieux? — lui demanda ironiquement l'ancienne étudiante.

L'ouvrière voulut passer sans répondre.

— Dites donc, la belle, est-ce que vous êtes devenue muette? reprit Clara vexée.

Puis, saisissant Denise par la robe, elle ajouta :

— Arrêtez-vous donc au moins une seconde... on n'a pas seulement le temps de vous voir... Hé! là! quelle fichue mine vous avez,—fit-elle en l'examinant curieusement et non sans une joie mauvaise. — Parbleu! je n'ai pas besoin que vous me répondiez; rien qu'à reluquer votre tête, je sais à quoi m'en tenir : il ne vous a même pas écrit le quart d'un mot... Allons, suivez mon conseil et faites ce que je vous ai dit, vous trouverez sans peine un consolateur. Mais n'attendez pas plus longtemps, car votre beauté se fane, et votre placement deviendra de jour en jour plus difficile.

— Oui, ma petite, approuva la veuve Filoche, — suivez le conseil de ma fille.

« Ne vous *ostinez* pas plus longtemps à vous manger les sangs... Après tout, avoir un mioche c'est pas une affaire. N'y en a plus de treize à la douzaine dans vot' genre... Et vous n'aurez pas de brevet, c'est sûr, pour avoir jeté vot' fleur d'oranger aux balayures... C'est pitié de voir une jeunesse, affriolante comme vous, se sécher de chagrin pour un individu de l'espèce de votre galant. Un pané, un miséreux, presque, qui ne vous payait que des robes de laine, qui...

— Vous êtes toutes deux d'éhontées coquines, leur cria Denise en pleine face, en même temps qu'elle s'enfuyait éperdue.

— Coquines! elle nous a appelées coquines ! — glapit Clara furieuse.

— Oui, elle a même dit « éhontées » —clama à son tour sa mère non moins exaspérée.

— Oh! elle me le payera!

— Et à moi aussi, je ne te dis que ça.

— Pimbêche, va !

— Vertu manquée !

— Ça crève de faim et ça fait la fière.

— Ça ose insulter des femmes comme nous,.. qu'ont six mille balles en poche.

— Dis donc, maman, tu en parles bien à ton aise... L'argent est à moi !

— C'est tout comme ! — dit mielleusement la veuve Filoche. — Mais espère un peu, je vais lui jouer un tour de ma façon, à c'te mauviette.

— Lequel?

— Oh! un bon, tu vas voir. Elle n'a déjà pas payé son terme d'octobre et elle ne pourra pas, c'est sûr, payer non plus celui-ci. Eh bien! je m'en vais la faire flanquer à la porte par le propriétaire.

— Dame, tu n'auras pas grand mal si c'est comme ça, il l'y flanquera bien sans toi.

— Tu te trompes, ma fille. Le propriétaire est une vieille baderne qui se mêle d'avoir très grand peur de chuter en enfer après sa mort... Si ça ne fait pas suer cette *superdition!*... Par charité, dans le but de faire bonne œuvre, comme on dit, il serait possible au contraire qu'il gardât encore dans la maison, un certain temps, c'te pie-grièche. La dernière fois, en effet, quand j'ai annoncé au bonhomme qu'elle laissait son loyer en plan, il m'a dit de ne pas trop la taquiner pour ça, parce qu'auparavant elle avait toujours été très régulière dans ses payements et que, sans doute, elle s'acquitterait envers lui un jour ou l'autre, étant travailleuse et bien rangée. Attends-voir, je vais le rendre un peu moins coulant là-dessus, moi.

— Comment t'y prendras-tu?

— Je lui raconterai d'abord l'inconduite scandaleuse de cette sainte nitouche qui n'a pas craint de se faire faire un enfant sans passer par l'église... Ne ris pas!... Je suis certaine que le bonhomme deviendra rouge comme une tomate, prêt à claquer d'un coup de sang à cette révélation. Et je te promets que, devant cette abomination de la désolation, pour purifier sa maison, il n'hésitera pas un instant à la ficher dehors. Ça ne fera pas un pli, je t'en donne mon billet.

— Oh! oui, fais cela, ce sera une bonne farce.

— N'est-ce pas, hein? Et, alors, nous verrons bien comment elle s'en tirera, la mijaurée, une fois qu'elle sera sur le pavé avec sa miochine. Elle qui avait l'air si estomaquée du conseil que tu lui donnais de se mettre avec quelqu'un, elle sera peut-être forcée, pour manger, de truquer cent fois pis.

— Ça ne m'étonnerait point. Ce sont toujours celles qui posent pour la vertu qui finissent par turbiner dans le plus bas. Vrai, je serais joliment contente si elle en arrivait là, la môme.

— Elle y arrivera, que je te dis... à moins qu'elle ne se jette à l'eau.

Une heure après, la veuve Filoche était chez le propriétaire.

Comme elle s'en était vantée, la misérable femme retourna complètement l'esprit du confiant vieillard à l'égard de Denise.

— C'est une malheureuse, — lui dit-elle, — vous ne devez pas la garder plus longtemps chez vous. Je n'ai appris que trop tard, hélas! à la juger. Peut-être cachait-elle son jeu sous ma devancière ; mais maintenant, de chute en chute, sans soucis de donner le mauvais exemple, elle étale au grand jour sa vie de débauche. Si bien que, dégoûté de son inconduite notoire, un étudiant qui était avec elle a dû s'éloigner pour ne pas être mal jugé. Elle ne travaille pas, vit on ne sait comment, a vendu peu à peu tout son saint frusquin, et ne vous baillera jamais un sou de ce qu'elle vous doit. Certes, vous êtes seul maître de vouloir ou de ne pas vouloir votre argent, mais elle est un objet de scandale pour la maison. Des locataires se sont déjà plaints à moi d'avoir une fille-mère pour voisine, et plusieurs ont menacé de partir si elle ne s'en allait pas au plus tôt.

En entendant ce rapport, le vieux propriétaire, moins alarmé pour ses intérêts que d'avoir à rendre compte d'une faiblesse condamnable, au seuil de l'éternité, signa sur-le-champ l'ordre d'expulsion de Denise, à laquelle il était expressément défendu d'emporter aucun de ses meubles qui seraient gardés en garantie des sommes dues par elle.

Cet ordre devait être mis à exécution le huit courant, jour du terme.

Et on était au quatre janvier.

Quand la concierge apporta le fatal papier à l'ouvrière, la pauvre enfant comprit toute l'horreur de la position dans laquelle elle allait se trouver.

C'était le coup de grâce.

Sans abri désormais, le corps brisé, le cerveau malade, acculée à la mendicité, à la honte de tendre la main pour vivre, elle se dit qu'elle n'avait plus qu'à mourir et, fermement, elle s'y résolut.

Mais, avant de chercher dans le néant la fin de ses souffrances, elle se décida à faire une suprême tentative.

Elle écrivit une dernière fois.

Sa lettre ne contenait que ces quelques mots :

« Jean... mon Jean! Chassée... désespérée... et peut-être oubliée de toi, mon Dieu!... je n'ai plus de quoi nourrir notre petite fille qui a faim!... Viens, par pitié!... Je crois que nous allons mourir!...

                                          « DENISE. »

C'était comme un appel au jugement de Dieu.

Elle attendit.

Jean de Lavaur avait trois jours pour disposer de deux vies humaines !...

Le sept janvier, Denise descendit chez la concierge.

Aucune réponse n'était arrivée.

Très calme, elle remonta à sa chambre et passa sa journée à l'arranger et à l'approprier, ce qu'elle n'avait pas fait depuis des semaines.

Pacault, en la voyant ainsi s'occuper de ces menus détails de ménage, crut qu'elle s'était enfin résignée à son malheur et allait se remettre à vivre.

Il en fut tout heureux.

Quand vint le soir, le nain voulut veiller près d'elle; mais elle le renvoya sous prétexte qu'elle désirait se coucher de bonne heure.

Sa résolution était bien prise : le silence de Jean était un arrêt de mort pour elle et pour sa fille.

Ne valait-il pas mieux, en effet, que la chère créature la suivît dans la tombe? Pourquoi la laisser vivre? Pour souffrir plus tard, peut-être comme elle souffrait elle-même. Non, non, elle lui épargnerait les atroces tortures qu'elle avait subies pendant ces six mois qui venaient de s'écouler.

C'était un crime, elle le savait, que de disposer ainsi de l'existence de son enfant. Mais elle se disait que la fatalité l'obligeait à le commettre et elle s'en absolvait d'avance.

A onze heures du soir, elle sortit de chez elle, en prenant bien soin de ne faire aucun bruit pour que Pacault ne s'aperçût pas de son départ.

Elle avait placé, bien en évidence sur le marbre de la commode, une lettre qu'elle venait d'écrire et sur l'enveloppe de laquelle était inscrit le nom du nain.

C'est cette lettre que ce dernier et Jean de Lavaur trouvèrent le lendemain en pénétrant dans son logis et qui les rendit fous de désespoir.

Une fois dans la rue, Denise s'éloigna de la maison d'un pas ferme.

Jamais, à la voir aussi tranquille, on ne se fût douté qu'elle gravissait la dernière pente de son calvaire et marchait à la mort.

Elle tenait dans ses bras la petite Jeanne endormie.

Il neigeait à gros flocons depuis le commencement de la soirée et la température était des plus basses.

L'infortunée qui, dans sa misère, avait dû vendre jusqu'à ses effets, nous le savons, n'était couverte que d'une simple mante, et sa fille, elle-même, n'avait pour tous vêtements que quelques lambeaux d'étoffe.

Aussi étaient-elles toutes deux sans défense contre les morsures du froid qui meurtrissait cruellement leur chair.

Denise avait descendu la rue Saint-Jacques.

Parvenue au boulevard Saint-Germain elle le suivit jusqu'à la rue Dauphine, qu'elle prit pour aboutir à la Seine.

En arrivant à la hauteur du n° 24, où elle avait si longtemps habité avec sa tante, le souvenir de la morte fit monter des larmes à ses yeux.

Elle resta un instant devant la maison, songeant aux beaux jours qu'elle avait passés près d'elle.

Ah ! combien elle était loin de prévoir alors la triste fin que le sort lui réservait.

Puis elle se rappela les derniers moments de sa pauvre parente, agonisant entre elle et Jean ; et, soudain, lui revint en mémoire un incident qu'elle avait totalement oublié depuis cette époque.

C'était, lorsque la vieille dame avait voulu unir leurs deux mains, la mort survenant brusquement et l'empêchant d'accomplir cette action qui devait être comme la consécration de leur mariage prochain.

En outre, elle se souvint du rêve qu'elle avait eu la nuit pendant qu'elle veillait son corps, rêve qui lui retraçait cette scène et durant lequel elle voyait surgir derrière sa tante une femme aux traits durs qui, se substituant à la mort, s'opposait, elle aussi, à ce que leurs mains se touchassent.

— Ah ! — fit Denise en se remémorant ces deux faits, — c'était ma destinée qui m'était révélée. Il était écrit que je ne devais jamais épouser Jean.

Et elle se remit en marche, encore plus fermement décidée à mourir.

Ayant atteint l'extrémité de la rue Dauphine, elle s'engagea sur le Pont-Neuf. Arrivée au milieu, elle s'avança dans l'intérieur d'un de ces semblant de tourelles qui couronnent les piles et, montant hardiment sur la pierre semi-circulaire qui sert de banquette, elle se disposa à enjamber le parapet après avoir donné un dernier et long baiser à son enfant.

Mais, à ce moment, l'innocente créature que ce baiser avait tirée de son sommeil, lui entoura le cou de ses petits bras et se pelotonna contre elle pour y chercher un peu de chaleur.

— Pauvre chérie, comme elle a froid, — murmura-t-elle, — son petit corps est tout gelé.

Et, inconcevable réunion d'amour maternel et de folie, à l'idée qu'elle allait l'engloutir tout éveillée dans l'eau glacée, elle eut un mouvement de recul, hésitant à s'élancer dans le fleuve.

— Oh ! pas maintenant, — ajouta-t-elle, — cela lui ferait trop de mal.

Elle vint s'échouer sous un bec de gaz

Je vais attendre qu'elle se rendorme. Elle entrera ainsi dans la mort sans souffrir.

Pour ne pas rester immobile sous la neige, elle acheva de traverser le pont et longea le quai dans la direction du Louvre.

Mais n'ayant pas accompli son dessein dès le premier coup, elle était à présent irrésolue, et son énergie mollissait.

— Il le faut, cependant, — se disait-elle, — il le faut absolument... Allons, pas de faiblesse. Dès qu'elle sera rendormie, je n'hésiterai plus... non, je n'hésiterai plus.

Peu après, la petite Jeanne avait de nouveau clos les paupières.

Alors, comme elle se trouvait près d'un de ces escaliers de pierre qui mènent à la berge, Denise la descendit et atteignit celle-ci.

Il lui semblait que, de là, elle aurait moins de répugnance à se jeter à l'eau. Ce ne serait plus qu'une glissade.

Une seconde fois elle s'approcha résolument du fleuve. Mais, au moment où elle se penchait au-dessus de l'onde noire qui coulait à ses pieds, elle sentit comme une main invisible qui la retenait et la repoussait en arrière.

— Oh ! mon Dieu ! — fit-elle désespérée, — n'aurai-je donc pas le courage d'en finir ? Il le faut, pourtant répéta-t-elle encore, — il le faut!

Néanmoins, elle remonta sur le quai et se mit à marcher droit devant elle d'un pas machinal, sans se rendre compte de la route qu'elle suivait.

Un voile s'étendait peu à peu sur son cerveau, lui brouillant les idées.

A deux reprises encore, elle tenta de s'élancer dans la Seine. Chaque fois une force occulte la fit suspendre l'exécution de son funeste projet.

Alors une véritable folie l'envahissant graduellement, elle continua à déambuler de droite et de gauche, insouciante de la neige qui lui cinglait le visage et se collait à ses vêtements, sur lesquels elle s'agglomérait en une couche épaisse.

Toute la nuit, elle la passa de la sorte en marches et contre marches sans prendre le moindre repos.

Enfin, au matin, l'esprit complètement égaré, exténuée, se traînant à peine, elle vint s'échouer sous un bec de gaz dans la petite rue Franklin.

Nous avons vu comment elle y avait été rencontrée par José de Peñaflor, marquis de Moncade, accompagné de son ami Gomez Erreguy et savons ce qui s'en suivit.

Maintenant, revenons à Kerdaniou.

XXXI

TERRIBLE RÉVEIL !

Le tiroir secret du bureau de Mme de Lavaur recélait maintenant un nombre respectable de lettres, dont la plupart étaient signées de son fils.

Car, si la correspondance de l'ouvrière s'était ralentie vers le troisième mois, à la suite des faits que nous avons rapportés, celle de Jean n'avait subi aucune interruption.

En effet, supposant toujours que c'était par dépit de ne pas le voir revenir que sa maîtresse ne lui écrivait point, le jeune homme n'en avait pris nul souci et avait continué à lui donner de ses nouvelles plusieurs fois par mois, comme si de rien n'était.

Chacune de ses épîtres, d'ailleurs, se terminait par une promesse de retour à courte échéance.

Mais, ainsi que nous l'avons dit, il avait été comme grisé, enivré par cette vie nouvelle qui s'était offerte à lui dès son arrivée à Kerdaniou et n'avait plus eu, dès lors, une perception précise ni du temps ni des choses.

Si bien que cette promesse qu'il faisait chaque fois en toute sincérité, il en ajournait sans cesse l'accomplissement sous différents prétextes, dont le principal était qu'il n'avait pas encore obtenu le consentement de sa mère, ou, tout au moins, qu'il ne s'était pas encore expliqué catégoriquement avec elle au sujet de son union avec Denise.

Cependant, un jour vint, où ce fut chez lui comme un réveil. Il eut soudain conscience du temps qui s'était écoulé depuis son départ, ainsi que de la fausse situation dans laquelle son absence prolongée devait placer l'ouvrière.

Pour la première fois, alors, il s'alarma du silence de celle-ci.

— Voilà qui est tout de même bien étrange, — se dit-il. — Comment, en près de cinq mois et demi, pas une lettre d'elle ! Car il y a exactement aujourd'hui cinq mois et une semaine que je suis parti de Paris, ajouta-t-il en calculant les jours enfuis, ce que, jusqu'à présent, il avait oublié de faire, — Qu'est-ce que cela veut dire. Cette bouderie, si c'en est une, me semble vraiment par trop sérieuse. Vite, écrivons à Pacault ; lui, je l'espère, consentira à me répondre et m'apprendra les motifs de ce silence.

Et, sur-le-champ, il envoya une lettre au vannier.

Comme on s'en doute, cette lettre eut le sort des précédentes et fut remise par Joël à Mme de Lavaur qui, on s'en souvient, avait, par précaution et prévoyant que son fils finirait par avoir recours au nain, donné également le nom de ce dernier au neveu de Mahurec.

Au bout de huit jours, Jean, ne voyant pas venir la réponse qu'il attendait, fut pris d'une assez vive appréhension.

— Eh! quoi, lui aussi reste muet. Mais il s'est donc passé quelque chose d'extraordinaire, là-bas? — se demanda-t-il avec inquiétude. — Car, enfin, je n'y comprends plus rien. Ni l'un ni l'autre ne m'écrivent.

Alors, un sinistre pressentiment lui poigna le cœur.

— Oh! pensa-t-il, — il faut que je parte, — que j'aille à Paris... tout cela est de mauvais augure et je crains qu'un événement grave ne soit survenu à Denise... Et moi qui m'endormais ici dans une stupide sécurité!... A quoi pensais-je donc?... Allons, partons. Quant à ma mère, je lui parlerai plus tard.

Cette belle résolution fut sans effet.

La peur d'acquérir la certitude qu'un malheur était arrivé à sa maîtresse, — car il ne voyait plus que cela, maintenant, qui eût pu motiver cette absence totale de correspondance de sa part, — le retint de nouveau à Kerdaniou.

Il préférait encore rester dans le doute, espérant toujours que la réponse du nain allait lui parvenir et dissiperait ses craintes.

Et comme il aimait réellement, ce fut à son tour de subir le supplice qu'avait subi Denise.

Chaque jour, il se rendait à Recouvrance et s'informait s'il n'était pas venu une lettre à son adresse, et chaque jour il avait la cruelle déception de s'en retourner les mains vides.

Deux semaines s'écoulèrent pour lui dans cette angoisse incessante qui lui brisait le corps et lui ruinait l'esprit.

Il ne dormait plus, ne mangeait plus, refusait de se livrer à toute distraction et vivait à l'écart comme s'il eût été soudainement atteint d'un noir dégoût de l'existence.

Mme de Lavaur souffrait de le voir dans cet état alarmant.

Car, malgré ses défauts elle était une excellente mère, — c'était même le seul sentiment vraiment bon qu'elle eût en elle, — et elle ne se mettait entre Denise et lui que parce qu'elle était convaincue qu'en agissant comme elle le faisait elle travaillait à son bonheur.

Les cinq cent mille francs de dot d'Yvonne de Kermor y étaient bien, il est vrai, pour quelque peu; mais, en toute franchise, nous devons dire qu'ils ne venaient qu'en second lieu.

Depuis quelque temps, elle aussi, semblait être sous l'empire d'une constante préoccupation.

Fréquemment elle se laissait aller à de profondes méditations, d'où elle ne sortait qu'avec une mine soucieuse et attristée.

Parfois, au cours de ces rêveries, elle ouvrait son tiroir et, prenant les lettres de Denise, elle se remettrait à les lire avec soin.

— Mon Dieu! — murmurait-elle alors, — me serais-je trompée sur le compte de cette petite? Tout ce qu'elle écrit là porte bien l'empreinte de la vérité, c'est-à-dire d'un sincère attachement à Jean... et si l'enfant est réellement de lui il ne peut pourtant pas l'abandonner de la sorte... non, évidemment! D'autre part, je ne puis consentir à son mariage avec elle... Un de Lavaur épouser une ouvrière... C'est impossible! Puis, que diraient les Kermor? Cela ferait un scandale affreux...

Et ces réflexions jetaient la baronne dans une angoissante perplexité, à laquelle venait s'ajouter l'affliction qu'elle ressentait de voir son fils miné par le chagrin que lui causaient ses manœuvres.

Car Jean était bien changé, elle s'en rendait parfaitement compte. Il végétait près d'elle, mélancolique et silencieux.

Il partait, chaque matin, marchant lentement sous les arbres, pour gagner Recouvrance, but de sa promenade quotidienne.

Puis il rentrait plus morne qu'il n'était parti.

Jamais plus il n'avait prononcé devant sa mère le nom de Denise, mais les nombreuses pièces de vingt sous dont la châtelaine avait dû délester sa bourse pour payer la trahison de Joël prouvaient surabondamment combien peu l'ouvrière était oubliée.

Cependant, bien que brave, — comme toutes les natures combatives, — et convaincue de la justesse de ses vues, la mère de Jean était revenue maintenant de la présomption qu'elle avait eue tout d'abord de croire qu'il lui serait facile de rompre la liaison des deux jeunes gens par l'interception de leur correspondance.

Son plan, elle le reconnaissait, avait complètement échoué et, au lieu de servir ses desseins, n'avait fait que lui créer une situation des plus embarrassantes.

Qu'allait-elle faire, à présent?

Elle se le demandait anxieusement et ne savait à quoi se résoudre.

Une après-midi, — c'était le 7 janvier, — Joël vint mystérieusement, comme d'habitude, lui remettre une dépêche qui était arrivée de Paris dans la matinée de la veille, mais qu'il n'avait pas pu apporter le jour même, son service l'ayant retenu toute la journée et une partie de la nuit.

C'était là une véritable fatalité, car ce retard qui, en toute autre occasion, eût été sans aucune importance, devait, dans le cas présent, en avoir une considérable.

On va voir, en effet, par ce qui va suivre, que si la baronne avait reçu cette lettre un jour plus tôt, Denise eût pu être sauvée.

Dès que le jeune gars fut parti, Mme de Lavaur s'empressa d'ouvrir la dépêche.

A peine l'eut-elle lue qu'elle fut prise d'une émotion inconnue, comme si un poids énorme lui écrasait le cœur.

On sait ce qu'elle contenait.

C'était le cri de désespoir de l'ouvrière, annonçant à Jean qu'elle et sa fille allaient mourir.

Les caractères que tracent une plume ont un langage parfois différent de celui qu'ils veulent tenir.

Ceux-ci triplaient la valeur des mots.

Ils étaient d'une écriture tremblante qui heurtait l'œil à la façon dont un sanglot blesse le cœur.

La châtelaine essaya de se raidir contre le cri d'angoisse lancé par « cette fille ». Mais les larmes lui montèrent aux yeux, parce qu'il y a un lien entre toutes les mères.

— Oh ! la malheureuse !... la malheureuse !... — gémit-elle. — Est-il possible qu'elle en soit là !...

Pendant un moment elle resta comme écrasée, songeant à la terrible responsabilité qu'elle avait assumée.

Un violent combat se livrait en elle.

Devait-elle prévenir son fils ou placer cette lettre avec les autres ?

Si elle la gardait encore, c'était peut-être la mort de deux êtres humains causée par sa faute,

D'un autre côté, si elle la montrait à Jean elle se voyait obligée de lui faire l'aveu du vol de ses missives, ainsi que de celles de Denise.

En outre, le départ immédiat du jeune homme pour Paris s'imposait et, par suite, avait lieu une rupture complète avec les Kermor.

Bon gré mal gré, il lui fallut relire la lettre qui lui brûlait les doigts.

Alors son cœur se serra de nouveau ; la fibre de la pitié restée muette si longtemps en elle y vibra cette fois avec force et, se sentant vaincue, elle prit soudain son parti et monta résolument à la chambre de son fils.

Jean était assis devant sa table, la tête enfouie dans les mains. Il songeait.

A quoi? On le devine : à Denise et à son enfant, les deux chères aimées.

Il était si absorbé dans ses pensées qu'il n'entendit pas entrer la baronne.

Mme de Lavaur le considéra un instant silencieusement, la physionomie pleine de tristesse et de compassion.

Puis, sans plus hésiter, elle alla à lui et le toucha doucement à l'épaule.

Le jeune homme releva la tête et regarda sa mère avec des yeux vagues et sans lueur, comme quelqu'un dont l'esprit est ailleurs qu'aux choses présentes.

— Embrasse-moi, — dit la châtelaine.

Jean n'avait pas connu son père et, pour sa mère il avait toujours été un fils très aimant.

— Serait-il arrivé un malheur? —, balbutia-t-il.

Puis il se secoua et se leva, croyant percevoir le bruit d'un sanglot.

— Mère, qu'as-tu? — lui demanda-t-il, — au nom de Dieu que veux-tu de moi?

Depuis qu'il était homme, elle savait le faire obéir avec des larmes, comme elle-même autrefois avait toujours cédé aux pleurs de l'enfant.

— Embrasse-moi, — répéta Mme de Lavaur, — embrasse-moi de tout ton cœur... Oui, il est arrivé un malheur, un grand malheur, et peut-être ne pourras-tu me pardonner ce que j'ai fait.

Jean secoua la tête en cherchant à sourire. Il était bien certain de pardonner, lui.

Elle lui tendit la lettre ouverte.

Dès que Jean y eut jeté les yeux, il porta la main à son front, — comme si la foudre venait de le frapper et retomba brisé sur son siège.

Il était livide comme on ne l'est que pour mourir.

En une seconde, il venait de tout comprendre. Cette lettre entre les mains de sa mère expliquait, hélas! le rôle qu'elle avait dû jouer.

La baronne se mit à genoux près de lui.

— Tu l'aimes encore, — murmura-t-elle, — tu l'aimes mieux que moi! Tu vois bien que tu ne pourras jamais me pardonner.

— Je vous pardonne, ma mère, — prononça le jeune homme, dont les lèvres décolorées avaient peine à laisser passer les sons. — Dites-moi, qu'avez-vous fait des autres lettres?

Mme de Lavaur était si éloignée de s'attendre à cette question qu'elle en eut un soubresaut, ne comprenant pas comment son fils pouvait deviner que son recel ne s'étendait pas qu'à cette seule dépêche. Aussi, sans répondre directement, chercha-t-elle à se justifier :

— J'ai fait cela croyant bien faire... C'était pour tâcher de briser le lien qui t'enchaînait toujours à elle...

— Qu'en avez-vous fait ?

Il suivait son idée, le malheureux ; il parlait toujours des lettres qu'il ne doutait pas avoir été envoyées de Paris par l'ouvrière. Et, tout en parlant, son regard restait attaché à la pauvre écriture tremblée du billet qui criait à l'aide.

Et il se demandait à lui-même en cherchant à chasser la démence qui paralysait son cerveau.

— Mourir ! Est-ce possible ?... Ma Denise ! ma femme !

— Elles sont dans ma chambre, — répondit la baronne qui répéta, plus affligée que si on l'eût accablée de reproches : — je croyais bien faire ! Pense donc, je n'ai que toi, et si tu savais ce que tu es pour moi.

— Ma mère, je vous pardonne, — redit Jean dont la voix s'étranglait.

Et il était si pâle en parlant ainsi, que la baronne, navrée, se couvrit le visage de ses mains en criant :

— Ah ! comme tu l'aimes celle-là.

La pâleur de Jean ne pouvait plus augmenter ; un froid mortel envahissait tout son être ; la commotion trop violente avait produit cet effet d'arrêter la circulation de son sang. Il souffrait à crier et se sentait mourir.

Il répondit pourtant, en haussant jusqu'à ses lèvres, sans le savoir peut-être, le papier où était l'écriture de Denise :

— Je l'ai abandonnée pour vous !

Les yeux de la baronne s'emplirent de larmes et elle répéta avec une sorte de folie :

— Je n'ai que toi.

— Tandis qu'elle, a sa fille, c'est vrai, prononça tout bas Jean. — Quand j'ai été parti, la petite a dû la consoler... Et maintenant... maintenant...

— On peut envoyer à leur secours, dépêcher quelqu'un... Veux-tu que j'y aille ? — s'écria la châtelaine en se levant.

— Vraiment, ma mère, je ne sais si je suis dans mon bon sens en vous entendant. Espérez-vous donc m'empêcher de revoir Denise et ma fille ?

— Jean, — repartit la baronne, — si je suis venue te trouver c'était pour que tu n'ignorasses pas plus longtemps la triste position où était

Il était si absorbé dans ses pensées qu'il n'entendit pas entrer.

cette infortunée et dans l'espoir que tu voudrais bien m'aider à y porter remède, mais non pour te renvoyer près d'elle, car, quoique vous vous aimiez tous les deux sincèrement, votre amour est, cela va de soi, sans issue possible aux yeux de la société.

— Pourquoi cela, ma mère? Par mes lettres que vous avez interceptées, je n'en doute plus maintenant, vous avez dû voir que mon voyage à Kerdaniou avait pour but d'obtenir votre consentement à notre mariage. C'est donc que cet amour, sans issue, d'après vous, devait cependant être consacré par une union légitime.

— Union que je n'approuverai jamais... que je ne pourrai jamais approuver. Le baron de Lavaur ne peut pas épouser Mlle Briant couturière! — dit la baronne dominée de nouveau par l'orgueil.

Jean voulut protester.

— Oh! tu auras beau dire, ce serait insensé. Que tu assures une position convenable à cette demoiselle afin qu'elle puisse élever son enfant..., le tien, rien de mieux, mais voilà tout.

La voix de Jean se fit plus ferme, tandis qu'il disait :

— Je n'aurai jamais d'autre femme que Denise, j'en ai fait serment devant Dieu !

— Mais malheureux, tu ne songes donc pas que tu briserais ainsi ton avenir, que tu te retrancherais totalement d'un monde où tu es né et dans lequel tu es appelé à vivre !

— Nullement, Denise peut paraître partout.

— Puis que dirait Yvonne qui t'aime, elle, si tu ne l'aimes pas? Que diraient les Kermor de cet affront que tu leur ferais?

— Est-ce cela qui vous inquiète beaucoup? — demanda Jean que cette discussion faisait revenir à lui peu à peu.

— Évidemment. Et je ne parle pas de cette dot de cinq cent mille francs dont tu fais si facilement litière, ce qui, pourtant, serait encore à considérer.

Jean toucha le bras de la baronne. Il était grave.

— Ma mère, je vais à mon tour vous faire une confession qui vous montrera dans quelle erreur vous êtes à ce sujet. Ni Yvonne ni moi ne nous aimons et nous nous en sommes fait l'aveu le premier jour où nous nous sommes vus.

— Que dis-tu? — fit la baronne stupéfaite.

— Je dis que, depuis six mois, Mlle de Kermor et moi jouons aux fiancés, sans l'être le moins du monde en réalité. Et j'ajouterai que si, d'abord, le marquis et la marquise n'ont rien su de cette comédie, il y a maintenant déjà un certain temps qu'ils en sont instruits et ont accepté M. Tredern pour gendre qui, lui, est aimé d'Yvonne et l'aime. Quant à vous, ma mère, si on ne vous a rien dit de cela, c'était de crainte de vous causer du chagrin, sachant quelles espérances vous fondiez sur ce mariage. On attendait pour vous mettre au courant de ces nouveaux faits qu'une occasion favorable se présentât.

Mme de Lavaur tombait de son haut et n'en revenait pas. Mais elle se sentait si coupable qu'elle n'avait pas le courage d'en vouloir à Jean de cette dissimulation.

Si le feu de la discussion avait rendu quelques couleurs au visage du jeune homme, trompant pour un temps sa douleur, le court silence qui suivit ses dernières paroles le replongeait tout au fond de l'horreur du moment.

A son tour, il essaya de se lever.

— Le premier train pour Paris ne quittera Brest que ce soir, — s'écria la baronne, reprise par son épouvante et ses remords. — Ne pars pas, ne pars pas! Tu ne reviendras pas!

Jean, qui faisait son premier pas vers la porte, toucha son front de ses deux mains et s'affaissa sur le sol.

Forte comme un homme, la châtelaine le releva sans appeler à son aide.

— Je te dis que j'irai, — fit-elle avec une émotion désordonnée. — Je l'aimerai s'il le faut; ah! l'aimer! Mon Dieu! je mourrai folle.

Jean, hélas! ne l'entendait pas. Un spasme l'avait terrassé et le tint inanimé pendant tout le cours de l'après-midi.

Vers le soir, on attela; Jean et sa mère partirent pour Brest.

En route, comme la baronne cherchait encore à le retenir et s'accusait de tous les torts, il lui dit doucement :

— Vous n'avez pas de torts envers moi, ma mère, ni envers Denise. Vous êtes du monde et vous avez agi selon la loi du monde. Moi, je suis un lâche esprit et un misérable cœur. Le monde n'est rien pour moi et j'ai fait comme si j'eusse été l'esclave du monde. Puisse mon amour filial ne m'avoir pas rendu criminel!

— Mon Jean, — balbutia Mme de Lavaur en prenant sa tête à pleines mains et en le baisant passionnément. — Mon fils, mon cœur!

Sous ces caresses, Jean murmurait :

— Elles vont mourir!...

A la gare, au moment de la séparation, dominée de nouveau par ses habitudes de fierté, la baronne dit :

— Jean, je te remercie des jours de bonheur que tu as bien voulu me donner. Depuis midi, j'ai pensé beaucoup et prié davantage. Il y a des choses impossibles. Entre *elle* et moi il te faudra choisir.

— Je choisirai, ma mère, — répondit Jean, dont les yeux étaient sans larmes.

Il y eut un douloureux baiser, puis le jeune homme s'engagea sur le quai d'embarquement.

Un instant, la baronne resta immobile.

Le matin, elle avait dit :

— S'il le faut, je l'aimerai...

Seule, elle remonta dans sa voiture. Les domestiques devinent bien des choses. Mahurec s'étonna de ne pas la voir pleurer. Mais lorsqu'il l'aida à prendre pied dans la cour du manoir, il fit à part lui cette réflexion :

— Not' dame a vieilli de vingt ans!

Mme de Lavaur s'agenouilla devant son prie-Dieu où elle resta une grande partie de la nuit, puis elle se mit au lit le corps tout frissonnant de fièvre.

Le train roulait vers Paris.

Accoté dans un angle de son compartiment, Jean de Lavaur ne savait même pas s'il avait des compagnons de route. Il s'absorbait en lui-même, pour *choisir*, selon l'invitation formelle de sa mère.

Avait-il vraiment à choisir? Son choix n'était-il pas fait depuis long-temps?

Il avait le cœur brisé, c'est vrai; mais ce grand amour de la jeunesse, cette folie le reprenait, éveillé d'une sorte de sommeil léthargique.

Il revoyait Denise, son délicieux rêve. Avait-il pu seulement vivre sans elle? Comment aimait-il et respectait-il donc sa mère?

Si jamais! oh! si jamais il lui eût été permis d'espérer la réunion de ces deux profondes tendresses qu'un abîme séparait aujourd'hui!

Sa mère avait dit : il y a des choses impossibles! Mais là-bas, derrière le voile de l'avenir, Jean entrevoyait un sourire d'ange, une tête enfantine, auréolée de cheveux blonds.

Car Jeanne avait les cheveux de sa mère.

Sa fille! Est-ce que Mme de Lavaur résisterait aux caresses de sa fille?

Un peu ranimé par ces idées réconfortantes, le jeune homme débarqua en gare de Paris et, ayant arrêté le premier fiacre disponible qu'il rencontra, prit la direction de la rue Saint-Jacques.

Nous savons qu'il devait arriver trop tard, Joël ayant laissé passer tout un jour avant d'apporter au château la dernière lettre de Denise.

DEUXIÈME PARTIE

Les aventures de Colette.

I

LE CAFÉ MAURE

Quatorze ans se sont écoulés.

Nous voici maintenant en 1889, c'est-à-dire en l'année de la dernière exposition internationale, dont les splendeurs ont provoqué l'admiration du monde entier.

On sait, en effet, quelle accumulation de merveilles y avait été offerte aux yeux du public, d'un public venu des quatre points du globe et qui, avide de contempler toutes ces richesses artistiques, commerciales et industrielles, ainsi que le panorama magique des jardins et des monuments, se pressait dans son enceinte en flots aussi serrés et aussi tumultueux que ceux de l'Océan.

Nous ne nous attarderons pas à faire ici une description de cette colossale exhibition cosmopolite, dont les merveilles sont encore gravées dans le souvenir de chacun.

Nous nous bornerons seulement à rappeler la si pittoresque « rue du Caire », qui, on ne l'ignore pas, fut une des plus grandes attractions de l'Exposition, et où vont se dérouler les premiers épisodes de la seconde partie de notre récit.

Rien de plus étrange, on s'en souvient, que cette suite de constructions d'une architecture bizarre, où l'œil s'arrêtait, surpris et ravi en même temps.

Et à voir ces maisons à deux ou trois étages, aux murs d'un blanc cru sur lesquels le soleil jetait une lumière éblouissante, ces gracieuses vérandas suspendues audacieusement dans le vide, ces fenêtres garnies de moucharabiés ou grillages en bois, ces auvents à découpures fantaisistes et enfin ces vastes terrasses entourées d'une élégante balustrade, on se serait cru soudain transporté par quelque génie dans un des vieux quartiers de la capitale de l'Egypte.

Ce qui donnait surtout un relief particulier à « la rue du Caire », c'est que ce n'était pas une rue de la ville actuelle, mais bien la reconstitution d'une des voies les plus originales d'*El-Kahire*, l'antique cité des Pharaons.

Or, le vieux Caire est peu connu des voyageurs et ne se retrouve plus, si ce n'est dans les quartiers de Baboulouk et de Fostat, qui datent d'une époque reculée, les nouveaux ayant été bâtis dans un style composite dont l'aspect général est des moins agréables à l'œil.

Aussi, les édificateurs de la rue de l'Exposition, tenant à donner un spécimen de l'art arabe des Khalifes, si élégant et si différent de l'art brutal de l'Algérie et de la Tunisie, s'étaient-ils inspirés de l'ancienne architecture et non de la nouvelle.

Le succès, un succès inespéré, fut le résultat de cette heureuse innovation.

Les visiteurs se prirent d'un engouement tout particulier pour cette partie de l'Exposition et la consacrèrent en quelque sorte, en s'y portant chaque jour en plus grand nombre.

Il est juste de dire que, pour ajouter à la couleur locale, on y avait établi plusieurs débits de rafraîchissements dont l'un surtout, le plus important, était la reproduction exacte d'un ancien café maure.

Le café, en effet, est une boisson très en honneur chez tous les descendants des Osmanlis, depuis que le cheik Omar, réfugié dans les montagnes d'Ousab, en l'an 656 de l'hégire, dut son salut au caféier, des grains duquel il fut forcé de se nourrir.

Dans cet établissement, moyennant une légère rétribution, on permettait à chacun de s'étendre sur les divans ou de s'accroupir sur les tapis. On pouvait ainsi se livrer aux molles douceurs du *kief* en aspirant la fumée froide des narguilés et en buvant dans des tasses, non plus profondes que des dés à coudre, une succulente infusion de moka très épaissie de marc.

C'est dans ce café maure, placé au centre même de la rue, entre les bazars, les marchands d'antiquité et les bateleurs, que nous allons introduire le lecteur.

Le cawadgi, ou maître du lieu, un certain Arabe du nom d'Abdel-Rhaman, pensant, non sans raison, que le plaisir de déguster son brouet noir ne serait pas suffisant pour attirer les clients européens chez lui, avait eu l'idée d'attacher à son établissement une troupe d'almées, c'est-à-dire de danseuses orientales.

Les almées, on le sait peut-être, sont aussi prisées en Afrique que les bayadères aux Indes, mais, de même que celles-ci qui se subdivisent en *devadassis* (danseuses pures), *natschès* (danseuses libres) et *vestriatris* (danseuses nomades), il y a également almées et almées.

Les vraies forment entre elles une société célèbre dans laquelle n'est pas admise qui le désire.

Quand une femme veut y entrer, elle doit faire preuve de qualités spéciales.

La première est que la postulante doit être nubile, exempte de tout vice de conformation physique et de visage avenant. En second lieu, elle doit posséder une voix agréable.

Ce n'est pas tout.

Il lui est nécessaire de connaître parfaitement sa langue et d'avoir l'esprit délié, afin de pouvoir composer soit un conte, soit une chanson sur un sujet donné.

Ensuite encore, elle doit savoir très bien danser et jouer des pantomimes.

Enfin, qualité qui prime toutes les autres, il lui faut être grasse; la beauté des femmes, chez les Orientaux, consistant autant dans une vaste corpulence que dans la régularité des traits.

Ces almées-là ne vont que chez les grands seigneurs et les gens riches qui payent fort cher les divertissements dont elles les régalent.

Sans elles, il n'est point de mariages, de funérailles, de naissances, point de fêtes et de festins dont elles ne fassent l'ornement.

On les place dans une tribune d'où elles chantent pendant le repas. Celui-ci terminé, elles descendent dans la salle et se mettent à danser. Elles forment souvent des ballets par lesquels elles représentent les actions de la vie commune; les mystères de l'amour leur en fournissent habituellement les scènes.

La souplesse de leur corps est inconcevable. On est étonné de la mobilité de leurs traits, auxquels elles donnent à volonté l'expression convenable aux rôles qu'elles jouent.

Les regards, les gestes, tout parle en elles d'une façon des plus expressives.

Une longue robe de soie très légère descend sur leurs talons et leurs superbes cheveux noirs, tressés et parfumés, flottent sur leurs épaules.

Le son de la flûte, des castagnettes, du tambour de basque et des cym-

bales règle leurs pas, ralentit ou précipite la mesure. Les applaudissements de ceux qui les regardent les animent encore et elles finissent
par tomber dans une véritable ivresse que partagent bientôt tous les
assistants.

Ces scènes sont, dit-on, des plus captivantes et laissent dans l'esprit
une vive impression de plaisir.

Mais, à côté de ces almées-là, il y en a d'autres, de classe inférieure,
destinées à amuser le peuple et qu'on trouve partout : sur les places publiques, dans les promenades et dans les bazars.

Elles n'ont rien des premières, dont elles sont pour ainsi dire la caricature, leur embonpoint, à elles, touchant à l'obésité et leurs personnes
étant d'aspect vulgaire et rien moins qu'attrayant.

Or, les almées de la rue du Caire appartenaient à cette dernière catégorie, les autres, d'après les statuts de leur société, ne pouvant jamais
s'éloigner de leur pays.

Le plus grand nombre des clients du café Maure, pour ne pas dire
tous, ignoraient ces particularités et croyaient bonnement qu'on allait
leur montrer de vraies danseuses égyptiennes, de celles dont nous venons
de parler et que les voyageurs représentent comme des créatures d'une
rare séduction, tant au point de vue plastique qu'à celui des grâces qu'elles
déploient en dansant.

Aussi, une foule, curieuse de voir de près ces voluptueuses filles de
l'Orient et d'apprécier leur talent chorégraphique si vanté, se pressait-elle
chaque jour dans l'établissement d'Abdel-Rhaman.

Disons tout de suite que les amateurs étaient bien vite désillusionnés.

Qu'on se figure, en effet, cinq grosses gaillardes, aux chairs abondantes et mouvantes et qui, vêtues d'oripeaux quelconques, venaient, à
tour de rôle, exécuter sur le devant d'une estrade des danses soi-disant
de caractère, composées de poses et de torsions de corps presque licen-
cieuses, le tout au son d'un orchestre barbare dont le moindre défaut était
de déchirer affreusement l'oreille.

Les malheureuses avaient peine à se remuer, à cause de leur obésité ;
aussi, s'ingéniaient-elles vainement à paraître gracieuses; leurs efforts ne
parvenaient qu'à les rendre grotesques et même répugnantes.

L'une des danses les plus typiques était la danse du ventre où l'on
voyait une massive commère, à l'abdomen proéminent, s'évertuer à imprimer à cette partie de son individu des mouvements rapides en tous sens,
comme si elle eût été en proie à de violentes douleurs d'entrailles.

Tout cela, on le comprend, n'offrait rien de bien agréable à la
vue.

Ce que nous venons vous dire est tout à fait dans vos intérêts.

LIV. 36. — H. GEFFROY, éditeur. — Reproduction interdite.

Néanmoins, dans les commencements, en raison de la nouveauté du spectacle, les visiteurs furent nombreux et Abdel-Rhaman faisait chaque jour d'excellentes recettes.

Mais, peu à peu, on se lassa de voir ces paquets de graisse animés évoluer lourdement et sans grâce à la façon des ours savants. On finit par délaisser le café Maure, au grand désespoir de son propriétaire, qui vit alors ses affaires baisser dans des proportions considérables.

Le pauvre homme ne comprenait rien à cette désertion dont la cause lui échappait totalement.

N'ayant aucun conseiller de notre race, car il se défiait de la bonne foi des *roumis*, comme la plupart des vrais croyants, il était loin de supposer que les Européens fussent assez aberrés d'esprit pour avoir, en fait de beauté plastique, un point de vue tout différent de celui des Orientaux, et on l'eût fortement surpris en lui faisant entendre que l'embonpoint exagéré de ses bayadères, qui les rendait si séduisantes au Caire, était précisément considéré à Paris comme une tare.

Dans son ignorance, il était même disposé à croire le contraire.

— Mes almées n'ont pourtant pas maigri, — se disait-il raisonnant dans ce sens; — il me semble qu'elles ont plutôt encore pris du corps depuis leur arrivée à Paris. La belle Mirah, aux yeux de gazelle, n'a jamais eu de formes aussi développées; Féridgé, la divine, a également atteint une ampleur remarquable. Il en est de même pour Haydé, Korah et Zefté qui sont si pesantes, qu'en dansant elles en font crier le plancher et trembler toute l'estrade, ce à quoi beaucoup d'autres ne parviendraient pas.

Seraient-elles donc encore trop maigres pour convenir aux amateurs de ce pays? Mais non, ce ne doit pas être cela, puisque, telles qu'elles sont, elles ont eu du succès jusqu'à ces jours derniers. Alors, pourquoi ont-elles cessé de plaire?

Un jour que notre Égyptien arpentait mélancoliquement son café, en jetant des regards désolés sur les sièges presque complètement dépourvus de spectateurs, et en se demandant comment il réussirait à ramener le monde chez lui, un homme et une femme de mise douteuse, accompagnés d'une jeune fille dont le visage était dissimulé sous un voile épais, vinrent à lui et le prièrent de leur accorder un entretien particulier.

Comme il paraissait surpris de la demande et semblait peu se soucier de satisfaire au désir du couple singulier dont la mine ne lui revenait guère, l'homme reprit :

— Ce que nous avons à vous dire est tout à fait dans votre intérêt, car il s'agit de rendre son ancienne vogue à votre établissement.

— Quoi! — exclama le cawadgi devenu affable comme par enchante-ment, — tu en connaîtrais vraiment le moyen?

— Nous ne sommes venu à toi que pour te l'apprendre, — affirma l'homme, tutoyant l'Arabe comme il avait été tutoyé par lui, sans se douter que cette façon de parler est habituelle chez les Orientaux et n'implique pas pour cela la familiarité.

— Oh! parle alors, parle vite, — fit le maître de l'établissement: — et si tu as dit vrai, je jure par Allah que tu n'auras pas à t'en repentir.

— Nous ne voulons pas t'entretenir ici: mène-nous dans un endroit où nous soyons seuls.

Abdel-Rhaman conduisit aussitôt ses visiteurs dans une salle située derrière le café et où personne ne pénétrait sans son ordre.

Les trois nouveaux personnages que nous mettons en scène méritent une légère mention.

L'homme, lui, était un individu de trente-huit à quarante ans, aux traits durs, à la physionomie sournoise et mauvaise. Son allure vulgaire décelait une extraction des plus communes.

La femme, elle, à peu près du même âge, n'avait pas un meilleur aspect.

C'était une sorte de virago, à la face mafflue, au front bas et fuyant, aux yeux glauques et sans lueur, et que des sursauts convulsifs agitaient sans cesse comme si son corps eût été constamment en contact avec une pile électrique.

Signe particulier : elle exhalait une odeur prononcée d'alcool qui empestait l'atmosphère dans un rayon de plusieurs mètres autour d'elle.

Quant à la jeune fille, — l'enfant devrions-nous dire, — elle était leur vivante antithèse à tous deux, du moins par ce qu'on pouvait juger de ce qui s'apercevait de sa personne.

De taille élancée, la démarche onduleuse, les gestes naturellement gracieux, le port de tête d'une rare élégance, tout en elle indiquait qu'elle devait être d'une essence bien supérieure à la leur.

Et, quoiqu'on ne vît pas son visage, on la devinait radieusement belle.

Sa beauté transparaissait pour ainsi dire à travers son voile.

La conférence d'Abdel-Rhaman avec eux trois dura une heure environ.

Quand le couple et la jeune fille sortirent de la salle, l'Égyptien était rayonnant.

Il reconduisit l'homme et la femme avec force salamalecs, jusqu'au bout de la rue du Caire et ne les quitta qu'après leur avoir bien fait promettre de ne pas manquer à ce qui venait d'être convenu entre eux.

Puis il rentra dans son café presque désert en se frottant joyeusement les mains, car il pensait :

— Par Allah ! on va leur servir une maigre sauterelle à ces chiens de chrétiens, puisqu'ils sont assez sots pour faire fi des belles choses... Demain, je le parierai, il n'y aura pas assez de place pour le monde qui voudra entrer ici.

II

LE ROUQUIN ET LA BIBASSE

Pendant ce temps, l'homme et la femme gagnaient, avec leur jeune compagne, la sortie de l'Exposition du côté de l'avenue Rapp.

Dès qu'ils furent dehors, ils dirent à cette dernière de marcher à quelque distance devant eux, parce qu'ils avaient à causer ensemble.

La jeune fille obéit docilement et prit une avance de dix pas environ.

Alors, quand ils furent certains de ne pas pouvoir être entendus d'elle, l'homme dit à la femme :

— Tu le vois bien, Justine, l'affaire a été toute seule comme je te l'avais annoncé. Il n'y a pas eu besoin d'insister longtemps près de l'Arbico.

— Ça, c'est vrai le Rouquin et...

— Je t'ai déjà recommandé je ne sais combien de fois de ne plus me donner ce nom, — interrompit l'homme avec colère. — Tu ne pourras donc jamais te défaire de cette fichue habitude? Est-ce que je t'appelle La Bibasse, moi ?

— Excuse-moi, Auguste, répondit la nommée Justine, d'une voix grasse et empâtée qui dénotait chez elle une demi-ivresse, — c'est sans le vouloir, je t'assure; mais ça ne m'arrivera plus.

— Hem! tu le promets souvent et tu recommences toujours! Fais donc attention, mille dieux! ou ça nous jouera un mauvais tour. N'oublie donc pas qu'Auguste Foreau dit le Rouquin, et Justine Lacombe dite la Bibasse, condamnés autrefois à cinq ans de prison pour vol avec effraction, n'existent plus aujourd'hui.

— Oui, je sais, nous sommes maintenant M. Auguste et Mme Justine Honoré.

— Chanteurs ambulants, ainsi que leur fille Colette. Il est inutile de nous faire reconnaître par la rousse qui, alors, ne manquerait pas de nous coffrer, car le séjour de Paris nous a été interdit pour quinze ans et, par conséquent, nous l'est encore.

— Je te promets qu'à présent je prendrai bien garde de ne plus me tromper en te parlant, assura la Bibasse, que nous continuerons, nous, à désigner ainsi, de même que nous conserverons à Auguste Foreau son nom de Rouquin.

— Bon, en ce cas, assez là-dessus, — intima ce dernier. — Je te disais donc, — continua-t-il, — que, comme je m'en doutais, l'engagement de la petite dans la troupe de l'Arbico n'avait pas fait un pli. As-tu vu sa tête, au moment où j'ai ôté le voile de Colette?

— Ah! oui, il en ouvrait, des quinquets! Il a dit qu'elle était aussi belle qu'une amphigouri... ou quelque chose comme ça... je ne sais plus, moi; mais c'était pas galant.

— Bêtasse! Il l'a appelée houri.

— C'est ça, houri. Quel drôle de nom! Qu'est-ce que ça veut dire?

— Les houris sont les femmes qui peuplent le paradis de Mahomet.

— Ah! il leur faut encore des femmes, après leur mort, à ces moricauds? Eh bien! vrai, ils en tiennent pour le sexe!

— Puis, — poursuivit le Rouquin, sans faire attention à cette réflexion, — as-tu remarqué aussi son ébaubissement lorsque Colette s'est mise à danser? On aurait dit qu'il craignait qu'elle ne s'envolât.

— Et quand elle a chanté, donc. En l'écoutant, il avait l'air de manger du miel... Ah! j'vas t'en fiche, vilain citron; c'est pas pour ton bec!

— Bref, il a été ébloui et je m'y attendais.

— Il n'a fait qu'une petite observation : il la trouvait un peu maigre.

— Oui, l'imbécile! il a fallu que je lui fasse comprendre que ses grosses dondons n'avaient jamais eu qu'un succès de bêtes curieuses et qu'elles n'inspiraient plus actuellement que le dégoût. Il s'en est rendu compte, d'ailleurs, sans trop de peine.

— Et, — interrogea la Bibasse, — aurons-nous pas mal de picaillons à gagner avec ça?

— Je crois bien. J'ai exigé le quart de la recette par jour, et je dois, demain matin, signer un papier à ce sujet avec M. du turban.

— Ça va nous recaler un brin, alors?

— Faut l'espérer... et il n'est pas trop tôt, car il est temps que Colette nous rapporte un peu plus qu'elle ne l'a fait jusqu'à présent.

— Pour sûr, qu'il en est temps. V'là quatorze ans que nous l'avons sur les bras et elle ne nous a guère encore procuré grand *benef*. Au contraire, comme il nous a fallu l'élever, c'est nous qui y avons été de nos gros sous... et pas de quelques-uns seulement, que je crois?

— Ah! elle nous a coûté bon, c'te mioche.

— Sans compter tout le tintouin qu'elle nous a donné. Quand je pense qu'étant petite nous avions à la traîner partout avec nous, de crainte qu'on ne nous la chipe, si nous la laissions à la maison...

— Ça, c'est vrai, Justine; et, plus tard, ne nous a-t-il pas fallu courir après elle tout le temps. Elle avait l'impertinence de ne pas trouver nos physionomies à son gré; à chaque instant, elle se sauvait du logis, disant que nous avions des têtes qui lui faisaient peur...

— Et lorsqu'elle a été en âge de nous suivre, ne nous a-t-il pas fallu aussi nous casser les bras à la rouer de coups, parce que mademoiselle se refusait à venir chanter comme nous dans les cours où chez les *zincs*, sous prétexte qu'elle n'était pas faite pour ce métier-là... Vrai, c'était rudement éreintant.

Et ces souvenirs leur revenant en foule, tous deux prononcèrent en chœur, avec conviction :

— C'est égal, ce qu'elle nous en a fait endurer!...

Un instant, ils continuèrent à marcher en silence, puis la Bibasse reprit :

— Nous qui croyions avoir trouvé le Pérou, le jour où nous l'avons ramassée dans l'église Saint-Honoré d'Eylau; hein! nous avons été un peu refaits?

— Peut-être, — répliqua le Rouquin devenant songeur. — Que je parvienne seulement à percer le secret de sa naissance, et tu verras si je ne sais pas tirer parti de la découverte... monétairement parlant.

— Ah bah! — exclama la vilaine femme en le regardant avec stupeur, tu aurais encore cet espoir-là, au bout de quatorze ans et après toutes les recherches auxquelles nous nous sommes livrés pour tâcher de savoir d'où elle sortait?

— Certainement. Je n'ai d'ailleurs pas cessé de l'avoir. Tu dois bien penser que sans lui, dans un de nos fréquents moments de panne, je n'aurais pas hésité à me défaire du collier de perles qu'elle avait au cou lorsque nous la trouvâmes dans l'église, et du riche tapis dont elle était enveloppée, ce sont des objets qui peuvent servir d'indices de reconnaissance. Ils m'ont toujours laissé supposer, malgré ses vêtements haillonneux — singularité inexplicable, — que ses parents devaient être des gens calés

« Si je me suis opposé à ce que nous nous remettions à *grinchir*, comme dans le temps, c'est aussi pour cette raison. En effet, si nous nous étions fait *cueillir* à nouveau, les *enjuponnés* (magistrats), cette fois, nous mettaient à l'ombre généreusement pour dix ans, et Colette était bel et bien perdue pour nous.

« Mais revenons à notre affaire. Comme je te le disais, de ce coup, la petite va nous rapporter pas mal de monnaie : c'est toujours ça, en attendant mieux.

— Clinoc, alors; c'est là que je vais pouvoir m'en payer des absinthes, des mêlés-cass, des pintes de schnick et tout le tremblement, dit la Bibasse, dont les yeux ternes s'allumèrent soudain de convoitise.

— Oh! tu pourras t'imbiber tout à ton aise, ma fille, ce n'est pas moi qui t'en empêcherai, — repartit le Rouquin songeant qu'ainsi il lui serait plus facile de tromper sa compagne sur le partage des bénéfices que leur vaudrait l'engagement de la jeune fille et, de la sorte, garder la plus grosse part pour lui.

Puis, comme s'il eût craint que celle-ci pénétrât sa pensée, il s'empressa d'ajouter :

— Dis donc, c'est tout de même une bonne idée que j'ai eue là, hein. Tu te rappelles? Elle m'est venue du premier jour où nous sommes entrés dans cette boîte, il y a six semaines. En entendant les réflexions du public sur les singulières almées qu'on lui présentait, je me suis dit : « Parbleu ! ce qu'il faudrait, ce serait de lui montrer une jolie fille qui sache vraiment danser et chanter. »

« Et tout de suite j'ai songé à Colette. Elle a une figure de petite sainte Vierge, elle tricote des guibolles comme un rat de l'Opéra et, de plus, chante mieux qu'un rossignol. L'emploi lui allait on ne peut mieux, on aurait dit qu'il était fait pour elle. Le tout était de la mettre à même de le remplir, c'est-à-dire de lui apprendre quelques danses et quelques chansons orientales, ou, du moins, qui parussent l'être.

La Bibasse interrompit :

— C'était là le *hic*. Je me souviens de notre embarras, car nous ne savions comment faire pour ça, toi et moi ne connaissant, en fait de danses, que le cancan et la cachucha que nous avions pincés jadis à la Boule-Noire, à l'Élysée-Montmartre et à la Reine-Blanche.

— Ces pas chahuteurs de grenouilles épileptiques eussent difficilement passé pour être d'origine arabe. Il en était de même, du reste, pour les chansons. Ce n'étaient pas, en effet, *La Vénus aux Carottes, Rien n'est sacré pour un sapeur* et autres balançoires de ce genre qui auraient pu servir à Colette dans la circonstance. Aussi, comme tu le dis, étions-nous gran-

— Oh! fit-il... Quant à lui j'ai la certitude de ne pas me tromper.

dement embarrassés. Heureusement, tu le sais, j'ai eu une inspiration.

— Oui, les bohémiens...

— Qu'en me promenant, peu de jours auparavant du côté des fortifica-tions, j'avais vus installés derrière la porte des Ternes et près desquels je m'étais arrêté un moment pour regarder une de leurs jeunes filles, qui était en train de danser à la mode de son pays, en s'accompagnant de

chants bizarres. Alors, me rappelant cela, je suis allé à leur camp avec Colette et j'ai prié la danseuse d'apprendre à la petite quelques-unes de ses danses et de ses chants, ce à quoi elle consentit volontiers... moyennant une pièce de quarante sous que je lui jetai dans son tablier.

— Et, au bout de trois jours, Colette égalait sa maîtresse. Je sais cela aussi bien que toi.

— Jugeant qu'elle en savait assez, — continua le Rouquin malgré cette remarque de sa compagne, — je me contentai dès lors de la faire répéter chez nous; comme j'avais emporté mon violon avec moi et appris les airs des chants qui servaient d'accompagnement aux danses, la chose m'était des plus faciles.

— Elles sont vraiment drôles ces danses.

— Bien mieux, elles sont curieuses. Je ne connais pas les véritables danses de l'Orient, mais celles de la Bohème les valent sûrement par l'originalité et la grâce dont elles sont empreintes. Par exemple les paroles des chants sont d'un dur! Quand on les prononce, c'est comme si on mâchait des cailloux. Cependant Colette est parvenue à retenir celles d'un refrain tout entier, non sans s'écorcher le gosier, il est vrai.

— Tu crois que ça suffira?

— Parbleu! elle n'aura qu'à recommencer ce refrain tout le temps. Comme personne n'y comprendra rien, on ne s'apercevra pas de la farce, pas plus qu'on ne remarquera qu'il n'est pas en langue égyptienne, puisque l'arabe, paraît-il, est tout aussi rude à parler.

« D'ailleurs l'Arbico lui-même n'y ayant pas fait attention, aucune anicroche n'est à craindre pour ça.

— Ah! que je voudrais déjà être à demain pour voir comment ça marchera.

— N'aie pas peur, je suis sûr du succès.

— Tant mieux. Alors, Colette sera habillée en almée?

— Naturellement.

— Mais son costume, qui donc va lui fournir?

— Si tu ne t'étais pas endormie à moitié vers la fin de la séance, pour cuver la demi-douzaine d'absinthes que tu as déjà ingurgitées aujourd'hui, tu aurais entendu le cawadgi dire qu'il se chargeait de lui en faire confectionner un à sa taille d'ici à demain matin.

— Ah! bon, comme ça, ça va bien.

— Tu aurais pu voir aussi que je donnais au bonhomme le modèle d'une affiche, rédigée d'avance par moi, et qu'il doit également faire préparer pour demain dès l'ouverture des portes de l'Exposition.

— Comment, il y aura une affiche pour Colette?

— Et une affiche un peu corsée, même. Si le public ne tombe pas tout de suite en arrêt devant, c'est qu'il sera devenu aveugle. Tu m'en diras des nouvelles. Maintenant, assez là-dessus; attendons les résultats.

Et « M. et Mme Honoré » se disposaient à rejoindre la jeune fille marchant toujours à quelques pas en avant, quand ils furent croisés par un individu qui, à leur vue, parut éprouver une assez vive surprise.

C'était un homme dans la force de l'âge, de mise très élégante et dont le teint bistré annonçait une origine étrangère.

Comme le Rouquin et la Bibasse avaient passé rapidement à côté de lui, il n'avait pu les dévisager qu'un instant seulement.

Cependant, il est à présumer que leur physionomie l'avait frappé, car il s'était arrêté les regardant s'éloigner.

— C'est singulier, — aurait-on pu l'entendre murmurer après un instant d'examen, — malgré le changement qui, avec les années, s'est opéré dans leurs personnes, il me semble bien que ce sont eux... lui et elle. Lui, l'homme au violon, elle, la femme à la guitare.

A un moment, le Rouquin se retourna et lui montra sa face sournoise.

— Oh! — fit-il, — quant à lui, déjà, j'ai la certitude de ne pas me tromper; c'est bien là cette figure aux traits anguleux et durs, dont la courte vision m'est restée profondément gravée dans la mémoire. *Per dio!* le hasard consentirait-il donc enfin à me venir en aide après tant d'années de recherches infructueuses? Si cela était, quelle chance ce serait pour moi, car par eux je saurais évidemment ce *qu'elle* est devenue.

Tout en monologuant ainsi, il avait rebroussé chemin et s'était mis à suivre le couple de loin.

A cet instant, le Rouquin disait à la Bibasse :

— C'en est un, j'en suis sûr... il nous a regardé d'un drôle d'air, comme s'il nous reconnaissait. Vite, vite, gagnons au large... Tiens, justement, — ajouta-t-il en constatant que le personnage marchait maintenant dans la même direction qu'eux, — le voilà qui nous file.

— Comment, tu penses que c'est un roussin? — demanda la Bibasse.

— En plein.

— Un monsieur nippé comme ça?

— Les nippes n'y font rien. Il y a des *mouches* qu'on prendrait pour des ambassadeurs.

— Puis il est couleur chocolat.

— Parce qu'il s'est maquillé.

— Mais il nous a donc connus dans le temps?

— Peut-être bien; ces gens-là ont bonne mémoire.

— Qu'est-ce qu'on nous ferait si on nous repinçait?

— On nous remettrait à l'oustaud, tout simplement, et au moins pour deux ou trois ans. « Rupture de ban, article 45 du *grimoire mouche* » (Code pénal). J'ai étudié exprès le cas.

— Et ça pour un an qu'il nous reste à faire, puisque nous avions quinze ans d'interdiction de séjour?

— N'aurions-nous plus que trois mois, ce serait la même chose. D'ailleurs, on n'aurait pas de peine à savoir que nous n'avons jamais quitté Paris et alors on nous flanquerait le maximum. Cré nom! avoir échappé aux *mouches* pendant quatorze ans et être pris quand on s'y attend le moins, ce n'est vraiment pas de veine.

« Heureusement, nous ne sommes pas encore amarrés; je connais un moyen de couper la filature.

« Écoute, voilà comment nous allons faire. Toi, tu vas rattraper Colette et piquer droit avec elle sur la case, sans t'occuper de rien. Moi, pendant ce temps-là, je vais remorquer mon homme jusqu'à une maison située dans la rue Saint-Didier, près d'ici, et qui a une double issue. Je tâcherai d'y entrer sans qu'il me voie; mais, quand même il me verrait, il faudrait qu'il fût bigrement malin pour me retrouver de l'autre côté.

— Et si c'est moi qu'il suit?

— Pas de danger. Je suis au courant des habitudes de ces messieurs les argousins, et dans un couple, lorsque pour les filer ils ont à choisir entre le mâle et la femelle, c'est toujours au premier qu'ils s'attachent. Allons, fais vite comme je te dis.

La Bibasse obéit et partit en avant avec la jeune fille, prenant le chemin de Chaillot où était leur demeure à tous trois.

Une fois seul, le Rouquin enfila une rue sur sa gauche et, vers le milieu, tourna dans une autre qui y aboutissait à angle droit.

Il ne s'était pas trompé; l'individu n'avait montré nulle velléité de suivre sa compagne et lui avait délibérément emboîté le pas.

Arrivé aux deux tiers environ de la rue Saint-Didier, dans laquelle il venait de s'engager, le Rouquin jeta un coup d'œil en arrière et aperçut l'inconnu qui semblait se rapprocher assez rapidement de lui, comme s'il eût craint de le perdre de vue.

— Si j'avais encore un doute, — se dit-il, — voilà qui me l'enlèverait complètement. Tu ne caches pas ton jeu, toi, au moins, et on voit clair dedans. Mais attends un peu, je vais brouiller tes cartes.

Sur ce, profitant d'un moment où plusieurs passants le masquaient aux regards de l'individu, il pénétra vivement dans la maison devant laquelle il se trouvait et qui était un immeuble d'assez piètre apparence.

Un long couloir sombre lui servait d'entrée et menait à une petite cour presque aussi obscure.

Le Rouquin devait parfaitement connaître les êtres de l'endroit car, parvenu à cette cour, il la traversa sans hésiter, et ayant atteint la partie opposée, il ouvrit une porte de communication dissimulée dans le mur et qui donnait accès dans un second couloir appartenant à l'immeuble voisin.

Deux secondes après, il débouchait dans la rue des Belles-Feuilles, rue presque parallèle à celle qu'il venait de quitter.

Certain alors que l'inconnu avait perdu sa trace, il fit un long crochet et, par des chemins détournés, se dirigea à son tour vers sa demeure.

L'étranger au teint bistré, lui, en égard à la précaution prise par le coquin, ne s'était pas aperçu de la ruse employée par celui-ci pour se soustraire à sa vue.

Aussi, fut-il tout étonné de constater sa disparition subite.

— Sànta-Virgen! — jura-t-il, — voilà qui est fort, par exemple! Où diable a-t-il pu passer? Je ne l'ai vu entrer nulle part.

Et tout en accélérant sa marche, il porta les yeux de tous côtés espérant voir le Rouquin réapparaître devant lui.

Mais arrivé au carrefour sans l'avoir retrouvé, il dut se convaincre qu'il lui avait faussé compagnie, bien qu'il ne pût s'expliquer comment.

Alors, il en prit philosophiquement son parti.

— Bah! — fit-il, — après tout, ça m'est égal. Je sais maintenant qu'ils sont à Paris tous les deux, c'est l'essentiel. Et, puisque le hasard m'a placé une première fois sur leur chemin, j'aime à croire qu'il m'y placera bien encore une seconde. Au reste, j'ai déjà attendu si longtemps que je n'en suis plus à présent à quelques jours près.

Sur cette réflexion il tourna les talons et s'en alla vaquer à ses affaires.

III

LALLAH-MAHIA

Le lendemain de ce jour, une immense affiche d'un jaune éclatant et tirant l'œil d'un quart de lieue s'étalait sur le mur de façade du café Maure.

Cette affiche contenait l'annonce suivante disposée ainsi :

IMMENSE ATTRACTION

LALLAH-MAHIA, *la Perle de l'Orient.*
LALLAH-MAHIA, *la Reine de la beauté.*
LALLAH-MAHIA, *la Fée de la danse.*

« Gens de France, d'Europe et du monde entier, vous êtes informés que la troupe du café Maure vient de s'enrichir d'une nouvelle almée, l'incomparable LALLAH-MAHIA, première danseuse au harem du pacha de Méridah, où elle était, il n'y a pas encore un mois.

LALLAH-MAHIA, *est plus belle que le jour.*
LALLAH-MAHIA *est plus légère qu'un sylphe.*
LALLAH-MAHIA *chante comme un séraphin.*

« C'est à une aventure des plus singulières et qui a failli lui coûter la vie que nous devons de posséder cette célèbre almée.

« Si le public veut bien prendre la peine de lire la brochure qui doit lui être distribuée gratuitement, il verra à quel affreux sort elle a pu échapper, et à la suite de quelles circonstances elle est arrivée à Paris.

Venez ! Venez ! Venez voir !
LALLAH-MAHIA

« Jamais en Europe on n'a rien vu de pareil.

« Entrez, mesdames, entrez, messieurs (les militaires et bonnes d'enfants ne paient que demi-place), entrez tous admirer

LALLAH-MAHIA
LA HOURI
Allah ! Allah ! Allah !

Comme bien on pense, cette affiche attira, dès la première heure, une foule de badauds devant le café Maure, et chacun se prit à lire avec attention une brochure imprimée sur papier-chandelle, que distribuait un petit Arabe.

Cette brochure portait pour titre *Les Aventures de Lallah-Mahia,* et contenait le conte bleu suivant sorti du cerveau du Rouquin :

« Le pacha de Méridah, vieillard de soixante et des ans, s'étant, en dépit de son âge, violemment épris de Lallah-Mahia, chercha, par tous les moyens possibles, à se faire accorder ses faveurs.

« Mais Lallah, aussi sage que belle, refusa toujours de céder aux instances de son maître, quelque récompense qu'il lui promît en retour.

« Celui-ci, rendu furieux par une résistance à laquelle il n'était pas habitué, la fit jeter dans un des souterrains de son palais, la prévenant qu'elle n'en sortirait que le jour où elle serait disposée à être moins cruelle.

« La pauvre enfant préférait rester en prison toute sa vie plutôt que de céder, et bien que la faveur d'un pacha soit loin d'être considérée comme un déshonneur au pays de l'Islam, elle accepta son sort sans murmurer, priant seulement Allah de lui venir en aide.

« Sa prière fut entendue.

« Depuis deux mois déjà, elle languissait dans son cachot, quand un jour la vieille esclave chargée de lui apporter sa nourriture quotidienne étant tombée malade, elle confia ce soin à son fils, un jeune homme de dix-huit ans, du nom de Mouza.

« Mouza, pris de pitié à la vue de l'infortune dont était accablée Lallah et dominé aussi par un sentiment plus tendre que venait soudain de faire naître en lui la merveilleuse beauté de la captive, jura de lui rendre la liberté, quoi qu'il pût lui en coûter.

« Le surlendemain, au milieu de la nuit, il arriva près de celle-ci, muni d'un levier en fer, et l'ayant fait sortir de son cachot, la conduisit à un endroit où les souterrains donnaient sur la Corne-d'Azur, petite rivière dont les eaux arrosent Méridah et bordent le palais du pacha.

« Puis, étant parvenu, à l'aide de son outil, à desceller plusieurs pierres du mur, un peu au-dessus du niveau de l'eau, il franchit l'ouverture avec Lallah.

« Une barque qu'il avait amarrée d'avance à cet endroit les reçut tous les deux.

« Aussitôt qu'ils y eurent pris pied, Mouza fit force de rames pour tâcher de gagner la rive sur un point aussi éloigné que possible.

« Malheureusement, le bruit des avirons fut entendu des gardes du pacha qui, ayant aperçu les fugitifs, se mirent immédiatement à leur poursuite dans des embarcations à course rapide et, malgré l'avance qu'ils avaient sur eux, ne tardèrent pas à les rejoindre.

« Mouza fut alors lié avec des cordes, car il faisait mine de se défendre et de défendre Lallah, puis jeté brutalement au fond d'un des bateaux.

« Quant à la jeune fille, on lui laissa les membres libres.

« Les gardes avaient déjà repris le chemin du palais, lorsque, tout à coup, Lallah, trompant leur surveillance, s'élança hardiment dans la Corne-d'Azur dont les eaux se refermèrent sur elle.

« Redoutant les effets de la colère du pacha, qu'elle savait devoir être terrible, elle voulait essayer de s'y soustraire par la fuite, quoiqu'elle éprouvât un grand chagrin d'abandonner ainsi le pauvre Mouza.

« Excellente nageuse, elle espérait, à la faveur des ombres de la nuit, pouvoir facilement atteindre le rivage.

« Tout d'abord elle plongea et nagea entre deux eaux tant qu'elle put contenir sa respiration, puis quand celle-ci venant à lui manquer, elle se vit obligée de remonter à la surface, elle n'y resta que juste le temps de donner un peu d'air à ses poumons et replongea aussitôt.

« Ensuite, toujours immergée, elle nagea vigoureusement vers le bord, en faisant appel à toute son énergie, de laquelle dépendait son salut.

« Plusieurs fois elle répéta ce manège et, enfin, se trouva assez loin de ses ennemis pour ne plus avoir à craindre de se montrer.

« Peu après, elle touchait la terre ferme... et était sauvée.

« En effet, les gardes, après l'avoir cherchée quelques instants sans la voir reparaître, l'avaient crue noyée et s'étaient décidés à s'éloigner.

« Lallah ne perdit pas de temps.

« Quoique épuisée, elle marcha toute la nuit, mettant ainsi une grande distance entre elle et Méridah.

« Au matin, sa bonne étoile lui fit rencontrer des marchands qui se rendaient au Caire. Elle se joignit à eux et bientôt arriva dans la capitale de l'Égypte.

« Là, la première chose qu'elle apprit fut que son ancien maître avait fait empaler Mouza, après lui avoir coupé le nez et les oreilles de ses propres mains, et qu'il la faisait rechercher elle-même pour lui infliger un châtiment non moins terrible : le supplice du sac.

« Ce supplice consiste à enfermer la victime dans un sac de cuir, en compagnie d'un chat, d'une vipère et d'une douzaine de rats, puis de jeter le tout à l'eau.

« On devine quelle effroyable agonie doit être celle du malheureux ou de la malheureuse condamnée à périr ainsi.

Lallah, effrayée de la mort qui l'attendait si elle retombait au pouvoir du cruel vieillard, et, en outre, douloureusement affectée d'avoir causé celle de son libérateur, résolut de quitter le pays à la première occasion qui se présenterait.

« Précisément, les personnes qui lui avaient donné l'hospitalité se préparaient à venir en France visiter l'Exposition universelle. Elles lui

Un murmure d'admiration parcourut toute la salle.

proposèrent de l'emmener avec elles, ce que, bien on pense, elle s'empressa d'accepter.

« Il y a huit jours qu'elle est arrivée à Paris et, sachant que nous étions ses compatriotes, est venue tout de suite nous trouver en nous racontant son histoire.

« Connaissant l'immense réputation dont elle jouissait là-bas, nous

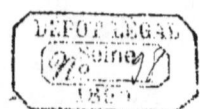

lui avons demandé s'il lui plairait de donner dans notre établissement quelques représentations des danses qu'elle exécutait au harem devant le pacha de Méridah.

« Et c'est pour nous une incroyable bonne fortune d'annoncer qu'elle y a consenti. Elle doit débuter aujourd'hui.

« Nous engageons donc tous les amateurs de ce genre de spectacle à venir assister aux danses et chants de Lallah-Mahia, dont, nous n'en doutons pas, ils garderont un ineffaçable souvenir. »

A la lecture de cette brochure alléchante et des promesses de l'affiche, la curiosité s'emparant bientôt de tous, chacun entra dans le café qui, rapidement, s'emplit d'un grand nombre de spectateurs.

Quand Abdel-Rhaman vit sa salle suffisamment garnie, il annonça :

— Mesdames et messieurs, la représentation de début de Lallah va avoir lieu; mais, auparavant, nos danseuses ordinaires procéderont à leurs exercices accoutumés... En avant la musique !

En impressario consommé, il voulait, par là, tenir son monde en haleine et, de plus, faire ressortir le talent de la jeune fille par la comparaison qu'établirait le public entre les danses des grosses commères et celles de cette dernière.

Le spectacle commença.

Suivant leur habitude, les cinq almées vinrent alors s'agiter pesamment sur l'estrade pendant une demi-heure, produisant sur les spectateurs une impression peu avantageuse.

Aussi leur disparition fut-elle saluée par une sorte de soupir de soulagement général.

C'était maintenant au tour de la Perle de l'Orient.

La curiosité des assistants était vivement excitée.

Un moment s'écoula dans une attente silencieuse.

Déjà, l'on donnait des signes non équivoques d'impatience, quand deux mains mignonnes ayant écarté le rideau qui servait de toile de fond à la scène, une délicieuse créature de seize ans au plus et douée d'une beauté réellement éblouissante s'avança sur les planches.

Elle était vêtue d'une tunique de soie blanche à deux pans, retombant sur un ample pantalon également de soie blanche qui venait se serrer un peu au-dessus de la cheville.

Une large ceinture de fin coton couleur crème lui entourait la taille, laissant pendre sur le côté gauche deux glands à franges d'or.

Ce luxeux et pittoresque costume rehaussait encore sa beauté et les autres séductions de sa personne, car elle était d'une gracilité de formes exquise.

Sa magnifique chevelure, d'un blond doré, grande rareté chez une Égyptienne, se relevait fièrement sur le front pour retomber derrière ses épaules en deux opulentes tresses, qui lui descendaient jusqu'aux jarrets.

Un murmure d'admiration parcourut toute la salle.

Le public était conquis par avance.

Lallah-Mahia, — pour l'appeler par son nom d'almée, — sembla d'abord grandement intimidée de se voir en présence de tant de monde et, instinctivement, ébaucha un mouvement de retraite, mais une voix dure, qui prononça quelques mots de l'autre côté du rideau, la fit interrompre ce mouvement et rester sur l'estrade.

Le public ne se lassait pas de l'admirer.

Oui, elle était radieusement belle, la *fille* du Rouquin et de la Bibasse; seulement, ses traits étaient empreints d'une ombre de mélancolie, de tristesse même, qui y semblait comme figée.

— Pauvre enfant! — disait-on en remarquant cette particularité, — c'est sans doute le chagrin de se voir si loin de son pays et aussi le souvenir du jeune esclave Mouza, mort pour elle, qui assombrissent ainsi son esprit.

Et à l'admiration se joignit un sentiment de tendre sympathie.

L'orchestre criard qui avait accompagné les exercices des autres almées s'était tu et, maintenant, résonnaient les sons d'un violon qui modulait un air au rythme bizarre.

C'était le Rouquin; caché dans la coulisse, il jouait sur son instrument un des motifs de danse qu'il avait appris de la petite bohémienne des Ternes.

Il s'en fallait qu'il fût un violoniste de première force, car il ne s'était adonné au maniement de l'archet qu'au sortir de prison et afin de pouvoir exercer le métier de chanteur ambulant; toutefois, avec le temps, il était parvenu à acquérir une certaine habileté et à jouer avec une correction relative.

Disons, en passant, qu'il avait été en cela supérieur à la Bibasse. En effet, cette dernière n'avait jamais pu arriver à tirer de sa guitare plus de deux ou trois accords, et encore ceux-ci restaient-ils généralement faux.

Ce n'était pas tout à fait de sa faute. L'alcool qui coulait dans ses veines au lieu de sang pouvait lui servir de circonstance atténuante; il causait un tel tremblement à ses mains que c'était miracle quand elle parvenait à pincer juste les cordes.

Sur un coup d'archet dont la vibration sonore sembla se communiquer à ses petits pieds, Lallah-Mahia se mit à danser.

Tout de suite, la salle entière fut sous le charme.

Comme le disait l'affiche, jamais on n'avait rien vu de pareil, c'est-à-dire d'aussi gracieux et d'aussi captivant.

Un petit carton, accroché par Abdel-Rhaman à un des montants de l'estrade, indiquait que la jeune fille exécutait « la danse de la fiancée ».

Par des pas glissés et d'une légèreté de sylphe, elle se portait à différents endroits de la scène et paraissait écouter au dehors si elle entendait approcher le bien-aimé ; après quoi elle revenait faire face aux spectateurs, et, en des poses pleines de grâce, montrait tout le bonheur qu'elle avait lorsqu'elle était à ses côtés.

Elle mimait toute la joie qu'elle éprouvait à se serrer contre lui, à appuyer sa tête sur son épaule, à lui sourire, à caresser sa chevelure, à l'enlacer tendrement...

Ensuite, elle retournait écouter, comme déjà, un peu inquiète de son retard, et comme il ne se montrait pas encore, l'impatience la prenait ; ses pas devenaient saccadés, ses mouvements brusques ; ses traits se contractaient.

Alors, elle paraissait ouvrir une fenêtre et regarder au loin.

A ce moment, une expression de douleur poignante se peignait sur son visage.

Par des gestes expressifs, elle indiquait qu'elle apercevait son fiancé en compagnie d'une femme à laquelle il parlait amoureusement.

Son désespoir était immense ; elle semblait en proie à un accès de folie et sa danse devenait incohérente.

Cette partie de la pantomime n'était pas la moins intéressante et demandait un réel talent pour être bien exécutée.

Mais Lallah s'en acquittait à merveille et ses pas étaient admirablement ordonnés.

Soudain, à son désespoir, succédait un grand calme ; elle venait de prendre une énergique résolution.

Elle faisait comprendre que, puisqu'elle n'était plus aimée, il lui était inutile de vivre et qu'elle allait mourir.

Dénouant alors la longue ceinture qui lui entourait la taille et qui, dépliée, était large de plus d'un mètre, elle s'en recouvrait la tête et les épaules comme d'un linceul ; puis, tirant de sa tunique un petit poignard, elle s'en frappait en plein cœur.

Son âme était maintenant dégagée de son corps et s'envolait vers le ciel.

Pour figurer cet envolement, elle tournait sur elle-même avec une rapidité prodigieuse, ses pieds touchant à peine le sol.

Il en résultait que l'étoffe, attirée en haut par la colonne d'air et mise ainsi en mouvement, s'élevait peu à peu, semblant soulever la jeune fille et l'emporter à travers l'espace.

L'illusion était si parfaite qu'on croyait réellement la voir planer au-dessus de l'estrade.

Tout à coup, à un dernier coup d'archet, elle s'arrêta net, comme si une main de fer l'eût brusquement immobilisée.

La pantomime était terminée.

Aussitôt, Lallah disparut derrière la toile pendant que des bravos frénétiques retentissaient dans la salle.

Il n'y avait pas un spectateur qui n'applaudît, jusqu'aux femmes qui en crevaient leurs gants.

— Encore! cria-t-on de toutes parts. Encore!...

Mais Abdel-Rhaman vint faire une annonce.

Lallah-Mahia était fatiguée; on devait le comprendre, elle avait besoin de se reposer un peu avant de se représenter devant le public. En attendant, et pour faire patienter son honorable clientèle, lui, Abdel-Rhaman allait faire revenir les autres danseuses.

On se dit qu'en effet quelques instants de repos devaient être nécessaires à la jeune fille et on se résigna à subir de nouveau Mirah, Féridjé, Haydé, Korah et Zefté, les véritables almées à la graisse incomprise.

On les subit même sans trop d'impatience le plaisir qu'avait donné Lallah ayant rendu les spectateurs indulgents. Néanmoins, comme auparavant, on fut bien aise de les voir partir.

Au bout de quelques minutes, la jeune fille reparut.

Cette fois, c'était une *Zaoulah* ou « danse d'amour » qui était annoncée.

Lallah en commença immédiatement les premières figures, scandées par une musique à mesure rapide.

La Zaoulah ne ressemble nullement à la pantomime d'espoir et de souffrance dont nous venons de donner un léger aperçu.

Elle tient plutôt du fandango dont elle a tout à la fois l'allure vive et langoureuse.

On sait que le fandango est une danse espagnole à deux personnes, un homme et une femme qui se font vis-à-vis et au cours de laquelle on imite tous les transports de la passion.

La Zaoulah en diffère en ce qu'elle ne se danse qu'à une seule personne;

mais elle n'en est pas moins très suggestive et comporte même des *passes* qui vont jusqu'à la licence.

Seulement, ce qui, chez toute autre que Lallah, eût certainement paru contraire à la bienséance, semblait chez elle si candide et si innocent que la censure la plus sévère n'y eût pas trouvé un mot à redire.

C'était, si nous pouvons employer cette expression, de l'érotisme parfaitement chaste.

Au milieu de la danse, la jeune fille chanta pour accompagner ses pas.

Sa voix, pure comme le cristal et d'un timbre charmant, était un ravissement pour l'oreille.

Et, quoique les paroles du chant fussent d'une grande rudesse d'accent, elles prenaient, en passant par ses lèvres, la douceur d'un gazouillement d'oiseau.

Peut-être ne comprenait-elle pas les pensées exprimées par les vers du chant ancien composé par un poète du *Pharaon nepek* (peuple Pharaon), mais elle y mettait tout son cœur et une émotion gagnait chacun de ses auditeurs.

Elle disait :

> Mitidika, mitidika, wién üng guätsch!
> Ba nu, ba nu n'ani tsche fälsch![1]

On écoutait subjugué, les yeux et l'ouïe à une véritable fête ; et l'on serait resté ainsi jusqu'au soir à regarder et à entendre sans éprouver la moindre lassitude, quand soudain la Zaoulah prit fin.

Alors de nouveaux bravos éclatèrent, encore plus nourris que les premiers.

L'enthousiasme était à son comble, et Lallah dut revenir plusieurs fois sur l'estrade recevoir les ovations du public enthousiasmé.

Son triomphe était complet.

Toute la journée, d'ailleurs, il se continua grandissant à chaque nouvelle séance, et Abdel-Rhaman ne s'était pas trompé en pensant que son café serait trop petit pour contenir la foule qui voudrait y entrer.

Car, la réputation de Lallah s'étant promptement répandue au dehors, on accourait de tous côtés pour la voir ; et l'on s'entassait, on s'empilait pour ainsi dire les uns sur les autres, ne laissant pas un coin, pas le plus petit espace inoccupé.

---

1. Petite, petite, viens ici !
   Non, non, je n'ai rien à faire là !

IV

UNE GOUTTE DE « CHIEN »

Le Rouquin et la Bibasse demeuraient à Chaillot dans une cité nommée « La Cité Verte » à cause de l'herbe et des nombreuses plantes parasites qui y poussaient sur la chaussée en toute liberté, sans que personne songeât jamais à les arracher.

Cela donnait à l'endroit un petit air champêtre fort agréable à l'œil et, avec un peu d'illusion, on se serait cru en pleine campagne.

Mais, à propos de Chaillot, puisque nous venons à en parler, sait-on que ce quartier fut autrefois un des plus jolis bourgs des environs de Paris?

On ne le dirait guère, à le voir tel qu'il est aujourd'hui ; et cependant cela était.

Bâti sur la lisière de l'antique forêt de Rouvray, — actuellement le Bois de Boulogne, — il avait primitivement l'aspect verdoyant et paisible de ces anciens villages de pasteurs dont Virgile nous fait la description dans ses *Géorgiques*.

Jusqu'au septième siècle, il conserva cet aspect. Peu à peu, cependant, ses arbres tombèrent, ses cabanes de chaume firent place à des constructions plus solides et, vers l'an 1660, il devint, par arrêt du Parlement, un des principaux faubourgs de la capitale.

Chaillot a eu ses seigneurs, tout comme un fief.

Parmi eux, il y en eut d'illustres, tels que les Arrode, Louis, duc d'Orléans, Philippe de Commines, les Boulainvilliers, etc...

Au moment de la Révolution, la seigneurie était possédée par les dames de la Visitation, établies dans ce lieu par Henriette de France, reine d'Angleterre, et dont le couvent fut alors rasé complètement.

Son dernier prestige disparaissait.

A l'époque actuelle, Chaillot n'est plus qu'un simple quartier de Paris et s'il n'en est pas le plus beau il a du moins cet avantage d'être à proximité de larges voies et de superbes promenades.

C'est donc là, nous venons de le dire, qu'habitaient le Rouquin et la Bibasse.

La Cité-Verte était formée d'une suite de misérables maisons, de masures, presque, dont les locataires ou les propriétaires exerçaient pour la plupart le métier de chiffonniers ou de marchands de bric-à-brac.

Nos deux personnages y occupaient tout en haut une sorte de petit pavillon entouré d'une bande de terrain de quelques mètres de largeur, que limitait une palissade de planches à hauteur d'homme, destinée à séparer totalement cet endroit des autres habitations.

Ils menaient là une vie d'apparence régulière.

On les voyait sortir le matin avec leur *fille* pour aller chanter dans les quartiers environnants ou éloignés et rentrer généralement vers onze heures du soir.

On les considérait comme de pauvres gens, mais très honnêtes, et nul ne se fût douté qu'ils étaient d'anciens *pensionnaires* du gouvernement.

Dans les commencements de leur installation, une chose avait cependant causé quelque étonnement aux habitants de la cité.

C'était la façon de marcher de la Bibasse qui n'était pas celle de tout le monde.

Ou elle avançait par saccades et avec une rigidité d'automate, le corps secoué de frissons convulsifs, ou elle décrivait des courbes et des circuits des plus fantaisistes.

Mais comme elle semblait toujours être en pleine possession de sa raison, et qu'en outre elle conservait, malgré tout, un certain équilibre, on s'était bien vite accoutumé à ces singulières allures.

La virago, en effet, à force de se griser, en était arrivée à ne plus pouvoir dépasser un certain degré d'ébriété et à garder, en même temps qu'un aplomb suffisant, assez de lucidité d'esprit pour sauver les apparences.

On avait alors fini par attribuer cette dérogation aux lois ordinaires de la marche à une maladie nerveuse dont elle devait être atteinte. A plusieurs reprises, des personnes charitables, émues de pitié en la voyant dans cet état, lui avaient offert, pour la réconforter, un petit verre de rhum ou d'eau-de-vie, ce qui leur avait valu quelques hoquets de remercîment.

Le pavillon où logeait le couple avec la jeune fille, n'avait qu'un rez-de-chaussée divisé en deux parties égales par un corridor allant de la façade d'avant à la façade d'arrière.

Quand nous disons pavillon, c'est parce que nous ne trouvons pas d'autre mot pour désigner ladite construction.

En réalité, c'était un ancien hangar de petite dimension, dont on avait fermé les quatre côtés par des murs en torchis.

Il appartenait à un marchand de peaux de lapins qui le louait au ménage cent soixante francs par an... payables par mois.

Alors, il marche vers elle, les yeux luisants comme des braises ardentes et les mains tendues en avant.

Chaque division ne formait qu'une seule chambre, dont l'une était réservée au Rouquin et à la Bibasse, l'autre à Colette.

Autant la première était mal tenue et toujours en désordre, autant la seconde était d'une propreté excessive et constamment rangée avec le plus grand soin.

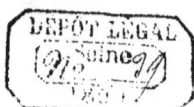

Celle-ci ressemblait à un véritable taudis, celle-là à un petit nid gracieux et coquet.

Avec peu de chose, moins qu'un rien, nos fillettes de Paris savent faire de leur cage un paradis en miniature.

En dépit de son exiguité, la jeune fille avait partagé son domaine en deux compartiments au moyen d'un rideau suspendu au plafond.

Elle s'était fait ainsi une chambre à coucher; car, par un sentiment de pudeur instinctif, elle n'avait pas voulu que son lit frappât la vue dès qu'on entrait chez elle.

Puis elle avait aussi mis un verrou à la porte, disant qu'isolés comme ils l'étaient, cette précaution devenait des plus nécessaires.

Au vrai, Colette ne voulait pas qu'on pénétrât librement dans son intérieur.

Elle était femme, maintenant. M. et Mme Honoré, « ses parents », ne lui inspiraient tous deux qu'une médiocre confiance, aussi, voulait-elle être, au moins la nuit, entièrement maîtresse de sa personne.

Lorsque le Rouquin avait appris par la Bibasse que Colette s'était permis de fixer un verrou à la porte de sa chambre, il s'était contenté de hausser les épaules en ricanant, car, le cas échéant, il ne doutait pas devoir se rappeler assez de son ancien métier pour rendre inutile cette futile barricade.

M. et Mme Honoré, accompagnés de la jeune fille, rentrèrent chez eux vers minuit.

Ils étaient tous deux de fort joyeuse humeur.

Le Rouquin, comme cela avait été convenu avec Abdel-Rhaman, avait touché, après la dernière représentation, une assez grosse somme, qui formait le quart des bénéfices réalisés par celui-ci pendant la journée; et cet argent enfantait leur joie, car ce premier succès promettait bien d'autres recettes.

Aussitôt dans le pavillon, Colette voulut aller se reposer.

Sa prétention n'avait rien que de très légitime. Il lui avait fallu paraître dans dix séances successives et, à chacune d'elles, bisser une ou deux danses.

Elle se sentait donc horriblement lasse.

Pourtant, comme elle se préparait à passer dans sa chambre, la Bibasse l'arrêta.

— Attends un peu, ma fille, — dit-elle d'une voix avinée, — avant d'aller *roupiller* tu dois fêter avec nous cette bonne journée. Un doigt de rhum te donnera des jambes pour demain et tu n'en danseras que mieux.

— Non, merci, ma mère, — répondit Colette ; — je suis très fatiguée et vous voudrez bien me permettre d'aller me coucher tout de suite.

— Bah ! — appuya le Rouquin, — ce n'est pas un quart d'heure de plus ou de moins qui te fera grand'chose et, comme dit Justine, une goutte de chien te fortifiera les jarrets.

— Je ne bois jamais de liqueurs fortes ; ça me fait mal à l'estomac, vous le savez bien, mon père.

— Oui, je sais, il paraît que ça te brûle la poitrine. Bah ! une fois par hasard n'est pas coutume et une larme seulement, ce n'est pas une affaire.

— Merci, merci, je craindrais de me rendre malade.

— Te rendre malade ! — exclama la Bibasse, riant d'un gros rire, — en voilà une sotte idée : est-ce que le rhum rend jamais malade ? J'en avale plus d'un demi-litre par jour, moi... sans compter quelques pintes d'autres liquides. Est-ce que je m'en porte plus mal ? Voyons, assois-toi là, ma poulette, nous allons trinquer à ton succès.

Et la virago poussa Colette près d'une table crasseuse où le Rouquin avait déjà pris place.

— Je vous en prie, ma mère... — implora l'enfant.

— Ta ta ta ! il n'y a pas de je vous en prie, tu vas *t'arroser la dalle* avec du fil-en-quatre. Ne croirait-on pas vraiment qu'on veut te forcer à prendre de *la poison* ?

— Mais vous vous rappelez bien qu'un jour où vous m'aviez fait boire je ne sais quoi de spiritueux, j'ai été prise de si violentes douleurs d'estomac que j'ai cru être sur le point de mourir.

— C'est vrai, seulement tu avais douze ans, et je t'avais donné de l'absinthe pure, tandis qu'aujourd'hui, tu en as seize et c'est simplement du camphre que je vais t'offrir. Il y a une différence.

— Peut-être pour vous, mais pour moi ce doit être la même chose, — répliqua Colette qui ne savait plus que dire pour se dérober au supplice qu'on voulait lui imposer.

— Tu verras bien que non. Et puis enfin, je le veux !... — déclara péremptoirement la Bibasse s'entêtant dans son idée. — Ça me fait rire de voir une poule mouillée comme toi. Sais-tu bien qu'à ton âge, moi, j'étranglais déjà tous les jours ma douzaine de perroquets et ça n'y paraissait guère ? Demande à Auguste quand il m'a connue, si malgré le demi-tonneau de liquide que j'avais dans le corps, je n'étais pas toujours d'attaque pour faire le guet devant les maisons pendant qu'avec les autres il...

Un cri de douleur coupa la phrase de l'ivrognesse.

Le Rouquin venait en guise d'avertissement de lui allonger un vigoureux coup de pied dans les jambes.

Et comme Colette la regardait, étonnée, non pas pour ce qu'elle venait
de dire, attendu que le sens lui en avait échappé, mais à cause du cri
qu'elle avait poussé et dont elle ne s'expliquait pas la cause, le Rouquin
lui demanda sur un ton d'intérêt :

— C'est encore ton *rhumatisse?* Il t'élance, je parie?

— Juste, — répondit la Bibasse en faisant une affreuse grimace.

— Faut soigner ça, Justine, et sérieusement, vois-tu, — ajouta
le coquin avec un éclair de colère dans les yeux, — sans quoi ça finirait
par te jouer un vilain tour, je t'en préviens.

— Oui, oui, je soignerai ça, Auguste, je te le promets. Ça me prend,
du reste, de plus en plus rarement.

— C'est encore trop souvent pour ta santé, ma fille, et, je te le répète,
méfie-toi, il pourrait t'en cuire...

— Je me méfierai.

— Bon, alors, assez de bavardage, et, maintenant, va nous chercher le
rhum.

Tout en se frottant la jambe où l'avertissement avait porté, la Bibasse
alla à un placard, en tira une bouteille de rhum à moitié pleine et l'apporta
sur la table avec trois verres.

V

DÉSIR D'IVROGNE

Colette s'était résignée et ne cherchait plus à se défendre.

— Voilà ! — fit la virago, — il n'y en a pas beaucoup, mais demain je
renouvellerai la provision ; nous avons de quoi à c't' heure.

Ce disant, elle versa la liqueur ambrée dans les verres : un doigt pour
la jeune fille, trois ou quatre pour le Rouquin et une pleine rasade pour
elle.

Puis, trinquant avec précaution, afin de ne point faire déborder une
seule goutte du précieux liquide, elle prononça de sa voix oxydée par le
trop constant abus des alcools :

— A la santé de notre Perle de l'Orient !

Et, aussitôt, de la pleine rasade il ne resta plus la moindre trace. Une seule lampée avait suffi pour tout absorber et son verre était aussi à sec que si on y eût fait le vide à l'aide d'une machine pneumatique.

— A la santé de notre Fée de la danse, — riposta le Rouquin qui à son tour avala sa part également d'un seul coup, moins artistement que sa compagne, cependant, car quelques gouttes tombèrent sur la table. — Et toi, douce Colette, — acheva-t-il railleusement, — à quelle santé bois-tu?

— A la vôtre, — répondit l'enfant pour dire quelque chose.

En même temps elle trempait ses lèvres dans le liquide, ce qui eut pour résultat immédiat de lui soulever le cœur et de lui causer une violente quinte de toux.

La bouche lippue de la Bibasse grimaça un rire hideux, et sous l'étoffe étriquée de son corsage sa gorge ondula lourdement.

— Ah! ah! — fit-elle dès qu'elle put parler, — tu as avalé de travers, ma chatte, on voit bien que tu n'es pas encore habituée à lever le coude d'après les principes. Courage, va, tu t'y feras; il s'agit seulement de bien saisir le mouvement. En attendant, bois vite une autre gorgée, ça te remettra *illico*. Tiens, regarde chez moi si ça ne passe pas droit... et chez Auguste aussi?

Et, après avoir versé de nouveau une bonne ration à ce dernier, elle se servit à elle-même un second plein bord.

— Attention, mon homme, — dit-elle au Rouquin, — montrons à la *momichonne* comment on s'y prend pour *entonner* sans que ça fasse fausse route. Une, deux, y es-tu?

Quoique n'ayant pas le défaut de sa compagne, le Rouquin ne professait cependant aucun dégoût pour les spiritueux. Aussi, répondit-il, sans trop se faire prier :

— Vas-y; j'suis prêt.

— Alors... trois...

Ce mot était à peine prononcé que les deux verres avaient repris leur netteté première.

Colette, dont la quinte prenait fin, avait profité de cette nouvelle libation de « ses parents » pour jeter sur le sol tout le contenu du sien, sans que ceux-ci s'en aperçussent.

— Ma foi, vous avez raison, ma mère, — fit-elle en rougissant du gros mensonge que son palais révolté l'obligeait à faire pour sembler contenter les deux ivrognes et mettre ainsi un terme à la torture dont elle prévoyait la longue durée : Je viens de boire le reste et, voyez, ma toux a presque cessé.

— Parbleu! j'en étais sûre, — approuva la Bibasse convaincue. —

Encore quelques leçons comme celle-ci, et dans peu de temps tu en arriveras à vider très honnêtement ton quart par jour. Tiens, il en reste une petite sucée dans le fond de la bouteille... la veux-tu?

— Non, merci, c'est assez pour ce soir, et je ne voudrais pas vous priver.

— Ça te servirait pourtant à porter une dernière santé. — insista le Rouquin.

— Une dernière santé? — fit la jeune fille interrogativement.

— Oui, nous avons trinqué à celle de notre Perle de l'Orient, à celle de notre Fée de la danse, eh bien! il en reste encore une.

— Je ne comprends pas, — repartit Colette.

Le coquin commençait à éprouver les effets du rhum; sa langue devenue pâteuse se mouvait difficilement et ses yeux atones prenaient en fixant l'enfant une ardeur coupable et pleine de convoitise.

— Voyons! — répliqua-t-il. — N'es-tu pas appelée aussi sur l'affiche « Reine de la Beauté... » Oui, oui, Reine de la Beauté!... et tu mérites vraiment ce titre, Colette, car tu es belle, admirablement belle. Si tu l'ignores, ce qui m'étonnerait, je te l'apprends pour que tu le saches dorénavant.

La jeune fille se sentit soudain alarmée et le sang lui monta violemment aux joues.

Plusieurs fois, elle avait déjà remarqué dans les yeux de son pseudo-père une lueur inquiétante, mais jamais encore elle n'avait eu cette intensité.

— Eh! eh! ça te fait rougir ce que je te dis là, — reprit celui-ci. — Ah! mignonne, voici une de mes dernières illusions qui s'en va. Tu te savais gironde, hein?... Parbleu! il aurait fallu que tu ne te regardasses jamais dans un miroir pour ignorer ton galbe et, à coup sûr, tu ne t'en es pas fait faute... Allons, un dernier *gargarisme* et à nous deux cette goutte.

Saisissant alors la bouteille, il voulut verser une partie de ce qui y restait dans le verre de Colette, mais l'enfant lui repoussa brusquement la main.

— Ah! tu refuses, — grogna-t-il, — eh bien! je trinquerai tout seul, voilà tout.

Et il se servit le fond du flacon.

Bien que n'étant considéré par la Bibasse que comme une sucée, ce fond représentait néanmoins une quantité encore fort respectable : la valeur de trois petits verres environ.

— Dis donc, tu m'oublies, Auguste, — réclama l'ivrognesse. —

Puisque tu ne partages pas avec elle, tu pourrais bien partager avec moi?

— Quoi donc? voudrais-tu trinquer aussi à ta beauté, toi? — lui demanda le Rouquin sur un ton d'ironie insolente.

— Pourquoi pas?

— Oh! là là! c'est plus à faire, ma pauvre *largue!*

— Tu y trinquais bien avec les aminches dans le temps, même que souvent, après une bonne cambriole, vous vous disputiez à qui *qui* m'aurait...

Un second coup de pied, encore plus énergique que le premier, lui fit pousser un nouveau cri de douleur.

— Vois-tu qu'il faut te méfier, — fit benoîtement le Rouquin, — voilà que ton satané *rhumatisse* te reprend... Couche-toi, va, c'est ce que tu as de mieux à faire. Deux attaques dans une soirée, c'est suffisant... une troisième te ferait trop souffrir.

La façon dont « son mari » prononça ces mots fit comprendre à la Bibasse que c'était un ordre qu'il lui intimait. Elle pourrait donc avoir à s'en repentir si elle tentait d'y résister.

Le coquin, elle le savait par expérience, ne se gênerait nullement, une fois seul avec elle, pour lui administrer une maîtresse correction, soit manuelle, soit « instrumentale », c'est-à-dire à l'aide d'une trique ou de quelque chose y ressemblant.

Elle portait encore sur le dos et les épaules les marques d'une de ces corrections amicales qu'il lui avait infligée récemment, pour, comme toujours, s'être laissée aller en public à un écart de langue compromettant.

D'ailleurs, elle en était arrivée au maximum de l'ivresse, et il lui fallait faire des efforts inouïs pour parler et tenir les yeux ouverts.

De plus, quoique assise, elle avait des mouvements de tangage et de roulis si accentués qu'elle semblait à tout moment prête à s'affaler sous la table.

Le conseil donné par le Rouquin était donc bon à un double titre.

— Ma foi, — gémit-elle, en se frottant les tibias, — il est en effet grand temps de m'allonger dans les draps. La journée a été rude pour moi et je commence à avoir la tête un peu lourde. Au reste, il n'y a plus rien à boire, — ajouta-t-elle avec regret.

Sur ce mot, quittant son siège non sans peine, d'un pas mal assuré, elle se dirigea vers « ses draps » représentés par d'innommables guenilles étalées sur un horrible grabat d'une saleté repoussante.

Mais elle ne put parvenir jusqu'à lui.

Terrassée enfin par l'alcool dont tout son corps était saturé, la Bibasse s'effondra soudain comme une masse au milieu de la pièce et s'endormit en grognant.

— Couchez-la, mon père, je vous en prie, — implora Colette compatissante.

— Oui, je la coucherai... tout à l'heure, ce n'est pas si pressé, — répondit le Rouquin. — Auparavant, je tiens à boire à ta santé. Allons, à la Reine de la Beauté, à la plus jolie fille du monde !

Et, levant son verre, il le vida sans quitter des yeux l'enfant.

Quand il l'eut reposé, il reprit :

— Maintenant, embrasse-moi, Colette, tu me dois bien ça, je pense, pour une santé comme celle-là ?

La jeune fille n'avait guère l'habitude d'embrasser « ses parents ».

Toujours traitée durement par eux, elle ne s'était jamais sentie portée à les aimer ni à leur faire des caresses, que, du reste, ils n'avaient jamais non plus sollicitées.

Aussi, fut-elle surprise de ce que lui demandait « son père » et demeura-t-elle hésitante.

— Tu ne veux pas ? — interrogea ce dernier en remarquant son indécision. — Alors je vais donc moi-même faire le premier pas.

Et avant que la jeune fille eût pu s'en défendre, il appliqua ses lèvres encore humides de rhum sur ses joues fraîches et veloutées comme le duvet d'une pêche.

Colette se leva d'un bond, et fit un brusque saut en arrière.

Il lui semblait avoir été mordue par un serpent.

Ce baiser, qu'elle venait de recevoir, lui brûlait la chair ainsi qu'un fer rouge.

Était-ce donc là le baiser d'un père ?

Elle ne pouvait le croire et en éprouvait une profonde sensation de dégoût.

— Encore un, — dit amoureusement le Rouquin, grisé par le contact de cette peau satinée sur sa bouche. — encore un et ce sera fini.

Tout en parlant, il cherchait à rejoindre l'enfant.

— Non, jamais, — s'écria celle-ci avec énergie, — non, jamais plus vous ne m'embrasserez.

— Eh ! quoi, — fit le coquin avec une fausse bonhomie, — un père n'a plus le droit maintenant de bécoter sa fille ? Et depuis quand, donc ?

Colette ne répondit point et s'éloigna autant qu'elle put du misérable.

Alors, il marcha vers elle, les yeux luisants comme des braises ardentes et les mains tendues en avant.

— Attends! Nous allons tâcher moyen de te mettre dans le paillot.

Effrayée, son instinct de vierge la mettant en garde contre une monstruosité qu'elle ne soupçonnait même pas — car son innocence avait été jusque-là respectée par les deux bandits, — elle continua à se reculer sans perdre de vue un instant son persécuteur.

L'affreux rictus qui tordait les lèvres de ce dernier et les regards aigus qu'il dardait sur elle lui causaient une frayeur indicible.

Liv. 40. — H. GEFFROY, édit. — Reproduction interdite.   40

— Voyons, Colette, — reprit-il sans cesser d'avancer, — qu'est-ce que tu as à te sauver ainsi. Je te dis encore un, un seul, un tout petit... et puis ce sera tout. Laisse-le-moi donc prendre.

Pas à pas, l'un avançant, l'autre reculant avec effroi, ils faisaient le tour de l'ivrognesse dont le corps échoué sur le sol, ainsi qu'une vieille loque, donnait signe de vie en rendant des ronflements sonores.

Cette poursuite hideuse en elle-même affectait les apparences du plus haut comique.

— Ah çà ! — demanda le Rouquin dont les jambes étaient molles, — est-ce que tu vas me faire marcher longtemps de la sorte ? Ça devient fatigant, sais-tu.

Toujours muette, Colette s'arrangeait de manière à conserver le même espace entre elle et lui.

La colère gagnait le chenapan.

— Mille tonnerres ! — jura-t-il soudain, — as-tu bientôt fini de me faire poser ? J'ai dit que je t'embrasserais encore une fois... et je t'embrasserai, sacrédieu ! que tu le veuilles ou non.

En même temps, prenant son élan, il courut à la jeune fille prêt, au besoin, à user de violence pour obtenir ce qu'il désirait.

Peu accoutumé à boire d'un coup tant d'alcool, il n'avait plus la tête à lui, et, oubliant le rôle qu'il avait à jouer près de Colette, il ne voyait plus en elle maintenant qu'une jolie fille tombée en son pouvoir et dont il désirait follement la possession.

L'enfant ne l'avait pas attendu, naturellement.

Elle s'était mise à courir aussi pour l'éviter.

Son seul moyen de salut, la pièce n'étant pas grande, était de tourner autour de la table aux pieds de laquelle dormait la Bibasse, tenant ainsi le Rouquin à distance de la largeur de ces deux obstacles.

— Ah ! tu me fais trimer comme ça, — proféra le lâche gagné par l'exaspération, — eh bien ! ce n'est plus seulement une fois que je t'embrasserai, mais dix fois, vingt fois, cent fois même si cela me plaît... Et puis... Et puis après...

Il n'acheva pas.

Il n'en était pas besoin ; l'expression bestiale de sa figure criait trop haut ce qu'il croyait taire pour ne pas indiquer à Colette l'imminence du péril où elle était.

La pauvre petite haletait, tremblait de peur.

Tomber, en cet instant, entre les mains du misérable, c'était sa perte, elle le pressentait.

Celui-ci, complètement affolé par l'infâme désir qui lui faisait bouillir le sang, précipitait sa course, se rapprochant de sa proie d'instant en instant.

Au cours de cette poursuite sans nom, plusieurs meubles ayant été renversés par le chasseur ou par le gibier, l'un et l'autre sautaient par-dessus ou les repoussaient à mesure qu'ils se présentaient devant eux.

La Bibasse, nous le savons, était un des principaux obstacles qu'ils avaient à franchir à chaque tour de table.

Son corps massif et volumineux leur barrait entièrement le chemin.

Elle était plongée dans un si lourd sommeil qu'en dépit des heurts et des coups qui l'atteignaient fréquemment, elle ne bougeait pas plus qu'une souche; et n'eût été le souffle claironnant de ses narines, qui emplissait la chambre d'un bruit semblable à une fanfare de chasse, on l'eût crue absolument privée de vie.

Cet étrange steeple-chase, entre le poursuivant et la poursuivie, durait au moins depuis près de dix minutes et Colette, épuisée, se voyait sur le point d'être prise, quand une circonstance inattendue vint la sauver.

Comme le Rouquin, croyant déjà la tenir, prenait un dernier élan pour bondir jusqu'à elle, il ne remarqua pas qu'auparavant il avait encore à enjamber l'ivrognesse près de laquelle il était; si bien que, buttant en plein dans celle-ci, il perdit l'équilibre et s'abattit rudement sur le sol, où il resta tout étourdi.

Colette, mettant aussitôt à profit cet événement imprévu, courut à la porte, ce qu'il lui avait été impossible de faire jusqu'alors et, sortant de la pièce, rentra vivement chez elle où elle se verrouilla et s'enferma même à double tour.

Et, tant il est vrai que le grotesque se confond parfois avec les choses les plus graves de la vie, en cet instant même, un dernier ronflement de la Bibasse s'éleva aux notes les plus hautes semblant sonner le *rembucher*.

Plus heureuse que le cerf qui rentre bien inutilement dans son fort, Colette était hors des griffes du coquin.

VI

CADEAU PEU COUTEUX

Le choc qu'avait reçu la Bibasse, lorsque le Rouquin s'était butté contre elle, avait eu pour conséquence, non pas de la réveiller, — son sommeil tenant de la léthargie, — mais de lui faire faire un demi-tour sur elle-même.

De sorte que, maintenant, se trouvant nez à nez avec le sol, — si nous pouvons employer cette figure, — ses ronflements, répercutés par le plancher, avaient décuplé de puissance.

Le tympan du Rouquin en était si douloureusement affecté que sa tête, alourdie par les fumées de l'alcool, en soubresautait sur le parquet, sans pour cela parvenir à reprendre possession d'elle-même.

Et il arriva cette chose, tout à la fois naturelle et bizarre, c'est que l'ivrogne par occasion fut brusquement arraché à sa torpeur par l'arrêt subit du bruit qui berçait son engourdissement.

En effet, la Bibasse s'étant tue soudain, après un dernier renâclement d'une sonorité exceptionnelle, le silence insolite fit sauter le Rouquin, mieux que n'eût pu le faire un coup de canon.

La première surprise passée, il se releva, se tâta pour voir s'il n'avait rien d'endommagé et constata avec satisfaction que, sauf une assez forte tumescence au front, son individu était en parfait état.

Sa chute l'ayant en partie dégrisé, il se mit à réfléchir à la scène qui venait d'avoir lieu.

— J'ai fait là une sottise, — se dit-il, — oui... et une sottise assez bien calibrée même. Parbleu, ce n'est pas d'aujourd'hui que je me suis aperçu que Colette est un superbe brin de fille et, plus d'une fois, j'ai eu sur elle des idées... comme celles de tout à l'heure. Mais, jusqu'alors, afin de ne pas l'effaroucher, j'avais toujours pris grand soin de les garder pour moi, ces idées. Tandis que ce soir, ce sacré schnick m'ayant mis la cervelle à l'envers, j'ai manqué complètement de prudence...

« C'est idiot d'avoir fait ça! car Colette qui, j'ai cru le remarquer, ne paraissait pas déjà très convaincue de notre parenté vis-à-vis d'elle, doit maintenant en douter furieusement.

Et, dans sa juste fureur contre lui-même, il jura en frappant sur la table d'un grand coup de poing :

— Crédieu! quelle buse je fais! Risquer de la perdre pour une lampée de rhum! car, à la suite de cette affaire, ça ne m'étonnerait pas qu'elle nous plantât là un de ces quatre matins... et s'il lui prenait cette fantaisie, où aller la chercher?

« Lorsque dans le temps la petite nous brûlait la politesse, il était encore assez facile de la retrouver. Mais, à présent qu'elle a seize ans, nous aurions joliment du mal. Affriolante comme elle l'est, les protecteurs ne lui feraient pas défaut et elle serait bien vite à l'abri de toutes nos recherches.

« Ah! oui, je suis un fier imbécile. D'autant plus qu'étant sur le point de gagner gros avec elle, sa fuite nous causerait une perte énorme.

« Bigre de bigre! voilà qui ne serait vraiment pas drôle... pas drôle du tout, même. Aussi me faudra-t-il ouvrir l'œil et le bon.

« Pour commencer je tâcherai dès demain matin d'arranger les choses. Je lui dirai... Par exemple, je ne sais pas trop ce que je pourrai bien lui raconter pour expliquer ma conduite; elle ne comporte guère d'excuse... Bah! je verrai ça quand j'y serai. Son attitude envers moi me dictera ce que je devrai lui dire et comme je ne suis pas tout à fait la moitié d'une bête, j'espère bien me tirer convenablement de la situation.

Terminant là son soliloque, le Rouquin songea alors à faire coucher la Bibasse et à se coucher ensuite.

— Allons au lit, Justine, — cria-t-il à l'ivrognesse qui avait repris sa chanson nasale un instant interrompue, — tu vas user les planches à souffler dessus comme ça. Crebleu! quel tuyau d'orgue tu as dans le nez, ma commère. C'est pas surprenant s'il est coûteux à entretenir.

La commère, cela va de soi, ne fit pas le moindre mouvement et continua de plus belle son ronflement tonitruant.

Deux nouveaux appels faits par Auguste Foreau — appels accompagnés de bourrades rudement appliquées — n'eurent pas de meilleur résultat.

— Vrai, tu en as une dose, ce soir, toi, — gronda-t-il. — Il y a longtemps que je ne l'avais vue aussi *plénifiée*. Attends, alors, nous allons tâcher moyen de te mettre dans le paillot.

Et, se baissant vers la Bibasse, il essaya de la prendre sur ses bras pour la porter jusqu'au lit.

Mais il eut beau raidir ses muscles, déployer toute son énergie, c'est à peine s'il parvint à la soulever de quelques centimètres au-dessus du sol.

En raison de son entière inertie, la virago avait triplé de poids et un hercule, seul, eût pu accomplir l'exploit qu'il tentait.

Or, si le Rouquin était vigoureux, il n'était cependant pas un Alcide et il dut bientôt reconnaître que tous ses efforts étaient inutiles.

— Décidément, il n'y a pas mèche, — s'avoua-t-il après une dernière tentative aussi infructueuse que les précédentes, — elle pèse plus lourd qu'un hippopotame.

En même temps, il la laissa brusquement retomber sur le plancher où son corps rendit un bruit sourd assez semblable à un coup de canon lointain.

— Eh bien! reste là, ma vieille, puisque tu t'y trouves si à ton aise, — conclut-il en riant béatement. — Tu es assez capitonnée pour ne pas te faire mal au creux de l'estomac.

Et, là-dessus, sans plus s'occuper d'elle, il se coucha tranquillement.

Pendant ce temps, Colette, réfugiée dans sa chambre, écoutait anxieuse ce qui se passait de l'autre côté du couloir.

Craignant que le chenapan ne vînt la relancer jusque chez elle, elle demeurait sur ses gardes, prête à lutter de toutes ses forces contre lui, s'il cherchait à lui faire violence.

Une paire de ciseaux aux lames pointues qu'elle avait rencontrée sous sa main devait lui servir de moyen de défense.

C'était, maniée par elle, une arme peu dangereuse, elle le savait. Toutefois, elle la jugeait suffisante pour repousser son agresseur ou, tout au moins, le tenir à distance.

Elle resta près d'une heure, l'oreille au guet, redoutant à chaque instant d'entendre son persécuteur s'approcher de sa porte.

Enfin, ne percevant aucun bruit qui fût de nature à l'inquiéter, un peu rassurée, son cœur battant moins fort, elle se décida à aller s'étendre sur son lit, mais sans quitter ses vêtements, afin d'être d'un bond sur pied à la première alerte.

Allait-elle chercher dans le sommeil l'oubli de sa récente frayeur? Oh! non certes! Elle était bien trop agitée pour espérer aucun repos.

Un affreux malaise moral la poignait, lui remplissait l'âme d'amertume.

Elle se voyait liée à deux êtres pour qui elle ressentait et avait toujours ressenti une instinctive répulsion.

Et ces deux êtres étaient ses parents.

Ses parents!

Était-ce possible?

Quoi, elle était la fille de cette ignoble femme, constamment vautrée dans l'ivresse, de cet homme grossier, sur la face duquel le vice était écrit en toutes lettres et qui venait de se rendre coupable d'un odieux attentat envers elle!...

Cela bouleversait son entendement et elle se disait qu'il devait y avoir là quelque ténébreux mystère.

Mais quel était-il, ce mystère ?

Question qu'elle se posait et à laquelle elle ne trouvait point de réponse, car, aussi loin que remontassent ses souvenirs, elle ne se rappelait pas avoir jamais vu près d'elle d'autres visages que les leurs.

Elle passa la nuit à méditer sur ce sujet et à en déduire une foule d'hypothèses dont aucune ne parvint à la satisfaire.

Au matin, enfin, brisée par la fatigue, elle s'endormit et put alors prendre un peu de repos.

Il faisait déjà grand jour lorsque plusieurs coups frappés à sa porte la réveillèrent en sursaut.

Tout d'abord, dans le demi-sommeil où elle était encore, la jeune fille ne se rendit pas compte de ce qui arrivait et, croyant qu'on pénétrait chez elle de vive force, elle sauta à terre, se munit de la paire de ciseaux qu'elle avait déposée sur une table, puis attendit l'ennemi.

Mais la voix de son père qui se fit entendre au dehors lui montra le mal fondé de sa frayeur.

D'ailleurs, le verrou était toujours mis.

— Colette, — cria celui-ci à travers l'huis, — qu'est-ce que tu fais donc ? On ne t'a pas encore vue ce matin et il est près de dix heures. Serais-tu malade ?

L'accent du Rouquin n'avait pas sa rudesse habituelle; il était plutôt affectueux et paraissait marquer l'intérêt.

C'était la première fois qu'il lui parlait ainsi.

Voulait-il par là lui faire oublier sa criminelle conduite ou était-ce un nouveau piège ?

— Voyons, Colette, — reprit-il après une légère pause, — ouvre-moi donc. Je sais que tu es levée puisque je viens de t'entendre marcher dans ta chambre et il est nécessaire que je te voie sur-le-champ.

Après un instant d'hésitation elle se décida à tirer le verrou et à le laisser entrer.

Il portait sous un de ses bras un paquet assez volumineux enveloppé de papier marron foncé.

Dès qu'ils furent en face l'un de l'autre ils se jetèrent un regard scrutateur, lui, pour essayer de démêler sur ses traits les sentiments qu'elle nourrissait à son égard, elle, pour voir si elle avait encore à redouter quelque méfait de sa part.

Dans les yeux de Colette, se lisait la défiance, mais aussi une énergique résolution à laquelle le gredin ne se méprit pas.

Il comprit qu'elle était disposée à une vigoureuse défense dans le cas où il tenterait de l'outrager à nouveau.

D'ailleurs, la paire de ciseaux dont elle ne s'était pas dessaisie en témoignait suffisamment.

Par contre, la jeune fille vit dans les siens comme une sorte de gêne, d'embarras qui semblait lui venir de la conscience qu'il avait de son infamie de la veille.

Assurément, il se sentait mal à l'aise devant elle et ne savait trop quelle contenance tenir.

Le regard clair de l'enfant n'étant pas sans lui procurer une certaine gêne, il demanda d'un ton paterne en détournant les yeux :

— Pourquoi donc t'es-tu levée si tard, Colette? A plusieurs reprises, déjà, je suis venu t'appeler et tu ne m'as pas répondu.

— Parce que je dormais, mon père, repartit la jeune fille.

— Je m'en doute bien... et c'est la raison de ce sommeil prolongé que je te demande. Toi qui d'ordinaire te lèves avec le jour...

— C'est vrai, mais d'ordinaire aussi je m'endors aussitôt couchée, tandis que cette fois...

Elle s'arrêta, comme si elle eût été embarrassée pour continuer.

— Eh bien! quoi, cette fois? fit-il voyant qu'elle n'achevait pas sa phrase.

— Cette fois, je me suis endormie fort avant dans la nuit, finit-elle par ajouter.

Il eut l'audace de demander, voulant savoir jusqu'à quel point la petite lui gardait rancune.

— Et d'où t'est venue cette insomnie?

Elle fut sur le point de lui avouer toutes les réflexions qu'elle avait faites jusqu'au matin et les doutes qui avaient surgi en elle au sujet de sa parenté avec eux, mais elle préféra s'abstenir de peur d'avoir à rappeler l'horrible scène de la soirée, dont le souvenir la faisait encore cruellement souffrir.

Aussi se contenta-t-elle de répondre :

— Je ne sais, peut-être est-ce l'émotion d'avoir dû chanter et danser devant tant de beau monde au *Café Maure*.

— Ah! fit le Rouquin qui comptait sur une autre réponse, car il cherchait une explication.

Il eût désiré, en effet, pouvoir se disculper aux yeux de la petite, ou tout au moins atténuer en elle la fâcheuse impression qui devait lui rester de sa conduite de la veille. Les adroites répliques de Colette ne lui en fournissant pas le moyen, il se vit obligé de remettre à plus tard son semblant d'excuse.

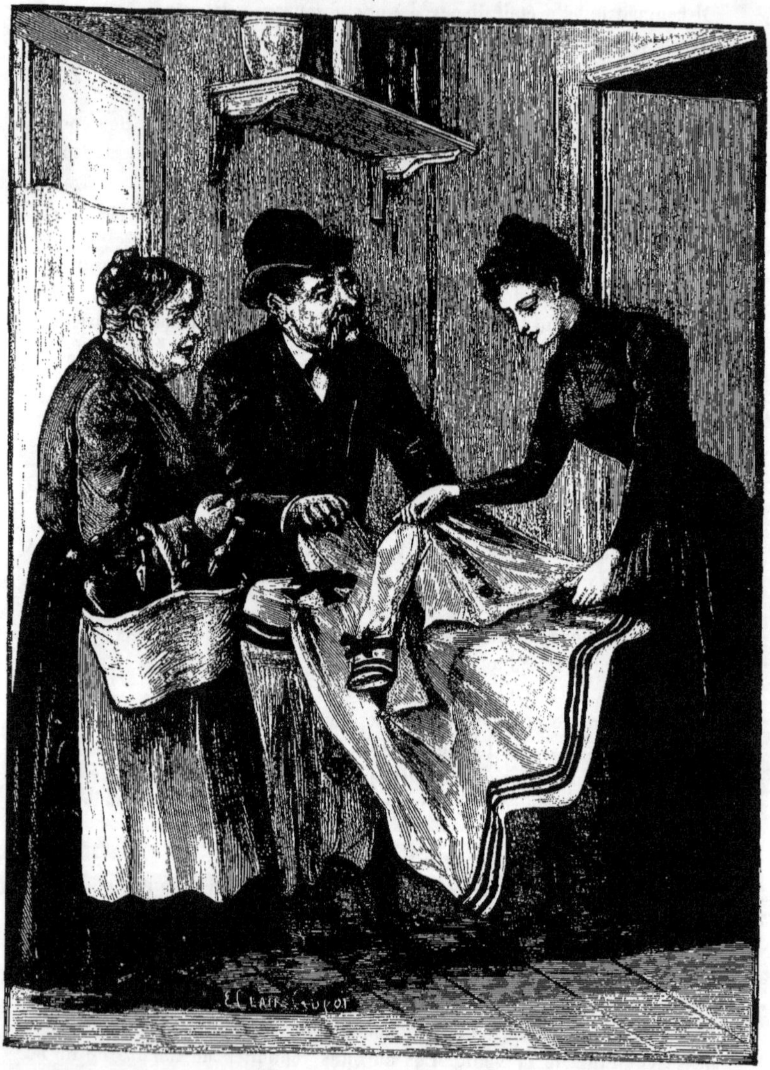

— Quoi, fit-elle joyeusement émue, ceci est pour moi?

Un peu dépité d'avoir manqué cette occasion, il reprit en approuvant d'un mouvement de tête :

— C'est assez compréhensible, le trouble d'un semblable début et la fatigue des nombreuses représentations t'auront mis les nerfs en mouvement. De là cette absence de sommeil. Mais c'est affaire d'habitude. Dans quelques jours tu y seras accoutumée et tes nuits seront aussi bonnes que par le passé...

« Maintenant parlons d'autre chose, — ajouta-t-il. — Je t'ai promis une surprise... je vais te la faire.

Et il se préparait à offrir à la jeune fille le paquet qu'il portait sous le bras, lorsque La Ribasse, poussant la porte, pénétra dans la pièce.

Elle avait passé au bras l'anse d'un vaste cabas duquel émergeaient les goulots de plusieurs bouteilles.

En se réveillant deux heures auparavant, la virago avait d'abord été quelque peu étonnée de se voir le nez si près du sol.

Toutefois, sa chute de la veille lui revenant à la mémoire, elle avait fini par s'expliquer la chose sans trop de peine et, eu égard à ce qu'elle devait peser en l'état, n'en avait nullement voulu au Rouquin de l'avoir laissée là.

Ayant alors repris la position verticale, et ne se sentant pas les idées très nettes, elle avait couru chez le marchand de vin le plus proche pour se les éclaircir.

Cela avait eu pour résultat immédiat de lui rappeler que le rhum manquait totalement à la maison.

Elle était donc revenue au logis et avait demandé à « son homme » de l'argent pour s'en procurer une demi-douzaine de litres.

Ce dernier lui avait donné ce qu'elle désirait en lui annonçant qu'il sortait aussi afin, puisqu'on était en fonds, d'aller acheter un vêtement à Colette qui en avait grand besoin.

Sur quoi ils étaient partis ensemble.

Mais ils n'avaient pas tardé à se séparer, elle pour s'occuper de sa provision de schnick, comme elle disait, lui pour aller faire l'emplette dont il avait parlé.

Ce singulier ménage inaugurait en partie les principes qui doivent être, dit-on, la résultante de l'ère émancipatrice du XXe siècle : l'homme s'occupait de chiffons et de toilettes, l'idéal poursuivi par la femme était de se mettre en ribote, et si la seconde ne battait pas le premier c'est qu'à son grand regret la force lui faisait défaut.

L'achat du rhum avait sans doute pris beaucoup de temps à La Bibasse, car elle rentrait seulement, tandis que le Rouquin était revenu depuis un bon moment déjà, quoiqu'il fût allé beaucoup plus loin qu'elle.

Le visage enluminé de la virago et ses yeux papillotants indiquaient assez, du reste, le motif de cette longue absence.

Elle avait dû certainement accompagner l'acquisition de chaque litre de rhum de nombreuses et copieuses libations.

— Ah! te voilà, toi, — fit le Rouquin se retournant au bruit fait par les gonds mal graissés de la porte ; — tu t'es rafraîchie un peu à ce que je vois.

— Oui, un peu... — avoua-t-elle naïvement... — il fait si chaud ce matin. Et toi, Auguste, as-tu trouvé ce qu'il fallait pour la petite ?

— Je l'espère.

— Où donc est-ce ?

Il frappa sur son paquet en disant :

— Là-dedans.

— Fais voir, je te dirai *illico* si c'est ça.

Le Rouquin développa le papier marron.

Il contenait un très coquet costume de taffetas léger, de nuance gris-perle, agrémenté de bandes en passementerie et de nœuds de velours noir du plus gracieux effet.

Colette n'avait guère l'esprit à la toilette.

Cependant, à la vue de ce joli vêtement, ses yeux brillèrent de plaisir.

Dame ! elle avait seize ans, et à cet âge la coquetterie, même dans les circonstances les plus graves, ne perd jamais ses droits.

— Quoi ! — fit-elle, joyeusement émue, — ceci est pour moi ?

— Oui, ma fille, — dit avec bonhomie le Rouquin. — J'ai remarqué que tu n'avais presque plus rien à te mettre et suis allé t'acheter cette jupe et ce corsage. Ça te convient-il ?

— Oh ! oui, — répondit-elle avec élan.

Puis, avec un peu de tristesse, elle ajouta :

— Mais c'est trop beau... bien trop beau... Je n'oserai jamais porter cette toilette.

— Et pourquoi donc ?

— Parce que je ne suis pas habitué à avoir de si jolies choses, — répliqua la jeune fille en jetant un coup d'œil sur la pauvre petite robe d'indienne qui la couvrait, et dont on apercevait la trame tellement elle était rapée.

La Bibasse avait déposé son cabas pour tâter la robe et en admirer le tissu.

— C'est comme pour la danse, — fit en souriant le Rouquin, — D'ailleurs, dorénavant, tu ne seras plus si pauvrement mise. Comme nous allons être à notre aise, nous t'habillerons un peu mieux que nous ne l'avons fait jusqu'ici... Voyons, essaye ce costume, je l'ai pris à condition, et s'il n'était pas à ta taille je le reporterais pour en prendre un autre... Aide-la, Justine...

— Ce serait malheureux s'il ne lui allait pas, — fit celle-ci. — Il est vraiment très gentil, et je te fais mon compliment, Auguste, de l'avoir choisi. Allons, Colette, viens ici, nous allons procéder à ta toilette.

La jeune fille eut un mouvement de recul à cette proposition.

— Ce n'est pas la peine, ma mère, je saurai bien l'essayer toute seule.

— C'est comme tu voudras, petite. Ce que j'en disais c'était pour te rendre service. Mais à ta guise. Seulement dépêche-toi, que nous voyions tout de suite ce qu'il en est.

— Oh! je ne serai pas longue. Dans cinq minutes ce sera fait.

— Alors laissons-la, Auguste, nous reviendrons quand elle nous appellera.

— Tu ne me dis même pas merci, Colette? — observa Le Rouquin.

— C'est vrai, mon père, je n'y pensais point. Mais je vous le dis, maintenant : grand merci de cette agréable surprise.

— Et puis c'est tout? — fit à son tour La Bibasse. — Tu pourrais bien l'embrasser aussi, hein?

Ce mot « embrasser » fut comme une douche d'eau glacée tombant sur le bonheur de la jeune fille, car il lui rappela brusquement l'outrage dont le coquin s'était rendu coupable envers elle et qu'elle avait un instant oublié.

Elle devint toute pâle et, au lieu de s'avancer vers celui-ci, recula, au contraire de quelques pas.

— Bon, bon, — répartit vivement Le Rouquin, devinant ce qui se passait en elle et ne voulant pas amoindrir l'effet du cadeau, grâce auquel il avait cru regagner sa confiance. — Bon, bon, elle m'embrassera plus tard, ça ne presse pas tant. Pour le moment, son « grand merci » me suffit. Allons, viens, qu'elle puisse s'habiller.

Et ayant pris le cabas chargé de bouteilles, il entraîna La Bibasse avant qu'elle n'ait eu le temps de remarquer l'attitude de Colette.

— Où donc as-tu déniché ces frusques, Auguste? — lui demanda la virago, quand ils firent rentrés chez eux.

— Chez la mère Simon, la marchande à la toilette de la rue de Longchamp, où nous nous fournissons quelquefois.

— Et ça t'a coûté?

— Presque rien : Dix francs.

— C'est une bonne occasion, sais-tu?

— Je crois bien.

— Il n'y a qu'un petit défaut, sans importance d'ailleurs.

— Lequel ?

— Ces nippes-là ne sont plus guère de mode.

— Elle ne doivent plus l'être, en effet, car il y a quatorze ans que la mère Simon les avait en magasin.

La Bibasse ouvrit de grands yeux ; il lui semblait inadmissible qu'une marchande eût gardé une robe tant de temps sans chercher à s'en défaire.

— Quatorze ans, — répéta-t-elle ! — Pas possible ?

— C'est elle qui me l'a dit.

— Comment donc ça se fait-il?

— Il paraît que vers 1875 elle demeurait dans le haut de la rue Saint-Jacques. Pendant l'hiver de cette année-là, une ouvrière du voisinage vint plusieurs fois lui vendre des affaires.

« Ce furent d'abord des vêtements d'une certaine valeur, puis ensuite de moins beaux et enfin de tout à fait hors d'usage.

« Elle pensait que c'était une pauvre fille qui, d'une position relativement aisée, était tombée dans la misère.

« Peu de temps après, obligée de déménager presque du jour au lendemain, la mère Simon emballa pêle-mêle dans des malles tout ce qui garnissait sa boutique et vint s'établir rue de Longchamp.

« Là, le local étant plus petit que celui qu'elle quittait, il lui fallut porter dans un grenier une partie de sa marchandise.

« Bien entendu, elle ne se débarrassa que des choses dont elle n'avait pas la vente courante, se réservant d'aller les chercher au fur et à mesure des besoins de son commerce.

« Or, il y a trois semaines, en passant celles-ci en revue, elle découvrit, tout au fond d'une des malles qu'elle croyait seulement remplie de vieilles nippes et n'avait visitée jusqu'alors que superficiellement, ce costume auquel elle ne songeait plus du tout.

« Dans son empressement à déménager, elle l'avait placé là par mégarde... et voilà comment il est resté quatorze ans chez elle

— C'est drôle qu'il n'ait pas été mangé par les vers, depuis le temps.

— Je lui en ai fait la remarque. Elle m'a répondu qu'il n'y avait rien d'étonnant à cela, la malle où il se trouvait étant doublée de toile soufrée. Il n'était donc que chiffonné, et un coup de fer qu'elle lui a donné a suffi pour le requinquer complètement. Après quoi elle l'a mis en montre, décidée à s'en défaire le plus vite possible et à n'importe quel prix.

« Aussi, quand je suis venu ce matin lui demander quelque chose pour Colette, s'est-elle empressée de me l'offrir en me racontant d'où il lui venait et en me disant que, vu sa façon un peu vieillotte, elle me le céderait à très bon marché.

« Comme il me paraissait un peu grand pour l'enfant, elle m'assura qu'il devait lui aller, l'ouvrière en question n'ayant pas plus de dix-huit ou dix-neuf ans et étant par conséquent à peu près de sa taille.

« — Du reste, a-t-elle ajouté, — il sera facile, au besoin, de faire une pince au corsage et un pli dans le bas de la robe.

« Alors je l'ai pris, mais à condition je le répète, afin de pouvoir le lui reporter s'il ne faisait pas l'affaire.

« Nous allons savoir dans un instant à quoi nous en tenir. Attendons que Colette l'ait mis.

— Et pour nous faire prendre patience, buvons, — une goutte proposa La Bibasse, qui ne perdait jamais une occasion de satisfaire son vice.

— Bois si tu veux, moi je n'aime pas le rhum à jeun.

— Tu as tort, ça ouvre l'appétit.

— Et ça ferme la cervelle, — répliqua le Rouquin, songeant à sa griserie récente et aux conséquences qu'elle avait eues.

— C'est une idée que tu te fais, Auguste, — répartit la virago sans comprendre ce que voulait dire celui-ci. — Enfin ça te regarde, je ne te force pas.

En même temps, elle décoiffa une des bouteilles qu'elle avait apportées et, dédaignant de se servir d'un verre, en introduisit tout bonnement le goulot dans sa bouche.

Quand elle le retira d'entre ses lèvres, le contenu du flacon avait sensiblement diminué.

— Là, — fit-elle, — maintenant j'ai la vue plus claire... et du premier coup d'œil je verrai si ça va ou non.

VII

LA NAISSANCE DU SNOBISME

Une fois seule dans sa chambre, Colette avait disposé le costume sur son petit lit, et s'était prise à l'examiner.

La jeune fille le trouvait fort à son goût.

Sans qu'on le lui eût dit, elle remarquait bien qu'il était de forme

ancienne et un peu surannée, car la connaissance de la mode est en quelque
sorte innée chez les Parisiennes, et celles-là même que leur pauvreté
empêche toujours de profiter des nouveautés en vogue n'en connaissent
et n'en apprécient pas moins les variations apportées par les couturières
et les modistes dans leur façon d'habiller ou de coiffer.

Cependant, n'ayant jamais porté que des effets de rebut achetés, la
plupart du temps, au Carreau du Temple, ou dans des endroits analogues,
la nouvelle étoile du *Café Maure* était trop heureuse de posséder un vêtement presque neuf et d'une tournure élégante pour s'inquiéter de savoir
si sa façon n'était plus à l'ordre du jour.

Lorsqu'elle l'eut bien regardé et considéré, elle alla pousser le verrou,
fit glisser sa vieille robe, et vêtit lentement le costume acheté chez la mère
Simon.

Ma foi, à peu de chose près, on pouvait croire qu'il avait été fait pour
elle.

Évidemment, son ex-propriétaire devait être un tantinet plus forte
qu'elle; cependant, si le corsage était d'un centimètre trop large et la jupe
d'autant trop longue, il ne lui en allait pas moins parfaitement.

Mais à peine l'eut-elle mis qu'une étrange émotion la saisit.

Il lui semblait qu'il s'en dégageait un fluide subtil dont elle était pénétrée
jusqu'aux fibres, comme si un magnétisme eût opéré sur elle.

Soudain, sans qu'elle sût pourquoi, des larmes lui montèrent aux yeux
et son cœur se dilata sous un sentiment de douce allégresse qui l'envahissait graduellement.

Une vie nouvelle paraissait s'infiltrer dans ses veines, lui procurant
un bien-être inconnu.

C'était une sensation indéfinissable et qu'il lui eût été impossible d'analyser, car jamais encore elle ne l'avait éprouvée.

Quel charme recélait donc cette robe et d'où venait qu'elle en était si
profondément remuée?

Colette ne cherchait pas à le savoir, mais ressentait une joie intense
à en subir l'influence.

Et, oubliant que le Rouquin et La Bibasse l'attendaient pour juger de
l'effet du vêtement, elle demeurait là, comme hypnotisée, inconsciente des
instants qui s'écoulaient.

Tout à coup, la voix rauque de l'ivrognesse retentit dans le corridor.

—Ah çà!— criait-elle, d'une voix déjà mise en point par ses premières
libations de la matinée. — Qu'est-ce qu'il y a, mam'zelle la danseuse?...
T'en faut-il du temps!... Ça ne va donc pas?

— Crédié, ma petite, — dit la Bibasse, — tu es rudement bien attifée avec ça!

Cela fit aussitôt cesser l'enchantement de Colette.

Revenant à la réalité, non sans quelque effort, elle répondit en tirant le verrou :

— Mais si, au contraire, ça va très bien. Venez voir tous les deux.

Le couple entra.

LIV. 42. — H. GEFFROY, éditeur. — Reproduction interdite   42

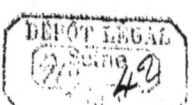

La jeune fille était vraiment ravissante ainsi vêtue, et l'un et l'autre poussèrent ensemble une exclamation admirative.

— Crédié, ma petite, — dit La Bibasse, — tu es rudement bien attifée avec ça. Tu as tout à fait l'air d'une princesse. N'est-ce pas, Auguste ?

— Tout à fait, — appuya le Rouquin en la dévorant des yeux ; — je n'ai pas à regretter mon acquisition. Ça lui va comme un gant.

La Bibasse, voulant se montrer experte, tournait déjà autour de la jeune fille, appuyant son doigt sur les entournures, indiquant un peu au hasard ici une pince « à faire, là une couture à relâcher. »

Et elle disait en même temps :

— Oh ! il y a bien tout de même des petits changements à opérer. Il faudra rétrécir un peu le corsage, serrer la taille, rentrer la jupe d'un doigt et fournir les fronces autour des hanches. Mais c'est facile à arranger.

— Si vous le permettez, je ne toucherai pas à ce costume, — dit Colette d'un ton ferme. — Je le trouve parfait ainsi et ne pense pas qu'il puisse mieux m'aller.

— Si, il t'irait encore mieux en y faisant ce que je t'indique, — répliqua la virago.

— Ce n'est pas mon avis. Puis, s'il faut vous le dire, je craindrais de l'abîmer en cherchant à l'arranger et cela me causerait beaucoup de chagrin. Je préfère donc lui laisser ses légers défauts.

— J'approuve Colette, — intervint le Rouquin, voulant continuer à plaire à l'enfant en abondant dans son sens. — Pour moi il est inutile d'y rien changer ; il l'habille très convenablement tel qu'il est.

A son tour, la Bibasse approuva de la tête sans chercher à éterniser cette discussion dont le but, après tout, l'intéressait médiocrement. Elle convint qu'un coup de ciseaux de trop est vite donné et qu'une robe maladroitement retouchée est autant dire « gâchée ».

L'idée qu'elle avait une ample provision de bouteilles à vider la mettait en belle humeur ; aussi, très accommodante, cherchant à faire de l'esprit, elle ajouta en s'accompagnant d'un gros rire :

— Au reste, petite, si tu prends goût à l'eau-de-vie, comme je l'espère, ça te fera remplumer en peu de temps. Regarde, moi, ce que le schnick m'a corsée ! on ne me voit pas les os, hein ?

Et d'un œil complaisant elle contempla ses formes puissantes qui, au vrai, étaient plutôt boursouflées que charnues.

— Sûrement, tu as une belle barde de lard, — lui lança insolemment le Rouquin ; — et je connais un concours qui a lieu tous les ans au Palais de l'Industrie, où tu remporterais certainement une médaille d'honneur.

« Mais, — continua-t-il en changeant de ton, — à présent nous sommes fixés sur ce que nous voulions savoir, n'est-ce pas ? préparons-nous donc à partir pour la rue du Caire. Il est dix heures et demie et nous devons être à onze heures chez Abdel-Rhaman... Nous n'avons pas de temps à perdre.

— Moi, je suis prête, annonça — la virago.

« Un coup de rhum et ça y est.

— Un coup de brosse aussi... ta robe en a un brin besoin.

Puis le coquin ajouta ironiquement :

— Tu l'as donc laissée traîner par terre cette nuit, qu'elle est si sale?

— Ça se peut bien, — répartit l'ivrognesse sans se démonter, — ça m'arrive quelquefois.

Dix minutes après, le ménage Honoré et Colette cheminaient vers l'Exposition.

. . . .

Depuis un mois bientôt, la nouvelle almée, connue sous le nom de Lallah-Mahia, dansait chez Abdel-Rhaman et, loin de diminuer, son succès n'avait fait que croître chaque jour dans des proportions considérables.

Ce n'était plus seulement l'enthousiasme des premiers temps, mais du délire, de la folie, et la Renommée n'avait pas assez de ses cent bouches pour jeter à tous les échos le nom de Lallah-Mahia.

Dès la seconde semaine, à chaque nouvelle représentation, la salle avait été prise d'assaut comme une forteresse.

Puis, la mode ayant adopté le *Café-Maure*, débordé par une clientèle trop nombreuse, le cawadji avait dû augmenter le prix de ses consommations.

Chose étrange et assurément fort typique, ce coup d'état était passé inaperçu du public.

Le nombre des spectateurs n'en avait pas diminué.

Bien au contraire, le snobisme s'en mêlant, les gens du monde et aussi du demi-monde croyaient maintenant de leur devoir de venir passer quelques instants sur les divans du *Café-Maure* : c'était de bon ton.

Aussi voyait-on se coudoyer là le prince authentique et le rastaquouère, la grande dame et la momentanée, et si l'établissement d'Abdel-Rhaman eût été hors l'enceinte de l'Exposition, de nombreux équipages eussent fait queue à sa porte.

Cette vogue était, du reste, des plus méritées.

Depuis ses débuts comme almée, Colette s'était perfectionnée dans ses danses et y avait atteint au suprême degré de l'art.

Puis, l'air de tristesse qu'on lui avait d'abord remarqué, avait peu à peu disparu laissant ses traits rayonner dans toute leur pureté.

A quoi tenait cette transformation ?

Nul autre qu'elle n'aurait pu le dire, car il eût fallu être dans le secret de son âme ; et, naturellement, ce secret elle le gardait pour elle.

Elle était donc plus que jamais « la Reine de la Beauté » et « la Fée de la danse ».

Nous avons dit que le succès de la jeune almée avait été consacré par le *snobisme*, c'est en effet de cette époque que date l'introduction de ce mot dans le langage populaire. Le *snob* est un individu suffisant et sans valeur, que son étroitesse d'esprit force à ne pouvoir penser qu'avec le cerveau des autres. C'est celui qui se figure diriger la mode et qui, bien au contraire, la suit servilement, allant où va le monde, sans idée préconçue, à la façon des moutons de Panurge.

Abdel-Rhaman se croyait déjà au paradis de Mahomet, car, en ces quatre semaines, il avait fait de l'or en barre et, tous frais payés, réalisé un bénéfice énorme.

De plus, sa religion ne lui interdisant pas d'emprunter certaines idées pratiques aux juifs, il avait profité du malheureux effet produit par ses autres almées sur le public, pour leur supprimer leurs gages. Il estimait que l'argent non dépensé est le premier gagné et, victimes de ce principe, Mirah, Féridgé, Haijdé, Korah et Zéflé devaient travailler pour leur seule nourriture.

De leur côté, le Rouquin et la Bibasse avaient, bien entendu, également amassé un joli magot.

Ils se donnaient à présent des airs de propriétaire et n'avaient plus l'aspect minable d'autrefois.

Le premier s'était offert des vêtements de chez le bon faiseur, et la seconde portait de la soie.

Si bien que, n'eussent été leurs manières communes dont ils n'avaient pu se débarrasser, on les eût presque pris pour des personnages.

Ils avaient voulu, à maintes reprises, obliger Colette à s'habiller aussi un peu plus luxueusement, mais elle s'y était toujours refusée, disant que la robe dont elle était vêtue lui suffisait amplement et qu'aucune autre, fût-elle beaucoup plus belle, ne lui ferait jamais tant de plaisir.

De fait, elle se montrait ravie de la posséder et en prenait un soin tout particulier, comme si elle eût eu une grande valeur à ses yeux.

En réalité, elle en avait une, car, depuis qu'elle la mettait, son esprit s'était ouvert à des horizons nouveaux.

Une lumière s'y était faite ; et, du fond de sa mémoire, fermée jusque-là, avaient surgi des images confuses semblant lui rappeler comme une existence antérieure.

Et elle qui croyait n'avoir jamais vu, au temps de sa première enfance, que les visages du Rouquin et de La Bibasse, en distinguait parfois, maintenant, au milieu de ces images, deux autres tout différents.

C'étaient ceux d'un jeune homme et d'une jeune femme, à l'air doux et bon, qui se penchaient sur elle et lui souriaient en lui murmurant des paroles pleines de tendresse.

Mais cela était si vague, si imprécis, qu'elle se demandait si ce n'était pas plutôt le souvenir d'un rêve lointain, que celui de choses réellement vues par elle.

Quoiqu'il en fût, ces évocations de son cerveau lui étaient bien douces, et comme elles ne s'étaient produites que du jour où elle était entrée en possession de sa robe, elle avait pour celle-ci un véritable culte.

Il y avait donc un mois qu'elle était au *Café-Maure* quand nous y revenons avec elle.

Ce jour-là, ou mieux ce soir-là, car la nuit s'était faite et dix heures allaient bientôt sonner, la salle était encore plus bondée que de coutume ; malgré la relative douceur de l'atmosphère au dehors, les fanatiques avaient abandonné le spectacle gratuit des fontaines lumineuses pour venir respirer l'air enflammé et enfumé de l'établissement du cawadji.

L'affluence des spectateurs était telle qu'on avait dû aligner des chaises et des bancs entre les fauteuils et les divans. Ceux qui avaient réussi à pénétrer dans la salle pour assister à la dernière représentation de la journée s'y tenaient étroitement serrés.

Il y avait là de frais minois et de mâles moustaches qui caquetaient discrètement ensemble, derrière les éventails, allant et venant avec de doux battements d'ailes.

Lalla-Mahia occupait la scène, exécutant une zaoulah d'un genre nouveau et d'un grande originalité qu'elle avait composée elle-même.

Comme toujours les bravos éclataient à tout instant en salves nourries et remplissaient l'air d'un crépitement continu.

Les souples élans de l'exquise créature, son teint de fleur, la grâce de ses gestes tenaient tout le monde sous le charme, et chacun subissait son irrésistible séduction.

Au fond de la salle, seuls, deux hommes entrés des derniers n'applaudissaient pas.

Les yeux rivés sur la jeune fille, ils paraissaient ne prêter aucune attention au talent qu'elle déployait pour ne considérer que sa personne même.

L'un de ces personnages était un « gentleman » fort bien mis, quoique tout de noir habillé. De haute taille et de corrure puissante, il paraissait être dans la force de l'âge.

Sa physionomie aux lignes sévères portait l'empreinte d'une grande douleur morale.

La vie de cet homme, on le sentait, avait dû être traversée par une de ces catastrophes qui brisent l'âme à jamais.

L'autre était un individu à peine haut de trois pieds, à la tête énorme, au corps contourné et au masque effrayant, mais dans les yeux duquel brillait une vive intelligence qui venait atténuer l'effet de son horrible laideur.

Ce dernier, on le devine à cette courte description, était le nain Pacault qui a déjà joué un rôle important dans notre récit.

Sa présence nous permet de reconnaître en son compagnon l'ancien étudiant en médecine, Jean de Lavaur, le malheureux amant de Denise Briant.

Nous aurons bientôt à raconter par suite de quelles circonstances nous les retrouvons ensemble après tant d'années écoulées.

Pour le moment le temps nous manque, pressés que nous sommes par les événements qui vont se dérouler avec une extrême rapidité.

Entrés depuis quelques minutes seulement, tous deux, comme nous venons de le dire, concentraient leurs regards sur Lallah-Mahia, sans se soucier de la danse qu'elle exécutait.

— Oh! monsieur Jean, — dit soudain Pacault à voix basse, — ne constatez-vous pas cette étrange ressemblance? On jugerait que c'est *elle*, tout à fait *elle*... et s'il n'y avait pas quatorze ans de cela...

Jean de Lavaur n'avait pas eu besoin de cette remarque pour éprouver une violente et incompréhensible émotion. Ses paupières brûlaient; son âme passait dans son regard. Il se sentait défaillir; ses mains qui tenaient son chapeau étaient moites sous le gant, et leur paume était brûlante; on aurait pu suivre sur son gilet les palpitations violentes de son cœur. Une sueur froide couvrait ses tempes, et il devenait très pâle.

— En effet, — répondit-il après un instant et avec un léger tremblement dans la voix, — ce sont exactement les traits de ma pauvre Nisette... et il me semble la revoir telle que je l'ai connue au commencement de notre liaison.

— Ma foi, c'est à peine si Mlle Denise devait être plus âgée.

— Oui; un an de plus, peut-être.

Puis, Jean ajouta :

— La vue de cette jeune fille ravive ma douleur et me cause une cruelle souffrance!

— Je vous comprends, monsieur Jean, — répliqua le nain dont les paupières se mouillaient au souvenir de l'ouvrière... — Voulez-vous que nous sortions?

— Non, restons, je souffre mais en même temps je suis heureux... Qui peut-être cette danseuse?

— D'après une affiche que j'ai parcourue avant d'entrer, c'est une ancienne almée de sérail. Elle se nomme Lallah-Mahia.

— Une Orientale, alors?

— Il paraît.

— Pourtant, elle n'a pas le teint mat des femmes du Levant.

— C'est vrai, elle est blanche et rose comme une Européenne.

— Oui, et cela ajoute à sa ressemblance avec Denise qui, elle aussi, avait ces couleurs fraîches et vives... Dis donc, Pacault, il me prend une singulière envie.

— Laquelle?

— Celle de parler à cette jeune fille. Il me semble que j'aurais de l'intérêt à m'entretenir avec elle.

— Cela ne doit pas être bien difficile.

— Tu crois?

— Dame, il n'y aurait, j'imagine, qu'à s'adresser au maître du café. Elle doit dépendre de lui... Mais si elle ne connaît pas le français, comment ferez-vous?

— J'ai idée qu'elle doit le connaître.

— Et que lui direz-vous?

— Je l'interrogerai sur sa nationalité... qui me paraît douteuse.

— A quoi cela vous avancera-t-il?

— A quoi?... Oublies-tu donc, — dit Jean d'une voix émue, — que ma fille aurait aujourd'hui l'âge, ou à peu près, de cette étrangère?

— Toujours cette pensée qui vous poursuit, monsieur Jean, toujours cet espoir que vous avez de retrouver votre enfant.

— Oui, toujours! Je le sais bien, c'est insensé de ma part; mais, que veux-tu, je ne puis croire à sa mort et une voix secrète me dit que Dieu lui a conservé la vie pour me la rendre un jour... comme elle me dit aussi que Denise...

« ... Mais non! — s'interrompit Jean de Lavaur semblant vouloir chasser le rêve qui le poursuivait; — ce serait trop de bonheur et je n'ose vraiment espérer un double miracle...

— Ah! mon pauvre monsieur Jean, — fit le nain avec découragement, — rappelez-vous donc toutes les recherches, toutes les démarches que

nous avons faites pour essayer de découvrir un indice, si vague fût-il, de
l'une ou de l'autre.

— Oui, je me les rappelle ; nous avons fouillé tout Paris, remué ciel
et terre... et, pourtant, malgré cela...

VIII

L'INCENDIE

A ce moment, des cris de frayeur, poussés par de nombreux spectateurs, vinrent interrompre la conversation des deux hommes.

Depuis qu'il encaissait de si bonnes recettes, Abdel-Rhaman, se
piquant d'honneur, avait fait décorer son café et tendre en entier les
murs intérieurs d'étoffes orientales d'un tissu aussi fin et aussi léger que
celui de la mousseline.

Artistement disposées par un habile tapissier, elles formaient d'élégantes et gracieuses draperies qui masquaient très heureusement la
nudité des parois.

Or, un pan de ces draperies, mal cloué sans doute, venait de se détacher par le haut et, en retombant, était allé voltiger jusqu'à un bec de gaz
voisin où il s'était aussitôt enflammé.

C'est cet événement fortuit qui avait fait jeter des cris d'épouvante à
la plupart des assistants.

Épouvante bien justifiée, d'ailleurs.

En une seconde, le feu se propagea aux autres tentures, qui se mirent
à flamber comme de l'étoupe.

Puis, les flammes gagnant la toiture faite de minces voliges de bois
résineux sur lesquelles étaient tendues des toiles goudronnées, de larges
gouttes incandescentes se mirent à tomber en pluie.

Ce fut alors une panique indescriptible.

Tous les spectateurs, s'étant levés d'un seul mouvement, avaient cherché leur salut dans une fuite précipitée.

Malheureusement, ainsi qu'il arrive toujours en pareil cas, chacun
avait perdu son sang-froid et, au lieu de s'entendre pour évacuer la salle
en ordre, ce qui n'eût exigé que quelques minutes, on se bousculait, on
s'écrasait.

Affolés par cette pluie de feu qui embrasait avec une sinistre rapidité

... et de son autre main il le saisit à la ceinture et les porta dehors à bras tendu.

tables et fauteuils et trouvait un aliment facile dans les légères toilettes d'été des dames, la plupart des hommes s'ouvraient un passage vers les issues en frappant des pieds et des poings sur les malheureuses, déjà affaiblies par les émanations de l'acide carbonique.

Il en résulta une effroyable mêlée d'où s'échappaient des plaintes et des gémissements à fendre l'âme, qui venaient encore ajouter à l'horreur de la situation ; et l'on vit ce spectacle inoubliable, affreux, de pauvres femmes piétinées, écrasées, assommées, par ceux-là mêmes qui les entouraient de prévenances l'instant d'auparavant et dont le rôle aurait été de se sacrifier pour les protéger.

Mais la terreur avait changé tous les hommes en fauves.

Dès qu'il s'était aperçu de l'incendie, le Rouquin, placé comme d'habitude dans la pièce du fond où il était seul, la Bibasse passant maintenant le temps des représentations à visiter tous les débits de boisson de l'Exposition, le Rouquin, disons-nous, avait entr'ouvert le rideau et crié à Colette de venir le rejoindre, afin de s'enfuir avec lui par une porte de derrière, ainsi que l'avaient déjà fait les cinq autres almées.

Puis, ne doutant pas qu'elle le suivait, il avait pris les devants.

Après avoir franchi la petite porte de dégagement, il n'avait fait qu'un bond jusqu'au milieu de la foule des curieux accourus de toutes parts. Là, un peu rassuré, se sentant en sûreté, il s'était retourné et avait constaté avec colère que personne n'était derrière lui.

La jeune fille ne lui avait pas obéi et se trouvait encore dans l'établissement.

Terrifiée par ce qu'elle voyait, Colette était en effet restée sur la scène et, semblant soudain frappée de paralysie, y gardait une immobilité de statue.

Pourtant, un plus long retard pouvait lui être fatal, car les flammes avaient atteint les montants de l'estrade qui commençaient à brûler.

Mais elle ne paraissait pas y prendre garde et demeurait comme figée dans sa frayeur.

Tout à coup, se dégageant de la cohue des spectateurs qui se ruaient vers l'issue donnant sur la rue du Caire, un jeune homme d'une vingtaine d'années, vêtu en ouvrier aisé, s'élança sur l'estrade.

Il avait vu le péril que courait l'enfant et, oubliant celui qu'il courait lui-même, il voulait essayer de l'y soustraire.

Sans trop savoir ce qu'il faisait, il la prit à deux mains sous les épaules et, croyant qu'il ne pourrait se faire comprendre en lui parlant, d'un expressif mouvement de tête, il désigna la salle. Il allait réussir à la faire sauter au bas de la scène, lorsqu'une poutre embrasée tomba avec fracas sur le bord de l'estrade, les isolant de tout le monde et les couvrant de nombreuses étincelles.

C'était la mort !

Le tulle et la soie du léger vêtement de Colette flambaient déjà, lorsque celle-ci, secouant enfin sa torpeur, dit en montrant le rideau du fond :

— Par ici !... par ici !...

— Alors venez vite, mademoiselle, fit-il en la soulevant presque.

Et comprenant qu'il devait y avoir, du côté qu'elle indiquait, une issue ignorée de lui, il l'entraîna rapidement sans remarquer, dans son trouble, ce qu'il y avait de singulier à ce qu'une fille de l'Orient parlât si bien le français.

Parvenu dans la pièce du fond, il vit, en effet, une porte entrebâillée et précipita sa marche en poussant un cri de joie.

Mais au moment où ils allaient franchir le seuil et échapper à l'intolérable chaleur qui les enveloppait, Colette s'arrêta soudain et joignit les mains en s'écriant avec un accent de prière :

— Oh! ma robe, monsieur, ma robe... Sauvons-la... cela me ferait trop de peine si je la perdais...

— Votre robe? Quelle robe? — fit le jeune ouvrier, étonné de ce que la petite almée se préoccupât de sauver un vêtement dans un pareil moment.

— Ma robe de ville... celle que je mets en quittant ce costume.

— Mais où est-elle, cette robe? — fit-il encore, tout en cherchant à l'entraîner, car il croyait que la violence de la commotion avait ébranlé le cerveau de la pauvre enfant.

— Là, dans le cabinet où je m'habille. Attendez, je vais la chercher...

Et avant que son compagnon, surpris par le mouvement, ait pensé à la retenir, elle se dégagea de ses mains et courut à un petit réduit attenant aux coulisses du *Café Maure*.

La fumée arrivait épaisse et noire, l'air n'était plus respirable.

L'ouvrier, resté seul, eut un moment d'inexprimable angoisse, mais il se rassura en voyant revenir Colette qui, tout heureuse, serrait contre elle sa robe, dernier cadeau du Rouquin.

Par malheur, cette action si simple devait avoir les plus funestes conséquences.

Pendant les cinq ou six secondes qu'avait demandées son accomplissement, la porte, qui s'ouvrait en dehors, s'était soudain refermée, poussée sans doute involontairement par des curieux stationnant auprès.

Les deux jeunes gens se regardèrent avec terreur, ils étaient emprisonnés, ils suffoquaient.

L'ouvrier, ne perdant son sang-froid et ne découvrant rien à l'huis qui pût lui servir à en faire jouer le pène, ni clef, ni bouton, se mit à frapper contre le panneau, dans l'espoir qu'on l'entendrait et que quelqu'un lui ouvrirait.

Mais ce panneau était en bois plein et très épais. Ses coups ne produisirent que peu de bruit.

D'ailleurs, pouvait-il conserver l'espoir de se faire entendre au milieu des hurlements de l'incendie et du vacarme qui se menait au dehors?...

Alors il regarda sa compagne et eut un geste de désespoir. Celle-ci tenait sa robe appuyée contre sa poitrine à la façon d'un petit enfant. Elle souriait à une vision intérieure et ne paraissait plus s'occuper du danger.

— Ah! — murmura-t-il d'une voix navrée, — je ne la sauverai pas tout entière : elle a perdu la raison !

Décidé à l'arracher quand même à cette fournaise, de force il entraîna Colette vers la scène, dans l'intention de passer par le café. Il pensait que peut-être les spectateurs avaient fini par en sortir.

Il se trompait.

Une cinquantaine de personnes étaient encore entassées près de la sortie, continuant à lutter avec rage pour se dépasser les unes les autres.

En outre, un obstacle non moins infranchissable se dressait immédiatement devant eux.

La poutre tombée d'en haut avait communiqué le feu au plancher et aux montants de l'estrade, et maintenant tout ce bois pétillait, craquait, se tordait, formant un immense foyer d'où montaient des gerbes incandescentes.

Le jeune homme, à cette vue, fut atterré. Il comprit combien leur position était critique, car, par là, le passage leur était absolument interdit.

Soutenant toujours Colette qui ne se défendait pas, mais ne s'aidait pas non plus, il retourna en courant vers la petite porte, qu'il chercha à enfoncer à grands coups de pied.

Hélas! ce fut en vain qu'il y dépensa toutes ses dernières forces. La porte ne voulut pas céder.

Alors, éperdu, brisé, la conscience de sa faiblesse lui faisant monter du cœur aux lèvres des imprécations de rage impuissante, il abandonna la lutte.

Cette fois, il n'y avait plus d'espoir.

Tous deux allaient périr d'une mort épouvantable.

Enfermés dans cet étroit espace qu'une fumée intense envahissait rapidement, ils étaient condamnés ou à être asphyxiés, ou à être brûlés vifs.

Colette, déjà à demi suffoquée, s'était affaissée sur le sol, serrant toujours sa robe dans ses bras et exhalant des plaintes inarticulées qui, à chaque instant, devenaient de moins en moins distinctes.

Son compagnon, que la folie gagnait, tournait dans la pièce ainsi qu'un animal en cage, battant les murs de ses poings crispés et allant de la porte à la scène et de la scène à la porte, par lesquelles il se trouvait arrêté tour à tour.

Il ne respirait plus qu'avec une extrême difficulté et titubait comme un homme ivre.

Encore un moment et il allait tomber près de Colette, lorsqu'à travers le brouillard qui s'étendait devant ses yeux, il vit bondir près de lui une sorte de gnome, de monstre fantastique, à la barbe et aux cheveux entièrement roussis, comme s'il fût sorti de quelque antre infernal.

Dans l'état d'esprit où il était, le jeune homme crut d'abord à une apparition surnaturelle.

Peut-être était-il déjà dans l'autre monde. La mort l'avait donc pris sans le faire trop souffrir, il en éprouva un certain contentement.

Mais son erreur dura peu, car une corde carbonisée étant venue lui cingler la main, en tombant, la douleur l'arracha à son hallucination, et il reconnut bientôt que cet être bizarre était tout simplement un de ses semblables.

Dès le début du sinistre, Jean de Lavaur et Pacault, au lieu de chercher à s'esquiver, ce qu'ils eussent pu faire rien qu'en tournant les talons, puisqu'ils étaient tout proches de l'entrée, s'étaient efforcés, au contraire, de lutter contre le flot des assistants affolés.

Ils apercevaient sur la scène Lallah-Mahia immobile, et sous le coup d'une stupeur dangereuse pour elle, dans la situation présente.

Ils voulaient donc tenter de lui porter secours.

Mais Jean, en dépit de tous ses efforts, dut céder à la pression énorme qu'il subissait et fut rejeté hors de la salle.

Pacault, lui, en raison de sa petite taille et aussi de sa vigueur extraordinaire, parvint à fendre peu à peu la foule et à s'y faufiler assez avant.

Comme, à un moment, il se soulevait sur les épaules de deux spectateurs pour respirer plus librement, il vit l'ouvrier s'élancer sur l'estrade et disparaître derrière le rideau avec la petite almée.

Pensant, par suite, que celle-ci n'avait plus rien à redouter, il demeura où il était, suivant maintenant le mouvement général de sortie.

Et, sans se préoccuper de l'incendie qui continuait ses ravages, il attendait avec impatience d'avoir rejoint Jean de Lavaur pour le rassurer sur le sort de la jeune fille, quand, soudain, réapparut sur la scène, alors toute en feu, l'ouvrier dont les traits décelaient une violente frayeur.

Puis, un peu au delà, dans la pièce, il distingua le visage également terrifié de Colette, encore debout.

Se rendant compte de l'imminence du péril où ils étaient tous les deux, il recommença à jouer des poings et des coudes et acheva de se frayer un chemin à travers la masse des assistants, plus pressés que jamais les uns contre les autres.

Cela lui prit une demi-minute environ, pendant laquelle il put voir revenir plusieurs fois, vers l'estrade, le jeune homme, qui toujours reculait épouvanté.

Enfin, ayant franchi les derniers rangs de la cohue, il gagna la plate-forme du théâtre en deux bonds, se jeta sans hésiter au milieu des flammes et, comme nous l'avons vu, tomba près des jeunes gens à l'instant où ils allaient succomber.

Là, le brave nain vit d'un coup d'œil ce qu'il y avait à faire pour sauver les deux malheureux.

Avisant la porte, il se rua contre elle en un élan si formidable qu'elle en fut aussitôt arrachée de ses gonds et alla s'abattre à une dizaine de pas au-dehors.

Si elle avait résisté à l'ouvrier, elle ne pouvait résister au nain dont la force était herculéenne et qui eût renversé un mur d'un coup d'épaule.

Il était temps qu'une voie fût ouverte.

Les flammes, ayant dévoré le rideau, pénétraient maintenant dans la pièce en toute liberté et la chauffaient à l'égal d'une fournaise.

D'une main, Pacault enleva de terre Colette, comme il eût fait d'une poupée, puis voyant que l'ouvrier était, vu sa faiblesse, incapable de faire un mouvement pour fuir, de son autre main il le saisit à la ceinture et le porta dehors à bras tendu.

Les derrières du café qui, un instant auparavant, étaient remplis de monde, se trouvaient à présent complètement déserts.

Les curieux avaient été se poster devant la façade donnant sur la rue du Caire pour assister à la sortie des spectateurs et y aider, s'il était possible.

Pacault posa Colette et le jeune homme sur le sol à côté l'un de l'autre, et dit à celui-ci :

— Restez là avec cette jeune fille, je vais chercher quelqu'un qui vous donnera les soins dont vous avez besoin.

Puis il s'éloigna en courant.

IX

SCÈNES SAUVAGES

En quittant ceux qu'il venait de sauver, Pacault courut à la recherche de Jean de Lavaur. Il voulait lui apprendre sans tarder que Lallah-Mahia était en sûreté, et le ramener ensuite près d'elle afin qu'il lui prodiguât ses soins, ainsi qu'à son compagnon.

Ce serait justement une excellente occasion pour lui de s'entretenir avec elle.

Mais la foule était si compacte aux abords de l'entrée du café incendié, le service d'ordre était si mal fait et il y régnait une telle confusion, que le nain eût grand mal à retrouver celui qu'il cherchait.

Enfin, ayant fini par le découvrir au bout d'un quart d'heure, il l'instruisit de ce qui s'était passé et le guida incontinent vers l'endroit où il avait laissé Colette en compagnie de l'ouvrier.

Lorsqu'ils y arrivèrent, Pacault fut très étonné de ne plus les voir ni l'un ni l'autre.

La place était vide et aucune trace ne restait de leur présence.

— Oh! oh! — dit-il en se grattant le front comme pour y chercher le mot de cette incompréhensible disparition. — Dans l'état où ils étaient, je ne leur aurais jamais cru la force de faire un pas. Ils semblaient à demi morts tous les deux. Comment diable ça se fait-il?

— Des personnes seront passées par ici et les auront probablement secourus, — émit Jean.

— Oui, ce doit être cela, car je ne peux pas m'expliquer autrement leur départ de ce lieu. En ce cas, où peut être cette jeune fille? L'ouvrier, lui, se sentant rétabli, sera naturellement retourné à son logis. Mais elle, qu'est-elle devenue?

Comme il formulait cette question, il aperçut, par la fenêtre ouverte d'une maison voisine qu'occupait un potier de Memphis, les cinq grosses almées réunies dans une chambre du rez-de-chaussée.

Elles s'étaient réfugiées là momentanément et étaient en train de causer avec une sorte de vieille sorcière, la femme du potier sans doute, à qui, on le devinait à leurs gestes, elles racontaient les détails de l'incendie.

— Voici les autres danseuses, — dit Pacault en désignant la fenêtre d'un geste. — Peut-être pourront-elles nous donner des nouvelles de Lallah-Mahia?

— Oui, peut-être.

— Si vous le permettez, monsieur Jean, je vais aller leur parler?

— Allons y ensemble, mon ami.

Les deux hommes s'approchèrent de la fenêtre et le nain demanda aux almées si elles savaient où était actuellement leur jeune camarade.

Une seule de ces dames entendait et parlait un peu le français.

Elle répondit dans un jargon tout au plus compréhensible qu'aucune d'elles n'avait revu la jeune fille depuis leur fuite du café, mais que, selon toutes probabilités, elle devait être avec son père et sa mère.

' — Son père et sa mère! — exclama Jean avec une douloureuse émotion, comme si ce qu'il apprenait eût été pour lui l'anéantissement de quelque chère espérance.

— Elle est donc venue d'Egypte avec eux? — questionna Pacault qui, n'ayant pas lu la brochure que l'on connaît, ignorait la pseudo aventure arrivée à Lallah-Mahia.

— Elle... pas gyptienne... pas gyptienne... Frangi!... Frangi!... répliqua l'almée d'un petit air dédaigneux.

— Elle est Française!...

— Ça même, Frangi?...

A cette nouvelle, l'angoisse qui avait étreint le cœur de Jean se dissipa aussitôt.

Son espérance renaissait... et plus vive encore qu'auparavant.

Dans le but d'obtenir de plus amples renseignements sur la jeune fille, il allait continuer à interroger la danseuse, lorsque des clameurs retentirent du côté de l'entrée du café.

L'avertisseur d'incendie n'ayant pas fonctionné, les pompiers arrivaient seulement, organisant les premiers secours et braquant leurs lances sur le foyer, sans espoir, hélas! de rien sauver, car ce qui avait été le *Café Maure* d'Abdel-Rhaman, cet établissement que l'engouement avait rendu populaire, n'était plus maintenant qu'un amas de ruines fumantes.

Nombre de spectateurs, plus ou moins gravement blessés, mais réclamant des soins immédiats, avaient été transportés dans l'arrière-salle d'un bazar voisin, et des gens de bonne volonté couraient dans toutes les directions, demandant à grands cris des médecins.

Malgré l'ardent désir qu'avait Jean de connaître exactement l'identité

Il piqua droit en avant, sans prendre la peine de contourner les gazons ni les plates-bandes.

de Lallah-Mahia, il comprit qu'avant tout son devoir était d'aller prodiguer les secours de son art à ceux qui en avaient besoin.

Aussi, rentrant instantanément dans son rôle de médecin, — car il était médecin pratiquant, comme nous le verrons bientôt, — il suivit un Arabe qui s'était offert pour le guider et se dirigea vers le bazar où sa présence était nécessaire.

Tout en marchant rapidement, et toujours sous le coup de sa préoccupation, il dit à Pacault qui l'accompagnait, car l'assistance du nain pouvait lui être d'une grande utilité dans la circonstance :

— Mon bon ami, il faudra nous enquérir de ce que sont les parents de cette enfant... Je ne sais pourquoi, mais je me sens dans un trouble inexprimable, et la voix intérieure dont je te parlais s'élève en ce moment en moi avec une force qu'elle n'a jamais eue encore. « Ton espoir va être enfin réalisé ! semble-t-elle me dire... et avant peu ta fille te sera rendue, tu peux en être assuré... »

Et avec une exaltation inspirée, il ajouta :

— Oh ! oui, oui... je l'entends, Pacault... je l'entends, te dis-je !...

— Votre conviction me gagne, monsieur Jean, — répliqua le nain, très ému, lui aussi, — car il n'est pas possible que Dieu vous envoie en vain un tel pressentiment.

— N'est-ce pas ?... Ces choses-là ne trompent jamais... C'est comme si on voyait écrit en soi ce qu'elles vous prédisent... Et actuellement je vois tracée en caractères de feu, sur un écran mystérieux qui se dresse en moi, l'annonce de ma prochaine réunion avec ma fille... avec ma petite Jeanne que j'ai tant pleurée...

Puis, changeant brusquement de ton, il dit au moment où son guide l'arrêtait devant le bazar :

— Mais abandonnons ce sujet... Nous voici arrivés à l'endroit où je dois exercer mon ministère et le père disparaît pour faire place au médecin.

Les deux hommes étaient maintenant à la porte du bazar, situé juste en face l'entrée du café détruit. Les victimes du fléau avaient été transportées là.

Tous les spectateurs, à de rares exceptions près, étaient maintenant sortis de la salle et formaient devant l'établissement une cohue où régnait un désordre indescriptible.

Beaucoup d'entre eux étaient sérieusement contusionnés et un certain nombre, même, très grièvement blessés.

Quelques-uns avaient la poitrine écrasée, d'autres des côtes enfoncées, d'autres encore des membres tordus ou brisés.

Il est un fait malheureusement à remarquer et qui n'est guère à l'honneur de l'humanité.

C'est le réveil subit de la brute chez l'homme se sentant en danger de mort et la cruauté avec laquelle il agit alors envers ses semblables afin de préserver sa vie, au détriment de la leur.

Cela est surtout facile à constater dans ce qu'on appelle « les accidents de foule » et, notamment, dans les sinistres théâtraux, où ce sont toujours les plus forts et les mieux musclés qui parviennent à se tirer d'affaire les premiers, ne se faisant aucun scrupule d'user — ou plutôt d'abuser de leur vigueur, pour passer sur le corps des faibles et des débiles, après, souvent, les avoir assommés à coups de poing parce qu'ils tentaient de leur résister.

Des exemples, hélas trop nombreux, sont là pour appuyer notre dire.

Tout le monde se souvient encore de la catastrophe de l'Opéra-Comique, qui brûla au mois de mai 1885, — sans parler d'une autre plus récente que, par discrétion pour certains personnages dont les noms ont été prononcés, nous nous abstiendrons de désigner plus clairement, — et où se produisirent des faits véritablement monstrueux.

Des femmes, des vieillards, voire des enfants, êtres faibles par excellence, eurent à subir les violences de misérables qui, au lieu de les aider à fuir, les frappèrent avec une brutalité inouïe pour, les voyant devant eux, les forcer à leur livrer passage.

On dit même que quelques-uns de ces cannibales, auxquels s'étaient accrochées désespérément de malheureuses femmes qui croyaient trouver en eux des sauveurs, n'avaient pas hésité, afin de ne point retarder leur fuite, à leur tordre les poignets pour s'en débarrasser et à les repousser ensuite loin d'eux, les rejetant ainsi en pleine fournaise.

Des faits analogues avaient-ils eu lieu au cours de la bousculade amenée par l'incendie du café? C'est, par malheur, fort probable, car la plupart des spectateurs blessés dangereusement appartenaient au sexe féminin et des trois personnes carbonisées qui furent le lendemain retirées des ruines, trois jeunes femmes, — on constata que l'une avait eu deux côtes enfoncées, la seconde un bras démis et la troisième une jambe brisée.

Si mortifiante que soit cette constatation, nous sommes forcés de la faire : c'est particulièrement dans la classe des gens dits « bien élevés » que se produisent ces scènes de sauvagerie. En ces moments critiques, le peuple montre bien plus de sang-froid et semble faire meilleur marché de sa peau; aussi les catastrophes maritimes et les collisions sur voies ferrées ne donnent-elles pas lieu à d'aussi répugnantes constatations, parce que les gens du monde y sont beaucoup moins nombreux que dans les salles de spectacle ou dans les salons.

Maintenant que la présence d'esprit était revenue à chacun, on s'empressait autour des victimes de l'incendie.

Et, comme nous l'avons dit, la reconnaissance de celles-ci faisait naître de poignantes et émouvantes scènes.

Un mari retrouvait sa femme dans l'une d'elles, un amant sa maîtresse, un fiancé sa fiancée, et réciproquement.

Jean, secondé par Pacault, déployait tout son zèle pour secourir ceux ou celles à qui ses soins étaient nécessaires.

Deux ou trois autres médecins s'étaient présentés et l'imitaient avec une ardeur égale.

Enfin, graduellement, le calme se rétablit.

Les personnes dont l'état était le plus inquiétant furent portées dans des voitures et, suivant leur désir, dirigées sur les hôpitaux ou reconduites chez elles.

Celles qui pouvaient marcher s'en allèrent pédestrement, clopin clopant, il est vrai.

Puis, la foule des curieux s'écoulant peu à peu, les abords du *Café Maure* eurent en peu de temps repris leur aspect ordinaire.

Quant à l'établissement si coquet d'Abdel-Rhaman, il n'en restait plus que les quatre murs affreusement noircis, entre lesquels s'entassaient, encore fumants, les débris de la toiture et de l'estrade, que les pompiers continuaient à noyer de torrents d'eau.

Une demi-heure à peine avait suffi pour causer ce désastre.

L'Egyptien, on le conçoit, était désespéré. Mais, croyant, selon sa religion, à cette puissance occulte qu'on nomme « La Fatalité », il ne se répandit pas en plaintes inutiles et dit simplement : *C'était écrit*.

Il est bon d'ajouter, toutefois, que son désespoir était atténué dans une large mesure par la pensée qu'il avait en caisse un nombre très respectable de chiffons soyeux émanant de la Banque de France, auxquels tenaient compagnie un nombre non moins respectable de piles de beaux louis d'or.

D'ailleurs il avait cette autre consolation de songer que Lallah-Mahia reviendrait certainement chez lui, aussitôt son café réédifié et aiderait ainsi à réparer son malheur en lui faisant faire à nouveau de brillantes recettes.

Il se sentait donc disposé à supporter assez philosophiquement le coup qui le frappait.

X

L'HOMME AU TEINT BISTRÉ

Mais, se demandera-t-on, qu'est donc devenu le Rouquin dans tout cela ?

Nous allons le dire.

Dès sa sortie du *Café Maure* par la porte de derrière, le pseudo-père de Colette se trouva, ou s'en souvient, au milieu d'une grande quantité de curieux.

Convaincu que la jeune fille allait le rejoindre, comme il le lui avait ordonné, il était là à l'attendre, pressé de s'éloigner au plus vite avec elle, afin de se mettre tous deux hors des atteintes du feu, quand vint se placer en face de lui un homme qui, après l'avoir dévisagé un instant, s'écria en le prenant par le bras :

— Enfin, je vous retrouve, monsieur, ce n'est vraiment pas malheureux. Cette fois, je l'espère, vous ne me brûlerez pas la politesse comme l'autre jour.

Le Rouquin, d'un regard en dessous, examina son interlocuteur et fut très désagréablement surpris de reconnaître en lui l'individu qui l'avait filé un mois auparavant.

Il ne pouvait s'y méprendre : c'était bien le personnage au teint bistré, — l'agent de la Sûreté, selon lui, — à la surveillance duquel il n'était parvenu à se soustraire qu'en passant par une maison à double issue.

L'ancien cambrioleur, se voyant alors déjà arrêté et rejeté en prison, n'eut plus qu'une pensée : tromper son espérance et lui échapper de nouveau.

Aussitôt, sans se soucier davantage de Colette, d'un mouvement brusque, il dégagea son bras de l'étreinte et, fonçant en pleine foule, détala avec la rapidité d'un lièvre.

Sa fuite avait été si inopinée que l'inconnu n'avait pas eu le temps de faire un mouvement pour le retenir... et le coquin avait déjà pris une bonne avance, qu'il n'était pas encore revenu de son étonnement.

Mais, se remettant bientôt, il s'élança à la poursuite du fuyard que, par bonheur, il n'avait pas perdu de vue et dont il pouvait suivre la trouée parmi les groupes de curieux.

Tous deux traversèrent en quelques secondes la masse de ces derniers qui, les prenant pour des personnes allant chercher des secours, leur livrèrent facilement passage.

Puis, continuant toujours à courir, ils sortirent de la rue du Caire, s'engagèrent dans le dédale des voies formées par les pavillons des nations étrangères et finirent par arriver aux jardins, dont les corbeilles et les pelouses formaient comme une vaste margelle d'émeraudes semée de fleurs autour des fontaines lumineuses.

Dans cet espace découvert et éclairé comme en plein jour par de nombreux candélabres électriques, le Rouquin comprit que tout dépendait maintenant pour lui de la vitesse de ses jambes.

Redoublant donc de vélocité, il piqua droit en avant, sans prendre la peine de contourner les gazons ni les plates-bandes, dont il foulait brutalement les fleurs.

Il filait comme un cerf qui aurait senti une meute à ses trousses.

Cependant, l'avance prise par lui restait toujours la même et n'augmentait pas, car l'inconnu, agissant comme le chenapan, avec la liberté d'allures d'un agent de police ou d'un étranger, avait également accéléré sa course et piquait en ligne droite à travers les tapis verts et les corbeilles.

Cette poursuite aurait donc pu se prolonger longtemps encore, si un événement fortuit ne fût venu la terminer d'une façon tout à fait inattendue.

Le Rouquin, ayant voulu franchir un massif de plantes rares, ne remarqua pas que plusieurs gros fils de fer soutenus par des pieux lui formaient une ceinture jusqu'à une hauteur de trois pieds de terre et alla donner en plein dans ces fils.

Non seulement, comme bien on le pense, cet obstacle l'arrêta net, mais encore, de même qu'une raquette eût fait d'un volant, le renvoya à un mètre en arrière, tout chancelant et sans souffle, le fil supérieur l'ayant atteint au creux de l'estomac.

Si bien que l'inconnu se trouva être sur lui en un instant et n'eut qu'à étendre le bras pour le saisir.

— Santos Dios! monsieur, — lui dit-il en reprenant haleine, — vous venez de me faire faire là une jolie course et je vous adresse tous mes compliments pour votre agilité. Mais pourquoi diable vous sauviez-vous ainsi? Je n'y comprends absolument rien et vous seriez bien aimable de me l'apprendre.

Le Rouquin commençait à revenir à lui; et de plus en plus persuadé qu'il avait affaire à un agent de la Sûreté, il maudissait l'événement ridicule qui venait de le mettre à sa discrétion.

Cependant, ne voulant pas encore s'avouer vaincu, il se demanda s'il ne lui restait plus aucun moyen de se tirer de cette fâcheuse position.

Vu l'heure avancée de la soirée, l'endroit était autant dire désert, et il ne lui serait peut-être pas très difficile de se débarrasser de son homme.

Jadis, à l'époque où il cambriolait avec les *aminches*, il avait presque toujours esquivé le grappin des *flics*, en se servant d'un coup à lui, coup qui le rendait redoutable. En effet, habile à jouer de la tête à la façon des bas Bretons et des béliers, rarement avait-il manqué de laisser son adversaire à demi mort sur le carreau.

Pourquoi n'essayerait-t-il pas d'en faire autant à celui-là?

— Parbleu! — se dit-il, — il ne m'en coûte rien de tenter l'aventure.

« Allons-y; ce sera la réponse à ce qu'il me demande.

Et, comme précédemment, d'une brusque secousse, il fit lâcher prise à l'inconnu, puis, se reculant de deux pas pour prendre son élan, il revint sur lui tête baissée.

Mais celui-ci avait deviné la traîtrise. Il évita le coup par une demi-volte rapide et, empoignant le coquin au collet avant qu'il n'ait pu se mettre en défense, il le maintint solidement sur place.

— Comment, — lui dit-il en même temps, — vous voulez me tuer à présent! Êtes-vous donc devenu fou, monsieur?

— Je suis pincé... et bien pincé, — murmura le Rouquin.

En effet, à la façon dont la main de l'individu pesait sur son épaule, il sentait bien que, cette fois, il ne pourrait lui échapper par surprise comme les deux premières.

— Je ne voulais pas te tuer, *la mouche*, — répliqua-t-il tout haut en employant le tutoiement, ainsi que le font d'ordinaire les voleurs quand ils parlent aux agents. — Je voulais simplement t'étourdir pour t'empêcher de m'arrêter. Mais puisque je n'y ai pas réussi, je ne me rebiffe plus, et tu peux me conduire à *l'Hôtel* (Préfecture de police); seulement, j'ai quelque chose à te proposer. Écoute, ma capture va te rapporter deux cents ou, au plus, trois cents francs de gratification, n'est-ce pas? Eh bien, moi, si tu consens à me lâcher, je t'en offre le triple... tiens, mille balles, un chiffre rond... et payables *illico*. Tu n'as qu'à venir chez moi... c'est une aubaine, hein? et tu n'auras pas tous les jours la pareille.

— Per Dios! — grommela l'inconnu stupéfait, — je veux être tué sous le fouet, si je comprends un traître mot de ce que vous me dites.

— Tu trouves que ce n'est pas assez, peut-être? — continua le Rouquin, croyant que celui-ci parlait de la sorte parce qu'il ne trouvait pas son offre suffisante. — Allons, soit, j'irai jusqu'à quinze cents, je le peux... Est-ce convenu? Je te ferai remarquer que nous sommes seuls, par conséquent, nul n'aura jamais connaissance de notre marché.

L'étranger, — un Américain du Sud, si nous pouvons nous en rapporter à sa prononciation et à la façon dont il venait de jurer « Per Dios! » — l'étranger frappa le sol du bout de sa canne, avec un commencement d'impatience.

— Encore une fois, monsieur, — dit-il, — je vous assure que vos paroles sont de l'hébreu pour moi. Vous me prêtez l'intention de vous arrêter... et vous m'offrez de l'argent pour vous relâcher... Qu'est-ce que tout cela signifie?

— Ah çà! quel jeu jouons-nous? — reprit le Rouquin qui, malgré l'accent de sincérité dont étaient empreintes les paroles de son interlocuteur, ne pouvait admettre qu'il ne fût pas un policier. — Voyons, acceptes-tu, oui ou non? Je connais plus d'une *carte verte* qui ne se ferait pas si longtemps prier.

— Une *carte verte!* Qu'entendez-vous par ces mots? Je n'en saisis pas le sens.

— Mille dieux, — gronda le coquin que la colère gagnait, — il me semble que tu te fiches de moi dans les grands prix. Puis, en voilà assez du « monsieur » que tu me donnes à tour de bras depuis une heure. Tu as l'air de me prendre pour un sénateur... et ça me vexe.

L'autre ne perdit rien de son calme ni de sa froideur.

— Monsieur, — dit-il en appuyant sur chacun de ses mots, car il lui était permis de se croire en présence d'un être au cerveau dérangé, et l'on ne doit pas irriter les fous; — monsieur, je n'ai jamais eu la pensée de vous manquer d'égards, je vous le jure, et, à coup sûr, il doit y avoir quiproquo entre nous.

— Un quiproquo?

— Assurément! je ne puis m'expliquer d'une autre façon les étranges propos que vous me tenez...

Le Rouquin regarda bien en face celui qu'il supposait être un persécuteur salarié et scruta ses traits avec soin.

Le doute, maintenant, s'emparait de lui.

Il ne découvrait pas dans la physionomie du personnage cette expression de ruse et de finasserie qui caractérise le mouchard.

— Me serais-je donc trompé si complètement sur votre compte et ne

— Avant de vous l'apprendre, je désirerais savoir quelles sont vos vues sur elle.

seriez-vous pas ce que je vous croyais, c'est-à-dire un agent de police? —
lui demanda-t-il, en devenant soudain moins grossier.

— Moi, un agent de police! — s'écria l'inconnu en éclatant de rire.
— Ah! bien en voilà d'une bonne par exemple et, je l'avoue, j'étais loin de
m'y attendre. Mais jamais de la vie, monsieur... quelle idée avez-vous
là?

— Vrai, vous n'êtes pas de la Sûreté? — insista le Rouquin.

— Aucunement et n'ai point le désir d'en être, je vous l'affirme.

— En ce cas, pourquoi vous êtes-vous attaché à mes pas l'autre jour, et m'avez-vous donné la chasse ce soir?

— Parce que, depuis longtemps, je vous cherchais pour vous parler d'une affaire qui m'intéresse fort.

— Vous me cherchiez? Vous me connaissez donc?

— Parbleu, oui, je vous connais... ou plutôt je vous reconnais.

— Ah! vous me reconnaissez?

Le coquin avait prononcé ces derniers mots sur un ton moins dégagé; il était repris par ses soupçons.

— Certainement, mon ami, et très bien, même. Sans cela, pourquoi me serais-je fatigué à suivre vos traces?... Mais ma mémoire est excellente, car je ne vous ai vu qu'une fois — et il y a des années de cela, — seulement, c'était dans des circonstances telles, que vos traits sont restés profondément gravés là.

Il se toucha le front.

Cette façon de se présenter ne pouvait diminuer en rien la perplexité du Rouquin dont le vêtement était toujours solidement tenu par l'étrange personnage.

— Expliquez-vous, — murmura-t-il, — je ne sais pas du tout ce que vous voulez dire... Mais, pardon, faites-moi donc le plaisir de lâcher le collet de mon paletot, vous allez lui donner un mauvais pli.

— Je ne demande pas mieux... à condition, toutefois, que vous ne vous sauverez plus?

— Oh! à présent, soyez tranquille. Du moment que vous n'êtes pas de *la rousse*, je n'ai aucune raison de vous fuir. Car je ne vous le cacherai pas... pour des motifs personnels, je n'aime pas à me trouver en face de ces messieurs de la Préfecture.

— C'est ce qu'il me semble, — repartit l'inconnu dont les lèvres eurent un imperceptible sourire. — Tenez, vous voici libre, — ajouta-t-il en ouvrant la main qui serrait le collet du Rouquin.

Le compagnon de la Bibasse, délivré, se porta d'un pas en arrière. Simple, mais instinctif mouvement de retraite.

— Merci, — fit-il, — comme ça je me sens plus à l'aise. Maintenant, j'attends votre explication.

— Un mot, d'abord. Cette course que nous nous sommes offerte ne vous a-t-elle pas donné chaud?

— Je mentirais si je vous disais qu'elle m'a fait l'effet d'un bain froid.

— Alors vous devez être quelque peu altéré comme je le suis moi-même?

— Quelque peu est modeste, car j'ingurgiterais volontiers une pinte d'un liquide quelconque.

— Eh bien! allons nous asseoir à la porte d'un café, nous causerons tout en nous rafraîchissant.

— Allons, l'idée est bonne.

Les deux hommes se dirigèrent vers un établissement situé à l'extrémité des jardins.

C'était une sorte de *bar*, qui tenait du café et du débit de liqueurs.

Comme ils y arrivaient et se disposaient à prendre place à la terrasse, après avoir choisi un endroit dépourvu de consommateurs, le Rouquin aperçut, attablée à l'intérieur, la Bibasse en train de déguster un grog américain.

Elle avait devant elle une pyramide de soucoupes sur laquelle son menton aurait pu s'appuyer.

— Ah! voilà Justine, — se dit-il, — ça se trouve à merveille. Je vais l'envoyer à Colette qui ne doit savoir que devenir toute seule dehors et est sans doute fort en peine de moi.

Puis à son compagnon :

— Permettez que je vous laisse un instant, monsieur; un mot à dire à cette personne.

Son doigt pointait vers l'intérieur, indiquait le dos de la Bibasse.

Mais comme son interlocuteur semblait montrer un peu d'inquiétude, il ajouta :

— Oh! ne craignez rien, je n'ai pas l'intention de me sauver. Vous pouvez d'ailleurs me suivre des yeux.

Entrant alors dans le bar, il alla à la virago.

— Cours vite à la rue du Caire, Justine, — lui dit-il. — La boutique d'Abdel-Rhaman vient de prendre feu et la petite est à nous attendre derrière, près de la porte du fond. Moi, j'ai été obligé de venir jusqu'ici où je suis tenu à l'œil par un particulier, qui, paraît-il, a des choses intéressantes à me dire. Je vous rejoindrai toutes les deux dans un quart d'heure.

— Comment, la boîte flambe! — s'écria la Bibasse... sans bouger de place, — crédié, moi qui y ai laissé mon panier avec une pleine bouteille de rhum... du rhum à trois francs...

— Raison de plus, dépêche-toi. Ton rhum doit brûler comme un punch, à cette heure; aussi occupe-toi de Colette avant de chercher à mettre la main sur ta bouteille.

— Bah ! il ne m'en coûtera pas plus de m'occuper du *ponge* et de la fillette, les deux à la fois, — attends que je règle et je file.

— Ce n'est pas la peine, je réglerai pour toi.

Et aidant l'ivrognesse à se mettre debout et à prendre son aplomb, il la poussa vers la porte de l'établissement en lui recommandant de ne pas perdre de temps en route.

Puis quand il l'eut vue s'orienter dans la direction de la rue du Caire, il alla rejoindre l'inconnu.

— Maintenant, monsieur, je suis à vous, — lui dit-il.

— Asseyons-nous et commençons par nous rafraîchir. Je meurs littéralement de soif.

— Moi aussi, j'ai le gosier sec comme du bois.

Des consommations furent apportées et aussitôt absorbées par les deux hommes.

Après quoi l'inconnu prit la parole.

— Voici, monsieur, l'affaire dont j'ai à vous entretenir, — dit-il. — Une nuit du mois de janvier de l'année 1875, c'est-à-dire il y a quatorze ans, une personne entrait dans l'église Saint-Honoré-d'Eylau et y déposait une petite fille âgée de quinze à dix-huit mois environ.

« Cette personne... c'était moi !

Le Rouquin dressa l'oreille et se prit à écouter avec une extrême attention.

Cette entrée en matière était bien faite pour l'intéresser. N'était-ce pas vers cette époque... par un matin neigeux... que pénétrant dans une église... celle qu'on venait de désigner probablement, ils avaient fait la trouvaille, la Bibasse et lui, de la petite Colette ?

L'inconnu continuait :

— Mon dépôt fait, je me mis incontinent en devoir de regagner ma demeure. Mais, l'esprit préoccupé, au lieu de prendre le chemin qui m'y conduisait, je m'engageai dans une voie contraire et, après un certain temps, me trouvai avenue de la Grande-Armée.

« Là, m'apercevant de mon erreur, j'allais retourner sur mes pas, quand je vis venir de mon côté un homme et une femme, sortes de chanteurs ambulants, dont les allures me parurent avoir quelque chose de suspect.

« Voulant éviter leur rencontre, je me plaçai alors derrière un arbre.

« Ils ne me virent pas.

« Ils parlaient avec animation, sans pour cela élever trop la voix, mais au moment où ils arrivaient près de l'endroit où je me tenais, quelques mots parvinrent jusqu'à moi et me firent connaître que la petite fille venait d'être enlevée par eux du lieu où je l'avais déposée.

« Tout d'abord je songeai à la leur reprendre soit de gré soit de force...
Je n'en fis rien.

« En définitive, il m'était indifférent que l'enfant fût en telles mains
plutôt qu'en telles autres et je laissai tranquillement s'éloigner l'homme et
la femme.

« Or, peu après, j'apprenais que les raisons qui m'avaient fait abandonner la petite créature n'existaient plus et qu'il était, au contraire, d'une
importance capitale à ce qu'elle fût rendue à...

Ici le narrateur s'arrêta, hésitant.

— A qui? — questionna le Rouquin fortement empoigné.

L'étranger le regarda du coin de l'œil et ne voulant pas fournir de
plus amples détails sur ce point, il répondit avec finesse :

— A... qui de droit...

Puis au bout d'un instant :

— Vous devez comprendre — poursuivit-il — combien je regrettai de
ne pas avoir cédé à mon premier mouvement, car alors j'eusse reporté
l'enfant dans l'église où certainement elle se fût trouvée encore. — Où
aller chercher maintenant ceux qui se sont emparés d'elle? me demandais-
je anxieusement. — Ne possédant aucuns renseignements sur eux, j'étais,
cela va de soi, grandement embarrassé.

« Il est vrai que j'avais pu distinguer assez nettement leur visage à tous
deux pour en conserver un souvenir très exact.

« Il est également vrai que je connaissais aussi leur nom, les ayant
entendus se le donner mutuellement à l'instant où ils passaient devant moi.

« Mais c'étaient là de piètres indices pour opérer utilement des recherches... je veux dire de promptes recherches.

« D'autant, qu'il ne m'était pas possible de m'adresser à la police non
plus qu'aux journaux.

— Ah! vraiment... et pourquoi?

— Parce que... des circonstances particulières qu'il vous importe peu
de savoir m'en empêchaient.

« Je dus donc compter sur le hasard seul pour découvrir les possesseurs
de l'enfant, espérant qu'il ne me ferait pas trop attendre. Malheureusement, il avait sans doute à s'occuper d'autres personnes avant moi, car
le temps passa et les années se succédèrent sans que rien vînt me mettre
sur la trace de ceux que je cherchais.

« Enfin, il y a un mois, au moment où j'y songeais le moins...

— Vous nous avez croisés sur le quai de Javel, ma femme et moi,
n'est-ce pas? — interrogea le Rouquin, — et nous ayant reconnus pour
les deux personnages de l'avenue de la Grande-Armée, ce qui prouve que

vous avez la mémoire des physionomies, vous vous êtes mis à nous emboîter le pas ?

— Précisément.

— Voilà le défaut de ne pas tout deviner, car moi, vous prenant pour un mouchard, — ce dont je vous demande mille pardons, — et n'aimant pas, je vous l'ai dit, me rencontrer avec cette espèce d'individus, je me suis arrangé pour vous échapper.

— Comme vous y essayiez ce soir encore. Par bonheur vous n'y avez pas réussi, nous voici ensemble et je viens vous demander ce qu'est devenue l'enfant. D'abord vit-elle toujours ?

— Certes !

— Bien, j'en suis très heureux. Et où est-elle présentement ?

Le Rouquin mit ses deux coudes sur la table et prit un ton paternel pour demander en regardant bien en face l'homme au teint bistré :

— Avant de vous l'apprendre, je désirerais savoir quelles sont vos vues sur elle ?

— Je n'ai pas à vous les cacher. Depuis quatorze ans, son retour est attendu par... quelqu'un...

L'ex-chanteur ambulant sourit de cette réserve et prononça du bout des lèvres :

— Par le « qui de droit » en question ?

— C'est cela... et j'ai mission, — car sachez-le, je ne suis qu'un mandataire dans cette affaire, — et j'ai mission, dis-je, puisqu'elle vit, de la ramener à ce quelqu'un... Pouvez-vous, en conséquence, la remettre, ou la faire remettre, entre mes mains ?

XI

LE MARCHÉ

Le Rouquin touchait enfin au moment tant désiré par lui, c'est-à-dire à celui où il pourrait tirer parti de la trouvaille faite par lui dans l'église Saint-Honoré-d'Eylau : un petit paquet contenant Colette abandonnée.

Il prit donc un temps avant de répondre, ne voulant pas, dans une affaire de cette importance, s'engager à la légère avec l'inconnu.

Puis, lorsqu'il eut établi un plan de conduite, il dit enfin, répondant à la dernière question :

— C'est selon. Il faut auparavant, vous en conviendrez, nous entendre là-dessus. Je ne vais pas, vous le pensez bien, vous la rendre comme cela, tout simplement, après l'avoir gardée pendant quatorze ans.

— C'est trop juste et je suis tout disposé à négocier avec vous à ce sujet. Elle est donc toujours près de vous?

— Oui, toujours; elle ne nous a même jamais quittés.

— Ah! tant mieux, de cette façon la chose sera faite tout de suite.

— Hé! hé!... pas si vite! ne nous emballons pas! — chantonna l'associé de la Bibasse en grasseyant d'aise. — Tout dépend de vos conditions... quelles sont-elles?

— C'est pour vous une affaire d'argent, je présume?

La familiarité du Rouquin augmentant en raison même de la joie qu'il ressentait, il dit :

— Gros malin, en voilà de vilains mots pour indiquer une chose toute naturelle : arriéré de pension et de mois de nourrice... Voyons, parlons peu et bien : la personne que vous représentez est-elle riche?

— Très riche. Cependant, il ne faudrait pas faire des propositions inacceptables.

— On a des principes... On sera raisonnable.

— En ce cas, fixez votre chiffre vous-même.

Le Rouquin réfléchit de nouveau quelques instants, semblant se livrer à un calcul mental, puis répondit :

— Je veux... cent mille francs.

— Oh! — fit l'inconnu comme si la somme lui eût paru exorbitante.

— Pas un centime de moins, — reprit l'audacieux coquin; — ce chiffre n'a rien d'exagéré, que diable!

— Vous trouvez?

— Assurément et je puis vous le prouver. D'abord, nous avons à rentrer, ma femme et moi, dans les dépenses qu'il nous a fallu faire pour élever Colette, c'est le nom que nous lui avons donné.

— Je le reconnais et je vous les rembourserai au double et au triple, même. J'y ajouterai en outre une large gratification. Mais en élevant les choses au maximum, je crois qu'elles sont encore loin d'atteindre à cent mille francs.

— Permettez... vous ne me laissez pas finir. Son éducation est soignée; son instruction a été poussée très loin, comme vous pourrez en juger vous-même... Ensuite, il y a à nous dédommager de l'énorme perte que nous allons éprouver en nous en séparant.

— Quelle est cette énorme perte?

— Actuellement, Colette, reconnaissante de nos bons soins et des grands sacrifices faits par nous pour assurer son avenir, nous rapporte beaucoup d'argent. C'est une artiste de premier ordre dont le talent est chèrement payé.

— Vous en avez fait une artiste?

— Je vous crois, et d'une rare valeur encore.

— Comme vous, peut-être? — insinua railleusement l'inconnu. — Car je me le rappelle, quand je vous ai vus avenue de la Grande-Armée, vous portiez, Mme votre épouse et vous, des instruments de musique; ce qui m'a fait supposer que vous étiez des chanteurs ambulants.

— C'est vrai, — repartit le Rouquin, sans se froisser de l'ironie que contenait la question de son interlocuteur. — C'est vrai, c'était notre métier et Colette l'a exercé longtemps avec nous. Mais l'art qu'elle professe aujourd'hui est tout autre que celui-là et d'un rapport cent fois plus considérable. Donc, je vous le répète, elle est pour nous la source de gros revenus, et ces revenus cessant, par suite de son départ de chez nous, il est naturel, je pense, de nous en indemniser.

— Soit... et à combien estimez-vous l'indemnité qui vous revient de ce fait!

— A cinquante mille francs, au bas mot.

— Va pour cinquante mille francs.

— Ensuite, encore, il y a une chose qui doit être payée, j'imagine, c'est...

— ... Le chagrin que vous avez à vous séparer d'elle? — acheva l'inconnu.

— Sans doute, parce que nous l'aimons tant cette pauvre petite, — repartit hypocritement le Rouquin. — Toutefois ce n'est pas de cela que je veux parler.

— De quoi donc, alors?

— De quoi? Mais... du silence à garder sur toute cette histoire. Ceci a bien aussi son prix, il me semble?

— Et qui vous fait croire que nous désirions le silence là-dessus?

L'associé de la Bibasse eut un sourire gouailleur.

— Parbleu! — répondit-il, — ce n'est pas bien difficile à deviner. Ne m'avez-vous pas dit, tout à l'heure, que « pour des considérations particulières » vous n'aviez pu, autrefois, vous adresser ni à la presse ni à la police? C'est donc que vous ne teniez pas à ébruiter l'affaire... et je suis sûr que vous n'y tenez pas davantage à présent.

— Vous êtes perspicace. J'avoue, en effet, que le plus grand secret doit être gardé sur tout ceci... et ce sera même une des conditions principales de notre marché.

LA FILLE DE L'OUVRIÈRE

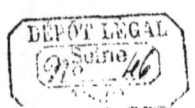

Il vit accroupi sur le sol une femme occupée à fouiller un tas de débris.

Liv. 46. — H. GEFFROY, éditeur. — Reproduction interdite.

46

— Vous voyez bien. Ainsi nouvelle somme qui vient s'ajouter aux autres. Puis, enfin, il y a, pour achever de compléter les cent mille francs dont nous approchons, il me semble, le rachat que vous allez me faire du collier dont les perles transparentes entouraient le cou de la petite, et du riche tapis qui l'enveloppait ; ce que, par parenthèse, je ne me suis jamais expliqué, vu les haillons qu'elle avait pour vêtements.

Et en prononçant ces mots, le Rouquin fixa l'inconnu, comme s'il eût sollicité de lui un éclaircissement à ce sujet.

Ce dernier ne parut pas s'apercevoir de cette muette interrogation et répliqua :

— Effectivement, je vous reprendrai ces objets puisque vous avez eu le tact de les conserver.

— Ils valent cher, vous savez ?

— J'en connais le prix : c'est moi qui les ai achetés jadis. Le collier vaut huit mille francs et le tapis cinq cents.

— Baste ! il n'est point question de leur prix d'acquisition. Je suis ficelle, vous savez, ficelle mal commode à tordre, et je vous ferai remarquer que leur valeur a progressé avec les années, à l'instar du bon vin, car c'est à eux que vous devez de retrouver l'enfant.

— Comment cela ?

— Dame ! pensez-vous que si Colette n'avait eu sur elle que ses haillons, nous aurions pris la peine de l'élever, ma femme et moi ?

Et claquant dédaigneusement les doigts, le cynique personnage ajouta :

— Nous nous en serions, au contraire, bien vite débarrassés, je vous prie de le croire... Alors, qui sait ce qu'elle serait devenue ?

— Per dios ! c'est juste ! — approuva l'étranger dont les lèvres n'eurent même pas un plissement de dégoût, et dont le sourire se fit presque approbateur. — Vous ne l'avez gardée avec vous que parce que le collier et le tapis vous faisaient supposer qu'elle appartenait à une famille riche et qu'un jour ou l'autre vous arriveriez à tirer profit de l'abandon dont elle avait été victime ?

— Vous l'avez dit.

— Allons, je suis obligé de reconnaître que, d'après vos calculs, vous êtes en droit de demander cent mille francs.

Puis, après un temps, l'homme au teint bistré ajouta, semblant prendre une décision :

— Eh bien, c'est entendu et voici comment nous allons procéder pour conclure notre négociation. Je vais écrire à la personne dont je suis le chargé de pouvoirs, de mettre cette somme à ma disposition chez un banquier de Paris et je vous la donnerai de la main à la main dès que vous m'amènerez l'enfant. Cela vous va-t-il?

— Parfaitement. Quand voulez-vous que je vous l'amène?

— Dans cinq jours. La personne dont je vous parle n'habitant pas la France, il me faut ce temps pour lui adresser une lettre et recevoir sa réponse.

— Et où aurai-je à me présenter avec elle?

— Chez moi, avenue Montagne, nº   . Vous demanderez M. Gomez.

— Bon.

— Vous vous rappellerez bien.

— Oui, oui : M. Gomez, avenue Montaigne, nº   , répéta le Rouquin.

— De votre côté, veuillez me donner votre adresse, il peut m'être utile de savoir où vous demeurez.

— Cité Verte, à Chaillot.

— Monsieur le Rouquin, n'est-ce pas? car je n'ai pas oublié votre nom, bien que je ne l'aie entendu qu'une fois... et il y a longtemps. Non plus, d'ailleurs, que celui de votre femme, Mme la Bibasse.

— Nous ne nous appelons plus comme cela, — s'empressa de répliquer le coquin, en jetant autour de lui un regard de défiance. — C'était bon au temps de la « panne », on est jeune, on s'affuble de sobriquets toujours stupides... Nous, nous avons abandonné ces surnoms depuis des années.

— Il me semblait singulier, aussi, que vous vous nommassiez chacun différemment. Cependant, on voit tant de choses bizarres à Paris...

— Aujourd'hui, nous avons repris notre véritable nom, celui de... M. et Mme Honoré, — ajouta le Rouquin, — et nous ne sommes plus connus que sous celui-là.

— Ah bien, M. et Mme Honoré, cité Verte, à Chaillot, répéta à son tour l'inconnu, en se touchant le front comme pour y fixer le nom et l'adresse. — Je me souviendrai. A présent nous pouvons, je crois, nous quitter, monsieur. Je ne vois pas que nous ayons d'autre communication à nous faire.

— Moi non plus, — repartit l'ancien cambrioleur, après avoir siroté le fond de son verre. — Ainsi, entendu : dans cinq jours je vous amène l'enfant et vous me baillez la somme convenue.

— C'est cela.

L'inconnu, ayant alors porté la main à sa poche, voulut régler la dépense; le Rouquin s'y opposa en esquissant un geste de superbe fatuité et tirant lui-même une petite bourse de maroquin vert dont la joliesse disait assez qu'elle avait dû appartenir à une femme élégante, avant de tomber en sa possession par un de ces jeux du hasard auxquels les voleurs, même retirés, aident parfois, il dit en souriant avec finesse :

— C'est bien le moins que vous me laissiez cette bagatelle puisque vous allez faire dériver le Pactole jusqu'en mon gousset... — Vous voyez qu'on a fait ses classes!

Il appela alors le garçon, paya les consommations, ainsi que celles de la Bibasse, dont la totalité s'élevait à un peu plus de six francs, — ce qui indiquait l'absorption par l'ivrognesse de pas mal de grogs américains, — puis après avoir dit au revoir à l'inconnu, s'achemina vers le café Maure.

Dix minutes après, il atteignait la rue du Caire.

Sa stupéfaction fut immense en voyant ce qui restait de l'établissement d'Abd-el-Rhaman.

Conduit par sa course à une assez grande distance de là il ne s'était nullement douté des proportions qu'avait prises le fléau ni des ravages qu'il avait causés.

Les clameurs de la foule, les cris des blessés n'étaient même pas parvenus jusqu'à lui.

— Crebleu! — s'exclama-t-il, — en voilà une affaire! Eh bien! vrai, j'ai eu de la chance de rencontrer ce M. Gommeux, non, ce Gomez, et de faire marché pour Colette avec lui, car elle était à pied pour un bon bout de temps et par suite ne nous faisait plus gagner un sou. Oui, c'est heureux; ça ne pouvait tomber plus à pic. *All right*, comme disent les English, ce que nous perdons d'un côté nous le rattrapons de l'autre... et avec un joli bénéfice, j'ai idée.

« Mais, au fait, où sont-elles toutes les deux? — ajouta-t-il, — en cherchant des yeux la Bibasse et la jeune fille.

Nous l'avons dit, une fois l'incendie terminé, les abords de l'établissement du cawadji avaient, à peu de chose près, repris leur aspect habituel.

Seuls, quelques badauds y stationnaient encore, s'obstinant à regarder les murs noircis et les décombres fumants.

Pensant que Colette et l'ivrognesse ne devaient pas être loin, le Rouquin fit le tour du café, s'attendant à les apercevoir d'un moment à l'autre.

Comme il passait près de la pièce du fond, — ou, du moins, de ce qui l'avait été, — il entendit sortir de sourds grognements qui ressemblaient à des plaintes.

Il entra et vit, accroupie sur le sol, une femme occupée à fouiller fiévreusement dans un amas de débris.

L'obscurité ne lui permettait pas de distinguer ses traits, mais les relents d'alcool qu'exhalait sa personne la lui firent reconnaître aussitôt pour la Bibasse.

— Qu'est-ce que tu fais là, Justine? — lui demanda-t-il étonné.

Sans interrompre sa besogne, la virago lui répondit d'une voix larmoyante :

— Elle doit être là-dessous avec le panier... il n'y manquait pas une goutte... c'était du rhum à trois francs... tout ce qu'il y avait de plus « chnoc »...

— Ah! tu cherches ta bouteille? — fit le Rouquin.

— ... Je l'avais achetée en venant... elle n'était même pas débouchée...

— Eh bien! continue à la chercher si tu veux, mais dis-moi où est Colette?

— Oh! quel malheur si elle est perdue... — gémit la Bibasse, — quel malheur!...

— Eh! fiche-moi la paix avec ta bouteille, — cria le Rouquin rendu furieux par la persistante toquade de la buveuse. — Je te demande où est Colette?

Et il releva rudement la femme éponge qu'il maintint d'une main pour mieux pouvoir l'interroger.

— Où est Colette? — réitéra-t-il. — Elle nous attend quelque part, sans doute?

« Voyons, vite, dis-moi à quel endroit.

— Colette! — répéta machinalement la Bibasse comme si elle eût entendu ce nom pour la première fois.

— Oui... Colette... où est-elle, crédieu! On dirait que je te parle chinois?

— Ah! la gosse... je ne l'ai pas vue.

— Comment! tu ne l'as pas trouvée dehors, tout à l'heure, là, près de cette porte ?

— Non.

— Voilà qui est curieux, par exemple. Cependant tu es venue tout de suite ici de là-bas ?

— En courant. Tu comprends, je pensais à ma bout...

— Et personne n'a pu te renseigner sur elle?

— Ah! je n'ai pas demandé, tu penses. Je me suis occupée *illico* de mon rhum.

— Tonnerre ! — jura le Rouquin, — penser d'abord à son schnick avant de t'occuper de la petite ! Brute, va, tu n'es bonne qu'à l'imbiber.

Et, d'un geste de colère, il repoussa si brusquement l'ivrognesse qu'elle en culbuta par-dessus le monceau de débris qui était à ses pieds.

Puis, sans autrement s'inquiéter d'elle, il sortit pour tâcher de savoir où était passée la jeune fille.

Mais ce fut en vain qu'il interrogea toutes les personnes que la curiosité rassemblait autour du lieu du sinistre, aucune d'elles ne put lui donner la moindre information sur celle-ci.

Alors, une idée lui vint.

Il pensa qu'elle était peut-être partie sans eux.

— Ne me voyant pas, ni moi ni Justine, — se dit-il, — elle aura eu peur, cette petite, et sera retournée toute seule au logis. Oui, ce doit être cela... ce ne peut même être que cela, certainement.

Il achevait cette réflexion, quand il vit arriver la Bibasse triomphante.

— Je l'ai !... — cria-t-elle; — je l'ai !... c'est toi qui me l'as fait trouver !...

— Trouver quoi ?

— Ma bouteille, pardié ! Lorsque tu m'as envoyée dinguer par-dessus le tas de débris, ma tête a porté sur quelque chose d'élastique qui l'a fait rebondir comme un ballon... J'ai tâté... c'était mon panier. Il était là, à la même place où je l'avais posé en venant.

« ...Et moi qui m'éreintais à fouiller dans toutes ces sales machines !... Tiens, le voilà avec la bouteille dedans... c'est une veine, hein !...

« Veux-tu boire un coup ?

— Non, non ! filons. Colette doit être à nous attendre à la maison.

Puis, à part lui, le Rouquin ajouta comme pris d'une appréhension :

— Pourvu que je ne me trompe pas...

XII

LA MISSION DE GOMEZ ERREGUY

Le personnage que venait de quitter le Rouquin était — on l'a déjà reconnu — Gomez Erreguy, l'ami de José de Penaflor, marquis de Moncade, ce jeune secrétaire de l'ambassade du Chili, auquel nous avons vu accomplir une prouesse humanitaire, au commencement de ce récit, en recueillant chez lui Denise Briant, après l'avoir sauvée de la mort qu'elle cherchait dans les eaux de la Seine.

Afin d'expliquer la conversation de Gomez avec l'ancien cambrioleur, il nous faut revenir en arrière et raconter les faits qui suivirent l'introduction de l'ouvrière chez José.

Denise, on se le rappelle, n'avait repris ses sens que pour tomber dans un état mi-comateux, mi-agité de délire, auquel le vieux docteur Lavrance, médecin de l'ambassade et ami particulier du jeune attaché, avait donné le nom de fièvre cérébrale.

Les jours passèrent, sans amener aucun changement notable dans l'état dangereux de la malade, et José n'en continuait pas moins à la voir sans cesse, écoutant avec une douleur véritable les cris de son agonie et guettant son retour à la vie.

Un soir, il ressentit une joie profonde en lui voyant ouvrir les yeux.

Hélas! cette joie ne dura qu'un instant.

Il venait de remarquer que le regard de sa protégée était sans lueur et totalement privé d'intelligence.

La prunelle dilatée n'avait plus aucune fixité; elle nageait dans le globe de l'œil sans s'arrêter sur aucun objet.

Effrayé, le jeune homme fit aussitôt mander son conseiller ordinaire, le vieux docteur Lavrance, dans les lumières duquel il avait foi.

Ce dernier s'était autrefois beaucoup occupé des maladies mentales; il possédait sur tout ce qui s'y rattachait des connaissances approfondies et son premier examen de l'ouvrière avait eu pour effet, — on s'en souvient sans doute, — de lui faire diagnostiquer une issue fatale: l'ébranlement terrible ressenti par la pauvre jeune femme, à la suite de privations dont les traces n'étaient que trop visibles, devant amener la folie, sinon la mort!

Il suffit d'un coup d'œil au praticien pour constater que sa prédiction s'était réalisée en partie: la vie de la malade était sauve, il est vrai; mais si son corps devait maintenant se guérir avec facilité, elle était pour longtemps, hélas, privée de la raison.

— Mon cher enfant, — dit-il à José, après l'avoir attiré et fait asseoir dans une pièce éloignée de celle où était confinée Denise, — je vous avais annoncé, le jour même de l'arrivée chez vous de cette pauvre fille, le dénouement probable.

« Les secousses successives dont elle a dû être frappée et surtout, comme vous me l'avez indiqué, la perte de son enfant ont profondément atteint son moral.

Où je me trompe fort, ou, au début de tout cela, il doit y avoir eu un grand amour contrarié.

— Oh! — fit José.

— Mais il ne s'agit plus de cela. Il y a en cette infortunée une déchéance intellectuelle très prononcée et, dame, le cas est grave!

... une démence caractérisée annihilait les facultés de son cerveau.

— N'y a-t-il donc aucun remède?

Le docteur Lavrance réfléchit un moment, puis répondit en hochant la tête :

— Si, il y en a un : c'est d'essayer de produire sur son cerveau une réaction énergique qui vienne y rétablir l'équilibre.

— Et comment la produire, cette réaction?

— A part la perte de son enfant, nous ne pouvons parler que par déduction des autres chocs dont son cerveau a été lésé; aussi, avec les connaissances dont nous disposons, le seul moyen, selon moi, pour arriver au but que nous nous proposons, est de lui rendre son enfant...

— Son enfant!

— Oui!... à la vue du petit être, il est certain qu'elle ressentira une puissante commotion qui ne peut qu'avoir une action salutaire sur sa raison.

— Vous croyez?

— J'en suis convaincu.

« Mettez-lui sa fille dans les bras, — la petite Jeanne dont la vue tourmentait son délire, — et je serais bien étonné de ne pas voir bientôt — si ce n'est sur-le-champ, — l'intelligence briller dans ses yeux.

« Autrement, elle est destinée à rester ainsi un temps indéfini.

José était désespéré. « Lui rendre son enfant! » avait dit le docteur, sans quoi point de guérison pour elle.

Mais comment lui rendre l'innocente créature puisqu'à l'église Saint-Honoré d'Eylau où il était allé avec Gomez, il n'avait pu obtenir aucune indication sur sa disparition du lieu saint et qu'en conséquence il ignorait absolument où elle pouvait être.

Bien entendu, Erreguy ne lui disait pas qu'il avait une vague connaissance de ceux aux mains de qui elle était tombée.

Il voulut alors aller prévenir la police pour qu'on la fît rechercher et, en outre, la réclamer par la voie des journaux, en promettant une forte récompense à la personne qui la lui ramènerait.

Mais Gomez lui fit comprendre l'étrangeté et même l'impossibilité d'une telle publicité.

C'était, en effet, avouer l'abandon qu'ils avaient fait de la petite et, par suite, appeler sur eux les rigueurs de la loi, sur lui, surtout, qui brisait ainsi sa carrière à peine commencée.

Cette observation était malheureusement d'une logique irréfutable et José dut le reconnaître.

Il se résigna donc à garder la chose secrète, n'ayant plus qu'un espoir: celui que le hasard lui fît retrouver le petit être.

Au bout de quelques jours, Denise était entièrement rétablie, grâce aux soins assidus de la vieille Mouna, la négresse, qui avait eu pour elle les attentions d'une véritable mère.

Mais, hélas! son esprit était toujours dans les limbes.

A plusieurs reprises le médecin avait été rappelé et, chaque fois, il avait répété comme un refrain:

— Rendez-lui son enfant… c'est le seul remède à son mal.

Paroles qui désolaient José et lui causaient de cuisants remords, car c'était par sa faute qu'elle allait demeurer dans cet état.

La démence de l'ouvrière était silencieuse.

Elle ne parlait pas, ne répondait jamais aux questions qu'on lui adressait et semblait ne voir aucune des personnes qui l'entouraient.

C'était une machine animée se mouvant totalement en dehors de la vie consciente.

Il était dit qu'elle inspirerait de l'amour à tous ceux qui l'approcheraient.

Après Jean de Lavaur, après le nain Pacault, c'était maintenant José de Pennaflor qui était pris à l'irrésistible charme de sa beauté.

Et chaque jour sa passion pour elle grandissait davantage, s'infiltrant en lui et le pénétrant tout entier.

Il savait bien pourtant que celle qui en était l'objet ne pouvait y répondre puisqu'elle était folle. Néanmoins, comme Pacault qui se trouvait dans le même cas que lui, quoique pour une tout autre raison, il en subissait le joug avec joie et, des heures entières, s'immobilisait près d'elle, ne se lassant pas de contempler son radieux visage qui semblait revêtu d'un voile de mystère impénétrable.

Il y avait trois semaines qu'elle était chez lui, où elle habitait la chambre de Mouna, concurremment avec celle-ci, quand un matin, en arrivant à la légation, il fut appelé dans le cabinet de son chef pour affaire urgente.

— Mon cher José, — lui dit le haut fonctionnaire, dès qu'il se fut rendu à son appel, — j'ai, je crois, une bonne nouvelle à vous annoncer. Vous êtes nommé à l'intérim de l'ambassade de Buenos-Aires, qui est actuellement sans titulaire.

— Moi ! ambassadeur intérimaire ! — fit José stupéfait.

— Oui, mon ami, et je ne dois pas vous céler que je suis pour un peu dans cette nomination. Voici comment cela s'est fait.

« Le comte de Montejo, qui occupait ce poste, étant venu à mourir récemment, mon gouvernement m'a écrit pour me demander si je n'avais pas, parmi mon personnel, quelqu'un qui pût, exercer l'intérim jusqu'à ce qu'on ait remplacé le défunt.

« Aussitôt, j'ai songé à vous. Vous avez été autrefois attaché à cette ambassade, vous en connaissez par conséquent très bien le fonctionnement et nul mieux que vous n'est apte, suivant moi, à y remplir l'emploi dont il s'agit.

« J'ai répondu dans ce sens à la demande qui m'était faite et courrier par courrier on m'a expédié votre titre que voici.

Et l'ambassadeur tendit au jeune homme une feuille de papier portant un large cachet rouge aux armes du Chili.

Puis il ajouta :

— Vous allez donc partir dans le plus bref délai, car votre présence est urgente là-bas, le poste étant vacant depuis près de deux mois et de nombreuses affaires devant être en souffrance.

José se confondit en remerciements envers son chef, l'assura qu'il mettrait tout son zèle à l'accomplissement de ses nouvelles fonctions, puis rentra chez lui pour commencer ses préparatifs de départ.

Il était tout à la fois joyeux et triste.

Joyeux à cause du grade qui lui était conféré et auquel, vu son âge, il n'aurait pas encore osé prétendre; triste parce qu'il se demandait ce qu'il allait faire de la pauvre folle.

Comme il confiait son embarras à la vieille négresse, celle-ci lui répondit sans hésiter :

— Faut emmener elle, massa... pouvez pas jeter elle dehors, à la rue... Pas parents... pas amis... plus enfant... garder elle près vous... moi serai toujours là pour bien soigner.

Cet avis s'accordait trop bien avec ses secrets désirs pour que José ne s'y rangeât pas avec empressement.

— Tu as raison, — dit-il, — cette malheureuse ne me quittera pas. Je la ferai passer pour une parente, n'ayant plus que moi pour appui, et sa présence à mes côtés paraîtra dès lors toute naturelle.

— C'est ça, massa... moi bien contente, moi aime beaucoup déjà elle, la pauvre petite... et aurais grand'peine à plus voir.

— Et moi, donc, — murmura le jeune homme.

Quand Gomez apprit le prochain départ de José, il fut très désagréablement surpris.

Depuis six mois, il ne subsistait que grâce aux libéralités de son ami, et, celles-ci lui faisant défaut, il allait se retrouver au même point qu'avant sa rencontre avec lui, c'est-à-dire obligé de vivre d'expédients.

— Ne pouvais-tu pas me laisser t'accompagner ? — lui demanda-t-il.

— Non, mon cher Gomez, — répondit José. — Toi, ta place est ici et voici ce dont je vais te charger. Le docteur Lavrance étant de plus en plus convaincu que cette infortunée ne recouvrera la raison que si on lui rend sa fille, tu vas rechercher la petite avec tout le soin possible. Dès que tu l'auras retrouvée, — si tu la retrouves, — tu m'en feras part sur-le-champ et nous prendrons alors les mesures nécessaires pour rentrer en sa possession.

— Soit, j'y consens volontiers. Mais que va devenir la mère ?

— Je la garde près de moi. Comme il est probable — comme il est sûr, même — que le père de son enfant l'a pour toujours abandonnée ; qu'en outre, elle n'a plus de famille puisque l'état de misère dans lequel nous l'avons recueillie indiquait que personne ne lui venait en aide, le plus simple devoir de charité m'ordonne de lui servir désormais de soutien.

— Tu es un grand philanthrope, José, — répliqua Erreguy avec une pointe d'ironie, car il n'avait pas été sans s'apercevoir de la passion de son ami pour l'ouvrière, et devinait que la charité n'était pas le seul motif qui l'incitait à emmener celle-ci avec lui. — Donc, c'est convenu, je reste à Paris. Seulement, — ajouta-t-il avec un peu d'embarras, — je crois bon de te le faire remarquer, ton départ va me mettre dans une position assez difficile... pécuniairement parlant.

Le jeune attaché eut un sourire affable et repartit :

— J'ai déjà songé à cela, mon cher Gomez, et peux tout de suite te tirer d'inquiétude. Comme il est juste que je t'indemnise du mal que vont te coûter les recherches en question, je te fais une rente mensuelle de mille francs, dont je vais te payer un trimestre d'avance. Les arrérages subséquents, tu pourras les toucher à telles époques de l'année qu'il te plaira, chez le banquier Mendoz Almeida, notre compatriote et mon chargé d'affaires, auquel je vais donner des instructions en conséquence. Cet arrangement te satisfait-il ?

— Parfaitement, — répondit Gomez ravi, — et je ferai en sorte de reconnaître ta générosité en ne ménageant pas mes peines pour retrouver l'enfant, tu peux en être assuré.

— Bien, mon ami, je compte sur toi.

Deux jours après, le jeune diplomate se mettait en route pour Buenos-Ayres, emmenant Denise Briant sous la garde de la vieille Mouna et de son mari, le cocher Pepe.

Fidèle à la promesse qu'il avait faite à son ami, Gomez, une fois celui-ci parti, n'épargna point ses pas pour tâcher de retrouver la petite fille.

Mais ne parvenant pas, malgré toute l'habileté qu'il déployait, à découvrir la retraite du Rouquin et de la Bibasse, il se lassa bien vite d'arpenter Paris en tous sens et, comme il l'avait dit, dans son récit à l'ancien cambrioleur, attendit que le hasard se chargeât de le mettre sur leur trace.

Tous les deux ou trois mois, avec une paresseuse régularité d'intendant, il écrivait au marquis pour lui apprendre qu'il était toujours sans aucune nouvelle de l'enfant, malgré « les démarches incessantes auxquelles il se livrait ».

Dans ses réponses, celui-ci ne paraissait pas trop affligé de ce résultat négatif, ce qui n'était pas sans étonner Erreguy.

Il sut bientôt d'où venait cette quasi indifférence.

Un jour, le jeune homme s'épancha en lui et lui apprit dans quelle cruelle perplexité il était.

Après lui avoir avoué son amour pour l'ouvrière, ignorant qu'il le connaissait déjà, il ajoutait :

« — Oui, mon cher Gomez, je l'aime éperdument cette adorable créature, je l'aime au point qu'il me serait impossible de vivre sans elle. Et si, par suite d'une circonstance imprévue, j'étais obligé de m'en séparer, il me semble que je mourrais de douleur. Aussi, en suis-je à souhaiter parfois qu'elle ne revoie jamais son enfant, car la faculté de penser lui revenant, qui m'assure qu'elle consentirait à rester encore près de moi ?

« Je suis donc tour à tour partagé entre le désir de la voir réunie à sa fille, par laquelle elle doit recouvrer la raison, et la crainte que celle-ci ne lui soit rendue, puisqu'alors je pourrais la perdre.

« Dans le premier cas c'est ma conscience qui parle, dans le second c'est mon amour.

« Cette alternative n'est-elle pas affreuse ? »

— Bon, — se dit Gomez en lisant ces lignes, — cela me donne de la marge pour opérer mes recherches et je n'ai pas à redouter, je le vois, qu'il me reproche de n'être pas plus heureux.

Le temps passa. La correspondance échangée entre les deux amis devint peu à peu moins suivie.

C'était à Madrid qu'Erreguy envoyait maintenant ses lettres.

Le marquis de Moncade était en effet monté en grade.

D'intérimaire, il était passé ambassadeur en titre et son gouvernement, content de ses services, venait de le nommer à l'ambassade d'Espagne qui était d'un rang plus élevé dans la hiérarchie diplomatique.

Gomez ne lui écrivait plus guère que deux fois par an et ses missives auraient pu se résumer par ces trois mots : « Rien de nouveau ».

Celles de José étaient également très courtes et se bornaient à dire que la pauvre folle était toujours dans le même état.

Quelques-unes se terminaient par la recommandation à Erreguy de ne pas abandonner ses recherches malgré leur insuccès.

Mais cela avait plutôt l'air d'être mis pour la forme que sérieusement.

Le Chilien le comprenait et continuait à attendre le bon plaisir du hasard.

Il ne tenait pas, du reste, à ce que la situation qui lui était faite cessât de sitôt.

Avec sa rente de mille francs par mois, rente qu'il avait fini par considérer comme lui étant due, il s'était arrangé une existence très agréable et désirait qu'elle durât le plus longtemps possible.

Il ignorait, en effet, si, une fois l'enfant retrouvée, José serait disposé à lui maintenir cette pension et, bien entendu, il préférait le certain à l'incertain.

Quatorze ans s'écoulèrent ainsi et Gomez Erreguy en était arrivé à croire que son ami s'était complètement désintéressé de la mission qu'il lui avait confiée jadis, quand trois mois avant sa première rencontre avec le Rouquin et la Bibasse sur le quai de Javel, il reçut de Madrid la lettre suivante :

« — Mon cher Gomez, lui disait José, il faut absolument, — tu entends : absolument, — que tu parviennes à retrouver enfin la fille de mon infortunée compagne.

« Voici pourquoi j'emploie ces termes impératifs.

« Tout récemment, un nouveau médecin a été attaché à l'ambassade.

« C'est un Français, nommé Cambise, et dont le savoir est, paraît-il, fort apprécié.

« Attirés l'un vers l'autre par une mutuelle sympathie, nous n'avons pas tardé à nous lier ensemble et, même, à devenir amis intimes.

« Avant-hier, dans un moment d'expansion, je lui racontai l'histoire de la pauvre insensée, que, jusqu'alors, j'avais soigneusement cachée à tout le monde et que le docteur Lavrance seul connaissait.

« De même que ce dernier il m'a dit :

« — Il n'y a pas d'autre moyen d'obtenir la guérison de la malheureuse; rendez-lui son enfant.

« — Mais, — lui ai-je fait observer, — cette enfant doit avoir environ seize ans, aujourd'hui, et son retour près d'elle n'aura peut-être plus aucune efficacité sur sa raison, car il est évident qu'elle ne la reconnaîtra pas.

« — Vous vous trompez, — m'a-t-il répondu. — Dans la grande demoiselle que vous lui amènerez, son cœur lui fera revoir le petit être dont elle a été séparé autrefois, je vous l'affirme. Ainsi, faites tout ce qui sera en votre pouvoir pour la réunir à sa fille. »

« Alors je lui confessai mon amour pour elle et la crainte où j'étais de la voir me quitter si elle redevenait raisonnable, ajoutant qu'elle était toute ma vie et que son abandon me serait mortel.

« Il parut surpris de cet aveu.

« Il trouvait étrange, en effet, que j'aimasse à ce point une femme folle, dont jamais je ne devais attendre un mot de tendresse ni la moindre marque d'affection et que, depuis quatorze ans, je me fusse confiné dans cette passion bizarre, sans exemple encore, disait-il.

« Mais il me fit comprendre, en même temps, combien j'étais égoïste et que, dussé-je en mourir, le devoir me commandait d'essayer de tirer l'intelligence de l'infortunée des ténèbres dans lesquelles elle était plongée et cela aussi promptement que possible.

« Eh bien! mon cher Gomez, si tu t'es ralenti dans tes recherches, désespérant de les voir aboutir et, peut-être aussi parce que je t'ai paru n'y plus porter qu'un médiocre intérêt, repends-les avec toute l'activité dont tu es capable et fais en sorte qu'elles soient avant peu couronnées de succès.

« Quand tu auras réussi enfin à découvrir les possesseurs de l'enfant — ce sur quoi je compte — obtiens d'eux qu'ils te la rendent sous quelques conditions que ce soit.

« S'ils exigent de l'argent, ne crains pas de leur accorder la somme qu'ils te demanderont, te semblât-elle exagérée. Il te suffira de m'en indiquer le chiffre et j'enverrai tout de suite des ordres au banquier Mendoz Almeida pour qu'il la tienne à ta disposition.

« Puis, une fois l'enfant entre tes mains, empresse-toi de l'amener ici.

« Je saurai, cela va de soi, reconnaître ce service comme il convient. »

Si cette missive se fût terminée à l'avant-dernière phrase, il est probable que Gomez, craignant toujours pour sa rente, ne se serait pas plus occupé qu'auparavant de rechercher la fille de Denise Briant.

Mais José lui promettant de « reconnaître ce service comme il convenait », ce qui lui paraissait assurer son avenir, il reprit ses pérégrinations à travers Paris, ainsi qu'il l'avait fait dans le temps, et cette fois, nous l'avons vu, fut assez heureux pour qu'elles ne demeurassent pas stériles.

A la maison, il s'essayait à des œuvres plus relevées.

XIII

INTÉRIEUR HONNÊTE

Au moment même où le Rouquin et la Bibasse quittaient l'enceinte de l'Exposition pour regagner la Cité Verte, où ils espéraient avoir été précédés par Colette, comme on s'en souvient l'ouvrier qui, durant l'incendie

Liv. 48. — H. GEFFROY, éditeur. — Reproduction interdite. 48

du Café Maure s'était élancé au secours de la jeune fille, pénétrait, portant celle-ci sur ses bras, dans un modeste logement situé au premier étage d'une maison du faubourg Saint-Antoine.

Ce logement se composait de trois pièces dont l'une donnait directement sur l'escalier.

C'était de celle-ci que le jeune homme venait de franchir le seuil.

Une femme d'une cinquantaine d'années, aux cheveux presque blancs, y travaillait à la lueur d'une lampe à réflecteur.

Sur ses genoux était placé un petit coussin muni de nombreuses bobines allongées que ses doigts maniaient avec une dextérité surprenante.

Elle faisait de la dentelle.

En entendant entrer l'ouvrier, elle leva les yeux vers lui et, à son aspect, demeura muette de saisissement.

Le fait est qu'elle était en droit d'être stupéfaite.

Le jeune homme, tête nue, les habits en désordre et en partie brûlés, les traits contractés, pressait contre sa poitrine la pauvre Colette qui semblait privée de vie et dont le léger costume égyptien ajoutait encore à l'étrangeté du spectacle.

— Grand Dieu ! — fit-elle, après un silence de quelques secondes, — d'où viens-tu dans un pareil état, André, et quelle est cette personne que tu portes là ?

L'ouvrier paraissait en proie à une violente émotion.

Sur son visage, noirci par la fumée, des sillons blancs indiquaient le passage répété de larges gouttes de sueur.

Il répondit en hachant ses mots :

— Incendie... à l'Exposition... Lallah-Mahia allait périr dans le feu... Je me suis précipité pour la sauver... Mais c'est un autre qui nous a sauvés tous les deux... Nous revenons en voiture...

Comme la dentellière cherchait à comprendre ce que signifiaient ces paroles décousues, l'ouvrier reprit, en désignant la jeune fille :

— Vite ! mère, donne-lui des soins... depuis une heure elle est comme ça... sans bouger ni parler...

— Mais encore une fois, André, quelle est cette demoiselle, si singulièrement accoutrée? — demanda la vieille femme de plus en plus intriguée et quelque peu choquée.

— Je te l'ai déjà dit... Lallah-Mahia... l'almée du Café Maure...

« Oh! je t'en prie, mère... des soins d'abord... je t'expliquerai tout après...

Et l'ouvrier déposa Colette dans un grand fauteuil qui semblait se trouver là, tout exprès, pour la recevoir.

La dentellière, comprenant qu'il lui serait impossible d'en apprendre davantage pour le moment, n'essaya plus d'interroger et, bien qu'elle éprouvât quelque répugnance à soigner une petite infidèle si peu couverte par ses riches étoffes, elle s'occupa aussitôt de la jeune fille.

Elle s'y prit si adroitement qu'au bout de dix minutes celle-ci rouvrit les yeux.

Grand fut l'étonnement de Colette en se voyant dans un endroit inconnu et en compagnie d'une femme âgée qu'elle apercevait pour la première fois.

Mais, bientôt, remarquant et reconnaissant le jeune homme qui se tenait debout derrière sa mère, sa mémoire lui retraça immédiatement la catastrophe du Café Maure, ainsi que la tentative faite par l'ouvrier pour la sauver.

Seulement, comme ses souvenirs s'arrêtaient à l'instant où elle avait perdu tout sentiment dans la pièce du fond, elle ignorait ce qui s'était passé ensuite et se demandait où elle était.

Un peu d'effroi se peignait sur ses traits.

Le jeune homme devinant la question qu'elle se posait y répondit :

— Vous êtes ici chez mes parents, mademoiselle, et c'est ma mère, madame Bertin, que vous voyez devant vous.

— Elle ne doit pas comprendre ce que tu lui dis, — observa la dentellière. — C'est une étrangère et, sans doute, elle ne connaît pas notre langue.

— Si fait, — répliqua le jeune homme en se rappelant que Colette avait prononcé, au café, plusieurs phrases en français — et en français très pur, même. — Mademoiselle paraît le connaître très bien.

La bonne femme eut un sourire sceptique et observa :

— Pour une Égyptienne, ce serait curieux.

— Je ne suis pas Égyptienne, — repartit Colette d'une voix faible.

— Ah ! — fit l'ouvrier avec surprise.

— Non, — ajouta l'enfant, — je suis Française.

— Française !... Quoi ! vous n'êtes pas une almée... une vraie almée ?...

Un léger sourire se dessina sur les lèvres de la jeune fille qui répliqua :

— Nullement.

— Mais, alors, comment se fait-il qu'on vous ait fait passer pour telle ? — questionna l'ouvrier.

Colette fit signe qu'elle avait beaucoup de peine à parler et ne pouvait momentanément donner l'explication qu'on lui demandait.

— Voyons, André, laisse-la tranquille, cette enfant, — dit la vieille femme. — Elle semble brisée et il est inutile de la fatiguer encore en l'interrogeant.

— C'est vrai, mère, tu as raison. Le danger qu'elle a couru a dû la bouleverser. Figure-toi que...

« Mais qu'a-t-elle donc? — fit le jeune homme en s'interrompant. — La voilà qui referme les yeux... Est-ce qu'elle se retrouverait mal de nouveau.

En effet, Colette venait de clore les paupières et sa jolie tête s'inclinait doucement sur une de ses épaules.

La dentellière lui tâta les mains, écouta sa respiration, puis répondit:

— Non, non, à présent c'est du sommeil; elle s'endort tout simplement.

« C'est ce qui arrive presque toujours après un évanouissement, surtout lorsqu'il a été prolongé comme le sien.

— Ah! bon, j'aime mieux ça. J'étais trop frappé de la voir comme elle était tout à l'heure!...

« Eh bien! puisqu'elle dort, laissons-la dormir.

— Oui, ça lui fera du bien.

« Me diras-tu, maintenant, ce que c'est que cette aventure-là?

— Voilà la chose, mère.

Et l'ouvrier raconta, tout au long, l'incendie du Café Maure, ses efforts pour sauver la jeune fille, leur emprisonnement à tous deux dans la pièce du fond, à cause du retard occasionné par l'idée qu'elle avait eue de prendre une robe et, enfin, l'intervention presque miraculeuse du nain, grâce à laquelle ils avaient pu échapper à une mort affreuse.

Ensuite, il continua:

— Quand cet étrange individu, qui avait tout à fait l'aspect d'un monstre, nous eut déposés au dehors et abandonnés là, en nous disant qu'il allait chercher un médecin pour nous soigner, je restai d'abord plusieurs minutes tout étourdi, me croyant sous le coup d'un horrible cauchemar.

Mais, le bruit qui se faisait autour de moi, les clameurs déchirantes des personnes qui s'écrasaient à l'intérieur du café pour gagner la sortie, la foule qui, de partout, accourait en tumulte et passait à mes côtés comme un tourbillon vivant, tout cela me tira bientôt de ma torpeur et me ramena à la réalité.

Alors, encore sous l'impression de la terrible situation où nous nous étions trouvés, Lallah-Mahia et moi, et craignant que quelque événement imprévu ne vînt nous rejeter au milieu d'un nouveau danger, je saisis dans mes bras la pauvre enfant, complètement inerte, puis, comme affolé, m'enfuis avec elle loin du lieu du sinistre.

« Peu après, sans savoir comment, je me trouvai hors de l'enceinte de l'Exposition.

« A l'instant où j'en sortais, un cocher de fiacre s'approcha de moi et me dit :

« — Une femme blessée dans l'incendie de là-bas, n'est-ce pas, bourgeois?... Montez vite, je vais vous conduire bon train. »

« En même temps il me poussa vers sa voiture, m'y fit prendre place avec Lallah-Mahia et, m'ayant demandé mon adresse que je lui donnai machinalement, il partit aussitôt au grand trot.

« Et voilà, mère, — acheva le jeune homme, — ce qui fait que je t'ai amené cette jeune fille.

La vieille femme avait plus d'une fois frémi en écoutant le récit de son fils.

Toutefois elle était fière de sa conduite.

— C'est très courageux de ta part, André, ce que tu as fait là, — lui dit-elle, — et je t'en félicite vivement. Cependant, je ne puis songer sans effroi à ce que tu viens de me raconter, car, si jamais il t'était arrivé malheur, que serions-nous devenus ton père et moi? Nous serions morts de chagrin pour sûr.

— Allons, mère, ne te fais pas de mauvais sang. Puisque je suis sain et sauf il ne faut plus penser à ça. Mais, à présent que j'y réfléchis, je m'aperçois qu'en me sauvant comme je l'ai fait j'ai drôlement agi avec celui qui nous a tirés de ce mauvais pas : cela m'a empêché de le remercier... et certes, c'était bien le moins.

— Oh! eu égard à ce qui s'est passé, tu es très excusable. D'ailleurs, tu peux sans doute réparer cet oubli; ce doit être un employé de l'endroit.

— Non, non, — affirma le jeune homme; — je ne l'y ai jamais vu.

La bonne dame releva les yeux sur lui et demanda avec surprise :

— Tiens, tu vas donc, ou plutôt tu allais donc souvent à ce café?

— Oui... assez souvent, — répondit-il en rougissant légèrement.

— Qu'y avait-il de si intéressant qui t'y attirât?

Et comme l'ouvrier semblait embarrassé par cette question, sa mère reprit :

— Est-ce que ce n'est pas là qu'est allé il y a quelque temps ton voisin du cinquième, M. Balthazar Capricas?

— Si, justement.

— Eh bien! d'après ce qu'il nous a dit, il paraît que ce n'était pas amusant du tout. On y voyait de grosses filles habillées à la turque, se démenant lourdement sur des planches qu'elles faisaient crier sous leur poids et qui, d'après lui, n'avaient rien de bien attirant... au contraire.

— Quand il y est allé, Lallah-Mahia n'y était pas encore, c'est pourquoi il a dit cela. Il avait raison, du reste. Mais s'il y était retourné depuis et qu'il eût vu celle que voici, il aurait changé d'avis, je t'en réponds; car tu ne peux t'imaginer combien elle est ravissante lorsqu'elle danse. On ne se lasse pas de l'admirer. C'est une fée, une véritable fée, et il est impossible d'exprimer par des paroles le charme et la grâce dont toute sa personne est remplie.

Le jeune homme avait prononcé ces mots avec un tel enthousiasme que sa mère lui jeta, pour la seconde fois, un regard étonné.

Ce que remarquant, il s'empressa d'ajouter, non sans rougir encore :

— Ce n'est pas seulement mon opinion, mère, c'est l'opinion de tout le monde.

— Ah! et tu allais dans cet établissement surtout dans le but de voir cette jolie fille?

— Oui, tous les soirs, et les dimanches toute la journée, — avoua ingénument l'ouvrier.

— C'est ce que tu appelles « aller souvent », — fit la dentellière qui, de nouveau, regarda son fils d'un œil scrutateur, comme si elle eût voulu pénétrer au fond de sa pensée.

Mais le jeune homme, visiblement gêné par cette sorte d'inquisition que lui faisait subir sa mère, changea le tour de la conversation.

— Enfin, — dit-il, — ça ne fait rien, je voudrais tout de même savoir où demeure le personnage qui nous a sauvés. Nous lui devons une fière chandelle, Lallah-Mahia et moi, et je serais bien aise de lui porter nos remercîments.

— Je le comprends, mon fils. Eh bien! il te faudra tâcher de le retrouver.

— Je ferai tout ce que je pourrai pour cela; mon impolitesse me pèse sur le cœur.

— Il est contrefait, dis-tu?

— Oui, c'est une espèce de nain, avec des jambes tordues, des épaules larges d'un mètre et une tête énorme couverte de cheveux roux. Pour sûr, si je le rencontre, je n'aurai pas de peine à le reconnaître.

— En effet, — observa la mère en réprimant un sourire; — d'après ce signalement, il doit être facile à distinguer des autres hommes.

Puis, plus sérieuse, elle ajouta :

— Maintenant, si tu veux, parlons de cette petite. Il faudrait savoir qui elle est pour aller avertir ses parents que nous l'avons chez nous, car elle me paraît toute jeunette et doit encore être avec eux.

— Qui elle est? Par exemple, voilà ce que je ne saurais dire. M'en rapportant à une brochure qu'on distribuait à la porte du café et dans laquelle on racontait soi-disant son histoire, je l'avais prise jusqu'à ce soir pour une almée échappée du sérail d'un pacha d'Égypte. Mais d'après ce qu'elle vient de nous apprendre, je vois bien qu'il n'en est rien et, dès lors, elle seule peut nous renseigner sur son identité. Aussitôt qu'elle sera réveillée nous la questionnerons à ce sujet.

— Oui, mais quand se réveillera-t-elle? Après une syncope comme celle qu'elle a eue, son sommeil peut durer longtemps.

— Tu crois?

— Dame, regarde comme elle dort déjà profondément.

— Le fait est qu'elle es t bien partie, — approuva l'ouvrier. — En ce cas, mère, attendons à demain pour l'interroger.

— Ma foi, je crains bien que nous n'y soyons forcés. Seulement, c'est pour ses parents. Ils vont être dans l'inquiétude toute la nuit, les pauvres gens.

— Je courrai les rassurer dès qu'elle nous aura fait connaître leur domicile. Ils n'ont donc que quelques heures à être inquiets.

— Quelques heures, c'est déjà trop.

— J'en conviens. Cependant, puisque nous ne pouvons faire autrement...

— Allons, soit, attendons à demain, — dit la vieille femme.

Elle ajouta, en donnant un coup d'œil autour de la pièce :

— L'ennui est qu'il lui va falloir passer la nuit là. Nous n'avons que notre lit; or, à cause de ton père, je n'ose en disposer. Il serait obligé de prendre ce fauteuil et il n'est plus d'âge à dormir assis.

— Naturellement. Aussi, laissons-la comme elle est. Il n'y a qu'à l'arranger un peu pour qu'elle n'attrape pas une courbature.

— Oui, je vais lui mettre un oreiller sous la tête et un tabouret sous les pieds; ça l'empêchera de se fatiguer.

Tout en parlant, la brave femme s'occupait de son mieux à arranger Colette sur le fauteuil où la fatigue l'avait fait s'endormir dès son arrivée.

Soudain, elle demanda :

— Qu'est-ce donc que cette étoffe blanche qui lui entoure les jambes et dont elle retient une partie dans ses mains?

— Ça!... mère, c'est sa robe, — répondit l'ouvrier, — la robe qu'elle a voulu emporter et qui a failli nous être si funeste.

— Ah! je prenais ça pour une écharpe complétant son costume. Drôle d'idée qu'elle a eue là : penser à une robe quand on est sur le point de rôtir !...

— Elle y tenait sans doute beaucoup.

— C'est à croire. On dirait, du reste, qu'elle craint qu'on ne la lui enlève. Remarque comme, malgré son sommeil, ses doigts sont crispés dessus.

— Peut-être contient-elle un trésor? fit le jeune homme en riant.

— Ou plutôt quelque lettre, ou quelque portrait d'amoureux.

— Tu supposerais!... — s'écria l'ouvrier en devenant subitement pâle.

A cette exclamation, sa mère le considéra une troisième fois avec attention.

Puis elle prononça, sans cesser de le regarder :

— Qu'est-ce que ça peut te faire ?

— Oh! rien... rien du tout... — répliqua-t-il d'une voix légèrement altérée. — Qu'elle ait un amoureux ou non, ça m'est absolument égal... je te le certifie.

— Je le pense bien.

Après un silence, le jeune homme reprit :

— Dis donc, mère, si tu t'en assurais tout de suite ?

— Si je m'assurais de quoi ?

— De... ce qu'il y a dans les poches de sa robe.

— Ne vois-tu pas que je plaisante, André? Cette enfant est encore trop jeune pour songer à cela, certainement.

— Ah! tu plaisantais? — repartit l'ouvrier soudain rasséréné.

— Bien entendu, nigaud.

Et comme si elle eût voulu ne pas appuyer davantage sur ce sujet, elle ajouta :

— Mais il est tard, mon fils, et toi aussi dois être las. Tu ne ferais pas mal, il me semble, d'aller te coucher.

— Oui, je vais y aller, et j'avoue qu'on peut aspirer à son lit, après de pareilles secousses.

— Alors dis-moi bonsoir, André, et monte à ta chambre. Je me charge de « ton almée ».

— Est-ce que tu vas travailler encore, mère?

— Un peu. Ne me faut-il pas attendre ton père pour lui raconter la chose ?

— C'est juste. Pourvu qu'il ne rentre pas trop tard !

— Sait-on jamais quand il rentre, maintenant? — fit la dentellière avec un soupir. — Depuis qu'on l'a fourré dans cette maudite politique et qu'il va presque tous les soirs à des réunions socialistes, comme il dit, il

— Ah Caraï! si jamais on m'y repince là-dedans!...

n'a plus d'heure pour revenir... Enfin, ne causons pas de ça... ça m'énerve
rien que d'y penser. Sur ce, va, mon fils, et bonne nuit.

— Bonne nuit, mère.

Et le jeune homme partit, laissant la vieille femme en compagnie de la
jeune fille endormie.

XIV

ENTRÉE EN SCÈNE D'UN MARSEILLAIS

Les époux Bertin étaient d'honnêtes et courageux ouvriers. Toute leur vie avait été laborieuse et ils travaillaient encore sans prendre un instant de repos, malgré les années dont ils commençaient à sentir le poids.

Ils appartenaient à cette vaillante race de prolétaires pour qui le travail est un besoin et que la mort vient frapper l'outil en main.

Pierre Bertin, le père, était un ébéniste de premier ordre.

Sa femme, une très habile dentelière.

Ses journées, à lui, se montaient à quatorze et quinze francs, maximum qu'on peut atteindre dans le métier.

Elle gagnait jusqu'à dix francs par jour et souvent plus quand l'ouvrage pressait.

Aussi, étaient-ils dans ce qu'on est convenu d'appeler une certaine aisance.

Ils possédaient même de notables économies, converties en valeurs sérieuses, à l'abri de tout aléa.

Ces économies ne cessaient de s'accroître avec le temps. En effet, de goûts très modestes, les époux ne dépensaient que ce qui leur était nécessaire pour vivre convenablement, mais sans superflu.

En outre, leur fils André qui, lui, était sculpteur sur bois, — c'est-à-dire presque un artiste, — se faisait de son côté un gain quotidien fort raisonnable dont il leur donnait une partie, accroissant encore ainsi leur épargne.

Le logement occupé par eux dans le faubourg Saint-Antoine était des plus simples. Toutefois rien n'y manquait. Si les meubles n'étaient pas luxueux, du moins étaient-ils solides et de bonne facture.

Ce logement, nous l'avons dit, se composait de trois pièces.

L'une servait de chambre à coucher, l'autre de salle à manger et la troisième de petit salon pour recevoir « les amis et connaissances ».

Longtemps, un lit pliant avait fait partie du mobilier de cette dernière pièce, mais André, au repos duquel il était destiné, ayant atteint ses vingt ans, le père Bertin ayant souvenir de ses propres années de jeunesse lui avait loué dans le haut de la maison une petite chambre pour qu'il pût être tout à fait chez lui.

— Jeune coq ne peut chanter en cage, avait-il coutume de dire en souriant énigmatiquement comme pour donner a entendre qu'il avait su donner de la voix, à son époque.

A sa femme il s'était contenté de dire en manière d'explication :

— Il faut bien que le garçon soit un peu son maître. Jeunesse est turbulente, tapageuse, elle aime à s'amuser. Si André fait quelques farces il est inutile que nous les connaissions. Pourvu qu'il ne boude pas sur la besogne le reste m'est égal.

Mme Bertin avait été de l'opinion de son mari.

Depuis cinq ans André habitait donc seul. Mais s'il avait souvent profité de son indépendance, jamais, rendons-lui cette justice, il n'en avait abusé.

Naturellement il ne vivait pas en anachorète, — on n'a pas vingt ans pour les perdre — cependant haïssant d'instinct tout ce qui sentait la débauche, il s'était toujours gardé de fréquenter ceux de ses compagnons d'atelier qui s'y livraient et avait choisi ses amis parmi les jeunes gens ayant les mêmes idées que lui.

Durant le dernier mois qui venait de s'écouler, il avait même été d'une sagesse exemplaire.

De temps à autre, il avait coutume de se joindre à ses camarades pour se distraire avec eux d'une façon quelconque. Mais, depuis trente jours bien comptés, ceux-ci, quoi qu'ils eussent fait, n'avaient pu réussir à l'avoir une seule soirée en leur compagnie.

D'où venait donc ce changement subit dans ses habitudes?

Nous le savions avant de l'avoir entendu en faire l'aveu à sa mère; il passait tous les instants dont il pouvait disposer dans l'établissement de la rue du Caire.

Le hasard l'ayant fait entrer au *Café Maure,* la première fois que Lallah-Mahia y avait paru, il en était sorti le cœur et l'imagination remplis de son image et, depuis, n'avait pas manqué un seul jour d'y retourner, s'y sentant invinciblement attiré par elle.

Toutefois, lui qui n'avait jamais été bien timide avec les autres femmes, pris d'un inconscient scrupule envers celle-ci, envahi par une sorte de respect, il n'avait pas encore cherché à lui faire comprendre l'impression qu'elle produisait sur lui.

Il se contentait de l'admirer, de s'enivrer de sa vue, se trouvant déjà bien heureux que cette joie lui fût donnée...

Et il est certain qu'il aurait gardé longtemps encore, peut-être toujours, cette attitude passive envers la jeune fille si l'incendie du café ne lui eût fourni l'occasion inespérée de le mettre soudain, et sans aucuns préliminaires, presque en intimité avec elle.

Car il va de soi que le fait d'avoir tenté de l'arracher aux flammes et de l'avoir transportée chez ses parents créait dorénavant entre elle et lui un lien assez étroit.

Aussitôt qu'il eût quitté sa mère le jeune homme gravit les escaliers pour gagner le cinquième et dernier étage de la maison.

L'instant d'après il était dans sa chambre.

C'était une pièce de dimensions modestes, mais très claire. Le soleil la visitait une partie de la journée.

Le meuble qui en occupait la plus grande partie, après le lit, était un établi pourvu de tous les outils nécessaires à la sculpture sur bois.

André travaillait en effet souvent chez lui afin de se perfectionner encore dans son métier pour lequel il avait une réelle vocation.

Son ambition était de devenir un artiste et non pas de rester un simple artisan.

Et il était déjà en bon chemin.

Car si à l'atelier il était obligé, en vue du commerce, de faire forcément de la banalité et de copier sans cesse les mêmes motifs d'ornementation, à la maison il s'essayait à des œuvres plus relevées.

Les musées, où il allait souvent, lui fournissaient de nombreux et excellents modèles.

Il y étudiait les maîtres des seizième et dix-septième siècles, les fameux du Goulon, Louis Marteau, Romié, Pineau, Legoupil, etc... ces rois du ciseau qui, même de nos jours, sont restés sans rivaux dans l'art de *travailler le bois*.

Parfois, il s'oubliait des heures entières à considérer un vieux bahut fouillé avec une délicatesse sans pareille, ou bien un panneau décoratif d'une magistrale exécution, ou bien encore une de ces exquises statuettes mi-bois, mi-ivoire, comme on en voit plusieurs à Cluny, et dont le fini atteint au *summum* de la perfection.

— Voilà ce que je voudrais faire, se disait-il, animé d'une noble émulation.

« Oui, acquérir un jour assez de talent pour pouvoir créer de semblables merveilles.

Puis il ajoutait :

— Oh! quelque peine que cela puisse me coûter, il faudra que j'y arrive... et j'y arriverai, j'en ai la conviction...

Aussi, sa chambre était-elle pleines d'ébauches de toutes sortes.

Celles-ci prouvaient ses efforts constants pour parvenir au but qu'il se proposait.

Parmi ces ébauches, certaines pouvaient déjà passer pour des productions d'une facture réellement supérieure.

On sentait en elles une rare puissance de conception, jointe à une grande habileté de main et il n'était pas à douter que l'espérance du jeune homme ne vînt à se réaliser dans un avenir prochain.

Fatigué par les événements de la soirée, il alluma vivement sa lampe et sans un coup d'œil pour ses travaux en cours d'exécution, il se disposa à se coucher.

Il lui tardait, d'ailleurs, d'être au lendemain matin pour assister au réveil de Colette.

Comme il commençait à se dévêtir, un pas d'homme se fit entendre dans l'escalier et bientôt résonna sur le palier.

— Ah! voilà Balthazar qui rentre, — dit-il. — Il ne chante pas ce soir; c'est signe qu'il n'est pas de bonne humeur. Il aura sans doute manqué une affaire.

Comme il achevait ce mot, une voix empreinte d'un fort accent marseillais lui cria à travers la porte :

— Hé! André, dors-tu? Non, n'est-ce pas puisque tu as de la lumière. Donc, ouvre un peu, mon bon, nous allons faire un brin de causette.

Le jeune homme allait obtempérer à ce désir quand celui qui l'exprimait ayant trouvé la clef à la serrure, entra de lui-même dans la chambre.

C'était un gros garçon à figure réjouie d'un ou deux ans plus âgé qu'André.

Depuis longtemps il était le voisin et aussi l'ami de l'ouvrier.

— Bonsoir, mon bon, — fit-il en tendant la main à celui-ci. — Comment va? Bien, hein? Tant mieux, moi comme à quo. Mais je suis éreinté... éreinté à ne pas me tenir debout.

Et il se laissa tomber sur une chaise paraissant effectivement en proie à une grande lassitude.

— Bonsoir Balthasar, répondit le jeune homme d'un ton cordial. Pourquoi es-tu si éreinté? Tu as donc beaucoup marché aujourd'hui?

— Pas plus qu'à l'ordinaire.

— Alors quelle est la cause de ton éreintement?

— La cause, bondious! — fit le gros garçon en s'animant... — Ah! caraï! si jamais on m'y repince là dedans, vrai, je ne veux plus être le fils de mon père.

— Où cela, là dedans?

— Eh! pardious! dans ces cages à fauves de la rue de Charenton, la bien nommée, où il s'en est fallu de peu que je laisse ma peau.

— Hein! — exclama André étonné, — tu es allé voir des fauves ce soir, et tu es entré dans leurs cages?

— Oui, des fauves à face humaine, cent fois plus féroces que les autres.

— Que veux-tu dire, Balthazar, je ne te comprends pas?

— Tu vas comprendre. Sais-tu ce que c'est qu'une réunion électorale?

— Ah! c'est de cela que tu veux parler? Oui, je sais ce que c'est, mais de ouï-dire seulement, car je n'ai jamais assisté à aucune.

— Tu as rudement eu raison, mon bon, et je ne te conseille pas de te payer cette fantaisie. Dioubibane! quel boucan il s'y fait. Du commencement à la fin on s'y tarabuste, on s'y *croche*, on s'y cogne que c'est un plaisir. Aussi, à tout instant, il y a un nez qui s'aplatit, un œil qui se poche, un front qui se fend et tout cela au milieu de cris et de hurlements à vous rendre sourd comme trente-six pots. Non, vois-tu, faut y être pour s'en faire une idée.

Tout en parlant, le nouveau venu allant, venant, gesticulant, avait mimé la scène. Aussi André ne put-il s'empêcher de rire.

— Bah! — fit-il, — ce serait à ce point?

— A ce point?... Certainement... et pis, même. Ça ne peut pas se raconter.

— Mais qu'allais-tu faire à une réunion électorale?

— A une?... à *deusses*, mon bon, tu veux dire. car je suis allé à *deusses*.

— C'est encore mieux. Tu te mêles donc de politique maintenant?

— Moi! — s'écria le gros garçon comme indigné, — moi, Balthazar Capricas, enfant de la divine Marseille, commis voyageur en toutes sortes de choses et en d'autres avec, pas moinss!... me mêler de politique, barbotter dans cette bouteille à l'encre? Jamais de la vie, miladious!

— Alors, encore une fois, pourquoi es-tu allé là.

— Pour une affaire, té.

— Une affaire dans une réunion électorale.

— Oui, ça t'étonne, hein?

— Je l'avoue... généralement, ce n'est pas un lieu où l'on s'occupe d'affaires.

— Oh! le pôvre! il n'y a pas de généralement pour le fils de mon père. Partout, je m'occupe, partout je fais des affaires... c'est dans le sang... Au paradis, après ma mort, je crois que je travaillerai encore!... Avant-hier je rencontre un copain...

Mais avant de laisser continuer Balthazar Capricas, disons quelques mots de lui afin de bien le faire connaître.

Comme il vient de nous l'apprendre, il avait vu le jour à Marseille.

Les parents, petits commerçants du port, tenaient une boutique de denrées et de produits coloniaux.

Jusqu'à dix-huit ans, il était resté avec eux, les aidant dans leur négoce qu'il faisait prospérer par son intelligence.

L'activité du jeune Balthazar ne devait pas pouvoir s'accommoder longtemps de ces mœurs casanières; un beau jour il se trouva trop à l'étroit dans le magasin paternel et se résolut à embrasser une profession moins sédentaire.

Plusieurs fois, il avait eu l'occasion d'entendre, au *Café de Paris*, sur la Canebière, des voyageurs de commerce parler de leur métier avec enthousiasme et vanter les nombreux agréments qui y étaient attachés.

Cela lui donna l'envie de voyager à son tour.

Bavard comme tout bon Phocéen et hâbleur par tempérament, il lui sembla que rien ne pouvait être plus à sa convenance.

S'étant lié avec quelques-uns de ces importants personnages, il ne fut pas long à connaître sur le bout du doigt le manuel du parfait Gaudissart.

Tout de suite, alors, il voulut le mettre en pratique et, naturellement, songea d'abord à représenter la *maison* de ses parents.

A cet effet, il se fit confectionner des prospectus qui avaient pour en-tête :

« Aux Docks Coloniaux. — *Maison Capricas et fils.* »

Puis il entreprit une tournée dans les villes avoisinant Marseille.

Il se démena si bien qu'en une semaine il eut placé chez tous les épiciers des diverses localités où il passa un nombre incalculable de noix de coco et de cannes à sucre, ainsi qu'une énorme quantité de poivre de Cayenne, de piments doux ou forts, de bananes, de dattes, etc..., etc.

Ce fut au point que les Capricas, pour subvenir à cette avalanche de commandes qui leur tombait des nues, durent non seulement vider leur boutique entière, mais encore acheter la cargaison complète d'un navire arrivant de la Plata chargé de semblables denrées.

Voyant qu'il réussissait si aisément dès ses débuts, il visita d'autres villes et inonda la région des produits du Nouveau-Monde.

Les *Docks coloniaux* — trois mètres de façade sur six de profondeur — faisaient par suite des affaires d'or et commençaient à être connus de tout le département des Bouches-du-Rhône.

On en parlait comme d'une des principales maisons de la vieille cité phocéenne.

Mais Balthazar pensa qu'il ne devait pas se borner au seul placement des noix de coco et des cannes à sucre.

Il se disait qu'il lui serait facile d'y joindre une autre branche de commerce.

Il obtint alors la représentation d'une fabrique de ferblanterie.

Cela n'avait qu'un lointain rapport avec les produits coloniaux, mais peu lui importait.

Puisqu'il savait placer ceux-ci il saurait bien également placer des ustensiles de cuisine.

Sa confiance était justifiée et il eût tout autant de succès dans le fer-blanc que dans les piments et le poivre de Cayenne.

Cependant il n'était pas encore satisfait.

Son ambition était de voyager pour des maisons de Paris.

Il vint donc dans la capitale et offrit ses services à plusieurs industriels qui, dès l'abord, devinant en lui un auxiliaire précieux, s'empressèrent de les accepter.

Il se trouva ainsi être attaché comme commis voyageur à une maison de pianos, à une autre de conserves alimentaires et enfin à une troisième de bicyclettes et automobiles — les chevaux et voitures de l'avenir, comme il disait — tout cela sans préjudice des deux premières qu'il continua à représenter concurremment avec celles-ci.

La facilité d'avoir à placer un tel assortiment devait, on le conçoit, lui rapporter d'assez jolis bénéfices et il aurait pu, s'il avait voulu, mener une existence presque luxueuse.

Mais il n'en faisait rien et vivait au contraire plutôt petitement, envoyant autant dire tout son argent à son père et à sa mère pour qu'ils le fissent fructifier dans leur commerce qui prenait de jour en plus d'extension.

Car, s'il s'en fallait encore que les *Docks coloniaux* méritassent véritablement leur titre, ils s'étaient cependant grâce à lui sensiblement agrandis et la petite boutique de trois mètres de large sur six de profondeur était devenue un beau et vaste magasin à l'apparence des plus cossues.

Or, ayant l'intention de succéder à ses parents lorsque dans quelques années ceux-ci se retireraient des affaires, il faisait de son mieux pour aider à la prospérité de leur maison qui, un jour, devait être la sienne.

C'était très habilement et surtout sagement calculé.

Depuis cinq ans il habitait la chambre voisine de celle d'André Bertin avec lequel il s'était lié dès le premier instant.

Bien qu'il fussent de caractères essentiellement différents — ce dernier étant rêveur et plutôt silencieux, tandis que Balthazar était exubérant et

— Je le lui relevai si haut qu'il alla piquer une tête au bas de l'estrade.

extraordinairement loquace — les deux jeunes gens éprouvaient l'un pour l'autre une vive sympathie et ce leur était toujours une joie de se trouver ensemble.

Aussi, au retour de chacun de ses voyages — car ses multiples fonctions l'obligeaient à être fréquemment en route, — notre méridional n'avait rien de plus pressé que de rechercher la compagnie du jeune sculpteur qui, de son côté, lui témoignait tout le plaisir qu'il avait à le revoir.

Pour le moment, Balthazar ne voyageait pas. Il était revenu récemment d'une longue tournée et se reposait de ses fatigues, faisant simplement dans Paris quelques affaires par-ci par-là, afin de ne pas rester entièrement oisif.

Maintenant, laissons-le raconter à André Bertin ce qui venait de lui arriver.

XV

RÉUNION ÉLECTORALE

— Figure-toi, mon bon, lui dit-il, — il prononçait *meum beun*, — qu'avant-hier je rencontre un copain, qui me dit comme ça :

« — Té, Balthazar, justement je te cherchais ; j'ai une affaire pour toi.

« — Quès aco ? je lui demande.

« — Voilà. Il y a mon propriétaire qui veut se faire nommer député pour la prochaine session législative. C'est un ancien marchand de peaux de lapins, originaire du Cantal, qui a quitté le commerce après fortune faite et rêve de devenir un homme politique.

« Il n'a pas l'intelligence très ouverte, mais comme on lui a dit qu'il n'était pas nécessaire d'avoir inventé la poudre pour aller s'asseoir sur les bancs de la Chambre, il veut tâcher de se faire élire par son arrondissement.

« Dans ce but et afin de l'emporter sur ses concurrents, — car il en a trois ou quatre, — il a l'intention de gratifier d'un petit cadeau bon nombre d'électeurs, des pauvres surtout, afin que ce cadeau ait plus de portée.

« Il me parlait de ça hier, en me demandant ce qu'il pourrait bien leur offrir.

« — Puisque vous vous adressez à des gens peu fortunés, lui répondis-« je, moi, à votre place, je leur ferais un don de nourriture.

« Il n'y a rien de telle que la reconnaissance du ventre et, de cette « façon vous seriez sûr d'avoir leurs voix mieux que par tout autre « moyen.

« — C'est une idée, — avoua-t-il, — je vais donner l'ordre de distri-« buer dans le quartier cinq cents pains de quatre livres.

« — Le pain tout seul est bien sec, — lui fis-je observer.

« — Sec?

« — Dame! Vous n'en mangeriez pas vous-même, convenez-en?

« — Eh! bien quoi y ajouter? »

« Je cherchai un instant puis pensant à toi, il me vint une inspiration.

« — J'ai un camarade, — lui dis-je, — qui représente une maison de
« conserves alimentaires. Vous pourriez lui demander qu'il vous fournisse
« dans les prix doux, un demi-mille de boîtes variées que vous joindriez
« aux pains de quatre livres. Comme cela votre cadeau serait complet.

« — Ça va, — fit-il, — dites à votre camarade de venir me trouver et
« nous ferons l'affaire ensemble. »

« Tu vas donc, continua le copain, aller voir mon homme qui s'appelle
« M. Choumara et demeure ici près, rue de Cîteaux.

« Si tu t'arranges avec lui, comme c'est probable, tu me feras une
« petite commission; ça me servira à payer mon terme qui est en retard.

« — Sûr, — je lui dis; — nous partagerons même les bénéfices. »

« Là-dessus je le quitte et pour ne pas laisser refroidir la chose, je
vais tout de suite chez son propriétaire.

« Il était absent. Il avait été commander des affiches pour annoncer sa
candidature.

« J'y retourne hier, je ne le rencontre pas encore. Il était allé faire
des visites à quelques électeurs influents.

« Enfin, je me représente à son domicile aujourd'hui dans la journée;
on me répond qu'il court les boulangers pour une commande de cinq
cents pains de quatre livres.

« Mais on m'apprend, en même temps qu'il sera sûrement dans la
soirée à une réunion électorale qui doit avoir lieu rue de Charenton et où
il a l'intention de prononcer un discours afin de faire connaître son
programme.

« Donc, le soir, vers neuf heures et demie, je vais rue de Charenton
et me mets à chercher l'endroit où se tenait l'assemblée en question.

« Comme je ne le trouvais pas, je me renseigne près d'un concierge
qui fumait sa pipe sur le pas de sa porte.

« — C'est là-bas dans le bal, » fait-il en me désignant une maison peu
éloignée où il y avait une lanterne sur les verres de laquelle était écrit :
« Bal des gais lurons. »

« J'arrive à la maison et vois collé sur le mur un grand placard de
papier blanc qui portait :

« Réunion du 4ᵉ Comité de la 3ᵉ Section de la 5ᵉ Division du XIᵉ arron-
« dissement.

« Il y a trente-trois orateurs inscrits.

« Le candidat présenté par le comité ne parlera qu'après les avoir tous entendus. »

« Cela promettait d'être très intéressant.

« J'entre et me trouve dans une vaste salle toute remplie de monde.

« Au fond était une tribune où montaient les orateurs.

« A mon entrée, il y en avait un qui l'occupait.

« Je tends mes oreilles pour écouter ce qu'il disait, mais il m'est impossible d'y rien comprendre.

« Il parlait de progressistes, de guedistes, d'allemanistes, de socialistes, de séparatistes et d'autres choses en istes, ce qui était du chinois pour moi.

« Tout ce que je sais c'est qu'on se moquait de lui et qu'on l'appelait fumiste... pour rester dans le ton.

« Quant il eut fini, un autre le remplaça.

« Celui-là voulait tout démolir.

« Citoyens, — vociféra-t-il en roulant des yeux terribles et en frappant à tour de bras sur la tribune, — il faut tout renverser de ce qui existe. Plus de lois, plus de gouvernement, plus de propriétaires, plus de patrons, plus de bourgeois, plus de riches, plus de pauvres, plus rien, rien, rien...

« — Oui, oui, c'est ça, — approuvèrent les uns.

« — Non, non, ce n'est pas ça, — répliquèrent les autres.

« — Si, si...

« — Non, non...

« — Vous êtes des coquins si vous soutenez le contraire.

« — Et vous des canailles pour dire comme lui.

« — Brigands !...

« — Bandits !... »

« Sur ce, voilà que l'on commence à se bousculer ferme et que les coups de poings se mettent à pleuvoir comme grêle.

« Moi, je me carre dans un coin et je regarde.

« C'était drôle.

« On ne voyait que des chapeaux qui s'envolaient, des habits qui se déchiraient, des yeux qui se pochaient et des figures qui devenaient noires, bleues ou jaunes.

« Tout cela au milieu d'un vacarme épouvantable.

« L'homme au renversement, lui, continuait à hurler à la tribune sur laquelle il tapait de plus en plus fort, comme s'il eût encore cherché à exciter les batailleurs.

« Enfin, au bout de vingt minutes, quand on fut fatigué de se cogner, le calme se rétablit un peu et on annonça un nouvel orateur.

« Ne tenant pas à assister à une seconde bataille et pressé de terminer mon affaire, je demande à un voisin qui avait deux dents de cassées et le nez en capilotade, où était le candidat député qui devait parler ce soir.

« — Tenez, fait-il en le montrant au doigt, — c'est le louchon, là, à côté de la tribune.

« — Bon, merci. »

« Alors, je me faufile à travers la foule et j'arrive près du personnage.

« Le nouvel orateur venait de prendre la parole.

« Je profite de l'attention qu'on lui prête momentanément pour glisser tout bas dans l'oreille du candidat.

« — Té, monsieur, c'est moi, Balthazar Capricas. Je viens pour les boîtes. »

« Il faut te dire que je ne connaissais nullement M. Choumara.

« — Quoi ? » — fait le candidat en se tournant vers moi.

« Je répète ma phrase.

« — Quelles boîtes ?

« — Les boîtes de conserves, té.

« — Les boîtes de conserves ? Qu'est-ce que vous me chantez là.

« — Est-ce que vous n'avez pas l'intention d'offrir aux électeurs de l'arrondissement des pains de quatre livres et des boîtes de conserves alimentaires pour qu'ils vous donnent leurs voix ? »

« Je n'avais pas fini de prononcer ça que l'individu pousse un rugissement, m'empoigne par le collet de mon habit et se met à crier de toutes ses forces :

« — Ah ! misérable, supposer que j'emploie de pareilles manœuvres. C'est un piège que tu me tends, n'est-ce pas ? »

« A ces paroles qui dominent celles de l'orateur, il se fait un grand silence dans la salle et tous les yeux se fixent sur nous deux.

« Voyant cela, le candidat me traîne sur les premières marches de la tribune pour bien me mettre en évidence... et lui aussi, — j'étais tellement ahuri que je ne songe pas à me défendre, — puis, il reprend de plus belle en me désignant d'un geste emphatique :

« — Citoyens, savez-vous de quoi cet homme me croit capable ? Le savez-vous, citoyens ? Si vous ne le savez pas, je vais vous l'apprendre. Cet homme vient de me demander si je n'avais pas l'intention de vous offrir des pains de quatre livres et des boîtes de conserves alimentaires afin d'obtenir vos voix, comme si ma valeur personnelle que vous connaissez et appréciez tous ne suffisait pas pour cela.

« Oui, citoyens, voilà les desseins odieux que me prête cet éhonté coquin. Me soupçonner moi, dont le passé est plus pur que le plus pur cristal; qui ai toujours marché droit dans la vie sans jamais dévier d'une ligne, ainsi qu'un boulet de canon opérant son trajet à travers l'espace, — me soupçonner, dis-je, de vouloir peser sur votre opinion à l'aide d'un peu de farine pétrie et de quelques cylindres de fer-blanc !

« Oh ! abomination des abominations ! N'est-ce pas là la plus cruelle injure qu'il m'ait jamais été donné de subir? Je vous en fais juges, citoyens, et vous demande quel châtiment mérite celui qui me l'inflige. Prononcez, et ce châtiment lui sera appliqué dans toute sa rigueur.

« — Il faut l'envoyer pourrir sur la paille humide des cachots ! — émit un assistant d'une voix gouailleuse.

« — Le lyncher, — ajouta un autre qui devait beaucoup espérer un oncle d'Amérique tant il était minable.

« — Non, ce n'est pas la peine, — lança un troisième d'esprit plus conciliant ; — administrez-lui simplement une demi-douzaine de coups de bottes dans le bas du dos, ça suffira.

« — Oui, ça suffira, — répètent plusieurs voix égayées.

« — Soit, repartit le candidat sur un mode maganime. — Bien que la punition ne soit pas à la hauteur de la faute, du crime, devrais-je dire, je me soumets cependant à votre décision. »

« Et il prit position pour m'octroyer ce dont il était convenu.

« Mais pendant qu'il pérorait, moi, j'étais revenu de mon ahurissement et au moment où son pied allait m'atteindre où tu devines, je me retournai vivement et lui empoignant le talon d'une main, je le lui relevai si haut, qu'il s'en alla piquer une tête au bas de l'estrade où je m'établis en son lieu et place.

« — Té! que je lui dis, de là-haut, est-ce que vous croyez que Balthazar Capricas va se laisser ainsi froisser dans son amour-propre ? Caraï! vous vous fichez un brin l'index dans l'orbite, *meum beun*. Essayez de recommencer pour voir et je vous fais exécuter un nouveau saut de carpe encore plus joli que celui-là. »

« Ce que je disais était pour rire car je voyais bien que le candidat louchon n'était guère en état de redoubler, le pauvre.

« C'est tout au plus s'il pouvait se ramasser et se remettre debout en s'accrochant aux marches.

« Mais si je n'avais plus rien à craindre de lui, je n'étais pourtant point dans une belle passe.

« Une trentaine d'énergumènes montaient à l'assaut de l'estrade et me menaçaient en hurlant comme des bêtes fauves.

— Écrabouillons-le... pulvérisons-le!... — glapissaient-ils. — Il a osé porter la main sur notre candidat.

« Alors, qu'est-ce que je fais, moi? Je me cale sur mes jambes et les deux poings en avant, je leurs dis :

« — *Digue digue è vingue*, mes agneaux, venez-y donc m'écrabouiller et me pulvériser ?... Je serais curieux de voir la chose...

« A peine avais-je lâché ce dernier mot que, bing ! je reçois une taloche sur l'épaule. V'lan ! je riposte par un coup de poing à la volée.

« Une nouvelle bourrade m'arrive dans les côtes. Je riposte de même. Puis, comme les horions continuaient à me pleuvoir de toutes parts, je me mets à taper dans le tas en faisant avec mes deux bras un moulinet terrible.

« Tu sais, André, — observa Balthazar, — que je suis assez gentiment musclé et que ce n'est pas de l'eau de guimauve qui coule dans mes veines. Tu peux donc te faire une idée de la vigueur des coups que j'assénais. Ah ! milladious! ça sonnait dur, je t'en réponds.

« Cependant, — ajouta modestement le Marseillais, — je n'aurais peut-être pas été le plus fort, car je te le répète, ils étaient au moins trente après moi, si ce n'est pas davantage, quand au moment où ça commençait à devenir sérieux un monsieur ceinturé d'une écharpe tricolore entre par une porte latérale et, constatant ce qui se passait, m'attire à lui, me pousse dehors, puis referme la porte sur moi.

« C'était, je le sus après, le commissaire de police du quartier qui venait voir si la réunion était calme.

« Il était bien tombé, té !

XVI

UN CANDIDAT DE SAINT-FLOUR

Le Marseillais poursuivit :

— Une fois derrière la porte, je prends un temps pour respirer un peu. J'en avais besoin, vrai.

— Je le comprends, — dit André, — et tu devais être content d'avoir été ainsi tiré de la bagarre.

— Oui, j'étais content, — repartit Balthazar, — car si ç'avait duré cinq minutes de plus, c'était une vilaine affaire pour moi.

— En effet, tu aurais pu être fort maltraité.

— Oh! ce n'est pas tant ça. Sûrement j'aurais reçu de rudes *brignolles*, mais comme avant d'être vaincu j'aurais démoli une quinzaine de quidams pour le moins, zuze un peu, mon bon, du fichu cas dans lequel je me serais mis.

— C'est juste, — fit André en souriant.

— Je me trouvais, — reprit le Marsaillais, — dans un corridor qui longeait la salle et aboutissait à la rue.

« Ne tenant pas à rentrer dans la ménagerie d'où je sortais, je gagne celle-ci et reprends tranquillement le chemin de chez moi.

« Tout en marchant, je cherchais à me rendre compte de ce qui avait eu lieu, c'est-à-dire pourquoi l'individu à l'œil de travers avait montré une si grande colère quand je lui avais parlé des boites.

« La chose était convenue, pourtant.

« Soudain, il me vient une pensée.

« Té! je me dis, je parie que je me suis adressé à un autre qu'au propriétaire de mon copain. Eh! oui, c'est cela, pardious! Je me serai trompé de candidat et mon homme aura profité de ma méprise pour se faire valoir près des électeurs en jouant l'indignation. Mais alors, où donc était M. Choumara?

« Comme je me faisais cette question, j'aperçois un second placard de papier blanc sur lequel je lis :

« Réunion du 5e comité de la 4e section de la 6e division du XIe arron-« dissement, à la salle Mamourette et Jolibois. »

« Je n'en vois pas plus long et m'écrie :

« — Verdious! c'est là pour sûr que j'aurais dû entrer. Il y avait deux réunions et je suis allé à la mauvaise. »

« Lors donc, voulant réparer ma sottise, je me dépêche de pénétrer dans l'endroit qui était une salle à peu près pareille à la première et qui contenait également beaucoup de monde.

« Du premier coup d'œil, je vis qu'il y avait déjà eu du grabuge.

« Je remarquais quantité de chapeaux défoncés, d'habits déchirés et de faces endommagées.

« Il paraît qu'on ne s'entendait pas mieux au 5e qu'au 4e comité.

« Pour l'instant tout était tranquille.

« Afin de ne pas commettre un nouvel impair, j'ai soin de demander si M. Choumara est là.

« — Oui, — me dit-on. — C'est même à son tour de parler et il va monter à la tribune dans un instant.

« — Bon, je pense, cette fois je tiens mon gaillard, et dès qu'il aura

— Qu'ils échayent de m'enlever! — rugit-il en brandissant une des chaises au bout de son bras.

terminé son discours, j'irai m'arranger avec lui pour la commande des boîtes.

« Au bout d'une minute, voilà que surgit sur l'estrade un petit bonhomme tout rouge de figure, avec un crâne luisant comme une bille de billard et un collier de barbe poivre et sel qui lui entourait les joues et le menton, si drôlement qu'il avait tout à fait l'air d'un vieux chimpanzé.

« A sa vue on éclate de rire.

« Le fait est qu'il y avait de quoi.

« Puis il semblait si embarrassé d'être là, que cela ajoutait encore au ridicule de sa personne.

« Cependant on finit par faire silence et on attend qu'il parle.

« Mais lui ne paraissait pas pressé Il toussait, crachait, s'épongeait le front avec un grand mouchoir à carreaux qu'il serrait dans ses gros doigts courts et velus, sans que la moindre parole sortît de ses lèvres.

« Alors, on se met à chanter sur l'air des lampions :

« — Il parlera!... Ne parlera pas!... » ce qui le rend encore plus rouge et le fait tousser et cracher davantage.

« Tout à coup, il se redresse, s'éponge le front une dernière fois, puis enfin prononce d'une voix enrouée :

« — Méchieurs et dames... »

« A cet accent qui trahissait son origine cantalaise, les rires reprennent plus fort, en même temps qu'on lui crie :

« — Il n'y a pas de dames, ici.

« — C'hest vrai, — fait-il, — che me chuis trompé. Che voulais dire : Méchieurs, cheulement.

« — Il n'y a pas de messieurs, — lui crie-t-on de nouveau.

« — Alorche! quèche qu'il y a?

« — Il n'y a que des citoyens.

« — Ah! bon. — Eh bien! chitoyens, comme c'hest la première fois que je me préjente en public...

« — Faut bien commencer, — remarque un assistant.

« — C'est affaire d'habitude, — ajoute un second.

« — Laissez-le donc parler ! — reprend un troisième.

« — Oui ! oui ! laissons-le parler, — appuient plusieurs autres, — ce sera plus amusant.

« — ...Je réclame toute votre indulgenche, — poursuit le brave enfant de l'Auvergne. — J'ai été trente ans dans les peaux de lapins où je me chuis toujours conduit j'honnêtement... chans jamais faire de tort à perchonne, même d'un poil...

« — Tu n'en a pas posé, quelquefois? — interrompt encore un loustic.

« — Pojé, quoi ? — questionne le bonhomme.

« — Des lapins ?

« — Je ne chais pas che que vous voulez dire, — réplique-t-il, le sens de cette grossière plaisanterie lui échappant.

« — Tu ne comprends donc pas le français ?

« — Mais chi, je le comprends. Je chuis de Chaint-Flour et à Chaint-Flour on parle le franchais auchi bien qu'ichi. »

« Cette assertion et le ton dont elle était faite provoquent un redoublement d'hilarité, dont le malheureux est tout interloqué.

« Pour se donner un maintien, il recommence à tousser, à cracher et à se tamponner le crâne avec son mouchoir à carreaux.

« Son teint, déjà très rouge, était devenu de la couleur d'une tomate et, malgré la manœuvre du mouchoir, la sueur ne cessait de lui ruisseler le long des joues.

« Évidemment, pour aussi épaisse que fut son intelligence, il s'apercevait qu'on le bafouait et en souffrait grandement.

« Voulant venir à son secours, un assistant, qui était près de la tribune, lance d'une voix forte :

« — Citoyens ! vous avez tort de ne pas écouter M. Choumara. S'il a l'accent de son pays ce n'est pas une raison pour vous refuser à l'entendre, attendu qu'on peut dire de très bonnes choses sans parler le français aussi purement qu'à Paris. »

« Ces paroles pleines de sens auraient dû calmer les esprits.

« Mais elles ne font, au contraire, que les exciter encore et on s'en prend à celui qui venait de les prononcer en lui envoyant des brocarts et des insolences.

« Pour voir qui c'était, je me lève sur la pointe des pieds et je suis tout surpris de reconnaître ton père, M. Bertin.

— Quoi ! mon père était là-dedans ? — exclama André attristé.

— Oui... c'était même lui, paraît-il, qui avait organisé la réunion.

— Pauvre père, — reprit le jeune sculpteur, — quelle folie lui a pris depuis quelques mois d'aller s'occuper de politique, quand, jusqu'alors, il y était toujours resté étranger ?

— Ah oui ! mon bon, quelle folie ! car, d'après ce que j'ai vu ce soir, on croirait se trouver avec de véritables toqués.

— Et que répondait-il aux injures qu'on lui adressait ?

— Rien ; il se contentait de hausser les épaules... et c'était, ma foi, ce qu'il avait de mieux à faire.

— En effet, que répliquer à de pareilles gens ?

— Pour faire cesser le tapage, il dit à l'Auvergnat :

« — Descendez, monsieur Choumara, l'assistance est mal composée aujourd'hui... vous parlerez une autre fois. »

« Mais le bonhomme s'y refuse. La colère venait de le gagner et, maintenant, il semblait déterminé à braver la foule.

« — Non ! monchieur Bertin, je ne déchendrai point ! — profère-t-il les poings serrés et, jetant un regard de défi aux auditeurs :

« Je veux dire che que j'ai à dire et perchonne ne m'en empêchera ! bougrrri !...

« — A la porte, le marchand de peaux de lapins ! — glapissent quelques malotrus.

« — Oui ! à la porte ! — fait-on en chœur. — Qu'il retourne raconter ses histoires à Saint-Flour !...

« — Vous êtes touches des imbéchiles ! — riposte M. Choumara furieux, — et c'hest moi qui vous jy ficherai à la porte ! bougrrri de bougrrri !... »

« Ces mots sont accueillis par une clameur générale. Des cannes se lèvent et des poings se tendent vers lui.

« Puis, part le cri :

« — Enlevons-le !... »

« Cri qui est aussitôt répété par cent bouches, pendant qu'on se porte en masse à la tribune pour l'en arracher.

« Mais l'Auvergnat ne perd pas une seconde. Il y avait sur l'estrade plusieurs chaises mises là, sans doute, pour former décor. Il les empile les unes sur les autres et en construit un rempart derrière lequel il s'abrite.

« C'est inutilement que ton père l'invite de nouveau à descendre.

« Il continue à échafauder sa barricade et paraît se préparer à soutenir un siège en règle.

« — Qu'ils échayent de m'enlever ! — rugit-il en brandissant une des chaises au bout de son bras, — je les achomment avecque cha ! »

« M. Bertin veut alors parlementer avec les assistants.

« Ah ! ouiche ! je l'en moque. Il aurait été plus facile de faire entendre raison à des brutes.

« Déjà, quelques-uns avaient escaladé la tribune et cherchaient à s'emparer de M. Choumara qui faisait tournoyer sa chaise en l'air comme une massue, prêt à les en frapper s'ils le touchaient.

« Verdious ! mon bon, quel tableau ! Ça valait la peine d'être vu.

« S'il faut te dire, moi, j'étais pour le bonhomme.

« Ça me réjouissait de le voir tenir bellement tête à tous ces coquinasses qui se ruaient après lui, ainsi que chiens à la curée.

« — Té ! je pensais à part moi, — il est digne d'être de Marseille. »

« Brusquement, la scène change comme par un coup de baguette.

« Le commissaire de police, — le même qui m'avait tiré d'affaire auparavant, — pénètre dans la salle avec plusieurs sergents de ville.

— Il venait voir si la réunion était calme? — dit André en riant.

— Oh! il savait bien qu'elle ne l'était pas, puisque c'est un ami de ton père qui était allé le chercher.

« Justement il l'avait rencontré comme il sortait de l'autre salle et l'avait mis au courant de ce qui se passait.

« Aussitôt, il était accouru, racolant en route tous les agents qu'il avait trouvés.

« Avec eux, il s'élance au secours de M. Choumara qui allait être pris, malgré sa rude défense.

« Je les suis et nous entamons une lutte avec les assaillants.

« Té! c'était bien le moins que je défendisse mon client, n'est-ce pas?

« Mais les racailles tenaient bon et j'attrape encore là pas mal de taloches et de horions, que je rends au triple, naturellement.

« Enfin nous parvenons à dégager l'Auvergnat et restons maîtres de la place. Après quoi, le commissaire déclare la réunion dissoute et invite chacun à se retirer chez soi, prévenant que si on ne se conforme pas à cet ordre il sera obligé de procéder à des arrestations.

« Nul ne se souciant d'être mené au poste, on obéit sans trop regimber.

« Seulement, en s'en allant, tout le monde se met à chanter sur l'air connu et comme dernière vengeance contre le marchand de peaux de lapins, dont on imite l'accent :

> Les vrais Jauvergnats
> Jaiment la Limoujine.
> Pour bien la dancha
> Vivent les Jauvergnats
> Tiou!

« Moi je file aussi. Ce n'était pas l'instant, tu penses, d'aborder M. Choumara pour la commande des boîtes.

— En effet, dans la disposition d'esprit où il devait être, tu aurais été sans doute mal venu.

— C'est ce que je me dis. Donc, je sors et pour me recaler un peu, je vais déguster une soupe à l'ail dans un petit café de la place de la Bastille tenu par un de mes pays. Ça m'a fait du bien, vrai... quoique je sois encore bigrement fatigué... Ah! mille dious! quelle soirée, mon bon! Je m'en souviendrai longtemps.

— Et mon père, où est-il allé au sortir de la salle? demanda André.

— Je l'ai vu partir avec M. Choumara et cinq ou six personnes, ses amis, je suppose. Ils ont dû aller s'installer quelque part pour s'entendre au sujet d'une nouvelle réunion. C'est ce que l'on m'a dit, du moins.

— Ça va le faire rentrer encore à je ne sais quelle heure. Et ma mère qui l'attend pour se coucher et lui expliquer la présence de Lallah-Mahia chez nous, fit André comme se parlant à lui-même.

— Tu dis? questionna Balthasar.

— Je dis que... ce soir il m'est arrivé à moi aussi une étrange aventure.

— Dans le genre de la mienne?

— Oh! non... il s'en faut.

— Qu'est-ce donc?

— Je te raconterai ça demain. Aujourd'hui il est trop tard, car c'est long et ça nous conduirait jusqu'au milieu de la nuit.

— Comme tu voudras, mon bon. Pour lors donc, je vais aller me mettre dans les draps; jamais je n'ai tant eu envie de mon lit. Il me semble que je viens de faire un voyage de trois cents lieues.

— Ma foi, je puis en dire autant et comme toi ai grand besoin de me reposer.

— En ce cas, bonsoir, André.

— Bonsoir, Balthazar.

— Ça ne fait rien. — conclut le commis voyageur en se levant pour gagner sa chambre. — C'est beau la politique... Oh! oui, c'est joliment beau!

XVII

RÉVEIL DE L'ALMÉE

Malgré sa lassitude, le jeune sculpteur dormit mal.

Il était impatient d'être au lendemain pour interroger celle qu'il avait sauvée et savoir exactement qui elle était.

Il avait grand désir, en outre, de connaître comment, quoique Française, elle avait été amenée à se faire passer pour Egyptienne et à jouer ce rôle d'almée au café Maure.

Aussi, le matin, dès qu'il crut pouvoir se présenter devant elle sans être inconvenant, s'empressa-t-il de descendre chez sa mère.

La jeune fille n'était pas encore réveillée et dormait paisiblement dans un abandon charmant.

Mᵐᵉ Bertin, déjà levée, bien qu'elle se fût couchée très tard, allait et venait dans la pièce d'un pas silencieux afin de ne pas interrompre son repos.

— Eh bien ! — questionna André à voix basse, — qu'a dit mon père en la voyant?

— Il ne l'a même pas vue, — répondit la vieille femme. — Il est rentré à près de deux heures, l'air très préoccupé, a traversé la chambre le nez dans sa cravate, et est allé se mettre au lit sans se soucier de me dire bonsoir.

— Sa politique... commença André.

— Fichue invention, si c'est ça qui le tient.

— Ce n'est pas autre chose. Pauvre père, sans avoir en retour aucune satisfaction, il a aliéné sa tranquillité d'esprit. Il devait être, en effet, fort préoccupé hier au soir, car il revenait mécontent et soucieux d'une réunion électorale organisée par lui.

Mᵐᵉ Bertin regarda son fils avec surprise.

— Ah ! — fit-elle, — d'où sais-tu cela?

— Par l'ami Balthazar. Justement, il se trouvait à cette réunion et j'ai causé avec lui avant de me coucher.

— C'est donc ça ! une partie de la nuit ton père s'est agité comme s'il avait le cauchemar, et, tout en dormant, marmottait un tas de choses n'ayant ni queue ni tête.

« Ah ! le pauvre homme, je crois que sa cervelle finira par déménager, avec toutes ces affaires là.

« Déjà il a beaucoup changé depuis quelque temps.

« Lui, autrefois si bon, si doux, s'emporte maintenant pour un rien, devient sombre, inquiet et, qui pis est, en arrive même à négliger son travail.

« Satanée politique, va, qui ne puis-je l'envoyer à tous les diables d'enfer !

Et Mᵐᵉ Bertin ponctua ces derniers mots d'une forte tape qu'elle appliqua sur la table.

Le bruit qui en résulta réveilla Colette en sursaut.

— Ah ! maladroite ! fit Mᵐᵉ Bertin, — voilà que j'ai coupé le sommeil de cette petite.

Comme la veille, lorsqu'elle avait repris connaissance, la jeune fille en ouvrant les yeux, montra un vif étonnement de se voir où elle était,

— Je vous ai réveillée sans le vouloir, mon enfant!

mais, comme la veille aussi, se souvenant des événements de la soirée,
elle revint promptement de sa surprise.

Mme Bertin s'approcha d'elle.

— Je vous ai réveillée sans le vouloir, mon enfant, lui dit-elle ; — j'en
suis vraiment fâchée... vous dormiez d'un si bon cœur...

— Oh! cela n'a aucune importance, madame, répliqua Colette, — et

c'est bien plutôt moi qui devrais être fâchée de vous embarrasser ainsi de ma personne.

— L'embarras, s'il y en a un, n'est pas bien grand, repartit la vieille femme avec un sourire plein de bonté. — Mais n'êtes-vous pas un peu fatiguée d'être restée comme cela dans ce fauteuil?

— Nullement, madame, je m'y suis trouvée à merveille. C'est même une des meilleures nuits que j'ai passées depuis longtemps.

— Vous dites cela par politesse, je pense, car rien ne vaut un bon lit.

— C'est vrai, madame; cependant, je vous l'assure, ce simple siège m'a semblé beaucoup plus doux que le mien.

— Diable ! fit Mme Bertin en riant, — vous nous feriez supposer que vous couchez sur la dure... et nous avons de la peine à le croire.

— Oh ! ce n'est pas ce que je veux dire, renvoya Colette; — mon lit n'est certes pas plus mauvais qu'un autre. Seulement...

Ici la jeune fille s'interrompit, pendant qu'un léger incarnat teintait ses joues.

Sa pensée la ramenant à la Cité Verte, elle songeait au voisinage du Rouquin et à l'appréhension constante où elle était depuis le jour où il l'avait poursuivie autour de la table.

La mère et le fils, devinant qu'il lui coûtait d'achever sa phrase, ne lui demandèrent pas la raison de cette réticence.

Mme Bertin jugea même à propos de changer de conversation et dissimula, en se détournant, une rougeur fugitive qui lui envahissait le front.

Par les propos de garnisons d'un camarade de son mari, ex-maréchef aux chasseurs d'Afrique, elle savait que les danseuses des cafés Maures, au pays des croyants, sont encore moins des filles de théâtre que de réels bibelots de volupté dont le métier est de donner aux adorateurs d'Allah un avant-goût des joies paradisiaques.

Trop peu connaisseuse de ces sortes de personnes — Colette étant de premier échantillon de danseuse en culotte de soie qu'elle ait encore vue, — la brave femme s'était sentie rougir parcequ'en écoutant la jeune fille se plaindre avec hésitation de son lit, elle venait de songer aux Ouled-Nayls de Biskra et établissait forcément un point de comparaison entre la bayadère égyptienne et les voluptueuses Nailiat d'Algérie, officiantes d'amour bien connues de nos soldats d'Afrique.

— Voyons, — reprit la vieille dame en regardant la jeune fille, — puisque vous nous affirmez vous être bien reposée, il va falloir, à présent, s'occu-per de rentrer chez vous. Vos parents, — car vous vivez avec eux, je présume, — doivent être dans une inquiétude mortelle depuis hier soir.

— Mes parents !... fit Colette avec un sourire amer... — oui, en effet, ils doivent être très inquiets...

— Comme vous dites cela, mon enfant, remarqua Mme Bertin ; — est-ce que vous ne seriez pas en bonne intelligence avec eux ?

Colette ne répondit point, mais l'amertume de son sourire s'accentua.

— Quoi qu'il en soit, — poursuivit la vieille femme, — il est de notre devoir de vous reconduire à eux, ou de les prévenir que vous êtes ici pour qu'ils viennent vous chercher ? Voulez-vous nous dire où vous demeurez ? Mon fils va se rendre sur-le-champ à l'adresse que vous indiquerez. N'est-ce pas André ?

— Oui, ma mère, — acquiesça le jeune homme, mais sans pouvoir réprimer un soupir, car il pensait que la commission qu'on se disposait à lui faire faire avait pour but de le priver de la présence de la jeune fille.

— Madame, — repartit celle-ci, — je vous dois déjà trop pour vous donner encore la peine de me reconduire à mes parents ou d'envoyer les avertir que je suis près de vous. Je vais donc, si vous le permettez, retourner toute seule chez moi, où je serai bientôt.

La dentellière eut peur de s'être montrée cruelle, dans sa hâte de bien faire

— Ce serait imprudent, ma chère fille. Votre domicile est peut-être très éloigné du nôtre et il est si facile de s'égarer dans Paris.

— Vous n'avez pas cela à craindre pour moi, madame. Je connais Paris d'un bout à l'autre ; et fussé-je à la partie opposée de celle où je demeure que je retrouverais mon chemin sans la moindre difficulté.

— Vraiment ?

— Je vous le certifie, madame. Veuillez avoir l'obligeance de me dire dans quel quartier je suis et je vais vous le prouver tout de suite.

— Vous êtes dans le quartier du faubourg Saint-Antoine.

— Ce quartier est, en effet, assez loin du mien. Car j'habite à Chaillot. Pourtant rien de plus simple pour se rendre chez moi d'ici. Il faut gagner d'abord la place de la Bastille, puis prendre la rue Saint-Antoine, la rue de Rivoli jusqu'au bout et, une fois arrivé aux Champs-Élysées, se diriger vers l'avenue de l'Alma qui est à deux pas de là.

— C'est parfaitement exact, — dit André étonné de la facilité avec laquelle Colette avait tracé cet itinéraire.

— Vous le voyez, — reprit la jeune fille ; — je suis sûre de ne pas me perdre.

— J'en conviens, — approuva Mme Bertin. — Néanmoins, je le répète, je ne puis vous laisser partir toute seule. Vos parents trouveraient certai-

nement singulier que nous vous renvoyions comme cela sans plus de formalités, après vous avoir gardée une nuit entière avec nous.

— Vous avez raison, madame... cependant je préférerais qu'il en fût
ainsi.

— Ah ! — fit la vieille femme dont les soupçons s'accentuèrent.

Puis, ayant paru réfléchir un instant, elle ajouta :

— Parlons franchement, mon enfant. Vous semblez voir un inconvénient à ce que nous connaissions vos parents. Y en a-t-il un réellement ?
Si oui, nous ne voulons pas vous contrarier en allant contre votre désir et
vous laissons libre d'agir à votre guise.

— Madame, — répliqua Colette avec un peu d'hésitation, — puisque
vous faites appel à ma franchise, je vous avouerai qu'effectivement il y en
a un... pour moi, du moins. Mes parents ne sont pas très... comme il faut,
et je craindrais de vous mettre en relation avec eux, ce dont vous ne me
sauriez aucun gré.

— Qu'entendez-vous par ces mots « pas très comme il faut » ? Si ce
sont de braves gens, c'est le principal. Il n'est pas donné à tout le monde
d'appartenir à la haute société. Ainsi, nous-mêmes, ne sommes que de
modestes ouvriers, aux manières très simples et sans aucune recherche.

— Oh ! il n'y a pas de comparaison entre vous et eux, — fit Colette avec
élan.

— Vous nous intriguez, — dit Mme Bertin. — Que font-ils donc ?

— Actuellement ils ne font rien. Mais auparavant ils étaient chanteurs
des rues.

« En outre, mon père jouait du violon et ma mère pinçait de la
guitare.

— Je reconnais que le métier n'est pas des plus relevés. Cependant
cela n'empêche nullement d'être honnête. Pourquoi ont-ils cessé de
l'exercer ?

— Parce que je suis entrée au *Café Maure* en qualité d'almée et qu'ils
m'y accompagnaient tous les jours.

— Singulière idée qu'ils ont eu là, de vous travestir en Egyptienne,
— observa André.

— Oh ! oui, bien singulière idée, pensait en même temps la vieille
dame dont tous les doutes s'évanouirent pendant que son fils poursuivait :

— Je m'explique à présent comment il se fait que vous parlez si
correctement le français. Vous avez même l'accent de Paris. Y seriez-
vous née ?

— Je ne sais pas.

— Vous ne savez pas? Cependant votre père ou votre mère ont bien dû vous le dire?

— Non, jamais.

— Voilà qui est étrange, — remarqua Mme Bertin. — Vous souvenez-vous d'avoir toujours habité la capitale?

— Oui, toujours.

— Alors il est probable que vous y êtes née. Quel âge avez-vous, sans indiscrétion?

— Je dois avoir seize ans, ou approchant.

— Pourquoi dites-vous : je dois. Vous n'ignorez pas, au moins, la date exacte de votre naissance, j'imagine?

— Si, madame, je l'ignore... et je crois que mes parents l'ignorent aussi.

A cette déclaration naïve qui démontrait toute la candeur de l'enfant, André et sa mère se regardèrent stupéfaits.

Ils commençaient à soupçonner quelque mystère dans sa vie.

— Ma chère fille, — reprit la vieille femme, — ce que vous nous dites-là nous surprend beaucoup, je ne vous le cache pas.

— C'est pourtant la vérité, madame.

— Nous n'en doutons pas; mais raison de plus pour que nous trouvions cela fort bizarre. Vos parents sont-ils bons pour vous?

Colette secoua lentement la tête de droite et de gauche, puis répondit d'une voix triste :

— Ils ne m'aiment pas.

— Ils ne vous aiment pas? Ceci nous étonne encore. Sur quoi fondez-vous cette supposition?

— Sur bien des choses.

— Ah!... et vous, les aimez-vous?

— J'avouerai que je ne me sens pas pour eux l'affection qu'on doit avoir pour son père et sa mère. S'il faut être franche, même, je dirai qu'ils m'inspirent plutôt de l'éloignement que de la tendresse.

Mme Bertin et son fils étaient de plus en plus surpris des confidences faites par Colette et, de plus en plus aussi, ils pressentaient un secret dans son existence.

D'ailleurs, il leur paraissait anormal qu'elle fût la fille de chanteurs des rues.

Il y avait en elle une distinction native dénotant une origine fort au-dessus de celle de telles gens.

— Vous venez de nous dire que bien des choses vous donnaient à penser que vos parents ne vous aimaient pas. Pourriez-vous nous faire connaître quelques-unes de ces choses ? — lui demanda la vieille femme.

— Certainement, madame. Je puis même, si vous le désirez, vous raconter quelle a été ma vie avec eux depuis mon enfance. Vous comprendrez sans doute beaucoup mieux pourquoi je me suis formée cette idée.

— Très volontiers, mon enfant, cela ne peut manquer de nous intéresser.

La conversation avait dévié et on ne songeait plus au départ de la jeune fille.

Mme Bertin et André, s'étant assis près d'elle, se préparèrent à l'écouter.

XVIII

SOUVENIRS DE COLETTE

— Étant toute petite, — commença Colette, — je me vois trottinant entre mon père et ma mère, qui allaient de tous côtés dans Paris et s'arrêtaient dans des cours ou chez des marchands de vins pour chanter.

« J'avais alors trois ou quatre ans, je crois.

« Souvent, j'étais si lasse d'avoir marché pendant plusieurs heures de suite que je ne pouvais plus faire un pas, et tombais par terre comme une masse.

« Quand cela m'arrivait, ma mère disait à mon père :

« — Allons Auguste, charge-toi de ce vilain chiffon-là. C'est à ton tour à le porter, maintenant. Moi, je l'ai assez traîné sur mes bras, dans le temps. »

« Mon père me mettait alors sur ses épaules; mais ça le rendait de mauvaise humeur et il me secouait comme si j'eusse été un paquet de linge. De sorte qu'au lieu de me reposer ça me fatiguait davantage.

« Parfois il me cahotait même si fort que j'en poussais des cris de douleur.

« Pour me faire taire, ma mère me donnait des calottes et me disait des injures.

— Oh! — fit le jeune sculpteur, — c'était être bien méchant.

— Cela dura ainsi jusqu'à ce que j'eusse atteint six ans, — reprit la jeune fille.

« A partir de ce moment, on prit le parti de me laisser à la maison où on m'enfermait toute la journée.

« Comme je continuais à me fatiguer dans les longues courses qu'on me faisait faire et que je devenais trop lourde pour être portée, mon père ne voulait plus m'emmener.

« J'en étais, du reste, très contente.

« A l'encontre des autres enfants qui redoutent la solitude, moi je me sentais bien plus heureuse d'être seule.

« A plusieurs reprises, cédant à un désir invincible de fuir mes parents dont j'avais peur, je réussis à me sauver du logis.

« Malheureusement, ne sachant où aller, je ne m'éloignais jamais beaucoup, si bien qu'ils ne tardaient pas à me retrouver.

« Une fois, par exemple, je les ai fait chercher longtemps.

« Nous habitions, à cette époque-là, tout au haut de Belleville.

« Il y avait, derrière notre demeure, de vastes terrains vagues entourés de planches.

« Au milieu de l'un d'eux s'élevait une grosse butte de terre dans laquelle existait, près de la base, une large cavité formant comme une sorte de niche et dont l'ouverture était presque entièrement masquée par des herbes folles qui poussaient devant.

« Je m'étais réfugiée là.

« J'avais pu m'introduire dans le terrain en soulevant une planche à moitié déclouée et ayant découvert cette cavité j'étais allée m'y cacher, bien persuadée qu'on ne viendrait pas m'y dénicher.

« Mon intention était d'y demeurer désormais et de ne jamais retourner chez nous.

« C'était l'après-midi que j'avais pris possession de ce logement d'un nouveau genre, duquel je croyais bien être la seule propriétaire.

« Je me trompais. A peine y étais-je depuis deux heures, que je vis arriver un petit chien, de l'espèce dite griffon, qui parut très étonné de me voir là et me regarda d'un air peu engageant.

« Il se prit même à grogner et à me montrer les dents. Tout d'abord, je fus grandement effrayée de son attitude hostile.

« Mais, m'étant hasardée à l'appeler doucement et à avancer la main pour le caresser, sa colère s'apaisa bientôt et nous devînmes en peu de temps bons amis.

« Nous nous mîmes alors à jouer ensemble; puis, notre récréation terminée, il se coucha dans la niche à un endroit où le sol portait déjà l'empreinte de son corps.

« C'est ce qui me fit reconnaître qu'il était le premier possesseur du lieu.

« C'était un chien sans gîte avoué ; je le compris à ce moment. Il devait vivre là en solitaire.

« Comme moi de mes parents, il avait probablement eu à se plaindre de son maître, et sur ce seul échantillon, jugeant mal la société entière, il s'en était écarté.

« Cette similitude de situation entre nous deux fit que j'éprouvai pour le toutou misanthrope une vive sympathie.

« La journée entière je restai dans mon trou sans oser en sortir.

« D'ailleurs, je n'y étais pas mal du tout, et mon compagnon et moi y tenions fort à l'aise.

« A coup sûr ma compagnie lui plaisait, car il ne me quitta pas un instant.

« Mais si je ressentais une grande joie d'être libre, il y avait un revers à la médaille.

« Mon estomac commençait à crier famine et je ne savais comment me procurer de la nourriture.

« Pendant que je réfléchissais à la solution de ce problème, j'entendis un appel au loin et vis aussitôt le griffon s'élancer hors de la niche pour courir droit à la clôture.

« Comme la nuit était venue, ne craignant pas d'être aperçue, je le suivis afin de voir où il allait.

« Je fus vite renseignée.

« En approchant des planches, je le trouvai le nez à terre, en train de fouiller dans un papier qui contenait des débris de viande et des croûtes de pain, qu'une personne charitable venait de déposer là.

« Ma foi, la tentation était trop forte : je m'emparai de quelques bribes de ce festin et les dévorai avidement.

« Loin de se fâcher de mon sans-façon, le griffon me jeta un coup d'œil d'intelligence qui semblait me dire : « Ne te gêne pas, il y en a assez pour nous deux. »

« Cependant, je ne voulus pas abuser de sa générosité et restai sur mon appétit. Puis je regagnai la niche où je m'installai commodément pour passer la nuit.

« Mon chien m'y rejoignit peu après, et nous nous endormîmes à côté l'un de l'autre.

« Nous étions en plein été : je n'avais pas le froid à redouter.

« La journée du lendemain s'écoula rapidement.

« Jusqu'au soir je jouai avec le griffon derrière la butte, tous deux sau-

— Cette fois, j'avais si faim que je ne me fis aucun scrupule de prendre une part égale
à la sienne.

tant et gambadant follement, comme des enfants que nous étions. Car il
ne devait guère être plus âgé que moi, — comparativement bien entendu.

« A la brune, la même personne qui était venue la veille, apporta encore
à dîner à mon compagnon. Cette fois j'avais si faim que je n'eus aucun
scrupule de prendre une part égale à la sienne, ce dont il parut tout heureux.

LIV. 53. — H. GEFFROY, édit. — Reproduction interdite.   53

« Les frétillements de sa queue et ses jappements joyeux me le montraient clairement.

« Par exemple, restait la question de l'eau.

« N'ayant pas bu depuis que je m'étais enfuie de chez nous, je mourais de soif.

« Je me rappelai alors qu'il y avait une borne fontaine dans une rue située à peu de distance de là.

« Je l'avais remarquée avant d'entrer dans le terrain.

« J'y allai, en prenant toutes les précautions possibles pour ne pas être rencontrée par mes parents qui devaient me chercher, puis, après m'y être largement désaltérée, je revins en courant à ma cachette.

« Huit jours se passèrent ainsi.

« Tous les soirs je partageais avec mon ami à quatre pattes le souper que, régulièrement, la personne inconnue continuait à lui apporter; — c'était, comme je parvins à le constater, une vieille dame qui, sans doute, s'était prise d'amitié pour lui — et allais ensuite à la fontaine arroser mon repas de quelques bonnes gorgées d'eau fraîche.

« Le griffon et moi étions devenus inséparables. Je lui avais donné un nom : celui de Babiche, à cause d'une petite touffe de poils qui lui pendait au menton.

« C'était Barbiche que j'aurai dû l'appeler, mais comme ça me paraissait trop dur à prononcer j'avais supprimé l'r.

« Jamais je n'avais été si heureuse. On ne me grondait plus pour la moindre des choses, on ne me battait plus à tout propos; et, bonheur encore plus grand, je sentais près de moi une affection sincère, chose que j'avais ignorée jusque-là.

« Cette affection était celle d'une bête, il est vrai, mais à défaut d'autre, elle me semblait bien douce.

« Hélas, mon beau rêve eut un triste réveil.

« Un jour que je m'étais rendue à la fontaine plus tôt que de coutume, je fus aperçue de loin par mon père que ses recherches avaient conduit de ce côté et qui, aussitôt, se mit à ma poursuite.

« Je me sauvai comme si j'avais eu le diable à mes trousses et allai me blottir toute tremblante au fond de la niche.

« J'avais une double espérance : d'abord qu'il ne m'eût pas vue rentrer dans le terrain, ensuite, s'il m'avait vue, qu'il ne me découvrît pas où j'étais.

« Je m'abusais doublement. Cinq minutes après il était devant le trou d'où il me tirait brusquement en m'accablant de coups et de grossières injures.

« Babiche, qui était allé se promener un instant au-dehors, revenant sur ces entrefaites, voulut me défendre et sauta aux jambes de mon père qu'il mordit à pleines dents.

« Cela lui coûta cher.

« D'un violent coup de pied que le méchant homme lui décocha dans le flanc, il l'envoya rouler à dix pas de là, les côtes défoncées et vomissant le sang à flots par la gueule.

« Je poussai un cri d'angoisse, comme si ce fût moi qui eusse été atteinte et prise d'une rage folle, je plantai mes ongles avec tant de force dans le bras de mon père, que je lui en arrachai des lambeaux de chair.

« Cela me valut, naturellement, de nouveaux et nombreux coups.

« En quittant le terrain, je jetai un dernier regard à Babiche. Il était étendu tout de son long et ne bougeait plus.

« Il avait cessé de vivre.

« Alors, je me pris à sangloter et à pleurer toutes les larmes de mes yeux.

« Il me semblait que quelque chose s'était brisé en moi et j'avais le cœur déchiré.

« Nous nous acheminâmes vers la maison.

« Tout en marchant, entraînée par mon persécuteur dont la main de fer écrasait la mienne, je l'entendais marmotter entre ses dents :

« — Ah ! tu vas en recevoir va, pour nous avoir fait te chercher pendant huit jours... Ah ! oui, tu vas nous payer ça, coquine... Je te réponds que nous allons t'ôter l'envie de recommencer... Justement, ta mère a *son coup de feu* ; elle va te soigner, je ne te dis que ça... »

« J'étais si affligée de la mort de mon pauvre ami que je ne faisais guère attention à ces propos, et, pourtant, ils auraient dû me remplir de frayeur.

« Car je n'ignorais pas la signification de cette phrase : « ta mère a son coup de feu ».

« Cela voulait dire qu'elle était complètement ivre. Et comme dans ces moments-là elle était encore plus méchante que d'ordinaire, c'était m'annoncer que j'allais avoir à subir quelque cruauté de sa part.

— Comment, votre mère se grisait ! exclama Mme Bertin avec une expression de dégoût.

— Oui, madame, et d'une façon horrible. Elle se grise toujours, du reste, et non moins ignoblement. Elle boit jusqu'à un litre et demi d'alcool par jour.

— Oh ! l'affreuse femme ! — fit à son tour André.

— Quand nous fûmes arrivés chez nous, — continua la jeune fille, —

mon père lui raconta où il m'avait trouvée, puis me remit entre ses mains
en lui disant :

« — Je te laisse l'*arranger*, tu t'y prendras mieux que moi. Et tu sais,
ne te gêne pas ; montre que tu as du nerf. Il faut qu'elle soit longtemps
à digérer la soupe que tu vas lui tremper.

« — Ne crains rien, Auguste, — répondit-elle d'une voix dure et avinée — je m'en vais lui appliquer une maîtresse friction, de façon à lui
chauffer un brin le département du Bas-Rhin ! »

« Et elle ajouta avec un gros rire :

« — Tu vas voir comme je m'y connais en *jenographie*. »

« Chaque fois que je m'étais sauvée, j'avais reçu une de ces « maîtresses
frictions », dont souvent j'avais conservé les traces plusieurs jours.

« La rudesse de cette correction variait suivant l'importance de mon
escapade. Celle que je venais de faire ayant dépassé en gravité toutes les
précédentes, je m'attendais, bien entendu, à être châtiée en conséquence.

« Mais, jamais, je n'aurais imaginé la torture qu'on m'infligea.

« Ma mère commença par me déshabiller entièrement, puis elle me
coucha sur une chaise, la poitrine en bas, et m'attacha les bras et les
jambes aux barreaux de manière à ce que je ne puisse pas bouger.

« Ceci fait, elle m'enfonça un mouchoir dans la bouche et s'empara
d'une forte lanière de cuir, avec laquelle j'avais déjà fait connaissance,
elle m'en frappa à toute volée, sur les reins, sur les épaules, et même sur
la tête.

« La méchante y mettait de l'acharnement et se grisait de plus en plus à
frapper. Aucune partie de mon corps n'était épargnée. Mes plaintes, mes
soubresauts de douleur au lieu de la calmer lui étaient comme un nouvel
excitant.

« Il me semblait qu'à chaque coup on m'arrachait la peau, ou bien qu'on
me coupait en deux.

« Je me tordais de douleur et faisait des efforts inouïs pour briser mes
liens ; mais c'était en vain,

« Et ce qui ajoutait encore à ma souffrance, c'est que je ne pouvais pas
crier. Le bâillon m'étouffait.

— Oh ! la misérable ! s'écrièrent ensemble Mme Bertin et son fils,
pâles d'indignation.

— Je crois qu'elle aurait fini par me tuer, — reprit Colette, — si mon
père, qui assistait froidement à mon supplice, ne se fût décidé à lui arrêter
le bras.

« — En voilà assez, — lui dit-il, — elle a son compte. Si tu continuais, tu pourrais la détériorer et tu sais que ce ne serait pas notre affaire, car elle vaut son pesant d'or.

— Il a dit cela ? — demanda André surpris.

— Oui.

— Qu'entendait-il par ces derniers mots ?

— Je l'ignore. Ce n'était pas la première fois du reste, qu'il employait cette expression en parlant de moi. Mais je n'en avais jamais compris la signification. Et, à l'heure actuelle, je n'en suis pas plus avancée.

— Ça ne fait rien, elle est à retenir.

— Quand mon martyre eut pris fin, poursuivit Colette, on me détacha de la chaise et on me jeta telle que j'étais sur le grabat qui me servait de couche.

« Je fus quinze jours sans pouvoir le quitter et je croyais bien le garder indéfiniment, tant je me sentais toute rompue.

— Mais ce sont des bourreaux vos parents, — fit Mme Bertin de plus en plus indignée.

— Ils méritaient d'être traduits en justice, — ajouta André, — et si quelqu'un eût été les dénoncer, ils auraient sûrement été condamnés à la prison.

— Qui vouliez-vous qui allât les dénoncer ?

« Ma torture n'avait aucun témoin et personne n'entrant chez nous, nul ne pouvait me voir à demi morte sur mon lit.

« Donc, deux grandes semaines, je restai comme anéantie et sans qu'il me fût possible de faire un mouvement.

« Enfin, je guéris et repris ma triste vie.

« Depuis ce temps-là, je n'osai plus jamais m'évader. J'avais trop peur d'avoir à subir de nouveau un pareil châtiment.

« A dix ans, mon père et ma mère recommencèrent à m'emmener avec eux dans leurs tournées.

« Ils m'avaient appris quelques romances que je chantais pendant qu'ils m'accompagnaient, lui sur son violon, elle sur sa guitare.

« C'était une nouvelle douleur pour moi ; j'avais honte, maintenant, de me montrer en public et souvent il fallait me battre pour me déterminer à sortir.

« Je pensais que je n'étais pas faite pour un tel métier.

« Nous allions, comme je vous l'ai dit, soit dans les cours, soit chez les marchands de vin.

« Une chose que je remarquais fréquemment, c'était l'inquiétude à laquelle mon père paraissait être sans cesse en proie. Durant les séances que nous donnions, je le voyais toujours jeter des regards furtifs de droite et de gauche, examinant avec soin toutes les personnes qui nous entouraient.

« D'où venait cette inquiétude ?

« Je me le suis demandé bien des fois, sans jamais pouvoir en connaître la cause.

« Nous changions de logement à tout moment.

« Comme nous logions dans des garnis, cela nous était facile.

« Quelques paquets de nippes à emporter et c'était tout.

« Ces continuels déménagements m'étonnaient beaucoup aussi.

« Ils avaient lieu généralement ou le soir tard, ou le matin à la première heure.

« Une fois, nous étions rentrés vers minuit, après avoir parcouru une grande partie de Paris.

« J'étais harassée. Pensez, pour des petites jambes de douze ans, — j'avais cet âge, alors, — faire cinq à six lieues, sans presque se reposer, c'était vraiment exagéré.

« Je pris à peine le temps de me vêtir et me glissai dans mon lit, croyant que le sommeil allait venir tout de suite.

« Mais la fatigue même dont j'étais accablée m'avait à ce point énervée qu'au lieu de m'endormir, je demeurai dans un état de demi-veille qui me laissait l'esprit parfaitement lucide et ne m'ôtait en rien la faculté de l'ouïe, comme je le reconnus bientôt.

« Mes parents, me voyant les yeux fermés et ne doutant pas que je dormais, entamèrent alors la conversation suivante :

« — Justine, — dit mon père, — nous allons faire nos paquets avant de nous coucher. Il nous faut décamper demain de très bonne heure. J'ai encore aperçu aujourd'hui des figures qui ne me revenaient pas et je crains qu'on ne nous ait filés jusqu'ici.

« — Tu te trompes pour sûr, Auguste, — répliqua ma mère, — moi je n'ai rien vu.

« — Oh ! toi, avec tes yeux qui pleurent toujours l'eau-de-vie, tu ne vois jamais rien. Mais moi, j'ai l'œil clair, et dans plusieurs des endroits où nous sommes allés, j'ai remarqué, je te le répète, des têtes qui ne me paraissaient pas très catholiques.

« — C'est une idée, mon homme ; d'abord, tu en vois partout de ces têtes-là.

« — Parce qu'il y en a partout.

« — En ce cas, il ne fallait pas nous mettre chanteurs ambulants, puisqu'on est exposé à en rencontrer tout le temps.

« — Dame ! il me semble que nous ne pouvions guère faire autre chose... d'honnête. Où aurions-nous pu trouver à nous employer? »

« Ma mère éclata de rire, soudain, et répliqua en approuvant :

« — Ça c'est vrai, ç'aurait été difficile. Ils sont si bêtes, les patrons. Ils ne veulent vous embaucher qu'après avoir pris des renseignements sur vous.

« — Oui, c'est une mauvaise habitude qu'ils ont, et comme ceux qu'on leur aurait fournis sur notre compte n'auraient sans doute pas été des meilleurs, surtout s'ils avaient été les chercher à Melun où à Clairvaux, — ici mon père eut une petite toux goguenarde — ils se seraient empressés de nous envoyer à la va-s-y voir dehors si j'y suis.

« — Il y en aurait même eu, je parie, d'assez coquins pour nous vendre et nous faire rappliquer là-bas, ajouta ma mère.

« — Peut-être bien. Donc, puisqu'il n'y avait pas mèche de nous caser dans une boîte quelconque, il nous a bien fallu prendre un métier libre ; et comme toi tu grattais un peu de la guitare et que moi je raclais assez proprement du violon, celui de chanteur des rues nous était tout indiqué. Du reste, il n'est pas plus mauvais qu'un autre. Il s'agit simplement d'avoir toujours l'œil au guet... et je l'ai, tu peux le croire. C'est pour cela qu'à la moindre chose que j'aperçois de louche dans nos tournées, nous déménageons dare-dare, afin que si on nous a filés jusqu'à notre logis pour savoir exactement qui nous sommes, on perde aussitôt notre trace. Et tu le vois, jusqu'à présent ça ne nous a pas mal réussi, puisque nous n'avons jamais été inquiétés. Maintenant, assez causé, et faisons ce que je t'ai dit », conclut mon père.

« Sur ces mots, il se mit avec ma mère à empaqueter nos hardes et les quelques objets qui nous appartenaient.

« Moi, je restai éveillé encore un moment ; puis, cédant enfin à la lassitude, je m'endormis d'un lourd sommeil.

« A six heures du matin, nous étions tous les trois sur pied et, peu après, quittions le garni dont le propriétaire, réglé d'avance, suivant la coutume, — d'après ce qui me fut dit, — n'avait rien à nous réclamer.

« Ensuite nous allâmes chercher un gîte dans un quartier très éloigné de celui que nous abandonnions.

« Il en était d'ailleurs toujours ainsi. Mon père ne manquait jamais de mettre la plus grande distance possible entre notre nouvelle et notre ancienne demeure.

« Dans la journée, je songeai à l'entretien surpris par moi pendant la nuit.

« Qu'étaient-ce donc ces figures qui ne revenaient pas à mon père et qu'on rencontrait partout ?

« Pourquoi, lui et ma mère, avaient-ils été obligés d'exercer ce qu'ils appelaient un métier libre, de crainte qu'on ne prît des renseignements sur eux s'ils avaient essayé de se faire employer quelque part?

« Pourquoi encore ces renseignements ne leur auraient-ils pas été favorables, si on était allé les chercher, — ces noms restaient gravés dans ma mémoire, — à Melun et à Clairvaux?

« Tout cela était autant d'énigmes pour moi et je m'ingéniais vainement à en trouver le mot.

« La seule chose que je comprisse c'est que mon père redoutait d'être suivi par des gens qui auraient pu lui causer du désagrément, ainsi qu'à ma mère, et que nos perpétuels déménagements avaient pour but de les dépister.

« Pendant assez longtemps encore, nous continuâmes à mener cette vie quasi errante, puis, peu à peu, nos séjours se prolongèrent dans chaque nouveau domicile et nous en vînmes à rester des mois entiers au même endroit, ce qui ne nous était jamais arrivé auparavant.

« Je constatais, d'ailleurs, une diminution notable dans la méfiance montrée par mon père.

« Il n'avait plus, comme autrefois, ces regards inquiets et soupçonneux que je lui avais vus jusque-là.

« Enfin, un jour, il prit le parti de ne plus loger en garni.

« Il loua à Chaillot, dans une cité nommée la Cité Verte, un petit pavillon composé d'un simple rez-de-chaussée de deux pièces et y mit quelques meubles qu'il acheta d'occasion.

« L'une des deux pièces me fut destinée.

« Cela m'étonna.

« Était-ce une gracieuseté qu'il avait voulu me faire?

« J'en doutais... et j'avais raison.

« Le soir même de mon installation j'étais sortie un instant pour visiter la cité.

« En revenant et comme j'allais rentrer dans le pavillon, j'entendis ma mère qui disait :

« — Tu as bien fait, Auguste, de donner une chambre à la petite.

« — Parbleu! c'était absolument nécessaire, répondit mon père. — Elle nous gêne trop, maintenant, quand nous avons à causer ensemble de nos petites affaires. Il y a des choses qu'elle est d'âge à comprendre et qui lui apprendraient... »

« Le bruit de mes pas le fit s'arrêter net.

« Je regrettai qu'il n'eût pas continué.

— Je tape dessus... à tour de bras!...

« La suite m'aurait peut-être permis de déchiffrer ces énigmes dont je viens de vous parler.

« Dans tous les cas, je savais à présent que si la moitié du logement m'avait été si généreusement cédée c'était parce que j'empêchais mes parents de s'entretenir librement de choses que je ne devais pas connaître.

Liv. 54. — H. GEFFROY, éditeur. — Reproduction interdite.

54

« Mais, quoi qu'il en fût, j'étais très contente de cet arrangement.

« De la sorte, je pensais pouvoir demeurer seule quand bon me semblerait et ne plus avoir sans cesse autour de moi ces deux êtres qui, je le sentais, ne m'aimaient point et pour lesquels, de mon côté, je n'éprouvais nulle tendresse.

« En effet, depuis ce jour-là, je m'isolai aussi souvent que possible, vivant pour ainsi dire d'une vie nouvelle et n'ayant plus guère de rapports avec l'un et l'autre, sinon ceux nécessités par notre métier.

« Eux aussi, du reste, paraissaient être plus à l'aise. Il leur était loisible, maintenant de « causer de leurs petites affaires » sans avoir à craindre que j'en surprisse le secret.

« Aujourd'hui, il y a deux ans que nous habitons la Cité Verte et rien n'a été changé à cette disposition.

« Nous nous en trouvons bien tous les trois... moi principalement

Puis Colette termina en ajoutant :

— Ce que viens de vous raconter là sur mes parents et sur moi vous a peut-être ennuyés, mais comme vous désiriez connaître entièrement ma vie, j'ai cru devoir n'en omettre aucun détail.

— Loin de nous ennuyer, vous nous avez au contraire beaucoup intéressés, mon enfant, repartit Mᵐᵉ Bertin, — et nous vous plaignons sincèrement d'avoir eu une telle existence. Votre père et votre mère sont décidément de... singulières gens.

— Pour ne pas dire plus, — renchérit André.

— Je serais curieux de faire leur connaissance.

Puis, revenant à un sujet qui le préoccupait, il demanda à la jeune fille :

— Vous ne vous avez pas dit par quelle suite de circonstances vous êtes devenue Lallah-Mabia, danseuse égyptienne du café Maure?

— C'est une idée de mon père, répondit Colette. — Il y a un mois, il s'est entendu avec le patron de l'établissement pour m'y faire entrer comme almée.

— Vous connaissiez donc des danses égyptiennes?

— Aucune, et celles que j'exécutais n'avaient rien d'égyptien. C'étaient tout bonnement des danses que j'étais allée apprendre de bohémiens campés près des fortifications.

— Bah !

— Je vous l'assure.

— Ma foi, la ruse était bonne et tout le monde y a été pris, moi le premier. Du reste, quelles qu'elles fussent, égyptiennes ou bohémiennes, ces danses étaient très originales. Mais, eu égard au succès que vous avez remporté chaque jour, vous avez dû faire gagner beaucoup d'argent à vos parents ?

— Beaucoup, en effet. Je sais qu'ils avaient droit au quart de la recette qui, parfois, s'élevait à une très forte somme.

— Alors, ils devaient être un peu plus affectueux pour vous ?

— Aucunement. Peut-être, depuis un mois, m'ont-ils parlé et traitée moins durement que d'habitude, mais cela n'indique pas qu'ils n'en aient aimée d'avantage. Quant à moi l'aversion que j'ai pour eux, c'est pénible à avouer, s'est encore accrue... surtout pour mon père.

— Et pourquoi ?

— Pourquoi ?... Tenez, madame, reprit Colette en s'adressant à la mère d'André, — vous me demandiez, tout à l'heure ce qui m'avait fait trouver si bonne la nuit que j'ai passée dans ce fauteuil... Je vais vous le dire.

Et la jeune fille raconta la scène qui avait eu lieu entre elle et Le Rouquin le soir de ses débuts au café Maure.

La naïveté qu'elle mit dans son récit montra à la vieille femme et à son fils que si elle avait eu le pressentiment d'un danger elle ne se doutait pas de quelle nature était ce danger.

— L'infâme !... ne put se retenir de proférer le jeune Bertin avec véhémence. — Oh ! cet homme n'est pas votre père, mademoiselle, je le jurerais... Un père ne commettrait pas un pareil crime... non, jamais, jamais...

Mais sa mère le calma d'un signe.

Il ne fallait pas révéler à l'enfant ce qu'elle ignorait.

Il comprit et s'apaisa aussitôt, non toutefois, sans faire un violent effort sur lui-même, tellement il se sentait furieux contre le misérable qui avait tenté de flétrir Colette.

La jeune fille parut quelque peu surprise de l'exclamation d'André. Néanmoins, n'en saisissant point la portée, elle n'y ajouta pas d'autre importance.

— Depuis ce jour-là, — continua-t-elle, j'ai peur de mon père et la nuit, bien que j'aie toujours soin de m'enfermer au verrou, je ne me sens pas tranquille. Puis, souvent, j'ai des cauchemars pendant lesquels je le vois s'avancer vers moi les bras étendus et les yeux lançant des flammes. Alors, je me réveille en sursaut et reste jusqu'au matin à écouter si je ne l'entends pas venir. Par moments j'en suis malade.

— Je vous comprends, pauvre petite, cette scène a fait impression sur vous.

— Oh ! oui, je l'ai sans cesse présente à l'esprit.

— Je m'explique, en ce cas, que vous ayez si bien reposé sur ce siège. Certaine de n'avoir rien à redouter ici, la tranquillité inaccoutumée de votre esprit a doublé votre bien-être.

— Précisément.

— Eh bien! ma chère fille, — dit Mme de Bertin, — nous allons, à moins que vous ne vous y opposiez, vous garder encore quelque temps avec nous. Vous nous avez appris des choses qui nous donnent fort à réfléchir et je tiendrais à ce que mon mari en fût instruit avant de vous laisser partir. Dès qu'il sera levé je les lui ferai connaître et nous verrons ce qu'il en pensera.

La brave femme s'attendait à une légère opposition de la part de la jeune fille, mais il n'en fut rien, bien au contraire, cette dernière accueillit avec joie l'idée de différer encore son départ.

Certes, elle n'était pas si pressée que cela de rejoindre son père et sa mère près desquels, à son gré, il serait toujours assez tôt pour elle de retourner.

— J'accepte avec plaisir, madame, dit-elle sans chercher à dissimuler l'éclair de satisfaction dont s'illumina son regard, — seulement, je vous demanderai la permission de mettre ma robe. C'est la première fois que je me réveille en costume d'almée et, franchement, j'éprouve une sorte de gêne à me voir ainsi affublée.

— Faites donc, ma fille, — approuva Mme Bertin. — André va profiter de ça pour aller nous chercher de quoi déjeuner. Qu'avez-vous l'habitude de prendre avec vos parents, le matin?

A cette question toute naturelle, Colette ne put s'empêcher de sourire :

— Rien, madame, — fit-elle.

— Comment! — exclama la brave femme, — ils ne vous font donc pas manger avec eux?

— Dame, ils le feraient peut-être s'ils avaient pour coutume de faire une collation le matin, mais ils ne prennent rien non plus. Ma mère se se contente d'avaler cinq ou six verres de rhum et mon père de fumer ou de se mettre un morceau de tabac roulé dans la bouche, ce qu'il appelle « déguster son pruneau ». A vrai dire, comme notre premier repas a lieu vers dix heures, cette réfection matinale serait peut-être superflue.

— C'est juste; cependant vous ne nous refuserez pas, je pense, ce prendre une tasse de café au lait avec nous? D'ailleurs, en raison de ce qui est arrivé, il se peut qu'aujourd'hui l'heure de votre déjeuner soit reculée et il est bon que vous ne restiez pas à jeun.

Par crainte de faire de la peine à la brave femme si elle refusait son invitation faite de si bon cœur, Colette accepta sans trop de prière.

— Allons, André, — dit alors Mme Bertin ; — descends vite que cette enfant puisse passer sa robe. Je conçois qu'il ne lui soit pas très agréable de garder sur elle ce costume véritablement trop léger.

Elle s'interrompit pour reprendre bientôt :

— A ce propos, mademoiselle, vous sembliez y tenir beaucoup, à votre robe, car, d'après ce que m'a rapporté André, c'est pour la ravir aux flammes que vous avez risqué tous deux de vous faire brûler vifs... et, depuis hier soir, elle n'a pas quitté vos genoux?

— Oh! oui, j'y tiens, fit la jeune fille avec élan.

Et pour prévenir une question qu'elle devinait sur les lèvres de la vieille femme et à laquelle elle n'aurait su répondre, puisqu'elle ignorait elle-même pourquoi elle affectionnait tant ce vêtement, elle ajouta naïvement :

— Vous comprenez, c'est la première robe qui m'ait habillée convenablement. Avant de la posséder j'étais mise comme une petite sorcière.

Mme Bertin ne fut point surprise de ce sentiment de coquetterie chez Colette. Elle se rappelait qu'à son âge, elle aussi aimait être bien attifée.

André descendit chercher du café au lait et revint promptement.

Pendant son absence, Colette avait mis sa robe.

Le jeune homme pensa à part lui qu'elle ne perdait pas à cette transformation.

Le costume d'almée, s'il rehaussait sa beauté, donnait par contre, à toute sa personne, quelque chose d'outré, de bizarre qui en faisait comme une sorte de poupée vivante; tandis qu'ainsi vêtue elle redevenait une jeune fille comme toutes les autres sans en être moins charmante pour cela.

La vieille femme servit le déjeuner. Colette le trouva délicieux.

Il était pourtant bien simple : un peu de lait mélangé avec du café et quelques tartines de pain beurrées ; mais n'étant pas habituée aux douceurs, la jeune fille le savourait comme si c'eût été un mets des plus délicats.

XIX

BUISSON CREUX

Au moment où le léger repas allait être terminé, une voix forte retentit dans la chambre à coucher qui, comme nous l'avons dit, était séparée de celle où se tenaient nos trois personnages par la pièce servant de petit salon.

— Génie, — criait cette voix qui était celle de Pierre Bertin, — qu'est-ce tu as donc fait de mes affaires? Je ne les trouve pas. C'est agaçant de chercher comme ça!...

— Bon, voilà ton père qui se lève, — dit Mme Bertin à André. — Il n'a pas l'air de bonne humeur. Hier, en se couchant, il a jeté ses vêtements à droite et à gauche, comme il le fait tous les soirs et il ne sait plus les retrouver ce matin.

— Voyons, Génie, — reprit le père d'André avec impatience, — est-ce que tu m'as tout caché exprès? En voilà une mauvaise farce, par exemple!

— Attends, j'y vais, Pierre, — cria à son tour de Mme Bertin. — Nous allons les chercher, tes affaires.

Et la vieille femme se rendit près de son mari. Se doutant bien où devaient être les habits de celui-ci, elle eut tôt fait de mettre la main dessus.

Le pantalon était sous le lit, le gilet dans la ruelle et la veste derrière une chaise.

A chacune des trouvailles faites par sa femme, l'ébéniste la regardait tout surpris.

— Quelle diable d'idée as-tu eue de placer mes effets dans ces endroits-là? — lui demanda-t-il avec la meilleure foi du monde.

Pour le coup et bien qu'elle fut très endurante, Mme Bertin manqua éclater.

— Par exemple! voilà qui est trop fort! s'écria-t-elle.

— Hein?

— Oui, c'est trop fort, car c'est toi, vieil étourdi qui les a semés comme ça. Tu es encore rentré hier l'esprit travaillé par ta satanée politique et t'es déshabillé en jetant tout à la volée.

— Au fait, c'est possible, — avoua le bonhomme. — J'étais furieux de ce qui s'était passé à la réunion électorale — je le suis encore, du reste — et ne pensais guère à ranger mes effets.

— Ah! les gredins! — ajouta-t-il, repris par le souvenir des incidents
de la veille, incidents dont nous avons entendu Balthazar Capricas faire
le récit à André. — Ah! les gredins!... Parce que ce pauvre Choumara
a un peu l'accent auvergnat, se moquer de lui de la sorte!... C'est idiot,
et si je ne m'étais retenu je crois que je les aurais tous giflés... Mais à la
prochaine réunion qui va avoir lieu — car je suis en train d'en organiser
une seconde — si jamais ils recommencent, gare à eux!... Je saurai bien
les faire taire...

Et l'ébéniste ponctua ces derniers mots d'un énorme coup de poing
qu'il asséna sur une commode dont la membrure gémit lamentable-
ment.

— Voyons, mon ami, ne t'excite donc pas comme ça, — lui conseilla sa
femme inquiète pour le mobilier. — tu vas nous casser nos meubles,
Viens déjeuner plutôt; ton café au lait est là qui t'attend.

— Oui, je viens, — répliqua l'ouvrier se décidant à enfiler son pantalon. — Mais, je te le dis, Génie, — continua-t-il, — si à la nouvelle réunion
ils font encore du tapage, je...

— Tiens, chausse-toi, fit Mᵐᵉ Bertin en lui présentant une paire de
pantoufles.

— ...Je tape dessus...

— Puis mets ton gilet, — ajouta la vieille femme.

— A tour de bras...

— Et ta veste aussi... A présent, arrive, — acheva la mère d'André
qui, en même temps entraîna l'ébéniste.

— Au reste, — poursuivit celui-ci absorbé par son idée, — je m'arrangerai de façon à ce que l'assemblée soit composée de gens sérieux et non
d'imbéciles comme ceux...

A cet instant Pierre Bertin pénétrait dans la salle manger.

La vue de Colette figea les paroles sur ses lèvres.

Celle-ci s'était levée. Une légère crainte se lisait sur ses traits. La
grosse voix de l'ouvrier l'avait effrayée et elle se demandait ce qu'il allait
dire de sa présence chez lui.

Mais elle ne fut pas longue à se rassurer.

Si la figure de Pierre Bertin était un peu rude, un grand air de bonté
y était répandu et on devinait en lui ce qu'on appelle une bonne
nature.

Comme il demeurait bouche bée, les yeux fixés avec étonnement sur
l'enfant, dont, par parenthèse, l'aspect semblait loin de lui être désagréable, Mᵐᵉ Bertin lui dit :

— Déjeune, mon ami. Pendant ce temps-là je vais te raconter par

quel hasard cette demoiselle se trouve ici. Ça te changera de ta politique.

Le bonhomme s'attabla et la veille femme lui narra les événements
relatifs au café Maure, ainsi que l'histoire de Colette, sans oublier la
tentative criminelle dont elle avait failli être victime de la part du
Rouquin.

Il l'écouta avec une extrême attention. Lorsqu'elle eut fini il loua,
comme elle l'avait fait elle-même la conduite de son fils puis, après avoir
médité quelques moments sur ce qu'il venait d'apprendre au sujet de la
jeune fille, il ajouta :

— De même que toi, ma chère Eugénie, — il n'abrégeait jamais le
nom de sa femme quand il traitait avec elle une question importante —
de même que toi je reconnais qu'il y a dans la vie de mademoiselle certains points obscurs bien faits pour permettre de supposer de singulières
choses.

« Cette scène surtout dont tu viens de me parler fait naître en moi un
doute étrange.

« Il est donc utile, à mon avis, d'aller voir ses parents — et c'est que
je vais faire — afin de leur demander des explications sur ce qui nous
semble pas clair. Peut-être, ainsi, parviendrons-nous à connaître la
vérité.

— Oui, c'est un moyen... à condition, toutefois qu'ils consentent
à te les donner, ces explications, observa Mme Bertin incrédule.

— Oh ! je saurai bien les y contraindre. Au besoin je les forcerai à
me suivre chez le commissaire de police et, dame ! ces sortes de magistrats ont des moyens à eux pour délier les langues.

— Sûrement, — assura André ; — et si tu veux, père, je t'accompa-
gnerai. Je me sens grand désir d'assister à l'entretien que vous aurez
ensemble.

— Je ne vois aucun empêchement à ce que tu viennes avec moi, —
repartit Pierre Bertin.

« Cela vaudra même mieux, parce que, de la sorte, nous serons deux à
les interroger.

— Est-ce tout de suite que nous y allons ? — demanda le jeune homme.

— Tout de suite ?... au fait, pourquoi pas... Hé ! Hé ! je vois que tu
n'aime pas à voir lanterner les choses...

« Le temps seulement de passer un paletot et je suis à toi...

« Je tiens à éclaircir immédiatement cette affaire. Comme le dit ta
mère; ça me changera un peu de la politique, dont j'ai en ce moment
par-dessus le dos.

— Voyons, je vais frapper encore.

Et se tournant vers la jeune fille, l'ébéniste lui demanda :

— Comment se nomment vos parents ?

— M. et Mme Honoré, répondit-elle. — Mon petit nom à moi est Colette.

— Bon, avant une heure André et moi serons à Chaillot.

Liv. 55. — H. GEFFROY, éditeur. — Reproduction interdite.   55

Peu après, en effet, Pierre Berlin et son fils prenaient le chemin de la Cité Verte où ils arrivèrent bientôt.

Munis d'indications précises fournies par la jeune fille, ils se rendirent directement à la demeure du Rouquin et de La Bibasse.

Nous avons donné précédemment la description de cette demeure qui, rappelons-le, était entourée d'une palissade de planches l'isolant totalement des autres maisons et masquant aux trois quarts le petit pavillon.

Pierre Berlin frappa à la porte.

Personne ne vint ouvrir.

Il heurta de nouveau, mais aussi inutilement.

— Ils ne sont pas là, — pensa-t-il tout haut, — c'est ennuyeux de venir si loin pour faire buisson creux.

— Comment cela se fait-il ? — demanda André ; — il n'est guère pourtant que neuf heures du matin.

— Hé ! qu'importe l'heure ! si ces gens sont sortis tôt, c'est probablement pour aller à la recherche de leur fille.

— C'est singulier, — reprit le jeune homme, — à tes premiers coups, j'ai cru entendre marcher dans le pavillon.

— Ah ! Voyons, je vais frapper encore.

Et l'ébéniste recommença à donner du point dans la porte avec une vigueur nouvelle.

L'huis s'obstina à rester clos.

— Décidément, la cage est vide, — fit-il avec désappointement, — car s'il y avait quelqu'un, on viendrait certainement nous ouvrir ; je cogne assez fort pour qu'on nous entende.

André secoua la tête ; il s'obstinait.

— Il m'a bien semblé, cependant percevoir comme des pas à l'intérieur, là, par ici, — dit-il en désignant le côté de la maison où était la chambre du Rouquin et de la Bibasse.

Le bonhomme haussa les épaules.

— Les oreilles t'auront tinté, mon garçon.

— Ma foi, père, cela se peut.

Mais comme si un doute eût persisté en lui, le jeune homme recula de toute la largeur de la cité, pour tâcher, en plongeant par-dessus la palissade, de s'assurer si le pavillon était réellement désert.

Machinalement, son père en fit autant.

L'un et l'autre purent alors apercevoir la maisonnette presque en entier.

Ils l'examinèrent avec soin.

Aucun mouvement ne s'y révélait et nul bruit n'en sortait.

— Tu vois bien qu'il n'y a âme qui vive, — dit Pierre Bertin à son fils.

— Oui, maintenant c'est certain et, comme tu le dis, les oreilles t'auront tinté, — répliqua celui-ci.

— Eh bien ! allons-nous-en. Nous en sommes pour notre course, voilà tout.

— C'est contrariant, — dit André. — Il me tardait de connaître les parents de Mlle Colette.

— Moi aussi, et c'est vexant en effet de se casser le nez de la sorte. Mais, bah ! nous reviendrons ce soir et aurons sans doute la chance de les rencontrer. Allons, filons.

Et les deux hommes s'éloignèrent, se promettant de revenir vers la fin de la journée.

XX

LE « COURANT D'AIR »

André ne s'était cependant pas trompé.

Au moment où son père avait frappé à la porte de la palissade, un bruit de pas s'était effectivement produit à l'intérieur du pavillon.

Ce qui, disons-le, n'avait rien de surprenant puisque, contrairement à ce qu'ils croyaient tous deux, le Rouquin et la Bibasse y étaient bel et bien.

A leur retour la veille chez eux, ceux-ci avaient été très étonnés de ne pas trouver la jeune fille les attendant devant leur logis.

Ils supposèrent d'abord qu'ayant repris seule le chemin de Chaillot elle s'était, vu l'heure tardive, peut-être égarée en route et allait rentrer d'un moment à l'autre.

Mais le temps passant sans qu'ils la vissent paraître, ils ne surent plus que penser.

La nuit s'écoula, puis le matin vint et toujours pas de Colette.

Les deux gredins furent alors pris d'une certaine appréhension.

— Qu'est-ce qui a bien pu lui arriver ? — ne cessaient-ils de se demander avec anxiété et en cherchant par une foule d'hypothèses, plus ou moins vraisemblables, à s'expliquer son absence.

Comme neuf heures approchaient, le Rouquin, n'y tenant plus, se disposa à sortir pour aller aux renseignements.

Il voulait refaire le trajet de la Cité-Verte à l'Exposition espérant qu'il y recueillerait ainsi quelque nouvelle de l'enfant.

Déjà, il avait mis la main sur le bouton de la porte, quand une pensée surgissant soudain dans son cerveau le cloua sur place.

— Ah ! mille dieux ! — jura-t-il, — je devine ce qu'il en est, maintenant.

— Quoi ? Que devines-tu ? — interrogea la Bibasse.

— Ce qu'est devenue la petite.

— Vraiment, tu saurais ?

— Oui... et c'est étonnant que je n'y aie pas songé plus tôt.

— Alors dis-moi vite...

— On nous l'a enlevée !

— Enlevée ? — répéta la Bibasse stupéfaite, — En voilà une idée.

— Oui, enlevée ! — répéta le Rouquin avec plus de force et d'un accent convaincu. — J'en mettrais ma caboche sous le rasoir de Louisette (la guillotine).

— Mais, qu'est-ce qui peut te faire croire ça, Auguste ?

— Ce qui peut me le faire croire ? je vais te le dire. Tous les soirs, pendant que Colette dansait, je m'amusais à regarder ce qui se passait dans la salle et à examiner la tête des spectateurs.

« Un léger écartement du rideau formant le fond de la scène me le permettait facilement.

« Or, à chaque fois, je remarquais un individu qui, toujours assis aux premiers rangs, se livrait à une mimique fort expressive à l'adresse de l'enfant.

« A l'aide de signes non équivoques il lui faisait comprendre qu'il était follement épris d'elle et la suppliait de répondre à son amour.

Pour lui montrer qu'elle n'aurait pas à s'en repentir, il ouvrait son portefeuille bourré de billets de banque, lui promettant ainsi la richesse et les plaisirs.

« C'était un assez joli garçon, mis avec une grande élégance et qui paraissait être ce qu'on appelle un fils de famille.

« Comme Colette ne semblait en rien s'occuper de lui, son petit manège ne m'inquiétait guère et je ne faisais qu'en rire... de même que les voisins.

« Mais, après ce qui arrive, je suis sûr que l'indifférence de l'enfant n'était qu'une frime et qu'au contraire elle était très attentionnée à la mimique.

« Voilà le résultat de ma sotte confiance. Sans que je m'en aperçoive, ils ont dû trouver le moyen de s'entendre ensemble et guetter une occasion pour fuir tous les deux.

Or, cette occasion s'étant présentée par suite de l'incendie du café, ils ne l'ont naturellement pas laissée échapper.

— C'est sérieux? —demanda la Bibasse. — Tu penserais vraiment...

— Pour moi, à présent que tout cela me revient en mémoire, la chose ne fait pas l'ombre d'un doute, déclara péremptoirement le Rouquin, et, à l'heure actuelle, je le parierais, elle est en train de se moquer de nous avec son tourtereau pendant que nous sommes bêtement à l'attendre ici.

Le coquin parlait d'un ton si assuré que la Bibasse partagea aussitôt sa conviction.

— Oh! la petite racaille! — s'exclama-t-elle. — Qu'est-ce qui l'aurait jamais crue capable de ça?...

— Oui, qui aurait pu supposer qu'elle nous jouerait un pareil tour?... Mais il faut que nous la retrouvions.... il le faut absolument... et avant peu, même.

— Pour sûr, qu'il faut, car le café va être bientôt rebâti et elle peut nous rapporter encore pas mal d'ici la fin de l'Exposition.

— Peuh! Je me soucie bien du café, — fit le Rouquin d'un air dédaigneux.

— Comment! elle n'y rentrerait pas? — demanda la Bibasse étonnée.

— Non... et, dès maintenant, l'Arbico peut en faire son deuil

— Mais, alors, nous allons perdre gros, Auguste, puisque ce mois-ci elle a déjà fait tomber dans notre poche près de sept mille francs.

Le Rouquin eut un dédaigneux mouvement d'épaules, puis, ayant pris un temps, il repartit d'une voix éclatante :

— Elle doit en faire tomber cent mille dans quelques jours... Tu entends, Justine; cent mille !...

L'ivrognesse crut qu'il était devenu subitement fou et le considéra attentivement.

— Oh! tu as beau me regarder avec des yeux en boules de loto, — reprit-il, — c'est bien cent mille que j'ai dit.

— Quoi?... ce n'est pas une farce?... cent mille !... balbutia la Bibasse pâle d'émotion et essayant de se faire une idée de cette somme exorbitante. — Mais comment donc cela se peut-il?

—Ah ! voilà, cherche... au fait, non, tu as la cervelle trop épaisse pour deviner et je ne veux pas te faire languir. Ecoute. Tu sais qu'hier soir quand je t'ai envoyée de l'établissement où tu étais à t'imbiber, auprès de Colette que je croyais être à nous attendre derrière le café Maure, je me trouvais avec quelqu'un qui avait à me parler de choses intéressantes ?

— Oui, c'est ce que tu m'as dit.

— Eh bien ! ce quelqu'un n'était autre que l'inconnu qui, autrefois, avait déposé l'enfant dans l'église Saint-Honoré-d'Eylau.

— Bah ! pas possible ?

— Lui-même.

— Et alors ?

— Alors, il venait me la réclamer... Depuis quatorze ans, paraît-il, il nous cherchait tous les deux.

— Ça, c'est fort !... Il savait donc que c'était nous qui l'avions ?

— Faut le croire.

Et le Rouquin mit la virago au courant de la conversation qu'il avait eue avec Gomez Erreguy.

Après quoi il ajouta :

— Hein, avais-je raison lorsque je te disais dernièrement que nous ne tarderions pas à apprendre du nouveau au sujet de Colette ?

— Bien sûr, Auguste, tu as du flair... tu sentais ça, — constata l'ivrognesse prise d'une certaine admiration pour son homme.

Puis, se secouant la gorge à pleines mains, à travers la mince étoffe de sa camisole :

— Ah bien, — reprit-elle, — en voilà une affaire qui m'estomaque... j'en ai les sangs tout retournés... Et quand touches-tu le magot ?

— M. Gomez m'a demandé cinq jours pour faire venir l'argent d'Espagne à Paris ; c'est donc dans cinq jours que je compte lui amener la petite en échange de laquelle il doit me remettre la somme en question.

— Alors c'est d'ici là qu'il nous faut retrouver Colette ?

— Oui... et nous n'avons pas de temps à perdre si nous voulons y arriver. Aussi, nous allons nous mettre à sa recherche dès aujourd'hui.

— Mais où y aller, à sa recherche ?

— Oh! je me doute bien des endroits où nous sommes à même de la rencontrer. Celui avec qui elle est doit être un fêtard, et il est certain qu'il la conduira dans les lieux où l'on s'amuse.

« C'est, en conséquence, de ce côté qu'il nous faudra diriger nos investigations. Tout d'abord, nous irons cet après-midi faire un tour au Bois. Ça ne m'étonnerait point qu'il lui y ait offert une promenade en voiture, ne serait-ce que pour la montrer à ses amis et connaissances.

— En effet, ça se peut bien.

— Puis, ce soir, nous commencerons une tournée des établissements de nuits... c'est-à-dire moi, parce que toi on ne t'y recevrait certainement pas... tu n'as pas assez de chic.

— Pas assez de chic!—exclama la virago offusquée ; — non, mais ousque t'en as vu de plus aguichante que moi lorsque j'ai ma jupe de soie et mon chapeau à plumes?

S'il y avait eu de l'amour entre ces deux êtres, aujourd'hui ce sentiment ne restait entre eux que comme un lointain souvenir.

De la part de la Bibasse, ce semblant de révolte et de coquetterie était donc plutôt une crise d'orgueil qu'un retour vers la jalousie passée.

Le Rouquin le comprit ainsi et sourit intérieurement d'entendre sa compagne exprimer ses prétentions à l'élégance.

Cependant, sa diplomatie lui conseillant de ne point fâcher la mégère en ce moment, il se contenta de lui faire observer doucement:

— Ces vêtements ne te vont pas du tout, et même avec eux, ma bonne, tu n'aurais pas assez d'argent pour acheter le chic, si le chic se vendait en foire.

Les yeux de la Bibasse roulèrent. Il craignit un moment d'avoir été trop loin. Mais il se trompait, elle était de bonne composition ce jour-là et, sans se formaliser autrement de l'impertinente façon dont son compagnon appréciait l'extérieur de sa personne, elle se contenta de demander :

— Alors, que ferai-je le soir, moi?

— Tu feras ce que tu fais d'habitude : tu iras chez les *Zincs*.

— Ah! bon, ça me va. Mais, dis donc, ce n'est pas le tout de retrouver Colette... Et la ravoir? Car rien ne prouve qu'elle voudra revenir avec nous.

— A cela, j'aviserai. Retrouvons-la d'abord, nous verrons ensuite.

A ce moment, Pierre Bertin arrivait avec son fils près de la clôture et frappait une première fois contre les planches.

— Tiens! qui vient là?— fit le Rouquin dont la défiance s'éveilla aussitôt.

— Attends, je vais aller voir, — dit la Bibasse en se dirigeant vers la porte.

C'était le bruit de ses pas qu'avait entendu André.

— Ne bouge pas, crédieu! — jura à mi-voix le Rouquin qui, en même temps, l'arrêta brusquement.

— Pourquoi ça? — questionna-t-elle en baissant également le ton.

— Parce que je veux voir qui ça est avant d'ouvrir. Il est toujours prudent de prendre ses précautions.

— Mais comment veux-tu voir, d'ici? Il n'y a pas moyen.

— Si, par là, — répondit le coquin en levant la main vers la partie supérieure de la fenêtre.

— Ah ! oui, par le courant d'air.

Le courant d'air, comme l'appelait l'ivrognesse, était un intervalle d'un centimètre environ, qui, le bois ayant joué, existait entre le haut du chambranle et les chassis de la croisée et au travers duquel l'air se frayait en effet facilement passage.

Le Rouquin se hissa tout doucement sur un escabeau et regarda par cette ouverture.

— Il y a deux individus, — chuchota-t-il.

— Quelle mine ont-ils ? — s'enquit la Bibasse.

— Je ne sais pas ; ils sont tout contre la palissade et je n'aperçois que le haut de leur chapeau.

Le second appel de l'ébéniste résonna au dehors.

— Oh ! oh ! — grogna le Rouquin en remarquant que les coups étaient plus vigoureux que les premiers ; — ils ont l'air de s'impatienter... et la façon dont ils frappent ne me dit rien de bon.

— Est-ce que tu supposerais que ce sont des mouchards ?

— Ma foi, je n'en suis pas loin ; car, que nous veulent ces deux olibrius ?... Tiens, ils frappent encore... et toujours plus fort. Vont-ils donc démolir la clôture ?

— A ta place, j'irais ouvrir.

— Tu ferais une rude gaffe, ma fille... moi, je me méfie trop pour ça.

— A tort, peut-être ?

— Non pas... ce sont peut-être des fils à Prudence...

— Quelle Prudence ?

— Hé ! tu sais bien, Prudence, la mère de la sûreté, — ricana le Rouquin, heureux d'émettre cette vieille plaisanterie pour montrer qu'il ne se laissait pas dominer par la peur.

Et toujours tout bas, il poursuivit :

— Voyons, est-ce qu'ils ne vont pas bientôt montrer leur tête ? Je saurais tout de suite à quoi m'en tenir sur eux.

Quelques instants passèrent.

Le Rouquin, l'œil toujours appliqué au « courant d'air », ne perdait pas de vue Pierre Bertin et son fils ou, du moins, ce qu'il apercevait d'eux.

— Ah ! — reprit-il, — ils s'éloignent de la palissade... Je les vois maintenant... Il y a un vieux et un jeune... Mais qu'est-ce qu'ils font donc ?... Les voilà qui examinent la maison avec attention... ils ont l'air de chercher partout, comme s'ils se doutaient de notre présence ici...

« Eh bien ! oui, tonnerre ! ce sont des mouchards, — exclama le

« — Qu'ont-ils dit? interrogea Pierre Berlin. — Ils ont d'abord paru étonnés, » repartit
le brocanteur.

coquin sourdement et en devenant tout pâle. — J'en suis sûr à présent... archisûr...

— Vraiment ! — fit la Bibasse qui, elle aussi, commença à être prise de peur. — Ne te trompes-tu pas comme tu l'as déjà fait pour ce M. Gomez ?

— Non, non... la chose est toute différente.

— Voyons, regarde bien.

— Parbleu ! je n'ai pas besoin de mettre des lunettes, c'est assez visible... Ils ont leur profession écrite sur la figure... Ah ! mille dieux ! s'ils viennent nous piger au nid, c'est que c'est sérieux, cette fois... nous sommes pincés et bien pincés...

Il fallait réellement être dépourvu de tout discernement pour voir des agents de la sûreté en Pierre Bertin et son fils, car rien en eux, cela va de soi, n'était de nature à leur donner une ressemblance quelconque avec cette catégorie de citoyens.

Mais la crainte perpétuelle dans laquelle vivait le chenapan depuis quinze ans, c'est-à-dire depuis sa sortie de prison, avait si fort oblitéré son jugement que, nous le savons, il découvrait des policiers en des personnes qui en avaient le moins l'apparence.

— Oui, oui... — continua-t-il, — nous sommes pris... et il y a longtemps, je le parie, qu'ils sont à nous filer sans que nous nous en soyons aperçus... C'est bien cela, un vieux et un jeune ensemble, comme d'habitude... Le vieux pour les formalités, le jeune pour l'*emballage*.

— Prends garde, alors, Auguste... S'ils allaient t'entendre !

— Ils ne peuvent pas, — répondit le Rouquin. — D'abord je parle à *la daube* (à l'étouffée), ensuite le vent qui siffle à travers cette fente mange mes paroles à mesure que je les souffle...

« Ah ! — ajouta-t-il, — ils se décident à partir... mais, sûrement, ils vont aller se poster au bas de la cité et, croyant que nous sommes dehors, attendre notre retour...

« Crédieu ! comment faire, à présent, nous qui avons justement besoin de sortir ce tantôt?...

— Ils ne seront peut-être plus là ?

— Tais-toi donc ! C'est trop bête !... On voit bien que tu ne connais pas les flics. Quand ils sont à la chasse de quelque gibier, ils restent à l'affût des jours, des semaines, des mois entiers...

— Alors, tu ne sais pas ce que nous ferons ?

— Quoi ?

— Nous passerons par la ruelle aux Roses.

Le Rouquin descendit de son perchoir et murmura avec satisfaction :

— C'est vrai, au fait!

Et rassuré, redevenant gouailleur :

— N'empêche que si l'esprit te vient, Justine, c'est sur le tard.

La ruelle aux Roses, sorte d'étroit boyau qui longeait la cité Verte, était formée de la partie postérieure des habitations de celle-ci et du mur d'une fabrique de produits chimiques.

Les deux côtés se haussaient en légers talus incomplètement pavés et formaient, au milieu, une rigole dans laquelle coulait constamment une eau infecte qui charriait les détritus de l'usine et exhalait une odeur d'autant plus nauséabonde qu'en plusieurs endroits, cette eau pourrie restait stagnante aux places où manquaient les pavés.

Le nom de « ruelle aux Roses » lui avait été donné par antiphrase.

On y parvenait de la cité par plusieurs petits passages situés entre les maisons et dont l'un s'ouvrait non loin du pavillon.

— Oui, c'est ça, — reprit le coquin; — nous filerons par là. De cette façon ils n'y verront que du feu... Vrai, il ne manquerait plus que de nous faire coffrer, maintenant!...

« Nous pourrions, m'est avis, tirer un joli coup de chapeau à nos cent mille balles.

— Oh! ne dis pas ça, Auguste... je crois que je me *périrais*, — gémit presque la Bibasse. — Cent mille balles!... — répéta-t-elle tremblante d'émotion, — de quoi acheter cinquante mille bouteilles de rhum!...

XXI

DISPARITION INEXPLICABLE

Pierre et André Bertin, étant revenus faubourg Saint-Antoine, annoncèrent à Colette le résultat négatif de leur démarche.

La jeune fille voulut alors partir, disant qu'elle attendrait ses parents dans la cité.

Mais les deux ouvriers, soutenus par la vieille femme, l'obligèrent à rester encore. Ils tenaient absolument à parler à ceux-ci avant de la laisser retourner avec eux.

Le soir, l'ébéniste et son fils se rendirent de nouveau à Chaillot.

Comme le matin, ils frappèrent inutilement à la demeure du Rouquin et de la Bibasse.

Cette fois, les oreilles d'André ne lui tintèrent pas : les deux gredins étaient réellement absents.

Supposant qu'ils allaient peut-être rentrer, le jeune homme et son père attendirent en se promenant dans la cité.

Mais, au bout d'un assez long temps, ne voyant venir personne, ils prirent le parti de s'en aller.

— Ma foi, — dit Pierre Bertin, — tant pis pour eux s'ils sont inquiets de... leur fille, nous faisons ce que nous pouvons pour les rencontrer.

— Et Mlle Colette, que va-t-elle devenir? — questionna André agité d'un doux espoir.

— Parbleu! nous n'allons pas la mettre dehors, cette petite; elle couchera encore à la maison.

Un éclair de joie brilla dans les yeux du jeune homme, et son père fut tout étonné de le voir soudain presser vivement le pas.

— Eh là! qu'est-ce qui te prend donc, André? — fit-il, — tu files comme un cerf.

— C'est parce que j'ai hâte d'annoncer la bonne nouvelle.

— Tu appelles ça une bonne nouvelle?

— Dame, oui, — répondit André un peu embarrassé, car il ne savait trop comment expliquer les deux mots qui venaient de lui échapper.

Mais, se souvenant à temps d'une confidence de la jeune fille, il ajouta :

— Mlle Colette n'a-t-elle pas dit qu'elle était heureuse de coucher loin de son père?

— Ah! c'est juste, — consentit l'ébéniste, — je n'y pensais plus. Alors, j'en conviens, c'est une bonne nouvelle pour elle.

Et lui aussi accéléra sa marche pour être plus promptement de retour.

Colette, en effet, fut enchantée d'apprendre qu'elle allait encore passer la nuit chez les Bertin.

Elle était de moins en moins pressée de revoir ceux qu'elle croyait être ses parents.

L'heure venue de se reposer, elle voulut reprendre place dans le fauteuil; mais la mère d'André, craignant qu'elle ne se fatiguât, lui dressa tant bien que mal un lit dans le petit salon.

Le lendemain, de très bon matin, l'ébéniste et son fils retournèrent à Chaillot.

Ils commençaient à bien connaître le chemin de la cité Verte.

Pas plus que la veille, ils ne virent s'ouvrir devant eux la porte de la palissade.

En vain séjournèrent-ils plusieurs heures dans les environs, allant de temps à autre faire un tour à la cité, les parents de Colette demeurèrent invisibles.

Sans se lasser, cependant, ils revinrent le surlendemain, pensant qu'enfin ils réussiraient à les trouver.

Ce fut peine perdue et ils constatèrent que la solitude régnait plus que jamais dans la maisonnette.

Ils se décidèrent, alors, à interroger les voisins pour tâcher de savoir à quelles heures sortaient et rentraient les locataires du pavillon. Car, en admettant qu'ils fussent les trois quarts du temps à la recherche de leur fille, ils devaient pourtant être présents chez eux à de certains moments; et c'étaient ces moments que les Bertin tenaient à connaître pour ne pas faire constamment des courses inutiles.

Mais les voisins ne purent leur fournir aucun renseignement à ce sujet.

Les uns, terrés tout le jour au fond de leur boutique, où ils étaient occupés à *travailler* leur marchandise, — on sait que presque tous les habitants de la cité exerçaient le métier de brocanteur ou de marchand de peaux de lapins, — les autres déambulant du matin au soir dans Paris pour récolter les **vieux** chiffons ou les vieilles ferrailles, n'apercevaient autant dire jamais le Rouquin et la Bibasse, et ignoraient totalement leurs heures de sortie ou de rentrée.

Pierre Bertin demanda alors à l'un d'eux:

— Ne pourriez-vous pas nous rendre le service d'essayer de les voir et, si vous y parvenez, de les prévenir qu'ils aient à nous attendre chez eux d'ici deux ou trois jours au plus tard?

« Nous avons quelque chose de très important à leur communiquer. Vous pourrez ajouter que plusieurs fois déjà nous sommes venus frapper inutilement à leur porte.

— Je veux bien, — répondit le voisin, un brocanteur dont la boutique était peu distante du pavillon. — Je vais les guetter dès aujourd'hui et, si je les vois, je leur ferai votre commission.

— Bien et merci d'avance, nous repasserons dans deux jours savoir si vous avez réussi.

Lorsque, quarante-huit heures après, l'ébéniste et son fils revirent l'obligeant industriel, celui-ci leur apprit qu'ayant aperçu M. et Mme Honoré, l'avant-veille dans la soirée, il les avait abordés et informés de ce qu'ils désiraient d'eux.

— Qu'ont-ils dit? — interrogea Pierre Bertin.

— Ils ont d'abord paru très étonnés, — repartit le brocanteur, — puis M. Honoré a lancé d'un drôle d'air:

« — En voilà une farce!... »

— Comment! une farce?... Il a dit ce mot?

— Parfaitement, il a même ajouté : « Elle est raide, par exemple, celle-là. » Ensuite, il m'a demandé si j'étais bien sûr que vous m'ayez chargé de les inviter à vous attendre. Et comme je lui faisais une réponse affirmative, il a repris, semblant se parler à lui-même :

« — Vrai, c'est épatant! Serait-ce une nouvelle méthode? Ces oiseaux-là prient maintenant leurs clients de les attendre chez eux... On n'est pas plus fin de siècle. »

— Qu'est-ce que cela signifie? — fit André en regardant son père.

— Je n'en sais rien du tout, — répliqua l'ébéniste.

— Et moi encore moins, — ajouta le brocanteur.

— Bref, qu'ont-ils décidé? — demanda André...

« Nous attendront-ils?

— Sans aucun doute... M. Honoré, qui s'était mis à réfléchir, à la suite de cette réflexion a fini par me dire :

« — Lorsque vous reverrez ces messieurs, vous les préviendrez que nous serons chez nous après-demain toute la journée et les recevrons avec le plus grand plaisir quand ils se présenteront. Du reste, nous connaissons la chose importante qu'ils ont à nous communiquer... La surprise ne sera pas pour nous. »

— Ils la connaissent? Cela est encore bien étonnant, — fit Pierre Bertin. — ... Mais, en ce cas, ils sont actuellement chez eux, car « après-demain », c'est aujourd'hui.

— Ils doivent y être, en effet, — répliqua l'industriel.

— Bien, c'est tout ce qu'il nous faut. Nous allons nous rendre immédiatement près d'eux. Encore une fois, merci de votre obligeance.

L'ébéniste et son fils montèrent aussitôt à la demeure du Rouquin et de la Bibasse, qui n'était qu'à quelques mètres plus haut.

En arrivant à la palissade, ils remarquèrent que la porte en était entre-bâillée.

— Voilà qui est bon signe, — pensa Pierre Bertin, — cela nous indique qu'ils sont là.

— Entrons sans frapper, — proposa André, — nous nous annoncerons seulement au pavillon.

— Soit, — approuva son père.

Et les deux hommes franchirent la clôture.

Mais, dès les premiers pas, ils s'arrêtèrent stupéfaits.

Les fenêtres et la porte du pavillon étaient toutes grandes ouvertes et les deux pièces qui la composaient entièrement dénuées de meubles.

Quant aux habitants, il n'en existait pas le moindre vestige.

André et son père demeurèrent muets de surprise.

Cependant, revenant de leur étonnement, ils pénétrèrent à l'intérieur du logement, dans l'espérance d'y découvrir quelque indice qui leur fournît l'explication de cet étrange événement.

Mais, en fait de découverte, ils ne firent que celle d'un vieux paletot et de deux vieilles robes, laissés à la traîne dans la chambre du Rouquin et de la Bibasse.

Le premier exhalait une odeur nauséabonde de tabac fermenté, — les poches devaient renfermer encore quelques « pruneaux » hors d'usage de son ancien propriétaire, — les secondes empuantissaient l'air d'horribles relents d'alcool.

, — Ma foi, — fit Pierre Bertin, — que le diable m'emporte si je comprends quelque chose à cela !

— C'est comme moi, — repartit André ; — j'en suis tout ébaubi. Comment ! ils nous donnent rendez-vous chez eux et ils déménagent ! Qu'est-ce que cela veut dire?... C'est peut-être bien là la surprise dont ils ont parlé.

— Ce qui me paraît extraordinaire, — reprit l'ébéniste, — c'est que le brocanteur qui leur a parlé, étant si voisin d'eux, ne s'en soit pas aperçu ; car, certainement, il n'en sait rien.

— Pour sûr, non, il n'en sait rien, sans quoi il nous aurait prévenus. Allons donc le trouver.

L'étonnement de l'industriel fut aussi grand que celui des Bertin, en apprenant le déménagement du Rouquin et de la Bibasse.

Il ne pouvait le croire et il fallut qu'il allât le constater de ses propres yeux.

— Eh bien ! — dit-il, quand il ne put plus en douter, — c'est aussi incompréhensible pour moi que pour vous. Je me demande de quelle façon ils s'y sont pris pour passer devant ma boutique sans attirer mon attention, même le soir, attendu qu'hier et avant-hier je suis resté assis à ma porte jusqu'à la fermeture de la grille de la cité qui a lieu à onze heures et demie. D'autant plus qu'ils ont dû se servir au moins d'une voiture à bras et que je n'en ai remarqué aucune.

— Cependant, le fait est là... ils sont bel et bien partis, — dit André.

— Oui, il serait difficile de le nier, — répliqua le brocanteur. — Ah ! attendez donc, — fit-il, comme si la solution du problème se présentait à son esprit, — il me vient une idée. Suivez-moi, messieurs, nous allons probablement avoir le mot de l'affaire.

L'industriel mena alors l'ébéniste et son fils à l'un de ces petits pas-

— Ce n'est qu'un retard, monsieur Gomez.

sages qui conduisaient à la ruelle aux roses et s'y engagea avec eux.

Sur les murs des maisons dont il était formé, s'apercevaient des éra-flures toutes fraîches, ainsi que des traces de frôlements de paquets, reconnaissables aux sillons clairs qui tranchaient sur la teinte grise géné-rale de la muraille.

Les trois hommes arrivèrent à la ruelle.

Dans celle-ci, il n'y eut plus de doute à avoir sur le chemin qu'avaient pris le Rouquin et la Bibasse.

Le sol vaseux portait distinctement l'empreinte des roues d'une voiture de petite dimension.

— Tout s'explique, à présent, — dit le brocanteur ; — c'est par ici qu'ils ont passé, ce que nous voyons l'indique assez. Ils ont déménagé la nuit et, la cité étant fermée, ont filé par la ruelle qui, elle, est toujours libre. Seulement, reste à savoir pourquoi ils ont agi ainsi.

— C'est ce que nous nous demandons, — repartit Pierre Bertin ; — la raison nous en échappe.

— Avaient-ils donc à craindre votre visite ?

— En rien. D'ailleurs ils ne savent pas qui nous sommes. Et ce qui nous étonne le plus, c'est que, s'ils connaissaient la chose que nous avions à leur communiquer, ils auraient dû, au contraire, nous attendre avec une grande impatience.

— Alors, eux seuls pourraient vous donner le motif de leur brusque départ.

— Oui, — dit André, — mais où sont-ils, maintenant ?

— Ma foi, — observa le brocanteur, — après une fuite pareille, car c'est bien véritablement une fuite, je crois que vous aurez de la peine à les retrouver. S'ils ont déménagé à la sourdine, comme nous le constatons, c'est qu'ils ne voulaient pas qu'on sût où ils allaient.

— C'est assez logique, — approuva l'ébéniste. — Aussi, nous ne les chercherons pas. Toutefois, dans le cas où il leur prendrait fantaisie de revenir se promener par ici, nous allons, si vous le permettez, vous charger d'une nouvelle commission pour eux. Ce serait de leur apprendre que leur fille est chez nous. S'ils la veulent, ils n'ont qu'à venir nous la réclamer.

— Ah ! cette jolie demoiselle que je voyais toujours avec eux ?

— Précisément. A la suite d'un accident dont elle a manqué être victime, elle s'est trouvée, à leur insu, transportée à notre domicile où elle est actuellement. Et si nous tenions tant à les voir, c'était pour le leur apprendre. Vous comprendrez qu'étant données nos bonnes intentions, nous avons lieu d'être surpris de ce qui arrive.

— Franchement, il y a de quoi, — avoua le brocanteur très intéressé par cette aventure et pas mécontent d'être plus instruit, sur ce sujet, que les autres habitants de la cité, ce qui allait lui donner une certaine supériorité sur ses voisins à l'heure des cancans.

Il ajouta, très serviable :

— Eh bien ! si, par hasard, je les revoyais, je leur rapporterais ce que vous me dites.

— Voici où nous demeurons, — reprit Pierre Bertin en remettant à l'homme un morceau de papier sur lequel il venait d'écrire son adresse.

— Bien, — fit celui-ci, — vous pouvez compter sur moi, messieurs.

Pierre et André Bertin prirent alors congé de l'industriel et regagnèrent le faubourg Saint-Antoine, se perdant en conjectures sur la disparition subite du Rouquin et de la Bibasse.

XXII

CHANGEMENT DE MILIEU

Rentrés chez eux, l'ébéniste et son fils firent part de cette disparition à Colette.

Tout d'abord, la jeune fille ne put retenir un cri de joie.

— Ainsi, ils sont partis de la cité... — s'écria-t-elle, — bien partis?

— Tout ce qu'il y a de plus partis, — lui assura André, heureux de constater cette joie.

— Et on ne sait pas où ils peuvent être allés?

— Nullement.

— Alors! — exclama Colette après un moment de réflexion, — on ne peut pas me ramener à eux?

— Cela nous paraît difficile.

— Oh! quel bonheur! m'en voici donc délivrée... Je ne les verrai plus... je ne subirai plus leur odieuse société... enfin, je suis libre!...

Et, dans son ravissement, l'enfant se surprit à battre des mains.

Mais une douloureuse pensée vint traverser son allégresse.

Si, d'une part, elle était débarrassée de ces deux êtres qui lui inspiraient tant d'antipathie, d'une autre, elle se voyait désormais seule et sans aucuns moyens d'existence.

Car elle se disait que, naturellement, elle ne saurait demeurer plus longtemps à la charge des Bertin.

C'était déjà beaucoup qu'ils eussent consenti à la garder chez eux cinq grands jours.

Qu'allait-elle devenir, dès lors?

Elle ne savait rien faire d'utile, rien qui pût l'aider à gagner son pain quotidien. Elle allait donc se trouver jetée sur le pavé de Paris, au hasard des événements?

Cela lui semblait bien dur.

Quant à reprendre son métier de chanteuse des rues, jamais elle ne s'y résoudrait.

Elle l'avait bien trop en horreur et se sentait plutôt prête à mourir de faim.

Ces réflexions assombrissant son visage, le jeune homme s'enquit du motif de sa tristesse soudaine.

Elle hésita d'abord, mais sur ses instances elle se décida à lui confier son appréhension.

L'ébéniste et sa femme, depuis un moment, étaient en conciliabule dans une pièce voisine; ils rentrèrent à cet instant et l'entendirent faire l'aveu de ses craintes.

Sans la laisser achever, Pierre Bertin s'avança vers elle et lui dit :

— Rassurez-vous, ma chère enfant. Depuis cinq jours que vous êtes ici nous avons pu vous apprécier et reconnaître en vous d'excellentes qualités morales. Elle nous ont fait vous aimer tout de suite. Vous resterez donc avec nous et ferez, dorénavant, partie de la famille.

— Quoi! monsieur... — balbutia Colette croyant rêver, — vous auriez la générosité de me garder près de vous... moi, une pauvre fille que vous connaissez à peine... et dont les parents...

— Ne parlons pas de ceux que vous appelez vos parents. J'ai, à leur endroit, des doutes sérieux et je me promets bien de les éclaircir un jour. La façon dont ils se sont enfuis — car leur départ est une véritable fuite — n'a fait qu'accentuer encore ces doutes. Quant à vous, je vous le répète, nous vous connaissons suffisamment pour être sûrs que vous ne sauriez qu'être un élément de bonheur de plus dans notre maison.

— Oh! monsieur... monsieur... et vous, madame... — fit la jeune fille à demi suffoquée par l'émotion; — quelle reconnaissance ne vous dois-je pas?... Je voudrais exprimer ce que je ressens... et je ne puis... les paroles me manquent...

En même temps, les yeux de Colette se remplirent de douces larmes qui, bientôt, sillonnèrent ses joues.

— Voyons, ma mignonne, — fit Mme Bertin, émue, elle aussi, — il ne faut pas faire tant d'affaires pour si peu de chose. Nous ne vous offrons point une existence déjà si enviable. Nous sommes de simples ouvriers; nous vivons très modestement et sans luxe aucun.

— Oh! vous êtes honnêtes vous au moins! — s'écria la jeune fille avec élan.

— Ça oui, par exemple! — constata la vieille femme avec une certaine fierté. — Nous pouvons nous en vanter.

— Eh bien! n'est-ce pas un grand bonheur pour moi de vivre avec des personnes comme vous... après avoir vécu si longtemps en compagnie de gens que je soupçonnais sans cesse d'être des misérables?...

— Et qui en sont, j'en suis convaincu moralement, sinon matériellement, — appuya l'ébéniste.

— Puis vous êtes si bonne, madame... et monsieur aussi... — ajouta Colette.

— Le fait est que je ne suis pas méchante, — renvoya en souriant Mme Bertin. — Cependant j'ai mes petits défauts comme tout le monde... et vous vous en apercevrez trop tôt. Pour ce qui est de mon mari, c'est la crème des hommes, il n'y a pas à dire le contraire; crème un peu aigre, un peu tournée, parfois, lorsqu'il s'y mêle de la politique, mais qu'on a vite fait de remettre au point.

— Vous voyez donc bien que j'ai lieu d'être grandement heureuse, madame. Mais, hélas, quelle charge je vais être pour vous, car, il me faut vous l'avouer, je ne sais rien faire... absolument rien... — dit Colette avec confusion. — Mon enfance a été si négligée qu'on ne m'a même pas appris à coudre, ce qui est pourtant la première chose que doit savoir une femme.

— Bah? peu importe, je vous montrerai, moi, et je suis sûre que vous ne serez pas longue à rattraper le temps perdu.

— Puis, n'étant jamais allée à l'école, je suis une ignorante. C'est tout au plus si je sais lire et écrire... et, encore, ai-je bien du mal à déchiffrer les mots et à tracer mes lettres.

— Ça, c'est André que ça regarde. Il est presque un savant, lui... il a eu son certificat d'études. Il sera votre maître. Mais en attendant que vous sachiez ce qu'il est nécessaire de savoir à votre âge vous pouvez m'être utile en bien des choses. Vous m'aiderez à entretenir notre intérieur, à faire le ménage, comme on dit. Cela me soulagera beaucoup. Car je ne suis plus jeune, ma chère fille. Fréquemment j'ai des lassitudes; elles m'obligent à m'arrêter au milieu de mon ouvrage et font que j'ai une peine énorme à le terminer. Votre aide me sera donc d'un grand secours. Puis, ce en quoi, surtout, vous me rendrez service, c'est que, n'étant plus forcée de tout faire, j'aurai bien plus de temps pour travailler à ma dentelle, un métier peu rémunérateur, mais enfin un métier. Au besoin, je vous l'apprendrai plus tard, si, comme je l'espère, vous continuez à rester avec nous. Vous n'êtes pas paresseuse, je pense?

— Oh! non, madame; je sens, au contraire, que j'aime beaucoup le

travail, et la vie d'oisiveté que j'ai menée jusqu'à ce jour m'a bien souvent
pesé.

— Alors je ne vous laisserai pas manquer de besogne et, ainsi, loin de
nous être à charge, c'est plutôt nous qui vous redevrons. Donc, c'est
convenu, à partir d'aujourd'hui vous êtes ici chez vous : je vous considère
désormais comme ma fille. Cela me fera deux enfants au lieu d'un, voilà
tout... et je ne m'en plains pas.

Colette ne savait plus comment exprimer sa gratitude.

Les paroles lui faisant défaut, elle ne put qu'aller se jeter dans les bras
de la vieille femme. Celle-ci la pressa affectueusement contre son sein.

Mais quand cette tendre effusion eut pris fin, une frayeur subite l'envahit.

— Oh! mon Dieu! — fit-elle d'une voix altérée, — si mes parents
allaient maintenant venir me réclamer et m'arracher d'ici?

— Je le voudrais bien, qu'ils vinssent, — repartit l'ébéniste. — Cela
nous permettrait sans doute, par les questions que je leur poserais,
d'éclairer certaines parties de votre existence. Quant à vous reprendre, je
vous certifie, qu'après avoir causé avec moi, ils n'y songeraient plus.
N'ayez donc aucune crainte à ce sujet.

La jeune fille, très rassurée par cette déclaration du père d'André,
se laissa dès lors aller tout à la joie profonde qu'elle éprouvait de la généreuse détermination prise par les Bertin à son égard.

Est-il besoin de dire si, de son côté, le jeune sculpteur fut heureux? Il
allait vivre à présent près de Colette, la voir, la contempler à loisir, en un
mot, l'aimer sans contrainte et surtout sans avoir, à l'avenir, cette cruelle
appréhension dont il avait tant souffert depuis cinq jours, qu'on allait
peut-être là ravir à son amour d'un moment à l'autre.

C'était, pour lui, un coin du ciel qui s'ouvrait!

. . . .

Ce même matin, le Rouquin se présentait chez Gomez Erreguy à
l'adresse qu'il lui avait indiquée avenue Montaigne et, tout penaud, lui
annonçait « l'enlèvement » de Colette, ainsi que les vaines recherches auxquelles, pendant ces cinq derniers jours, il s'était livré pour la retrouver.

Le Chilien fut très désagréablement surpris de cette nouvelle

Il s'était empressé d'écrire à José de Pennaflor que, non *sans un mal
infini*, il était enfin parvenu à découvrir les personnes qui étaient en possession de « l'enfant » et que celles-ci consentant à la lui remettre moyennant
cent mille francs, il eût à donner des ordres à son banquier de Paris pour
faire tenir cette somme à sa disposition le plus tôt possible.

José lui avait répondu poste pour poste, l'informant, qu'au reçu de sa lettre, il n'avait qu'à se rendre chez ledit banquier qui, par le même courrier, était avisé d'avoir à lui compter les cent mille francs en question... plus vingt mille pour lui, afin de récompenser le zèle dont il avait fait preuve dans la circonstance.

Il terminait en l'invitant à lui amener la jeune fille sans délai.

On comprend donc combien Gomez était désappointé de ce que lui apprenait le Rouquin.

Et cela, à un double point de vue.

D'abord parce qu'il allait lui falloir prévenir José qui, après avoir eu l'espérance de voir enfin réunies la mère et l'enfant, serait certainement fort affligé de ce contre-temps.

Ensuite, et surtout, parce qu'il ne pouvait toucher sur-le-champ les vingt mille francs destinés à le rémunérer de *ses peines*, ce dont pourtant il eût été bien aise, ses finances se trouvant actuellement quelque peu obérées.

En effet, dans la crainte d'être soupçonné par son ami d'avoir voulu se jouer de lui, il n'osait se faire délivrer d'avance cette gratification.

Aussi, ne se gêna-t-il pas pour montrer sa mauvaise humeur au Rouquin.

— Ce n'est qu'un retard, monsieur Gomez, — lui dit ce dernier, — un simple retard... et je vais sûrement la retrouver d'ici peu. Faites patienter la personne d'Espagne.

— Per Dios! il le faut bien, mais ce n'en est pas moins excessivement ennuyeux.

« Que vais-je lui dire? Je ne vois aucun prétexte à donner et avouer la vérité ne lui ferait pas grand plaisir, je le sais.

Et il ajouta en lui-même :

— Il hésiterait certainement à rendre à la mère son enfant souillée.

— Dites-lui que Colette vient de tomber subitement malade et ne sera rétablie que dans quelques jours.

— Oui, mensonge pour mensonge, celui-là peut être admis comme vraisemblable. Mais, au moins, tâchez de ne pas prolonger outre mesure cette maladie.

— J'espère que dans une huitaine au plus...

Le Rouquin fut interrompu par un coup de timbre qui résonna dans la pièce.

Erreguy alla ouvrir.

C'était le concierge. Il lui apportait une lettre.

Du premier coup d'œil, le Chilien reconnut qu'elle venait de José. Il en prit vivement connaissance.

— Ah! par ma foi, — fit-il quand il en eut terminé la lecture, — voilà qui arrive à point pour nous tirer d'affaire.

– Qu'est-ce donc? — demanda l'associé de la Bibasse.

— Le marquis de Penn... la personne d'Espagne, — se reprit-il aussitôt, — m'annonce qu'elle sera à Paris dans trois semaines environ; en conséquence, elle juge inutile de faire faire à l'enfant un aussi long voyage.

— Comme vous le dites, ça tombe à pic. Nous avons maintenant de la marge devant nous.

— Que cela ne vous empêche point de mettre tout le zèle possible dans vos recherches. Vous le savez, trois semaines sont bien vite passées.

— Soyez tranquille, les cent mille francs qui sont au bout sont pour moi un stimulant suffisant.

— Je le comprends, — murmura Gomez Erreguy entre ses dents.

Et, pressé de se débarrasser de son singulier visiteur, dont la présence ne lui était plus utile, il ajouta en forme de congé :

— A bientôt, faites en sorte de gagner promptement la somme promise et surtout, prévenez-moi, dès que vous aurez retrouvé la petite.

— Je n'y manquerai pas... Ah! si vous aviez à me voir, ce n'est plus dans la cité Verte que je demeure.

— Tiens, pourquoi?

— Parce que ma femme et moi y avons reçu la visite de... d'individus qui ne nous plaisaient pas.

Gomez eut un rire silencieux.

— Ah! oui, — fit-il, — je sais... de ces gens que vous appelez des mouchards et pour l'un desquels vous m'avez pris.

— Juste. Nous avons donc déménagé.

— Et vous habitez maintenant?

— Rue du Poteau, à Montmartre.

— Bon, j'en prends note... Allons, encore une fois au revoir.

— Au revoir, monsieur Gomez.

.   .   .   .

— Voilà une nouvelle à laquelle je ne m'attendais pas, — fit Erreguy quand le Rouquin fut parti et en parcourant de nouveau la lettre qu'on venait de lui apporter : — José, ambassadeur du Chili à Paris !...

José s'agenouilla près d'elle et lui prit la main.

XXIII

ÉTRANGE AMOUR

Transportons-nous maintenant à Madrid auprès de José Pennaflor et de Denise Briant, la pauvre folle qui, depuis quatorze ans, est devenue sa compagne inséparable.

LIV. 58. — H. GEFFROY, édit. — Reproduction interdite.

Si notre roman se passait une centaine d'années avant l'époque où nous sommes, il nous serait aisé de faire de la capitale des Espagnes une description des plus pittoresques : les matériaux ne nous manqueraient pas.

Mais, aujourd'hui, nous en serions fort empêché.

Madrid, qui, en effet, avait conservé jusqu'à la fin du siècle dernier ce cachet d'originalité que la domination des Maures avait imprimé à la plupart des grandes cités de la péninsule ibérique, s'est peu à peu *banalisée* et a fini par devenir une ville comme toutes les autres.

Nous n'en dirons donc rien de particulier, si ce n'est qu'elle a de vastes places, de magnifiques promenades, de larges rues bien pavées qui rayonnent et se croisent en tous sens et dont beaucoup sont bordées de superbes édifices.

Malheureusement, tout cela est moderne et sent par trop son *Haussmann*, si nous pouvons nous exprimer ainsi.

La légation du Chili était située Plaza-Mayor, une des places les plus spacieuses parmi les soixante-quinze qui existent.

José avait loué là un hôtel dont il habitait une partie avec Denise ; l'autre partie était réservée aux bureaux de la légation.

Les appartements qu'occupait l'infortunée étaient, sous le rapport de la décoration et de l'ameublement, une merveille de goût et d'élégance luxueuse.

Le marquis avait voulu que son idole fût placée dans un temple digne d'elle, et les plus rares productions de l'art et de l'industrie, en même temps que les plus riches et les plus somptueuses avaient servi à parer celui-ci.

Mais, hélas toutes ces magnificences restaient sans valeur pour Denise.

Dans l'état où elle était, son esprit ne recevait aucune impression des choses extérieures, et si ses yeux étaient ouverts, ils ne voyaient pas.

Jamais elle ne parlait ni n'exprimait la moindre volonté et, pour se mouvoir, avait besoin qu'on lui imprimât l'impulsion nécessaire.

C'était en réalité un corps sans âme, dans toute l'acception du mot, un véritable automate de chair et d'os.

Bien que, depuis quatorze ans, José vécût près d'elle dans la plus étroite intimité, — si tant est qu'on puisse appeler ainsi cet étrange rapprochement de deux êtres dont un seul était doué de raison, — il n'avait cependant pas encore pu s'habituer à sa déchéance intellectuelle et éprouvait toujours à sa vue un sentiment d'infinie tristesse, auquel venait s'ajouter l'angoisse d'une poignante émotion.

Et, cela, sans préjudice de la souffrance constante que lui causait la pensée de savoir son amour pour elle sans aucune issue.

Se confiner ainsi dans une telle passion, c'était, on en conviendra, pure folie de sa part; mais cette passion, ou plutôt ce culte, était l'essence même de sa vie et la force mystérieuse qui maintenant l'animait.

Tout pour lui se résumait en elle.

Par ses fonctions, par le rang qu'il occupait dans la hiérarchie sociale, José était astreint à la fréquentation du grand monde madrilène.

Il donnait des soirées et se rendait à celles où, de par l'étiquette, il était tenu d'aller.

Or, au milieu des fêtes les plus brillantes, des plaisirs les plus enivrants, l'image de Denise restait sans cesse présente à son esprit et il ne prêtait qu'une attention distraite à tout ce qui se passait autour de lui.

Dans les commencements de son arrivée à Madrid, on s'était étonné de son attitude.

On avait jugé bizarre qu'un homme de quarante ans à peine, supérieurement beau de figure et riche comme Crésus, eût toujours l'air pensif et mélancolique, lui à qui tout semblait devoir sourire dans la vie.

Bientôt, cependant, le bruit s'était répandu qu'une grande douleur emplissait son âme et, respectueux de ce chagrin dont le motif reposait sur une légende, le grand monde avait accepté l'attitude toujours assombrie de l'ambassadeur.

Voici quelle était cette légende.

Il y avait de cela de longues années, une jeune fille qu'il aimait éperdument et avec laquelle il allait se marier, ayant perdu ses parents dans une catastrophe, était devenue subitement folle de la secousse morale qu'elle avait éprouvée à la suite de ce double malheur.

Par un sentiment de pieuse générosité, il avait gardé l'orpheline près de lui, l'entourant des soins les plus tendres et les plus affectueux et continuant à l'aimer comme autrefois, d'un ardent et profond amour.

Cette fable, dont José était l'inventeur et qu'il avait fait répandre dans la ville pour motiver la présence constante de Denise à ses côtés, avait été acceptée sans difficulté par tout le monde, nous l'avons dit.

Et on plaignait en l'admirant cet amant d'une si rare et si touchante fidélité.

La beauté angélique de celle qui en était l'objet suffisait en partie, il est vrai, pour expliquer cette fidélité.

Toutefois, les belles senoras en voulaient bien un peu au marquis de son indifférence envers elles et plus d'une avait essayé sur lui le magné-

tisme de ses regards troublants, dans la secrète espérance d'arriver enfin
à le consoler.

Mais toutes, hélas! en avaient été pour leurs frais de coquetterie, et
leurs œillades enflammées avaient glissé sur le cœur de José comme l'eau
glisse sur le marbre.

Un matin, le marquis reçut la lettre d'Erreguy, lui apprenant la découverte qu'il avait faite des possesseurs de l'enfant et sa venue probablement prochaine avec elle.

Il bondit de joie.

La fille rendue à sa mère, ce pouvait être, en effet, le jour succédant à
la nuit dans la raison de celle-ci, l'intelligence brillant dans ses yeux, ses
lèvres muettes depuis si longtemps se reprenant à exprimer sa pensée,
en un mot la vie consciente rentrant en elle et présidant désormais à toutes
ses actions.

La missive de Gomez étant parvenue à José alors qu'il était dans son
cabinet de travail, occupé à expédier les affaires courantes de l'ambassade;
il quitta tout sur-le-champ et gagna les appartements de Denise situés au
premier étage.

A l'entrée, il rencontra Mouna. La négresse s'était vouée au service
de la pauvre insensée et avait pour elle un dévouement sans bornes;
c'était comme un nouveau but à sa vie.

Elle touchait à la soixantaine, la bonne vieille, ce qui était beaucoup
pour les gens de sa race, mais malgré cet âge relativement avancé, elle
était encore alerte et vigoureuse : elle soignait sa maîtresse avec une
attention qui ne se démentait pas un seul instant.

Et, certes, elle avait fort à faire.

Car si Denise était, en raison même de sa passivité, d'une docilité,
d'une obéissance exemplaire et n'opposait jamais la moindre résistance à
sa volonté, elle n'en devait pas moins lui faire accomplir tous les actes
matériels de l'existence, c'est-à-dire procéder avec elle comme elle eût
fait avec un petit enfant.

Elle la levait, la couchait, l'habillait, la promenait, l'aidait à se nourrir,
toutes choses que la malheureuse eût été incapable de faire elle-
même.

Bien d'autres, à la place de Mouna, se fussent rebutées d'une semblable tâche ; mais elle, au contraire, était heureuse de s'y assujettir et
se complaisait à redoubler de soins envers l'infortunée.

Elle croyait vivre ainsi d'une double vie.

— Ta maîtresse est-elle levée? — lui demanda José.

— Oui, massa... levée et habillée, — répondit-elle.

— Bien, je vais la voir.

— Vous paraître avoir plaisir, massa... Avez eu bonne nouvelle ce matin ?

— Oui, mon ami Gomez m'écrit de Paris qu'il sait enfin où est son enfant.

— Vrai, massa... petite à elle retrouvée ? — fit la négresse dont les gros yeux jaunes s'agrandirent de surprise.

— Il paraît.

— Ben sûr... ben sûr ?..

— Certainement, les termes de la lettre que je viens de recevoir ne me permettent pas d'en douter.

— Oh ! moi être ben contente... parce que maîtresse pus être folle... docteur Lavrance et docteur Cambise ont dit que pétite rendue à elle...

— Elle recouvrerait la raison, je le sais... c'est pourquoi tu me vois tout joyeux.

— Alors, après, elle parler, elle rire, elle marcher sans Mouna... elle pus être comme un *nino*.

— Bien entendu. Ayant dorénavant une volonté, elle agira d'elle-même et sans le secours de personne.

— Oh ! moi avais grand bonheur à soigner elle... mais en aurai un pus grand encore à voir elle comme ça... Et quand messié Gomez il va amener la pétite ?

— Dans cinq ou six jours, je pense... Voyons, ne me retarde pas davantage, j'ai hâte d'être près d'elle.

Et José entra dans les appartements.

Denise avait été installée par Mouna sous une véranda s'ouvrant sur la Plaza-Mayor.

Elle était là, à demi étendue sur une chaise longue d'osier souple du Chili ,et avait les regards fixés machinalement sur la place.

Elle gardait une complète immobilité, et on l'eût prise pour une belle statue, si, sous le jeu des poumons, on n'avait vu sa poitrine se soulever et s'abaisser dans un rythme lent et régulier.

Denise avait maintenant trente-quatre ans. Mais elle en paraissait vingt-cinq à peine.

Les années l'avaient effleurée d'une aile si légère qu'elles n'avaient laissé sur elle aucune trace appréciable de leur passage.

Les traits avaient toujours cette harmonie, cette merveilleuse pureté de lignes d'autrefois ; seulement une pâleur assez accentuée les recouvrait, leur donnant l'apparence de la cire, sans, toutefois, nuire en rien à la grâce de leur ensemble.

José s'approcha d'elle et se prit à la contempler en silence, le cœur douloureusement serré.

Denise ne parut pas s'apercevoir de sa présence.

Elle continuait à regarder au-dehors de ses yeux sans lueur et dans lesquels aucune image ne venait se refléter.

Pourtant, la plaza Mayor était en ce moment remplie de bruit et de mouvement.

C'était un dimanche, et de nombreuses personnes y stationnaient ou la parcouraient, présentant à l'œil les tableaux les plus divers.

Il y avait là des spécimens de toutes les classes de la société, depuis le riche hidalgo traversant la foule, couché nonchalamment sur les coussins de son landau, jusqu'au gueux haillonneux niché dans le coin d'une porte et implorant l'aumône d'une voix quasi impérative.

L'homme du peuple vêtu d'une veste de velours olive, sans boutons, la chemise ouverte sur la poitrine, la femme portant la jupe écarlate et le fichu safran aux bouts noués derrière le dos y coudoyaient le majo et la maja, habillés, eux, à la dernière mode de Paris.

Il n'y a guère que le peuple, en effet, qui ait conservé un peu de couleur locale aussi bien comme costume que comme mœurs.

Dans les autres classes tout s'est transformé, l'habillement et les coutumes... absolument comme la ville.

De jolies filles aux cheveux de jais, à l'épiderme mordoré, se promenaient de long en large, un éventaire à la ceinture, offrant aux passants des grenades et des oranges.

Leurs lèvres rouges laissaient voir des dents éblouissantes de blancheur, leur démarche onduleuse et provocatrice allumaient une flamme de désir dans les yeux des hommes et plus d'un leur achetait rien que pour avoir le plaisir de serrer un instant dans sa main le poignet souple de la marchande ou de lui glisser à l'oreille quelque propos galant qui la faisait rire aux éclats... et devenir pourpre jusqu'aux oreilles.

De temps à autre, un guitariste se hissait sur une borne et jouait un air de *jota* ou de *fandango*. Aussitôt des couples se formaient et tourbillonnaient dans une ronde folle pendant quelques minutes.

Parfois, on voyait soudain briller des couteaux aux mains de deux jeunes gens qui, placés face à face, s'apprêtaient à fondre l'un sur l'autre. Une rivalité d'amour était sans doute le motif de leur querelle. Mais on s'empressait de s'interposer et de les séparer.

On ne se bat pas le dimanche.

Toutes ces scènes et bien d'autres se renouvelaient sans cesse et mettaient une animation extrême sur la place, qu'un soleil de feu inondait de lumière.

Un pareil spectacle était certes fait pour intéresser même le plus indifférent.

Cependant Denise y demeurait aussi insensible que si l'immensité du désert se fût déroulée devant elle.

Une seule chose semblait, par moment, captiver son attention. C'était quand son regard rencontrait une femme tenant un bébé dans ses bras.

Alors ses prunelles se dilataient légèrement et paraissaient *voir*. Mais cela ne durait qu'une seconde et bientôt elle retombait dans sa morne atonie.

José s'agenouilla près d'elle et lui prit la main qu'il pressa doucement dans les siennes.

Elle le laissa faire, ne sentant même pas son étreinte.

Il poussa un soupir de désespérance et bien que ses paroles — il le savait — dussent être perdues pour elle, il lui dit :

— Amie, un grand changement est sur le point de s'opérer dans votre existence... Votre enfant va vous être rendue et vous allez, sans doute, revenir à la raison... Quelles seront pour moi les suites de ce retour chez vous à la vie pensante? Je n'ose y songer, partagé que je suis entre la joie et la crainte... La joie de vous voir enfin reprendre place dans la société... la crainte de vous perdre à jamais... J'ignore complètement qui vous êtes... je ne connais même pas votre nom... pourtant, c'est par vous seule que j'existe... hors de vous, je ne suis plus rien... Vous m'avez pris tout mon être... vous avez accaparé toutes mes pensées... et il n'y a pas un battement de mon cœur qui ne soit pour vous... Si vous me quittiez, vous taririez donc la source de ma vie... alors, ce serait moi dont l'esprit se couvrirait de ténèbres... moi qui ne serais plus qu'une chose inerte... une épave humaine... O amie ! quelle horrible position est la mienne!... Désirer ardemment voir votre âme se dégager des voiles qui l'obscurcissent... et redouter que ce désir soit exaucé.

Il s'arrêta un moment, comme accablé, puis, toujours hanté par ce pressentiment que Denise chercherait à s'éloigner de lui quand elle serait guérie, il reprit :

— Mais pourquoi me quitteriez-vous? Pourquoi ne resteriez-vous pas près de moi avec votre enfant?

Et comme s'il répondait à une objection faite par Denise :

— Oui... je sais... — continua-t-il. — Vous m'alléguerez que je ne suis pas le père de cette enfant... que vous avez aimé un homme. . l'aimez encore et voulez aller le rejoindre... Mais il y a quatorze ans de cela !...

Et cet homme, à coup sûr, vous croit morte depuis des années... D'ailleurs, les circonstances dans lesquelles je vous ai recueillie m'ont assez démontré qu'il vous avait abandonnée... Qu'iriez-vous faire avec lui?... Puis, il est sans doute marié... a des enfants d'une autre femme et, par suite, ne garde qu'un vague souvenir de vous... s'il le garde... Vous ne serez plus alors pour lui qu'une étrangère... une personne indifférente qu'il ne reconnaîtra pas et repoussera froidement... Ainsi, il vous est bien préférable de rester ici... Vous pourrez m'opposer encore, il est vrai, que vous ne m'aimez pas... ne sauriez m'aimer, votre ancien amour subsistant toujours... Eh bien! vous ne m'aimerez pas... mon amour à moi me suffira, pourvu que vous soyez là... et s'il vous offusque, jamais je ne vous en parlerai... jamais un mot, un geste ne vous le décèlera... Je le renfermerai si bien au plus profond de mon cœur que l'œil le plus clairvoyant ne pourra aller l'y découvrir... Quant à votre enfant, j'aurai pour elle une tendresse toute paternelle... elle sera ma fille... Son père lui manquant, je deviendrai le sien et veillerai sur elle avec la plus affectueuse sollicitude... Je me chargerai de son avenir: je le lui ferai aussi brillant que possible... Donc vous resterez, n'est-ce pas?... Tout vous y invite.

Et oubliant que Denise était incapable de lui répondre, il ajouta d'une voix suppliante :

— Oh! oui, promettez-moi de ne pas m'abandonner... de ne pas faire de moi l'être misérable que je viens de vous dépeindre... de ne pas me plonger dans l'enfer après m'avoir entr'ouvert le ciel?... Ce serait trop cruel de votre part et vous en auriez toute votre vie un remords affreux... O amie, amie... je vous en conjure, calmez mes craintes... ayez pitié de mes terribles angoisses. Voyez, je pleure, tant est grande ma souffrance...

En effet, des yeux du marquis, dont l'émotion était allée en croissant à mesure qu'il parlait, jaillirent des larmes brûlantes.

Quelques-unes tombèrent sur la main de Denise demeurée captive dans les siennes.

A la sensation que lui fit éprouver cette tiède rosée qui venait lustrer ses doigts, la jeune femme tourna son visage vers José; mais, comme celui-ci s'en rendit compte, son mouvement était purement machinal et non dicté par la volonté.

Ses traits, toujours aussi dénués d'expression; ses regards, toujours aussi dépourvus d'intelligence, n'en étaient qu'un trop sûr indice.

Alors, le marquis revenant à la réalité et comprenant combien étaient vaines les paroles qu'il lui adressait, abandonna sa main et, après s'être relevé, s'éloigna tristement.

Le soir, le courrier de Paris emportait sa réponse à **Erreguy.**

— A quel heureux hasard dois-je votre bonne visite?

XXIV

SOUVENIRS DU DOCTEUR CAMBISE

Le lendemain, comme José se trouvait de nouveau près de Denise,
mais, cette fois, occupé à la contempler silencieusement en méditant sur le

sort que lui réservait sa guérison, la vieille Mouna vint l'avertir que le docteur Cambise désirait lui parler.

— Ah ! où est-il ? chez moi ? — demanda le marquis.

— Non, là, dans le salon à côté, — répondit la négresse en désignant une pièce immédiatement contiguë à celle où elle venait d'entrer.

— Bien, je le rejoins.

Le docteur Cambise, on se le rappelle, était ami intime de José et entretenait avec lui des rapports d'une grande familiarité; ce qui explique sa venue jusque dans les appartements de la jeune femme où il savait le trouver.

— A quel heureux hasard dois-je votre bonne visite, mon cher Cambise? — lui dit le marquis en l'abordant et en lui serrant cordialement la main.

— Au hasard qui me fait sortir à l'instant du cabinet de M. le comte Mendoze y Cabral, personnage considérable, comme vous le savez, mon cher José.

— Bah ! postuleriez-vous pour une sinécure quelconque ? — reprit le marquis en riant.

— Pas encore, — répliqua le docteur sur le même ton. — mais cela viendra peut-être... ne serait-ce que pour être à la hauteur de mon époque.

— Alors, qu'alliez-vous faire chez le ministre des relations extérieures ?

— Simplement prodiguer à Son Excellence les secours de mon art, pour parler le langage officiel. Tout grand d'Espagne qu'il est, le comte Mendoze n'est pas à l'abri des petites infirmités humaines et, comme le plus humble des mortels, a parfois besoin des lumières de la Faculté.

— Il n'a donc pas un médecin particulier ?

— Si fait ! seulement ce médecin ne me paraît pas doué d'une grande habileté. Vous allez en juger. Le comte était affligé d'un abcès à la gorge, — ce qu'on appelle vulgairement une esquinancie, — qui lui causait des douleurs intolérables et menaçait de l'étouffer.

« Or, cet abcès était placé si avant dans le larynx que son Esculape se refusait à lui faire l'opération nécessaire, c'est-à-dire à y plonger le bistouri.

« Il craignait, disait-il, de toucher un organe essentiel et, par suite, d'envoyer *ad patres* son illustre client.

— Il préférait laisser ce soin à l'esquinancie ? — demanda le marquis sans pouvoir s'empêcher de sourire.

— Probablement. De sorte que le pauvre homme endurait le martyre et n'entrevoyait pas le terme de ses souffrances... si ce n'est dans la mort.

« Enfin, il y a deux heures, n'y tenant plus et devant un nouveau refus dudit praticien de le délivrer de son mal, il donna l'ordre qu'on lui amenât un autre médecin qui, lui, consentirait sans doute à l'opérer.

« Comme ma demeure est voisine du ministère, ce fut moi qu'on vint chercher. Je me rendis incontinent près du comte, j'examinai l'abcès et reconnus qu'en usant de précautions je pouvais parfaitement m'en tirer.

« En effet, deux coups de bistouri donnés au bon endroit suffirent pour vider la poche d'humeur et le ministre se sentit aussitôt soulagé, en même temps que tout danger disparaissait pour lui.

« Il allait même si bien qu'après un premier pansement nous pûmes nous entretenir ensemble.

« Dans notre conversation, je ne sais plus à quel propos, ayant eu à déclarer ma qualité de médecin de l'ambassade du Chili, le comte m'interrompit, puis me demanda : « Vous devez être quelque peu l'amide M. de Moncade? — J'ai cet honneur en effet, » — répondis-je.

— Alors, — dit-il en se levant, — cela tombe à merveille. Puisque vous êtes lié d'amitié avec M. l'ambassadeur et qu'en conséquence vous devez aimer ce qui lui arrive d'heureux, je vais, pour vous payer de vos soins, en dehors de vos honoraires, vous annoncer une bonne nouvelle pour lui. Le gouvernement chilien vient de nous informer qu'il allait accréditer M. de Penaflor auprès de la République Française en le nommant à l'ambassade de Paris.

— Vraiment! — fit José joyeux.

— Oui, — reprit le docteur, — et le comte ajouta :

— La chose doit même se faire dans un délai très rapproché, car le prochain courrier du Chili lui amènera son successeur, lequel sera porteur de sa nomination officielle.

— Excellence, — répliquai-je, — cette nouvelle me fait effectivement grand plaisir pour mon ami et je m'empresserai de lui en faire part au sortir de chez vous.

— Parbleu! — répartit le comte en riant, — voilà bien l'égoïsme auquel conduit l'amitié : mon cabinet vous semble à l'heure actuelle une prison, car vous brûlez de courir à l'hôtel de la plazza Mayor. Entre nous, je comprends cette impatience, docteur; après le service que vous venez de me rendre, il serait cruel de ma part de vouloir vous retenir plus longtemps. Je vous laisse, allez porter tout de suite l'heureux message au marquis... les bonnes nouvelles ne sont jamais connues trop tôt. — Comme vous le pensez, je ne me le fis pas répéter deux fois et, ayant pris congé de Son Excellence, j'accourus ici en toute diligence, ne craignant pas de venir vous relancer jusque dans les appartements de cette pauvre mûda.

— Je vous suis grandement reconnaissant de cet empressement, mon cher Cambise, — répliqua le marquis — Ce que vous m'apprenez là me cause une très vive satisfaction.

Et se mettant à se promener à grands pas, le marquis poursuivit à haute voix, mais comme se parlant à lui-même :

— Enfin, me voici donc nommé à Paris, poste que je désirais tant occuper en raison de son importance et des services que j'y puis rendre à mon pays. Oui, vraiment, cela me fait un plaisir extrême et il me tarde d'être entré dans mes nouvelles fonctions.

La joie ressentie par le docteur Cambise n'était pas exempte d'une certaine pointe de surprise. Il reprit, voulant couper court à l'agitation de son ami :

— Si, comme l'a dit le comte Mendose y Cabral, votre nomination arrive par le prochain courrier, soit dans sept ou huit jours, vous pourrez partir bientôt, je pense?

— Presque immédiatement, — fit José en s'arrêtant court. — Je ne prendrai que le temps d'installer mon successeur, de faire mes visites d'adieux et de présenter à Sa Majesté mes lettres de rappel, ce qui me demandera à peine une quinzaine de jours. Ainsi, dans trois semaines environ, je puis être là-bas.

— Dites : nous pouvons être là-bas, car je ne suppose point que vous allez me laisser à Madrid?

— Non certes, mon cher Cambise, — s'empressa de répondre le marquis désolé d'avoir si mal exprimé ses sentiments. — Vous êtes mon seul réel ami et votre affection m'est des plus précieuses. D'ailleurs, il n'y a qu'avec vous que je puisse parler de ma malheureuse compagne et vous me manqueriez doublement si vous n'étiez plus près de moi.

— Merci, mon cher José, — fit le docteur. — De mon côté, je vous l'avoue, moi aussi, j'ai une sincère amitié pour vous et il m'en coûterait beaucoup de vous quitter. Donc, nous partirons ensemble. Je vais, dès aujourd'hui, prendre toutes les dispositions nécessaires pour être prêt à votre premier signal.

— C'est cela... Mais, au fait, vous êtes de Paris, vous docteur, si je ne me trompe?

— De Paris même, en effet. J'y suis né, il y a environ quarante ans, dans une maison du boulevard Beaumarchais.

— Alors vous devez être content d'y retourner?

— Certes, car voici une quinzaine d'années que j'en suis éloigné, m'étant mis à voyager peu après avoir soutenu ma thèse en doctorat.

Il y eut un court silence. Le diplomate fut le premier à le rompre pour demander :

— Vous y avez encore de la famille, peut-être?

— Non, — répondit le praticien sans la plus légère amertume, — je n'y ai plus personne; tous mes proches sont morts aujourd'hui et je suis seul au monde. Mais me plaindre d'être orphelin, à mon âge, pourrait prêter à la raillerie, aussi en ai-je pris mon parti.

« Cependant, à défaut de famille j'y retrouverai, j'en suis sûr, d'anciens amis ou camarades avec lesquels je serai bien aise de renouer connaissance.

« Puis j'aurai grand plaisir aussi à revoir les endroits où s'est écoulée ma jeunesse. Cela me reportera au temps heureux de ma vie.

« Je me promets bien, notamment, d'aller dire un bonjour attendri à mon vieux quartier latin où j'ai fait mes études.

— Ah! ce fameux quartier si cher aux étudiants? J'en ai souvent entendu parler, alors que j'habitais moi-même Paris, dans un quartier moins tapageur. Il paraît que c'est un lieu de délices pour ces messieurs.

— Presque, ma foi, car si on y travaille ferme on s'y amuse encore plus; et, pour ma part, j'en ai conservé un vivace et joyeux souvenir. Que de farces, j'y ai faites, bon Dieu! A les raconter, il y aurait de quoi remplir des volumes.

— Bah! Comment, vous, le docte savant, l'homme sérieux par excellence vous avez été à ce point si peu sage?

— Hélas oui, moi, le docte savant, l'homme sérieux par excellence, comme vous voulez bien le dire, j'ai été, jadis, l'être le plus turbulent et le plus ami de la joie qu'on pût rencontrer.

— A vous voir, maintenant, on ne s'en douterait guère, — avoua le marquis.

— Il en est pourtant ainsi. Que voulez-vous, j'étais jeune alors, le sang me bouillait dans les veines et, dame, il fallait bien que ce trop plein de vie s'épanchât au dehors.

« Au reste, croyez bien que je n'étais pas le seul à faire ainsi le diable à quatre. Nous étions, parmi les élèves de l'École de médecine, toute une bande d'étourdis qui menions une existence échevelée. Et bande bien organisée, je vous l'assure, car, pour qu'elle eût plus d'homogénéité, nous avions eu l'idée de nous nommer un chef, sous la conduite duquel nous nous livrions aux pires folies.

« Ah! nous nous en donnions avec lui! ce n'est rien que de le dire. Par malheur, il nous quitta brusquement et dans des circonstances assez singulières. Un soir que nous étions à l'attendre...

« Mais pardon, mon cher José, je me laisse entraîner par mes souvenirs et vous entretiens là de choses qui ne vous importent guère, tout en vous faisant peut-être perdre un temps dont vous sauriez plus utilement faire usage.

L'ambassadeur avait écouté sans se permettre une interruption.

Était-ce pour s'accorder une distraction ou prenait-il un intérêt véritable aux souvenirs un peu exubérants de son ami?

Toujours est-il qu'il s'empressa de répondre :

— Vous vous trompez, mon cher docteur, ce que vous me dites là est loin de m'être indifférent. Quant à mon temps, comme je n'ai aucune affaire grave à expédier ce matin, vous n'avez pas à craindre de me le faire perdre. Voyons, dans quelles circonstances votre chef vous a-t-il quittés ?

— Vraiment, vous désirez le savoir?

— Sans aucun doute ; je ne sais pas pourquoi, mais cela m'intéresse.

— Eh bien! je vais vous satisfaire. Un soir, donc, nous l'attendions au café de la *Source*, sur le boulevard Saint-Michel où nous étions tous réunis, occupés à fumer et à boire en compagnie de demoiselles peu farouches, étudiantes de Cythère comme il en pullule au quartier. Il devait se mettre à notre tête pour nous mener gratifier d'une aubade nocturne, — excusez l'accouplement de ces deux mots, — un de nos professeurs que nous avions pris en grippe.

— A cause de son excessive sévérité, sans doute?

— Vous n'y êtes pas. La sévérité de ce brave homme ne nous eût pas autrement gênés. Seulement, il tenait à ce qu'on l'écoutât pendant qu'il faisait son cours et nous défendait de causer, de rire, de jouer aux cartes ou de battre le rappel avec nos pieds, ce qui nous paraissait être de la dernière tyrannie, ces différentes distractions étant fort goûtées de tous mes compagnons et l'indifférence des autres professeurs en ayant laissé s'établir la coutume.

« Pauvre père Bonhommet, c'était un excellent homme, au contraire. Il fallait que nous fussions de véritables fous pour, au lieu de l'en remercier, lui en vouloir d'exiger notre attention, puisque nous avions intérêt à profiter de son savoir.

« Notre chef, auquel nous avions décerné le titre de « Roi des écoles » eu égard à sa supériorité sur nous pour l'entrain et la gaieté, notre chef, dis-je, nous avait promis d'être à *la Source* entre neuf et dix heures. Mais à onze heures il n'était pas encore venu.

« Cela nous paraissait étrange. En effet, il ne nous manquait jamais de parole et était toujours d'une rigoureuse exactitude quand il s'agissait de prendre le commandement de notre troupe turbulente pour nous conduire à quelque partie dans le genre de celle que nous avions projetée.

« A coup sûr, son absence devait avoir pour cause un événement fortuit qui lui était survenu.

« Et cette absence nous surprenait d'autant plus que sa maîtresse, une certaine fille nommée Clara la Lyonnaise, arrivée depuis un moment, en ignorait également la raison.

« Elle avait dîné avec lui et l'avait quitté vers neuf heures pour aller faire un tour chez sa mère qui était portière quelque part dans le quartier, pensant que, pendant ce temps-là, il se rendait directement près de nous. Elle était donc très étonnée de ne pas le trouver en notre compagnie.

« Enfin, à onze heures et demie, notre camarade fit son apparition.

« Mais au lieu de lui voir cette allure tapageuse qui lui avait mérité le surnom de « Roi des écoles », nous constatâmes avec stupeur qu'il avait un maintien grave et réfléchi comme s'il allait prononcer un sermon sur la vanité des biens de ce monde.

« Devant cet « air d'enterrement », nous nous crûmes dispensés de saluer son entrée par le ban d'honneur auquel il avait droit.

« Un de nos camarades, nommé Taillefer, allait lui demander d'où venait ce singulier changement dans son humeur, lorsque sa maîtresse le prévint et lui fit subir un interrogatoire en règle.

« Mais notre ami éluda toutes ses questions ou n'y répondit qu'évasivement, ne voulant pas, cela se voyait, avouer le véritable motif de sa venue tardive.

« D'où, grande colère de Clara la Lyonnaise. La demoiselle, flairant dans cette absence quelque infidélité de sa part, se mit à lui faire une violente scène de jalousie.

« Si bien qu'à un moment le Roi des Écoles, impatienté de ses criailleries, l'envoya bellement promener.

« Alors, elle sortit furieuse du café en le menaçant de lui « rendre la pareille », ce qui n'eut d'autre résultat que de le faire rire... et nous aussi.

« Il est bon de vous le dire, leur liaison était une de ces liaisons éphémères comme il s'en forme au quartier latin et desquelles l'amour vrai est absolument exclu.

« D'ailleurs, cette fille, quoique ne manquant pas d'une certaine beauté, était commune et grossière comme du pain d'orge, — je vous ai dit que sa mère tirait le cordon dans une maison des environs, — tandis que le Roi des Écoles, malgré ses allures de casseur d'assiettes, était un garçon d'une grande distinction et, quand il le voulait, d'excellentes manières.

« Il ne pouvait donc exister entre eux aucune affection réelle.

« Quand Clara eut disparu, Taillefer se crut en droit de questionner notre camarade pour connaître la cause de son retard.

« Mais il ne voulut rien nous révéler non plus, ou du moins si peu de chose, que nous n'en fûmes guère plus avancés que sa maîtresse.

« Tout ce que nous pûmes lui arracher c'est que, comme l'avait supposé cette dernière, il y avait une femme sous jeu.

« Peu après, il partit à son tour, se refusant à nous servir de chef de file pour nous mener charivariser le père Bonhommet.

« Depuis ce jour-là nous ne le revîmes plus parmi nous. Il nous avait complètement abandonnés.

— Et vous n'avez jamais su ce qui lui était arrivé ? — demanda le marquis.

— Si, mais plus tard et seulement par suite d'une indiscrétion. Voici ce qu'il en était. Ce soir-là après avoir quitté Clara la Lyonnaise à la sortie du restaurant où il venait de dîner avec elle, il se dirigeait vers le café où nous l'attendions quand, en passant place Saint-Michel, il aperçut une femme que deux de ces policiers, qu'on nomme agents des mœurs, cherchaient à emmener malgré la vive résistance qu'elle leur opposait.

« S'étant approché pour voir ce dont il s'agissait, il constata que celle qu'on voulait arrêter était une jeune fille charmante et dont les traits respiraient la plus parfaite honnêteté.

« Il se rendit compte aussitôt de l'erreur impardonnable commise par les agents et leur enjoignit de laisser la pauvre enfant tranquille.

« Vous honoreriez fort ces messieurs salariés de la Préfecture, si vous les supposiez capables de faire preuve d'intelligence en reconnaissant ce qu'en argot parisien on nomme « une gaffe ».

« Vous ou moi, en une circonstance analogue, nous nous serions confondus en excuses.

« Eux firent autrement; loin d'obéir à l'injonction de notre ami, ils se moquèrent de lui et ne firent au contraire que redoubler de rigueur envers leur victime, qu'ils tentaient toujours d'entraîner, bien qu'elle continuât à se défendre contre eux de toutes ses forces.

« Alors, le Roi des Écoles, rendu furieux, s'élança bravement à son secours et, comme il était fort et vigoureux, eut bientôt fait lâcher prise aux deux policiers, après les avoir mis dans un tel état qu'ils crurent prudent de ne pas essayer de lutter plus longtemps avec un pareil adversaire.

« Ensuite, il proposa à la jeune fille de la reconduire jusqu'à son logis,

Les deux hommes se précipitèrent dans la pièce.

afin de lui servir encore de défenseur en cas de besoin, ce qu'elle accepta volontiers.

« Notre ami ne s'était pas trompé.

« Celle qu'il venait de tirer d'une si fâcheuse occurrence était tout ce qu'il y avait de plus honnête.

« Elle travaillait comme couturière dans un grand magasin de la place

de la Bastille et revenait paisiblement chez elle lorsqu'elle avait été
accostée par les agents.

« D'ailleurs, elle demeurait avec une vieille parente, la sœur de son
père, digne et excellente femme qui veillait sur elle avec la plus grande
sollicitude.

« Elle voulut absolument faire connaître le soir même cette parente
à son sauveur et l'obligea à pénétrer dans le modeste logement qu'elles
occupaient toutes deux.

« Le Roi des Écoles, qui avait cru n'être entré là que pour un instant,
resta deux heures, entre la tante et la nièce, tellement il prit de plaisir en
la société de ces deux femmes... C'est pour ça qu'il était venu si tard à
la Source.

« A partir de ce jour, comme je viens de vous le dire, il disparut de
notre cercle. Nous ne le voyions plus qu'à l'École de médecine, où, lui,
qui avait jusque-là négligé quelque peu ses études, bûchait maintenant
avec une ardeur extraordinaire.

« Il était entièrement métamorphosé et menait une vie exemplaire.

« Il évitait le plus possible de nous parler de peur que nous ne l'inter-
rogions sur les raisons de sa nouvelle conduite; et nous aurions peut-
être toujours ignoré son aventure si, un jour, dans un moment d'expansion, il ne l'avait racontée à Taillefer qui, à son tour, nous en fit part,
bien qu'il lui eût recommandé de n'en rien dire à personne.

« Quand nous l'apprîmes, il y avait déjà plusieurs mois qu'il vivait en
ménage avec la jeune ouvrière, dont il était amoureux fou et qu'il cachait
à tous les yeux, avec tant de soin, qu'aucun de notre bande ne put jamais
l'apercevoir.

« La tante étant morte, il avait pris la jeune fille avec lui dans l'intention d'en faire sa femme dès que sa mère, qui s'y refusait momentanément,
aurait donné son consentement à leur mariage.

« Elle était, paraît-il, d'une excellente famille et aurait pu faire autre
chose qu'une petite ouvrière.

« Ses parents avaient possédé autrefois une certaine aisance et occupé
une position dans le monde; mais ils avaient tout perdu à la suite de
mauvaises opérations financières et en étaient morts de chagrin.

« C'est alors qu'elle avait été recueillie par la sœur de son père qui,
elle-même, ayant subi le contre-coup du désastre et se trouvant ruinée,
lui avait fait apprendre un métier afin qu'après sa mort elle pût être à
même de gagner son pain.

— Et votre ami a-t-il fini par l'épouser?

— Ma foi, je l'ignore. Reçu médecin une année avant lui et m'étant mis à voyager aussitôt mon diplôme en poche, je n'ai jamais su quelle avait été la suite de son idylle. Mais puisque je vais à Paris, j'en serai peut-être instruit. Je compte bien, du reste, m'informer de ce qu'il est devenu.

« Ah ! ce brave garçon que je serais donc content de le revoir. Quelle joie nous aurions l'un et l'autre à parler de l'ancien temps ! Que de souvenirs du passé nous évoquerions !

Le docteur Cambise se tut.

— S'il réside à Paris, — observa José, prouvant par cette réflexion tout l'intérêt qu'il avait pris au récit de son ami, — il vous sera, j'imagine, assez facile de le retrouver.

— Évidemment ; mais y réside-t-il. Il était Breton et a très bien pu retourner habiter son pays.

— Lui aussi était de bonne famille, ai-je cru comprendre ?

— De bonne famille ? Palsambleu ! comme eussent dit ses ancêtres, c'était un baron de vieille souche, un descendant des preux !

— Bah !... et il se nommait ?

— De Lavaur... le baron Jean de Lavaur.

A peine le docteur avait-il prononcé ce dernier mot qu'un cri perçant, qui avait quelque chose de surhumain, retentissait non loin d'eux, cri suivi presque instantanément du bruit sourd de la chute d'un corps sur le sol.

D'un même élan, les deux hommes se précipitèrent dans la pièce où était Denise et virent, près de la porte, la jeune femme étendue à terre évanouie, le corps raide et les mains crispées sur la poitrine, comme si, au moment où elle était tombée, elle avait craint que son cœur n'éclatât sous le spasme qui la terrassait.

Fait étrange, son visage, d'ordinaire si inexpressif, s'éclairait d'un rayon de joie intense et, bien qu'elle fût évanouie, ses lèvres s'agitaient doucement semblant murmurer le nom de « Jean ».

TROISIÈME PARTIE

Le docteur noir.

I

LE CABINET DU DOCTEUR

C'était un cabinet à l'aspect austère situé au premier étage d'une de ces vieilles maisons sans style comme il s'en trouve encore beaucoup dans cette partie de la rue de Charenton avoisinant la place de la Bastille, maisons d'un âge incertain, dont la teinte uniforme se rapproche de celle de la colonne de Juillet.

Bien des habitations des faubourgs parisiens portent cet livrée de deuil qu'ils doivent en majeure partie à la suie dont les cheminées d'usines sont si prodigues.

Dans ce cabinet, tout y révélait la science et le travail.

Le ton de l'ameublement, qui était en poirier noirci et ciré, s'harmonisait avec celui des murs tendus d'étoffe grenat foncé et sans aucun ornement.

Le parquet disparaissait sous un tapis moquette de nuance éteinte sur lequel s'amortissaient les pas.

Contre la paroi du fond, et tenant toute sa largeur, se dressait une bibliothèque vitrée remplie de traités de médecine de toutes sortes et de tous formats, depuis le majestueux in-folio, jusqu'au modeste in-octavo.

Quelques-uns des in-folio étaient reliés simplement en parchemins et portaient au dos le mot : *manus-script*.

On y lisait des titres comme ceux-ci :

Summula medicinalis, par Thomas del Garbo ; *Conciliator differentiarum*, de Pierre d'Abano ; *Aggregator de simplicibus*, de Jacques de Dondis ; *Synonyma medica*, de Simon de Gènes, etc..., etc...

Ils dataient du xiii° et xiv° siècles et étaient d'une rare valeur, tant au point de vue pécuniaire qu'à celui des matières qu'ils contenaient.

Aux deux bouts de ce meuble, sous des housses de serge de même couleur que la tapisserie, se dressaient deux choses de proportions incertaines auxquelles les plis de la serge donnaient des formes spectrales. Et c'était bien des spectres, en effets spectres dont la science consciencieuse s'en toure pour étudier sur la mort les principes de la vie, car l'une des housses dissimulait un squelette articulé, et l'autre un écorché à l'aspect effrayant.

Une grande table carrée, à pieds torses, faisait angle avec la bibliothèque.

Elle était couverte presque en entier de pièces anatomiques naturelles ou figurées en cire et en carton avec une vérité surprenante.

Puis, au hasard, dans un désordre non prémédité, des bibelots artistiques sans valeur ou d'un réel mérite, témoins parlants de la reconnaissance des malades et des instruments de médecine ou de chirurgie, tels que tiges de laminaire, abaisse-langue, pinces hémostatiques et stéthoscopes.

Ce dernier instrument, qui affecte la forme bénévole d'une petite trompette en bois, est particulièrement douloureux à contempler lorsqu'on songe aux révélations qu'il peut faire. En effet, c'est grâce à son concours que le praticien peut ausculter la cage thoracique et diagnostiquer si le sujet est atteint ou non de ce lamentable fléau qui a nom la phtisie pulmonaire.

Sur la partie de la table restée libre se voyaient des feuilles de papiers écrites, un flacon à réaction, des tubes d'analyse chimique et des livres ouverts aux marges annotées.

C'était là que travaillait le docteur.

L'endroit n'était éclairé que par une unique fenêtre faisant face, comme nous l'avons dit, à l'immense bibliothèque.

Contre la paroi de gauche s'allongeait un vaste divan au-dessus duquel, entre des baguettes de bois noir, se voyaient plusieurs tableaux : études chaudement traitées, à la façon moderne, et signées de noms auxquels la célébrité venait de s'attacher tout récemment.

Sans aucun doute, ces peintures appartenaient à la même famille que les bibelots d'art éparpillés sur la table. Leur dédicace en faisait foi. Ces ex-voto avaient été offerts, en témoignage de gratitude, au médecin prodigue de ses soins, par des artistes avides d'avenir, mais encore trop indigents pour payer à leur prix des cures merveilleuses. Cependant, plusieurs d'entre eux ayant gravi par la suite les degrés escarpés de la popularité, ces toiles autrefois sans valeur avaient acquis un prix inestimable.

Le docteur se souciait peu de la hausse subie par sa petite galerie et n'y attachait d'autre importance que celle du souvenir.

Près du divan, un fauteuil mécanique, destiné aux opérations chirurgicales et aux examens pour l'obstétrique, dissimulait insidieusement ses membres articulés sous un adroit capiton de molesquine.

Malgré sa massive apparence, la vue de ce meuble n'était guère rassurante; on y devinait tout un arsenal de courroies et de ressorts destinés à faciliter la tâche du praticien, en y maintenant de force le patient révolté par la douleur.

La paroi de droite était occupée par une haute cheminée faisant proéminence entre deux doubles portes sur lesquelles retombaient de lourdes tentures chargées, sans doute, d'absorber et d'étouffer les plaintes des malheureux qui venaient là pour se faire opérer.

Sur la tablette de cette cheminée, sous un globe de verre, un crâne humain, supérieurement préparé et monté, laissait voir, entre les dents de scie des sutures, la blancheur ivoirine des huit os principaux qui sont le sphéroïde, le frontal, l'occipital, l'ethmoïde, les temporaux et les pariétaux.

Le globe de verre était gravé et l'on pouvait y lire cette devise de haute philanthropie :

A toute heure !

C'était là l'horloge du maître du lieu. Elle était bien en harmonie avec le docteur et lui rappelait qu'à toute heure il se devait au service de l'humanité souffrante!

Le reste du mobilier se composait d'un petit bureau dit bureau-caisse, d'un cartonnier à double compartiment, d'un appareil électrique avec son tabouret isolateur, de quelques chaises et d'une sorte de lavabo guéridon à fermeture ingénieuse, dont les différents tiroirs contenaient des bandelettes de toile phéniquée, des ouates créosotées, du tannin, du sublimé, du coaltar, de l'éther, du chloroforme et tous les antiseptiques connus.

Neuf heures du matin venaient de sonner.

On était à la fin de l'automne, c'est-à-dire vers le milieu du mois de décembre.

Le jour s'était levé gris et terne.

Un brouillard froid et épais pénétrait jusque dans l'intérieur des habitations et engluait de sa viscosité les objets et les choses.

C'était une de ces matinées d'hiver où la vie semble plus lourde à porter qu'à l'ordinaire et qui fait naître en vous un vague désir de la mort.

L'âme est veule et abattue. Le corps est mou et sans ressort.

Sur tous, riches et pauvres, pèse un ennui insurmontable.

. . . .

Un homme entra dans le cabinet. Cet homme était le docteur noir. Nous saurons tout à l'heure d'où lui venait ce nom.

Il était dans la force de l'âge, et sur sa figure, d'une beauté virile, se lisaient tout à la fois l'énergie et la bonté.

Il alla au guéridon, prit dans un tiroir un morceau de peau de chevreau finement tannée, et ayant choisi quelques-uns des instruments, se mit à les essuyer avec un soin minutieux, faisant bien attention qu'il n'y restât ni un grain de poussière ni la moindre impureté.

Le docteur était nouveau dans le quartier. Il y avait un mois au plus qu'on l'avait vu venir s'installer rue de Charenton.

Établi autrefois dans la rue Violet, non loin de la place Cambronne, au centre même de ce quartier populeux qui est Grenelle, il avait été chassé de sa paisible retraite par le trouble qu'avait apporté à ses habitudes et à son travail le voisinage de l'Exposition du Champ-de-Mars, dont les réjouissances cosmopolites, franchissant les barrières, étaient venues l'inquiéter jusqu'à sa porte.

Cependant, bien qu'il fût nouveau dans le quartier Saint-Antoine, sa clientèle était déjà considérable.

A l'encontre de beaucoup de ses confrères qui, à leurs débuts, attendent parfois fort longtemps « la pratique », lui avait vu tout de suite affluer dans son cabinet une foule de consultants.

Il est vrai que la façon dont il exerçait son art différait sensiblement de celle adoptée par les autres membres de la Faculté.

Depuis les temps les plus reculés, c'est-à-dire depuis qu'il y a eu des malades et des médecins, il a toujours été admis que ceux-ci devaient vivre de ceux-là; ce qui, du reste, est assez naturel.

Or, par une singularité bien typique dont il lui eût été mal aisé de vouloir inaugurer la mode, le docteur noir avait renversé l'ordre établi jusqu'alors. Au lieu de vivre de ses malades, il leur apprenait tout au contraire à vivre de lui.

En un mot, c'était le médecin des pauvres.

Et non seulement il les soignait, mais encore il les aidait de sa bourse.

Certes, il ne pouvait avoir la prétention de vouloir faire école de cette originalité sans précédent. Mais on pense aussi que, dans ces conditions exceptionnelles, les clients ne devaient pas lui manquer.

Il en avait à foison.

Que de malheureux, à Paris, n'ont pas de quoi payer une seule consultation et encore moins une seule visite !

Le nombre en est incalculable.

Pour la consultation, on dira qu'il y a les hôpitaux. C'est vrai. Mais que de difficultés à vaincre, que d'obstacles à surmonter avant d'arriver jusqu'au praticien qui doit vous examiner ; et une fois devant lui, de quel ton, souvent, il vous reçoit et avec quelle rapidité il vous a « expédié » !

Ceux qui ont passé par là ne le savent que trop.

Pour la visite, on pourra dire aussi qu'il y a l'Assistance publique.

Mais, là encore, c'est presque un hasard d'obtenir qu'un des médecins de l'Administration vienne vous voir.

Leur nombre est en effet si restreint qu'il leur est matériellement impossible de satisfaire aux nombreuses demandes adressées journellement de tous les coins de Paris.

Chez le docteur noir, rien de pareil. Autant se présentaient, autant étaient soignés sans retard. A moins, pourtant, que l'abondance des consultants ne fût telle qu'il dût en remettre quelques-uns au lendemain.

Et, dans ce cas, n'étaient-ce que ceux qui, sans inconvénient, pouvaient attendre un jour de plus.

De même pour les visites. Au moindre appel, de quelque point de la capitale qu'il vînt, il accourait sur-le-champ.

. . . .

L'appartement du docteur, sans être d'une grande étendue, était néanmoins encore assez spacieux.

Il se composait d'une chambre à coucher, d'une salle à manger, d'une autre pièce qui servait de salle d'attente, du cabinet de consultations et, enfin, d'une dernière pièce dans laquelle on accédait par le cabinet.

Nous aurons plus loin à parler de celle-ci d'une façon particulière.

Une antichambre desservait le tout.

Pendant que le docteur était occupé à préparer ses instruments, la salle d'attente se garnissait de visiteurs.

La porte de l'antichambre donnant sur l'escalier et celle de cette salle étant toutes deux munies d'une plaque de cuivre sur laquelle était écrit : « Tournez le bouton, s. v. p. » ; ils suivaient cet avis et entraient là sans frapper ni sonner.

A leurs vêtements usés jusqu'à la corde et rapiécés en maints endroits de morceaux d'étoffe souvent disparates, aux ruses subtiles employées par quelques-uns pour dissimuler chez eux une absence totale de linge, il était aisé de voir que c'étaient de pauvres gens, de ces déshérités de la

Une sorte de nain tout difforme... venait leur remettre un numéro d'ordre.

LIV. 64. — H. GEFFROY, édit. — Reproduction interdite.

fortune, qui, sans cesse, ont à résoudre le problème ardu de l'existence quotidienne, de la *struggle for life*, comme disent les Anglais.

Mais, remarque à faire, s'ils étaient mal mis ils n'étaient point malpropres.

Malgré leur extrême indigence, pour se présenter à la consultation, ils avaient dû faire un bout de toilette, c'était même visible.

Leurs habits étaient brossés, leurs chaussures suffisamment cirées, et leur visage ainsi que leurs mains avaient été passés à l'eau et au savon.

A mesure qu'ils arrivaient, ils allaient prendre place sur des chaises disposées en rang d'oignons le long du mur et restaient là, immobiles, comme honteux de leur misère.

Une sorte de nain, tout difforme, remplissant les fonctions de surveillant de la salle et, en même temps, d'introducteur des malades près du docteur, venait alors leur remettre un numéro d'ordre.

Cet être, à tête monstrueuse et recouverte d'une épaisse toison rousse, aux bras démesurément longs auxquels s'attachaient des mains énormes, avait un aspect réellement effrayant.

Aussi, en le voyant s'approcher d'eux, la plupart des miséreux ne pouvaient-ils se défendre d'ébaucher un mouvement instinctif de recul ; mais lui, sans se froisser, sans même paraître faire attention à ce mouvement, les regardait avec un si bon sourire et avait dans les yeux une telle lueur de compassion pour leur souffrance, qu'oubliant aussitôt son horrible difformité, ils éprouvaient comme un remords de leur première impression, et se sentaient pris pour lui d'une vive sympathie.

II

LA CONSULTATION

La salle contenait déjà une vingtaine d'individus, tant hommes que femmes et même enfants — ceux-ci avec leur mère — quand, venant du cabinet, un coup de timbre retentit.

Le docteur était prêt à recevoir « son monde ».

Le nain alla à l'indigent qui avait le n° 1 et l'introduisit dans le cabinet.

C'était un vieillard de soixante à soixante-cinq ans, encore robuste et vigoureux.

Ses mains, son cou, sa figure étaient tout enveloppés de linges marqués de nombreuses taches de sang et d'humeur.

Quand il fut près du docteur, celui-ci voulut le désemmailloter afin de se rendre compte de la maladie dont il était atteint.

Mais il lui arrêta vivement le bras.

— Ne me touchez pas, monsieur, — lui dit-il, — vous pourriez attraper ce que j'ai.

— Quoi que vous ayez, mon ami, — repartit le docteur, — je tiens à retirer ces linges moi-même. D'après ce que je vois il y a suppuration et je craindrais que vous ne sachiez pas vous y prendre convenablement.

— Le fait est qu'il m'arrive souvent de m'écorcher en les enlevant, car ça colle si fort, quelquefois, que j'enlève la peau avec.

— Vous voyez bien; laissez-moi donc faire.

En un instant, le docteur eut désenveloppé la figure du malheureux, et sans que celui-ci s'en fût pour ainsi dire aperçu, tellement il y avait mis d'adresse et de légèreté.

Quant à ses mains, il ne s'en occupa pas, ce qu'il voyait lui suffisait.

Le pauvre diable était affligé d'un eczéma chronique avec poussées aiguës, et sa face entière n'était plus qu'une vaste plaie sanguinolente

Les boutons et les pustules, qui sont le caractère distinctif de l'eczéma, étaient si rapprochés les uns des autres qu'ils se confondaient ensemble.

Une abondante sérosité mêlée de sang en découlait.

En de certaines places, pourtant, il s'était produit un dessèchement, provoqué par la force même du mal.

Là, la peau semblait être corrodée, brûlée au fer rouge.

Elle s'exfoliait et se desquamait comme s'il avait eu la lèpre.

— Depuis combien de temps avez-vous cela? — lui demanda le docteur.

— Depuis tantôt un an, monsieur.

— Vous êtes-vous déjà soigné?

— Je me suis soigné sans me soigner. Deux ou trois fois j'ai pris des remèdes de bonne femme que celui-ci ou celui-là m'indiquait, mais je crois que ça n'a fait que me rendre encore plus malade.

— Je le crois aussi, ces remèdes sont presque toujours funestes.

— Vous allez me soigner sérieusement, vous, n'est-ce pas, monsieur?

— Évidemment. Quel âge avez-vous?

— Soixante-trois ans, tout près.

— Quel est votre état?

— Hélas! monsieur, je ne peux plus travailler. Je suis menuisier de mon état et avant d'avoir été atteint par cet affreux mal je gagnais bien ma vie ; je me faisais des journées de six à sept francs. Maintenant, qui voudrait de moi? Je ne trouve plus à m'employer nulle part. Partout où je me présente, on refuse de m'embaucher et le prétexte est simple, comme vous le devinez : on craindrait de me voir communiquer ma maladie aux autres en touchant les outils communs.

— On a tort, mon brave homme, l'eczéma n'est pas contagieux, car c'est un eczéma que vous avez là.

— Un eczéma, — répéta le vieillard dont les yeux exprimèrent une grande surprise; — ce n'est donc pas la peste?

— Certes non.

— Eh bien! voyez, monsieur le docteur, voilà pourtant plus de six mois que je suis sans ouvrage à cause de ce qu'on le croit. On me traite en pestiféré et on me laisse crever de faim.

— C'est là le malheur de l'ignorance, mon ami ; elle rend souvent cruels des gens bons et humains.

— Enfin, si vous pouvez m'enlever ça, monsieur le docteur, et me mettre en état de reprendre le rabot et la scie — car ce n'est pas la force qui me manque, ni l'envie de travailler, je vous l'assure — je vous en serai reconnaissant tout le restant de ma vie.

— Je vous l'enlèverai sûrement, mais je dois vous prévenir que ce sera peut-être un peu long.

— Combien de temps, donc?

— Le traitement durera de cinq à six mois environ.

— Cinq à six mois, — répéta encore le vieillard en soupirant.

— Guère moins. Votre sang est complètement vicié et, dame! on ne peut pas l'épurer comme cela, tout de suite.

Tout en parlant, le docteur avait pris des linges blancs et procédé à un nouveau pansement de la figure du malheureux.

Après quoi il écrivit une ordonnance et la lui présenta en disant :

— Vous irez vous faire préparer ces deux remèdes chez M. Taillefer, dont la pharmacie est située dans le faubourg, presque en face de l'hôpital Trousseau. Faites bien attention que le liniment est pour l'usage externe, et la potion dépurative pour l'usage interne. Pas de confusion, n'est-ce pas ? D'ailleurs, j'ai indiqué de quelle façon vous devez en user.

Le pauvre homme tournait et retournait l'ordonnance entre ses doigts, on devinait qu'une question difficile à faire sortir lui brûlait les lèvres.

Enfin, il se décida.

— Est-ce cher, monsieur le docteur, — demanda-t-il en baissant la tête. — Parce que, vous savez, pour le moment, je vis avec un franc par jour que je gagne en faisant des petits cotrets pour un charbonnier...

Le docteur noir l'arrêta d'un geste.

— Vous n'aurez pas un centime à débourser, — dit-il. — M. Taillefer est un original, et tant que vous aurez à vous soigner, cette ordonnance vous sera délivrée gratis.

— Ah ! — fit le vieillard étonné. — Je savais bien que vous ne faisiez pas payer vos consultations, mais pour les drogues, je croyais...

— Vous viendrez même chercher ici vingt francs par semaine, jusqu'à votre entière guérison, — coupa le docteur en poussant tout doucement hors de son cabinet le bonhomme absolument ahuri.

Le n° 2 se présenta.

Lui était un jeune homme d'une trentaine d'années.

Ancien soldat et ayant fait la campagne du Tonkin, il s'était bravement battu contre les Pavillons-Noirs.

Mais il avait rapporté de là-bas, avec un peu de gloire, un nombre beaucoup plus certain de douleurs tangibles et rhumatismales que lui avaient valu ses longues stations dans des pays marécageux, ou les nombreuses nuits qu'il avait dû passer à la belle étoile pour guetter l'ennemi.

La souffrance envahissait à tel point ses membres inférieurs qu'il devait s'appuyer sur deux cannes pour marcher.

Dès son entrée dans le cabinet, le soldat du Tonkin, habitué à s'expliquer militairement, se mit à décrire aussi brièvement que possible la provenance et la marche de son mal.

Il ajouta en terminant :

— Je ne peux plus me tenir sur mes jambes, monsieur, et je souffre comme un damné.

« J'ai, par moments, des crises effroyables. Il me semble qu'on m'enfonce de longues aiguilles entre les jointures ou qu'on me brise les os à coups de marteau.

— Mon pauvre garçon, — expliqua le docteur, — vous avez cette affection connue sous le nom d'arthrodinie ou rhumatisme articulaire fébrile. Vos jambes sont nouées par inflammation et vous devez, en effet, souffrir parfois horriblement.

« Quand avez-vous quitté l'armée?

— Il y a trois ans.

— Mais n'aviez-vous pas droit à des soins de l'État, quoique n'étant plus soldat?

— Si, et la première année on m'a envoyé aux frais du Gouvernement prendre les eaux d'Aix en Savoie.

— Eh bien?

— Eh bien, ça ne m'a pas fait grand'chose — s'écria le soldat devenant soudain bavard à la pensée du calvaire qu'il avait dû gravir. — L'année suivante, j'ai demandé tout de même à y retourner, mais on n'a pas
voulu m'y autoriser.

« — Puisque ça ne vous a rien fait, ce n'est pas la peine, m'a répondu
le médecin major chargé de m'examiner. Vos douleurs proviennent certainement d'une prédisposition constitutionnelle. »

« Comme je ne comprenais pas ce que signifiaient ces deux mots, je
me les suis fait expliquer.

« Il paraît que ça voulait dire que j'étais un mal bâti et né pour avoir
des rhumatismes.

« En voilà un toupet !

« Moi qui, jusqu'à mon départ pour le Tonkin, avais une santé superbe,
qui, jamais, n'avais eu la moindre douleur ni même été malade un jour,
oser venir me dire ça !

« Ah ! oui, c'était roide.

« Cependant, sachant bien qu'il ne me servirait à rien de vouloir discuter, je n'ai pas insisté.

« Là-dessus, je suis allé dans un hôpital. Après avoir trimé pendant
près de trois mois avant de pouvoir y entrer, j'ai fini pourtant par y être
admis.

« Alors, quinze jours durant, on m'a frictionné avec toutes sortes de
pommades qui ne sentaient pas bon et fait prendre des bains d'eau presque bouillante.

« Le traitement était dur, je vous en réponds, car ceux qui me
frictionnaient n'y allaient pas de main morte, tant s'en faut. Ah ! vrai, ils
s'en donnaient sur mes pauvres guibolles. Ils frottaient à m'en faire glisser
la peau.

« Et comme je ne pouvais me retenir de crier, ils me disaient en se
moquant de moi : « Ne chantez donc pas si fort, vous n'avez pas la voix
« juste et ça va faire tomber de l'eau. »

« J'aurais bien voulu les voir à ma place. Peut-être qu'ils auraient
chanté encore plus fort et plus faux que moi.

« D'autre part, les bains étaient si brûlants, que lorsque j'en sortais
j'étais à moitié cuit et plus rouge qu'un homard.

« Toutefois, je dois l'avouer, ça m'a fait du bien et au bout d'une quinzaine on m'a signé mon *exeat*.

« Malheureusement, le mieux éprouvé par moi à la suite de ce traitement n'a pas duré longtemps.

« Un mois après les douleurs m'ont repris, et plus vives qu'auparavant.

« Ce que voyant, et quoique je n'eusse pas gardé un très bon souvenir de mon séjour à cet hôpital, je me suis représenté pour y rentrer.

« — Ah! c'est vous, m'a dit un interne en me reconnaissant; — vous n'êtes pas guéri? Eh bien, c'est qu'il n'y a rien à faire et comme nous ne soignons pas les incurables, il nous est impossible de vous recevoir de nouveau. »

« C'était à peu près la réponse du médecin-major.

« Prédisposition constitutionnelle, n'est-ce pas? ai-je répliqué ironiquement. — Oui, c'est cela; votre organisme est prédisposé aux rhumatismes et vous en aurez toute votre vie. »

« Et, sur ces consolantes paroles, il m'a quasiment mis à la porte.

Le docteur noir connaissait cette histoire pour l'avoir entendu raconter déjà bien des fois par nos troupiers coloniaux réformés ou envoyés en congé de convalescence illimité pour avoir contracté sous les drapeaux des maladies persistantes.

S'il n'avait pas interrompu le récit, c'était par devoir, la moindre variante pouvant être une indication et précieusement servir.

Les médecins-majors militaires ne sont pas toujours à la hauteur de leur tâche, parce qu'en eux l'officier tue le praticien.

Ils auraient l'orgueil de guérir si celui de commander n'était pas là pour les consoler de leur insuffisance.

Le docteur savait pertinemment à quoi s'en tenir là-dessus; mais, tout en déplorant cette incurie coupable, il ne se reconnaissait pas le droit d'accuser ouvertement ses confrères.

Il demanda :

— Avez-vous essayé d'aller dans un autre hôpital ?

— Pas seulement dans un, répondit le consultant, mais dans tous ceux de Paris. Je les ai faits les uns après les autres et sans plus de résultat. A la fin, j'en étais abruti.

« D'ailleurs, je le voyais bien, j'avais l'air d'ennuyer ces messieurs et l'on me traitait plutôt pour se débarrasser de moi et parce que le règlement l'exigeait que pour me guérir réellement.

« Bref, las de souffrir sans obtenir le moindre soulagement, j'ai, depuis six mois déjà, cessé complètement de me soigner.

— Vous a-t-on, quelque part, fait suivre un traitement à l'électricité?

— Non, jamais. Des frictions, des bains, des étuves, des fourreaux de ouate aux jambes, voilà tout.

— En ce cas, mon garçon, nous allons vous soumettre à l'influence d'un bain statique.

— Pardon, excuse, patron, si je vous dérange.

— Un bain? — fit l'ancien soldat en cherchant des yeux une baignoire. — Comment, vous aussi allez me faire prendre un bain?

— Oui... statique.

— Maintenant?

— A l'instant.

— Ainsi, faut que je me déshabille?

Liv. 62. — H. GEFFROY, éditeur. — Reproduction interdite.   62

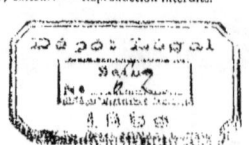

— Nullement.

— Bah ! je vais me baigner tel que je suis ?

— Tel que vous êtes.

— Mais, alors, comment diable ferai-je pour me sécher ? — observa le Tonkinois perplexe.

— Rassurez-vous, vous ne serez pas mouillé, — dit le docteur en souriant. — C'est un bain dans lequel il n'y aura pas d'eau.

L'ancien soldat regarda celui-ci pour voir s'il ne se jouait pas de lui. Un bain à sec ! ça lui paraissait si en dehors des idées reçues qu'il se refusait à y croire.

Pour lui, se baigner c'était se plonger dans l'eau ou dans n'importe quel autre liquide.

Il ignorait qu'en terme de médecine on désigne aussi sous le nom de bain toute opération qui a pour but d'envelopper le corps, ou une partie du corps, des ondes d'un fluide quelconque.

Il l'apprit ce jour-là.

Le docteur le conduisit à un tabouret de verre et l'y fit monter.

Puis il lui noua autour des deux jambes un fil de laiton qu'il relia ensuite à un des pôles d'une pile électrique.

Après quoi, il établit le courant entre les deux pôles.

Aussitôt l'ancien soldat fut comme galvanisé. Une violente commotion le secoua des pieds à la tête, et de sa gorge s'échappa un long cri d'angoisse.

— Ne vous effrayez pas, — lui dit le docteur, — la charge que je viens de vous envoyer est très faible et c'est parce que vous avez été surpris qu'elle a agi ainsi sur vous. Vous allez promptement vous y habituer.

Effectivement, la première émotion passée, le Tonkinois se fit en peu de temps à l'action du courant qui traversait ses muscles de part en part, c'est-à-dire les baignait pour employer le mot propre.

Le docteur suivait attentivement des yeux les effets qui se produisaient.

Au bout de trente à quarante secondes, les cheveux du patient subirent un léger redressement, la sueur commença à lui perler au front et aux tempes.

— Qu'éprouvez-vous ? — lui demanda le docteur.

— Un très fort picotement dans les jambes, comme si j'avais des fourmis qui me grimpent le long des mollets.

— Bien et ensuite ?

— Ensuite ?... Oh ! c'est curieux... on dirait que j'ai sur tout le corps une grosse toile d'araignée.

— Parfait. Sensation générale périphérique. C'est bon signe.

— Puis le sang me court plus vite dans les veines... je respire avec plus de facilité,.. ma poitrine se dilate largement...

— Et ne remarquez-vous rien dans votre vue ?

— Dans ma vue ?... attendez...

— Ne devient-elle pas plus perçante ?

— Si... si... en effet, je distingue beaucoup mieux les objets. Tenez, je peux lire d'ici le titre du livre qui est là-bas dans la bibliothèque : «*Traité des maladies mentales*, par Charcot. »

— C'est bien cela. Allons, vous êtes très sensible au bain statique et j'en augure une rapide amélioration dans votre état.

Le docteur laissa encore le Tonkinois une grande minute sous l'influence des effluves électriques ; puis, voyant ses cheveux se hérisser davantage, la sueur devenir plus abondante, il interrompit le courant.

— A présent, vous pouvez descendre, — lui dit-il, — c'est assez pour aujourd'hui.

L'ancien soldat, qui avait eu une certaine peine à se hisser sur le tabouret, en descendit sans la moindre difficulté.

— Marchez, maintenant, — lui ordonna le docteur.

Le jeune homme obéit et, cette fois, ce fut un cri de joie qu'il poussa.

Ses jambes percluses avaient repris leur élasticité et ses articulations jouaient avec aisance.

— Mais me voici guéri ! — s'écria-t-il radieux.

— Oh ! pas encore, loin de là, — repartit le docteur. — Je vous préviens même que dans trois ou quatre heures vos muscles se contracteront de nouveau, et que vos jointures reprendront leur raideur, car l'effet actuel de l'électricité aura en partie disparu. Néanmoins, si j'en juge d'après cette première séance, vous êtes en bonne voie de guérison et j'espère, avant un mois, vous avoir débarrassé de vos rhumatismes tant musculaires qu'articulaires.

— Ah ! monsieur, combien je vous bénirai... comme je le fais déjà, du reste. Vous ne sauriez vous douter du service que vous me rendrez.

— Si, je m'en doute, — répliqua le docteur. — Vous désirez travailler, je suis sûr, et vos douleurs vous en empêchent.

— Justement, car je suis un travailleur, moi, et la paresse n'est pas du tout mon affaire. Quand je pense que depuis mon retour du régiment, je suis à la charge de ma pauvre vieille mère qui est obligée de faire des ménages pour nous gagner un peu de pain à tous les deux, voyez-vous, j'en suis désespéré.

— Je vous comprends, mon ami, cela doit vous causer une sorte de honte.

— Oh! oui, allez, monsieur, attendu que c'est moi qui devrais travailler pour elle et non elle pour moi. Mais que puis-je faire avec des jambes molles comme de la guimauve et incapables de me porter?... Je suis forcé de rester les bras croisés.

— Espérons que vous vous les décroiserez bientôt. Je vous le répète, j'ai la certitude que d'ici à peu de temps vous n'aurez plus que le souvenir de vos douleurs.

— Oh! merci pour ce que vous m'annoncez là, monsieur. Je vais le rapporter à ma mère, elle en sera bien contente. Pauvre femme, elle pourra donc enfin se reposer!... Et quand dois-je me représenter ici, monsieur?

— Mais, tous les jours, sans faute, jusqu'à ce que je vous dise de rester chez vous.

— Bien, monsieur, je reviendrai tous les jours; je suis trop content du soulagement que j'ai éprouvé aujourd'hui pour y manquer une seule fois... Au revoir donc, monsieur et à demain... vous pouvez compter sur moi.

Et l'ancien soldat se dirigea vers la porte par laquelle il était entré.

— Attendez, — fit le docteur, — j'ai encore quelque chose à vous dire. Comme adjuvant aux bains statiques il vous faudra boire journellement d'un vin que je vais vous indiquer et dont, en sortant d'ici, vous irez prendre deux bouteilles chez mon pharmacien; il vous les remettra gratis.

— Oh! non, non, monsieur, je vous remercie, — exclama le Tonkinois avec une certaine fierté; — c'est déjà bien généreux de votre part de me soigner pour rien, et j'abuserais en acceptant de recevoir encore du vin par-dessus le marché. Je saurai bien m'en passer, je vous l'assure.

Les lèvres du docteur eurent un faible sourire. Cet orgueil bien placé lui plaisait; il était si peu habitué à en rencontrer chez sa toute spéciale clientèle.

— Mais cela fait partie du traitement, mon ami, — dit-il. — D'ailleurs ce n'est pas du vin ordinaire, c'est un vin hygiénique comme il ne s'en trouve pas chez les liquoristes.

— Eh bien, en ce cas, je le payerai.

— Cela vous sera difficile.

— Difficile?... Ma foi, monsieur, cette dépense me sera dure, je n'ose le nier, — répliqua l'ancien soldat que ces mots blessèrent, car il crut y

voir une allusion à son indigence ; — pourtant, je ferai en sorte de me
procurer la somme nécessaire. J'ai ma médaille du Tonkin ; je peux
la vendre, quoique j'y tienne beaucoup. Un revendeur juif, comme il s'en
trouve beaucoup dans le faubourg, m'en donnera au moins trois francs ;
puis, si ça ne suffisait pas, ma mère se résignerait à engager son alliance
ce qui nous ferait encore...

— Vous vous méprenez sur le sens de mes paroles, mon cher garçon,
— interrompit le docteur comprenant que sans le vouloir il venait de
froisser le jeune homme. — Si je vous ai dit « cela vous sera difficile », ce
n'était certes pas pour vous offenser, Dieu m'en garde, mais parce que
M. Taillefer, mon pharmacien, fait partie d'une association philanthropique qui le dédommage régulièrement. Il tient un compte scrupuleux
des fournitures faites par lui à ma clientèle et à celle de bon nombre de
mes confrères, car, Dieu merci, je ne suis pas le seul de ma corporation à
m'intéresser aux souffrances de la classe laborieuse, et cela lui est rem-
boursé au plus juste prix par la caisse de l'association. Donc, croyez-moi,
c'est inutilement que vous lui offririez de l'argent, il ne vous le prendrait
pas.

— En êtes vous bien sûr, monsieur ?

— Très sûr ?

— Ah ! alors c'est différent et je n'insiste plus, — fit le pauvre diable
ahuri. — Mais c'est égal, donner comme vous le faites son temps et son
savoir *gratis pro deo*, comme on dit, avec de la monnaie en plus, — car,
enfin, c'est quelqu'un qui le paiera, ce vin et cette association dont vous
me parlez, c'est peut-être vous ! — non, vrai, voilà qui ne se voit pas
souvent.

On a compris que cette société philanthropique dont venait de parler
le docteur était une pure fiction. Il avait eu l'idée d'imaginer cette histoire pour ne pas faire rougir sa propre humilité. Mais ce petit effort
d'imagination n'avait pas obtenu tout le succès qu'il en attendait puisque
le Tonkinois ne s'y était pas laissé prendre.

Sans relever les dernières paroles du pauvre homme, le praticien
reprit vivement :

— Vous demanderez donc deux bouteilles de vin des Nomades à la pharmacie Taillefer que vous trouverez vers le milieu du faubourg et sur la
gauche en allant du côté de la place de la Nation. C'est un puissant
reconstituant sur lequel je compte beaucoup pour activer votre guérison
et qui, en vous enrichissant le sang, vous rendra en peu de temps la force
et la vigueur que vos rhumatismes vous ont fait perdre. Maintenant allez
mon ami et bon espoir.

Et après avoir remis au Tonkinois un bon pour les deux bouteilles du tonique en question, le docteur l'évinça promptement pour s'épargner de nouveaux remerciements de sa part.

Les autres malades se présentèrent tour à tour et suivant leur numéro d'ordre dans le cabinet du praticien.

Nous passerons sous silence, comme ne méritant aucune mention particulière, les scènes variées auxquelles donnèrent lieu leur consultation.

Nous nous bornerons à dire que la plupart d'entre eux reçurent du docteur un secours pécuniaire immédiat destiné à adoucir quelque peu leur triste situation.

Presque tous ces malheureux étaient réduits à la misère par la maladie qui les empêchait de travailler. Aussi, souhaitaient-ils ardemment d'être guéris pour pouvoir se remettre à la besogne. Et à la joie que montraient ceux auxquels un prompt rétablissement était prédit, il était aisé de voir que leur souhait était sincère.

Ce fut vers midi et demi seulement que le dernier sortit du cabinet.

III

LE DERNIER CONSULTANT

Maintenant, la salle d'attente précédant le cabinet du docteur était vide, le nain lui-même l'avait quittée. N'attendant plus aucun malade, il était rentré dans l'appartement.

Soudain, un nouveau personnage apparut.

C'était un individu qui sans être richement vêtu était cependant fort convenablement mis et dans l'extérieur duquel rien ne décelait la pauvreté.

Un épais foulard de coton lui entourait le cou et venait, par un pli, s'accrocher à son nez dont il cachait la partie inférieure.

— Té ! — fit-il à mi-voix en s'avançant dans la pièce dont il venait de pousser la porte ; — il n'y a pas besoin de forcer les serrures pour entrer ici. On n'a qu'à tourner la bobinette et, crac, ça y est... Faut croire qu'on ne craint pas les voleurs... tout comme à Marseille, quoi.

« Mais où est donc le patron ? — ajouta-t-il en regardant autour de lui comme s'il eût espéré découvrir le maître du lieu dans quelque coin de la salle.

« Eh ! là, sans doute, — reprit-il en remarquant la porte du cabinet restée entrebâillée. — Allons-y voir.

Il se dirigea de ce côté, et ayant poussé l'huis délibérément aperçut le docteur qui, ainsi que le nain ne comptant plus sur personne, était occupé à ranger et à essuyer les instruments dont il avait eu à se servir pour diverses petites opérations chirurgicales.

— Pardon, excuse, patron si je vous dérange, — dit-il alors ; — je sais bien que c'est l'heure du déjeuner ; mais, l'occasion s'étant présentée comme ça, je me suis permis de venir tout de même.

— Le fait est, mon ami, que vous arrivez un peu tard, — repartit le docteur, sans remarquer la mise du personnage, — néanmoins je suis tout prêt à vous recevoir. Entrez donc et faites-moi connaître le but de votre visite.

L'individu entra et, allant se placer devant le praticien, fit tomber la partie du foulard qui lui masquait le nez.

— Té ! — dit-il en même temps, — voyez un peu ce que j'ai là-dessus ; n'est-ce pas une corne qui me pousse, hein ?

Le docteur examina ce qui lui était montré et, malgré sa gravité habituelle, ne put s'empêcher de rire à la vue de l'étrange appendice qui se greffait sur le nez du consultant.

Cet appendice se composait d'une sorte de tige charnue de la grosseur du petit doigt et haute d'un demi-pouce environ, le long de laquelle s'étageaient plusieurs excroissances qui semblaient autant de rameaux sortant d'une branche mère.

C'était à la fois très laid et très grotesque, car cela avait une vague ressemblance avec une corne de rhinocéros.

— Ah ! vous riez ? — fit le nouveau venu ; — on voit bien que vous ne vous doutez pas de ce que ça me gêne pour un tas de choses et combien ça me nuit vis-à-vis le monde... oui, on le voit bien, foi de Balthazar Capricas...

C'était en effet l'ami d'André Bertin qui se présentait ainsi chez le docteur.

— Pardon, mon ami, — repartit ce dernier en reprenant son sérieux, — ç'a été plus fort que moi, mais jamais encore je n'ai vu ce dont vous êtes affligé prendre une forme aussi bizarre et surtout être placé à un tel endroit du visage. Franchement, votre cas est excessivement curieux.

— Que mon cas soit curieux ou non, ça m'est égal, — renvoya le

Marseillais ; — tout ce que je demande, c'est de savoir si vous pouvez m'enlever ça?

— Certainement.

— Et tout de suite ?

— A l'instant même.

— En me le coupant ?

— Oui, ou pour mieux dire en vous l'extirpant.

— Bon diou ! que ça me fera plaisir. Alors dépêchez, je vous prie ; il me tarde d'être débarrassé de cette pointe cornue qui me donne l'air de je ne sais quoi.

Le docteur ne paraissait nullement se formaliser de la façon un peu cavalière dont lui parlait Balthazar. Son accent lui disait assez qu'il était d'origine méridionale et il savait que les *gensses* du midi ont souvent le ton des plus familiers.

— Asseyez-vous là, — commanda-t-il au Marseillais en lui indiquant le fauteuil mécanique dont nous avons fait la description. — Bien, — fit-il lorsque le commis-voyageur y eut pris place ; — à présent, regardez en l'air, j'ai certains petits préparatifs à faire auxquels il est inutile que vous assistiez.

— Je devine... vous ne voulez pas que je vous voie aiguiser votre couteau. — Baste ! ce n'est pas ça qui me fera peur... quand on est de mon pays...

— On est brave, je le sais, — acheva le docteur ; — cependant, j'aime mieux vous voir m'obéir.

— Soit, — répliqua Balthazar. — Quoique nous soyons en hiver, je vais m'amuser à chercher les mouches au plafond.

Et, se renversant la tête en arrière sur le dos du fauteuil, il se mit à contempler le plafond avec une attention soutenue.

Mais, avant de poursuivre, disons quelle était la nature du singulier ornement dont se trouvait pourvu le nez du Marseillais et par quel hasard, lui qui était loin d'être indigent, avait eu l'idée de venir chez le médecin des pauvres.

Au cours d'une tournée de voyage qu'il venait de faire, Balthazar s'était écrié un matin en se regardant dans la glace :

— Bon diou !

Cette exclamation lui avait été arrachée par la vue de son nez dont les belles proportions s'étaient sensiblement modifiées et lui enlevaient son aspect ordinaire.

L'extrémité de ce nez, dont il était fier, était en effet déformée par un

Les personnes avec lesquelles il causait partaient d'un rire si fou...

léger renflement qui en prenait toute la superficie et la couvrait comme d'une large ampoule.

Il crut d'abord à quelque piqûre de bête parasite ayant profité de son sommeil pour se gorger de son sang, et ne s'en préoccupa point.

Mais le lendemain et le surlendemain, la soi-disant ampoule existant encore, cela commença à l'intriguer.

LIV. 63. — H. GEFFROY, éditeur. — Reproduction interdite.   63

Il la palpa longuement et fut assez surpris de la sentir dure et résistante dans toutes ses parties.

— Ce n'est pas une piqûre, — pensa-t-il, — c'est une bosse; je me serai cogné contre le mur en dormant. Dans deux jours ce sera passé.

Au bout de deux jours, le renflement, au lieu d'avoir disparu, s'était permis de prendre une nouvelle ampleur.

— Quès aco? — se demanda-t-il alors avec inquiétude ; — est-ce un second nez qui me pousse? J'ai pourtant déjà bien assez du mien.

Certes oui, il devait déjà avoir assez de celui dont il avait été doté en naissant ; car c'était un organe de vastes dimensions, large du haut, carré du bas, un tantinet relevé et pourvu de narines bien ouvertes qui semblaient aspirer la vie avec volupté.

Il se mit à chercher par quel moyen il pourrait arriver à se débarrasser de cette malencontreuse grosseur.

Après quelque temps de méditation il poussa un cri de joie.

— J'ai trouvé, — fit-il. — Pardiou! ce n'est pas difficile et ça va s'aplatir comme du beurre.

Il venait de se souvenir qu'étant jeune, sa mère, selon une coutume populaire, avait l'habitude, lorsqu'il rentrait à la maison avec quelque bosse au front, d'appliquer sur celle-ci une pièce de monnaie et de l'y maintenir fortement pendant quelques instants. Il allait renouveler cette expérience. Un fils de Marseille n'est jamais pris au dépourvu.

Il prit donc une pièce de dix centimes, la plaça sur l'ampoule et appuya dessus avec force.

Mais il n'avait pas songé que si l'os du front peut supporter impunément une très forte pesée, il n'en est pas de même de la cloison nasale, qui est d'une grande faiblesse et cède sous la moindre pression.

Il s'ensuivit qu'il ne réussit qu'à s'écraser le nez non sans le faire saigner abondamment.

Quant à la grosseur, lorsqu'il ôta la pièce, il constata que si, comme on s'en doute, elle n'avait diminué en rien, elle était, par contre, devenue d'une teinte livide et couperosée.

— Ça ne va pas, — se dit-il en constatant ce résultat déplorable ; — il faut trouver autre chose. Je vais aller demander conseil à un apothicaire.

Il y alla, en effet.

Le bonhomme auquel il s'adressa vit du premier coup d'œil ce qu'il en était.

— Mon garçon, — lui dit-il, — vous avez là ce que l'on nomme, en terme de médecine, un fibrôme induré... Le vôtre est superbe !

— Superbe, bonne mère! Vous moquez-vous de moi?

— Non pas, je constate.

— Ah! qu'est-ce que c'est que ça, un fibrôme induré?

— C'est une tumeur dure.

— Et comment l'enlever, cette tumeur? Est-ce qu'avec une pommade?...

— Oh! toutes les pommades du monde seraient inutiles et ne produiraient pas plus d'effet sur elle qu'un cautère sur une jambe de bois. Un médecin, seul, peut vous l'extirper à l'aide du scalpel.

— Aïe! ça doit piquer, hein?

— Dame, un peu; cependant si vous avez affaire à quelqu'un d'habile, vous ne vous apercevrez pour ainsi dire pas de l'opération.

— Ouais! mais c'est que Marseille est loin.

— Pourquoi faites-vous cette remarque?

— Té! vous me dites d'avoir affaire à un médecin habile, eh bien, il n'y a qu'à Marseille que je puis trouver mon homme.

— Bah! — fit l'apothicaire avec un sourire légèrement ironique. — Il me semble pourtant qu'à Paris, dont vous êtes à peu de distance, — trois heures de chemin de fer, au plus — vous auriez autant de chances de le rencontrer.

— Vous croyez?

— J'en ai la certitude. Vous pourriez même, à la rigueur, vous adresser à un médecin de province, celui de ce pays, par exemple, qui passe pour être assez adroit.

— Oh! non, j'aime encore mieux attendre. A Paris, on peut avoir le choix. Voyez-vous qu'il aille manquer son coup, celui d'ici, et m'enlever le nez tout d'une pièce! Je serais joli pour faire mon métier de commis-voyageur.

— En ce cas, ne retardez pas trop votre retour dans la capitale, car ce fibrôme va continuer à se développer de jour en jour.

— Dans une quinzaine au plus, j'y serai; il sera encore temps, je suppose?

— Oui, oui, toutefois le plus tôt sera le mieux.

Balthazar était alors aux environs de Rouen où il « travaillait » dans les bicyclettes de la Société *La Française* (marque diamant), car c'était l'époque où les dépositaires font leurs commandes pour le printemps suivant.

Les affaires allaient à merveille. Il ne savait où donner de la tête tellement elles lui venaient en foule.

Si bien que les jours passaient sans qu'il pût revenir à Paris.

Cependant, comme le lui avait prédit l'apothicaire, son fibrôme continuait à croître et à embellir. Mais c'était en hauteur qu'il se développait maintenant et dans des conditions réellement bizarres.

Nous connaissons du reste son architecture.

Les fibrômes durs ont cela de particulier qu'en croissant ils revêtent l'aspect de végétations rameuses ou pédiculées, c'est-à-dire ayant la forme d'une tige de plante.

Ces tumeurs, ainsi que l'indique leur nom, sont composées de fibres intimement enchevêtrées et serrées les unes contre les autres avec interposition d'une petite quantité de substance amorphe qui joue le rôle de colle forte et les tient agglutinées ensemble.

De là leur induration.

Il y en a qui deviennent extraordinairement volumineuses et prennent les figures les plus étranges.

On a montré autrefois, à Paris, dans une baraque de foire, un individu dont le front, disait-on, était adorné d'un bois de cerf.

Et, de fait, on pouvait s'y méprendre.

Juste au milieu de l'os frontal et un peu au-dessus des yeux, se voyait une espèce de ramure, de près de quinze centimètres de long et ayant tout à fait, en petit, l'apparence de celle d'un daim.

On l'avait d'ailleurs peinte en brun pour ajouter encore à l'illusion.

Les médecins, qui visitaient l'individu, savaient, au premier examen, à quoi s'en tenir sur ce prétendu bois de cerf et, rien qu'au toucher, reconnaissaient un fibrôme.

Mais le bon public admirait, de confiance et bouche bée, cette fantaisie de la nature qui avait donné à un être humain ce qui, habituellement, n'appartient qu'aux hôtes des bois.

Bien que le fibrôme de Balthazar fût loin d'avoir des proportions aussi démesurées, le pauvre garçon n'en était pas moins tort affligé de se trouver possesseur d'une semblable parure, qui provoquait l'hilarité des passants ou des personnes chez lesquelles il se présentait.

Par suite, avait-il pris le parti de la dissimuler à l'aide d'un foulard de cou, dont une partie lui passait sur le nez.

Comme on était en hiver, cela ne paraissait point excentrique. On voit fréquemment, à cette époque de l'année, nombre de personnes ainsi déguisées en Touaregs, soit qu'elles aient les muqueuses délicates ou qu'elles craignent d'aspirer directement l'air froid.

— Vous avez les bronches sensibles? — se contentait-on de lui demander quand on le rencontrait.

— Très sensibles, — répondait-il.

Et, pour prouver son dire, il se mettait à tousser d'une voix de stentor, qui dénotait des poumons d'une vigueur exceptionnelle.

Dans un endroit couvert et tiède, c'était le contraire : l'air chaud lui faisait mal... cela lui enflammait la poitrine.

Avec ces deux raisons, il parvenait à conserver constamment son nez caché.

Mais, par malheur, il lui arrivait quelquefois qu'étant en train de traiter une affaire importante, le foulard tombait soudainement et laissait paraître son fibrôme.

Alors, les personnes avec lesquelles il causait demeuraient si stupéfaites ou partaient d'un rire si fou que l'entretien en était rompu net et que, tout honteux, il s'enfuyait aussitôt pour ne jamais revenir.

Ayant manqué de la sorte plusieurs fortes commandes qu'il était sur le point d'obtenir, il se décida enfin à revenir à Paris, dans le but de se faire extirper sa corne au plus vite.

IV

COURAGE ET LARGESSE DE BALTHAZAR

Le jour où nous retrouvons Balthazar Capricas dans le cabinet du docteur, il était arrivé à Paris de la veille au soir seulement et avait eu bien soin de ne se montrer nulle part, car il craignait, par-dessus tout, le ridicule et ne se sentait pas en humeur de subir, sans regimber, les lazzis dont n'eussent pu manquer de l'accabler les victimes ordinaires de sa faconde méridionale.

Sorti dans la matinée pour se mettre en quête d'un médecin, il avait erré longtemps de droite et de gauche sans oser entrer chez aucun de ceux dont il voyait les plaques au-devant des maisons. Il craignait de tomber sur quelque écorcheur.

L'appréhension du scalpel, dont lui avait parlé l'apothicaire, et aussi, il faut bien le dire, celle de se voir défiguré par une maladresse — dame ! les lames employées par les médecins sont si tranchantes — lui faisaient toujours retarder le moment décisif.

Ah ! s'il avait été à Marseille, il n'aurait eu que l'embarras du choix. Malheureusement, il n'y était pas et, dame, il hésitait.

Comme après maints et maints tours dans le quartier il débouchait rue de Charonne, il se trouva marcher derrière deux passants, dont l'un racontait à l'autre les péripéties d'une opération qu'il venait de subir à une main, en vantant fort l'adresse dont le praticien, qui l'avait opéré, avait fait preuve en la circonstance.

— Té ! — se dit Balthazar, — ce doit être un du midi, celui-là. Ma foi ! je vais me risquer à lui confier mon nez.

Et, prenant soudain son parti, il ajouta tout haut, en s'adressant à celui des deux hommes qui venait de parler :

— Eh ! l'ami, où perche-t-il votre fameux médecin ? J'aurais besoin de le voir pour qu'il me *fisse* une opération aussi à moi.

Il avait du langage, maître Capricas, quand il voulait s'en donner la peine.

— Là, à deux pas, — répondit l'interpellé en se retournant et en lui indiquant une maison peu éloignée. — Mais dépêchez-vous d'y aller, parce qu'il est déjà tard. L'heure des consultations va être passée.

Alors, sans plus hésiter, Balthazar courut à la maison qu'on lui désignait, qui était celle où demeurait le médecin, connu dans le quartier sous le nom du docteur noir.

L'individu, un indigent sortant de chez ce dernier, avait oublié de le prévenir que les pauvres seuls étaient soignés par lui.

Nous avons assisté à l'entrée du Marseillais chez le praticien.

Revenons maintenant au moment où, assis dans le fauteuil, il est occupé à contempler le plafond.

Quand le docteur eut terminé les préparatifs dont il avait parlé, c'est-à-dire versé dans un bassin de métal de l'eau et du phénol, imbibé un petit tampon de charpie d'une substance cicatrisante et, enfin, passé sur le cuir un de ses bistouris, détails qu'il avait voulu cacher à Balthazar afin de ne pas l'émotionner, il s'avança vers celui-ci, l'instrument de supplice à la main.

A la vue de l'acier qui jetait une lueur aiguë et presque sinistre, le jeune homme, tout brave qu'il fut, — ou, du moins qu'il disait-être, — ne put réprimer un tressaillement d'effroi, en même temps qu'une légère pâleur s'étendait sur ses traits.

— Ce ne sera que l'affaire d'un instant ; vous ne sentirez autant dire rien, — lui dit le docteur en remarquant ces indices de peur et cherchant à le rassurer.

— Oh ! — fit le Marseillais en cherchant à assurer sa voix, — je vous le répète, je suis brave, très brave... Peuh ! qu'est-ce que c'est que ça après tout ?...

« J'en ai vu bien d'autres !... D'ailleurs, puisque vous m'assurez que je ne sentirai rien...

— Comme une petite coupure au doigt, pas davantage.

— Bien, en ce cas, allez-y... vous verrez si je sais supporter la douleur, té...

Le docteur approcha l'instrument du fibrôme.

La pâleur de Balthazar s'accentua ; il devint plus blanc que neige.

Comme l'acier allait le toucher, il arrêta le bras qui le tenait.

— Vous ne me ferez point de mal, au moins... vous me le promettez, hein ? — risqua-t-il encore.

— Je vous le promets, — lui certifia de nouveau le docteur.

— Verdiou ! on ne dira pas que les Marseillais manquent de courage. Allons, faites vite.

Le jeune homme prononça ces mots d'une voix étranglée, comme s'il eût été sur le point de trépasser.

L'on voyait ses doigts serrer violemment les bras du fauteuil dans le cuir desquels ses ongles s'incrustaient.

Ne voulant pas prolonger plus longtemps l'angoisse du patient et profitant d'un moment où celui-ci avait fermé les yeux pour ne pas voir l'acier fatal, le docteur plongea son bistouri dans le fibrôme et, d'un rapide mouvement circulaire, l'incisa sur tout son pourtour jusqu'aux racines, en prenant bien garde de ne pas entamer les chairs saines.

Puis d'un coup de l'instrument donné horizontalement, il le détacha net de celles-ci.

Rendons cette justice à Balthazar, qu'il ne poussa qu'un cri, un seul. Il est vrai qu'il n'eut pas le temps d'en pousser deux, l'opération n'ayant duré que trois secondes au plus.

A l'endroit où était sa corne, que le docteur venait de jeter sur une petite plaque de verre pour l'étudier plus tard, existait à présent un trou assez large, mais de peu de profondeur, le fibrôme, vu la place qu'il occupait, ayant dû se former à l'extrême surface du derme ; ce qui, du reste, avait provoqué sa si grande extension au dehors.

— C'est fait, — dit le docteur au Marseillais, — vous êtes dépouillé de votre ornement nasal.

— Té vé, c'est pourtant la vérité, — fit celui-ci en se passant la main sur le nez ; — il n'y a plus rien... Ah ! si, il y a une cave maintenant, — ajouta-t-il en rencontrant l'alvéole du fibrôme.

« Caraï ! me voilà bien avec une salière pareille ! Est-ce que je vais rester comme ça ? Ce serait encore plus laid que l'autre machinette.

— Ne vous tourmentez pas à ce sujet, répliqua le docteur, — d'ici peu de temps, votre nez aura repris son aspect ordinaire et ne gardera aucune trace de cette opération.

— Ah ! va bien, *alorss*, parce qu'après en avoir eu trop, ça m'aurait vexé de ne plus en avoir assez et je vous aurais demandé de m'en remettre un peu.

Sans répondre à cette gasconnade, le praticien alla prendre le bassin avec l'eau phénolée et revint lotionner la plaie soigneusement. L'ablation de la tumeur n'avait causé qu'une hémorragie insignifiante et il eut promptement étanché les quelques gouttes de sang qui perlaient sur les chairs. Ensuite, il introduisit le tampon de charpie dans la cavité, l'y tassa bien, puis appliqua par-dessus une petite rondelle de taffetas d'Angleterre rose, destinée à le maintenir en place,

Ce pansement, comme il l'expliqua au jeune homme, devait demeurer tel quel huit jours de suite, après quoi il pourrait ôter la charpie. La cicatrisation se serait produite et il ne lui resterait plus qu'à attendre la reconstitution de la substance organique.

Jusque-là, il lui serait facile d'en dissimuler l'absence, à l'aide d'un morceau de taffetas semblable à celui qu'il avait actuellement.

Balthazar avait donc enfin reconquis son physique normal. Il fut ravi de le constater en se regardant dans un miroir que le docteur lui présenta.

Il observa, même, que la rondelle rose faisait fort bon effet où elle était ; car, si par les temps de froidure qu'on traversait, tout le monde avait le bout du nez bleu noir ou violet, lui, au moins, l'avait d'une nuance vermeille très agréable à l'œil... et, de plus, inaltérable.

— Parfait, patron, — dit-il, après s'être considéré pendant un moment avec complaisance, — je vous fais mes sincères compliments pour votre « travail ».

« A présent, réglons, si vous le voulez bien. Combien vous dois-je ?

— Comment, ce que vous me devez ? — fit le docteur étonné.

— Eh ! oui... Ce n'est pas, il me semble, parce que je suis de mon pays que vous n'allez rien me prendre, té. Tout ouvrage se paye, je pense, et vous venez d'en faire *une belle*, sûrement. Donc, il est juste que je vous la *récupère*.

Nous avons dit qu'il connaissait sa langue.

Aux paroles du jeune homme, le docteur eut alors seulement l'idée d'examiner sa mise et remarqua qu'elle ne ressemblait guère à celle de ses habituels visiteurs.

— Ah çà ! — lui demanda-t-il, — ne seriez-vous pas dans la gêne ?

— O! Denise! chère Denise! pourquoi m'as-tu quitté et laissé seul sur cette terre?...

—Qué?... vous dites?... — repartit Balthazar comme s'il n'avait pas bien compris.

Le docteur répéta sa question.

— Moi, dans la gêne!... — s'exclama le Marseillais sur la figure duquel se peignit un étonnement sans bornes.

Il semblait qu'on lui demandât s'il descendait de la lune ou de quelque autre planète.

Soudain, la demande du docteur lui semblant archibouffonne, il éclata d'un rire bruyant dont les échos remplirent tout le cabinet.

Puis, son hilarité calmée, il déclama d'un ton emphatique :

— Indigent, moi, Balthazar Capricas, né natif de la divine Marseille, commis voyageur en conserves alimentaires, bicyclettes de la société *La Française* et bien d'autres choses encore ; moi, associé des Doks Coloniaux, la plus grande maison de France pour la vente des cannes à sucre, des noix de coco et du poivre de Cayenne, maison dont la renommée est universelle et qui fait des affaires colossales du premier au dernier jour de l'année, — même les dimanches et fêtes jusqu'à midi, — moi, indigent ?

« Té vé, en voilà une farce d'envergure !

« Vous avez fameusement le mot pour rire, patron... Verdiou ! je m'en gaudirai longtemps...

Et il recommença à rire de plus belle.

Enfin, ce second accès de gaieté passé, il reprit :

— Allons, dites un peu ce que je vous dois, patron... j'ai une bourse qui a du ventre et ne regarderai pas au prix.

Mais le docteur, stupéfait de ce qu'il entendait, ne songeait pas à répondre.

— Vous ne soufflez mot ?... — continua alors Balthazar. — Vous voulez, je le vois me laisser évaluer moi-même votre besogne... Eh bien ! je serai généreux...

« Tenez, voici un beau demi-jaunet bien luisant, qui vous aguiche l'œil... Hein ! c'est payé que je suppose et cela vous fait voir qu'on n'est pas des pingres à Marseille.

En même temps le jeune homme déposa une pièce de dix francs sur la table, convaincu qu'ainsi il faisait preuve d'une magnificence exceptionnelle.

Puis, comme le docteur demeurait toujours sans parler, ce qui lui fit croire que celui-ci était ébloui par sa largesse, notre commis voyageur ajouta :

— Vous voudriez bien avoir beaucoup de clients comme moi, hein ? Té ! je vous comprends, ça vous ferait de bonnes journées, j'ai idée... Mais voilà, on ne tombe pas souvent sur des Balthazar Capricas, ce serait trop de veine, sûrement...

« Allons, adieu, mon bon, je vous recommanderai à mes amis et connaissances si le cas se présente ; je suis vraiment très content de vous et ne regrette pas mon demi-jaunet... non, je ne le regrette pas... Adieu donc et si vous avez besoin de mes produits, vous savez, bonne affaire pour vous... je vous fais quarante pour cent de rabais, net, y compris l'escompte en dehors... ce que je ne fais jamais à personne... réfléchissez-y.

Ayant dit, Balthazar sortit vivement du cabinet, pressé qu'il était de se montrer à ses semblables le visage découvert.

Il y avait près de deux mois qu'il ne leur avait donné le plaisir d'admirer sa bonne grosse face réjouie.

Son nez lui cuisait bien un peu, mais bah ! on sait souffrir à Marseille.

Une fois qu'il fut parti, le docteur revint de son étonnement.

— Voilà, pour sûr, un fier original, — se dit-il, — et, décidément, les Marseillais n'ont pas volé leur réputation.

« Toutefois, il me paraît être un brave garçon et, quoique je me sois trompé sur sa condition sociale, je ne suis pas fâché d'avoir reçu sa visite.

« C'est singulier, j'ai le pressentiment que ce n'est pas la dernière fois que nous nous voyons et qu'avant peu nous nous rencontrerons encore.

« Dans tous les cas, je me souviendrai de son nom: Balthazar Capricas; il est assez typique pour ne pas s'oublier aisément.

« Quant à ses dix francs qui, selon lui, rémunèrent largement « ma besogne » comme il dit, alors que n'importe quel médecin lui aurait réclamé cinquante ou même cent francs pour cette opération, je les donnerai à un des pauvres diables qui viendront demain. Ce sera la première fois, je crois, qu'un de mes clients aura fait la charité à un autre.

V

LA CHAMBRE DES RELIQUES

Maintenant le docteur était seul. Il reprit le nettoyage de ses instruments, interrompu par l'arrivée du commis voyageur, et quand il l'eut terminé, certain, que personne ne se présenterait plus à la consultation, il s'enferma dans son cabinet.

Le Marseillais s'était trompé en croyant que sa venue allait retarder l'heure de son déjeuner.

Le docteur n'avait pas d'heure fixe pour ses repas.

Toujours très occupé, il mangeait quand il n'avait rien de mieux à faire et seulement lorsque son estomac réclamait impérieusement son dû. Sobriété qui lui valait une santé à l'épreuve de toute maladie en même temps qu'un esprit constamment clair et lucide.

S'étant assis à sa table, il se mit en devoir de prendre note et de commenter plusieurs des cas pathologiques qu'il venait d'avoir à traiter, notamment le fibrôme de Balthazar qui lui paraissait digne d'une étude particulière.

Mais ses pensées étaient sans doute ailleurs, car bientôt il tomba dans une profonde rêverie.

Il resta ainsi un certain temps; après quoi, abandonnant la plume et, repoussant les papiers qu'il avait devant lui, il se leva et se tourna vers la tenture qui, comme on s'en souvient, cachait complètement la muraille derrière son fauteuil de bureau.

Cette tenture, artistement drapée, formait pendant avec la portière chargée de masquer, de l'autre côté de la cheminée, la porte de sortie.

C'était une sorte de rideau. Il tira ce rideau et appuya le doigt sur un petit bouton qui saillait légèrement sur la moulure de la boiserie.

Un panneau s'ouvrit aussitôt, démasquant l'entrée d'une pièce de peu d'étendue où régnait une demi-obscurité.

Comme le cabinet, elle n'était éclairée que par une seule fenêtre et cette dernière, ouvrant sur une courette en forme de cheminée, comme il y en a malheureusement trop à Paris, ne laissait passer qu'une faible et douteuse clarté.

Un visiteur auquel on aurait montré cette pièce après lui avoir fait parcourir l'appartement aurait été très certainement frappé de l'aspect attristé des choses qui s'y voyaient; l'air lui-même vous y montait aux narines avec un parfum de chapelle, mais de chapelle où l'encens ne brûle pas et où la froide atmosphère seule parle de recueillement et de souvenir.

Voilà ce qu'aurait pu penser le visiteur; mais aucun étranger n'avait jamais été admis à franchir le seuil de ce sanctuaire.

Car c'était bien un sanctuaire.

Là se voyaient quelques meubles de modeste apparence et dont l'aspect jurait étonnamment avec celui des autres objets mobiliers de l'appartement.

C'étaient, sur un des côtés, une pauvre petite commode à poignées de cuivre avec un dessus en marbre ; en face, une armoire lingère à deux battants; dans le milieu, une table ronde pour les repas; près de la fenêtre, une table à ouvrage de femme et, enfin, au fond, un lit en noyer verni, près duquel se dressait un de ces berceaux qu'on nomme balancelles.

Quatre chaises en crin, un fauteuil de bébé et deux tabourets très bas complétaient ce simple mobilier.

L'armoire, la commode et la table, toutes trois en bois blanc, avaient été passées au rouge et peignées par un artiste sans beaucoup d'adresse, pour figurer une imitation d'acajou.

Le lit et le berceau étaient garnis de leur literie, mais toute fanée et jaunie par le temps.

Il devait y avoir des années que l'un et l'autre n'étaient plus occupés.

Au pied du berceau se voyait une corbeille de vannerie fine sur la paroi antérieure de laquelle l'ouvrier avec tressé en un osier de couleur vive le nom de : *Jeanne.*

Cette corbeille contenait quelques jouets de tout petit enfant.

On y remarquait, entre autres, un gros poupard en carton encore à demi emmailloté d'un lambeau d'étoffe et dont la tête avait été mordillée en plus d'un endroit.

Le docteur demeura d'abord quelques secondes sur le seuil de la pièce, comme s'il se fût recueilli avant d'y entrer.

Ensuite il y pénétra et, à pas lents, en fit le tour, s'arrêtant devant chaque meuble, le considérant longuement.

A mesure qu'il passait cet examen, sa physionomie se contractait douloureusement et prenait une expression d'angoisse indicible.

Soudain, étant arrivé près du lit, il tomba à genoux et s'écria d'une voix mouillée de pleurs.

— O ! Denise, chère Denise, pourquoi m'as-tu quitté et laissé seul sur terre, quand nous pouvions y être si heureux ensemble ? Depuis quatorze ans je te pleure, amour de ma jeunesse, et ne puis me consoler de ta perte... de ta perte qui a brisé ma vie et a mis pour toujours le deuil dans mon cœur...

« Comment as-tu pu douter de moi... Supposer un seul instant que je t'avais délaissée ?... N'avais-tu pas eu mille preuves de mon amour... Ne le savais-tu pas, je ne vivais que par toi et pour toi ?... Oh ! la terrible pensée qui t'est venue, d'aller ainsi te détruire, sans songer à quelle torture tu me vouais désormais !

« Oui, je le reconnais, j'ai été coupable de rester si longtemps à Kerdaniou, de m'y être endormi dans une fausse sécurité, oubliant de m'enquérir de ce que tu devenais... Mais, Nisette, ma chérie, pouvais-je prévoir l'affreuse chose qui arriverait ?... Pouvais-je deviner à quelle extrémité tu en étais réduite alors qu'aucune de tes lettres ne me parvenait ?...

« Oh! pourquoi n'as-tu pas attendu encore quelques heures ?... C'était le bonheur pour nous... C'étaient de longs jours d'azur qui nous étaient promis...

« Hélas! Dieu ne l'a pas voulu, il a suffi d'un léger retard pour changer tout cela en une détresse sans nom, en un malheur irréparable !...

« Et notre enfant, Nisette, notre enfant, à laquelle tu as fait partager ton sort !... Devait-elle donc, pauvre innocente, subir, elle aussi, la peine de ma criminelle insouciance et de l'incompréhensible conduite de ma mère ?...

« Toutes deux, vous étiez mes seules joies en ce monde, toutes deux vous m'avez abandonné !

« Oh! quelle affreuse misère est la mienne !...

Ici la voix du docteur s'altéra encore pendant que de grosses larmes roulaient sur ses joues.

— La mort ! mon Dieu, — fit-il en un cri de terrible désespoir : — mettez un terme à ma longue torture... La punition que vous m'infligez est au-dessus des forces humaines.

Puis, jetant les yeux sur le berceau, il reprit en joignant les mains :

— Et toi, chère petite Jeanne, t'ai-je donc aussi perdue pour toujours ?... Toi qui étais mon adoration, que j'aimais plus que ma vie... pour qui je faisais de si beaux rêves... ne dois-je donc plus jamais te revoir ici-bas... plus jamais... jamais ?...

« Ne plus te revoir !... — répéta le docteur en appuyant sur chacun de ces mots et en devenant songeur...

« Oh! non, — ajouta-t-il après un moment de silence et comme inspiré, non, c'est impossible... Une voix s'élève en moi et me dit que tu me seras rendue un jour... car tu existes, toi, j'en ai la certitude... et les paroles prononcées par ma mère à son lit de mort ne font que me fortifier dans cette conviction...

« Oui, je le sens, un jour viendra où nous serons réunis et où il me sera donnée cette immense joie de pouvoir enfin te serrer dans mes bras. Oh ! il me semble qu'alors je mourrai de bonheur.

Le docteur s'arrêta suffoqué par l'émotion.

Puis se levant et contemplant l'intérieur de la couchette, il continua :

— O petite Jeanne ! que ton souvenir est vivant en moi, malgré le temps écoulé... Chaque fois que je regarde ce berceau, je crois t'y voir encore comme autrefois, lorsque tu étais là, me souriant de ta mignonne bouche si rose qu'elle semblait une fraise fraîchement cueillie... lorsque tu me tendais tes petits bras en gazouillant ce mot de « papa » qui me

remuait si doucement le cœur... Je me rappelle, tu voulais me dire par là
de te prendre pour jouer ensemble... Alors je te prenais... je te faisais
sauter sur mes genoux... et tu t'accrochais à ma barbe de peur de
tomber, en poussant des petits cris d'oiseau effarouché... Mais je te tenais
bien, va, et il n'y avait pas de danger que je te lâche...

« Ah ! quelles bonnes parties nous faisions tous les deux !... nous en
étions fatigués à la fin...

« Pendant ce temps-là, ta mère nous regardait, heureuse de nous voir
faire nos folies... quoique un peu jalouse de notre bonheur...

« Elle disait que tu m'aimais plus qu'elle... m'accusait d'accaparer à
moi seul tout ton petit cœur de chérubin... Mais elle plaisantait... elle
savait bien que ce petit cœur était aussi bien à elle qu'à moi...

« De nouveau, le docteur fit une pause. Il avait les prunelles rivées sur
le petit lit comme s'il y eût réellement vu l'innocente créature dont il évo-
quait l'image.

— Combien ces choses sont encore présentes à mon esprit ! — reprit-il,
au bout d'un instant. — On dirait qu'elles datent d'hier... Et, pourtant,
quatorze ans ont passé sur elles... Quatorze ans !... Comme tu serais
grande, aujourd'hui.

« Comme tu es grande, veux-je dire... Je suis sûr que tu ressembles à
ta mère et que tu es aussi jolie qu'elle... oui, aussi jolie... tu promettais si bien de le devenir étant petite... Mais où es-tu maintenant ?... en
quel lieu le hasard t'a-t-il conduite ?...

« Il y a trois mois, j'ai cru te reconnaître dans une jeune fille, une
enfant presque, qui dansait sur la scène d'un café-théâtre de l'Exposition.

« Je voulais parler à cette jeune fille, l'interroger afin de savoir exactement qui elle était... mais une catastrophe qui s'est produite m'en a
empêché... Je suis retourné le lendemain à l'Exposition pour la revoir...
malheureusement elle avait disparu et personne n'a pu m'apprendre
ce qu'elle était devenue... Depuis, c'est en vain que je l'ai cherchée...
toutes mes démarches ont été inutiles... Était-ce toi, Jeanne ?

« Hélas ! comment le savoir maintenant, puisque j'ignore où est cette
enfant ?...

Et le malheureux homme, dans lequel le lecteur a depuis longtemps
reconnu Jean de Lavaur, poussa un profond et douloureux soupir.

Ensuite, il se remit à marcher à travers la pièce.

Ses pas le ramenèrent près de la table à ouvrage.

Alors sa pensée changea de cours.

Il ouvrit le tiroir du meuble, qui renfermait des ciseaux, des pelotes de fil, des paquets d'aiguilles, etc., etc., toutes choses formant l'attirail d'une couturière.

— Voilà les objets dont se servait ma pauvre Denise, — murmurat-il ; — ce sont des reliques pour moi... car chacun d'eux me rapporte au temps où nous vivions ensemble dans notre petit nid de la rue Saint-Jacques, et me rappelle ces si doux moments que nous passions l'un près de l'autre, sans jamais nous lasser d'y être...

« Que de fois ne me suis-je pas intéressé à la regarder travailler des heures entières, à suivre le mouvement de ses doigts agiles faisant courir l'aiguille dans le fin tissu dont elle confectionnait de si jolies choses... On eût dit une fée créant des merveilles d'un simple coup de baguette.

« Et pendant qu'elle cousait, nous causions... Nous formions des projets pour l'avenir... Que de châteaux en Espagne nous avons bâtis en ces heures rapides et combien nous aimions à laisser ainsi voguer notre imagination ! Nous n'avions alors que notre seul amour pour tout bien, mais nous étions riches de bonheur, plus que tous les rois de la terre.

« Hélas ! hélas ! jours de joie et d'allégresse, où êtes-vous à présent ? Il ne me reste rien de vous, rien que le souvenir... et le regret de savoir que jamais plus vous ne reviendrez.

« O Denise ! Denise ! je te le demande encore... pourquoi m'as-tu quitté et t'es-tu réfugiée dans la mort ?

« ... Toi, morte !... C'est étrange, par moments il me semble que, comme Jeanne, tu existes... Cette pensée me hante souvent... Est-ce que réellement tu vivrais ?... Oh ! je n'ose croire qu'un tel bonheur me soit réservé... vous retrouver toutes les deux, Jeanne et toi !...

Et la figure du docteur s'illumina d'un rayon de joie intense.

Mais secouant la tête avec un air de désespérance, il ajouta :

— Non, je ne veux pas me créer une pareille illusion ; si je venais à en reconnaître l'entière inanité, la déception me serait trop cruelle...

Sur ces mots, il enveloppa d'un dernier regard tout l'ensemble de la pièce, puis en sortit et rentra dans son cabinet.

Le nain s'y trouvait. Il y était venu non par la salle d'attente, mais par la porte qui mettait le cabinet du docteur en communication presque directe avec le palier pour la sortie des clients.

Il avait les yeux rouges et ses joues portaient les traces de larmes récentes.

— Tu étais là, Pacault ? — lui dit le docteur... — Pauvre ami, tu les aimais bien aussi, toi....

Le nain ne répondit que par un sourd gémissement.

Jean ne répondit à sa mère que par un déluge de larmes.

Le docteur lui tendit la main, et, dans une longue étreinte, les deux hommes unirent leurs âmes endolories.

— Allons, assez de faiblesse, maintenant, — reprit soudain le premier. — Ma journée n'est pas finie et je n'ai plus le droit de disposer de mon temps. Donne-moi la liste des visites que j'ai à faire aujourd'hui.

Liv. 65. — H. GEFFROY, édit. — Reproduction interdite.

VI

CALVAIRE

Nous avons laissé jadis Jean de Lavaur à l'instant où, venant de lire la lettre que Denise écrivait à Pacault pour lui annoncer son dessein bien arrêté de se détruire elle et son enfant, il avait été comme foudroyé par le double malheur qui le frappait.

Nous allons le reprendre à ce moment et faire connaître quelles avaient été pour lui les suites de ce terrible événement.

Lorsque sorti de son accablement il relut la lettre de sa maîtresse, dont chaque mot lui tenaillait le cœur et le lui déchirait affreusement, les termes dans lesquels elle était conçue ne lui permirent pas de douter que la malheureuse n'eût mis son sinistre projet à exécution.

La somme des souffrances endurées par elle, — souffrances dont Pacault lui avait fait, les larmes aux yeux, le récit détaillé, — la certitude surtout où elle devait forcément être d'avoir été définitivement abandonnée par son amant avaient dû, en effet, rendre sa résolution irrévocable.

Il fut alors pris d'un désespoir indescriptible, et, sans les exhortations du nain qui, oubliant son propre chagrin pour ne penser qu'au sien, le consola et le réconforta, autant que faire se pouvait, il est certain que lui aussi aurait attenté à sa vie.

Pendant plusieurs jours, il ne fit que gémir et pleurer comme un enfant, refusant de prendre aucune nourriture, appelant sans cesse les deux disparues d'une voix pleine de sanglots.

Peu à peu, pourtant, à la violence de cette crise succéda un apaisement relatif, et si sa douleur resta toujours aussi vive, du moins parvint-il à la dominer assez pour redevenir maître de lui.

Dès qu'il eut reconquis la liberté de penser, il voulut écrire à sa mère afin de l'informer de la catastrophe dont son trop rigoureux despotisme était la cause.

Mais il se souvint qu'en partant de Kerdaniou il l'avait laissée malade, et craignant, quelque coupable qu'elle fût à ses yeux, d'aggraver son état en lui apprenant la funeste nouvelle, fils généreux, il remit à plus tard de lui en faire part.

Ensuite, il songea à donner une sépulture à Denise et à sa fille.

Cette pieuse pensée en fit forcément germer une autre encore plus cruelle.

Comment retrouver leur dépouille?

Il ignorait en quel endroit l'infortunée s'était jetée à l'eau ; et, à moins de faire draguer la Seine d'un bout à l'autre de Paris, il lui était difficile d'ordonner des recherches utiles.

Il acheta les journaux parus pendant le laps de temps où s'abandonnant tout à fait, sa force de penser avait filtré par la fissure de sa douleur, le laissant incapable et mou comme une chose inerte.

Il conservait l'espoir de voir le fait relaté dans les colonnes des quotidiens à cette rubrique des faits divers qui ne passionnent ordinairement que les concierges et donnent, en un style de rapport de police, la somme journalière des victimes qui sont nécessaires à la vie de Paris, ce grand Minotaure.

Malheureusement, les journaux ne lui apprirent rien qui put se rapporter au suicide de Denise.

— C'est qu'il aura eu lieu en pleine nuit et sans aucun témoin, — pensa-t-il avec amertume.

L'idée lui vint alors d'aller à la Morgue.

Peut-être y étaient-elles déjà toutes deux, les pauvres chères aimées.

Oh! quelle fut sa torture quand il mit le pied sur le seuil du funèbre monument.

De quelle angoisse ne fut-il pas saisi en s'avançant dans la salle d'exposition vers la cloison de verre derrière laquelle sont déposés les cadavres!

Allait-il donc apercevoir ces deux créatures tant chéries, étendues rigides sur les lugubres dalles?

Longtemps il demeura immobile à quelques pas du vitrage, n'osant pas jeter les yeux sur la salle mortuaire. Enfin, il se décida à y porter un regard troublé, en se raidissant contre l'émotion qui le poignait.

Plusieurs corps étaient exposés; mais, naturellement, il ne découvrit pas parmi eux ceux de Denise et de son enfant.

Il en fut tout à la fois heureux et désolé.

Heureux, parce qu'il sentait combien eût été grande sa souffrance à la vue des chères mortes. Désolé, parce que cela lui démontrait qu'elles gisaient toujours toutes deux au fond du gouffre liquide.

Il revint le lendemain et les jours suivants, éprouvant la même anxiété et le même soulagement à chaque nouvelle visite.

Depuis un mois déjà il s'imposait ce calvaire, quand un matin il reçut du vieux Mahurec, le domestique de sa mère, une dépêche lui annonçant que l'état de celle-ci venait soudain d'empirer et qu'on redoutait une issue fatale d'un moment à l'autre.

Le jeune homme courut à la gare Montparnasse et prit le premier train à destination de Brest.

Lorsqu'il arriva à Kerdaniou, la baronne n'avait plus que quelques instants à vivre.

En voyant celle qui lui avait donné le jour près d'expirer, il oublia le mal qu'elle lui avait fait et ne trouva plus qu'à lui adresser les plus tendres et les plus affectueuses paroles.

— Pardonne-moi, mon fils, — lui dit-elle d'une voix déjà éteinte, — pardonne-moi ma conduite envers toi... J'ai cru travailler à ton bonheur et ne suis parvenue qu'à te rendre horriblement malheureux... car c'est de ma faute si ta Denise et ta Jeanne ne sont plus de ce monde...

— Quoi! vous savez?...

— Oui, je sais... j'ai fait prendre des renseignements à Paris afin de connaître la cause de ton silence... et ai tout appris.., Ça a été pour moi le coup de grâce... Tu le vois, j'en meurs...

— Oh! non, non, ne mourez pas, ma mère... — s'écria Jean éperdu, — Quoi, après elles, ce serait vous maintenant qui me quitteriez?... Non, non, c'est impossible... perdre ainsi tout ce que j'aime sur terre, c'est trop de malheurs à la fois et, je le sens, je vais succomber à mon tour...

— Ne me dis pas cela, mon fils... — interrompit la baronne dont la voix prit une intonation suppliante ; — ne me dis pas cela, car, alors, tu chargerais ma conscience d'un nouveau poids. ... Après avoir tué, pour ainsi dire, ces deux innocentes créatures, faut-il donc que j'emporte dans la tombe l'affreuse pensée d'avoir également causé ta mort?... Non, tu ne voudrais pas m'infliger ce dernier tourment... Je souffre déjà assez sans cela... Assure-moi de ta volonté de vivre, au contraire... Tu es jeune, tu as encore de longues années devant toi... et le temps est un grand consolateur.

Jean ne répondit à sa mère que par un déluge de larmes.

Vivre! en aurait-il le courage? Car quelle serait sa vie désormais? Une torture incessante, une suite de jours sombres et désolés avec une plaie à l'âme toujours ouverte... avec un cœur à jamais fermé à toute affection! N'était-ce pas cent fois pis que le néant?

Comme si sa mère eût lu dans sa pensée, elle reprit :

— Oui, mon enfant, l'existence te sera lourde à porter... je le comprends... mais tu peux, si tu veux, t'en alléger grandement le fardeau... Tu vas être riche, maintenant... avoir beaucoup plus d'argent qu'il ne te sera nécessaire pour tes besoins personnels... Eh bien! sois généreux envers tes semblables... envers ceux qui souffrent de la misère... il y a tant de pauvres à soulager en ce monde!... Moi, j'ai manqué à ce devoir d'humanité... J'ai été souvent cruelle envers des malheureux dont la voix implorait ma charité... et à cette heure suprême, j'en éprouve un remords cuisant... Suis donc le conseil de ta mère... tu trouveras à faire le bien un grand adoucissement à ta douleur... et rachèteras ainsi mes fautes près de Celui devant lequel je vais paraître... Mais je sens que mes idées se brouillent... la nuit vient et je n'y vois plus... c'est la fin... Adieu, mon enfant... Adieu... et encore une fois... pardonne-moi... je ne voulais que ton bonheur... oui... rien que ton bonheur!...

Peu après, la baronne entra en agonie.

Durant deux heures, elle se débattit contre la mort dont les bras l'enlaçaient déjà.

Puis, au moment d'expirer, un grand calme descendit sur elle.

C'était la période ultime avant l'anéantissement final.

Jean vit alors les yeux de la moribonde briller d'une lueur étrange. Ses prunelles extraordinairement dilatées semblaient se fixer sur quelque image qui lui apparaissait dans l'espace.

Les voiles tombaient pour elle et ses regards percevaient au delà des régions terrestres.

Tout à coup, ses traits se revêtirent d'une expression de bonheur ineffable, son front rayonna d'une sublime allégresse et, recouvrant pour un instant la force de parler, elle murmura d'une voix faible comme un souffle, quoique pourtant très distincte :

— Jean!... ô Jean!... espère, mon enfant!... espère... je... je...

Mais les paroles se figèrent sur ses lèvres et son dernier soupir s'exhala avant qu'elle eût pu compléter sa phrase.

Le jeune homme était trop bouleversé pour chercher à comprendre sur-le-champ ce que sa mère avait voulu dire par les mots qu'elle venait de prononcer.

Le nouveau coup qui le frappait achevait de l'abattre et son esprit vacillait comme une flamme près de s'éteindre.

Ce fut le vieux Mahurec, aidé de son neveu Joël, qui dut s'occuper des obsèques, auxquelles beaucoup de monde assista, mais plutôt pour Jean que pour la défunte dont le caractère égoïste et entier avait été peu fait pour lui concilier de réelles affections.

Les Kermor n'y parurent point. Ils venaient de partir tous les trois pour aller, en compagnie de M. Tredern, faire un voyage aux Indes.

Yvonne avait été fiancée officiellement au capitaine de la *Belle-Margot* et leur mariage devait avoir lieu au retour.

Quand tout fut terminé, le notaire de la baronne vint trouver Jean et lui demanda s'il comptait résider à Kerdaniou.

Il répondit que non... des affaires particulières l'obligeant à habiter Paris.

Alors, l'officier ministériel lui proposa de laisser le château à la garde du vieux Mahurec et de l'autoriser, lui notaire, à faire valoir les biens de la succession.

Jean acquiesça à cet arrangement et, quinze jours après, il reprenait le chemin de la capitale.

Ce fut seulement quand il fut revenu rue Saint-Jacques, — car il avait gardé la chambre de l'ouvrière, — que les dernières paroles de l'agonisante se représentèrent à sa mémoire :

— Espère!... lui avait-elle dit.

Qu'entendait-elle par là? Que devait-il espérer?

Un matin qu'il était assis près du berceau de la petite Jeanne, sur lequel il fixait des yeux remplis de larmes, une pensée lui vint soudain.

C'est que peut-être Denise, n'ayant pas eu le courage d'entraîner avec elle son enfant dans la mort, celle-ci vivait encore et était apparue à sa mère dans une de ces visions révélatrices qu'ont parfois les mourants.

Et se rappelant le regard extatique de la baronne, l'irradiation presque divine de ses traits, cela lui paraissait très vraisemblable.

De là, le mot qu'elle lui avait murmuré.

Cette pensée prit promptement corps dans son cerveau, elle s'y implanta avec tant de force qu'il voulut aussitôt commencer des recherches.

Seulement, si ce qu'il présumait avait eu lieu, de quelle façon Denise s'était elle séparée de l'enfant?

L'avait-elle abandonnée dans Paris, ou, sous un prétexte quelconque, laissée entre les mains d'étrangers ?

Il n'en n'avait, bien entendu, aucune idée.

Dans l'un comme dans l'autre cas, la police avait dû être prévenue.

Il alla donc d'abord à la Préfecture.

Là, on lui dit que depuis longtemps il n'avait pas été fait de déclaration d'abandon d'enfant, de quelque sorte que ce fût.

Cela lui causa une douloureuse déception.

Toutefois, il ne se découragea pas.

Il se mit à fouiller Paris, le parcourant du matin au soir et examinant tous les petits êtres qui pouvaient avoir l'âge de sa fille.

S'il la voyait, un simple coup d'œil suffirait pour la reconnaître. Sa mignonne figure était trop bien gravée en son cœur pour qu'une hésitation de sa part fût possible.

Pendant des mois, il ne prit ni repos ni trêve. Mais, à la fin, ses recherches restant vaines, il se décida à les cesser, espérant, si Jeanne vivait réellement, que le hasard viendrait la placer devant lui.

C'était absolument le raisonnement que, de son côté, s'était fait Erreguy, lorsqu'il cherchait le Rouquin et la Bibasse, pour, lui aussi, retrouver l'enfant.

Peut-être bien souvent, de même que le Chilien, Jean fût-il sur le point de rencontrer ceux-ci, traînant la petite avec eux; mais, dans ce Paris si populeux, avec le mouvement incessant de la foule dont on subit forcément le flux et le reflux continuel, dix pas nous séparent de quelqu'un autant que des milliers de kilomètres.

Quant à Denise, il attendait toujours que son corps fût apporté à la Morgue.

Quoique six mois bientôt se fussent écoulés depuis sa disparition, cela ne le surprenait pas trop de ne point l'y voir.

Fréquemment, il le savait, on repêche des noyés après un très long temps d'immersion, car il arrive parfois qu'ils s'envasent et, ainsi, s'immobilisent dans le lit du fleuve.

Afin de ne pas demeurer oisif et aussi pour donner une diversion à sa douleur, il résolut d'exercer sa profession de médecin.

Il voulait en même temps suivre le conseil de sa mère, c'est-à-dire faire le bien.

D'après les comptes que lui avait envoyés son notaire, il était possesseur de soixante mille livres de rentes.

Il avait donc de quoi soulager bien des infortunes. Désormais, il serait le médecin des pauvres.

Comme nous l'avons dit, il avait continué à habiter la chambre de Denise.

Il déménagea et alla demeurer avec Pacault dans un quartier indigent, celui de Grenelle, ce dont fut bien aise la concierge, la veuve Filoche qui, on se le rappelle, avait, par ses agissements, été pour beaucoup dans la fatale détermination qu'avait prise l'ouvrière, et craignait toujours les représailles de Jean, s'il venait à en avoir connaissance.

Clara la Lyonnaise, ne se sentant pas moins coupable que sa mère, fut également très contente de ce départ.

Elle n'osait plus venir voir celle-ci de peur de rencontrer son ancien amant devant lequel sa contenance eût été fort embarrassée.

Au fond, ce n'était pas une méchante fille et, par moments, elle regrettait fort les propos qu'elle avait tenus à Denise.

En partant de la rue Saint-Jacques, Jean avait emporté avec lui tout le mobilier de la chambrette.

Il lui consacra une pièce de son nouveau logement et l'y disposa dans un ordre exactement semblable à celui qu'il avait précédemment.

Tout y était placé de la même façon, jusqu'aux moindres objets.

Puis, chaque jour, il s'enfermait une heure ou deux dans cette pièce dont il avait fait un sanctuaire et « causait » avec les deux absentes.

C'est dans ce reliquaire des muets souvenirs de son amour perdu que nous l'avons vu tout à l'heure pleurer et prier, s'abandonnant à son chagrin.

Car cette visite quotidienne lui était une torture, une souffrance infinie à laquelle il ne pouvait cependant se dispenser de se livrer, car il y trouvait aussi une amère consolation.

Depuis qu'il exerçait sa profession, Jean de Lavaur ne portait que des vêtement sombres et d'une coupe sévère. On ne lui avait jamais vu se permettre la moindre fantaisie dans sa mise.

Ce perpétuel habillement de deuil, ainsi que l'expression presque constante de tristesse répandue sur sa physionomie et qui semblait être comme le reflet de son costume lui avaient valu le surnom de *docteur noir*, le seul vocable sous lequel on le connût.

La plupart de ses confrères eux-mêmes ignoraient son véritable nom.

VII

FÊTE DE FAMILLE

Pendant que Jean de Lavaur est occupé à visiter ses malades, allons faire un tour chez les Bertin dont nous n'avons pas eu occasion de parler depuis quelque temps, non plus que de Colette, leur fille d'adoption, comme ils l'appelaient.

Depuis trois mois déjà l'enfant était avec ceux qu'elle considérait comme ses nouveaux parents, et elle faisait, maintenant, tout à fait partie de la maison.

Il semblait même qu'elle eût toujours été de la famille, tellement on s'était vite habitué à sa présence.

LA FILLE DE L'OUVRIÈRE

On célébrait l'anniversaire de la naissance de Pierre Bertin.

Sans avoir rien fait pour cela, elle avait pris peu à peu un grand ascendant sur les deux vieux ; ceux-ci, en effet, lui reconnaissant, malgré son extrême jeunesse, beaucoup de bon sens et un esprit sûr, ne voyaient plus que par elle et s'étaient accoutumés à la consulter en toutes choses.

C'était elle à présent qui s'occupait entièrement du ménage, et jamais il n'avait été si proprement tenu ni dans un ordre aussi parfait.

— C'est une fée, — disait Mme Bertin, — avec elle l'ouvrage se fait tout seul.

De fait l'enfant paraissait douée.

Elle accomplissait sa besogne sans paraître se donner la moindre peine et avec une dextérité surprenante.

La bonne vieille n'avait plus qu'à se reposer.

Peu après son arrivée dans la maison, Colette avait commencé son apprentissage de dentellière, et ses progrès avaient été extraordinairement rapides. Déjà, elle était assez habile pour pouvoir travailler « à la vente », c'est-à-dire faire de la dentelle acceptable par les magasins.

André, lui, s'était chargé de son instruction et il avait eu la joie de constater qu'elle profitait à merveille de ses leçons.

Elle savait maintenant lire et écrire couramment, il était même à présumer qu'elle serait bientôt aussi instruite que les autres jeunes filles de son âge.

Le père et la mère Bertin l'adoraient.

Mais cette dernière lui avait une reconnaissance particulière : c'était d'être parvenue à guérir presque totalement son mari de sa folie politique.

En voyant le bonhomme en venir à délaisser ses travaux, à abandonner son atelier pour suivre cette voie funeste, elle s'était mise à le raisonner, à lui montrer de combien était semé d'épines le chemin dans lequel il s'engageait et les déboires qui l'attendaient au bout.

Et telle avait été la logique de son raisonnement que le père Bertin avait fini par comprendre son erreur, et promis de ne plus jamais commettre la sottise de perdre ainsi son temps... et aussi son argent ; car, maintes fois, il avait eu à débourser d'assez fortes sommes que, pour des motifs divers, lui avaient réclamées les « frères et amis ».

Ne doit-on pas soutenir par tous ses moyens les sublimes principes!

Certains jours, pourtant, il était bien encore repris par des accès de « politicaille » mais, vite alors, Mme Bertin lui dépêchait Colette qui, avec deux mots seulement, lui faisait aussitôt passer ses accès.

L'amour qu'André ressentait pour elle n'avait fait que s'accroître pendant les trois mois qui venaient de s'écouler.

Hors Colette, rien n'existait pour lui au monde. Elle emplissait sa vie et tout ce qui ne se rapportait pas à elle lui était indifférent.

De son côté, la jeune fille se sentait attirée vers le jeune homme par un sentiment de vive et profonde affection.

Était-ce de l'amour ? Peut-être.

En tout cas, cela y ressemblait beaucoup.

Les deux vieux n'avaient pas été, bien entendu, sans s'apercevoir de ce penchant mutuel des deux enfants.

— Dis donc, Pierre, — avait dit un jour Mme Bertin, à son mari, — il me semble qu'ils feraient un gentil petit ménage tous les deux ?

— Cela me paraît aussi, — avait répondu l'ébéniste ; — ils ont l'air de se convenir à merveille. Toutefois, nous avons le temps d'y songer. D'abord Colette est encore trop jeune, selon moi, pour tenter du conjungo ; ensuite, raison majeure, nous ne pouvons la donner à André, sans savoir réellement ce qu'elle est.

— C'est juste, mais, voilà le hic : comment le savoir qui elle est, puisque nous n'avons pas pu retrouver ceux qui lui servaient de parents et qu'ils ne semblent pas devoir venir nous la redemander ?

— Cela, je n'en sais rien. Attendons. Ça se débrouillera. Je te le répète, nous avons le temps.

Et ils attendaient.

Au moment où nous pénétrons pour la seconde fois dans cet intérieur ouvrier, il est une heure et demie de l'après-midi.

Quoiqu'ils se fussent mis à table comme d'habitude, vers onze heures trois quarts, les Bertin finissaient seulement de déjeuner.

Cette prolongation extraordinaire d'un repas, qu'habituellement ils expédiaient en une demi-heure, était motivée.

C'était fête pour eux ce jour-là.

On célébrait l'anniversaire de la naissance de Pierre Bertin, dont la cinquante-huitième année avait sonné le matin même.

Dans leur petite salle à manger, ils étaient là tous les quatre autour de la nappe blanche comme neige, et ayant devant eux une tasse fumante d'odorant café que Colette venait de servir.

Au milieu de la table se dressait un vase, contenant une énorme gerbe de chrysanthèmes, offerte à l'ébéniste par André et la jeune fille.

Mme Bertin, elle, s'était contentée de l'embrasser en lui serrant tendrement la main.

Le bonhomme avait un peu de rose aux joues.

Il était allé, pour donner plus de relief à la fête, chercher à la cave une vieille bouteille de bourgogne qui, avec quelques autres, dormait dans un coin depuis des années, et ,à lui seul, l'égoïste en avait bu plus de la moitié.

— Dame ! n'était-ce point pour lui la fête, en définitive?

Disons pour l'excuser que sa femme et les deux jeunes gens n'avaient voulu en prendre qu'un doigt, ce qui l'avait mis dans l'obligation de s'octroyer le reste, en vertu de ce principe qu'une bouteille entamée doit toujours être achevée.

Ils étaient donc là, dans la paix de leur tranquille intérieur et ne se pressant pas de se lever de table.

Il avait été convenu que, vu la circonstance, on ne travaillerait pas le restant de la journée et ils en prenaient à leur aise.

— Voyons, — dit l'ébéniste, à un moment, — puisque nous nous donnons campo aujourd'hui, qu'est-ce que nous allons faire jusqu'à ce soir ?

— Tiens, que veux-tu faire ? — répliqua la vieille femme. — Nous n'avons qu'à ne pas bouger d'ici.

— C'est ton avis? Moi j'irais bien me promener quelque part.

— En voilà une idée ?

— Qu'a-t-elle de si singulier cette idée? Après un repas copieux comme celui que nous venons de nous offrir, il me semble que ça ne nous ferait pas de mal de prendre un peu l'air ? Pour mon compte, je l'avoue, ça m'irait assez.

— Tu as trop mangé, gourmand, — dit Mᵐᵉ Bertin.

— Trop, non, mais beaucoup, j'en conviens, car j'avais faim.

— Et, alors, ta digestion ne va pas, je parie ?

— Le fait est que j'ai l'estomac un peu lourd. Voyons, les enfants, vous, qu'est-ce que vous dites de ma proposition? Parle d'abord, toi Colette.

Le père et la mère Bertin tutoyaient maintenant la jeune fille.

— Si maman Bertin n'y voit pas d'inconvénient, moi je l'accepte volontiers, — répondit-elle.

— Moi aussi, — ajouta André, toujours de son avis.

— Mais il fait un froid de loup, — observa la vieille femme quelque peu frileuse de son naturel.

— C'est vrai, — répliqua l'ébéniste, — seulement il fait un temps superbe. Le brouillard de ce matin est complètement dissipé, le soleil luit et le ciel est bleu. Que veux-tu de plus ?

En effet, le voile de brume qui avait couvert Paris durant toute la matinée s'était déchiré, fondu peu à peu et l'atmosphère était à présent d'une entière limpidité.

— Mais où irons-nous ? — demanda Mme Berlin.

— Nous irons droit devant nous, parbleu ! Nous prendrons les grands boulevards et les suivrons en regardant les boutiques ; ça nous occupera.

— J'ai une idée, moi, — dit André, — et une idée que je crois bonne.

— Quelle est-elle ?

— C'est d'aller voir patiner au Bois de Boulogne. J'ai lu tout à l'heure dans un journal, qu'aujourd'hui avait lieu la première journée de patinage sur le grand lac et, qu'à cette occasion, le club du Patinage parisien avait organisé une matinée de gala. Cela commencera à deux heures pour durer jusqu'au moment du dîner. Il paraît que ce sera superbe surtout une fois la nuit venue, car alors on patinera aux flambeaux et au milieu des illuminations vénitiennes qui rappelleront, dit toujours le journal, les magnifiques fêtes données pendant l'hiver sur la Néva par la haute noblesse de Saint-Pétersbourg.

— Oh ! allons-y, — fit Colette avec enthousiasme ; — je n'ai jamais vu patiner et je suis sûre que j'y prendrai grand plaisir.

L'ébéniste eut un sourire à constater cet élan de la jeune fille.

— Ma foi, — dit-il à son fils, — ton idée ne me paraît pas trop mauvaise, garçon. Les distractions de ce genre sont rares et, comme dit Colette, allons-y. Il est certain qu'elle s'y amusera beaucoup... sans parler du propre intérêt que nous pourrions prendre nous-même à la nouveauté d'une de ces réunions mondaines, toujours très intéressantes à voir. — Mais, au fait, tu sais patiner, toi, je crois, André ?

— Oui, — fit le jeune sculpteur, — le patin et moi nous nous connaissons assez bien ; et, pas plus tard que l'année dernière, je me suis offert quelques bonnes parties sur le canal de la Villette.

— Tu pourras t'en offrir une encore aujourd'hui, je suppose ; car évidemment la société dont tu parles n'accaparera pas tout le lac à elle seule. Elle en laissera bien un peu pour le public.

— Cela va sans dire ; on ne lui permettrait d'ailleurs pas d'envahir tout le champ de glace. Mais sur les nappes d'eau prises par le froid, il est une autre distraction que l'on peut s'offrir sans connaissances spéciales et si Mlle Colette veut faire un tour de lac montée en traîneau, je patinerai en la poussant.

— Monter en traîneau? — fit la jeune fille interrogativement. — Qu'est-ce que c'est que ça qu'un traîneau ?

— C'est une espèce de petite voiture, à laquelle en guise de roues on a adapté deux lames de fer poli qui la font glisser sur la glace avec une extrême rapidité.

— Oh ! je veux bien... ça doit faire un drôle d'effet d'aller comme ça si vite, étant assise.

— Oui, ça en fait un réellement, surtout les premières fois. On croirait qu'on ne touche plus la terre et que le vent vous emporte, car le glissement est si doux qu'on ne le sent absolument pas.

— Et cet amusement n'offre-t-il pas quelque danger ? — demanda Mme Bertin.

— Aucun, mère, — répliqua André ; — lequel peut-il offrir ?

— Dame, si la glace venait à se briser.

— Il n'y a pas de crainte à avoir pour ça, attendu qu'on ne la livre jamais au public avant d'en avoir reconnu la parfaite solidité. N'est-ce pas, père ?

— C'est vrai ; elle est, auparavant, éprouvée avec soin et s'il y existe des endroits faibles, on les entoure d'une forte corde, maintenue par des piquets, afin qu'on ne puisse s'y aventurer.

— Ah ! bon, ça me rassure, — repartit la vieille femme.

— D'ailleurs, — ajouta l'ébéniste, — en supposant qu'elle se brisât, on en serait quitte pour prendre un bain froid, très froid, je l'admets, mais voilà tout, car l'eau n'est pas assez profonde pour qu'on puisse se noyer... à moins d'y mettre de la bonne volonté.

« Sur ce, — conclut-il, — puisque la chose est décidée, ne perdons pas notre temps en conversation, et partons. Nous allons nous payer une voiture, une fois n'est pas coutume, et dans une heure ou une heure un quart nous serons là-bas.

Sur ce dernier mot, tout le monde quitta la table pour se préparer à sortir.

VIII

ÉMOTION IRRAISONNÉE

Pendant que chacun était occupé à se vêtir chaudement, pour ne pas avoir à souffrir du froid, quelques coups résonnèrent à la porte d'entrée.

André alla ouvrir et se trouva devant Balthazar Capricas.

Après sa visite chez le docteur, le commis voyageur était allé déjeuner ; puis, heureux de n'avoir plus sa corne sur le nez et désireux de se remontrer à tous ses amis, il commençait ses visites par les Bertin et venait leur dire un petit bonjour.

— Tiens, te voilà de retour, Balthazar, — dit André, — en faisant entrer le Marseillais.

— Eh! tu le vois, mon bon. Comment va?

— Très bien, et toi?

— De même, té!

Puis, apercevant l'ébéniste et les deux femmes, Balthazar ajouta :

— Bonjour, monsieur et madame Bertin, bonjour, mademoiselle Colette; la santé est bonne aussi chez vous?

Le commis voyageur avait, depuis longtemps déjà, fait connaissance avec Colette, dont André lui avait raconté l'histoire.

— Excellente, — répondit l'ébéniste tant pour lui que pour sa femme et la jeune fille, — et, la preuve, c'est que nous allons aller faire un tour de promenade.

— De ce temps-ci? Ça pince, vous savez?

— Nous le savons si bien que c'est pour ça que nous sortons, — répliqua le père d'André.

« Nous allons voir patiner au Bois de Boulogne. Si le cœur vous en dit, vous n'avez qu'à venir avec nous.

— Eh! volontiers, si ça ne gêne pas.

— Si ça gênait, on ne te le proposerait point, — remarqua André. — Donc, viens.

— Je viens.

— Sais-tu patiner?

— Té, la bonne question! Es-tu simple! Dans le Midi, vois-tu, on patine dès le jeune âge sur... des roulettes!... Sur la glace ce doit être moins difficile, bagasse, et si ces dames et monsieur Bertin le permettent, je te montrerai comment je m'en tire.

— On te le permettra d'autant mieux que, moi aussi, je patinerai. De cette façon, nous serons deux à pousser le traîneau de Mlle Colette.

— Qué! la demoiselle ira en traîneau? Ver! Quelle bonne partie nous allons faire, alors. Je suis très fort pour la poussade, moi, tu verras.

— Voyons, y sommes-nous? — demanda l'ébéniste. — Oui? Eh! bien filons; si nous voulons causer, nous causerons en voiture.

Aussitôt la petite société descendit.

Précisément un « quatre places » passait à vide devant la maison. On l'arrêta et nos cinq promeneurs s'y étant installés on fit route vers le Bois.

Le fiacre était chauffé, c'est-à-dire possédait une bouillotte dans son caisson. Aussi, les glaces ayant été relevées, régna-t-il bientôt à l'intérieur une atmosphère un peu lourde.

Elle passa devant son mari qui se recula pour la laisser sortir.

Les jeunes gens la supportèrent aisément; mais M. et Mᵐᵉ Bertin, dont les nerfs étaient moins résistants, ne tardèrent pas à en subir les effets et, au bout de quelques tours de roues, tombèrent l'un et l'autre dans un profond assoupissement.

Balthazar en profita pour faire aller sa langue qu'il laissait rarement oisive.

Liv. 67. — H. GEFFROY, éditeur. — Reproduction interdite.   67

— Té, André, — fit-il, à voix couverte, afin de ne pas réveiller les deux vieillards, — je parie que tu ne devines pas où je suis allé, ce matin ?

— Faire une affaire, sans doute ? — répartit le jeune homme.

— Point, mon bon, tu n'y es pas du tout. Je suis allé... mais regarde d'abord un peu ce que j'ai sur le bout du nez.

— Tu as un morceau de taffetas d'Angleterre, à ce qu'il me semble.

— Oui, c'est bien cela ; et sais-tu ce qu'il fait là, ce morceau de taffetas ?

— Il cache probablement un petit bouton ou une légère écorchure.

— Tu n'y es pas encore : il cache un trou.

— Bah ! tu te serais blessé si grièvement ?

— Eh ! non, c'est le médecin avec son instrument qui m'a fait ça.

— Quel médecin ?

— Pardiou ! celui qui m'a opéré.

— Tu as subi une opération ?

— Je te crois, mon bon... et une rude, encore.

— Mais qu'avais-tu donc ?

— Une corne sur le nez... une corne longue comme ça, — dit le Marseillais en montrant son médium.

— Tu veux rire, j'imagine ?

— Nullement, je t'assure.

Et Balthazar décrivit minutieusement son fibrôme dont, maintenant qu'il en était débarrassé, il ne craignait plus de parler. Il ne se fit aucun scrupule, cela va de soi, d'en exagérer grandement les proportions qui, maintenant, dépassaient même la longueur de son doigt.

— Eh bien ! ça devait te faire une singulière physionomie, — dit André en riant.

— Pour sûr, que ça m'en faisait une de bizarre, si bizarre même que, depuis quelque temps, je manquais toutes mes affaires. On me prenait pour une bête encornée. Tu comprends, je ne pouvais pas rester avec cette machine-là. Aussi, quoique je n'aie pas achevé ma tournée de voyage, j'ai vite repris le chemin de Paris pour me la faire enlever.

« Hier soir, je suis arrivé et, ce matin, je me suis tout de suite mis en quête d'un médecin capable de me l'extirper.

« Après avoir cherché longtemps, car je ne voulais pas tomber sur une mazette dont l'ignorante hésitation m'aurait détérioré le physique, j'ai fini par en trouver un rue de Charenton, très renommé pour son adresse, et qui s'est chargé de m'opérer. — Ah ! mon bon, il m'en a fallu du courage !

— Tu as beaucoup souffert ?

— Le martyre!

— Et ç'a été long?

— Oh! oui ; je croyais que ça n'en finirait plus.

— Ça s'est terminé, cependant?

— Il le fallait bien, té. Mais le plus curieux de la chose c'est que le bonhomme ne voulait pas que je le *récupérasse*.

— Tiens, pourquoi? questionna André habitué au langage du Marseillais.

— Je n'en sais rien. Il m'a demandé seulement si je n'étais pas indigent. Dis donc, la farce était bonne, hein? J'en ai ri un brin, vrai. Après je lui ai dit qui j'étais et ce que je faisais. Il en est resté tout ébaubi, surtout quand il a vu que je lui allongeais un demi-louis... sûrement il ne doit pas être habitué à voir souvent de l'or, le pôvre !

— Ah, mais, attends donc ; c'est rue de Charenton qu'il demeure ce médecin?

— Oui, vers le milieu, à peu près.

— Et n'entre-t-on pas chez lui sans sonner ni frapper ?

— Si, justement ; on n'a qu'à tourner le bouton. Est-ce que tu le connais ?

— Non, mais j'en ai plusieurs fois entendu parler ; car, bien qu'il se soit installé dans le quartier depuis un mois à peine, il s'y est déjà acquis une grande notoriété. Et, maintenant, je ne m'étonne plus qu'il ne t'ait rien demandé : c'est le médecin des pauvres.

— Le médecin des pauvres? qu'est-ce que cela veut dire?

— Ça veut dire qu'il ne soigne que les indigents... et gratis. A beaucoup d'entre eux, même, il donne, paraît-il, des secours en argent. Il est très riche, assure-t-on, et consacre une grande partie de sa fortune à soulager les malheureux.

En apprenant cette particularité qu'il était fort loin de soupçonner, le brave Méridional eut comme un étourdissement.

— Caraï! fit-il sur un ton vexé, — l'aventure est curieuse ; et moi qui croyais être généreux envers lui en me lâchant de mes dix francs.

Puis réfléchissant :

— Mais, alors, c'est sans doute cela, et non ce que je lui ai dit de moi, qui a causé sa stupéfaction? avoua-t-il ingénument.

— C'est plus que probable, répliqua André avec un sourire. — Et la pièce, qu'en a-t-il fait? Il te l'a rendue, je présume?

— Non. Il est vrai que je suis parti si vite de son cabinet que s'il a voulu me la rendre il n'en a pas eu le temps. D'ailleurs, je ne l'aurais pas reprise ; il en fera ce qu'il voudra. Seulement, un de ces jours je retournerai le voir pour nous expliquer tous les deux là-dessus. Il a dû croire que je voulais me moquer de lui.

« ... Et, tiens, précisément le voilà là-bas, exclama soudain le Marseillais en désignant à travers la vitre de la voiture un personnage, qui marchait sur le trottoir opposé à celui que longeait le véhicule.

— Où donc ? dit André désireux de connaître, au moins de vue, le docteur philanthrope.

— Là, regarde au bout de mon doigt, ce monsieur tout en noir.

— Ah ! oui, je le vois ; c'est lui ?

— Eh oui, c'est lui, je le reconnais parfaitement.

Balthazar ne se trompait pas. Le passant qu'il montrait à son ami était bien Jean de Lavaur, qui allait faire une visite dans les environs.

— Té, continua le commis voyageur, — j'ai envie de descendre pour lui causer tout de suite de l'affaire en question.

— Non, ce n'est pas la peine, fit André. — Attends pour cela une autre occasion.

Puis s'adressant à la jeune fille qui tendait le cou vers le carreau ;

— Vous voulez le voir aussi, mademoiselle Colette, lui demanda-t-il ? — Venez ici, alors, car d'où vous êtes, ça ne vous est guère possible.

L'enfant était en effet placée de l'autre côté de la banquette.

Elle se leva et s'approcha de la portière près de laquelle étaient les deux jeunes gens.

A son tour, André lui désigna le docteur.

A peine eut-elle jeté les yeux sur lui qu'elle fut envahie par un trouble étrange et d'une douceur infinie.

Il lui semblait qu'une partie de son être se détachait d'elle pour voler vers cet inconnu que le hasard lui faisait rencontrer.

Elle en était profondément remuée.

Comme Jean de Lavaur suivait la même direction que la voiture et marchait assez vite, elle put, en plaçant sa tête tout contre la vitre, l'apercevoir pendant un moment encore.

Et, plus elle le regardait, plus son émotion redoublait.

Elle ne savait au juste ce qu'elle éprouvait, mais cela avait une grande affinité avec le charme qui l'avait pénétrée le jour où elle s'était revêtue de la petite robe que, quelques mois auparavant, le Rouquin lui avait achetée chez la mère Simon, la marchande à la toilette de la rue de Longchamp.

Oui, c'était bien la même sensation de bonheur intime qui la dominait et lui amollissait le cœur.

Lorsqu'elle eut perdu le docteur de vue, ce fut comme à regret qu'elle alla reprendre sa place.

Il est inutile d'ajouter que toute cette scène n'avait eu qu'une très courte durée et s'était passée en beaucoup moins de temps qu'il n'en faut pour l'écrire.

— Eh bien ! comment le trouvez-vous *mon* médecin, mademoiselle Colette ? demanda Balthazar.

— Il a l'air bien bon... mais aussi bien triste, répondit-elle d'une voix émue.

— Oui, c'est ce que j'ai cru remarquer également, dit André. — Il doit avoir eu une grande douleur dans sa vie.

— Peut-être pleure-t-il des êtres chers, émit Colette.

— Peut-être comme vous le dites. Si c'est cela, je le plains sincèrement, car ce sont des chagrins dont on ne se console pas.

— Oh ! non, on ne doit pas s'en consoler. C'est si malheureux de se voir pour toujours séparé de ceux qu'on aime, dit la jeune fille en soupirant douloureusement.

Et, tout à coup, avant qu'elle n'ait pu se retenir, elle éclata en sanglots.

— Mon Dieu ! qu'avez-vous ? fit André avec intérêt et tout surpris de ces larmes inattendues. — Vous sentiriez-vous indisposée ?

Colette, ne sachant que répondre, fit de la tête un signe négatif.

— Eh ! si, vous avez sûrement quelque chose, mademoiselle, intervint le Marseillais. — Enfermés tous les cinq comme nous le sommes dans un si petit espace avec cette chaleur d'étuve, nous étouffons, pardiou ! Mais, attendez, je vais ouvrir un peu et ça se passera.

— Non, n'en faites rien, dit vivement la jeune fille ; — cela réveillerait M. et Mᵐᵉ Bertin et j'en serais désolée.

— Cependant, si vous avez besoin d'air, répliqua André, — mieux vaudrait encore réveiller mes parents que de vous en priver.

— Je vous en prie, n'ouvrez pas, insista l'enfant, en maîtrisant ses pleurs, — je ne sais ce qui m'a pris... mais ce n'est rien... rien du tout... tenez, voyez, c'est fini...

— Vraiment, vous ne voulez pas qu'on ouvre ? demanda encore Balthazar.

— C'est inutile, je vous assure... J'ai eu un simple moment de faiblesse... pas autre chose... D'ailleurs, je vous le répète, c'est passé, tout à fait passé.

Et Colette, par un violent effort de volonté, réussit à sécher complètement ses yeux où perlaient encore quelques larmes.

Ce petit incident n'eut pas d'autre suite.

Toutefois, André, plus clairvoyant que Balthazar, se dit à part lui que ce n'était certainement pas aux nerfs qu'il fallait attribuer le subit attendrissement de la jeune fille, mais bien à quelque douloureuse pensée qui lui avait traversé l'esprit.

Seulement, il ne comprenait point comment la vue du docteur avait pu faire naître cette pensée.

IX

MINA RAMIREZ

Jusqu'à l'arrivée au Bois de Boulogne, Colette resta songeuse, ne prêtant qu'une oreille distraite aux propos du Marseillais.

Celui-ci, donnant libre carrière à sa faconde, n'abandonna pas un instant la parole et conta au sculpteur l'intéressant roman des mésaventures que lui avait causées sa corne, au cours du voyage qu'il venait de faire.

Mais dès que tout le monde eut mis pied à terre près du grand lac, le spectacle qui s'offrit à sa vue vint distraire la jeune fille de sa rêverie.

La fête organisée par le club du patinage battait déjà son plein et c'était dans la partie où elle se tenait un véritable fourmillement de patineurs et de patineuses s'en donnant à cœur joie.

Car de nombreuses invitations avaient été lancées et à presque toutes on avait répondu.

Aussi régnait-il partout un mouvement et une animation extraordinaires.

Le club, du reste, avait fort bien fait les choses.

Une vingtaine de braseros permettaient aux dames de s'asseoir pour chausser leurs patins sans avoir à redouter, pendant ce repos forcé, les trop âpres morsures du vent du nord.

Tout autour de l'espace qui lui avait été concédé, s'élevaient de grands mâts dorés entre lesquels couraient des cordons de verres de couleurs qu'on devait allumer dès le déclin du jour.

En outre, de nombreuses torchères avaient été disposées de-ci de-là, pour ajouter encore à cette brillante illumination.

Enfin, un buffet abondamment pourvu de victuailles et de boissons chaudes se dressait sur un des côtés du lac.

Les organisateurs avaient pensé, avec raison, que cette attention délicate aurait, à coup sûr, quelque succès près de leurs invités, qui seraient bien aises de venir, de temps à autre, se garnir et se réchauffer l'estomac.

Il y avait donc foule sur la glace et les dames n'étaient pas les moins enragées à rayer le parquet de cristal.

Mais, une remarque qu'on eût pu faire, c'est que leur troupe nombreuse était composée d'éléments les plus divers et que, certes, on n'était pas habitué à voir en si étroite promiscuité.

Dans un va-et-vient continuel, se coudoyaient, en effet, des dames du noble faubourg, des actrices plus ou moins en renom, des étoiles de cafés-concerts, des danseuses de l'Opéra et même plusieurs capiteuses pécheresses de grande marque qui étaient parvenues à se faufiler là, grâce à leurs protecteurs, dont certains étaient les maris des dames à particules.

En toute autre circonstance, cela eût fait crier au scandale, mais en celle-ci on ne trouvait rien de choquant à ce singulier amalgame.

Toutes, ayant fait assaut de toilette, étaient merveilleusement mises et formaient un assemblage d'élégances des plus luxueuses et des plus raffinées.

Quelques-unes, par une fantaisie originale, s'étaient costumées en habitantes des pays froids.

Il y en avait de travesties en Suédoises, en Irlandaises, en Norvégiennes, en Hollandaises, en Canadiennes, en Tcherkesses...

Cela ponctuait d'une façon fort agréable la note généralement un peu sombre des habillements et fourrures.

Nombre de curieux, massés sur les bords du lac ou autour des braseros, admiraient ce bataillon de jolies filles d'Ève qui, ainsi que des libellules, semblaient voltiger sur la nappe glacée.

Nos cinq promeneurs s'étaient placés aux premiers rangs des spectateurs pour mieux jouir de ce tableau si vivant et si pittoresque.

Colette, surtout, était intéressée au plus haut point. Elle regardait de tous ses yeux ces beaux messieurs et ces belles dames qui lui paraissaient être d'une essence bien supérieure à la sienne.

La pauvrette eût été grandement désillusionnée si elle eût entendu ce qui se disait à leur sujet à quelques pas d'elle.

En effet, à peu de distance du groupe formé par nos amis, un jeune homme pérorait aussi tranquillement qu'au milieu d'un salon avec quelques personnes qui paraissaient l'écouter très attentivement.

C'était un reporter attaché à un grand journal parisien venu là pour faire le compte rendu dans sa feuille de cette réunion mondaine.

Il se nommait Rivolet et avait la spécialité des reportages de ce genre, c'est-à-dire de tout ce qui touchait aux fêtes ou aux cérémonies des grands cercles et clubs.

En vertu de ses fonctions qui l'accréditaient un peu partout, il lui était loisible d'entrer dans l'enceinte réservée. Mais dédaignant momentanément cette facilité, il se tenait en dehors afin de prendre d'abord un coup d'œil d'ensemble.

Connaissant tous les invités et invitées, qu'il avait déjà eu occasion de voir en maints autres endroits, pour faire parade de l'étendue de ses relations, il s'amusait à les désigner chacun ou chacune par leur nom et leur qualité.

Comme il avait la langue affilée et bien pendue il agrémentait souvent ses indications de quelque détail intime ou de quelque histoire sur celui-ci ou sur celle-là.

— Tenez, dit-il à un moment, — regardez cette patineuse là-bas, avec ce manteau fourré de renard bleu et dont les oreilles sont piquées de deux gros solitaires qui jettent des feux incendiaires.

« C'est la duchesse de K.... « très haulte et très honneste dame » comme l'aurait appelée Brantôme si elle avait vécu de son temps.

« Dernièrement elle soupait en cabinet particulier dans un grand restaurant du boulevard, ayant pour vis-à-vis un jeune et brillant capitaine de dragons, lorsqu'on vint lui annoncer l'arrivée inopinée de son mari qui, prévenu on ne sait comment de son escapade, paraissait furieux et disposé à faire un esclandre.

« Une seconde issue existant à l'établissement, la duchesse pensa d'abord à en profiter pour s'esquiver.

« Mais elle apprit que le duc, en homme de précaution, l'avait fait garder par deux domestiques, chargés de l'empêcher d'en franchir le seuil si elle s'y présentait.

« Alors elle eut un trait de génie. Elle descendit aux cuisines, emprunta le costume d'un marmiton dont elle s'affubla en un clin d'œil et, une manne sur la tête, traversa tout le restaurant, passant crânement devant son mari qui s'écarta pour lui faire place.

« Quand, un instant après, le duc fit irruption dans le cabinet où il comptait la trouver avec le capitaine, il vit celui-ci en train d'annoter soigneusement un rapport relatif aux grandes manœuvres, tout en dégustant une tasse de café et en fumant un cigare.

« Sur la table ne figurait plus qu'un seul couvert.

L'officier parut très surpris de l'intrusion de M. de K... Il s'était,

— Pourquoi me troubles-tu, démon? Éloigne-toi !...

disait-il, isolé exprès pour pouvoir travailler tranquille et avait formellement recommandé qu'on ne le dérangeât sous aucun prétexte.

« Le duc dut lui faire des excuses en invoquant une méprise. Puis,
tenant à obtenir son pardon complet, il lui demanda la permission de faire
monter une bouteille de champagne.

« Depuis ce jour, tous deux sont amis inséparables.

LIV. 68. — H GEFFROY, éditeur. — Reproduction interdite.

68

« Si vous voulez les voir, ce sont ces deux messieurs qui patinent de concert dans le sillage de la duchesse.

« Le duc est facilement reconnaissable à ses longs favoris grisonnants et à son monocle vissé dans l'œil... ce qui, probablement, l'empêche d'avoir la vue bien nette, conclut Rivolet.

« Maintenant, — continua-t-il — désirez-vous savoir quel est ce gros ventru dont la masse imposante se meut lourdement derrière eux et a tant de peine à changer de direction? Si, oui, je vais vous l'apprendre : C'est le député R... Son nom vous dit assez qu'il vire bien mieux sur le terrain politique que sur celui où il est actuellement, car vous n'ignorez pas qu'il a déjà retourné sa veste cinq ou six fois... pour ne pas dire plus.

« Un peu plus loin vous pouvez apercevoir le coulissier Z..., ce gros garçon à l'air naïf et qui, sous un masque un peu bébête, cache le plus roué des flibustiers de la haute finance.

« L'autre jour, en pleine Bourse, ne soutenait-il pas que dans le monde il n'y a que des dupeurs et des dupés... et il se vantait effrontément de ne jamais avoir été de ces derniers.

— Mais, — demanda un des auditeurs, — quelle est donc cette jolie femme habillée en Suédoise et qui patine avec une virtuosité sans pareille? A voir son teint chaud et la vivacité de ses mouvements on dirait qu'elle est née sous un ciel moins froid que le nôtre.

Rivolet regarda la personne qu'on lui désignait, puis s'écria :

— Eh! parbleu! en effet, celle dont vous parlez a vu le jour au delà des Pyrénées. C'est Mina Ramirez, la fameuse danseuse espagnole qui a tout récemment débuté à l'Opéra dans le ballet de *Guillaume Tell*.

— Et ne s'est-il pas passé un petit incident le soir de son début :

— Si : au beau milieu d'une pirouette elle a dénoué sa jarretière et l'a jetée à travers la salle d'un geste plein d'une grâce provoquante.

« Les messieurs ont fort goûté cette fantaisie, mais les dames en ont été scandalisées, et il s'en est fallu de peu que la représentation ne fût interrompue.

« La belle, vous le comprenez, a été tancée d'importance par le directeur qui voulait même l'envoyer jeter, dorénavant, ses jarretières ailleurs qu'à son public.

« Heureusement pour elle, celui des spectateurs sur qui était tombé le lien soyeux est venu intercéder en sa faveur et a pu arranger l'affaire.

« Ce favorisé de la « jarretière » est, paraît-il, un jeune diplomate anglais très influent. Aussi, par crainte de déplaire à un tel personnage — ce qui aurait pu amener des complications internationales — le directeur a consenti, sur sa demande, à ne pas donner suite à la chose.

« Le bruit court qu'il a été récompensé par l'intéressée de son intercession.

« Mina Ramirez, du reste, a déjà de nombreuses excentricités à son actif. D'après ce que j'ai entendu dire sur elle, celle-ci n'est qu'une peccadille à côté de certaines autres qui tiennent du pur roman.

« En voici une, notamment, dont tous les journaux italiens se sont emparés le mois dernier et qui a défrayé la chronique pendant plus de quinze jours, comme vous allez le voir, elle n'est point du tout banale.

« Il y a quelque temps, elle dansait au Théâtre Apollo à Rome.

« Un jour, en parcourant le Corso dans sa calèche — car elle est riche de par son talent et ses grâces — elle aperçut, assis sur un banc, un jeune sous-diacre occupé à lire son bréviaire avec ferveur.

« La vue de ce jouvenceau, dont la beauté lui parut être angélique, produisit une si forte impression sur le cœur de Mina, qu'elle fut prise aussitôt pour lui d'une passion violente et qu'oubliant le caractère sacré dont il était revêtu, elle forma, sur-le-champ, le coupable dessein de le détourner de ses devoirs.

« Faisant alors arrêter sa calèche à l'instant même, elle griffonna à la hâte quelques mots sur une feuille de son carnet et les lui envoya par son valet de pied.

« Le jeune prêtre, dont l'âme était pure comme le cristal, ne comprit rien tout d'abord à ce qu'il lisait, bien que les termes du poulet fussent pourtant des plus explicites.

« Mais ayant levé la tête pour voir qui le lui adressait, et ses yeux s'étant rencontrés avec ceux de Mina, fixés ardemment sur lui, il devint pâle comme la mort et s'enfuit éperdu.

« Ce n'était pas le compte de Mina. Elle le suivit et le vit entrer dans l'hôtel du cardinal X..., un des principaux chefs du clergé de Rome, dont l'importance est considérable.

« Une heure après elle savait qu'il se nommait Lorenzo et était le propre neveu du prélat.

« Cela, loin d'arrêter la bouillante ballerine dans ses projets, car il pouvait lui en cuire d'encourir la colère de Monseigneur, ne fit, au contraire, que l'inciter davantage à les accomplir.

« S'étant enquis des habitudes du sous-diacre, elle apprit qu'il était obligé de se rendre matin et soir à Saint-Pierre pour y aider ses supérieurs aux offices divins.

« Tous les jours, alors, elle fit en sorte de se trouver sur son chemin, s'attachant à ses pas et lui renouvelant chaque fois, par des œillades expressives, l'aveu de son amour insensé.

« Le pauvre Lorenzo semblait désespéré de ces poursuites obsédantes et marchait le nez dans son bréviaire en se signant constamment, comme s'il eut à se garder du diable en personne.

« Au bout d'une semaine, Mina pensant que cela pouvait durer long-temps ainsi sans qu'elle en fût plus avancée, se résolut à brusquer les choses et à employer des moyens coercitifs.

« Un soir, vers minuit, le jeune prêtre qui avait été retenu plus tard que de coutume à Saint-Pierre, traversait la place de Médicis, à cette heure absolument déserte, quand deux individus surgirent de l'ombre où ils se tenaient cachés, se jetèrent d'un bond sur lui et, avant qu'il n'eût pu pousser un cri ou faire un mouvement, le bâillonnèrent et le lièrent solidement.

« Après quoi, l'un d'eux lui banda les yeux et le chargeant sur son dos le transporta dans une voiture qui partit aussitôt au galop.

« La première pensée de Lorenzo, qui était à cent lieues de se douter du motif de cet enlèvement, fut qu'il venait d'être pris par des malfaiteurs et que, sinon lui, du moins son oncle, allait avoir à débourser une forte somme pour sa rançon.

« Le cas est fréquent en Italie, paraît-il, où l'on s'empare d'un membre d'une famille riche pour faire racheter chèrement sa liberté par celle-ci.

« Pendant que la voiture filait avec rapidité, notre sous-diacre se livrait à d'assez tristes réflexions sur la fâcheuse aventure qui lui arrivait.

« Son oncle était immensément riche, il ne l'ignorait point, et ce n'était pas une légère saignée à sa bourse qui le gênerait beaucoup.

« Mais il savait aussi qu'il était tant soit peu avare et pourrait bien se faire tirer l'oreille avant d'entrer en accommodement avec les bandits, ce qui, s'il en était ainsi, lui promettait peut-être quelques semaines de séjour près de ces messieurs.

« Perspective peu agréable on en conviendra.

« Mais ses réflexions furent de courte durée.

« Bientôt, le véhicule s'étant arrêté, l'homme qui l'y avait transporté se représenta, le reprit sur ses épaules et entra avec lui dans une maison qui, autant qu'il en put juger par le trajet parcouru, devait être située dans Montecitorio où est le palais du parlement.

« Cela le rassura un peu.

« Ceux qui commettent un rapt n'ont pas l'habitude de laisser leur victime si proche de ses parents ou amis; ils l'emmènent au contraire très loin dans la campagne, afin qu'on ne puisse la leur enlever.

« Aussi commençait-il à croire qu'il avait dû se tromper. Mais, alors, il se demandait pouquoi on s'était emparé de sa personne.

« Après être entré, l'homme qui le portait gravit un escalier, traversa plusieurs chambres et ayant atteint une partie reculée de la maison, lui ôta son bandeau ainsi que son bâillon, puis fit tomber ses liens.

« A sa grande stupéfaction, le jeune prêtre reconnut qu'il se trouvait dans une pièce luxueusement meublée et décorée avec un goût exquis.

« Seulement, il constata, en même temps, que ce luxe et cette décoration étaient des plus profanes.

« Partout, le long des murs, au plafond, sur l'étoffe des meubles, ne se voyaient que scènes et sujets dépeignant l'amour sous ses aspects les plus divers.

« Si ce lieu ne ressemblait en rien à une caverne de brigands, il ne lui en paraissait pas moins dangereux pour lui.

« L'individu qui l'avait amené là s'était éclipsé et il n'apercevait aucune issue par laquelle il pût s'enfuir.

« L'idée lui vint que c'était peut-être une épreuve imaginée par ses supérieurs pour juger de son degré de résistance à la tentation et pour éprouver sa foi ; il tomba à genoux et se mit à prier avec ardeur.

« Soudain, un léger bruit se fit entendre à ses côtés : un souffle parfumé effleura son front.

« Il se releva comme mû par un ressort et aperçut devant lui celle qui, depuis plusieurs jours, le poursuivait de ses assiduités avec tant d'acharnement.

« Elle était vêtue en déesse de l'Olympe, costume qu'elle portait dans un de ses ballets et qui rehaussait sans assez les dissimuler les splendeurs de son impeccable beauté.

« Affolé, Lorenzo ne trouva à lui lancer que cette phrase latine :

« — *Quare conturbas me, Satanas? Vade retro!* (Pourquoi me troubles-tu, démon? Eloigne-toi!)

« Mais cet ordre, murmuré timidement, paraissait n'avoir aucune salutaire influence sur l'esprit tentateur, le jeune homme se réfugia dans un angle de la pièce, tendant les deux mains en avant pour éviter l'approche de ce suppôt de l'enfer.

Cette précaution était inutile. Mina ne fit pas un pas pour le rejoindre. Elle se contenta de le regarder de ses yeux charmeurs où brûlait la flamme de la passion et les lèvres entr'ouvertes par un sourire voluptueux.

« Le jeune prêtre, il faut le dire à sa louange, fit des efforts surhumains pour se dérober à la fascination que l'enchanteresse exerçait sur lui.

« Il appela à son aide tous les saints du paradis pour qu'ils vinssent le tirer de cette situation terrible.

« Mais les saints étaient probablement occupés ailleurs, ou, peut-être, savaient-ils que leur intervention ne servirait de rien, car ils ne répondirent pas à son appel et le laissèrent s'arranger comme il pourrait.

« Dénué ainsi de tout secours, Lorenzo devait, bien entendu, fatalement succomber.

« Peu à peu, il sentit son énergie mollir, une ivresse lui monter au cerveau et le griser comme un vin capiteux, puis son sang bouillonner dans ses veines avec une telle violence qu'il semblait vouloir s'en échapper.

« Mina, triomphante, assistait à sa défaite, l'enveloppant d'effluves de plus en plus troublants.

« Enfin, quand elle le vit complètement hypnotisé, elle alla à lui les bras ouverts... et l'infortuné y tomba extasié.,.

« Ici, — dit Rivolet, — vous me permettrez de mettre une ligne de points, comme on fait dans les livres au moment d'aborder un sujet trop scabreux...

— Mais, — observa un auditeur, — je ne vois pas pourquoi vous l'appelez infortuné, ce jeune sous-diacre. C'est un heureux gaillard, au contraire, car la Ramirez est une femme adorablement belle et plus d'un, certes, consentirait sans peine à accepter une pareille infortune,

— Vous oubliez qu'il était prêtre et que, maintenant, le voilà damné pour l'éternité — repartit Rivolet en riant.

— Bah ! — renvoya un voisin sceptique, — péché d'amour trouve toujours grâce devant Dieu, qui aurait fort à faire s'il devait punir tous ceux de ses serviteurs qui se sont mis dans le même cas que votre Lorenzo.

— Ça, c'est vrai, approuva un troisième personnage — et, à ce compte là, bon nombre d'abbés seraient en train de rôtir en enfer.

X

LES DERNIÈRES CARTOUCHES DE RIVOLET

— Ma foi, je n'irai pas m'en assurer, reprit le reporter. — Mais laissez-moi vous finir mon histoire.

— Elle n'est donc pas finie ?

— Pas tout à fait. Pendant un mois, Lorenzo ne sortit pas de chez Mina.

Le cardinal X... était, on le comprend, dans une grande inquiétude au sujet de son neveu.

La police, avertie par lui, avait mobilisé tous ses agents, qui fouillaient Rome jusque dans les plus petits recoins, pendant que des brigades de gendarmerie exploraient les environs.

La Ramirez s'était d'abord peu souciée de ces recherches et avait tranquillement continué à s'enivrer d'amour avec son amant.

Cependant, à la fin, craignant que si l'on venait à découvrir la retraite de ce dernier et surtout à apprendre comment elle l'avait fait enlever, son oncle ne se vengeât sur elle d'une façon cruelle, — il passait pour être méchant et vindicatif — elle se décida à ne pas pousser plus loin son amoureuse fantaisie.

D'ailleurs, elle avait, dès les premiers jours, bu si avidement à la coupe de la volupté, que sa passion était, à présent, presque éteinte. Il lui en coûtait peu maintenant de se priver de Lorenzo.

Elle essaya donc de faire comprendre à celui-ci qu'il était temps pour lui de rentrer chez le cardinal, son absence ne pouvant se prolonger davantage sans lui causer des torts irréparables.

Mais le pauvre garçon pour qui le monde avait disparu et se résumait tout entier en sa maîtresse, ne voulut pas entendre parler de séparation.

Il préférait mourir que de la quitter.

La danseuse eut beau s'évertuer à le raisonner, à lui rappeler son caractère sacré, à lui faire entrevoir les tourments éternels de la géhenne, rien ne put le déterminer à partir.

Mina, bien résolue à le rendre à son oncle, usa alors de ruse.

Elle l'endormit à l'aide d'un narcotique et, un matin, le fit déposer à la porte de l'hôtel du cardinal, au moment où celle-ci allait s'ouvrir.

Quand, quelques heures après, il se réveilla dans son ancienne chambre, sa surprise fut aussi grande que lorsqu'il s'était vu pour la première fois dans celle de La Ramirez.

Il crut à un mauvais rêve. Mais la réalité se présenta bientôt à lui en la personne du prélat qui venait lui demander la raison de sa longue et mystérieuse absence.

Pour toute réponse, Lorenzo appela Mina désespérément en lui prodiguant les noms les plus tendres et en lui tenant les discours les plus passionnés.

Le cardinal fut vite éclairé et ne tarda pas à connaître l'entière vérité.

Sa colère et sa rage furent épouvantables.

Il comptait, grâce à son influence, voir un jour son neveu parvenir aux plus hauts grades du clergé romain, et cette aventure détruisait toutes ses espérances. .

Mais il allait faire payer cher à la coupable la ruine de ce brillant avenir.

Le reste de sa vie se passerait désormais en une prison perpétuelle.

Sans perdre de temps, il courut chez le ministre de la Justice, un de ses amis dévoués, obtint contre elle un ordre d'emprisonnement immédiat et, le soir même, envoya des agents de police au Théâtre Apollo pour la mettre en état d'arrestation.

Mina était dans sa loge en train de se costumer quand le régisseur vint lui annoncer la mesure de rigueur dont elle était l'objet.

Avec un sang-froid extraordinaire, elle cacha l'angoisse que lui causait cette nouvelle et fit prier les agents de vouloir bien attendre, pour exécuter leur mandat, jusqu'à la fin de l'acte dans lequel elle devait paraître.

Les argousins y consentirent et, peu après, elle entra en scène, où, durant une demi-heure, elle tint tout le public sous le charme de sa grâce et de son merveilleux talent.

Soudain, son dernier pas exécuté, alors que les bravos éclataient nourris et prolongés, on la vit prendre son élan et, à la stupeur de chacun, d'un bond qu'eût envié un acrobate, sauter de la scène dans une baignoire voisine, puis disparaître comme une ombre sans qu'on pût savoir où elle était passée.

Pendant que les spectateurs, muets de surprise, attendaient qu'on vînt leur expliquer cette énigme, elle, qui avait son plan, enfilait un couloir donnant sur la sortie des artistes, gagnait celle-ci en une seconde et, s'élançant dans sa voiture qui stationnait à proximité, donnait l'ordre à son cocher de brûler le pavé jusqu'à l'hôtel.

« Un moment après, munie de ses objets les plus précieux, elle quittait Rome au galop de ses chevaux, allait prendre le chemin de fer à une station éloignée et le lendemain se trouvait à Modane, c'est-à-dire en France.

« Elle n'avait rien à craindre, le crime qui lui était imputé n'étant pas de ceux soumis aux lois de l'extradition.

« Seulement, pour se venger à son tour de la peur qu'on lui avait faite, elle se rendit dans la journée sur l'extrême limite de la frontière italo-française, et là, devant les gendarmes piémontais qui venaient — mais un peu tard — de recevoir l'ordre de l'arrêter à son passage, elle se mit à danser à leur nez et à leur barbe un de ses pas les plus délirants.

— Eh! bonjour, mon cher usurier!

« C'était une compensation à leur déconvenue, car ils devaient toucher une gratification pour sa prise de corps.

« Toutefois, il est à présumer que la monnaie dont ils étaient payés — quoique ayant cependant une certaine valeur — ne remplaçaient cependant pas complètement pour eux de bonnes espèces sonnantes et trébuchantes.

LIV. 69. — H. GEFFROY, édit. — Reproduction interdite.

« Sur ce, mon histoire est finie, acheva Rivolet — et plus heureux que bien d'autres vous en avez l'héroïne devant les yeux.

— Et Lorenzo, qu'est-il devenu, lui? questionna un des auditeurs qui avaient déjà adressé la parole au reporter.

— Ah ! oui, au fait, j'oubliais de vous le dire. Son oncle l'a fait enfermer dans une maison de fous. Il ne cessait de demander Mina à tous les côtés et ne voulait plus endosser la soutane ni rentrer dans le giron de l'Église. Ce que voyant, le cardinal a cru nécessaire, afin, comme on dit, de sauver la situation, de le faire passer pour aliéné et de le séparer de la société.

— Mais, dites donc, il semble qu'en cette circonstance elle ne s'est pas très bien conduite, la Ramirez. En définitive, c'est elle qui est allée le chercher, ce garçon, et, par suite, a causé son malheur. Elle aurait dû, au moins, un peu s'occuper de lui.

— Je vais lui rendre une partie de votre estime, — dit Rivolet. — D'une confidence qu'elle a faite ces jours à une de ses camarades de l'Opéra, et qui m'a été rapportée, il paraît qu'elle cherche à lui procurer les moyens de s'évader de là-bas, pour le reprendre avec elle.

« De sorte que, dans un temps peut-être rapproché, nous allons avoir cet avantage de posséder à Paris une danseuse de notre Académie de musique, ayant pour amant un prêtre désensoutané.

« Liaison assez rare, vous l'admettrez, et qui ne se rencontre pas tous les jours.

« Pour mon compte, si la chose se produit, je me promets de suivre attentivement les faits et gestes de l'un et de l'autre.

« Cela me procurera certainement quelques affriolantes chroniques pour mon journal.

« Mais, ajouta Rivolet, — j'ai maintenant assez vu la fête du dehors et, malgré tout le plaisir que j'ai à causer avec vous, je vais aller faire un tour parmi les invités afin de compléter mes notes pour mon article de demain.

Il se disposait à quitter son auditoire, lorsque les regards des curieux furent attirés par un monsieur et une dame qui arrivaient et fendaient la foule, se dirigeant vers l'entrée de l'enceinte.

Le monsieur était un vieillard dont les cheveux blancs et les rides nombreuses attestaient la soixantaine passée.

Il avait le type israélite prononcé. L'ensemble de sa physionomie était peu sympathique.

La dame, elle, très brune de cheveux devait avoir passé la trentaine depuis un lustre environ. Ses traits étaient beaux et réguliers, mais leur expression dure et plutôt vulgaire.

Ses allures et son maintien témoignaient d'ailleurs d'un manque complet d'éducation.

Elle portait la tête haute dans l'intention évidente de se faire remarquer et fixait les gens d'un regard plein de hardiesse et d'effronterie.

Tout en elle sentait l'affectation et le désir d'attirer l'attention.

Son vêtement, très riche, était d'un luxe exagéré, ainsi que de nuances criardes.

Et, détail qui indiquait le suprême mauvais goût, ses doigts gantés étaient chargés de bagues.

— Tiens! — fit Rivolet, à la vue des deux nouveaux venus, — on les a donc invités aussi, ceux-là?

Le ton suffisamment méprisant avec lequel il lança ces mots surprit ses voisins.

Comme on allait lui demander pourquoi il paraissait avoir ce couple en si médiocre considération, il reprit, prévenant les questions :

— Du diable si je m'attendais à les rencontrer ici, par exemple. Voilà qui va joliment pimenter mon compte rendu, car il est certain que leur présence ne sera pas acceptée facilement par tout le monde et donnera lieu à quelques incidents imprévus, avant qu'il soit longtemps.

« Ils sont en effet assez connus l'un et l'autre et on a plutôt l'habitude de les éviter que de rechercher leur société.

« Ça vous étonne peut-être ce que je dis là? Rien n'est plus vrai pourtant.

« Lui, est un vieux juif allemand du nom d'Isaac Moser, qui est parvenu à élever le vol à la hauteur d'une institution.

« Il se dit banquier, mais en réalité c'est un usurier... et un usurier d'une rapacité invraisemblable.

« Il en arrive à prêter au taux de deux cents pour cent.

« Vous connaissez ces agences dont les annonces foisonnent à la quatrième page des journaux et qui offrent de l'argent à qui en veut, sur simple signature?

« Eh bien! il en a sept ou huit de ce genre dans Paris, tenues par des compères à lui et où viennent se prendre comme à la glu un tas de pauvres gens, — commerçants, employés, ouvriers, etc..., — qui, alléchés par les promesses généreuses des dites annonces, empruntent la somme dont ils ont besoin, puis signent des billets, pour le double seulement lorsque les renseignements sont simplement bons.

« Vous devinez ce qui s'ensuit. Si à l'échéance ils ne peuvent pas payer, on leur saisit tout ce qu'ils ont et on les met sur la paille.

« Outre ces agences, le coquin a sa maison de banque, comme il l'appelle, laquelle maison procède identiquement comme celles-ci, avec cette différence qu'il ne s'y traite que de grosses affaires.

« C'est lui-même qui la dirige.

« Là, il prête aux fils de famille, aux héritiers dans l'attente d'une succession importante, aux propriétaires momentanément gênés, aux entrepreneurs qui se trouvent à court de fonds pour achever les travaux dont ils se sont chargés, à tous ceux enfin desquels il sait retirer un bénéfice considérable...

« Si considérable que les malheureux emprunteurs se voient généralement ruinés une fois l'opération terminée.

« Aussi l'or afflue-t-il dans les caisses du gredin.

« Mais, par un juste retour des choses d'ici-bas, cet homme, qui passe sa vie à dépouiller ses semblables, est dépouillé à son tour et ses caisses se vident aussi vite qu'elles se remplissent.

« Il subit la peine du talion et c'est la pieuvre que vous voyez avec lui qui se charge de la lui appliquer.

« Il a pour elle une passion effrénée qui tient de la démence et le rend littéralement son esclave.

« Toutes ses fantaisies, tous ses caprices quelque coûteux, quelque extravagants qu'ils soient, il les satisfait instantanément, sans même les discuter une seconde.

« Pour le récompenser, elle se moque de lui et le traite comme le dernier des laquais.

« Non seulement cela, mais armée de l'argent qu'elle lui soutire elle va s'amuser avec d'autres.

« Dans le monde de la galanterie, — et de la galanterie de quatrième ordre, — elle est dénommée la Belle Clara, ou Clara la Lyonnaise.

« Dans la presse nous la surnommons : « La pieuvre ». Heureusement que ses moyens ne s'exercent qu'au détriment de l'usurier.

« Quelques-unes de ses pareilles l'appellent la Vieille Clara, car elle approche de la quarantaine et ne va pas tarder à entrer dans le bataillon des Vieilles-Gardes.

« Elle sent d'ailleurs qu'elle est sur son déclin et se dépêche, en redoublant de folies, de jouir des dernières années qui lui restent avant de prendre sa retraite.

« Dans un petit hôtel qu'elle s'est fait acheter par Isaac, elle reçoit sans cesse une kyrielle de femmes de mœurs plus que légères et d'individus tarés, avec lesquels elle se livre à des orgies qui laissent loin derrière elles celles des anciennes hétaïres.

« Le vieux juif assiste à ces débauches, mais il se garde bien de reprocher à Clara sa conduite ou ses prodigalités ruineuses, de crainte de provoquer une rupture de sa part car, je vous le répète, son amour pour elle touche au fantastique.

On dirait qu'elle le domine par un pouvoir magique auquel il ne peut se soustraire.

Dans les commencements où ils se sont connus, — il y a dix-sept ans de cela, à peu près, — comme elle ne tenait pas encore à l'argent autant qu'aujourd'hui et, de plus, était en pleine jeunesse, elle l'a quitté plusieurs fois, dégoûtée d'être la maîtresse d'un pareil être.

Mais il a été toujours la rechercher et, le temps s'écoulant, les années s'accumulant sur sa tête, elle a fini par accepter de vivre avec lui.

« Vous voyez quel joli couple ils font tous les deux et admettrez la surprise où je suis de leur présence à cette matinée.

« La seule explication que je puisse trouver à ce fait étrange est que Moser a quelques débiteurs parmi les membres du club et que ceux-ci n'ont pas osé lui refuser une invitation dont Clara aura eu envie.

« Maintenant, messieurs, — dit Rivolet, — ne me retenez pas davantage ; je suis curieux de voir de près la tête qu'on va faire à nos deux personnages et comment eux, de leur côté, vont supporter la situation.

Sur quoi, ayant salué le groupe de ses auditeurs, ils s'éloigna cette fois pour tout de bon.

Pendant que le reporter faisait ainsi leur biographie, le juif et Clara la Lyonnaise franchissaient l'entrée de l'enceinte et, ne sachant patiner ni l'un ni l'autre, se dirigeaient vers le buffet en suivant la large bordure de gazon qui encercle le lac comme une immense bague d'émeraude.

Nous allons les suivre et, de même que Rivolet, assister à la réception qui va leur être faite.

XI

INCIDENTS

Il y avait foule près du buffet ; foule non seulement composée des invités désireux de se lester l'estomac de liquide ou de solide, mais aussi de ceux qui, se trouvant dans le même cas que Clara et Isaac Moser, s'étaient installés là comme à une tribune, afin de jouir de la fête au moins par les yeux.

Des braseros, toujours bien entretenus de combustible, répandaient tout à l'entour une douce chaleur qui rendait la station fort agréable à cet endroit.

Ce couple s'avança de ce côté.

Il fut tout de suite remarqué par les assistants, parmi lesquels se produisit aussitôt un certain mouvement, en même temps qu'un vif étonnement se peignait sur tous les visages.

Puis on vit des personnes se chuchoter à l'oreiller et faire des gestes d'indignation.

Comme l'avait dit Rivolet, Clara et son vieil amant étaient bien connus tous les deux, tant de vue que de réputation.

Arrivés près du buffet, sans paraître s'apercevoir des regards ironiques ou méprisants qu'on leur lançait, ils tentèrent de se mêler aux groupes des invités, mais, comme s'ils eussent été atteints d'une maladie contagieuse, un vide se fit immédiatement autour d'eux.

Les dames, surtout, mirent à s'éloigner une ostentation outrageante.

L'une d'elles, même, ne se gêna pas pour dire tout haut :

— Vraiment, c'est honteux : nous mettre en contact avec une pareille créature !

Le propos vint cingler Clara en pleine face et la fit devenir pourpre de fureur.

Elle allait, sans doute, riposter par quelque injure grossière à l'adresse de celle qui l'avait proféré lorsqu'avant qu'elle n'ait pu ouvrir la bouche, un jeune homme de vingt-quatre à vingt-cinq ans, à la physionomie fine et spirituelle, s'approcha d'Isaac Moser et, feignant une surprise agréable, lui dit de façon à être entendu de tout le monde :

— Eh ! bonjour, mon cher usurier ; par quel heureux hasard vous voyons-nous ici ? Auriez-vous quelque petite affaire à traiter avec l'un de ces messieurs ou l'une de ces dames ?

— Je ne suis pas venu pour affaires, monsieur le vicomte, répondit le juif en riant jaune. — Mais, permettez-moi de vous faire observer que votre plaisanterie est un peu déplacée.

— Quelle plaisanterie ?

— Dame, celle que vous faites en m'affublant d'un titre que je ne mérite en rien.

— Comment donc, mais je ne plaisante nullement et vous pouvez, au contraire, revendiquer hautement le titre que je vous donne, répliqua le

vicomte avec une ironie mordante. — N'êtes-vous pas un usurier avéré…
le roi des usuriers, même? Je parie qu'il n'y a personne en ce lieu qui
ne le sache et je ne comprends point pourquoi vous cherchez à nier une
royauté à laquelle vous avez tant de droits.

— Monsieur le vicomte, je vous en prie, cessez de railler, repartit
Moser en continuant à grimacer un sourire.

— Encore une fois, je vous assure que je ne raille point, riposta le
jeune homme. — Rien n'est plus vrai que ce que je dis et je puis aisément
en fournir la preuve devant la nombreuse assistance qui nous écoute.

En effet, dès les premiers mots prononcés par le vicomte, on s'était
formé en cercle autour de lui et de Moser afin de voir ce qui allait se
passer.

On trouvait l'incident très divertissant.

Rivolet, cela va de soi, était là et prenait des notes.

— Voyons, reprit le jeune homme de plus en plus ironique, — puisque
vous y tenez absolument, je vais prouver à ces messieurs et à ces dames
la véracité de ce que j'avance. N'avez-vous pas eu l'obligeance, il y a six
mois, de me prêter cent cinquante mille francs à valoir sur l'héritage d'un
de mes oncles?

— Effectivement, je vous les ai prêtés, — dit Moser. — J'étais heureux
de vous rendre service.

— Je n'en doute pas… Et, sur ces cent cinquante mille francs, n'en
ai-je pas touché que cinquante mille en espèces?

— Mais, je ne sais plus au juste… oui, peut-être…

— C'est oui, pour sûr, moi je le sais exactement. Ensuite, ne m'avez-
vous pas soldé le reste en diverses marchandises?

— Cela est encore possible…

— Vous rappelez-vous ces marchandises?

— Non… ce sont des choses que je ne cherche pas à fixer dans ma
mémoire.

— Moi je les y ai fixées… Il y avait d'abord un lot de vieilles chaînes
toutes rouillées qui gisaient sur le quai de la Tournelle depuis des années
et dont vous estimiez la valeur à dix mille francs.

« Puis, vingt barriques de vieux vin de Chypre en dépôt à Bercy, que
vous m'assuriez pouvoir être vendues mille francs chacune… et peut-être
davantage.

« Puis six cents balles de coton fin, emmagasinées aux Docks de Paris,
dont je pouvais aisément tirer une trentaine de mille francs.

Soit, en tout, une somme de soixante mille francs, laquelle, ajoutée aux
cinquante mille reçus en espèces, m'aurait fait une avance de cent dix

mille francs sur les cent cinquante mille que je vous empruntais... car vous vous contentiez, disiez-vous, d'un modeste bénéfice de quarante mille francs.

« Or, la semaine dernière, étant un peu à court, j'ai fait vendre ces marchandises.

« Savez-vous à combien la vente s'en est élevée ?

— Mais... au chiffre que j'avais prévu, sans doute? balbutia Moser qui devenait vert.

— Pas tout à fait, — reprit le vicomte; — et pour cause...

« Les vieilles chaînes rouillées ont été adjugées quatre-vingt-dix francs; et, au dire des experts, elles valaient plutôt moins, attendu que le lot n'était composé que de tronçons et de débris. Il n'y en avait pas une qui eût seulement deux mètres de longueur.

« Les barriques de chypre ont trouvé acquéreur à trois cents francs les vingt.

« Ce fameux nectar n'était en réalité que de l'affreuse piquette de Suresnes à moitié tournée et bonne tout au plus à faire du vinaigre.

« Quant aux balles de coton fin, cela, je dois l'avouer, ce sont elles qui se sont le mieux vendues. J'ai pu en obtenir mille francs.

« Oui, mille francs.

« Il est vrai que c'était ce qu'il y avait de plus pur en filasse.

« Il m'est donc revenu de cette vente treize cent quatre-vingt-dix francs net, ce qui, si je sais compter, fait un écart de cinquante-huit mille six cent dix francs avec les soixante mille que vous m'aviez annoncés.

« Mais, voulez-vous que je vous dise le plus beau de l'histoire, mon cher usurier... ce qu'on pourrait appeler le comble des combles de l'usure?

Et prenant un temps pour donner plus de portée à ses paroles, le vicomte ajouta en appuyant sur chacune d'elles :

— Le plus beau de l'histoire, mon cher usurier, c'est que c'est vous... qui êtes mon acheteur pour le tout.

— Comment, moi? essaya de protester le Juif en jouant l'étonnement.

— Oui, vous... par l'intermédiaire de trois de vos sous-ordres qui agissaient en votre nom... Une indiscrétion commise par l'un d'eux m'a révélé le fait.

— L'imbécile!... je le chasserai!... s'écria Moser furieux et en se trahissant ainsi involontairement.

Ce fut comme un coup de théâtre. En un instant le vide se fit autour du vieux Juif allemand et de sa compagne. Après semblable révélation il eût été audacieux de vouloir braver le ridicule en prenant son parti.

Andrè le vit choir brusquement en arrière...

Sans se montrer trop fier de l'effet produit, le jeune homme poursuivit en riant :

— Ah! Ah! vous voyez bien que je dis vrai? Eh bien ! moi, vicomte de Biragne, je soutiens que, pour faire une opération semblable, il faut, comme je vous l'affirmais tout à l'heure, être vraiment le roi des usuriers. Car, il n'y a pas à dire, l'affaire a été supérieurement combinée. Vendre soixante mille francs ce qu'on sait pouvoir racheter un peu moins de quatorze cents et faire un bénéfice de presque cent mille francs sur un prêt de cent cinquante mille, je vous le répète, c'est génial, absolument génial et je ne sache pas qu'aucun de vos confrères puisse jamais atteindre à votre hauteur.

« Donc, ne vous défendez plus d'accepter le titre que je vous décerne, autrement, je croirais à une modestie outrée de votre part.

« Maintenant, au revoir, mon cher usurier.

« Je suis charmé de vous avoir rencontré et, surtout, d'avoir pu rendre publiquement hommage à vos talents financiers.

Sur quoi, le vicomte éclatant d'un rire bruyant et sardonique, qui équivalait à dix soufflets appliqués sur les joues du coquin, tourna les talons à celui-ci, puis alla se perdre au milieu de la foule.

Clara avait assisté à cette scène avec la plus parfaite indifférence, comme si Moser lui eût été complètement étranger.

Toutefois, au fond, elle était très contente de voir le Juif, qu'elle détestait, subir un pareil affront, bien qu'une partie de cet affront rejaillît sur elle, puisqu'on connaissait les liens qui existaient entre eux.

Mais cela lui importait peu, elle n'en était plus à se soucier de l'opinion publique que depuis longtemps elle bravait.

Comme Moser demeurait figé sur place, dardant un regard haineux dans la direction qu'avait prise le vicomte, elle, paraissant avoir déjà oublié cette algarade, lui dit d'un ton assez rude :

— Voyons, monsieur, au lieu de rester planté là, comme si vous vouliez prendre racine en terre, ne pourriez-vous pas vous occuper un peu de moi ? A défaut des autres qualités qui vous manquent, vous devriez au moins avoir celle d'être poli, ce me semble.

Cette apostrophe rendit quelque aplomb au Juif.

— Je vous demande pardon, Clara, — répliqua-t-il avec une sorte d'humilité. — La... plaisanterie un peu déplacée de M. le vicomte m'a tellement surpris et mis hors de moi, que le moment de distraction que je viens d'avoir à votre égard est fort compréhensible. Mais me voici maintenant tout à votre service.

« Que désirez-vous de moi ?

— Comme cela me fatigue de rester debout au milieu de tous ces gens pour lesquels nous paraissons être des bêtes curieuses, je désire d'abord m'asseoir. Allez donc me chercher une de ces chaises que j'aperçois là, devant nous.

« Ensuite vous voudrez bien me prendre au buffet quelques sandwichs dont je me lesterai volontiers l'estomac.

« Faites vite, je vous prie.

Moser ne fit aucune observation. Sans doute il était bien dressé, car il s'acquitta avec empressement de cette double commission.

Une fois servie, s'installant commodément à proximité d'un brasero, Clara se mit à mordre à belles dents dans les tranches de pain garnies de jambon que le Juif venait de lui apporter.

Elle paraissait être là aussi à l'aise que dans son boudoir et supportait sans la moindre gêne les regards ironiques ou méprisants que les spectateurs dirigeaient sur elle.

L'usurier se tenait derrière sa chaise dans l'attitude d'un valet attendant les ordres de sa maîtresse.

Quand elle eut fait disparaître jusqu'à la dernière miette des sandwichs, — ce qui lui avait demandé un certain temps, — elle tira sa montre, regarda l'heure et, se levant, dit au juif :

— A présent, monsieur, allons-nous-en... j'ai gagné mon pari.

— Quel pari? — questionna Moser.

— Je vais vous le dire dans un instant. Partons d'abord.

Et, aussi tranquillement qu'elle était venue, elle s'éloigna avec l'usurier, reprenant le chemin de la sortie.

Lorsqu'ils furent à quelque distance du buffet, celui-ci la pria de s'expliquer sur le pari dont elle venait de parler.

— Voici ce que c'est, monsieur, — répondit-elle. — J'ai parié hier cent louis avec Mimi-Mouchette, une de mes amies, que nous resterions tous deux au moins une demi-heure dans cette enceinte, sans nous faire expulser ni l'un ni l'autre.

— Quoi, vous avez parié cela? Mais à quels propos nous aurait-on expulsés ?

— Dame! à cause de notre réputation à chacun qui, il faut bien l'avouer, n'est pas brillante. Car vous, vous passez partout pour un fieffé coquin et moi, pour une hétaïre de bas étage.

« Il n'était donc pas extraordinaire de supposer qu'on ne nous tolérerait pas ici, et le pari de Mimi-Mouchette avait certes sa raison d'être.

« Mais, vous le voyez, nous nous en sommes tirés à bon compte. A part la... plaisanterie du vicomte de Biragne que vous avez eu à supporter et les regards peu agréables que, de mon côté, j'ai eu à subir, nous avons pu rester là non seulement une demi-heure, mais bien quarante bonnes minutes, sans être autrement inquiétés.

« J'ai donc gagné haut la main mes cent louis.

— Ainsi, c'est pour un motif aussi futile que vous m'avez tant poussé à vous avoir une invitation à cette matinée?

— Mon Dieu, oui, tout simplement.

— Eh bien! Clara, il me coûte cher, votre pari. Si vous saviez le sacrifice qu'il m'a fallu faire pour contenter votre désir?...

— Je pense bien que ça n'a pas dû aller tout seul. Mimi voulait même parier d'abord que vous n'arriveriez pas à vous procurer une entrée. Mais sachant combien avec l'or on peut surmonter d'obstacles, je l'ai engagée, dans son intérêt, à ne tenir la gageure que sur le temps à passer ici...

« En somme, à quel prix vous revient-elle, cette invitation? Je serais assez curieuse de le savoir.

Le Juif eut une sorte de gémissement et murmura :

— Ah! je n'ose compter.

— Il y a donc un compte à faire?

— Hélas! oui, car j'ai dû pour l'obtenir prêter ce matin trente mille francs à un des membres du club... et à quinze pour cent seulement, au lieu de... de mon taux habituel.

— Le fait est que c'est dur, — répliqua la Lyonnaise en faisant la moue. — Mais, bah! vous vous rattraperez sur d'autres, ça fera compensation.

— Il le faudra bien, renvoya le Juif cyniquement.

Comme ils arrivaient à la sortie, ils cessèrent de causer, afin de ne pas mettre le public dans leurs petites confidences.

Puis Clara se fit conduire par Moser dans un café où l'attendaient plusieurs de ses commensaux ordinaires, notamment Mimi-Mouchette à laquelle il lui tardait d'annoncer le gain de son pari.

XII

POURSUITE SUR LA GLACE

Retournons maintenant près de nos cinq promeneurs, que nous avons laissés occupés à regarder la mouvante cohue des patineurs et des patineuses.

Ils étaient là, depuis une heure déjà, sans s'apercevoir, tant ils étaient intéressés que, peu à peu, le froid les gagnait et allait bientôt les transformer en glaçons s'ils continuaient à rester immobiles.

Ce fut la mère d'André qui, à la fin, sentant ses jambes se dérober

sous elle, constata la première sur sa personne cet état de quasi-congé-
lation.

— Je suis absolument transie, — dit-elle à son mari, — et il m'est
impossible de rester un instant de plus ici... Pour sûr, je tomberais à
terre.

— Je puis en dire autant, — repartit l'ébéniste ; — il me semble que
c'est de la glace fondue qui me coule dans les veines au lieu de sang.

— Alors, partons, — reprit Mme Bertin.

— Oui, partons; en voilà assez pour le moment du spectacle.

Puis aux jeunes gens :

— Génie et moi nous vous laissons, mes enfants, — dit-il. — Décidément il fait trop froid et nous allons aller nous réchauffer quelque
part.

« Vous, faites ce que vous voudrez, mais si vous m'en croyez, vous
devriez vous remuer un peu, sans quoi vous pincerez sûrement un rhume
de première classe.

— Tu as raison, père, — répondit André, — le froid est réellement
trop vif pour continuer à faire ainsi le piquet et je vois aux joues bleues
de mademoiselle Colette, qu'il n'est que temps de nous donner du mouvement.

— C'est cela, — ajouta Balthazar, — allons nous secouer le sang un
brin, ça ne fera pas de mal. C'est très joli ce que nous voyons, mais ça
manque de chaleur, té !

La jeune fille, consultée, fut également de l'avis de quitter la place.

Elle aussi était gelée et, quoiqu'elle s'amusât beaucoup, comprenait
qu'une plus longue station pouvait lui devenir funeste.

— Où allez-vous? — demanda André aux deux vieillards.

— Dans le premier endroit venu, pourvu qu'il y fasse chaud.

— Il faudrait nous l'indiquer cet endroit, parce que nous irons vous
y retrouver tout à l'heure.

— Y a-t-il un café dans les environs?

— Oui, il y a le chalet des lacs qui est là à deux pas. Tiens, on le
voit d'ici.

— Eh bien! nous y allons. Venez nous y rejoindre quand il vous
plaira, nous n'en bougerons pas.

Et les deux vieux s'éloignèrent pendant que les jeunes gens, eux, se
dirigeaient vers la partie du lac où il était permis à tout le monde
de patiner.

Là, la foule était non moins grande que dans la section voisine, mais
elle n'était plus composée que du public ordinaire, ce qu'on appelle le

vulgum pecus, lequel, entre nous soit dit, valait bien, à quelques exceptions près, la brillante phalange d'à côté.

Là aussi régnait beaucoup d'animation et les loueurs de patins et de traîneaux échelonnés tout le long du bord, — on sait qu'il y a toujours de ces industriels aux endroits où l'on patine, — ne parvenaient que difficilement à satisfaire leur nombreuse clientèle.

Chose à remarquer, par exemple, l'élément féminin, en tant que patineuses, y était peu représenté et seulement par quelques misses ou mistresses anglaises, aisément reconnaissables à leur accoutrement excentrique ainsi qu'à leur maintien raide et compassé.

Par contre, quantité de femmes et de jeunes filles s'offraient le plaisir du traîneau, les unes se faisant pousser par un patineur complaisant, les autres se servant tout bonnement pour avancer de deux bâtons ferrés qu'elles piquaient dans la glace et sur lesquels elles opéraient une traction d'avant en arrière.

André et Balthazar s'étant pourvus chacun d'une paire de patins et ayant loué ensuite un traîneau pour Colette, installèrent la jeune fille dans ce dernier et se lancèrent sur la surface glacée.

Le jeune Bertin patinait supérieurement et faisait filer le léger véhicule avec une rapidité surprenante.

Mais on n'aurait pas pu en dire autant du Marseillais qui, lui, se cramponnait ferme au dos du traîneau et, au lieu de le pousser, avait plutôt l'air de s'en servir pour se faire remorquer.

Il lui imprimait même fréquemment des secousses inquiétantes dont André avait grand'peine à neutraliser les effets.

Cela avait lieu chaque fois qu'il levait une jambe pour donner un coup de volant, ce qui, aussitôt, lui faisait perdre son centre de gravité et l'obligeait à se retenir au plus vite à la voiturette.

— Ah çà ! qu'as-tu donc, Balthazar ? finit par lui demander André surpris de ses singulières évolutions. — Voilà plusieurs fois que tu manques de tomber ?

— Tu crois ? fit le Marseillais avec aplomb et comme s'il ne se fût aperçu de rien.

— Parbleu ! — repartit le jeune homme, — je fais mieux que de le croire... j'en suis sûr. Tes patins ne sont donc pas bien attachés ?

— Si, ils tiennent parfaitement... Seulement ils sont mauvais.

— Va en louer d'autres.

— Peuh ! ce sera la même chose... des patins de Paris.

— Cependant les miens sont très bons.

— C'est un hasard.

— Veux-tu changer ?

— Non, inutile... d'ailleurs la glace non plus ne vaut rien.

— Ah! dame, — repartit André en riant, car il devinait la cause du peu de stabilité de son ami, — ce n'est pas la glace de Marseille.

— Sûrement, — riposta Balthazar avec conviction, — sans cela ça irait tout seul.

— Voyons, avoue-le franchement, — dit le jeune Bertin, — tu n'as pas beaucoup l'habitude de ce genre de sport, n'est-ce pas?

— Eh! si, je patine très bien... mais à condition que j'aie de bons patins et de bonne glace.

— Et il n'y a rien de cela ici?

— Tu le vois.

— Écoute, Balthazar, — fit André en arrêtant le traîneau qui venait de subir une nouvelle secousse encore plus rude que les précédentes; — je crois qu'il vaudrait mieux pour toi ne pas continuer cet exercice qui, à la fin, pourrait te jouer un vilain tour. Tu sais quelles chutes terribles on fait quand on tombe en glissant : on peut parfaitement se casser un membre?

— Bast! je ne suis pas de verre.

— C'est vrai; toutefois suis mon conseil, il est bon.

Balthazar réfléchit un moment, puis, reconnaissant qu'effectivement il pourrait lui en cuire s'il continuait la partie, il se décida à l'abandonner, quoi qu'en eût à souffrir son amour-propre.

— Au fait, comme tu le dis, André, j'aime autant cesser, — répliqua-t-il. — Un autre jour, sans doute, ça ira mieux... mais, aujourd'hui, rien ne marche.

— Alors, regagnons le bord.

— Oh! je le regagnerai bien tout seul. Vous pouvez rester là tous les deux.

Et, quittant le traîneau qui lui servait de soutien, le Marseillais essaya de nouveau de donner un de ces coups de patin dont il avait le secret.

Mais il n'avait pas franchi la distance d'un mètre qu'André le vit faire le télégraphe avec ses bras, se pencher de droite et de gauche en se contorsionnant d'une façon bizarre, puis, presque aussitôt, choir brusquement en arrière comme s'il venait d'être abattu d'un formidable choc.

Il n'eut que le temps de s'élancer vers lui pour amortir sa chute et empêcher sa tête de porter sur la glace.

— Là, tu vois ce que je te disais? — fit le jeune homme en l'aidant à se relever.

— Et tu vois, toi, que je sais tomber, au moins, — repartit Balthazar sans s'émouvoir et avec son aplomb habituel.

— N'empêche! si je n'avais pas été là, tu te brisais le crâne. Allons, remets-toi au traîneau et tiens toi-bien.

Malgré sa science à mesurer le sol, le Marseillais crut prudent de ne pas tenter un nouvel essai et reprit sa place près d'André.

En une seconde, celui-ci l'eut ramené à la terre ferme, où il le laissa pour repartir immédiatement avec Colette, non sans lui avoir promis de venir souvent de son côté, afin qu'il ne s'ennuyât pas trop tout seul.

Maintenant que Balthazar n'était plus là pour retenir le traîneau, le jeune Bertin le faisait filer avec une rapidité qui tenait du prodige.

Colette en laissait échapper de petits cris de plaisir.

C'était le sentiment de la vitesse qui se révélait à elle dans ce qu'il avait de plus attrayant.

Pas un cahot, pas la moindre trépidation, régulier qui, comme l'avait dit André, donnait l'illusion d'être emporté par le vent et de planer au-dessus de terre.

Elle avait bien un peu peur, cependant, car, à tout instant le véhicule en frôlait d'autres lancés avec une égale vélocité, ou trouait des groupes de patineurs qu'il semblait devoir renverser ou écraser.

Mais en voyant avec quelle habileté son conducteur le dirigeait, ses craintes disparaissaient graduellement et elle trouvait même un charme de plus à éviter ainsi tous les nombreux obstacles qui se présentaient à eux.

Parfois, quand le champ était libre, le jeune homme lançait le traîneau en avant d'une vigoureuse poussée et, lui laissant prendre quelque distance, s'efforçant non seulement de le rattraper, mais encore de le dépasser pour revenir ensuite, en tournant autour, le ressaisir par derrière et lui imprimer un nouvel élan.

De temps à autre, il poussait une pointe vers l'endroit où se tenait Balthazar et lui jetait un mot en passant pour lui faire prendre patience.

— Prenez garde de tomber, — leur cria une fois le Marseillais... — la glace est mauvaise.

— Ne crains rien, — répondit André dont cette facétie ne pouvait altérer la bonne humeur ; — je ne suis pas de Marseille, moi, et cette glace-là me connaît.

Pendant que les jeunes gens se divertissaient de la sorte, un landau fermé suivait lentement l'allée qui contourne les lacs.

Trois personnes occupaient les coussins de cette voiture qui attirait les regards des promeneurs moins encore à cause de la magnificence de deux

Denise courait sur les traces du traineau.

orloffs, bêtes superbes et fougueuses que le cocher avait quelque peine à maintenir au pas, qu'à cause de la couleur même de ce cocher : un nègre.

Les trois personnes étaient l'une l'ambassadeur du Chili, José de Pennaflor, marquis de Moncade, l'autre Denise Briant, la pauvre folle, et la troisième, l'ami du marquis, le docteur Cambise.

Denise Briant, nous le savons, n'était connue de ses compagnons que sous le nom de *la Muda.*

Depuis un peu plus de deux mois, José de Pennaflor était redevenu l'hôte de Paris.

Dès son arrivée, il avait demandé à Gomez Erreguy de le conduire chez les parents adoptifs de Colette, pressé qu'il était de voir celle qui devait amener un si grand changement dans l'existence de sa malheureuse compagne... et aussi sans doute dans la sienne.

Cette demande avait obligé Gomez à lui avouer que l'enfant avait disparu de la *maison paternelle* et, en outre, à lui apprendre ce qui s'était passé jadis lorsqu'il était allé la déposer dans l'église Saint-Honoré d'Eylau, c'est-à-dire par qui elle avait été emportée.

José n'avait pas alors insisté pour être mis en présence de tels personnages et avait véhémentement reproché à son compatriote de n'avoir pas tout fait pour la leur arracher des mains lorsqu'il s'était trouvé près d'eux, avenue de la Grande-Armée.

Ainsi, à cause de sa lâcheté, la fille de la pauvre Muda était restée quatorze ans en promiscuité avec de pareilles gens !

Qu'avait-elle dû devenir en leur compagnie ? Elle n'avait pu être instruite que dans le mal, évidemment ; et sa fuite récente de chez eux, pour aller on ne sait où, en était comme une preuve convaincante.

Ce ne serait donc plus une jeune fille pure et candide qu'il rendrait à sa mère mais une créature pervertie, peut-être souillée.

Nous savons combien José était loin de la vérité en croyant cela ; cependant, eu égard à ce qu'il apprenait, son raisonnement était des plus logiques.

Et il songeait, non sans effroi, que le jour où la jeune femme recouvrerait la raison, elle aurait le droit de l'accabler de son courroux.

Car, loyal comme il l'était, le moment venu, il sentait bien qu'il serait incapable de lui céler la part qu'il avait prise à l'abandon de son enfant ; et il en frémissait à l'avance, car alors elle ne manquerait pas, certainement, de le rendre responsable du sort qui lui avait été fait.

Cette idée lui causait une profonde affliction et, quoiqu'il souhaitât toujours ardemment la guérison de l'infortunée, il en était maintenant à craindre plus que jamais le moment où elle aurait lieu.

Pendant les deux mois qui venaient de s'écouler, il avait donc été en proie à une constante appréhension, désirant et redoutant tout à la fois qu'on vînt lui annoncer que Colette était enfin retrouvée.

Chose bizarre, depuis que Denise habitait la capitale, une notable modification s'était produite dans son état.

Parfois, ses yeux s'animaient d'une lueur d'intelligence, comme si les brumes de son cerveau fussent devenues moins épaisses.

En outre, à de certains moments, il lui arrivait de laisser échapper un geste qui semblait dicté par la volonté.

Tout récemment, même, elle avait accompli une action absolument raisonnable.

Un jour la vieille Monna avait acheté, pour elle, un joli col de dentelle dans un magasin de l'avenue de l'Opéra.

Jusqu'alors, elle était restée entièrement indifférente à sa parure.

La négresse l'habillait à sa guise sans qu'elle y prît la moindre attention.

Celle-ci fut donc très étonnée en tirant le col du carton où il était renfermé de voir sa maîtresse s'en saisir avidement, le considérer d'un regard étrange, puis le mettre elle-même à son cou.

Monna courut alors chercher José qui vint en toute hâte, car la moindre action de cette malheureuse était toujours pour lui une sorte d'événement.

— Tenez, Massa, li fait comme ça... — dit la vieille femme en imitant le geste de Denise, — pris col dans carton... regarder li avec œil brillant... pis mis là li-même.

— Ote-le-lui et remets-le dans le carton, — commanda José; — je veux voir si elle va recommencer.

La négresse voulut enlever la dentelle à Denise; mais la folle plaça vivement ses deux mains dessus pour l'en empêcher.

Et, à plusieurs tentatives semblables, elle fit le même mouvement.

— Voilà qui est vraiment curieux, — observa le marquis; — il faudra que j'en parle demain au docteur Cambise. C'est regrettable qu'il ne soit pas là aujourd'hui.

Toute la journée Denise garda le col à son cou et il fallut attendre qu'elle fût endormie pour le lui retirer.

Le lendemain, José tenant à rendre le docteur témoin de ce fait relativement extraordinaire, étant donné le peu d'intérêt que la pauvre femme prenait aux choses extérieures de l'existence, dit à Monna d'apporter la dentelle et de la mettre devant sa maîtresse.

Malheureusement la négresse eut beau la chercher partout, il lui fut impossible de la retrouver.

Elle avait disparu de l'armoire où elle l'avait serrée sans qu'elle pût s'expliquer comment cela avait pu se faire, puisque sauf elle et la folle, personne ne pénétrait jamais dans la pièce où était cette armoire.

Sans attacher une importance bien grande à cette disparition et surtout ennuyé de ne pouvoir recommencer l'épreuve de la veille, José dit à sa femme de charge :

— Eh bien! prends un fiacre et cours vite acheter un col exactement pareil. Nous t'attendons.

Une heure après Monna revenait et présentait une nouvelle dentelle à Denise.

Mais, cette fois, celle-ci ne la regarda même pas et se la laissa mettre et retirer du cou avec la plus complète indifférence.

José et le docteur ne savaient que penser.

Néanmoins, ce dernier voyait dans l'acte accompli la veille par la jeune femme un symptôme de bon augure pour son retour prochain à la raison, assurant que le jour où sa fille lui serait rendue, son esprit n'aurait plus que peu d'efforts à faire pour reconquérir son entière lucidité.

De ce jour, presque quotidiennement, sur la recommandation du docteur, le marquis fit faire à Denise une promenade en voiture.

—L'air de Paris lui est favorable, — avait-il dit. — Dans cette ville où elle a passé sa jeunesse, les mille choses qui s'offriront à ses regards et dont, malgré sa folie, elle doit garder un vague souvenir, impressionneront son cerveau et agiront sur lui à l'égal d'un stimulant.

Donc, ce jour-là, José avait eu l'idée de la mener au Bois de Boulogne, pour la faire assister à la fête qu'il savait devoir être donnée sur le grand lac.

Il pensait qu'autrefois, peut-être, en sa qualité de Parisienne elle avait pu voir un spectacle semblable et que celui-ci produirait sur elle un heureux effet.

Le landau, dont la vitre d'une des portières avait été abaissée, contournait le lac, les chevaux marchant à pas retenu, afin de laisser à Denise tout le temps nécessaire de jouir de la vue des scènes animées qui se déroulaient devant elle.

Il faisait déjà sombre.

Dans l'enceinte réservée au club du patinage on commençait à allumer les cordons de verres de couleur, ainsi que les nombreuses torchères placées entre les mâts, et bientôt toute cette partie du lac fut brillamment illuminée.

La fête en acquit un nouvel éclat et nul pinceau n'eût pu rendre la magie du tableau qu'elle présentait alors.

La glace, sous les reflets multicolores et mouvants des lumières, paraissait être transformée en une mer de feu à la surface de laquelle glissaient les patineurs.

Et l'illusion était si complète qu'on en voyait, pour ainsi dire, les ondes et les vagues, produites par le jeu des ombres et des clartés.

Puis, les diamants piqués aux oreilles des dames — n'ayant pu en exhiber que là, elles avaient choisi les plus gros de leurs écrins — étincelaient comme des étoiles de première grandeur, semblant autant d'astres tombés de la voûte céleste et se poursuivant follement dans l'espace.

Jusqu'aux lames des patins, desquelles, par instants, jaillissait un éclair fulgurant dont la lueur éblouissait.

C'était merveilleux et d'une intensité de vie extraordinaire.

Mais rien dans la physionomie de Denise ne vint déceler qu'elle y prît un intérêt quelconque.

Le landau continua sa marche et arriva à la partie livrée au public.

Celle-ci n'avait pas l'avantage d'être éclairée comme sa voisine ; toutefois, elle bénéficiait de son illumination et, s'il y régnait une certaine obscurité, du moins y voyait-on suffisamment pour se guider.

Dans la zone proche de la fête, d'ailleurs, il y faisait presque aussi clair que dans l'enceinte même, laquelle n'était limitée que par une toile de coutil de trois pieds de hauteur, tendue d'un bord à l'autre du lac.

Aussi, nombre de patineurs se portaient-ils de ce côté, quoique, en raison de l'agglomération qu'ils formaient, ils y eussent leurs coudées moins franches.

Comme la voiture passait devant cet endroit, José et le docteur virent la jeune femme tressaillir violemment et ses yeux, qui erraient dans le vague, se diriger soudain vers un point du lac paraissant situé non loin de la toile de coutil.

Ils suivirent son regard, mais ils ne purent distinguer sur qui ou sur quoi il s'arrêtait.

Il leur eût été difficile de deviner que c'était sur Colette, c'est-à-dire sur sa fille, qui était là à se reposer un moment avec André et dont la figure apparaissait en pleine lumière.

Pendant qu'ils continuaient à chercher l'objet de cette subite curiosité de sa part, elle se leva brusquement, ouvrit la portière d'une main fébrile et bondit au dehors avant qu'ils aient pu faire un mouvement pour la retenir.

Puis, une fois sur le sol, elle partit en courant vers le lac, qu'elle atteignit promptement et sur lequel elle s'engagea sans hésitation, avec cette sûreté d'équilibre que l'on ne remarque que chez les fous ou chez les somnambules.

Tandis que le noir cocher, stupéfait, retenait ses chevaux dont les gourmettes se blanchissaient d'écume, les deux hommes s'étaient élancés derrière elle, espérant la rejoindre avant qu'elle n'eût quitté la terre ferme.

Mais ils n'avaient pu arriver à temps et, maintenant, ils la voyaient déjà assez loin devant eux, marchant toujours avec une égale rapidité.

Où allait-elle?

Ils n'en savaient rien.

Cependant ils pensaient qu'elle devait agir dans un but déterminé et non pas avec son inconscience habituelle.

— Nous ne pouvons la laisser ainsi, — dit le marquis. — Il nous faut la suivre coûte que coûte.

— Certes, — approuva le docteur, — car, avec tout le monde qu'il y a là, elle pourrait être victime d'un grave accident.

— Je ne sais pas patiner, — reprit José, — et j'ai bien peur de n'avoir pas le pied aussi sûr qu'elle, mais peu importe, je prendrai des précautions et ferai en sorte de me tenir solidement.

Ce disant, il allait à son tour s'aventurer sur le lac quand son compagnon l'arrêta.

— Attendez, mon ami, — fit-il. — Comme, malgré toutes les précautions que vous prendriez, vous ne vous tiendriez peut-être pas aussi solidement que vous le croyez, je vais vous indiquer un moyen de marcher sur la glace avec autant de facilité que sur un tapis de mousse. Vous allez voir.

En même temps, le docteur tira son mouchoir, le déchira en deux et noua chaque morceau autour de ses chaussures, prenant bien soin que le dessous des semelles fût entièrement recouvert d'étoffe.

— Là, comme cela, — dit-il, — pas de crainte de tomber, je vous le promets.

Le marquis reconnut l'ingéniosité de ce moyen et fit de même.

Ensuite, tous deux s'engagèrent sur la plaine glacée d'un pas affermi, le linge, par son adhérence, empêchant tout glissement.

Pour mettre en pratique le moyen précautionnel indiqué par le docteur, ils avaient dû perdre quelques secondes, ils furent tout surpris en arrivant à l'endroit vers lequel avait marché Denise, de ne plus l'apercevoir.

Ils étaient pourtant bien persuadés l'un et l'autre de ne l'avoir point perdue de vue.

A la vérité, ils n'avaient pas remarqué que, sortant de la partie éclairée par les illuminations, elle s'était enfoncée soudain dans l'ombre à la poursuite d'un traîneau qui, inutile de le dire, était celui dans lequel se trouvait Colette.

André, en effet, après s'être reposé un instant, venait de reprendre sa course et s'éloignait en donnant au véhicule toute la vitesse dont il était capable.

José et le docteur continuèrent néanmoins à avancer vers le point où elle avait disparu à leurs yeux, comptant partir de là pour aller à sa recherche.

Denise, elle, courait sur les traces du traîneau avec une légèreté de sylphide : on eût dit que ses pieds ne touchaient point la glace, tellement ils s'y posaient à peine.

Et les patineurs, en se rangeant sur son passage, se demandaient avec stupéfaction quelle était cette femme qui, les cheveux dénoués et flottants, une flamme intense au fond des yeux, franchissait ainsi l'espace comme si elle eût été emportée par la furie d'un ouragan.

Cependant, malgré cette extrême vélocité, elle ne se rapprochait point du traîneau.

Elle restait dans son sillage, mais sans parvenir à diminuer la distance qui l'en séparait et décrivant machinalement tous les tours et les détours qu'il plaisait au jeune Bertin de lui faire faire.

Elle parcourut de la sorte presque toute la surface du lac ; puis André revenant vers la zone lumineuse, elle y revint également.

A un moment, le jeune homme crut devoir ralentir son allure pour traverser un essaim assez compact de patineurs.

Ce que remarquant, Denise accéléra encore la sienne ; et il ne s'en fallait plus que de quelques secondes pour qu'elle rejoignît le traîneau, lorsqu'un individu qui arrivait de biais et semblait, lui aussi, vouloir atteindre celui-ci, vint la heurter rudement et l'arrêta net dans son élan.

—Tonnerre ! — jura le malotru au lieu de s'excuser, — vous ne pouvez donc pas faire attention, vous?

Et, sans plus s'occuper d'elle, il poursuivit sa route.

Ce choc produisit une si violente commotion chez Denise, que la force qui la faisait se mouvoir en fut instantanément anéantie.

— Oh! je ne me trompe pas! c'est bien elle! Tiens, regarde...

Et, tout étourdie, ne se soutenant plus, elle serait infailliblement tombée, si José et le docteur qui venaient de l'apercevoir de loin ne fussent accourus pour la recevoir dans leurs bras.

Ils s'empressèrent alors de lui faire regagner le bord du lac, puis la reconduisirent jusqu'à la voiture dans laquelle ils la réintégrèrent.

LIV. 72. — R. GEFFROY, éditeur. — Reproduction interdite.

Elle était à présent redevenue un véritable automate et se laissait guider par eux ainsi qu'un enfant.

— Il faut la ramener tout de suite à l'hôtel, — dit le médecin. — Elle vient de déployer une énergie considérable et a besoin d'un repos immédiat.

Nous essaierons, plus tard, de savoir à quel mobile elle a pu obéir en agissant de la sorte.

Comprenant toute l'importance d'une pareille recommandation, le marquis donna l'ordre à son cocher de reprendre aussitôt le chemin de l'hôtel de l'ambassade, et le noir automédon ayant rendu la main à ses bêtes impatientes, l'instant d'après, le landau rentrait dans Paris par la porte Dauphine et gravissait l'avenue du Bois au grand trot des deux orloffs.

XIII

L'AUTRE CHASSEUR

Le grossier personnage qui avait heurté ainsi Denise n'était autre que le Rouquin.

Par quel hasard se trouvait-il là?

C'est ce que nous allons dire.

On se rappelle qu'au lendemain de la disparition de Colette, la supposant enlevée par un jeune viveur, il avait pris la résolution de visiter tous les établissements de plaisir, diurnes ou nocturnes, dans l'espoir de l'y découvrir en compagnie du quidam.

C'est, en effet, à quoi il avait passé son temps depuis trois mois, se livrant à de constantes perquisitions dans lesdits établissements, dont il était devenu l'hôte assidu.

Mais, on le conçoit, il en avait été pour ses peines et n'avait réussi qu'à dépenser beaucoup d'argent, une pareille existence coûtant naturellement fort cher.

Il était donc désespéré et ne savait plus que faire, lorsque le matin de ce jour ayant eu connaissance par les journaux de la fête organisée au Bois de Boulogne, il pensa que, peut-être, Colette y serait amenée par son amant.

Dans son idée, celui-ci devant, par vanité, aimer à produire sa maitresse partout où il y avait une réunion mondaine, cette hypothèse lui semblait fort admissible.

En conséquence, vers trois heures, il se rendit au Bois accompagné de la Bibasse et s'installa avec elle près du contrôle pour mieux voir entrer et sortir les invités.

Comme ils se trouvaient placés tous les deux, il leur était impossible d'apercevoir le groupe formé par les Bertin, la jeune fille et le Marseillais qui, eux, étaient assez loin de là et perdus dans la foule.

Au bout d'une heure et demie de station, le Rouquin, certain que Colette n'était pas présente dans l'enceinte, — il avait examiné toutes les femmes une à une ; — dit à l'ivrognesse de venir faire avec lui le tour du lac, afin de donner un peu d'exercice à leurs jambes. Ils reviendraient ensuite se remettre en faction.

Si pendant leur absence la jeune fille était arrivée, il leur serait facile de s'en assurer, sinon, ils continueraient à guetter les survenants.

Ils partirent donc tous les deux et se mirent à longer l'allée circulaire.

— Ah! crédieu! dit le coquin tout en marchant, — il serait temps que nous la repincions, cependant... Nous sommes au bout du magot.

— Tout à fait au bout? — demanda la Bibasse avec inquiétude.

— Oui, tout à fait. Sais-tu combien il nous reste des sept mille francs qu'elle nous a rapportés pour ses représentations au café Maure?

— Non; tu ne veux jamais faire de comptes avec moi.

— Cent francs!

— Cent francs! répéta la virago qui parut terrifiée.

— Pas un centime de plus.

— Oh! ce n'est pas possible!

— Malheureusement si, ça l'est, puisque la preuve est là.

— Mais, alors, qu'est-ce que tu as fait de l'argent? Tu l'as donc jeté à poignée dans la rue?

Le Rouquin jeta à sa compagne un mauvais regard de travers et répondit :

— Ah çà, supposes-tu que ça ne m'a rien coûté la vie que j'ai menée jusqu'à présent? On en laisse de la monnaie dans toutes les boîtes où je suis allé! Les écus y fondent comme la neige au soleil et on n'a pas le temps d'arriver que les poches sont déjà vides.

— Oui, je m'en doute bien, pourtant je ne croyais pas que nos picaillons auraient filé si vite que ça.

Puis, avec un accent de reproche, La Bibasse ajouta :

— Si encore je l'avais menée avec toi, cette vie-là! Mais non, tu n'as jamais voulu m'en faire profiter un brin seulement.

— Eh! je t'ai déjà dit qu'on ne t'aurait reçue nulle part.

— Pourquoi ça ?

— Parce que tu marques trop mal, — répliqua insolemment le Rouquin.

— Sûrement que je n'ai pas l'air d'une duchesse, cependant j'en vaux bien d'autres, — renvoya la virago en se rengorgeant.

— Oui, d'autres comme toi... Mais tout ce que nous disons là ne signifie rien et nous n'en sommes pas moins à nos derniers sous.

— Alors qu'est-ce que nous allons faire si nous ne retrouvons pas Colette?

— Parbleu! je me le demande.

— Que veux-tu, Auguste ? Faudra reprendre notre ancien métier s'il n'y a pas moyen de faire autrement.

— Mauvaise affaire, ma fille.

— En quoi donc?

— En ce que nous sommes rouillés, maintenant. Après être restés si longtemps sans *travailler*, nous n'y avons certainement plus la main et nous nous ferions sans doute pincer du premier coup.

— Bah! j'ai idée qu'on s'y remettrait bien vite tous les deux.

— Ce n'est pas mon avis. S'il y a un métier où il faut de la pratique, c'est celui-là assurément, et, comme je te le dis, nous en manquons. Enfin, on verra.

Puis le Rouquin ajouta d'un ton rageur :

— Et dire que si nous pouvions retrouver cette sacrée mioche, il nous tomberait *illico* cent mille francs dans la *profonde*. Crédieu ! c'est tout de même avoir un fichu guignon !

« Nous la perdons juste le jour où, après avoir attendu quatorze ans qu'on nous la rachète, je rencontre l'individu qui est chargé de conclure le marché avec nous.

« Non, vrai, on n'est pas déveinards comme ça.

— Non, on ne l'est pas, — répéta la Bibasse en écho... — Moi qui rêvais déjà de me payer du rhum à dix francs la bouteille, je...

Un coup sec qu'à ce moment le Rouquin lui appliqua sur le bras vint lui couper brusquement la parole.

— Qu'est-ce qu'il y a? — fit-elle en regardant son compagnon.

— Il y a que la voilà là-bas, mille dieux ! — repartit celui-ci la voix tremblante de joie.

— Où ça?

— Près de la toile de coutil... dans un traîneau... Cette petite avec ce

chapeau garni de dentelles.... Oh ! je ne me trompe pas, c'est bien elle...
Tiens, regarde où je te montre avec la main.

La Bibasse porta la vue vers l'endroit que lui désignait le Rouquin et,
comme lui, en effet, aperçut Colette dans le traîneau.

C'était au moment même où Denise venait de l'apercevoir, elle aussi,
alors qu'elle se reposait avec André dans la partie éclairée par les illuminations de la fête.

—Mais oui, c'est-elle, — exclama à son tour l'ivrognesse, qui partagea
la joie du coquin. — Ah ! cré chien! quelle chance, voilà nos cent mille
francs qui reviennent.

« Va vite lui mettre le grappin dessus, Auguste, et amène-la ici...

« Une fois que je la tiendrai dans mes pattes, je te réponds qu'elle ne
s'en échappera pas.

— Ça ne va pas être long, — répliqua le Rouquin, — seulement il me
faut des patins.

— Sais-tu t'en servir, au moins?

— Un peu, ma belle. J'ai même été jadis un malin à ce jeu-là. Guette-
la bien, toi, pendant que je vais aller louer une paire de *skating*, parce
que si elle se défile de là, il faut que tu puisses me dire de quel côté elle a
décampé.

Un instant après, il revenait muni de patins qu'il chaussait rapidement.

Mais il n'avait pas fini d'en nouer les dernières courroies que le traîneau repartit et disparaissait dans la cohue, poussé vigoureusement par
André.

— Dépêche-toi, Auguste, dépêche-toi, lui cria la Bibasse, — la voilà
qui s'en va.

— Par où? demanda le Rouquin.

— Par là, dans le noir... Vite, vite, bon Dieu. Je ne la vois presque
plus... je ne la vois même plus du tout...

Le chenapan prit pied sur la glace et s'élança à la poursuite de Colette,
espérant la rattraper en peu de temps.

Il ne se préoccupait nullement de celui qui était avec elle.

— Je saurai bien m'en débarrasser, pensait-il. — Un coup de poing
dans le flanc, un peu au-dessous des côtes, de manière à lui couper la
respiration, puis un croc-en-jambe qui le fera dinguer à dix pas, il n'en
faudra pas davantage.

« Le temps qu'il se relève et reprenne son souffle, je serai déjà loin
avec Colette.

On voit qu'il faisait bon marché de la personne du jeune Bertin.

Tout d'abord, il suivit la direction que lui avait indiquée la Bibasse.

Comme cette direction le conduisait dans l'ombre où les physionomies ne se distinguaient plus que confusément, il comprit qu'il lui serait impossible de reconnaître la jeune fille au visage.

Aussi, tournant la difficulté, ne chercha-t-il plus qu'à découvrir les dentelles de son chapeau qui devaient former, dans l'obscurité, une tache blanche suffisamment visible.

Mais n'étant pas doué de cette sorte de seconde vue que donnait à Denise l'instinct maternel et lui faisait suivre le traîneau sans dévier d'une ligne, il vaguait de-ci de-là, ne sachant de quel côté diriger utilement sa course, lorsque sur sa gauche, à une trentaine de mètres d'où il était, il aperçut un point clair qui trouait la pénombre.

— C'est elle, se dit-il.

Et il piqua droit vers ce point qui, pour lui, représentait cent mille francs.

Son attention était si fort concentrée sur le chapeau de Colette qu'il ne vit pas Denise arrivant en sens opposé et la heurta violemment, comme nous l'avons vue.

XIV

BATAILLE ET PLONGEON

Au juron du coquin et aux paroles qu'il y avait ajoutées, la jeune fille s'était vivement retournée.

Cette voix qui venait de parvenir jusqu'à elle l'avait fait tressaillir d'angoisse.

A peine eut-elle jeté un regard en arrière, qu'immédiatement elle reconnut ou, plutôt, devina celui quelle croyait toujours être son père.

Elle distingua bien aussi Denise, dont la fine silhouette se détachait nettement dans la nuit crépusculaire et aussitôt se sentit le cœur agité d'une douce émotion, mais la frayeur qu'elle éprouva à l'aspect du Rouquin domina cette émotion et ne lui fit plus songer qu'à fuir celui-ci.

— Poussez-vite, monsieur André, lui dit-elle d'une voix altérée. — Oh ! vite, je vous en prie !...

Le jeune homme n'ayant pas remarqué le trouble de l'enfant et croyant que c'était simplement pour aller encore avec plus de vélocité qu'elle lui disait cela, se rendit à son désir et poussa le véhicule de toutes ses forces.

Seulement, comme il n'avait plus beaucoup de champ devant lui avant
d'atteindre la limite de l'enceinte, il dut faire volte-face et repartir dans
la partie obscure.

Puis faisant ainsi qu'il l'avait déjà fait plusieurs fois, il imprima un
puissant élan au traîneau et le laissa filer en avant, dans l'intention de
le rattraper au bout de quelques instant.

Alors profitant de l'isolement momentané où était Colette, le Rouquin
fondit, pour ainsi dire, sur elle et saisissant le dossier du traîneau, tout
en continuant à le faire avancer, il se pencha vers la jeune fille à laquelle
il dit d'un ton ironique, mais sans élever la voix :

— Eh bien ! Colette, on s'ennuyait donc avec papa et maman qu'on
les a quittés comme ça sans rien dire...

« Ce n'est pas gentil, ma fille, d'avoir agi de cette façon-là... tu aurais
dû au moins nous prévenir, car nous ne savions pas ce que tu étais devenue
et depuis plus de trois mois nous te cherchons partout...

« Nous t'aimons tant, vois-tu, que ta fuite nous a causé une grande
peine... Oh ! oui, tu peux le croire...

« Enfin te voilà, ta bonne mère et moi sommes consolés... et je suis sûr
que toi-même tu vas être bien contente de venir reprendre ta place à la
maison... pas pour longtemps, il est vrai, parce que... Mais je te dirai cela
chez nous... c'est un peu long à raconter...

« Allons, fifille, fais risette à papa pour montrer combien tu es heureuse
de le revoir.

La jeune fille terrifiée, anéantie, sans voix, s'était mis les mains sur
les yeux pour ne pas voir la face abhorrée du coquin qui frôlait la sienne.

Aux derniers mots qu'il prononça, elle ne put que répondre par un
sourd et douloureux gémissement.

— Eh ! eh ! — continua-t-il en redoublant d'ironie, — tu as une singulière manière de marquer ta joie... Voyons, ôte donc tes menottes de
dessus ta jolie frimousse pour que je puisse y constater tout le plaisir que
tu éprouves de me savoir près de toi...

Disant cela, sans diminuer en rien la rapidité de son allure, il porta sa
main droite sur le visage de l'enfant, pour essayer de le dégager du
masque qui le lui dérobait.

Mais il n'eut pas le temps d'accomplir, même en partie, son cruel
projet, car, à cet instant précis, le traîneau subit une sorte de choc et
s'arrêta soudain, comme si un obstacle insurmontable venait de se dresser
devant lui.

A la vérité, nul obstacle n'entravait sa marche par-devant, mais une
main vigoureuse venait de le saisir par son dossier et le Rouquin poussa

un grognement de colère parce que des doigts de fer venaient de se refermer sur son poignet, l'emprisonnant comme dans un étau.

C'était André qui opérait de cette façon sa rentrée en scène.

Il avait éprouvé une stupéfaction bien naturelle en voyant de loin cet inconnu s'emparer avec audace du traîneau de Colette et l'entraîner dans la nuit. A cette vue, sa première idée avait été de croire que la jeune fille était victime de quelqu'un de ces coureurs d'aventures qui savent profiter de toute occasion pour aborder les femmes, leur tenir des propos galants, ou leur faire des propositions déshonnêtes.

Bien qu'il fût très loin de compte, comme nous le savons, il s'était lancé à toute course pour se porter au secours de l'enfant.

— De quel droit vous permettez-vous d'adresser la parole à mademoiselle? — lui demanda-t-il avec une fureur contenue et sans desserrer son étreinte. — Et qui vous a permis de toucher à son traîneau?

— De quel droit?... Qui m'a permis?... Elle est raide, celle-là, par exemple!... riposta le Rouquin gouailleur, en se dégageant. — Mais vous-même, mon garçon, qui vous permet...

« Ah! — fit-il en examinant le jeune homme; — j'y suis... c'est vous qui êtes le « bon ami » de la petite?

— Insolent! exclama André en levant la main pour gifler le coquin.

— Oh! oh! mon jeune... coq — repartit celui-ci, le bras recourbé en avant pour parer le soufflet qui planait sur lui, — il me semble que vous chantez bien haut... Mais je vais vous faire baisser le ton... à moins que vous ne décampiez tout de suite... et dare-dare, même.

André fut si stupéfait de l'audace du chenapan, dont naturellement il ignorait la soi-disant parenté avec Colette, qu'il en oublia de lui abattre la main sur la joue.

Il ne s'expliquait sa conduite qu'en le supposant pris de boisson.

— C'est moi qui vous ordonne de partir à l'instant, — lui intima-t-il d'une voix rude, — sans quoi vous allez avoir à vous repentir de votre grossièreté.

« Allons, filez et ne m'obligez pas à user de force envers vous, ajouta-t-il en se décidant à le pousser de côté pour se mettre entre lui et le traîneau.

Le Rouquin se prit à rire, car, grâce aux multiples rixes qu'il avait dû avoir avec les déclassés de son espèce, il se savait capable de tenir tête à un solide gaillard, sans désavantage pour lui.

— User de force... — répéta-t-il! — c'est ce que je voudrais voir... Si vous avez de la poigne, je n'en manque pas non plus, jeune godelureau... et je vais vous le prouver...

Pendant ce temps, le Rouquin continuait à se débattre au milieu des blocs de glace.

A ces mots, suivant le plan qu'il avait conçu, il lança un maître coup de poing à André, le visant au flanc, en même temps qu'il cherchait à lui passer la jambe pour le faire trébucher.

Mais, malgré la rapidité avec laquelle il avait exécuté ces deux mouvements, le jeune homme réussit à les esquiver.

Alors, emporté par la colère, il détacha à son tour, à son adversaire,

une si forte bourrade qu'il l'en envoya rouler à trois mètres de là.

Puis, ne voulant pas, à cause de l'enfant, avoir une nouvelle altercation avec un individu qu'il prenait pour un ivrogne, il se mit à repousser le traîneau et s'éloigna vivement.

Colette, terrorisée par la présence de « son père », semblait anéantie et gardait toujours les mains sur son visage.

C'est à peine si elle avait entendu les paroles échangées entre les deux hommes.

André, se croyant débarrassé de l'intrus, ne songeait déjà plus à lui, lorsqu'ayant eu l'idée de se retourner pour s'orienter, il l'aperçut qui revenait à la rescousse en faisant des gestes menaçants.

Le chenapan s'était, en effet, prestement relevé et, apercevant ses cent mille francs qui fuyaient, paraissant prêts à lui échapper, il avait recommencé sa poursuite, décidé à employer n'importe quel moyen pour s'emparer de Colette.

Devant cette incompréhensible obstination, le jeune homme hésita un moment sur ce qu'il devait faire.

Il lui en coûtait d'avoir l'air de se sauver devant un tel personnage.

D'autre part, entamer une lutte avec lui sous les yeux de la jeune fille était peu de son goût.

Il pouvait, au cours du combat, survenir des incidents qui l'eussent choquée et, même, peut-être assez effrayée pour la faire se trouver mal.

Après deux secondes de réflexion, il prit donc le parti de ramener le traîneau à terre.

Là, au moins, s'il lui était impossible d'éviter ce persécuteur entêté, il confierait Colette à Balthazar, en lui donnant l'ordre de la conduire au chalet-restaurant des lacs, près des deux vieillards, puis, ensuite, s'expliquerait avec son homme.

Tournant alors brusquement à angle droit, il se dirigea vers le bord du lac, du côté où il supposait être le Marseillais.

Ce changement subit de direction, que ne pouvait prévoir le Rouquin, eut pour lui des conséquences inattendues.

Lancé à toute vitesse, il ne put virer à temps pour suivre la piste d'André et se trouva tout à coup éloigné des deux jeunes gens.

— Milledieux ! — jura-t-il, — est-ce que je vais me laisser refaire par ce cadet-là ?

Et, dans le but de regagner la distance qu'il venait de perdre, il coupa le lac en diagonale sans remarquer le chemin qu'il prenait.

Or, sur sa route, existait un endroit où, la glace étant un peu faible, on avait entouré la partie douteuse d'une corde soutenue par des piquets.

Lorsque la nuit était venue, celle-ci avait même été garnie, en diverses places, de morceaux de chiffons blancs, destinés à attirer l'attention des patineurs qui se seraient égarés dans ces parages.

Mais le coquin, ayant les yeux fixés au loin sur le traîneau, ne vit pas les signaux protecteurs et alla se butter avec tant de force dans la corde, qu'après avoir entraîné les piquets de soutien, il pénétra jusqu'au centre de la zone dangereuse.

Il se rendit compte aussitôt du péril qu'il courait et voulut rétrograder.

Il était trop tard.

Un craquement sinistre se fit entendre, la glace s'étoila sur un large rayon et, soudain, céda sous son poids, le laissant choir dans le gouffre qui venait de se former.

Le misérable poussa un cri de détresse, cherchant à se raccrocher aux glaçons qui surnageaient. Il ne parvint qu'à se blesser grièvement aux mains.

Le lieu était absolument désert, car aucun patineur n'avait l'imprudence de se hasarder de ce côté.

Cependant, son appel ayant été entendu, plusieurs personnes accoururent de différents points du lac pour lui porter secours.

Mais dès qu'elles l'eurent aperçu dans le trou béant, elles n'avancèrent plus qu'avec une grande circonspection, de crainte de subir le même sort.

Pendant ce temps-là, le Rouquin continuait à se débattre au milieu des blocs de glace qui, s'agitant sans cesse sous les mouvements qu'il leur imprimait, le heurtaient et le meurtrissaient cruellement.

André, lui aussi, avait perçu son cri.

Précisément, il venait d'aborder devant Balthazar, qui était là, en train de battre frénétiquement la semelle pour se réchauffer.

Lui faisant signe de s'occuper de Colette, il repartit sur-le-champ vers l'endroit où il voyait le monde se porter.

Il devinait ce qui s'était passé, car, ayant parcouru le lac presque tout entier, il avait, comme les autres, remarqué la place signalée et se doutait bien que, seul, son individu, dans sa hâte à le rejoindre, avait pu s'y engager par mégarde.

Quoique celui-ci lui parût peu intéressant, André connaissait trop ses devoirs d'humanité pour ne pas chercher à lui prêter son aide.

Quand il arriva près du gouffre, un cercle de curieux s'était formé autour, mais nul d'entre eux n'osait s'aventurer assez avant pour secourir efficacement le Rouquin.

On lui donnait des avis, des conseils... et c'était tout.

— Levez la tête hors de l'eau! lui criait l'un.

— Écartez les glaçons avec vos mains, — clamait un autre.

— Avancez par ici, il y a moins de fond, — commandait un troisième.

Si ces recommandations étaient excellentes, elles ne tiraient point
d'affaire notre imprudent qui, suffoqué, étourdi, les membres raidis par
le froid, allait finir par se laisser couler.

Il n'y avait, il est vrai, qu'un mètre cinquante d'eau, environ; cependant, comme on le voit, sa situation n'en était pas moins des plus critiques.

André comprit qu'il n'y avait pas un instant à perdre si l'on voulait le
sauver.

Résolument il sauta dans le trou et marcha vers le Rouquin.

Il l'atteignit au moment où sa tête plongeait déjà sous l'eau et comme
il épuisait ses dernières forces en mouvements convulsifs.

De ses bras vigoureux il le souleva de façon à ce qu'il pût respirer
librement et regagna la glace sur laquelle il parvint à le hisser, non sans
grande difficulté, eu égard à la complète inertie dans laquelle il se trouvait.

Ensuite, lui-même sortit du gouffre, avec assez de peine également, —
car il lui fallut faire ce qu'on appelle en gymnastique un rétablissement
sur les coudes; puis, les curieux se tenant toujours à distance, il traîna
son épave humaine jusqu'à eux, pour qu'ils s'en chargeassent.

Toutes les mains cherchèrent les siennes et ce fut un concert una-
nime de félicitations.

Il est plus facile de faire des compliments que de risquer sa vie pour
sauver celle d'un de ses semblables.

Mais André, se débarrassant promptement de tous ces importuns qui
paraissaient ne pas s'apercevoir dans quel état il était, s'empressa de revenir vers Balthazar et Colette.

Sans prendre le temps de donner au Marseillais la moindre explication sur le sauvetage qu'il venait d'opérer, il l'envoya rendre au loueur
les patins et le traîneau, puis, accompagné de la jeune fille, courut au
chalet des lacs.

L'enfant avait été si profondément secouée par la soudaine apparition
de « son père » qu'elle en était encore toute prostrée et ne remarqua point
qu'André était ruisselant comme une fontaine.

Au bout de cinq minutes, tous deux entraient au restaurant.

.   .   .   .

Le Rouquin, après quelques soins que lui prodiguèrent les curieux, ne tarda pas à se remettre sur ses pieds.

En résumé, il avait eu plus de peur que de mal.

Toutefois, il souffrait beaucoup des meurtrissures que lui avaient faites les glaçons à la face et aussi un peu par tout le corps.

Sa première pensée, dès qu'il put se tenir debout, fut de regarder de tous côtés s'il n'apercevait pas le traîneau de Colette.

Ne le voyant point, il voulut se lancer de nouveau à sa recherche.

Mais il sentit qu'il n'en n'avait plus la force.

Le froid dont il était pénétré jusqu'aux moëlles paralysait ses jambes, et celles-ci lui refusaient tout service.

Il dut abandonner la partie.

Il était désespéré.

Avoir été si près du but et s'en voir maintenant si éloigné!

Car c'était une occasion unique qui s'était offerte là, et il pouvait s'écouler un long temps, à présent, avant qu'elle se représentât.

Aussitôt qu'on l'eut reconduit à la terre ferme, il se mit en quête de la Bibasse.

Il la trouva où il l'avait laissée; elle tenait à la main un flacon de rhum aux trois quarts vide.

C'était son *vade mecum* habituel.

Il est à présumer que, pour prendre patience en attendant « son homme », elle lui avait donné de nombreuses accolades.

— Ah! bon Dieu de bon Dieu, comme te voilà fait, Auguste! — s'écria-t-elle à la vue des effets tout mouillés du coquin. — D'où que tu sors donc! Et Colette, qué que t'en as fait?

Sans répondre, le Rouquin lui arracha la bouteille des doigts et acheva d'en vider le contenu jusqu'à la dernière goutte.

— Maintenant, filons, — lui dit-il, — j'ai besoin de me changer tout de suite.

— Mais... et nos cent mille francs... nous les lâchons donc comme ça ?...

— Nos cent mille francs ?... — fit-il rageusement, — ils sont dans le lac !...

XV

ANXIÉTÉ

Nous venons de dire qu'André et Colette étaient entrés au restaurant des lacs.

La salle était alors presque vide.

Elle devait, un peu plus tard, à l'heure de l'apéritif, se remplir d'un nombreux public ; mais, pour le moment, elle ne renfermait que quelques rares consommateurs amenés là par le froid.

Le jeune homme aperçut donc, du premier coup d'œil, son père et sa mère qui, tranquillement installés dans un coin, achevaient de siroter chacun un grog américain.

Il alla vivement à eux et, profitant de l'ébahissement que leur causa son aspect de dieu marin, leur raconta en peu de mots ce qui venait de se passer, depuis l'instant où le Rouquin avait abordé Colette, jusqu'à celui où il l'avait retiré du trou,

— C'est généreux de ta part, — dit le père Bertin quand il eut terminé, — car, après ce qu'avait fait cet olibrius, ce n'était certes pas à toi à le tirer de là ; mais, enfin, puisque tu as cru devoir agir ainsi, je me garderai bien de t'en blâmer. Seulement, le mauvais côté de la chose est que te voilà métamorphosé en triton et en passe d'attraper du mal.

— Pour sûr, — gémit Mme Bertin, — et comment faire pour te trouver sans retard d'autres vêtements ?... Car il te faut quitter ceux-là sans tarder et nous sommes si loin de chez nous ici... Ah ! mon Dieu !... mon Dieu !... en voilà une histoire !...

— Bah ! ne te fais donc pas tant de souci, mère, — dit André. — Partons maintenant et, chez le premier fripier que nous rencontrerons, je louerai des frusques pour jusqu'à demain.

— Oui, — fit l'ébéniste, — mais ton raisonnement manque de sagesse. Il faut du temps pour sortir du bois et chercher ce fripier. Une heure est bien vite employée, et, pendant ces soixante minutes, tu resterais avec ces vêtements-là sur le dos. Cela serait dangereux. Il vaut mieux essayer autre chose.

Appelant alors le garçon, qui vint incontinent, il lui demanda :

— Dites-moi, mon ami, pourriez-vous procurer, sur-le-champ, des habits quelconques à ce jeune homme, qui est mon fils, et dont vous voyez l'état? Nous vous en déposerons le montant et vous donnerons en plus une bonne gratification.

— Rien de plus facile, monsieur, — répondit le garçon. — Si votre fils, dont la taille, à ce que je crois, est à peu près semblable à la mienne, veut me suivre dans ma chambre — car je demeure ici — il choisira, dans les quelques nippes que je possède, celles qui lui conviendront le mieux.

— Ah! très bien, — repartit le père Bertin; — je vous remercie d'avance de votre complaisance.

Et, se tournant vers le jeune homme, il ajouta :

— Va vite, André, suis le garçon, ta mère et moi souffrons de te voir comme cela.

— J'y vais et reviens à l'instant, — répliqua le jeune homme qui disparut alors derrière le garçon.

Après son départ, les deux vieillards, un peu moins inquiets, songèrent à s'occuper de Colette et s'aperçurent de la prostration où elle était.

Assise près d'eux, la figure toute pâle, elle paraissait plongée dans un morne abattement.

— Ah çà! qu'as-tu donc, mignonne? — lui demanda Mme Bertin. — Est-ce que tu penses encore à cette sotte aventure? Ce vilain homme devait être ivre, comme le suppose André, et il ne savait pas ce qu'il faisait.

La voix de la vieille femme tira la jeune fille de sa torpeur.

— Oh! — fit-elle en esquissant un involontaire mouvement d'effroi... — Si vous saviez?...

— Comment, si nous savions?... Qu'est-ce que tu veux dire?

— Si vous saviez qui c'était?...

— Hein! Tu connaîtrais ce personnage?

— C'est *lui*... *lui*... je crois encore le voir devant moi.

— Qui, lui? Voyons, parle donc, ma chérie... qui est-ce?

— Mon père!...

— Ton père! — exclamèrent à la fois l'ébéniste et sa femme.

— Oui, lui-même.

— Pas possible! — reprit Mme Bertin.

— Si, hélas!

— Tu dois te tromper?

— Il m'est impossible de douter!

— Et tu n'as pas prévenu André?

— Le pouvais-je?

— Comment, si tu le pouvais? — fit à son tour l'ébéniste se méprenant sur le sens des paroles de la jeune fille.

— A vrai dire, je n'en ai pas eu le moyen... j'étais si bouleversée...

— Le fait est qu'il y avait de quoi te mettre sens dessus dessous, pauvre petite.

« Et que t'a-t-il dit?

— Je ne me le rappelle plus exactement. Tout ce que je sais, c'est qu'il voulait me prendre... me forcer à retourner avec lui; et si M. André n'avait pas été là, je crois qu'il serait facilement parvenu à m'emmener...

— Comment cela?

— Dame, je vous le répète, je n'avais plus la tête à moi; et, par suite, il m'eût été matériellement impossible de lui résister.

— Il n'aurait plus manqué que cela! — gronda le bonhomme.

— Mais qui pouvait prévoir une pareille rencontre? — gémit sa femme. — Vraiment, c'est du malheur.

— C'est du bonheur, au contraire, — s'écria l'ébéniste, — attendu que je vais aller le trouver, moi, ce monsieur, que je désire voir depuis si longtemps. Il est encore là, je présume, et je ne le lâcherai pas que nous ne nous soyons expliqués tous les deux au sujet de Colette.

Et le vieillard se levait déjà pour sortir quand, avisant le Marseillais qui opérait son entrée dans le café, il ajouta :

— Justement, voici Balthazar; comme il arrive du dehors, il va peut-être pouvoir m'indiquer où est au juste mon individu.

Le commis voyageur s'était approché du poêle et maugréait contre la sibérienne température.

— Brrr! — disait-il en enflant ses joues; — à Marseille, nous avons des carafes frappées, mais, dans ce coquin de pays, c'est le soleil qui est à la glace!

Le père Bertin, allant à lui, frappa sur son épaule et le questionna pour obtenir le renseignement qu'il désirait.

— Si c'est l'homme qui est tombé dans l'eau que voulez voir? — répondit Balthazar en se retournant, — inutile de vous déranger... il n'est plus là!...

— Bah!

— C'est comme j'ai l'honneur de vous le dire.

— Où est-il?

— Je n'en sais rien, vu qu'il est parti en voiture.

— Tu en es sûr?

— Té, parbleu, si j'en suis sûr.

L'homme voulait que celui-ci les laissât monter dans son sapin.

— Tu l'as vu s'éloigner?

— Comme je vous vois, papa. Je venais d'aller remettre au loueur les patins d'André et les miens, ainsi que le traîneau de Mlle Colette, lorsqu'en me dirigeant vers ce café, je passe près d'un homme et d'une femme qui étaient en train de discuter avec un cocher de fiacre.

« L'homme voulait que celui-ci les laissât monter dans son sapin.

Liv. 74. — H. GEFFROY, éditeur. — Reproduction interdite.   74

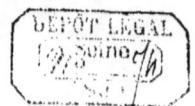

« Il était tombé dans le lac, disait-il, et avait besoin de retourner sans retard chez lui.

« Le cocher consentait bien à prendre la femme, mais pas lui, alléguant que, trempé comme il était, il abîmerait tout l'intérieur de sa voiture.

« Cependant, sur la promesse d'un gros pourboire qui lui fut faite, il a fini par se décider à les recevoir tous les deux et, aussitôt qu'ils ont été dans le coffre, a filé rondement du côté de la porte de Passy.

— Sacrebleu! — jura le vieillard, — ce n'est pas de chance; j'aurais tant voulu me trouver face à face avec le père de Colette... et avec la mère aussi, par la même occasion.

— Qué! — fit le Marseillais ébahi, — ces *gensses* étaient les parents de Mlle Colette?

— Oui... ou, du moins ceux qui se disent tels.

— Ah! crédiou de crédiou! si j'avais su?...

— Qu'es-ce que tu aurais fait?

— Té! je vous les aurais empoignés chacun par la nuque et vous les aurais amenés ici d'un bon pas, je vous en donne mon billet.

— Je n'en doute point, — repartit le père Bertin sans rire. — On n'est pas de Marseille pour rien.

— Voilà une vérité.

— Enfin, quoiqu'il en soit, je vois que je ne réussirai pas à me rencontrer avec eux, car une occasion comme celle d'aujourd'hui ne se représentera probablement pas de sitôt.

« Ah! Colette, — ajouta l'ébéniste en revenant vers l'enfant, — pourquoi as-tu gardé le silence? A l'heure actuelle, nous saurions sur toi bien des choses que nous devrons sans doute ignorer encore longtemps.

Mais la jeune fille à qui s'adressaient ces mots ne répondit rien.

Elle était retombée dans son accablement.

Peu après, André reparut.

Il était revêtu des habits que lui avait prêtés le garçon, lesquels, s'ils n'étaient pas très élégants, avaient du moins cet avantage d'être bien secs et bien chauds.

Le jeune homme fut stupéfié d'apprendre quel était celui qu'il avait sauvé; et, de même que Balthazar, regretta de « n'avoir pas su ».

— Comme c'est malheureux, — fit-il. — Et dire que je le tenais dans mes mains!...

« Mais, n'importe, — ajouta-t-il, — cela me l'a toujours fait connaître, ce qui est déjà quelque chose.

— Quel aspect a-t-il?

— Hein ! pas beau !

— Comme physionomie ?

— Un vilain. Sa face est celle d'un vrai coquin et le vice y est écrit en toutes lettres.

« Ah ! non, ce n'est pas lui le père de Colette, je le jurerais... et si j'avais pu en douter un seul instant, j'en aurais à présent l'entière certitude. Il y a autant de différence entre elle et lui qu'entre le jour et la nuit...

Après ce qui venait d'avoir lieu, on n'avait plus guère le cœur à s'amuser et on résolut de regagner la maison.

Il fut convenu qu'André enverrait, le lendemain, chercher ses effets par un commissionnaire qui, en même temps, rapporterait ceux qu'il avait sur lui ; puis, le garçon ayant été largement récompensé de son obligeance, notre petite société reprit le chemin du faubourg Saint-Antoine.

. . . .

La profonde émotion qu'avait fait éprouver à la jeune fille sa rencontre avec le Rouquin ne devait pas être passagère.

Les jours qui suivirent, les Bertin remarquèrent un grand changement dans son humeur et dans son caractère.

Non qu'elle fût pour eux moins bonne et moins affectueuse qu'auparavant, mais elle, qui, jusque-là, avait toujours été si gaie et si babillarde, était soudain devenue triste et silencieuse.

Elle semblait sans cesse plongée dans une douloureuse méditation et, souvent, Mme Bertin surprenait des larmes dans ses yeux.

En outre, elle était en proie à une constante inquiétude.

Le moindre bruit insolite la faisait tressaillir.

Une porte qu'on ouvrait, des pas dans l'escalier, un éclat de voix un peu fort, étaient pour elle autant de sujets d'effroi.

Puis elle n'osait plus sortir, même accompagnée de quelqu'un.

Si elle allait encore rencontrer son père et que cette fois il réussît à l'entraîner avec lui !

A cette pensée, tout son sang lui refluait au cœur et la jetait dans un trouble inexprimable.

Les Bertin, on le conçoit, s'ingéniaient à la rassurer et à lui démontrer l'inanité de ses appréhensions.

N'étaient-ils pas là pour la défendre, pour empêcher que le gredin, s'il venait à reparaître devant elle, ne touchât même pas le bas de sa robe ?

Mais rien n'y faisait ; elle ne pouvait parvenir à surmonter ses frayeurs, et celles-ci, chaque jour, s'accentuaient davantage.

N'ayant plus jamais eu de nouvelles de « ses parents » depuis qu'elle habitait le faubourg Saint-Antoine, elle en était venue à croire qu'ils l'avaient complètement oubliée et que, par suite, elle n'avait plus rien à redouter d'eux.

La tentative faite par le Rouquin pour s'emparer d'elle lui avait montré dans quelle fausse sécurité elle s'était endormie et combien, au contraire, il lui fallait se garder désormais si elle ne voulait pas redevenir leur proie.

Naturellement, il lui était impossible de deviner que cette tentative devait avoir pour résultat de la réunir à sa mère, sans quoi, c'eût été de grand cœur qu'elle se fût résignée à retourner avec eux.

L'incessante anxiété dans laquelle elle vivait ne tarda pas à réagir sur son organisme et à ébranler sa santé.

Elle fut prise d'une fièvre continue qui la minait sourdement et la consumait peu à peu.

Et huit jours ne s'étaient pas écoulés depuis l'événement du Bois de Boulogne qu'elle n'était plus reconnaissable.

Son visage avait pris une teinte de cire, ses joues s'étaient creusées comme si elle eût fait une longue maladie et ses yeux, cerclés de bistre, brillaient d'un éclat sombre et maladif.

D'ailleurs, elle ne se nourrissait pour ainsi dire plus, et ses nuits n'étaient qu'une suite de cauchemars affreux dans lesquels elle se voyait constamment aux prises avec le Rouquin et Bibasse.

Les Bertin s'affectaient, comme on doit le penser, de cet état qui de jour en jour devenait de plus en plus inquiétant, car les soins qu'ils lui prodiguaient restaient sans la moindre efficacité.

XVI

MA FILLE!

Un matin, après s'être consultés ensemble, l'ébéniste et sa femme décidèrent de faire venir un médecin.

Le mal dont souffrait l'enfant tenait, il est vrai, bien plus du moral que du physique et n'était guère du ressort de la Faculté; toutefois, ils espéraient que l'homme de l'art, à qui ils feraient connaître la vérité, saurait y remédier par des moyens autres que les leurs.

Souvent, ils ne l'ignoraient point, les médecins ont à traiter aussi bien l'âme que le corps, la guérison de celui-ci dépendant, dans certains cas, de la guérison de celle-là.

Mais ils ne savaient où s'adresser, car n'ayant jamais été et n'étant jamais malades, ils ne connaissaient aucun docteur.

Pendant qu'ils délibéraient à ce sujet, Balthazar entra pour prendre des nouvelles de Colette.

André lui apprit la résolution à laquelle on venait de s'arrêter et l'embarras où l'on se trouvait.

— Té! — fit-il, — j'en ai un, moi, de médecin, et un de première catégorie encore.

— Tu veux parler de celui qui t'a opéré, je parie? — demanda André,

— Juste, mon bon.

— Tu oublies donc, — je croyais te l'avoir dit, — qu'il ne soigne que les indigents?

— Eh! non, je ne l'oublie pas, mais qu'est-ce que ça fait?

— Ça fait qu'il se refusera à venir, tout simplement,

— Bagasse! c'est ce que nous verrons. Je vais aller le trouver, moi, et je lui dirai : Vous me reconnaissez, hein, patron? Je suis Balthazar Capricas, enfant de la divine Marseille. — Oui, qu'il fera, je vous reconnais, pardieu! — Eh bien, que je reprendrai, venez avec moi. Il y a là tout près une demoiselle qui est malade et que vous seul pouvez guérir parce que vous êtes un malin, comme j'ai pu le voir l'autre jour à la façon expéditive dont vous m'avez débarrassé de la corne que j'avais sur le nez, même que je vous ai donné un demi-louis pour votre peine, sans savoir que vous travailliez gratis, lequel demi-louis je vous laisse pour en faire cadeau de ma part à un de vos clients. Et je te réponds qu'il viendra tout de suite.

— J'en doute!

— Il viendra, mon bon, ou j'en perdrai mon nom!

— Le crois-tu vraiment?

— Je gage avec toi ce que tu voudras?

— En ce cas, si tu en es si sûr, va le chercher, — dit André.

— J'y vais. Il est huit heures à peine, je le trouverai sûrement chez lui.

— Ne flâne pas, je t'en prie, que nous sachions promptement à quoi nous en tenir.

— Le temps seulement de faire le chemin, aller et retour.

Le Marseillais ne s'était pas vanté à tort de décider le docteur noir à venir.

Une demi-heure après, il le ramenait en effet avec lui.

Il est vrai que Jean n'avait pas été difficile à persuader.

Dès que Balthazar lui avait appris le but de sa visite matinale, il avait eu le pressentiment que, de sa présence chez les Bertin, allait découler pour lui un événement capital, et il s'était empressé d'acquiescer à la demande du commis voyageur.

Une jeune fille de seize ans, belle comme le jour, lui avait dit le Marseillais, cela l'avait fait, instantanément, songer à sa Jeanne dont son esprit était sans cesse préoccupé.

En arrivant chez les ouvriers, il chercha tout d'abord des yeux celle pour laquelle on réclamait ses soins.

Il avait hâte de la voir.

Mais l'enfant était encore dans sa chambre où, en prévision de la venue du médecin, on lui avait dit de rester.

Le père et la mère d'André commencèrent par s'excuser près du docteur de l'avoir dérangé, sachant combien son temps était précieux puisqu'il le consacrait aux pauvres; puis, afin qu'il pût traiter efficacement Colette, ils lui racontèrent son histoire, ainsi que la cause de sa maladie.

Ils lui apprirent également à la suite de quelles circonstances elle était devenue leur fille adoptive, c'est-à-dire, comment leur fils l'avait, trois mois auparavant, rapportée un soir chez eux évanouie.

Jean les écoutait avec une surprise et une émotion croissantes qui n'échappa pas aux deux vieillards.

— Ainsi, — dit-il, lorsqu'ils eurent terminé, — celle dont vous me parlez est cette ancienne danseuse du Café Maure de l'Exposition, qui avait nom Lallah-Mahia ?

— Oui, monsieur, c'est elle; nous avons encore son costume ici, — répondit Mme Bertin. — La connaîtriez-vous donc que vous paraissez tant vous intéresser à elle ?

— Je ne l'ai jamais vue qu'une seule fois... et au Café Maure. Néanmoins je m'intéresse beaucoup à cette enfant... plus que vous ne pouvez le croire, même. Voulez-vous me mettre en sa présence ?

— Venez, monsieur, elle est là à côté; elle s'est levée tout à l'heure.

Mme Bertin introduisit Jean près de la jeune fille.

Celle-ci était assise dans un fauteuil, la tête penchée sur la poitrine et les bras pendant le long du corps.

Elle semblait encore plus pâle et plus affaissée que de coutume

La nuit, d'ailleurs, avait été très mauvaise.

La vieille femme l'avait entendue plusieurs fois pousser des cris de terreur, comme si elle se fût débattue contre des ennemis imaginaires.

La pauvre enfant avait, en effet, rêvé qu'elle était reprise par « son père » et que, malgré les efforts de ses amis, le chenapan réussissait à s'enfuir avec elle.

Jusqu'au matin, ce cauchemar l'avait poursuivie, quoi qu'elle eût fait pour s'y soustraire. Et, maintenant encore, bien qu'éveillée, elle en frissonnait d'épouvante.

Au bruit que fit la porte en s'ouvrant pour livrer passage au docteur, elle redressa la tête et ses yeux rencontrèrent ceux de ce dernier.

Il y eut alors entre eux comme un choc électrique.

Ils venaient de se reconnaître par les yeux de l'âme, avant de se reconnaître par les yeux du corps.

Jean de Lavaur était devenu très pâle à son tour et avait besoin de tout son empire sur lui-même pour se dominer.

Il s'avança dans la chambre et s'approcha de Colette près de laquelle il prit place.

Par discrétion, et afin de ne pas gêner l'enfant dans les réponses qu'elle aurait à faire aux interrogations du médecin, l'ébéniste et son fils, ainsi que le Marseillais, étaient restés dans la première pièce.

Mᵐᵉ Bertin, seule, avait accompagné le praticien.

Pour la forme, celui-ci tâta le pouls de la malade et lui adressa quelques questions sur ce qu'elle ressentait.

Puis, impatient de pénétrer dans sa vie, il lui dit :

— Mademoiselle, on vient de me raconter votre histoire et de m'apprendre le mystère qui plane sur votre existence; je suis donc au courant de tout ce qui vous concerne. Cependant, je désirerais connaître par vous-même certains faits que vous avez confiés à M. et à Mᵐᵉ Bertin.

« Voulez-vous me permettre de vous interroger à ce sujet?

— Oh! monsieur, — fit gentiment la jeune fille, — interrogez-moi tout à votre aise. Je suis prête à vous répondre sur tout ce que vous jugerez utile de me demander.

Un grand bien-être venait soudain de descendre en elle; ses regards s'attachaient sur le docteur avec une douceur infinie.

— Bien, — dit Jean, — je vous remercie de ces bonnes dispositions à mon égard.

Puis, se recueillant un moment, il reprit :

— Voyons, dites-moi d'abord : vous n'avez jamais connu que ce M. et cette Mᵐᵉ Honoré qui vous ont élevée?

— Jamais qu'eux.

— Ce sont de vilaines gens, paraît-il?

— Oui, de bien vilaines gens.

— Et ils n'étaient pas bons pour vous, m'a-t-on dit?

— Oh! non.

— Vous reconnaissiez qu'ils ne vous aimaient pas?

— La façon dont ils se comportaient avec moi me le prouvait chaque jour.

— De votre côté, vous ne vous sentiez aucune affection pour eux?

— Aucune, hélas! et j'en souffrais, car je sais qu'on doit aimer son père et sa mère, même s'ils ne vous aiment pas.

— Aviez-vous quelquefois la pensée qu'ils pouvaient ne pas être vos parents?

— Avant de venir habiter avec M. et Mme Bertin, non, cette pensée ne m'était jamais venue.

— Et à présent?

— Oh! à présent!

— C'est bien différent, n'est-ce pas?

— D'après ce qu'on m'a fait comprendre, j'ai aujourd'hui la certitude qu'il n'existe entre eux et moi aucun lien de parenté.

— Vous auriez donc été volée ou trouvée par eux?

— Cela, je n'en sais rien.

Le docteur fit une légère pause, puis poursuivit :

— Maintenant, veuillez me dire si, tout au fond de votre mémoire, vous n'avez pas souvenance d'avoir vécu avec d'autres personnes que cet homme et cette femme.

La jeune fille demeura pensive.

— Cherchez bien, — continua Jean, — fouillez jusque dans vos souvenirs les plus reculés.

— Écoutez, — repartit Colette au bout d'un instant et en abaissant à demi les paupières, comme si elle eût voulu regarder en elle-même. — Écoutez... Parfois, la nuit, quand mon esprit est dégagé de toute préoccupation, il me semble... Oh! mais c'est si vague... si vague...

— Cela ne fait rien, dites... Que vous semble-t-il? — demanda Jean, dont le cœur battait à coups précipités.

— Il me semble que je vois passer devant moi deux visages, ceux d'un homme et d'une femme... deux visages à l'air doux et bon, qui se penchent sur moi en souriant.

— Vraiment!

— Oui, mais, je vous le répète, c'est si effacé dans ma mémoire que je ne saurais dire si c'est un jeu de mon imagination ou bien un souvenir réel.

— Jeannel... ma fille... ma fille... — s'écria-t-il en la pressant éperdument sur son cœur...

— Et vous ne distinguez pas, même confusément, les traits de ces visages?

Colette secoua doucement la tête avec lassitude.

— Non, — dit-elle. — J'ai bien cherché déjà à saisir l'ensemble de leur physionomie, mais cela ne m'a pas été possible.

— Avez-vous pu remarquer, au moins, s'ils étaient jeunes... ou vieux?

— Oh! ils sont jeunes, pour cela j'en suis sûre.

— Ah! vous en êtes sûre?

— Oui, oui... jeunes... répéta Colette plus affirmative. — D'autres fois aussi, — continua-t-elle, — je crois en voir un troisième derrière eux.

— Un troisième?

— Quand il m'apparaît, — poursuivit la jeune fille sans faire de pose; — je le distingue mieux que les deux premiers. Mais c'est la vision de cette dernière figure, qui me confirme dans l'idée que mon imagination travaillée évoque un rêve et non une réalité, car est-ce bien un visage, seulement?

— Que voulez-vous dire?

— Je veux dire que ç'a plutôt l'air d'une sorte de caricature. Il a l'aspect de ces grosses têtes en carton avec lesquelles on se déguise pendant le carnaval. Il est même encore plus laid... Pourtant il ne me fait pas peur... pas du tout... et il me sourit aussi...

A ces mots, Jean se leva brusquement.

De grosses gouttes de sueur perlaient à ses tempes et un tremblement nerveux secouait tout son corps.

— Mon Dieu! qu'avez-vous, monsieur le docteur? — demanda Mme Bertin, inquiète de le voir ainsi.

Jean garda le silence.

Il était trop ému pour pouvoir parler.

Il n'en pouvait douter, c'était sa fille qu'il avait devant lui.

Le troisième visage qu'elle venait de décrire et qui était, indubitablement, celui de Pacault, lui en donnait l'absolue conviction.

Toutefois, il lui restait une dernière épreuve à tenter.

Passant vivement derrière le fauteuil, il abaissa la tête de la jeune fille et écarta les cheveux qui prenaient naissance à la nuque.

Alors, apparut une tache rougeâtre, de la grandeur d'une pièce de cinquante centimes, représentant trois minuscules grains de raisin accolés ensemble.

C'était ce qu'on appelle vulgairement une envie.

Bien souvent, quand Jeanne était toute petite, Denise et lui avaient remarqué ce signe, que la chevelure peu formée de la mignonne créature laissait voir aisément.

Un cri de joie délirante sortit de sa poitrine et se répercuta dans l'appartement.

— Jeanne!... ma fille... ma fille... — s'écria-t-il, en enlevant l'enfant du fauteuil et en la pressant éperdument contre son cœur, au grand émoi de Mme Bertin, qui restait muette de saisissement. — Ma fille... que je cherche depuis quatorze ans... Ma Jeanne adorée... tu m'es donc enfin rendue... Ah! Dieu a eu pitié de moi... enfin!...

Et il se mit à couvrir de baisers fous les cheveux et le front de Colette, qu'il arrosait en même temps de larmes abondantes.

Son allégresse était si grande, qu'il en défaillait comme si un poids l'eût écrasé.

L'excès de bonheur est, quelquefois, un fardeau plus lourd à porter que l'excès de malheur.

La jeune fille, loin de chercher à se dérober à cette étreinte et à ces caresses, s'y abandonnait, au contraire, entièrement.

Elle avait même, d'un geste câlin, passé ses deux bras autour du cou de son père, comme si elle avait craint qu'on ne tentât de l'en séparer; et, de ses yeux, à elle aussi, s'échappaient de douces larmes qui venaient se mêler à celles de Jean.

— Ma fille... ma fille... — répétait celui-ci, en la couvrant d'un regard ravi. — Ma Jeanne... ma Jeanne chérie que j'ai tant pleurée... c'est donc toi que je tiens là, serrée contre moi... comme autrefois quand tu étais petite?... Est-ce possible, mon Dieu!... et ne suis-je pas le jouet d'un rêve?...

— Non, mon père... c'est moi... bien moi... votre fille... — murmurait Colette... — Oh !... je sens bien que vous êtes mon père... mon cœur me le dit assez... et je vous avais déjà reconnu... l'autre jour... en vous voyant passer...

— Que dis-tu?... Tu m'avais déjà reconnu... l'autre jour?...

— Oui, le jour du patinage... mais vous ne comprenez pas... je vous expliquerai... mais pas maintenant... je ne pourrais pas... je suis trop heureuse... Oh ! oui, bien heureuse !...

XVII

LE SIGNE

Au cri poussé par Jean de Lavaur, les trois hommes, qui attendaient à côté la fin de la « consultation », avaient fait irruption dans la chambre de Colette, et restaient là, cloués sur place, tout interdits de voir celle-ci dans les bras du docteur.

Leur étonnement était même si profond, qu'ils n'entendaient pas les paroles échangées entre le père et la fille et se demandaient s'ils étaient bien éveillés.

Mme Bertin, non moins stupéfiée qu'eux, semblait métamorphosée en statue.

Le fait est que ce coup de théâtre tenait plus de l'illusion que de la réalité.

Enfin, au bout d'un moment, l'ébéniste reprenant le premier son sang-froid s'approcha de Jean et lui demanda d'un ton presque sévère :

— Ah çà! que signifie ceci, monsieur? Nous est-il permis de le savoir?

Cette question tira le docteur de son extase et le ramena à la situation présente.

Il dénoua doucement les bras de Colette, la replaça dans le fauteuil, puis répondit d'une voix toute vibrante de tendresse paternelle :

— Oui, mes amis, vous allez le savoir. Apprenez donc que je suis le père de cette enfant qu'un hasard vraiment miraculeux vient de me faire retrouver, après un peu plus de quatorze ans de séparation.

— Vous êtes le père de Colette! — s'écrièrent ensemble les Bertin et le Marseillais.

— Oui, je suis son père... son véritable père, cette fois. J'en avais déjà la preuve morale, mais je viens d'en acquérir la preuve matérielle et irréfutable.

Et comme tous les yeux se tournaient vers lui en points d'interrogation, il reprit :

— Je vais vous donner cette dernière qui, par sa matérialité même, est de nature à mieux vous convaincre que l'autre.

Faisant alors avancer tout le monde près de la jeune fille, il lui abaissa de nouveau la tête et découvrit les trois grains de raisin cachés sous les cheveux.

— Remarquez ce signe, — dit-il; — pensez-vous, eu égard à l'endroit où il est placé, que quelque autre personne que son père ou sa mère puisse savoir qu'il existe.

— Non, en effet, c'est impossible, — répliquèrent à tour de rôle les trois hommes et Mme Bertin, après avoir examiné la petite tache et constaté que les cheveux la masquaient complètement, lorsqu'ils n'étaient pas écartés.

— N'est-ce pas?

— Tout à fait impossible.

— Cette preuve est donc absolument convaincante et ne peut laisser subsister aucun doute sur les liens étroits qui nous attachent l'un à l'autre.

— C'est vrai, aucun.

— Mais comment, monsieur le docteur, — demanda André, — avez-vous été amené à supposer que Colette possédait ce signe?

— Je vous ai parlé d'une preuve morale. Eh bien! c'est par elle que je suis arrivé à obtenir celle-ci.

« Tout à l'heure, au cours de ma conversation avec Jeanne, — car c'est là son vrai nom, — elle m'a appris que, parfois, la nuit, elle voyait vaguement deux visages qui se penchaient sur elle en souriant et derrière lesquels, de temps à autre, s'en montrait un troisième qu'elle disait un peu mieux distinguer.

« Or, la description qu'elle m'a faite de ce dernier m'a désigné claire-ment celui d'un pauvre être disgracié de la nature qui, vivant avec sa mère et moi lorsqu'elle était tout enfant, se trouvait aussi souvent près d'elle que nous deux.

« Cela a suffi pour me la faire reconnaître et je ne suis pas surpris qu'elle ait conservé de ses traits un souvenir plus distinct que des nôtres, car le malheureux a un facies d'une remarquable laideur, dont son esprit a dû rester vivement frappé.

« Cette preuve acquise, je n'ai donc plus eu, pour dissiper mes der-niers doutes, qu'à m'assurer du signe dont je la savais marquée à la nuque.

« D'ailleurs, pour tout vous dire, mon cœur l'avait déjà reconnue lors-qu'elle était au café Mauro où le hasard m'avait conduit le soir même de l'incendie; et, si ce sinistre ne s'était pas produit, mon intention était d'essayer de lui parler aussitôt après la représentation.

« Une voix secrète me disait qu'elle était ma fille.

« A ce propos, mon jeune ami, — ajouta Jean en continuant à s'adresser à André Bertin, — je sais, d'après ce que m'ont dit vos parents, à quel danger vous n'avez pas craint de vous exposer pour arracher Jeanne aux flammes qui l'environnaient déjà. Laissez-moi vous en exprimer ma bien vive gratitude; vous avez droit, de ma part, à une éternelle reconnaissance.

— Permettez, monsieur, — répliqua modestement le jeune homme, — votre reconnaissance doit aller, surtout, à cet être étrange qui, comme vous devez le savoir également, a surgi tout à coup près de nous, au moment où Colette et moi, — pardon, Mᵉ Jeanne, veux-je dire, — allions périr asphyxiés dans la pièce du fond de l'établissement.

— J'en conviens; cependant cela ne diminue en rien votre généreuse action qui, encore une fois, me crée envers vous de grandes obligations.

— Comme vous voudrez, monsieur. De mon côté, je me suis toujours promis, si je venais jamais à me trouver en face de ce personnage bizarre, de le remercier ainsi qu'il le méritait.

« Mais, par exemple, je ne sais guère quand cela arrivera, car je n'ai pas du tout d'idée de l'endroit où je serais à même de le rencontrer.

— Je puis vous l'indiquer, moi, cet endroit.

— Vous, monsieur le docteur? — fit André surpris.

— Certainement... attendu que ledit personnage est mon ami et habite avec moi ; c'est lui qui possède ce visage que Jeanne m'a dépeint.

— Té ! — intervint le Marseillais, — c'est ce petit bonhomme que j'ai vu tout à l'heure chez vous, patron ?

— C'est lui.

— Ma foi je n'ai pas remarqué sa figure, tellement j'étais préoccupé. Il avait d'ailleurs un chapeau à larges bords qui la lui cachait presque totalement et, de plus, était enveloppé d'un grand manteau lui retombant jusqu'aux pieds.

— En effet, il se disposait à aller faire une petite course dans le quartier ; et, quand il sort, il s'affuble toujours ainsi, afin de dissimuler sa monstruosité.

— Eh bien ! — reprit André, — j'aurai grand plaisir à le voir, pour, comme je viens de vous le dire, lui adresser mes sincères remerciements.

— Il vous est loisible de le voir dès aujourd'hui si bon vous semble. Ou vous viendrez chez moi, ou je vous l'amènerai ici.

« Mais, à présent, mes amis, — poursuivit Jean, — il est de mon devoir de vous apprendre exactement ce qu'est cette enfant et de compléter son histoire en vous racontant la mienne à mon tour.

Alors, il narra les faits relatifs à sa vie, depuis le commencement de sa liaison avec Denise, jusqu'au moment où il était revenu de Kerdaniou et avait trouvé déserte la chambre de l'ouvrière.

Puis il dit quelles avaient été ses angoisses, ses tortures à la suite de ce malheur terrible, ainsi que l'espérance qui avait peu à peu germé en lui que sa fille n'était pas morte et qu'il la reverrait un jour.

— Seulement, — ajouta-t-il en terminant, — il y a une lacune qu'il m'est impossible de combler. C'est de savoir comment Jeanne est tombée entre les mains de cet homme et de cette femme.

« Mais cela importe peu.

« Au reste, nous l'apprendrons sûrement, quand nous les retrouverons l'un et l'autre, ce qui ne peut manquer d'arriver tôt ou tard.

« Actuellement, je ne veux plus songer qu'à une chose : c'est que ma Jeanne, ma fille adorée m'est rendue et que mon existence, si sombre jusqu'alors, vient de s'illuminer d'un intense rayon de bonheur.

Et, de nouveau, Jean pressa tendrement la jeune fille dans ses bras.

— Oh! mon père, — soupira celle-ci, — comme nous serions heureux si ma pauvre mère était encore de ce monde !

— Oui, ma chérie, notre joie serait complète. Malheureusement, Dieu ne l'a pas voulu ainsi et il faut nous soumettre à ses décrets. Mais la perte de ma chère Denise sera pour moi l'objet d'un éternel chagrin, l'ombre qui planera sur ma vie jusqu'à son dernier jour.

« Néanmoins, j'aurai une grande consolation : celle de la voir revivre en toi, car tu lui ressembles d'une façon si parfaite que tu parais être une seconde elle-même.

« Et cela, non seulement par la beauté, mais encore par le cœur que, comme elle, tu as si bon et si aimant.

XVIII

BONNE ENTENTE

En ce moment, la pendule se mit à sonner dix heures comme pour rappeler à Jean que ses indigents étaient depuis un certain temps déjà à l'attendre chez lui.

Il comprit que le bonheur qui lui était donné ne devait pas l'être à leur détriment et que ce serait de l'égoïsme de sa part de retarder davantage sa consultation quotidienne.

Aussi, rentrant dans son rôle de médecin, il dit aux ouvriers :

— J'oubliais, mes amis, au milieu de ma joie, que de pauvres êtres souffrants sont chez moi dans l'attente de ma venue.

« Je ne puis donc rester plus longtemps avec vous et, malgré toute la peine que j'ai à m'éloigner d'ici, je vais retourner à ma demeure où le devoir m'appelle.

« Mais, aussitôt libre, je m'empresserai de revenir, impatient que je serai de me retrouver près de ma fille.

« A bientôt donc, mes amis; je pense être de retour vers midi ou midi et demi au plus tard.

— C'est cela, vous déjeunerez avec nous, monsieur le docteur, dit Mme Bertin d'un ton engageant.

— Ma foi, bien volontiers, répliqua Jean; — et, depuis de longues années, je n'aurai jamais fait un repas en si agréable compagnie.

. . . .

Ce jour-là, les clients du docteur noir furent tout étonnés de lui voir un visage rayonnant, au lieu de celui toujours si triste qu'ils lui connaissaient d'ordinaire.

Ils furent non moins surpris des grasses libéralités qu'il leur octroya et des paroles encore plus affectueuses que de coutume, avec lesquelles il les consola de leur misère.

Assez judicieusement, ils attribuèrent cet excès de générosité et ce changement subit dans sa physionomie, à un événement heureux qui venait de lui survenir.

Mais ne pouvant savoir, bien entendu, quel était cet événement, ils supposèrent ou qu'il avait fait un héritage considérable, ou gagné quelque grosse somme dans une opération financière.

Ces malheureux, dont tous les maux provenaient du manque d'argent, ne croyaient pas qu'il pût y avoir sur terre de plus grand bonheur que celui d'en posséder beaucoup.

Midi était sonné depuis quelques minutes quand Jean reparut chez les ouvriers.

Il ramenait Pacault avec lui.

Le nain, cela va de soi, savait tout et partageait son allégresse.

Il allait donc revoir cette petite qu'il avait bercée si souvent, autrefois, et pour laquelle, lui aussi, il se sentait un véritable amour de père.

Son cœur en tressautait d'émoi dans sa poitrine.

Lorsque tous deux entrèrent, les Bertin, la jeune fille et Balthazar Capricas, qu'on avait retenu pour la circonstance, se trouvaient réunis dans la salle à manger où la table était déjà mise.

Pacault portait le long manteau et le grand chapeau que lui avait vus le Marseillais.

A la vue des cinq personnes qui s'offraient à lui, il se recula instinctivement, comme s'il eût voulu se dérober à leurs regards.

Mais Jean, le retenant, le présenta aux Bertin en disant :

— Voici, mon ami, Étienne Pacault. Il refusait de m'accompagner, craignant de se montrer à vous; mais je l'y ai obligé, sachant bien quel accueil vous lui feriez. Veuillez donc le rassurer un peu, car je m'aperçois qu'il ne l'est guère.

André s'avança alors vivement vers le nain, et, en termes chaleureux, le remercia de ce qu'il avait fait pour lui et la jeune fille, lors de l'incendie du café Maure.

LA FILLE DE L'OUVRIÈRE

— Maintenant tu vas venir t'asseoir à table à côté de moi.

LIV. 76. — H. GEFFROY, éditeur. — Reproduction interdite.

76

— Cela était tout naturel, répondit Pacault presque timidement. — Vous étiez en danger, je vous ai secourus, voilà tout.

— Oui, voilà tout... reprit le jeune homme. — Vous êtes modeste, monsieur, et cette qualité ne fait qu'ajouter encore à votre mérite.

— Je vous en prie, monsieur... balbutia le nain que ces paroles rendaient visiblement confus.

— Allons, fit Jean, — je vois que vous mettez mon pauvre Pacault dans l'embarras. Ménagez-lui vos louanges, mon jeune ami, sans quoi vous allez certainement le faire fuir.

— Nous sommes là pour l'en empêcher, observa l'ébéniste.

« Mais, pour en finir d'un seul coup, ajouta-t-il, je m'empresse de lui adresser aussi mes remerciements, ainsi que ceux de ma femme; c'est bien le moins, je crois. Là-dessus, puisque la chose est réglée, n'en parlons plus et déjeunons.

— Et moi, alors, demanda la jeune fille, on ne me laisse donc rien lui dire, à monsieur Pacault?

— Toi, ma chère enfant, — fit Jean avec un bon sourire... — embrasse-le, cela vaudra pour lui tous les remerciements possibles.

— Oh! non... non... — gémit le nain, en faisant de nouveau un pas de retraite; — elle est trop grande, maintenant... et ne me reconnaît pas... ne peut pas me reconnaître...

— Si... Si... je te reconnais Pacault, mon bon Pacault!... — s'écria l'enfant en courant à lui et en se jetant à son cou. — C'est toi qui m'apparaissais entre mon père et ma mère... et j'étais toujours heureuse de te voir...

— Oh! Jeanne... petite Jeanne... — murmura le nain suffoqué par l'émotion. — Vrai, tu te souviens encore de moi... de ton pauvre Pacault qui t'aimait tant... et avec lequel tu faisais de si bonnes parties?...

— Oui... oui... je m'en souviens... et plus je te regarde, plus ton souvenir se ravive en moi. J'étais bien jeune, bien jeune pourtant, à l'époque dont tu parles.

— Tu venais d'atteindre tes dix-huit mois quand je t'ai vue pour la dernière fois.

— Eh bien! cela prouve que j'ai une excellente mémoire... Et toi, me reconnais-tu?

— Oh! oui... et je te revois telle que tu étais à cet âge, quoique tu sois aujourd'hui une grande demoiselle. Mais, pardon, je te... je vous tutoie... — remarqua le nain; — cela vous blesse peut-être?

— Et moi, est-ce que je ne te tutoie pas? C'est si tu me disais *vous* que ça me blesserait. Je veux que tu me dises *tu*, tu entends, je le veux.

— Bon, bon, je te le dirai, c'est convenu. Je constate que tu es aussi volontaire que jadis... car tu m'avais rendu ton esclave, chère mignonne. Tu n'avais qu'à me faire signe de ton petit doigt pour qu'aussitôt je t'obéisse à l'instant... comme je suis tout prêt à le faire encore maintenant, du reste.

— Bien sûr? — fit la jeune fille d'un air mutin.

— Essaye et tu verras.

— Soit, je te prends au mot et vais abuser de mon autorité. Pour commencer, je t'ordonne d'ôter ce vilain chapeau et ce grand manteau dont tu es affublé.

Et comme Pacault hésitait un peu :

— Tu vois que j'avais raison de douter de ce que tu me disais. Allons, vite, vite, débarrasse-toi de l'un et de l'autre, — commanda l'enfant.

Le nain se soumit à cet ordre ; mais en même temps il jeta sur les assistants un regard apeuré, semblant leur demander pardon de leur infliger la vue de sa monstrueuse personne qui apparut alors dans toute sa difformité.

Il est superflu de dire que les Bertin et le Marseillais, qui avaient été prévenus par Jean, se gardèrent bien de montrer la moindre surprise.

Ils firent même semblant de ne rien remarquer d'extraordinaire en lui.

Cela rendit un peu d'assurance à Pacault.

— Maintenant, — reprit l'enfant, — tu vas venir t'asseoir à table à côté de moi.

— Mais je ne suis venu que pour te voir, petite Jeanne, et non pas pour déjeuner.

— Tu n'as pas à discuter mes ordres, fit la jeune fille, — jouant toujours la despote. — Tu as dit que tu m'obéirais et j'exige que tu m'obéisses... sans aucune observation, même.

— Tu me rends indiscret, Jeanne, — dit le nain en se défendant. — Je t'en prie, laisse-moi m'en aller... je reviendrai.

— Non, non, tu ne t'en iras pas. Je veux que tu déjeunes avec nous. N'est-ce pas, maman Bertin, que je dois le forcer à rester?

— Assurément, mignonne, — répliqua la vieille femme.

Puis à Pacault :

— Vous voulez plaisanter, monsieur, je suppose, en disant que vous êtes indiscret. Une assiette de plus à mettre n'est pas un grand dérangement.

— Tu vois? Allons viens, là... mon père d'un côté, toi de l'autre, de manière que je sois entre vous deux.

Toute résistance devenant inutile, le nain céda et chacun prit place autour de la table.

Celle-ci, si elle n'était pas somptueusement servie, l'était du moins fort convenablement.

Pendant les deux heures qu'elle avait eues de libres devant elle, Mme Bertin, mettant à contribution ses talents de ménagère, avait confectionné quelques plats de sa façon que n'eût certes pas désavoués un maître queux.

Dame, on a son petit orgueil et il fallait bien montrer à « monsieur le docteur » ce qu'on savait faire.

Il y avait notamment un chou farci qui était sa gloire.

Elle en tenait la recette de sa mère, qui, elle-même la tenait de la sienne et ainsi de suite jusqu'à une époque se perdant dans la nuit des temps.

C'était, paraît-il, un secret de famille qu'on se léguait par testament.

On dit que la joie ouvre l'appétit, et cela est vrai.

Tout le monde étant donc joyeux, on fit largement honneur aux plats de la vieille femme, qui, croyant voir dans les attaques réitérées qu'ils avaient à supporter, un hommage rendu à sa science culinaire, ne cachait pas la jubilation où elle était.

Le déjeuner achevé, on songea à s'occuper de la nouvelle situation qui venait d'être faite à la jeune fille et des conséquences qui allaient nécessairement en résulter.

— Voyons, monsieur le docteur, — demanda l'ébéniste, — veuillez nous dire quelles sont vos intentions à l'égard de mademoiselle votre fille?

— Je dois vous avouer, mes chers amis, — répliqua Jean, — que je n'en ai pas encore de positivement arrêtées. Cependant, ce que je puis dès maintenant vous déclarer, c'est que je tiens absolument à vivre désormais avec ma fille. Vous admettrez, je pense, que cette prétention est des plus naturelles ?

— Tout ce qu'il y a de plus naturel. Je me permettrai simplement de vous rappeler que nous aimons beaucoup cette enfant et que, de son côté, elle a pour nous une réelle affection. Ceci, afin de vous guider dans la décision que vous croirez devoir prendre à son égard.

— Est-ce que vous allez nous l'enlever? — interrogea Mme Bertin avec inquiétude.

A cette question, Jean se mit à réfléchir.

Tout à son bonheur depuis le matin, il n'avait, comme il le disait, rien résolu encore au sujet de la jeune fille et se trouvait quelque peu embarrassé pour répondre d'une façon précise à ce que lui demandait la vieille femme.

Pendant qu'il méditait ainsi, ses yeux vinrent à tomber sur André Bertin.

Le jeune homme était tout pâle et le considérait anxieusement.

Il reporta ses regards sur sa fille.

Le sang avait également disparu des joues de celle-ci.

Cela lui fut une révélation. Les deux enfants s'aimaient et souffriraient cruellement s'il les séparait.

Puis il remarqua aussi que le père et la mère d'André, n'augurant sans doute rien de bon de son silence, étaient soudain devenus tout tristes.

Jusqu'à la bonne grosse figure de Balthazar qui avait perdu son expression de gaieté habituelle.

Alors, son parti fut vite pris.

— Mes amis, — prononça-t-il, — je viens de vous dire que je tenais à vivre désormais avec ma fille, et vous avez reconnu sans peine que cette exigence était parfaitement légitime.

« D'autre part, je comprends fort bien que Jeanne, étant avec vous depuis trois mois, vous vous soyez attachés à elle, comme elle-même s'est attachée à vous.

« Il s'agit donc de trouver un moyen de nous donner satisfaction à tous, c'est-à-dire de faire en sorte qu'elle soit à la fois avec vous et avec moi. Or, pour moi, ce moyen le voici : c'est...

— C'est de demeurer tous ensemble, parbleu! — acheva l'ébéniste qui avait pénétré la pensée de Jean.

— Précisément. Nous ne ferons qu'une seule famille.

— Ce que vous dites là, monsieur le docteur, nous fait joliment du bien, je vous l'assure, — repartit Pierre Bertin, — car, vrai, vous nous auriez crevé le cœur en nous prenant cette petite qui est la joie de notre foyer.

— Oh! oui, joliment du bien, — renchérit M⁽ᵐᵉ⁾ Bertin, qui avait de douces larmes dans les yeux, — et il faut que je vous embrasse pour cette bonne idée... si vous le permettez, toutefois, monsieur le docteur?

— Comment donc, ma chère dame, — repartit Jean avec empressement, — vous me faites même un sensible plaisir, croyez-le.

« Seulement, — ajouta-t-il avec malice, — prenez garde, M. Bertin va peut-être se fâcher d'une pareille familiarité.

— Ah! crebleu! — renvoya l'ébéniste en plaisantant aussi, — il y a

beau jour que Génie et moi... mais *sufficit*, je m'entends. Allez-y donc à
votre aise, mes enfants; ce n'est pas ça qui m'empêchera de dîner ce
soir.

Avant que son mari eût fini sa phrase, Mme Bertin avait déjà déposé
deux bons gros baisers sur les joues du docteur.

A peine le dernier avait-il résonné que Jeanne — nous lui donnerons
ce nom dorénavant — y appliqua à son tour une foule d'autres sans
compter.

— Oh! toi, ma chérie, — lui murmura Jean à l'oreille, — tu peux m'embrasser tant que tu voudras... M. André n'a pas à être jaloux, lui... je suis
ton père.

Ces mots rendirent la jeune fille écarlate et, toute confuse, elle cacha
son visage contre la poitrine du docteur.

Celui-ci avait deviné son secret.

Quant au jeune Bertin, il était radieux. Il ne serait pas séparé de
Jeanne et vivrait près d'elle comme par le passé.

— Oui, mes chers amis, — reprit Jean, au bout d'un instant. — Nous
habiterons tous ensemble. Moi je continuerai à m'occuper de mes pauvres
et vous, à faire de ma fille une bonne petite ménagère.

« Quoiqu'elle soit riche, à présent, je veux qu'elle conserve les goûts
modestes qu'elle a pris avec vous.

« Sa mère était d'ailleurs la simplicité même et ainsi elle me la rap-
pellera encore davantage.

— Alors, elle ne cessera pas d'apprendre la dentelle, monsieur le
docteur ?

— Non certes.

— Ah! tant mieux, ça m'aurait peinée de la lui voir abandonner.
Savez-vous que nous vendons déjà ce qu'elle fait et que ça plaît au public.

« Aussi, tenez, il y a une quinzaine de jours, j'avais porté chez mon
marchand habituel, avenue de l'Opéra, une collerette qu'elle venait de
terminer.

« Je l'avais bien aidée un tantinet, c'est vrai, mais enfin c'est elle qui
y avait travaillé, pour la plus grande partie.

« Eh bien! il paraît, d'après ce que m'a dit le marchand, qu'elle a été
achetée dès le lendemain... et, chose curieuse, elle a plu tellement, que la
même personne est revenue presque tout de suite, en demander une
autre exactement pareille. Malheureusement, comme c'était la seule
qu'elle eût faite, il a fallu lui en donner une de ma confection, à moi.

— En ce cas, raison de plus pour qu'elle continue son apprentissage.

— C'est entendu.

— Mais, dit Jean, — il nous reste un dernier point à régler. Cet appartement est évidemment trop petit pour nous contenir tous, de même, du reste, que celui où j'habite rue de Charonne et que je conserverai seulement pour recevoir mes indigents.

« Il nous est donc nécessaire d'en chercher au plus vite un autre de dimensions convenables. Voulez-vous, cher monsieur Bertin, vous charger de ce soin ?

— Très volontiers.

— Eh bien ! je vous laisse carte blanche. Ce que vous ferez sera bien fait.

— Dans quelques jours, au plus tard, j'aurai certainement trouvé ce qu'il nous faut.

— Le plus tôt sera le mieux. Vous excuserez mon impatience, je pense ; j'ai hâte de nous voir réunis.

— Et moi, je déménagerai aussi, alors, — dit Balthazar : — j'irai loger près de vous. Ça m'ennuierait de rester tout seul dans cette maison.

— Mon ami, — répliqua Jean, — j'allais vous le demander. Je tiens même à ce que vous soyez notre plus proche voisin possible. C'est grâce à vous que j'ai retrouvé ma chère Jeanne, et plus je serai en votre compagnie, plus j'en serai heureux.

— Merci, patron. Moi je vous en dirai autant, et chaque fois que je reviendrai de voyage je vous raconterai mes histoires comme à André.

— C'est cela, — approuva le docteur ; — de cette façon nous passerons ensemble d'agréables moments.

— Sûr... vous verrez.

XIX

AU BOUT DU ROULEAU

Comme il l'avait annoncé à Gomez Erreguy, le Rouquin, en quittant la cité Verte, avait transporté son domicile rue du Poteau, à Montmartre.

La rue du Poteau, disons-le en passant, est une des plus anciennes rues de la commune montmartroise.

Elle offre cette particularité d'être restée vieille dans une de ses parties et de s'être modernisée dans l'autre.

La raison en est qu'elle se trouve située moitié dans un des nouveaux centres de Montmartre et moitié hors de ce centre.

— Tonnerre ! quelle fichue situation et comment en sortir?

Elle prend en effet à l'intersection des rues Ordener et Sainte-Isaure, derrière la butte à l'angle ouest de la place Sainte-Euphrasie, sur laquelle s'ouvre le portail de l'église Notre-Dame de Clignancourt en face la nouvelle mairie du XVIIIᵉ arrondissement et, après un trajet d'un quart de lieue environ, elle aboutit sur le rempart du boulevard Ney.

Il s'ensuit que le tronçon supérieur a subi les transformations.

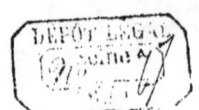

qu'exigeait sa situation dans le centre dont nous parlons, tandis que le tronçon inférieur est resté tel qu'il était, c'est-à-dire a conservé ses constructions primitives qui, pour la plupart, ne sont que des bicoques et des masures.

C'est dans cette dernière partie et tout contre le passage du Champ-Marie — immonde boyau pestilentiel qui suit la ligne de ceinture — qu'étaient venus gîter le Rouquin et la Bibasse.

Ils connaissaient d'ailleurs l'endroit pour l'avoir habité jadis à différentes reprises, au temps de leurs fréquentes pérégrinations à travers Paris, et s'en étaient souvenus lorsqu'ils avaient cru devoir fuir Chaillot précipitamment.

En y arrivant trois mois auparavant avec leurs meubles, ils avaient d'abord cherché à louer un logement, mais n'en trouvant pas sur-le-champ, ils étaient allés s'installer en garni en attendant qu'il s'en présentât un.

Il faut croire que leur nouvelle demeure avait eu pour eux un attrait particulier, car ils ne l'avaient plus quittée depuis, quoique, par la suite, plusieurs logements fussent devenus libres dans le voisinage.

Ils avaient même vendu leur mobilier, dont ils ne savaient plus que faire maintenant :

Le « Loge à la nuit » qu'ils habitaient avait nom : *Hôtel des Compagnons.*

C'était un de ces bouges comme il s'en rencontre tant aux environs des fortifications et qui n'ont pour clientèle qu'un monde à existence des plus problématiques.

Sous ce rapport, celui-là ne faisait pas exception à la règle et il eût été difficile, sinon impossible, de découvrir parmi ses locataires, qui étaient au nombre d'une vingtaine, quelqu'un d'entre eux exerçant une profession avouable.

Comme on le voit, le Rouquin et la Bibasse n'y étaient nullement déplacés.

Ils occupaient là une chambre située au premier étage sur le derrière.

Bien qu'elle fût un peu sombre et humide, le Rouquin l'avait préférée à d'autres plus claires et mieux placées.

Il avait remarqué qu'elle donnait sur un terrain vague par lequel on pouvait facilement s'esquiver si besoin était ; ce qui lui avait paru être un avantage fort appréciable.

Le soir même du jour où Jean de Lavaur avait reconnu sa fille en la personne de Colette, vers onze heures environ, les deux chenapans s'y trouvaient assis près d'un petit poële en fonte à moitié éteint, et causaient ensemble.

Le Rouquin était enveloppé d'un gros paletot boutonné jusqu'au menton et avait sur les épaules une couverture de lit pliée en quatre, dont les pans se croisaient sur sa poitrine.

En outre, son chef disparaissait sous un épais bonnet de poil de lapin qui lui descendait jusqu'aux sourcils.

Ses traits hâves et décharnés, ainsi que l'affaissement de tout son corps, indiquaient qu'il était dans un état de santé assez précaire.

Il venait en effet d'être malade.

Le plongeon qu'il avait fait dans le lac et à la suite duquel il avait gardé ses vêtements mouillés pendant près d'une heure — le temps de regagner son logis — avait déterminé chez lui une grave pleurésie dont il relevait seulement.

— Alors, dit-il, continuant une conversation commencée et en s'adressant à la Bibasse, — tu dis qu'il n'y a plus que dix francs dans la caisse ?

— Dix francs et six sous, juste.

— Crédieu ! nous avons été joliment vite pendant ces huit jours.

— C'est vrai, mais il n'y a pas eu moyen de faire autrement.

— Compte-moi donc la dépense, un peu.

— Oh ! ce n'est pas bien malin, tu vas voir. Sur cent francs qui nous restaient il a fallu d'abord en donner quarante à la logeuse, la mère Jambu. Nous lui devions un mois d'arriéré et cette fois, elle s'est montrée intraitable, me disant que si nous voulions rester elle exigeait d'être payée par avance.

— ... Elle exigeait ?

— Oui ; elle a même dit que dorénavant ce serait toujours comme ça.

— Elle doit se douter de notre *panne* actuelle !

— Pour sûr, elle a du flair, c'te vieille. Ça se voit bien à la tête qu'elle me fait. Elle qui, dans les commencements, était tout le temps à me payer des anisettes et des mêlés-cass, ne m'a pas offert, depuis trois semaines, seulement de quoi me rincer l'œil.

— Continue.

— Donc, ça fait déjà quarante francs ; puis quinze de médicaments pour toi.

— Quarante et quinze, cinquante-cinq. Après.

— Dix francs de chauffage, car j'ai dû entretenir le poêle allumé jour et nuit pour que tu n'aies pas froid.

— Ce qui n'empêche pas que ce soir il est éteint et qu'il n'y a même plus un morceau de charbon à mettre dedans. Mais achève ton compte ;

nous en sommes à soixante-cinq. Pour aller à quatre-vingt-dix, reste vingt-cinq.

— Dame, il a bien fallu que je me nourrisse, moi.

— Naturellement. Cependant tu n'as pas dépensé trois francs par jour pour toi seule, je suppose ?

— Oh ! non, une vingtaine de sous, à peine. Seulement, afin de me soutenir pendant que je te veillais, j'ai pris de temps en temps une petite goutte de café.

— Avec un doigt de rhum ?

— Des fois...

— Pour un peu plus de quinze francs, n'est-ce pas ? Elles ont dû être nombreuses, tes gouttes. Sans parler de celles que tu me comptes en médicaments et en chauffage pour lesquels tu n'as pas dépensé la moitié de ce que tu dis. Sacrée cuve à schnick, va.

— Je t'assure, Auguste, que j'ai été raisonnable, pourtant.

— Je m'en aperçois. Enfin, quoi qu'il en soit, nous voici à plat. Dans deux jours nous n'aurons plus rien. Qu'est-ce que nous allons devenir ?

— C'est ce que je me suis déjà demandé.

— Tonnerre ! quelle fichue situation et comment en sortir ?

— Ah ! si nous avions Colette !

— Nous ne l'avons pas, hélas !

— Esquintez-vous donc le tempérament pendant des mois et des années pour élever de façon modèle une fille tombée on ne sait d'où et voilà par quelle ingratitude vous êtes remerciée.

La Bibasse avait prononcé ces quelques mots avec une telle conviction que le Rouquin ajouta, sans pouvoir s'empêcher de sourire, bien qu'il n'eût guère le cœur à la plaisanterie :

— C'est vrai que nous nous en sommes imposé, des privations, pour donner une chouette éducation à la donzelle.

— Tu n'as plus du tout espoir de toucher les cent mille balles qu'elle devait nous rapporter ?

— Plus du tout... il faut en faire notre deuil. Après l'avoir ratée comme je l'ai ratée l'autre jour au Bois de Boulogne, pour moi, vois-tu, c'est fini, maintenant. Nous ne la retrouverons jamais.

— La petite gueuse, nous jouer un pareil tour.

— Et dire que c'est à la chercher partout qu'a passé notre magot.

— Oui, c'était bien la peine. Il aurait mieux valu le boire, au moins ça nous aurait profité.

— Évidemment, — répliqua le Rouquin en haussant les épaules ; — nous aurions pu acheter sept ou huit tonneaux de rhum...

— Oh! deux auraient suffi.

— Allons, assez de bêtises; cherchons plutôt à nous tirer de là.

— Cherchons, je veux bien.

— Qu'est-ce que tu ferais, toi?

— Moi, j'irais d'abord *laver* le collier de perles. Comme nous ne le rendrons pas il ne nous sert plus à rien.

— J'y ai pensé, mais ça ne nous est pas possible... à présent, du moins.

— Pas possible! pourquoi ça?

— Parce que, pour le vendre un prix convenable, il faudrait nous adresser à un bijoutier et que celui auquel nous l'offririons ne nous l'achèterait pas sans prendre sur nous des renseignements minutieux... ce à quoi je ne tiens pas.

« De plus il voudrait payer à domicile et nous sommes trop piteusement logés pour lui donner à penser que c'est là un bijou de famille.

— En ce cas, engageons-le au Mont-de-Piété. On nous prêtera pas mal dessus.

— Encore mieux. Comme chez *ma tante* il est absolument nécessaire de prouver son identité par des pièces authentiques, nous serions forcés d'avouer qui nous sommes, ce qui aurait pour résultat de nous faire renvoyer à l'ombre sur-le-champ; car il s'en manque encore de deux mois que nous soyons libérés de notre surveillance.

— Eh bien! portons-le à un receleur.

— Ce serait la seule manière de nous en débarrasser sans danger. Mais, dans ces conditions, nous n'en retirerions qu'une somme insignifiante.

— Tu crois?

— Je parie que nous en aurions à peine deux cents francs... et il en vaut six mille, à ce que m'a affirmé M. Gomez.

— Tiens, — fit la Bibasse qui était pour le positif, — deux cents francs quand on n'a pas le sou, c'est toujours bon à prendre.

Son compagnon secoua la tête. Il lui déplaisait de vendre ce « droit d'aînesse » au prix du plat de lentilles d'Esaü dont il n'avait peut-être jamais entendu parler.

— Non, — dit-il, — nous perdrions trop.

— Nous perdrons encore bien plus en le gardant.

— Sois tranquille, mon intention est de m'en défaire, mais pas immédiatement et, surtout, pas à Paris.

— Où donc alors ?

— En Angleterre. Dès que nous aurons quelque chose devant nous, j'irai faire un petit voyage à Londres où je trouverai aisément à le bazarder pour au moins trois mille ou trois mille cinq cents francs. Là-bas, ils sont beaucoup moins difficiles sur le chapitre des renseignements.

— Si tu penses en avoir tant que ça, il vaut mieux attendre un peu, en effet. Le malheur est que nous ne savons pas comment faire pour le moment.

— Oui, c'est là le malheur. Voyons, cherchons ce que nous pourrions bien manigancer pour nous procurer de la monnaie *illico*.

— Nous n'avons qu'à recommencer à aller piailler dans les cours comme avant.

— Peuh ! ça ne rapporte guère et ce n'est pas de cette façon que nous arriverions à faire des économies. D'ailleurs, j'en ai assez de ce métier-là. Être sans cesse sur le qui-vive pour voir s'il n'y a pas de mouchards qui vous guettent, ce n'est pas une vie ça.

— Le fait est que ça ne me plaît guère non plus. Mais quoi faire, alors ?

— Oui, quoi ?

Il y eut un moment de silence entre les deux gredins.

Puis la Bibasse reprit :

— Pour moi, Auguste, il n'y a qu'un moyen de nous recaler.

— Lequel ?

— C'est comme je te l'ai déjà dit plusieurs fois de nous remettre à grinchir. Nous pourrions faire un bon petit coup qui nous collerait d'un bloc une grosse somme dans la poche.

— Ma foi, —répliqua le Rouquin après quelques secondes de réflexion, — je crois que nous allons être obligés d'en arriver là. Mais où trouver une affaire qui en vaille la peine :

— Ce n'est pas ça l'embarrassant et, si tu es décidé, moi je me charge de t'en dénicher une dans les quarante-huit heures.

— Comment cela ?

— Je vais aller dès demain rue des Anglais, chez le père Lunette où, j'en suis sûre, je rencontrerai quelque *fagot* (camarade) qui en a une toute prête et n'attend plus qu'un copain pour travailler.

— Ah ! oui, je n'y songeais pas. Je sais, en effet, que le *Château rouge* de la rue Galande et le cabaret du père Lunette sont les rendez-vous des anciens *camarluches des centrouses* (amis des prisons centrales) et que, parmi eux, il y en a toujours qui ont *nourri un poupart* (combiné un crime ou un vol) pendant leur détention.

— Justement ; c'est là-dessus que je compte.

— Eh bien ! va, Justine, et tâche d'emmancher un *barbot d'attaque* (un vol considérable).

— Ne crains rien, Auguste, je m'arrangerai pour que ce ne soit pas du toc. Ainsi c'est bien convenu, hein? Parce qu'il ne faudrait pas me faire aller là-bas pour des prunes.

— Tout ce qu'il y a de plus convenu.

— Bon, alors, maintenant, recouche-toi. Il y a au moins quatre heures que tu es levé et c'est assez pour aujourd'hui. D'autant plus que si la chose a lieu dans deux ou trois jours, il faut que tu sois complètement rétabli.

— Oui, je vais me renfiler dans le pieu. Ce ne serait pas le moment de recommencer à *manger de la couverte,* comme je viens de le faire durant huit jours pleins.

Et le Rouquin se levait déjà pour se *refourrer dans sa boîte à puces,* selon sa poétique expression, lorsque deux petits coups secs retentirent contre la porte.

— Tiens, qu'est-ce que c'est que ça? —fit la Bibasse à voix basse.

— C'est un voisin sans doute qui n'a pas de lumière et vient nous en demander. Va voir.

La virago alla ouvrir et se trouva en présence d'un grand gaillard d'une trentaine d'années qui, aussitôt, passa devant elle, pénétra dans la chambre et referma ensuite soigneusement la porte.

Tout cela avait été fait si rapidement que la Bibasse n'avait pas eu le temps de s'y opposer.

Dès qu'il se fut assuré que l'huis était bien clos, il s'avança vers le Rouquin et s'assit près de lui sans façon.

Puis, s'adressant à l'ivrognesse :

— Venez ici, la petite mère, — lui dit-il, — nous avons à causer tous les trois.

Cette dernière obéit machinalement.

Elle venait de reconnaître, dans ce visiteur nocturne, ainsi que le Rouquin, du reste, un des locataires de l'hôtel qui logeait juste au-dessus d'eux.

L'un et l'autre jusqu'alors n'avaient eu avec lui que des relations de voisin à voisin et ne le connaissaient pas davantage.

Aussi étaient-ils grandement étonnés de le voir venir s'installer ainsi chez eux, absolument comme s'il eût été un de leurs amis intimes.

C'était un individu au teint pâle et à la face tigrée de taches couperosées qui dénotaient un sang vicié.

Ses traits étaient d'une régularité parfaite.

Il avait le nez légèrement aquilin et une bouche bien dessinée, surmontée de petites moustaches noires relevées en croc de chaque côté.

Une soyeuse chevelure brune aux boucles abondantes encadrait gracieusement son front et ses tempes.

En résumé c'était un très beau garçon.

Mais cette beauté était déparée par la couperose et par l'expression de ses yeux qui était inquiétante.

Son regard avait quelque chose de faux et de sournois, comme celui du renard, et, de temps à autre, un éclair de cruauté s'allumait dans ses prunelles qui, alors, brillaient ainsi que celles d'un fauve.

On le nommait le *Marquis*, sobriquet que lui avait valu la finesse de sa physionomie.

Personne ne connaissait son véritable nom. Personne n'aurait pu dire qui il était au juste.

Il y avait pourtant déjà six mois qu'il habitait l'*Hôtel des Compagnons* où il menait une existence des plus mystérieuses.

Il partait généralement le matin pour ne rentrer que le soir assez tard et frayait peu avec ses voisins.

Parfois, il disparaissait pendant sept ou huit jours, sans qu'on sût jamais où il allait.

Quand il revenait, à la suite de ces absences, on remarquait qu'il avait toujours les poches pleines d'or.

La mère Jambu, la logeuse, le tenait en sérieuse estime, car il payait très régulièrement son loyer et lui avait même fait cadeau de quelques bijoux d'une certaine valeur.

XX

LE TÉLÉPHONE DU « MARQUIS »

Lorsqu'il eut pris place près du Rouquin et que la Bibasse se fut approchée, le Marquis se renversa nonchalamment sur le dos de sa chaise, mit les pouces dans les entournures de son gilet et dit tranquillement :

— Alors, mes enfants, vous cherchez un petit coup à faire, à ce qu'il paraît ?

En entendant ces mots, la stupéfaction des deux gredins fut telle qu'ils en demeurèrent comme pétrifiés sur leur siège.

Par quel hasard cet inconnu avait-il surpris leur conversation ?

Ils avaient pourtant parlé à voix contenue et loin de toute cloison

— Eh bien! voyons, vous ne me répondez pas? Ai-je l'air d'une *casserole?*

qui eût pu répercuter leurs paroles, car le poêle était placé presque au milieu de la pièce.

— Eh bien! voyons, — fit le Marquis de la même voix calme, — vous ne me répondez pas? Ai-je l'air d'une *casserole* (agent de police)?

— Mais comment savez-vous?...— repartit enfin le Rouquin en jetant sur lui un regard méfiant.

LIV. 78. — H. GEFFROY, éditeur. — Reproduction interdite.

                                                                 78

— Oui, — ajouta la Bibasse, — qui a pu vous apprendre la chose ? Vous écoutiez donc à la porte ?

— Moi, écouter aux portes ! — répliqua le Marquis dédaigneusement. — Pour qui me prenez-vous donc, la petite mère ?

— En ce cas, comment se fait-il que vous connaissiez... nos projets ?

— Ah ! c'est ça qui vous intrigue ? Mon Dieu, c'est bien simple : j'ai été mis au courant de toutes vos petites histoires par le téléphone...

— Par le téléphone ! — répétèrent ensemble les deux associés pris de peur.

Le Marquis éclata de rire.

— Pas celui des bourgeois, — dit-il, — la mère Jambu est bien trop avare pour en avoir fait poser dans sa cassine, mais le tuyau de votre poêle passe dans un coin de ma chambre avant de gagner celui de la cheminée commune... Comprenez-vous ?

— Pas encore.

— C'est bien simple ; comme vous causiez tout auprès, il faisait office de conduit acoustique et chacune de vos paroles me parvenait aussi distinctement que si j'eusse été avec vous.

« Il me suffisait d'y coller un peu l'oreille pour ne pas perdre une seule syllabe de votre intéressant entretien. Vous voyez qu'il n'y a rien là d'extraordinaire et que je n'avais pas besoin d'aller me mettre aux écoutes à votre porte.

— Ah ! bon, si c'est comme ça, tout s'explique, — dit le Rouquin. — Mais, maintenant, pouvons-nous savoir ce qui vous amène près de nous ? Je ne suppose pas que votre visite ait bonnement pour but de nous révéler que vous êtes au courant de nos intentions ?

— Non, effectivement... elle a un autre motif.

— Lequel ? — demanda le Rouquin, en faisant un signe à la Bibasse, qui se leva et alla se placer devant la porte qu'elle masqua entièrement de sa puissante personne.

Manœuvre qui fit naître un sourire ironique sur les lèvres du Marquis.

— Ah ! ah ! — ricana-t-il en même temps, — nous avons encore de la méfiance envers Bibi à ce que je vois ?

— Dame, il me semble qu'il y a de quoi ! — répliqua le Rouquin. — Nous ne vous connaissons pas, nous ; et vous conviendrez que cette façon de vous introduire ici n'est pas pour nous rassurer.

— Au fait, c'est assez naturel et je ne vous en veux pas. — Mais rappliquez près de nous, la petite mère ; la rousse et moi, ça fait deux, je vous prie à nouveau de le croire.

— Vrai, vous n'en êtes pas?

Le Marquis haussa les épaules.

— Voyons, mon bonhomme, — dit-il, — regardez-moi bien en face : est-ce que j'ai une *bobine* à en être?

— Vous savez bien que les roussins se font la tête qu'ils veulent.

— Ça n'empêche pas qu'un malin les reconnaît tout de suite. Moi, je les flaire d'une demi-lieue.

— Vous avez du naze. Mais, alors, si vous n'êtes pas un quart d'œil, à quoi, encore une fois, devons-nous le... plaisir de vous voir?

— Je vais vous l'apprendre. Il est convenu, n'est-ce pas, que vous cherchez un *poupart à secrer* (à commettre un crime préparé d'avance)?

— Peut-être.

— Eh bien! j'en ai un qui est tout prêt à quitter sa nourrice... et un qui se porte bien, je vous l'assure.

— Ah!... vous êtes de la pègre?

— Un peu, mon neveu. Vous aussi, d'ailleurs, d'après ce que j'ai cru comprendre; car ce n'est pas un début que vous faites là?

— Non, ce n'en est pas un. Mais, à parler franchement, il y a long-temps que nous n'avons *pratiqué*. Des raisons qu'il vous est inutile de connaître nous ont forcés autrefois d'abandonner le métier.

— Quelle était votre spécialité?

— Le *fric-frac* (vol avec effraction, en brisant les portes).

— Chez qui?

— Ordinairement chez les bijoutiers.

— Heu! ça ne vaut pas grand'chose. C'est toujours difficile à *nettoyer* (écouler) les bijoux; et si on les lâche aux *fourgats* (recéleurs), on n'en a presque rien. Moi, quand par hasard il m'en tombe sous la main, je les donne. Témoin la mère Jambu à qui j'en ai fait cadeau de quelques-uns dont j'étais embarrassé.

— Dans quoi *travaillez-vous* donc?

— Dans les espèces courantes seulement. De cette façon on ne perd pas un fifrelin.

— Et vous avez souvent des affaires?

— Oui, assez souvent.

— A Paris?

— A Paris et en province... en province surtout; c'est là que j'ai la plupart de mes indicateurs et de mes copains.

— Où est celle dont vous nous parlez?

— Celle-là est à Paris.

— Bonne?

— Une *sangsue récalcitrante* (coffre-fort) à dégorger de soixante mille balles au moins.

— Bigre ! c'est cossu. Et partage égal, je pense ?

— Bien entendu.

— Ce qui fait trente mille balles chacun.

— Ah ! non, nous sommes trois, car ce n'est pas moi qui ai *nourri le poupart*, c'est un camarade.

— Ça ne fait plus que vingt mille, alors?

— Est-ce que ça vous paraît trop peu?

— Non, non. Nous aurions mieux aimé davantage, mais, enfin, puisqu'il n'y a que ça, nous nous en contenterons. Qu'est-ce que c'est que cette affaire?

— Je n'en connais pas exactement les détails, le camarade en question ne m'en ayant dit encore que quelques mots. Tout ce que je sais, c'est que la *grasse* (autre synonyme de coffre-fort) est installée chez un *beurrier* (banquier).

— Bon.

— Ça vous va-t-il de la faire maigrir ?

— Je crois bien, — fit le Rouquin.

— Pour quand serait-ce ? — ajouta la Bibasse.

— Pour samedi prochain, c'est-à-dire dans quatre jours puisque nous sommes mercredi.

— Ça va bien ; d'ici là je serai complètement sur pied.

— Mais pourrez-vous sortir dès demain ?

— Certainement.

— Parce que nous irons trouver le *camaro*, qui nous mettra tout à fait au courant de l'opération.

— Où le rencontrerons-nous?

— Chez le père Lunette, précisément où votre *largue* (femme de voleur) voulait aller. Il y vient régulièrement tous les soirs. Du reste, pour plus de sûreté, je vais le faire prévenir qu'il ait à nous y attendre.

— Vois-tu que j'avais bonne idée, Auguste? — fit la Bibasse. — On aurait dit que je sentais la chose.

— En effet, ça tombait bien. Mais, dites donc, Marquis... car c'est ainsi qu'on vous appelle, je crois?

— ... C'est mon nom de pègre. Et le vôtre, à vous deux ?

— Le mien est le Rouquin.

— Et le mien, la Bibasse.

— Bon, comme ça on se connaît. Maintenant qu'est-ce que vous vouliez me dire, Rouquin?

— Je voulais vous dire que pour le travail dont il s'agit, des outils spéciaux sont nécessaires, il me semble.

— Parbleu ! c'te bêtise !

— Comment pourrons-nous nous les procurer ?

— Je les ai.

— Ah ! vous vous êtes déjà muni ?

— Déjà ! — fit le Marquis en riant, — le mot est joli... T'es pas *mariol* (malin), mon vieux Rouquin.

— Pourquoi cela ?

— Parce qu'il y a tantôt dix ans que je les possède. Ma spécialité à moi, c'est le coffre-fort.

— Tenez, en voici un échantillon, — ajouta le jeune homme en tirant d'une poche intérieure de son vêtement une sorte de petit étui assez semblable à ceux qui servent à mettre des louis, si ce n'est qu'au lieu d'être plates, ses extrémités étaient légèrement arrondies.

— Qu'est-ce que c'est que cette machine-là ? — demanda la Bibasse.

— Ça, la petite mère, c'est un *bastringue*.

— Un bastringue ? — fit le Rouquin interrogativement.

— Oui *bastringue*, *manicle* ou *nécessaire de veuve*, à votre choix.

— Nous ne connaissions pas cet ustensile-là, de notre temps.

— Ça ne m'étonne pas, il ne date guère que de dix ou douze ans.

— A quoi sert-il ?

— Ouvrez-le, vous le verrez.

— Comment, l'ouvrir ? il n'y a pas de couvercle.

— Si, il y en a un ; cherchez.

Le Rouquin examina minutieusement l'étui, le tourna et retourna en tous sens, mais ne réussit pas à découvrir la partie qui s'en détachait.

— C'est une farce, hein ? — dit-il ; — ça ne s'ouvre pas ?

— Bah ! — fit le Marquis, — vous allez voir.

Prenant alors le petit appareil des mains du Rouquin, il appuya avec l'ongle du pouce près d'une des extrémités qui aussitôt se dressa à angle droit, comme le boîtier d'une montre.

Elle s'adaptait avec une telle précision au corps de l'étui que sa jointure était absolument invisible.

— Du diable si j'aurais jamais pu trouver la mécanique ! — dit le Rouquin.

— Parce que vous avez mal cherché.

— En tout cas, ça ferme joliment bien.

— Vous comprenez que si ça ne fermait pas ainsi, tout ce qu'il y a dedans serait promptement perdu.

— Qu'y a-t-il dedans ?

— Voyez, — fit le Marquis en renversant le contenu du *bastringue* dans sa main, contenu qui se composait d'une mince lame de scie, d'une lime ronde très pointue et d'un vilebrequin démonté.

Le Rouquin et la Bibasse regardèrent curieusement ces instruments minuscules qui semblaient être l'attirail de quelque serrurier lilliputien.

— Je vois ce que c'est, — dit le premier ; — nous avions aussi de ces outils-là, jadis, mais pas si petits que ça.

— Oui, je sais, les vôtres étaient grossiers et de facture défectueuse, tandis que ceux-ci sont d'une extrême délicatesse et d'un fini parfait.

— J'en conviens; seulement ce ne sont que des joujoux, car ce n'est pas avec eux que vous attaquez les *ventrus*, j'imagine ?

— Certainement si ; c'est avec eux que nous commençons, du moins, car j'en ai d'autres plus puissants pour achever la besogne.

— Ça me parait roide !

— Je vais vous le prouver, — repartit le Marquis qui, en même temps, réunit toutes les parties du vilebrequin et les ajusta l'une à l'autre soigneusement.

Puis, quand ce fut fait :

— A présent, — ajouta-t-il, — passez-moi le cendrier du poêle. Bien ; nous allons expérimenter là-dessus.

Et appliquant la mèche du vilebrequin sur le fond du cendrier que venait de lui donner la Bibasse, il opéra un rapide mouvement de rotation de droite à gauche.

En dix ou douze secondes la plaque de fer était percée de part en part, bien qu'elle fût épaisse de plusieurs millimètres.

Après quoi, le Marquis introduisit la lime dans la petite ouverture ainsi obtenue et, en un temps à peu près égal, l'agrandit du double de sa largeur.

Enfin, avec la scie qui maintenant pouvait y entrer, il fendit le cendrier sur l'espace de plus d'un pouce, sans qu'aucun bruit se fit entendre.

Tout cela n'avait pas duré une minute.

Le Rouquin et la Bibasse étaient stupéfaits.

— Eh bien ! qu'en dites-vous ? — demanda le Marquis.

— C'est merveilleux ! — s'exclama le Rouquin. — Vous avez fait des progrès extraordinaires, les pègres, depuis notre temps, à nous.

— Je le crois. Et regardez comme c'est conditionné : c'est de l'acier triplement trempé et d'une résistance à toute épreuve. Ça pénètre dans les métaux les plus durs comme dans une motte de beurre. Puis, ainsi que vous avez pu le constater, ça *travaille* en silence, et, à deux pas, l'oreille la plus fine n'en perçoit pas le jeu. C'est, on peut le dire, de véritables objets d'art.

— D'où viennent-ils?

— D'Amérique. Il n'y a que là qu'on les fabrique. Mais, je vous le répète, j'en ai d'autres plus forts et aussi parfaits quoi qu'ils soient de dimensions beaucoup plus grandes. Je vous les montrerai et vous apprendrai le maniement de chacun.

— C'est cela ; il est bon que je sache m'en servir au moment où nous opérerons.

— Évidemment. Maintenant, restons-en là pour ce soir ; je ne veux pas vous fatiguer davantage, car, je le vois, vous avez besoin de repos.

— Oh ! je me sens déjà mieux ; votre visite m'a fait un bien énorme. A ce propos, laissez-moi vous remercier d'avoir pensé à moi pour cette affaire : je vous en suis très reconnaissant.

— Ne m'en soyez pas plus reconnaissant que cela. Si je vous ai pris avec moi, c'est que j'avais besoin de vous. Le coup ne peut s'exécuter qu'à trois, d'après ce que m'a dit le camarade, et depuis quinze jours qu'il m'en a parlé, je ne trouvais personne à embaucher. Je vous dois donc autant que vous me devez, puisque sans vous ça pouvait traîner encore un bon bout de temps.

— N'importe, je ne vous en remercie pas moins. Mais est-ce que la Bibasse *travaillera* aussi ?

— Je n'en sais rien. Nous verrons s'il y a lieu de l'occuper lorsque nous arrêterons définitivement notre plan.

— Je vous la recommande pour *battre l'antif* (faire le guet) ; elle y est très habile et pourrait peut-être nous rendre service.

— Bon, je m'en souviendrai. Allons, au revoir, — dit le Marquis en se dirigeant vers la porte, — tenez-vous prêt pour demain soir, neuf heures ; je viendrai vous chercher et nous irons ensemble chez le père Lunette.

— Je serai prêt, je vous le promets. Au revoir, Marquis.

— Désormais, quand vous aurez quelque communication à me faire, donnez-moi un coup de téléphone.

— Comment?

— Par le tuyau du poêle.

— Ah ! oui.

Les trois malfaiteurs se mirent à rire.

Dès que leur voisin eut disparu, le Rouquin et la Bibasse se regardèrent avec des yeux brillants de plaisir.

— Dis donc, Auguste, en voilà une veine, hein ? — fit la virago.

— Je te crois, Justine. Vingt mille balles d'une seule fois ! Crédieu, quelle aubaine ! Cinq ou six affaires pareilles nous auraient bientôt rattrapé des cent mille francs que nous a fait perdre cette petite coquine de Colette.

— Faut espérer que nous les trouverons.

— Oui, faut l'espérer.

XXI

LE CABARET DU PÈRE LUNETTE

Le lendemain, à neuf heures du soir, le « Marquis » vint, comme il l'avait annoncé, chercher le Rouquin pour aller chez le père Lunette, voir l'individu qui avait préparé le vol dont il s'agissait.

On jugea inutile d'emmener la Bibasse.

Le cabaret du père Lunette, dans lequel nous allons emmener le lecteur, mérite une description particulière.

Il est installé au n° 4 de cette petite rue sombre et puante qui a nom rue des Anglais et qui est située aux environs de la place Maubert.

L'établissement a été fondé il y a un peu plus de quarante ans par un certain Lefèvre, dont le nez était toujours orné d'une monumentale paire de bésicles à branches de cuivre.

D'où le sobriquet de « père Lunette » qui lui fut donné et sous lequel, par la suite, on désigna son cabaret.

Primitivement le local ne se composait que d'une seule pièce très longue et très étroite comme une sorte de couloir.

Mais, un jour, le maître du lieu, voulant établir deux catégories distinctes entre ses clients, — ceux qui buvaient debout et ceux qui buvaient assis, — sépara cette pièce, à peu près vers le milieu, par une cloison en bois de six pieds de hauteur.

La première salle fut alors nommée « l'Assommoir » et celle du fond « le Sénat ».

On n'a jamais su pourquoi cette dernière a été baptisée ainsi.

Il y a des années que le bonhomme Lefèvre a cédé son fonds. Mais ses successeurs — il en a eu au moins sept ou huit — ont conservé son nom à l'endroit.

« Ah! te voilà, Mémèche, fit le jeune homme. — Oui, beau gas... payes-tu quéqu'chose? »

Ce bouge a pour habitués tout ce qu'il y a de plus bas, de plus vil et aussi de plus dangereux dans l'espèce humaine.

Les ivrognes des deux sexes, les filous, les rôdeurs, les escarpes y foisonnent et viennent là, les uns afin de satisfaire leur horrible passion pour l'alcool, les autres pour comploter des vols ou des assassinats.

LIV. 79. — H. GEFFROY, édit. — Reproduction interdite.

79

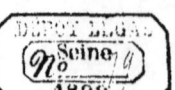

On pense si, dans un tel capharnaüm, les querelles doivent être fréquentes.

Parfois, ce n'est qu'une simple dispute où quelques horions seulement sont échangés.

Mais, parfois aussi, c'est une véritable rixe qui éclate entre plusieurs consommateurs et dont les conséquences sont souvent des plus graves.

Les belligérants combattent, en effet, avec tout ce qui se trouve à leur portée et, alors, les assiettes, les verres, les bouteilles pleines ou vides volent de tous côtés, lancés avec la force d'une pierre s'échappant d'une fronde.

Aussi voit-on bientôt plus d'un front s'ouvrir et plus d'une face se tuméfier au contact de ces dangereux projectiles.

Dans ces cas-là, la police intervient et emmène les perturbateurs au poste, non sans avoir eu, la plupart du temps, à entamer avec eux une lutte sérieuse ; car, à l'aspect des képis galonnés, les batailleurs oublient aussitôt leur querelle pour se mettre tous contre les agents.

Heureux quand un de ceux-ci ne reçoit pas un mauvais coup dans la bagarre.

Les murs du débit sont agrémentés de dessins et de peintures représentant des scènes d'un réalisme effrayant, dont la place serait plutôt dans un musée secret que dans un lieu public.

Par respect pour le lecteur, nous nous garderons bien de les décrire, même sommairement.

Parmi ces « fresques », il y en a quelques-unes de supérieurement exécutées et qui dénotent chez leurs auteurs un réel talent.

On se demande comment un artiste méritant vraiment ce nom a pu souiller son pinceau ou son crayon à faire de semblables insanités.

Le côté droit de la pièce d'entrée est occupé par un comptoir en zinc derrière lequel *trônent* le débitant et sa femme.

Ce comptoir est sans cesse assiégé par une foule avinée, buvant, criant et gesticulant.

Un banc scellé contre le mur, et où les femmes seules ont le droit de s'asseoir, est destiné à recevoir celles que l'ivresse empêche de se tenir debout.

C'est le banc dit : *des accusées*.

Fait à noter, le vin est la boisson qui est la moins demandée.

L'alcool y règne en maître et s'y absorbe sous toutes ses formes.

L'absinthe pure — nous voulons dire sans eau — et l'eau-de-vie blanche sont les *liqueurs* préférées... surtout des femmes.

Il s'en débite plusieurs barils par jour !

Le « Père Lunette » a été chanté en vers.
Voici la chanson qu'il a inspirée à un poète inconnu :

Oui, quelques joyeux garnements
Battent la dèche, par moments :
　　Chose bien faite !
Moi, dans mes jours de pauvreté
J'ai, dit-on, beaucoup fréquenté
　　Père Lunette.

Aussi je veux vous détailler,
Au risque de vous voir bâiller
　　Jusqu'aux oreilles,
Ce qu'on y voit de curieux ;
C'est le produit laborieux
　　De plusieurs veilles.

A gauche, en entrant, est un banc
Où le beau sexe en titubant
　　Souvent s'allonge ;
Car le beau sexe, en cet endroit,
Adore la chopine et boit
　　Comme une éponge.

A droite, un comptoir en étain
Qu'on astique chaque matin :
　　C'est là qu'on verse
Les rhums, les cognacs et les marcs
A qui veut mettre trois pétards
　　Dans le commerce.

La salle est au fond ; sur les murs,
Attendant les salons futurs,
　　Plus d'une esquisse,
Plus d'un tableau riche en couleur
Se détache, plein de chaleur
　　Et de malice.

Ici, cinq couplets ayant trait aux peintures murales les plus risquées. Nous nous abstiendrons de les donner et continuerons par ceux susceptibles d'être reproduits :

Muni d'un immense pépin
Le bas et cauteleux Rodin,

Parfait jésuite,
Frac boutonné jusqu'au menton
Allonge un énorme piton
En pomme cuite.

Le bon Tartuffe et Loyola
Revivent dans ce gredin-là :
A moi, Molière,
Eugène Suë et toi, Pascal,
Car ce ténébreux animal
Craint la lumière.

Que de cadavres entassés
Et combien de bûchers dressés
Forment l'histoire
De tous ces Pères Loriquet
Qu'on a flétris du sobriquet
De bande noire !

Gloire à l'auteur du *Juif Errant !*
Son livre est vrai, son œuvre est grand :
Tant que sur terre
On grinchira de par Jésus,
Vous ne serez jamais trop lus,
Suë et Voltaire.

La charmante Fleur-de-Péché
Dont le front rêveur est penché
Sur une *verte*,
De ses charmes dus au pastel
Tient sur le boulevard Michel
Boutique ouverte.

En costume de chiffonnier,
Diogène, ce vieux lanternier,
Observe et raille,
Semblant tout prêt à ramasser
Les hontes qu'il voit s'entasser
Sur la muraille.

Sous un parapluie étendu
Monseigneur Plon-Plon éperdu
N'est plus à l'aise.
Et flairant un nouveau danger
Fait ce qui du verbe manger
Est l'antithèse.

> Voici la Reine des poivrots
> Buvant sans trève ni repos,
>   C'est Amélie.
> Jadis cette affreuse guenon
> Était une femme, dit-on,
>   Jeune et jolie.

> A boire ! à boire ! Encor du vin ;
> Jusqu'à deux heures du matin,
>   La soif la ronge,
> Et sous le... plastron aplati,
> A la place du cœur parti
>   Bat... une éponge.

Cette chanson eut, dit-on, jadis un certain succès. De temps à autre, d'ailleurs, quelque pauvre diable vient encore la chanter dans l'endroit, où la clientèle l'entend toujours avec plaisir. Elle le prouve en laissant tomber de nombreux gros sous dans la casquette du chanteur lorsque celui-ci fait la quête.

. . . .

Il était près de dix heures quand le Marquis et le Rouquin entrèrent dans le cabaret.

L'assommoir, c'est-à-dire la première salle, était grouillant de monde.

Toute cette foule s'agitait au sein d'une atmosphère viciée dont les éléments principaux étaient un mélange d'alcool volatilisé, d'haleines empestées par le vin et d'âcres relents de corps humains qui n'avaient pas dû subir le contact de l'eau depuis longtemps.

Sans compter l'épaisse fumée qui se dégageait des pipes refumant des bouts de cigares ramassés dans le ruisseau, et qui ajoutait son *arome* à cet air nauséabond.

Les deux hommes, arrivant du dehors, eurent d'abord quelque peine à respirer dans cet asphyxiant milieu.

Mais peu à peu ils s'y habituèrent et pénétrèrent plus avant.

Ils ne furent point étonnés de ce qu'ils voyaient.

Le Rouquin avait été autrefois un des hôtes assidus du Père Lunette et le Marquis y venait fréquemment.

L'individu avec lequel ils devaient s'entendre les attendait dans le *sénat*.

Ils se dirigèrent donc ce côté, jouant vigoureusement des coudes et des épaules pour trouer la compacte cohue qui leur obstruait le passage.

En passant devant le banc des *accusées*, le Marquis se sentit tirer par la manche.

Il se détourna et aperçut une jeune fille de seize à dix-sept ans, très jolie, aux joues roses et fraîches, qui lui souriait d'un air engageant.

Le Rouquin eut tout d'abord comme une hallucination, croyant voir en cette jeune fille Colette, la malheureuse enfant qu'il avait retrouvée puis reperdue, comme nous le savons.

La fillette avait en effet une lointaine et vague ressemblance avec la fille de Denise, mais sur ses traits déjà flétris se voyait la trace abrutissante des abus alcooliques.

Le Rouquin crut alors que c'était une *fleur de péché* — comme dit le poète dans sa chanson — qui cherchait une aventure avec le Marquis.

Il fut vite détrompé.

— Ah! te voilà, *Mémèche?* — fit le jeune homme.

— Oui, beau gas... payes-tu quéqu' chose? — demanda la fille, — tu seras bien gentil.

— Tiens, va te rincer la dalle avec ça, — répliqua le Marquis en lançant une pièce blanche à la quémandeuse, qui l'attrapa au vol et, immédiatement, bondit au comptoir où elle se fit servir coup sur coup trois verres de cognac qu'elle avala chacun d'un seul trait.

— Quelle est donc cette gamine? — questionna le Rouquin.

— C'est une marchande de bouquets des boulevards. Le soir elle vient ici et, après avoir bu toute sa recette, se fait offrir des consommations par les uns et les autres. Elle ne s'en va qu'à la fermeture de l'établissement, ayant quelquefois avalé pour trois francs de schnick dans sa soirée.

-- Une vraie bibasse, alors... comme la mienne.

— Tout à fait.

XXII

UNE SÉANCE AU « SÉNAT »

Continuant à fendre la foule, le Marquis et le Rouquin parvinrent enfin à la salle du sénat.

Cette salle est garnie de tables et de tabourets en bois qu'un long usage a rendus invalides et dont, par suite, l'équilibre est des plus douteux.

Aussi, à tout instant, les récipients roulent-ils à terre, où souvent les buveurs vont leur tenir compagnie.

Malgré le brouillard intense qui enveloppait la pièce, le Marquis découvrit, dès le seuil de la porte, celui qu'il venait y chercher.

— J'aperçois mon homme, — dit-il au Rouquin.

Et il ajouta, indiquant d'un doigt le fond de la salle :

— C'est cet individu qui est là-bas, seul à la dernière table avec un litre et trois verres devant lui.

— Ce type coiffé d'une casquette de velours à côtes ?

— Oui, la *chandelle* et les *lampes* (la bouteille et les verres) qu'il a fait venir d'avance me montrent qu'il nous attend.

— Tiens, — remarqua le Rouquin, — est-ce qu'il a perdu sa *banquette* (menton)? On ne la voit pas.

En effet, le personnage désigné avait la mâchoire inférieure si fuyante qu'il paraissait être totalement dépourvu de menton, ce qui lui donnait un aspect des plus singuliers.

— La nature lui a refusé cette partie du visage, — répondit le marquis, — aussi a-t-il reçu le nom de *File-Menton*.

— Il est bien nommé. Mais ça doit un tantinet le gêner pour réfléchir.

— Pourquoi?

— Parce que, généralement, quand on réfléchit, on se prend la *banquette* dans la main et qu'à lui, ça doit être assez difficile, il me semble !

— Fichtre, Rouquin, ce n'est pas l'esprit qui vous manque, à ce que je vois, — repartit le Marquis ironiquement.

— Dame, on n'est pas la moitié d'une bête, — renvoya le chenapan, fort satisfait de ce qu'il venait de dire, comme si c'eût été une chose très spirituelle.

Tout en causant, les deux hommes s'orientaient au milieu des tables, se dirigeant vers celle où était le consommateur solitaire.

En peu de temps ils arrivèrent près de lui.

— Bonsoir, *File-Menton*, — dit le Marquis en l'abordant.

— Bonsoir, Marquis, — répliqua l'individu.

— Voilà le *trois* que je t'ai annoncé, — reprit le jeune homme en lui présentant son compagnon qu'il désigna par son sobriquet de Rouquin.

— Bon, — repartit *File-Menton* en examinant ce dernier d'un coup d'œil rapide et en paraissant satisfait de son examen. — Asseyez-vous tous les deux, nous allons causer. Mais, d'abord, séchons un gobelet; ça nous déliera la langue.

Et les verres ayant été remplis, les trois coquins les vidèrent avec un ensemble parfait.

— A présent, dégoise-nous ton affaire, — dit le Marquis à File-Menton; — nous ouvrons toutes grandes les *escouannes* (oreilles).

— Bien, écoutez, alors, commença celui-ci sans autre préambule et en faisant signe à ses deux acolytes d'approcher un peu leur tête de la sienne, pour qu'ils pussent mieux l'entendre.

Précaution qui n'était pas superflue, eu égard aux chants, aux cris, aux hurlements même dont l'air retentissait.

— Au n° 140 de la rue de Choiseul, existe une maison de banque dirigée par un juif allemand du nom d'Isaac Moser.

« Les bureaux sont au rez-de-chaussée et au premier étage.

« C'est au premier que se trouve le *bauge* dont nous aurons à soulager les flancs.

« Il est placé dans une petite pièce, une sorte de cabinet particulier, où le juif reçoit les clients qui ont personnellement affaire à lui.

« Je vous préviens qu'il est de taille et rudement conditionné. Rarement j'en ai vu d'aussi bien cuirassés. Il faudra sans doute le chatouiller pendant un certain temps avant de le faire rire.

— Bah ! — fit le Marquis, — avec mes outils ce ne sera pas long.

— Je le souhaite, — repartit File-Menton ; — cependant, je crains que ça ne marche pas si bien que tu le crois, car il se défendra joliment. Au reste, nous verrons quand nous y serons.

— Oui, nous le verrons !... Et pour arriver jusqu'à lui, comment nous y prendrons-nous ?

— Je vais vous le dire. Dans le cabinet, masquée par un haut cartonnier, s'ouvre une porte derrière laquelle est un petit escalier descendant à un couloir qui a issue au dehors.

« Lorsque le juif veut sortir de la banque, ou y entrer, sans traverser les bureaux, il passe par là.

« Nous y passerons également.

— Il n'est donc pas fermé sur la rue, ce couloir ?

— Si, et par une *lourde* solide, même, dont le *beurrier* seul a la clef ; mais je connais un moyen de la *faire bâiller*.

« Nous prenons donc ce chemin et arrivons à la porte du cabinet que nous faisons sauter à l'aide d'une pince, en ayant soin de ne pas renverser le cartonnier, ce qui ferait un train de tous les diables.

« Ensuite, nous n'avons plus qu'à entrer et à *travailler* tranquillement, sans crainte d'être dérangés.

— Les appartements du bonhomme sont donc éloignés des bureaux ? — demanda le Rouquin.

— Oui, assez éloignés, — répondit File-Menton en riant, — car il habite avec son *abéqueuse* (sa maîtresse), une certaine Clara la Lyonnaise, à qui il a payé un chouette hôtel dans les environs du parc Mouceau.

— Pour terminer, je lui jette à la tête mon tripoli dont une grande partie lui entre dans la bouche.

— Et les locaux de la banque ne sont jamais surveillés la nuit?

— Il y a un vieux soldat, logé au sixième étage de la maison, qui est chargé d'y faire trois rondes, de dix heures du soir à six heures du matin, mais la plupart du temps il n'en fait qu'une à onze heures et néglige les deux autres.

« C'est, en conséquence, vers minuit que nous opérerons.

LIV. 80. — H. GEFFROY, éditeur. — Reproduction interdite.   80

— Et le coup est pour samedi? — questionna de nouveau le Rouquin.

— Pour samedi.

— Pourquoi pas demain?

— Parce qu'il n'y aurait rien ou presque rien dans le *bauge*.

— Ah! il ne se remplit que la veille du dimanche?

— Oui, seulement ce jour-là. En voici la raison. Isaac Moser, qui s'intitule banquier, n'est en réalité qu'un usurier.

« Il y a dans Paris plusieurs agences, tenues par des hommes à lui, et qui prêtent sur gages aux ouvriers ou aux petits commerçants.

« Tous les samedis soir, les directeurs de ces agences apportent leur *caisse* à la maison de la rue de Choiseul pour faire les comptes avec le patron.

« Quand, durant la semaine, une *caisse* a eu de fortes rentrées, le chiffre en est naturellement élevé; quand, au contraire, elle a beaucoup prêté, les fonds en sont bas.

« Néanmoins, j'ai remarqué qu'en moyenne, les espèces apportées formaient une somme de soixante à soixante-dix mille francs.

« Les comptes terminés, le juif serre cette somme dans son coffre-fort et, le lundi matin, après avoir prélevé dessus les bénéfices réalisés, il distribue le reste aux directeurs pour les opérations de la semaine qui vient.

« Du lundi au vendredi, le ventru est donc à peu près à sec.

— Mais les bénéfices réalisés, il ne les laisse donc pas là? — demanda le Marquis.

— Non, il s'empresse d'aller les placer dans d'autres établissements, car sa maîtresse le gruge tant qu'elle peut et fait main basse sur toute *la menouille* (argent) qu'elle trouve à la banque, même quand elle est dans le coffre, car elle le force à l'ouvrir devant elle.

— Comment, elle ignore l'arrivée des fonds le samedi.

— Parbleu! et voici pourquoi : cette arrivée n'a lieu qu'après la fermeture de la boîte, et la distribution du lundi avant son ouverture.

— Par quel hasard es-tu si bien informé de tout cela? — demanda le Rouquin en tutoyant, suivant la tradition de *la pègre*, celui dont il allait être le complice.

— File-Menton a été garçon de bureau dans la maison, — expliqua le Marquis.

— Oh! bon, je comprends, *Monsieur* est donc un converti?

— Comment cela?

— Dame puisqu'il est de la pègre à cette heure.

Le Marquis éclata de rire.

— Il n'a jamais cessé d'en être, — dit-il, — mais comme il est aussi très *ficelle* (malin), c'est pour préparer le coup qu'il s'est fait larbin dans la *piaule* (maison).

— Hem! File-Menton, tu as dû avoir du mal pour arriver à ce résultat.

— Pas trop, — répondit celui-ci. — Je m'étais confectionné des certificats qui témoignaient de mon honorabilité d'une façon indiscutable et çà été autant dire tout seul.

— Tu connaissais donc l'endroit comme étant bon ?

— On me l'avait indiqué.

— Qui cela ?

— Un camaro de *Melun*.

— Tien, tu as été à Melun ?

— Toi aussi, je parie?

— Oui... mais il y a longtemps.

— Combien en as-tu tiré?

— Cinq ans... et quinze d'interdiction de séjour à Paris.

— Tu avais été salé... Moi j'en ai eu que pour deux *berges* (années) et j'ai trouvé que c'était déjà rudement dur. Aussi, si jamais j'y repique, ce qui est possible, je n'y languirai pas, tu peux en être sûr.

— On s'en évade donc facilement, maintenant?

— Je ne te parle pas d'évasion.

— De quoi, alors?

— D'un tour que j'irai faire à la Nouvelle. On y est très bien, à ce qu'il paraît.

— Comment t'y feras-tu envoyer ?

— En démolissant un gardien, tout simplement.

— Oh! oh! c'est risquer la *Veuve*.

— Eh bien! tant pis. S'il faut *éternuer dans le son*, je serai prêt. Autant ça qu'autre chose.

— Moi, j'aimerais mieux autre chose, — observa le Rouquin... — *L'abbaye de Cinq-pierres* ne me sourit guère.

— Tu sais, chacun ses idées. On dit du reste que Deibler est plein d'attentions pour vous avant de vous rogner la *Sorbonne*, puis son rasoir coupe si bien !

— Je ne dis pas, seulement il rase de trop près. Mais assez là-dessus, — fit le Rouquin qui ne semblait pas goûter beaucoup cette conversation.

— Soit, si ça te gêne.

— Voyons, tu nous dis donc qu'un *camaro* de Melun t'avait indiqué la maison du juif?

— Oui. Il était un des ouvriers qui, il y a trois ans, avaient posé le coffre-fort chez lui.

« Employé dans une grande fabrique de *bauges* de Paris, il servait d'indicateur à une bande de Londres dont les affiliés étaient très habiles à les forcer.

« Dès qu'un *ventru* entrait quelque part, il prévenait sur-le-champ le chef de la bande qui, suivant l'importance du *travail* qu'il y avait à faire, expédiait un nombre d'hommes suffisant pour l'exécuter, en toute sûreté.

« Et il allait agir de même après avoir placé le coffre chez Moser lorsqu'avant d'avoir eu le temps d'écrire à Londres, il fut cafardé et pinça dix *berges* de bail.

« Lorsque j'arrivai à Melun il y avait déjà dix-huit mois qu'il y était.

« Étant Parisiens tous les deux, nous nous liâmes promptement ensemble et, dès lors, causâmes souvent entre nous de nos petites affaires.

« Je m'étais aperçu que, parfois, au cours de nos entretiens, il ouvrait la bouche comme s'il allait me dire quelque chose, puis que, soudain, il la refermait sans avoir prononcé un mot.

« Cela m'intriguait.

« Il me demandait fréquemment quel jour je sortirais, et, si je cherchais à connaître la raison de cette demande, il me répondait évasivement :

« — Pour rien... pour savoir... »

« Un jour, il y a de cela dix mois, environ, il fut pris d'une fièvre infectieuse qui en peu de temps le mit à toute extrémité.

« Se voyant sur le point de faire le grand voyage, il sollicita du gardien chef la faveur de m'entretenir une dernière fois, disant qu'il avait à me révéler un secret de famille très important.

« Comme on me savait son camarade, on ne fit aucune difficulté de lui accorder ce qu'il désirait.

« Je vins donc le voir et c'est alors qu'il me fit part de l'affaire Moser, que, plusieurs fois déjà, il avait eu envie de me confier.

« — Puisqu'elle est perdue pour moi, — me dit-il, — autant que tu en profites. Tu n'as plus longtemps à rester ici et elle sera encore bonne à ta sortie.

« Il te suffira d'avertir à Londres en demandant l'envoi de trois ou quatre hommes. Ta part — soit le dixième de ce que contiendra le *bauge* — te sera loyalement payée. »

« Je remerciai vivement le camaro de sa confidence et me disposai à lui exprimer mes regrets de le voir en si piteux état, quand il se mit à battre la breloque.

« Deux heures après il avalait sa langue.

« A la fin de l'année, mon temps étant terminé, je quittai Melun.

« D'abord me souvenant de ce que m'avait dit le défunt, je pensai à faire parvenir un mot au chef de la bande des *english*.

« Mais je réfléchis qu'il valait certainement mieux garder la chose pour moi, plutôt que de la passer à ces messieurs d'Albion.

« Mon gain serait, de la sorte, beaucoup plus fort.

« J'espérais bien, cela va de soi, trouver à Paris des copains pour me seconder.

« Toutefois, avant de ne rien dire à personne de mes projets, je voulus me rendre compte par moi-même de ce qu'était exactement l'affaire et prendre telles mesures que je jugerais nécessaires pour la mener à bien.

« Un matin, je me promenais rue de Choiseul en examinant la maison qui m'avait été indiquée, quand j'en vis sortir un individu qui, les poings crispés et la face contractée, paraissait en proie à une grande colère.

« Comme il parlait tout haut en marchant, je l'entendis qui disait, au moment où il passait près de moi :

« — Ah ! le vieux brigand !... me filouter de cette façon-là... Si ç'avait continué, c'est bientôt moi qui aurais payé pour être chez lui. »

« Je ne sais pourquoi, mais j'eus tout de suite l'idée que ce personnage allait me servir d'une façon quelconque pour l'exécution de mon entreprise.

« — Hé ! l'ami, — lui dis-je en l'arrêtant par le bras, — qu'est-ce que vous avez donc que vous êtes si fort en rage ?

« — Ce que j'ai ?... — me répondit-il sans paraître étonné de ma demande ni de la familiarité que je venais de me permettre à son égard tellement sa pensée était ailleurs. — Ce que j'ai ?... Cré nom !... J'ai que cette canaille, ce vilain youtre m'a encore volé cinq francs tout à l'heure... oui, volé... absolument comme s'il me les avait pris dans ma poche... Croyez-vous qu'il n'y a pas là de quoi me rendre furieux ?...

« — Si, si, fis-je, pour abonder dans son sens, quoique je n'avais pas la moindre idée de ce dont il s'agissait. Mais qui donc vous a volé cet argent ?

« — Qui ? Parbleu ! le patron de cette boîte en face, répliqua-t-il en me désignant le premier étage de la maison que j'étais en train d'inspecter. Un sale Juif ! Ah ! celui-là couperait un liard en huit s'il le pouvait.

— Parlez-vous d'un nommé Isaac Moser ? — lui demandai-je.

— Justement, de lui-même.

— Et il vous a chipé cent sous ?

« — Comme dans ma poche, je vous dis... Et ce ne sont pas les premiers malheureusement... Durant les quatre mois que je suis resté chez lui, il m'en a filouté bien d'autres. »

« Voyant que mon individu éprouvait un certain bien-être à épancher sa bile, et, qu'il était même content de rencontrer quelqu'un à qui il put raconter ses peines, je l'invitai à venir prendre un verre de vin chez un zinc voisin, afin d'essayer de tirer de lui le plus de renseignements possible sur la maison.

« — Dites-moi donc comment il s'y prenait pour vous chaparder ainsi ? — dis-je quand nous eûmes trinqué.

« — Oh ! ce ne lui était guère difficile, vous allez voir. J'étais là garçon de bureau à raison de soixante-dix francs par mois. Ce n'était déjà pas bien lourd, n'est-ce pas ?

« — Non, sûrement, — répliquai-je. — De quoi juste se serrer le ventre en mangeant du pain et en buvant de l'eau.

« — Pas plus, comme vous le dites. Eh bien ! ce rapiat trouvait encore moyen de m'en rogner au moins la moitié.

« — De quelle manière ?

« — En me mettant à l'amende tout le temps, et à tout propos. Si j'arrivais le matin une demi-minute en retard : cinq francs ! si, par hasard, j'avais laissé un grain de poussière, — un seul quelque part : cinq francs ! Si un papier traînait à terre ou n'était pas tout à fait à sa place : cinq francs ! et ainsi de suite.

« Ce qui fait qu'au lieu de toucher mes soixante-dix francs à la fin de chaque mois, je n'en ai jamais touché que trente ou trente-cinq.

« — C'était vexant, — fis-je.

« — Ah ! oui, ce l'était. Cependant je ne disais trop rien, car ayant besoin de gagner ma vie je subissais toutes ses crasses en patientant, avec l'espoir que le patron, comprenant mon dévouement, mettrait un terme à sa rapacerie.

« Mais voilà que ce matin encore, comme j'étais occupé à astiquer avec du tripoli et une peau de daim les boutons de cuivre des portes, il me colle une nouvelle amende et toujours du même prix, sous prétexte que l'un d'eux n'était pas assez brillant.

« Cette fois, c'en était trop. La colère m'empoigne et, alors, je me mets à le traiter de gredin, de voleur, de bandit, enfin de tous les mots qui me viennent à l'esprit.

« Puis, pour terminer, je lui jette à la tête mon tripoli dont une grande partie lui entre dans la bouche qu'il tenait justement ouverte en ce moment, ce qui lui a fait faire une drôle de grimace, je vous l'assure.

« — Ça lui a peut-être un peu nettoyé la conscience, — observai-je en riant.

« — Oh ! il n'y a pas de danger, il l'a trop noire pour ça.

« — Et après ?

« — Après ? Parbleu ! je me suis en allé. Je lui fais cadeau de ce qu'il me doit pour ce mois-ci... il ne doit pas, du reste, y en avoir gros, avec ce qu'il m'a déjà retenu dessus.

« — Ma foi, — lui dis-je, — vous avez très bien fait d'agir ainsi. Votre ex-patron est une canaille dont le but trop facile à deviner était par ses nombreuses amendes à se faire servir pour rien.

« — C'est sûr.

« — Allons, — repris-je, — consolez-vous. Vous trouverez certaine-ment une meilleure place d'ici peu.

« — Dans tous les cas, il me sera difficile d'en trouver une plus mau-vaise.

« — Ma foi, je le crois fort. Mais encore une lampée, — ajoutai-je ; — ça vous remontera le moral et vous fera oublier vos soucis. »

« Nous trinquâmes de nouveau, puis l'ancien employé de Moser s'en alla en continuant à jurer et à tempêter contre celui-ci.

« Mon plan était, dès lors, tout tracé et vous le devinez sans doute.

« Dans la journée, je me présentai à la banque et demandai si l'on n'avait pas besoin d'un garçon de bureau.

« On m'adressa au Juif.

« — Vous tombez bien, — me dit-il. — J'ai précisément renvoyé le mien ce matin parce qu'il faisait très mal son affaire. Montrez-moi vos références, je vais voir si elles me conviennent. »

« Pendant les quelques heures que j'avais eues devant moi, je m'étais, je vous l'ai dit, fabriqué une demi-douzaine de certificats qui avaient un air d'absolue authenticité.

« Le youtre les examina et les trouva excellents.

« — Bien, — fit-il, — vous êtes noté sur ces pièces comme quelqu'un en qui on peut avoir toute confiance et je vous en félicite. J'aime les hon-nêtes gens. Vous avez, d'ailleurs, une figure qui me plaît. Je consens donc à vous prendre à mon service. A présent, quels gages voulez-vous ?

« — Ceux qu'il vous conviendra de me donner, — répondis-je humble-ment.

« — Je vous préviens que je ne puis vous en offrir que de très modestes.

« — Je n'exige pas plus que ce qu'avait mon prédécesseur, — répli-quai-je du même ton.

« — Il avait cinquante francs par mois. Ça vous va-t-il ? »

« J'allais bêtement dire : « Mais non, c'est soixante-dix, je le sais, » lorsque la réflexion me retint à temps.

« — Ça me va parfaitement, monsieur, — fis-je d'un air très satisfait.

« — Bon, en ce cas, c'est entendu. Vous pouvez vous considérer comme engagé et commencerez votre service dès demain matin. »

« Il me fallut faire un grand effort sur moi-même pour lui cacher ma joie car, réellement, il m'était impossible de désirer mieux.

« J'allais, en effet, être au cœur de la place et pouvoir prendre tout à mon aise les dispositions nécessaires pour faire le coup sûrement.

« Le lendemain matin, j'entrai en fonctions et dès le premier jour me mis, sans qu'il parût, à examiner tout de très près.

« Dans les commencements, je crus d'abord que l'affaire ne valait pas une chique.

« A différentes reprises, usant de ruse, j'étais parvenu à voir le coffre-fort ouvert et avais constaté qu'il ne contenait guère que des sommes insignifiantes. Cela me désespérait. J'en étais à me demander si je devais continuer à *nourrir* un aussi maigre *poupart*.

« Mais un samedi, ayant eu à rester à la banque plus tard que de coutume, j'assistai, après la fermeture des bureaux à la venue des directeurs, apportant les *caisses* de leurs agences respectives.

« Je connus ainsi le séjour des fonds dans le coffre, du samedi au lundi.

« Puis, à force de guetter et d'écouter à la porte du cabinet pendant que les directeurs étaient là, je finis par savoir à quelle somme se montait l'ensemble de ces fonds. Je vous en ai dit le chiffre presque exact.

« J'étais au courant de tout cela vers la fin du deuxième mois de mon entrée chez le Juif et aurais pu...

XXIII

LA BÊTE HUMAINE

Un violent tumulte s'élevant soudain dans la grande salle du cabaret entra comme un écho d'orage dans le sénat et vint couvrir la voix de File-Menton l'empêchant de poursuivre.

Ce tumulte était provoqué par l'arrivée d'un joueur de guitare, qui se préparait à chanter en s'accompagnant sur son instrument.

LA FILLE DE L'OUVRIÈRE

« O Richard ! O mon roi !
L'univers t'abandonne ! »

LIV. 81. — H. GEFFROY, éditeur. — Reproduction-interdite.

Habituellement, les musiciens étaient assez bien vus des hôtes du Prée Lunette.

Mais, ce soir-là, l'auditoire était probablement mal disposé, car les injures les plus grosssières pleuvaient sur lui de tous côtés, entremêlées de huées et d'horribles jurons.

— Si tu ouvres ton *four*, je te fais avaler ta *zinglante* par le gros bout! — cria un des assistants.

— Et moi je te casse le manche sur la... figure! — glapit un autre.

— Qu'est-ce que tu viens piailler ici? — lança un troisième; — est-ce que tu te crois à l'Opéra, *artiste* à la manque?

Malgré cette réception hostile, le guitariste pinça les cordes et commença une romance dont il se disait l'auteur et le compositeur:

« O Richard! ô mon roi, l'Univers t'abandonne! »

— Il n'y a plus de rois... nous sommes en république, tu le sais bien! — clama un ivrogne. — Tu insultes le gouvernement.

Sans se démonter, l'artiste recommença:

« O Richard! ô mon roi, l'Univers t'abandonne! »

— Vas-tu nous laisser tranquilles avec ton roi? continua l'ivrogne de plus en plus excité.

— Messieurs, je vous en prie, laissez-moi chanter. Je suis père de famille et j'ai cinq enfants qui attendent du pain à la maison.

— Je me fiche de toi et de tes mioches, — reprit l'interrupteur. — Décampe et plus vite que ça.

En même temps l'ivrogne lança dans la direction du musicien une bouteille qui alla se briser contre le mur et dont les débris atteignirent plusieurs buveurs.

Ce fut le signal d'une bagarre générale.

Envoyé par le patron, le garçon, un fort et solide gaillard, voulut s'emparer du perturbateur pour le jeter dehors.

Mais celui-ci s'était cramponné à un des piliers d'appui qui soutenaient le plafond et résistait de toutes ses forces.

Le guitariste, voyant les choses si mal tourner, avait cru prudent de disparaître.

En présence de la lutte du garçon et de l'ivrogne, la salle se divisa en deux camps: les uns tenant pour le premier, les autres pour le second.

— Ne lâche pas le pilier! — criaient les uns.

— Enlève-le comme un paquet! — hurlaient les autres.

Il en résultait un tapage infernal dont les échos se répercutèrent jusque dans la rue, faisant croire aux passants que le cabaret était le théâtre de quelque sanglante bataille.

Et, de fait, le sang n'aurait certainement pas tardé à couler, tant la fureur était grande dans chacun des deux partis, si le patron n'avait mis fin à cette scène, d'une singulière façon.

Arrivant dans la salle avec un seau plein d'eau et une pompe portative, il se mit à asperger ses clients, sur le visage desquels il prit soin de diriger son jet liquide.

C'était un trait de génie[1] de sa part.

Les combattants, qui avaient une profonde horreur pour l'eau, se calmèrent instantanément et, l'ivrogne ayant été expulsé, le calme se rétablit.

Un calme relatif, bien entendu.

Quand on put s'entendre de nouveau, le Marquis invita File-Menton à continuer.

— Je n'ai plus que peu de chose à dire, — reprit celui-ci. — Donc, dès le deuxième mois de mon entrée chez Moser, je savais à peu près tout ce que je voulais savoir et aurais pu, à ce moment, quitter la maison.

« Mais je pensais devoir y rester encore quelque temps, afin de compléter mes renseignements, s'il y avait lieu.

« Je fis bien, d'ailleurs, car c'est seulement le mois suivant que je découvris le passage donnant sur la rue.

« Lorsqu'enfin je jugeai le coup suffisamment préparé, je rendis mon plumeau au juif, en l'informant que je me voyais obligé de retourner sur-le-champ dans mon pays, où m'appelaient d'urgentes affaires d'intérêt.

« Je lui avais dis que j'étais de Melun.

« Il fut très ennuyé de mon départ et me demanda si je reviendrais une fois mes affaires réglées.

« Je lui répondis que je n'y manquerais pas.

« Il devait me regretter, en effet, car, agissant envers moi comme il agissait envers celui que j'avais remplacé, il m'accablait continuellement d'amendes et ne me laissait guère que dix ou quinze francs à palper sur mon mois, ce dont néanmoins je paraissais très content.

« Vous comprenez que ça m'était égal. Il aurait pu me retenir tous mes gages que je me serais bien gardé de dire un seul mot.

---

1. C'était une imitation de la géniale idée mise en pratique par le maréchal Lobau, alors général commandant de la garde républicaine de Paris, lorsque, pour mettre un terme aux émeutes bonapartistes qui avaient lieu chaque soir sur la place Vendôme, il ordonna de faire jouer les pompes à incendie pour disperser la foule qui s'en vengea en le surnommant : l'Artilleur de la pièce humide.

« — Ne te gêne pas, mon vieux, — pensais-je, à chaque pièce de cent sous qu'il me grugeait ; — tu peux me filouter tant que tu voudras : je te mettrai aussi bientôt à l'amende, moi, et d'une jolie façon. »

« Il y a aujourd'hui quinze jours que je l'ai lâché et c'est le lendemain même de ma sortie que, sachant que *tu travaillais* dans les *bauges,* je suis allé te prévenir, Marquis.

« C'est malheureux que tu n'aies pas eu plutôt le Rouquin sous la main, l'affaire serait faite depuis samedi dernier.

— Bah ! du moment qu'elle est bonne, un léger retard n'a pas d'importance.

— C'est vrai... Cependant, étant complètement à sec, il me tarde de me regarnir le gousset.

— Je ne suis pas moins impatient que toi, — repartit le Rouquin, — car je me trouve moi-même à la côte.

— Ma foi, — avoua le Marquis, — à quoi bon se cacher entre *aminches ?* ma situation pécuniaire n'est guère plus brillante. Mon dernier *nib* m'a rapporté si peu que je suis presque comme vous deux.

— Alors, ça tombe à pic ; nous n'en aurons que plus de cœur à l'ouvrage, — repartit File-Menton. — Maintenant à ton tour, Marquis, de payer une fiole ; de *jaspiner* comme je l'ai fait, ça m'a séché le gosier.

Une seconde bouteille fut commandée et nos trois coquins la vidèrent en achevant de prendre les dernières dispositions pour le vol qu'ils projetaient.

Si un observateur se fût trouvé là et eût concentré son attention sur le visage de chacun des chenapans pendant qu'ils étaient ainsi sous l'empire de leur instinct dominant, — le mal, — il eût pu, certes, se livrer à d'intéressantes études physiognomoniques.

La physionomie, on le sait, est l'empreinte extérieure du caractère et du tempérament de l'homme, que trahissent certains traits, certaines contractions de la face.

Elle semble destinée à expliquer les instincts et les qualités dont le secret est caché, en phrénologie, sous la toison pileuse.

Lavater a posé en principe que tout homme avait une ressemblance plus ou moins prononcée avec quelque animal dont le caractère primitif influait sur le sien.

A tel point que, si les âmes étaient visibles aux yeux, on verrait clairement cette chose étrange que chacun des individus de l'espèce humaine correspond à quelqu'une des espèces animales.

Si bien que l'on pourrait reconnaître cette vérité, à peine entrevue par le penseur, que, depuis l'huître jusqu'à l'aigle, depuis le porc jusqu'au tigre, tous les animaux sont dans l'homme : c'est-à-dire que chacun d'eux est dans un homme, quelquefois même plusieurs d'entre eux à la fois.

Sans vouloir préconiser ce système comme incontestable, nous croyons pouvoir avancer qu'il est loin d'être aussi chimérique qu'on l'a prétendu.

On ne peut nier, en effet, que notre monde ne soit peuplé de loups, de tigres, de vautours, de renards, etc... avec les instincts et les signes caractéristiques de ruse ou de cruauté que la nature a attribués à ces divers animaux.

Et nous en donnerons déjà pour preuve les trois bandits que nous avons sous les yeux.

Le Marquis, avec ses traits durs et secs quoique réguliers, avait, par l'expression cruelle qu'ils revêtaient parfois, une analogie réelle avec le tigre.

Le Rouquin, lui, tenait plutôt du loup, dont il avait le regard aigu et toujours inquiet.

Enfin, File-Menton, avec sa face où se lisaient la ruse et la fourberie, personnifiait le renard.

Et, en effet, tous trois possédaient les instincts de ces carnassiers.

Instincts atténués, modifiés, évidemment, par leurs qualités d'être humains, mais dont le principe n'existait pas moins chez eux.

Si maintenant nous voulons des preuves encore plus concluantes, c'est dans les bagnes qu'il nous faut aller les chercher.

Là, nous en trouverons en foison.

Un jour, un savant médecin, chef du bagne de Toulon, c'était en 1850, expliquait à un célèbre criminaliste sa théorie sur les tendances animales de l'homme, et lui disait :

— Dans l'appréciation physiologique d'un forçat, je ne manque jamais de saisir sa tendance animale ; et si cet homme est un de ces êtres aliénés à la raison des choses et fatalement voué à un instinct, je ne puis pas ne pas reconnaître cette loi d'imitation de notre analogie, source de grandes ou de terribles monomanies.

« Voulez-vous une de mes preuves ? » — ajouta-t-il.

Alors, le savant médecin cita comme exemple au criminaliste un forçat qui venait de mourir récemment au bagne.

C'était un nommé Théodore Hiedeker, condamné pour assassinat sur sa femme et sur son beau-frère, et de tentative contre tous ceux qu'il avait soupçonnés d'avoir voulu l'empêcher d'obtenir un emploi pour lequel il postulait.

— Quand je le vis pour la première fois, — dit le docteur, — il était

enchaîné, couché dans un cachot, et ma présence lui suscita un accès de
manie homicide.

« Il se mit à rugir, à se débattre dans ses liens et à faire claquer ses
dents comme une bête féroce qui aiguise ses crocs pour le festin.

« Son regard étincelant tenait en respect les gardes-chiourme qui,
d'ordinaire, n'ont peur de rien.

« L'accès fini, je fis porter Hiedeker dans ma salle et le contint dans
un lit à l'aide d'un gilet de force. Je voulais l'étudier.

« Tout en lui indiquait le tigre.

« C'était un ancien maréchal des logis du 12° chasseurs à cheval, retiré
du service après avoir accompli un congé de sept ans.

« Il avait été un excellent homme jusqu'au moment où l'instinct qui
sommeillait au fond de son être s'était subitement réveillé.

« Personne ne pouvait l'approcher sans danger.

« Si quelqu'un s'avançait trop près de lui, sa chevelure se hérissait,
son œil brillait de fureur et ses lèvres se retroussaient sur ses gencives,
en même temps que sa face prenait l'expression de la bête fauve.

« Il était alors horrible à voir.

« Par bonheur pour lui... et pour les autres, il mourut au milieu d'un
accès.

Le docteur cita encore à son auditeur un homme-loup, lycanthrope,
qui s'était évadé le mois précédent et à la recherche duquel on était.

Sa ressemblance avec cet animal était extraordinaire.

Sa mâchoire était armée de longues canines et se portait en avant,
comme malgré lui, par un espèce de tic convulsif.

Puis, ses mains se jetaient sur les aliments comme des pattes, cherchant plus à griffer qu'à mordre.

Il avait été condamné pour meurtre d'un enfant, dont il avait porté
le cadavre dans un bois et dévoré les bras et une partie des cuisses.

Son avocat, qui avait plaidé l'inconscience, lui avait sauvé la tête.

La lycanthropie d'ailleurs est une folie peu commune, mais qui atteint
surtout les gens d'une nature primitive dont la vie se passe au milieu
des forêts. La fameuse bête du Gévaudan, qui terrorisa tout un département pendant de longs mois, ne dut en grande partie la suite ininterrom-
pue de ses funestes succès qu'à l'amitié d'un pauvre d'esprit retombé à
l'état sauvage et atteint de la folie lycanthrope. Cet homme la fit échapper
bien des fois aux partis de chasseurs lancés sur ses traces; il vivait dans
une sorte d'intimité avec elle et partageait la nourriture que leur procuraient les abominables et féroces instincts de l'animal.

.   .   .   .

Nous ne poursuivrons pas plus loin ces études « d'animalité humaine » qui nous ont fait un peu dévier de notre sujet.

Nous dirons seulement, pour nous résumer, que les coquins, par leurs mauvais instincts, sont à l'humanité ce que les animaux malfaisants sont à l'espèce animale.

XXIV

L'AFFAIRE

Deux jours après leur entrevue chez le Père Lunette, le Marquis, le Rouquin et File-Menton étaient, vers onze heures du soir, réunis à l'hôtel des *Compagnons,* dans la chambre du premier.

Ils faisaient leurs préparatifs pour se rendre rue de Choiseul.

Le Marquis avait parlé au Rouquin d'instruments autres que ceux contenus dans le bastringue.

C'était le transport de ces instruments sur le lieu où devait se commettre le vol qui occupait alors les trois complices.

Le Marquis venait d'étaler sur une table un gilet d'une confection tout à fait spéciale. Il était en peau de chien très résistante et muni de nombreuses poches intérieures.

Près du gilet, se voyaient des maillets, des limes, des ciseaux à froid, des coins d'acier, des pinces, etc... etc...

Les manches des outils percuteurs, et même des limes, étaient entourés de feuilles d'étain destinés à amortir le bruit qu'ils produiraient au moment où on s'en servirait.

Le Marquis, aidé de ses deux complices, plaçait chacun des instruments dans la poche qui lui était réservée à l'intérieur du gilet.

Quand ce fut fait, aidé de File-Menton et du Rouquin, il endossa le vêtement qui, ainsi lesté, pesait environ soixante livres.

Mais le coquin n'en paraissait nullement gêné et avait les mouvements aussi libres que s'il eût été vêtu d'un gilet ordinaire.

Grand et bien découplé, la poitrine large, les épaules carrées, il était, du reste, de force à porter aisément ce poids relativement considérable.

Comme il avait l'air d'en faire parade, le Rouquin lui dit, dans l'intention de le défier :

— Tu aurais tout de même de la peine à danser avec ça, mon bon ?

— Voilà le ventru, il est de taille, hein?

— Tu crois? — repartit le Marquis.

Les deux gredins se tutoyaient maintenant, en raison de ce que nous l'avons déjà dit, le tutoiement est obligatoire dans le monde des malfaiteurs.

— Dame, cette ferraille ne doit pas te donner des ailes, il me semble? renvoya le compagnon de la Bibasse.

— Peuh! je ne la sens même pas... et la preuve la voilà.

Sur ce, le Marquis se mit à exécuter, avec une légèreté réellement extraordinaire, cette figure du quadrille qu'on nomme le « cavalier seul » et qui consiste, dans la chorégraphie des bals publics, à s'élever de terre le plus haut possible, en lançant alternativement ses jambes de droite et de gauche pour faire les battements des « ailes de pigeon ».

— Bigre! fit le Rouquin avec admiration, — tu as du jarret, mon gars !

— Je m'en flatte, — répondit le jeune homme d'un petit air suffisant.

— Voyons, ne nous amusons pas, intervint File-Menton. — Si nous avons à danser, c'est après le coup fait et non maintenant.

— C'est juste, approuva le Marquis, — attendons que nous ayons, au moins, de quoi payer les violons.

— Alors, achève vite de t'habiller. — reprit l'ex-garçon de bureau : — il nous faut arriver là-bas vers minuit et il est déjà onze heures un quart.

— Comment, vers minuit ? Mais c'est trop tôt.

— Pas du tout.

— Ne nous as-tu pas dit que c'est l'heure à laquelle le gardien fait sa ronde?

— Si, et c'est précisément pour la lui voir faire du dehors que je vous presse de partir. Nous saurons, de la sorte, que c'est exactement le moment où nous pourrons pénétrer dans la banque.

— On l'aperçoit donc de la rue?

— Très bien. Je m'en suis assuré plusieurs fois ces jours derniers.

— Si c'est comme cela, filons, — répliqua le Marquis en se dépêchant de mettre un paletot par-dessus son gilet. — Me voici prêt.

Les trois chenapans quittèrent la chambre et descendirent.

En passant devant la sienne, le Rouquin appela la Bibasse qui devait être de la partie.

Il avait été convenu qu'on l'emploierait à *battre l'antiffle*.

Une fois dehors, tous prirent rapidement le chemin de la rue de Choiseul.

Malgré la *massivité* de sa personne, la virago marchait d'un pas alerte.

Il est vrai qu'avant de partir elle avait avalé deux ou trois verres de rhum, afin de se donner des jambes.

Trois quarts d'heure suffirent à la petite troupe pour faire le trajet de la rue du Poteau aux grands boulevards et minuit venait seulement de sonner lorsqu'elle arriva à la maison d'Isaac Moser.

Une boutique de l'immeuble située en face était en réparation et on avait élevé au-devant une espèce de palissade formée de quelques voliges mal jointes.

— Nous allons nous mettre derrière ce rideau de bois, dit File-Menton. — Comme ça nous pourrons voir tout à notre aise ce qui se passe sans nous faire remarquer.

Les trois hommes et la virago se glissèrent entre les planches et la devanture de la boutique ; puis, s'étant dissimulés de leur mieux dans cet étroit espace, ils portèrent les yeux sur les bureaux du juif.

Mais le temps s'écoula sans qu'ils vissent y apparaître le gardien.

— Il aura sans doute déjà fait la ronde, émit le Marquis.

— Ça m'en a tout l'air, repartit File-Menton. — Le bonhomme s'en sera débarrassé aujourd'hui plus tôt que de coutume.

« Cependant, comme nous pourrions nous tromper, patientons encore un peu, c'est plus prudent.

Une demi-heure se passa de nouveau et aucun mouvement ne se manifesta dans la banque.

Depuis quelques minutes, il tombait une petite pluie fine et glacée qui commençait à rendre assez pénible la situation de nos quatre gredins.

Le Rouquin, notamment, encore mal rétabli, en souffrait beaucoup et une toux creuse montant des profondeurs de sa poitrine indiquait combien elle lui était funeste.

Le coup d'une heure du matin résonna à une horloge voisine.

— Je crois qu'à présent nous pouvons agir, dit File-Menton. — Sûrement le gardien a fait sa visite.

— Oui, agissons, appuya le Rouquin ; — cette *lance* me trempe jusqu'aux os et j'ai hâte d'être à couvert.

— Nous allons y être dans un instant, répliqua l'ex-garçon de bureau.

Puis à ses trois complices :

— Allons, en avant, les aminches. C'est tout à fait le moment, car la pluie ayant rendu la rue déserte, il n'y a pas un chat aux alentours. Les *sergots* de service par ici ont dû eux-mêmes se mettre à l'abri quelque part et ne viendront pas nous déranger.

Tous sortirent alors de derrière la palissade et, traversant la rue, allèrent se poster devant une petite porte qui se voyait sur un des côtés de la maison où était la banque du juif.

Cette porte, qui était de chêne plein, avait sa partie supérieure ajourée par des découpures, qui représentaient une sorte de grillage sur lequel couraient d'élégants rinceaux.

File-Menton se mit à l'œuvre pour enfoncer la serrure au moyen d'un *rossignol.*

Mais ça devait être plus difficile qu'il ne l'avait pensé, car, ne pouvant y parvenir, il jura au bout d'un moment :

— Sacredieu ! ça ne va pas... qu'est-ce qu'il y a donc qui accroche ?

Et il redoubla d'efforts, cherchant avec son instrument, à atteindre le ressort qui déclanchait le pêne.

— Laisse-moi essayer, dit le Rouquin ; — dans le temps j'étais très ficelle à ce jeu-là et peut-être m'y prendrai-je mieux que toi.

— Bah ! crois-tu que je ne suis pas adroit aussi, moi ? j'ai assez crocheté de *lourdes* dans ma vie pour y avoir la main, repartit File-Menton, un peu vexé. — seulement à celle-ci il doit exister un secret.

« N'empêche, il faudra bien que j'arrive à la faire *bâiller* tout de même, ajouta-t-il en fouillant de plus belle la serrure.

Soudain, débouchant d'une rue latérale, apparurent à quelque distance deux gardiens de la paix qui, le capuchon rabattu sur les yeux et marchant à petits pas, accomplissaient tranquillement leur tournée.

— Voilà la *rousse!* exclama sourdement le Rouquin... — Vite, jouons la fille de l'air.

Et il fit mine de s'enfuir, entraînant la Bibasse avec lui.

Mais le Marquis les saisit rudement l'un et l'autre par le poignet et les retint de force sur place.

— Ne bougeons pas, tonnerre ! commanda-t-il impérativement à mi-voix, — sans quoi nous sommes frits. — S'il nous voyaient décamper ils se douteraient de quelque chose et avec leurs revolvers appelleraient à leur aide pour nous donner la chasse.

Puis, se penchant vers File-Menton, toujours acharné après la porte, il lui dit :

— Attention, toi, voilà les *flics !*

L'ex-garçon de bureau abandonna instantanément son *travail* et se réunit à ses acolytes.

Lui ne songeait pas à fuir. Il savait trop bien qu'il n'irait pas loin avant d'être pincé et, comme le Marquis dont il devinait la pensée, comprenait qu'il valait mieux essayer de donner le change aux agents.

— Faisons comme si nous causions de nos affaires, — dit-il.

— Oui, — ajouta le Marquis, — parlons Bourse, c'est un sujet qui permet de dire ce qu'on veut.

Les deux gardiens continuaient à avancer du même pas nonchalant et sans paraître étonnés de voir là le groupe formé par les coquins.

Le fait est qu'à Paris, une réunion de quatre personnes, la nuit, dans une rue, n'a rien en soi de bien subversif.

D'ailleurs il n'était qu'une heure du matin et cette heure qui, en province passe pour être extra-indue, ne l'est nullement dans la capitale.

Nous pourrions dire, même, que, depuis une vingtaine d'années, elle est devenue presque normale, par suite de la tolérance qu'on a accordée aux cafetiers et aux cabaretiers de rester ouverts après minuit.

Les agents n'étaient plus, maintenant, qu'à une dizaine de mètres du groupe.

— Ainsi, vous croyez que les troubles qui ont lieu actuellement en Égypte vont réagir sur les fonds Ottomans, — prononça le Marquis à voix élevée.

— Certainement, mon cher, — répondit File-Menton ; — il y a eu déjà aujourd'hui en Bourse une grande pesanteur sur cette valeur et j'ai eu toutes les peines du monde à me débarrasser d'une douzaine d'obligations « Dette unifiée » qu'il m'a fallu vendre à vingt-cinq francs chacune au-dessous du cours d'hier.

— Diable ! — reprit le Marquis, — moi qui en ai justement une cinquantaine en portefeuille, me voici bien loti.

— Vendez, mon bon, vendez dès demain, si vous ne voulez pas avoir à subir une nouvelle baisse.

— C'est ce que je ferai dès l'ouverture du marché.

— Et les fonds Brésiliens, comment se comportent-ils ? — questionna le Rouquin, prenant part à la conversation, quoiqu'il ne fût qu'à demi rassuré.

— Pas mal. Ils oscillent entre quatre cents et quatre cent-dix au courant. Le nouvel emprunt chinois est également à une bonne cote.

A ce moment, les agents passèrent devant les quatre gredins.

Ils jetèrent à ceux-ci un regard indifférent et poursuivirent leur chemin, l'un disant à l'autre :

— Ces gens de finance, faut-il qu'ils soient enragés ? S'arrêter sous la pluie et en pleine nuit d'hiver pour causer Bourse !

— Surtout ayant une dame avec eux, — répondit son camarade. — Ce n'est pas galant pour sûr et ça ne doit guère l'amuser, la pauvre femme.

— Est-ce que les financiers connaissent la galanterie ?

— C'est vrai, pourvu qu'ils fassent des affaires, le reste leur est bien égal.

Deux minutes après, les braves représentants de l'autorité étaient assez éloignés pour que les chenapans n'eussent plus à les redouter.

— Allons, fais vite maintenant, — dit le Marquis à l'ex-garçon de bureau ; — si les sergots venaient à repasser et qu'ils nous voient encore là, ils pourraient trouver ça quelque peu louche.

File-Menton se remit à la besogne et plus heureux qu'auparavant parvint enfin à forcer la porte.

— Ça y est, — fit-il. — Crédieu ! ça n'a pas été sans peine ; comme je le supposais, il y avait un secret : un double déclic qu'il fallait faire jouer.

— Eh bien ! entrons, — dit le Rouquin qui grelottait.

— Parbleu ! nous n'allons pas rester ici, — repartit File-Menton.

Et, poussant la porte, il pénétra le premier dans le couloir.

Les trois autres l'y rejoignirent incontinent.

— Boucle la lourde, — commanda-t-il à la Bibasse qui était entrée la dernière, — puis reste le nez collé contre.

— C'est là que je vais *battre l'antiffle ?* — demanda celle-ci.

— Oui, en regardant dans la rue à travers les ajourements. On ne sait pas ce qui peut arriver et il est bon que nous ne soyons pas pris là-haut comme dans une souricière.

« Dès que tu apercevras quelque chose qui ne te paraîtra pas très catholique, tu viendras nous avertir daredare.

— Bon, — répliqua l'ivrognesse, — soyez tranquilles, je connais mon affaire.

— Vous autres, — continua File-Menton en s'adressant au Rouquin et au Marquis, — suivez-moi, je fais les honneurs.

Tous trois se prirent à avancer dans le couloir à tâtons. Ils rencontrèrent bientôt les marches d'un escalier.

— Attendez que je vous éclaire, — dit l'ex-garçon de bureau.

En même temps il sortit de son paletot une petite lanterne cylindrique d'un pouce de diamètre environ, dans le centre de laquelle était fixé un réservoir à essence minérale muni d'une mèche.

Cette lanterne était une véritable lanterne de voleur.

Elle était tout en métal et ne laissait passer la lumière que par une étroite ouverture vitrée qu'une plaque mobile venait masquer lorsqu'on pressait sur un bouton placé à son sommet.

Malgré son exiguïté elle donnait une vive clarté grâce à un réflecteur en acier poli dont elle était pourvue et qui renvoyait, multipliées, les ondes lumineuses.

File-Menton l'alluma.

XXV

L'OPÉRATION DU COFFRE-FORT

L'escalier au bas duquel se trouvaient les trois hommes s'élevait en spirale et presque perpendiculairement.

Ils le gravirent. Arrivés en haut, ils se trouvèrent sur un petit palier d'un mètre et demi de largeur à peu près.

Le sol en était recouvert par un carré de moquette.

— Tiens, où donc est la porte du cabinet? demanda le Marquis en n'apercevant devant lui qu'une paroi lisse et sans aucun interstice apparent.

— Là! — fit File-Menton en frappant de sa main contre la paroi. — Elle est bien cachée, hein?

— Parbleu! Je ne l'aurais pas devinée, on ne voit même pas les gonds.

— Ils sont dans l'épaisseur du mur.

— Et comment l'ouvrir, celle-là?

— En la faisant sauter avec un *pied de biche*... ou plutôt avec deux, car un seul ne suffirait sans doute pas.

— Mais où introduirons-nous nos instruments?

— Je vais te le montrer.

Et, déplaçant le carré de moquette, l'ex-garçon de bureau découvrit dans la paroi un léger jour qui existait entre celle-ci et le plan du palier.

— Ah! bon, je vois; de cette façon ça va aller.

— Tu as deux *charlottes* sur toi, je crois?

— Oui.

— Eh bien! passe-m'en une et arme-toi de l'autre.

Le Marquis tira de l'arsenal que renfermait son gilet deux de ces leviers en fer, appelés par les voleurs : *pieds de biche, monseigneurs, rigolos,* ou *charlottes,* et en remit un à File-Menton.

Puis tous deux en glissèrent le bec sous la porte aussi avant que possible.

— Maintenant, de l'ensemble, — dit l'ex-garçon de bureau ; — le coup n'en aura que plus de force... Y es-tu?

— J'y suis!

— Attention : un, deux... et trois...

Et l'un et l'autre, d'un brusque mouvement, opérèrent une puissante pesée sur les leviers qui s'inclinèrent sensiblement, pendant qu'un fort craquement se faisait entendre et que la porte se détachait du sol de quelques centimètres, en faisant sauter par en haut une partie du mur.

— Encore autant et ça y sera, dit le Rouquin.

— Veille bien, toi, — lui recommanda File-Menton, — à ce qu'elle ne tombe pas dans le cabinet, à cause du cartonnier qui est derrière et qu'elle entraînerait avec elle.

— Je veille, — répliqua le Rouquin en s'apprêtant à saisir l'huis au moment où il quitterait définitivement son cadre. — Vous pouvez aller.

Le Marquis et l'ex-garçon de bureau opérèrent une nouvelle pesée sur leurs leviers, et cette fois avec tant de vigueur que la porte sauta pour ainsi dire en l'air.

Mais le Rouquin n'eut pas besoin d'intervenir, elle tomba d'elle-même du côté des travailleurs qui la reçurent sur la tête et lâchèrent simultanément une double bordée de jurons. Le choc les avait presque renversés et ils étaient tout meurtris, car cette porte se trouvait doublée de fortes plaques de tôle sur toute son étendue.

Ils la relevèrent et la dressèrent contre une des parois du palier.

L'ouverture qu'elle laissait était obstruée par un haut cartonnier, destiné comme l'avait dit File-Menton à la dissimuler aux yeux des personnes qui se trouvaient dans le cabinet.

Les trois hommes poussèrent ce cartonnier et pénétrèrent à l'intérieur de la pièce.

Tout de suite, leur vue se porta sur un immense coffre-fort, qui en occupait un des côtés et était scellé au mur par de solides crampons de fer forgé.

— Voilà le ventru, — fit l'ex-garçon de bureau. — Il est de taille, hein?

— Oui, c'est un *bauge* de première catégorie, — répliqua le Marquis en s'avançant pour le voir de près. — Et la marque en est des meilleures, ajouta-t-il, après avoir lu le nom du fabricant qui y était sculpté en creux sur le devant.

— Crois-tu pouvoir en venir à bout, au moins? — lui demanda File-Menton.

— Parfaitement. J'en ai déjà *opéré* de semblables en province.

— Ce sera-t-il long?

— Une heure ou une heure et demie, pas davantage.

— Alors, mettons-nous-y sur-le-champ.

— Sacré tonnerre!... c'est le gardien...

— Laisse-moi d'abord examiner, que je sache exactement par où nous devons l'attaquer.

Et, sans se presser, en connaisseur, le gredin inspecta attentivement toutes les parties de l'armoire de fer, comme un général d'armée qui eût cherché à se rendre compte des forces de l'ennemi avant de livrer bataille.

Liv. 83. — H. GEFFROY, éditeur. — Reproduction interdite.   83

Au bout d'un moment il posa la main sur un des flancs de la vaste caisse et dit :

— C'est par ici que nous allons pratiquer la saignée ; je ne vois pas d'autre endroit possible.

— Eh bien, pratiquons, — fit le Rouquin impatient d'apercevoir le contenu du coffre. — Voyons, sors vite tes outils.

— Les voici, dit le Marquis en allégeant son gilet de tous les instruments qu'il recélait et en les plaçant sur une table bureau qui se trouvait à proximité.

Puis il ajouta :

— Avant de commencer, je dois vous faire une recommandation : c'est de ne pas les manier avec trop de précipitation. Quoiqu'ils soient excellents et d'une trempe supérieure, si vous vous en serviez maladroitement vous arriveriez à les fausser et même à les casser. Je ne parle pas, naturellement, des marteaux ou des maillets.

— Entendu, répliqua l'ex-garçon de bureau... on ira en douceur.

— C'est cela. A présent, nous allons nous distribuer la besogne. — Toi, Rouquin, tu vas, avec ce vilbrequin, faire une série de trous dans le coffre sur un espace de soixante à soixante-dix centimètres carrés.

— Près l'un de l'autre?

— Non, ça n'en finirait plus. Tu laisseras entre eux un écartement de la largeur d'une main environ. Toi, File-Menton, à mesure qu'ils seront faits tu les agrandiras au moyen de cette lime, de manière à en doubler le diamètre.

— Bon.

— Quant à moi, je serai derrière vous et aurai pour travail de scier de trou en trou avec la scie que voilà. De la sorte, la besogne se fera rapidement. Est-ce bien compris?

— Très bien.

— Commençons donc !

L'ordre de bataille étant combiné, les postes distribués, l'attaque du coffre commença :

Le Marquis n'avait pas menti; les outils étaient d'une trempe supérieure et mordaient le dur métal aussi facilement que si c'eût été du plomb.

En outre, ils produisaient si peu de bruit qu'on ne devait certainement pas entendre leur jeu au delà du cabinet.

En une demi-heure, les chenapans eurent coupé une plaque de fer de la dimension indiquée par le Marquis.

A l'instant où celui-ci l'enleva, le Rouquin et File-Menton, d'un même élan, engouffrèrent leur tête dans le vide qu'elle laissait, pressés de contempler les richesses que renfermait le coffre.

Mais tous deux, en même temps aussi, poussèrent un cri de douleur et se reculèrent précipitamment, pendant que leur compagnon éclatait de rire.

Ils venaient de se heurter rudement le crâne contre une enveloppe intérieure placée à peu de distance de la première.

— Ah! ah! vous ne vous attendiez pas à celle-là? — fit le Marquis en continuant de rire.

Le Rouquin et File-Menton ne répondirent point, occupés qu'ils étaient à se frictionner le sinciput que ce heurt leur avait tant soit peu endommagé.

— Ainsi, — reprit le jeune homme, — vous croyiez qu'il n'y avait que ça à faire et que c'était fini? Vous êtes naïfs, mes bons, et c'eût été vraiment trop facile. Apprenez que la plupart des bauges ont une double enveloppe et quelques-uns, même, une triple.

— Est-ce que celui-là est de ces derniers? — questionna le Rouquin avec une certaine inquiétude.

— Non. La marque de fabrique m'indique qu'il n'a que deux cuirasses.

— C'est suffisant, cré nom, — jura le compagnon de la Bibasse. — Quand je pense qu'il faut recommencer ce que nous venons de faire, ça ne me paraît pas drôle du tout.

— Moi, j'avoue qu'en définitive la difficulté qui se présente ne m'étonne nullement, — dit l'ex-garçon de bureau, — puisque le camaro de Melun m'avait dit de demander à Londres quatre ou cinq hommes, c'est qu'il savait que ça ne devait pas marcher comme sur des roulettes. C'est pour cela que j'ai tenu à ce que nous soyons au moins trois.

— Tu as certes bien fait, car, tu le vois, nous ne sommes pas de trop. Si nous n'avions été que nous deux nous en aurions eu pour beaucoup plus longtemps et, en pareille circonstance, c'est le cas ou jamais de dire comme les Anglais, *times is money*. Mais repiquons à la besogne, ce n'est pas de *jaspiner* qui nous avancera.

Les malandrins se remirent au travail.

Procédant de la même manière qu'auparavant, ils eurent, en une autre demi-heure, percé, scié et enlevé de la seconde enveloppe une partie égale à celle qu'ils avaient détachée de la première.

Cette fois, ce fut le Marquis qui, muni de la lanterne, introduisit sa tête à l'intérieur du coffre-fort.

Mais il la retira presque sur-le-champ en faisant un geste de dépit.

— Nous ne tenons pas encore le magot, — dit-il.

— Il y a un nouvel obstacle? — demanda File-Menton.

— Oui : l'argent au lieu d'être à même le *bauge* est renfermé dans un coffret d'acier, qui m'a l'air d'être assez bien conditionné.

— Es-tu sûr?

— Parbleu! il y a écrit dessus : « Fonds des agences. » C'est bien ça que nous cherchons, je suppose?

— Oui, c'est bien ça, — répliqua l'ex-garçon de bureau. — Tonnerre! il ne nous manquait plus que cette affaire-là!

— Mille dieux! — gronda de son côté le Rouquin, — nous n'en finirons jamais, alors?

— Si, — fit le Marquis avec assurance. — Seulement, ça va nous prendre encore un peu de temps. Sortez ce coffret de là-dedans, je vais me rendre compte à l'instant de quelle façon il va nous falloir l'*opérer*.

Le Rouquin et File-Menton obéirent et tirèrent hors de l'armoire de fer une sorte de boîte en acier guilloché, longue d'au moins quatre-vingts centimètres et large de trente à trente-cinq. Sa hauteur était à peu près d'un demi-pied.

Elle était très pesante et les deux hommes eurent besoin de toute leur force pour la faire passer par l'ouverture. Une étiquette collée sur le devant indiquait bien, en effet, qu'elle contenait les « Fonds des Agences ».

Le Marquis, comme il l'avait fait pour le coffre-fort, se mit à l'examiner sur toutes ses faces.

— Bigre! — fit-il au bout de quelques secondes, — bonne fabrique aussi, ça : c'est à quadruples rivets et à serrure incrochetable.

— Ce qui veut dire qu'il nous faut lui fendre le flanc comme au ventru? — interrogea File-Menton.

— Non point, — dit le Marquis; — ce coffret n'étant pas en fer, mais en acier, nos instruments, quelque bons qu'ils soient, ne lui mordraient la peau que difficilement et l'opération nous demanderait, en conséquence, un temps énorme.

— Alors, qu'est-ce que nous allons faire pour avoir les picaillons?

— Forcer le couvercle, tout bonnement.

— Et comment?

— Avec un ciseau et un maillet.

— Mais ça va faire un train horrible?

— Ça ne fera guère plus de bruit que la lime et la scie dont nous venons de nous servir.

— Tu crois?

Sans répondre, le marquis alla prendre parmi son arsenal étalé sur

la table une espèce de ciseau à froid et une petite masse de fer à manche
flexible, appelée maillotin; puis, revenant près du coffret qu'il cala contre
le coffre-fort, il plaça son ciseau dans la jointure du couvercle et se mit
à frapper dessus avec vigueur.

Ainsi qu'il l'avait assuré, les coups ne produisaient qu'un son sourd et
sans écho, la feuille d'étain qui entourait le manche des outils en étei-
gnant complètement le bruit.

Bientôt le ciseau pénétra profondément sous le couvercle et, peu après,
une des charnières finit par se disloquer.

— Et d'une, fit-il. A présent à la seconde; tournez-moi le coffret en
sens inverse que j'en fasse autant de l'autre côté,

Ses deux complices firent ce qu'il disait et il se disposait à jouer de
nouveau du maillet quand File-Menton lui saisit soudain le bras qu'il
avait déjà levé et le lui maintint immobile.

— Arrête!... lui murmura-t-il en même temps; — j'ai cru entendre
marcher là-bas dans les bureaux...

— Vraiment! fit le Marquis en se redressant vivement.

— Ecoutez!...

— Crédieu! oui, il y a quelqu'un dans la banque, dit le Rouquin après
avoir prêté l'oreille un instant.

— En effet, ajouta le Marquis, — je perçois distinctement des pas...
Serait-ce le juif qui viendrait?

— Ça m'étonnerait fort, repartit File-Menton.

— Pourquoi?

— Parce que j'ai tout lieu de croire qu'à l'heure présente il *fait la
noce* avec sa maîtresse dans quelque grand bastringue, ainsi qu'il en a
l'habitude tous les samedis. Mais je vais tâcher de voir qui ça est.

L'ex-garçon de bureau s'avança à pas de loup vers la porte du cabinet et regarda à travers le trou de la serrure.

— Sacré tonnerre!... c'est le gardien... exclama-t-il presque
aussitôt.

— Le gardien! répéta le Rouquin en pâlissant, — Nous n'avons plus
qu'à filer au galop... l'affaire est fichue.

— Décidément, Rouquin, ce n'est pas le courage qui t'étouffe, grommela le Marquis dont les yeux paraissaient féroces. — Déjà tu voulais te
sauver devant les sergots; maintenant c'est devant le bonhomme qui est
là. Tu as donc du sang de froussard dans les veines?

— Mais si nous sommes pincés, cependant?

Le Marquis haussa les épaules d'un air tant soit peu méprisant.

— Après tout, si cela te convient, reprit-il, — ne te gêne pas pour nous lâcher; nous ne te retenons pas. Seulement je te préviens que tu n'auras pas un centime du magot, tu peux en être sûr.

— Ah! non, si c'est comme ça, je reste, riposta le chenapan à qui l'idée de se voir frusté de sa part du vol donna un semblant de bravoure. Mais comment allons-nous nous tirer de là? ajouta-t-il avec anxiété.

— Attendons ce qui va se passer. Nous agirons suivant les circonstances.

File-Menton quitta son observatoire.

— Eh bien! lui demanda le Marquis, — qu'est-ce qu'il fait ton gardien?

— Il fait tranquillement sa ronde qu'il n'avait sans doute pas eu le temps de faire à minuit; c'est ce qui explique que nous ne l'avons pas vu pendant que nous le guettions dans la rue.

— Est-ce qu'il est encore loin?

— Pas tout à fait à moitié chemin.

— Penses-tu qu'il va entrer ici?

— Sûrement.

— Qu'y a-t-il à faire, selon toi?

— Nous emparer de lui et le réduire au silence. Dès qu'il ouvrira la porte, nous lui sauterons dessus, le bâillonnerons et, après l'avoir ficelé convenablement, le mettrons dans un coin d'où il pourra nous regarder tout à son aise terminer notre opération. Ça le distraira.

— Bon, c'est convenu.

— Pourquoi ne l'empêcherions-nous pas de pénétrer dans ce cabinet? émit le Rouquin; ce serait bien plus simple.

— Comment voudrais-tu l'en empêcher?

— En maintenant la porte pour qu'il ne puisse l'ouvrir.

— Tu n'es pas malin, Rouquin, dit l'ex-garçon de bureau. — Comme il en a la clef et qu'il sait qu'elle n'a pas de verrou, la résistance qu'il rencontrerait lui dévoilerait tout de suite notre présence et, alors, il courrait donner l'alarme dans la maison. C'est pour le coup que notre affaire serait mauvaise.

— Ton raisonnement est très juste, — approuva le Marquis, — et il vaut mieux faire comme tu dis. Regarde où il est, maintenant.

File-Menton remit son œil au trou de la serrure.

— Il n'est plus guère qu'à dix pas, — souffla-t-il. — Attention.., aveuglez la lanterne et tenons-nous prêts.

Toute cette conversation des trois coquins avait eu lieu, comme on le pense, à voix extrêmement basse, de manière à ce qu'aucun mot ne pût en parvenir aux oreilles de celui qui en était l'objet.

XXVI

LE PÈRE BRISCARD

Les bureaux de la banque du Juif se composaient de huit pièces, situées de chaque côté d'une allée centrale, longue d'une trentaine de pas environ et à l'extrémité de laquelle se trouvait le cabinet de Möser.

Le gardien était un ancien brigadier de cavalerie retraité, qu'une blessure reçue au bras gauche durant la guerre de 1870 avait rendu infirme de ce membre, ce qui ne lui permettait de se livrer à aucun travail manuel rémunérateur.

Aussi en était-il réduit pour vivre — sa pension n'étant que de six cents francs — à s'employer à des métiers où l'usage de ses deux bras n'était pas nécessaire.

Le jour, il distribuait des prospectus au coin des rues et la nuit il surveillait les bureaux du juif qui, pour cette peine, le rétribuait à raison de vingt francs par mois.

A lui, l'usurier n'infligeait pas d'amendes, son service lui échappant, il n'avait pas de prétextes pour lui retenir quoi que ce fût sur son mois.

D'ailleurs il comprenait que son salaire était vraiment trop maigre pour qu'il le rognât même de quelques francs.

Le père Briscard — c'était le nom du bonhomme — pouvait avoir de cinquante-cinq à cinquante-huit ans.

Il était de haute taille et encore robuste malgré son âge.

Son allure martiale et sa figure énergique dénotaient tout de suite chez lui l'ancien soldat.

Habituellement, nous le savons d'après File-Menton, il faisait sa ronde vers minuit; mais cette nuit-là, un événement fortuit, la lui avait fait retarder de plus de deux heures.

Ayant rencontré sur la fin de la journée un vieux camarade de régiment qu'il n'avait pas vu depuis des années, il était allé vider avec lui quelques bouteilles dans un cabaret, afin de fêter dignement cet heureux hasard.

A la suite de cette petite bombance, il s'était trouvé avoir la tête un peu lourde et c'était légèrement ébriolé qu'il avait regagné son logis à une heure assez avancée de la soirée.

Alors, au lieu de veiller comme d'ordinaire jusqu'au moment de descendre à la banque il s'était étendu sur son lit, en se disant qu'il allait profiter du temps qui lui restait de libre avant minuit pour faire un somme et laisser passer ainsi son étourdissement.

Mais il avait oublié, ou ignorait, qu'on n'est pas maître de son sommeil et ce n'était qu'à deux heures du matin seulement qu'il s'était réveillé.

De là sa venue tardive dans les bureaux.

. . . .

Un falot à la main, il se livrait tranquillement à sa besogne nocturne, sans se douter en rien qu'à quelques pas de lui trois chenapans capables de tout, sauf de bien faire, s'occupaient à dévaliser la caisse de son patron.

Les premiers mois de son entrée en fonctions, il avait coutume de faire sa ronde armé d'un revolver, afin de pouvoir se défendre, dans le cas où il se serait trouvé en présence de malfaiteurs.

Mais comme en fait d'êtres vivants s'étant introduits de nuit dans la banque il n'avait jamais aperçu que des rats ou des souris, il avait pris le parti de laisser son arme chez lui, jugeant qu'elle lui était désormais inutile.

Par suite, son inspection ne consistait-elle plus qu'à s'assurer si tous les becs de gaz qui éclairaient les locaux étaient bien fermés, si les fenêtres et les vasistas étaient bien clos et, enfin, s'il ne restait dans les cheminées ou dans les poêles aucun feu couvant sous la cendre et susceptible de provoquer un incendie.

Il venait de visiter une des dernières pièces et en sortait pour entrer dans celle qui lui faisait face, lorsque soudain il s'arrêta au milieu de l'allée centrale.

Il avait perçu, provenant du cabinet, comme le bruit d'un coup qu'on eut frappé sur le parquet.

Le Marquis, en effet, ayant tiré son mouchoir de sa poche pour en faire un bâillon destiné au vieux soldat, avait, par mégarde, laissé tomber de celle-ci le ciseau à froid qu'il y avait mis sans y songer.

Le père Briscard restait sur place l'oreille tendue dans la direction du cabinet et fixant sur la porte un regard plein de défiance.

— C'est singulier, — dit-il à mi-voix, — je ne m'explique pas du tout ce qui vient d'avoir lieu... Cependant je n'ai pas la berlue, j'ai bel et bien entendu quelque chose... Qu'est-ce que ça signifie?

Il se prit à réfléchir, se grattant le menton et cherchant à trouver le mot de cette énigme.

S'avançant sournoisement derrière le père Brisquart, elle lui avait asséné un coup formidable
sur la tête.

A tout hasard il regarda le sol pour voir s'il n'y découvrirait pas des
traces indiquant la venue de quelque intrus.

Mais le plancher, balayé après la sortie des employés de la banque,
était d'une netteté irréprochable.

Pendant qu'il demeurait ainsi à méditer de l'autre côté de la porte, le
trio de bandits respirait à peine; ils sentaient l'inquiétude les gagner.

File-Menton, lorsque le Marquis avait fait tomber son ciseau, avait retenu un juron de colère; car si le bonhomme s'apercevait de leur présence leur affaire devenait médiocrement réjouissante.

Avant qu'ils n'eussent achevé de forcer le coffret, il aurait donné l'éveil dans la maison et c'est tout au plus s'il leur resterait le temps de fuir par le couloir secret.

L'ex-garçon de bureau, toujours en observation, guettait donc anxieusement ce qu'allait faire l'ancien brigadier.

A ses côtés étaient postés le Rouquin et le Marquis, ce dernier tenant son bâillon tout prêt.

De son côté, sachant qu'il n'y a pas d'effet sans cause, le père Briscard était de plus en plus intrigué.

— Cela n'est pas naturel, — murmurait-il, — non, pour sûr ça ne l'est pas.

Brusquement il prit un parti et s'avança vers le cabinet.

Il venait de penser que le seul moyen de savoir au juste à quoi s'en tenir au sujet de ce bruit insolite était de se rendre sans tant tergiverser dans l'endroit même où il s'était produit.

— J'avais encore deux pièces à visiter avant celle du patron, — se dit-il, — mais je m'en occuperai quand j'aurai éclairci la chose.

Arrivé à la porte au delà de laquelle étaient les malandrins, qui, maintenant, osaient à peine respirer, il commença d'abord par en examiner la serrure et constata non sans surprise qu'elle était intacte.

Il y introduisit alors la clef et en fit jouer le pêne.

Il n'entra pas, cependant.

Au moment d'ouvrir il eut une hésitation.

Il avait comme le pressentiment du guet-apens qui lui était tendu

Néanmoins il poussa l'huis et du seuil explora rapidement l'intérieur du cabinet en élevant son falot à la hauteur de sa tête.

Les trois chenapans s'étaient vivement rejetés derrière la porte, attendant qu'il fût entré tout à fait pour s'élancer sur lui.

Ils ne voulaient agir qu'en toute sûreté et ne pas lui permettre de leur échapper.

Tout d'abord, le père Briscard ne distingua rien d'anormal dans la pièce, l'ouverture faite au coffre-fort n'étant pas visible d'où il était et le cartonnier masquant l'issue du couloir.

Mais, ayant abaissé ses regards vers le plancher, il aperçut le coffret à demi brisé sur le couvercle duquel était encore le maillet dont s'était servi le Marquis pour le fracturer.

Alors il comprit tout et, d'instinct, fit un pas en avant pour défendre le bien confié à sa garde.

C'était ce qu'attendaient les coquins.

D'un bond ils s'élancèrent sur lui tous ensemble et, pendant que le Marquis le bâillonnait solidement, File-Menton et le Rouquin le terrassaient avant qu'il n'ait pu leur opposer aucune résistance.

Après quoi ces deux derniers se mirent en devoir de lui lier les mains et les pieds avec leurs mouchoirs roulés en corde.

Mais, nous l'avons dit, le vieux soldat, quoique infirme, était encore robuste et les gredins ne devaient pas en avoir si bon marché qu'ils le croyaient.

Quand il fut revenu de la surprise que lui avait causée cette attaque soudaine, et avant qu'aucun lien n'ait paralysé ses membres, il saisit, de son bras valide, le Rouquin à la gorge et la lui étreignit si fortement qu'il l'envoya s'affaler à trois pas de là à demi étranglé.

Puis se retournant vers l'ex-garçon de bureau il lui décocha entre les deux yeux un coup de poing d'une telle violence que le gredin en fut presque assommé.

Se voyant déjà délivré de deux de ses agresseurs, le vieillard se mit debout et, en bon stratégiste, s'accola dans un angle du cabinet, afin de ne pas être pris par derrière.

Il ignorait s'il n'allait pas avoir d'autres ennemis à combattre que ceux qui étaient devant lui.

Le falot avait roulé à terre, sans toutefois s'éteindre, et la scène était éclairée par sa flamme vacillante qui jetait d'étranges lueurs dans la pièce.

Le Marquis était le seul qui fût resté hors des atteintes de l'ancien brigadier et possédât encore toutes ses forces.

Lui aussi avait à son service une vigueur peu commune. On l'a vu à la façon dont il avait dansé avec son gilet blindé d'outils.

En outre, il était jeune, ce qui lui donnait un grand avantage sur le vieux soldat.

Cependant il n'osait approcher celui-ci. La facilité avec laquelle il s'était débarrassé de ses deux compagnons ne l'y engageait guère.

Le père Briscard ne le quittait pas du regard et se tenait prêt à le recevoir s'il l'attaquait de nouveau.

Cette attitude défensive ne lui laissait pas le loisir d'ôter son bâillon, car n'ayant qu'une main disponible, il craignait que le chenapan ne profitât du moment où il serait occupé à le détacher pour fondre sur lui.

Il ne pouvait donc appeler personne à son aide.

Quant à fuir, il n'y songeait pas.

A l'encontre du Rouquin c'était du sang de brave qu'il avait dans les veines et il eût considéré comme une lâcheté, même dans le danger où il était, de faire seulement un pas de retraite.

Devant son air résolu, le Marquis était fort perplexe et se demandait comment à lui seul il allait s'en emparer.

Il eut alors une idée. C'était d'essayer de s'entendre avec le bonhomme.

— Écoute, vieux, — lui dit-il, — je vais te faire une proposition. Si tu veux rester où tu es pendant un quart d'heure sans bouger, afin de me donner le temps de finir mon affaire, c'est-à-dire d'achever de briser ce coffret et de prendre ce qu'il contient, je ne chercherai point à te faire de mal et tout se passera gentiment entre nous deux. Ça te va-t-il?

A ces mots le rouge de la honte monta au front du père Briscard.

On osait lui demander de se rendre complice d'un vol!

Il eut un geste énergique de protestation.

— Réfléchis bien, vieux, — reprit le Marquis. — Je te ferai remarquer que tu es en mon pouvoir et que tu n'as à espérer aucun secours de qui que ce soit. Ne m'oblige donc pas à user de moyens rigoureux envers toi.

Une expression de dédaigneuse indifférence se peignit sur les traits de l'ancien brigadier et ses yeux semblaient dire clairement :

— Essaye un peu de m'approcher et tu verras ce qui t'attend.

Le Marquis ne s'y trompa pas; aussi, avant d'en arriver à risquer une lutte avec lui, voulut-il encore user de diplomatie.

— Voyons, bonhomme, — continua-t-il, — raisonnons un instant. Tu sais évidemment quel métier fait ton maître et d'où vient cet argent que mes compagnons et moi voulons lui prendre?

« Nous allons le lui voler, c'est vrai, mais ne l'a-t-il pas volé lui-même... et à un tas de pauvres diables qu'il a réduits à la misère?

« Ce que nous faisons n'est donc que justice; cela s'appelle la loi du talion.

« Et songe à une chose, c'est que nous ne le ruinons pas, nous, comme il a ruiné ses victimes.

« Ces soixante ou quatre-vingt mille francs, dont nous allons alléger son coffre, sont autant dire rien pour lui. Il en a bien d'autres, c'est connu.

« D'ailleurs il aura tôt fait de les rattraper, vu que son métier rapporte vite et beaucoup.

« Ainsi, encore une fois, laisse-nous donc terminer notre petite opération sans t'en mêler en rien. Tu n'as qu'à y gagner, c'est moi qui te le dis.

« Et, tiens, même si tu es tout à fait gentil, nous te gratifierons de quelques centaines de francs. Oui, nous te lâcherons un beau billet de cinq cents balles.

« Hein! il y en a pour toi là-dedans des mois de travail, car il paraît qu'il ne te paye pas lourd, le rapiat... Allons, c'est convenu, n'est-ce pas?

XXVII

INTERVENTION DE LA BIBASSE .

Le père Briscard savait parfaitement quels moyens illicites le juif employait pour remplir sa caisse et, à la vérité, il n'avait pour celui-ci qu'une piètre estime.

Mais il n'en était pas moins investi par lui d'une mission de confiance qui était de garder son bien, mission qu'il avait acceptée et dans laquelle son honneur se trouvait engagé.

Que ce bien eût été acquis frauduleusement, cela ne le regardait pas; il n'avait à former aucune appréciation à ce sujet.

Aussi, était-il plus résolu que jamais à son devoir, c'est-à-dire à le défendre de toutes ses forces.

L'argument développé par le Marquis le laissa, par suite, complètement insensible, malgré l'offre brillante des cinq cents francs de gratification, qui, en effet, représentaient pour lui la rémunération de presque deux années de service chez Moser.

Cette offre ne fit, au contraire, que l'affermir encore dans sa résolution, car c'était lui faire une grave injure que de le supposer capable d'une telle compromission.

Le Marquis vit sans peine qu'il venait de parler en pure perte et que le vieux soldat était incorruptible.

— Ah! c'est comme ça, — reprit-il en serrant les dents de rage; — tu refuses de te rendre à mes raisons qui sont pourtant des meilleures et veux me chercher noise? Eh bien! tant pis, c'est toi qui l'auras voulu... je vais te tremper une soupe de ma façon... Quand tu l'auras avalée, je te réponds que tu n'essayeras plus de faire le méchant.

L'ancien brigadier avait maintenant la certitude que les malandrins n'étaient que trois en tout.

Or, de ces trois, deux se trouvaient en assez piteux état et pouvaient être considérés par lui comme quantités négligeables.

Il n'avait donc plus à lutter que contre un seul ; et, se sentant le bon droit de son côté, il ne désespérait pas de la victoire, bien que son bras infirme fût pour lui une cause d'infériorité vis-à-vis du gredin.

Sans attendre l'attaque du Marquis, il quitta son coin et se dirigea bravement vers lui.

Ce dernier, malgré les menaces qu'il venait de proférer, ne se sentait qu'à moitié rassuré et était obligé de reconnaître que la *soupe* dont il venait de parler n'était certes pas encore trempée.

Pourtant il fallait en finir.

En voyant le vieux soldat prendre l'offensive, il comprit qu'il était temps d'agir.

D'un puissant élan, il se rua alors sur le père Briscard, qu'il comptait de la sorte renverser brusquement à terre.

Cette espérance ne se réalisa pas.

Le vieux gardien, qui l'avait vu venir, s'était solidement campé sur ses jambes et reçut le choc presque sans broncher. C'est à peine s'il fit un demi-pas de recul.

La secousse qu'il en éprouva fut même avantageuse pour lui, car elle fit glisser le bâillon de dessus sa bouche et lui rendit ainsi, en même temps que la voix, la liberté de respirer à son aise.

Le coquin, qui ne prévoyait pas ce résultat, se crut perdu.

Le vieillard pouvait maintenant crier, appeler au secours, ameuter après lui tous les locataires de la maison.

Il ne connaissait pas le bonhomme.

De même qu'il avait dédaigné de fuir, l'ancien brigadier dédaigna de pousser le moindre appel à l'aide.

Seulement il ne se gêna pas pour user de la parole.

— Ah ! brigand ! — fit-il, — tu espérais m'abattre comme un mannequin bourré de son, n'est-ce pas ? Mais, tu le vois, je sais me tenir sur mes quilles et c'est moi, mon neveu, qui vais t'en tremper une, de soupe, un peu salée... en attendant que tu ailles, avec tes complices, manger celle du gouvernement.

Sur ce, courant à son tour au chenapan qui ne fut pas assez prompt pour l'éviter, il le saisit afin de le réduire à l'impuissance comme il y avait réduit les deux autres.

Il voulait, une fois cela fait, les enfermer tous les trois dans le cabinet — il ignorait l'issue du couloir — puis aller chercher des agents de police pour les leur livrer.

Déjà, le Marquis commençait à plier sous sa main de fer et allait bientôt être entièrement à sa merci, lorsque ses doigts se détendirent soudain pendant qu'un cri sourd s'échappait de sa gorge et qu'au même instant il s'écroulait sur le sol comme foudroyé.

. . . .

Le secours qui survenait si à propos au gredin était dû à l'intervention inopinée de la Bibasse.

La virago, après plus d'une heure de faction à la porte de la rue, ne voyant pas revenir les trois hommes, s'était impatientée et avait voulu se rendre compte de ce qui les retenait si longtemps en haut.

Abandonnant alors son poste, elle avait monté le petit escalier et était arrivée à l'entrée du cabinet.

Là, cachée par le cartonnier, elle avait jeté un coup d'œil dans la pièce et, à la lueur du falot qui brûlait toujours, avait aperçu tout d'abord le Rouquin et File-Menton étendus sur le plancher, le premier faisant de violents efforts pour aspirer l'air qui se refusait à entrer dans ses poumons, le second se tamponnant énergiquement le front sur lequel saillait une bosse énorme dont la masse lui recouvrait presque les yeux.

Puis, ensuite sa vue s'étant portée sur un autre point du cabinet, elle avait découvert, dans la pénombre, le groupe formé par le gardien et le Marquis, et constaté la fâcheuse posture en laquelle se trouvait celui-ci.

Aussitôt, devinant ce qui se passait, elle s'était armée d'une des deux *charlottes* qui avaient servi à faire sauter la porte et étaient restées sur le palier, puis, s'avançant sournoisement derrière le père Briscard, elle lui en avait asséné un coup formidable sur la tête.

. . . .

— Merci, la Bibasse, — dit le Marquis, une fois délivré de la rude étreinte de l'ancien brigadier, — sans toi j'allais sûrement passer un vilain quart d'heure. Tonnerre! quelle poigne il a, le vieux sanglier! Ses doigts me serraient si fort que j'aurais vraiment cru être pris dans une paire de tenailles.

— Le fait est qu'il n'avait pas l'air d'y aller de main morte, le bonhomme, et tu commençais à tourner de l'œil d'une drôle de façon, — repartit la virago. — Mais c'est lui qui a déjà arrangé comme ça le Rouquin et File-Menton? — demanda-t-elle.

— Penses-tu que ce soit moi?

— Eh bien! vrai, il était temps que j'arrive, autrement notre affaire à tous était bonne.

— Certes, nous te devons une fière chandelle, on ne peut pas dire le contraire.

— Et où en êtes-vous de la chose? Avez-vous la monnaie au moins?

— Elle est là, dans ce coffret à demi défoncé. Il n'y a plus qu'une charnière à briser pour qu'elle soit à nous et c'est ce que je vais faire à l'instant, dit le Marquis en reprenant le maillet et le ciseau à froid pour terminer la besogne si malencontreusement interrompue par la venue du gardien. Toi, pendant ce temps-là, veille sur le vieux, pour, en cas de besoin, l'empêcher de nous gêner encore.

— Oh! il n'est plus à craindre maintenant, — répliqua l'ivrognesse en jetant un regard au vieillard qui gisait sur le sol complètement inanimé.

— Il a été trop bien touché pour ça et il en a pour un bon moment avant de pouvoir seulement remuer un bras ou une patte.

Effectivement, une large tache rouge que l'ancien brigadier portait au sommet du crâne indiquait combien il avait été grièvement blessé par la virago.

Ainsi qu'elle le disait, il n'était plus à redouter et les bandits pouvaient perpétrer leur vol en toute tranquillité.

Le Marquis acheva donc d'arracher le couvercle du coffret et l'argent qu'il contenait fut enfin mis à découvert.

Le Rouquin et File-Menton, qui peu à peu avaient repris leur assiette, s'approchèrent pour contempler la fortune qui s'offrait à leurs yeux.

Le coffret était divisé en compartiments et, dans chacun de ces compartiments, étaient les fonds afférents à une agence.

Il y avait en tout soixante-seize mille francs, ainsi qu'en témoignait un état récapitulatif dressé par le juif lui-même.

Les coquins ne comptaient pas sur tant, File-Menton ayant annoncé entre soixante et soixante-cinq mille au plus.

C'était une bonne aubaine.

— Ça fait une quote-part de vingt-cinq mille, — déclara le Marquis.

— Oui... et il y aura mille francs à tirer au sort.

— Pas la peine, — intervint la Bibasse, — vous n'avez qu'à m'en faire cadeau... je crois que je les ai bien gagnés.

— Ma foi, c'est vrai, — appuya le Marquis. — Ton coup de *charlotte* sur la coloquinte du vieux les vaut largement. Tu les auras donc, la petite mère.

File-Menton et le Rouquin approuvèrent cette décision, puis le contenu du coffret fut vidé sur le plancher.

Cela formait un amas d'or, d'argent, de billets, et aussi de monnaie de billon, assez volumineux.

Les bandits le contemplèrent un moment avec des yeux où se lisait

« Qu'est-ce que tu fais là, petit? me demanda ce monsieur. — Voyez, je mange du pain. »

une joie cupide, puis se comptèrent chacun vingt-cinq mille francs, qu'ils enfouirent aussitôt dans toutes les poches de leurs vêtements.

Comme le Marquis avait à remporter ses outils qui, nous le savons, pesaient déjà beaucoup, on lui laissa la plus grande partie de l'or et des billets afin de ne pas le charger davantage.

La virago eut ce qui lui avait été promis... en pièces de cent sous.

Mais elle, n'ayant qu'une poche, celle de sa robe, et cette poche étant occupée par une bouteille de rhum qui n'était pas encore tout à fait vide, elle se vit contrainte d'en mettre la moitié dans ses bas et le reste dans son corsage, ce qui donna une nouvelle ampleur à ses appas déjà si proéminents.

Lorsque le Marquis eut regarni son gilet de ses instruments, les coquins se disposèrent à partir.

Le Rouquin éteignit le falot, File-Menton démasqua sa lanterne et tous quatre reprirent le chemin qu'ils avaient suivi pour venir.

Quant au pauvre père Briscard, toujours étendu inerte sur le sol, la tête ensanglantée, ils ne s'en préoccupèrent en rien.

— Est-ce que vous restez à Paris, vous autres? — demanda File-Menton à ses complices, tout en descendant le petit escalier.

— Oui, — répondirent-ils.

— Vous avez peut-être tort... Moi, je file à l'étranger.

— Pourquoi cela?

— Parce que j'ai trop peur de me faire pincer.

— Mon bon, — dit le Marquis, — c'est encore à Paris qu'on se cache le mieux, sache-le.

— Mais dès demain la police va être à nos trousses!

— Bah! on connaît le moyen de lui faire la nique. Il y a dix ans qu'elle me cherche et jamais elle n'a pu me trouver. Je ne changerai même pas de logement et resterai à *l'hôtel des Compagnons*.

— Moi aussi, — dit le Rouquin, — ça me paraît plus sûr.

— D'ailleurs, — continua le Marquis, — la mère Jamba, notre digne hôtesse, sait parfaitement recevoir les mouchards quand ils viennent faire un tour chez elle. Elle leur fournit sur ses locataires des renseignements qui les déroutent totalement.

— Ça ne fait rien, je crois que c'est dangereux pour vous. Moi, je vous le répète, je préfère m'en aller au loin. D'autant plus que si le vieux m'a reconnu, car il m'a vu deux ou trois fois pendant que j'étais à la banque, il donnera de mon individu un signalement très exact qui me ferait prendre un peu trop vite.

— Fais comme tu voudras, — répliqua le Marquis. — Si tu dois être pris, tu le seras aussi bien où tu vas qu'ici et, sans doute, non moins promptement... c'est moi qui te le dis.

La bande était arrivée à la porte de la rue.

File-Menton la crocheta de nouveau et les chenapans, après s'être assurés qu'il n'y avait rien de suspect aux alentours, sortirent de la maison du juif.

Une fois au boulevard, l'ex-garçon de bureau se sépara de ses compagnons et s'éloigna rapidement pendant que ceux-ci s'empressaient de remonter vers Montmartre.

Le Rouquin semblait tout ragaillardi. De se savoir vingt-cinq mille francs en poche, cela lui réchauffait le sang bien mieux que n'eussent pu le faire les meilleurs cordiaux.

Aussi marchait-il d'un pas allègre, escomptant d'avance tous les plaisirs que ce trésor allait lui permettre de s'offrir.

Dame, il s'en fallait que ce fussent les cent mille francs que devait lui rapporter Colette, mais, enfin, c'était toujours ça.

XXVIII

AU MOULIN ROUGE

Cette nuit même où on le dévalisait ainsi, Isaac Moser festoyait au Moulin-Rouge, en compagnie de Clara la Lyonnaise et de plusieurs autres dames et messieurs faisant partie du monde où l'on s'amuse.

Le Moulin-Rouge donnait sa troisième redoute parée de la saison et une foule considérable emplissait son vaste local, qui semblait trop petit pour la contenir.

Le défilé allégorique des horloges, composé par Rœdel, venait, avec plus d'une heure de retard, de tourner plusieurs fois tout autour des promenoirs, à la grande joie des habitués qui ne manquent jamais d'assister à ces exhibitions de maillots plus ou moins rembourrés.

Ce soir-là, d'ailleurs, le cortège avait été des plus réussis et on avait applaudi avec raison les horloges les plus célèbres représentées par quelques jolies filles de l'endroit qui, selon leur expression bien typique, *n'aiment guère à marcher* elles-mêmes, préférant *faire marcher les autres*.

Maintenant, la salle avait repris son aspect habituel des fins de redoute, et à travers les toilettes claires des dames et les vêtements sombres des messieurs passaient, de-ci, de-là, quelque jolis minois très légèrement vêtus, car toutes les figurantes du récent défilé pouvaient circuler dans la salle, sous leurs costumes de déesses, s'asseoir aux tables.

Certaines, même, enlaçaient leurs bras nus et, sous les yeux d'un cercle de connaisseurs, essayaient une valse.

Il était environ deux heures du matin.

La société en laquelle se trouvait le juif était installée près du petit bureau de tabac, dans une des galeries qui bordent de chaque côté la salle où l'on danse.

Elle se composait de huit personnes.

D'abord, de l'usurier et de sa maîtresse; puis, de Nini Mouchette, l'amie de Clara, et de son protecteur, qui était le petit Z..., ce coulissier que le reporter Rivolet avait dépeint, lors de la fête du patinage au Bois de Boulogne, comme étant le plus roué des flibustiers de la Bourse; puis encore de deux femmes à chignons jaunes, flanquées chacune d'un personnage d'aspect assez vulgaire, dont les allures et le maintien décelaient l'habitude qu'ils avaient de vivre dans ce milieu interlope.

Ils n'avaient pas de situation sociale précise et exerçaient la profession de bookmakers.

Tout ce joli monde avait passé la soirée chez Clara, puis était arrivé au Moulin-Rouge vers onze heures, jugeant inutile de venir avant puisque le cortège ne devait pas défiler avant ce moment.

Ils étaient entrés par la grande allée au sol façonné en mosaïque, chemin qu'on a surnommé, nous ne savons pourquoi, mais à coup sûr dans une intention railleuse pour les demoiselles : *l'allée des Acacias.*

Aussitôt dans l'endroit, nos gens s'étaient jetés en pleine cohue et avaient commencé à faire toutes les folies imaginables.

Personne d'entre eux n'était costumé, le genre *chic* dans un bal masqué public étant de se montrer en habit de ville.

D'ailleurs, les cinq sixièmes des assistants avaient suivi leur exemple et si les travestis étaient nombreux, les robes ordinaires et les vestons l'étaient encore plus.

Clara et Nini-Mouchette avaient trouvé plaisant d'organiser un quadrille pour faire danser le juif.

La Lyonnaise et son amie, toutes deux anciennes habituées de Bullier et autres lieux semblables, s'étaient tirées assez brillamment d'affaire, bien que leurs jarrets, un peu raidis par l'âge, n'eussent plus cette souplesse qui, jadis, les faisait bondir comme des balles élastiques et leur assurait des triomphes éclatants.

Elles avaient, avec une conviction exempte de trop grande pudeur, exhibé sans fausse honte leurs dessous voluptueux, mais à coup sûr moins affriolants que celui des danseuses du Moulin, qui, par malheur, sont toutes ou presque toutes en âge de se ranger.

Par contre, l'usurier, qui, dans dans tout le cours de sa vie, alors même qu'il était jeune, n'avait guère connu que la danse des écus, s'était acquitté de sa tâche de la façon la plus grotesque qu'on puisse concevoir.

Ignorant jusqu'aux premiers éléments de la chorégraphie, il avait dansé à la manière de ces ours que les bohémiens exhibent dans les foires.

En outre, vingt fois il était tombé et avait dû se faire aider pour se remettre debout, étant trop lourd et trop pataud pour y arriver de lui-même.

Et il était vraiment pitoyable de voir ce vieillard à cheveux blancs, ayant des dehors respectables, — car l'âme du gredin ne transparaissait pas sur sa figure, — perdre ainsi toute dignité et se livrer à la risée de tout le monde.

Mais c'était ce que désirait Clara qui, nous le savons, ne manquait jamais une occasion de le rendre ridicule.

Quand le quadrille fut terminé, toute la bande alla prendre place sur la galerie dont nous venons de parler.

Et depuis près de deux heures, hommes et femmes sablaient le champagne à pleines coupes, commandant des demi-douzaines de bouteilles à la fois, comme s'ils eussent voulu vider la cave de l'établissement.

Par suite, les têtes étaient-elles fortement échauffées et les langues allaient-elles bon train.

Le coulissier Z..., qui ne pensait qu'aux affaires d'argent, même au milieu des plaisirs, racontait sans se gêner quelques bons tours qu'il avait joués à plusieurs de ses clients et la façon dont il s'y était pris pour les frustrer.

— Car — disait-il, répétant son refrain favori — il n'y a dans la vie que des dupeurs et des dupés... et je n'ai jamais été de ces derniers. Aussi, je suis calé aujourd'hui : j'ai trois cent mille francs devant moi et j'ai commencé la Bourse il y a quinze ans, avec trois malheureux billets de mille seulement.

— Faut-il que tu en aies volé de ces gens ! — observa Nini Mouchette en riant.

— Voler ! Pas du tout, ma petite, j'ai simplement été adroit en affaires. Tiens, par exemple, un client m'envoie une couverture pour acheter de la rente 3 0/0 au mieux de ses intérêts.

« Si la valeur est en baisse, j'en achète avec la dite couverture, puis j'attends qu'elle remonte et revends à mon compte personnel.

« De la sorte, je gagne la différence entre les deux taux et, cela va de soi, sans avoir risqué un centime de ma poche. Ensuite, je fais parvenir au client des titres que je me suis procurés au cours moyen. As-tu compris ?

— Absolument rien, — répondit Nini-Mouchette, — si ce n'est que tu mets ton homme dedans et que « au mieux de ses intérêts » c'est « au mieux des tiens ».

— Naturellement.

— Vous êtes très habile, jeune homme, — dit Moser, que cette explication avait intéressé, — mais moi, je le suis encore plus que vous... et si je vous racontais mes débuts, vous verriez que vous restez loin derrière moi, sous ce rapport.

— Racontez, — fit la Lyonnaise, — ce doit être curieux. Je suis sûre qu'il s'agit de jolies canailleries.

— Vous avez toujours des expressions un peu vives, Clara, — remarqua le juif avec un sourire contraint.

— Vives, mais justes, — riposta celle-ci.

— Voyons, narrez-nous ça, — demanda le petit Z...., — je vais voir si vraiment vous êtes mon maître.

— Oui, vous allez le voir. Avant d'aborder l'époque où je débutai dans la finance, — commença le juif d'une voix que la demi-ivresse où il était rendait chevrotante, — je crois devoir vous faire connaître quelle fut ma vie auparavant et combien j'ai eu de mal à parvenir.

Sur cet exorde, Moser vida une nouvelle coupe de champagne, puis continua :

— Mes parents étaient de petits brocanteurs qui tenaient boutique dans un des bas faubourgs de Berlin. Ils étaient très contents de la façon dont allaient leurs affaires et se flattaient d'être bientôt assez à leur aise pour pouvoir vivre tranquillement de leurs rentes.

« Par malheur, une histoire fâcheuse qui leur arriva vint anéantir cette douce espérance.

« Un jour la police fit irruption chez eux et les arrêta tous les deux.

— Tiens, pourquoi ? — questionna le coulissier.

— Oh ! pour une niaiserie. Ils étaient accusés d'acheter aux voleurs le produit de leur travail.

— Diantre ! vous appelez ça une niaiserie ? — fit le petit Z... assez interloqué, malgré son peu de scrupules, de l'interprétation donnée par le juif au crime dont ses parents s'étaient rendus coupables. — L'expression ne manque pas d'un certain piquant.

— Ah ! c'étaient des receleurs ! — s'exclama Clara de son côté. — Eh bien ! ils étaient jolis, vos parents !

— Ils faisaient leur métier, — répliqua bonnement Moser.

— Oui, leur métier de filous... car tous les brocanteurs, il s'en faut, ne font pas le leur de cette manière-là.

— Donc, on se saisit d'eux, — reprit le juif, sans paraître faire attention à ce que venait de dire sa maîtresse ; — puis on les conduisit devant les juges qui les condamnèrent d'abord l'un et l'autre à plusieurs années de prison et ensuite à une amende considérable. Ce n'était vraiment pas de chance.

— Non, en effet, — dit Clara d'un ton railleur, — et je les plains, ces braves gens. Mais que sont-ils devenus quand ils ont eu fini leur peine ?

— Ils ne l'ont pas finie. Mon père ayant voulu s'évader quelque temps après et s'étant rencontré avec une sentinelle il s'engagea entre eux deux une lutte au cours de laquelle le pauvre homme fut tué.

« Il avait cependant réussi, paraît-il, à terrasser la sentinelle et se préparait à lui briser la tête avec une grosse pierre qu'il venait de ramasser, quand celle-ci tira son sabre et le lui passa à travers du corps.

« Le malheur était sur lui.

« Quant à ma mère, elle mourut de chagrin la troisième année de son emprisonnement.

— Elle avait eu des remords, sans doute ? — émit Nini-Mouchette.

— Des remords? Oh ! non ; mais elle n'avait pu se consoler de ne plus exercer son petit commerce qui marchait si bien. C'est ce que j'appris plus tard par une femme qui avait été détenue avec elle.

— Et vous l'avez continué, vous, ce petit commerce? — demanda Clara.

— Cela m'a été malheureusement impossible. En premier lieu, j'étais trop jeune, car je n'avais aucun argent. Beaucoup des objets contenus dans la boutique avaient été rendus aux personnes à qui ils appartenaient et les autres vendus aux enchères pour payer l'amende en question.

« Je dois vous dire, du reste, que, moi aussi, j'avais failli être enfermé, mais pas dans une prison. On voulait me mettre dans une maison de correction sous prétexte que j'avais été complice de mes parents.

— Ce qui devait sûrement être vrai! — siffla Clara.

— Dame, j'étais bien obligé de les aider dans leurs opérations... Heureusement, ayant eu vent du danger qui me menaçait, je m'étais sauvé de Berlin et l'on ne prit pas la peine de me rechercher.

« Toute ma fortune se composait de quarante thalers, ou cent vingt francs, que j'avais trouvés chez nous, cachés dans le fond d'un tiroir, et dont je m'étais emparé, au nez et à la barbe des gens de loi, pendant qu'ils procédaient à l'inventaire de la boutique.

XXIX

HISTOIRE D'ISAAC MOSER

« De Berlin, — continua le juif, — j'avais gagné Vienne, en Autriche. Le voyage m'ayant coûté assez cher, il ne me restait plus que quelques thalers quand j'arrivai dans cette ville. Vous pensez que je ne fus pas long à épuiser d'aussi modiques ressources et j'étais fort inquiet de savoir comment j'allais faire pour vivre, lorsque le Dieu d'Abraham vint à mon aide.

« Un soir qu'assis sur un banc dans une promenade publique, je dînais mélancoliquement d'un morceau de pain que je venais d'acheter avec mon dernier sou, je fus abordé par un monsieur assez richement vêtu qui, depuis quelques moments m'examinait avec une grande attention.

« Un réverbère voisin éclairait en plein mon visage.

« — Qu'est-ce que tu fais là, petit ? me demanda ce monsieur.

« — Voyez, je mange du pain.

« — Rien que du pain ! C'est bien sec.

« — C'est vrai, mais je n'ai rien à mettre dessus ». répliquai-je.

« Puis j'ajoutai :

« — Et je ne sais même pas si, demain, je pourrai faire un repas semblable.

« — Tu es donc sans argent ?

« — Complètement.

« — Veux-tu en gagner et, en même temps, être bien nourri ?

« — Je crois bien, monsieur, » m'empressai-je de répondre.

« Il me considéra de nouveau attentivement, puis, s'asseyant près de moi, me dit :

« — Écoute, à ce que je démêle sur ta physionomie, je crois que tu peux m'être grandement utile. Il y a longtemps que je cherche un gaillard de ton espèce. »

« Et comme je le regardais avec des yeux interrogateurs, il reprit :

« — Oui, tu as une tête qui me plaît et nous pourrons, j'en suis sûr, nous entendre tous les deux.

« — De quoi s'agit-il, monsieur ? » lui demandai-je étonné.

« — Je vais te l'apprendre. D'abord, sais-tu ce que c'est qu'un cercle... ou un club, si tu aimes mieux ? »

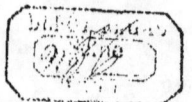

— Quand je l'entendis demander un jeu, je lui apportai un de ces paquets.

« Sur ma réponse négative, il m'expliqua qu'on appelait un cercle ou club un endroit où se réunissaient un certain nombre de personnes pour causer, lire des journaux, des revues et aussi pour jouer à toutes sortes de jeux, surtout aux cartes.

« — Or, — dit-il, — je fais partie d'un des premiers cercles de Vienne où l'on joue beaucoup. Comme je suis très joueur, j'y ai déjà perdu de très grosses sommes car ma déveine est constante. Cela me cause de grands ennuis et je voudrais rattraper ces sommes en corrigeant la mauvaise chance qui me poursuit. Veux-tu m'y aider ?

« — Très volontiers, répondis-je ; mais de quelle façon le puis-je?

« — C'est très simple. On a précisément besoin d'un groom dans l'endroit. Je vais t'y faire entrer à ce titre et, une fois en place, voici comment tu pourras me servir. Tous les jours, en arrivant au cercle, je te remettrai en cachette plusieurs paquets de cartes que j'aurai préparés d'avance d'une certaine manière et qui devront me faire gagner sûrement. Les fonctions du groom consistant à apporter les cartes aux joueurs, dès que tu m'entendras en demander, au lieu de prendre de celles qui sont fournies par l'établissement, tu prendras des miennes, en opérant adroitement la substitution des unes aux autres. Tu vois que ce n'est guère difficile ?

« — Non, certes, — dis-je, — et je saurai très bien exécuter ce petit tour de passe-passe.

« — Tâche de ne pas te faire pincer, surtout, car si cela arrivait, nous serions dans de vilains draps tous les deux.

« — Soyez tranquille, — fis-je avec assurance, — on n'y verra que du feu.

« — Bien, j'ai confiance en ton habileté et après chaque séance de jeu je te donnerai quelque chose pour payer tes services.

« — Cela me fera plaisir, — répliquai-je, — car je ne vous cacherai point que j'aime l'argent... j'appartiens à la tribu d'Israël.

« — Je m'en suis tout de suite douté et rien qu'à ta physionomie, je te le répète, j'ai deviné que tu étais apte à me seconder dans cette délicate affaire. »

— Parbleu! — dit Clara, — ce monsieur n'avait pas eu besoin de vous regarder à deux fois pour voir que vous aviez... que vous avez, veux-je dire, une tête de coquin. Ça devait lui crever les yeux.

— Tu vas un peu loin, ma petite, — murmura Nini-Mouchette à la Lyonnaise; — il va se fâcher.

— Se fâcher, lui ! — s'exclama cette dernière d'un ton méprisant. — Allons donc, il se connaît trop bien lui-même pour ça!

Le fait est que le juif ne paraissait nullement offusqué de l'épithète dont venait de l'habiller sa maîtresse.

Il avait même l'air de la prendre pour un compliment et un petit sourire de satisfaction plissait ses lèvres.

L'ivresse qui l'envahissait de plus en plus le faisait probablement s'apprécier à sa juste valeur... et il ne trouvait plus, maintenant, que l'expression était un peu vive.

— Après avoir causé encore un instant avec moi, — continua-t-il, — l'inconnu me quitta en m'assignant un rendez-vous pour le lendemain.

« Je n'eus garde d'y manquer, bien entendu, et il me conduisit au cercle, où, sur sa recommandation, je fus accepté d'emblée.

« Le soir même il me remit quatre paquets de cartes ; et quand, une fois la société réunie autour du tapis vert, je l'entendis demander un jeu, je lui apportai un de ces paquets.

« Sa demande s'étant répétée trois fois dans la soirée, je lui passai également les trois autres paquets.

« Ils devaient être habilement préparés car, en quelques heures, il réalisa un gain énorme.

« En sortant, il me glissa trois thalers dans la main, ce dont je fus très content.

Tous les jours le même manège eut lieu entre nous deux et je m'y prenais avec une telle adresse pour substituer ses cartes à celles du cercle que personne n'en avait le moindre soupçon.

« Mon personnage, je le sus bientôt, se nommait le comte de Gravor et appartenait à une des plus grandes familles de la noblesse autrichienne.

— Ce qui ne l'empêchait pas d'être un vulgaire *grec*, — remarqua le coulissier.

— C'est vrai, mais n'ayant pas de chance au jeu, il était bien obligé d'agir ainsi. A sa place, moi j'en aurais fait tout autant, je vous le jure.

— Évidemment, — fit Clara. — Vous n'avez pas besoin de le jurer, on vous croit sur parole.

— Mon emploi me convenait parfaitement, — reprit l'usurier, — et comme j'étais habillé, couché et nourri par l'établissement, je pouvais mettre de côté tous mes petits bénéfices.

« Afin que notre entente, entre le comte et moi, ne se découvrît pas, je lui avais donné le conseil de ne pas gagner constamment, ce qui aurait pu mettre ses partenaires en défiance.

« — Perdez même de temps en temps, — lui avais-je dit. — De cette façon vous ne serez jamais soupçonné et pourrez continuer tant qu'il vous plaira le coup des paquets préparés. »

« L'avis lui ayant semblé bon, il l'avait suivi et espaçait suffisamment ses gains pour qu'aucun doute ne s'élevât au sujet de sa loyauté.

« Pendant trois ans, cela marcha à merveille.

« Le comte avait rattrapé depuis longtemps les sommes qu'il avait perdues, et moi, avec les petites gratifications qu'il me donnait, j'avais fait de notables économies. J'étais possesseur d'un capital de près de six mille francs.

« Mais un beau jour tout cassa.

« Le comte se fit pincer maladroitement en flagrant délit de tricherie et, pour éviter un scandale qui eût rejailli sur sa famille, car on voulait le déférer aux tribunaux, il se logea une balle dans la tempe.

« Quant à moi, qu'il avait dû dénoncer comme étant son complice, on se contenta de me chasser du cercle, en me disant d'aller exercer mon industrie ailleurs.

« J'en étais quitte à bon compte, et ayant eu le temps de prendre mon argent avant de partir, je ne me trouvais pas trop malheureux.

« De Vienne, j'allai tout d'une traite à Trieste, pensant avec raison qu'il n'était pas bon pour moi de rester dans une ville où j'avais été mêlé à une pareille affaire.

« Le jour même de mon arrivée, le hasard me mit en rapport avec plusieurs personnes qui s'étaient formées en société pour aller chercher fortune en Amérique.

« L'idée me vint soudain de partir avec elles.

« A cette époque l'Amérique était encore un pays relativement neuf et où beaucoup de contrées, à peine explorées, offraient des ressources immenses à ceux qui ne craignaient pas de s'y aventurer.

« Je demandai à ces personnes si elles voulaient m'admettre parmi elles, leur prouvant que j'avais de quoi payer le voyage et subvenir à mes besoins.

« Elles y consentirent et quinze jours après nous embarquions sur un vaisseau qui faisait voile pour le nouveau Monde.

« Notre destination était New-York, d'où nous voulions nous rendre au Mexique pour y faire différentes sortes de négoces.

« Jusqu'aux trois quarts du trajet, notre traversée fut heureuse. Mais comme nous approchions de la grande ville américaine, nous fûmes surpris par une effroyable tempête qui chassa notre navire bien loin de la direction qu'il devait suivre, et finit, après je ne sais combien de temps, par nous jeter sur les côtes de la Guyane où nous fîmes naufrage.

« Ce fut un désastre complet : tous mes compagnons périrent. Seul, je parvins à me sauver et à aborder sur une rive déserte.

— Tiens, comme Robinson Crusoé? — fit Nini-Mouchette.

— Absolument... et lui ressemblant d'autant mieux qu'il ne me restait plus pour tout bien que les quelques vêtements qui me couvraient, mes bagages et mon argent ayant été engloutis. Oui, mon pauvre argent, que j'avais mis trois ans à gagner, était maintenant au fond de la mer; c'était bien malheureux !

— L'ayant gagné si honnêtement surtout, — observa Clara.

— Quand je fus remis de la secousse que m'avait fait éprouver cette catastrophe, — poursuivit Moser toujours indifférent aux sarcasmes de la Lyonnaise, — je songeai à gagner quelque endroit habité.

« Je marchai alors droit devant moi en tournant le dos à la mer.

« Pendant plusieurs heures je ne m'arrêtai pas un seul instant, impatient que j'étais d'apercevoir une habitation ou de rencontrer un de mes semblables.

« Mais c'était vainement que je portais mes regards de tous côtés. Les lieux que je traversais n'offraient partout que l'image d'une complète solitude.

« Il faisait une chaleur accablante et j'avais la tête brûlée par le soleil qui depuis que je marchais n'avait cessé de m'accabler de ses rayons dont l'ardeur était intolérable.

« En outre, j'avais les pieds en sang et une soif ardente me torturait cruellement.

« Le sol que je foulais était rocailleux et abondamment semé de quartiers de roches qui élevaient leurs masses dénudées à quelques mètres du sol seulement.

« Ne pouvant plus me tenir debout, tant était grande ma fatigue, je me laissai choir au pied d'un de ces blocs qui produisait un peu d'ombre, et ne tardai pas à tomber dans un profond sommeil.

« Je dormis ainsi jusqu'au lendemain matin.

« Alors, rafraîchi et reposé, je continuai ma route.

« Tout en marchant, je priais le Dieu d'Abraham, qui m'était déjà venu en aide dans une circonstance difficile, de venir de nouveau me secourir dans celle-là.

« Il entendit sans doute ma prière, car après avoir parcouru encore un certain espace de terrain je distinguai à quelque distance devant moi des silhouettes humaines qui se mouvaient.

« Je me dirigeai vers elles en courant et les rejoignit bientôt.

« C'étaient des hommes, au nombre d'une quarantaine environ, qui se tenaient sur le bord d'un ruisseau dans lequel ils puisaient du sable avec des espèces de cribles.

« Mon premier soin en apercevant l'eau fut de me jeter à plat ventre sur le sol et d'apaiser la soif ardente dont je souffrais tant depuis la veille.

« Cela fait, je me pris à regarder ce qu'ils faisaient. Je ne m'en rendais pas compte.

« Mais je fus promptement éclairé en voyant quelques-uns d'entre eux saisir au fond de leur crible des parcelles brillantes qu'ils serraient aussitôt dans une bourse de cuir pendue à leur ceinture.

« C'étaient des laveurs d'or.

« Le hasard m'avait jeté dans une contrée ou le précieux métal se trouve à l'état absolument pur, c'est-à-dire sans être mélangé avec d'autres matières comme il l'est dans le minerai.

« Immédiatement je songeai à faire comme eux.

« Il faut vous dire que les laveurs d'or sont des gens de toutes les nations, venus en Amérique dans l'espérance de s'enrichir en peu de temps.

« Quelques-uns y réussissent, mais la plupart végètent misérablement.

« Ils sont tellement habitués à voir tout à coup se présenter parmi eux des étrangers arrivant d'on ne sait où, qu'ils ne s'occupent nullement d'eux et les acceptent dans leur société sans jamais s'enquérir des circonstances qui les y amènent.

« Je m'adressai à l'un de ceux qui étaient le plus près de moi et lui demandai :

« — Voulez-vous que je vous aide, monsieur ? »

« Mais je vis qu'il n'avait pas saisi ce que je disais, car j'avais parlé en allemand.

« Je répétai alors ma question en français que je commençais à baragouiner.

« Cette fois, il comprit et m'ayant fixé un moment en silence, me répondit laconiquement :

« — Merci, je n'ai besoin de personne. »

« L'accueil n'était pas engageant et je demeurais tout penaud, ne sachant plus que dire, lorsque mon homme reprit :

« — Au fait, si, aidez-moi. Voici une grande heure que je lave et je n'ai pas encore eu la veine de découvrir une pépite grosse seulement comme une tête d'épingle. »

« Et, sur-le-champ, il me fit prendre sa place.

« Quoique je ne fusse guère habile dans ma nouvelle profession, je parvins néanmoins, la chance aidant, à ramasser assez vite la valeur d'un peu plus d'une piastre.

« Pendant ce temps, l'homme s'était endormi.

« Je mis quelques pépites dans ma poche, puis le réveillai et lui montrai le produit de mon lavage.

« — C'est bien, — dit-il, — partageons. »

« Et il me donna la moitié de ce qui restait des pépites.

« Puis il ajouta, en me montrant une maisonnette dans le lointain :

« — À présent, vous pouvez aller vous restaurer à cette cantine qui est là-bas. Pour un peu de ce que vous avez, on vous donnera largement de quoi boire et manger. »

« Je courus à l'endroit qu'il m'indiquait et, en effet, moyennant très peu de chose, on me servit abondamment du pain et de la viande, ainsi que d'une boisson fermentée faite avec la graine d'une plante aromatique du pays.

« Pendant dix jours, je travaillai avec celui que j'appelais le Français, puis quand j'eus assez devant moi, j'achetai un crible et travaillai pour mon compte.

« Au bout de six mois, en lavant du matin au soir, j'étais parvenu à amasser une centaine de piastres.

« Alors, je songeai à mettre à exécution un plan que je retournais dans ma tête depuis quelque temps et qui devait me faire gagner beaucoup plus d'argent que cette chienne de besogne de laveur d'or.

« Je savais que le patron de la cantine avait dessein de se retirer, étant fatigué de vivre ainsi en plein désert.

« J'allai le trouver et lui demandai s'il voulait me céder son établissement pour ce que je possédais.

« Il y consentit volontiers et je m'installai à sa place.

« J'avais toujours désapprouvé la façon dont il faisait marcher son commerce et m'étais dit qu'il avait tort de donner tout à si bon marché.

« Aussi ne suivis-je pas son exemple.

« Derrière la cantine était un hangar où, sur de la paille, couchaient les laveurs d'or. J'y fis mettre de vieilles toiles et de vieilles couvertures et profitai de ce luxe pour louer chaque place le double plus cher.

« Puis je haussai peu à peu le prix de mes marchandises, tout en en diminuant la quantité à la vente.

« Je réalisai de la sorte d'assez jolis bénéfices et le plus clair du gain des laveurs passait dans ma poche.

— Comment! vous n'aviez pas honte d'exploiter ainsi ces pauvres gens? — s'écria Nini-Mouchette indignée.

— Pas du tout, je faisais du commerce, et j'aurais été bien sot, puisqu'elle s'offrait à moi, de laisser échapper cette occasion de gagner de l'argent.

— Permettez-moi d'abord, señor, de vous souhaiter le bonjour...

— Quant à cela, vous avez raison, dit le petit Z... D'ailleurs un célèbre économiste a émis en principe que « le commerce, c'est le vol »... et il était dans le vrai, selon moi.

— Tout à fait, — appuya Moser avec conviction et en avalant une nouvelle coupe de champagne comme pour mieux ponctuer cette approbation.

Après quoi il reprit :

— Il y avait déjà trois mois que j'étais cantinier lorsqu'il m'arriva une singulière aventure. Un moment je me crus devenu archimillionnaire.

« J'avais coutume, toutes les nuits, avant de me coucher, de descendre dans ma cave faire la chasse aux rongeurs de toutes espèces : rats, souris, mulots, etc... qui s'y introduisaient par des galeries souterraines dès qu'ils n'entendaient plus aucun bruit au dehors.

« Avec mille peines, je faisais rentrer les pillards dans leurs terriers que je bouchais ensuite de mon mieux, sans pour cela empêcher ces hôtes incommodes de me rendre de nouveau visite quelques heures après.

« Mais c'était toujours un peu de tranquillité de gagné et une partie de mes provisions sauvée.

« Une nuit que je me livrais à cet exercice, et alors que devenu maître du champ de bataille, je procédais au bouchage des galeries, j'en remarquai une fraîchement creusée et qui, au lieu de remonter vers le sol comme les autres, s'enfonçait obliquement sous terre.

« Je constatai, en outre, qu'elle était bien plus large que ces dernières.

« — Quelle peut bien être la bête qui a percé ce conduit ? — me demandai-je fort intrigué, car je ne reconnaissais pas le travail de mes voyageurs habituels.

« Et, agenouillé près du trou, je cherchais, avant de clore l'orifice, à me rendre compte de l'espèce de quadrupède à qui il servait de refuge, quand tout à coup un corps velu me passa par-dessus l'épaule avec la rapidité de l'éclair et, s'engouffrant dans la galerie, disparut à mes yeux aussitôt.

« Cela s'était fait si vite que je n'avais pu distinguer autre chose qu'une masse poilue de la grosseur d'un chat, à peu près.

« Une fois revenu de ma stupéfaction, je courus m'emparer de la gaule avec laquelle je faisais ma chasse et revins la plonger de toute sa longueur, y compris celle de mon bras, dans la galerie où je fourrageai vivement en tous sens.

« C'était, j'en conviens, assez naïf de ma part, car il va de soi que la bête ne m'avait pas attendu et devait déjà être loin.

« Mais, sur le moment, cette réflexion ne me vint pas et je continuais toujours mon manège, lorsque, à force d'allonger le bras, je finis par sentir que l'extrémité de ma gaule s'arrêtait contre un obstacle résistant.

« — Tiens, me dis-je, serait-ce le fond du terrier ? En ce cas, je devrais rencontrer la bête, à moins cependant que ce fond ne forme chambre, et que le fuyard ne soit tapi dans un coin, hors de portée de mon bâton. »

« Cette supposition me paraissant assez vraisemblable, je résolus d'en avoir le cœur net.

« Je m'armai d'une pioche et d'une pelle et me mis à élargir la galerie, l'œil aux aguets pour ne pas laisser échapper l'animal que j'y croyais caché.

« Je travaillai avec tant d'ardeur qu'en une heure j'eus atteint le fond du conduit, ou, du moins, ce qui m'avait semblé tel.

« Mais, là, je constatai que ce conduit, au lieu de se terminer en cul-de-sac, tournait brusquement à droite pour remonter ensuite vers le sol.

« Je m'expliquai alors l'inutilité de mes efforts pour faire sortir la bête, et demeurai tout sot de ce résultat négatif.

« Mon larron avait eu l'intelligence de se garder un débouché.

« Comme je me disposais à aller me coucher afin d'oublier cette aventure dans le sommeil, je distinguai à terre, à la lueur de ma bougie de résine, plusieurs atomes brillants qui lançaient de vives étincelles.

« Je me baissai pour voir ce que ce pouvait être et mon étonnement fut grand de reconnaître dans ces atomes des parcelles de l'or le plus pur que j'avais jamais vu.

« Sans perdre une seconde, je pris ma pelle et déblayai le sol tout autour de l'endroit où je venais de faire cette découverte.

« De nouvelles parcelles de métal scintillèrent sous les rayons de mon luminaire.

« Je continuai à étendre le champ de mes investigations et toujours, toujours, je rencontrai de l'or.

« Toutefois, une appréhension me vint : peut-être n'étaient-ce que quelques débris de minerai isolés. Je n'osais encore croire à une mine.

« Je me remis au travail. Je creusai, fouillai le sol aussi profondément que mes forces me le permirent et ne cessai de voir apparaître le métal jaune.

« Enfin, exténué, je dus m'arrêter. J'avais les bras brisés et ne sentais plus mes jambes.

« Je me décidai donc à ne pas pousser mes recherches plus loin ce jour-là.

« Je regagnai ma cave, masquai le dégât que j'avais fait à l'aide de sacs et de tonneaux, car il fallait que personne, personne au monde, n'eût vent de la chose, puis je remontai dans ma boutique.

« La journée se passa pour moi avec une lenteur désespérante. Il me semblait que la nuit ne viendrait jamais.

« Elle vint, cependant, et lorsque, enfin, je me retrouvai seul, loin de songer à me reposer, je m'empressai d'aller reprendre mon travail de la veille.

« La fièvre me soutenait et décuplait mes forces.

« Pendant toute une semaine, je creusai sans relâche, cherchant à m'assurer de la richesse de la veine qui se dessinait davantage et qui paraissait être d'une grande étendue.

« A la fin de la huitième nuit, je savais à quoi m'en tenir.

« J'étais au fond d'un trou de deux mètres de profondeur, des parois duquel ma lumière faisait jaillir des myriades d'étincelles. Mes pieds touchaient un monceau de minerai.

« Il me fallut un grand empire sur moi-même, le lendemain et les jours suivants, pour ne rien laisser paraître sur mon visage de la joie folle qui m'emplissait le cœur.

« J'y réussis pourtant, et, durant un mois encore, je vaquai à mes affaires avec une apparence des plus tranquilles.

« J'avais comblé le trou complètement, rétabli tout en ordre avec un soin scrupuleux, et aucun indice n'eût pu faire soupçonner qu'il y avait là un filon merveilleux.

« Un matin, j'allai trouver « le Français » avec qui j'étais resté en de très bons termes, et lui appris que j'avais dessein de m'absenter deux ou trois jours pour aller à la ville voisine renouveler mes provisions.

« Je le priai, pendant mon absence, de tenir ma cantine, lui promettant de le compenser de sa peine à mon retour.

« Il ne demanda pas mieux que de me rendre ce service et après lui avoir donné toutes les instructions nécessaires, je partis de notre campement.

« J'ai oublié de vous dire que nous étions dans la République Argentine et que le dit campement ne se trouvait éloigné que de quelques lieues de Rosario, où j'avais l'habitude de m'approvisionner.

« Mais ce n'était pas Rosario qui était le but de mon voyage, c'était Valparaiso même, où je voulais aller faire la déclaration de la découverte de mon gisement, ainsi que l'exigeait la loi.

« Arrivé dans la capitale de la République, je me rendis chez le consul d'Allemagne, auquel je fis connaître le but de ma visite et qui, sur-le-champ, avisa les autorités compétentes.

« Le lendemain, je passai un traité avec le gouvernement argentin, par lequel le gisement aurifère m'était concédé pour dix ans, libre à moi, au bout de ce temps, de le racheter au prix que fixerait le gouvernement et qui devait être basé sur son rendement.

« Pendant les dix années de ma concession, les bénéfices de l'exploitation m'appartenaient entièrement, sauf un demi pour cent que j'avais à verser au Trésor argentin.

« Mon traité en poche, je repris le chemin du campement, où des ingénieurs devaient venir la semaine suivante faire les constatations légales; car ce traité n'était valable qu'autant que la mine méritait d'être exploitée.

« J'étais resté pendant quatre jours absent. Pendant ce temps le Français avait très bien géré mes affaires et, chose extraordinaire dont je fus assez surpris, je constatai qu'il ne m'avait pas fait tort d'un centime.

— Cela devait certes vous étonner, — dit Clara, — car, à sa place, vous n'auriez pas perdu, vous, une si belle occasion de mettre une bonne partie de la recette dans votre poche, je parie !

— Oh! une bonne partie, c'eût été beaucoup, vu qu'on aurait pu s'apercevoir trop facilement du larcin; mais je me serais arrangé de manière à me faire tout de même un petit bénéfice. L'honnêteté poussée à ce degré est une bêtise. N'êtes-vous pas de mon avis, monsieur le coulissier?

— Si, si, comment donc! — repartit le petit... avec un sourire équivoque qui tentait de faire croire que, tout en se ralliant à l'opinion du juif, il se moquait de lui, bien qu'au fond la morale de ce dernier fût exactement la sienne.

— L'avez-vous compensé de sa peine, comme vous le lui aviez promis, au moins, ce brave garçon? — questionna Nini Mouchette.

— Je n'aurais eu garde d'y manquer. Tout ce qu'il m'a acheté depuis, je le lui ai vendu au poids franc et sans la plus légère fraude; ce qui était, vous en conviendrez, lui faire un avantage considérable.

— C'est cela, vous avez daigné ne plus le voler comme vous voliez les autres, — ricana la Lyonnaise. — Belle compensation, ma foi !

— Permettez-moi de vous dire que vous n'entendez rien au commerce, Clara, — repartit le juif.

Puis, pour s'épargner un nouveau sarcasme qu'il voyait poindre sur les lèvres de sa maîtresse, Moser s'empressa d'ajouter :

XXX

LA MINE

— Huit jours après mon retour au campement, deux ingénieurs arrivèrent de Valparaiso pour se rendre compte de ce qu'était mon gisement et en évaluer le rendement.

« Je les fis descendre à la cave et leurs mis en mains plusieurs morceaux de minerai que j'y avais cachés.

« Ils ne les eurent pas plutôt examinés qu'ils m'éclatèrent de rire au nez avec un ensemble parfait.

« Comme je les interrogeais du regard pour leur demander d'où venait leur hilarité, l'un d'eux me dit :

« — Mon garçon, vous êtes un imbécile; vous nous avez fait déranger inutilement. Ce minerai que vous nous montrez là est du minerai de mica et n'a aucune valeur, attendu que le mica dont on se sert dans l'industrie se recueille sur les roches en lamelles longues et flexibles et ne se trouve pas mélangé, comme celui-ci, à des matières dont il est impossible de le séparer. Donc votre soi-disant mine d'or ne vaut pas une demi-piastre. »

« Ayant ainsi parlé, ces messieurs me tournèrent les talons et s'en allèrent.

« Ma déception fut immense : les millions que j'avais rêvés venaient de s'évanouir en fumée.

« J'en éprouvai un tel chagrin que je ne voulus pas rester plus long-temps dans l'endroit et résolus de rentrer en Europe.

« D'ailleurs, j'en avais assez de l'Amérique... il fallait trop travailler pour vivre.

« Je vendis ma cantine au Français qui, à force de *laver*, était parvenu à récolter un nombre respectable de pépites, et la somme que je retirai de cette vente, jointe à ce que m'avait déjà rapporté mon commerce, me fit un capital de quinze cents piastres environ.

« Peu après je quittai le campement.

— Mais, — demanda Nini-Mouchette curieuse, — vous n'avez jamais revu l'animal qui vous avait fait découvrir cette fameuse mine de mica?

— Si, je l'ai revu. J'ai en effet oublié de vous apprendre ce qu'il en était advenu. J'avais creusé, je vous l'ai dit, un trou de près de deux mètres de profondeur au pied de la galerie qui remontait vers le sol.

« Une nuit que j'y étais occupé à extraire du minerai, je vis tout à coup dégringoler jusqu'à moi un petit animal au pelage gris roux qui, aussitôt, se mit à faire des bonds désordonnés, cherchant à regagner l'orifice du conduit.

« C'était ma bête à laquelle, sans le vouloir j'avais tendu un piège et qui venait d'y tomber.

« Je n'eus pas de peine, alors, à reconnaître en elle un ourson.

— Comment, c'était un petit ours? fit Clara étonnée.

— Non point. L'ourson, qui n'existe pas en Europe, tire son nom, il est vrai, de la conformité de sa structure avec l'ours, mais là s'arrête sa ressemblance avec son féroce homonyme.

« Toutefois, comme l'ours, il est grimpeur et généralement établit sa demeure au sommet des troncs creux d'arbres qu'il escalade avec une agilité d'écureuil.

« Celui qui était venu me tenir si inopinément compagnie était de petite taille et tout jeune par conséquent, les adultes atteignant la grosseur d'un renard et quelquefois même la dépassant.

« Quand il eut bien gambadé et se fut épuisé en bonds inutiles, il alla se blottir dans un angle du trou et, la tête tournée vers moi, se prit à me regarder avec des yeux où se lisaient une vive inquiétude.

« Il devait se demander quelles étaient mes intention à son égard.

« J'avoue que, tout d'abord, je ne savais trop comment j'allais me comporter envers lui.

« Mais mon indécision dura peu. Je venais de me rappeler avoir entendu dire par quelques habitants du pays que sa chair était très délicate et constituait une excellente nourriture. Je résolus donc de me l'offrir en côtelettes et en biftecks, et, pour ce faire, le tuer d'un coup de pioche.

— Pauvre bête! C'était singulièrement le récompenser de vous avoir fait découvrir un filon, — remarqua Nini-Mouchette.

— Il n'avait en définitive que ce qu'il méritait puisque celui-ci ne valait rien.

— Mais vous ne le saviez pas encore!

— Il est probable que je le pressentais, — répliqua le juif, pour excuser son action barbare.

— Décidément, vous êtes un méchant homme, monsieur Moser, — reprit la maîtresse du coulissier. — Il vous était si facile de le laisser vivre.

— Je vous assure que sa mort ne m'a jamais pesé sur la conscience, — renvoya l'usurier. — J'ai même conservé de lui le meilleur souvenir, attendu qu'il m'a procuré quatre ou cinq repas réellement délicieux. A présent je reprends au moment où j'abandonnai le campement.

« Afin de ne pas avoir à souffrir de la chaleur, toujours très grande sous ces latitudes tant que le soleil n'est pas couché, je m'étais mis en route un soir dans le but de gagner à pied le port le plus proche situé à huit lieues de là, et où je comptais arriver au matin.

« J'avais été informé qu'il s'y trouvait un navire prêt à faire voile pour l'Europe.

« Je marchais depuis plusieurs heures déjà et le jour commençait à se lever, car nous étions à l'époque des nuits les plus courtes de l'année, lorsqu'en traversant un petit bois de gommiers, je vis sortir de derrière un buisson deux individus qui s'avancèrent vers moi le chapeau à la main et un gracieux sourire sur les lèvres.

« Ils étaient vêtus, suivant la mode du pays, d'une veste et d'un pantalon de peau de bison, et portaient en bandoulière une carabine américaine, dont la crosse était ornée de nombreux clous de cuivre.

« Dès qu'ils m'eurent joint, l'un deux me dit en espagnol et avec une exquisse politesse :

« — Permettez-nous d'abord, señor, de vous souhaiter le bonjour, ainsi que l'exige la plus simple civilité. Nous sommes, je le gagerais, les premiers à avoir cet avantage aujourd'hui.

« — En effet, et je suis, croyez-le, très sensible à votre attention, — répondis-je d'un ton non moins poli, quoique la rencontre de ces deux inconnus dans un lieu aussi solitaire ne me rassurât guère.

« — Ensuite, — continua le second, — laissez-nous vous apprendre, señor, que nous avons l'habitude d'inviter les personnes qui passent par ce bois à nous remettre tout l'argent qu'elles ont sur elles, afin de leur épargner la fatigue de le porter. Veuillez donc nous faire le plaisir de vider vos poches devant nous... à moins que vous ne préfériez que nous les vidions nous-mêmes. Ceci à votre choix. »

« Je compris. J'étais tombé entre les mains de deux *cutteros*, bandits argentins qui ont la spécialité de dévaliser les voyageurs isolés.

« Ne pouvant compter sur aucun secours et sachant que toute supplication serait vaine, il ne me restait qu'une ressource pour me tirer de cette fâcheuse situation : c'était d'essayer d'échapper à mes hommes par la fuite.

« J'avais de bonnes jambes, je courais comme un cerf et je pensais qu'il n'était pas impossible que j'y parvinsse.

« Pour donner le change un moment aux deux mécréants, je parus me résigner à ce qu'ils exigeaient et me mis à fouiller dans mes vêtements comme si je voulais y prendre mon argent.

« En présence de ma docilité à leur obéir, ils s'écartèrent un peu de moi — car ils me serraient de près — afin de me laisser libre de mes mouvements.

« C'était ce que je désirais.

« Tout à coup, sans que rien ait pu leur faire prévoir mon dessein, je fis un brusque saut de côté, franchis d'un bond un fourré qui se trouvait en bordure de la route et détalai à travers le bois aussi vite que me le permettaient les nombreux obstacles semés sur mon chemin.

« J'eus un instant l'espérance que j'avais déjà pris une avance d'une trentaine de mètres et me croyais dès lors à l'abri de tout danger.

— Je m'empressai de ramasser cet opulent mégot.

« Mais mon illusion fut courte.

« Soudain un coup de feu retentit et je vis s'envoler un peu de mon habit en même temps que des mots m'arrivaient aux oreilles :

« — Ceci est un avertissement, señor. Si vous ne vous arrêtez pas sur-le-champ nous visons à la tête.

« Je m'arrêtai net. Je savais quelle était l'adresse merveilleuse des *cutleros*, qui logent une balle à deux cents mètres dans l'œil d'un buffle ou d'un bison, et ne doutais pas, par conséquent, qu'ils m'atteignissent aisément à la distance où j'étais.

« En une seconde, ils m'eurent rejoint et, se jetant sur moi, me dépouillèrent avec une dextérité sans pareille de tout ce que je possédais.

« Après quoi ils me firent un grand salut et s'éloignèrent dans le bois.

« De mes sept mille cinq cents francs ils ne m'avaient pas laissé un sol. Ce fut donc dans un état de dénûment complet que je dus revenir sur mes pas et me rendre à Valparaiso pour me faire rapatrier par le consul de ma nation.

« Ainsi, je quittais l'Amérique aussi pauvre que j'y étais venu.

« Tout ce que j'en emportais était le traité que j'avais passé pour ma mine et qui n'avait de valeur que celle du papier sur lequel il était écrit.

— Vous ne l'aviez donc pas déchiré? demanda le coulissier.

— Non, je voulais le conserver comme curiosité. Vous allez voir, du reste, combien il me fut utile plus tard.

Ici, le juif fit une pause.

Depuis vingt minutes qu'il parlait, son ivresse s'était encore accentuée et sa langue de plus en plus épaissie. Car il va de soi que le récit qu'il venait de faire n'avait pas coulé de ses lèvres aussi nettement que nous l'avons transcrit.

Bien des fois, il avait dû chercher ses phrases, qui ne se formaient plus qu'avec peine dans son cerveau congestionné, et mettre à tout instant sa mémoire à contribution pour se rappeler d'une façon précise les événements qu'il voulait narrer.

Le bal continuait à faire rage.

Dans la salle de danse, où la foule était toujours aussi compacte, quadrilles, polkas et valses se succédaient presque sans interruption au son d'une musique endiablée qui fouettait les nerfs des danseurs et les faisait bondir comme des possédés.

Le coup d'œil était fort curieux. Tous ces gens, costumés ou non, qui sautaient, gambadaient, se démenaient follement sans jamais se reposer, semblaient autant de pantins tirés par des fils invisibles qu'aurait tenus une main inlassable.

Mais nos buveurs de champagne, blasés sur ce genre de spectacle, qu'ils avaient vu maintes fois, n'y prêtaient nulle attention.

Ils écoutaient le juif dont l'histoire les amusait.

Les dernières bouteilles apportées ayant été vidées, on en fit venir d'autres et, après de nouvelles libations, Moser reprit :

— Je revins donc en Europe où, pour subvenir à mon existence, je dus faire toutes sortes de métier. Malheureusement, aucun d'eux ne me mettait sur le chemin de la fortune qui me fuyait avec une persistance désespérante.

« Pourtant, je voulais être riche et je sentais que je finirais par le devenir. J'avais la bosse de la finance, et il me semblait que, si j'avais un certain capital, je serais parvenu, en peu de temps, à le faire fructifier largement.

« Mais c'était ce capital qui me manquait et je ne savais comment me le procurer.

« Durant vingt années, je me débattis vainement contre le sort et ne vécut que de privations et de misère.

« Enfin, un jour, la déveine qui s'acharnait après moi se lassa de m'accabler et la déesse aveugle voulut bien se décider à me sourire.

« J'habitais alors la France depuis quatre ans et me trouvais à Lyon où j'étais tombé si bas que, pour ne pas mourir de faim, j'en étais réduit à ramasser les restes de cigares et de cigarettes que jetaient les fumeurs sur la voie publique.

« Oui, messieurs et mesdames, moi le banquier Moser j'avais dû en venir là.

« Eh bien, le croiriez-vous ? C'est cette industrie qui me valut la richesse.

« Cela, je le comprends, doit vous paraître étrange et, cependant, cela est.

— Bah ! fit Nini-Mouchette, — c'est en ramassant des bouts de cigares que vous avez pu économiser assez pour constituer le capital dont vous aviez besoin ?

— Oh ! non, madame, et c'est pour plaisanter, je suppose, que vous m'adressez cette question. D'ailleurs, je viens de vous dire que cela me permettait tout juste de ne pas mourir de faim, et rien de plus. Néanmoins, c'est en exerçant cet infime métier que je rencontrai l'occasion de sortir de ma misérable position.

« Voici comment :

« Une après-midi, je suivais le quai de la Guillotière et, les yeux fixés à terre, je cherchais les débris qui me procuraient ma subsistance quotidienne, quand vint rouler à mes pieds un superbe cigare dont l'extrémité était à peine calcinée et que je reconnus pour être un de ces havanes de luxe que fument seulement les gens fortunés.

« Je m'empressai de ramasser cet opulent *mégot*, — c'est le terme consacré, vous le savez sans doute, — puis regardai celui qui l'avait jeté.

« C'était un homme de trente-huit à quarante ans, très élégamment mis et qui marchait à deux pas devant moi, en faisant de grands gestes comme s'il eût été en proie à une vive surexcitation.

« — Il faut vraiment avoir de l'argent de trop pour perdre ainsi un pareil cigare, — fis-je en manière de réflexion.

« Ces mots que, sans y penser, j'avais prononcés d'une voix assez élevée, furent entendus du personnage qui, soudain se retournant de mon côté, me cria d'un ton plein de colère :

« — De l'argent de trop !... Vous dites que j'ai de l'argent de trop ?... Auriez-vous l'intention de vous moquer de moi, par hasard ? »

« Tout interloqué de me voir apostrophé de la sorte, je restai d'abord un instant sans répondre, puis enfin je répliquai :

« — Me moquer de vous, monsieur? Point du tout, je vous l'assure.

« — Alors pourquoi dites-vous que j'ai de l'argent de trop?

« — Dame, monsieur, — renvoyai-je, — parce que pour jeter un cigare comme celui-là, sans l'avoir autant dire fumé, il faut que vous ayez de quoi faire du gaspillage... Il me semble, du moins.

« — Ah! il vous semble? Eh bien! c'est ce qui vous trompe, mon garçon, attendu que je suis sur le point d'être ruiné... Oui, ruiné, répéta mon interlocuteur en serrant les poings avec rage.

« — Et comment cela se fait-il? demandai-je pour dire quelque chose, car il m'importait peu que cet individu, qui m'était inconnu, fût dans une bonne ou mauvaise passe.

« — Cela se fait, — répondit-il, — que j'ai déjà perdu de fortes sommes dans plusieurs affaires où j'étais intéressé et qu'à l'heure actuelle je perds encore trente mille francs dans une entreprise de... je ne sais quoi au juste, pour laquelle j'avais souscrit soixante actions.

« Je sors de chez celui qui en avait la direction; or il vient de m'apprendre son entière déconfiture... en m'offrant ce cigare en guise de consolation.

« Puis il ajouta avec une ironie amère :

« — Un cigare de trente mille francs! C'est un peu cher!... et, en effet, il faut, comme vous le dites, que j'aie de l'argent de trop pour n'en avoir pas plus de soin.

« Sur ce, il se prit à rire nerveusement et, faisant volte-face, poursuivit son chemin en continuant à parler tout haut.

« Je le suivis et l'écoutai.

« — Ainsi, — disait-il, — ça fait la quatrième affaire qui s'effondre sous moi, sans que je puisse même recouvrer un rouge liard de mes mises de fonds, ce qui me cause une perte de près de quatre-vingt mille francs en moins d'un an !... Une pareille malchance est inconcevable et j'en arrive à croire qu'un mauvais génie a juré de me mettre sur la paille, moi et les miens... A quoi me résoudre, maintenant ? Dois-je essayer de rattraper mon malheureux argent ainsi envolé, ou bien en faire mon deuil et ne pas risquer ce qui me reste dans de nouvelles entreprises .. Je suis à ce sujet dans une cruelle perplexité, car si, d'un côté, la prudence me commande d'en rester là et de ne plus me mêler en rien de spéculations, d'un autre, il est peut-être coupable de ma part de ne pas réparer ces échecs successifs... Je possède encore une vingtaine de mille francs et il ne s'agirait que de tomber sur une bonne affaire pour que le trou fait à ma fortune fût comblé d'un coup... Oui, mais le tout serait de la trouver, cette bonne affaire... et je ne vois guère qui pourrait me l'indiquer... »

« Ces derniers mots furent un trait de lumière pour moi, dit Moser, et il me vint tout à coup une idée qui me parut géniale.

« Je la creusai en quelques secondes et reconnus qu'elle était très réalisable pour peu que je susse m'y prendre.

« J'étais certain d'être en présence d'un homme facile à enjôler, car, pendant qu'il me parlait, j'avais remarqué sur sa physionomie un grand air de naïveté qui indiquait chez lui une complète inaptitude aux affaires.

« Et son peu de réussite dans celles où il s'était aventuré résultait, je n'en doutais point, de ce qu'il avait dû s'adresser à des gens malins qui l'avaient dupé et s'étaient tout simplement approprié ses capitaux.

« Il me suffisait donc d'un peu d'habileté et de beaucoup d'aplomb — ce dont je ne manquais pas — pour faire aboutir le plan que je venais de combiner.

XXXI

CANAILLERIES

« Le rejoignant alors aussitôt, je l'arrêtai et lui dis :

« — Pardon, monsieur, voudriez-vous avoir l'obligeance de m'accorder un entretien de quelques instants ? J'ai à vous faire une communication qui, j'en suis sûr, vous intéressera.

« — Quoi ! c'est encore vous ? — fit-il d'un ton assez rude. — Que me voulez-vous et quelle est cette communication ?

« Sans m'effaroucher de sa brusquerie, je répondis :

« — La voici, monsieur. J'ai entendu les paroles que vous venez de prononcer et j'ai compris que vous seriez heureux de trouver quelqu'un qui fût à même de vous indiquer une bonne affaire. Or, quoique cela puisse vous paraître étrange, je crois être ce quelqu'un.

« — Vous ! » exclama-t-il en m'examinant cette fois avec attention, ce qu'il n'avait pas fait précédemment.

« Je dois avouer que je ne payais pas de mine.

« J'avais des vêtements agrémentés de nombreuses solutions de continuité et toute ma personne présentait l'image de l'extrême misère.

« Aussi me considérait-il avec un étonnement soupçonneux, paraissant se demander si je ne cherchais pas à le mystifier.

« Je pénétrai sa pensée.

« — Monsieur, — repris-je. — vous connaissez le vieux dicton, qui est toujours vrai : il ne faut pas se fier aux apparences. Tel que vous me voyez, et malgré mon aspect misérable, j'ai en poche de quoi acquérir une fortune colossale, laquelle, je ne crains pas l'affirmer, peut se chiffrer par plusieurs millions.

« — Vous dites? » fit mon homme qui crut avoir mal entendu.

« Je répétai ma phrase.

« — Une fortune de plusieurs millions, vous? s'écria-t-il ébahi.

« — Oui, monsieur; et pour que vous ne supposiez pas que je suis fou ou que je veuille abuser de votre crédulité, je vais vous prouver ce que j'avance. »

« Alors, faisant remonter mon séjour en Amérique à une époque peu éloignée, je le lui racontai et lui appris la découverte de ma mine... en me gardant bien de lui dire ce qu'elle était réellement et à combien l'avaient évaluée les experts.

« Puis j'ajoutai :

« — Aussitôt après m'en être fait reconnaître le propriétaire par les autorités du lieu, je suis venu en France pour tâcher de trouver un capitaliste qui consentît à mettre à ma disposition les fonds nécessaires à son exploitation. Mais voici plusieurs mois que je cherche ce capitaliste sans parvenir à mettre la main dessus et comme je n'avais que très peu d'argent devant moi en quittant l'Amérique, je suis tombé peu à peu dans l'état où vous me voyez actuellement. Maintenant, monsieur, je viens vous proposer ceci : — et c'est en quoi consiste l'affaire que j'ai à vous indiquer. — Fournissez-moi les fonds dont j'ai besoin pour tirer profit de ma mine et nous partagerons les bénéfices qu'elle rapportera.

« — Vous dites que vous avez en poche votre titre de propriété? me demanda l'inconnu au lieu de me répondre.

« — En poche, c'est une manière de parler; vous pensez bien que je ne me promène pas avec un papier d'une telle valeur sur moi.

« Mais, si vous le désirez, je puis vous le montrer demain. »

« — Eh bien! apportez-le-moi demain. . je verrai ce que j'aurai à faire ensuite.

« — Je vous l'apporterai; à quel endroit? chez vous?

« — Non, pas chez moi. Au café Doré, place Bellecour. Je serai là entre quatre et cinq heures.

« — Bien, je viendrai à quatre heures et demie. »

« Nous nous séparâmes.

« Je lui avais menti en disant que je n'avais pas le titre sur moi. Il était dans un vieux calepin qui ne me quittait jamais, mêlé à d'autres paperasses destinées à constater mon identité en cas de besoin.

« Mais, avant de le lui placer sous les yeux, je voulais y apporter certains changements pour lui ôter son caractère d'ancienneté.

« Rentré à mon domicile, je passai ma soirée à l'arranger, c'est-à-dire à le rajeunir.

« J'enlevai avec un acide la date primitive vieille de vingt ans et la remplaçai par une nouvelle qui ne lui donnait plus que six mois d'existence.

« Puis, au moyen d'un réactif, je fis redevenir noire l'encre toute blanche et rendis un peu de fraîcheur au papier.

« Enfin, je réparai de mon mieux les sceaux et cachets assez abîmés, de façon à ce qu'ils parussent apposés depuis quelque temps seulement.

« Je fis tout cela avec tant d'adresse qu'il aurait fallu être bien malin pour découvrir la fraude.

« Le lendemain je me dirigeai vers la place Bellecour. J'avais, pour la circonstance, emprunté des effets qui me donnaient un extérieur à peu près sortable.

« Arrivé au café Doré, j'aperçus mon homme assis à la terrasse et m'attendant.

« J'allai m'asseoir près de lui et lui présentai mon titre qu'il examina avec soin et finit par reconnaître comme étant parfaitement valable.

« — Vous voyez, — lui dis-je, — que je ne vous trompais point et qu'il y a là de quoi gagner des sommes considérables.

« — C'est vrai! — fit-il enthousiasmé, — et vous n'exagérez pas en parlant de millions. »

« Puis après avoir réfléchi quelques instants, il me demanda :

« — Voyons, combien vous faudrait-il pour commencer à exploiter cette mine?

« — Oh! relativement peu de chose : quarante ou quarante-cinq mille francs, pas davantage, répondis-je en le regardant du coin de l'œil pour voir l'effet que ce chiffre allait faire sur lui et ne sachant si j'avais demandé trop ou pas assez.

« — Tant que cela ! exclama-t-il avec effroi.

« — Comment, vous trouvez cela beaucoup ? repris-je avec une feinte surprise. — Ce n'est guère, cependant, pour une entreprise de telle importance. Songez donc qu'il y a d'abord l'achat du matériel nécessaire à l'extraction du minerai et au forage des galeries ; puis, ensuite, à payer la main-d'œuvre pendant un certain temps avant qu'elle ne produise de bénéfices ; puis, encore, les frais de mise en train et autres imprévus qui ne sont certes pas à négliger. Toutes ces dépenses, vous l'admettrez, forment bien un total approchant de la somme en question.

« — Oui, c'est juste... je ne me rendais pas compte... » répliqua l'inconnu.

« Et il ajouta tristement :

« — C'est malheureux qu'il faille autant, sans quoi je serais devenu votre associé. Mais je ne dispose pas d'assez de fonds pour cela. En faisant flèche de tout bois, c'est au plus si je réunirais vingt-cinq ou trente mille francs, car, je vous l'ai dit hier, j'ai subi de grandes pertes cette année et n'ai presque plus rien.

« — Ce n'est pas tout à fait suffisant, repris-je. Vous ne pourriez pas pousser jusqu'à quarante mille ?

« — Non, pour le moment cela m'est impossible. Mais pourquoi ne commenceriez-vous pas avec ça ? D'ici quelques mois je serai probablement à même de vous fournir le reste.

« — Au fait je puis toujours essayer, dis-je. — Il est certain qu'avec trente mille francs on est déjà en mesure de faire bien des choses. Mais en ce cas, il faut que vous me garantissiez le complément pour une époque déterminée, afin de ne pas laisser les travaux inachevés.

« — Je crois pouvoir m'y engager à coup sûr, — m'assura-t-il.

« — Bon, alors, c'est une affaire conclue. Nous allons rédiger un acte d'association par lequel nous nous reconnaîtrons chacun bénéficiaire à part égale dans le rendement de la mine, puis nous passerons cet acte par-devant notaire.

« — C'est cela.

« — A présent, monsieur, — lui demandai-je, — puis-je savoir qui vous êtes ? Car vous ne m'avez pas encore fait l'honneur de me l'apprendre.

« — Je me nomme Denis Briant, — dit-il, — et suis ingénieur civil de première classe.

« — Vous avez là une belle situation, — remarquai-je.

« — Vous vous trompez... ma situation est médiocre, au contraire. Je

Le vieillard avait besoin d'être soutenu pour ne pas tomber.

rève en effet de faire de grandes choses et je ne le puis à cause de mon manque de fortune.

« — Votre ambition est noble, — fis-je pour le flatter.

« — Oui, elle est noble; malheureusement je ne puis y donner un libre cours et exécuter les projets grandioses que j'ai en tête. C'est pourquoi je désire devenir riche.

« — Eh bien ! vous n'allez pas tarder à l'être.

« — Que Dieu vous entende !... Et quand comptez-vous partir ?

« — Aussitôt que j'aurai les fonds en mains.

« — Je vais m'occuper de les réaliser dès maintenant et j'espère vous les remettre d'ici une huitaine.

« — Ferez-vous le voyage avec moi pour assister au commencement des travaux ? » — lui demandai-je.

« Je tremblais qu'il me répondît affirmativement ; mais je fus vite rassuré.

« — Non, — dit-il, — je ne puis m'absenter, car je tiens à ce que cette affaire reste entre nous et ne soit pas connue des miens.

« — Ah ! et pourquoi ?

« — Parce que cela me causerait de graves ennuis. Ma femme — car je suis marié et père de famille — m'a déjà fait de sanglants reproches pour m'être imprudemment engagé dans de précédentes affaires qui n'ont pas réussi et elle ne manquerait pas de m'en faire encore au sujet de celle-ci. Elle s'opposerait même de toutes ses forces à ce que j'y donnasse suite. Il est donc préférable qu'elle n'en sache rien.

— S'il en est ainsi, cela vaut mieux, en effet. Je partirai donc seul.

— Ce que je vous demande instamment, par exemple, c'est de me tenir au courant de la marche des travaux, afin de me faire prendre patience jusqu'au jour où nous pourrons commencer à toucher des bénéfices.

— Je m'en ferai un devoir. A chaque courrier de France vous recevrez de moi une lettre vous donnant là-dessus des renseignements détaillés et aussi complets que possible.

— Bien, j'y compte.

. . . .

« La semaine suivante, nous apposions notre paraphe au bas d'un acte d'association dressé par un notaire et « mon associé » me remettait vingt-huit mille francs qu'il avait pu réunir en faisant, selon son expression, flèche de tout bois.

« Il m'avait, en outre, signé un engagement par lequel il devait me fournir encore dix mille francs dans un délai de quatre mois.

« En sortant de chez l'officier ministériel, je croyais rêver.

« Dix jours auparavant j'étais dans la plus complète indigence et, maintenant, je me voyais les poches bourrées de billets de banque.

— Mais c'est un vol manifeste que vous avez commis là ! — s'écria Nini-Mouchette avec une réelle indignation. Comment dépouiller de la sorte un malheureux père de famille, dont le seul défaut était d'avoir confiance en vous ! Vous méritiez les galères !

— Il n'y en a plus, belle dame, — répondit le Juif sans se démonter. — D'ailleurs, mon ingénieur était vraiment par trop naïf et méritait ce qui lui arrivait...

Ce que venait de confesser Moser avait jeté un léger froid dans la petite société. Et les deux bookmakers, ainsi que le coulissier, quoique eux-mêmes, nous le répétons, fussent peu recommandables au point de vue de l'honnêteté, se sentaient gênés d'un aveu aussi franc.

Clara, elle, en éprouvait une véritable honte.

Elle consentait bien à être la maîtresse d'un usurier, mais non celle d'un voleur avéré, comme venait de se révéler son amant.

Le Juif, sans s'apercevoir de la contrainte qui régnait parmi ses auditeurs, continua son récit.

— Je fis donc route une seconde fois pour l'Amérique, — reprit-il, — et regagnai Valparaiso. Suivant la promesse que j'avais faite à l'ingénieur, je lui écrivis régulièrement à chaque courrier de France, l'entretenant de la marche des travaux et lui donnant, sur la façon dont ils étaient conduits, les détails les plus circonstanciés... que je copiais dans un livre traitant de ces matières.

« Il me répondait en me disant qu'il était très content de ce que je lui apprenais et faisait des vœux ardents pour que la mine fût bientôt mise en exploitation.

« A différentes reprises, il m'annonça qu'il s'occupait de se procurer les dix mille francs de complément, mais que je devais patienter encore un peu avant de les recevoir.

« La personne de laquelle il voulait les obtenir était sa sœur qui habitait à Paris et comme, à la suite de ses désastres, il avait déjà plusieurs fois mis sa bourse à contribution, il n'osait se risquer trop tôt à faire un nouvel appel à sa complaisance.

« Je patientais donc, attendant l'envoi de cette somme pour exécuter la dernière partie du plan que j'avais combiné.

« Il me tardait qu'elle vînt, car, bien que je vécusse très petitement, je voyais, néanmoins, mon magot diminuer chaque jour.

« Il y avait environ trois mois que j'étais là-bas quand « mon associé » me fit connaître que, malgré toutes ses instances, sa sœur s'était refusée à lui prêter quoi que ce fut et qu'en conséquence il n'avait plus rien à espérer de ce côté.

« Puis il ajoutait :

« — Je vais chercher ailleurs, mais je ne vous cache pas que j'aurai grand'peine à trouver. »

« Je compris que je ne devais plus compter sur ces dix mille francs et me décidai alors à achever mon œuvre.

« Précisément, un tremblement de terre venait d'avoir lieu dans la contrée.

« Profitant de la circonstance, j'adressai à l'ingénieur une lettre désespérée par laquelle je lui faisais part du sinistre et l'informai que non seulement tous les travaux en cours avaient été détruits, mais, encore, que la mine elle-même avait été engloutie, ne laissant à sa place qu'un gouffre béant.

« Je joignis à cette lettre plusieurs journaux de la localité afin d'appuyer mon dire et en prouver l'entière véracité.

« Je n'étais pas, cependant, sans quelque inquiétude et je me demandais comment mon homme allait prendre la chose.

« Je craignais qu'il n'eût l'idée de s'assurer lui-même des faits et ne découvrît que je l'avais abusé, ce qui aurait pu me causer quelques désagréments.

« Mais j'attendis vainement qu'il donnât signe d'existence. Les semaines et les mois passèrent sans que j'entendisse parler de lui.

« Voyant cela, je revins de nouveau en France et me rendis à Lyon pour savoir de ses nouvelles.

« Là, j'appris qu'il était mort depuis un certain temps, que sa femme l'avait suivi de près dans la tombe et, enfin, que leur enfant, une fillette d'une douzaine d'années, avait été recueillie par une parente, qui était cette sœur résidant à Paris.

« Cela me soulagea d'un grand poids. Je n'avais plus à redouter qu'on me réclamât l'argent, lequel, désormais, était bien à moi.

« Je résolus, dès lors, de faire de la finance comme je le souhaitais depuis si longtemps.

« Seulement, ce que je possédais me semblait insuffisant pour me lancer dans des opérations sérieuses. Il m'en aurait fallu au moins le double, et même le triple.

« Je me souvins alors de l'engagement de dix mille francs que m'avait signé l'ingénieur et dont je ne m'étais point défait, non plus, du reste, que des lettres qu'il m'avait écrites à ce sujet.

« Parbleu! me dis-je, voilà de quoi grossir mon pécule. La sœur n'a pas voulu donner si peu, eh bien! je vais l'obliger à donner bien davantage.

« Je modifiai ledit engagement comme j'avais modifié mon titre de propriété, c'est-à-dire que j'en portai le chiffre à cinquante mille, et, à l'aide de quelques mots ajoutés, le changeai en un reçu de cette somme que j'avais prêtée au signataire.

« Puis je remaniai le texte des lettres, de manière à faire croire que celui-ci avait pris sa sœur pour répondante et, par là, ouvert recours contre elle.

« Cela fait — et très habilement, je vous l'assure — j'allai à Paris où, grâce à une agence de renseignements, je trouvai bientôt celle que je cherchais.

« Mlle Briant — c'était une vieille fille — comptait quelques années de plus que son frère. Comme lui, elle n'entendait pas un traître mot aux affaires.

« Je lui montrai le pseudo reçu en l'invitant à m'en acquitter le montant puisqu'elle avait répondu pour le défunt, ainsi qu'en témoignaient ses lettres que je lui présentai également.

« Elle résista d'abord, alléguant qu'à aucun moment elle n'avait servi de caution à son frère; qu'au contraire, le sachant panier percé, elle lui avait fermé sa bourse, après plusieurs emprunts qu'il avait négligé de lui rembourser.

« Mais je le pris de haut et la menaçai, si elle ne s'exécutait pas, de lui faire un procès, dont la mémoire du mort ne pourrait sortir que ternie.

« Effrayée de cette menace, la bonne dame céda et me lâcha les cinquante mille francs.

« Et voilà, dit Moser en terminant, comment je parvins à avoir le capital qui m'était nécessaire pour me lancer dans les affaires financières.

« Ai-je été assez malin, et admettez-vous maintenant que je puisse me proclamer votre maître?

— Fichtre oui, repartit le petit Z. Je vous reconnais volontiers pour être le plus franc coquin qui soit au monde et suis prêt à le crier à tout l'univers pour peu que vous y teniez.

L'usurier eut un gros rire hébété. Il en était arrivé au dernier cri de l'ivresse et trouvait très drôle ce que venait de dire le coulissier.

Il fallait, du reste, qu'il fût en un pareil état d'inconscience pour avoir osé se vanter de l'infamie dont il s'était rendu coupable envers l'ingénieur Denis Briant, le père de Denise; infamie que, l'on s'en souvient sans doute, la tante de celle-ci avait racontée autrefois à Jean de Lavaur, le premier soir où l'étudiant avait rencontré la jeune fille.

Le bal maintenant tirait à sa fin et la foule, tout à l'heure encore si grande, s'éclaircissait à vue d'œil.

Deux heures approchaient et l'orchestre avait affiché le galop final.

— Partons, dit Clara, il n'y a rien d'ennuyeux comme d'être mis à la porte.

Et prenant sans se gêner une poignée de louis dans la poche de son vieil amant, elle appela le garçon et régla la dépense qui s'élevait à deux cents et quelques francs.

Il y avait dix-huit bouteilles de cliquot, soit un peu plus de deux par personne.

Cependant, à l'encontre de Moser, ces dames et ces messieurs, bien plus habitués que lui aux effets du cru champenois, avaient à peu près gardé leur sang-froid.

Tout le monde sortit. Le vieillard avait besoin d'être soutenu pour ne pas tomber.

Une fois dehors, comme il n'était plus qu'un embarras, Clara le hissa dans un fiacre et donna l'ordre au cocher de le conduire à leur hôtel.

Ensuite elle proposa d'aller achever la nuit dans un des restaurants du boulevard.

Nini Mouchette et le coulissier acceptèrent, mais les deux bookmakers, ainsi que leurs maîtresses, préférèrent aller se reposer.

La Lyonnaise n'essaya pas de les retenir. Leur compagnie était peu intéressante et nous avons vu qu'ils avaient joué le rôle de personnages muets pendant toute la scène que nous venons de relater.

C'étaient de ces gens que Clara invitait à ses soirées, simplement pour faire nombre et de la présence desquels elle ne se souciait pas davantage.

Elle ne descendit donc dans Paris qu'avec son amie et le petit Z...

XXXII

UN SAVANT ORIGINAL

Un quart d'heure après, une voiture les déposait tous trois devant le restaurant Peters.

Ils y pénétrèrent et, comme le champagne leur avait creusé l'estomac, commandèrent un copieux souper.

N'ayant aucune raison de prendre un cabinet particulier, ils s'étaient installés dans un des salons communs.

Au moment où ils donnaient le premier coup de fourchette, Rivolet, le reporter mondain, entra tenant une petite valise à la main.

Le journaliste connaissait Clara et le petit Z...

Maintes fois il s'était trouvé avec eux en différents lieux de plaisir et s'il ne les estimait que médiocrement, — on sait comment il avait parlé d'eux au Bois de Boulogne, — il ne leur en faisait pas moins très bon visage partout où il les rencontrait.

Les ayant aperçus, il s'approcha pour les saluer.

— Bonjour, monsieur Rivolet, — dit familièrement Clara : — vous partez en voyage.

— Non, madame, j'en arrive.

— A cette heure-ci ?

— Mais oui : le train de Grenoble est entré en gare il y a trois quarts d'heure à peine.

— Tiens, vous êtes allé dans l'Isère?

— Plus loin que cela : dans les Hautes-Alpes, à Briançon.

— Diable! ce n'est pas tout près, — observa le petit Z... — Il y a bien deux cents lieues, si je ne me trompe?

— Cent quatre-vingt-dix, juste.

— Et c'est votre journal qui vous fait faire une pareille promenade à cette époque de l'année?

— Non, madame, ce n'est pas mon journal. Je suis allé voir un ami qui, il y a huit jours, m'avait prié de me rendre près de lui.

— Un ami malade, sans doute?... car pour vous appeler de si loin...

— Malade, oui, il doit l'être... de l'esprit, du moins.

— Ah! le pauvre garçon a le cerveau attaqué?

— J'en ai peur. Je sais bien que les savants — car c'en est un — ont tous la cervelle plus ou moins détraquée, mais celui-ci me semble avoir dépassé la mesure; et j'ai vu chez lui des choses tellement étranges que je me demande si je n'ai pas rêvé.

— Qu'avez-vous donc vu?

— Ce serait trop long à vous expliquer. Mais j'ai l'intention de résumer en un livre les principales de ces choses et je me ferai un plaisir de vous l'envoyer dès qu'il aura paru.

— Vous piquez notre curiosité, monsieur Rivolet, — dit Clara. — Voyons, vous étiez venu ici pour souper, n'est-ce pas? Eh bien! soupez avec nous, vous nous direz ensuite quelques mots... rien que quelques mots de ce que vous avez vu chez votre ami. Nous n'en aurons que plus d'intérêt à lire votre livre.

— Si vous croyez qu'il en soit ainsi, madame, je veux bien vous satisfaire et accepte volontiers votre gracieuse invitation, — répliqua Rivolet en prenant place près de la Lyonnaise; — mais je dois vous prévenir que ce que je vais vous apprendre touche au fantastique, au surnaturel, même... et peut-être cela ne vous plaira-t-il pas?

— Au contraire, — assura Clara; — j'adore tout ce qui est extraordinaire.

— Et moi aussi, — appuya Nini Mouchette. — D'autant plus que ça nous changera de l'histoire que nous venons d'entendre tout à l'heure.

— Quelle histoire?

— Celle que nous a racontée M. Moser qui était avec nous cette nuit au Moulin-Rouge d'où nous sortons.

— Ah! il vous a raconté une histoire?

— Oui, la sienne, et, malheureusement, elle n'avait rien de fantastique.

— Je m'en doute; néanmoins elle devait être curieuse.

— Comme canailleries, oui.

— C'est bien ce que je veux dire, — repartit Rivolet qui savait que Clara était toujours contente quand on disait devant elle du mal de l'usurier. — La mienne, à moi, est d'un tout autre genre, — ajouta-t-il. — Elle tient, je vous le répète, du domaine de la féerie, quoique, je vous le jure, elle soit rigoureusement vraie.

— Eh bien! nous l'attendons avec impatience... sans toutefois que cette impatience vous empêche de souper, — dit la Lyonnaise.

— Je vais mettre les bouchées doubles, madame, — répondit le reporter : — je serais au regret de vous faire languir.

En effet, au bout de vingt minutes il avait terminé son repas et, ayant allumé une cigarette, il commença ainsi :

— L'ami dont je vous parle, et que je crois devoir ne désigner que par son prénom, Tristan, est un ancien camarade de collège, avec lequel j'avais conservé par la suite des relations assez suivies.

« C'était un excellent garçon, mais d'un caractère quelque peu bizarre et surtout renfermé.

« Il avait l'esprit prédisposé aux sciences et s'était adonné d'une manière toute spéciale à l'étude de la phrénologie qui était devenue pour lui une absorbante passion.

« Constamment plongé dans la lecture des ouvrages de Gall et de Spurzheim, ces deux savants phrénologistes, il s'efforçait de refaire leurs travaux anatomiques en suivant les principes qu'ils avaient posés.

« Chaque fois que je le rencontrais, il m'entretenait longuement de ses essais et de ses expériences auxquels je ne comprenais rien du tout, tant il était abstrait dans ses explications.

« Il y a deux ans, il vint un matin chez moi pour me dire adieu, parce qu'il allait, paraît-il, s'absenter pendant un temps assez long.

« — Où donc vas-tu ? lui demandai-je.

« — Dans la solitude.

Il sortit de derrière un pan de muraille et accourut à moi.

« — Qu'est-ce que tu entends par là?

« — J'entends que je me retire du monde et vais, désormais, vivre en solitaire.

« — Tu es donc devenu misanthrope?

« — En aucune façon, mais je veux poursuivre mes travaux loin du

Liv. 90. — H. GEFFROY, édit. — Reproduction interdite.   90

bruit et du mouvement de la vie, afin de ne pas en être distrait par quoi que ce soit.

« — Ah! bien... Et quel lieu as-tu choisi pour mener cette existence d'anachorète?

« — Je n'en ai pas encore choisi, mais je vais en chercher un à ma convenance?

« — Tu restes en France, je présume?

« — C'est probable.

« — Et quand te reverrai-je?

« — Lorsque j'aurai atteint le but que je me propose. Alors, je te dirai de venir me voir pour te révéler mes découvertes.

« — Bien, je viendrai.

« — Adieu, donc.

« — Adieu. »

« Il partit et depuis lors je n'avais eu de ses nouvelles, quand l y a huit jours je reçus une lettre de lui ainsi conçue :

« Si tu as deux ou trois jours à perdre, viens les passer près de moi;

« j'ai des choses intéressantes à te montrer.

« J'habite près de Briançon, sur le flanc d'une montagne, nommée

« le Pic des Neiges ».

« Mon domicile est un vieux fort abandonné, qui tombe en ruines et

« que visitent seulement les aigles et les loups assez nombreux les uns

« et les autres dans le pays.

« Si tu te décides à venir, voici ce que tu devras faire pour parvenir

« jusqu'à moi.

« Une fois arrivé à Briançon, tu sortiras de la ville par la porte

« Pignerol, prendras la route qui mène à un hameau nommé Fontenille,

« puis, à mi-chemin, t'engageras dans une gorge étroite formée par

« deux montagnes, dont l'une est la mienne, je veux dire « le Pic des

« Neiges ».

« Tu apercevras alors facilement le fort à trois cents mètres au-dessus de la tête.

« Il ne te restera plus qu'à y monter par un petit sentier qui y mène

« directement. »

« Je dois vous dire que cela ne me souriait qu'à moitié de m'en aller

« si loin par cette saison.

« Cependant, comme je n'avais pas grand'chose à faire à Paris pour l'instant et que j'étais curieux de voir, non seulement comment Tristan vivait dans ses ruines mais aussi à quoi il pouvait bien y passer son temps, je me résolus à risquer le voyage.

« Le soir même, je prenais le train et le lendemain dans la journée j'arrivais à Briançon.

« Aussitôt hors de la gare, je me fis indiquer la porte Pignerol et, suivant l'itinéraire qu'il m'avait tracé, je parvins bientôt au pied de « sa montagne » que je me mis à gravir d'un pas rapide.

« En un quart d'heure j'eus atteint le fort qui lui servait de demeure.

« Ce mot « fort » était un peu pompeux pour désigner la médiocre construction que j'avais sous les yeux.

« En réalité ce n'était qu'un fortin, un petit fortin, même, qui avait dû être destiné à ne servir de poste qu'à une dizaine d'hommes au plus.

« Les murs croulaient de toutes parts et je me demandais où diable Tristan avait pu trouver à se loger dans cet amas de moellons.

« Comme je me faisais cette question, il sortit de derrière un pan de muraille et accourut à moi.

« — Je te remercie d'être venu, — me dit-il en me serrant vigoureusement la main… — j'ai grand plaisir à te voir. »

« La surprise que j'éprouvai à sa vue m'empêcha de lui répondre.

« Le malheureux avait l'air d'un homme des bois. Ses cheveux et sa barbe, qu'il avait laissés croître en toute liberté, ressemblaient à de poussiéreuses broussailles; ses yeux, animés d'un feu étrange, s'étaient profondément enfoncés dans leurs orbites et la peau de sa figure était si parcheminée qu'on eût dit celle d'une momie.

« En outre, il était vêtu de véritables loques par les trous desquelles on apercevait son corps maigre et osseux.

« — Viens, — fit-il, sans paraître remarquer mon étonnement, — je vais te conduire à ma demeure; nous y serons mieux qu'ici pour causer. »

« Alors, me menant au pan de muraille d'où il avait surgi comme de derrière un paravent, il me fit escalader une brèche qui le crevait sur une étendue de plusieurs mètres.

« J'étais dans le fortin. L'intérieur répondait à l'extérieur. Ce n'était partout que ruines et débris.

« Lui, marchant devant, nous traversâmes une petite cour au sol effondré et, arrivés à l'extrémité, descendîmes un escalier de pierre qui s'enfonçait sous terre.

« Au bas de l'escalier, une porte nous barra le chemin. Il y frappa un coup en sifflant d'une certaine façon.

« Immédiatement elle s'ouvrit et un énorme loup se présenta à nous.

« Je poussai un cri de frayeur et voulus me sauver, ce qui, vous en conviendrez, était bien naturel.

« Mais Tristan me retint par le bras.

« — Ne crains rien, — me dit-il, — il est doux comme un agneau... Allons, à bas, Phog, commanda-t-il à l'animal qui s'était dressé sur ses pattes et lui faisait des caresses en le regardant avec des yeux pleins d'expression... A bas, et souhaite la bienvenue à monsieur, c'est un ami. »

« Obéissant à cet ordre, le loup se mit à me lécher les mains, tout comme l'eût fait un chien.

« Nous étions dans une petite pièce, où il n'y avait aucun meuble, sauf un lit, c'est-à-dire trois planches placées sur deux grosses pierres et recouvertes d'une mauvaise paillasse tout éventrée.

« C'était là que logeait Tristan.

« Je n'avais pas encore prononcé un mot depuis que je l'avais abordé, tant j'étais stupéfié de ce que je voyais.

« Enfin, la parole me revenant, je lui dis :

« — Ainsi, c'est sur cette montagne que tu passes ton existence, n'ayant qu'un loup pour compagnon? Eh bien! franchement, je te plains, mon cher Tristan.

« — Tu as tort, — répliqua-t-il, — car je suis très heureux. Mais ce loup n'est pas mon seul compagnon, j'en ai d'autres.

« — Ah ! — fis-je en jetant instinctivement un regard autour de la pièce pour chercher ceux dont il parlait, — où donc sont-ils?

« — Ils ne sont pas ici, — me dit-il, — tu les verras dans un moment. Auparavant, pour te préparer aux choses que je veux te montrer, je vais te donner quelques explications sur les travaux auxquels je me suis livré depuis deux ans. Es-tu disposé à m'écouter?

« — Très volontiers.

« — En ce cas, prends place sur ce lit et suis-moi avec attention. »

« Je m'assis sur la paillasse et il me parla en ces termes :

« — La phrénologie, tu le sais, enseigne que le cerveau est le siège de toutes les facultés humaines et qu'il se divise en un certain nombre de compartiments appelés circonvolutions, dont chacune correspond à une faculté particulière.

« D'autre part, la chimie nous révèle que le cerveau de l'homme et celui des animaux diffèrent dans leur composition atomique et que, notamment, la substance cérébrale de l'homme contient plus de phosphore que celle des animaux.

« Partant de ces deux principes, j'entrepris une série de recherches sur les cerveaux des différentes espèces vivantes.

« Gall et Spurzheim, dans leurs remarquables travaux, n'avaient fait usage que de l'anatomie. Moi, j'appelai à mon aide la physique et la chimie et, bientôt, je réussis à constater, par des analyses exactes, quelles différences existaient entre les cerveaux des diverses espèces, sous le double rapport de la propriété physique et de la composition chimique.

« Ce n'était là qu'un début. Je voulais pénétrer plus avant dans les secrets du moteur de la vie. En analysant séparément les différentes circonvolutions dont se compose un même cerveau, je reconnus qu'elles différaient entre elles sous les rapports physiques et chimiques. D'où l'on devait naturellement conclure que si telle circonvolution est le siège de la mémoire, tandis que telle autre est le siège de l'imitation, c'est que la composition de ces deux organes est d'une nature différente.

« Comprends-tu, — me dit-il, — et suis-je suffisamment clair ?

« — Oui, dis-je, — bien que les théories qu'il émettait me parussent assez compliquées.

« — Je recherchai donc, — continua-t-il, — si la même composition atomique de la même circonvolution chez plusieurs individus de la même espèce était exactement la même et je constatai qu'il y avait toujours quelque différence.

« La conséquence de ce fait n'était pas difficile à tirer, ce que je ne tardai pas à considérer comme un principe fondamental que, si chez un individu une faculté (celle de l'imitation, par exemple) est plus développée que chez un autre, cela tient à ce que chez ce premier il existe dans la circonvolution qui est le siège de l'imitation une plus grande quantité d'oxygène, de phosphore, ou de toute autre combinaison chimique.

« Fort de cette découverte, je résolus de plier ces théories à la pratique.

« Après avoir reconnu les différentes compositions des divers organes cérébraux, était-il impossible de modifier chez les individus cette composition de manière à atténuer l'énergie de tel organe dangereux ?

« Oui, me répondis-je avec confiance et je suis certain d'arriver à ce résultat.

« Je dirigeai alors mes travaux dans ce sens et c'est pour les poursuivre sans en être distrait en rien que je suis venu m'enterrer ici.

« La médecine a des procédés depuis longtemps connus, au moyen desquels elle parvient, par des imbibitions extérieures, à nourrir et à fortifier un membre, souvent même à nourrir tout le corps, quand l'estomac se refuse à recevoir aucun aliment.

« Dans ce cas les matières alimentaires dont on enduit soit le corps entier, soit seulement le membre souffrant, sont absorbées par les pores et pénètrent jusqu'aux vaisseaux sanguins d'où ils se répartissent dans l'économie animale.

« De nos jours, ces principes ont reçu une heureuse application. Dans une foule de cas, au lieu d'administrer les médicaments à l'intérieur, on les applique sur la peau, préalablement dépouillée de son épiderme, soit par le moyen des vésicatoires ordinaires, soit par tout autre procédé.

« Absorbée par la surface avec laquelle elle est en contact, la substance médicamenteuse exerce ensuite son action thérapeutique, comme si elle eût été introduite dans le tube digestif.

« Ce fut ce traitement que j'avais vu pratiquer à l'Hôtel-Dieu, qui me donna l'idée de la méthode à laquelle j'ai dû tout mon succès.

« Cette méthode consiste à percer à travers le crâne de l'animal un trou au-dessous de la circonvolution sur laquelle je veux agir.

« Je place dans ce trou un tuyau composé d'un alliage particulier de métaux et je réussis, à l'aide de ces tuyaux, à mettre l'organe en communication avec les agents que je suppose devoir agir sur lui.

« Inutile de te dire que beaucoup de temps et de tâtonnements me furent nécessaires pour me faire connaître, d'une façon précise, la nature des agents dont je devais me servir dans les différents cas, leurs doses et proportions, le mode d'après lequel je devais les mettre en contact avec les organes.

« Et, bien souvent, un découragement complet s'empara de moi, en voyant mourir successivement tous mes sujets sous mes yeux, au moment où j'espérais le succès.

« Pourtant je ne me rebutai point.

« A force d'observer et d'essayer; l'avouerai-je? à force de tuer, j'atteignis enfin le but que je me proposais... et, aujourd'hui, je crois pouvoir dire avec quelque orgueil, que j'ai fait faire à la science un pas de géant.

XXXIII

LES ÉLÈVES DE TRISTAN

« Maintenant, — acheva Tristan en se levant, — tu vas voir à quels résultats je suis arrivé. Entrons dans la pièce voisine de celle-ci.

« Nous allâmes à une seconde porte près de laquelle il se mit à siffler comme précédemment.

« Cette fois, ce fut un aigle qui vint nous ouvrir. Il était d'une grande taille et d'une beauté remarquable.

« C'était un de ces grands aigles gris comme on en voit dans les Alpes et dont la force est prodigieuse.

« En apercevant Tristan, il battit des ailes, vint se frotter contre ses jambes et donna tous les signes d'une joie réelle.

« Mais ce qui me surprit le plus, ce fut de voir accourir derrière lui des chiens, des chats, un hibou, deux moutons, un renard et d'autres animaux d'espèces diverses.

« Toutes ces bêtes étaient libres et, comme l'aigle et le loup, s'empressaient autour du maître de la maison pour lui faire fête.

« Ce qui me combla d'étonnement c'était la promiscuité en laquelle elles vivaient, quoiqu'elles fussent ennemies les unes des autres.

« Tristan jouissait de ma stupeur en me jetant des regards de triomphe.

« — Eh bien ! que penses-tu de cela ? » — me demanda-t-il.

« Je lui exprimai ma sincère admiration.

« — Tu vas voir maintenant ce que mon peuple sait faire. Je dis mon peuple, — ajouta-t-il, — non parce que je le gouverne et qu'il m'obéit, mais parce que je puis à bon droit me regarder comme son créateur et son père. Revenons dans ma chambre. »

« Nous retournâmes chez lui. De là il lança un appel, une sorte de clappement de langue.

« La porte qu'il avait refermée fut poussée en dedans et apparut un lévrier qui vint à nous d'un bond.

« C'était un animal superbe.

« Ses yeux brillaient d'une intelligence singulière. Mais ce qui gâtait sa beauté, c'est que sa tête était toute difforme.

« Au lieu d'être plate et allongée comme celle des lévriers ordinaires, elle était rebondie et on voyait que le crâne, boursouflé en plusieurs endroits, formait autant de petites éminences.

« Ce qui ajoutait encore à l'effet désagréable produit par toutes ces bosses, c'est que leur sommet était complètement dégarni de poils et que la peau y paraissait à nu.

« Quand Tristan pensa que je l'avais suffisamment examiné, il me dit :

« — Tu vois mon principal domestique. Hiram entend et exécute tout ce que je lui commande.

« Il fait froid, je vais lui ordonner de faire du feu dans cette cheminée. »

« Il est bon de vous apprendre, dit Rivolet, que nous étions dans les casemates du fortin.

« Vous savez que les casemates sont des souterrains voûtés destinés à défendre la courtine et les fossés d'un fort.

« Celles où nous nous trouvions prenaient jour sur le flanc de la montagne, par de larges meurtrières qui avaient dû autrefois servir à mettre des canons.

« La cheminée dont parlait Tristan était une excavation qu'il avait faite dans la maçonnerie au-dessous d'une de ces ouvertures et à laquelle aboutissait intérieurement un conduit d'échappement pour la fumée.

« Mon ami dit quelques mots au lévrier qui sortit et revint, portant dans sa gueule un fagot de menu bois qu'il posa dans l'excavation.

« Deux fois encore il ressortit et, à chaque fois, rapporta une bûche qu'il plaça par-dessus le fagot.

« Cela fait, Tristan lui donna un chiffon de papier et une allumette.

« Il prit celle-ci dans sa gueule, la frotta à terre et, ayant allumé le papier, le poussa sous le menu bois.

« Bientôt une flamme réjouissante brilla dans l'âtre. .

« Voyant sa besogne terminée, Hiram vint se coucher aux pieds de son maître, attendant de nouveaux ordres.

« — Comme je te retiens à dîner, — me dit celui-ci, — je vais t'envoyer chercher du gibier. Quel est celui que tu désires ? »

« En même temps, il frappa dans ses mains.

« Le hibou que j'avais vu dans l'autre pièce arriva vers lui en sautillant et d'un coup d'aile s'éleva jusqu'à son poing qu'il lui tendait et sur lequel il resta perché.

« C'était un grand-duc au plumage magnifique et qui devait avoir, de la tête à l'extrémité de la queue, une longueur totale de quatre-vingt-cinq centimètres.

« Ses gros yeux ronds brillaient d'une vive intelligence.

« — Eh bien ! — reprit Tristan, — je te demande quel gibier tu veux ? Néron attend que tu répondes pour aller le chercher. C'est un excellent chasseur et d'une rare promptitude.

« — Comment, il chasse dans le jour ? — fis-je avec surprise. — J'avais cru jusqu'alors que les oiseaux de cette espèce ne chassaient que la nuit.

« — Néron n'a plus d'espèce propre, cérébralement parlant, — repartit Tristan. — De nocturne qu'il était, je l'ai rendu diurne et la nuit est pour lui maintenant, comme pour les autres animaux, le moment du repos. Voyons, encore une fois, que désires-tu ? »

« Je demandai :

« — Y a-t-il des alouettes par ici ?

« — Certainement.

« — Qu'il aille m'en attraper quelques-unes, je les aime beaucoup.

« — Combien en veux-tu ?

« — Quatre ou cinq.

— Alors qu'il me rapporte cinq alouettes.

LIV. 94. — H. GEFFROY, éditeur. — Reproduction interdite

94

« — Précise le chiffre.

« — Pourquoi?

« — Parce que Néron te rapportera exactement le nombre de bêtes que tu lui auras fixé.

« — Il sait donc compter ?

« — Très bien. Regarde cette bosse qu'il a là entre les pariétaux, c'est celle du calcul. »

« Et Tristan me fit remarquer une forte protubérance sur la tête du grand-duc.

« Puis il ajouta :

« — Il n'y a qu'à lui que je suis parvenu à donner cette faculté. Les autres sujets sur lesquels j'ai essayé sont tous morts de l'opération que je leur ai fait subir dans le but de la leur procurer.

« — Alors qu'il me rapporte cinq alouettes. »

« Mon ami prononça quelques mots et aussitôt le hibou s'envola par une des meurtrières.

« Vingt minutes s'écoulèrent, puis Néron reparut tenant dans son bec et dans ses griffes mes cinq alouettes qu'il laissa tomber près de nous.

« — Voilà ton dîner, — me dit Tristan ; — tu vois que le compte y est.

« Je n'en étais plus à m'étonner. Je me résignais, à présent, à accepter les faits sans les discuter. Aussi je me contentai de dire :

« — C'est vrai, il y en a bien cinq : pas une de plus pas une de moins.

« Et je les ramassai pour commencer à les plumer.

« — Ce n'est pas ton affaire, fit Tristan ; — c'est celle de Rino.

« — Qui est-ce, Rino ?

« — Un de mes chats ; il a un talent particulier pour plumer les oiseaux.

« Comme je semblais douter de cette assertion, mon ami siffla doucement.

« Un gros angora parut.

« — Tiens, Rino, — dit Tristan en lui jetant les alouettes, — arrange-toi de ça. »

« L'angora prit une des bestioles dans ses pattes de devant et se servant de ses dents il lui arracha les plumes avec beaucoup d'adresse.

« Deux minutes lui suffirent pour les lui enlever jusqu'à la dernière.

« Il dépouilla les quatre autres aussi rapidement.

« — Je trouve qu'il est bien bon de ne pas les croquer, dis-je... Tu le mets là à une rude épreuve, le pauvre matou.

« — Les croquer ?... Il n'en a pas la moindre envie, je te l'assure... il est végétarien.

« — Bah! un chat végétarien ?

« — Oui, j'ai détruit en lui le goût de la viande, ainsi d'ailleurs qu'aux autres carnassiers que tu as vus. Ici nous ne mangeons tous que des légumes.

« — Comment ! le renard, le loup, ce hibou?...

« — Se nourrissent de végétaux... rien que de végétaux...

« — Et ils s'accommodent de ce régime ?

« — Très bien.

« Cependant la nature les a constitués pour manger de la viande.

« — J'ai modifié leur constitution.

« — Tout ceci est bien étrange, dis-je, — et j'y perds l'entendement.

« — Il n'y a pourtant là rien que de très simple. La matière non pensante étant liée d'une façon intime à la matière pensante, si je modifie celle-ci je modifie nécessairement la première aussi.

« — Oui, en effet, répliquai-je », — bien que je ne trouvasse pas la chose si simple que cela.

« Depuis un instant, l'angora regardait son maître avec des yeux clairement interrogatifs.

« Voyant ce dernier occupé à me parler, il poussa un miaulement d'une intonation bizarre pour attirer son attention.

« — Ah ! tu me demandes ce que tu dois faire des alouettes, dit Tristan en se tournant de son côté. Eh bien ! emporte-les et fais-les cuire. Tu préviendras en même temps tes camarades qu'ils aient à préparer le dîner. Nous dînerons, mon ami et moi, dans une demi-heure. »

« Le chat ramassa d'un coup de gueule les cinq oiseaux par le cou et disparut d'un bond.

« — Ah çà ! voilà que tu comprends le langage des animaux, maintenant? — m'exclamai-je.

« — Des miens, oui, et tout aussi bien que je comprends celui des hommes, de même ils saisissent parfaitement ce que je leur dis. Ainsi tu as entendu l'ordre que j'ai donné à Rino? Il va l'exécuter avec la plus grande exactitude et notre dîner sera prêt dans le temps que j'ai indiqué. »

« Au bout d'une demi-heure, Tristan me fit passer dans une troisième pièce qui était la salle à manger.

« Dans le milieu se voyait une table formée par une large rondelle de bois que soutenait un fût de sapin.

« A peine y avions-nous pris place, ayant pour sièges deux cubes de pierre, que le chat et le loup vinrent nous servir.

« Ils nous apportèrent chacun un plat qu'ils tenaient dans leur gueule par une allonge en bois qui y était attachée.

« L'un de ces plats soutenait mes alouettes rôties à point, l'autre, des herbes et des légumes cuits pour Tristan.

« C'était tout le dîner. Heureusement, il y avait du pain, sur lequel je me rattrapai.

« Il était un peu dur, mais néanmoins très mangeable.

« Quant à la boisson, nous eûmes de l'eau claire dont l'aigle Phog vint déposer une cruche devant nous en la tenant par l'anse dans son bec.

« Il était allé la remplir à une source qui coulait près de là.

« Notre repas fini, Tristan me demanda :

« — Où es-tu descendu à Briançon?

« — Nulle part, — répondis-je. — Je suis venu directement de la gare, où j'ai laissé ma valise en consigne.

« — Veux-tu coucher ici? Je n'ai pas d'autre lit à t'offrir que le mien ; mais, en mettant dans la paillasse une botte de paille fraîche, je crois que tu n'y seras pas trop mal.

« — Je veux bien! — dis-je en réfléchissant que les hôtels de Briançon ne devaient déjà pas être si confortables, à moins d'aller dans un des premiers, ce qui aurait peut-être obéré plus qu'il ne fallait mon maigre budget.

« D'ailleurs, la nuit tombait et il me coûtait de faire une bonne demi-lieue dans l'obscurité, par des chemins que je ne connaissais pas.

« — Alors, — reprit mon ami, — je vais t'arranger ta couche; tu te reposeras quand tu voudras.

« Ma foi je ne tarderai pas ; le voyage m'a un peu fatigué et je sens que le sommeil me gagne.

« — Dans un quart d'heure tu pourras t'étendre.

« Et toi, — demandai-je, — où vas-tu coucher puisque je te prends ton lit?

« — Oh! moi je dors si peu que ça ne vaut pas la peine d'en parler. Ne t'inquiète point de cela.

« Peu après, je me jetais sur la paillasse tout habillé et je m'endormais profondément.

.   .   .   .

— Quelle drôle d'histoire vous nous racontez là, monsieur Rivolet, — dit Clara au reporter, pendant que celui-ci s'arrêtait pour rouler une cigarette. — Elle ressemble à un conte de fées où les animaux parlent et agissent comme les hommes.

— Tout à fait, — répondit le journaliste, — et la suite est bien plus surprenante encore. Mais vous intéresse-t-elle, au moins? Car je ne voudrais pas, si elle vous ennuyait, vous obliger à l'écouter plus longtemps.

— Certes oui, elle nous intéresse... et même beaucoup, répliqua Nini Mouchette.

— Je reconnais qu'elle est assez originale, — ajouta le coulissier. — Est-ce que votre ami ne nous aurait pas mystifié en vous disant qu'il modifiait à son gré les facultés cérébrales de ses pensionnaires, et n'aurait-il pas, tout bonnement, par une habile éducation, dressé ces animaux aux exercices qu'ils ont exécutés en votre présence, comme on dresse des chiens ou autres bêtes qu'on veut rendre savantes?

— Nullement, monsieur; et vous allez voir, du reste, combien il était loin de vouloir se jouer de moi.

« Le demain matin, en ouvrant les yeux, j'aperçus Tristan assis près du lit.

« — J'attendais que tu fusses réveillé, — me dit-il. — Lève-toi et viens, j'ai à te montrer d'autres choses.

« Je fus debout promptement.

« Aussitôt, il m'emmena avec lui dans une partie reculée des casemates.

« Nous entrâmes dans une salle un peu moins bien éclairée que les précédentes.

« Elle renfermait une vingtaine d'animaux de toute espèce couchés à terre sur une litière d'herbe sèche et étroitement attachés au mur par des liens solides qui les empêcheraient de faire aucun mouvement.

« — Voici mon laboratoire, me dit Tristan; examine *ces sujets*, ils sont en traitement. »

« Je me penchai sur les animaux et remarquai que tous avaient sur le crâne plusieurs petits tubes qui le perçaient et aboutissaient à la cervelle.

« Les traits de ces pauvres bêtes exprimaient une telle souffrance que j'en fus ému de pitié et m'arrachai bientôt à ce spectacle.

« Je fis le tour de la salle.

« Dans le fond était une machine électrique d'une grande puissance, des piles voltaïques, un vaste fourneau, de nombreux flacons contenan des substances chimiques, en un mot, tout ce qui compose un cabinet complet de physique et de chimie.

XXXIV

DE PLUS FORT EN PLUS FORT

« J'étais occupé à examiner ces divers objets, continua le reporter, — tout à coup, un sourd gémissement, venant de derrière le mur, arriva jusqu'à moi.

« Je tressaillis de la tête aux pieds... J'avais reconnu une plainte humaine.

« Vivement je me tournai vers Tristan.

« — Eh! quoi, m'écriai-je, — expérimenterais-tu sur nos semblables?

« — Ah! me répondit-il d'un ton tranquille, — crois-tu que j'aurais fait une telle découverte pour ne pas chercher à lui donner la plus importante de ses applications?

« — Mais c'est infâme! m'exclamai-je encore. — Voyons Tristan, tu es fou!

« — Eh! oui, pardieu! je le suis... j'ai la folie de la science.

« Disant cela, il poussa une porte et me fit pénétrer dans un petit réduit où j'aperçus six enfants attachés comme les animaux, avec cette différence qu'ils étaient debout et avaient les pieds entravés dans des traverses scellées au sol.

« Leurs yeux étaient couverts d'un bandeau et ils avaient dans la bouche un bâillon, suffisant pour les empêcher d'articuler des tons, mais calculé de manière à laisser passer l'air et à ne pas étouffer leurs cris.

« Leur tête était rasée avec soin et percée de dix à douze trous dans lesquels étaient placés de petits tuyaux métalliques.

« — Malheureux! dis-je, — où as-tu pris ces enfants et de quel droit les fais-tu souffrir?

« — Ces enfants m'appartiennent; je les ai achetés à leurs parents ou à leurs maîtres et ils sont devenus ma propriété. Quant à les faire souffrir, c'est pour leur bien... ils n'ont pas à se plaindre.

« Crois-tu donc, — reprit-il en s'animant, — que les cris de quelques enfants ont pu me faire reculer devant l'accomplissement de mon œuvre?

« Je les torture, c'est vrai, mais c'est pour leur donner l'intelligence, la fermeté, le courage et les autres qualités qui font les hommes supérieurs.

« D'ailleurs, en admettant qu'il ne résultât pour eux aucun avantage du traitement que je leur impose, penses-tu que les souffrances et même la mort de quelques êtres humains peuvent être mis en balance avec les intérêts de la science ?

« Sache donc que si je jugeais nécessaire, pour découvrir un secret important de la nature, de porter le scalpel dans le cœur d'un homme ou d'un enfant, de déchirer ses chairs vivantes, et disséquer ses membres palpitants, je n'hésiterais pas un instant,., non pas un seul, je te le jure... »

« Cette barbarie me révoltait au plus haut point, je demeurais pétrifié d'horreur.

— Il y avait de quoi, émit Clara. — C'est un monstre que votre ami !

— Un bourreau ! renchérit Nini-Mouchette.

— C'est ce que je pensais d'abord, — répliqua le reporter ; — mais je suis revenu un peu sur cette opinion. Il y a, comme vous allez le voir, des circonstances atténuantes à sa folie.

« Il reprit :

« — Ainsi, il sera permis à un conquérant de conduire cinq cent mille hommes sur un champ de bataille, de déchirer avec la mitraille ce corps immense qu'on appelle une armée, de la disséquer avec le sabre et la baïonnette, d'éteindre en un seul jour cent mille vies, tout cela, pour satisfaire une misérable et brutale ambition ! et l'on oserait traiter de barbare le savant qui donnera la mort à un individu, dans un intérêt non pas d'ambition, mais de science ; non pas pour le plaisir de détruire mais pour celui de soulager ses semblables et de reculer les bornes de cette noble intelligence qui nous rapproche de la divinité ! »

« Son exaltation me gagnait ; d'autant plus que je me voyais obligé d'admettre la parfaite logique de son raisonnement.

« — Tiens, — continua-t-il, — tu m'accuses de faire souffrir ces enfants. Dis-moi ce qu'ils seraient devenus si je ne les avais pas achetés.

« Le père de celui que tu vois là est un cambrioleur qui vient d'être pris en flagrant délit ces jours derniers et est actuellement en prison à Grenoble. Il apprenait à son fils à exercer son métier. Sa femme qui ne vaut pas mieux que lui est en fuite ; c'est elle qui me l'a vendu.

« La mère de ces deux petites filles est une prostituée de bas étage.

« Celle de celui-ci, une mendiante de profession, qui avait déjà entouré les jambes de son fils de ligatures pour en faire un cul-de-jatte.

— Nous nous approchâmes, et je me mis à l'examiner curieusement.

« Les deux autres étaient entre les mains de saltimbanques auxquels
on les avait loués et qui les accablaient de mauvais traitements.

« Réfléchis et réponds-moi franchement. Suis-je plus cruel envers ces
enfants que ne l'ont été ceux qui leur ont donné le jour?

« Les souffrances physiques que je leur fais éprouver sont moindres :
elles sont momentanées et, du moins, leurs facultés morales ne sont pas

détruites dans leur germe ; leur intelligence n'est pas abrutie ; je veux, au contraire, la faire si brillante que leur gloire fasse envie à leurs contemporains. »

« J'avoue que je ne trouvai aucun argument à lui opposer ; et la curiosité l'emportant sur l'horreur, je me pris à considérer avec attention les pauvres petits êtres que j'avais sous les yeux.

« Je remarquai que les tuyaux n'étaient pas posés chez tous aux mêmes endroits de la tête.

« Je fis part de cette observation à Tristan.

« — C'est, — me répondit-il, — que je ne destine pas tous mes élèves à la même carrière. Voici par exemple une petite fille dont je veux faire une actrice. Tu vois, si tu te rappelles ce que je t'ai dit à ce sujet, que ce tube est placé au-dessus de la circonvolution de l'imitation, cette autre, sur celle de la mémoire des mots, ce troisième, sur celle de la musique, etc...

« De ce petit garçon, je veux faire un mathématicien. Il faut naturellement développer chez lui les organes de la construction, des mathématiques, de la comparaison, etc. Regarde : les petits tubes sont placés en conséquence.

« — Soit, — dis-je, — ta théorie admise, je conviens qu'il soit nécessaire de percer à ces enfants des trous dans le crâne... Mais pourquoi leur bander les yeux et leur mettre un bâillon devant la bouche ? Ne sont-ce pas là des tortures inutiles ?

« — Il s'en faut de beaucoup, — répliqua Tristan. — Pour que les agents que j'emploie agissent avec efficacité et promptitude, les organes doivent être maintenus dans un repos complet. C'est mon expérience qui m'a révélé ce fait, lequel, au reste, trouve son analogie dans l'économie domestique.

« Tu sais que lorsqu'on veut engraisser une volaille, on lui crève les yeux et on la place dans une cage où elle ne puisse faire d'autre mouvement que celui de prendre sa nourriture ? Ici, c'est la même chose. L'attention de mes élèves serait distraite s'ils voyaient, parlaient ou entendaient ; et l'effet de mon traitement serait manqué, ou au moins retardé.

« Voici pourquoi je leur ai mis un bandeau sur les yeux, un bâillon dans la bouche et ce que tu n'as pas encore remarqué, du coton dans les oreilles.

« — Mais es-tu sûr d'atteindre le but que tu te proposes ?

« — J'en suis sûr quand j'agis sur les animaux. Mais le cerveau humain étant bien plus compliqué, ses organes bien plus délicats et l'in-

fluence réciproque des uns sur les autres bien plus sensible, je ne saurais
avoir la certitude d'une réussite complète.

« Ainsi, par exemple, je veux donner à mon actrice toutes les qualités
qui forment un artiste accompli et j'y parviendrai sans nul doute. Cependant, il se peut qu'il existe dans les organes dont je néglige de m'occuper
quelques défauts qui contrarient l'effet de ces qualités.

« Dans ce cas, j'aurai une femme douée de talents supérieurs, mais
qui fera, au total, une fort mauvaise actrice.

« — Je puis dès à présent, — lui dis-je, — te signaler un défaut capital qui l'empêchera de réussir sur la scène.

« — Lequel? — fit-il avec étonnement.

« — La laideur. Crois-tu qu'elle plaira au public, quand elle lui apparaîtra avec ses protubérances sur la tête et son visage déformé? De même
pour tes autres *produits*. De quel œil les verra-t-on lorsqu'ils se montreront dans le monde ainsi contrefaits? On ne pourra pas les regarder sans
frayeur. »

« Mes paroles parurent le frapper.

« Il réfléchit un moment, puis reprit :

« — Bah! qu'importe. L'essentiel est que leur esprit s'élève, que
leur intelligence se développe et que leurs sentiments moraux acquièrent
cette énergie si rare chez les hommes de notre siècle.

« Ce résultat, je l'atteindrai. Qu'est-ce que cela fait, en définitive, qu'ils
aient la laideur des démons s'ils ont la bonté des anges et l'intelligence
des dieux?

« — Après tout, tu as peut-être raison, — dis-je. — Et combien de
temps penses-tu faire souffrir ces petits malheureux?

« — Trois mois encore ; il y en a déjà deux que je les traite.

« — Mais ton traitement qui tend à les rendre supérieurs par l'esprit,
ne leur apprend rien pourtant. En sortant de tes mains, ils seront aussi
ignorants qu'auparavant.

« — J'en conviens, ils ne sauront rien. Mais la faculté d'apprendre et
de savoir existera chez eux au plus haut degré et ils ne mettront que six
ou sept mois à connaître ce que les autres mettent des années.

« — Ce seront vraiment des chançards, alors, — fis-je en plaisantant ;
car lorsque je me rappelle mes douze longues années d'études à Charlemagne, les pensums, le cachot, la retenue et que je vois tes élèves dispensés, d'après ce que tu me dis, de subir tout cela, je ne puis m'empêcher
de trouver quelque compensation à leurs souffrances actuelles. »

« Nous continuâmes à discourir de la sorte sur un ton mi-sérieux, mi-plaisant, sur le sort que réservait à l'humanité l'application de ce système d'éducation à tous les enfants.

« Nous voyions les pères transmettant à leurs fils, d'après les lois immuables de la reproduction, et leur organisation physique et leurs dispositions intellectuelles.

« Nous calculions combien la masse du cerveau augmenterait ainsi de génération en génération, jusqu'à atteindre des proportions dont nous ne pouvions prévoir le terme.

« Si bien que j'en arrivai à dire :

« — Mais alors, mon ami, les hommes finiront par avoir une tête grosse comme une citrouille, puisque l'encéphale se développant, le crâne devra se développer aussi.

« — Cela se peut bien, » — me répondit Tristan.

« Et il ajouta en riant :

« — Juge en ce cas de quoi il sera capable avec un chef pareil, lui qui, avec une tête grosse comme un melon, a déjà découvert de si grandes choses. »

« Nous changeâmes de conversation et revînmes aux animaux.

« — Comment, vivant ici complètement seul, peux-tu suffire aux soins qu'exigent toutes ces bêtes ?

« — Rien n'est plus facile, car mes pensionnaires se suffisent à eux-mêmes. Ce sont eux qui se procurent sur les montagnes environnantes, leur nourriture et qui me fournissent la mienne. Je leur ai appris à connaître quels étaient les végétaux les plus nutritifs et ils savent où aller les chercher.

« — Mais l'hiver, la terre ne produit rien.

« — Tu te trompes, en ces contrées montagneuses, elle produit toujours. La neige fait éclore une foule de plantes et d'herbes qui n'existent pas ailleurs. Ce ne sont pas les mêmes qu'en été, cela va de soi, cependant elles ne sont pas moins bonnes. »

« Nous sortîmes des casemates et remontâmes dans la cour du fort.

« Il faisait un froid très vif, mais le ciel était clair et limpide.

« — Regarde, me dit Tristan en étendant la main vers le sommet du Pic, — voici le renard et le loup en train de chercher leur déjeuner et le mien. »

« J'aperçus, en effet, à cent mètres au-dessus de nous, les deux carnassiers occupés à fouiller la neige qui couvrait cette partie de la montagne.

« — Qu'espèrent-ils trouver ? — demandai-je.

« — Des mousses blanches d'une saveur exquise. Je t'en ferai goûter si tu veux; tu m'en diras des nouvelles. Au fait tu déjeunes avec moi, je suppose?

« — Volontiers.

« — Désires-tu encore des alouettes pour ce matin?

« — S'il y avait autre chose, ça ne me déplairait pas.

« — Cela dépend de toi. Je vais appeler Néron auquel tu commanderas ce que tu voudras.

« Il siffla et le hibou parut presque aussitôt au haut du petit escalier qui conduisait aux chambres souterraines.

« — Commande, — me dit Tristan. — Aimes-tu le lièvre?

« — Beaucoup.

« — Eh bien, tu vas être servi. »

« Il adressa à l'oiseau quelques mots brefs que je ne pus comprendre.

« Celui-ci prit immédiatement son vol; mais au lieu de s'élever, comme je m'y attendais, il descendit vers le bas du pic.

« — Où va-t-il donc par là? dis-je.

« — Dans un petit bois de sapins qui est sur l'autre versant et où se tient le gibier en question.

« — Des lièvres dans un bois?

« — Oui, et qui se terrent comme des lapins. C'est une espèce particulière, dont le pelage est aussi blanc que cette neige.

« — Voilà qui est assez curieux. Et ce sont de vrais lièvres?

« — Tout ce qu'il y a de plus vrais. Tu pourras t'en convaincre quand Néron reviendras avec celui qu'il aura pris.

« — Au fait, dis-je, — quels mots as-tu donc prononcés pour lui communiquer ton ordre? Je ne les ai pas saisis.

« — Cela t'eût été difficile; ils font partie d'un langage spécial que, à part de rares exceptions, j'emploie toujours avec mes animaux. Nos mots à nous sont trop longs et trop chargés de voyelles pour être perçus nettement par eux.

« J'ai été obligé de leur composer une langue dont tous les vocables ne sont que d'une ou deux syllabes au plus. J'ai assujetti la composition des mots de cette langue à un ordre logique qui permet à mes élèves de très vite la comprendre. Je te montrerai le dictionnaire que j'en ai dressé.

« — Cependant hier, quand tu as parlé à ton angora, tu t'es servi du langage habituel?

« — Tu n'as pas entendu cinq ou six mots que j'ai placés entre les autres.

« — Ah! c'est cela, parce que j'étais fort surpris, comme je te l'ai fait remarquer, du reste, de ce que cette bête te comprît si bien. »

« Nous nous entretînmes encore de différentes choses, roulant toujours sur le même sujet, puis je demandai à Tristan :

« — As-tu l'intention de rendre publiques tes découvertes?

« — Oui, certes.

« — Quand?

« — Lorsque j'aurai terminé diverses expériences que je me propose d'entreprendre encore ces jours-ci.

« — Veux-tu, en attendant, que j'en parle, moi?

« — Parles-en si tu veux, mais sans me nommer et, surtout, sans indiquer le lieu de ma résidence, autrement je serais accablé de visites de toutes sortes qui ne me permettraient plus de poursuivre mes travaux avec tout le soin désirable. »

« Je le lui promis et, dans le livre que je vais faire, il s'appellera M. X... et demeurera dans un pays quelconque. Je compte sur vous, mesdames et monsieur, pour ne pas trahir son incognito.

XXXV

JO, LE CRÉTIN

Le reporter poursuivit après avoir vidé une coupe :

« — Trois jours encore, je restai avec Tristan, m'intéressant de plus en plus à tout ce qu'il me dévoilait.

« Un matin que nous nous promenions en causant dans la cour du fort, un cri guttural retentit au dehors.

« — Ah! — fit-il, — voilà mon pain qui arrive.

« Et il m'apprit qu'une fois par semaine, un petit pâtre des environs lui apportait une miche de pain de huit livres. C'était le seul aliment que ne pussent lui fournir ses animaux.

« Ensuite il me demanda :

« — As-tu déjà vu de ces malheureux qu'on appelle des crétins?

« — Je crois bien, — répondis-je en riant, — j'en ai même vu beaucoup : il n'y a que ça à Paris.

« — Je ne te parle pas de sots ou d'imbéciles comme il s'en rencontre partout. Je te parle de ces êtres dégénérés physiquement et moralement, c'est-à-dire atteints de crétinisme, qui ont à peine forme humaine et dont l'instinct ne s'élève guère au-dessus de celui de la brute.

« — Les idiots, tu veux dire?

« — Pis que cela.

« — Diable! qu'est-ce que cela peut être?

« — Des crétins, je te le répète. Si tu n'en as jamais vu, suis-moi, je vais t'en montrer un en mon porteur de pain. »

« Assez intrigué, je sortis du fort avec Tristan et aperçus alors, à quelque distance de là, un être singulier qui tenait à la fois de l'homme et de la bête.

« Il n'avait pas plus d'un mètre de haut et ne portait, pour tout vêtement, qu'une simple couverture de laine brune du milieu de laquelle émergeait sa tête et qui tombait jusqu'à ses pieds en plis flottants.

« Nous nous approchâmes et je me mis à l'examiner curieusement.

« Son aspect était horrible et je dus surmonter le dégoût qu'il m'inspirait pour le regarder en face.

« Il avait la tête écrasée d'avant en arrière, large à la base et rétrécie vers le sommet; la face osseuse et asymétrique, le nez épaté, aux narines béantes, la lèvre inférieure très grosse et pendante, la langue épaisse comme gonflée et sortant de sa bouche d'où s'échappait une salive visqueuse, les oreilles volumineuses, sans ourlet, et très écartées du crâne, les yeux ternes et comme morts.

« En outre, sa peau était flasque et d'une teinte affreusement livide.

« Je restais muet de saisissement à la vue d'une telle dégradation physique.

« Mais je n'avais pas encore vu toutes ses tares.

« Tristan, ayant levé la couverture qui l'enveloppait, me découvrit la plus monstrueuse.

« De son cou descendait, jusque sur son ventre, une masse de chair violacée d'un volume énorme et bossuée d'une dizaine de mamelons plus gros que le poing.

« — Qu'est-ce cela? fis-je stupéfait.

« — Ce sont des goîtres accolés les uns aux autres, — me répondit Tristan; — c'est une des infirmités inhérentes au crétinisme.

« — Oh! le malheureux! — m'écriai-je..., — et il peut vivre ainsi constitué?

« — Oui, mais mal, ces goîtres absorbant la plus grande partie de la substance nutritive et n'en laissant pénétrer qu'une quantité insuffisante dans le reste de l'économie, ce qui a pour conséquence de débiliter tous les organes. Son cerveau lui-même est fortement atrophié et si tu pou-

vais le voir tu remarquerais que la matière en est molle, sans aucune consistance, et que les circonvolutions en sont à peine marquées. Aussi n'a-
t-il aucune pensée, aucun sentiment réfléchi. Tout se borne chez lui à des
instincts, rien de plus.

« — Possède-t-il au moins les cinq sens? — demandai-je.

« — Il les possède, mais très émoussés Ainsi il a la vue trouble et
l'ouïe obtuse. Quant à l'odorat, au toucher et au goût, ils n'existent pour
ainsi dire point. De plus, il est privé de la parole.

« — Ce n'est pas une créature humaine, alors?

« — Si c'en est une, seulement très incomplète.

« — Et ses parents sont-ils comme lui ?

« —Tu me fais là une étrange question, — me dit Tristan avec un sourire
quelque peu ironique, et on voit bien que tu n'es qu'un journaliste.
Apprends donc, mon ami, que les crétins ne peuvent pas se reproduire,
attendu que ce sont des êtres neutres. Les parents de Jô — c'est le nom
de celui-ci — sont des gens comme tout le monde, qui ont d'autres
enfants d'une constitution absolument normale.

« — En ce cas, cet infortuné est une exception et il est peut-être le
seul individu de son espèce dans le pays?

« — Hélas, non, ses semblables, au contraire, sont assez nombreux
aux environs de Briançon, on en compte près de cent dans un rayon de
moins de cinq lieues.

« — Tant que cela? — fis-je étonné. — Et ils sont issus de personnes
ordinaires, je veux dire n'ayant aucune déchéance cérébrale ou physique ?

« — Certainement.

« — Mais, alors, à quoi attribue-t-on cette bizarre anomalie?

« — On n'en connaît pas encore exactement la cause. On présume,
toutefois, que le père ou la mère d'un crétin possède dans le sang le germe
du crétinisme et le communique, par suite, à l'enfant chez lequel il rencontre un terrain propre à son développement.

« Mais une remarque curieuse qu'on a faite, c'est que les crétins ne
sont un produit que des pays montagneux. Ainsi on n'en trouve que dans
les Alpes, dans les Pyrénées, dans la Savoie, dans les Vosges, etc. Les
pays de plaines en sont exempts.

« — Voilà qui est singulier, — fis-je. — Et à quoi sont bons de pareils
êtres ?

« — A rien, ou presque rien. On les emploie, comme Jô, à garder les
troupeaux, à casser des cailloux sur les routes, à ramasser des herbes
pour les bêtes ; mais ils s'acquittent fort mal de leurs fonctions qu'ils
remplissent machinalement et sans même se douter de ce qu'ils font.

Il aperçut gisant inanimé sur le sol, le père Briscart.

« — N'y a-t-il donc aucun remède à leur état ?

« — Non, aucun... et cependant... dit Tristan qui parut réfléchir.

« — Cependant quoi...? questionnai-je.

« — Cependant, reprit-il, —j'ai la quasi-certitude qu'au moyen de mon système, je parviendrais à obtenir sinon la guérison du crétinisme, du moins une grande modification dans sa diathèse.

LIV. 93. — H. GEFFROY, édit. — Reproduction interdite. 93

« — Eh bien ! mon ami, — repartis-je, — c'est là le cas ou jamais de l'appliquer ce système. Tu ferais là une jolie cure.

« — J'y ai déjà songé. Malheureusement je n'ai pas encore trouvé de sujet à traiter. Je me suis adressé à plusieurs familles ayant un crétin parmi elles, leur offrant un bon prix de ce dernier, si elles consentaient à me le livrer pour quelques mois, mais toutes s'y sont refusées croyant que j'étais atteint de folie.

« Les parents de Jô, que j'ai été voir dans un but semblable, ont également repoussé mes offres... Mais il faudra bien, pourtant, que j'arrive à m'en procurer un... n'importe comment. Oui, je veux m'attaquer à ce mal étrange et essayer de le dompter.

« Et quelle gloire pour moi, — dit Tristan en s'animant, — si, d'une brute comme celle qui est là devant nous, je réussissais à faire un homme pensant et réfléchissant ; si je parvenais à éclairer ces yeux sans lueur, à régénérer ce cerveau inerte, à infiltrer un sang pur et généreux dans ce corps débile et voué à un anéantissement précoce !

« Car selon moi, vois-tu, le crétinisme n'est qu'une maladie de l'encéphale... et celui-ci guéri, tout le reste l'est aussi.

« — Si tu parvenais à un tel résultat, ce serait magnifique, en effet, — fis-je. — Je souhaite que tu finisses par trouver un sujet.

« — Oh ! j'y arriverai, te dis-je, j'y arriverai, — reprit Tristan, — dussé-je, au besoin, en voler un... »

« J'allais me récrier sur son dessein ; mais, réfléchissant que ce que je dirais et rien serait à peu près la même chose, car il ne manquerait pas de m'alléguer d'excellentes raisons pour me prouver que son action serait des plus louables, je préférai garder le silence.

« Il demeura encore un moment pensif, fixant sur Jô un regard profond, dans lequel je crus voir luire comme une lueur de convoitise ; puis brusquement, lui prenant des mains une miche de pain qu'il tenait enveloppée dans du papier, il le renvoya d'un signe.

« Après quoi nous rentrâmes dans le fort et descendîmes aux casemates, où la vue des animaux intelligents qui nous entouraient me consola du triste spectacle qui venait de m'être offert en la personne d'un de mes semblables.

« Le surlendemain, c'est-à-dire hier, je quittai le Pic-des-Neiges, repris le train de Paris... et me voici.

« Maintenant mon ami est-il un fou sublime, comme il le prétend, ou ne mérite-t-il pas plutôt d'être enfermé dans un cabanon de Bicêtre, c'est ce que l'avenir nous apprendra.

« Ici finit mon histoire, conclut le reporter. — Si elle vous a intéressés, j'en suis charmé, sinon, je vous prie de m'excuser d'avoir si longtemps retenu votre attention.

— Mais oui, elle nous a intéressés, et beaucoup, même, — repartit Clara, — car elle est vraiment curieuse, quoiqu'il y ait dedans des choses qui fassent frémir.

— On dirait d'un conte des *Mille et une Nuits,* ajouta Nini-Mouchette.

— N'est-ce pas?... Et je crois que j'intitulerai mon livre ainsi ; aucun titre, à mon avis, ne pourra mieux lui convenir.

— Je regrette bien de ne plus être enfant, — dit le coulissier, — je serais allé prier ce monsieur de me développer la circonvolution des affaires de Bourse.

— Mais, — répliqua Rivolet avec une pointe d'ironie, — il me semble que vous l'avez déjà d'un certain volume ?

— Cela se peut; néanmoins je désirerais l'avoir encore d'un plus grand... ma fortune serait rapidement faite.

— Et celle des autres défaite, lança Nini-Mouchette.

— C'est probable, repartit le petit Z... d'un ton convaincu.

. . . .

Quatre heures du matin allaient sonner.

Rivolet, n'ayant plus rien à dire, pensa qu'il était temps pour lui d'aller se coucher.

Il demanda donc la permission de se retirer et prit congé des trois soupeurs.

Ceux-ci, jugeant leur nuit suffisamment remplie, le suivirent de près.

En réintégrant son hôtel, Clara fut étonnée de trouver le valet de chambre du juif éveillé.

Elle lui demanda si la rentrée de son maître avait présenté quelque difficulté.

— Non, madame, — répondit le domestique; — il dormait dans la voiture et je n'ai eu qu'à le transporter sur son lit et le coucher. Mais tout à l'heure il a été en proie à un cauchemar terrible. Il rêvait que des cambrioleurs s'étaient introduits dans les bureaux de sa maison de banque et forçaient son coffre-fort. Alors, quoique endormi, comme s'il eût été en état de somnambulisme, il voulait se lever pour courir rue de Choiseul. Heureusement, je suis parvenu à le calmer et, en ce moment, son sommeil paraît paisible. Toutefois, je reste debout de crainte que ça ne lui reprenne.

— C'est cela, veillez-le, — dit Clara, — il a fait une petite fête ce soir et vos soins peuvent lui être encore nécessaires.

Puis, en regagnant sa chambre, elle murmura :

— On dit que l'ivresse du champagne procure la seconde vue ; ce serait drôle si le rêve de Moser était une réalité... Un voleur volé n'est pas chose banale.

XXXVI

L'ENQUÊTE

Le lendemain, un journal publiait dans la soirée le fait divers suivant :

« Un vol a été commis cette nuit en plein Paris avec une audace inouïe.

« Des malfaiteurs se sont introduits, vers une heure du matin, suppose-t-on, dans les bureaux du banquier juif Isaac Moser, sis au n° ... de la rue de Choiseul, et ont éventré un coffre-fort qui contenait une somme de près de quatre-vingt mille francs, dont ils se sont emparés.

« Surpris au milieu de leur besogne par un vieux soldat, nommé le père Briscard, lequel était chargé de faire des rondes nocturnes dans l'établissement, ils ont à demi assommé le pauvre homme en le frappant à la tête avec un instrument contondant.

« Aucun employé ne venant à la banque le dimanche, le vol n'a été découvert qu'assez tard dans la matinée.

« C'est le concierge qui, le premier, en fit la constatation.

« Ayant eu l'occasion de passer devant les bureaux un peu avant midi, il remarqua que, contre l'ordinaire, la porte de ceux-ci était ouverte.

« Afin de connaître la cause de ce fait insolite, il pénétra dans la banque et, parvenu au cabinet particulier de M. Moser, aperçut, gisant inanimé sur le sol, le père Briscard qui portait au sommet du crâne une grave blessure d'où le sang avait coulé en abondance.

« La vue du coffre-fort défoncé lui révéla tout de suite ce qui avait eu lieu.

« Il s'empressa de donner des soins au gardien et, l'ayant fait revenir à lui, essaya de l'interroger sur la façon dont le vol avait été perpétré.

« Mais le malheureux qui paraissait avoir le cerveau ébranlé par le coup qu'il avait reçu ne put que prononcer des paroles incohérentes et inintelligibles.

« Le concierge le conduisit alors à sa loge, le confia à sa femme et courut avertir le commissaire de police.

« Une demi-heure après, le magistrat arrivait rue de Choiseul, accompagné de son secrétaire et de deux inspecteurs.

« Ces derniers reconnurent sans peine que les malfaiteurs étaient des professionnels, car un côté de l'armoire de fer avait été scié avec des outils spéciaux que, seuls, ces gens-là possèdent.

« Un grand désordre régnait dans le cabinet et annonçait qu'une lutte s'était engagée entre les coquins et le vieux soldat qui, très vigoureux encore malgré son âge, avait dû leur opposer une énergique résistance avant d'être vaincu.

« Des empreintes de pieds de différentes dimensions qu'on releva sur le parquet, permirent d'établir que les voleurs étaient au moins quatre. La teinte blanchâtre de ces empreintes semblait indiquer qu'ils avaient du plâtre à la semelle de leurs chaussures; ce qui fit supposer qu'en attendant le moment de s'introduire dans la maison, ils s'étaient cachés derrière les planches d'un échafaudage élevé au-devant d'une petite boutique en réparation, située en face, endroit où le sol était recouvert d'une couche de plâtre pulvérisé.

« Pour arriver jusqu'au cabinet où se trouvait le coffre-fort sans passer par les bureaux de la banque, ils avaient pris par un couloir non éclairé qui aboutit directement de la rue à ce cabinet et sert d'issue particulière au banquier.

« Cela explique pourquoi le concierge n'a pu se douter de leur présence dans l'immeuble dont il a la garde.

« Malgré les minutieuses recherches opérées par les inspecteurs, on n'a pu découvrir aucun indice sérieux qui pût mettre sur la trace des malfaiteurs.

« Aucun outil, aucun objet n'avait été oublié par eux, comme il arrive parfois en pareille circonstance.

« Le commissaire ayant cherché, lui aussi, à faire parler le père Briscard, ne fut pas plus heureux que le concierge dans l'interrogation qu'il lui fit subir.

« Le vieux soldat divaguait et racontait ses campagnes, menaçant du poing les Autrichiens contre lesquels il avait combattu autrefois.

« Lorsque toutes les constatations eurent été faites, le magistrat dépêcha son secrétaire chez le banquier qui habite aux environs du parc Monceau, pour l'informer du vol dont il venait d'être victime.

« M. Moser accourut sur-le-champ.

« La fâcheuse nouvelle qu'on lui avait apportée l'avait affolé et ce fut la figure toute décomposée qu'il arriva rue de Choiseul.

« En apercevant la plaie béante qui s'ouvrait dans son coffre-fort il faillit tomber à la renverse et fut pris d'un désespoir indescriptible. Il se mit à gémir et à se lamenter, s'arracha les cheveux et la barbe, lança une kyrielle d'imprécations contre le Dieu d'Israël qui n'avait pas su protéger son argent, enfin donna toutes les marques de la plus profonde douleur.

« On eût dit un père venant de perdre un enfant chéri.

« Le commissaire le laissa d'abord exhaler ses plaintes et ses gémissements à son aise. Mais comme il n'avait pas l'air de vouloir les cesser, il crut devoir lui faire observer que de se désoler ainsi ne remédiait en rien au mal et qu'il ferait mieux de lui donner certains renseignements dont il avait besoin pour procéder à son enquête.

« M. Moser comprit la justesse de cette observation et, ayant repris une partie de son sang-froid, se tint à la disposition du magistrat.

« Celui-ci, après avoir appris que le vol s'élevait à la somme exacte de soixante-seize mille francs, commença alors par lui demander si, eu égard au chemin qu'avaient suivi les malfaiteurs pour parvenir jusqu'à son cabinet, lequel chemin ne devait être connu que de ses employés, il ne soupçonnait personne parmi ceux-ci qui eût pu leur servir d'indicateur.

« — Mais mes employés ne le connaissaient même pas, — répondit le banquier.— D'ailleurs j'usais rarement de ce moyen d'entrée ou de sortie, peut-être trois ou quatre fois par mois, pas davantage, et quand cela m'arrivait j'avais toujours soin de prendre des précautions pour qu'on ne s'en aperçût pas.

« — Vous êtes sûr de votre personnel ?

« — Très sûr... Et pourtant, en y réfléchissant, j'ai tout lieu de croire que le vol a été indiqué par quelqu'un au courant de ce qui se passait chez moi.

« — D'où vous vient cette croyance?

« — De ce que les coquins ont justement choisi la nuit du samedi au dimanche pour faire leur coup.

« — Quelle différence y a-t-il donc entre cette nuit et les autres de la semaine?

« — Une grande. »

« Et M. Moser expliqua au commissaire ce que nous savons sur l'arrivée des fonds des agences le samedi soir et leur séjour à la banque jusqu'au lundi matin.

« — En effet, — fit le magistrat, — il fallait que les coquins connussent ce détail. Seulement par qui l'ont-ils connu? C'est là le point à élucider, car l'indication du passage secret et celle de la présence de ces fonds dans le coffre-fort proviennent évidemment de la même source.

« — Cela ne fait aucun doute.

« — Vos employés sont-ils chez vous depuis longtemps?

« — Il n'y en a pas un qui n'y soit depuis au moins un an. Ce sont des coreligionnaires et je vous répète que le moindre soupçon ne peut peser sur eux.

« — Vous avez des garçons de bureau, je présume?

« — Je n'en ai qu'un.

« — Lui aussi est ancien dans la maison?

« — Ah! non, il n'y a que trois semaines qu'il est entré ici.

« — Qu'est devenu celui que vous aviez auparavant?

« — Je n'en sais rien.

« — Je veux dire : est-ce vous qui l'avez remercié ou s'est-il en allé de lui-même?

« — Il s'est en allé de lui-même.

« — Pour quelle raison?

« — Des affaires de famille le rappelaient dans son pays, m'a-t-il dit.

« — Quel était ce pays?

« — Melun, je crois me rappeler.

« — Comment était-il entré à votre service?

« Sur recommandation ou envoyé par un bureau de placement?

« — Nullement; il s'est présenté comme je venais de congédier un garçon dont j'avais à me plaindre et, sur le vu de ses certificats qui me parurent excellents, je l'acceptai sans plus ample information.

« — Étiez-vous content de lui?

« — Très content. Je ne lui trouvais qu'un défaut, c'était d'être un peu trop curieux. Il avait toujours l'air d'écouter ce qui se disait autour de lui et furetait sans cesse partout.

« — Ah! il avait ce défaut-là?

« — Oui; je l'ai même surpris plusieurs fois dans mon cabinet à des moments où il n'avait que faire d'y être.

« — Ah! ah! fit le commissaire, nous voici peut-être sur une voie. Donnez-moi donc le signalement de cet individu?

« — Oh! il est aisé à reconnaître : il n'a pas de menton.

« — Tiens, comment cela se fait-il?

« — Cela se fait que sa mâchoire inférieure se rattache presque directement à son cou, sans former saillie comme à tout le monde. »

« A cet instant, un des inspecteurs qui écoutait la conversation de son chef et du banquier demanda à celui-ci :

« — Pardon, monsieur, l'individu dont vous parlez n'est-il pas un

homme de taille au-dessus de la moyenne, un peu voûté et qui porte
une petite verrue sur la joue gauche?

« — Si, en effet; il a en outre un œil légèrement moins ouvert que
l'autre.

« — Et la voix aigre, avec, parfois, des sons de crécelle?

« — C'est bien cela. Est-ce que vous le connaîtriez?

« — Si je le connais! certes, oui, je le connais : c'est un nommé
Tirache dit File-Menton que j'ai arrêté en 1887 pour attaque nocturne et
qui a été condamné de ce fait à deux ans de prison.

« — Que m'apprenez-vous là? — fit le banquier stupéfait.

« — Alors, tout s'explique maintenant dit le commissaire; — c'est lui
l'indicateur du vol. Vous avez été bien mal inspiré, monsieur, en l'introduisant chez vous.

« — Mais, cependant, sur les certificats qu'il m'a montrés, il était cité
comme un modèle d'honnêteté et un homme en lequel on pouvait avoir
toute confiance.

« — Parbleu! il était difficile qu'il en fût autrement, — repartit l'inspecteur.

« — Pourquoi cela?

« — Parce que c'est lui qui, pour sûr, les avait fabriqués. C'est l'enfance de l'art pour messieurs les voleurs.

« — Ainsi, il est entré chez moi exprès pour me voler?

« — Tout exprès; vous pouvez en être convaincu. Il devait savoir que
vous possédiez un coffre-fort et méditait certainement le coup depuis
quelque temps déjà, n'attendant qu'une occasion favorable pour l'exécuter, laquelle s'est offerte à lui le jour où il a appris que vous aviez
besoin d'un garçon de bureau. Il a, alors, vite confectionné les certificats
en question et est venu solliciter l'emploi.

« Une fois en fonctions, il a longuement étudié la place, combiné son
plan à loisir; puis, sûr de sa réussite, a donné un prétexte quelconque
pour s'en aller.

« Il s'est même quelque peu moqué de vous en disant que son pays
était Melun, car c'est là qu'il a été incarcéré.

« — Ah! le chenapan, — exclama le banquier, — si jamais j'avais pu
me douter de ça!...

« — Vous ne le pouviez guère, je le comprends. De plus perspicaces
que vous y auraient probablement été pris aussi.

« — Et ses complices quels sont-ils?

« — Cela, par exemple, il m'est impossible de le savoir. Il n'y a que
lui qui pourrait nous les faire connaître.

Et l'homme au cordon, précédant les visiteurs, se mit à gravir l'escalier.

« Si le père Briscard était en mesure de parler, il nous donnerait leur signalement, ce qui serait déjà un point de repère important, mais comme il bat la campagne, nous en sommes réduits aux conjectures à leur endroit.

« Toutefois, ce que je crois pouvoir affirmer, c'est que ce sont des Français et non des Anglais. Je fais cette remarque parce que, habituellement, les dévaliseurs de coffre-forts appartiennent à la nationalité anglaise. C'est une spécialité que se sont faite les fils d'Albion.

« — Sur quoi basez-vous cette affirmation? demanda le commissaire.

« — Sur ce que le *travail*, quoique bien exécuté, n'a pourtant pas la netteté du *travail* anglais, qui est toujours d'une impeccable précision. Je parle par expérience en ayant eu maints exemples sous les yeux.

« Il semblerait même que, dans celui-ci, à côté d'une main exercée, il y en avait une autre, ou d'autres moins habiles. L'orifice des trous percés par le vilebrequin présente un peu de bavure et la lime qui les a agrandis a été parfois maladroitement maniée. La coupure du métal à la scie indique seule le professionnel. Par suite, ne serais-je pas étonné que File-Menton eût aidé ce dernier, c'est-à-dire qu'il ait été non seulement l'indicateur, mais aussi un des auteurs du vol.

« — C'est fort possible, approuva le magistrat.

« — Et y a-t-il un avantage pour moi à ce que les coquins soient des Français plutôt que des Anglais? questionna le banquier.

« — Qu'entendez-vous par là?

« — J'entends : a-t-on plus de chance, en ce cas, de les arrêter et de leur faire rendre mon argent?

« — Plus de chance de les arrêter... peut-être, parce que nous connaissons mieux les habitudes des filous de chez nous que celles des filous étrangers. Quant à leur faire rendre votre argent, c'est autre chose et cela me paraît assez problématique, car il est rare que l'on parvienne à faire restituer aux voleurs ce qu'ils ont pris.

« Cependant, comme il y a des exceptions à tout, il se peut qu'on y arrive pour ceux-là, ajouta le commissaire afin de consoler un peu le banquier de la perte de ses soixante-seize mille francs.

« — Et quand seront-ils arrêtés? demanda encore M. Moser.

« — Votre question est naïve, monsieur. Comment voulez-vous que je le sache; à part File-Menton, on ignore même qui ils sont. Mais je puis vous assurer d'une chose : c'est que, dès aujourd'hui, le signalement de ce dernier va être envoyé dans toutes les directions, avec ordre de le mettre en état d'arrestation en quelque lieu qu'on le rencontre.

« Lui pincé, il est à présumer que les autres ne tarderont pas à l'être aussi. »

. . . .

« L'enquête du commissaire était terminée.

« Il adressa encore quelques mots de consolation au banquier, puis se retira avec ses agents, laissant celui-ci en tête à tête avec son coffre-fort ur lequel il jetait des regards désespérés ».

Là, finissait le fait divers. Mais le rédacteur y ajoutait cette réflexion :

« Toute victime d'un vol, quelle qu'elle soit, est assurément toujours à plaindre.

« Cependant, parmi les personnes à qui survient cette désagréable aventure, il y en a qui méritent plus ou moins qu'on s'apitoie sur elles.

« Or, la vérité nous oblige à dire que M. Moser est de celles sur lesquelles on ne doit pas s'attendrir outre mesure.

« Il est de notoriété publique, en effet, que, sous le couvert d'opérations de banque, ce descendant d'Abraham pratique l'usure en grand et fait ainsi de nombreuses dupes.

« Ce n'est donc, en réalité, qu'une sorte de loi du talion qui lui a été appliquée et nous préférons garder notre pitié pour le vieux soldat qui a failli payer de sa vie l'accomplissement de son devoir. »

XXXVI

LA VEUVE FILOCHE

On se rappelle que Jean de Lavaur avait chargé le père Bertin de trouver un appartement où ils pussent loger tous ensemble, c'est-à-dire lui, sa fille Jeanne, la famille de l'ébéniste et Pacault.

Le bonhomme s'était aussitôt mis en chasse et, durant trois jours pleins, n'avait fait que monter et descendre des escaliers soit dans le faubourg Saint-Antoine, soit dans les rues adjacentes.

Mais, comme aucun des logis qu'il visitait ne lui plaisait, il s'était décidé à franchir les fortifications et avait poussé jusqu'à Saint-Mandé, cette jolie banlieue de Paris qui, par son calme et sa tranquillité quasi provinciale, semble être à cent lieues de la capitale, bien que, pourtant, elle y touche presque.

Là, l'ébéniste avait découvert, non loin du cours de Vincennes et dans une rue y aboutissant, une maisonnette dont l'aspect l'avait tout de suite séduit.

Elle était simplement composée d'un rez-de-chaussée surmonté d'un premier étage. Mais un bout de jardin devant et un autre derrière un peu plus grand lui donnaient de l'ampleur et en faisaient, de plus, une demeure très coquette.

— Voilà qui nous irait joliment bien, — s'était-il dit, — et ça ne doit pas coûter beaucoup plus cher qu'un appartement à Paris. Informons-nous.

Il s'était alors enquis du prix du loyer et celui-ci lui ayant paru très modeste il avait arrêté sur-le-champ la location de la maisonnette.

— Ma foi, pensait-il, puisque M. Jean m'a donné carte blanche, j'en use. Nous verrons ce qu'il dira.

Jean ne tenait pas plus que cela à loger à Paris, l'atmosphère lourde et viciée de la grande ville ne convenait guère à Jeanne qui, à l'âge où elle était, avait au contraire besoin de respirer un air pur et vivifiant.

Aussi, avait-il approuvé pleinement le choix de l'ébéniste.

Quatre jours après, ils étaient tous installés dans leur nouvelle demeure : les Bertin au rez-de-chaussée, Jean, sa fille et Pacault au premier.

Balthazar Capricas, cela va de soi, n'avait pas été oublié.

On avait d'abord voulu le loger dans la maison même, mais il avait refusé, prétextant qu'il gênerait, et était allé se nicher dans une petite construction située au fond du jardin, qui, jadis, avait servi de salle de bains aux anciens occupants du lieu.

C'était un édicule bien clos de partout et dont l'intérieur était d'une dimension très suffisante pour constituer une chambre de garçon.

Il n'y avait pas de cheminée, c'est vrai, mais le Marseillais avait suppléé à ce léger inconvénient en transformant en poêle le fourneau destiné à faire chauffer l'eau des bains et qui était encore en très bon état.

Tout notre monde vivait donc là comme les membres d'une seule et unique famille.

Jean, bien entendu, avait réservé une pièce du logement pour y disposer sa petite chapelle.

Chaque jour, il s'y enfermait une heure avec Jeanne à laquelle il parlait de sa mère et du temps heureux où ils habitaient ensemble rue Saint-Jacques.

L'enfant ne se lassait jamais de l'entendre, et souvent ses pleurs coulaient au souvenir de la chère disparue.

Le sanctuaire s'était enrichi d'une nouvelle relique.

Un jour, après leur réunion, Jeanne s'était montrée à son père, vêtue de la petite robe blanche que lui avait donnée le Rouquin.

Le docteur poussa un cri de douloureuse surprise et fondit en larmes. Il lui semblait voir Denise en personne devant lui.

— Ta mère possédait autrefois une robe exactement semblable. D'où te vient celle-ci ? lui demanda-t-il.

Jeanne lui fit connaître de qui elle la tenait et lui indiqua, en même temps, l'adresse de la mère Simon, la marchande à la toilette, qui l'avait vendue à son pseudo-père.

Jean courut chez la commerçante et l'interrogea sur la provenance du vêtement. La bonne femme apprit, comme elle l'avait déjà appris au Rouquin le jour où il en avait fait emplette, qu'il lui venait d'une petite ouvrière de la rue Saint-Jacques, où elle demeurait elle-même autrefois.

— Il y a de cela quatorze ans passés, monsieur, ajouta la mère Simon, et c'est bien par pur hasard que je l'ai gardé si longtemps. Mais en emménageant ici je l'avais oublié dans une malle où j'ai été tout étonnée de le retrouver il y a cinq mois.

Jean ne pouvait plus douter : ce vêtement avait appartenu à Denise ; il se souvint même que c'était la robe qu'elle portait le matin où ils avaient déjeuné au *Joyeux Départ*, le petit restaurant près de la gare de Lyon.

— Ah! fit l'enfant avec attendrissement, lorsque son père lui eut rapporté ce qu'il venait d'apprendre, — c'est donc cela que j'éprouvais une si douce émotion chaque fois que je la mettais. Elle avait conservé un peu de l'âme de ma mère.

Il fut alors convenu que, de crainte qu'il ne lui arrivât quelque accident, elle prendrait place dans la petite chapelle.

L'amour de Jeanne et d'André Bertin était une joie pour Jean. C'était sa jeunesse qu'il voyait revivre en eux et le spectacle de leur tendresse mutuelle le ramenait à l'époque où Denise et lui s'aimaient ainsi.

Aussi, le bonheur qu'il ressentait transparaissant sur son visage, méritait-il chaque jour de moins en moins le nom du *Docteur noir* qui, nous l'avons dit, lui avait été donné bien plus à cause de la constante tristesse répandue sur sa personne qu'en raison de la teinte sombre de ses vêtements.

L'heureux changement qui s'était opéré dans la vie de chacun de nos personnages n'en avait pourtant opéré aucun dans leurs occupations quotidiennes.

Tous les jours, le père et le fils Bertin allaient, comme de coutume, à leurs ateliers respectifs et Jean se rendait à sa clinique de la rue de Charenton, accompagné de Pacault.

Balthazar, lui, faisait des affaires plus que jamais et ne cessait d'envoyer ses économies aux *Docks coloniaux*, à Marseille.

Quant à Jeanne, elle s'occupait toujours des soins du ménage avec Mme Bertin, et continuait à faire de la dentelle tout comme auparavant.

Fréquemment, son père l'emmenait avec lui dans ses visites de la journée.

Il voulait lui faire voir de près les misères humaines et lui montrer comment on parvenait à les soulager.

Puis il avait remarqué que la présence de l'enfant était, en général, d'un effet salutaire sur les malades.

Quand les malheureux la voyaient entrer dans leur mansarde, éblouissante de beauté et de jeunesse, projetant autour d'elle une sorte de rayonnement lumineux, ils éprouvaient aussitôt un grand bien-être, comme si une influence mystérieuse et bienfaisante se fût dégagée de toute sa personne.

Et les douces paroles qu'elle leur adressait, les affectueux encouragements qu'elle leur prodiguait faisaient souvent beaucoup plus pour leur guérison que tous les remèdes prescrits par son père.

Un matin, à sa clinique, Jean fut prévenu par un indigent qu'une vieille femme qui demeurait au n° 75 du passage Tocanier, n'avait pas quitté son lit depuis huit jours et paraissait être très malade.

C'était le concierge de la maison qui l'avait prié de lui faire la commission.

— Bien, — dit Jean, — je commencerai ma tournée par elle.

A deux heures, accompagné de Jeanne, — il avait cru devoir amener la jeune fille avec lui. — il se présenta à l'adresse indiquée.

— Vous avez chez vous une vieille femme malade ? — demanda-t-il au concierge.

— Oui, monsieur, — répondit celui-ci, — et qui a l'air de filer un mauvais coton, même.

— Voulez-vous me conduire près d'elle, je vous prie ?

— A l'instant, monsieur.

Et l'homme du cordon, précédant les deux visiteurs, se mit à gravir l'escalier.

— Je vous préviens que c'est haut, — dit-il à Jean ; — c'est tout à fait sous les toits.

— Peu importe. Les indigents, je le sais, n'ont pas l'habitude de loger au premier étage.

— Ça, c'est vrai, monsieur... quoique, pourtant. si sa fille l'avait voulu, il aurait été facile à ma locataire d'y loger.

— Elle a donc une fille qui est riche ?

— Pour sûr : elle possède un hôtel du côté du parc Monceau.

Et se penchant vers Jean pour que l'enfant ne l'entendît pas, il lui chuchota à l'oreille :

— Un hôtel que lui a payé un vieux juif avec lequel elle vit depuis une quinzaine d'années et qui lui donne tout ce qu'elle veut. C'est une cocotte, quoi.

— Monte devant, mignonne, — dit le docteur à Jeanne, de crainte qu'elle ne saisît quelques mots de ce que lui disait le concierge, malgré la précaution qu'il prenait de lui parler bas.

Jeanne obéit et s'envola vers le haut de l'escalier.

— Vous dites, — reprit Jean, — que cette personne fait partie du monde de la galanterie ?

— Oui, monsieur.

— Et la pauvre mère, déplorant, sans doute, la conduite de sa fille, préfère rester dans la misère que d'avoir recours à elle.

— Oh ! non, vous n'y êtes pas du tout ; elle se plaint sans cesse au contraire de l'abandon où celle-ci la laisse.

— Vraiment.

— Oui, monsieur ; elle dit que c'est elle qui lui a procuré la connaissance de son vieux et que par suite elle devrait partager tout ce qu'il lui baille.

— Oh ! l'horrible femme !

— Le fait est qu'elle n'est guère recommandable et je ne vous cacherai pas que j'en suis honteux pour la corporation, car je sais qu'elle a été aussi concierge dans le temps... Cependant, quoiqu'une *espèce* de son acabit ne mérite pas grande pitié, j'ai pensé qu'il ne fallait pas la laisser crever comme un chien et je vous ai fait prier de venir pour la soigner.

— Vous avez bien fait, mon ami, attendu que, quelle que soit sa perversion morale, l'humanité m'ordonne de lui donner des soins comme à toute autre créature souffrante. Quel âge a-t-elle ?

— Elle doit avoir dans les soixante à soixante-deux ans, à peu près.

— Fait-elle quelque chose, d'ordinaire ?

— Non, monsieur. Je crois que le travail et elle sont brouillés depuis beau jour.

— De quoi vit-elle, alors ?

— Faut vous dire que sa fille lui donne tout de même un peu d'argent. Elle lui envoie quarante francs par mois. Sur ces quarante francs elle en a déjà dix à payer pour sa chambre. Il ne lui en reste donc plus que trente pour sa nourriture. Ce n'est pas beaucoup, vous le voyez, car avec vingt sous par jour on ne peut pas s'offrir grand'chose. Quoique ça, si elle n'aimait pas tant à lever le coude elle pourrait encore manger du pain tout le long du mois ; mais dès qu'elle reçoit sa monnaie elle s'amuse à courir les marchands de vin, et en moins d'une semaine on en voit le bout. Si bien que, jusqu'à ce qu'il lui en vienne d'autre, elle vit d'un tas de saletés qu'elle se procure je ne sais comment. J'ai idée qu'elle les ramasse dans les ordures.

— La malheureuse, — fit Jean, — en être réduite là.

— Mais nous voici arrivés, dit le concierge en mettant le pied sur le palier du dernier étage, où Jeanne était déjà depuis un moment. — C'est cette porte à gauche ; nous pouvons entrer sans frapper.

Et le brave homme, ayant tourné la clef qui était dans la serrure de l'huis qu'il indiquait, fit pénétrer le docteur et sa fille dans la chambre de la malade.

C'était une pièce longue et étroite, au sol carrelé et dont le plafond, formé par le toit même de la maison, était fortement incliné.

Elle recevait la lumière par un vasistas aux vitres ternes et crasseuses, qui ne laissaient passer qu'un jour douteux.

Une table boiteuse, deux chaises à demi dépaillées en constituaient, avec le lit, tout l'ameublement.

Bien qu'on fût en hiver, il n'y avait pas de poêle et il y régnait un froid glacial.

A terre, gisaient des assiettes cassées, à côté de papiers gras ayant contenu de la charcuterie et d'autres paraissant avoir enveloppé des choses innommables.

Dans les coins se voyaient des tas d'immondices couverts de moisissure et desquels s'exhalaient des relents pestilentiels.

A des clous étaient accrochées quelques loques sordides, tout effiloquées et usées jusqu'à la corde.

Elles semblaient collées au mur par l'humidité qui en suintait avec une telle abondance qu'elle se résolvait en longs sillons jaunâtres descendant lentement vers le sol où ils se perdaient dans la poussière qu'ils transformaient en boue.

Le carrelage, brisé en nombre d'endroits, laissait paraître la charpente des lattes qui le soutenaient.

D'épaisses toiles d'araignées garnissaient les angles du plafond, d'où elles pendaient en lambeaux déchiquetés et poudreux, supportant encore à leur extrémité les grêles squelettes des bêtes qui les avaient tissées.

Jean et sa fille ne purent retenir une exclamation de dégoût à la vue de cet intérieur repoussant et, d'instinct, s'arrêtèrent près du seuil.

C'était la misère dans ce qu'elle avait de plus hideux et de plus lamentable.

— Ah ! dame, ce n'est pas beau ici, monsieur... et ça ne sent pas bon non plus, — fit le concierge à voix basse ; — mais la faute en est à la vieille qui ne nettoie jamais sa chambre et se refuse à ce qu'on la nettoie pour elle.

— Je vous amène un médecin.

Plusieurs fois j'ai voulu y donner un coup de balai et toujours elle m'en a empêché, disant que ça lui faisait plaisir d'être comme ça dans la saleté.

— Je l'aurais nettoyée de force, moi, à votre place, — dit Jean.

— Ah! bien oui, de force. Si vous croyez qu'elle est de bonne composition, la diablesse... Un jour j'ai essayé et je n'ai eu que le temps de battre en retraite : elle cherchait à m'arracher les yeux. Aussi, je n'ai plus jamais recommencé.

— Mais depuis qu'elle est malade ?

— Ma foi, monsieur, j'avoue que ça ne m'est pas venu à l'idée.

— Vous auriez pu en profiter.

— C'est vrai et je regrette de ne pas y avoir songé. Voulez-vous attendre un instant ? Je vais aller chercher mon balai et dans deux minutes je vais enlever le plus gros.

— Non, ce n'est pas la peine, —répliqua Jean. — De remuer maintenant toutes ces ordures, ça empesterait l'air encore plus qu'il ne l'est et il nous serait impossible à ma fille et à moi de pouvoir respirer.

Et se faisant violence, ainsi que Jeanne, il avança résolument dans la mansarde.

Un lit, un grabat plutôt, en occupait le fond. Dedans, y était couchée une femme à cheveux gris dont le corps anguleux se dessinait sous l'unique drap qui la recouvrait.

Et quel drap ? Depuis des mois, des années, peut-être, il n'avait pas dû aller à la lessive.

La pauvresse avait les paupières closes et semblait dormir.

La concierge s'approcha d'elle et lui frappant sans façon sur l'épaule :

— Eh ! mère Filoche, lui demanda-t-il, comment va la santé aujourd'hui ?

La vieille femme eut un léger sursaut et ouvrit les yeux, mais ne prononça pas une parole.

— Je vous demande comment ça va, mère Filoche ? répéta le concierge.

— Mal, vous le voyez bien, —répondit cette fois la femme d'une voix assez rude et qui avait peine à sortir de sa gorge.

Puis aussitôt, elle ajouta :

— Est-ce que vous m'apportez de l'argent ?

— De l'argent, mais non, la mère, vous savez bien qu'il n'y a pas plus de quinze jours que vous avez reçu votre mois.

— Pas plus de quinze jours... vous êtes sûr ?

— Tiens, pardié, je sais compter, je crois.

— Alors, si vous ne m'apportez pas d'argent, qu'est-ce que vous venez faire ?

— Je vous amène un médecin.

— Un médecin !... est-ce que vous battez la breloque, camarade ?

— Pourquoi me dites vous ça ?

— Parce que les médecins, ça se paye... et que je n'ai pas seulement le quart d'un radis... D'abord, si j'avais de la monnaie, ce serait pour...

— On ne le paye pas celui-là, mère Filoche, —interrompit le concierge ;

c'est le docteur noir dont vous avez dû entendre parler et qui soigne les pauvres pour rien.

— Connais pas, — répliqua la vieille femme... — puis, qu'il soit noir ou blanc, ça m'est bien égal.

— Allons, ne faites pas la mauvaise. Au lieu d'être impolie comme vous l'êtes, vous devriez au contraire le remercier de sa visite.

— Ce n'est pas moi qui lui ai dit de venir, — fit la vieille d'un ton rogue.

— Je le sais bien que ce n'est pas vous puisque c'est moi. Cré chien! quel fichu caractère vous avez, la mère. Vrai vous n'êtes guère reconnaissante de ce qu'on fait pour vous.

— D'ailleurs, pourquoi un médecin? — reprit la mère Filoche... J'ai fini de manger ma soupe, je le sens, et ne vais pas tarder à tourner de l'œil.

— Bah! vous dites ça pour rire et la preuve c'est qu'il n'y a qu'un instant vous pensiez à l'argent. Donc vous n'êtes pas si bas que vous voudriez nous le faire croire.

— Si, c'est fini, je vous dis... il n'y a plus d'huile dans la lampe, et si je pensais à l'argent, c'est que j'aurais voulu avoir de quoi me payer un trou à moi et ne pas être jetée dans la fosse commune... Mais faudra bien que j'y aille tout de même, puisque ma gueuse de fille ne m'envoie rien... et dans quinze jours je serai loin.

— Voyons, n'ayez pas de ces idées-là. Monsieur que voici va vous soigner et vous remettra sur pied avant peu probablement.

— Eh bien! il sera malin, par exemple, repartit la vieille femme avec un rire ironique.

Puis, d'un ton insouciant :

— Après tout, — dit-elle, — qu'il essaye si ça lui fait plaisir, je n'y vois pas d'inconvénient.

« Seulement je le préviens que c'est du temps de perdu.

— Espérons que non. Là-dessus, je m'en vais, car il faut que je redescende à ma loge, — dit le concierge.

Et à Jean :

— Vous n'avez plus besoin de moi, je suppose, monsieur?

— Non, mon ami, vous pouvez nous laisser, — répondit Jean.

Le bonhomme s'en alla.

Pendant qu'il causait avec la malade, Jean avait considéré celle-ci avec attention.

Il avait la certitude d'avoir déjà vu ce visage quelque part, mais sans se rappeler où, ni dans quelle circonstance.

De même, ce nom de « Filoche » ne lui était pas inconnu ; il avait déjà sûrement retenti à ses oreilles.

Il fouilla dans sa mémoire afin d'en faire jaillir un souvenir précis. Ce fut en vain. Toutefois, il lui sembla que cela devait remonter à une époque lointaine : peut-être du temps où il était étudiant.

Sans s'attarder davantage à cette recherche, il s'approcha à son tour de la vieille femme.

La malheureuse était dans un état de maigreur effrayant et ses os saillaient sous la peau comme s'ils eussent été prêts à la crever.

Ses traits étaient ravagés et creusés de rides profondes, dont les sillons irréguliers se croisaient en tous sens dans un bizarre enche-vêtrement.

Elle l'avait dit, peu d'heures lui restaient à vivre.

Jean reconnut qu'elle se mourait d'épuisement et était arrivée à l'ultime degré de l'étisie. Tout secours était inutile.

Cependant, s'il ne pouvait la sauver, il voulait au moins lui adoucir ses derniers moments.

Il lui prit la main — une main sèche et parcheminée comme celle d'une momie — et lui tâta le pouls, pour se rendre compte de la force nerveuse qui existait encore en elle.

— Ainsi, monsieur l'homme aux drogues, vous voulez vous entêter à me soigner? — lui dit-elle d'un ton railleur. — Vrai, vous êtes un drôle de médecin si vous ne voyez pas où j'en suis.

— Je le vois, — répliqua Jean doucement ; — mais il ne faut jamais désespérer des ressources de la science, — ajouta-t-il pour tâcher de lui ôter l'idée de sa fin prochaine.

La vieille haussa les épaules.

— Oui, — reprit Jean, — tant que la mort n'a pas fait son œuvre, il y a toujours de l'espoir, aussi bas qu'on puisse être.

— Allez, allez, ne vous gênez pas, — ricana le mère Filoche ; — débitez-moi vos balivernes si ça vous amuse... c'est un passe-temps comme un autre... Mais que ce ne soit pas trop long, parce que j'aimerais autant être débarrassée de votre présence... Je n'ai pas besoin de vous pour passer l'arme à gauche, comme disait mon défunt qui doit m'attendre là-haut dans la grande marmite du diable, car il ne valait guère plus que moi, le chenapan. Tous les deux nous faisions la paire, voyez-vous.

Sans répondre à ces grossières paroles, Jean ouvrit un petit sac dont il avait toujours soin de se munir quand il visitait ses malades et qui était une pharmacie portative, y prit un flacon rempli d'une liqueur ambrée, puis ayant versé deux doigts de cette liqueur dans un gobelet, présenta celui-ci à la mère Filoche.

— Buvez ce cordial, — lui dit-il, — cela vous fera du bien.

— Pouah! — fit-elle en repoussant le gobelet, — moi avaler ça, jamais, mon bonhomme... Ah! si c'était un verre de vinasse, ça m'irait... mais de la poison comme ça... n'en faut pas...

— Justement, c'est du vin que je vous offre là.

— Du vin ! — s'exclama la vieille dont les prunelles éteintes s'allumèrent.

— Oui, du vin aromatique, c'est-à-dire dans lequel on a fait infuser des aromates pour lui donner plus de force. Seulement il n'est pas rouge, il est blanc.

— Du vermout, alors?

— Si vous voulez.

— Ça n'a jamais été mon *blot,* le vermout ; c'est trop fadasse!

— Celui-ci ne l'est pas, goutez-y.

Et Jean approcha le gobelet des lèvres de la vieille.

— Tiens, ça sent bon, — fit-elle.

— Eh bien ! buvez.

La mère Filoche hésita quelques secondes, puis se décida à boire le cordial.

— Pas mauvais, ma foi ! — dit-elle en faisant claquer sa langue. — Mais ça gratte rudement la dalle.

— C'est exprès.

— Encore... il n'y en avait qu'une liche...

— Dans un moment; trop d'un seul coup ne vous vaudrait rien.

— Cré dié! comme ça me chauffe.

— Vous devez, en effet, ressentir une vive chaleur à l'estomac, chaleur qui va peu à peu rayonner dans toutes les autres parties de votre corps.

— Et qui va aussi me monter à la tête, n'est-ce pas?

— Oui, un peu.

— Bon, ça me va... ce sera ma dernière *cuite.*

— Oh ! n'ayez pas peur, — dit Jean, — on ne vous grisera pas.

— Ah !... tant pis, j'aurais mieux aimé ça.

— Bah !... et pourquoi?

— Parce que lorsqu'on a sa *culotte,* on oublie.

— Vous avez donc des choses à oublier?

— Oh! oui, j'en ai.

— Des malheurs que vous avez éprouvés... ou des actions répréhensibles que vous avez commises?

— Les deux.

— Ah ! — fit Jean en regardant de nouveau attentivement la vieille femme dont il lui semblait reconnaître de plus en plus les traits.

— Oh! oui, j'en ai des choses à oublier, — reprit celle-ci d'un ton amer... — Aussi je ne crains pas la Camarde... quand on est à six pieds sous terre on ne pense plus à rien... Ça vaut encore mieux que le vin...

— Vous avez donc beaucoup souffert?

— Oui, beaucoup... de toutes les façons... J'ai souffert, d'abord, du mal qu'on m'a fait... et, ensuite, de celui que j'ai fait... pour me venger...

« Je sais bien que je suis une vieille coquine, que j'ai à me reprocher un tas de mauvaises actions, mais si je vous disais ce qui m'a amenée à les commettre, vous verriez que je ne suis pas si coupable qu'on peut le croire.

Le ton de la vieille femme était devenu moins rude; il y avait en elle comme une détente.

— Vous pensez peut-être que c'est pour m'excuser ce que je vous dis là? — ajouta-t-elle. — Si oui, vous vous trompez... c'est la pure vérité.

— Je ne pense point cela, — répliqua Jean; — toutefois il eût mieux valu ne pas rendre le mal pour le mal.

— J'en avais trop enduré... il fallait que j'en fasse endurer aussi aux autres.

— De quoi avez-vous donc tant à vous plaindre?

— De quoi? Ah ! crédié! vous me le demandez?

« Tenez, voulez-vous le savoir?

— Si vous croyez devoir me l'apprendre, je suis tout disposé à vous écouter.

— Alors, je vais vous le dire... Mais, d'abord, refilez-moi un peu de votre vermout, ça me rafraîchira la mémoire.

Jean versa une seconde fois du cordial dans le gobelet dont la vieille se saisit avidement.

Elle était moins affaissée qu'auparavant.

Le breuvage réconfortant produisait déjà son effet et ses joues, jusque-là d'une pâleur cireuse, commençaient à se colorer d'un léger incarnat.

— Buvez lentement, — lui dit-il, — le résultat n'en sera que meilleur.

Jean avait une raison pour faire cette recommandation. Il se disait que ce qu'allait lui raconter la mère Filoche n'était sans doute pas de nature à être entendu par de chastes oreilles et il voulait éloigner Jeanne momentanément.

Profitant de ce que la vieille femme, suivant son conseil, dégustait le cordial à petits coups, il écrivit une ordonnance sur une feuille de son calepin, puis alla à l'enfant qui était restée à quelque distance du lit et la pria de descendre faire composer chez le pharmacien le plus voisin le médicament qui y était indiqué.

Jeanne sortit. Comme elle n'avait pas prononcé un mot depuis son entrée dans la chambre, sa présence n'avait pas été remarquée par la malade dont la vue était affaiblie.

XXXVIII

SOUVENIRS

Sa fille partie, le docteur revint s'asseoir près de la mère Filoche.

Il ne redoutait pas de la faire parler, l'émission de la voix devant lui être plutôt un stimulant qu'une fatigue.

D'ailleurs, le vin aromatique allait lui procurer la force nécessaire pour faire un récit assez long sans éprouver la moindre lassitude.

Lorsqu'elle eut vidé le gobelet jusqu'à la dernière goutte, elle s'essuya les lèvres du revers de la main, puis dit :

— Là, j'y suis, monsieur le médecin, — elle était polie maintenant, — je me sens toute ravigotée.

— Allez, je vous écoute, — fit Jean.

— Je vous préviens que ce que je vais vous raconter n'est pas à mettre dans un bréviaire, tant s'en faut, — commença-t-elle en manière d'exorde. Pourtant, puisque c'est une espèce de confession que je vous fais, je ne veux rien vous cacher.

— C'est cela, dites-moi tout. Ce n'est qu'ainsi que je pourrai juger de ce que vous avez réellement souffert.

— Je suis la fille d'un cantinier du 35e d'infanterie légère, — reprit la mère Filoche.

« J'avais deux ans et demi quand ma mère mourut et, par conséquent, je ne l'ai jamais connue.

« Mon père, qui avait besoin d'une femme pour l'aider à tenir la cantine, se remaria bientôt et me donna pour belle-mère la plus mauvaise gale qu'on pût imaginer.

« C'est près d'elle que se passèrent ma première jeunesse et une partie de mon adolescence.

« Comme toutes les belles-mères, bien entendu, elle me détestait et me faisait des misères à n'en plus finir. Elle ne cessait de me battre, me privait d'aliments et me laissait le plus souvent aller en loques.

— Votre père ne vous protégeait donc pas? — questionna Jean.

— Non, mon père n'osait rien dire. Ce n'était point un mauvais homme, pourtant, mais il était faible et avait peur de sa femme qui le menait par le bout du nez.

« Puis, comme son métier l'obligeait de boire du matin au soir avec l'un ou avec l'autre, il était presque toujours en ribote et ne se souvenait plus que j'étais là.

« A mesure que je grandissais, ma belle-mère me haïssait chaque jour davantage. Ce qui la rendait encore plus méchante à mon égard, c'est qu'elle ne pouvait pas avoir d'enfant. Alors elle se vengeait sur moi de sa stérilité comme si ç'avait été de ma faute.

« Tout ça n'empêchait pas le temps de passer et un beau jour j'attrapai mes seize ans.

« Sans être jolie, j'avais cependant, comme on dit, la beauté du diable et on commençait à s'occuper de moi dans le régiment.

« Ah! on m'en glissait de ces propos à l'oreille!... Et les officiers aussi bien que les soldats... Jusqu'aux graines d'épinards même qui ne se gênaient pas pour me conter fleurette.

« Je n'avais pas de peine à comprendre ce qu'on me demandait. Vivant dans les casernes depuis mon enfance, j'en savais déjà long... plus long qu'on ne devait en savoir à mon âge.

« Mais je laissais dire et faisais semblant de ne pas entendre.

« Je voulais rester honnête, car je ne tenais pas à ce qu'on parlât de moi comme on parlait de ma belle-mère qui avait, assurait-on, rudement rôti le balai avant d'épouser mon père et sur laquelle on racontait des histoires à faire rougir un sapeur.

« Nous étions alors en 1842, — car je suis de 1826, — et venions de prendre garnison à Lyon où on nous avait casernés à la Part-Dieu dont une partie était déjà construite.

« Ma belle-mère, qui s'ennuyait dans son ménage, prenait souvent des amants. Mon père ne l'ignorait point; mais, abruti par la boisson, il semblait ne s'apercevoir de rien et lui laissait liberté entière de faire ce qu'elle voulait.

« A l'époque dont je vous parle, elle en avait un qui était capitaine.

« Elle éprouvait pour lui une grande passion et craignait beaucoup

— Tournant sa colère contre moi, elle se mit à me bourrer de coups de poing et de coups de pied.

qu'il ne lui fût infidèle, car c'était un assez beau garçon qui plaisait fort aux femmes, paraît-il.

« Aussi, à tout bout de champ lui faisait-elle des scènes de jalousie terribles, au cours desquelles ils en arrivaient parfois à se battre tous les deux.

« Comme il était le plus fort et très brutal, c'était elle qui, naturellement, attrapait toujours la bonne mesure.

« De temps à autre ces scènes éclataient chez nous, en ma présence. Alors, ce n'était pas sans plaisir que je voyais celle dont j'avais eu à supporter si longtemps les coups en recevoir à son tour et de non moins rudes que ceux qu'elle m'avait octroyés.

« Fréquemment, le capitaine, malgré ce qu'il était vis-à-vis de ma belle-mère, me tenait lui aussi des propos galants et ne me cachait pas où il voulait en venir. Mais, selon mon habitude, je faisais la sourde oreille et ne lui répondais jamais rien.

« D'ailleurs, bien qu'il eût une jolie figure, moi je ne l'aimais point. Je lui trouvais la physionomie dure et d'une expression désagréable.

« Puis je le savais méchant envers ses hommes, ce qui ajoutait encore à l'antipathie qu'il m'inspirait.

« Je remarquai que mon indifférence paraissait le froisser et, à plusieurs reprises, je crus lire dans ses yeux comme un désir de vengeance.

« Deux ou trois fois par semaine, j'allais en commission chez lui pour ma belle-mère.

« Tantôt elle m'envoyait lui porter des bouteilles de liqueur à titre de cadeau, tantôt des lettres qu'elle lui écrivait pour lui donner des rendez-vous et qu'avec aplomb elle m'affirmait être des factures.

« Un matin, j'allai de sa part lui en remettre une par laquelle elle le prévenait qu'elle l'attendrait un peu avant midi à l'hôtel où ils avaient coutume de se rencontrer.

« Dès qu'il eut décacheté le poulet, — dont je connaissais la teneur, puisque je l'avais lu en route en faisant bâiller le papier, — je vis ses sourcils se froncer sous une vive impression de contrariété et en même temps l'entendis murmurer :

« — Ah! mais, elle m'ennuie à la fin, me voilà encore de corvée ce matin ! Quelle scie ! Tant pis, je n'irai pas. »

« Et il ajouta tout haut en s'adressant à moi :

« — Tu diras à ta mère que je lui réglerai cette facture un autre jour... je ne suis pas en fonds aujourd'hui.

« — Bien capitaine, — répondis-je en me retenant de rire à cause de la drôlerie de sa réponse ; — je lui répéterais ce que vous me dites. »

« Puis je me préparai à m'en aller.

« Comme nous étions en été et que j'avais marché vite pour venir, ce qui m'avait mise toute en nage, j'avais profité de ce que je me trouvais derrière lui pendant qu'il lisait la lettre, pour dégrafer ma robe par le haut et m'éponger le cou et les épaules avec mon mouchoir.

« Malheureusement je n'avais pas été assez prompte à me ragrafer et, en se retournant vers moi pour me parler, il m'aperçut dans le léger désordre où j'étais.

« Aussitôt, je vis son regard s'enflammer et me fixer ardemment.

« Je voulus me dépêcher de partir; mais il m'arrêta par le bras.

« — Attends un peu, la Mouginotte, — fit-il avec un tremblement dans la voix, — je vais t'offrir quelque chose : je vois que tu as besoin de te rafraîchir. »

« J'ai oublié de vous apprendre que mon père s'appelait Mougeot et que moi, on m'appelait la Mouginotte, ou petite Mougeot.

« Ma belle-mère, elle, était tout bonnement désignée sous le nom de la Mougeot.

« — Mon, capitaine, — répliquai-je, — je n'ai pas soif, je vous remercie. »

« J'étais toute troublée et avais hâte d'être dehors. Et, cependant, j'aurais bien avalé un verre de n'importe quoi, car j'étais réellement altérée par la course que j'avais faite.

« — Si, — reprit-il, — tu dois avoir soif, c'est visible et tu refuses par politesse ; mais avec moi, tu sais bien que tu n'as pas à te gêner. Voyons, qu'est-ce que tu veux? De l'orangeade, hein ? c'est très rafraîchissant. »

« Il me prenait par mon faible. L'orangeade était en effet ma toquade et il n'ignorait point que plus d'une fois je m'étais fait corriger vertement par la Mougeat pour en avoir dérobé à la cantine.

« J'hésitai une seconde, puis, poussée par la gourmandise, je me décidai à accepter son offre.

« — Mais donnez vite alors, capitaine, — lui dis-je, — sans cela vous me feriez gronder. Ma belle-mère dirait que je me suis amusée en route.

« — Ça va être l'affaire d'un instant, pas plus, — répliqua-t-il.

« Il passa dans une pièce à côté et, au bout d'un moment, m'apporta tout préparé un verre d'orangeade qu'il était en train de remuer avec une cuillère pour — disait-il — bien dissoudre le sirop dans l'eau.

« — Tiens, — fit-il, — c'est de la fine ; tu n'en bois pas souvent de pareille. »

« Sans faire attention au ton singulier dont il prononçait ces mots, je lui pris le verre des mains et le bus d'un seul trait.

« C'était, ainsi qu'il l'avait dit, du sirop très fin et bien supérieur à celui que vendait la Mougeot.

« Je le reconnus sans peine. Seulement, je lui trouvai un arrière-goût d'amertume qui me surprit. J'allais en faire l'observation, quand je me sentis prise d'un engourdissement subit qui m'envahit rapidement tout entière.

« Je voulus lutter contre cette torpeur étrange et fis quelques pas en avant pour sortir, pensant que le grand air allait la dissiper.

« Mais je chancelai soudain sur mes jambes et, si le capitaine ne m'avait reçue dans ses bras, je serais tombée à terre comme une masse.

« Je venais de m'endormir d'un sommeil de plomb.

. . . .

« J'étais arrivée chez l'amant de ma belle-mère vers onze heures du matin.

« Ce ne fut qu'à une heure de l'après-midi que je me réveillai.

« Lorsque je rouvris les yeux, j'étais étendue sur le lit du capitaine, à demi-nue et dans un état qui ne me permettait pas de douter de l'outrage que j'avais subi.

« Lui se tenait debout, près de moi, et me regardait en souriant.

« Il semblait attendre que je le remerciasse du crime qu'il venait de commettre.

« Dès que j'eus le sentiment de ma honte, mon désespoir fut tel que, quoique j'eusse encore le cerveau alourdi par les effets de l'opium, — car c'était cette substance soporative qu'il avait mélangée au sirop pour se rendre maître de moi, — je bondis du lit sur le plancher, me rhabillai à la hâte et, oubliant même d'adresser des reproches au misérable, je voulus m'enfuir pour aller me jeter à l'eau.

« Il s'efforça de me retenir, étonné que je prisse la chose aussi au tragique, mais je glissai entre ses mains et déjà j'atteignais la porte, quand elle s'ouvrit brusquement, livrant passage à la Mougeot.

« Elle était allée au rendez-vous qu'elle lui avait assigné et, après une heure d'attente, ne le voyant pas paraître, elle venait s'informer des causes de son absence.

« Une clef de sa chambre qu'elle possédait lui avait permis d'entrer ainsi à l'improviste.

« A la vue de l'agitation où j'étais et de l'attitude embarrassée de son amant, elle comprit sur-le-champ ce qui s'était passé, sans se rendre compte, toutefois, de la manière dont le fait avait eu lieu.

« D'abord, elle demeura stupéfiée et semblant ne pas en croire ses

yeux. Puis, tout à coup, poussant un cri de rage, elle s'élança sur le capitaine, les ongles en avant.

« Je m'attendais à ce que celui-ci allait lui appliquer quelques bonnes
taloches, comme il faisait d'ordinaire.

« Mais, au lieu de cela, il se contenta de la repousser mollement en
disant :

« — Voyons, Thérèse... calme-toi, ma belle, ce n'est pas de ma faute,
après tout... Si la Mouginotte n'était pas venue me faire des agaceries, ce
ne serait pas arrivé, je t'assure...

« — Comment, c'est elle qui t'a cherché, — rugit la Mougeot. — Ah !
la gueuse!... Voyez-vous ça, avec son air bêtasse... Eh bien! elle va payer
pour vous deux... La chienne, je te vas-t-y lui tanner la peau.., »

« Et tournant sa colère contre moi, elle se mit à me bourrer de coups
de poing et de coups de pied en me jetant à la face les injures les plus
grossières.

« C'en était trop. Révoltée de la lâcheté du capitaine qui n'avait même
pas le courage de son odieuse action, outrée de la brutalité de la mégère
qui abusait de ma faiblesse pour me frapper sans ménagements, je fus
prise à mon tour d'une si violente fureur que pendant un moment je fus
semblable à une véritable tigresse.

« D'abord, mes forces étant décuplées, je saisis une chaise que je rencontrai sous ma main et la lançai à toute volée à la tête du misérable, qui
en eût le front fendu et le visage horriblement meurtri.

« Ensuite, je me ruai sur la Mougeot, la fis rouler sur le sol, où je
m'acharnai à la griffer, à la mordre au point de la faire hurler de douleur.

« Après quoi, laissant là l'amant et la maîtresse en assez piteux état,
je me sauvai comme une folle de ce lieu funeste où je venais d'être
déshonorée, et me dirigeai du côté du Rhône dans l'intention bien arrêtée
de m'y précipiter.

« En peu de temps j'arrivai au fleuve; mais une fois descendue sur la
berge, l'instinct de la conservation parla en moi et me fit rejeter ma résolution.

« Tout en désirant fermement de mourir, je sentais que je n'aurais
jamais la force de me donner la mort moi-même.

« Alors, je remontais sur les quais et me mis à errer dans Lyon sans
but déterminé, allant où mes pas me portaient.

« Qu'allais-je devenir ? Je n'en savais rien.

« La maison m'était désormais fermée, car la Mougeot, sachant que
je n'avais pas à compter sur mon père, qui n'était plus qu'une machine

humaine sans force et sans volonté, ne manquerait pas de prendre prétexte de la souillure dont j'étais à jamais marquée pour m'en chasser honteusement.

« D'autre part, je ne connaissais personne chez qui je pusse me réfugier et aller demander asile, même pour quelques jours seulement.

« J'étais donc, malgré la foule qui m'entourait de toutes parts, perdue comme dans un grand désert où je n'avais à espérer aucun secours de qui que ce fût.

« La journée s'écoula pour moi ainsi en marches continuelles de côté et d'autre et sans qu'un seul instant il me vînt à l'idée de me reposer.

« Enfin, le soir venu, mes jambes se refusant à me soutenir, je tombai dans le coin d'une porte et m'y blottis, attendant que le sort fît de moi ce qu'il voudrait.

— Cet homme, ce capitaine, a été un bien grand lâche, — dit Jean, — et son forfait aurait mérité une punition exemplaire.

— Oh! ça ne lui a pas porté bonheur, allez. Quinze jours après, à la suite d'une nouvelle scène de jalousie qu'il eut avec la Mougeot, celle-ci lui jeta à la figure un plein bol de vitriol, qui le défigura entièrement en lui brûlant les yeux par-dessus le marché.

— Le châtiment a été cruel.

— Mais juste, monsieur, car tous mes malheurs n'ont été que la suite de l'infamie qu'il avait commise envers moi. C'était, du reste, un méchant homme et sa fin n'a pas été celle d'un soldat, vous allez en juger.

« Ma belle-mère avait été condamnée à quatre ans de prison pour avoir fait ce beau coup. Le jour même où elle devait être incarcérée définitivement, le capitaine sollicita la faveur de lui parler une dernière fois, dans le but de lui pardonner, disait-il, et de se réconcilier avec elle.

« On lui accordait ce qu'il demandait et il fut conduit près de son ancienne maîtresse.

« Comme il était aveugle, il fit semblant, dès qu'il se trouva en sa présence, de vouloir la reconnaître au moyen du toucher, c'est-à-dire en lui passant les mains sur le visage.

« Tout à coup, pendant qu'il se livrait à cette opération, il lui ouvrit brusquement la bouche et lui enfonça, jusque dans la gorge, une capsule contenant une goutte d'acide prussique.

« L'effet fut instantané : la Mougeot tomba à la renverse foudroyée.

« En entendant le bruit de son corps heurtant le sol, il eut une exclamation de joie mauvaise, puis, certain que sa vengeance était accomplie, il s'introduisit également dans la bouche une capsule semblable et, à son tour, roula à terre sans vie.

« On les enterra le même jour.

« Quant à mon père, il était mort quelque temps auparavant. Il avait fini par devenir gâteux et ne s'était même pas aperçu que j'avais quitté la maison.

XXXIX

ÉTERNELLE HISTOIRE

« Maintenant, — continua la mère Filoche, — je reviens au moment où j'étais dans le coin de la porte.

« Il y avait bien une heure que je m'y trouvais, quand un soldat s'arrêta devant moi et me dit :

« — Eh ! la Mouginotte, est-ce bien toi qui est là ? Lève donc un peu le nez, voir si je ne me trompe pas. »

« Je regardai celui qui me parlait et reconnus un sergent d'administration, avec lequel j'avais souvent causé à notre cantine où il prenait ses repas.

« Il se nommait Vernier et était employé à l'intendance.

« Sa rencontre me fit plaisir. J'eus le pressentiment qu'il allait me venir en aide.

« — Oui, c'est bien moi qui suis là, sergent Vernier, — répliquai-je en me mettant debout. — J'ai eu une grosse dispute ce matin avec ma belle-mère et suis partie de chez nous pour n'y plus jamais rentrer. »

« Vous pensez que je n'allais pas lui raconter ce qui m'était arrivé.

« — Tu veux plaisanter, — me dit-il. — Il faut te dépêcher de regagner la caserne au contraire. On ne s'en va pas comme ça de chez soi, surtout à ton âge.

« — Si ; quand on a une belle-mère pareille à la mienne, on se sauve d'elle comme de la peste, — répliquai-je.

« — Je sais bien qu'elle n'est pas commode et te fait souvent endêver, cependant...

« — Il n'y pas de cependant, — fis-je avec résolution ; — je suis bien décidé à ne pas reparaître à la maison et je n'y reparaîtrai pas.

« — Allons, ne fais pas la folle, — reprit Vernier ; — viens avec moi, je vais te reconduire. »

« Et il essaya de me prendre par le bras pour m'entraîner.

« Je me dégageai vivement.

— Eh! la Mouginotte, est-ce bien toi qui es là?

« — C'est inutile de chercher à vouloir me ramener chez nous. Je vous répète que je n'y rentrerai jamais, jamais!... — m'écriai-je avec véhémence... — et j'aimerais mieux être au fin fond du Rhône que de me retrouver en face de la Mougeote.

« — Comment, c'est si sérieux que cela? — fit le sergent. — Quel était donc le sujet de votre dispute? »

Liv. 97. — H. GEFFROY, éditeur. — Reproduction interdite. 97

« Sur le moment je ne sus trop que répondre. Néanmoins, comme il fallait dire quelque chose, je répliquai :

« — Elle m'a accusée de lui avoir pris de l'argent, la coquine.

« — Bah !

« — Oui... et là-dessus nous nous sommes querellées si fort que ça s'est terminé par une batterie entre nous deux.

« — Tu t'es battue avec elle ? Mais elle est taillée, la Mougeot, et elle a dû te rosser de la belle façon ?

« — Oh ! si j'en ai reçu, je vous prie de croire qu'elle en a reçu aussi... Sûr, elle portera longtemps les marques de mes griffes et de mes dents... Vous voyez bien qu'après ça nous ne pouvons pas nous revoir !

« — Ce n'est pas une raison, — observa Vernier ; — on se querelle un jour, on se rabiboche le jour suivant et tout est dit. Allons, ta folie a assez duré, retournons ensemble à la Part-Dieu. Je parie que demain elle sera la première à reconnaître qu'elle t'a accusée à tort.

« — Non, non, non, mille fois non ! — criai-je de nouveau, — je ne retournerai pas chez nous...

« — Mais, grosse bête, songe donc à une chose : c'est que si tu ne veux pas rentrer à la maison de bon gré, ta belle-mère t'y fera rentrer de force. Elle a la loi pour elle ; au cas où tu ne le saurais pas, je te l'apprends.

« — De force !... Je voudrais bien qu'elle y vienne, se frotter encore à moi... ça recommencerait comme ce matin...

« — Parbleu ! ce n'est pas elle qui se chargerait de te ramener.

« — Et qui donc, alors ?

« — La police, qu'elle enverrait après toi.

« — Eh bien ! je me battrais avec la police de même qu'avec elle.

« — Ce qui ne l'empêcherait pas de te faire réintégrer le logis... car j'ai idée que tu ne serais pas la plus forte.

« — C'est ce qu'on verrait, — fis-je en me redressant et en serrant les poings comme si j'étais déjà toute prête à tenir tête aux agents de l'autorité.

« — Du reste, — ajoutai-je, — soyez tranquille pour ça. La Mougeot, je vous en réponds, ne cherchera pas à me faire ni rentrer de force ni autrement... Elle est, j'en suis sûre, bien trop contente que je sois partie.

« — Je ne suis pas de ton avis, moi. Qu'elle ne soit pas pour toi ce qu'elle devrait être, cela je l'admets, mais de là à souhaiter ton départ du foyer paternel, il y a loin.

« — Je sais ce que je dis, monsieur Vernier, et si vous n'êtes pas de mon avis, j'en suis fâchée... ça ne change rien à ma résolution.

« — Et ton père, lui, qu'est-ce qu'il dira?

« — Vous savez bien dans quel triste état il est, le pauvre homme... il ne s'apercevra même pas de mon départ de la maison.

« — Mais ça ne te fait donc rien de ne plus le voir, toi?

« — Oh! je m'arrangerai de manière à le voir de temps en temps... aussi souvent que possible. Je guetterai les moments où la Mongeot ne sera pas là pour aller l'embrasser et passer quelques instants près de lui.

« — Sacrée gamine! — fit Vernier, — tu as réponse à tout. »

« Il était à bout de raisons et paraissait vexé de ne pas pouvoir me décider à rentrer chez nous. Cependant il tenta encore un dernier effort.

« — Autre chose, à présent, — reprit-il. — Te rends-tu compte de la situation dans laquelle tu te mets avec ton coup de folie? Réfléchis un peu.

« — Je ne veux pas réfléchir.

« — Il le faut bien, pourtant. Que vas-tu devenir, hors de chez toi? Où logeras-tu? Comment te nourriras-tu?

« — Je n'en sais rien et ne m'en occupe pas.

« — Alors tu crois qu'à partir d'aujourd'hui tu vas pouvoir prendre pour lit le pavé des rues ou le coin des portes et te nourrir de grand air et d'eau fraîche?

« — Oui, — fis-je d'un ton délibéré sans comprendre la bêtise de ma réponse.

« — Décidément, tu as perdu l'esprit, — fit Vernier, — et tu parles comme quelqu'un qui aurait la cervelle détraquée. Mais causons sérieusement. D'abord où vas-tu passer cette nuit?

« — Ici où je suis.

« — Pour que les agents te ramassent comme vagabonde, n'est-ce pas?

« — Ils me ramasseront, voilà tout.

« — Et tu iras en prison.

« — J'irai... ça me fera un logement tout trouvé. »

« Vernier haussa les épaules.

« — Tu mériterais que je t'abandonne là sans plus de façon, — dit-il impatienté. — Cependant j'ai pitié de toi et vais tâcher de te tirer d'affaire pour le moment. Tu n'ignores pas qu'à titre de sergent d'administration j'ai la permission de loger en ville si bon me semble? Eh bien! j'y loge et je t'offre de profiter de l'occasion.

« — Monsieur Vernier, — dis-je offensée, — ce n'est pas bien ce que vous me proposez là. Vous savez pourtant que je suis une honnête fille.

« — La Mouginotte, tu me prêtes des intentions que je n'ai nullement,
je t'assure. Si je mets ma chambre à ta disposition, c'est pour que tu
l'occupes seule ; moi, j'ai toujours mon lit prêt à la caserne et j'en serai
quitte pour aller y coucher cette nuit.

« — Ah ! si c'est comme ça, je veux bien, — répondis-je toute
joyeuse, — et je vous remercie beaucoup de votre proposition.

« — Bon, ça suffit. Viens, en ce cas. Je demeure rue Lacroix, à la Guillotière, et nous allons être arrivés dans quelques minutes. »

« Nous nous dirigeâmes aussitôt vers son logis.

« Au bout d'un quart d'heure, nous étions rue Lacroix.

« Il habitait dans un petit hôtel meublé, fort bien tenu et où il avait
une très jolie chambre.

« — Voilà, — dit-il dès que nous y fûmes entrés ; — tu es ici chez toi et
maîtresse d'y faire ce que tu voudras. A présent, comme tu dois être
éreintée d'avoir traîné dans Lyon toute la journée, je te laisse, afin que
tu puisses te reposer immédiatement. Je reviendrai demain savoir si tu
as bien dormi. Bonsoir, la Mouginotte. »

« Et sans me donner le temps de le remercier de nouveau, il me serra
la main en camarade, puis partit.

« Oh ! oui, j'étais rompue de fatigue ; mes yeux se fermaient d'eux-
mêmes. Pensez, j'avais marché près de huit heures de suite ! Aussi,
n'ayant pas le courage d'ôter mes vêtements, je me jetai sur le lit tout
habillée.

« Le lendemain, de bonne heure, Vernier reparut.

« J'étais déjà debout et l'attendais.

« — Je viens de passer chez la Mougeot, — dit-il, — et j'ai causé de
toi avec elle.

« — Eh bien ? — fis-je inquiète.

« — Eh bien ! ça ne va pas... pas du tout... J'ai d'abord mis la conversation sur le sujet de votre querelle, ce vol d'argent dont elle t'accusait, ce qui, par parenthèse, a paru assez l'étonner. C'est pourtant bien
à cause de ça que vous vous êtes disputées, n'est-ce pas ?

« — Oui, oui, c'est bien à cause de ça, — répliquai-je troublée.

« — Ensuite, j'ai plaidé en ta faveur, m'efforçant de lui faire comprendre qu'elle devait certainement être dans l'erreur, attendu que tu n'étais
pas une voleuse.

« — Ah ! si elle ne m'avait chipé que de l'argent, la gueuse ! » — s'est-
elle écriée en devenant bleue de colère.

« Et comme je lui demandais de quoi elle t'accusait encore, elle a
clamé :

« — De quoi je l'accuse?... De m'avoir volé cent fois plus... Elle m'a pris mon... mon...

« Au fait, je n'ai pas besoin de crier ça sur les toits, — a-t-elle ajouté. — Il est inutile que tout le monde le sache... Vous surtout qui iriez en rire avec elle. »

« Bien entendu, je n'ai pas insisté pour savoir ce qu'elle croyait devoir me cacher.

« — Je vais vous l'apprendre, moi, — m'empressai-je de dire. — Elle soutenait aussi que je lui avais dérobé un médaillon en or renfermant le portrait d'un de ses amants. »

« C'était un nouveau mensonge que je faisais là, monsieur le médecin, mais, à moins d'avouer la vérité, j'étais bien forcée de le faire.

« — Ah! bon, — dit Vernier, — je m'explique maintenant sa retenue et pourquoi elle paraît tant t'en vouloir. Car elle t'en veut à mort et, ainsi que tu le pensais, est très contente de ton départ de la maison, où elle te défend de rentrer jamais. Elle a même proféré à ton adresse des menaces terribles dans le cas où il te prendrait un jour l'envie d'y remettre les pieds.

« — Vous voyez combien j'avais raison, — dis-je.

« — Je suis obligé de le reconnaître. Quant à ton père à qui j'ai parlé aussi, il n'a pas compris un mot de ce que je lui disais; il n'a plus conscience de rien et ne se doute même pas que tu existes. Bref, je te le répète, ça ne va pas du tout et te voilà bel et bien comme si tu étais dans la rue.

« — Ça ne m'effraye point; j'aime mieux être dans la rue que près de cette mauvaise femme.

« — Je l'admets. Seulement je me demande ce que tu vas devenir. »

« J'eus un geste d'insouciance.

« — Oui, je sais, — reprit Vernier, — tu vivras de l'air du temps, comme tu me l'as dit hier, ou te feras flanquer au bloc pour vagabondage. Tout ça se sont des bêtises. Il faut raisonner sensément. »

« Puis, après un moment de réflexion, il continua :

« — Pour l'instant, j'avoue que je ne vois pas trop quel conseil je pourrais bien te donner ; je suis pris au dépourvu. Mais, selon moi, voici ce que tu as de plus simple à faire en attendant mieux : c'est de rester dans cette chambre jusqu'à nouvel ordre. J'ai quelques sous d'économie avec lesquels je te procurerai ta nourriture et, de cette façon, tu auras le vivre et le couvert assurés. Ça te convient-il?

« — Oh! oui, monsieur Vernier, — fis-je tout émue, — et je vous suis bien reconnaissante de venir ainsi à mon secours.

« — Alors, c'est entendu. Nous verrons ensuite à te tirer de cette situation. »

. . . .

« J'étais parfaitement heureuse, monsieur le médecin. Vernier venait tous les jours me voir et me tenir compagnie pendant une heure ou deux. Il me donnait vingt sous par jour pour ma nourriture, ce qui me suffisait largement.

« Dans la journée, afin de ne pas rester inactive, je m'occupais avec la logeuse à raccommoder le linge de l'hôtel et à le repasser, de sorte que je n'avais pas le temps de m'ennuyer.

« Si je n'étais pas très habile à ces petits travaux que je faisais pour la première fois, — car ma belle-mère ne m'avait jamais appris qu'à rincer les verres et à laver la vaisselle, — j'y mettais tant de bonne volonté que cela remplaçait mon manque d'adresse.

« Vernier était très content de me voir travailler. Il disait que ça indiquait chez moi des dispositions à faire une bonne ménagère.

« Pendant trois semaines nous ne fûmes l'un pour l'autre qu'un frère et une sœur.

« Puis, un jour, — cela devait arriver, — je devins sa maîtresse.

« Bien que je fusse honnête et que lui, de son côté, ne songeât pas tout d'abord à être mon amant, un moment d'entraînement nous jeta dans les bras l'un de l'autre.

« Mais il avait été si bon envers moi et l'était encore que je n'en eus point de regret.

« D'ailleurs, sans m'en douter, je m'étais mise à l'aimer d'amour et cela excusait ma faute à mes yeux.

« Toutefois, de ce jour, il me vint un remords : c'était de ne pas lui avoir fait connaître l'attentat dont j'avais été victime de la part du capitaine.

« Que dirait-il, s'il apprenait que je m'étais donnée à lui souillée?

« Je me promis alors, quoi qu'il pût advenir, de lui révéler mon malheur; je tenais à ce qu'il n'y eût rien de caché entre nous deux.

« Mais chaque fois que j'ouvrais la bouche pour lui faire ma confession, une honte me retenant, je la remettais à plus tard.

« Jacques m'aimait beaucoup aussi. — Vous ai-je dit qu'il s'appelait Jacques et moi Louise?

« Je voyais bien aux soins et aux attentions dont il m'entourait qu'il ne me considérait pas comme une maîtresse ordinaire. J'étais pour lui une véritable compagne et non un simple objet d'amusement.

« Un soir, nous nous promenions tous les deux sur le bord du Rhône, quand il me dit :

« — Ma petite Louise, — il ne me désignait plus sous le nom de la Mouginotte, — c'est dans huit jours que je suis libéré et que je retourne dans mon pays qui est Vizille, près Grenoble. Toutes mes petites affaires sont réglées à Lyon et je n'ai plus qu'à partir.

« — Tu t'en vas? — fis-je effrayée.

« — Tiens, qu'est ce que tu veux que je fasse ici?

« — Eh bien!... et moi?... balbutiai-je en le regardant, anxieuse.

« — Toi?... »

« Il prit un temps, puis, avec un bon sourire, ajouta :

« — Je t'emmène...

« — Tu m'emmènes... vrai?

« — Puisque je te le dis.

« — Mais... les parents... comment me recevront-ils?

« — Je n'ai plus de parents. Il ne me reste qu'une sœur aînée qui m'aime comme une mère et t'accueillera à bras ouverts... surtout quand je lui dirai que nous allons nous marier.

« — Quoi! — m'écriai-je, le cœur débordant de joie, — tu consentirais à m'épouser, Jacques?

« — Oui, ma chère Louise. Depuis près de deux mois que nous vivons ensemble j'ai pu t'apprécier et ai trouvé en toi toutes les qualités que je désirais rencontrer dans celle dont je voulais faire ma femme.

« — Oh! — fis-je, en me serrant contre lui avec transport, — que je t'aime, Jacques, et que je te rendrai heureux!

« — Je le sais bien, — me répondit-il gentiment, — et c'est pour cela que je t'épouse. »

« Cette soirée, monsieur, — dit la mère Filoche à Jean, — fut pour moi la plus douce et, en même temps, la plus cruelle que j'aie jamais passée.

« Si j'éprouvais, en effet, un immense bonheur à l'idée que j'allais être la femme de Jacques, d'un autre côté je souffrais le martyre en songeant à l'aveu que j'avais à lui faire. Car vous pensez bien que cet aveu devenait maintenant encore plus nécessaire qu'auparavant.

« Vingt fois, jusqu'au moment où nous nous couchâmes, je l'eus sur les lèvres et vingt fois je ne pus me décider à l'en faire sortir.

« Il en fut de même des jours suivants.

« Jacques s'étonnait des alternatives de joie et de tristesse où il me voyait et qu'il ne savait à quoi attribuer.

« La veille de notre départ de Lyon pour Vizille, il était sorti dans la journée pour dire adieu à ses amis et à ses camarades, ainsi qu'à toutes les personnes de sa connaissance.

« Il m'avait prévenue qu'il reviendrait vers six heures et demie ou sept heures pour dîner.

« Je l'attendis vainement. Huit heures, neuf heures, dix heures sonnèrent sans qu'il parût.

« J'avais le cœur serré; il me semblait qu'un malheur planait au-dessus de ma tête. Je cherchais à me rassurer.

« — Il aura été retenu par ses amis, — pensais-je. — Comme c'est le dernier jour qu'il passe à Lyon, il se sera laissé entraîner à faire avec eux quelque petite débauche. Son retard n'a donc rien que de très naturel. »

« Ce que je supposais là était fort plausible. Néanmoins, prise d'inquiétude, je résolus de ne pas me mettre au lit avant son retour.

« Ce fut seulement à minuit qu'il rentra. Il était pâle comme un mort et ses yeux brillaient de colère.

« J'allais lui demander ce qu'il avait... il ne m'en donna pas le temps.

« — La Mouginotte, — me dit-il d'une voix dure, — tu es une gueuse qui t'es odieusement jouée de moi... De ce moment je ne te connais plus. »

« Je le regardai d'un air stupide. Je ne savais pas ce qu'il voulait dire et le croyais devenu subitement fou.

« Il continua :

« — J'ai rencontré l'ex-brosseur du capitaine l'ancien amant de ta belle-mère, et il m'a tout raconté... Tu as été la maîtresse de celui-ci... »

« Ah! je comprenais, maintenant, mais j'étais à ce point stupéfaite qu'il m'était impossible de prononcer un mot.

« — Oui, — reprit Vernier, — je sais tout... Je sais d'où est venue ta querelle avec la Mougeot, pourquoi tu t'es enfuie de la maison et, enfin, pourquoi tu redoutais tant de te retrouver en sa présence...

« Elle t'a surprise chez le capitaine dans un état qui ne lui permettait aucun doute sur les relations que vous aviez ensemble... relations qui dataient d'assez loin, paraît-il, car sous prétexte de lui porter des bouteilles de liqueur tu te rendais fréquemment à sa demeure où tu avais des rendez-vous avec lui... Oseras-tu dire que ce n'est pas vrai? »

« J'essayai de parler pour lui apprendre la vérité, et réduire ainsi à néant l'infamie dont il me croyait coupable.

« Hélas! ma langue était paralysée. Une angoisse indicible étreignait tout mon être et me bouleversait l'esprit.

« Jacques poursuivit :

« — Bien, tu ne nies pas, c'est déjà quelque chose. Du reste, à quoi cela te servirait-il? Le brosseur a assisté à de nombreuses scènes qui ont

— La Mouginotte, tu es une gueuse, qui t'es odieusement jouée de moi.

eu lieu entre ta belle-mère et le capitaine à cause de toi, et au cour,
desquelles ce dernier se vantait de l'avoir déjà depuis plusieurs mois pour
maîtresse. C'est même à la suite d'une de ces scènes que la Mougeot lui a
jeté un bol de vitriol à la figure...

« Tiens, — fit-il avec rage et en s'approchant de moi pour me toucher,
— tu es une misérable... J'avais toute confiance en toi et tu m'as indigne-
ment trompé... C'est lâche... bien lâche... Aussi, autant je t'aimais, autant

à présent je te méprise... Je ne voulais pas rentrer de peur, dans la fureur
où j'étais, de me livrer à quelque acte de violence envers toi... mais je te
trouve tellement vile que je n'ai même pas le courage de te châtier...
Adieu... tu ne me reverras jamais... je te laisse à ta honte... »

« Et il partit, sans que j'eusse la force de faire un mouvement pour le
retenir.

« Je l'entendis descendre l'escalier. Chacun de ses pas me résonnait
si douloureusement dans le cœur, qu'il me semblait prêt à éclater

« J'étais assommée par le coup de massue que je venais de recevoir.

« Toute la nuit, je demeurai dans un état de complet anéantissement.

« Je n'avais plus ni pensée ni volonté et ne savais plus si je vivais ou
étais morte.

« Au matin, une réaction se produisit en moi. La raison me revint
soudain, en même temps que m'apparut l'étendue de mon malheur.

« Alors, je me mis à pleurer toutes les larmes de mon corps.

« J'avais touché au paradis et me voyais précipitée au plus profond
de l'enfer.

« Oh! comme je souffrais et combien je regrettais maintenant de ne
pas m'être jetée à l'eau trois mois auparavant.

« Et, tenez, monsieur, ce souvenir est resté si vivant dans mon esprit
que je pleure encore en me le rappelant.

En effet, sur les joues de la vieille femme roulaient des larmes qui
se perdaient dans le creux de ses rides.

XL

LA CHUTE

— Reposez-vous un peu, — dit le docteur avec intérêt ; — vous devez
être fatiguée de ce long récit.

— Non, monsieur, je ne suis pas fatiguée, — répliqua la mère Filoche,
— mais si vous vouliez me donner de votre espèce de vermout, cela me
ferait plaisir.

Déférant à ce désir, Jean fit boire une troisième fois un doigt de vin
aromatique à la malade, ou plutôt à la moribonde, car la force qui la
soutenait n'était que factice et allait bientôt s'épuiser.

Aussitôt qu'elle eut bu le cordial, la vieille femme reprit :

— A présent, monsieur, je vais entrer dans la période la plus triste de cette partie de ma vie, celle où je devins réellement la créature que Jacques me supposait être.

Jean jeta des regards inquiets vers la porte appréhendant que sa fille ne vînt à se montrer. Il avait calculé que la préparation de la potion inscrite sur l'ordonnance la tiendrait dehors une demi-heure environ et ce temps n'était pas loin d'être écoulé.

— Les pleurs que je versai — poursuivit la mère Filoche — me dégagèrent le cerveau et me permirent de juger nettement de ma situation.

« J'étais désespérée de n'avoir pas su la veille prononcer un seul mot pour ma défense, et comprenais que mon silence avait dû passer aux yeux de Jacques pour la confirmation des infamies qu'on lui avait dites sur moi.

« Comment avais-je pu me laisser abattre ainsi? N'aurais-je pas dû, au contraire, protester de toute mon énergie contre de telles calomnies? Mais il était peut-être encore temps de réparer le mal. Je saurais parler maintenant et, certainement, Jacques, lorsqu'il connaîtrait la vérité, me rendrait son affection pleine et entière.

« Sans perdre un instant, je me lançai à sa recherche.

« Comme il était de très bonne heure, je me rendis d'abord à la caserne, présumant qu'il y était rentré coucher une dernière fois.

« On ne l'y avait pas vu. J'attendis alors que la matinée fût un peu plus avancée, puis allai aux différents endroits où je savais avoir chance de le trouver. Il n'était nulle part.

— C'est qu'il sera parti pour son pays, » me dis-je.

« A cette époque, monsieur, vous ne l'ignorez point, il n'y avait pas encore de chemins de fer dans ces régions relativement éloignées de Paris.

« On en était toujours aux anciens moyens de transport, c'est-à-dire aux diligences et aux coches d'eau. Deux voitures partaient par semaine de Lyon pour Grenoble. De Grenoble on allait à Vizille soit à pied, — il n'y a que dix-sept kilomètres de distance, — soit par un petit coche qui faisait le service d'une ville à l'autre.

« Une diligence étant partie le matin même de Lyon, il me fallait donc attendre trois jours avant d'essayer de rejoindre Jacques.

« Si le temps me dura, je vous le laisse à penser.

« Enfin, je me mis en route et arrivai à Vizille.

« Plusieurs fois, dans nos conversations, Jacques m'avait indiqué où demeurait sa sœur, qui était fermière au bout de la ville.

« J'allai la voir.

« Dès que je me fus nommée elle entra dans une violente colère, me disant que j'avais de l'audace d'oser affronter sa présence; qu'elle venait de recevoir une lettre de son frère dans laquelle il lui racontait sa liaison avec moi et ce qu'au dernier moment il avait appris sur mon compte; qu'ainsi je n'avais qu'à déguerpir au plus vite si je ne voulais pas qu'elle me fît chasser.

« — Mais où est-il ?... où est-il ?... m'écriai-je; — il faut que je lui parle... ce qu'on lui a dit de moi n'est pas vrai... Je vous en supplie, s'il est ici, faites que je le voie...

« — Non, il n'est pas ici... et je ne vous dirai pas où il est. Allons, filez... les gourgandines comme vous n'ont pas leur place dans les honnêtes maisons. »

« Et comme j'insistais encore, elle appela un valet de ferme et me fit brutalement mettre à la porte par lui.

« J'étais indignée d'être traitée de la sorte, surtout sachant que je n'étais point coupable.

« Le cœur ulcéré par tant d'injustice, je repris la route de Grenoble que je fis à pied, n'ayant plus un seul sou sur moi.

« J'avais dessein de regagner Lyon le plus tôt possible.

« Jacques n'étant pas à Vizille, je me dis qu'il y était sans doute resté et que je finirais par le retrouver.

« L'argent me manquait, il est vrai, mais j'avais des boucles d'oreilles et une petite bague d'une certaine valeur que je comptais vendre pour me procurer la somme nécessaire à ce nouveau voyage.

« J'entrai dans Grenoble vers onze heures du soir. J'étais exténuée d'avoir marché toute la journée sur une route chauffée à blanc par un soleil ardent; car nous étions à la fin d'août, c'est-à-dire dans les jours les plus chauds de l'été.

« Depuis le coucher du soleil, le ciel s'était couvert de nuages orageux et l'atmosphère était d'une lourdeur accablante. Je sentais le sang me monter à la tête en flux violents et il me semblait que mes tempes allaient éclater tant elles battaient avec force.

« Il y avait une demi-heure que je me traînais dans la ville cherchant à y découvrir un abri quelconque où je pus me reposer jusqu'au lendemain matin, quand, soudain, la nuit s'illumina d'éclairs fulgurants, en même temps que le tonnerre se mettait à gronder avec un bruit effroyable.

« C'était l'orage qui se déclarait.

« Bientôt, les nuages étant venus à crever, une pluie torrentielle inonda le sol et transforma les rues en larges ruisseaux fangeux au milieu desquels je n'avançais plus qu'avec peine.

« Mon malaise augmentait d'instant en instant. J'étais trempée jusqu'aux os et les larges gouttes d'eau qui venaient me fouetter le visage me brûlaient comme autant de fers rouges qu'on m'eût appliqués sur la peau.

« Brusquement, j'eus comme la sensation que le sol me manquait sous les pieds... je vis tout tourner autour de moi dans une ronde vertigineuse et un vide s'étant fait dans mon cerveau, je m'abattis à terre comme une masse, n'ayant plus connaissance de rien.

. . . .

« Quand je revins à moi, j'étais couchée dans un petit lit bien blanc, près duquel se tenait debout une sœur de charité qui me considérait avec un grand air de bonté.

« Je croyais rêver et me demandais par quel singulier hasard je me trouvais là.

« En regardant de côté, j'aperçus une longue file de lits semblables au mien qui s'alignaient dans une immense salle dont je ne voyais pas la fin.

« Où étais-je donc ?

« A l'interrogation muette qu'elle lut dans mes yeux, la sœur répondit :

« — Vous êtes à l'hôpital, ma fille. Il y a trois semaines, on vous a relevée un matin évanouie dans une rue de Grenoble, et comme vous paraissiez très malade, on vous a transportée ici. Vous venez, en effet, d'avoir une fièvre cérébrale excessivement grave qui vous a mise à deux doigts de la mort. Par bonheur votre jeunesse et aussi votre tempérament vigoureux ont triomphé du mal et vous êtes à présent hors de danger.

« — Comment ! il y a trois semaines que je suis ici ? — fis-je stupéfaite, car mes souvenirs s'arrêtaient à mon retour de Vizille qui me semblait avoir eu lieu la veille seulement.

« — Oui, ma fille, et c'est la première fois aujourd'hui que vous reprenez possession de votre esprit. De là vient que vous n'avez pas conscience du temps écoulé. »

« Je demeurai un moment songeuse, cherchant à rassembler mes pensées encore vagues et confuses, puis je murmurai :

« — Trois semaines ?... Sera-t-il encore à Lyon ? »

« D'un mouvement machinal, je rejetai les couvertures et me disposai à me lever.

« Je voulais partir sur-le-champ de l'hôpital pour aller à la recherche de Jacques.

« — Eh bien! que faites vous donc? — s'écria la sœur en s'empressant de me recouvrir.

« — Mais ne me dites-vous pas que je suis guérie? — lui demandai-je.

« — Guérie? Oh! non, pauvre enfant. Si tout danger est écarté, vous avez cependant encore besoin de beaucoup de soins avant d'être sur pied; on ne se tire pas ainsi d'une fièvre cérébrale et ce n'est guère que dans un mois que nous pourrons vous signer votre *exeat*.

« — Pas avant? — fis-je désolée.

« — Non, pas avant; et nous serions coupables d'abréger ce délai. Mais il ne faut pas vous tourmenter, sans quoi la fièvre pourrait vous reprendre et, alors, votre guérison n'aurait lieu que dans un temps bien plus éloigné encore. »

« Sur ces mots, la sœur me quitta pour aller voir d'autres malades.

« Pendant les jours qui suivirent, elle fut pour moi pleine d'attentions et j'étais très touchée de l'intérêt qu'elle me marquait.

« Je lui avais raconté mon malheur auquel elle avait paru prendre vivement part, disant que cela ajoutait encore à la sympathie que je lui inspirais.

« Tout à coup, et sans que je susse pourquoi, son attitude se modifia à mon égard.

« Elle continua à me soigner comme auparavant, mais il n'y avait plus dans ses manières cette bienveillance que j'étais accoutumée à y trouver.

« Puis elle me parlait maintenant d'un ton sec et froid, qui contrastait avec la voix douce et presque maternelle qu'elle avait employée jusqu'alors vis-à-vis de moi.

« J'étais fort surprise de ce changement dont je n'osais lui demander ouvertement la raison et qu'elle ne paraissait pas vouloir me faire connaître, quoique j'y fisse parfois allusion d'une façon discrète.

« Vint le jour de ma sortie.

« Avant de quitter l'hôpital, je crus de mon devoir de la remercier des soins qu'elle m'avait donnés et lui en témoigner ma gratitude.

« — La seule manière de me prouver votre reconnaissance, c'est de rentrer dans la voie du bien, — me répliqua-t-elle un peu sèchement. — Vous êtes jeune et il est encore temps de vous amender. Allez, ma fille... et que Dieu vous garde... »

« Puis, sans s'expliquer autrement, elle me fit conduire dehors par l'infirmière de service.

« En face de l'établissement était un jardin public. J'allai m'y asseoir et me pris à chercher ce qu'avait voulu dire la sœur par les paroles qu'elle venait de m'adresser.

« Je n'en saisissais pas le sens.

« Il y avait quelques minutes que j'étais ainsi à méditer, lorsque vint prendre place près de moi une femme qui sortait également du lieu de douleurs et qui avait été durant plusieurs jours ma voisine de salle.

« Ce fut elle qui me donna le mot de l'énigme.

« Mlle Vernier, la fermière de Vizille, ayant une de ses servantes malade à l'hôpital, était venue pour la voir et, en passant devant mon lit, m'avait reconnue pendant que je dormais.

« Elle avait alors dit pis que pendre de moi à la sœur, lui avait fait de mes mœurs un tableau répugnant, enfin s'était ingéniée à me noircir complètement dans son esprit.

« Tout m'était expliqué, à présent : aussi bien la froideur subite de celle-ci que le charitable avis dont elle m'avait gratifiée.

« Je fus douloureusement affectée de ce que j'apprenais. Allais-je donc passer aux yeux de chacun pour une fille perdue quand, au contraire, j'étais tout ce qu'il y a de plus honnête?

« Mais non, ce ne serait pas. J'allais retrouver Jacques, lui démontrer mon innocence et, une fois qu'il m'aurait rendu son amour, cette réputation qu'on me faisait tomberait d'elle-même.

« Dans la journée, je vendis mes boucles d'oreilles et ma bague, dont j'obtins vingt-cinq francs, et dès le soir pris passage pour Lyon sur le coche d'eau.

« Hélas! monsieur, quand la fatalité vous poursuit il est bien difficile d'y échapper.

« Vous allez en juger.

« Le coche mettait cinq jours à effectuer le trajet entre Grenoble et Lyon, tandis que la diligence n'en mettait que trois. Mais elle ne partait que le lendemain et il m'avait semblé trop long d'attendre jusque-là.

« Pourtant, j'aurais eu encore avantage à la prendre, puisque je devais arriver à destination vingt-quatre heures plus tôt.

« Malheureusement, dans ma précipitation à quitter Grenoble, je n'avais pas réfléchi à cela et de ce fait, en apparence insignifiant, découla pour moi les plus graves conséquences.

« En effet, le jour où je mis le pied dans Lyon, j'appris que Jacques en était parti la veille sans dire où il allait.

« Comme je l'avais supposé, il y était resté et c'était parce que j'avais mal dirigé mes recherches deux mois auparavant que je ne l'y avais pas rencontré.

« Ainsi, je le manquais juste d'un jour et ne savais maintenant où aller le chercher, car la personne qui m'annonça la nouvelle de son départ m'assura que ce n'était pas près de sa sœur qu'il était retourné.

« Cela me plongea dans un profond désespoir.

« Le malheur s'acharnait après moi avec une ténacité extraordinaire.

« Une dernière humiliation que j'eus à supporter mit le comble à ma détresse, ce fut comme la goutte d'eau qui fait déborder le vase.

« En partant pour Vizille, j'avais laissé quelques vêtements dans la chambre de la rue Lacroix.

« J'allai les redemander à la logeuse. Elle ne fit aucune difficulté de me les donner, mais me reçut très mal.

« — Je sais maintenant qui vous êtes, — me dit-elle, — et le tour que vous avez voulu jouer à M. Vernier en essayant de vous faire épouser par lui. Vrai, ce pauvre jeune homme l'a échappé belle, car s'il n'avait pas été prévenu à temps, il prenait pour femme une prostituée. Coquine, vous mériteriez d'être fouettée en place publique comme on faisait autrefois pour vos pareilles. »

« Et là-dessus, imitant la sœur de Jacques, elle me chassa de chez elle, disant que je salissais sa demeure de ma présence.

« C'en était trop et je compris qu'il me serait impossible de me laver de la calomnie dont j'étais victime.

« — Eh bien! — me dis-je, — puisque bien qu'honnête je suis pour tous une dévergondée, je veux en être une réellement. Comme cela, au moins, l'opinion qu'on a de moins sera justifiée. »

« De ce jour je me lançai dans la débauche. Je vous l'ai dit, sans être jolie, j'avais un minois chiffonné qui plaisait aux hommes et les succès ne me manquèrent pas.

« Pendant dix ans je fus très à la mode à Lyon où l'on me connaissait sous le nom de la Louison, qui était mon prénom de Louise paysannisé. Je n'avais pas voulu garder celui de la Mouginotte comme étant trop commun et sonnant mal aux oreilles.

« C'était avec une véritable volupté que j'exerçais mon triste métier de fille galante; et plus je roulais au fond de l'abîme, plus j'étais heureuse.

« Cela m'étourdissait et m'empêchait de penser.

« Je fréquentais aussi bien la haute que la basse société.

« Souvent, au sortir d'un souper fin où j'avais eu pour convives des jeunes gens appartenant aux meilleures familles de la ville, j'allais achever ma nuit dans un bouge en compagnie d'individus tarés avec lesquels je me livrais aux pires excès.

— Brusquement, j'eus la sensation que le sol me manquait sous les pieds.

« Les uns et les autres me méprisaient ; mais qu'est-ce que cela me faisait... je le leur rendais bien.

« Oui, monsieur, voilà où j'en étais arrivée : de me vautrer dans la fange, à être une créature éhontée dont les mœurs faisaient scandale à Lyon.

— Et Jacques, eûtes-vous occasion de le revoir ? — demanda Jean.

« — Non, jamais. Je sus plus tard qu'il s'était avantageusement marié
dans son pays. Il avait dû m'oublier comme je l'avais oublié moi-même
au milieu de la vie échevelée que je menais.

« Quand, parfois, son souvenir me revenait, j'en éprouvais plutôt une
angoisse qu'une joie. Je ressentais même pour lui une sorte d'aversion,
car c'était beaucoup de sa faute si j'étais sortie du droit chemin ; et les
quelques jours pendant lesquels il m'avait rendue heureuse ne pouvaient
compenser le mal qu'il m'avait fait.

XLI

PARDON!... PARDON!...

La vieille femme poursuivit :

« — J'allais atteindre mes vingt-sept ans, lorsque je rencontrai un
ancien adjudant du 35ᵉ, nommé Filoche, qui venait d'être retraité et se
trouvait momentanément à Lyon.

« Nous renouâmes connaissance et il m'apprit qu'il avait l'intention
d'entrer en ménage.

« — Eh bien ! épousez-moi, — lui dis-je en plaisantant, car je ne pensais pas qu'il allait prendre ma proposition au sérieux.

« — Je veux bien, si tu as de l'argent, — me répondit-il.

« — Ah ! il vous faut de l'argent ?

« — Oui, attendu que je suis en instance pour obtenir la gérance d'une
propriété dans les environs et que, comme j'aurai des créances à recouvrer,
on exige de ma part le dépôt d'un cautionnement de trois mille francs
avant de me donner la place. Or, n'ayant pas ces trois mille francs, je
cherche une femme qui les ait pour moi. Si tu es cette femme là, dis-le,
c'est une affaire faite.

« — Vous voulez rire, n'est-ce pas ?

« — Nullement.

« — Ainsi vous vous marieriez avec moi si je vous apportais trois
mille francs ?

« — Tout de suite : ça ne ferait pas un pli.

« — Vous savez ce que je suis devenue pourtant ?

« — Parbleu ! Bien que je ne sois ici que depuis peu, j'ai déjà entendu

parler de toi souvent. Tu es devenue la Louison, une noceuse de première
et de seconde catégorie.

« — Et malgré cela vous me prendriez pour femme ?

« — Puisque je te le dis. Je ne vois qu'une chose, c'est mon cautionn-
nement à fournir. Le reste m'est bien égal. Voyons, as-tu assez d'écomies
pour me le constituer, ce cautionnement? Nous allons de ce pas chez
M. le maire. »

« Le dégoût me monta aux lèvres. Cet homme consentait à s'unir à
moi non pas pour me tirer de l'ornière où j'étais tombée, ce qui était le
dernier de ses soucis, — mais simplement parce que je lui apportais en
dot l'argent dont il avait besoin.

« C'était ignoble. Cependant j'acceptai le marché qu'il me proposait.

« Il était temps, du reste, que je fisse une fin, quelle qu'elle fût.

« Ces dix années de débauche m'avaient flétrie avant l'âge et c'était
avec anxiété que je commençais à songer à l'avenir qui m'était réservé.
Ma foi, puisque l'occasion se présentait de rentrer dans la vie ordinaire,
autant valait en profiter.

« — Oui, — répondis-je alors à Filoche, — j'ai assez d'économies pour
vous constituer votre cautionnement. J'en ai même plus qu'il ne faut
puisque je possède près de cinq mille francs.

« — En ce cas, tu es ma femme, Les deux mille francs de surplus
serviront à nous mettre en ménage. »

« Nous nous mariâmes le mois suivant et Filoche entra presque
aussitôt en place.

« Inutile de vous dire, monsieur, que mon mari et moi n'avions guère
d'estime l'un pour l'autre.

« Aussi, à tout instant, éclatait-il des scènes terribles dans notre
ménage, lui me reprochant mon passé et moi sa lâcheté de m'avoir
épousé le connaissant.

« Notre intérieur devint alors un enfer : nous ne faisions que nous
battre et nous disputer du matin au soir. Je ne sais vraiment pas comment tout cela aurait fini si, un beau jour, à la suite d'une de nos querelles quotidiennes, Filoche, qui était sanguin, n'avait été frappé d'un coup
de sang qui l'enleva en deux heures.

« Cela tranchait net la situation. Notre union avait duré deux ans à
peine.

« En mourant, mon mari m'avait laissée enceinte. Trois mois après
l'avoir mis en terre, j'accouchai d'une fille.

« Comme il me fallait vivre et que je n'avais aucune ressource, je réclamai son cautionnement qui me servit à monter un cabinet de somnambule extra-lucide.

« Pendant assez longtemps mon petit commerce prospéra. Les imbéciles qui venaient me consulter étaient nombreux et je leur soutirais autant d'argent que je voulais.

« Ce n'était pourtant pas que mes oracles dussent leur être bien agréables, car j'étais devenue méchante et me plaisais à faire le mal. Aux amoureux, j'annonçais la trahison de leur maîtresse; aux maris, celle de leur femme... et réciproquement; néanmoins cela ne les empêchait point de me donner ce que je leur demandais pour prix de leur consultation.

« Ce que j'ai ainsi désuni de couples et brouillé de ménages, c'est incalculable.

— Vous étiez bien coupable d'agir ainsi, — dit Jean.

« — Oui, j'en conviens, mais j'avais tant souffert que j'avais pris la société en aversion et me vengeais sur elle de cette façon. Donc, mon cabinet était fort achalandé.

« Malheureusement la police eut l'idée de fourrer son nez dans mes affaires, trouva qu'elles n'étaient pas très propres et m'obligea à les cesser sur-le-champ, en me faisant rembourser la plupart de mes dupes, ce qui me mit autant dire à sec.

« A la suite de cette aventure, le séjour de Lyon ne m'étant plus possible, j'en partis et vins à Paris où je réussis à me placer comme concierge.

« Mais je n'occupai que peu de temps la loge qu'on me confia. Toujours poussée par le besoin d'être méchante, j'avais, au bout de quelques mois, mis par mes médisances la guerre entre tous les locataires de l'endroit.

« On me renvoya. J'allai ailleurs où ce fut la même chose.

« Je fis ainsi quantité de places sans pouvoir rester nulle part. J'étais une vraie peste et personne ne voulait me garder.

« Avec tout cela les années fuyaient et ma fille grandissait. Quand elle devint femme je constatai avec joie qu'elle avait du goût pour la vie facile.

« — Tant mieux, — pensai-je, — puisque l'honnêteté ne sert à rien, autant qu'elle commence tout de suite par où j'ai fini. »

« Elle devint en effet ce que j'avais été et aujourd'hui elle est la maîtresse d'un vieil usurier qu'elle gruge tant qu'elle peut.

— Je sais cela, — dit Jean; — je sais aussi que vous vous êtes fréquemment plainte de son peu de générosité envers vous. Comment pouviez-vous être assez dénuée de sens moral pour souhaiter de partager avec elle l'argent provenant d'une telle source et de vouloir jouir d'un luxe acquis par de semblables moyens?

« — Oh! ce n'était pas pour le luxe que je lui reprochais son avarice envers moi, monsieur, c'était parce que j'aurais voulu avoir de quoi boire... boire sans cesse, afin d'oublier; car depuis certain jour où j'ai commis... presque un crime, je suis en proie à un remords cuisant...

— Qu'appelez-vous donc presque un crime? — demanda Jean.

— Je vais vous le dire, monsieur. En dernier lieu, j'étais concierge dans une maison de la rue Saint-Jacques dont le propriétaire se nommait M. Michon.

— Rue Saint-Jacques... M. Michon... — répéta Jean pour qui ces indications furent un trait de lumière. — Ah! je vous reconnais, maintenant.

— Vous me reconnaissez? — fit la mère Filoche avec surprise.

— Oui... et très bien même. C'est vous qui, où vous parlez, avez remplacé Mme Bouquet, une pauvre vieille paralysée des deux jambes.

— Juste... mais comment se fait-il...

— Que je sois informé de cela?... Vous le saurez dans un moment. Achevez d'abord ce que vous vouliez me dire, répliqua Jean qui pressentait que la moribonde allait lui apprendre quelque fait ignoré de lui se rapportant à la fatale résolution prise par Denise de s'ôter la vie.

La mère Filoche reprit :

— Dans la maison en question demeurait une petite ouvrière du nom de Denise Briant. Cette jeune fille avait un amant qui était parti depuis plusieurs mois en Bretagne pour se rendre près de sa mère afin d'obtenir que celle-ci consentît à son mariage avec elle.

« En partant, il l'avait prévenue qu'il reviendrait bientôt.

« Mais soit négligence de sa part, soit qu'il fût retenu dans son pays par des circonstances indépendantes de sa volonté, il faisait attendre son retour et la petite se chagrinait fort de cette absence prolongée qui lui paraissait inexplicable.

« D'autant plus que jamais elle ne recevait de lettres de lui, bien qu'elle lui écrivît souvent.

« Or, il arriva que cet amant qui s'appelait Jean de Lavaur avait été précédemment celui de ma fille.

— De votre fille? Quoi! vous étiez, ou plutôt vous êtes la mère de Clara la Lyonnaise? — s'exclama Jean qui, autrefois, n'avait jamais songé à s'enquérir du véritable nom de sa maîtresse de passage.

— Oui... est-ce que vous la connaîtriez?

— Je l'ai connue... il y a longtemps... très longtemps... Mais continuez : ce que vous me dites là m'intéresse beaucoup.

— Pour se venger d'avoir été supplantée par la jeune ouvrière dans le cœur de M. de Lavaur, Clara se mit à la faire enrager, lui assurant que jamais celui-ci ne reviendrait et qu'elle et son enfant, — car il y avait un enfant, une petite fille, j'avais oublié de vous le dire — avaient définitivement été abandonnées par lui ; ce qui la désolait, quoiqu'elle ne cessât de croire au retour de l'absent.

« Moi, je renchérissais sur ces perfides insinuations, y ajoutant un tas de choses de nature à augmenter encore sa peine. Si bien qu'à nous deux nous finîmes par la désespérer complètement.

« Mais ce qui lui donna le dernier coup, ce fut une démarche que je fis près du propriétaire.

« Un jour qu'indignée de ce que nous lui disions elle nous avait traitées de coquines, je courus furieuse chez M. Michon et, par ce que je lui dis d'elle, obtins qu'il me signât l'ordre de l'expulser de la maison, en y laissant son mobilier, vu qu'elle était en retard de deux termes.

« De la sorte, elle se voyait jetée dans la rue, sans savoir où aller ni que devenir.

« C'était le 8 janvier 1875 — car cela remonte à cette époque — qu'elle devait me remettre la clef de sa chambre. Le 7 au soir elle disparaissait emportant son enfant.

« Pour elle aussi, il y eut là une fatalité et de même qu'à moi, un retard de quelques heures causa sa perte.

« Le lendemain matin, en effet, M. de Lavaur était de retour.

« Si je dis sa perte, c'est parce que je sus que, dans une lettre trouvée chez elle par ce dernier, elle annonçait sa résolution bien arrêtée de se détruire, elle et sa petite. Et à l'extrême affliction que montra le jeune homme pendant les quelques semaines qu'il resta rue Saint-Jacques, j'ai tout lieu de supposer qu'elle donna suite à son projet.

« Eh bien ! monsieur, depuis ce jour-là, quoi que j'aie pu faire, ma conscience n'a cessé de me reprocher la mauvaise action que ma fille et moi avions commise en nous acharnant après cette infortunée, dont le seul tort était d'être meilleure que nous.

« Clara a pu oublier ; moi, ça m'a été impossible. Voilà pourquoi je noie ma pensée dans l'ivresse... Heureusement ma fin est proche et je vais bientôt être délivrée de ce remords qui, je l'espère, ne me suivra pas au delà de la tombe.

Jean avait écouté cette dernière partie du récit de la moribonde sous l'empire d'une vive émotion.

Si ce qu'il apprenait ravivait sa douleur, il en ressentait par contre un grand soulagement, car, ainsi, il était moins coupable qu'il ne l'avait cru jusqu'alors, puisque, sans la démarche faite par la veuve Filoche près du propriétaire, il aurait retrouvé Denise rue Saint-Jacques.

Et par suite la responsabilité de sa mère en était aussi considérablement diminuée.

En réalité, c'était cette misérable et sa fille qui avaient amené le dénouement fatal.

— Ah! malheureuse!... — s'écria-t-il, — qu'avez-vous fait là?... Vous avez brisé ma vie. C'est à cause de vous que je pleure Denise depuis quatorze ans...

— Que dites-vous, monsieur? — fit la vieille femme stupéfaite.

— Je dis que c'est moi qui suis Jean de Lavaur et que si ma conduite a été répréhensible envers l'infortunée Denise Briant, la vôtre a été criminelle, car c'est votre cruauté à son égard qui l'a poussée au suicide.

— Vous êtes Jean de Lavaur?... Oh! pardon, alors, monsieur, pardon... Mais c'est donc vrai... elle a mis fin à ses jours?...

— Je vous le répète, voici quatorze ans que je porte son deuil.

— Oh! mon Dieu!... mourir chargé d'un pareil crime!... — gémit la veuve Filoche.

En ce moment Jeanne rentra, apportant la potion qu'elle avait été chercher.

Elle s'avança vers son père en disant :

— Oh! que ç'a été long à préparer; je croyais vraiment que ça n'en finirait pas. En a-t-il mis des choses là dedans, le pharmacien !

A sa voix, la vieille femme se détourna de son côté d'un sursaut et la regarda avec effarement.

— Que vois-je ! — s'exclama-t-elle... — mais la voilà... la voilà... si je ne vous ai pas reconnu, elle je la reconnais bien... oui... oui... je ne me trompe pas... c'est elle-même... pourquoi me dites-vous qu'elle n'est plus?

— Pauvre insensée, vous ne songez pas que Denise aurait près de rente-cinq ans aujourd'hui et que cette enfant sort à peine de l'adolescence.

— Oh! c'est juste... ma raison est à présent si faible... Oui, elle devait avoir dans les vingt ans rue Saint-Jacques... et il y a quatorze ans de cela... Mais, en ce cas, quelle est donc cette jeune fille qui lui ressemble tant et dont la voix est si semblable à la sienne?

— C'est sa fille... ma Jeanne, qui m'a été rendue dernièrement et que j'avais aussi pleurée longtemps comme morte.

— Sa fille!... elle ne s'est donc pas tuée avec elle ?

— J'ignore par quel miracle Jeanne a été sauvée... et elle-même ne sait rien à ce sujet.

— Oh! merci, mon Dieu... je meurs en n'ayant pas du moins à me reprocher la perte de deux existences... A vous aussi, mademoiselle, pardon... pardon pour ce que j'ai fait... je m'en repens du plus profond du cœur... et voudrais le racheter au prix de tout le sang qui me reste dans les veines...

— Que veut dire cette pauvre femme, père? — fit la jeune fille étonnée, — et pourquoi me demande-t-elle pardon?

— Je te l'apprendrai tout à l'heure, mon enfant, — répondit Jean.

.   .   .   .

La veuve Filoche était maintenant épuisée et celui-ci comprit que le cordial serait désormais impuissant à relever ses forces.

Son corps s'affaiblissait à vue d'œil et ce n'était plus que difficilement qu'elle parvenait à garder les yeux ouverts; ses paupières, sur lesquelles pesait déjà la main de la mort, s'abaissaient d'elles-mêmes sur les orbites qu'elles semblaient pressées de vouloir clore à jamais.

Comme Jeanne s'était approchée de son lit et lui relevait un peu la tête pour qu'elle fût plus à son aise, elle s'empara de la main de l'enfant et la porta à ses lèvres.

— Pardon... pardon... — murmura-t-elle encore... — pardon...

Puis, bientôt, elle tomba dans le coma, signe précurseur de sa fin prochaine.

Jean prit alors la potion que venait d'apporter sa fille et lui en fit avaler quelques cuillerées. C'était un calmant qui devait lui épargner les spasmes de l'agonie et la faire passer tout doucement de vie à trépas.

Pendant une grande heure elle demeura dans un état d'immobilité complète et Jean guettait le moment où il ne sentirait plus battre son pouls dont il constatait le ralentissement graduel.

Tout à coup, comme si elle eût été galvanisée, elle se dressa d'un seul mouvement sur son séant, et d'une voix qui n'avait déjà plus rien d'humain, elle articula avec force :

— Ah! je la vois... je la vois... elle n'est pas... non... elle n'est pas... Ah!...

Et elle retomba lourdement en arrière.

Elle avait fini de souffrir.

.   .   .   .

Jean fut profondément troublé par les paroles que venait de prononcer la vieille femme.

Il ne doutait pas que, comme sa mère à son lit de mort, elle

— Ah! cela tombe bien, monsieur Honoré, lui dit-il, justement j'allais chez vous.

eût eu une vision et eût voulu lui annoncer l'existence de Denise.

Ce jour-là, il ne fit pas d'autres visites.

Après avoir prévenu le concierge du décès de sa locataire, il rentra chez lui et s'enferma avec Jeanne dans la petite chapelle, où tous deux restèrent plus longtemps que de coutume.

L'un et l'autre avaient le pressentiment que celle qui en était le culte ne tarderait pas à y être présente autrement qu'en souvenir.

Liv. 100. — H. GEFFROY, édit. — Reproduction interdite. 100

QUATRIÈME PARTIE

LA MUETTE

I

PERFIDE COMBINAISON

Lorsque le marquis José de Penaflor y Moncade était revenu d'Espagne à Paris, comme ambassadeur du Chili, Gomez Erreguy, son ex-compagnon de plaisirs d'autrefois, avait dû lui confesser, nous le savons, en quelles mains, de par sa faute, était tombée l'enfant de la *Muda*, c'est-à-dire Denise.

Nous savons aussi qu'à cet aveu José avait marqué un vif mécontentement et fait de sanglants reproches à son compatriote.

De ce moment, les relations entre les deux Chiliens étaient devenues fort tendues et Gomez ne voyait plus M. de Penaflor qu'à de rares intervalles.

Encore n'était-ce que lorsque celui-ci l'invitait à se présenter à l'ambassade pour lui demander si, enfin, on avait découvert la trace de la jeune fille, disparue au moment même où on venait de la retrouver après tant d'années de recherches.

Et à chacune de ces entrevues, Gomez, sur la réponse négative qu'il faisait, avait pu constater un grand désappointement chez José, en même temps que, dans ses paroles, une sorte de blâme à son adresse.

De là sa crainte assez légitime — crainte qu'il avait depuis longtemps, on ne l'ignore point, — que le marquis, lassé de lui payer une pension dont la raison d'être existait de moins en moins chaque jour, ne vînt à la lui supprimer tout à coup et à le jeter ainsi dans une situation des plus difficiles.

Dans le dernier entretien qu'ils avaient eu ensemble à ce sujet, il avait surtout paru à Erreguy que José avait été plus sec que de coutume.

— Cela ne peut pourtant pas durer éternellement ainsi, — lui avait dit le marquis, — je désire que cette affaire reçoive une solution avant peu. En conséquence, toi et les gens qui ont élevé l'enfant, arrangez-vous pour savoir au plus tôt où elle est. D'après ce que tu m'as appris sur ceux-ci, elle a dû être instruite dans le mal, n'avoir que de mauvais exemples sous les yeux et il y a tout lieu de croire qu'elle vit aujourd'hui dans un monde interlope. Eh bien! cherchez parmi ce monde, je suis sûr que vous l'y rencontrerez. Enfin, de toute façon, il faut qu'on la découvre, sinon...

José était resté sur ce mot et cela avait semblé gros de menaces à Gomez. Il avait alors assuré au marquis que lui et *les autres* allaient redoubler de zèle et ne se reposeraient point que leurs recherches n'eussent abouti.

— Bien, je prends bonne note de ce que tu dis, — avait répliqué José; — et quoiqu'il soit pénible de donner cent mille francs aux gens dont il s'agit, la chose ayant été convenue, cette somme leur sera intégralement remise en cas de réussite.

« De même que, selon la promesse que je t'ai faite, il te reviendra à toi vingt mille francs pour ta part.

Ces derniers mots avaient rasséréné Gomez et contrebalancé chez lui le mauvais effet qu'y avait produit le « sinon » de la phrase précédente.

Il était donc sorti de l'ambassade assez content du résultat de sa visite, tout en se demandant comment le Rouquin et lui allaient s'y prendre pour savoir « avant peu » où se cachait la jeune fille qui, depuis plus de quatre mois, était demeurée introuvable.

Dans les commencements de la disparition de celle-ci, le gredin l'avait tenu au courant des démarches qu'il faisait pour la retrouver, mais peu à peu il l'avait négligé et, à l'heure actuelle, il y avait déjà quelque temps qu'il ne l'avait vu.

Il ignorait que, depuis l'affaire du Bois de Boulogne, où l'enfant lui avait échappé grâce à l'intervention d'Andrée Bertin, le chenapan avait renoncé à la chercher.

Connaissant son adresse rue du Poteau, il prit alors le parti d'aller le relancer jusque-là, afin de lui faire part du désir formel de José et de s'entendre avec lui pour y donner satisfaction.

. . . .

On se souvient que le Rouquin, après le vol commis chez Isaac Mœser, avait résolu de continuer à résider à l'*hôtel des Compagnons*, se fiant à l'habileté avec laquelle la patronne, la mère Jambu, savait au besoin renseigner les agents de la Sûreté qui, de temps à autre, venaient s'enquérir de l'identité de ses locataires et de leurs moyens d'existence.

Il avait lu le fait divers relatant l'événement et où il était dit que l'un des auteurs du méfait devait certainement être un nommé Tirache, surnommé File-Menton, dont l'arrestation ne pouvait manquer d'amener celle de ses complices; mais il ne s'était pas ému outre mesure de cette menace suspendue sur sa tête, pensant bien que l'ancien garçon de bureau du juif ne se laisserait pas facilement pincer.

Quant au père Briscard, le gardien de nuit dont le témoignage aurait été des plus dangereux s'il avait pu parler, il savait, ayant été aux renseignements, que le bonhomme était toujours dans le même état d'inconscience et y resterait sans doute longtemps encore.

Il ne craignait donc point d'être inquiété et jouissait paisiblement de sa fortune avec laquelle il s'offrait une foule de plaisirs et d'agréments, sans toutefois faire de dépenses exagérées qui eussent pu attirer sur lui l'attention de quelques mouchards aux aguets.

De son côté et dans un but semblable, la Bibasse, au lieu d'aller construire des pyramides compromettantes de soucoupes chez les marchands de vin ou autres débitants de corrosifs, se livrait à ses libations accoutumées *intra muros*, nous voulons dire au logis et loin de tous regards indiscrets.

Un des derniers jours du mois de janvier de l'année 1890, le Rouquin, laissant la Bibasse en conversation intime avec les bourbons et les jamaïques, sortait de chez lui pour aller faire un fin déjeuner, dans un des principaux restaurants du quartier dont il était devenu l'habitué, lorsque, comme il mettait le pied dehors, il aperçut, sur le trottoir en face, Gomez Erreguy occupé à déchiffrer les trois mots qui composaient l'enseigne de l'hôtel.

Le Chilien, l'ayant vu en même temps, s'avança aussitôt vers lui.

— Ah! cela tombe bien, monsieur Honoré, — lui dit-il; — justement j'allais chez vous.

— Tiens, pourquoi? — questionna le Rouquin.

— Parce que j'ai à vous parler au sujet de notre affaire.

— Ma foi, je n'ai rien de neuf à vous apprendre

— Moi, j'ai quelque chose, au contraire.

— Quoi donc?

— Pouvez-vous me donner quelques moments?

— Certainement, je vais déjeuner de ce pas, et si ma compagnie ne vous gêne point, nous allons faire un bout de chemin ensemble.

— C'est cela.

Et tous deux se mirent en marche côte à côte.

Le Rouquin allait chaussée Clignancourt; ils avaient donc le temps de causer.

Le Chilien apprit alors au compagnon de la Bibasse ce que lui avait signifié José.

— Ah! ah! — fit le coquin ironiquement, — ce monsieur exige « qu'avant peu » on ait retrouvé l'enfant? cela est bientôt dit... Et si on ne la retrouve pas non seulement « avant peu », mais même jamais?

— Comment! pas du tout?

— Dame, c'est possible.

— En ce cas vous ne toucherez pas la prime qui vous a été promise.

— C'est vexant, j'en conviens... cependant je saurai m'en consoler.

— Il me semble que vous prenez la chose bien philosophiquement? — observa Gomez, frappé du ton d'insouciance avec lequel s'exprimait le Rouquin.

— J'y suis bien obligé; à quoi me servirait de me faire du mauvais sang?

— Ah çà! — reprit Erreguy inquiet, — auriez-vous abandonné vos recherches et perdu tout espoir de remettre la main sur Mᵉˡˡᵉ Colette?

— Écoutez, monsieur Gomez, je vais vous dire franchement ce qu'il en est. Il y a six semaines, le hasard l'a placée devant moi, et si près même, que j'ai pu lui parler comme je vous parle en ce moment.

— Bah! et vous ne vous êtes pas emparé d'elle?

— Attendez. C'était à la fête du patinage qui a été donnée au Bois de Boulogne dans le courant de décembre; elle était en traîneau et pilotée par un jeune homme qui paraissait être au mieux avec elle.

« Profitant d'un instant où ledit jeune homme s'était éloigné du léger véhicule, je m'élançai sur celui-ci, — car j'ai l'avantage de savoir patiner, — dans le but de le conduire en un endroit écarté et de me saisir de la petite, qui, je le voyais, était incapable de faire aucune résistance.

« Mais, soudain, son compagnon nous rattrapa et il s'éleva entre nous une si violente altercation que nous en vînmes aux voies de fait.

« J'allais avoir le dessus, quand, par malheur, je reçus... je fis un faux pas, veux-je dire, — se reprit vivement le Rouquin, — et m'étalai tout de mon long sur la glace.

« Hélas! bien que je me fusse relevé en moins d'une seconde, cela avait suffi au jeune homme pour fuir au loin avec le traîneau, et c'est à une assez grande distance qu'une fois debout j'aperçus Colette devant moi.

— Mais j'aurais essayé de la rattraper, moi, dit Erreguy.

— Parbleu ! je l'ai bien essayé aussi.

— Et vous n'avez pas réussi ?

— Non, et voici pourquoi. Voulant couper au court, je me dirigeai en droite ligne sur elle sans remarquer que pour l'atteindre j'avais à franchir un endroit signalé comme dangereux. De telle sorte qu'au moment où je traversais cet endroit, la glace cédant sous mon poids, je fis un plongeon dans le lac, d'où l'on eut toutes les peines du monde à me retirer.

« Je ne sais même pas qui s'est chargé de ce soin, car j'étais en si piteux état que je ne voyais ni n'entendais plus rien.

— Vous avez dû prendre là, en effet, un bain bien désagréable, — remarqua Gomez en riant.

— Je vous crois, monsieur, et si vous aviez été à ma place, vous n'auriez peut-être pas trouvé la chose si plaisante que vous la trouvez à présent, je vous en donne mon billet ! — riposta le Rouquin vexé de ce que le Chilien ne le plaignait pas autrement.

— Allons, ne vous fâchez pas, monsieur Honoré, je n'ai nullement eu l'intention de vous froisser… Et ensuite ?

— Ensuite ?… je me suis empressé de rentrer à la maison sans plus m'occuper de Colette, puis me suis mis au lit où je demeurai huit jours pleins à grelotter la fièvre et à ingurgiter un tas de drogues.

« Alors, pendant que j'étais là sur le dos, je réfléchis à ceci. C'est qu'après ce qui venait de se passer, il pourrait encore couler beaucoup d'eau sous les ponts avant que je me trouvasse de nouveau nez à nez avec la petite, vu que son protecteur n'était pas un noceur, comme je l'avais cru tout d'abord ; je ne devais plus espérer la rencontrer dans le monde où l'on cascade, seul milieu où il m'était facile de pénétrer ; qu'en conséquence, ce serait idiot de ma part de continuer plus longtemps à courir après elle et qu'au lieu de m'user le tempérament inutilement, je ferais bien mieux de rester tranquille chez moi à me reposer…

« Et c'est ce à quoi je me suis décidé.

— Ainsi vous sacrifiez sans regret les cent mille francs en question ?

— Oh ! sans regret ! non pas. Cela me chagrine très fort, au contraire. Mais, je vous le répète, je parviendrai à m'en consoler. D'ailleurs, je viens de… faire un héritage qui atténue en partie ce sacrifice.

— Je vous en adresse mes sincères félicitations.

— Merci.

— Et vous êtes bien résolu à ne rien tenter désormais pour découvrir M\ue Colette ?

— Très résolu. J'y ai perdu mon temps, mes peines et mon argent, j'en ai assez et je passe la main. J'attendrai maintenant que la chance la mette sur mon chemin, ce qui peut avoir lieu je ne sais quand.

Cette détermination du Rouquin était loin de plaire à Erreguy, car il ne faisait pas si bon marché, lui, de la somme qu'il avait à toucher le jour où on amènerait à José l'enfant de la *Mâda*.

— Voyons, monsieur Honoré, — lui dit-il, pensant que sa décision n'était pas irrévocable, — je ne puis croire que vous abandonniez ainsi vos recherches. C'est un moment de lassitude que vous avez et je le comprends. Mais vous allez les reprendre incessamment, j'en suis convaincu.

— Non, monsieur Gomez, je ne les reprendrai pas.

— C'est impossible. Songez donc que, pour des considérations d'ordre majeur, il est de toute nécessité que cette jeune fille soit retrouvée... et très promptement même.

— Ah! il y a des considérations d'ordre majeur?

— Oui, de graves intérêts sont en jeu... des intérêts dont vous ne pouvez vous faire une idée.

— Je m'en ferais une si vous me disiez en quoi consistent ces intérêts.

— Je ne le puis malheureusement pas... quant à présent, du moins.

— Oh! je n'y tiens pas plus que ça; ce que j'en disais était par simple curiosité.

— Je peux vous confier, toutefois, — ajouta Gomez, essayant de faire vibrer la corde humanitaire chez le coquin, — que la mère de Mlle Colette est folle depuis le jour où elle l'a perdue et qu'elle ne doit recouvrer la raison que lorsqu'on la lui rendra.

— Cela me laisse froid. Du reste, comment cette dame reconnaîtrait-elle sa fille telle qu'elle est aujourd'hui?

— Il paraît qu'elle la reconnaîtra.

— Ce n'est guère admissible, car Colette avait seize ou dix-huit mois quand ma femme et moi l'avons trouvée dans l'église Saint-Honoré–d'Ey-lau et m'est avis qu'elle a quelque peu changée avec les années.

— Les médecins l'affirment, cependant; de même qu'ils assurent que le voile dont est couvert l'esprit de l'infortunée se déchirera aussitôt.

— Hum! les médecins... ce sont de jolis farceurs, la plupart du temps.

— Enfin, quoi qu'il en soit, il faut que je lui ramène son enfant. Si le résultat qu'on attend de sa présence près d'elle ne se produit pas, j'aurai toujours accompli la mission dont j'étais chargé et c'est là pour moi le point capital.

— Il vous est donc indifférent que ce résultat ait lieu ou non?

— A moi personnellement, oui.

— Ah !—fit le Rouquin en regardant Erreguy comme pour lui demander une explication sur cette indifférence.

Mais ce dernier jugea inutile de la lui donner.

Un assez long silence suivit entre les deux hommes.

Le Rouquin réfléchissait. Au bout de quelques minutes, il reprit la
parole :

— En ce cas, savez-vous ce que je ferais, moi, monsieur Gomez, si
j'étais de vous?

— Que feriez-vous?

— Je fournirais tout bonnement une Colette quelconque.

— Oh! que me conseillez-vous là?

— Dame, quel est votre rôle dans cette affaire, à vous ? de présenter
une jeune fille de seize ans qu'on croie être l'enfant de la dame folle dont
vous parlez?

— En effet, mon rôle ne se borne qu'à cela.

— Eh bien, remplissez-le en présentant une fausse Colette à défaut de
la vraie dont, je vous le dis encore, je ne veux plus m'occuper.

— Mais ce serait tromper la personne qui est près de cette dame!

— Bien entendu, ce serait la tromper. Seulement elle ne saura pas
qu'on la trompe ; à moins que vous ne le lui disiez ou que la petite n'ait
un signe qui serve à la lui faire reconnaître.

— Pour cela, il n'y a aucune crainte ; elle est restée si peu de temps
entre nos mains après que nous l'eûmes ramassée près du bec de gaz que
nous n'avons pas eu le loisir de...

— Vous dites?... fit le Rouquin voyant Gomez s'arrêter soudain et
se mordre les lèvres comme s'il venait de laisser échapper une bêtise.

— Rien...

— Bon, bon, gardez votre secret. Bref, cette personne ne possède
nul indice qui puisse lui révéler la véritable identité de l'enfant ?

— Non, sûrement.

— Alors, ça va tout seul. La dame ne recouvrera pas la raison, cela
est certain; mais puisque ça vous est égal, peu importe.

— Et les médecins qui ont affirmé qu'elle la recouvrerait ?

— Ils se sont mis l'index dans l'orbite, voilà tout. La Faculté n'est pas
infaillible, ce me semble.

— Le moyen me paraît bien hasardé.

— Aucunement; et, encore une fois, vous ne pouvez mieux faire que
de l'employer.

A son tour, Gomez se prit à réfléchir.

LA FILLE DE L'OUVRIÈRE

— Allons, à ta santé, Mémèche.

Liv. 101 — H. GEFFROY, éditeur. — Reproduction interdite.

Bien que depuis plusieurs mois il fut en froid avec José, il n'était cependant point pour cela devenu son ennemi ; et il ne se dissimulait pas que de se rendre coupable envers lui d'une pareille fourberie, c'était agir comme s'il l'eût été.

Mais, d'autre part, le Rouquin étant fermement décidé à ne plus rechercher la jeune fille, il perdait de ce fait les vingt mille francs qu'elle représentait, lesquels lui étaient des plus nécessaires pour réparer l'état de ses finances assez mal en point, ainsi que nous l'avons dit précédemment.

Il demeurait donc hésitant, ne sachant trop à quoi se résoudre.

Le Rouquin, qui devait avoir un plan conçu en l'incitant à suivre son conseil, l'examinait du coin de l'œil, attendant qu'il prît un parti.

Sa méditation fut laborieuse et il était facile de voir à la contraction de ses traits qu'un combat se livrait en lui.

Enfin, il rompit le silence.

— Soit, — fit-il, — je suis disposé, toute réflexion faite, à user du stratagème que vous m'indiquez..., quoi... qu'il puisse en advenir...

— Et vous avez raison, — répliqua le Rouquin en réprimant un mouvement de joie.

— Mais, maintenant, — reprit Erreguy, — où dénicher une fausse Colette qui soit à même de remplacer la vraie sans qu'on s'aperçoive de la supercherie ?

— Oh ! on peut y arriver en cherchant

— Vous croyez ?

— J'en suis sûr.

— C'est vous naturellement qui vous chargez de faire cette découverte, car moi, je l'avoue, j'en suis tout à fait incapable.

— Oui, oui, c'est moi qui m'en charge.

— Et quand pensez-vous l'avoir faite ?

— Au juste, je ne puis vous le dire ; toutefois, j'espère que ce ne sera pas bien long.

— Vous savez, il faut une jeune fille très adroite et qui soit assez comédienne pour entrer complètement dans la peau de l'autre.

— Soyez tranquille, je ferai en sorte de vous présenter un sujet convenable.

— Bien, je compte sur vous ?

— Comptez-y !

— Dès que vous aurez trouvé la personne, prévenez-moi sur-le-champ.

— Je n'y manquerai pas.

— Alors, au revoir, monsieur Honoré, — dit Erreguy, qui, à présent qu'il avait accepté la combinaison du Rouquin, semblait pressé de le quitter comme s'il eût craint de se dédire.

— Au revoir, monsieur Gomez!...

« Ah! au fait, fit le coquin en retenant le Chilien au moment où il s'en allait, — il va de soi que je toucherai les cent mille balles tout comme si je fournissais la vraie Colette? J'en avais fait mon deuil, mais puisque je reprends l'affaire il est juste que je jouisse des bénéfices qui y sont attachés.

— Assurément.

Gomez s'éloigna.

— Parfait! — se dit le Rouquin une fois seul; — les cent mille balles me reviennent alors que je m'y attendais le moins; car je sais où l'aller chercher, notre Colette... et je serais bien étonné de me tromper en faisant fonds sur la donzelle que j'ai en vue : elle a tout ce qu'il faut pour jouer la petite comédie dont il s'agit.

« Ma foi, mon voisin le *Marquis* m'avait parlé ces jours-ci d'un nouveau coup à faire, mais je vais lui dire que je n'en suis pas ; je vais avoir assez d'occupation ailleurs.

II

MÉMÈCHE

Le soir même de ce jour, le Rouquin se rendait chez le *Père Lunette*, l'assommoir de la rue des Anglais.

Il était environ neuf heures lorsqu'il y fit son entrée.

Le banc des accusées, celui qui, dans la première salle, faisait face au comptoir et où les femmes seules avaient le droit de s'asseoir, était déjà garni de sa clientèle habituelle.

Le Rouquin, y ayant jeté les yeux dès le seuil de la porte, eut un sourire de satisfaction.

— Bon, elle est là, — fit-il; — j'ai de la chance et M. Gomez ne pourra pas dire que je l'ai fait longtemps attendre.

Il s'avança vers le banc.

Quand il fut auprès, il se plaça devant l'une des « accusées », puis, d'un ton engageant :

— Bonsoir, Mémèche, — lui dit-il, — comment va, ma belle ?

Celle à qui il s'adressait était cette jeune fille de seize à dix-sept ans qui, le premier soir où il était venu dans l'établissement avec le *Marquis,* avait arrêté celui-ci par la manche pour lui demander « s'il payait quéq' chose ».

La gracieuse figure de cette précoce ivrognesse l'avait frappé et ses traits s'étaient gravés dans son esprit.

Aussi, lorsqu'il avait été convenu entre Erreguy et lui qu'on présenterait une pseudo-Colette, avait-il tout de suite songé à elle, comme étant à même de remplacer facilement la véritable.

Il savait par son ancien complice qu'elle était orpheline de père et de mère et n'avait personne qui s'occupât d'elle à quelque titre que ce fût. Elle se trouvait donc être libre comme l'air.

Ensuite elle était très jolie, avait à peu près l'âge de cette dernière et, considération essentielle, était alcoolique, c'est-à-dire devait posséder au suprême degré l'art de la simulation.

Car c'est un fait reconnu que les alcooliques des deux sexes — et surtout les femmes — ont la faculté de feindre d'une façon merveilleuse, faculté qui subsiste chez eux même longtemps après qu'ils se sont corrigés de leur funeste défaut... quand ils s'en corrigent, ce qui est rare.

Le Rouquin n'ignorait pas cette particularité et, en bien des circonstances, la Bibasse lui en avait fourni des exemples probants.

Il comptait donc que Mémèche, qui était une buveuse d'alcool forcenée, se plierait admirablement au rôle qu'il lui destinait.

Il suffisait, pour cela, de lui faire subir une préparation préalable, de la styler en conséquence, en un mot de la mettre au point.

Et c'est ce à quoi il allait s'ingénier.

Comme nous l'avons dit, la jeune fille, de son vrai nom, se nommait Angélique Biron.

Le sobriquet dont elle était affublée lui venait de la locution populaire « être éméché, avoir la mèche », pour dire en état d'ivresse.

Il était synonyme de celui que portait la Bibasse et les deux femmes auraient pu s'appeler indistinctement de l'un ou de l'autre.

Au « bonjour » que lui souhaitait le Rouquin, Mémèche leva la tête et considéra celui-ci, un peu étonnée.

Elle ne reconnaissait pas en lui un des habitués de l'endroit.

— Qui qu't'es, toi? — lui demanda-t-elle en le tutoyant sans façon, ainsi qu'elle le faisait pour tout le monde du lieu. — J't'ai jamais vu chez « Lunette ».

— C'est que tu n'as pas fait attention, ma belle, car j'y viens quelque-fois, — répondit le coquin ne se gênant pas pour mentir.

— Pas des masses, alors?

— Non, c'est vrai. Il y a même déjà quelque temps que je n'y suis venu. La dernière fois, il y a six semaines de cela, c'était avec le *Marquis*, un de mes amis. Tu le connais bien, je suppose?

— Oui, je le connais; je l'ai encore vu ici il n'y a pas plus de huit jours. Il est chic, lui, le Marquis, il me donne toujours *dix ronds*. Est-ce que t'es aussi *chic* que lui, toi?

— Je le suis peut-être davantage.

— Eh bien! fais voir.

— Avant de te le prouver, je vais d'abord t'offrir une consommation. Ça te va-t-il?

— Sûr, qu'ça me va.

— Alors, viens au *zinc*.

La jeune fille se leva et suivit le Rouquin au comptoir qui, comme de coutume, était assiégé par de nombreux buveurs.

Tous deux ayant réussi à y aborder, Mémèche dit :

— Payes-tu un demi?

— Un demi de quoi?

— Tiens, un demi d'eau d'af, pardié. On voit bien que tu ne me régales pas souvent, sans ça tu ne me ferais pas cette question.

— Soit, va pour un demi d'eau d'af, — fit le Rouquin.

Et il commanda au garçon ce que désirait Mémèche, en même temps qu'un cassis pour lui.

— Oh! un cassis! — fit la jeune fille avec un petit rire dédaigneux ; — pourquoi pas de l'orgeat tout de suite?

— Je n'ai pas l'estomac très solide, vois-tu; alors on m'a défendu les liqueurs fortes.

— C'est rudement bon pourtant; ça vous rince la dalle et vous blinde le coffre, je ne te dis que ça !

— Affaire de goût, ma belle.

Puis, comme le garçon venait de servir les consommations demandées, le Rouquin ajouta :

— Allons, à ta santé, Mémèche.

— A la tienne, Étienne, renvoya celle-ci en absorbant d'une seule lampée le contenu de son verre rempli jusqu'aux bords et dont la capacité équivalait à un demi-quart de litre.

— Bigre, — fit le coquin sur un ton admiratif, — quel joli levage de coude tu as ; si la Bibasse te voyait, elle serait jalouse.

— Qu'est-ce que tu dis?

— Je dis que ça ne traîne guère, avec toi.

— Crois-tu pas que je vais mettre une heure à licher une goutte comme ça?

— Le fait est qu'il y en avait si peu...

— Paye une seconde tournée et tu verras, ça ne pèsera pas plus.

— Je veux bien te régaler encore, mais dans un instant.

— Comme il te plaira; j'attendrai. — Et qu'est-ce qui t'amène ici ce soir?

— Une commande que j'ai à te faire.

— Une commande? — fit Mémèche surprise.

— Oui. Tu es bien marchande de fleurs, n'est-ce pas?

— Marchande de bouquets, — rectifia la jeune fille.

— C'est ce que je voulais dire.

— Parce que je ne vends pas de fleurs en pots ou en mottes. Ça salit les pattes et j'aime à les avoir propres.

Disant cela, Mémèche jeta avec complaisance un coup d'œil sur ses mains qu'elle avait un peu grandes, mais très bien faites et entièrement nettes de toute souillure.

— Tu as de jolies menottes, — remarqua le Rouquin, — et il serait malheureux, en effet, de les mettre en contact avec le terreau et le fumier. Donc, je viens te faire la commande d'un bouquet dont j'aurais besoin.

— Maintenant?

— Non, demain.

— Ah! bien, sans ça je t'aurais dit *nisco*, vu que le soir, je ne travaille pas. Quel genre de bouquet veux-tu?

— Un gros, avec de belles fleurs de toutes sortes.

— Dis un peu lesquelles, que j'aie une idée?

— Dame, je voudrais... du lilas blanc, des camélias, des roses moussues, etc... tu vois à peu près.

— Mince! Ça te coûtera bon, tu sais, parce que nous sommes en hiver et que de ce temps ces fleurs-là viennent « à la chauffe ».

— Dans les serres, tu veux dire?

— Oui, nous, nous disons « à la chauffe ».

— Ça m'est égal, ce que ça me coûtera; je te laisse carte blanche.

— Jusqu'à quel prix veux-tu aller?

— Peut-on avoir quelque chose de convenable pour quarante francs?

— Je te crois, mon petit père... et j'aurai encore du bénef... seulement il faut que tu m'avances la monnaie; mon marchand habituel ne me fera jamais crédit pour tant que ça.

— C'est ce que j'allais faire. Tiens, voici deux louis... et dix francs en plus pour augmenter ton gain, — dit le Rouquin en glissant trois pièces d'or dans la main de Mémèche.

— Vrai, t'es rien chic, toi ! — s'exclama celle-ci. — On ne tombe pas tous les jours sur des clients de ton acabit. Mais, dis donc, pourquoi viens-tu me faire cette commande à moi plutôt qu'à une autre ?

— Parce que... le *Marquis* m'a parlé de toi, et j'aime autant te faire gagner qu'une autre.

— T'es gentil, mon vieux, et je t'en remercie. A quelle heure le veux-tu demain, ton bouquet, et où faudra-t-il te l'apporter ?

— Je désire l'avoir vers onze heures et demie ou midi au plus tard, et tu me l'apporteras chaussée de Clignancourt, au restaurant du *Rocher suisse*. J'y serai en train de déjeuner et je t'attendrai. Retiens bien l'adresse, surtout.

— Oui, oui : chaussée de Clignancourt, au *Rocher suisse*.

— C'est ça. Comme j'y viens régulièrement depuis quelque temps, on me connaît, et tu n'auras qu'à demander M. Honoré pour qu'on te conduise près de moi.

— Convenu ; je demanderai M. Honoré.

Puis, en clignant de l'œil, Mémèche ajouta :

— Tu seras là avec ta connaissance, je parie ?

— Non, ma belle, je serai seul.

— Alors, tu lui porteras le bouquet chez elle, après déjeuner... pour faire ta digestion, hein, vieux farceur ?

— Mémèche, tu deviens indiscrète...

— Ah ! ah ! — fit la jeune fille en riant, — tu vois que j'ai deviné. Eh bien ! elle sera contente, ta gigolette... je lui ferai un bouquet tout ce qu'il y a de plus rupin.

— Je n'en doute pas, car je sais que tu es très habile dans ton métier, — repartit le Rouquin, voulant la flatter.

— Ça, je peux m'en vanter ; les fleurs, c'est mon *blot*, et il n'y en a pas deux comme moi pour les arranger chiquement. — renvoya Mémèche avec une certaine fatuité.

— Donc, c'est entendu ; ne manque pas.

— N'aie pas peur, je serai là avant midi.

— Bien. Maintenant, veux-tu que je te paye un second *demi* ?

— Vas-y ; l'autre est déjà loin.

De nouveau, le Rouquin fit servir à la jeune fille un plein verre d'eau-de-vie qu'elle avala de la même façon que le premier.

Après quoi, elle dit :

— Ça fait le quatrième de la soirée, en voilà assez pour aujourd'hui et

— Tenez, — fit-elle en lui donnant le bouquet, — dites-moi si ça vous plaît.

je m'en vais. Tu comprends, je tiens à rentrer chez moi ce soir, afin de pouvoir être demain à la halle de très bonne heure, autrement je n'aurais plus que des rebuts.

— Comment, tu tiens à rentrer chez toi ce soir! Il y a donc des jours où tu n'y rentres pas?

— Pardié!... Il y en a bien trois ou quatre par semaine.

— Tu as donc un amant? — fit le Rouquin inquiet.

— Un amant! Ah! non, il n'en faut pas. J'aime ma liberté, moi, et avec un gigolo, je ne l'aurais pas, pour sûr.

— Où passes-tu donc tes nuits quand tu ne rentres pas à ton domicile?

— Avec les sergots.

— Avec les sergots?

— Mais oui. Lorsque je sors d'ici vers minuit ou une heure, j'ai toujours ma pointe et il m'arrive souvent de m'affaler le long d'un mur pour roupiller un brin. Alors, on me ramasse et on m'emporte au poste.

« Les flics me connaissent bien et sont très gentils pour moi.

« Ils me refilent un matelas pour me coucher et, le matin, m'apportent de l'eau et du savon pour faire ma toilette, car ils savent que j'aime la propreté.

— Et on ne t'arrête pas?

— M'arrêter! Pourquoi ça? Je ne fais pas de mal, — dit ingénument la jeune fille.

— Au fait, c'est vrai, — répliqua le Rouquin en souriant, — tu ne fais de mal à personne... si ce n'est à toi et, par conséquent, on serait mal venu de t'appliquer la loi sur l'ivresse.

« Mais où demeures-tu?

— Là, à côté, place Maubert. J'ai un trou dans un garni : six francs par mois, pas plus. C'est pas beau, tu peux le croire, cependant ça me suffit... pour ce que j'y suis...

— Eh bien! tu as raison, rentre maintenant, ça vaudra encore mieux que de coucher au poste. Allons, à demain, Mémèche, je m'en vais aussi et une dernière fois rappelle-toi : chaussée Clignancourt — *Rocher Suisse* — M. Honoré, entre onze heures et demie ou midi au plus tard.

Et le Rouquin partit.

Une fois dans la rue, il fit halte à quinze pas de l'établissement et en guetta la porte.

Bientôt il la vit s'ouvrir et Mémèche paraître sur le seuil. Elle releva sur sa tête la pointe d'un tricot de laine qui lui couvrait les épaules, puis sortit et prit la direction de la place Maubert.

— Bien, se dit le coquin, — la voilà qui s'en va. Je craignais qu'elle ne restât et ne convertît une partie de mes cinquante francs en alcool ; cela eût fort compromis l'entrevue que je dois avoir demain avec elle.

III

AU « ROCHER SUISSE »

La commande du bouquet que le Rouquin avait faite à la jeune fille n'avait été qu'un prétexte pour se faire connaître d'elle et lui donner rendez-vous dans un endroit où il pût lui parler à son aise ; car chez le Père Lunette il ne fallait pas y songer.

D'autre part, ne tenant pas à la recevoir à son logis, à cause de la Bibasse, dont la vue ne lui aurait peut-être pas été d'un exemple très salutaire, il avait choisi le *Rocher Suisse* comme étant le lieu le plus propice à ce rendez-vous.

Le lendemain il arriva au restaurant vers onze heures et demie et s'installa dans un cabinet particulier.

— Vous mettrez deux couverts, — dit-il au garçon, — et quand, dans un instant, une jeune fille se présentera, demandant M. Honoré, vous la conduirez ici.

— Bien, monsieur, — répondit le garçon qui, aussitôt, dressa la table, puis, cela fait, sortit pour s'acquitter de la commission.

Cinq minutes après, il reparaissait amenant Mémèche qui venait d'arriver.

Elle portait un superbe bouquet que ses deux mains avaient peine à tenir, tellement il était volumineux.

Le Rouquin remarqua qu'elle avait fait un bout de toilette pour la circonstance.

Au lieu de la vieille robe tout usée et du mauvais tricot qu'il avait vus la veille, elle avait cette fois une jupe de laine en très bon état sur laquelle retombait un petit manteau de drap bordé de faux astrakan qui était presque élégant.

De plus, ses beaux cheveux blonds, bien peignés, étaient emprisonnés sous un léger chapeau de feutre orné d'une garniture de velours bleu, lui seyant à ravir.

Ce devait être sa tenue des dimanches.

Ainsi attifée, elle était toute différente de la Mémèche du *Père Lunette* et, à voir sa jolie figure fraîche et rose, à l'air candide et ingénu, quelqu'un qui ne l'eût pas connue n'eût jamais pu croire que c'était là la malheureuse qui, le soir, s'y gorgeait d'alcool et n'en sortait qu'en titubant pour aller rouler dans quelque coin où la police la ramassait.

Le Rouquin fut agréablement surpris de constater en elle cette transformation, car il pensa que, sous le rapport de l'extérieur, il aurait beaucoup moins de mal à la rendre présentable qu'il ne l'avait supposé tout d'abord.

— Tu es exacte, ma fille, — lui dit-il, — et je t'en sais gré.

— Je vous avais promis de venir avant midi et n'aurais pas voulu vous manquer de parole, — répondit-elle ; — voyez, il est midi moins dix.

Elle ne tutoyait plus le Rouquin.

Du reste, elle n'usait de cette familiarité envers tout le monde que chez le Père Lunette et parce que c'était la coutume du lieu. Hors du cabaret elle se servait des termes de la conversation ordinaire, n'employant le tutoiement que vis-à-vis des personnes qu'elle connaissait intimement.

Or, le Rouquin lui était autant dire inconnu.

— Tenez, — fit-elle en lui donnant le bouquet, — dites-moi si ça vous va.

— Il est magnifique, — repartit le coquin, après l'avoir examinée ; — tu as fait preuve de beaucoup de goût.

Ce compliment n'était pas une simple politesse de la part de ce dernier ; il pensait réellement ce qu'il disait.

De fait, les fleurs étaient assemblées avec un art véritable et de telle façon qu'elles se faisaient valoir l'une l'autre.

La plus habile fleuriste n'eût pas mieux combiné leur arrangement et disposé leurs nuances pour flatter l'œil.

En outre, Mémèche n'avait pas lésiné sur la quantité et, eu égard à la saison, leur prix total devait être bien près d'atteindre aux deux louis qu'elle avait reçus.

— Alors, vous croyez que votre « dame » sera contente ! — demanda-t-elle au Rouquin.

— Ma « dame » ?... — fit celui-ci interrogativement, car il ne se souvenait plus que, dans l'idée de la jeune fille, il destinait le bouquet à une femme.

— Oui... votre connaissance...

— Ah ! c'est vrai... — dit-il ; — oui, oui, elle sera contente, très contente, même ; elle serait joliment difficile sans cela.

— Eh bien ! ça me fait plaisir, vu que j'ai l'amour-propre de satisfaire les pratiques. Et puisque vous trouvez que je vous ai bien servi, je vous prie de ne pas m'oublier quand vous aurez besoin d'un autre bouquet.

Là-dessus, au revoir, monsieur Honoré, et merci encore pour ce que vous m'avez donné en dehors de mon bénéfice.

Et Mémèche tournait déjà les talons, lorsque le Rouquin l'arrêta en lui disant :

— Comment, au revoir? Mais tu déjeunes avec moi, ma belle.

La jeune fille le regarda comme si elle avait mal entendu.

— Certainement, — reprit-il, — tu vas me tenir compagnie à cette table.

— Moi, déjeuner avec vous! — exclama Mémèche tout ébaubie.

— Oui, qu'y a-t-il là de si étonnant? Ne vois-tu pas que ton couvert est mis?

— Dites, c'est une farce que vous voulez me faire, n'est-ce pas?

— Pas du tout. Rien n'est plus sérieux, au contraire. Allons, assois-toi là en face de moi.

Puis au garçon qui attendait, croyant avoir à reconduire la jeune fille :

— Apportez-nous la carte, nous allons commander notre menu.

— Je vais la chercher, monsieur, — dit le garçon, sans paraître surpris de voir son client inviter à déjeuner une petite bouquetière, blasé qu'il était depuis longtemps sur les mystères des cabinets particuliers.

— Vrai, c'est pour de bon, ce que vous me dites là? — fit Mémèche qui doutait encore.

— Combien de fois faut-il le répéter? Voyons, assois-toi donc.

— Eh bien, en voilà une drôle d'idée que vous avez là. Mais si vous y tenez tant que ça, après tout, je ne demande pas mieux, dit la jeune fille en se décidant à prendre place à la table. Seulement si votre connaissance... arrivait...

— Bah! qu'est-ce qu'elle trouverait à redire?

— Je ne sais pas, moi; pourtant il me semble qu'elle pourrait se vexer de la chose... car, enfin...

— Car enfin, quoi?

— Dame, si elle était jalouse... insinua Mémèche en minaudant.

— Dans tous les cas, elle aurait tort de l'être de toi, attendu que je t'invite à titre d'amie et non dans l'intention de faire ta conquête.

— Oh! je pense bien... cependant, les apparences...

— Il n'y pas d'apparences... — dit le Rouquin voulant rassurer Mémèche qu'il croyait avoir la crainte d'être surprise par « sa connaissance ».

Le mot parut déplaire à la jeune fille et elle fit une légère moue de dépit.

C'était, semblait-elle dire, la considérer un peu trop comme quantité négligeable.

Le garçon qui apporta la carte vint faire diversion à cette petite scène et il ne fut plus question que de déjeuner.

Mémèche ne cachait pas le plaisir qu'elle éprouvait de se voir assise devant une table avec une belle nappe garnie de jolies assiettes lisérées d'un filet d'or et d'élégants cristaux taillés à facettes, sur lesquels venait se jouer un pâle rayon de soleil qui les faisait scintiller comme des amas de pierreries.

Elle en était toute rouge d'émotion et ses yeux se fixaient tour à tour sur chacun des objets qu'elle contemplait avec des prunelles agrandies par le ravissement.

— Voyons, choisis ce que tu veux là-dedans, — lui dit le Rouquin en lui passant la carte.

La jeune fille se mit à parcourir la nomenclature des mets, mais elle fut fort embarrassée pour faire un choix, la plupart d'entre eux lui étant étrangers.

Bouchées Soubise, Carlet à la Moskowa, Filet Poniatowski, Tournedos à la Valois, Aloyau à la Béchamel, Macédoine Crécy, etc., tout cela était de l'hébreu pour elle.

— Je n'y comprends rien, — finit-elle par dire, — qu'est-ce que c'est que toutes ces machines-là ?

Le Rouquin vit qu'il devait la guider.

— As-tu faim ? — lui demanda-t-il.

— Pour sûr. J'étais ce matin à six heures et demie à la halle pour attendre l'arrivée des fleurs et je ne me suis encore rien mis dans le coffre, si ce n'est un petit croissant d'un sou que je me suis payé vers huit heures.

— En ce cas, il te faut prendre quelque chose de substantiel. Je vais te commander un filet Poniatowski et un aloyau à la Béchamel ; c'est du bœuf rôti aux champignons et du veau à la sauce blanche. Aimes-tu ça ?

— Je crois bien... — fit Mémèche avec envie, car le déjeuner de la pauvrette ne se composait d'ordinaire que d'un bout de fromage ou d'un peu de charcuterie.

— Pour moi qui n'ai pas grand appétit, — continua le Rouquin, — je me contenterai d'une bouchée Soubise et d'un carlet à la Moskowa, c'est-à-dire d'une côtelette de mouton farcie et d'un poisson au madère.

La jeune fille avait faim, en effet, car elle fit disparaître en un clin d'œil la copieuse tranche de bœuf qu'on vint placer devant elle.

Et l'aloyau à la sauce blanche eut à peu près le même sort ainsi qu'un gros plat de légumes qui lui succéda.

Mais elle n'arrosa son repas que d'eau claire. Comme toutes les alcooliques elle n'avait aucun goût pour le jus de raisin.

Le Rouquin n'en fut point surpris, la Bibasse n'en buvant jamais.

Après le dessert composé de fruits secs et de petits gâteaux, dont elle fit également une ample consommation, on servit les liqueurs : chartreuse et kummel.

Les yeux de Mémèche s'allumèrent.

Elle prenait celle-ci, qui était jaune, pour du cognac et celui-là pour de l'eau-de-vie blanche.

Le Rouquin lui versa d'abord un petit verre de chartreuse.

— Que ça! dit-elle étonnée.

— Ah! dame, nous ne sommes pas ici rue des Anglais où l'on boit des demi-quarts à la fois, — répliqua le Rouquin.

— Ça se voit.

Elle porta le verre à ses lèvres et, suivant son habitude, en avala le contenu d'un seul coup.

Mais au même instant ses traits se contractèrent en une horrible grimace.

— Oh! que c'est mauvais! — s'écria-t-elle. — Qu'est-ce que c'est que cette saleté-là?

— Bigre, ma fille, que te faut-il donc? Cette liqueur que tu appelles une saleté est exquise, au contraire.

— Pas pour moi, toujours; elle me fait l'effet d'une médecine. Donnez-moi vite de l'autre pour me rincer la bouche.

Le Rouquin lui servit du kummel; seulement, comme il prévoyait qu'elle ne l'apprécierait pas plus que la chartreuse, il ne lui remplit son verre qu'à moitié.

De son côté, elle se méfia sans doute, car elle le flaira d'abord.

— Pouah! — fit-elle, en relevant vivement la tête, — c'est encore pis. Peut-on faire des drogues pareilles... Demandez-moi donc simplement du cric, c'est cent fois meilleur.

— Il n'y en a pas ici, — repartit le Rouquin qui tenait à ce que la jeune fille eût tout son sang-froid pour écouter ce qu'il avait à lui dire.

— Tiens! c'est drôle, je croyais qu'il y en avait partout.

— Pas dans les bonnes maisons comme celle où nous sommes.

— Ah! tant pis... mais je me rattraperai ce soir.

— Peut-être... — murmura le Rouquin à part lui.

Puis, songeant que c'était le moment d'entamer l'entretien qu'il désirait avoir avec elle, il lui dit :

— A présent, ma belle, si tu veux nous allons causer un peu.

— Causer un peu ? Et de quoi ?

— De choses qui, je suis sûr, t'intéresseront.

— Voyons voir, — fit Mémèche dont la curiosité s'éveilla.

— D'abord, — reprit le Rouquin qui voulait, avant d'entrer dans le sujet même de cet entretien, connaître moins superficiellement sa future et inconsciente complice, — d'abord, dis-moi quel est ton vrai nom ?

— Angélique Biron.

— Quel âge as-tu, exactement ?

— J'ai eu seize ans et demi le mois dernier.   .

— Et tu es orpheline, m'a dit le *marquis ?*

— Oui, — répondit la jeune fille avec tristesse.

— Depuis quand ?

— Il y a déjà longtemps. J'approchais de mes dix ans lorsque j'ai perdu mes parents à la file l'un de l'autre. Papa est parti le premier, maman ensuite.

— Qu'est-ce qu'ils faisaient, tes parents ?

— Ils étaient marchands des quatre-saisons.

— Est-ce que tu les aidais dans leur commerce ?

— Non, vous comprenez, j'étais trop petite. Ils me conduisaient à l'école le matin et venaient me chercher le soir. Du reste, ils ne voulaient pas que je prisse leur métier plus tard. Ils disaient que je n'étais pas faite pour ça.

— Ah ! et pourquoi ?

— Il paraît qu'ils n'avaient pas toujours été dans une si modeste position.

« Six ou sept ans auparavant ils tenaient un beau magasin de porcelaines, rue de Crussol.

« Ayant été un moment embarrassés dans leurs affaires, ils avaient eu la mauvaise idée d'emprunter de l'argent à un juif, un usurier, nommé Isaac Moser, qui s'était arrangé pour les ruiner. Alors, pour vivre et pouvoir m'élever, ils s'étaient mis marchands des rues.

« Mais ils espéraient un jour reprendre leur premier commerce et m'y créer une situation.

— Quand nous fûmes dans sa chambre elle me donna un petit verre d'eau-de-vie.

IV

SIMULATION

Au nom d'Isaac Moser, le Rouquin avait vivement tressailli. Toutefois il s'était assez vite remis pour que Mémèche ne s'aperçut pas de son trouble passager.

LIV. 103. — H. GEFFROY, éditeur. — Reproduction interdite.   103

Une remarque qu'il avait faite depuis que la jeune fille était avec lui,
'est qu'elle s'exprimait d'une façon beaucoup moins triviale que la veille.

Il savait maintenant d'où venait ce changement dans son langage:
elle avait dû, autrefois, étant avec ses parents, apprendre à parler convenablement.

Il était probable que c'était seulement chez le *Père Lunette*, et par
suite de l'influence du milieu, qu'elle employait ces locutions communes
et grossières qu'on était quelque peu étonné d'entendre sortir de ses
lèvres.

— Et qu'est-ce que tu es devenue après la mort de ton père et de ta
mère ? — lui demanda-t-il.

— J'ai été recueillie par une brave femme, qui était notre voisine et
notre amie en même temps. Comme eux, elle vendait dans les rues, mais
rien que des fleurs, l'hiver aussi bien que l'été.

« On l'appelait la mère Bosco, ou la Bosco tout court parce qu'elle
était légèrement bossue. Elle, je l'aidais pour la vente de ses fleurs et,
toute la journée, nous courions Paris ensemble, car je n'allais plus à
l'école.

— Tu es restée longtemps avec elle?

— Près de cinq ans.

— Pourquoi l'as-tu quittée?

— C'est elle qui m'a quittée, la pauvre femme : elle est morte il y a un
an, sans ça je crois que je ne m'en serais jamais séparée. Elle était très
bonne pour moi et nous nous accordions parfaitement toutes les deux.

« Il n'y avait qu'une chose qui quelquefois la faisait me gronder très
fort ; c'est lorsqu'elle me voyait boire de l'eau-de-vie.

— Tu en buvais donc déjà de son temps?

— Je crois bien, j'ai commencé à douze ans.

— Et comment as-tu pris cette habitude-là?

— C'est une vieille femme, une ancienne concierge, nommée la veuve
Filoche qui me l'a donnée... involontairement il est vrai.

« Elle logeait sur le même palier que nous et à tout moment je la rencontrais.

« Comme je regrettais beaucoup mes parents, il m'arrivait souvent de
pleurer en pensant à eux.

« Un matin, m'ayant vue les yeux rouges, elle me demanda ce que
j'avais.

« Je lui répondis que j'avais du chagrin et lui appris pourquoi !

« — Viens chez moi, — me dit-elle, — je vais te faire boire un verre
de consolation. »

« Je m'aperçus qu'elle était grise et avait peine à garder l'équilibre.

« Quand nous fûmes dans sa chambre, elle me donna un petit verre d'eau-de-vie.

« Je n'en avais encore jamais bu et me trouvai d'abord tout étourdie.

« Je rentrai vite chez nous, ne sachant plus où j'en étais.

« Mais un instant après, je ressentis un grand bien-être. Il me semblait que mon esprit se dégageait de mon corps et s'envolait dans l'espace, pendant que me passaient devant les yeux une foule d'images parmi lesquelles je croyais voir papa et maman qui me faisaient signe de venir avec eux.

« J'étais bien heureuse et aurais voulu que ça durât toujours.

« Hélas! au bout d'une demi-heure cet enchantement cessa, ma tête devint lourde comme du plomb et, prise d'un extrême besoin de sommeil, je m'étendis sur mon lit où je m'endormis profondément.

« La Bosco avait coutume de me laisser la matinée à la maison. Elle ne m'emmenait avec elle dans Paris que l'après-midi.

« Son absence me permit donc de faire un bon somme et, quand elle rentra pour déjeuner, j'étais éveillée et m'occupais de préparer notre fricot.

« Elle ne se douta de rien.

« Le lendemain, je retournai chez la veuve Filoche, pour qu'elle me donnât encore de l'eau-de-vie. Mais elle me renvoya en disant que les gamines comme moi n'en buvaient pas et ne devaient jamais en boire.

« J'étais étonnée; d'autant plus qu'elle ne paraissait pas se souvenir que, la veille, c'était elle qui m'en avait offert.

« Je constatai que ce jour-là elle n'était pas grise et pensai que c'était peut-être pour cela qu'elle m'en refusait.

« Alors, j'attendis de la revoir en état d'ivresse — ce qui arriva bientôt — et lui renouvelai ma demande.

« Je ne m'étais pas trompée : cette fois elle consentit à me satisfaire et, dès que j'eus bu, j'éprouvai les mêmes sensations qu'auparavant.

« — Hein! — me dit-elle, — c'est bon, le cognac... ça vous change joliment les idées?

« — Oui, — lui répondis-je; — on ne sait plus ce qui se passe autour de soi; on dirait qu'on fait un rêve.

« — C'est pour ça que j'en bois... que j'en bois beaucoup... Je ne veux plus savoir ce qui se passe près de moi... ni, surtout, ce qui s'y est passé dans le temps... »

« Je ne comprenais pas ce qu'elle voulait dire, seulement je voyais qu'elle paraissait avoir de la peine, car sa figure devenait toute triste.

« A diverses reprises, je revins encore lui demander de la liqueur qui me procurait de si agréables instants, mais j'avais toujours soin de choisir pour cela les moments où elle n'avait plus sa raison.

« J'avais réfléchi, en effet, que si elle m'en donnait c'était parce qu'elle était ivre et ne savait pas ce qu'elle faisait.

« Ces libations répétées finirent par produire en moi certains troubles cérébraux, dont s'aperçut la Bosco.

« Elle m'interrogea pour tâcher d'en connaître la cause. D'abord, je cherchai à l'abuser en lui disant que j'ignorais d'où ça pouvait venir ; puis, enfin, je me décidai à lui avouer la vérité.

« Furieuse, elle alla trouver la veuve Filoche et la menaça d'adresser une plainte contre elle à la police si elle continuait à m'empoisonner avec son alcool.

« Celle-ci, qui était alors à jeun, assura ne rien comprendre à ce qu'elle lui disait, attendu que, jamais, elle ne m'avait fait boire aucun spiritueux... à moins que ce ne fut pendant les moments où elle avait sa pointe et qu'en ce cas, elle ne se rappelait pas.

« Puis elle ajouta que si cela était, elle en avait grand regret ; qu'elle avait été méchante autrefois mais ne l'était plus à présent et que pour rien au monde elle n'aurait voulu commettre une mauvaise action comme celle-là.

« De ce jour la Bosco me surveilla et fit en sorte que je ne revisse plus l'ancienne concierge, qui, d'ailleurs, déménagea peu après pour aller demeurer, nous dit-elle, du côté du faubourg Saint-Antoine, c'est-à-dire très loin de nous, car nous habitions rue Lecourbe, à Vaugirard.

« Mais j'avais pris goût à l'eau-de-vie et puisque je n'avais plus personne pour m'en donner, je résolus de m'en procurer moi-même.

« Chaque fois que j'avais trois ou quatre sous d'économies, j'allais en acheter chez un liquoriste ou chez un épicier en disant que c'était une commission que je faisais, de manière à ce qu'on ne pût pas m'en refuser.

« Ensuite, j'allais me cacher et me régalais tout à loisir.

« Cependant, malgré les précautions que je prenais pour échapper à la surveillance de la Bosco, il arrivait que, de temps en temps, elle me pinçait en train de déguster ma goutte.

« Alors, elle se mettait dans une grande colère après moi et, ainsi que je vous l'ai dit, me grondait très sévèrement.

« Cela ne m'empêchait point de recommencer ; au contraire. Car plus elle me défendait de boire du *cric*, plus j'en avais envie.

« C'était, entre nous deux, une lutte incessante, elle, me créant tous

les obstacles possibles pour que je ne pusse me livrer à ce qu'elle appelait mon vice, moi cherchant par mille moyens à surmonter ces obstacles.

« L'alcool faisant travailler mon cerveau et me donnant de l'imagination, vous ne sauriez croire toutes les ruses que j'inventais pour arriver à
mes fins.

« J'étais devenue une véritable comédienne.

« Ah! je lui en ai fait voir à cette pauvre Bosco!

« Tenez, voici parmi tant d'autres un des meilleurs tours que je lui
ai joués.

« Une fois, il y avait au moins quinze jours que je n'avais pu m'ingurgiter la moindre larme d'eau-de-vie et je sentais que je ne pouvais pas
attendre davantage.

« Il m'en fallait à tout prix.

« Or, comme maintenant elle ne me laissait plus jamais un sou en
poche et serrait soigneusement son argent de peur que je ne sois tentée de
lui en prendre, j'imaginai le stratagème suivant pour obtenir d'elle — et
à son insu — de quoi en acheter.

« Il venait assez souvent dans la maison des dames quêteuses récol-
tant des aumônes pour différentes œuvres de charité.

« Ces dames s'adressaient à tout le monde, même aux petites gens
comme nous et, ayant presque toujours assisté à leur venue dans notre
logis, je savais comment elles se présentaient.

« La Bosco, qui était très charitable, quoique pas riche, ne manquait
jamais de leur donner son obole, soit une pièce de dix sous.

« Il me prit la fantaisie de faire la dame quêteuse.

« Le jour où cette idée me vint, j'avais à porter un bouquet chez des personnes qui demeuraient à un bon quart d'heure de chez nous.

« Avant de partir, profitant d'un moment où la Bosco ne faisait pas attention à moi, je m'emparai d'une de ses robes et d'un vieux chapeau garni
d'un voile, qu'elle ne mettait plus depuis longtemps, roulai le tout en un
petit paquet que je cachai sous ma jupe et filai avec mon bouquet.

« Ma commission faite, je revins en courant afin de gagner du temps,
et m'affublai au bas de l'escalier de la robe et du chapeau duquel je rabat-
tis le voile sur ma figure.

« Étant déjà grande pour mon âge, — j'avais alors quatorze ans, — cela
ne m'allait pas trop mal et, en n'y regardant pas de trop près, je pouvais
parfaitement passer pour une dame.

« D'abord, je savais que la Bosco avait la vue un peu basse et, ensuite,
je comptais qu'elle n'aurait peut-être pas encore allumé la lampe.

« Je dois vous dire que nous étions en hiver et que la nuit commençait à tomber.

« Bravement, je montai et allai frapper à notre porte.

« Nous habitions au sixième étage et notre logement donnait sur un couloir qui, déjà obscur en plein midi, l'était naturellent encore bien plus à cet instant de la journée.

« La Bosco vint m'ouvrir.

« Contre mon attente la lampe était allumée.

« Cela me gêna un peu.

« Mais, ne voulant pas reculer, je déguisai ma voix et me mis à lui débiter mon boniment que j'avais préparé d'avance.

« Je quêtais en faveur de plusieurs familles d'ouvriers, réduites à la plus profonde misère à la suite d'un incendie terrible qui avait détruit presque en entier une cité où elles demeuraient.

« C'est la Bosco elle-même qui m'avait raconté l'événement dont les journaux avaient parlé quelques jours auparavant.

« — Entrez donc, madame, — me dit-elle dès que je lui eus appris le but de ma démarche. — Je n'ai rien sur moi et ne veux pas vous laisser dehors. »

« Payant d'audace, j'entrai, pris le siège qu'elle m'offrit et attendis.

« Elle tira une clef de sa poche, ouvrit une armoire que je connaissais bien pour y avoir fixé fréquemment des regards pleins de convoitise et ayant sorti une pièce de vingt sous d'un petit sac en cuir dans lequel elle enfermait son pécule, elle me l'apporta.

« Un franc! C'était le double de ce que j'espérais.

« — Voyez-vous, — dit-elle en me donnant la pièce, — je cache mon argent parce que j'ai avec moi une gamine qui a le malheur d'aimer l'eau-de-vie et pourrait m'en prendre pour aller acheter de cette funeste liqueur.

« — Oh! l'horreur! fis-je avec dégoût.

« — N'est-ce pas, madame, que c'est horrible, — reprit-elle. — Une fillette qui vient à peine d'avoir ses quatorze ans! mais je m'arrange de façon à ce qu'elle n'ait jamais un centime à sa disposition, afin de lui ôter tout moyen de satisfaire sa passion. »

« La pauvre femme était loin de se douter qu'elle venait de me donner de quoi la satisfaire, cette passion.

« — Et vous avez raison, — lui dis-je, — comme cela elle sera bien forcée de se corriger.

« — J'y compte, madame, car à son âge les mauvaises habitudes se perdent assez facilement.

« — Bien entendu, — répliquai-je d'un air convaincu. »

« Ayant obtenu ce que je désirais et même plus — je me levais déjà pour m'en aller, lorsque la Bosco me demanda si j'avais des détails précis sur la situation des familles en question.

« — Vous les avez peut-être visitées, madame? me dit-elle. »

« J'aurais pu répondre non tout simplement et notre conversation se serait terminée là.

« Mais je ne sais quelle idée baroque me passa par la tête de vouloir pousser la comédie plus loin.

« Je m'étais placée de telle sorte que la lumière de la lampe ne m'éclairait que de profil et, mon voile aidant, la Bosco ne pouvait guère distinguer mon visage.

« Toutefois, j'avais une crainte, c'était qu'elle reconnût sa robe et son chapeau.

« — Bah ! — me dis-je, — risquons le coup. Si elle s'aperçoit de ma ruse, je lui ferai croire que je voulais tout bonnement plaisanter.

« — En effet, madame, — lui répondis-je avec aplomb, — j'ai visité ces malheureuses gens et leur position est affreuse.

« Ils sont dehors, campés sous des draps qu'ils ont dressés en tentes exposés à toutes les rigueurs de la saison.

« Si vous les voyiez, vous frémiriez.

« — Vraiment ! fit-elle attendrie

« — Oui, madame; il y a là de pauvres mères avec de petits enfants à la mamelle et qui n'ont même pas de quoi se couvrir.

« Elles se désolent, les infortunées, ne cessent de gémir et de demander du secours, pendant que les pères, fous de désespoir, s'arrachent les cheveux en maudissant le sort qui les accable.

« J'avais lu quelque chose de ce genre-là dans un livre et ça me revenait à point en mémoire.

« — Oh ! mon Dieu ! mon Dieu ! est-il possible ? — exclama la Bosco, dont l'émotion grandissait.

« — Hélas, ce ne l'est que trop, — repris-je. — Et, pour ajouter encore à leurs maux, les uns et les autres meurent de faim. Quand on leur apporte des vivres, ils se jettent dessus comme des fauves et les dévorent en un instant. Je vous dis, c'est pitoyable. »

« Et, entraînée par mon sujet, je continuai à faire un tableau de plus en plus navrant des misères auxquelles étaient en proie les malheureux dont je parlais.

« Si bien que, prise à ma propre éloquence, je me suis mis tout à coup à pleurer à chaudes larmes, imitée aussitôt par la Bosco dont les yeux se changèrent en véritables fontaines.

« Pendant cinq minutes, nous pleurâmes toutes deux comme des madeleines et j'allais à coup sûr me trahir lorsque, revenant au sentiment de la réalité, je crus prudent de mettre un terme à ma visite.

« Je séchai donc mes larmes et pris congé de ma dupe, qui me reconduisit jusqu'à ma porte.

« J'étais étonnée d'avoir si habilement tenu mon rôle et pu tromper à ce point celle-ci.

« J'en éprouvai une joie malicieuse. Cela me parut même si drôle qu'en descendant, je partis d'un grand éclat de rire qui emplit l'escalier et monta jusqu'à la Bosco que j'entendis sortir sur le carré pour savoir ce que signifiait une pareille hilarité et quelle était la personne qui s'y livrait.

« Par bonheur, l'obscurité l'empêcha de me voir, sans quoi elle se fût rendue compte de la farce que je venais de lui jouer et, bien que je lui eusse, en ce cas, donné comme prétexte que c'était pour m'amuser, peut-être ne me serais-je pas tirée d'affaire avec elle à si bon marché, attendu que j'avais réellement dépassé les limites permises de la plaisanterie.

« Quand je fus descendue, je courus telle que j'étais chez un liquoriste et me fis servir sur le comptoir un grand verre d'eau-de-vie que j'avalai d'un trait, ce dont sembla assez surpris le garçon, peu habitué certainement à voir des dames convenables, — j'avais très bon air, je vous l'assure, — boire du cric tout comme si c'eût été du petit-lait.

« Puis je revins à la maison, ôtai robe et chapeau, dont je fis un nouveau paquet, et remontai chez nous, où j'entrai cette fois sans frapper.

« La Bosco était assise sur une chaise et s'était remise à pleurer.

« Elle était encore si émotionnée de ce que je lui avais raconté qu'elle ne remarqua pas sur-le-champ ma présence, ce qui me permit d'aller replacer les vêtements où je les avais pris sans qu'elle s'en aperçût.

« Cela fait, je m'approchai d'elle et lui demandai d'un ton naïf d'où venait son chagrin. Elle m'apprit alors ma visite et, avec des sanglots dans la voix, me narra l'histoire que je lui avais débitée.

« — Je regrette de ne pas avoir été plus généreuse, — dit-elle, — j'aurais dû aller jusqu'à deux francs.

« — Oh ! j'ai assez pour le moment, — fis-je oubliant.

« — Qu'est-ce que tu dis ?

« — Je dis que c'est assez d'un franc, » répliquai-je vivement.

« Et, de crainte de commettre quelque autre maladresse, je détournai aussitôt la conversation.

« La Bosco ne connut jamais mon équipée.

La Bosco était assise sur une chaise et s'était remise à pleurer

V

LA LEÇON

— Sais-tu, ma belle, que tu as montré là un réel talent d'actrice ? — dit le Rouquin lorsque Mémèche eut cessé de parlé. — Une comédienne de profession n'eût certes pas mieux joué cette scène.

Liv. 104. — H. GEFFROY, édit. — Reproduction interdite.   104

— Je vous le répète, j'en étais devenue une véritable. Quand je voulais soutirer quelques sous à ma trop crédule compagne, je savais, suivant les circonstances, feindre la colère, la joie, le désespoir, l'étonnement, la frayeur, etc... avec une vérité si surprenante qu'elle ne manquait jamais de se laisser prendre à mes simagrées.

« Et, non seulement elle, mais encore les personnes devant lesquelles, parfois, j'étais obligée de les faire.

« Mais, s'il faut vous le dire, — ajouta la jeune fille d'une voix attristée, — je regrette bien, maintenant que cette pauvre femme n'est plus, d'avoir agi ainsi avec elle.

« Franchement ce n'était pas gentil de ma part, car elle n'avait que des bontés pour moi et, enfin, c'est à elle que je dois d'avoir appris le métier qui me fait vivre et que j'aime beaucoup.

— Ah! tu l'aimes tant que cela, ton métier?

— Oh! oui. J'ai, du reste, toujours adoré les fleurs que je considère comme des amies. Je suis sûre qu'entre elles et moi, il y a un lien invisible.

« Aussi n'ai-je pas été longue à savoir les assembler avec goût. Elles venaient toutes seules se placer sous mes doigts comme si je les eusse appelées.

« — C'est malheureux, — disait la Bosco — que je n'aie pas le moyen de monter une boutique. Avec le chic que tu as pour trousser un bouquet, nous ferions d'excellentes affaires. »

« Oui, c'était malheureux, car être bouquetière était mon rêve.

— Ne l'étais-tu donc pas et ne l'es-tu pas encore actuellement?

— Oh! ce n'est pas être vraie bouquetière, ça. Ce que j'aurais voulu, moi, c'est avoir un établissement, parce qu'on peut faire non seulement des bouquets, mais encore toute sorte d'autres choses, comme ces corbeilles de fleurs élégantes qu'on suspend dans les appartements, ces jolies guirlandes dont on orne les tentures et le tour des glaces, ces gracieux massifs qu'on pose sur les tables pendant les grands dîners, enfin, tout ce qui se fait lorsqu'on est en magasin.

« Il me semble que, si un jour j'avais la chance d'y être, — ce qui ne m'arrivera sans doute jamais, hélas! — je ne pourrais rien désirer de plus.

— Vraiment! ça ferait si complètement ton bonheur?

— Oh! oui.

— Eh bien! — dit le Rouquin après un temps, car il venait de trouver le joint qu'il cherchait pour faire connaître à Mémèche ce qu'il attendait d'elle; — eh! bien, il ne tient qu'à toi de voir ton rêve se changer en réalité.

— Comment cela, il ne tient qu'à moi... Je ne vous comprends pas, — répliqua la jeune fille.

— Oui, ça dépend absolument de toi.

— Si ça ne dépendait que de moi, — repartit Mémèche en riant, — il y a beau jour que ce serait fait. On voit bien que vous ne savez pas ce que ça coûte à monter, une boutique de bouquetière.

— Je ne le sais pas, mais je me doute qu'il faut pas mal d'argent.

— Sûr, qu'il en faut... et plus que vous ne croyez, même.

— Bah! combien donc?

— Devinez?

— Je n'en ai pas une idée bien précise ; j'aime mieux que tu me le dises tout de suite.

— Écoutez : quelquefois, en nous amusant, nous causions de ça toutes les deux, la Bosco et moi. Elle affirmait que rien que pour une petite boutique, il fallait au moins quinze cents francs...

« Oui, quinze cents francs! — répéta Mémèche avec une sorte d'effroi, comme si ce chiffre eût été pour elle une somme colossale.

Le Rouquin réprima un sourire ; il s'attendait à quatre ou cinq fois autant.

— Vous pensez bien, — continua la jeune fille, — ce n'est pas avec les quatre sous que je gagne par jour que je pourrais jamais économiser de quoi m'établir

— Bien entendu... surtout avec l'habitude que tu as de boire régulièrement ces quatre sous chaque soir, — repartit le Rouquin. — Aussi, n'est-ce point de cette façon-là que j'entends la chose.

— Alors de laquelle?

— Que dirais-tu si je te donnais cette somme de quinze cents francs?

— Quoi! vous feriez cela? — s'exclama Mémèche en regardant attentivement le Rouquin pour voir s'il ne raillait pas.

— J'y suis tout disposé.

— Et quelle est la raison de cette générosité de votre part envers moi? Vous me connaissez à peine.

— Je te connais suffisamment pour me le permettre.

— Voyons, expliquez-vous. Il y a dans ce que vous me dites là quelque chose qui ne me paraît pas naturel.

— L'explication est des plus simples. J'ai besoin que tu me rendes un service et c'est en retour de ce service que je t'offre le dit argent.

— Moi, vous rendre un service? — fit Mémèche étonnée.

— Un grand service même.

— De quel genre donc?

— Je vais te l'apprendre. D'abord, je présume que tu possèdes toujours cette faculté de simuler à ton gré les divers sentiments humains, n'est-ce pas ?

— Peut-être.

— Bien. Tu saurais donc encore aujourd'hui jouer devant des personnes la comédie comme autrefois ?

— Dame, c'est probable, si l'occasion se présentait. Mais pourquoi me demandez-vous ça ?

— Parce que c'est en cela que consiste le service que je réclame de toi.

— Ah !... une farce à faire sans doute ?

— Une farce ? Non point.

— Alors je ne saisis pas, — dit la jeune fille.

Puis, songeant à la grosse somme qu'on lui offrait et une méfiance lui venant, elle s'empressa d'ajouter :

— Vous savez, monsieur Honoré, il ne faudrait point chercher à me mêler à une affaire qui ne serait pas honnête. Je ne suis qu'une pauvre fille et ne vaux pas grand'chose, c'est vrai ; mais je n'ai jamais fait de mal à personne et ne veux pas commencer à en faire.

— Ah çà ! qu'est-ce qui te donne à croire que je vais te proposer de faire du mal à quelqu'un ? C'est précisément tout le contraire. D'ailleurs, voici ce dont il s'agit.

« Il y a, à Paris, dans une famille, une femme qui est devenue folle d'avoir perdu — ou plutôt d'avoir cru perdre — son enfant, une petite fille de seize à dix-huit mois pour laquelle elle avait la plus profonde tendresse.

« Je dis « d'avoir cru perdre » parce que cette enfant existe, on en a la certitude, mais on ne sait pas où elle est.

« Or, il paraît que l'infortunée peut revenir à la raison si on lui rend sa fille.

« Jusqu'à ces derniers temps, on avait compté la retrouver ; malheureusement, toutes les recherches entreprises dans ce but sont restées infructueuses et si l'on conserve encore quelque espoir de les voir aboutir un jour, du moins ne peut-on fixer, même approximativement, l'époque où cet événement se produira.

« Alors, on a fini par se résoudre à présenter à la folle une jeune personne qui ait à peu près l'âge de l'absente, pensant que peut-être elle se ferait illusion et que, croyant reconnaître sa fille en cette dernière, sa guérison s'ensuivrait.

« Comme c'est moi qui ai été chargé de découvrir la jeune personne en

question, et que je t'avais remarquée chez le *Père Lunette*, j'ai songé
tout de suite à toi pour être celle-ci, attendu que tu as son âge ou peu s'en
faut, et que, pour la physionomie, tu ne peux manquer de lui ressembler,
la voix du sang étant une pure blague.

« Tu vois que l'affaire que je te propose est loin d'être malhonnête?

— En effet... et je vous prie de m'excuser de ce que j'ai dit.

— Donc, tu acceptes?

— Puisque c'est pour accomplir une bonne action, j'accepte de grand'
cœur.

— Bien, je te remercie, car je vais toucher une somme assez ronde-
lette en récompense de la peine que je me serai donnée pour te trouver,
et, voulant te rendre service pour ce service, dès que l'épreuve aura pris
fin, je prélèverai sur cette somme les quinze cents francs qui te sont
nécessaires pour t'établir en boutique.

— Et moi aussi, je vous remercie, monsieur Honoré; la promesse
que vous me faites me comble de joie.

« Oh! quelle chance! — ajouta Mémèche en battant des mains.
— Jamais je n'aurais cru que je serais un jour établie.

— Cela te prouve que tout arrive en ce monde, même les choses qui
vous paraissent les moins réalisables.

« Il suffit d'avoir de la bonne conduite, — termina-t-il en souriant.

— C'est vrai, pourtant. Ainsi, — continua la jeune fille, — on pense
que ma vue aura une heureuse influence sur la raison de cette dame?

— On l'espère beaucoup... sans en être absolument sûr, toutefois. Il
va de soi que tu devras te comporter vis-à-vis d'elle comme si tu étais sa
vraie fille, c'est-à-dire lui prodiguer mille caresses, lui faire toutes sortes
d'amitiés, l'appeler ma mère avec des accents touchants, enfin t'ingénier
à donner le plus de vraisemblance possible à la comédie que tu joueras.

— Oui, oui, je comprends... et j'ai idée que je ne serai pas du tout
mauvaise dans mon rôle.

— Il te faudra être d'autant plus nature que tu auras à abuser également sur ton identité une autre personne — un homme — qui est là,
près de la malheureuse, — ajouta le Rouquin, se rappelant ce que lui avait
dit Erreguy au sujet de son ami.

— Fou aussi, cet homme?

— Non, d'esprit sain, lui.

— Tiens, pourquoi, alors, aurai-je à l'abuser?

— Pourquoi?... — fit le coquin cherchant une réponse, — parce que...
parce que... s'il s'apercevait de la ruse... il est à présumer qu'il ne s'y
prêterait pas et te renverrait sur-le-champ.

— Ce n'est donc pas lui qui a décidé d'employer cette ruse?

— Il paraît que non.

- C'est drôle, ça.

— Oui, c'est assez drôle. Peut-être ne veut-il pas que la femme revienne à la raison ou, s'il le veut, n'est-ce que si on lui amène sa fille même, car il conserve l'illusion de la retrouver, cette fille, et ses recherches n'aboutissant pas, son obstination peut être préjudiciable à la malade. C'est une simple supposition, car je n'en sais rien.

— Vous ne le connaissez donc pas?

— Je ne l'ai jamais vu; je ne suis pas de la maison, moi, et ne fais en ce moment que m'acquitter d'une commission dont on m'a chargé. Tu verras toi-même ce qu'il en est quand tu y seras.

— Oui, je verrai ça. Seulement, je me demande ce qui arrivera si cette dame guérit?

« Serai-je obligée de continuer à lui faire croire que je suis son enfant?

— Le cas a été prévu, — répliqua le Rouquin résigné à répondre n'importe comment à toutes les questions de Mémèche. — Si la femme guérit, on lui avouera le subterfuge dont on s'est servi pour obtenir sa guérison, puis on la consolera en lui apprenant que sa fille vit et qu'un jour ou l'autre elle lui sera rendue.

— Ah! bien. — Mais à l'homme qui est là, qu'est-ce qu'on lui dira?

— On lui dira... ce qui sera nécessaire. C'est suivant ce qu'il dira lui-même.

— Et au bout de combien de temps croit-on que se produira l'effet de ma présence sur l'esprit de la folle?

— On ne peut pas le savoir. Ça peut être tout de suite, comme ça peut être dans quinze jours, trois semaines ou même un mois... si toutefois cet effet se produit.

— C'est que je ne voudrais pas rester là indéfiniment, moi.

— Tu penses bien que lorsqu'on reconnaîtra, après un certain nombre de jours, que ça ne réussit point, on ne poussera pas l'épreuve plus loin et on te rendra ta liberté.

Et le Rouquin, qui ne savait plus que dire, maugréa à part lui :

— La fichue questionneuse!

— Maintenant, — demanda encore Mémèche, — est-ce que je ne pourrai pas m'offrir un verre d'eau-de-vie de temps à autre? Je veux bien, vu la circonstance, n'en pas boire autant que d'habitude, mais non m'en priver entièrement.

— Parbleu, oui, tu pourras te payer la goutte quand tu en auras envie, — répliqua le coquin auquel il ne coûtaient de faire cette affirmation.

— Les gens chez lesquels tu seras ne te refuseront certainement pas cette petite faveur ; et comme ils sont excessivement riches, ils doivent avoir du *cric* un peu meilleur que celui du Père Lunette.

— Bon, alors, je me régalerai.

— Ainsi, pour nous résumer, tu as bien compris ce que tu auras à faire ?

— Très bien, et vous serez contente de moi, je puis vous l'assurer. De mon côté, je compte sur votre promesse ; l'affaire terminée, vous m'établirez ?

— C'est comme si tu l'étais déjà, — renvoya le Rouquin qui, en disant cela, mentait effrontément, car il n'avait nulle intention de tenir son engagement envers la jeune fille et espérait bien trouver le moyen de s'y soustraire en cas de mise en demeure de sa part.

D'ailleurs, à l'issue de cette aventure, les choses tourneraient peut-être de telle façon qu'elle n'aurait pas besoin de venir lui en réclamer l'exécution.

— Et quand dois-je être conduite devant cette dame ? — demanda Mémèche.

— Incessamment. Je vais demain te mener chez un monsieur qui a accès près d'elle et avec lequel nous nous entendrons à ce sujet.

— Viendrez-vous me chercher chez moi, ou prenons-nous un nouveau rendez-vous ?

— Je préfère un nouveau rendez-vous. Comme nous nous rendons aux Champs-Élysées, il est inutile que j'aille auparavant me promener place Maubert.

— Alors, où m'attendrez-vous ? Ici ?

— Non, cette fois au café Catelain, près du palais de l'Industrie. Sais-tu où ça est ?

— Ce serait malheureux. Tout l'été dernier j'y ai vendu des fleurs. Et à quelle heure ?

— A la même qu'aujourd'hui. Nous déjeunerons encore ensemble, puis, aussitôt après, nous irons voir le monsieur dont je te parle. Tâche de ne pas boire le matin, au moins.

— Mais je ne bois plus jamais que le soir, maintenant. Comment ferais-je mon commerce si je buvais dans la journée ? Vous avez bien vu, quand je suis arrivée tout à l'heure, que je n'avais pas la plus petite pointe ?

— C'est vrai, je l'ai remarqué. Eh bien ! sois comme ça demain. A présent tu es libre, ma belle, — dit le Rouquin, — et tu peux emporter ce bouquet, je t'en fais cadeau.

— Vous m'en faites cadeau ! — s'exclama Mémèche joyeusement surprise.

— Oui ; je ne te l'avais commandé que pour avoir une raison de te faire venir ici et non pour le donner à une *gigolette*, comme tu le supposais. Si tu peux en tirer parti, ça te fera autant de gagné.

— Je crois bien que je peux en tirer parti! Avant une heure je l'aurai vendu sûrement cinquante francs. Car il vaut ça, vous savez. A moi, il m'a coûté tout près de vos deux louis.

« Grand merci, monsieur Honoré... on fait de bonnes affaires avec vous.

— On n'en fait pas de mauvaises avec toi non plus, — répliqua le Rouquin en songeant à ce qu'allait lui rapporter Mémèche. — Là-dessus, au revoir, ma fille, et je te dirai comme hier : Ne manque pas.

— Je serai aussi exacte qu'aujourd'hui. Au revoir, monsieur Honoré.

Et la jeune fille partit triomphante, avec son bouquet.

Mémèche disparue, le Rouquin demanda une plume et de l'encre et écrivit à Erreguy qu'il viendrait le lendemain chez lui, vers deux heures de l'après-midi, accompagnée de celle qui devait être présentée à son ami comme étant l'enfant de la femme folle.

« Les recherches, disait-il, avaient été couronnées d'un prompt succès et il ne voulait pas perdre un instant pour lui amener la pseudo-Colette, comptant que lui-même s'empresserait de conduire celle-ci où elle était attendue. »

Ensuite, il sortit à son tour, mit la lettre à la poste et, le temps étant doux, descendit d'un pas léger sur les boulevards pour y déambuler en flânant.

Il était parfaitement heureux et voyait en perspective toute une suite de jours dorés.

VI

RAPPORT DE POLICE

La félicité du compagnon de la Bibasse eût à coup sûr été de beaucoup diminuée si, possédant le don d'ubiquité, il eût pu assister à la scène, qui, presque à cette même heure, se passait à la Préfecture de police, dans le bureau du chef de la Sûreté; scène qu'il nous est nécessaire de relater ici, afin de donner à l'ensemble des faits qui composent notre récit une homogénéité complète.

Les bureaux et postes du service de la Sûreté sont situés dans le Palais de Justice.

— Ainsi, vous niez expressément vous nommer Tirache dit File-Menton ?

Ils occupent, à l'angle du quai de l'Horloge et de la rue du Harlay, une quinzaine de pièces dont moitié à l'entresol et moitié au rez-de-chaussée.

C'est dans une de celles de l'entresol que se trouve le bureau ou cabinet du fonctionnaire, qui dirige cet important service.

Cette pièce, qu'éclairent pourtant deux fenêtres suffisamment larges, est toujours plongée dans une demi-obscurité.

Liv. 105. — H. GEFFROY, édit. — Reproduction interdite. 105

Il est vrai que les solides barreaux de fer qui garnissent lesdites fenêtres interceptent une grande partie du jour qui devrait y pénétrer et lui donnent, en outre, quelque peu l'aspect d'une prison.

L'assassin, en y entrant, a comme un avant-goût de la sombre cellule qu'il occupera bientôt à titre de condamné à mort, et d'où il ne sortira que pour aller à l'échafaud.

Elle est placée exactement au-dessus du petit local où sont *déposés en provisoire* les escrocs de haute marque : banquiers, boursiers, coulissiers, remisiers, etc., tous les grands tripoteurs d'affaires et faiseurs de dupes.

Par suite d'une coutume qui est une flagrante injustice, ces messieurs, grâce à la protection de personnages influents, — ils ont toujours quelques-uns de ceux-ci dans leur manche, — sont mis là pendant vingt-quatre heures, en attendant qu'on en ait référé en haut lieu, pour savoir s'il y a lieu de les écrouer définitivement... ou de les renvoyer reprendre leurs intéressantes occupations.

Nous pourrions citer plus d'un agioteur fameux qui a échangé son appartement au luxe princier pour cet humide et noir cachot... et on serait bien étonné des noms que nous révélerions.

Mais ceci étant du ressort de la police et non du nôtre, nous nous abstiendrons de toute indiscrétion.

Donc, cette après-midi-là, vers deux heures et demie environ, se trouvaient dans le bureau du chef de la Sûreté trois individus qui, entrés depuis un instant seulement, se tenaient devant lui silencieux et paraissant attendre qu'il leur parlât le premier.

Ils étaient serrés l'un contre l'autre, comme s'ils eussent eu besoin de leur appui mutuel pour conserver l'équilibre; ce qui s'explique par ce fait que celui du milieu était un prisonnier et les deux autres des agents de police qui lui avaient passé aux poignets une petite cordelette solide terminée par une grosse olive en bois et qu'on nomme *cabriolet*.

Le chef de la Sûreté, M. G.... fixait sur le prisonnier des regards fouilleurs qui semblaient vouloir pénétrer jusqu'au fond de son âme.

Il était visible que ce dernier supportait difficilement cet examen.

Ses yeux, aux paupières papillotantes, se détournaient souvent de ceux du magistrat et sa physionomie trahissait l'inquiétude bien qu'il s'efforçât de faire bonne contenance.

Après l'avoir considéré de la sorte durant quelques minutes, M. G... lui adressa la parole.

— Ainsi, lui dit-il, d'après le rapport qui m'a été envoyé au sujet de votre arrestation par le directeur de la police autrichienne, vous niez expressément vous nommer Tirache, dit File-Menton ?

— Oui, monsieur, expressément, et je proteste de toutes mes forces contre cette arrestation pour laquelle je veux demander une réparation éclatante. Mon nom à moi est Henri Morel et ma profession, celle d'ingénieur civil, comme le prouvent de la façon la plus évidente les papiers que j'ai sur moi.

« Je ne comprends donc point pourquoi on veut me faire passer pour être ce Tirache, dit File-Menton, accusé de vol avec effraction, dans une maison de banque de la rue de Choiseul.

— Vol avec effraction et tentative de meurtre sur un vieux soldat chargé de la garde des locaux où est installée cette banque, rectifia le chef de la Sûreté.

— Peu m'importe, attendu que je n'y suis pour rien. Je sais que ma mâchoire inférieure pourrait être moins fuyante, mais il y a en ce monde nombre de personnes qui l'ont comme moi et s'il vous fallait les arrêter toutes parce qu'elles ressemblent par là au malfaiteur que vous cherchez, vous auriez, je crois, beaucoup à faire.

« Veuillez donc, monsieur, vous assurer vous-même de la vérité de ce que je dis en prenant connaissance de mes papiers et donner ensuite des ordres pour qu'on me relâche immédiatement. C'est à cette seule condition que je consens à ne pas réclamer contre une aussi ridicule affaire.

A cette tirade débitée d'un ton mélodramatique, un léger sourire plissa les lèvres du chef de la Sûreté.

Remarquant ce sourire, l'homme reprit :

— Je vois, monsieur, que vous ne croyez pas ce que j'affirme. Rien n'est plus vrai pourtant et, encore une fois, il vous est facile de vous en assurer par l'examen des pièces contenues dans mon portefeuille.

Puis avec véhémence :

— Je vous le répète, monsieur, l'injure qui m'est faite est inqualifiable et, s'il le faut, j'en référerai au chef de l'État... oui, au chef de l'État lui-même, afin qu'il me fasse rendre justice et punisse ceux qui ont eu l'audace de m'arrêter.

— Calmez-vous, dit froidement le magistrat.

— Me calmer ! exclama le prisonnier... me calmer quand on commet une pareille infamie envers moi.

« Comment ! il y a de cela huit jours, je venais de rentrer, après une course matinale, dans la chambre que j'occupais à l'hôtel de l'*Aigle noir*, Platerstrass, à Vienne, où j'étais descendu depuis peu, lorsque des gens que je ne connais pas y font irruption, s'emparent de moi et me conduisent en prison, sous le prétexte que je suis un voleur recherché par la police française.

« Et, hier, après une semaine de détention, on me remet entre les mains de ces deux agents qui aussitôt me saisissent les poignets et les entourent de ces cordes qui me blessent horriblement, puis m'entraînent à travers la ville et me jettent dans le premier train partant pour Paris, sans même me permettre de retourner chercher mes bagages à l'hôtel.

« Et vous me dites de me calmer !

« Je voudrais que vous fussiez dans une semblable situation; nous verrions bien si vous seriez calme, vous, monsieur.

M. G... haussa les épaules.

L'indignation feinte ou vraie que montrait l'individu ne parvenait point à l'émouvoir.

Il avait déjà vu tant de malfaiteurs qui, après avoir juré de leur innocence par tous les saints du paradis, avaient été, à la fin, obligés de se reconnaître coupables, qu'il était blasé sur ces sortes de protestations, quelque apparence de sincérité qu'elles eussent.

D'ailleurs, pour le personnage qui était là, il paraissait savoir parfaitement à quoi s'en tenir sur la valeur de celle qu'il faisait entendre.

Sans se donner la peine d'entrer en discussion avec lui, il ouvrit un des tiroirs de son bureau, y prit une feuille de papier couverte au recto et au verso d'une écriture fine et serrée, puis se prépara à la lire en lui disant :

— Je vais vous communiquer le rapport que vient de me transmettre, traduit en français, le directeur de la police autrichienne et qui indique à la suite de quelles circonstances votre arrestation a eu lieu.

« Écoutez :

« Le 24 de ce mois de janvier 1890, la demoiselle Bertha Manhem, une de nos indicatrices... »

— Bertha Manhem ! exclama l'individu avec stupéfaction.

— Oui... vous vous souvenez d'elle ?

— A peine... C'est une fille de mœurs plutôt légères que j'ai rencontrée par hasard à un café de Vienne et avec laquelle j'ai simplement passé une soirée.

— ...Et une nuit, ajouta M. G...

— Et une nuit si vous voulez. Mais en quoi cela touche-t-il à cette affaire ?

— Vous allez le savoir ; laissez-moi continuer.

« La demoiselle Bertha Manhem, une de nos indicatrices, qui fait commerce de galanterie et, par là, nous est souvent très utile pour nos recherches, d'autant plus qu'elle parle plusieurs langues et se lie facilement avec les étrangers, est venue nous déclarer ce qui suit :

« Hier, à cinq heures du soir, je me trouvais à la brasserie Johann,
« rue du Théâtre-Impérial, lorsqu'un monsieur, qui était assis à une table
« voisine depuis quelques instants, m'ayant entendu parler français, entra
« en conversation avec moi et me demanda si je consentais à ce qu'il me
« tînt compagnie.

« Sur ma réponse affirmative, il quitta sa table et vint à la mienne.

« En causant, ce monsieur me dit qu'il se nommait Henri Morel,
« habitait ordinairement Paris et était ingénieur civil.

« Il ajouta qu'il jouissait d'une certaine aisance et voyageait pour
« s'instruire dans sa profession.

« Nous restâmes une heure à la brasserie, puis en partîmes pour aller
« dîner ensemble à un restaurant que je lui avais indiqué comme étant un
« des plus en renom de Vienne.

« Notre repas fut copieux et largement arrosé de vins de France.

« Rien qu'à lui seul ce monsieur but près de trois bouteilles de
« bordeaux.

« Aussi, à la fin du dîner, était-il dans un état d'ébriété prononcée,
« tandis que moi, qui avais été beaucoup plus sobre, je n'étais qu'un peu
« étourdie.

« A un moment, il se mit à me raconter des choses qui me parurent
« singulières. »

— Quelles choses, donc? demanda le prisonnier dont la figure s'était
couverte de pâleur.

— Ne m'interrompez pas, commanda le magistrat qui poursuivit :

« Comme nous étions dans un lieu public et que je ne tenais pas à ce
« que tout le monde entendît ce qu'il disait, je lui fis vivement régler
« l'addition et l'emmenai au dehors.

« J'espérais qu'il allait continuer à bavarder.

« Mais le grand air l'ayant un peu dégrisé il comprit sans doute qu'il
« avait trop parlé et garda le silence.

« Curieuse d'en connaître plus long qu'il ne m'en avait déjà dit, je lui
« proposai de venir chez moi.

« Il y consentit. Dès que nous fûmes dans ma chambre, je lui fis boire
« plusieurs verres de genièvre afin de le faire revenir au degré d'ivresse
« où il était précédemment.

« J'y réussis et il me fit alors d'étranges aveux.

« Il commença par m'apprendre qu'il s'appelait en réalité Louis
« Tirache dit File-Menton et non Henri Morel, mais que personne ne pou-
« vait le savoir, attendu que, très habile en calligraphie, il s'était forgé de
« faux papiers destinés à le faire passer pour tel. »

— C'est un odieux mensonge! — s'écria le prisonnier en tentant, mais inutilement, à se dégager des mains des agents. — Je n'ai jamais rien dit de semblable.

— « Ensuite, — continua le chef de la Sûreté qui parut ne pas prendre « garde à cette interruption, — il m'avoua encore — se vantant de la chose « comme d'un haut fait — qu'en compagnie de deux complices, dont il n'a « pu se rappeler le nom, il avait, cinq semaines auparavant, forcé le « coffre-fort d'une maison de banque située rue de Choiseul, à Paris, et « que ce vol leur avait rapporté à chacun vingt-cinq mille francs.

« Voyant que j'avais devant moi un malfaiteur dangereux, j'eus « d'abord l'idée d'aller le dénoncer le soir même. Mais je réfléchis qu'il « était très tard — car nous étions restés longtemps au restaurant — et que « je ne trouverais peut-être plus personne dans les bureaux de la police.

« J'ai donc pris le parti de passer la nuit avec lui et je viens ce matin « vous faire ma déclaration.

« Ce monsieur m'a quittée, il y a une demi-heure, et est rentré à « l'hôtel de l'*Aigle-Noir*, Platerstrass, où, je le sais, il est encore actuel-« lement. »

« Voici, disait le directeur de la police autrichienne, le récit que nous a fait la demoiselle Bertha Manhem.

« En conséquence, j'ai donné des ordres pour que Louis Tirache ou Henri Morel fût appréhendé sur-le-champ.

« Une heure après il était incarcéré et je vous prévenais aussitôt de la capture.

« Cette note est pour vous renseigner complètement sur les circonstances qui ont amené son arrestation.

« J'ajouterai, en terminant, que le détenu, au cours de deux interrogatoires qu'on lui a fait subir, a nié de la façon la plus énergique avoir perpétré le méfait dont il s'agit.

« On ne lui a pas dit d'ailleurs d'où l'on tenait cette information.

« Quoi qu'il en soit, je suis prêt à vous le livrer sur une réquisition en règle de votre administration, car pour moi sa culpabilité ne fait aucun doute, Bertha Manhem n'ayant pu inventer une pareille histoire. »

— Eh bien ! — fit le chef de la Sûreté, sa lecture finie, — qu'avez-vous à répondre à cela?

— J'ai à répondre que cette fille est folle, — repartit l'individu avec force; — que c'est un conte qu'elle a puisé dans son imagination surchauffée par le vin dont elle avait bu en trop grande quantité et, qu'enfin, je suis bien Henri Morel, ingénieur civil, c'est-à-dire que je n'ai rien de commun avec votre Tirache dit File-Menton.

— Ainsi, malgré ce que vous venez d'entendre, vous persistez dans vos dénégations?

— Plus que jamais, monsieur.

— Pourtant, ce vol, rue de Choiseul, a bien été commis et la somme soustraite étant de soixante-seize mille francs, cela en fait effectivement vingt-cinq mille ou à peu près pour chacun des voleurs qui étaient au nombre de trois.

« Comment expliquez-vous que cette Bertha Manhem ait pu puiser dans son imagination des faits se rapportant d'une manière si précise à ceux-là, qui eux sont des plus réels?

— Je ne l'explique pas; je vous répète encore que je n'ai point à m'occuper de cela. C'est à vous de tirer la chose au clair et non à moi.

— Et ces papiers que vous vous êtes vanté d'avoir fabriqués?

— C'est aussi ridicule que le reste.

— Allons, je vois qu'il n'y a rien à faire avec vous pour le moment et comme je n'ai pas le temps d'établir sur l'heure votre identité par les moyens que nous possédons à la Préfecture, ni de vous confronter avec les personnes susceptibles de vous reconnaître, je vais vous envoyer prendre un peu de repos. Le voyage que vous venez d'effectuer a dû vous fatiguer.

Puis, s'adressant aux deux agents demeurés impassibles pendant toute cette scène, le chef de la Sûreté leur commanda :

— Conduisez votre homme au Dépôt.

— Au Dépôt! exclama le prisonnier qui à ces mots sembla atterré.

— Oui, vous pourrez y méditer tout à loisir sur le danger qu'il y a de s'enivrer et, surtout, de se confier à une femme quand on a comme vous un crime sur la conscience.

— Ah! vous ne m'y conduirez pas, — rugit l'individu, — en essayant par une puissante secousse de rompre les liens qui lui enserraient les poignets.

Mais il poussa en même temps un cri d'angoisse et ses traits se contractèrent affreusement.

Cette secousse n'avait eu pour résultat que de resserrer encore les cordelettes et de les faire entrer si profondément dans les chairs qu'un bourrelet violacé s'était formé autour d'elles.

— Voyons, — reprit le magistrat d'un ton conciliant, — soyez raisonnable et ne vous regimbez pas, sans quoi je vais être obligé d'ordonner à mes agents de vous ligotter, ce qui sera bien pis.

Le prisonnier dut comprendre que toute violence serait vaine, car il ne renouvela pas sa tentative et se laissa docilement emmener, oubliant de protester encore de son innocence.

VII

PIÈCES DE RECONNAISSANCE

Nous avons dit, tout à l'heure, un mot des bureaux de la Sûreté, nous allons maintenant faire une description rapide du Dépôt.

Le Dépôt de la Préfecture de police est une prison provisoire où sont amenées indistinctement toutes les personnes mises en état d'arrestation.

Avant 1830, le Dépôt se composait de deux vastes salles très sombres et très froides, donnant sur des cours étroites à proximité de l'ancien hôtel du Préfet de police.

L'une de ces salles était destinée aux hommes, l'autre aux femmes.

Elles étaient toutes deux garnies dans leur pourtour de lits de camp qu'on relevait chaque matin et qui servaient alors de sièges.

En 1850, on agrandit le Dépôt. On y construisit une infirmerie et on augmenta le nombre des cellules affectées aux détenus à isoler.

Actuellement, il occupe dans l'enceinte du Palais de Justice un emplacement compris entre la place Dauphine et la Sainte-Chapelle.

Le quartier des hommes se trouve du côté du quai de l'Horloge, celui des femmes du côté des Orfèvres.

Des salles communes s'étendent de part et d'autre et jusque sous l'escalier monumental en façade sur le Pont-Neuf.

Elles prennent un peu de jour derrière les deux lions qui sont au pied de l'escalier.

Le quartier des femmes est subdivisé en deux locaux, l'un réservé aux prostituées, l'autre aux prévenues ordinaires.

Les petites filles — car il y en a, hélas! — sont logées à la Conciergerie.

De même, le quartier des hommes comprend une salle dite « des petits habits noirs » où l'on enferme les gens convenablement vêtus et qui ne sont pas pour cela les moins coupables.

Cette salle n'est qu'une section de la grande salle commune.

Il y a en outre des préaux grillés, ou répartis en plusieurs séries, pour que les détenus puissent respirer un peu d'air pendant la journée.

Chacun des quartiers possède des cellules :

LA FILLE DE L'OUVRIÈRE

— Comme j'allais y entrer, passa près de moi un monsieur ayant à son bras une toute jeune demoiselle.

LIV. 106. — H. GEFFROY, éditeur. — Reproduction interdite

Soixante-dix huit pour les hommes, quatre-vingt-deux pour les femmes douze pour les aliénés des deux sexes.

Le Dépôt peut contenir environ trois cent soixante prisonniers.

On y en entasse journellement plus de cinq cents.

La population du dépôt (cinquante-cinq ou soixante mille personnes par an) se compose de tous les individus arrêtés pour un motif quelconque sur la voie publique et qui, après avoir été interrogés par les commissaires de police, sont provisoirement maintenus en état d'arrestation et doivent, dans les quarante-huit heures, comparaître devant un magistrat instructeur, soit pour être rendus à la liberté, soit pour être dirigés sur une des prisons de Paris, si leur situation pénale est établie.

Des voitures cellulaires — *vulgo*, paniers à salade — passent dans tous les postes, à midi, à trois heures, six heures et minuit ; elles transfèrent les détenus au Dépôt.

Ceux-ci sont d'abord conduits à la permanence, où un inspecteur de la Sûreté, enregistre leur état civil, le motif de l'arrestation et le quartier où l'inculpé doit être interné.

Le greffier prend ensuite possession du détenu, indique son signalement et l'écroue.

Remis au gardien, le prisonnier est fouillé minutieusement, puis placé en cellule, ou enfermé dans une des salles communes.

Il reçoit par jour sept cent cinquante grammes de pain bis, du bouillon maigre, des légumes et deux fois par semaine cent vingt-cinq grammes de bœuf bouilli.

Une cantine fournit aux détenus qui ont de l'argent d'autres aliments à un tarif assez modéré.

Avant de passer au petit parquet, les détenus sont photographiés et soumis aux multiples formalités du signalement anthropométrique.

Ils ne devraient rester au Dépôt que vingt-quatre heures, mais il arrive souvent qu'ils y demeurent cinq ou six jours, par suite de l'encombrement ou du retard apporté à la transmission des pièces aux juges d'instruction.

C'est le petit parquet qui décide si l'inculpé sera remis immédiatement en liberté ou gardé à la disposition de la justice.

On enferme non seulement au Dépôt des vagabonds, des déclassés, des mendiants, des repris de justice, des criminels de toute catégorie, des prostituées, mais encore des malades, des fous, des malheureux qui ont vainement réclamé les secours de l'Assistance publique, des enfants égarés ou abandonnés, et aussi des condamnés et des forçats transférés des grandes prisons pour être envoyés aux Colonies.

Tous les moralistes et les criminalistes ont inutilement protesté contre la promiscuité déplorable dans laquelle vivent momentanément tant de catégories diverses de personnes arrêtées, parmi lesquelles il s'en trouve fréquemment d'innocentes.

En résumé le Dépôt est une immense geôle de la Préfecture de Police.

C'est donc là que fut conduit le prisonnier arrivé de la capitale de l'Autriche deux heures auparavant.

Le chef de la Sûreté ne voulait le faire interroger au petit parquet qu'après avoir établi son identité d'une façon irrécusable.

Il attendait aussi pour cela, que lui fut remise une valise laissée par l'individu à l'hôtel de *l'Aigle Noir* à Vienne et dont l'envoi lui avait été annoncé.

. . . .

Revenons maintenant à Mémèche et au Rouquin.

La jeune fille fut aussi exacte que la veille au nouveau rendez-vous que lui avait donné ce dernier. Le compagnon de la Bibasse avait, comme au *Rocher Suisse*, retenu un cabinet particulier.

Dès qu'elle fut arrivée il fit servir le déjeuner dont, cette fois, il avait préparé d'avance le menu, qui ne le cédait en rien à celui du restaurant Montmartrois.

Le coquin faisait bien les choses, puisque Mémèche devait lui rapporter cent mille francs, c'était bien le moins, pensait-il, qu'il ne lésinât pas avec elle.

La petite bouquetière se régala donc encore, ne cachant pas le plaisir qu'elle éprouvait à se sustenter de mets aussi délicats.

D'où le Rouquin conclut que si l'alcool était sa passion dominante, la bonne chère prenait rang immédiatement au-dessous.

Pendant le repas, il l'instruisit de ce qui lui était nécessaire de savoir pour qu'elle pût répondre à toutes les questions qu'on ne manquerait pas de lui faire sur sa personnalité.

A cet effet il lui raconta — en la lui appliquant — l'histoire de Colette, c'est-à-dire de celle qu'il ne connaissait que sous ce nom.

Histoire dont il dut modifier certaines parties afin de céler à la jeune fille sa conduite et celle de la Bibasse envers la pauvre enfant.

— Tu as été trouvée, lui dit-il, — dans l'église Saint-Honoré d'Eylau, le matin du 8 janvier 1875, par deux musiciens ambulants, un homme et une femme, que le mauvais temps, — car il neigeait, — avait fait se réfugier momentanément sous le porche.

— J'avais donc été abandonnée?

— C'est clair !

— Pourquoi ?

— Je ne l'ai jamais su et ne le sais pas encore. C'est là un mystère que, jusqu'à présent, il ne m'a pas été possible de percer. — L'homme et la femme qui te recueillirent se nommaient... M. et Mme Honoré.

— Tiens, c'était vous et votre *dame* ?

— Oui, c'était moi et ma *dame*, comme tu dis.

— Moi qui vous croyais garçon ?

— Tu te trompais, vu que je suis en ménage il y a tantôt vingt ans.

— Et vous avez été musicien ambulant, monsieur Honoré? fit Mémèche, étonnée qu'un « beau monsieur » comme son convive — le coquin était mis à la dernière mode, — eût exercé une aussi piètre profession.

— Je l'ai été autrefois avec ma femme, mais notre situation a changé depuis... et, aujourd'hui, nous sommes assez à notre aise pour vivre de nos rentes.

« Cela, tu n'auras pas besoin de le dire.

« Si on t'interroge sur notre position actuelle, tu feras entendre au contraire que nous ne sommes pas très heureux.

— Bon, je dirai que vous êtes pauvres.

— Ou à peu près, répliqua le Rouquin qui craignait que si « sa fortune » était connue, on lui diminuât la somme promise.

« Ensuite, continua-t-il, — c'est nous qui t'avons élevée. Nous avons toujours été pour toi pleins de tendresse et de sollicitude, te considérant et t'aimant comme notre propre fille. Un vrai père et une vraie mère ne t'auraient pas prodigué des soins plus attentifs et plus dévoués.

N'oublie pas d'appuyer sur ce point lorsqu'on te demandera de quelle façon tu as été traitée par nous.

— J'y appuierai : vous m'avez mise tout le temps dans du coton.

— C'est cela.

— Et quel est mon nom ?

— Colette ; c'est du moins celui que nous t'avons donné. Il y a quelques mois, nous avons eu occasion de faire de toi une artiste. Tu es devenue danseuse.

— A l'Opéra ?

— Pas tout à fait. Tu t'exhibais dans un établissement de l'Exposition.

— J'étais donc encore avec vous à cette époque-là ?

— Oui, car c'est seulement à la fin du mois d'août que tu nous as quittée.

— Et à quel propos ai-je pris la clef des champs ?

— Tu t'es fait enlever par un jeune muscadin qui t'avait promis un tas de belles choses et aux séductions duquel tu n'as pas su résister.

— Est-ce que c'est vrai, ça?

— Hélas ! oui... ou peu s'en faut.

— Elle avait donc des idées cascadeuses, la vraie Colette?

— C'est probable.

— Et vous n'avez pas pu la retrouver ?

— Non; ainsi que je te l'ai dit hier, cela m'a été malheureusement impossible.

— Permettez, — observa Mémèche ; — il y a, dans ce que vous me dites là, quelque chose que je ne comprends pas très bien. Pourquoi, durant le temps que vous l'avez eue près de vous, n'a-t-on pas pensé à la ramener à la dame folle? On ne savait donc pas que c'était vous qui l'aviez ?

— Si, une personne le savait, justement celle chez laquelle nous allons nous rendre. Mais elle ignorait où nous étions, ma femme et moi, et nous cherchait depuis des années.

« Or, il arriva que le jour même où elle se rencontra enfin avec nous et nous réclama Colette pour la conduire à sa mère, la petite gueuse disparaissait.

« C'est alors qu'après avoir opéré de vaines et multiples recherches pour découvrir sa retraite, il a été décidé entre cette personne et moi qu'on essayerait de la remplacer par une jeune fille de son âge.

— Ah! bien, j'y suis. Maintenant quelle est la cause de son retour — je veux dire du mien — à la maison ?

— Ton séducteur t'a lâchée et, alors, ne sachant où aller et comprenant ta faute, tu es revenue repentante au bercail.

— Bon.

— Libre à toi, bien entendu de donner tous les détails qu'il te plaira sur l'existence que tu as menée avec le dit jeune homme. C'est affaire d'imagination de ta part.

— Oui, cela me regarde. Je broderai là-dessus, s'il y a lieu, un petit roman de ma façon.

— Très touchant de manière à te rendre intéressante, ça fait toujours bien d'attendrir les gens sur soi.

« A présent, avec ce que je viens de t'apprendre, je crois que tu peux tenir fort convenablement ton rôle.

— Je le crois aussi; j'ai de quoi répondre à tout ce qu'on me demandera.

— D'ailleurs, pour qu'on ne puisse avoir aucun doute sur ton identité, tu te présenteras avec les affaires qui sont là-dedans, dit le Rouquin en indiquant du doigt un petit carton placé sur une chaise à côté de lui.

— Qu'est-ce que c'est que ces affaires?

— Ce sont les petits vêtements — si on peut appeler ça des vêtements — que portait celle que tu remplaces, lorsque nous l'avons trouvée. Je les ai apportés pour les déposer chez la personne où nous allons.

— Montrez-les-moi pour voir comment elle était habillée.

Le Rouquin ouvrit le carton et passa à Mémèche les quelques loques qu'il renfermait.

— Eh bien! vrai, elle ne devait pas avoir l'air d'une princesse avec ça, — fit la jeune fille après les avoir examinées, — ce sont les guenilles.

« Mais je m'imaginais, d'après ce que vous m'avez dit, que ses parents avaient une grande fortune. Comment donc cela se fait-il?

— Je n'y ai jamais rien compris; d'autant plus que, quoique misérablement vêtue, elle avait au cou le collier que voici et qui vaut quelques billets de mille.

En même temps il tira de sa poche et mit dans les mains de la petite bouquetière le joyau que nous connaissons.

— Oh! oui, il vaut cher! — fit celle-ci en admirant les magnifiques perles dont il était formé. — Aux vitrines des bijoutiers, on en voit de pareils à cinq ou six mille francs.

— C'est en effet, à peu près son prix.

— Et elle avait ça avec ses haillons? Voilà qui est assez curieux, par exemple.

— Je te le répète, je n'ai jamais pu m'expliquer cette bizarrerie et cela doit faire partie du mystère de son abandon. Enfin, quoi qu'il en soit, guenilles et colliers doivent servir à te faire reconnaître, puisqu'elle les avait sur elle.

— Évidemment, s'il en est ainsi.

— Donc, dès ton arrivée dans l'endroit, ne manque pas de les présenter.

— C'est ce que je ferai tout d'abord.

VIII

COURSE EN FIACRE

Le déjeuner avait duré un bon moment, car le Rouquin et Mémèche n'étant pas pressés, avaient pris leur temps sans se gêner.

— Maintenant, dit le premier, — il nous faut partir pour aller où l'on nous attend. Voici deux heures et demie qui s'approchent et c'est à trois heures que j'ai annoncé notre venue à la personne qui doit te conduire chez la dame folle.

— C'est dans les environs, m'avez-vous dit?

— Tout près, avenue Montaigne. Si nous sommes un peu en avance, il n'y aura pas de mal.

Le Rouquin régla la dépense, et ayant remis les petits vêtements dans le carton sortit avec Mémèche.

— A propos, — demanda-t-il à la jeune fille quand ils furent dehors, — as-tu bien vendu ton bouquet, hier?

— Pas autant que je comptais le vendre, mais je suis contente tout de même.

— Combien en as-tu retiré?

— Cinquante francs seulement.

— Eh! mais c'est assez gentil, il me semble?

— Oh! si j'étais allée où j'avais idée, j'en aurais eu facilement trois louis.

— Pourquoi n'y es-tu pas allée?

— Parce que j'ai trouvé une occasion en route.

— Une mauvaise occasion, alors?

— Mais non, pas mauvaise du tout.

— Cependant, puisque tu y as perdu dix francs?

— N'importe, et je vous assure que je n'en ai aucun regret.

— Je ne saisis pas.

— Voilà comment ça s'est fait. En vous quittant, hier, j'ai descendu sur les boulevards. Mon intention était d'aller au café Anglais où il y a toujours du monde chic. J'étais sûre d'y rencontrer un acquéreur. Comme j'allais y entrer, passa près de moi un monsieur ayant à son bras une toute

Précisément Gomez rencontra le nègre dans une antichambre.

jeune demoiselle. Je dis toute jeune, vu qu'elle devait être encore moins âgée que moi : c'est tout au plus si elle paraissait seize ans.

« — Oh ! le charmant bouquet ! — s'écria-t-elle d'un air d'envie.

« — Il est à vendre, mademoiselle, — m'empressai-je de dire.

« — Le veux-tu, Jeanne? — lui demanda son compagnon, en s'arrê-tant avec elle près de moi.

Liv. 107. — H. GEFFROY, édit. — Reproduction interdite.   107

« — Cela me ferait grand plaisir, père, — répondit-elle ; — mais il doit être bien cher, car je remarque que les fleurs en sont rares et de toute beauté.

« — Combien, mon enfant ? — s'enquit le monsieur.

« — Soixante francs, — déclarai-je.

« — Vous voyez, père, — soupira la jeune fille, — il ne faut pas y penser.

« — Mais si, ma chérie, — répliqua le monsieur : — puisque tu sembles tant le désirer, je te l'achète. »

« Et, sans même songer à marchander, il fouilla dans son porte — monnaie pour me payer.

« — Ah ! diable ! — fit-il, — je croyais avoir davantage sur moi ; je ne possède que cinquante francs et un peu de monnaie.

« — Ma foi, monsieur, — dis-je, — je vous le laisse pour ce prix. J'y perds un peu, mais ça m'est égal : je ne veux pas causer de peine à cette jolie demoiselle. »

« Car elle était jolie comme un cœur, la fillette, et l'air si doux et si bon !

« — Mon enfant, je ne veux pas vous faire perdre dix francs, — reprit le monsieur. — Je vais toujours vous donner ce que j'ai là et si vous voulez m'indiquer votre demeure, je vous ferai porter le reste demain... à moins que vous n'ayez le courage de venir le chercher vous-même chez nous à Saint-Mandé. »

« Lui indiquer ma demeure, je m'en serais bien gardée. Voyez-vous qu'il envoie quelqu'un me dénicher dans mon taudis de la place Maubert !

« Je ne suis pas fière, mais, vrai, j'aurais eu honte.

« Quant à aller courir à Saint-Mandé, ça n'en valait pas la peine.

« — Non, monsieur, — dis-je, — c'est inutile ; ce que vous m'offrez là me suffit.

« Et je remis le bouquet à la jeune fille.

« — Merci, mademoiselle, — fit-elle avec un gracieux sourire, — je vous sais beaucoup de gré de votre amabilité. »

« Si je ne m'étais retenue, je l'aurais embrassée. Elle avait dit cela si gentiment qu'on eût cru qu'elle s'adressait à une personne de son monde.

« J'en étais devenue toute rose de contentement et en oubliais de prendre les trois pièces d'or que le monsieur me tendait ; si bien qu'il dut me les mettre dans la main.

« Après quoi, tous deux s'éloignèrent en se regardant avec tendresse.

« Moi, je les suivis des yeux tout émue. Je ne sais pourquoi, mais j'étais heureuse d'avoir fait leur rencontre.

« Et c'est pour cela que je ne regrette pas cette perte d'un demi-louis.

— Tu as fait là, je le vois, une affaire de sentiment et non d'argent.

— Ma foi, oui.

— C'est mauvais le sentiment, dans la vie, dit le Rouquin, et je te conseille de t'en méfier : ça vous joue toujours de vilains tours, sache-le.

Mémèche eut une moue qui signifiait qu'elle ne partageait pas cette opinion pessimiste. Elle n'avait pas encore assez vécu pour avoir le cœur desséché.

. . . .

Gomez Erreguy demeurait au rez-de-chaussée d'une superbe maison de l'avenue Montaigne : maison avec cariatides, balcons de pierre sculptés et veranda à chaque étage.

Mais son logement était des plus modestes. Il ne se composait que d'une seule chambre à laquelle attenait un cabinet de toilette.

D'ailleurs, dans un quartier aussi cher que celui-là, et où il tenait à résider pour avoir l'orgueil de dire : « J'habite aux Champs-Élysées, » il lui eût été difficile de se loger plus grandement.

Il n'avait comme uniques ressources que les mille francs par mois qu'il devait à la générosité de son ami José et on sait combien douze mille francs par an sont peu de chose à Paris, surtout quand on ne fait rien que passer son temps à les manger; ce dont il s'acquittait consciencieusement.

Trop consciencieusement même, puisque, nous le savons, son budget était en assez fort déficit.

Ayant reçu la lettre que le Rouquin lui avait écrite la veille pour le prévenir de son arrivée avec la fausse Colette, il était rentré chez lui après le déjeuner et attendait, en proie à une vive curiosité, de voir celle qui devait être présentée à la Muda comme étant son enfant.

Quand le compagnon de la Bibasse et Mémèche pénétrèrent dans sa chambre, il enveloppa celle-ci d'un regard investigateur et eut aussitôt un petit hochement de tête approbatif.

Extérieurement déjà, elle lui semblait remplir toutes les conditions voulues pour se substituer sans peine à l'absente.

Mais sa satisfaction fut complète lorsque le Rouquin lui eut fait part de ce dont elle était capable.

— En ce cas, — dit-il, — cela ira à merveille. Et cette demoiselle sait sans doute ce qu'on attend d'elle ?

— Je l'ai mise au courant de tout, — répondit le coquin qui répéta à Gomez l'entretien qu'il avait eu avec Mémèche au *Rocher Suisse.* — Si j'ai commis quelque erreur, vous n'avez qu'à lui apprendre en quoi elle consiste.

— Non, c'est cela, — répliqua le Chilien. — Toutefois, — ajouta-t-il en s'adressant à la petite bouquetière, — je dois vous avertir que ce n'est pas seulement une personne qui se trouve près de la dame folle, mais bien deux, car il y aura là un médecin.

— Ah ! M. Honoré ne m'en avait rien dit.

— Parce qu'il l'ignorait.

— Et à lui aussi je devrai faire croire que je suis l'*autre* ?

— Oui... et, vous le savez, les médecins sont clairvoyants ; il vous faudra donc jouer serré.

— Vous me certifiez bien, monsieur, comme me l'a déjà certifié M. Honoré, que je ne fais pas mal en agissant ainsi, n'est-ce pas ? — demanda Mémèche.

— Non certes, mademoiselle, tout au contraire.

— Alors je ne crains pas ce médecin ; je saurai l'abuser également, je vous le promets.

— Je suis heureux de vous voir cette confiance en votre talent, — repartit le Chilien ; — cela me donne grand espoir pour la réussite de l'épreuve que nous allons tenter.

— Quand voulez-vous conduire... Colette chez votre ami ? — demanda le Rouquin à Erreguy.

— Mais aujourd'hui même, si c'est possible, — dit ce dernier. — Mademoiselle est-elle disponible dès à présent ?

— Certainement, monsieur, — répondit Mémèche.

— Eh bien ! nous pouvons y aller sur l'heure.

— Si c'est comme ça, j'ai eu vraiment du nez d'apporter ce que j'ai là, — observa le Rouquin.

Et sortant de nouveau les petits vêtements du carton, il les montra au Chilien.

— Reconnaissez-vous ces machines-là, monsieur Gomez ? — dit-il.

— Parfaitement, — repartit Erreguy — et je crois voir encore ces haillons sur l'enfant.

— Et ça ? — ajouta le coquin en lui présentant le collier.

— Cela surtout ; car il me semble vous l'avoir dit, c'est moi qui l'ai acheté jadis... et je ne me doutais guère en en faisant emplette qu'il aurait une pareille destination.

« Mais où est le tapis... le riche tapis de table qui enveloppait la petite ?

— Il m'a paru encombrant et je n'ai pas jugé utile de l'apporter. J'ai pensé, du reste, que ceci suffisait pour prouver d'une façon indiscutable l'identité de notre Colette.

— Au fait, comme vous le dites, cela est très suffisant et le succès nous est maintenant plus que jamais assuré par ces pièces de conviction.

Puis à Mémèche :

— Alors, venez, mon enfant, — dit Erreguy, — je vais vous conduire sur-le-champ à... votre mère.

— Je suis prête à vous suivre, monsieur, — répondit la jeune fille.

— Quand vous reverrai-je, à présent, monsieur Gomez ? — questionna le Rouquin.

— Mais demain, sans aucun doute.

— Vous aurez sur vous, j'espère, ce qui m'a été promis ?

— J'aurai du moins de quoi le toucher chez le banquier de mon ami.

— Cela reviendra au même ; et où nous rencontrerons-nous ?

— Ici, dans la matinée, vers dix heures ; cela vous convient-il ?

— Très bien.

Erreguy sortit avec Mémèche et le Rouquin. La jeune fille tenait à la main le carton contenant les petites hardes.

Arrivés tous trois au rond-point des Champs-Elysées le Chilien dit au compagnon de la Bibasse:

— Mon cher monsieur Honoré, comme il n'est point nécessaire que vous sachiez où nous allons, je vous serais obligé de ne pas nous accompagner davantage. Non que je me méfie de vous, mais je n'ai pas le droit de vous mettre en tiers dans le secret de cette affaire.

— C'est bien, monsieur Gomez, je m'en vais, — dit le Rouquin. — Au revoir donc, je serai chez vous demain matin à dix heures sonnantes...

Et le coquin s'éloigna en remontant vers la barrière de l'Etoile.

— Il est naïf, le moricaud, de vouloir me cacher son secret, — se dit-il. — Est-ce que je ne le connaîtrai pas par Mémèche lorsqu'elle sortira de là ?

Il ne savait pas qu'Erreguy avait songé à cette éventualité et devait prendre ses précautions pour que la petite bouquetière ignorât, elle aussi, en quel endroit elle allait être conduite.

Dès qu'il eut disparu, le Chilien, en effet, héla un fiacre, y fit d'abord monter Mémèche, puis après avoir dit quelques mots à voix basse au cocher en lui mettant une pièce de cinq francs dans la main, il y monta à son tour.

L'automédon fouetta aussitôt sa bête et partit d'un bon trot.

Mais, au lieu de suivre l'avenue des Champs-Elysées pour gagner la rue Marbeuf située quelques centaines de mètres plus haut et dans laquelle était l'ambassade du Chili, c'est-à-dire la demeure de José de Peñaflor chez qui se rendait Erreguy, la voiture descendit jusqu'à la place de la Concorde et enfila la rue de Rivoli.

Le cocher se trompait-il ? Nullement : il obéissait aux ordres que lui avait donnés le Chilien.

Parvenu à la hauteur de l'Hôtel de Ville il tourna à droite, franchit le pont d'Arcole, puis faisant un crochet revînt vers son point de départ par un long circuit à travers le faubourg Saint-Germain.

Pour que Mémèche ne s'aperçût pas du chemin qu'on suivait, Gomez retenait son attention en lui parlant des personnes avec lesquelles elle allait vivre et en l'initiant à certains détails de leur intérieur, de manière à la familiariser d'avance avec sa nouvelle existence.

Cependant, pour autant que cela l'intéressât, elle finissait par trouver le trajet un peu long.

— C'est donc bien loin que vous me menez, monsieur ? — demanda-t-elle. — Voici déjà je ne sais combien de temps que nous marchons.

— Oui, assez loin, — répondit Gomez ; — mais nous allons être bientôt arrivés... dans une vingtaine de minutes, au plus.

— Encore vingt minutes ? — fit-elle avec étonnement. — Où sommes-nous donc?

Elle se pencha à la portière pour tâcher de s'orienter. Elle ne put y parvenir ; rien de saillant ne s'offrait à sa vue.

N'ayant pas remarqué le crochet qu'avait fait le cocher et pensant qu'il continuait toujours sa marche en avant elle se croyait dans les environs de la Bastille, alors qu'en réalité elle était rue Jacob.

D'ailleurs, le jour commençait à décliner, car quatre heures étaient sonnées depuis un bon moment, et, bien qu'on ne fût pas encore à la nuit il ne faisait plus cependant assez clair pour qu'on pût distinguer nettement les objets et les choses.

Enfin, au bout d'un quart d'heure, la voiture traversa une seconde fois la Seine, s'engagea dans un pâté de belles et hautes maisons puis s'arrêta près d'un hôtel de riche apparence.

On était rue Marbeuf, devant l'ambassade du Chili.

IX

DANS LA PLACE

Eu égard à l'itinéraire qu'elle avait parcouru, il eût été bien difficile à Mémèche de dire où elle venait d'aboutir.

— Nous voici arrivés, — fit le Chilien.

Et il descendit prestement du fiacre, tendant la main à la petite bouquetière pour l'aider à prendre pied sur le sol.

Celle-ci dédaigna cet appui et sauta à terre avec une légèreté d'oiseau.

Sans lui donner le temps de se reconnaître, Gomez l'entraîna vivement à l'intérieur de l'hôtel.

José avait adopté à Paris la même installation qu'en Espagne.

L'administration de l'ambassade était au rez-de-chaussée et ses appartements ainsi que ceux de Denise au premier.

Dans un grand vestibule qui précédait les bureaux s'ouvrait une pièce servant de salle d'attente.

Gomez y fit rentrer la jeune fille et lui dit de rester là jusqu'à ce qu'il vînt la chercher.

Les bureaux fermant à quatre heures le personnel de l'endroit était parti et il ne restait plus qu'un gardien chargé de recevoir les personnes qui se présentaient pour parler particulièrement à l'ambassadeur.

Erreguy était connu de ce gardien qui l'avait vu venir souvent à l'hôtel. Il n'eut donc pas à lui donner d'explication au sujet de sa visite « hors service » pour employer le terme administratif et monta directement au premier.

En raison de la présence de Denise chez lui, José n'avait jamais voulu introduire de domestique dans son intimité. Il se contentait des services du vieux Pepe, le cocher.

Précisément Gomez rencontra le nègre dans une antichambre.

— Ton maître est là? — lui demanda-t-il.

— Oui, messié Gomez, — répondit Pepe.

— Bien, je vais le trouver.

— Vous, pas déranger *massa* maintenant, — fit le nègre en le retenant, — li est occupé.

— Il est occupé ?

— Oui, li cause dans le salon avec messié Cambise qui vient d'arriver.

— Ah ! le docteur est là, — dit Erreguy un peu ennuyé de ce qu'il apprenait, car il aurait voulu présenter d'abord Mémèche à José seul, afin qu'elle eût déjà pris position dans la maison quand le médecin la verrait.

Cependant, réfléchissant qu'après tout, cela n'avait pas grande importance, il ajouta :

— Ça ne fait rien... il est urgent que je le voie sans délai. D'ailleurs, M. Cambise n'est pas de trop pour ce que j'ai à lui dire. Ainsi laisse-moi aller.

— Attendez, alors, vais prévenir li.

— Soit, préviens-le, mais dépêche-toi.

Pepe se dirigea vers la pièce où se tenait José qui, effectivement, était en compagnie du médecin de l'ambassade.

Le docteur était venu, comme il le faisait quotidiennement, passer quelques instants près du marquis et s'entretenir avec lui de la malheureuse Denise, dans l'état de laquelle nulle amélioration réellement sensible ne s'était produite.

Depuis l'incident de la collerette qu'on lui avait achetée avenue de l'Opéra, — et que par parenthèse on n'avait jamais revue, — ainsi que depuis l'affaire du Bois de Boulogne où elle s'était échappée du landau pour aller courir sur la glace on ne sait dans quel but, aucune nouvelle apparence de lucidité ne s'était montrée parmi les ténèbres de son esprit.

A moins qu'on ne lui rendît sa fille, il n'y avait donc plus d'espoir de la voir revenir un jour à la raison.

Et dans la conversation qu'il avait actuellement avec le docteur, José ne cachait pas la crainte où il était que jamais on ne parvint à remettre la main sur la disparue.

Le médecin cherchait à le consoler en lui disant qu'après son dernier entretien avec Gomez Erreguy et l'ultimatum qu'il lui avait signifié, les recherches entreprises pour découvrir la retraite de l'enfant allaient peut-être enfin avoir un résultat.

Mais José secouait la tête d'un air de doute.

Il n'avait pas confiance.

En ce moment, Pepe vint l'avertir que « messié Gomez » était là et désirait lui parler tout de suite.

— Fais-le entrer, ordonna José quelque peu surpris de cette visite inattendue de son compatriote, et dont il était loin de soupçonner le motif.

— Mon père, nous ayant surpris ensemble, me menaça d'un châtiment sévère.

Erreguy, qui avait marché sur les talons de Pepe, se montra aussitôt. Le marquis le fixa d'un air interrogateur.

— Mon cher José, — dit Gomez sans plus de préambule et en s'avançant vers lui, — je viens t'annoncer une bonne nouvelle : l'enfant est retrouvée.

— Elle est retrouvée ! s'exclamèrent à la fois José et le médecin.

Liv. 108. — H. GEFFROY, éditeur. — Reproduction interdite.

Erreguy inclina la tête affirmativement.

— Qu'entends-tu par « retrouvée » ? — demanda le marquis, — tu veux dire qu'on sait où elle est ?

— Mieux que cela.

— Quoi donc ?

— Elle a réintégré le domicile de ses parents adoptifs.

— D'elle-même ?

— D'elle-même.

— Quand ?

— Hier.

— Et tu l'as vue ?

— Comme je te vois.

— Eh bien ! pourquoi ne l'as-tu pas amenée ?

— Je l'ai amenée ?

— Elle est ici.

— En bas, dans la salle d'attente du vestibule. J'arrive avec elle.

— Cours vite la chercher, je veux la voir à l'instant.

— J'y vais ; mais, auparavant, je voudrais te dire quelques mots sur elle.

— Dis.

— Sache d'abord qu'elle paraît un peu plus que son âge véritable.

— Ah ! elle a été précoce ?

— Légèrement : on lui donnerait dans les seize ans et demi à dix-sept ans.

— Ensuite elle ne ressemble que d'une façon assez vague à la Muda.

— Serait-elle laide ?

— Non, elle est jolie, au contraire. Seulement je te fais cette remarque parce que, si tu te le rappelles, la première chose qui nous a frappés autrefois, lorsqu'après l'avoir ramassée dans la neige et transportée dans la petite maison de la rue Franklin, où nous prîmes plaisir à examiner son visage si fin et si délicat, c'est que malgré son jeune âge ses traits offraient déjà une grande ressemblance avec ceux de sa mère que nous venions d'apercevoir sous le réverbère au pied duquel elle s'était affaissée.

— C'est vrai, je m'en souviens ; mais cette transformation qui s'est opérée en elle n'a rien d'extraordinaire. En grandissant les enfants changent du tout au tout.

— Le fait est que cela arrive souvent. Ensuite encore, je dois t'apprendre qu'elle a des manières un peu affectées. On croirait parfois qu'elle joue la comédie, alors qu'elle est pourtant des plus naturelles.

— Cela vient à coup sûr de l'étrange éducation que lui ont donnée ses parents adoptifs. Ne m'as-tu pas dit qu'elle avait été danseuse quelque part.

— Si, en effet.

— Eh ! bien, c'est qu'elle continue à se croire toujours devant le public.

— Probablement. Voilà tout ce que j'avais à te dire sur elle et j'ai tenu à t'en faire ce rapide portrait, pour que tu la connusses déjà avant de la voir.

— Bien, je te remercie. A présent, un mot à mon tour. Lui a-t-on appris l'histoire de son abandon ?

— Non, elle sait qu'elle a été abandonnée dans l'église Saint-Honoré-d'Eylau, mais elle ignore et par qui et dans quelles circonstances.

— Bon, cela me suffit. Sur ce, va la chercher.

Gomez s'éloigna.

S'il avait ainsi dépeint succinctement Mémèche, c'est parce qu'il appréhendait que José ne se figurât la fille de la Muda tout autre que n'était la petite bouquetière.

Il voulait donc, si cela était, atténuer son étonnement qui aurait pu faire naître en lui des soupçons sur son identité.

Et en parlant de ses manières affectées, il l'avait, pensait-il, prémuni contre l'exagération qu'elle pourrait mettre dans ses expansions vis-à-vis de sa mère.

— Vous voyez, mon cher José, combien vous aviez tort de désespérer, — dit le médecin quand Erreguy fut parti.

— C'est vrai, — repartit le marquis. — Toutefois, vous admettrez que mes craintes étaient assez légitimes. Il y avait si longtemps que j'espérais...

— Je l'admets. D'autant plus que rien ne faisait prévoir une aussi prompte solution.

— Sûrement non ; et je comptais même que le mois que j'avais fixé à Gomez pour retrouver ou faire retrouver l'enfant s'allongerait sans doute d'un ou deux autres... pour ne pas dire de plusieurs autres.

« Enfin, je me suis trompé dans mes prévisions et j'en suis heureux. Mais je désirerais, avant que cette jeune fille fût là, décider d'une chose avec vous.

— De quoi s'agit-il, mon ami ?

— Devons-nous la mettre brusquement en face de la Muda, ou essayer d'abord de préparer celle-ci à sa présence ?

— Essayer de la préparer, je ne vois pas trop comment nous ferions pour y arriver attendu qu'elle ne comprendrait pas un mot de ce que nous lui dirions dans ce but.

— En êtes-vous certain ?

— Absolument. D'ailleurs, quand même nous y parviendrions, le moyen serait mauvais. Dans l'état où elle est, il vaut mieux qu'elle ressente une violente commotion, afin que cette commotion réagissant sur son cerveau, les ressorts qui en sont inactifs depuis tant d'années soient assez fortement ébranlés pour reprendre leur jeu d'un seul coup.

— Vous pensez que cela est préférable ?

— Je suis sûr que c'est la seule manière de tirer son esprit de la léthargie où il est plongé.

— S'il en est ainsi, nous ferons comme vous dites et l'enfant va être amenée sur-le-champ à sa mère.

— C'est donc aujourd'hui-même que vous avez l'intention de la soumettre à cette épreuve ?

— Immédiatement. Y verriez-vous un empêchement quelconque ?

— Aucun.

— En ce cas, avant une demi-heure la Muda tiendra sa fille dans ses bras.

A cet instant, Erreguy reparut avec Mémèche.

En apercevant ces deux hommes qui lui étaient inconnus et dont les regards se fixaient sur elle curieusement, la jeune fille, malgré sa hardiesse, s'arrêta interdite sur le seuil de la pièce.

— Approchez, mademoiselle, — lui dit José ; — vous êtes ici avec des amis.

Le ton bienveillant avec lequel le marquis prononça ces paroles rendit à Mémèche tout son aplomb.

Elle s'avança dans le salon et alla s'arrêter à deux pas de José.

Il se fit un moment de silence.

M. de Penaflor considérait Mémèche avec attention, cherchant à démêler dans ses traits quelque affinité, aussi lointaine qu'elle fût, avec ceux de Denise.

Mais rien ne les lui rappelait, soit dans l'expression, soit dans les contours.

Erreguy l'avait prévenu, il est vrai, de ce peu de ressemblance avec la Muda.

Cependant il ne s'attendait pas à un contraste aussi grand.

Mémèche était jolie, incontestablement. Mais sa beauté, sans être commune, était néanmoins un peu forte.

Elle n'offrait pas, tant dans l'ensemble que dans les détails, cette finesse, cette grâce qui constituait le charme de celle de Denise et dont, à défaut de rapports plus directs, il espérait retrouver quelques traces sur le visage de sa fille.

Toutefois, sachant que la physionomie est le miroir de l'âme, il n'en fut pas trop surpris.

Il se dit que cela venait, sans doute, des impressions grossières qu'elle avait dû constamment ressentir dans le milieu où elle avait si longtemps vécu.

Après l'avoir considéré encore un instant, il reprit en lui désignant un siège :

— Asseyez-vous, mon enfant, j'ai à causer avec vous.

Mémèche s'assit et les trois hommes, qui étaient debout, l'imitèrent.

— Vous connaissez, évidemment, — dit José, — à quelle intention on vous a conduite ici ?

— Oui, monsieur, — répondit la jeune fille ; — c'est pour me rendre à ma mère dont j'ai été séparée dès mon tout jeune âge... et j'en suis bien heureuse!... — ajouta-t-elle avec élan, afin de commencer à entrer dans son rôle.

— Depuis le jour où l'infortunée vous a perdue, elle est privée de sa raison et votre retour près d'elle peut, seul, paraît-il, la lui faire recouvrer.

— C'est ce que l'on m'a dit, monsieur ; aussi ai-je hâte de la serrer contre mon cœur et de lui prodiguer mes caresses.

— Ce bonheur va vous être donné dans quelques minutes, et fasse Dieu que le miracle attendu se réalise. Vous savez, n'est-ce pas, que vous avez été abandonnée jadis ?

— Oui, monsieur ; j'ai été déposée dans l'église Saint-Honoré-d'Eylau le matin du 8 janvier 1875.

— En effet.

— J'ignore par qui et pourquoi, par exemple.

— Vous l'apprendrez quand votre mère sera guérie. Cette question ne doit pas être agitée maintenant.

— Oh! je n'insiste pas, — fit Mémèche, qui sentit que c'était là un terrain brûlant sur lequel elle aurait tort de s'aventurer.

« Ensuite, — continua-t-elle, — j'ai été recueillie par deux musiciens ambulants, M. et Mᵐᵉ Honoré, qui m'ont élevée.

— Oui, malheureusement.

En disant cela, José lança un regard de sévère reproche à Erreguy.

— Pourquoi dites-vous malheureusement ? — demanda Mémèche.

— Parce que, d'après ce qui m'a été rapporté, ce sont des personnes peu recommandables.

— Ah! — fit ingénument Mémèche, — je n'en savais rien.

— Comment, vous n'en saviez rien?

La petite bouquetière comprit qu'elle venait de commettre un impair. Elle s'empressa de le réparer :

— Je veux dire que je ne me suis jamais aperçue qu'ils fussent de mauvaises gens. Ils ont toujours été très bons pour moi et m'ont sans cesse entourée de soins assidus, — reprit-elle, répétant la leçon que lui avait faite le Rouquin.

— Cela se peut; cependant il n'en est pas moins vrai qu'ils sont grandement sujets à caution.

« Mais puisque vous paraissez les aimer, je ne veux point vous en dire du mal...

« Vous les preniez pour vos vrais parents?

— Dame, oui, monsieur. Comment me serais-je doutée qu'ils ne l'étaient pas?

— C'est juste, vous étiez trop jeune, lors de votre abandon, pour avoir conservé un souvenir même effacé de votre mère. Ainsi c'est hier seulement que la vérité vous a été révélée?

— Hier seulement, oui, monsieur... à mon retour à la maison.

— Au fait, pourquoi, si ce monsieur et cette dame Honoré étaient si bons pour vous, les avez-vous quittés et êtes-vous restée cinq grands mois loin d'eux?

— Ah! monsieur, — fit Mémèche en jouant la confusion. — ç'a été là une grande faute de ma part et je me repens bien aujourd'hui de l'avoir commise.

« Mais j'ai été entraînée par l'amour que j'éprouvais pour un jeune homme qui, de son côté, disait m'aimer profondément.

« Dois-je entrer dans des détails à ce sujet?

Josa allait répondre à la jeune fille que ce n'était pas la peine, lorsque le docteur Cambise, prenant la parole, lui dit :

— Mais oui, mademoiselle, racontez-nous cela; tout ce qui vous touche nous intéresse beaucoup.

X

LE ROMAN DE MÉMÈCHE

Le médecin avait un motif pour faire cette invitation à Mémèche.

Il avait observé chez elle certaines particularités qui, si elles échappaient aux yeux de son ami, ne pouvaient échapper aux siens plus pénétrants.

Ainsi, il avait constaté que les mains de la petite bouquetière étaient par instants secouées d'un léger frisson et que, de temps à autre aussi, un tic nerveux tirait les coins de sa bouche, abaissant brusquement les commissures de ses lèvres.

Cela n'avait que la durée d'un éclair et il n'était pas étonnant que José ne s'en aperçût point. Mais lui qui, en sa qualité de médecin, avait l'habitude de tout remarquer le distinguait très bien.

— Ou je me trompe fort, — pensait-il, — ou cette enfant est alcoolique. J'en découvre tous les indices en elle.

Il tenait donc à la faire parler un peu longuement afin de pouvoir l'examiner plus à loisir.

La jeune fille ne se fit pas prier.

— Je vais y aller de mon petit roman, — se dit-elle, — ça va être amusant.

Et elle commença :

— Au mois d'août dernier, j'étais danseuse dans un établissement de l'Exposition. Tous les jours, régulièrement, je voyais un jeune homme venir s'asseoir aux premières banquettes et, lorsque j'étais en scène, me regarder avec des yeux si expressifs que je me rendis bientôt compte du sentiment que je lui inspirais.

« Il était très bien de figure et sa mise élégante me faisait supposer qu'il se trouvait dans une position aisée.

« Je ne sais comment cela se fit, mais peu à peu je me sentis attirée vers lui et ne tardai pas à reconnaître que moi aussi, je l'aimais d'amour.

« De ce moment, nos yeux se rencontrèrent sans cesse et il s'établit entre nous un langage muet qui en disait bien plus long que la parole.

« Durant un certain temps, nous nous parlâmes ainsi par les regards, puis, un jour, il parvint à m'aborder et me fit de vive voix l'aveu de sa passion.

« Je ne sus pas dissimuler et lui avouai la mienne.

« Mon père, — c'est-à-dire M. Honoré, — nous ayant surpris ensemble entra dans une colère terrible et me menaça d'un châtiment sévère si je me laissais jamais aller à écouter ses propos.

« Il avait, disait-il, d'autres vues sur moi.

« Cela, comme vous le pensez, ne fit qu'aviver mon amour et, usant de ruse, je réussis à revoir ce jeune homme en secret à plusieurs reprises.

« Une fois, étant isolés tous les deux, il me proposa de quitter mon père et ma mère et de venir habiter avec lui, me jurant que je serais sa femme avant peu.

« Je résistai d'abord, sentant bien que ce qu'il me demandait là était mal; mais il fut si persuasif, m'éblouit par de si belles promesses de bonheur, qu'à la fin je cédais et consentis à le suivre.

« Nous allâmes nous cacher dans un quartier éloigné, à... Belleville, afin de nous mettre à l'abri des poursuites de mes parents; qui, nous le supposions, ne viendraient pas nous dénicher si loin.

— Où demeuraient-ils donc? — demanda le docteur.

— Où ils demeuraient? — fit Mémèche surprise par cette question inattendue et à laquelle elle n'avait pas de réponse prête, car le Rouquin avait omis, dans ses instructions, de lui indiquer son domicile à l'époque où elle avait disparu.

— Oh! à une grande distance de là, — dit Erregny. qui vit l'embarras de la jeune fille et voulut lui venir en aide. — Ils habitaient à Chaillot, dans une cité nommée « la cité Verte. »

— Oui, à Chaillot, — reprit Mémèche qui s'était déjà remise. — Vous voyez que nous n'étions pas restés près d'eux, car de Chaillot à Belleville, il y a une jolie trotte.

— Est-ce qu'ils y demeurent toujours? — demanda de nouveau le médecin.

— Non, répondit encore Erregny, — ils logent actuellement rue du Poteau, à Montmartre.

— Mais quand vous êtes revenue hier chez eux, vous connaissiez donc leur nouvelle adresse?

Cette fois, Mémèche fut à la riposte.

— Je suis d'abord allée à l'ancienne où l'on m'a donné la nouvelle, répliqua-t-elle du ton le plus naturel.

— Ah! bien; c'est tout simple, en effet... et ma question est oiseuse. Continuez, mon enfant, — dit le docteur, — je regrette de vous avoir interrompue.

— Pendant les deux premiers mois que nous vécûmes ensemble,

— Combien voulez-vous jouer d'abord? — Commençons par un écu de cent sous.

— poursuivit la jeune fille, — je n'eus pas à me plaindre de Julien... c'était le nom de mon amant. Il était aux petits soins pour moi et me témoignait beaucoup de tendresse.

« Puis il avait souvent la bourse bien garnie, ce qui nous permettait de mener une vie très agréable.

« Par exemple, il ne me parlait plus de mariage.

Liv. 109. — H. GEFFROY, éditeur. — Reproduction interdite. 109.

« Si je lui en touchais un mot, il me disait que nous avions le temps d'y penser.

« — D'ailleurs, — ajoutait-il, — il faut le consentement de ton père et de ta mère et il est trop tôt pour essayer de l'obtenir, la fureur que leur a causée ta fuite ne devant pas encore être calmée. »

« Je commençais à comprendre qu'il ne tenait guère à m'épouser et j'en éprouvais un grand chagrin.

« A partir du troisième mois, je remarquai même que sa conduite à mon égard était tout autre qu'auparavant.

« Il m'adressait parfois la parole durement et me faisait sentir d'une façon blessante l'irrégularité de ma situation vis-à-vis de lui.

« Il semblait avoir oublié qu'en devenant sa maîtresse, je n'avais fait que céder à ses vives instances.

« J'ignorais s'il exerçait une profession quelconque. Mais, certains jours, je le voyais revenir les poches pleines d'argent, dont il se refusait à me faire connaître la provenance.

« Cela m'intriguait.

« Deux fois par semaine, il avait l'habitude de me laisser seule toute la journée pour aller, disait-il, faire ses affaires.

« C'était généralement l'un de ces jours-là qu'il rapportait de grosses sommes à la maison.

« La curiosité me prit de savoir de quel genre étaient les affaires qui lui valaient de si beaux bénéfices.

« Un matin qu'il venait de partir après m'avoir prévenue de ne l'attendre qu'assez tard dans la soirée, j'eus l'idée de le suivre sans qu'il s'en doutât.

« Il me mena tout droit à la gare du Nord.

« Arrivé dans la salle des pas perdus, je le vis aborder deux individus qui causaient ensemble dans un coin et leur parler mystérieusement ; puis, peu après, aller à un guichet où l'on délivre les billets.

« Je m'approchai avec précaution et entendis qu'il demandait trois « secondes » pour Soissons.

« Lorsqu'on lui eut donné les tickets, il rejoignit les deux individus auxquels il remit à chacun l'un de ceux-ci. Ensuite tous trois allèrent sur le quai d'embarquement.

« M'étant munie, moi aussi, d'un billet pour la même destination, je m'y rendis à mon tour.

« Je remarquai qu'ils paraissaient étudier soigneusement la physionomie des personnes passant devant eux.

« A un moment, ils se désignèrent du doigt un voyageur qui se promenait sur le quai en attendant l'heure du départ.

« C'était une sorte de gros paysan vêtu d'une blouse bleue à fleurettes blanches et coiffé d'une casquette de loutre dont les oreillettes lui pendaient le long des joues.

« L'instant de partir était venu, le bonhomme monta dans un wagon de seconde classe, où bientôt prirent place également Julien et ses deux compagnons.

« Aussitôt, j'allais m'installer dans un compartiment contigu.

« Le train s'ébranla.

« J'appliquai mon œil dans un angle du carreau et observai ce qui se passait de l'autre côté.

« Pendant quelque temps, d'abord, je ne vis rien qui me parût suspect.

« Au bout de vingt minutes environ, Julien tira trois cartes de sa poche et se mit à jouer à ce qu'on appelle le jeu de *bonneteau*, jeu que je connaissais pour l'avoir vu pratiquer souvent par des camelots sur les places publiques.

« Après quelques passes, il proposa une partie à l'un de ses compagnons, qu'il semblait ne pas connaître.

« Celui-ci commença par refuser, puis, enfin, se décida à accepter.

« La position où j'étais m'obligeant à appuyer l'oreille contre la cloison, j'entendais très bien ce qui se disait derrière.

« D'ailleurs, comme j'étais seule dans mon compartiment, je pouvais écouter sans me gêner.

« La chance se déclara pour le partenaire de Julien, qui, en moins d'un quart d'heure, gagna une cinquantaine de francs.

« — Ma foi, je ne joue plus avec vous, monsieur, — fit Julien avec dépit, — vous êtes trop veinard.

« — Eh bien ! jouez avec moi, — dit l'autre compagnon, — vous serez peut-être plus heureux.

« — Soit, essayons ensemble. »

« Mais ce fut la même chose : Julien perdit encore.

« — Décidément, — dit-il en cessant de nouveau la partie, — j'ai une guigne noire aujourd'hui et l'on me gagnerait tout ce qu'on voudrait. »

« Le paysan avait suivi le jeu avec intérêt et en voyant l'argent de Julien passer si facilement de sa poche dans celles de ses adversaires, ses yeux avaient brillé d'une lueur de cupidité.

« — Vous ne voulez pas faire une troisième expérience, monsieur ? — lui demanda-t-il presque timidement.

« — Non, certes, voilà déjà cent francs de filés et j'en ai assez.

« — Perte ou gain, nous ne dépasserons pas vingt francs, — reprit le paysan.

« — N'insistez pas, — renvoya Julien. — Une autre fois, si nous nous rencontrons, très volontiers, mais pour le moment je m'en tiens là.

« — Vous savez, moi je ne suis pas à vingt francs près, — continua le bonhomme. — Je viens de vendre une paire de bœufs et une douzaine de moutons à la Villette et, si je perds, ce n'est pas ça qui m'empêchera de vous payer tout de même une bouteille à la station.

« — Allons — dit Julien, comme se résignant, — puisque vous y tenez tant que cela, je vais encore tenter la chance ; mais c'est bien pour vous faire plaisir, monsieur, je vous l'assure.

« — Je n'en doute pas, — répliqua le paysan, — et je vous remercie de votre complaisance. »

« Là-dessus il sortit de dessous sa blouse une énorme bourse de cuir qui était gonflée à crever.

« — Combien voulez-vous jouer d'abord ? — demanda Julien.

« — Commençons par un écu de cent sous.

« — Bien, va pour cent sous. »

« Les cartes voltigèrent.

« Le marchand de bestiaux gagna... il gagna trois fois de suite, soit quinze francs.

« — Plus qu'un coup et l'affaire est faite, — dit-il joyeusement... — et je me fendrai de deux bouteilles au lieu d'une, car c'est vous qui les payerez. » — acheva-t-il avec un gros rire.

« Hélas ! ce dernier coup devait lui coûter cher.

« Non seulement il perdit ses quinze francs de gain, mais encore dix huit cents autres en plus.

« Vers la fin de la partie, dans l'espoir de se rattraper, il jouait jusqu'à cent cinquante francs et même deux cents à la fois.

« Maintenant sa bourse si gonflée en partant de Paris était absolument vide.

« Julien paraissait désolé de la chance persistante qu'il avait eue et s'excusait près du pauvre homme qui avait l'air tout hébété de ne plus se voir un sou.

« Il en était même à ce point abasourdi que lorsque le train s'arrêta à Château-Thierry but de son voyage, il fallut plusieurs fois lui répéter qu'il était arrivé.

Il descendit alors lourdement, titubant comme un homme ivre, et partit droit devant lui à travers la foule des autres voyageurs qu'il bousculait sans s'en apercevoir et par lesquels il était bousculé à son tour.

« Quand ils se retrouvèrent seuls, les trois hommes éclatèrent de rire, puis se partagèrent le produit de leur vol ; car il va de soi qu'ils avaient dévalisé effrontément le malheureux.

« Il l'avaient amorcé par des gains factices, afin de le dépouiller plus aisément.

« Je demeurai frappée de stupeur.

« Ainsi mon amant était bonneteur et tirait ses ressources de son horrible métier !

« Je retombai comme une masse sur la banquette et me mis à pleurer toutes les larmes de mon corps.

« A deux stations de là, Julien et ses deux complices descendirent.

« Ils jugeaient inutiles d'aller plus loin.

« Moi, je poussai jusqu'à Soissons et repris le premier train pour Paris.

« Je rentrai au logis le cœur et la tête malades.

« Un grand vide s'était fait en moi.

« Comme il m'en avait prévenue, Julien ne revint qu'à une heure avancée de la soirée.

« Je n'étais pas encore au lit.

« Depuis mon retour, j'étais restée assise sur une chaise laissant passer les heures sans songer à me reposer.

« — Tiens ! tu n'es pas couchée ? — fit-il surpris.

« — Tu le vois, dis-je.

« — Pourquoi donc veilles-tu ? »

« Je fus sur le point de lui avouer la vérité ; mais je craignis une scène violente entre nous et je répondis :

« — J'ai eu une légère indisposition qui m'a obligée à rester levée.

« — De quel genre, cette indisposition ?

« — Une faiblesse qui m'a prise et m'a causé un malaise général.

« — Est-ce passé, maintenant ?

« — Oui, à peu près.

« — Alors, tu ne crois pas t'en ressentir demain ?

« — Non ; je l'espère du moins.

« — Bon, tant mieux ; cela fait que tu pourras aller t'acheter ce dont tu as tant envie.

« — J'ai envie de quelque chose ? — fis-je avec étonnement, car j'étais si troublée que je ne me souvenais plus de rien, même de ce que j'avais pu penser la veille.

« — Ah çà ! ton indisposition t'a-t-elle fait perdre la mémoire ? Comment ! voilà quinze jours de suite que tu ne cesses de me harceler pour que je te paye un de ces beaux collets Médicis qui viennent d'être mis à la mode et tu me demandes si tu as envie de quelque chose ?

« — Ah ! c'est vrai, — répliquai-je ; — je ne savais pas ce dont tu voulais parler.

« — C'est heureux que tu te le rappelles. Eh bien ! voici de quoi te l'offrir, ce collet, continua Julien en me donnant cinq louis. — Avec cela, je pense que tu peux en avoir un joli ? Il ne m'a pas été possible de satisfaire plus tôt ton désir parce que mes affaires n'allaient que tout doucement, mais aujourd'hui elles ont très bien marché et j'en profite pour ne pas te faire attendre davantage.

« — Elles ont si bien marché que cela ? — dis-je machinalement.

« — Pour sûr ; regarde... »

« Et il étala devant moi près de quinze cents francs d'or, de billets et de menue monnaie.

« Il n'avait pas dû s'en tenir à son vol du matin et en commettre d'autres dans la journée.

« Cet argent me fit horreur.

« — Oh ! oui, — reprit-il, — j'ai réalisé de beaux bénéfices, et il serait à souhaiter qu'il en fût toujours ainsi.

« — Mais, enfin, lui demandai-je pour l'éprouver et voir jusqu'où irait sa dissimulation vis-à-vis de moi, — explique-moi donc de quelle nature elles sont, ces affaires ?

« — Je t'ai déjà dit que tu n'y comprendrais rien... c'est très compliqué.

« — N'importe, essaye tout de même.

« — Ma foi non, ce serait du temps de perdu et ça pourrait te faire retomber malade tellement tu te fatiguerais à suivre mes explications. Un de ces jours, nous verrons.

« — Je suppose, — repris-je, — que ce sont des affaires honnêtes, au moins ?

« — Tiens ! en voilà une question ?

« — Bien sûr ? — fis-je en le regardant dans le blanc des yeux.

« — Parbleu oui, bien sûr. Au reste est-ce que toutes les affaires ne sont pas honnêtes... quelles qu'elles soient ? »

« Mais il dit cela en se détournant.

« Mon regard le gênait et, pour couper court à cette conversation embarrassante, il ajouta d'une d'une voix sèche :

« — Allons, couchons-nous, il est près de minuit et pour mon compte je suis éreinté. »

« Nous nous mîmes au lit et bientôt il fut plongé dans un profond sommeil.

« Moi, je ne pus fermer l'œil.

« J'étais trop agitée.

« J'avais laissé une petite lampe allumée.

« Je me pris à le regarder dormir.

« J'avais peine à me figurer que j'étais à côté d'un voleur, tant il reposait paisiblement.

« Ses traits respiraient une tranquillité et un calme parfaits.

« Faut-il vous le dire? Malgré son infamie, je l'aimais encore.

« Mon amour était plus fort que le mépris qu'il m'inspirait.

« Je ne m'endormis qu'au matin.

« Quand je me réveillai, il était levé et, penché sur moi, me regardait d'une singulière façon.

« — Qu'as-tu donc fait hier dans la journée? — me demanda-t-il.

« — Pourquoi me poses-tu cette question? — fis-je un peu effrayée.

« — Parce que, tout en dormant, tu prononçais des paroles bizarres.

« — Lesquelles donc?

« — Tu parlais de chemin de fer, de cartes, de bonneteau... »

« Je compris que j'avais rêvé tout haut à l'affaire de la veille.

« Il fallait me tirer de là.

« Une seconde de réflexion me fit trouver une réponse.

« — Ah! je sais ce que c'est, — dis-je. — Je suis allée dans l'après-midi me promener du côté des Buttes-Chaumont, où il y a une fête en ce moment, et me suis amusée à regarder des joueurs de bonneteau établis près d'un petit chemin de fer circulaire, tournant à la manière des chevaux de bois.

« Cela me sera resté dans l'esprit et m'aura poursuivie jusqu'au milieu de mon sommeil. »

« Je savais, pour être passée par là le jour précédent, que ce chemin de fer existait et, en conséquence, ne redoutais point, s'il suspectait mon dire, qu'il y allât voir. Quant aux joueurs de bonneteau, comme il y en a partout, je ne me risquais guère en affirmant leur présence aux alentours.

XI

LE BONNETEUR

Mémèche s'arrêta pour reprendre haleine, car elle avait débité sans s'interrompre et sans même paraître chercher les mots ce conte qui n'était qu'une parfaite improvisation.

Elle reprit :

— Julien parut satisfait de mon explication. Toutefois, il ne me parla plus d'aller acheter le collet et reprit les cent francs.

« Depuis lors, nous éprouvâmes une certaine gêne vis-à-vis l'un de l'autre et, souvent, je le surprenais les yeux fixés sur moi d'un air soupçonneux.

« Il continuait à s'absenter régulièrement deux jours par semaine et, toujours, rentrait les poches abondamment garnies.

« J'en conclus que le marchand de bestiaux devait avoir de nombreux successeurs.

« Ma vie était désormais empoisonnée et un grand regret me venait d'avoir abandonné mes parents.

« Julien se cachait de moins en moins, d'ailleurs, pour me montrer combien je lui était devenue indifférente.

« Il me faisait même entendre que je lui pesais maintenant comme un fardeau.

« Deux mois s'écoulèrent encore, deux mois d'une existence sans joie ni plaisir et d'autant plus pénible que, de mon côté, j'en étais arrivée à ne plus avoir pour lui aucune affection.

« Mon amour, qui avait d'abord résisté au coup terrible qu'il avait reçu, s'était peu à peu amoindri avec le temps et avait même fini par s'éteindre.

« Une rupture était donc inévitable entre nous.

« Elle eut lieu avant-hier soir dans les circonstances suivantes :

« Au commencement de notre liaison, Julien m'avait donné divers bijoux que je me plaisais à porter. Mais du jour où j'avais su à quel métier il se livrait, je m'étais fait scrupule de m'en parer, ne doutant point qu'ils eussent été achetés avec l'argent de ses « bénéfices ».

« Je les avais alors relégués tous au fond d'un tiroir, de crainte que, dans un moment de coquetterie, je ne fusse tentée de les remettre s'ils restaient sous mes yeux.

Il s'avança vers moi la main levée.

« Julien n'avait pas semblé remarquer leur absence sur moi.

« Mais avant-hier, après le dîner, une fantaisie lui ayant pris de fouiller dans le tiroir en question, il les y découvrit et voulut savoir pourquoi je les avais placés en un endroit aussi retiré.

« Je lui répondis que c'était parce que je n'y tenais plus.

« — Ils te déplaisent donc, à présent ? — me demanda-t-il.

« — Oui, ils me déplaisent, — dis-je franchement.

« — Tu les trouvais bien jolis cependant quand je te les ai donnés?

« — Cela se peut, mais aujourd'hui ils ne sont plus de mon goût.

« — D'où cela vient-il? Il y a peu de temps encore tu paraissais si contente de les posséder?

« — Oh! peu de temps... il y a toujours plus de deux mois, — répliquai-je.

« — Plus de deux mois? — répéta-t-il en cherchant pourquoi je fixais cette date approximative. — Je ne comprends pas ce que tu veux dire. »

« Depuis trop longtemps je me contraignais.

« J'étais à bout de patience et la situation équivoque où nous étions tous les deux ne pouvait se prolonger davantage.

« Je me décidai donc à en finir.

« — Oui, plus de deux mois, — repris-je, — car cela remonte au jour où j'ai su ce que tu faisais.

« — Hein! — s'exclama-t-il en sursautant. — Tu sais ce que je fais? »

« Un signe de tête affirmatif fut ma réponse.

« Il était devenu tout pâle et semblait atterré. Mais, domptant bientôt son trouble, il ajouta :

« — Et que sais-tu? On t'aura raconté sur moi quelques histoires stupides, je parie? Voyons, que t'a-t-on dit?

« — On ne m'a rien raconté... j'ai vu par moi-même.

« — Tu as vu par toi-même?

« — De mes deux yeux, bien ouverts.

« — Mais vu quoi?

« — Ce qui s'est passé dans le train de Soissons avec le paysan allant à Château-Thierry.

« — Tu mens! — s'écria-t-il. — Pour voir, il aurait fallu que tu fusses là et je suis sûr que tu n'y étais pas, même sous un déguisement, attendu qu'il n'y avait dans le compartiment que le bonhomme, deux de mes amis et moi. »

« Il ne se doutait pas qu'en me donnant ce démenti, il m'avouait le vol dont il s'était rendu coupable.

« — C'est vrai, je n'étais pas avec vous quatre, mais j'occupais le compartiment voisin et avais l'œil collé au petit carreau de la cloison de séparation. Rien de ce que vous faisiez les uns et les autres ne pouvait donc m'échapper. J'entendais même très bien ce que vous disiez.

« — Ainsi, tu nous épiais?

« — Je ne m'en cache pas.

« — Et par quel hasard étais-tu là?

« — Je t'avais suivi depuis le moment où tu étais sorti. Je voulais savoir d'où te venait tout cet argent que tu m'assurais gagner honnêtement avec tant de facilité.

« — Ah! petite coquine, — gringa-t-il en me jetant des regards furieux. — Je m'explique ton rêve, maintenant, et aussi certaines questions que tu m'as faites au sujet de mes affaires. Mais comment aurais-je jamais pu supposer ça de toi?

« — Et moi, comment aurais-je jamais pu supposer que tu étais un bonneteur? »

« Il resta un instant sans parler, puis reprit d'un ton dégagé, dans l'intention évidente de me donner le change :

« — Eh bien, après tout, quel mal y a-t-il à cela?

« — Tu me le demandes?

« — Certainement. Le bonneteau n'est-il pas un jeu comme un autre, et en y jouant ne risqué-je pas de perdre aussi bien que mon adversaire?

« — Oses-tu soutenir pareille chose et penses-tu que je ne sache pas que le bonneteau est un vol?

« — Un vol!

« — Oui, un vol, tout ce qu'il y a de plus vol.

« — Alors tu me prends pour un voleur?

« — J'y suis bien obligée. »

« Il poussa un cri de colère et s'avança vers moi la main levée.

« Je ne fis pas un mouvement pour éviter son coup. Cela lui en imposa et sa menace n'eut pas de suite.

« — Allons, tu es folle, — dit-il en haussant les épaules, — et je ne veux même pas essayer de t'expliquer la différence qu'il y a entre un voleur et moi.

« — Parce que ça te serait peut-être difficile, — répliquai-je. — Au reste, je vais t'en épargner la peine, car je m'en vais d'ici.

« — Tu t'en vas? — fit-il inquiet.

« — Oui, ce soir même.

« — Pour aller me dénoncer, je suis sûr?

« — Oh! non, je ne suis pas si lâche que cela. Je m'en vais parce que je ne veux pas être un jour de plus la maîtresse d'un bonneteur. »

« Il se mit à rire ironiquement.

« — Tes scrupules sont un peu tardifs, — dit-il, — car il y a deux mois passés que tu connais ma « profession » et, cependant, tu n'as pas songé à partir.

« — C'est que je t'aimais encore, — répondis-je, — et que, malgré tout, il m'en coûtait de te quitter. Mais, à présent, c'est fini, je ne t'aime plus et, par conséquent, rien ne me retient plus près de toi.

« — Eh bien! soit, va-t'en; moi aussi, d'ailleurs, j'ai assez de ta compagnie, — répliqua-t-il grossièrement.

« — Tu n'as pas besoin de me le dire; il y a déjà pas mal de temps que je m'en suis aperçue.

« Ah! tu m'as bien trompée, Julien, et j'éprouve à cette heure un grand remords d'avoir abandonné mes parents pour te suivre. Mais je vais aller les retrouver et leur demander pardon; j'espère qu'ils ne repousseront pas.

« Adieu donc... »

« Et je me dirigeais vers la porte pour sortir, quand il se plaça devant moi.

« — Écoute, Colette, — me dit-il, — tu as peut-être mieux à faire que de retourner chez tes parents. Tu penses qu'ils ne te repousseront pas... est-ce bien sûr?

« Après une absence de cinq mois, il est très possible, au contraire, qu'ils soient peu disposés à te recevoir. Et, s'il en est ainsi, que deviendras-tu? Une fille des rues, pas autre chose.

« Eh bien! afin de ne pas en arriver là, pourquoi ne resterais-tu pas avec moi? Nous ne nous aimons plus, c'est vrai; mais, dorénavant, ce ne serait plus l'amour qui nous lierait, ce serait l'intérêt.

« — L'intérêt? — fis-je sans comprendre.

« — Oui, l'intérêt, ma chère Colette, attendu que nous ne serions plus que des associés dans des affaires communes. Je cherchais justement une femme qui pût me seconder dans mes opérations, c'est-à-dire qui m'aidât à les rendre plus fructueuses. Veux-tu être cette femme-là? Si tu avais continué à ignorer le métier que je faisais, je ne t'aurais jamais parlé de cela; mais puisque tu le connais maintenant, je n'hésite pas à te faire cette proposition. »

« Et comme je demeurais stupéfaite, comprenant de moins en moins, il poursuivit:

« — Ton concours me serait d'une grande utilité de bien des façons. Pendant que je serais en train de « travailler » mon homme, qui aurait d'abord été amorcé par les deux copains que tu as vus avec moi et avec lesquels j'ai coutume d'opérer, tu pourrais, toi, l'empêcher d'y voir trop clair en l'aguichant par des œillades habilement lancées, par des petites mines provocantes qui l'émoustilleraient et détourneraient son attention.

« Ma tâche n'en serait que plus aisée et, sans doute, mes gains plus gros, car tu saurais aussi le pousser à jouer... pour se rattraper. Bien entendu, tu aurais part égale dans le partage des bénéfices. Voyons, ça te va-t-il? »

« J'avais compris cette fois. Il me proposait d'être sa complice.

« — Ah! misérable, — lui criai-je en pleine face, — tu es encore plus infâme que je ne le croyais!... »

« Et l'écartant violemment, j'ouvris la porte et je m'enfuis, sans lui donner le temps de me retenir.

« J'étais si bouleversée que je ne voulus pas rentrer chez mes parents le soir même.

« J'allai passer la nuit dans un hôtel et ne me présentais à eux qu'hier dans la matinée.

« Comme je l'espérais, ils me pardonnèrent après m'avoir fait de sévères remontrances, puis m'apprirent que je n'étais pas leur fille et que l'on me cherchait depuis mon départ pour me rendre à ma véritable mère.

« Voilà, messieurs, — dit Mémèche en terminant, — l'histoire que vous m'avez demandée et que je vous ai racontée sans en rien omettre.

XII

EXPÉRIENCE DOUTEUSE

La jeune fille avait été jusqu'au bout de son conte avec un tel accent de vérité qu'on n'eût jamais cru que c'était un roman inventé par elle à plaisir.

Tout cela était-il de son invention? Non, probablement. A son insu, sa mémoire avait dû lui rappeler quelque fait semblable à celui-là et elle s'était mise à broder dessus avec son imagination d'alcoolique.

José, le docteur et Erreguy l'avaient écoutée attentivement et sans l'interrompre une seule fois.

Au début, Gomez avait tremblé qu'elle ne vînt à s'embrouiller dans son récit et à commettre quelque maladresse qui dévoilât son imposture.

Mais en la voyant si sûre d'elle-même, en constatant avec quelle extraordinaire facilité elle improvisait sa fable, il s'était promptement rassuré et n'avait plus pensé qu'à admirer ce don merveilleux qu'elle possédait de mettre dans chacune de ses paroles l'intonation exacte que comportait la situation qu'elle décrivait.

— Elle est vraiment très forte ! — se dit-il ; — c'est une comédienne consommée.

— Ce que vous venez de nous apprendre là, mademoiselle Colette, — dit José, — prouve que vous avez de bons sentiments et excuse en partie votre faute. Mais que dira votre mère lorsqu'elle la connaîtra, car le devoir vous ordonne de la lui confesser?

— Oh! devant le repentir que j'en témoignerai, je suis convaincue que ma mère me pardonnera aussi. Puis, le bonheur qu'elle ressentira de m'avoir retrouvée ne lui laissera pas la force de m'en vouloir.

— Je souhaite de grand cœur qu'il en soit ainsi, — répliqua M. de Penaflor, — et que ses reproches ne s'adressent qu'à moi, — ajouta-t-il plus bas.

— A vous? Pourquoi à vous? — questionna Mémèche qui avait entendu.

José ne répondit pas.

Il se contenta de faire un geste vague dont la jeune fille ne put saisir la signification.

Puis, se tournant vers le médecin :

— Ainsi, mon cher Cambise, — lui demanda-t-il, — vous êtes toujours absolument certain que ma pauvre amie reconnaîtra mademoiselle, malgré le temps écoulé et bien qu'extérieurement rien dans sa personne ne doive lui rappeler l'enfant qu'elle a perdue jadis?

— Sans aucun doute, — répondit le docteur; — j'ai toujours l'entière certitude que l'infortunée reconnaîtra sa fille, malgré la complète transformation qui s'est opérée en elle depuis tant d'années. Mais, comme je vous l'ai dit, ce sera bien plus avec les yeux du cœur qu'avec ceux du corps.

Il avait appuyé légèrement sur les deux mots « sa fille », évitant de se servir de celui de « mademoiselle » employé par José et qui désignait Mémèche.

Ce dernier ne remarqua pas cette nuance, mais elle ne passa pas inaperçue pour Erreguy qui crut y deviner comme une méfiance chez le médecin.

— Aurait-il des doutes? — pensa Gomez. — Si oui, nous allons les faire évanouir.

— Mon cher José, — dit-il. — il est bon que tu saches que si Mlle Colette n'a rien dans sa personne qui, extérieurement, puisse rappeler son enfant à la Mûda, elle possède du moins de quoi aider beaucoup à sa mémoire.

En même temps, il prit des mains de Mémèche le carton contenant les petits vêtements et que celle-ci avait gardé sur ses genoux sans songer à l'ouvrir.

— Ah! c'est vrai, — dit la jeune fille, — j'avais oublié de vous montrer ces affaires-là.

Gomez remit le carton au marquis après en avoir ôté le couvercle.

— Vois ceci, — fit-il, — et dis-moi s'il n'y a pas là de quoi impressionner fortement la pauvre folle?

José reconnut également tout de suite les misérables loques qu'il avait sous les yeux. Et, ayant le cœur moins sec que son compatriote, ce fut avec une certaine émotion que ses doigts les touchèrent.

— En effet, — dit-il, — la vue de ces pauvres hardes ne peut manquer de frapper vivement l'esprit de la malheureuse et, par suite, en fera peut-être jaillir l'étincelle de la raison.

— Qu'est-ce que cela? — demanda le docteur.

José le lui apprit.

Les traits du médecin, quelque peu crispés jusque-là comme par une pensée importune, se détendirent aussitôt.

Erreguy en inféra que s'il avait eu des soupçons sur l'identité de Colette, ceux-ci venaient de se dissiper soudain.

Quant au collier de perles, Mémèche n'en parlant pas ni José non plus, il jugea superflu de l'exhiber et se l'adjugea comme rémunération de ses peines, en sus de la gratification qui devait lui revenir.

José fit résonner un timbre.

Pepe parut.

— Demande à Mouna s'il est possible de pénétrer près de sa maîtresse, — lui ordonna-t-il.

— Bien, massa, — répondit le nègre qui s'empressa de faire la commission.

Un moment après, ce fut Mouna elle-même qu'on vit arriver.

Elle venait annoncer que Denise dormait.

— Depuis quand? — questionna le marquis.

— Depuis déjà une heure, massa.

— En ce cas, elle ne va pas tarder à se réveiller. Je sais que les assoupissements qui la prennent dans la journée ne sont jamais de longue durée. Nous n'avons donc, sans doute, que peu d'instants à attendre avant d'entrer chez elle.

— Je serais d'avis, moi, — émit le docteur, — d'y entrer dès maintenant, pour que, à son réveil, son premier regard se portât sur mademoiselle, qui aura eu soin de se placer tout à côté d'elle. Je crois qu'ainsi son esprit sera beaucoup plus impressionné.

— Vous pensez ?

— Oui, selon moi, au sortir du sommeil, la secousse qu'elle ressentira sera sensiblement plus forte que si elle était déjà éveillée quand elle apercevra cette enfant.

— Eh bien! s'il en est ainsi, nous allons nous rendre de ce pas dans sa chambre, Mademoiselle. — ajouta le marquis s'adressant à Mémèche, — préparez-vous à paraître devant votre mère; je vais vous y conduire.

— Je suis prête, monsieur, — repartit la jeune fille sans hésitation.

— Bien, venez alors.

Tout le monde se leva et suivit Mouna à laquelle José avait fait signe d'ouvrir la marche.

La vieille femme qui venait d'apprendre ce qu'était, ou passait pour être, Mémèche, regardait curieusement celle-ci à la dérobée.

Et l'étonnement qu'exprimait sa physionomie montrait assez qu'elle s'était figuré tout autrement la fille de la Muda.

On arriva près de la chambre où se tenait Denise.

La négresse mit un doigt sur ses lèvres pour recommander le silence, puis, ayant tourné le bouton de la porte, introduisit les trois hommes et la petite bouquetière.

Denise, suivant son habitude, était étendue sur une chaise longue.

Comme l'avait dit Mouna, elle dormait.

Une lampe, placée sur un guéridon voisin et munie d'un globe dépoli, éclairait en plein son gracieux visage, mais d'une lumière douce et atténuée qui en fondait harmonieusement les lignes.

— Oh ! qu'elle est belle, ne put se retenir de murmurer Mémèche dès qu'elle l'aperçut.

Et à l'idée que cette ravissante créature était folle, elle se sentit prise pour elle d'une immense pitié, en même temps que d'une profonde sympathie.

— Est-ce donc malheureux que je ne sois vraiment pas sa fille, — se dit-elle; — je la guérirais immédiatement. Enfin, si ma présence peut causer un certain adoucissement à son mal, ainsi qu'on l'espère, ce sera déjà quelque chose, et la supercherie à laquelle je me prête actuellement n'en deviendra que plus excusable.

Conduite par Mouna, elle alla s'asseoir sans faire de bruit auprès de la chaise longue et étala les petits vêtements sur sa robe, d'une façon bien apparente.

Les trois hommes se dissimulèrent dans un angle obscur de la pièce

Denise dormait toujours.

afin que, lorsque Denise se réveillerait, leur vue ne vînt pas la distraire de celle de la jeune fille.

La négresse, elle-même, se tint un peu à l'écart.

José avait grand'peine à maîtriser son émotion.

Croyant l'instant décisif arrivé, la cruelle perplexité à laquelle il avait été en proie si souvent, de savoir si une fois son esprit redevenu lucide, la Mûda resterait avec lui ou le quitterait, le reprenait et le torturait affreusement.

Un quart d'heure s'écoula dans une anxieuse attente pour chacun.

Denise dormait toujours.

Enfin, quelques tressaillements agitèrent son corps, ses paupières battirent à plusieurs reprises, puis, peu à peu, se levèrent, découvrant l'azur foncé de ses prunelles encore voilées par les brumes du sommeil.

Bientôt ce léger nuage se dissipa et elle se réveilla tout à fait.

Alors, la personne de Mémèche sollicitant ses regards, elle se tourna de son côté.

Mais elle la considéra d'un œil froid et sans faire paraître la moindre surprise.

Tout à coup, sa vue vint à rencontrer les petites hardes.

Aussitôt, elle fut secouée des pieds à la tête comme si elle eût reçu le choc d'une pile électrique; puis, se mettant brusquement sur son séant, elle fixa les vêtements avec des yeux agrandis outre mesure.

Soudain, d'un geste plus rapide que la pensée, elle s'en empara, les tint un instant dans ses mains, semblant indécise sur ce qu'elle allait en faire et, vivement, les porta à ses lèvres contre lesquelles elle les pressa en les couvrant de baisers fous, qu'elle entrecoupait de sourdes exclamations.

Mémèche saisit ce moment pour lui tendre les bras.

— Ma mère ! — cria-t-elle, — reconnaissez-moi... je suis votre fille... l'enfant que vous avez perdue il y a quatorze ans...

Mais Denise ne lui prêta aucune attention non plus qu'à ses paroles et, le visage enfoui dans les pauvres loques qui avaient autrefois enveloppé sa petite Jeanne, elle continua à les embrasser éperdument.

Ce que voyant, Mémèche la toucha à l'épaule afin de s'en faire remarquer.

Son mouvement donna sans doute à croire à Denise qu'elle voulait lui reprendre les chères reliques, car, la repoussant avec force, elle s'enfuit à l'extrémité de la chambre et, de là, lui lança des regards farouches.

Sans se rebuter, la jeune fille se disposait à aller la rejoindre, quand, de sa place, le docteur lui ordonna de ne pas bouger.

Mémèche obéit.

Denise l'observait dans une attitude de défi.

On eût dit une lionne prête à défendre ses lionceaux.

Cependant, devant l'immobilité que gardait la bouquetière, elle parut se rassurer.

Arrondissant alors les bras à la hauteur de la poitrine, elle plaça sur eux les petits vêtements et se mit à les bercer comme elle eût fait d'un enfant.

Sa bouche était maintenant entr'ouverte par un sourire céleste et ses traits rayonnaient d'un bonheur ineffable.

Au bout de quelques instants, on vit ses yeux errer par la chambre, semblant y chercher un objet.

Ne trouvant probablement pas ce qu'elle désirait, elle revint vers la chaise longue, d'où Mémèche était un peu éloignée, et y déposa son léger fardeau; puis, s'agenouillant auprès, elle se prit à le contempler longuement dans une sorte d'extase.

Les spectateurs de cette scène muette — sauf Erreguy, peut-être — étaient profondément émus.

Lui n'éprouvait guère que de l'inquiétude. Il se demandait quelle allait être l'issue de la comédie qui était en train de se jouer.

— Eh bien ! mon cher Cambise, — dit à voix basse José au docteur, — que pensez-vous de ce qui se passe?

— Je pense... qu'il faut attendre, — répondit celui-ci.

— Le fait est que, jusqu'à présent, la Mùda montre peu de dispositions à reconnaître sa fille.

— C'est vrai... et cela me semble bien singulier.

— Je crois, moi, — intervint Erreguy, — qu'il n'y a rien là d'extraordinaire et, je l'avoue, j'aurais été étonné que comme cela, instantanément, elle reconnût son enfant en cette grande demoiselle.

— Ah! vous auriez été étonné? — fit le docteur.

— Dame, oui. D'ailleurs ne venez-vous pas de dire vous-même qu'il fallait attendre? C'est donc que vous supposez que cette reconnaissance peut avoir lieu seulement dans quelques jours?

— Vous avez raison, — repartit le médecin en jetant un coup d'œil oblique à Gomez, — et, en définitive, j'ai tort, j'en conviens, d'être surpris de ne pas voir ma prédiction s'accomplir sur-le-champ.

— Ma foi, mon cher ami, — reprit José, — je dois vous confier que, moi aussi, malgré l'assurance que le docteur Lavrence et vous m'aviez donnée à ce sujet, je ne comptais guère sur un résultat immédiat. C'eût été vraiment trop beau et nous devons déjà être très heureux, il me semble, qu'elle ait reconnu tout de suite les petits vêtements.

« Si ce n'est pas un succès complet, c'en est du moins un commencement.

La pièce étant très vaste, cette conversation tenue en sourdine par les trois hommes ne dépassait pas leur groupe.

A l'instant où José cessait de parler, Mémèche prit sur elle de faire une seconde tentative près de Denise.

Elle s'avança jusqu'à elle, se pencha sur son épaule, et de sa voix la plus pénétrante répéta les paroles qu'elle lui avait adressées un moment auparavant.

Cette fois, la jeune fille les prononça avec un si réel accent de tendresse filiale que le cœur de Denise y fut trompé.

Elle se leva d'un bond et, le visage bouleversé, regarda Mémèche, les yeux brillants d'amour maternel.

On voyait son sein palpiter avec violence et ses bras prêts à s'ouvrir.

Tout le monde crut — même Erreguy — qu'elle allait y attirer l'enfant et l'appeler ma fille.

Il n'en fut rien, cependant; l'instinct de la mère venait de lui montrer l'erreur de son cœur.

Brusquement, l'éclair de ses yeux s'éteignit, une expression d'indifférence se répandit sur ses traits et, se détournant de la petite bouquetière, elle reprit sa place à genoux devant la chaise longue.

Il y eut une déception générale.

Quant à Mémèche, qui, elle aussi, n'attendait qu'un signe pour s'élancer à son cou, elle fut si affligée de ce dénouement que des larmes abondantes vinrent inonder ses joues.

Elle s'identifiait à ce point avec la situation que, prenant la fiction pour la réalité, elle en arrivait à se croire réellement la fille de Denise.

— Je doute fort, mon cher Cambise, que nous en voyions davantage aujourd'hui, — dit de nouveau José au médecin.

— Moi, j'en suis certain, — répliqua celui-ci d'un ton convaincu.

— Et moi aussi, — déclara Erreguy. — Après ce qui vient de se passer, il n'y a plus rien à espérer pour l'instant.

Puis, en lui-même :

— Ni pour plus tard non plus, j'y compte bien, — ajouta-t-il; — car il ne manquerait plus que la Mûda reconnût cette petite pour sa fille; cela amènerait des complications dont je ne sais trop comment je parviendrais à me tirer.

— Quoi qu'il en soit, — reprit José, — il y a déjà grand progrès chez elle. La vue des petits vêtements a produit sur son esprit un effet des plus salutaires et tout me fait présumer que sa guérison complète n'est pas loin. Nous allons donc laisser l'enfant près d'elle afin qu'elle s'habitue à sa présence, et attendre que le résultat final ait lieu.

— C'est ce qu'il y a de mieux à faire, — approuva Erreguy.

— Évidemment, — conclut le docteur.

José appela Mouna et lui donna quelques instructions, puis quitta la chambre avec ses deux compagnons.

Mémèche resta près de Denise, ainsi qu'il en avait été décidé.

Peu après, le docteur prit congé du marquis en annonçant qu'il reviendrait dans les vingt-quatre heures savoir s'il y avait du nouveau.

Lorsque Gomez fut seul avec M. de Peñaflor, il lui rappela ce qui avait été promis à M. Honoré le jour où il remettrait la jeune fille entre leurs mains, ajoutant que le personnage devait venir le lendemain chez lui pour le règlement de l'affaire.

— Je suis tout disposé — dit José — à payer à ce monsieur la somme convenue, mais demain, par exemple, cela m'est impossible.

— Il y a un empêchement? — demanda Gomez.

— Oui... et un empêchement dirimant, même, comme on dit en diplomatie. Il paraît que je n'ai plus que peu de chose en dépôt chez mon banquier. C'est lui qui m'en a informé dernièrement.

— Comment faire, en ce cas, pour régler M. Honoré... et me régler aussi, moi? — faillit ajouter Erreguy.

— Tu renverras ton homme à quelques jours, tout simplement. Dès que j'ai connu la pénurie où j'étais, je me suis empressé de télégraphier là-bas, à Santiago, pour ordonner l'envoi de nouveaux fonds, qui, à l'heure présente, doivent être en route, et si je calcule bien, vont arriver dans une huitaine environ... peut-être avant, même.

« En conséquence ce n'est que lorsqu'ils seront venus que je pourrai m'acquitter envers cet individu... et envers toi également, du reste, puisque de ton côté tu as vingt mille francs à recevoir.

— Tu es bien aimable de te souvenir de cela, mon cher José. — Ainsi, nous avons huit jours à attendre?

— Oui, pas plus, je l'espère, du moins.

— Eh bien! nous attendrons,— fit Gomez avec une sorte de résignation, — car il connaissait le proverbe: « Il vaut mieux tenir que courir », et pensait qu'en une semaine il pouvait survenir dans la situation bien des choses imprévues.

Il s'en alla à son tour et, rentré chez lui, écrivit au Rouquin pour lui faire part du retard apporté au payement de la somme qui lui était due.

Il lui annonça en même temps que tout avait bien marché et qu'il n'y avait aucune crainte à avoir au sujet de la découverte de leur ruse, Mémèche jouant admirablement son rôle.

Au reçu de cette lettre, le Rouquin fit la grimace et il eut un vague pressentiment que les cent mille francs allaient encore lui échapper.

— Cré nom ! — jura-t-il, — je ne verrai donc jamais la couleur de cet argent !... Encore huit jours à attendre !

Et faisant sans s'en douter à peu près la même réflexion qu'Erreguy, il ajouta :

— Pourvu qu'il n'arrive pas d'anicroche d'ici là !

XIII

DEUX VIEILLES CONNAISSANCES

Toute la soirée, Mémèche demeura près de Denise, sans que celle-ci fit plus d'attention à elle qu'auparavant.

Le moment du repos étant venu, la jeune fille demanda à coucher dans sa chambre, ce qui lui fut accordé non seulement pour cette nuit-là, mais pour toutes les suivantes.

Le malheur de l'infortunée la touchait grandement et, d'heure en heure, elle sentait croître sa sympathie pour elle.

Le lendemain, au réveil, elle aida la vieille Mouna à l'habiller et à la parer comme la négresse avait coutume de le faire chaque jour.

Denise parut alors lui marquer moins d'indifférence que la veille et parfois ses yeux s'arrêtaient sur elle pendant un temps assez long.

La pauvre folle devait se demander, dans son esprit confus, quelle était cette nouvelle venue, la première femme, après Mouna — si Mouna pouvait compter pour une femme — qui était introduite dans son intimité.

Durant la journée, la petite bouquetière lui tint constamment compagnie, remplaçant la négresse dans son service près d'elle avec une sollicitude de tous les instants.

Une vraie fille n'aurait pas été plus tendre et plus dévouée pour sa mère.

Denise n'avait d'autre occupation que de bercer les petits vêtements, soit qu'elle marchât, soit qu'elle fût assise.

Par moments, ses regards s'immobilisaient sur eux et sa bouche s'ouvrait comme si elle allait parler.

À la contraction de ses traits, on voyait qu'un travail se faisait dans son cerveau et que la raison s'efforçait d'y rentrer.

Mais cela ne durait qu'une seconde et bientôt elle retombait dans son état d'inconscience habituel.

Le docteur Combise revint vers le soir.

José le mena auprès de la Muda.

En constatant le dévouement que Mémèche lui témoignait, les soins attentifs dont elle l'entourait et surtout la facilité avec laquelle Denise acceptait ceux-ci, il sembla étonné.

— Bizarre... — murmura-t-il à part lui, — bizarre...

Puis il demanda au marquis :

— A-t-elle parlé ? dit un mot, un seul ?

— Non, de temps à autre, m'a-t-on rapporté, il est visible qu'elle est sur le point de le faire, mais ça n'a pas encore eu lieu.

— Et pleuré ?

— Non plus.

— Alors il n'y a pas grand progrès, car à défaut de la parole si les larmes lui étaient au moins revenues, cela indiquerait chez elle le réveil de la sensibilité, ce qui serait un pas énorme de fait vers le retour de la raison.

— Cependant cette violente émotion qu'elle a ressentie, lorsqu'elle a aperçu les vêtements de son enfant et le bonheur qu'elle montre à les tenir dans ses bras, n'est-ce donc pas déjà quelque chose ?

— Si, mais au point de vue de l'instinct seul ; l'esprit n'y est pour rien. Toutefois, ne désespérons pas, ce sur quoi je compte peut se produire au moment où on s'y attendra le moins...

« Attendons.

— Attendons, répéta tristement José.

Plusieurs jours s'écoulèrent sans amener aucun incident digne d'être signalé.

Mémèche, de plus en plus attachée à Denise, trouvait très agréable l'existence qu'elle menait à l'ambassade.

Le manque de grand air la gênait bien un peu, car la Muda ne sortait jamais ou qu'à de rares occasions, — dont aucune ne s'était présentée depuis qu'elle était là, — force lui était donc de demeurer aussi à la maison. Mais il y avait pour elle de larges compensations à ce léger ennui.

D'abord, elle était nourrie très délicatement, satisfaction matérielle qu'elle prisait fort, la gourmandise étant, nous le savons, un de ses péchés mignons; ensuite elle couchait dans un lit qui lui semblait un rêve, en comparaison de son grabat de la place Maubert ou du matelas

Notre homme était dans une stupeur voisine de l'hébétement.

que les agents lui prêtaient au poste lorsqu'elle y était conduite pour cause d'absorption de trop nombreux « quarts de blanche »; enfin elle était habillée comme une petite princesse, José ayant voulu dès le lendemain de son arrivée qu'elle fut vêtue en rapport avec sa nouvelle position.

Puis ce luxe inouï qui l'environnait de toutes parts, offrant à sa vue les plus merveilleux produits de l'art et de l'industrie, jetés à foison dans

Liv. 112. — H. GEFFROY, édit. — Reproduction interdite.   112

l'appartement de Denise par la prodigalité du marquis lui causait une jouissance intime et sans cesse renouvelée.

Car en vraie Parisienne qu'elle était, elle avait le sentiment inné du beau, sous quelque forme qu'il se présentât, et comprenait toute la poésie qui s'en dégageait.

Pourtant, si ces divers dédommagements la faisaient se résigner assez aisément du manque de grand air, ils ne parvenaient pas à la consoler d'une autre privation qui lui était beaucoup plus sensible et formait un point noir dans son existence dorée.

Cette privation, est-il besoin de le dire, était celle de l'eau-de-vie, dont elle ne voyait jamais poindre la moindre goutte, soit sur la table à la fin de ses repas, soit en n'importe quelle autre circonstance.

Si elle avait pu se procurer de la funeste liqueur, son bonheur eût été complet.

Mais hélas, comme on n'en buvait pas à l'ambassade, cela lui était impossible et elle en souffrait réellement.

Erreguy venait voir tous les matins s'il n'y avait rien qui clochait dans la situation et était ravi d'apprendre comment se comportait la jeune fille envers la Mûda.

Il avait grande impatience d'être au jour où les fonds de José devaient arriver.

— Aussitôt que M. Honoré et moi serons payés, — pensait-il, — je ferai filer la petite de là et je prendrai les mêmes précautions pour l'emmener que celles que j'ai prises pour l'introduire. Il ne faut pas qu'elle sache où elle était... ni M. Honoré non plus.

Le Rouquin était aussi impatient que lui de voir se lever ce bienheureux jour.

Bien qu'il sût par Gomez que tout continuait à bien marcher, il n'était cependant pas sans quelque inquiétude et aurait déjà voulu tenir les cent mille francs.

— Je ne serai tranquille, — se disait-il, — que lorsque je les aurai dans ma poche... Jusque-là, j'ai de la méfiance.

Le marquis reçut enfin ses fonds, lesquels arrivèrent dans le délai qu'il avait fixé.

Il en avisa sur-le-champ Erreguy qui, à son tour, prévint le Rouquin par un mot en l'invitant à venir le trouver le jour suivant à son domicile, vers trois heures, pour aller toucher ensemble la somme en question chez le banquier de la personne qui la lui faisait remettre.

La missive parvint le lendemain au chenapan par le deuxième courrier du matin.

Mais après l'avoir lue au lieu de sauter de joie, comme il aurait dû le faire, puisqu'il n'avait plus que quelques heures à attendre pour empocher l'argent, il se sentit soudain envahi par une anxiété qu'il ne lui fût pas possible de vaincre et dont il chercha vainement la cause.

— Ah! çà, qu'est-ce que j'ai donc? — se demanda-t-il. — On dirait que je flaire encore une anicroche... et une rude, même, cette fois.

« Bah! — acheva-t-il cherchant à se remonter, — c'est sans doute l'excès de joie... j'ai entendu dire que ça produisait cet effet-là.

La Bibasse était absente pour le moment; elle venait de descendre faire une nouvelle provision de rhum.

N'ayant personne avec qui il pût se distraire de ses pensées, et midi approchant, il résolut d'aller déjeuner afin d'en changer le cours.

— Je me payerai du Corton première marque, — se dit-il, — ça me chassera ces idées noires.

Il sortit donc et prit le chemin du *Rocher Suisse* son restaurant accoutumé.

A cinquante mètres de l'*Hôtel des Compagnons*, il croisa, sans s'en apercevoir, deux individus qui, dès qu'ils l'eurent dépassé, se retournèrent et, après s'être consultés un instant ensemble en appelèrent trois autres suivant le trottoir opposé.

Un court conciliabule eut lieu entre les cinq hommes, puis les deux premiers remontèrent la rue du Poteau derrière le Rouquin pendant que leurs camarades reprenaient leur marche en avant.

Nous ne nous occuperons pas de ceux-ci jusqu'à nouvel ordre et rejoindrons ceux qui filent notre gredin.

Ce dernier ne se doutait point qu'il les avait à ses trousses.

Il poursuivait tranquillement sa route, pressé d'arriver au *Rocher Suisse* et de se mettre à table.

Les deux hommes, ne cessaient de l'observer, tout en gardant entre eux et lui une certaine distance.

Après avoir cheminé quelque temps en silence, l'un d'eux dit à l'autre :

— Dis donc, Pitard, ça m'a l'air d'être une bonne affaire pour nous, ça, hein?

— Mais oui, Gibou, pas mauvais. J'ai idée que ça nous vaudra de la part du patron une *gratif* de deux ou trois cents balles chacun. Aux copains aussi, du reste.

— Bien entendu. Ah! le service de la Sûreté est un peu plus chic que le service des mœurs.

— Pour sûr.

— Et je suis joliment content de l'avoir quitté.

— Moi idem. Car, si dans la « Sûreté » on attrape des *gnons*, au moins on est payé en conséquence, tandis que dans les « mœurs » *visco* on ne vous donne même pas de quoi acheter un emplâtre.

— Tu le dis. A preuve que dans l'affaire de la place Saint-Michel qui nous est arrivée il y a quatorze ans, c'est nous qui avons dû régler le pharmacien de notre poche.

— Coût, cent sous d'onguent pour mon nez que le défenseur de la petite ouvrière m'avait écrasé d'un coup de poing et qui, hélas, ne s'en est jamais relevé, ajouta Pitard en portant la main à son appendice nasal fortement aplati.

— Et moi autant de pommade camphrée et de teinture d'iode pour m'appliquer sur les côtes qu'il m'avait frictionnées un peu trop rudement, répliqua Gibou.

— Cré chien, nous n'en avons pas vu large avec lui, tous les deux.

— Sûr que nous n'étions pas à la noce. Mais à présent que la chose est loin, il faut avouer que nous ne l'avions pas volé; la demoiselle n'était pas du tout ce que nous supposions. Je m'en suis très bien rendu compte ensuite.

— Parbleu! moi aussi. Seulement, que veux-tu, dans ce sale métier on ne sait plus reconnaître les honnêtes femmes des... autres.

— C'est vrai, on finit par les confondre ensemble et on commet des gaffes comme celle que nous avons commise ce soir-là.

— Ce qui n'est jamais drôle pour nous.

— Et encore moins pour les pauvres filles qui en sont victimes, — repartit assez judicieusement Gibou.

Dans ces deux hommes nos lecteurs ont sans doute déjà reconnu de vieilles connaissances. En effet Pitard et Gibou, ces deux agents que nous retrouvons à quatorze ans de distance étaient ces mêmes individus qui, ayant voulu s'emparer de la petite ouvrière Denise Briant, sur la place Saint-Michel, en avaient été empêchés par Jean de Lavaur, alors étudiant et roi des écoles.

Ils gardaient encore les traces de la maîtresse râclée que le jeune Breton leur avait communiqué à cette occasion.

Gibou reprit :

— Mais, à propos de gaffe, nous ne nous trompons pas sur notre homme au moins. C'est bien lui?

— C'te bêtise! — répondit Pitard. — Si c'est bien lui? En le voyant venir à nous tout à l'heure, je l'ai reconnu du premier coup; il répond point pour point au signalement qu'on m'a donné de lui à la boîte. D'ailleurs, avant de l'arrêter, nous nous assurerons qu'il n'y a pas d'erreur.

— De quelle manière?

— Tu verras, j'ai une idée.

— Et quand allons-nous le cueillir?

— Dans un moment. Je veux d'abord savoir où il va de la sorte.

— Il aurait mieux valu, tout de même, que nous le pincions au nid, ainsi que vont l'être La Bibasse et l'autre par les copains.

— Pourquoi ça?

— Parce que, s'il se rebiffe, ça causera du scandale sur la voie publique, ce que n'aime pas le chef, tu le sais.

— Sois tranquille, nous l'empêcherons de se rebiffer. Un bon *cabriolet* que nous lui passerons vivement à chacun de ses poignets et il sera tout de suite maté.

— Le fait est qu'il n'y a rien de tel pour vous rendre sage.

— Mais, attention, le voilà qui s'arrête, — fit Pitard. — N'avançons plus.

En effet, le Rouquin venait de faire halte.

Il n'était plus qu'à quelques pas de son restaurant et, sur le point d'y entrer se demandait si, au lieu de rester à Montmartre, il ne devait pas plutôt descendre aux Champs-Elysées, chez Catelain, où il avait reçu Mémèche, huit jours auparavant, afin de n'avoir plus, au sortir de table, qu'un court trajet à faire pour se rendre chez Erreguy.

Mais il réfléchit que cela retarderait par trop son repas et il préféra s'en tenir au *Rocher Suisse*.

Il y entra donc et, n'ayant plus besoin de cabinet particulier, alla s'installer dans la salle commune.

— Tiens, il va déjeuner, — dit Pitard en le voyant disparaître dans l'établissement.

— Alors, il va falloir l'attendre en suçant notre pouce, — observa Gibou; — ce n'est guère amusant.

— Pas du tout, nous allons entrer aussi et faire comme lui.

— A nos frais?

— Non, à ceux de l'Administration, puisque c'est pour affaire de service.

— C'est vrai, au fait.

— Le service a du bon!

— Des fois!

— Tu comprends, il y a peut-être une sortie par derrière et nous ne pouvons pas le perdre de vue un instant. Nous le cueillerons lorsqu'il mettra le pied dehors.

Deux minutes après Pitard et Gibou étaient assis dans le restaurant à une table peu éloignée de celle où le Rouquin avait pris place.

Sans être mis comme des princes, ils étaient cependant très convenablement vêtus et leurs personnes ne juraient nullement dans l'endroit.

XIV

ARRESTATION

Le Rouquin resta à table près de deux heures.

Il ne s'était pas contenté de sa bouteille de Corton première marque. Ses idées noires ne se dissipant pas, il en avait commandé une autre de vieux Pomard, espérant être plus heureux avec celui-ci qu'avec celui-là.

Mais ni l'un ni l'autre n'avaient eu le pouvoir de chasser son angoisse morale. Ils l'avaient simplement à demi grisé.

Si bien que lorsqu'il se leva pour partir il eut besoin de s'affermir sur ses jambes pour conserver son aplomb.

Néanmoins il traversa la salle d'un pas ferme et gagna la rue.

Les deux agents de la Sûreté qui avaient dû également prolonger leur déjeuner, le laissèrent une légère avance puis sortirent à leur tour.

Le Rouquin était à une quinzaine de pas devant eux.

Pitard déchira alors une feuille de son calepin, y écrivit quelques mots au crayon et la plia en deux.

— Qu'est-ce que tu viens de mettre là-dessus? — demanda Gibou.

— Regarde; c'est pour être sûrs que nous ne nous trompons point.

— Tiens, c'est pas bête, — dit Gibou après avoir lu. — Nous allons voir la tête qu'il va faire.

Ils rattrapèrent le Rouquin et quand ils furent sur ses talons, Pitard posa la feuille à terre derrière lui, puis le tirant par la manche :

— Pardon, monsieur, — lui dit-il, — vous venez de laisser tomber quelque chose.

Le coquin se retourna et vit le policier qui lui montrait le papier du doigt.

Machinalement il le ramassa et le déplia pour voir ce que c'était.

Il n'y eut pas plutôt jeté les yeux qu'il devint d'une pâleur effrayante et s'écria involontairement :

— Ah! malheur... je suis perdu!...

Les agents n'en demandaient pas davantage, c'était bien leur homme. Le papier contenait ces mots :

« File-Menton est pris et *a mangé le morceau* (a dénoncé ses complices).

Avant que le gredin eût pu faire un geste ou un mouvement, il avait les poignets solidement emprisonnés dans les cabriolets des policiers et était mis ainsi dans l'impossibilité absolue d'apporter à ceux-ci la moindre résistance.

— Ne regimbez pas, — lui glissa Pitard à l'oreille, — ça ne vous servirait à rien.

— Qu'à nous faire serrer plus fort, — ajouta Gibou.

Cette recommandation était inutile. Notre homme était dans une stupeur voisine de l'hébétement et ne songeait guère à s'échapper des mains des agents.

Ainsi File-Menton s'était fait prendre et l'avait dénoncé !

Ah ! oui, il était perdu... et bien perdu même. C'en était fait de lui irrémissiblement.

Et dans une vision rapide, il aperçut la froide cellule où il allait être jeté et languir pendant de longs mois de prévention, ensuite la salle de la Cour d'assises avec son imposant appareil de justice, dont il avait gardé un vivant souvenir pour y avoir déjà passé lors de son premier méfait, et, enfin le bagne, là-bas à Nouméa, sous un ciel de feu, avec dix ou douze heures par jour d'un travail accablant que le fouet cruel des garde-chiourmes rendait encore plus pénible.

Car, cette fois, ce n'était plus la prison comme il y avait vingt ans.

L'agression contre le père Briscard serait certainement assimilée à une tentative de meurtre et entraînerait la peine appliquée en pareil cas, c'est-à-dire les travaux forcés.

Il se faisait aucune illusion là-dessus.

Le coup qui l'atteignait était si imprévu, qu'un instant il se crut sous l'empire d'une hallucination.

N'étaient-ce pas les fumées des vins généreux, qu'il avait bu en quantité exagérée, qui lui montaient au cerveau et le lui troublaient ainsi ?

Il voulut porter la main à son front pour essayer d'en chasser ces sinistres pensées.

Il ne put qu'ébaucher le mouvement ; son bras était immobilisé de son corps par une vigoureuse étreinte qui le lui engourdissait.

Un fiacre, hélé par les agents, venait de s'arrêter près du trottoir.

Ils le poussèrent à l'intérieur et se placèrent près de lui.

Tout ceci avait été exécuté avec une telle promptitude que les passants ne s'étaient aperçus de rien.

Ils avaient vu deux messieurs en aborder un autre, lui prendre les mains comme pour les lui serrer amicalement et ensuite l'inviter à monter en voiture avec eux pour aller sans doute se promener tous les trois ensemble.

Ce sont là choses banales et non faites pour retenir l'attention publique.

Le fiacre s'était mis en marche.

Le bruit des roues sur le pavé fit sortir le Rouquin de sa stupeur.

Alors, seulement, il se rendit un compte exact de sa situation.

Il était arrêté !

Et, cela, juste au moment où il touchait au but, où il ne s'en fallait plus que d'une heure à peine pour qu'il possédât une somme considérable qui lui aurait permis de fuir la France avec la Bibasse, et d'aller tous deux en quelque contrée, vivre comme de bons bourgeois sans souci du passé.

Projet qu'il avait formé dès le jour où les cent mille francs lui avaient été promis par Gomez Erreguy et qui, s'il avait dû y renoncer pendant quelque temps, puisqu'il ne retrouvait pas Colette, lui avait paru, depuis huit jours, plus que jamais réalisable.

Il avait même déjà jeté son dévolu sur l'Amérique, cette terre hospitalière où il est si facile de se faire une identité et de se soustraire à toutes les recherches, pour peu qu'on sache s'y prendre.

Et, tout à coup ce rêve se transformait en affreux cauchemar.

Au lieu de la liberté et des plaisirs que procure la fortune, c'était la chaîne des forçats qui l'attendait !

A cette horrible perspective il sentit sourdre en lui-même une rage épouvantable.

Se levant brusquement, il tenta de s'élancer au dehors, sans songer que cela ne l'avancerait guère et qu'il ne tarderait pas à être repris.

Mais les agents veillaient.

Les yeux rivés sur sa physionomie, ils avaient lu dans sa pensée et prévu son action. Aussi n'eurent-ils pas grand mal à réprimer cette velléité de fuite ; un simple tour de plus qu'ils donnèrent à leurs cabriolets mata le coquin qui, hurlant de douleur, retomba sur la banquette la sueur aux tempes et l'écume aux lèvres.

— Déserrez, tonnerre ! — cria-t-il d'une voix angoissée, — vous me brisez les os.

— Vous serez sage, alors ? — lui demanda Pitard.

— Oui, oui, mais desserrez vite...

Les policiers rendirent un peu de jeu aux liens et le Rouquin respira.

— Qu'est-ce qui vous amène, messieurs les agents?...

— Nous vous avions prévenu de ce qui arriverait si vous regimbiez,
— dit Gibou. — Fallait donc vous attendre à ce que nous venons de faire.

— Bon, bon, je resterai tranquille maintenant... je vois que vous me
tenez bien.

Et, rongeant son frein, le chenapan demeura désormais sans bouger.
La voiture filait d'une vive allure.

Liv. 113. — H. GEFFROY, éditeur. — Reproduction interdite

113

Dans vingt minutes environ elle allait être à destination, c'est-à-dire à la Préfecture de police, où le cocher avait reçu l'ordre de se rendre.

Le Rouquin savait que c'était là qu'on le menait et se demandait s'il n'avait plus aucune chance d'éviter son incarcération.

Car, une fois au Dépôt, tout espoir de redevenir libre lui était interdit t son affaire était claire.

La violence ne lui ayant pas réussi, il pensa à user d'un autre moyen.

Des vingt-cinq mille francs que lui avait rapportés le vol chez Isaac Moser il en possédait encore juste vingt mille.

Il se décida à les sacrifier et à les offrir aux agents pour qu'ils le relâchassent. Sacrifice qui était tout à son avantage, d'ailleurs, puisque grâce à lui il en aurait cinq fois autant à recevoir.

Alors, il entama avec les deux hommes une conversation à peu près semblable à celle qu'il avait eue avec Erreguy dans les jardins de l'Exposition, quand, prenant le Chilien pour un mouchard, il essayait de le corrompre en lui proposant de l'argent.

— Voyons, — fit-il en s'adressant à eux d'un air bonhomme, — on peut peut-être s'arranger ensemble, mes enfants.

Pitard et Gibou le regardèrent interrogativement.

— Vous m'avez pincé, bon, c'est tant mieux pour vous, — reprit-il, — mais qu'est-ce qu'il vous en reviendra, comme bénéfice? Des compliments du patron et une dizaine de louis avec, pas plus, sûrement. C'est maigre, ce me semble.

— Ça nous suffit, — dit Pitard.

— Çà vous suffit? Vous vous contentez de peu. — Et qu'est-ce que vous diriez si je vous offrais une grosse somme pour me donner la clef des champs?

— Nous refuserions d'emblée, — repartit Gibou.

— Bah! même si cette somme s'élevait à cinq mille francs pour chacun de vous?

Il commençait d'abord par un chiffre inférieur à celui auquel il voulait atteindre, afin de pouvoir ensuite monter graduellement et, par là, éblouir davantage les agents.

Pitard et Gibou haussèrent les épaules sans répondre.

— Si ce n'est pas assez, j'irai jusqu'à six mille, — continua le gredin. Même silence de la part de ses voisins.

— Eh bien! sept mille... huit mille, même, — poursuivit-il. — Dites donc, huit mille francs chacun, ce n'est déjà pas tant à dédaigner. Puis ça se passera entre nous et nul n'aura vent de la chose. Qu'est-ce qui saura que vous m'avez relâché puisqu'on ignore que vous m'avez pris?

Les prunelles des agents s'allumèrent : la tentation était forte.

Pour de pauvres diables qui gagnaient douze cents francs par an, c'était là une véritable fortune.

Le Rouquin, remarquant l'éclair de leurs yeux, reprit vivement :

— Tenez, je vais faire encore plus... vingt mille francs pour vous deux... Oui, vingt mille. Je les ai là sur moi, moitié dans un portefeuille caché sous mon gilet, moitié dans une ceinture de cuir que je porte à même sur la peau. Si vous croyez que je mens, laissez-moi un instant l'usage de mes mains et je vais vous les montrer.

Ce qu'il disait était vrai.

Son logement étant rien moins que sûr, il ne sortait jamais sans se munir de tout son argent.

A cette offre magnifique, Pitard et Gibou devinrent rouges d'émotion et, instinctivement, ils fouillèrent du regard les vêtements du gredin qui recélaient un pareil trésor.

Vingt mille francs!

Ce chiffre flamboyait devant eux et leur causait des éblouissements.

Et que leur fallait-il faire pour les posséder? Bien peu de chose, descendre de voiture et rendre la liberté à leur prisonnier. D'autant plus, comme le disait ce dernier, que personne ne le saurait, son arrestation n'ayant donné lieu à aucun esclandre et le cocher lui-même ignorant ce qu'étaient ses voyageurs.

Ils en seraient quittes pour dire qu'ils avaient manqué leur homme et recevoir une forte semonce; ce serait tout.

Le combat qui se livrait en eux était si visible que déjà le chenapan se croyait sûr de la victoire.

— Allons, faites vite, — leur dit-il. — Prenez le portefeuille et la ceinture et partagez-vous leur contenu.

Qui sait?

En proie à un vertige momentané, peut-être les agents allaient-ils succomber quand leurs regards se rencontrèrent.

Ils y lurent tant de honte de l'infamie qu'ils se disposaient à commettre que le sentiment du devoir leur revint sur-le-champ.

— Nous ne vous lâcherions pas pour un million, — lança Pitard avec véhémence.

— Ni même pour dix, — renchérit Gibou avec non moins de force.

Le brigand eut un rugissement de fureur. Sa tentative avait avorté et il sentait que toute insistance serait dorénavant inutile.

Il en éprouva un nouvel et si grand abattement que ce fut dans un état complet d'inertie qu'il arriva à la Préfecture.

On fut presque obligé de le soutenir pour le conduire au Dépôt.

— Ah ! mes pressentiments ne me trompaient point, — gémit-il quand il se trouva seul dans sa cellule. — C'est là la catastrophe qu'ils m'annonçaient... Et tout cela, à cause de la Bibasse !... Je lui disais bien, moi, que de nous remettre à grincher ça nous porterait malheur. Mais elle ne voulait pas me croire... et voilà où ça m'a mené... c'est-à-dire où ça nous a menés, car elle va être pincée aussi, pour sûr... si elle ne l'est déjà... Ah ! vrai, c'est de la guigne...

.   .   .   .

.   .   .   .

Laissons le misérable s'apitoyer sur son sort et revenons à présent aux trois agents que nous avons quittés au moment où ils se dirigeaient vers l'*Hôtel des Compagnons*.

Toutefois, avant de les rejoindre, disons ce qui s'était passé le matin même à la **Préfecture** de police dans le cabinet de M. Goron, le chef de la **Sûreté**.

M. Goron avait reçu, dès la première heure de ce jour, la valise appartenant au soi-disant ingénieur civil, Henri Morel, et dont le directeur de la police autrichienne lui avait annoncé l'envoi, après lui avoir expédié le personnage lui-même.

On sait que ce dernier, sur les révélations de l'indicatrice Bertha Manhem, avait été arrêté à Vienne, pour, étant en état d'ivresse, s'être vanté à elle d'avoir commis, à Paris, rue de Choiseul, un vol avec effraction en compagnie de deux complices, mais qu'une fois devant le chef de la Sûreté il avait nié avec la plus grande énergie être coupable de ce forfait.

Et, depuis son arrestation, il n'avait cessé de protester de son innocence.

Or, M. Goron ayant minutieusement visité l'intérieur de la valise qui venait de lui parvenir, avait découvert, dissimulées sous la doublure, plusieurs liasses de billets de banque, formant une somme totale de quinze mille francs, et dont deux portaient encore, épinglée au haut, une petite fiche attestant qu'elles provenaient d'une des agences de la banque **Moser**.

Le pseudo-ingénieur, mis en présence de ces preuves flagrantes, n'avait pu nier plus longtemps et s'était décidé à reconnaître qu'il était bien, en effet, un des auteurs du vol dont il avait parlé à Bertha Manhem.

Il avait également avoué se nommer Louis Tirache, dit File-Menton, et être un ancien pensionnaire de la prison de Melun.

Puis, complétant ses aveux, il avait dénoncé ceux qui lui avaient servi de complices — sans oublier la Bibasse — et indiqué le lieu de leur domicile.

M. Goron s'était alors empressé de charger cinq de ses meilleurs agents de procéder sans retard à la capture des deux hommes et de l'ivrognesse.

Nous savons, d'après les faits relatés au chapitre précédent, comment cet ordre avait été exécuté pour le Rouquin.

Nous allons voir, maintenant, ce qui s'ensuivit pour le Marquis et la Bibasse.

. . . .

Le vrai nom des trois agents près desquels nous retournons nous important peu, nous nous contenterons de les désigner par les sobriquets que leur avaient donnés leurs camarades.

L'un avait reçu celui de Samson, en raison de sa force physique extraordinaire; l'autre, celui de la Trique, qui rendait bien l'aspect de son corps long et sec comme une trique, et le troisième celui de Rougeot, que motivait suffisamment la constante érubescence de son teint.

Quand ils arrivèrent à l'*Hôtel des Compagnons*, ils furent tout de suite reconnus par Mme Jambu, la logeuse, qui avait eu plusieurs fois affaire à eux, son garni étant l'objet d'une étroite surveillance de la **part de la** police.

— Qu'est-ce qui vous amène, messieurs les agents? — leur demanda-t-elle sans s'émouvoir de leur visite. — Vous avez besoin que je vous renseigne sur quelques-uns de mes locataires, je parie?

— Sur deux, pas plus, et le renseignement que nous désirons ne sera pas difficile à fournir. Nous voulons simplement savoir si la Bibasse — ou Mme Honoré — et l'individu qui se fait appeler le Marquis sont en ce moment à l'hôtel.

— Tiens, c'est pour eux que vous venez?

— Oui, répondit Samson.

— Qu'est-ce que vous leur voulez donc?

— Peu de chose... les coffrer tout bonnement.

— Les coffrer? fit la mère Jambu qui parut stupéfaite. — Coffrer le Marquis, un si gentil garçon, doux comme un mouton et de manières si aimables!

— Ça se peut.

— Et Mme Honoré, une dame très convenable, — ayant un faible pour le rhum, c'est vrai, mais sur laquelle, à part ça, il n'y a pas à dire un mot, pas un!

— Ça se peut encore. Quoi qu'il en soit, ce si gentil garçon et cette

dame très convenable, ainsi que M. Honoré qui, pour vous, doit être non
moins convenable aussi, sans doute, sont inculpés de vol avec tentative
de meurtre sur la personne d'un vieillard.

— Eux ! Vous voulez rire, n'est-ce pas ?

— Vous devez voir que je n'en ai guère envie.

— Allons donc, tout ça, c'est une farce. Je mettrais ma main au feu
qu'ils sont blancs comme neige.

— Eh bien ! elle serait un tantinet grillée, votre main, car la chose
est prouvée et bien prouvée.

— Ce n'est pas possible, on les accuse à tort. Eux, avoir commis une
chose pareille ! Jamais, je vous le dis, jamais !...

La logeuse avait pour principe de toujours soutenir ses locataires.
C'était un point d'honneur qu'elle se faisait.

Cependant, ce principe ne l'empêchait point de les apprécier à leur
juste valeur et, bien qu'elle parût ne pas admettre que le Marquis et le
ménage Honoré se fussent rendus coupables du crime qui leur était
imputé, au fond elle n'en était qu'à demi surprise, sachant que tous trois
en étaient fort capables.

Ce n'était donc que pour la forme qu'elle s'indignait de la sorte.

— Mère Jambu, — lui répliqua Samson qui avait pris la parole jusque-là, — nous ne sommes pas venus pour connaître votre opinion sur les
personnes que nous avons à arrêter. Gardez-la donc pour vous et répondez
à la question que je vous ai faite. Ces personnes sont-elles présentes
actuellement à l'hôtel ?

La patronne vit qu'il était inutile de protester davantage et consentit
à répondre à Samson.

— Non, monsieur l'agent, — dit-elle ; — le Marquis est sorti depuis ce
matin, et Mᵐᵉ Honoré, voilà un quart d'heure environ.

— Savez-vous quand ils rentreront ?

— Le Marquis a dit qu'il serait là vers une heure et demie, parce
que, devant partir en voyage ce soir, il avait à préparer ses bagages dans
l'après-midi.

« Mᵐᵉ Honoré, elle, n'est allée que dans le quartier, acheter du rhum.
Dans trois quarts d'heure ou une heure au plus, nous la reverrons.

— Comment, il lui faut tant que ça pour faire son achat ?

— Ah ! dame, elle ne se presse pas. Elle profite de ce qu'elle est chez
le liquoriste pour boire sa goutte et muser un brin.

— Oui, je comprends, elle fait la causette avec les petits verres.

— Peut-être bien... Quant à son mari, je ne pourrais rien vous dire,
attendu que...

— Lui, nous savons où il est et n'avons pas à nous en occuper. Mais est-ce bien vrai ce que vous nous assurez là, la mère ?

— Foi de Jambu ! Si vous voulez voir vous-mêmes, messieurs, vous reconnaîtrez que les chambres sont vides.

— Pas la peine, nous vous croyons, et puisque c'est comme ça, nous allons attendre que les oiseaux rentrent dans la cage.

Cette conversation avait lieu dans le bureau de la logeuse.

— Attendez, messieurs, — dit-elle, — voici des chaises.

— Non, pas ici, cela vous gênerait et nous gênerait aussi, — répliqua Samson. — Nous préférons aller chez le marchand de vin à côté ; nous boirons un verre pour prendre patience. Il y a justement au fond de la salle, je le sais, un carreau qui donne dans le couloir de votre garni ; nous nous mettrons tout auprès et quand nos individus rappliqueront vous y frapperez pour nous avertir.

— Comment ! il faudra que ce soit moi qui vous prévienne ?

— Assurément... et n'y manquez pas surtout, car si l'un ou l'autre nous échappait par votre faute, nous vous coffrerions à sa place.

— Oh ! c'est bien, en ce cas je n'y manquerai pas, — fit la patronne effrayée.

Puis elle ajouta à mi-voix :

— Ça ne fait rien, vendre mes locataires, c'est la première fois que ça m'arrive.

Les agents firent comme s'ils n'avaient pas entendu et allèrent s'installer chez le débitant de vin voisin, dont la boutique était contiguë à l'hôtel.

Ils se placèrent près d'une baie vitrée qui, effectivement, donnait dans l'allée du garni, puis, n'ayant pas déjeuné, commandèrent des apéritifs et allumèrent tranquillement leur pipe.

Accoutumés de longue date à l'opération qu'ils allaient accomplir, ils attendaient avec le plus grand calme le moment où ils auraient à agir.

Nous allons faire comme eux — avec tout autant de calme — et nous reposer un instant de ce long récit, en leur tenant compagnie.

XV

LES D'ESPEUILLES

Samson et la Trique étaient deux anciens soldats. Mais ils n'avaient pas servi à la même époque : leur âge à chacun en était d'ailleurs une preuve visible.

Le premier, âgé de quarante-cinq ans, avait fait partie de l'armée durant notre malheureuse campagne contre l'Allemagne et était un des rares survivants de Reischoffen.

Le second, qui par sa tête grisonnante accusait la cinquantaine passée, avait quitté le régiment quelques années avant 1870 et habitait l'Alsace, son pays d'origine, lorsque la guerre éclata.

En qualité d'ancien cuirassier de la fameuse charge, Samson aimait beaucoup à rappeler l'événement héroïque auquel il avait pris part et sur lequel il avait toujours un fait inédit à rapporter.

Son sac d'anecdotes était inépuisable.

De même que la bouteille de chez Robert Houdin qui ne se tarit jamais, quand il n'y en avait plus, il y en avait encore.

Ses camarades de la Sûreté, sachant cela, prenaient plaisir à le mettre sur ce sujet chaque fois qu'ils en trouvaient l'occasion, se distrayant à l'écouter et coupant ainsi l'ennui des longues attentes qui, souvent, leur étaient imposées.

Comme on ne comptait pas sur le retour de la Bibasse et du Marquis avant un bon moment, et que, jusque-là, les trois agents n'avaient rien autre à faire qu'à se regarder le blanc des yeux, — occupation peu récréative, on l'avouera, — la Trique et Rougeot lui demandèrent, pour tuer le temps, s'il n'avait pas à leur conter sur « sa charge » un épisode qu'ils ne connaissaient pas encore.

— Ma foi, — répondit Samson, — je crois que vous les connaissez tous et je ne vois pas trop ce que je pourrais vous apprendre de nouveau.

— Cherche bien, — insista Rougeot, — je suis sûr que ta besace n'est pas vide.

Samson se renversa sur sa chaise, leva les yeux en l'air et fouilla sa mémoire.

Il resta de la sorte quelques instants, puis reprenant sa position normale, demanda :

— Est-ce que je vous ai raconté l'histoire du double capitaine?

   — Est-ce que je vous ai raconté l'histoire du double capitaine?
   — Non, — dit Rougeot.
   — Il me semblait bien que si, pourtant?
   — Tu te trompes. Tu l'as peut-être racontée à d'autres, mais pas à moi, sûrement.
   — Ni à moi, — ajouta la Trique.

Liv. 114. — H. GEFFROY, éditeur — Reproduction interdite   114

— Alors, je vais vous la narrer ; elle en vaut la peine.

— Qu'est-ce que c'est que ça, le double capitaine ?

— Écoute et tu vas le savoir. C'est une histoire qui se divise en deux parties.

— Elle est double aussi ?

— Oui... comme le capitaine.

— Fichtre, ça va être compliqué, en ce cas.

— Pas du tout. Au reste, voilà la chose.

« C'était le soir du 5 août 1870, la veille de cette meurtrière et inoubliable journée de Frœschwiller.

« J'étais de planton, à pied, au mess des officiers de chez nous et, comme il faisait très froid, on m'avait permis d'entrer et de me tenir contre la porte.

« Par suite, j'entendais très bien tout ce que disaient les officiers.

« Il y en avait un qui venait de citer un rare exemple d'amour fraternel, et le gros major, le papa Deublion, comme on l'appelait, en paraissait enthousiasmé, quand un jeune capitaine qui était son voisin lui dit tout haut et avec une certaine rudesse :

« — Vous ne vous y connaissez pas, major. »

« Ce capitaine se nommait le comte Henri d'Espeuilles.

« C'était un charmant garçon et tous les officiers de son régiment l'adoraient pour sa loyauté, sa rondeur, voire même pour la brusquerie de sa franchise qui commençait à passer à l'état de proverbe.

« Il n'eût pas fallu essayer de lui marcher sur le pied, attendu que ses colères étaient terribles ; aussi nul ne doutait de sa bravoure qui rappelait celle des temps chevaleresques.

« Il était rentré au corps le matin même ; car, depuis plusieurs jours, voyant la bataille éloignée, il avait demandé et obtenu un congé pour aller voir son jeune frère, dernier vicaire d'une petite église de Paris.

« Or, en venant lui serrer la main, ses camarades l'avaient trouvé quelque peu changé.

« Son colonel s'était même permis une plaisanterie amicale sur sa bonne mine et son rajeunissement.

« — Mais, — avait-il ajouté en riant, — si votre visage a gagné en fraîcheur d'aller se baigner dans l'air de la capitale, votre timbre et votre corpulence ont singulièrement diminué d'ampleur.

« Enfin, la voix du canon, l'odeur de la poudre et un peu de pain de munition remettront tout cela au point. »

« Avant de le congédier, il lui avait encore dit, mais plus sérieusement cette fois et en serrant fortement ses mains entre les siennes :

« — Merci d'être accouru au reçu de mon mot ; j'aurais été très fâché pour vous que vous ne fussiez pas là pour tenir votre place au concert de demain, capitaine d'Espeuilles. »

« Le capitaine n'avait rien répondu, mais son œil avait lancé une flamme lorsque le colonel avait parlé du mot qu'il lui avait envoyé pour l'avertir du jour de la bataille.

« Donc, le comte avait interrompu le gros major au beau milieu de son enthousiasme en lui disant : « Vous ne vous y connaissez pas. »

« Pour quiconque n'eût pas bien connu le capitaine, cette interruption, équivalant à un démenti, aurait été le point de départ d'une querelle, et les querelles entre officiers se terminent toujours, vous le savez, par l'effusion du sang.

« Mais le gros major, très brave devant l'ennemi, n'était pas homme à faire sauter son épée hors du fourreau pour un motif futil; aussi demanda-t-il en riant d'un bon gros rire :

« — Pour me clouer ainsi, vous devez avoir une fameuse histoire à nous conter, monsieur d'Espeuilles ?

« Le capitaine semblait réfléchir profondément.

« — Non, pas une histoire,—fit-il au bout d'un instant,—mais le récit d'un fait historique que peu d'historiographes relèvent parce qu'il fut secrètement conservé dans la famille du héros.

« — Allez, allez, —firent tous les officiers d'une même voix, — nous vous écoutons, Henri.

« — Vous n'ignorez pas, — continua ce dernier,— que les armes de ma famille sont parlantes.

« Elles sont... »

« Ici, — observa Samson, — le capitaine dit quelque chose que je n'ai jamais pu me rappeler au juste.

« Tout ce dont je me souviens, c'est qu'il s'agissait d'un chapeau de pèlerin à côté d'une épée brisée avec un champ de sable.

« C'était, paraît-il, ce qui composait son blason.

« — Ces armes, dit-il, furent données au chevalier d'Arran, seigneur d'Espeuilles, par le roi saint Louis, sur la terre de Palestine même, parce que ce chevalier, ayant été grièvement blessé dans un combat contre les Sarrasins, son jeune frère, qui suivait l'armée comme pèlerin et prédicateur, l'avait couvert de son corps et était mort criblé de blessures, prenant ainsi pour lui le trépas qui, sans nul doute, était réservé à son aîné.

« Depuis cette époque, une sorte de règle tacite fut suivie par tous les descendants du premier chevalier d'Espeuilles.

« Le fils aîné, régulièrement, était soldat et, régulièrement aussi, s'il y avait un cadet, il prenait la soutane.

« Ceci est si vrai que, pour se conformer à la loi de famille, mon père, avant de mourir, fit promettre à ma mère de me diriger vers la carrière des armes et de placer mon jeune frère Michel au séminaire.

« D'âge en âge, également, l'héroïque dévouement de l'ancêtre pèlerin eut comme un écho dans la famille.

« Pas une seule de ses générations ne disparut de la terre sans que le cadet des d'Espeuilles ait donné, au profit de son frère aîné, un bel exemple à suivre.

« Un fait que j'ai négligé de vous dire, — remarqua le capitaine, — et qui pourtant a son importance, c'est que de tout temps les frères d'Espeuilles ont eu entre eux une ressemblance telle que leur mère elle-même, ayant peine à distinguer l'aîné du plus jeune, se voyait dans l'obligation de les habiller de différentes couleurs pour ne pas s'y tromper. »

« Tandis que l'officier parlait, — dit Samson, — le colonel, faisant sa ronde du soir, était entré dans le mess et s'était mis à l'écouter.

« Tout d'abord, je le voyais, il n'avait pas eu l'air de croire beaucoup à son récit. Puis, peu à peu, sa figure lui offrant sans doute quelque chose de particulier, il était resté planté là, dans une complète immobilité, considérant attentivement le jeune homme et semblant tout à coup très intéressé par ce qu'il disait.

« Sans s'occuper de la présence du colo, dont il ne se doutait pas du reste, le capitaine continuait :

« — Sous le règne de Louis XV, Philippe d'Espeuilles, dont toute la jeunesse s'était passée à guerroyer au glorieux temps du grand roi, voulut enfin prendre sa retraite.

« Il avait rapporté de ses campagnes plus de blessures que de galons, mais la main même du maréchal de Villars lui avait attaché la croix du chevalier de Saint-Louis sur la poitrine, le soir de la victoire de Denain.

« De retour en ses terres du Nivernais, Philippe d'Espeuilles, alors âgé de quarante-six ans, songea qu'il était grand temps pour lui de prendre femme s'il ne voulait pas voir s'éteindre son nom.

« Il épousa Mlle Gabrielle de Cossé-Loudéac, de laquelle il eut deux fils qui avaient entre eux cette ressemblance véritablement étrange qui se perpétue chez tous les sujets mâles de la famille et dure autant que leur vie.

« Philippe d'Espeuilles s'occupa lui-même de l'éducation de ses fils.

« Bien entendu, Michel, le cadet, devait être d'Église, et Henri, l'aîné, d'épée.

« Remarquez, messieurs, la bizarrerie des coïncidences, — s'interrompit ici le capitaine ; — nos aïeux du dix-septième siècle portaient exactement les mêmes noms que mon frère et moi, et dans un ordre semblable.

« Henri d'Espeuilles, mon homonyme, marchait sur ses dix-neuf ans lorsqu'il reçut sa commission de cornette aux chasseurs de Conti, et Michel n'avait pas encore atteint sa dix-huitième année qu'il portait déjà le petit collet des abbés.

« M. le comte de Saxe, à la tête d'une armée de soixante-dix mille hommes, avait été mettre le siège devant Tournai, vers la fin du mois d'avril en l'année 1745.

« Le général anglais, duc de Cumberland, ayant sous ses ordres une armée égale en nombre, mais d'un commandement difficile, parce qu'elle se composait de régiments rassemblés à la hâte, un peu partout, et comptant des Anglais, des Autrichiens, des Hanovriens, des Saxons, des Hollandais et des Danois, le général anglais s'avança au secours de la place.

« Laissant quinze mille hommes dans ses lignes, le maréchal de Saxe s'élança avec le reste à la rencontre de l'ennemi, dans l'intention de lui offrir la bataille.

« Comme moi, hier, encore, la cornette Henri était précisément en congé depuis quelques jours.

« Le ministre comte d'Argenson, sachant que la lutte allait avoir lieu sous les yeux de Sa Majesté Louis XV et de monseigneur le Dauphin, envoya l'ordre le plus formel à tous les officiers absents d'avoir à rejoindre immédiatement leurs corps.

« En prononçant ces derniers mots, le capitaine, qui venait d'apercevoir le colonel, semblait s'adresser plus particulièrement à lui.

« — Et votre aïeul le cornette fut-il assez heureux pour rejoindre à temps ? — interrogea ce dernier, sentant qu'il lui fallait paraître s'intéresser au récit.

« — Par procuration, oui, » — répondit en riant le capitaine.

« Et voyant que ce mot redoublait la curiosité, il ajouta :

« — Mon histoire n'est pas longue, mais elle perdrait considérablement de son sel si je commençais par la fin.

« Or donc, — continua-t-il, — le cornette Henri, qui était aussi vaillant que son frère l'abbé était modeste, profitait de son congé en homme qui n'a pas souvent la bride sur le cou.

« Au moment où l'ordre du ministre arriva au château d'Espeuilles, le cornette n'y était plus.

« Entraîné par les plaisirs, il avait accepté les invitations de toutes sortes d'amis, et Philippe d'Espeuilles, son père, se trouva fort empêché de le faire prévenir ne sachant où il était.

« Pendant trois jours entiers tous les valets du château, leur maître et jusqu'à l'abbé Michel parcoururent à cheval les alentours, demandant à tous les échos le cornette Henri.

« Mais les échos demeurèrent sourds.

« Avec les principes d'honneur exagérés du vieux châtelain, cet événement ne pouvait manquer de l'affecter profondément.

« Il fut atteint d'un violent désespoir et, croyant que le déshonneur allait retomber sur sa race, fier d'un passé aussi long que glorieux, il eut un instant l'idée, malgré ses cheveux blancs, d'aller se faire tuer sur le front de bataille, au premier rang de Conti-cavalerie.

« Mais quelque héroïque que fût la mort du chef du nom, elle ne pouvait ni sauver l'honneur ni garantir la réputation du cornette.

« Le malheureux père le comprit bien vite.

« Le soir du troisième jour, il rentra dans son manoir, la tête en feu, les tempes battant la fièvre.

« Il refusa d'aller se mettre à table et voulut rester seul avec sa douleur et les tableaux de ses ancêtres dans la salle d'armes du château.

« La tête penchée sur la poitrine, le vieillard marchait à pas lents sur les dalles sonores de la grande salle, qu'éclairait à peine la lueur tremblottante d'une lampe.

« Ah ! son chagrin était immense !

« Toute la noblesse de France allait défendre le roi et d'Espeuilles n'y serait pas.

« La bataille se livrerait sans d'Espeuilles.

« Le cœur du vieux chevalier de Saint-Louis bondissait dans sa poitrine.

« Il sentait que la fièvre s'emparait de lui et pressentait que la honte allait le tuer.

« La honte !...

« Petit à petit, de nouvelles pensées envahirent son cerveau; il vit repasser dans sa mémoire la glorieuse légende des ancêtres et de leurs dévouements chevaleresques.

« Malgré lui, son regard se dirigea vers les hautes murailles où, au-dessus d'un trophée d'armes ayant appartenu à un sire d'Espeuilles, se voyait une peinture relatant le fait le plus marquant de sa vie : c'est-à-dire le dévouement légendaire.

« En premier, de date et de place, un peintre du temps avait figuré sur la muraille la bataille de la Massoure, en Palestine, où le chevalier d'Arran, sire d'Espeuilles, avait été secouru par son frère le pèlerin, sous saint Louis.

« Puis venaient une foule d'autres peintures, disant le sublime héroïsme de Tancrède d'Espeuilles, assesseur de l'abbé de Cîteaux, qui s'était fait tuer au lieu et place de son frère aîné Albert, à la fatale bataille de Courtray, sous Philippe le Bel.

« La lutte du diacre François d'Espeuilles, qui défendit son frère, porte-étendard, dans un combat acharné contre dix Flamands, à la rencontre de Cassel, et finit par trouver la mort dans la plaine de Crécy, en sauvant le roi Philippe de Valois.

« La glorieuse épopée des d'Espeuilles se déroulait ainsi de génération en génération, et s'arrêtait à son père, Félicien d'Espeuilles, qui, pendant la journée de Rocroy, avait vu l'archevêque Édouard-Marie, son jeune frère, tomber sous le coup de masse d'arme qui lui était destiné.

« La grandiose épopée s'arrêtait là, parce que le sire Philippe avait été fils unique et que les peintures de la salle d'armes reproduisaient seulement les dévouements au profit de la famille qui avait cette fière devise :

« *De Dieu seul, aide !*

XVI

FRÈRE POUR FRÈRE

— Ah çà ! comment peux-tu te rappeler aussi nettement les détails du récit que faisait le capitaine ? — demanda à cet instant l'agent Rougeot, surpris de cette fidélité de mémoire chez l'ex-cuirassier.

— Le fait est que c'est étonnant que tu te souviennes si bien de tout ça. — ajouta La Trique.

— Rien pourtant n'est plus simple, mes enfants, — repartit Samson, — et je vous expliquerai tout à l'heure comment cela se fait. De même que je vous dirai pourquoi j'ai pu vous rapporter ce qui a eu lieu le lendemain pendant la charge et qui fait suite au récit de M. d'Espeuilles. Sur ce, laissez-moi continuer. C'est toujours le capitaine qui parle, bien entendu.

« — Le vieillard était donc dans la grande salle de son château.

« La nuit s'avançait lugubre, au dehors comme au dedans.

« Au dehors, le vent gémissait dans les arbres séculaires du parc.

« Au dedans, la lampe avait jeté une flamme brillante et vive avant de s'éteindre, et maintenant les rayons de la lune, passant au travers des hauts vitraux à ogives, éclairaient d'une lueur blafarde la salle où résonnaient sourdement les pas du châtelain qui n'avait pas un seul instant interrompu sa triste promenade.

« Parfois des bruits vagues et lointains, comme on croit en percevoir dans les campagnes, arrivaient aux oreilles du vieux Philippe.

« Alors, il s'arrêtait, écoutant immobile et tout tremblant, car l'espoir n'était pas long à renaître; mais il reprenait bientôt son pas de somnambule et, seuls, les battements précipités de son cœur troublaient le pesant silence de la nuit.

« Soudain, la porte de la salle s'ouvrit avec fracas et un jeune officier, portant l'uniforme bleu, blanc et or des chasseurs de Conti, se précipita dans les bras du vieillard.

« Cette vision, d'ailleurs, ne dura qu'une minute, car lorsque le sire d'Espeuilles, renfonçant un sanglot, s'élança pour retenir son fils, il n'était déjà plus temps et le galop d'un cheval retentissait alors sur les cailloux de l'allée, bordée de hauts peupliers, qui conduisait du château à la grande route.

« — Je parierais que c'était le petit frère Michel, s'exclama le gros major, interrompant le capitaine.

« Faut vous dire, — observa Samson, — que le général Bonnemain, commandant la division de cavalerie, composée du 8ᵉ et du 9ᵉ cuirassiers, venait d'entrer dans le mess, attiré par la vue des flambeaux encore allumés.

« Il s'approcha du colonel et lui dit :

« — Monsieur, les fatigues peuvent n'avoir pas de prise sur ces jeunes gens, mais il est nécessaire qu'ils soient dispos pour la rencontre qui, selon toute probabilité, aura lieu demain.

« M. d'Espeuilles répondait justement à son interrupteur :

« — Patience, major, le dénouement approche.

« Le général serra la main du colonel, en murmurant, avant de s'éloigner :

« — N'est-ce point le capitaine d'Espeuilles que je vois là? Mes félicitations, monsieur, pour la promptitude avec laquelle vos officiers savent vous obéir.

« Le capitaine reprit :

« — La nuit commençait à tomber; on était à la veille du 11 mai 1745 et le colonel baron commandant Conti-cavalerie venait de rentrer sous sa tente, lorsque le jeune cornette Henri d'Espeuilles se fit annoncer chez lui.

— Un jour que je rangeais ses affaires, je tombai sur un manuscrit.

Le baron estimait beaucoup le cornette et l'aimait comme s'il eût été son fils.

« Il lui ouvrit donc ses deux bras, en disant :

« — Je n'attendais pas moins de votre bravoure, mon jeune ami : d'Espenilles et Conti ne savent pas manquer l'heure de la bataille !

« Mais le baron n'avait pas achevé sa phrase élogieuse que déjà ses

Liv. 115. — H. GEFFROY, éditeur — Reproduction interdite

deux bras retombaient le long de son corps, tandis que son regard, marquant la plus profonde stupéfaction, examinait curieusement le nouvel arrivant.

« Peut-être l'étonnement du baron venait-il de l'état piteux où il voyait le jeune officier, car celui-ci ayant couru la poste nuit et jour, sans manger ni dormir, arrivait couvert de poussière et rompu de fatigue.

« Mais, peut-être aussi, son étonnement provenait-il d'une tout autre cause.

« Le lendemain matin, l'armée du maréchal de Saxe se prépara à la bataille en assistant à la messe que célébrait un capucin.

« Au moment de l'*Ite missa est*, une formidable décharge d'artillerie couvrit la voix de l'officiant.

« Cette journée devait porter dans l'histoire le nom de Fontenoy.

« Toutes les troupes françaises furent bientôt en ligne et les fantassins s'élancèrent en avant, au pas de course, tandis que Penthièvre et Conti-cavalerie restaient immobiles sur les bords de l'Escaut.

« Bientôt, pourtant, les troupes de pied ne pouvant supporter le choc, la cavalerie dut charger et, dès le premier engagement, Conti-cavalerie se trouva enfermé dans un carré anglais.

« Trois fois le porte-drapeau roula dans la poussière et trois fois le signe de ralliement fut relevé par un autre cornette, son prédécesseur étant mort.

« Quand, pour la dernière fois, l'étendard aux fleurs de lys d'or émergea du flot humain, sa hampe était entre les mains d'Henri d'Espeuilles, le dernier cornette survivant.

« Vers la fin du jour, les Anglais battirent en retraite, laissant neuf mille des leurs sur le champ de bataille.

« Dans le bois de Barry, parmi les morts, on retrouva le cornette d'Espeuilles, criblé de blessures et enveloppé dans deux drapeaux : celui de Conti-cavalerie, qu'il avait su garder, et d'Yorck-infanterie qu'il avait été prendre entre les mains de l'ennemi.

« — Et il était véritablement mort ? — demanda le gros major.

« — Il paraît que non, —répondit en riant le capitaine ; — autrement, comment expliqueriez-vous ma présence parmi vous aujourd'hui ?

« Le gros major se mordit les lèvres en constatant la naïveté de sa question.

— Non, — continua le capitaine, — non, le cornette Henri, mon aïeul, n'était pas mort ; et remarquez combien la devise de notre maison est pleine de sens et de fondement.

« Elle dit : *De Dieu seul, aide !* et, en effet, de tous les temps, les nôtres n'ont jamais reçu que l'aide de Dieu, puisque l'aide leur venait d'un de ses disciples.

« Non seulement le cornette Henri n'était point mort, mais il n'était pas même blessé.

« Celui qui avait conquis le drapeau d'Yorck-infanterie, celui qui avait gardé l'étendard de Conti-cavalerie, celui qui s'était battu comme un beau diable et avait été criblé de blessures à la bataille de Fontenoy, avait nom Michel d'Espeuilles et portait d'habitude, non pas l'uniforme resplendissant de cornette, mais bien le petit collet des abbés.

« Comme le pèlerin de la Massoure, comme l'abbé de Citeaux à Courtray, comme le diacre à Cassel et à Crécy, comme l'archevêque à Rocroy et comme tant d'autres de ses ascendants dans différents endroits, le petit abbé Michel, voyant la douleur de son père et devinant que l'étourderie de son frère allait lui faire manquer la bataille, était venu à Fontenoy pour défendre l'honneur du nom en même temps que pour combattre les ennemis de son pays.

« Voilà pourquoi son père avait voulu le retenir.

« Voilà pourquoi le baron de Conti avait eu un mouvement de stupéfaction en le voyant entrer sous sa tente. »

« Le capitaine se tut.

« — Par mes quatre galons, — affirma le gros major, — voilà le plus beau trait d'amitié fraternelle, ou je ne m'y connais pas... ainsi que vous me le faisiez entendre tout à l'heure, mon cher d'Espeuilles. »

« Le colonel, qui avait écouté le récit jusqu'au bout, sans perdre des yeux le conteur, s'avança au milieu des officiers.

« — La ressemblance si extraordinaire qui a toujours existé entre frères dans votre famille s'est-elle perpétuée jusqu'à vous ? » — demanda-t-il au capitaine.

« Celui-ci parut hésiter une seconde, puis répondit :

« — Elle était frappante lorsque nous étions enfants ; notre père avait peine à distinguer mon frère Michel de moi. Mais, vous savez, mon colonel, l'âge et la différence de vie opèrent bien des changements. »

« On se souhaita bon sommeil et tous les officiers se séparèrent pour regagner chacun sa tente respective.

« — Monsieur d'Espeuilles, veuillez m'accompagner, — dit le colonel ; — votre tente n'ayant pas été dressée durant votre absence, vous trouverez abri dans la mienne. »

« Que purent se dire les deux officiers durant la nuit ?

« On n'en a jamais rien su.

« Toujours est-il qu'au lever de l'aurore, lorsque les trompettes de
cavalerie, répondant aux appels des clairons, sonnèrent le boute-selle, la
sentinelle placée à la porte du colonel — c'est elle qui m'a rapporté le
fait—put voir celui-ci presser chaleureusement le capitaine dans ses bras,
en prononçant ces paroles étranges :

« —Merci, mon Père, pour votre bénédiction. Si vous mourez aujour-
d'hui, le ciel comptera un saint de plus... »

XVII

LA CHARGE HÉROÏQUE

« Voilà la première partie de mon histoire, dit Samson en s'arrêtant
un moment pour rallumer sa pipe qui s'était éteinte.

Puis, quand cela fut fait et qu'il eut avalé une bonne gorgée de son
apéritif, il reprit :

— A présent, écoutez la seconde.

« On était au matin du 6 août

« De tous côtés à la fois retentissaient les sonneries des trompettes.
les batteries des tambours, les appels des clairons.

« La bataille de Frœschwiller commençait.

« Le maréchal de Mac-Mahon, formé entre Morsbronn et Rechviller,
devant Wœrt, avec les généraux Ducrot, Raoult, Lartigue et Conseil-
Dumesnil, fut attaqué à six heures et demie du matin par la première
division du deuxième corps bavarois, formant la droite de l'armée du
prince royal de Prusse qui avait à sa gauche les divisions wurtember-
geoises.

« Or, le prince royal avait cent quatre-vingt-trois mille hommes,
tandis que Mac-Mahon n'en possédait que trente-sept mille cinq cents,
soit un contre cinq, à peu près.

— Rien que ça de différence! — s'exclama Rougeot. — Comment
pouvions nous gagner dans ces conditions-là?

— Oui, j'ai entendu dire que nous avions été accablés, — ajouta la
Trique. — D'autant plus qu'ils étaient rudement armés, les casques à
pointe.

— C'est vrai, — répliqua Samson; — ils avaient une artillerie formidable, ce qui leur donnait sur nous une double supériorité. Cependant, le

maréchal, un brave s'il en fut, — n'hésita pas à accepter la bataille.

« Il comptait tenir jusqu'à l'arrivée des renforts que devait lui amener le général de Failly, cantonné à Bitche.

« Malheureusement, il y eut un malentendu et le général ne vint pas.

« Néanmoins, au début, ça ne marchait pas trop mal pour nous et l'on était loin de penser que la journée serait aussi désastreuse.

« Le maréchal, ne voyant pas arriver de Failly, voulut résister quand même et lança ses réserves en avant.

« Ah! mes enfants, c'est alors que ça commença à chauffer raide.

« Nous étions tous, nous les cuirassiers, sur une petite hauteur, attendant l'ordre de charger.

« Nous distinguions donc très bien ce qui se passait.

« Les Turcos, qui avaient une revanche à prendre de l'avant-veille, où, à Wissembourg, ils avaient été décimés par la mitraille, s'élançaient en poussant des clameurs furibondes.

« Avec leurs faces noires et leurs gros yeux blancs qui leur sortaient de la tête on aurait dit de véritables démons.

« Les officiers eux-mêmes criaient de toute la force de leurs poumons pour les animer encore ; et cela faisait un cri tellement formidable que c'est à peine si la voix du brutal et le crépitement de la fusillade parvenaient à le dominer.

« C'était merveilleux de fougue et d'élan désordonné.

« Les Prussiens, surpris par l'impétuosité de notre attaque, demeuraient hésitants, malgré leur nombre.

« Leurs officiers s'efforçaient de les pousser en avant et leur plantaient le sabre dans les reins.

« Mais je t'en fiche, rien n'y faisait. Ils avaient une frousse de tous les diables ; au point que, lorsque nos troupes furent près de les atteindre, ils tournèrent casaque et s'enfuirent comme s'ils avaient eu le feu au... prussien, c'est le cas de le dire.

« Ils ne s'arrêtèrent que lorsqu'ils se sentirent en sûreté derrière leurs canons.

« Trois fois nos colonnes se ruèrent sur eux et trois fois elles furent ramenées en arrière par la mitraille et obligées de se replier en laissant un bon tiers de leur effectif sur le terrain.

« Mac-Mahon pleurait de rage.

« Jugeant la bataille irrémédiablement perdue et constatant que le flot noir des Allemands, qui grossissait toujours, débordait déjà sa droite, il commanda aux turcos, au troisième zouaves et à la brigade des cuirassiers du général de Bonnemain — dont je faisais partie, dit Samson, —

de contenir l'ennemi pendant que l'armée vaincue allait opérer la traversée de la Sauer pour battre en retraite.

« Jusqu'à ce moment nous étions restés le sabre au fourreau, impatients de prendre part à l'action.

« Notre tour était donc enfin venu.

« Mais ce n'était pas au combat qu'on nous envoyait, c'était à la bou-
cherie.

« Mac-Mahon le savait si bien qu'en donnant l'ordre au général de
Bonnemain, il l'embrassa avec effusion, comme on embrasse quelqu'un
qu'on ne doit plus jamais revoir.

« Le général avait commandé en avant et le commandement avait été
répété par les deux colonels.

« Le premier, parmi les officiers de son grade, le capitaine Henri
d'Espeuilles, brandissant son épée, avait crié à pleine voix en lançant son
cheval à fond de train :

« — Au galop, mes amis ! »

« Et les deux régiments au grand complet, entraînés par son ardeur
étaient partis comme une trombe de fer, broyant, anéantissant tout sur
leur passage et faisant frémir la plaine au lourd galop de leurs montures.

« La mort était devant nous, nous le savions, mais nous y allions sans
trembler et comme attirés par elle.

« Tout à coup, le capitaine Henri d'Espeuilles, qui commandait l'escadron voisin du mien, porta la main à son front, tourna sur sa selle et
vida les étriers.

« Une balle bavaroise venait de lui traverser la tempe.

« Il y eut un ralentissement dans la charge.

« Nous étions à l'entrée de Morsbronn où les Bavarois et les Wurtem-
bergeois embusqués nourrissaient un feu meurtrier.

« Encore une autre seconde d'hésitation et notre division tout entière
était anéantie, sans profit pour l'armée dont elle couvrait la retraite.

« Alors, un officier qui sortait on ne sait d'où, bousculant les premiers
rangs qui s'opposaient à son passage, prit la tête en brandissant son épée,
comme un instant auparavant l'avait fait Henri d'Espeuilles, et cria d'une
voix toute semblable :

« — Au galop, mes amis ! »

« Cet officier portait les galons de capitaine et sa ressemblance avec le
mort était si frappante que les hommes, déroutés, abandonnèrent le cadavre et suivirent le nouveau venu, en poussant un si formidable « hourrah ! »
pour le capitaine Henri que les Prussiens, ne sachant que penser, en furent
effrayés.

« La charge reprit de plus belle.

« A la suite du second capitaine Henri qui semblait la diriger seul, nous nous engouffrâmes dans Morsbronn comme un tourbillon.

« Des fenêtres des maisons, les Allemands nous canardaient à bout portant.

« Leurs officiers n'avaient qu'à étendre le bras, armé d'un revolver, pour, sans aucun danger nous brûler la cervelle.

« Après Morsbronn, c'était une houblonnière que couvrait la pluie de fer d'une batterie prussienne.

« — En avant et qu'importe ! » cria le capitaine en nous entraînant de nouveau et en sabrant à tort et à travers.

« Car, contrairement à ce qu'avait fait le premier capitaine Henri, qui, on l'avait remarqué, ne s'était pas une seule fois servi de son arme, le second usait de la sienne à miracle et faisait un jeu de dés de toutes les têtes qui avaient le malheur de se trouver à sa portée.

« La charge allait bon train.

« — En avant et qu'importe ! » — criait de plus belle le capitaine.

« En effet, la mort ne nous importait guère à ce moment.

« Au lieu de songer à la vie, n'avions-nous pas à effacer la honte de la défaite ?

« Nous allions, allions toujours... et dans un emportement qui n'avait plus rien d'humain.

« — En avant ! En avant ! »

« Foudroyés par les balles, écrasés par les obus, éventrés par les baïonnettes, nous chargions quand même et sans trêve, tombant tous les uns après les autres.

« Les projectiles nous fauchaient par files entières et nous jetaient à bas comme des capucins de cartes.

« Enfin, quand nous ne fûmes plus que quelques-uns, nous nous arrêtâmes, tout surpris d'être encore de ce monde.

« Dans quel état nous étions, je vous le donne à penser !

« Noirs de poudre, couverts de boue et rouges de sang des pieds à la tête, nous avions moins l'air de soldats que d'êtres fantastiques, sortis de quelque antre infernal.

« Le capitaine Henri, lui, continuait la lutte.

« Son cheval venant d'être tué, il combattait à pied.

« Lorsque, pour la dernière fois, il jeta son cri : « ...et qu'importe ! » il était cerné et quinze baïonnettes s'appuyaient sur sa poitrine.

« — Rendez-vous ! — lui cria-t-on.

« — Jamais !...— lança-t-il d'une voix de tonnerre... Maintenant,— je puis mourir sans déshonneur. »

« Puis il fit un dernier et si terrible moulinet avec son sabre que quelques casques tombèrent sans quitter les têtes qu'ils couvraient.

« Au même instant, les baïonnettes s'enfoncèrent dans son corps.

« Ce fut une mort grandiose et digne des temps héroïques.

— Le fait est que c'était mourir en vrai soldat, — dit Latrique.

— Oui, et d'autant mieux,— repartit Samson, — qu'après s'être battu comme il l'avait fait, il pouvait parfaitement se rendre sans entacher son honneur. Mais il avait une raison pour ne plus vouloir de la vie... et cette raison la voici...

« Ah! d'abord, — se reprit l'ex-cuirassier, — je vais vous dire pourquoi je me souviens si bien de l'histoire racontée au mess par le capitaine d'Espeuilles, cela amènera la suite.

« La guerre terminée, ceux qui restaient de la 8e et 9e brigades — cent cinquante en tout — furent replacés dans d'autres corps.

« Parmi les rares officiers qui avaient échappé avec nous au massacre général se trouvait le gros major Denbliou.

« Le hasard fit que je fus versé dans son nouveau régiment.

« M'ayant reconnu pour un des survivants de Reischoffen, il m'attacha à lui en qualité d'ordonnance.

« Un jour que je rangeais ses affaires, je tombai sur un manuscrit qui avait pour titre : *Déronement légendaire des d'Espeuilles.*

« Cela me rappela ce que j'avais entendu de la bouche du capitaine quelques mois auparavant, et je demandai au major s'il voulait me prêter à lire ce manuscrit.

« Il y consentit et j'y retrouvai mot pour mot le récit qu'avait fait M. d'Espeuilles le jour de son retour de congé au camp.

« A la fin, il y avait une note ainsi conçue :

« Nuit du 5 Août 1870.

« Frappé de l'étrangeté des faits dont nous a entretenus hier soir le « capitaine Henri d'Espeuilles, je viens d'écrire ces lignes afin d'en con- « server un souvenir précis.

« Je crois que ma mémoire a été assez fidèle pour me permettre de « transcrire ses paroles presque textuellement. »

« Je profitai de ce que je possédais le manuscrit, ajouta — Samson,— pour en prendre une copie exacte que j'ai encore aujourd'hui chez moi et que, depuis longtemps, j'ai apprise par cœur.

LA FILLE DE L'OUVRIÈRE

Elle s'arma des deux plus forts tessons et se disposa à frapper les policiers s'ils l'approchaient.

LIV. 116. — H; GEFFROY, édit. — Reproduction interdite.

146

« Je copiai même aussi quelques pages qui suivaient et que le major avait écrites un peu plus tard.

« Elles expliquaient pourquoi le capitaine s'était fait tuer si héroïquement.

« Voici ce qu'elles disaient à ce sujet :

« Lorsque les ambulanciers vinrent le lendemain sur le champ de « bataille pour ramasser les blessés et enterrer les morts, ils furent tout « stupéfaits de trouver, sur le parcours qu'avait suivi la charge de la « veille, deux capitaines de cuirassiers qui se ressemblaient entre eux « d'une façon frappante.

« Le premier gisait seul dans la poussière, à l'entrée de Morsbronn. « De la main droite il tenait son sabre, vierge de toute souillure; de la « main gauche, une petite croix d'ébène.

« Il avait un trou au front.

« L'autre, les doigts crispés autour de la poignée de son sabre, qui « portait du sang jusqu'à la garde, avait le corps percé de nombreuses « blessures.

« Il était renversé sur un véritable monceaux de cadavres prussiens, « et ses yeux, largement dilatés, semblaient encore défier l'ennemi.

« Lui aussi avait un trou au front.

« Comme on allait les placer dans la commune fosse, un aumônier « français, ayant au bras la croix de Genève, s'approcha des ambulan- « ciers allemands et leur demanda s'ils n'avaient pas trouvé le corps « d'un jeune capitaine de cuirassiers dont il leur fit le portrait.

« Mais ses yeux s'étant portés sur le visage des deux officiers que la « terre allait recouvrir, ces mots énigmatiques tombèrent de ses lèvres « tandis qu'une douleur profonde se peignait sur ses traits :

« — Michel!... Henri!... tous deux!... Pauvres enfants!... Le dévoue- « ment du plus jeune ne devait pas empêcher l'aîné de courir à son sort. »

« Sur ses instances, les deux corps lui furent remis. Il avait une voi- « ture non loin de là. Il les emporta pour les ensevelir en France.

« Cet aumônier, de qui je tiens ces détails, était attaché au corps du « général de Failly.

« Il avait été autrefois précepteur des deux jeunes gens, et ceux-ci « avaient constamment gardé de très bonnes relations avec lui. De là sa « douleur.

« Il me dit encore ceci :

« — J'étais avec de Failly à Bitche, et mon élève, l'abbé Michel, resté « à Paris, venait de faire une demande au ministère de la Guerre pour « entrer dans les ambulances.

« Le capitaine Henri, en congé, avait élu domicile chez son frère, « mais ne s'y trouvait que fort rarement.

« Le matin même du combat de Wissembourg, le 4 août, je reçus ce « mot de Michel :

« Arrive; ordre à Henri de rejoindre Mac-Mahon pour rencontre « avec l'ennemi. Henri, malade chez moi : blessé en tombant de cheval. « Évanoui. Que faire?... Répondez télégraphiquement. »

« Je fus bien trop occupé ce jour-là, vous n'en doutez pas, pour « écrire quoi que ce soit; et le lendemain, 5 août, m'arrivait une autre « dépêche, d'Henri cette fois.

« Elle était ainsi conçue :

« M'éveille chez Michel, stupéfait, lui parti, uniforme disparu. Trouve « ordre rejoindre Mac-Mahon pour rencontre avec l'ennemi. Malheur!... « devine tout : frère se dévoue, mais arriverai à temps. »

« Là finissait le manuscrit du major, dit Samson. Comprenez-vous maintenant pourquoi le capitaine n'avait pas voulu vivre ?

— Parbleu, oui, répliqua Rougeot; il tenait à racheter par sa mort le retard qu'il avait mis à se rendre à l'armée.

— Justement, et le reste s'explique tout seul. L'abbé Michel, pour sauver l'honneur de son frère, avait endossé son uniforme et s'était affublé d'une moustache postiche pour mieux lui ressembler.

« Arrivé au camp et mis tout à coup en présence des amis de son frère, il avait eu la bizarre audace de conter la légende des d'Espeuilles, pour voir jusqu'à quel point son visage, son geste, sa parole étaient capables d'en imposer à ceux qui voyaient le capitaine Henri chaque jour.

« Son stratagème avait merveilleusement réussi.

« Seul, le colonel, plus physionomiste que les autres ou devinant les sous-entendus de la légende, avait éventé le subterfuge

« Sous sa tente, durant la veillée précédant le combat, il avait fait avouer au faux capitaine Henri, à l'abbé Michel, enfin, son véritable état civil.

Le colonel, une sorte de vieux de la vieille, avait été si émerveillé d'un pareil dévouement fraternel que, quoique n'aimant pas les frocards, il s'était incliné devant cette nature supérieure et avait demandé au jeune homme sa bénédiction.

« D'où les paroles que la sentinelle placée à l'entrée de sa tente l'avait entendu prononcer en serrant ce dernier dans ses bras.

« L'abbé, je vous l'ai dit, avait été beau d'héroïsme et s'était conduit en soldat, avec cette différence, toutefois, que le devoir de sa conscien celui défendant de frapper, il ne s'était point servi de ses armes.

« Quant au capitaine Henri, le vrai, s'étant procuré un uniforme, il avait sauté dans un compartiment d'express, puis de là, à cheval, dans un galop furibond, il avait traversé toutes les lignes françaises pour, hélas! arriver trop tard malgré son dire.

« Trop tard... mais assez à temps, cependant, pour voir tomber son frère; assez à temps pour redonner à ses cuirassiers leur élan sublime; assez à temps, enfin, pour donner sa vie à la France.

XVIII

LES SUITES D'UNE ÉCHAUFFOURÉE

— Eh bien! il n'y a pas à dire, c'étaient deux rudes lapins l'un et l'autre, — conclut Rougeot.

— Sûr, — appuya la Trique; — pourtant, entre nous, si l'on me demandait lequel des deux je trouve le plus méritant, je répondrais que c'est encore le petit Michel.

« Car, enfin, le capitaine Henri n'a fait que son devoir de soldat, — très bravement, j'en conviens,— tandis que l'abbé, lui, a fait plus : il s'est sacrifié pour sauver l'honneur de son frère.

— Je suis de ton avis, — répondit Samson, — et c'est toujours comme ça que j'envisage la chose.

« Toutefois, il faut remarquer que c'était de tradition dans la famille, et qu'en agissant ainsi il a obéi sans s'en douter à l'instinct qui le poussait à faire ce sacrifice.

« Ceci dit sans vouloir diminuer en rien la grandeur de son action...

« Mais, ajouta l'agent en consultant sa montre, — je m'aperçois que voici près de trois quarts d'heure que nous sommes ici, et la mère Jambu n'a pas encore frappé à la vitre.

« Va donc voir, Rougeot, si par hasard elle n'aurait pas oublié de nous signaler le retour de la Bibasse qui doit revenir la première.

Rougeot fit la commission : l'ivrognesse était toujours absente.

— La patronne en est-elle bien sûre? — demanda la Trique.

— Très sûre. Elle est là dans son bureau qui la guette, et comme elle est forcée de passer devant celui-ci pour monter à sa chambre, il est mpossible qu'elle ne la voie pas rentrer.

— En ce cas, continuons à attendre, — dit Samson.

Et les trois agents commandèrent de nouveaux apéritifs afin de motiver leur longue station chez le marchand de vin.

— Moi, — reprit Rougeot encore sous l'impression de ce que venait de raconter son camarade, — je regrette de ne pas avoir été soldat du temps de la guerre. Il me semble que je me serais rudement battu, car sans chercher à me donner des gants, je peux me vanter de n'avoir pas froid aux yeux.

— Fallait t'engager, — dit la Trique.

— Si je l'avais pu, je l'aurais fait volontiers, mais ça m'était difficile, vu que je n'avais guère qu'une douzaine d'années à cette époque-là.

— Le fait est que c'était un peu jeune, pour tenir un flingot.

— Malheureusement, sans cela quel bonheur j'aurais eu à taper sur les têtes carrées; car il paraît qu'ils nous en ont fait, les coquins, d'après ce que j'ai entendu dire souvent.

— Ah! je crois bien qu'ils nous en ont fait, — repartit la Trique. — Ce n'étaient pas des soldats, c'étaient de vraies brutes. Chaque fois qu'ils pouvaient commettre une infamie quelque part, ils n'y manquaient pas.

« Ainsi, tenez, en voici une dont j'ai été témoin lorsque j'étais sacristain du curé d'Aolbach, en Alsace.

— Comment, tu as été sacristain, toi, la Trique? — fit Samson étonné.

— Oui, pendant plusieurs années même.

— Mais je te croyais ancien chasseur d'**Afrique**?

— Je l'ai été, en effet... d'abord, et sacristain ensuite.

— Quelle drôle d'idée t'a pris de manier le goupillon après avoir manié le sabre?

— Ça s'est trouvé comme ça.

« En voici, du reste, la raison :

« Sur la fin de mon congé, j'étais devenu brosseur du colonel de mon régiment, M. de Bourgueneuf, qui était bien le plus grand batailleur que la terre eût jamais porté.

« C'était un homme d'une bravoure extraordinaire, ne rêvant que plaies et bosses et ne vivant qu'au milieu d'une atmosphère de poudre.

« Pour lui, le sifflement des balles et le bruit du canon était une musique plus douce qu'un chant d'oiseau.

« Il avait un fils de vingt-cinq ans, lieutenant chez nous, qui était tout son pareil et promettait d'avoir une brillante carrière militaire.

« Le colonel en était fier et l'adorait.

« Une nuit, ou plutôt un matin, car c'était à la fine pointe du jour, nous étions campés en plein désert sur la route du Tchad, que des bandes de pillards infestaient alors et à la poursuite desquelles on nous avait lancés, quand les sentinelles placées aux avant-postes vinrent nous prévenir que plusieurs de ces bandés s'avançaient vers nous.

« Elles formaient, paraît-il, un total d'environ quinze cents hommes.

« — Quinze cents seulement ? — fit le colonel d'un air dédaigneux. — Ce n'est pas la peine de faire prendre les armes à toute la colonne.

« Puis, faisant appeler le chef de l'escadron dans lequel était son fils, il lui dit :

« — Commandant, vous allez donner l'ordre au lieutenant de Bourgueneuf de prendre cent cinquante chasseurs et d'aller sabrer ces vilains moricauds.

« Il faut que dans une demi-heure il n'y en ait plus un aux abords du camp. »

« L'officier supérieur auquel il s'adressait crut devoir lui faire observer qu'il était peut-être imprudent de n'opposer qu'une si petite troupe à tant d'ennemis et que s'il voulait l'en croire on doublerait celle-ci afin de ne pas courir le risque d'un échec.

« — Monsieur, — lui répliqua le colonel, — vous oubliez, je le vois, qu'un Français vaut dix Arbis. Donc, je suis dans l'exacte proportion en envoyant cent cinquante chasseurs contre quinze cents d'entre eux. »

« Puis, d'un ton tranchant :

« — Faites ce que je vous dis, commandant, je n'aime pas qu'on discute mes ordres. »

« L'officier obéit et, un moment après, le lieutenant de Bourgueneuf et ses cent cinquante hommes étaient rangés en bataille sur le front de bandière.

« Avant que son fils s'éloignât, le colonel vint lui serrer la main.

« — Va, mon ami, — lui dit-il, — je te procure l'occasion d'accomplir un superbe fait d'armes. Tes camarades vont être jaloux.

« — Merci, père, — répondit le lieutenant bouillant d'ardeur, — je vais tâcher d'ajouter encore un peu de gloire au nom que nous portons. »

« Et il s'enfonça dans le désert.

« Le colonel demeura sur la limite du camp, attendant le retour de son fils qu'il comptait voir revenir bientôt vainqueur.

« Une heure se passa.

« Au loin, on entendait des coups de feu qui se succédaient sans interruption et on trouvait que l'affaire tirait en longueur.

« Soudain, un grand silence se fit, et dans l'aube blanchissante, nous vîmes accourir au triple galop quelques-uns de nos chasseurs.

« On pressentit un malheur et je vis le colonel, près duquel j'étais, pâlir affreusement.

« Notre pressentiment n'était que trop justifié.

« La petite troupe avait été presque entièrement détruite et ceux qui revenaient étaient les seuls qui eussent pu échapper aux coups des Arabes.

« Ils étaient dix-sept en tout... et rien que des simples soldats.

« Tous les gradés avaient succombé, y compris le lieutenant.

« A cette nouvelle ce ne fut qu'un cri parmi nous.

« Il fallait nous venger sur l'heure.

« Le colonel était comme fou.

« Si l'on ne l'avait retenu, pendant que la colonne se formait il serait parti tout seul en avant.

« Un quart d'heure après, nous nous élancions à notre tour à la rencontre des pillards qui n'étaient qu'à peu de distance, car, enivrés par leur victoire, ils s'avançaient pour nous attaquer dans notre campement même.

« Cette fois, nous étions huit cents hommes, et si nous craignions quelque chose, ce n'était pas de subir le sort de nos camarades, mais bien que les Arbis ne prissent la fuite dès le premier engagement.

« C'est, d'ailleurs, ce qu'ils essayèrent de faire quand ils virent de quelle façon nous y allions.

« Seulement, par malheur pour eux, nous ne leur en donnâmes pas le temps et, les cernant de tous côtés, nous les hachâmes comme chair à pâté, à l'instar du marquis de Carabas, et les eûmes promptement exterminés jusqu'au dernier, ou peu s'en faut.

« Pour sa part, le colonel en avait abattu au moins une vingtaine et l'on pouvait reconnaître à leurs effroyables blessures ceux qu'il avait atteints.

« Aux uns, il avait fendu la tête jusqu'aux épaules, aux autres il leur avait enlevé une partie du corps ou coupé un membre aussi nettement que l'eût pu faire un chirurgien avec ses instruments.

« Lorsque la bataille fut finie, nous nous occupâmes d'enterrer nos morts; je veux dire ceux qui avaient péri lors de la première affaire, car, dans celle qui venait d'avoir lieu, nous n'avions eu que des blessés.

« Le colonel, lui, cherchait son fils.

« Il le trouva, comme le capitaine Henri, étendu sur un monceau de cadavres.

« Il ne voulut pas que personne y touchât.

« Étant doué d'une grande vigueur, il le prit dans ses bras, se mit en selle avec lui et revint au camp, le tenant serré contre sa poitrine.

Plus elle activait sa course, plus les flammes prenaient de l'extension.

« Malgré ses cinquante-cinq ans, M. de Bourgueneuf était à peine grisonnant et aucune ride n'altérait ses traits énergiques.

« Lorsqu'il entra dans sa tente, il avait les cheveux blancs comme neige et de profonds sillons s'étaient creusés sur ses joues et sur son front.

« Il avait vieilli de dix ans en une heure.

LIV. 117 — H. GEFFROY, éditeur. — Reproduction interdite.

117

« Toute la journée et la nuit suivante, il demeura auprès du cadavre du lieutenant.

« Ayant accès chez lui, je l'entendais maudire sa folle imprudence et s'accuser d'être son meurtrier, ainsi que de ceux qui avaient péri à ses côtés.

« Il paraissait si douloureusement affecté, qu'un moment je craignais de le voir se livrer à quelque excès sur sa personne.

« Heureusement, il n'en fut rien.

« Le lendemain il envoya chercher, dans un village situé à dix lieues de là, un *féticheur* qui connaissait l'art de conserver les corps, et lui confia celui de son fils pour qu'il l'embaumât.

« Puis, quand cela fut fait, notre expédition pouvant être considérée comme terminée, en raison de la complète défaite des pillards, il donna l'ordre de reprendre la route de Constantine où nous tenions garnison.

« En y arrivant, il adressa sa démission au ministre de la Guerre et celle-ci ayant été acceptée, il rentra en France aussitôt, ramenant avec lui la dépouille de son malheureux enfant.

« Je l'accompagnais, car il était convenu que je restais à son service quoiqu'il ne fît plus partie de l'armée.

« J'étais, d'ailleurs, sur le point d'être libéré, et il avait pu facilement obtenir qu'on me tînt quitte du peu de temps que j'avais encore à faire.

« Nous étions tous deux Alsaciens et presque du même canton.

« Nous revînmes dans notre pays.

« Espérant que la religion adoucirait son chagrin, qui était immense, il se résolut à entrer dans les ordres.

« Il avait des relations dans le haut clergé, et, y faisant appel, son désir fut bientôt réalisé.

« On le nomma à la cure d'Aolbach.

— Et en même temps qu'il devenait curé, toi, tu devenais sacristain, — dit Rougeot.

— Juste.

— Ça t'allait, ce métier-là? — demanda Samson.

— Dans les commencements, pas trop ; cependant j'avais fini par m'y habituer, et, ma foi, je ne le trouvais pas plus mauvais qu'un autre.

« Seulement, ce qui me faisait un drôle d'effet, c'était de voir mon colonel, que j'avais connu si bouillant et si impétueux, être à présent l'homme le plus pacifique du monde.

« Ça, par exemple, j'avais de la peine à m'y accoutumer ; il me semblait toujours, quand il montait en chaire, que j'allais, comme dans le temps, entendre tonner sa voix pour commander une charge contre les Arbis...

« Maintenant, — ajouta la Trique, — laissez-moi vous dire ce qu'ont fait ces chiens de Teutons, chez nous, en 1870.

XIX

UN DUEL SUR DES TOMBES

« C'était à la fin du mois d'août. Neuf heures du soir venaient de sonner.

« J'étais dans la cour du presbytère, occupé à scier de grosses bûches, car nous faisions déjà notre provision de bois pour l'hiver, quand, tout à coup, la porte d'entrée, poussée violemment, livra passage à deux grands diables de fantassins allemands qui, sans paraître faire attention à moi, se dirigèrent droit vers la demeure du colonel.

« — Eh ! les têtes carrées, où allez-vous comme ça ? » — leur demandai-je en quittant mon ouvrage et en allant me placer devant eux.

« Au lieu de me répondre, ils me bousculèrent et voulurent passer outre.

« Alors la colère m'empoigna.

« Je leur barrai de nouveau le chemin et, les repoussant à mon tour, je me mis à leur crier :

« — Dites donc, les mangeurs de choucroute, vous ne vous doutez pas peut-être pas que vous avez à causer avec un ex-chasseur d'Afrique ? Si vous l'ignorez, je vous l'apprends. Ainsi gardez vos distances ou je vous tanne le cuir avec ce que vous voyez là. »

« Et je leur montrais une lourde bûche dont je venais de m'emparer.

« Puis j'ajoutai :

« — Respect à la demeure du colonel... de M. le curé, veux-je dire ; car sachez, vilains gueux, que c'est ici la maison de M. de Bourgueneuf, qui, avant d'être d'église comme aujourd'hui, était colonel de mon régiment et a descendu pas mal d'Arbis, dont le physique était presque aussi laid que le vôtre. »

« A ce moment, un troisième Prussien se présenta, un galonné, celui-là.

« Il essaya, lui aussi, de me bousculer pour forcer le passage ; mais je fis tournoyer ma bûche en un moulinet menaçant, et lui hurlai :

« — Mille biscaïens ! toi, l'officier, je vais t'abattre comme un loup enragé. »

« J'allais vraiment faire ce que je disais, lorsqu'une main arrêta mon bras.

« C'était l'abbé de Bourgueneuf qui intervenait.

« — Calme-toi, François, — me dit-il, — et apprends-moi ce que veulent ces gens à pareille heure.

« — Ce qu'ils veulent, mon colonel, — car en dehors du service de l'église je l'appelais toujours ainsi, — ma foi, je n'en sais rien. Ils sont entrés dans cette cour comme dans une écurie, alors j'ai voulu les empêcher d'aller plus loin et...

« — J'ai un billet de logement pour chez vous, — m'interrompit d'une voix rude l'officier qui était un capitaine et comprenait très bien le français, langue dans laquelle nous nous exprimions, le colonel et moi, quoique la plupart du temps nous parlions l'allemand ensemble.

« — Loger ici, vous! — m'écriai-je indigné. — Jamais de la vie...

« — Montrez-moi ce billet? » — demanda le colonel à l'officier.

« Le Teuton sortit de sa poche un papier signé du sous-préfet de l'endroit.

« — Bien, — fit M. de Bourgueneuf après en avoir pris connaissance. — François, conduis ce capitaine à sa chambre.

« — A sa chambre! Et laquelle, bon Dieu? Il n'y a que la vôtre, — fis-je stupéfait.

« — Eh bien! donne-la-lui; je coucherai dans la tienne pour cette nuit. »

« J'allais me regimber de nouveau, mais M. de Bourgueneuf me lança un regard qui me fit comprendre que je n'avais qu'à obéir.

« — Et où logeront mes hommes? — questionna le capitaine; — j'ai avec moi cinquante fantassins qui attendent là dehors.

« — Dans la grange, parbleu! — me hâtai-je de répliquer.

« — Votre grange n'a plus de toit et on y est comme en plein air; je viens de la visiter. Il nous faut un autre local.

« — Ce sont les vôtres qui l'ont mise en cet état, il y a trois jours, — renvoyai-je encore. — Tant pis pour vos hommes, ils s'en contenteront.

« — Tais-toi, François, » — m'ordonna le colonel.

« Puis, à l'officier :

« — Monsieur, — lui dit-il, — quoique vous vous présentiez ici en ennemis, vous et ceux qui vous accompagnent, le ministère que j'exerce me commande la charité envers mes semblables, quels qu'ils soient.

« En conséquence je ne mettrai pas vos hommes dans la grange qui leur serait un abri insuffisant; je vais les installer dans l'église même.

« Mais je vous prie de bien leur recommander de s'y comporter dignement et de ne s'y livrer à aucun acte répréhensible afin de ne pas souiller ce lieu sacré.

« — C'est bon, on le leur recommandera, — répondit le capitaine d'un ton gouailleur. — Là-dessus, qu'on se dépêche, nous sommes fatigués.

« — Vous voyez que je me presse, » fis-je en m'éloignant exprès pour le narguer.

« Cependant, comme il fallait en finir, j'allai chercher de la paille, en garnis les bas côtés de l'église et y conduisis les fantassins, auxquels M. de Bourgueneuf — trop charitable à mon avis — apporta lui-même quelques bouteilles de son petit vin de Lorraine.

« Je dois reconnaître qu'ils ne firent pas trop de tapage et se couchèrent assez tranquillement; ce que voyant, le colonel et moi allâmes nous reposer aussi.

« Vers minuit et demi, un paysan des environs vint chercher M. le curé pour administrer un moribond.

« Celui-ci se leva en hâte et partit sur-le-champ avec le bonhomme.

« Il n'y avait pas dix minutes que j'étais seul, quand le capitaine et trois fantassins entrèrent dans ma chambre et me réclamèrent les clefs de la cave.

« Je les leur refusai, bien entendu, en les traitant, par-dessus le marché, de voleurs, de coquins, de chenapans et autres choses pareilles.

« Aussitôt ils se jetèrent sur moi et, malgré la défense énergique que je leur opposai, réussirent à me maîtriser.

« Puis, pour se venger de ce que je ne leur disais toujours pas où étaient les clefs, ils m'entraînèrent au dehors à peine vêtu — car je n'avais que mon pantalon — et me lièrent à une grosse borne placée dans la cour.

« Je croyais que les choses allaient en rester là.

« Mais je ne savais pas encore ce dont ces brigands étaient capables.

« Après s'être assurés que j'étais bien garrotté, ils se dirigèrent vers la cave, en enfoncèrent la porte à coups de crosse de fusil et, appelant leurs camarades, se mirent à la dévaliser, le capitaine en tête.

« Et c'était un vrai crève-cœur pour moi de voir toutes les bouteilles du colonel prendre le chemin de l'église, où les gueux les emportaient pour faire ripaille.

« Pendant trois heures durant, je demeurai attaché à ma borne, entendant les cris et les chants des ivrognes et me demandant ce qu'allait dire le colonel lorsqu'il reviendrait.

« Avec ça, ma situation n'était pas gaie.

« Une petite pluie fine et continue était venue à tomber, me transperçant jusqu'aux os sans que je pusse rien faire pour m'en préserver.

« Enfin, un peu avant quatre heures, M. de Bourgueneuf rentra au presbytère.

« Vous pensez s'il fut étonné de me trouver où j'étais et ficelé de la sorte.

« Je lui racontai la chose en deux mots.

« — Oh ! les bandits ! —fit-il exaspéré, — avoir ainsi abusé de l'hospitalité que j'ai consenti à leur donner ! »

« Il coupa vivement mes liens, et tous deux nous nous élançâmes vers l'église.

« Le portail s'en ouvrit sous notre première poussée.

« Alors, nous restâmes cloués sur place par le spectacle qui s'offrit à nous.

« Tous les cierges du chœur, tous les candélabres étaient allumés, éclairant les Prussiens couchés pêle-mêle dans la pose où l'ivresse les avait terrassés.

« Au milieu d'eux gisaient des centaines de bouteilles vides ou cassées et sur les dalles serpentaient de longs ruisseaux pourpres qui formaient des mares autour de leurs corps.

« Mais ce qui porta au comble notre stupeur, ce fut de voir sur l'autel même, étendu tout de son long, le capitaine teuton cuvant son vin avec volupté.

« — François, — me dit le colonel, pâle d'indignation, — va prendre cet homme et jette-le dehors. »

« Je ne me le fis pas répéter deux fois.

« J'allai à l'autel, saisis le gredin par le col et par la ceinture, et le traînai jusque sur le parvis, opération qui le réveilla un peu et lui fit ouvrir un œil.

« — Qu'est-ce qu'il y a ? — bégaya-t-il ne sachant pas ce qui lui arrivait. — Est-ce que vous apportez encore du vin ? Si oui, donnez-m'en, j'ai une soif de possédé.

« — Redressez-vous, monsieur, — lui dit le colonel, — j'ai à vous parler. »

« A cette voix mâle et grave, l'ivresse du Prussien se dissipa en partie et il se remit debout incontinent.

« La grande lumière qui venait de l'intérieur de l'église nous éclairait en plein, tous les trois.

« Il faisait une vilaine tête, le coquin.

« M. de Bourgueneuf, le regardant droit dans les yeux, reprit :

« — Vous devinez, monsieur, qu'il était de votre devoir de montrer à vos soldats l'exemple de la discipline et de l'honneur. Vous y avez manqué d'une façon ignoble ; je suis arrivé trop tard pour vous épargner une infamie et un crime.

« Vous avez souillé cette église que j'avais mise sous la sauvegarde de votre loyauté.

« Il faut que vous m'en rendiez compte.

« Ces actions-là, on ne les fait pas punir, on les châtie soi-même.

« Oubliez que je suis prêtre, souvenez-vous seulement que je suis un ancien officier, comme vous l'a appris mon sacristain, et songez que je saurai vous contraindre si vous osiez vous récuser.»

« L'Allemand, complètement dégrisé par la verte semonce que venait de lui faire le colonel, considéra tout d'abord avec étonnement ce grand vieillard calme et froid, comme s'il eût été un tout autre homme que celui qu'il avait vu quelques heures auparavant ; puis, essayant de tourner la chose en plaisanterie, il répliqua :

« — Eh quoi ! monsieur le curé, vous vous fâchez pour une semblable peccadille, vous qui précisément avez été aussi soldat ! Permettez-moi de vous dire que votre susceptibilité est quelque peu outrée.

« — François, va me chercher mon sabre de cavalerie, m'ordonna M. de Bourgueneuf sans répondre au Teuton.

« — Vraiment, c'est sérieux, vous tenez à vous battre avec moi ? — demanda celui-ci.

« — Oui, monsieur, j'y tiens, attendu que vous méritez une punition... et je vais vous l'infliger.

« — Oh ! oh ! monsieur l'officier-curé, — fit le capitaine insolemment, — vous le prenez de bien haut, il me semble... Prenez garde que ce ne soit moi qui vous inflige cette punition. »

« Le colonel dédaigna de répliquer.

« — Suivez-moi, monsieur, dit-il à l'Allemand.

« J'avais allumé une lanterne sourde et attendais les ordres de M. de Bourgueneuf.

« — Marche devant et guide nous, — me commanda-t-il ; — nous allons derrière l'église. »

« J'obéis.

« Nous nous rendions au cimetière.

«Lorsque nous y entrâmes, le capitaine butta contre une grosse pierre en saillie.

« — Attention, monsieur, — lui dit le colonel, — nous sommes ici dans le champ du repos et vous venez de heurter une tombe.»

«Le Teuton tressaillit de la tête aux pieds.

« Cela lui semblait être sans doute un présage funeste.

Les gens de son pays ont une superstitieuse terreur des augures de ce genre.

« A partir de ce moment, il marcha comme un automate, perdant tout sentiment de dignité.

« La pluie avait cessé.

« Le colonel choisit un endroit où le sol était plan et sans obstacles.

« — Nous serons bien ici, monsieur, — dit-il, — car le terrain, quoiqu'un peu humide, est ferme au pied. »

« J'accrochai ma lanterne à la branche d'un if qui se trouvait là, pour qu'elle éclairât mieux la scène qui allait avoir lieu, et sa lueur vacillante fouettée par le vent montrait la haute silhouette de M. de Bourgueneuf, en face du capitaine dont le visage avait une pâleur de cadavre.

«On voyait qu'il était en proie à une peur bleue, car de grosses gouttes de sueur tombaient de son front et, machinalement, ses yeux cherchaient dans l'ombre la pierre tombale qu'il avait heurtée, comme s'il eût le pressentiment que, bientôt, un fardeau semblable allait peser sur son corps rigide et froid.

« — Défendez-vous, monsieur, — dit le colonel en se mettant en garde ; — toi, François, — ajouta-t-il, — à genoux et prie pour celui qui va mourir. »

« Le capitaine dégaina et les deux lames se croisèrent.

« Moi, je me prosternai et récitai à haute voix la prière des agonisants :

« — *Suscipe, Domine, servum tuum...* »

« Le cliquetis des sabres accompagnait mes paroles.

« M. de Bourgueneuf faisait voltiger le sien avec une effroyable rapidité.

« En moins d'une minute, il toucha trois fois le Teuton entre les deux yeux, juste au même endroit.

« Mais la blessure était légère et c'est à peine s'il sourdait quelques gouttelettes de sang.

« Il était évident qu'il épargnait son adversaire.

« En effet, de même que le petit abbé Michel, il ne voulait pas ôter la vie à un être humain ; le caractère dont il était revêtu le lui défendait.

« Pendant un quart d'heure il tint ainsi le capitaine au bout de sa lame.

« Celui-ci devait croire à tout instant son dernier moment venu.

La mère Jambu lui fit un signe, pour lui indiquer qu'un danger le menaçait.

« Enfin, jugeant que sa torture avait assez duré, M. de Bourgueneuf abaissa son épée en disant :

« — Mon intention n'est pas de vous tuer, monsieur ; j'ai simplement tenu à vous donner une leçon pour vous punir de... »

« Il ne put achever : le Teuton, profitant de ce qu'il n'était plus menacé par le terrible fer, lança avec le sien et de toute sa force un coup droit au colonel, le visant en pleine poitrine.

« Si, d'instinct, M. de Bourgueneuf ne s'était pas un peu détourné, il était perdu.

« Grâce à son mouvement, il ne fut touché qu'au bras droit, mais assez gravement pour être obligé de lâcher son arme.

« — Ah ! le misérable ! — s'écria-t-il, — reconnaître ainsi ma générosité.

« — Ah ! lâche coquin ! —hurlai-je de mon côté, — tu vas payer cher cette nouvelle infamie. »

« Me relevant d'un bond, je sautai sur le sabre de M. de Bourgueneuf et attaquai le capitaine qui venait de se remettre en défense.

« J'avais été autrefois d'une belle force à l'escrime et n'étais pas encore trop rouillé.

« — A nous deux ! — dis-je au gredin. — Je ne suis pas prêtre, moi, et ne vais pas me gêner pour te crever la peau ! »

« Le combat fut court. A la quatrième passe, ma latte traversait de part en part la gorge de l'Allemand qui roula sur le sol comme une masse.

« Cela avait été si prompt que le colonel n'avait pas eu le temps d'intervenir.

« — Le malheureux ! — fit-il avec compassion.

« — Bah ! — répliquai-je, — ne le plaignez donc pas... ce n'est qu'une mauvaise bête de moins sur terre. »

« Et laissant là le cadavre jusqu'à nouvel ordre, je ramenai M. de Bourgueneuf chez lui, pansai sa blessure qui, quoique profonde, n'était cependant pas dangereuse, puis courus dans le village réveiller les habitants pour leur raconter l'affaire de la nuit.

« Une soixantaine s'étant joints à moi, nous pénétrâmes dans l'église et en chassâmes les Prussiens que nous reconduisîmes hors du bourg à coups de bâton.

« Pas un seul n'osa se rebiffer, tant ils sentaient tous qu'à la moindre révolte nous les aurions assommés sans merci.

« Après cela, nous inhumâmes le capitaine dans notre petit cimetière et M. de Bourgueneuf adressa au prince Frédéric-Charles, à la division duquel il appartenait, un rapport exact de ce qui s'était passé.

« Il est probable que le prince reconnut légale la mort de son officier, car nous n'entendîmes jamais parler de rien et ne fûmes jamais inquiétés en aucune façon.

— Tu as parfaitement eu raison de le démolir, le coquin ! — dit Samson ; — j'en aurais fait tout autant à ta place.

— Moi aussi, — ajouta Rougeot ; — on n'est pas traître comme ça. Décidément c'étaient de vilains merles, ces cocos-là, et, je le répète, je regrette de ne pas avoir été soldat du temps de la guerre : j'aurais eu un vrai plaisir à en écrabouiller quelques-uns.

— Mais est-ce que tu es resté longtemps encore avec ton curé-colonel ? — demanda Samson.

— Jusqu'à sa mort qui a eu lieu en 1871.

« Lorsqu'il a connu les désastres de la Patrie, ça lui a causé une telle douleur qu'il a langui quelques mois, puis est parti rejoindre son fils qu'il pleurait toujours.

« Moi, ne tenant pas à demeurer dans un pays qui maintenant appartenait à l'Allemagne, j'optai pour la France et vins à Paris, où, après avoir trimé plusieurs années sans trouver à me caser dans une place convenable, je me fis agent de la Sûreté.

« Cela me rappelle un peu mon ancien métier, si ce n'est qu'au lieu de faire comme jadis la chasse aux Arbis, je la fais aujourd'hui aux filous et aux assassins.

XX

PUNCH VIVANT

En ce moment trois petits coups retentirent à la vitre de la cloison.

— Ah ! — fit Samson, — voilà que la mère Jambu nous fait signe. Donc, assez causé et à la besogne, à présent.

Les trois hommes quittèrent le marchand de vin et regagnèrent l'hôtel.

— Mᵐᵉ Honoré est revenue, — leur annonça la logeuse ; — elle vient de monter il y a deux minutes. J'ai attendu un instant avant de vous prévenir, pour qu'elle ait le temps de rentrer chez elle.

« Je voulais qu'on l'arrêtât dans sa chambre et non dehors afin qu'il n'y ait pas de scandale,.. ça nuirait à la réputation de mon garni.

C'était un étrange scrupule qu'avait là la digne hôtesse.

Il y avait beaux jours que la réputation de son garni n'était plus à faire, car, depuis qu'elle le tenait, il avait toujours eu celle de servir d'asile à des gens de la pire espèce.

Aussi les agents eurent-ils un sourire gouailleur en l'entendant craindre pour elle.

— Nous vous comprenons, — dit Rougeot ; — on pourrait croire que votre hôtel va devenir propre et les personnes honnêtes oseraient venir y loger, ce qui serait votre ruine.

— Je vois que vous aimez à plaisanter, monsieur l'agent, — repartit la mère Jambu. — Enfin, je vous en prie, tâchez que ça se passe gentiment, aussi bien pour Mᵐᵉ Honoré que pour l'autre.

— Où est sa chambre ? — demanda Samson.

— Au premier, la porte au fond du *collidor*.

— Bien, ce n'est pas difficile à trouver.

Les trois agents gravirent l'escalier.

Parvenus devant l'huis qui leur avait été indiqué, Samson se préparait à frapper quand sa main rencontra la clef qui était à la serrure.

— Voilà qui vaut mieux. — murmura-t-il. — nous n'avons qu'à entrer.

Il ouvrit la porte.

La Bibasse était occupée à allumer son poêle. Penchée au-dessus, elle mettait du papier enflammé sous un petit fagot qui commençait à prendre.

Tout en se livrant à ce travail ménager, elle chantonnait un refrain de barrière d'une voix grasseyante et coupée de hoquets fréquents.

Près de là, sur une table, était posé un panier-cabas en osier d'où émergeaient les goulots de quatre bouteilles de rhum dont le haut était emprisonné dans une carapace d'étain d'une superbe couleur verte.

C'était la provision hebdomadaire de l'ivrognesse.

Elle s'était fait une raison.

Auparavant sa ration quotidienne était d'un litre à un litre et demi ; mais pour faire durer ses mille francs plus longtemps, elle avait pris le parti de s'imposer des privations et ne buvait plus, maintenant, que trois quarts de litre par jour en moyenne.

Le bruit de sa voix l'empêcha d'entendre celui que venait de faire la porte en s'ouvrant, et ce ne fut que lorsque les agents eurent pénétré dans la pièce qu'elle s'aperçut de leur présence.

— Tiens, — fit-elle en se redressant stupéfaite. — d'où sortez-vous, vous autres ?

— Nous ne sortons pas, nous entrons, — répondit Rougeot qui était toujours à la réplique.

— Je le vois bien, mais qu'est-ce que vous voulez ? Si c'est à Auguste que vous avez à parler, il n'est pas là.

— Auguste ? — fit Samson. — qui est-ce ?

— Mon homme, pardié.

— Ah ! bon ; non ce n'est pas à lui que nous avons affaire.

— Alors qu'est-ce qui vous amène ?

— Le plaisir de vous dire un petit bonjour, — repartit Rougeot.

— Et celui de vous inviter à venir faire un bout de promenade avec nous, — ajouta la Trique.

— Me promener avec vous ? — fit la virago étonnée. — Comprends pas.

— Nous allons nous expliquer, — dit Samson. — D'abord, répondez-nous : vous êtes bien madame Honoré, n'est-ce pas ?

— Oui, puisque mon homme s'appelle M. Honoré.

— Surnommée la Bibasse ?

— Hein ! — s'exclama l'ivrognesse en tressautant violemment, car elle savait que seuls, le Rouquin et ses deux complices, File-Menton et le Marquis, lui connaissaient ce sobriquet, ce qui lui faisait supposer que les auteurs du vol commis chez Isaac Moser avaient été découverts.

— Bon, — reprit Samson en constatant son trouble, — je vois que nous ne nous trompons pas. Donc, nous vous mettons en état d'arrestation et vous ordonnons de nous suivre, ou du moins de suivre l'un de nous à la Préfecture de police.

— Vous m'arrêtez ! — s'écria la virago atterrée.

— Oui, nous sommes agents de la Sûreté.

— Et pourquoi ? — demanda-t-elle, ayant encore l'espoir que c'était peut-être seulement pour s'être dérobée à la surveillance à laquelle le Rouquin et elle étaient astreints.

— Vous devez le savoir mieux que nous.

— Mais non.

— Est-ce que vous auriez oublié l'affaire de la rue de Choiseul ?

Cette fois elle était fixée.

— Allons, — lui dit Rougeot, — en route, c'est moi qui vais vous conduire là-bas : et comme il faut toujours être galant avec les dames, je vous offre une voiture.

Déjà, il la saisissait par le bras pour l'entraîner, quand, soudain, elle se rejeta en arrière.

— Ah ! — fit-elle furieuse, — vous croyez que je vais me laisser arrêter comme ça, les *mouches* ? Eh bien ! vous êtes encore pas mal *godeaux*, mes petits pères. Essayez donc un peu de me prendre, nous allons rire.

S'emparant alors du panier dans lequel étaient les bouteilles de rhum, elle courut au lit, l'enjamba vivement et le renversa sur le côté d'un seul effort.

Puis, attirant à elle un vieux bahut qui servait de commode, elle en obstrua l'intervalle qui restait libre entre celui-ci et le mur.

Quand elle se vit à l'abri derrière ce rempart improvisé, et au-dessus duquel n'apparaissait que son buste, elle défia les agents d'approcher.

— Venez-y donc, maintenant, je suis prête à vous recevoir ! — cria-t-elle aux policiers en brandissant au bout de chacun de ses bras une bouteille de rhum, qui pouvait devenir une arme terrible entre ses mains.

Les trois hommes, revenus de la surprise que leur avait causée cette action inattendue et à laquelle ils n'avaient pu s'opposer tant elle avait été rapidement exécutée, se consultèrent pour savoir ce qu'ils devaient faire en la circonstance.

Bien que la Bibasse ne méritât guère de ménagements, ils songeaient que c'était une femme cependant, et il leur répugnait d'user de violence vis-à-vis d'elle, à moins d'y être absolument obligés.

Ils tentèrent donc d'abord de parlementer et de lui faire comprendre qu'elle ne gagnerait rien à se gendarmer ainsi, vu que d'une façon ou d'une autre, elle serait conduite à la Préfecture, fallût-il, pour cela, lui lier les pieds et les poings.

Mais la virago ne voulut rien entendre.

Se croyant retranchée en un fort inexpugnable, elle espérait que les agents, reconnaissant l'impossibilité où ils étaient de s'emparer d'elle, se lasseraient d'attendre et finiraient par s'en aller.

On pense si elle s'abusait.

—Allons, — dit Samson, — puisqu'il est nécessaire d'en venir là, recourons aux grands moyens.

« Toi, Rougeot, qui es le plus jeune et le plus leste, saute sur le bahut, — ajouta-t-il à voix basse. — Pendant qu'elle sera attirée de ce côté, moi je dérangerai le lit et La Trique et moi passerons de ce côté.

« Prise ainsi entre nous trois, il faudra bien qu'elle se rende.

Rougeot fit ce que lui disait Samson. Mais à peine était-il sur le meuble que la Bibasse se précipitait sur lui et cherchait à lui briser sur la tête un des litres qu'elle tenait.

Il n'eut que le temps tout juste de reprendre pied sur le sol.

S'il eût été atteint par la bouteille, il était assommé du coup.

Par bonheur pour lui, celle-ci ne rencontra que le dessus du bahut, sur lequel elle éclata en mille morceaux, faisant jaillir son contenu jusqu'au plafond.

Toutefois, cela avait permis à Samson de déplacer le lit et de se glisser derrière, avec la Trique.

Mais la Bibasse était sur ses gardes.

Elle commença par leur lancer le litre qu'elle avait encore, puis, en reprenant un autre dans le panier, elle lui fit suivre le même chemin.

Pour éviter ces singuliers projectiles, les deux hommes durent faire comme Rougeot, c'est-à-dire reculer.

Elle en profita pour remettre le lit dans sa première position.

— Bon, — dit la Trique, — ses provisions s'épuisent : elle n'a plus qu'une fiole à jeter.

L'ivrognesse, en effet, venait de se munir du dernier litre et se préparait à s'en servir comme des autres.

Mais à ce moment elle eut un remords de gaspiller de la sorte son liquide favori et, avant de sacrifier le peu qui lui restait, elle voulut au moins en ingurgiter une partie.

Elle cassa alors le goulot contre le mur et se mit à boire à la régalade.

Son attention se trouvant par là détournée, Samson ne laissa pas échapper l'occasion.

Il fit de nouveau pivoter le lit et pénétra avec ses deux camarades dans le retranchement de la virago, pensant qu'enfin ils allaient pouvoir s'en rendre maîtres.

Celle-ci vit l'imprudence qu'elle avait commise. Pourtant elle tenta de résister encore.

Elle acheva de casser sa bouteille sur un des bords du lit, s'arma des deux plus forts tessons et se disposa à en frapper les policiers s'ils l'approchaient.

Elle les tint ainsi un instant en respect.

Puis, remarquant que le dérangement du lit lui permettait de quitter la place, elle se tourna et s'élança vers la porte, avec l'espérance de réussir à gagner le dehors.

Malheureusement, dans sa précipitation à fuir, elle heurta le poêle avec une telle force qu'elle le renversa brusquement et que roulèrent à terre les débris de bois enflammés du petit fagot qu'elle était en train d'allumer quand les agents avaient paru.

Or, il arriva qu'un de ces brandons vint à toucher sa robe tout imprégnée du rhum qui avait rejailli sur elle au cours de la lutte qu'elle venait de soutenir.

Aussitôt son vêtement prenant feu, elle fut en une seconde entourée de flammes qui lui montaient jusqu'au-dessus de la tête.

On eût dit un immense bol de punch embrasé.

Elle se prit à pousser des cris déchirants, s'efforçant d'arracher sa robe avec ses mains et ne parvenant qu'à brûler celles-ci atrocement.

Les policiers voulurent lui porter secours et arrachèrent les draps et les couvertures du lit dont ils essayèrent de l'envelopper.

Mais elle leur glissa entre les bras et, affolée, courut autour de la chambre, cherchant une issue.

Tout à coup, apercevant la fenêtre, elle l'ouvrit, franchit la barre d'appui et se jeta dans le vide.

Par un hasard extraordinaire, elle tomba sans se faire de mal et se remit à courir à travers le terrain vague qui, on se le rappelle peut-être, se trouvait derrière l'hôtel.

Ce terrain très vaste était clos, du côté opposé au garni, par un mur assez élevé et des deux autres par les arrière-façades de hautes maisons nouvellement construites.

Personne, si ce n'était les agents, ne pouvait donc venir la secourir.

Ces derniers, n'osant pas sauter par la croisée, descendirent quatre à quatre et pénétrèrent dans le terrain par une porte de communication que leur indiqua la mère Jambu, à laquelle ils firent part de ce qui se passait.

La Bibasse était déjà à une assez grande distance de l'hôtel.

Elle courait, courait toujours, et plus elle activait sa course, plus les flammes prenaient de l'extension.

Et c'était quelque chose d'effrayant de voir cette malheureuse transformée en un bloc incandescent qui traversait l'espace, semblable à quelque gigantesque météore.

Enfin, elle atteignit le mur, se butta contre comme si elle eût voulu l'abattre, puis s'effondra au pied lourdement.

Sa chute éteignit le feu qui la dévorait.

Mais il était trop tard.

Lorsque les agents arrivèrent près d'elle, ils se trouvèrent en face d'une masse noirâtre aux trois quarts carbonisée et que la vie venait de quitter.

Le corps de la virago, à peine recouvert maintenant de quelques lambeaux de vêtements, avait été si profondément brûlé qu'en certains endroits les os se montraient à nu.

Les policiers ne parurent pas étonnés de cette si prompte et presque complète combustion.

Ils savaient que les chairs des ivrognes qui s'adonnent aux spiritueux, étant saturées d'alcool, offrent aux flammes un aliment facile et se consument, lorsqu'elles en deviennent la proie, avec une rapidité inouïe.

Par respect humain, ils ne voulurent pas laisser là ces tristes restes

— Voici, pour nous guider, les traces du fugitif.

et, les enveloppant des draps et des couvertures qu'ils avaient apportés, ils les remontèrent dans la chambre de l'hôtel.

Puis Rougeot alla prévenir le commissaire de police du quartier afin qu'il fît dresser procès-verbal des circonstances dans lesquelles le décès s'était produit et prît les mesures nécessaires à l'enterrement.

LIV. 119. — H. GEFFROY, éditeur. — Reproduction interdite. 119

XXI

CHASSE A L'HOMME DANS LES CARRIÈRES

La logeuse était bouleversée de la fin terrible de sa locataire dont elle rendait responsable les agents:

— Ah! bien, merci, — leur dit-elle d'un ton aigre, — vous en faites de la belle besogne chez moi.

« Vous m'aviez promis que ça se passerait gentiment et voilà ce qui arrive!

— Mère Jambu, — répliqua Samson, — nous n'avons pas besoin de vos reproches.

« Ce malheureux événement est tout à fait indépendant de notre volonté et ne peut, par conséquent, nous être imputé.

« D'ailleurs, nous le regrettons beaucoup. Nous n'avions aucune raison de vouloir la mort de cette femme.

— N'empêche que sans vous elle serait encore de ce monde.

— Assez, je vous dis, — reprit Samson; — vos récriminations envers nous sont maladroites et je vous ordonne de les cesser.

— Puis ma chambre est dans un bel état, à présent, continua l'hôtelière malgré ce que venait de lui dire l'agent. — Plus un seul meuble n'est en place, le poêle est démoli et il y a partout des rivières de rhum, que c'est un miracle qu'il n'y ait pas eu d'incendie.

— Ces légers dégâts vous seront payés, — répartit La Trique; — vous n'avez donc pas à crier pour cela.

— C'est heureux, — fit la mère Jambu: — mais j'espère qu'en voilà assez pour aujourd'hui.

— Qu'est-ce que vous voulez dire par là? — demanda Samson.

— Je veux dire que vous n'allez pas, je suppose, mettre encore la maison sens dessus dessous en cherchant à arrêter le *Marquis* quand il va rentrer.

— Nous sommes forcés de faire notre devoir, — renvoya La Trique, — et quelque pénible que soit ce qui a eu lieu nous l'accomplirons.

— Eh bien! vrai, vous m'en faites passer une drôle de journée.

— Croyez-vous qu'elle soit plus gaie pour nous, — dit Samson. — Allons, encore une fois, laissez-nous avec vos jérémiades et guettez celui que nous attendons.

— Pour quelle heure, déjà, vous a-t-il annoncé son retour?

— Pour une heure et demie ou deux heures.

— Il est deux heures moins dix, il va donc bientôt être ici.

Comme les agents se trouvaient avec la logeuse dans le bureau de l'hôtel, ils se placèrent près d'elle sur le seuil où, disait-elle, elle désirait se tenir, mais en s'effaçant un peu, pour qu'en passant le *Marquis* ne les remarquât pas tout de suite.

Ils avaient l'œil sur la mère Jambu, de crainte que, dans les dispositions où elle était, elle ne vînt, par un moyen quelconque, à donner l'éveil au coquin et à le leur faire manquer.

Au bout d'un quart d'heure environ, un pas résonna dans l'allée et la logeuse se pencha en avant pour reconnaître la personne qui s'avançait.

C'était le *Marquis*.

Arrivé devant le bureau, le jeune homme adressa un léger salut à la patronne et, en même temps, bien qu'ils se dissimulassent de leur mieux, distingua au second plan la silhouette des deux agents en observation.

— Tiens, tiens, — pensa-t-il, — est-ce qu'il y aurait du grabuge dans la maison? Ça ne m'étonnerait pas. Je viens de voir là aux alentours des groupes de badauds qui causaient en se montrant l'hôtel... et ces deux gaillards m'ont tout l'air d'être de la *rousse*.

Il n'avait pas fini cette réflexion que la mère Jambu lui fit un signe pour lui indiquer qu'un danger le menaçait; signe presque imperceptible et que, comme ils étaient placés, ne purent surprendre les policiers.

— Oh! oh! — se dit-il, — c'est à moi qu'on en veut? Attention, alors, il ne faut pas me laisser pincer.

En moins d'un dixième de seconde il réfléchit à ce qu'il avait à faire.

Regagner la rue, c'était se jeter dans la gueule du loup, car les agents se mettraient à sa poursuite et avec le monde qui s'y trouvait et lui barrerait le chemin il serait vite arrêté par eux.

Il lui fallait donc s'y prendre autrement et il savait quelle ressource lui restait.

Sans songer un seul instant, bien entendu, à monter chez lui, il assourdit ses pas et suivit l'allée, à l'extrémité de laquelle était la sortie sur le terrain vague.

Mais il n'alla pas jusque-là.

Un peu avant d'y arriver, il rencontra l'entrée de la cave, veuve de sa porte depuis des années, et descendit rapidement les degrés qui conduisaient à la partie souterraine de l'immeuble.

Dès qu'il eut passé devant le bureau, l'hôtelière avertit les agents que c'était lui leur homme.

Immédiatement ils sortirent pensant n'avoir qu'à l'appréhender.

Mais ils furent surpris de ne pas le voir devant eux monter l'escalier.

— Où est-il donc ? demandèrent-ils à la logeuse.

— Il vient de filer vers le terrain, répondit-elle. — Pour moi, il vous a devinés et, se doutant de quelque chose, il a dû chercher à s'échapper par là.

Les deux policiers eurent la quasi-certitude que l'hôtelière était parvenue, sans qu'ils s'en aperçussent, à les trahir vis-à-vis du gredin : seulement comme ils n'en avaient aucune preuve, ils gardèrent leur sentiment pour eux.

D'ailleurs, s'il avait pris le chemin qu'elle disait il était facile de le rejoindre.

Il n'avait pas eu le temps d'arriver au mur et de l'escalader en admettant qu'il le pût.

Ils s'élancèrent dans le terrain et l'explorèrent du regard sur toute son étendue.

Naturellement aucune trace du jeune homme ne s'y révélait.

Ils rentrèrent dans l'allée et virent la logeuse près de la cave.

— Vous vous êtes moquée de nous, mère Jambu, — dit Samson. — L'individu n'est pas allé où vous disiez.

— Vous en êtes sûrs ? — fit la patronne d'un air naïf.

— Parbleu !... et ce dont nous sommes encore plus sûrs, c'est qu'il est caché-là, dans cette cave.

— Ah ! ça, c'est possible. Moi je le croyais dans le terrain parce que je l'avais vu se diriger de ce côté : mais comme la cave est sur le chemin il se peut très bien qu'il s'y soit réfugié. Voulez-vous vous en assurer ?

— La question est jolie. Donnez-nous vite des bougies, nous allons descendre.

— Tout de suite, messieurs les agents, tout de suite, — répliqua la logeuse qui s'éloigna pour aller chercher ce qu'on lui demandait.

— Faut nous méfier, — dit La Trique ; — notre homme est certainement là-dedans, mais le peu de difficulté que met la mère Jambu à nous y laisser pénétrer me fait supposer qu'il doit y avoir des *caches*.

— C'est mon avis. Donc, veillons au grain, sans quoi le coquin nous échapperait.

Quoique la patronne eût dit « tout de suite », elle resta bien dix bonnes minutes avant de reparaître avec les bougies réclamées par les agents.

— Je ne pouvais pas parvenir à les trouver, — dit-elle, pour s'excuser de son retard.

— Bien entendu, — fit La Trique.

— Prenez garde, mère Jambu, — ajouta Samson, — vous jouez là un vilain jeu avec nous. Vous faites tout votre possible pour nous empêcher de mettre la main sur votre locataire, mais cela vous retombera sur le nez, je vous en préviens encore.

— Pourtant, messieurs les agents, je ne puis pas faire plus pour vous aider à le prendre, — répliqua la logeuse avec aplomb et feignant d'être piquée.

— Bon, bon, nous savons ce que nous disons, — renvoya Samson.

Les policiers allumèrent les bougies.

Comme ils mettaient le pied sur la première marche de l'escalier de la cave, survint Rougeol.

— Le commissaire est prévenu. — dit-il ; — il va venir dans un moment pour procéder aux constatations légales.

— Bien, fit La Trique, — voilà une affaire réglée. Mais tu arrives à point : le *Marquis* est dans ce trou et nous allons l'y relancer ; nous ne serons pas trop de trois.

Les agents descendirent dans la cave et commencèrent leurs investigations.

En les y voyant disparaître, la patronne eût un sourire narquois.

— Je lui ai laissé le temps de franchir le mur, murmura-t-elle ; — s'ils le pincent, ils auront de la chance.

Et elle revint tranquillement s'asseoir dans son bureau, rassurée sur le sort du fugitif.

La cave était de dimensions assez exiguës et les policiers l'eurent promptement visitée jusque dans ses plus petits recoins sans y découvrir le *Marquis*.

— Où a-t-il pu passer ? — se demandèrent-ils, très surpris de ne pas l'y rencontrer.

Ils étaient arrivés devant le mur du fond qui paraissait très solidement construit et l'absence du coquin leur semblait inexplicable.

Soudain, La Trique, en promenant sa bougie sur la surface de ce mur, crut s'apercevoir que les pierres du haut n'étaient pas jointes aussi étroitement que celles de la partie inférieure.

Comme il était de taille élevée, il les examina de plus près et reconnut qu'effectivement elles n'étaient que posées les unes sur les autres sans être soudées ensemble par du ciment.

Il en poussa une avec la main ; elle céda sous sa pression et pivota en faisant saillir un de ses angles.

— Regardez donc, — dit-il à ses camarades, — j'ai idée que voilà la réponse à notre question.

— Qu'est-ce qu'il y a ? — firent Samson et Rougeot qui n'avaient pas suivi ses mouvements.

— Il y a que c'est par là, je le parie, que s'est esquivé le gredin.

Il attira la pierre à lui et la sortit de son alvéole sans avoir besoin de faire aucun effort.

Vivement, alors, il s'en prit aux autres qui, toutes, se détachèrent aussi facilement.

Il en enleva ainsi une douzaine tant en hauteur qu'en largeur et ne s'arrêta qu'à celles qui étaient cimentées.

Le mur était maintenant troué d'une ouverture suffisamment large pour qu'un homme, même de forte corpulence, pût y passer sans peine.

— Certes oui, dit Samson, — c'est là le chemin qu'a pris notre gaillard. Mais où cela accède-t-il ?

— Dans une autre cave, sans doute, — émit Rougeot.

— Non, à coup sûr, répliqua Samson. — D'après l'orientation de celle-ci nous devons être actuellement sous le terrain.

— Alors, je ne vois pas où ça peut donner.

— Il est bien simple de le savoir, — dit La Trique ; — nous n'avons qu'à passer par l'ouverture.

— Évidemment, — approuva Rougeot, — il n'y a que ça à faire.

Une minute après, les policiers étaient derrière le mur.

Ils constatèrent alors qu'ils venaient de prendre pied dans une sorte de corridor dont les parois inégales étaient d'un tuf blanchâtre très doux au toucher.

Ils remarquèrent aussi que le sol était recouvert de la poussière de ce tuf qui s'y était accumulée en couche épaisse.

— Où pouvons-nous bien être ici ? — demanda Samson.

— Avançons, nous le saurons sans doute, — répliqua La Trique.

— D'autant plus que voici pour nous guider les traces du fugitif, qui sont aussi distinctes que s'il avait marché dans la neige, — ajouta Rougeot en montrant à ses compagnons les empreintes parfaitement dessinées des chaussures du *marquis*.

— C'est vrai, repartit Samson ; — nous n'avons donc, pour ainsi dire, qu'à lui emboîter le pas pour aller le dénicher où il est.

— Et à côté de ces traces, — dit La Trique, — vous pouvez en voir d'autres un peu moins fraîches mais encore suffisamment apparentes, qui dénotent que ce n'est pas la première fois que le chenapan se sert de cette issue secrète.

L'agent devinait la piste.

A plusieurs reprises, déjà, et lorsqu'il avait cru avoir à se défier de ces messieurs de la police, le marquis avait usé de ce moyen de sortie pour quitter l'hôtel clandestinement.

— Cela ne m'étonne plus que la mère Jambu nous ait d'abord envoyés dans le terrain et fait attendre ensuite près d'un quart d'heure avant de nous apporter les bougies : elle voulait qu'il eut le temps de déplacer les pierres et de les replacer après avoir passé le mur.

— Tout simplement, — répliqua Rougeot; — et elle espérait que, n'ayant pas découvert le truc, nous reviendrions pantois.

— La vieille coquine ! — fit La Trique, — elle nous payera cher la corvée qu'elle nous impose.

— Oui, dit Samson. — je ferai sur elle un petit rapport qui ne sera pas pour lui procurer de l'agrément. Mais laissons cela pour l'instant et occupons-nous de notre affaire.

Les trois hommes suivirent le corridor et, au bout d'une centaine de mètres, débouchèrent dans un carrefour où venaient aboutir plusieurs conduits qui rayonnaient en diverses directions.

— Ah! parbleu ! — s'écria Rougeot, — je le sais maintenant où nous sommes; cet endroit me l'indique.

— Eh bien, dis-le si tu le sais, — fit La Trique; — moi je n'en ai pas la moindre idée.

— Ni moi non plus, — ajouta Samson.

— Nous sommes dans les anciennes carrières de Montmartre.

— Bah!

— Oui, pas ailleurs. Je suis un enfant de la butte moi et, étant petit, j'allais souvent y jouer avec des gamins de mon âge; non pas ici mais du côté de la rue Tourlaque où il y avait encore une entrée pour les visiteurs.

« Je me rappelle avoir entendu dire maintes fois que les carrières se ramifiaient sous tout Montmartre où elles formaient d'immenses souterrains et je me souviens très bien, au cours des discussions que j'ai eues, avoir traversé des carrefours exactement pareils à celui-là. Je suis donc sûr de ne pas commettre d'erreur.

Rougeot ne se trompait pas : ils étaient bien dans les anciennes carrières de Montmartre ; et s'il eût mieux connu l'histoire de son lieu de naissance, — car, ainsi qu'il venait de le dire, il était né aux environs de la butte — il aurait pu donner à ses camarades quelques détails intéressants sur les dites carrières.

Celles-ci, passées aujourd'hui à l'état de légende, avaient, paraît-il, une origine assez reculée.

Elles remontaient, d'après certains auteurs, au XIIe ou au XIIIe siècle, époque à laquelle on avait commencé à les exploiter pour en tirer les matériaux nécessaires à la construction de plusieurs nouveaux quartiers de Paris qui, alors, s'agrandissait à vue d'œil.

C'est à cette ancienneté qu'était due la vaste étendue qu'elles occupaient sous la colline montmartroise.

On y comptait plus de cent cinquante galeries se croisant en tous sens et s'embranchant les unes dans les autres sur une superficie totale de près d'une demi-lieue carrée.

Plusieurs sortes de pierre en étaient extraites, mais principalement du gypse ou pierre à plâtre, ce que nos chimistes appellent *sulfate de chaux*.

Elles étaient d'un rendement très riche et, durant près de six cents ans, elles furent exploitées avec fruit.

Mais, à la fin, comme elles ne produisaient plus qu'un gypse inférieur, mêlé à de l'argile ou à du sable, et les travaux n'étant plus suffisamment rémunérateurs, on se décida à les abandonner.

Ceci eut lieu il y aura tantôt cinquante ans, c'est-à-dire vers 1852 ou 1853.

Toutefois on n'en interdit pas l'entrée et, longtemps encore, elles restèrent accessibles aux personnes qui désiraient visiter.

Il nous souvient d'une promenade que nous y fîmes autrefois et qui nous intéressa fort, tant par ce que nous y vîmes que par ce que nous entendîmes raconter sur elles.

Sachant qu'il était dangereux de s'y aventurer sans guide, nous nous étions fait accompagner par un ancien carrier qu'on nous avait indiqué comme se chargeant volontiers, moyennant une légère rétribution, de piloter les visiteurs à travers le labyrinthe des couloirs et des carrefours.

Pendant trois heures pleines, le brave homme, muni d'une puissante lanterne, nous fit parcourir les uns et les autres, en nous arrêtant aux endroits les plus susceptibles de mériter notre attention.

Il nous montra des choses on ne peut plus curieuses ; notamment deux grands arbres pétrifiés, d'une espèce inconnue, qui avaient gardé presque toute leur ramure et semblaient vivre encore.

C'étaient des spécimens de la végétation de l'époque secondaire et qui, par conséquent, avaient existé bien avant que l'homme eût fait son apparition sur la terre.

Ils avaient été mis à jour en creusant les galeries, après être restés ensevelis pendant des milliers d'années.

On eût dit qu'il flairait la présence des agents.

Nous remarquâmes aussi des stalactites et des stalagmites de formes étranges.

Il y en avait de ces dernières qu'on aurait juré être de formidables serpents, dont la partie antérieure du corps était roulée sur le sol, tandis que l'autre se dressait altière à deux mètres en l'air.

Puis nos regards se portèrent sur de nombreux noms, tracés en creux

LIV. 120. — H. GEFFROY, éditeur. — Reproduction interdite   120

dans la pierre et nous relevâmes parmi eux ceux de Jean-Baptiste Rousseau, du maréchal de Saxe, de Voltaire, du duc de Richelieu, de la fameuse cantatrice Laguerre, etc...

Enfin, dans un cartouche représentant un cœur, notre guide nous fit voir une inscription où il était dit qu'une certaine Anne de Maistrot, dame d'honneur de la reine Marguerite, femme de saint Louis, était venue se séquestrer un mois entier dans ces sombres lieux pour se punir d'un « péché d'amour » qu'elle avait commis avec un sien page, pendant l'absence de son mari, parti avec le roi guerroyer en Palestine.

Avant de nous séparer, le bonhomme nous narra quelques événements tragiques dont les carrières avaient été le théâtre.

A différentes époques, des personnes s'y étaient égarées et y avaient péri misérablement.

En 1814, un habitant de Paris étant venu y enfouir son trésor pour le soustraire aux Cosaques, n'avait pu en sortir et y était mort de faim.

Un peu plus tard, même funeste aventure était arrivée à une religieuse qui avait fait le vœu de traverser pieds nus et sans être guidée, toute l'étendue des souterrains.

Mais ce qui nous impressionna le plus ce fut l'histoire de deux jeunes mariés de Montmartre, unis depuis la veille et qui avaient eu la fantaisie de visiter seuls les carrières.

Les deux infortunés allèrent si loin qu'ils ne purent jamais retrouver la sortie, bien qu'ils eussent eu la précaution de se munir d'une livre de bougies et d'un énorme paquet de ficelle.

Ce n'est que vingt ans après qu'on découvrit leurs cadavres, encore parés de leurs vêtements de noce.

Des papiers que contenaient les habits du mari permirent d'établir leur identité.

Chose digne de remarque, — et c'est pourquoi nous avons dit « leurs cadavres » au lieu de dire leurs squelettes, — ils étaient comme momifiés et n'avaient subi aucune décomposition.

Couchés à côté l'un de l'autre et se tenant par la main, ils auraient même semblé dormir paisiblement si leur visage n'eût gardé le reflet des souffrances qu'ils avaient endurées avant de mourir.

Du reste, il était rare que, sous ces voûtes où l'air manquait d'oxygène, les corps soit d'hommes, soit d'animaux entrassent en putréfaction.

Ils se desséchaient, se pétrifiaient, autant dire, mais ne s'altéraient pas autrement.

Comme dernier renseignement, nous apprîmes que les carrières avaient eu autrefois plusieurs entrées, dont une principale.

C'était celle-ci qu'on avait laissée ouverte au public et dont avait parlé Rougeot.

Elle était située, comme il l'avait dit, près de la rue Tourlaque, au fond d'une impasse, qui avait reçu le nom de « l'impasse du trou » en raison de l'ouverture béante qu'elle formait dans la masse pierreuse.

Quant aux entrées secondaires, elles avaient été depuis longtemps obstruées par les substructions des maisons construites auprès.

La cave de l'hôtel tenu par la mère Jambu en avait fermé une et c'était, sans doute, par pur hasard qu'on l'y avait découverte.

XXII

PRISE ÉMOUVANTE

— Ah ! ce sont là les anciennes carrières de Montmartre ! fit Samson. — Jusqu'à présent je ne les connaissais que de nom et ne pensais guère avoir un jour l'occasion d'y faire une excursion... surtout comme celle-là. Mais si elles sont d'une telle étendue, comment rattraper notre coquin ?

— En suivant ses traces, ainsi que tu l'as dit toi-même.

— Et si elles nous font défaut ?

— En ce cas nous reviendrons sur nos pas.

— Pourvu que nous ne nous perdions pas ? — observa la Trique.

— Cela pourrait ma foi très bien arriver si nous ne prenions pas des précautions pour reconnaître notre chemin, répliqua Rougeot. Aussi vais-je faire comme je faisais dans le temps quand je m'y engageais un peu profondément avec mes petits camarades.

« Et de la pointe de son couteau, l'agent traça une croix bien visible sur une des parois du conduit par lequel ils étaient venus.

— Là, fit-il, voici une marque facile à voir. Avec une semblable que je ferai à chaque galerie que nous prendrons, nous ne courons pas le danger de nous égarer.

« Maintenant, en chasse.

Les trois hommes traversèrent le carrefour, guidés par les empreintes qu'avait laissées le *Marquis*.

Ces empreintes les conduisirent à un couloir qui s'ouvrait à gauche dans ce carrefour.

Ils l'enfilèrent résolument.

Rougeot marchait le premier. Derrière lui, venaient la Trique et Samson qui élevaient les bougies au-dessus de leur tête afin d'éclairer en avant aussi loin que possible.

Leurs ombres se projetaient sur le sol et le long des parois en silhouettes fantastiques.

Bien qu'ils fussent braves tous les trois, cette marche silencieuse au milieu de ces souterrains déserts leur faisait courir un petit frisson sur la peau.

Ils parcoururent ainsi plusieurs galeries, suivant toujours les traces du *Marquis* qui continuaient à se montrer à terre.

Quelques-unes de ces galeries étaient en ligne si droite qu'elles semblaient comme tirées au cordeau.

D'autres, au contraire, étaient sinueuses et parfois bizarrement contournées.

Toutes se coupaient, se croisaient en un réseau très compliqué, et si Rougeot n'avait pas eu le soin de griffer chacune d'elles d'une croix, il est certain qu'ils auraient eu grand'peine à se retrouver.

— Le coquin nous mène loin, — dit Samson. — Où va-t-il nous conduire comme ça ?

— Savez-vous ce que je crois, moi ? — fit la Trique en arrêtant ses deux compagnons; — c'est que notre gaillard n'a pas seulement cherché à se cacher ici, mais à se sauver par une issue qui doit exister quelque part par là et qu'il connaît.

— Cela ne m'étonnerait pas, — repartit Samson.

— Si cela est, — reprit la Trique, — notre chasse devient inutile et autant retourner en arrière, car avec l'avance qu'il a, il nous est matériellement impossible de le rejoindre avant qu'il n'ait gagné cette issue... s'il ne l'a déjà gagnée.

— Mon avis à moi, — intervint Rougeot, — est que, quoi qu'il en soit, nous continuions à le poursuivre, et cela pour deux raisons : la première est que, ne devant pas employer souvent ce moyen pour sortir de l'hôtel, il a pu s'égarer en route; la seconde c'est que, en admettant qu'il ait atteint l'issue en question, celle-ci soit obstruée par quelque obstacle imprévu dont le déplacement lui demande un certain temps, ce qui nous permettrait d'arriver près de lui avant qu'il fût dehors.

— En effet, — répliqua Samson, — ces deux hypothèses sont admissibles. Continuons donc à pousser en avant.

Les policiers reprirent leur marche. Bientôt ils parvinrent à un nouveau carrefour.

Comme ils le traversaient, ils aperçurent à leurs pieds quelques allumettes tout récemment brûlées.

— Ah! — fit Rougeot, — ceci nous indique qu'à cet endroit il n'était déjà plus sûr de son chemin. Il sera venu jusqu'ici sans lumière, puis ne s'y reconnaissant plus il en aura fait pour savoir de quel côté se diriger.

Il alla examiner l'entrée des galeries qui débouchaient dans le carrefour.

Elles étaient au nombre de cinq.

— Voyez que ma supposition est juste, —reprit-il en faisant remarquer à ses camarades, les pas du *Marquis* près de chacune d'elles. — Il a cherché celle qu'il devait prendre.

— C'est vrai, — dit Samson, — et il a dû être embarrassé, car il a commencé à s'engager dans trois d'entre elles, comme il est facile de le constater par les traces qui s'y voient.

— Puis, — fit la Trique, — il ne s'est pas contenté d'allumettes, il a dû aussi allumer une bougie ou quelque chose d'approchant.

— Qu'est-ce qui te fait croire cela? — lui demanda Rougeot.

— Ceci, — dit-il, en ramassant à terre cinq ou six petites rondelles d'ue substance blanchâtre ayant la forme de pastilles.

— Tu as raison, ce sont des gouttes de stéarine solidifiées. Alors, il est probable qu'il s'est éclairé à partir de ce carrefour.

— Ce qui détruit l'hypothèse qu'il a pu s'égarer.

— Au contraire, ça la confirme. S'il a déjà été gêné ici pour retrouver sa route, il a dû l'être encore bien davantage plus loin.

— C'est parfaitement logique, — déclara Samson. — Mais ne nous amusons pas à discuter et cherchons la galerie qu'il nous faut suivre.

Un léger examen fit reconnaître aux policiers le couloir qu'avait pris le gredin.

En s'y avançant, ils eurent l'ennui de voir que la poussière devenait de moins en moins épaisse et que les empreintes ne s'y distinguaient plus que difficilement.

Au bout d'une trentaine de pas, le sol étant devenu subitement pierreux, ils constatèrent même la complète disparition de celles-ci.

— Diable! comment allons-nous faire, à présent? — demanda la Trique; — nous voici sans piste.

— Nous sommes sûrs, dans tous les cas, qu'il a parcouru cette galerie en entier, — répliqua Rougeot. — Faisons donc comme lui d'abord, ensuite nous verrons.

Mais un nouvel embarras surgit pour les agents.

Le couloir, qui était fort long, se terminait par une fourche dont la branche de gauche s'abaissait sensiblement, tandis que celle de droite s'élevait en une pente assez accentuée.

Après un instant d'hésitation, ils s'engagèrent dans cette dernière, se disant que s'il y avait une issue aux souterrains, elle devait se trouver plutôt vers le haut que vers le bas.

Ils atteignirent ainsi un plateau sur lequel ils ne furent pas peu étonnés d'apercevoir des brouettes, des pelles, des pioches et autres instruments de terrassiers, le tout noyé dans une sorte de clair de lune.

Ils s'approchèrent et, à leur extrême surprise, virent que ce clair de lune était la lumière du jour que laissait pénétrer jusque-là un immense trou circulaire dont l'orifice s'ouvrait au niveau du sol extérieur.

Ce trou ou puits avait environ six mètres de diamètre et se divisait en trois sections de largeur différente.

Sur chacune des sections formant saillie intérieurement était assujettie une grande et solide échelle le long de laquelle pendait une corde pouvant servir de rampe au besoin.

La dernière, c'est-à-dire celle du bas, partait du plateau même.

— Qu'est-ce que c'est que ça? — questionna la Trique stupéfait.

— J'avoue que je n'en sais rien du tout, — répondit Samson; — et toi, le sais-tu, Rougeot?

— Parbleu! — repartit celui-ci, — ce n'est pas difficile à deviner : c'est... mais, d'abord, vous doutez-vous de ce qu'il y au-dessus de nous?

La Trique et Samson firent un signe négatif.

— Eh bien! au-dessus de nous, il y a la basilique du Sacré-Cœur et ce trou est un des nombreux trous qu'on a forés pour sonder le terrain et en reconnaître la consistance. On va, il est probable, le boucher prochainement.

— Ah! bon, j'y suis maintenant, — dit Samson. — Seulement je n'aurais jamais cru que nous fussions si éloignés de la rue du Poteau.

— Tu oublies que nous marchons depuis vingt minutes et qu'en vingt minutes on peut faire pas mal de chemin.

— C'est juste; mais à se promener ainsi sous terre, on ne se rend pas compte de la distance que l'on parcourt.

— Avec tout cela, notre homme nous échappe, — dit la Trique. — A coup sûr, il a dû filer par là.

— C'est certain, — appuya Samson; — et nous voici bien lotis.

— Je ne crois pas, moi, — reprit Rougeot, après avoir examiné la partie de l'échelle reposant sur le sol. — Rien sur ces échelons n'indique qu'on y ait mis le pied tout nouvellement, et ma conviction est que le marquis n'est pas venu ici.

— Alors, c'est qu'il y a une autre issue. De toute façon, nous sommes refaits.

— Je le crains fort et il ne nous reste plus qu'à...

— Chut ! — fit soudain Rougeot en interrompant la Trique qui venait de prononcer ces derniers mots.

— Qu'y a-t-il ? — interrogea Samson.

— Chut ! vous dis-je, — répéta Rougeot à voix basse et en tendant l'oreille.

Puis, au bout d'un instant :

— J'entends marcher dans le bas de la galerie, — murmura-t-il. — Soufflez vos bougies et restez là, je vais aller voir.

Il s'avança vers le couloir et plongea ses regards dans l'obscurité.

A moins de cinquante mètres devant lui, il aperçut une lumière d'un très vif éclat et une ombre qui montait la pente.

Il revint vers ses camarades.

— Le voilà, — dit-il, — cachons-nous ; il ne faut pas qu'il nous voie en arrivant sur ce plateau.

Les trois hommes s'accroupirent chacun derrière une brouette et attendirent.

Les pas du Marquis, car c'était bien lui, se percevaient maintenant distinctement et se rapprochaient avec rapidité.

Deux minutes après, le gredin apparaissait au haut de la galerie et, aussitôt prenait la direction du puits.

Il tenait à la main une petite lanterne à réflecteur, — celle-là même dont il s'était servi dans l'affaire de la rue de Choiseul et que, vu son peu de volume, il portait presque toujours sur lui.

Tout à coup il s'arrêta et, projetant en tous sens les feux de son luminaire, inspecta attentivement le plateau.

On eût dit qu'il flairait la présence des agents bien que, dissimulés comme ils l'étaient, il lui fût impossible de rien voir de leur personne.

Après être resté quelques secondes immobile, son inspection ne lui ayant fait découvrir aucun indice suspect, il continua à se diriger vers le puits.

Brusquement alors, les policiers se dressèrent et coururent à lui.

A leur vue, sa stupeur fut telle que la lanterne lui échappa des doigts et qu'il demeura comme figé sur place.

Mais, se remettant instantanément, il fit volte-face et, avant qu'ils aient pu le saisir, il se précipita dans le couloir dont il dévala la pente à toutes jambes.

Les agents s'élancèrent derrière lui, Rougeot ayant eu la précaution de ramasser la lanterne qui ne s'était pas éteinte.

Précaution des plus utiles, car il leur était impossible, dans la circonstance, de se servir de leurs bougies qu'il leur aurait fallu d'abord rallumer — d'où perte d'un temps précieux — et dont, ensuite, la flamme non protégée n'aurait pu résister au déplacement de l'air produit par leur course.

Le Marquis filait comme un cerf, comprenant que son salut dépendait de l'élasticité de ses jarrets.

Arrivé au bas de la galerie, au lieu de prendre celle qui y correspondait et formait le manche de la fourche dont nous avons parlé, il tourna sur sa droite et s'engagea dans l'autre, toujours suivi par les agents qui étaient à peine à dix pas de lui.

Grâce à la vive lumière de la lanterne, ils ne le perdaient pas de vue et comptaient bientôt l'atteindre.

Malheureusement, il advint que La Trique et Samson commencèrent à s'essouffler et à rester en arrière, de sorte que Rougeot se trouva seul à le serrer de près.

Soudain, ce dernier remarqua qu'il venait de quitter la galerie; il se voyait maintenant sur un chemin qui côtoyait une large et profonde crevasse au bord de laquelle avait été placé un garde-fou des plus primitifs, car il n'était formé que de quelques pieux reliés ensemble par d'étroites voliges clouées transversalement.

Avant de mettre le pied sur cette voie dangereuse, le Marquis avait eu un moment d'hésitation, ce dont l'agent avait profité pour se rapprocher encore de lui.

Le coquin, le sentant sur ses talons, voulut redoubler de vitesse pour regagner le terrain perdu, mais il fit un faux pas, glissa sur le sol et s'abattit comme une masse.

D'un bond, et avant qu'il ait pu se relever, Rougeot était sur lui.

— Pris! — lui cria-t-il.

— Pas encore!... — rugit le gredin dont la position critique ne fit qu'accroître l'énergie.

Et, par de violents efforts, il essaya de se débarrasser de l'étreinte de l'agent.

Une lutte eut lieu alors entre les deux hommes, qui étaient d'une égale vigueur.

LA FILLE DE L'OUVRIÈRE

Samson se baissa jusqu'à lui, le saisit par les poignets...

Ils se battaient à terre, se tenant enlacés comme des reptiles et sans s'apercevoir que, peu à peu, ils s'approchaient du garde-fou.

Tout à coup, leurs deux corps étant venus s'y appuyer fortement, plusieurs voliges se déclouèrent et ils furent entraînés dans le vide.

D'instinct, ils se détachèrent l'un de l'autre et étendirent les bras pour chercher un soutien.

Rougeot, lui, réussit à s'accrocher à l'un des pieux et, sans trop de peine, remonta sur le chemin.

Mais le Marquis, moins heureux, roula dans le gouffre en jetant un cri de détresse.

A cet instant, arrivèrent Samson et la Trique, juste pour voir disparaître le coquin.

Le premier plongea la lanterne dans la crevasse afin d'en sonder la profondeur et tenter, s'il lui était possible, de lui porter secours.

Une exclamation de joie jaillit aussitôt de ses lèvres.

A trois pieds du bord, le jeune homme était suspendu par les mains à une saillie de la paroi que le hasard lui avait fait rencontrer et à laquelle il s'était cramponné désespérément.

— Il est là, — dit-il; — tenez-moi bien, je vais le sauver.

Il se mit à plat ventre, de manière à ce que son buste surplombât le gouffre, et, les jambes solidement maintenues par ses camarades, se laissa aller en avant.

Le Marquis poussait de sourdes plaintes et avait les traits convulsés par l'angoisse.

La saillie était si peu large que, seules, les premières phalanges de ses doigts avaient pu y trouver place; aussi, ne faisait-il aucun mouvement, de peur que si son corps subissait la moindre secousse, son point d'appui ne vînt à lui manquer.

Samson se baissa jusqu'à lui, le saisit par les poignets et l'enleva en se redressant à la force des reins.

Une fois au niveau du sol, il le prit d'une main à la ceinture et le lança par-dessus lui sur le chemin. Puis, aidé de Rougeot, il se mit debout pendant que la Trique relevait le gredin.

XXIII

FILS DE FAMILLE

Dès qu'il se sentit hors de danger, le Marquis reprit vite son assurance ; mais, voyant la partie perdue, il ne tenta plus de se débattre.

D'ailleurs, la vigueur extraordinaire dont venait de faire preuve Samson lui en imposait et il se rendait compte qu'avec de pareils muscles toute résistance de sa part serait vaine.

S'adressant alors aux policiers, il leur dit d'un ton dégagé :

— Messieurs les agents, je suis vraiment fâché de vous avoir fait faire cette petite course ; si j'avais pu prévoir quel en serait le résultat je vous l'aurais épargnée, je vous le certifie. Mais de même que votre devoir était de poursuivre, le mien était de chercher à vous échapper par la fuite, ce à quoi je serais sans doute parvenu sans ce malencontreux faux pas qui m'a prostré si rudement à terre.

« Ceci dit, — ajouta-t-il en se tournant vers Samson, — il me reste, monsieur l'hercule, à vous remercier comme vous le méritez, pour m'avoir tiré de la fâcheuse position où j'étais ; vous avez montré là un grand courage et je vous en fais mes sincères compliments.

En même temps il tendit la main à l'ancien chasseur d'Afrique.

Mais celui-ci se garda bien de la prendre et répliqua froidement:

— Je n'ai pas l'habitude de serrer la main à ceux que j'arrête.

— C'est juste, — fit le gredin en souriant, — vous vous contentez de les sauver ; je vous demande pardon de m'être oublié.

« A propos, quel est le motif de mon arrestation ? Comme j'ai pas mal d'affaires sur la conscience, je ne sais pas quelle est celle dont il s'agit présentement.

— Il s'agit du vol commis à la banque Moser.

— Ah ! c'est pour cela que vous m'appréhendez ? Qui donc m'a dénoncé ?

— L'un de vos complices, un certain Tirache, surnommé File-Menton, qui s'est fait pincer à Vienne, en Autriche.

— L'imbécile ! Lui qui avait précisément quitté Paris, croyant être plus en sûreté au loin... Et il a vendu la mèche ?

— Oui, il a tout avoué.

— Mais, en ce cas, vous allez avoir à coffrer aussi le Rouquin et la Bibasse ?

— Pour ce qui est du Rouquin, ce doit être fait à l'heure présente, deux de nos collègues l'ayant rencontré comme il sortait de l'hôtel et s'étant attachés à ses pas. Quant à la Bibasse, elle n'a plus rien à voir avec la justice des hommes.

Et Samson apprit au Marquis la mort de l'ivrognesse ainsi que les circonstances qui l'avaient entourée.

— Eh bien ! pour un tonneau de rhum comme elle, c'est une belle fin. Flamber à la façon d'un punch, elle ne pouvait réellement pas désirer mieux, — prononça le gredin en guise d'oraison funèbre.

« Sur ce, messieurs, — continua-t-il, — si vous m'en croyez, nous allons partir ; l'air qu'on respire ici est suffoquant, car nous sommes dans un des endroits les plus reculés des carrières.

En effet, les quatre hommes avaient peine à respirer, tant l'atmosphère était lourde dans cette partie des souterrains.

Les agents suivirent donc le conseil de leur prisonnier et, ayant placé celui-ci au milieu d'eux, ils regagnèrent la galerie qui les avait conduits là.

— Où allons-nous ? — questionna le coquin quand ils furent arrivés au bout.

— Mais, d'où nous venons, — répondit la Trique.

— C'est bien loin, — observa le Marquis. — Voulez-vous que je vous indique une sortie beaucoup plus proche ?

— Le puits du Sacré-Cœur ? — fit Rougeot.

— Oui, l'autre issue qui ordinairement est libre ne l'étant pas aujourd'hui.

— Il y en a donc une autre ? — demanda Samson.

— Certainement ; elle donne, comme celle de la mère Jambu, dans une cave, laquelle cave est située sous une maison de la rue Marcadet. J'y suis allé tout à l'heure et l'ai trouvée obstruée par des barriques de vin qu'on avait placées devant, sans quoi, messieurs, je ne serais pas actuellement en votre aimable compagnie.

— Hein ! — dit Rougeot en regardant ses compagnons, — voilà une de mes hypothèses réalisées.

— Ah ! vous aviez prévu ce cas ? fit le Marquis.

— J'avais même prévu, celui où vous pourriez vous égarer dans ce dédale de conduits, bien que vous les ayez déjà parcourus, ainsi qu'en attestent d'anciennes traces que vous y avez laissées et que nous avons relevées.

— Eh bien! votre seconde hypothèse s'est aussi réalisée, car, effectivement, je me suis égaré et j'ai dû allumer ma lanterne pour me reconnaître.

— Au carrefour des cinq galeries?

— Juste; comment le savez-vous?

— Nous avons trouvé à terre des gouttes de stéarine figées.

— Vous êtes perspicaces, messieurs les agents.

— Dame, notre métier est de l'être, — répliqua Rougeot.

— Je me suis donc égaré, — reprit le Marquis, — et quoique cela ne m'ait fait perdre que peu de temps, il n'en a pourtant pas fallu davantage pour vous permettre d'arriver au puits avant moi... autre cause de ma présence parmi vous, car cette issue était la seule qui me restât pour vous échapper.

— Et vous croyez qu'on peut sortir aisément par ce trou? — demanda Samson.

— Il ne suffit que d'avoir des jarrets pour monter les échelles.

— Mais où aboutit-on?

— Dans une cour dépendant de la basilique et nommée « la cour des Pélerins ».

— En ce cas, prenons ce chemin; cela vaudra mieux que de retourner rue du Poteau.

— C'était bien la peine que je fisse des croix aux galeries par lesquelles nous passions, — remarqua Rougeot. — Si j'avais su...

— Oui, mais comme tu ne pouvais pas savoir, ni nous non plus, la précaution était bonne, — repartit la Trique.

Les agents revinrent avec le gredin au plateau d'où ils s'étaient élancés à sa poursuite et dans la voûte duquel s'ouvrait le puits.

— Je monte le premier, — dit l'ancien chasseur d'Afrique.

Puis, au Marquis :

— Vous, vous allez monter immédiatement après moi.

— Et nous deux, la Trique, en queue, — acheva Rougeot.

— C'est cela.

Les quatre hommes gravirent les échelles dans l'ordre qui venait d'être indiqué, et quoique leur ascension ne fût pas des plus commodes, attendu qu'elles étaient presque perpendiculaires, ils atteignirent cependant bientôt l'orifice du puits.

Cet orifice était entouré d'une petite grille en fer de trois pieds de haut, destinée à empêcher les accidents.

Les agents et le Marquis franchirent cette grille et, comme l'avait annoncé ce dernier, se trouvèrent dans une grande cour attenant à l'église du Sacré-Cœur.

C'était là que les pèlerins, après avoir rempli leurs pieuses cérémonies, venait se reposer et se restaurer.

Un vaste hangar, sous lequel se voyaient de longues tables garnies de bancs, leur servaient d'abri et de réfectoire.

Les pèlerinages n'ayant lieu que dans la belle saison, la cour était à ce moment absolument déserte.

Le portier, — il y en a un d'un bout de l'année à l'autre, on ne sait trop pourquoi, — le portier fumait tranquillement sa pipe sur le seuil de la porte qui était grand'ouverte, regardant ce qui se passait au dehors.

Les quatre hommes se dirigèrent vers lui.

En les entendant venir, il se retourna et les considéra, ébahi.

Il était certain que personne n'avait pénétré dans la cour depuis le matin.

— D'où venez-vous donc, messieurs? — leur demanda-t-il quand ils se furent approchés.

Comme les agents étaient un peu embarrassés pour lui expliquer d'une façon plausible leur présence dans le domaine dont il avait la garde, le Marquis répondit avec aplomb :

— Nous sommes des ingénieurs qui venons de visiter les travaux souterrains. Nous sortons du puits.

— Ah! pardon, messieurs, — fit le bonhomme auquel ce mot « ingénieurs » inspira du respect... — je ne vous avais pas vus entrer.

Et il s'effaça pour laisser passer la petite troupe, tout en se demandant de quels travaux souterrains il s'agissait, vu que depuis plusieurs années la basilique reposait sur ses fondations et que le puits ne servait plus qu'à montrer aux curieux la profondeur des forages qui avaient dû être faits pour établir celles-ci.

Aussitôt sortis de la cour, les trois agents et leur prisonnier descendirent la butte.

Le Marquis les suivait docilement — ce qui lui épargna le cabriolet — et ne paraissait avoir nul souci de se voir arrêté. Il semblait plutôt éprouver une certaine satisfaction.

— On dirait vraiment que vous ne vous rendez pas compte de l'accusation qui pèse sur vous et de la peine que vous encourez,— ne put se retenir de lui dire Samson, étonné de cette insouciance.

— Si, si, je m'en rends très bien compte, au contraire; mais je ne m'en tracasse pas davantage... Pour le peu de jours que j'ai à rester à l'ombre!

— Vous avez peut-être plus longtemps à y rester que vous ne pensez!

— Non, car avant qu'une semaine se soit écoulée, je serai libre.

— Oh! oh! — fit Rougeot, — je vois que vous ne savez pas ce que c'est que le Dépôt. Si vous croyez qu'on s'en évade comme ça...

— Je ne m'en évaderai pas... on me priera tout bonnement d'en sortir.

Les agents regardèrent le gredin, supposant qu'il voulait plaisanter.

— Je ne raille point, je vous l'assure, — reprit-il, — et c'est mon père qui se chargera de faire signer mon exeat.

— Votre père?

— Mais oui, mon père, M. de X...

Et le Marquis prononça le nom d'un personnage fort connu à Paris et occupant une haute situation dans le monde.

— Quoi! vous êtes le fils de M. de X...

— En chair et en os. Fils naturel, il est vrai.

— Ah! malheureux, — s'exclama la Trique, — qu'est-ce qui a pu vous faire tomber si bas, lorsqu'il vous eût été si facile de prendre une place honorable dans la société, car il est évident que votre père ne vous aurait pas refusé son appui pour vous aider à conquérir cette place.

— C'est ce qui vous trompe; mon père a été un bourreau pour moi : il m'a renié et m'a fait jeter à la porte de chez lui quand je l'implorais.

« Je ne lui demandais pas de me traiter en fils légitime, mais seulement de m'aimer un peu et de faire en sorte, étant sans fortune, que je n'eusse pas à souffrir de la misère.

« Il est resté sourd à mes supplications et m'a chassé de sa présence.

« — Alors, — lui ai-je dit, — puisque vous ne voulez pas que je sois un honnête homme, je serai un coquin. »

« Et je me suis lancé dans le crime, après l'avoir prévenu que le jour où je serais arrêté je lui donnais une semaine, pas plus, pour me faire relâcher, sans quoi je dévoilerais publiquement ma naissance, dont je possède les preuves irréfutables.

« Il y a de cela dix ans et je suis sûr que depuis ce moment il n'a cessé de trembler, craignant à tout instant d'apprendre mon arrestation.

« Donc, dès mon arrivée à la Préfecture, je vais lui envoyer un mot et je vous réponds qu'il s'empressera de me faire remettre en liberté, de peur du scandale énorme qui rejaillirait sur son nom s'il m'obligeait à parler.

— Vous vous abusez étrangement, — dit Samson. — Quelque puissant que soit votre père, il ne saurait entraver l'œuvre de la justice.

— Bon, bon, nous verrons cela; je vous répète que dans huit jours je sortirai de là-bas les deux mains dans mes poches et libre comme l'air.

Mémèche était occupée à coiffer la pauvre folle.

Les agents jugèrent inutile de discuter à ce sujet avec le gredin et lui laissèrent son illusion.

Étant arivés sur le boulevard extérieur, ils hélèrent un fiacre et y montèrent avec lui.

Peu après, le Dépôt comptait un hôte de plus.

. . . .

Gomez Erreguy, ne voyant pas venir le Rouquin au rendez-vous qu'il lui avait donné, se rendit seul chez le banquier de José où il encaissa la prime de vingt mille francs qui lui avait été promise.

— On voit bien que M. Honoré vient de faire un héritage, — pensa-t-il en se souvenant de ce que le chenapan lui avait dit quelques jours auparavant, — il n'est pas pressé de toucher son argent.

Il ne se doutait guère qu'au moment où il faisait cette réflexion, celui-ci était entre les quatre murs d'une cellule.

CINQUIÈME PARTIE

Le retour du bonheur.

I

INVITATION A DÉJEUNER

Le surlendemain de ce jour, le docteur Cambise vint à l'ambassade du Chili, vers onze heures du matin.

— Mon cher José, — dit-il à M. de Penaflor, — je prends la liberté de venir déjeuner avec vous aujourd'hui... si toutefois cela ne vous contrarie pas.

— Vous plaisantez, je suppose! — répondit José en riant; — est-il besoin de vous dire que vous me faites le plus grand plaisir chaque fois que vous consentez à vous asseoir à ma table?

— Trop aimable, mon ami; mais si je faisais cette restriction, c'est que je désirerais que vous invitiez une autre personne avec moi.

— Très volontiers; qui que ce soit, il sera le bienvenu.

— Elle sera la bienvenue, vous voulez dire.

— C'est une dame?

— Oh! une dame, pas tout à fait : une jeune fille.

— Une jeune fille? — fit José avec étonnement.

— Oui; vous la connaissez, du reste.

— Ah!... Je ne vois pas, cependant...

— Elle est ici.

— Quoi! ce serait Mlle Colette?

— Elle-même.

— Et vous désirez qu'elle déjeune avec nous?

— A moins que cela ne vous déplaise.

— Nullement. Mais pourquoi tenez-vous à la compagnie de cette enfant?

— Voulez-vous me permettre de ne pas vous répondre tout de suite?

— C'est donc un secret?

— Pour le moment. Je vous demande pardon de faire ainsi le mystérieux avec vous, mais...

— Mon cher Cambise, — interrompit José, — vous avez à coup sûr une raison pour agir de la sorte, et si vous ne croyez pas devoir me l'apprendre, c'est qu'apparemment je ne dois pas la connaître. Donc, inutile de vous excuser. Je vais faire prévenir Colette.

— Allons la prévenir nous-mêmes.

— Soit, allons.

Le docteur et José pénétrèrent dans les appartements de Denise et s'informèrent près de la vieille Mouna, qui était toujours là, si sa maîtresse et Colette étaient visibles.

La négresse leur ayant répondu affirmativement, ils se rendirent à la chambre de la *mère* et de la *fille*.

En ouvrant la porte, ils furent captivés par le gracieux tableau qui s'offrit à leurs yeux.

Mémèche était occupée à coiffer la pauvre folle et, d'une main légère, passait le peigne dans ses magnifiques cheveux qui ruisselaient sur son cou et sur ses épaules en flots abondants.

Parfois, l'enfant s'amusait à soulever en l'air leurs ondes épaisses pour les laisser ensuite fuir peu à peu entre ses doigts d'où elles s'échappaient en une cascade d'or fluide.

Ou bien elle les tordait en deux ou trois grosses nattes et en formait sur la tête de la jeune femme un merveilleux et opulent diadème.

Elle était si absorbée par ce jeu qu'elle ne remarquait pas la présence des deux hommes arrêtés sur le seuil.

Denise, elle, demeurait immobile, les yeux fixés sur ses genoux où étaient étalés les petits vêtements que Mémèche lui avait remis lors de son arrivée près d'elle.

Depuis qu'elle les possédait, elle ne les avait pas quittés un instant et passait son temps à les contempler ou à leur adresser de muettes invocations.

A un moment, elle fouilla dans sa poche et en sortit quelque chose de souple et de blanc qu'elle déploya et plaça sur les petites hardes, après l'avoir tendrement pressé contre ses lèvres.

— Le col de dentelle! — s'écria José stupéfait. — Le col qui avait été acheté avenue de l'Opéra et qu'on croyait perdu depuis si longtemps!

Cette exclamation tira Mémèche de son occupation.

— Tiens, vous étiez là, messieurs ? — fit-elle étonnée.

Puis, supposant qu'ils restaient éloignés parce qu'elle coiffait la Mûda, elle ajouta :

— Entrez donc, il n'y a aucune indiscrétion. Je vais d'ailleurs avoir bientôt fini.

Les deux hommes s'avancèrent dans la chambre.

— Est-ce vous, mon enfant, qui avez trouvé le col que voici? — lui demanda M. de Penaflor.

— Non, monsieur José, c'est ma mère qui l'a pris ce matin sous ce bronze dont le pied est creux.

Et la jeune fille montra sur la cheminée la figurine si connu du *Chanteur florentin.*

— Ce matin seulement ?

— Oui, depuis que je suis ici, c'est la première fois que je le lui vois entre les mains.

« A plusieurs reprises, — continua Mémèche, — j'avais vu ma mère s'approcher de cette statuette et la considérer avec de singuliers regards, mais sans jamais y toucher. Tout à coup, il y a deux heures environ, elle l'a soulevée et a retiré, de dessous, la dentelle qu'elle s'est aussitôt mise a embrasser fiévreusement. Puis, ayant entendu Mouna venir, elle l'a vite cachée dans sa poche.

— Je ne sais que penser, — dit José; — vous vous souvenez, mon cher Cambise, de ce qui s'est passé voilà trois mois? Mouna, ayant aperçu ce col à la devanture d'un magasin, en avait fait emplette pour la Mûda. Dès que celle-ci le vit, elle s'en empara vivement et le mit elle-même à son cou, d'où il fut impossible à Mouna de le lui enlever. Et le lendemain, quand je voulus lui faire recommencer devant vous l'acte qu'elle avait accompli la veille...

— Le col n'était plus dans l'armoire ou la vieille femme l'avait serré, — poursuivit le docteur, — et on ne put le retrouver malgré toutes les recherches auxquelles on se livra dans ce but. Alors vous avez envoyé tout de suite Mouna chercher une parure semblable au même endroit ; mais, cette fois, la Mûda ne la regarda même pas.

— C'est cela.

— Effectivement, comme vous le voyez, je me souviens très bien du fait qui nous a fort étonnés tous les deux.

— Oui, car nous ne pouvions comprendre quelle différence elle faisait entre les deux cols qui se ressemblaient d'une façon parfaite...

« Comme je ne comprends pas davantage aujourd'hui, ni vous non plus, sans doute, pourquoi elle a caché celui-ci si longtemps et paraît toujours tant y tenir.

— Il y a là, je le reconnais, quelque chose de vraiment étrange, — dit Cambise, — et je me demande quel charme inconnu cette dentelle peut bien recéler pour elle.

En même temps, il voulut prendre la parure pour l'examiner.

Mais Denise repoussa violemment sa main et d'un geste rapide fit disparaître le col dans sa poche, en lui jetant des regards farouches.

— Voyez, - fit José, — pas plus qu'avant elle ne veut qu'on y touche.

— Eh bien! ne cherchons pas à aller contre sa volonté, — repartit le docteur. — Peut-être aurons-nous d'ici peu l'explication de ce mystère.

Puis, à Mémèche qui ne comprenait rien à cette histoire.

— Mademoiselle, — lui dit-il, — monsieur et moi étions venus pour vous inviter à déjeuner avec nous ce matin. Voulez-vous nous faire ce plaisir?

— Moi, déjeuner avec vous! s'exclama la jeune fille avec une vive surprise.

— ... Refuseriez-vous?

— J'accepte au contraire bien volontiers; mais d'où me vient cet honneur?

— De ce que mon ami et moi avons pensé que cette vie sédentaire devait vous paraître un peu monotone, ma chère enfant, et qu'il était bon de vous y soustraire un moment.

— Oh! je ne m'ennuie pas près de ma mère, messieurs, repartit la jeune fille avec élan.

— Nous le savons; néanmoins une petite distraction comme celle que nous vous proposons ne doit pas être pour vous déplaire, ce nous semble?

— Non, certes, et je vous remercie beaucoup de cette gracieuseté à laquelle je suis très sensible.

— Ainsi c'est entendu?

— Oui, messieurs. Quand dois-je venir?

— Dans trois quarts d'heure environ, répondit José. Du reste Mouna viendra vous chercher.

— Bien. Je vais profiter du temps que j'ai devant moi pour achever complètement la toilette de ma mère.

— C'est cela.

Les deux hommes partirent.

Mémèche était très flattée de l'invitation qui lui était faite.

Elle ignorait ce qu'était José, mais elle devinait que ce devait être un grand personnage et éprouvait un certain orgueil à déjeuner en sa compagnie.

— Mon cher ami, — dit Cambise à ce dernier quand tous deux eurent quitté les appartements de Denise, — je sais que jamais sur votre table ne paraît de spiritueux sous quelque forme que ce soit. Mais, pour cette fois et par dérogation à vos habitudes, voudriez-vous faire apporter un flacon de cognac au dessert?

— Vous désirez du cognac? fit José, surpris de cette demande du docteur.

— Oui... et du plus fort.

— Je ne vous connaissais pas ce goût pour l'eau-de-vie, mon ami, dit M. de Penaflor en souriant.

— Moi! j'abhorre l'alcool.

— Alors, je ne saisis pas... Ah! cela fait probablement partie de votre secret?

— Vous l'avez dit.

— En ce cas, c'est différent, je ne cherche pas à comprendre. Je ferai donc apporter un flacon de cognac à la fin du déjeuner.

— Un grand, si c'est possible?

— De quelle contenance à peu près?

— D'une bonne demi-carafe, au moins.

— Bien, je vais prévenir Pepe qui doit nous servir.

José sonna le vieux nègre et lui fit connaître le désir du docteur.

Pepe resta ébahi; c'était la première fois qu'il entrait de l'eau-de-vie à l'ambassade et il se demandait d'où venait cette infraction aux règles établies.

Toutefois il se garda de faire la moindre réflexion et assura que le cognac paraîtrait au dessert.

José et Cambise, ayant trois quarts d'heure à attendre avant le repas, gagnèrent un salon et se mirent à causer de choses et d'autres.

— Je n'ai pas eu le plaisir de vous voir hier, mon ami, — dit M. de Penaflor au docteur. — Vous avez été sans doute très occupé?

— J'ai assisté à un mariage qui m'a pris toute ma journée.

— D'un de vos amis?

— D'un de mes clients, le vicomte de Birague, un jeune homme de vingt-cinq ans, que j'ai débarrassé d'une bronchite tenace qui le faisait beaucoup souffrir. Il avait pris un gros rhume, un jour qu'il était allé se promener au Bois de Boulogne. Tenez, justement celui où nous y sommes allés nous-mêmes avec la Mùda.

— Le jour de la fête donnée par la Société du patinage ?

— Parfaitement. Il s'était donc très fort enrhumé et avait négligé de se soigner. De sorte que ce rhume était devenu bronchite, laquelle était sur le point de dégénérer à son tour en phtisie, quand j'ai été appelé près de lui. J'ai pu heureusement enrayer le mal sans trop de peine et le remettre sur pied en peu de temps.

— Et c'est sa guérison qui lui a donné l'idée de se marier ? — demanda José en plaisantant.

— Non, ce n'est pas cela, — répliqua Cambise sur le même ton. — D'ailleurs, ce n'est pas lui qui a eu cette idée, c'est un de ses parents, un oncle immensément riche et duquel il doit hériter. Il est bon de vous dire que le vicomte, qui est orphelin de père et de mère, menait la vie à grandes guides et mangeait par avance, en folies de toutes sortes, l'héritage dudit oncle.

— En empruntant dessus ?

— Bien entendu ; en empruntant à des usuriers qui le volaient à qui mieux mieux. Son dernier emprunt, même, a été contracté dans des conditions tellement onéreuses qu'elles méritent d'être citées.

« Voulant se faire avancer cent cinquante mille francs, il s'était adressé à un juif nommé Isaac Möser, qui devait lui remettre cent dix mille francs, les quarante autres mille francs formant le pour cent du prêt. Or, savez-vous comment ce coquin d'usurier l'a payé ?

— J'avoue que je n'en ai pas le plus léger soupçon.

— Il lui a donné cinquante mille francs en espèces, puis, pour les soixante mille francs qui restaient à solder, il a réglé en marchandises.

« Ces marchandises étaient un lot de chaînes à bateaux, vingt barriques de vin de Chypre et six cents balles de coton fin.

« Tout cela, selon le juif, devait rapporter à la vente la somme en question.

« Mais il s'est trouvé que les chaînes étaient absolument hors d'usage, que le vin de Chypre pouvait rivaliser de saveur avec la plus détestable piquette et que les balles de coton fin se composaient uniquement de filasse.

« Si bien que le vicomte a tiré net du tout treize cent quatre-vingt-dix francs.

— Au lieu des soixante mille annoncés ?

— Oui. Vous le voyez, l'écart n'était pas mince.

— Est-il possible de voler aussi effrontément ?

— Et ce n'est pas fini. Le plus drôle de l'affaire, — si l'on peut trouver cela drôle, — c'est que les acquéreurs de ces différentes choses étaient

La pierrette parut quelque peu effarouchée de la proposition.

des sous-ordres de l'usurier qui achetaient pour son compte, et que, par conséquent, c'était lui qui bénéficiait de ce formidable écart.

— Quelle infamie ! — fit José indigné.

— Ça a été le cri de l'oncle aux oreilles duquel l'histoire est venue et qui a commencé par tancer son neveu de la belle manière pour escomp-

ter ainsi son héritage, puis s'est empressé d'adresser une plainte contre le juif, plainte actuellement en cours d'instruction.

« Ensuite, profitant de ce que le vicomte était malade, il lui a fait entrevoir les douceurs du foyer domestique, lui a dépeint les attentions dont l'entourerait une épouse dévouée dans un cas semblable, lui a montré combien l'isolement était mauvais conseiller puisqu'il ne faisait que sottises sur sottises, bref l'a si adroitement embobeliné qu'il l'a décidé à prendre femme.

« Comme je viens de vous le dire, le mariage a eu lieu hier, et par reconnaissance pour les soins que je lui avais donnés, M. de Birague m'a invité à sa noce et gardé près de lui la journée entière.

— Allons, tout est bien qui finit bien, — conclut José, — et il est à souhaiter que ce jeune homme soit sage dorénavant.

— On l'espère. D'ailleurs, il a épousé *une jolie fortune*, pour me servir de l'expression parisienne, et n'aura plus besoin de passer par les mains des usuriers.

— C'est tant mieux, attendu que ces gens-là sont un véritable fléau pour la société. Mais puisque nous en sommes sur l'article du conjungo, n'avez-vous donc pas l'intention, vous aussi, mon cher Cambise, de devenir mari à votre tour?

« Sans vouloir vous offenser en rien, croyez-le bien, il me semble qu'il serait temps pour vous de songer à vous mettre en ménage, car je ne pense pas que vous ayez fait vœu de célibat?

— Vous vous trompez, mon cher José... j'ai fait ce vœu.

— Bah ! ce n'est pas une plaisanterie ?

— Je vous parle de la façon la plus sérieuse... je ne me marierai jamais.

— Ah ! — fit José, frappé de la fermeté avec laquelle le docteur avait prononcé ces mots.

— Non, jamais, — répéta Cambise. — Je l'ai juré sur une tombe.

— Ah! — fit encore José de plus en plus étonné.

Et ses regards se fixèrent curieusement sur le docteur.

Le visage de celui-ci s'était tout à coup assombri, comme si de tristes images étaient venues à passer dans son esprit.

Il semblait méditer.

Par discrétion, M. de Penaflor gardait le silence.

— Vous vous demandez sans doute pourquoi j'ai fait ce serment ? — reprit Cambise au bout d'un moment.

— Je ne me demande rien, — repartit José, — car je m'en voudrais de chercher à pénétrer, même par la pensée, dans l'intimité de votre vie ; et si, comme je crois m'en apercevoir, j'ai éveillé en vous de pénibles souvenirs, j'en ai un profond regret, je vous l'assure.

— N'ayez aucun regret, mon cher José ; car si, en effet, vous avez touché sans le vouloir à une fibre douloureuse de mon être, vous m'avez fait aussi remonter au cœur une bouffée de jeunesse et remis en mémoire une des périodes les plus heureuses de mon existence.

« Tenez, je vais vous faire connaître une histoire que je n'ai jamais encore racontée à personne. C'est celle d'une liaison que j'ai eue jadis et qui, après avoir débuté de la façon la plus riante, s'est brusquement dénouée par une véritable tragédie.

— Mon ami, — dit M. de Peñaflor qui avait remarqué une certaine altération dans la voix du docteur ; — pour peu qu'il vous coûte de me faire ce récit, je vous en prie, ne me dites rien.

— Bah ! cela est si loin maintenant que je peux en parler sans trop d'émotion. Puis, s'il faut vous l'avouer, je sens que cette confession — car c'en est une, presque — ne sera pas sans me faire quelque bien.

— Allez donc, alors, je vous écoute.

II

LE BRACELET DE FRANCINE

— Vous vous rappelez sans doute, — commença Cambise, — que je vous ai dit un jour qu'aussitôt après avoir été reçu docteur je m'étais mis à voyager ?

— Oui, je me souviens, nous étions encore en Espagne. C'était à la suite d'une conversation relative à un de vos anciens amis du quartier Latin, avec lequel, paraît-il, vous vous étiez livré autrefois à maintes folies et qui, étant venu à s'amouracher d'une petite ouvrière, avait quitté la bande joyeuse dont vous faisiez partie l'un et l'autre, pour se consacrer tout entier à elle.

— Précisément.

— Vous deviez même, je crois, une fois ici, essayer de savoir ce qu'était devenu cet ami, car vous ignoriez comment s'était terminée son idylle.

— Ce à quoi je n'ai pas manqué. Malheureusement, les quelques rares camarades du temps passé que le hasard a mis sur mon chemin n'ont pu me fournir aucun renseignement sur lui. Ils n'en ont plus jamais entendu parler et supposent qu'il a dû retourner chez lui, en Bretagne.

« Mais je reviens à mon sujet.

« La raison de mon départ de Paris, dès que j'eus obtenu mon diplôme, ainsi que des longs voyages que j'ai effectués avant de vous connaître et de me fixer près de vous, n'était pas tant l'envie que j'avais de voir du pays, comme on dit. Non. En courant le monde, je voulais tâcher d'atténuer l'acuité d'un remords qui me pesait sur la conscience et ne me laissait pas un moment de repos.

« Voici la cause de ce remords.

« Quelque temps avant que je ne subisse mes examens pour le doctorat, il me prit un soir la fantaisie d'aller au bal masqué de l'Opéra

« J'avais bien travaillé durant le mois et, ma foi, je pensais que je pouvais bien m'offrir ce luxe pour me récompenser de mes peines.

« En entrant dans le temple des saturnales chorégraphiques, je n'avais nullement l'intention d'y chercher aventure, je vous le certifie.

« Je venais simplement pour me distraire par la vue de cette foule bariolée et bruyante, dont les flots sans cesse en mouvement font passer devant l'œil du spectateur les tableaux les plus divers.

« Il y avait près de deux heures que j'étais là à errer dans les couloirs et je commençais à être un peu fatigué par ce spectacle qui, à la fin, devenait fastidieux pour moi, lorsque je me trouvai à marcher derrière deux masques féminins, auxquels, je ne sais pourquoi, mes regards s'attachèrent soudain.

« L'un était une gracieuse pierrette, l'autre une sémillante arlequine.

« Tout en les suivant, je me prenais à détailler les charmes de chacune, cherchant à établir laquelle possédait les plus attrayants.

« Mais la différence était difficile à faire, car toutes deux étaient ravissantes.

« Et j'admirais indistinctement la finesse de leur taille, la blancheur neigeuse de leurs épaules et surtout la petitesse de leurs extrémités qui révélait en elle des Parisiennes pur sang.

« La pierrette était blonde, de ce blond cendré à nuance argentée qui fait le désespoir des peintres tant la teinte exacte en est insaisissable.

L'arlequine, elle, était parée d'une superbe toison brune sur laquelle les lumières jetaient des reflets d'acier bruni.

« Restait à savoir si elles étaient jolies.

« Pour m'en assurer, je passai devant elles et tentai de saisir quelques indices de leur visage que cachait un loup de velours cramoisi, garni d'une barbe de tulle.

« Mais j'en fus pour mes frais de curiosité, malgré toute l'habileté que je déployai.

« Je pris alors le parti de leur offrir de venir vider une coupe de champagne avec moi.

« La pierrette parut quelque peu effarouchée de la proposition et elle esquissait déjà un geste de refus, lorsque l'arlequine, moins timide, me répondit qu'elles acceptaient volontiers.

« Nous nous rendîmes alors à la buvette.

« Là, mes inconnues consentirent à se démasquer, et je pus constater qu'elles étaient charmantes toutes les deux, mais d'une beauté essentiellement différente.

« Les traits de la pierrette étaient délicats et pleins d'une grâce ingénue, tandis que ceux de l'arlequine étaient hardis et d'une expression un peu dure.

« Académiquement parlant, cette dernière était la plus belle des deux et son irréprochable profil de camée forçait l'admiration.

« Cependant son genre de beauté plaisait moins que celui de sa compagne.

« Il retenait la vue, mais ne séduisait pas.

« Aussi me sentis-je tout de suite plutôt attiré vers la pierrette.

« Nous engageâmes la conversation.

» D'abord, nous ne dîmes que des choses banales, puis, nous familiarisant peu à peu, nous en vînmes à causer plus intimement.

« J'appris alors qu'elles étaient l'une et l'autre employées dans un grand magasin de modes de la rue de la Paix, dont la patronne avait l'habitude, chaque année, de payer une entrée au bal de l'Opéra à deux de ses meilleures ouvrières.

« Je sus aussi que la blonde se nommait Francine et la brune Dinah.

« Comme son nom l'indique, celle-ci était juive.

« Elles étaient amies de longue date, bien que, comme leur beauté, leur caractère offrît le plus frappant contraste.

« Dinah, l'aînée, — elle avait vingt-deux ans, — était libre d'allures, impérieuse et dominatrice.

« Francine, qui atteignait à peine sa vingtième année, avait, au contraire, un maintien modeste et était d'une douceur qui touchait à la faiblesse.

« On eût dit une petite pensionnaire.

« En outre, — toujours par disparité, — la première connaissait de la vie tout ce qu'une fille curieuse peut en connaître, tandis que la seconde avait conservé une candeur d'âme étonnante pour son âge, surtout dans le milieu où elle vivait.

« Mes prévenances s'adressant pour la plus grande part à Francine, en raison de la séduction qu'à son insu elle exerçait sur moi, je remarquai que Dinah en éprouvait quelque dépit et s'efforçait, par des mines et des poses affectées, à appeler davantage mon attention sur elle.

« Cela ne fit que me la rendre encore plus indifférente.

« Décidément sa nature ne m'était point sympathique.

« Nous restâmes à bavarder jusqu'à la fin du bal, puis, comme ces demoiselles avaient la permission de se reposer toute la journée du lendemain, et que, par hasard, ma bourse était suffisamment lestée, je les invitai à venir souper en cabinet particulier dans un restaurant du boulevard.

« Cette fois encore, Francine voulut se défendre, mais Dinah l'entraîna en lui disant qu'elle était ridicule avec ses « manières » et qu'il ne fallait jamais laisser échapper une occasion de s'amuser.

« Pendant tout le temps du repas, la belle juive tenta de nouveau, par mille agaceries et manœuvres coquettes non déguisées, de détourner sur elle les hommages que je rendais à Francine, avec laquelle je devenais de plus en plus intime.

« Son manège ne réussit pas plus qu'auparavant et j'en vins même à lui faire comprendre qu'il m'était plutôt désagréable.

« Ce que voyant, elle se fâcha et, se levant soudain, nous dit, en nous lançant des regards où se lisaient la jalousie et la fureur :

« — Ma foi, puisque vous vous entendez si bien que ça ensemble, je m'en vais... je m'aperçois que je suis de trop et ne veux pas gêner vos épanchements. »

« Là-dessus elle partit et je demeurai seul avec Francine.

« Que vous dirais-je que vous ne puissiez deviner, mon cher José ? — s'interrompit le docteur.

« J'avais vingt-cinq ans; Francine, vingt... et l'amour était là qui nous guettait...

« Nous nous y abandonnâmes...

. . . .

« Ici, je vais sauter un intervalle de quelques mois et reprendre ensuite.

« Depuis cette nuit-là, Francine et moi ne nous étions pas quittés.

« Nous nous adorions et à aucun moment il ne nous était encore venu à l'idée qu'une séparation ou une trahison pût jamais se produire entre nous.

« Cette union, née si inopinément et qui, comme tant d'autres du

même genre, aurait dû être de courte durée, avait pris une force singulière
et nous semblait indissoluble.

« J'étais le premier homme à qui Francine se fût donnée, et ce doux
aveu qu'elle m'avait fait en rougissant me la rendait encore plus chère.

« De mon côté, elle était la première femme que j'eusse réellement
aimée, car les nombreuses et éphémères liaisons que j'avais eues avant
celle-là, à l'époque où je faisais mes farces avec Jean de Lavaur, ne pouvaient, cela va de soi, lui. être comparées en rien.

« Moi qui jusque-là avait nié l'amour, j'en éprouvais alors, en nouveau
converti que j'étais, toutes les plus pures et les plus délicates jouis-
sances.

— Vous aviez, comme votre ami en sa petite ouvrière, rencontré votre
chemin de Damas en cette jeune modiste, — remarqua José en souriant.

— C'est vrai ; avec cette différence toutefois qu'il l'avait rencontré bien
avant moi, car il était déjà en ménage depuis près d'un an quand je fis la
connaissance de Francine.

« Donc, nous vivions comme deux tourtereaux, passant le temps que
nous avions de libre chacun à nous répéter sans cesse que nous nous
aimions.

« Je dis « le temps que nous avions de libre » parce que Francine avait
conservé sa place dans sa maison de la rue de la Paix, et que moi, je continuais à piocher ferme pour me préparer à mes examens dont la date,
maintenant, était tout proche.

« Je n'avais plus jamais revu Dinah et me gardais bien d'en parler à
mon amie, qui, elle-même, ne prononçait jamais son nom.

« Je savais, pourtant, qu'elle était toujours la compagne d'atelier de
Francine.

« Mais de quel œil se voyaient-elles à présent toutes deux, je l'ignorais
totalement. D'ailleurs, cela m'importait peu.

« Nous arrivâmes au commencement de mai, dans les premiers jours
duquel tombait la fête de naissance de Francine.

« A cette occasion, je résolus de lui faire un cadeau.

« Après avoir cherché quel était celui qui lui conviendrait le mieux, je
me décidai pour un bracelet.

« Je vais vous dire pourquoi.

« La patronne de ma maîtresse, en vue de flatter sa riche clientèle,
avait exigé que ses ouvrières fussent toujours mise avec une certaine
élégance ; mais elle leur avait expressément défendu tout bijou, afin,
disait-elle, qu'elles ne s'habituassent pas au luxe.

« Si elle permettait les boucles d'oreilles, ornement féminin obligatoire, pour ainsi dire, elle ne tolérait ni bagues, ni broches, ni colliers, etc...

« Cela, bien entendu, n'avait pas été pour plaire à ces demoiselles qui, voulant quand même se parer de quelque ornement de bijouterie, n'avaient eu d'autre ressource que de porter un bracelet, objet qu'elles pouvaient aisément dissimuler sous la manche lorsque apparaissait la patronne, et mettre en évidence dès qu'elle n'était plus là.

« Aussi, la plupart s'en étaient-elles offert un.

« Francine, elle, n'en avait pas et, plusieurs fois, j'avais cru qu'elle en était contrariée.

« Mon cadeau devait donc lui être agréable.

« Le jour de sa fête venu, j'allai chez Fontana et fis l'acquisition d'un joli cercle orné de brillants.

« Oh! pas d'un prix exorbitant, mais assez riche, toutefois, pour que mon amie vît que je savais bien faire les choses.

« Quand je le présentai à Francine, elle en fut éblouie et dansa de joie. Seulement, n'ayant pas, paraît-il, pris très exactement mes mesures, j'eus toutes les peines du monde à le lui passer au bras, tant le diamètre en était étroit.

« D'autant plus que c'était un bracelet fermé qui ne pouvait se mettre que par la main et non se fixer directement au poignet.

« Cependant Francine avait la menotte si menue que mes efforts finirent par être couronnés de succès.

« Dès qu'il fût en place, en vraie fille d'Ève qu'elle était, elle s'essaya à des effets de bras devant la glace, s'amusant à faire scintiller les brillants qui rivalisaient d'éclat avec ses yeux tout luisants de plaisir.

« Puis, prise d'un petit accès d'orgueil, elle dit malignement :

« — Vont-elles être jalouses, les autres... c'est moi qui aurai le plus beau de l'atelier! »

« Je lui avais fait ce cadeau un dimanche matin.

« Pour l'étrenner, comme elle disait, nous décidâmes d'aller nous promener à la campagne et partîmes pour Meudon.

« Toute la matinée, nous courûmes dans le bois comme des fous, nous grisant à respirer à pleins poumons l'air tiède et printanier, chargé des mille parfums que dégageaient les arbres et les plantes.

« A un moment, comme j'étais à poursuivre Francine qui fuyait devant moi avec la légèreté d'une jeune biche, elle vint à se retourner pour voir si je gagnais sur elle et, dans ce moment, qui la fit un peu dévier de la ligne qu'elle suivait, alla se heurter avec force contre un gros tronc de sapin coupé à trois pieds de terre.

— J'accourus près d'elle. Elle était suffoquée et avait peine à se soutenir.

« Elle poussa un cri de douleur et s'arrêta net en portant la main à son flanc.

« J'accourus près d'elle. Elle était suffoquée et avait peine à se soutenir.

« — Tu t'es fait mal ? » — lui demandai je.

LIV. 124. — H. GEFFROY, éditeur. — Reproduction interdite.   124

« Elle fut quelques instants avant de pouvoir parler, puis, enfin, me répondit :

« — Mal, non ; j'ai plutôt été saisie.

« — Es-tu sûre de ne pas l'être blessée, au moins? — repris-je en remarquant la pâleur qui s'était répandue sur son visage.

« — Non, non, — fit-elle, — n'aie aucune crainte. D'ailleurs, voilà que ça se passe... ce n'est rien du tout.

« — Vrai?

« — Je te l'assure ; laisse-moi seulement reprendre haleine une minute et il n'y paraîtra plus. »

« En effet, peu après elle se remit tout à fait et nous recommençâmes nos courses folles.

« L'heure du déjeuner arriva.

« Nous allâmes nous attabler sous la tonnelle d'une petite guinguette que nous découvrîmes à peu de distance de là, et fîmes le repas le plus délicieux que nous ayons jamais fait

. « Ce n'est pas que ce qu'on nous servit fût très recherché. Oh! non. C'était au contraire tout ce qu'il y avait de plus simple : omelette et gibelotte de lapin, pas autre chose.

« Mais notre appétit, aiguisé par nos longues déambulations à travers le bois, l'endroit charmant où nous nous trouvions et surtout l'heureuse disposition d'esprit dans laquelle nous étions donnèrent pour nous à ces mets une saveur toute particulière.

XXVI

SERMENT D'AMOUR

« Point n'est besoin de vous dire, — continua le docteur, — qu'au cours de notre promenade, le bracelet avait fait à maintes reprises le sujet de notre conversation, du moins de celle de Francine, et, plusieurs fois, je l'avais vue s'arrêter exprès sous un rayon de soleil, pour, ainsi que le matin, admirer les feux que jetaient les précieuses gemmes qui y étaient enchâssées.

« Comme nous venions d'avaler notre dernière bouchée, elle me dit d'un ton câlin :

« — Sais-tu, René, ce qui me ferait aimer encore davantage ce joyau?

« — Non, — répondis-je, — mais si tu veux bien me l'apprendre je le saurai.

« — Eh bien! ce serait d'y faire graver à l'intérieur nos initiales entrelacées : R et F.

« — Ton désir sera satisfait, ma mignonne; je le porterai dès demain chez le graveur.

« — C'est cela, dès demain; tu commanderas un joli entrelacement... Oh! c'est que j'y tiens, vois-tu, à ce bracelet, et je veux toujours le garder... oui, toujours...

« — Tu prends là un engagement un peu téméraire, ma mie, — fis-je en souriant d'un air d'incrédulité.

« — Engagement auquel je ne faillirai, quoi qu'il arrive, — répliqua-t-elle d'un ton résolu. — Oui... je jure de le conserver jusqu'à ma mort.

« — S'il n'est pas usé d'ici là, — repris-je, — car je me plais à croire que tu as encore de longues années d'existence devant toi.

« — Qui sait? — fit-elle en devenant tout à coup sérieuse, — peut-on jamais répondre de voir s'écouler en entier le jour qu'on a vu naître?

« — Diable! tu tournes au lugubre! — observai-je.

« — Oui, — continua-t-elle revenant à son idée, — jusqu'à ma mort il restera à mon bras. Je veux même qu'on me le laisse lorsqu'on me portera en terre.

« — Ah çà! Francine, — lui dis-je, — il me semble que tes propos manquent de gaieté. »

« Mais, sans prendre garde à ma remarque, elle ajouta :

« — René, mon chéri, veux-tu me faire un grand plaisir?

« — Certainement.

« — Jure-moi, alors, que si je viens à mourir pendant que nous sommes ensemble, tu ne me le reprendras pas?

« — Comment, — m'écriai-je, — voilà que tu penses à mourir, maintenant!

« — Et que tu ne le donneras pas à une personne?

« — Pour l'amour de Dieu, ma mignonne, ne m'adresse pas de semblables questions; elles sont tellement bizarres que je ne sais qu'y répondre, — répliquai-je, assez surpris du tour que prenait notre entretien.

« — Fais-moi le serment que je te demande, — reprit-elle en me regardant avec des yeux suppliants, — fais-le-moi, je t'en prie, René, sans cela je croirai que tu ne m'aimes pas?

« — Eh bien! oui, je te le fais, là, — renvoyai-je un peu impatienté.

« — Oh! mieux que cela : il te faut lever la main et jurer sur ce que tu as de plus sacré. »

« Voulant en finir, je me soumis à sa volonté; puis, pour faire diversion à cet entretien rien moins que réjouissant, je m'empressai de commander le café.

« Francine, heureuse d'avoir obtenu ce qu'elle désirait, redevint alors aussi gaie qu'auparavant et se mit à babiller comme une petite pie.

« Je l'aimais beaucoup mieux de la sorte.

« Il y avait deux minutes que nous étions à siroter notre moka, car il était brûlant et nous étions obligés de le boire gorgée par gorgée, quand, soudain, je vis Francine reposer précipitamment sa tasse sur la table en laissant échapper une sourde plainte.

« Tout d'abord, je crus qu'elle venait de s'échauder la langue et je me mis à la plaisanter sur cette petite mésaventure.

« Mais ses traits se contractant douloureusement comme si elle eût été sous l'empire d'une vive souffrance, je compris que je me trompais et lui demandai ce qu'elle avait.

« — Je ne sais pas, — me répondit-elle d'une voix altérée, — je viens de ressentir une sorte de brûlure, là, à droite, un peu plus bas que les côtes.

« — Un point de côté, peut-être? — insinuai-je.

« — Oui, ça y ressemble... seulement c'est plus fort... beaucoup plus fort.

« — Tu auras trop mangé de gibelotte, — dis-je en riant, — et ça te fait peser l'estomac sur le foie. Lève-toi pour donner du jeu aux organes, cela va sans doute se passer. »

« Elle se dressa et essaya de marcher quelques pas. Mais elle dut revenir vite à la table et y chercher un appui, sans quoi elle serait tombée.

« — Dieu! que ça me brûle, fit-elle en gémissant: on dirait que j'ai du feu dans le corps.

« — Qu'est-ce que tu peux bien avoir, ma chérie? — dis-je, ne comprenant rien à ce mal subit. — T'en fais-tu une idée quelconque?

« — Non, pas la moindre. Je n'ai jamais encore éprouvé ce malaise...

« Oh! — gémit-elle de nouveau, — c'est atroce... voilà que ça augmente. »

« Et elle se tordit, en proie à une sorte de crise convulsive.

« — Allons-nous-en, René, — me demanda-t-elle, — allons-nous-en... je ne peux pas rester ici davantage.

« — Veux-tu rentrer?

« — Oui, si ça ne te contrarie pas.

« — Non, certes. D'ailleurs, c'est ce qu'il y a de mieux à faire; si tu as besoin de soins sérieux, ce n'est que chez nous que je peux te les donner. »

« Nous sortîmes de la guinguette. Francine avait une peine inouïe, même soutenue par moi, à mettre un pied devant l'autre et, à tout instant, manquait de choir à terre.

« Cependant, nous réussîmes à gagner la grand'route, où stationnaient des voitures.

« Nous en prîmes une et revînmes à Paris.

« Durant tout le trajet, la pauvre enfant souffrit le martyre, sans que je pusse la soulager en rien.

« Aussitôt à la maison, je la mis au lit, puis cherchai à découvrir quelle était exactement la cause de son mal.

« Je finis par diagnostiquer une hépatite ou inflammation du foie, et la soignai en conséquence, espérant me rendre promptement maître de cette affection.

« Mais deux jours se passèrent sans qu'aucune amélioration se produisît.

« Au contraire, la maladie empirait et des signes inquiétants commençaient à se montrer.

« Les souffrances de Francine s'en accroissaient d'autant et il lui fallait une énergie vraiment surhumaine pour arriver à les supporter.

« Le troisième jour, voyant que le traitement auquel je l'avais soumise continuait à demeurer sans effet, j'allai trouver un de mes professeurs, le célèbre docteur P..., et réclamai son concours.

« Jugeant, d'après ce que je lui confiai, que le cas était des plus pressants, il se fit un devoir de venir sur-le-champ.

« Au premier examen, il reconnut la nature du mal dont Francine était atteinte et, au froncement de ses sourcils, je compris que ce mal était grave.

« J'allais le questionner, lorsqu'il me fit signe de venir dans une chambre à côté.

« Là, baissant la voix, il me dit :

« — Je crains que vous ne m'ayez appelé trop tard, mon ami. Cette enfant est en danger.

« — En danger ! — m'écriai-je, le cœur soudain étreint d'une poignante angoisse.

« — Oui, en grand danger même.

« — Mon Dieu, qu'a-t-elle donc, maître? — balbutiai-je, la sueur au front.

« — Elle a un épanchement péritonéal suraigu, comme l'indiquent le météorisme exagéré qui s'est déclaré, le pouls devenu filiforme, irrégulier, ses lèvres qui se violacent, ses extrémités qui se cyanosent et se couvrent d'une moiteur visqueuse.

« — Et moi qui l'ai soignée pour une hépatite! — m'exclamai-je, rempli de confusion et de douleur.

« — Cette erreur de votre part est très excusable, — repartit M. P..., — attendu que les symptômes de ces deux affections sont à bien peu de chose près les mêmes. Et, probablement, me serais-je trompé comme vous, si trente années d'expérience ne m'avaient appris à discerner les légères différences qui existent entre les uns et les autres.

« — Oh! mon Dieu! mon Dieu! — pleurai-je presque, — vais-je donc la perdre?

« — Je ne dois pas vous cacher, mon ami, que ce sera un vrai miracle si je parviens à la sauver. Cependant, je vais essayer; vous savez que les ressources de notre art sont infinies?

« — Mais comment cela a-t-il pu lui venir? — demandai-je. — Elle qui se portait si bien encore le matin; qui, depuis que je la connais, n'avait jamais eu la moindre des choses?...

« — Vous ne vous rappelez pas qu'elle ait fait un effort?

« — Un effort? Non, pas que je sache.

« — Ou qu'elle ait reçu un coup dans l'abdomen?

« — Je ne me souviens pas non plus.

« — Ça ne peut pourtant provenir que d'une de ces deux causes.

« — Ah! — fis-je, une pensée me traversant l'esprit, — s'il en est ainsi, je crois savoir ce que c'est. »

« Je venais de songer à notre promenade du dimanche matin dans le bois de Meudon et à l'accident qui était arrivé à Francine, c'est-à-dire à sa brusque rencontre avec le tronc de sapin.

« J'en fis part à M. P...

« — C'est bien cela, — dit-il. — Elle se sera fait dans ce heurt une lésion au péritoine, lésion qui se sera aggravée par les jeux auxquels elle a continué à se livrer et dont elle n'aura commencé à souffrir qu'au moment où l'inflammation se sera déclarée.

« Mais, — ajouta-t-il, — ne perdons pas de temps, je vais faire appel à toute ma science et tâcher de vaincre le mal.

« — Oh! Sauvez-la, maître... Sauvez-la... — m'écriai-je éperdu. — Si vous saviez comme je l'aime. »

« M. P... me serra énergiquement la main pour me témoigner combien il compatissait à ma peine; puis, retournant avec moi près de Francine, il se mit aussitôt à disputer à la mort la proie qu'elle convoitait.

« Je crus m'apercevoir qu'il me jetait, en même temps, un regard de profonde commisération. Mais je n'y fis pas attention sur-le-champ.

« Vers le soir, on frappa à la porte et je fus tout étonné, en allant ouvrir, de voir que c'était Dinah!

« — La patronne m'envoie savoir pourquoi, depuis lundi, Francine ne vient pas à l'atelier. Serait-elle malade?

« Pour toute réponse, je la menai près du lit et lui montrai mon amie, qui n'était plus que l'ombre d'elle-même tant la maladie l'avait ravagée depuis trois jours.

« — Oh! la pauvre mignonne! — fit Dinah avec une sincère pitié; — est-il possible que ce soit elle? J'ai vraiment peine à la reconnaître.

« Francine, qui était assoupie à ce moment, se réveilla et, la voyant, lui sourit gentiment.

« — Reste un peu près de moi? — lui demanda-t-elle.

« — Tant que tu voudras, — répondit la juive. — Et, tiens, j'ai une idée. Je vais aller prévenir la patronne que tu es malade et la prier de m'accorder deux ou trois jours de congé que je passerai ici. — Cela te va-t-il?

« — Oh! oui, ça me fera bien plaisir.

« — Alors, je cours et reviens à l'instant. »

« Une heure après, Dinah était installée au chevet de Francine.

« Oubliant l'éloignement instinctif que j'avais éprouvé pour elle, autrefois, je fus presque content de la voir chez moi.

« Elle me paraissait, d'ailleurs, être tout autre qu'auparavant et avoir des manières moins libres.

« Aussi, regagna-t-elle beaucoup dans mon esprit.

« Elle était toujours aussi belle, — si ce n'est plus, — et je ne pus m'empêcher de l'admirer, malgré les tristes pensées dont j'étais assailli.

« En causant avec elle, il arriva que Francine sortit son bras droit du lit et, d'un mouvement machinal, le promena sur les draps, mettant ainsi en évidence le bracelet que je lui avais donné.

« Comme attirés par un aimant, les regards de Dinah se rivèrent instantanément sur le joyau qu'elle n'avait pas encore vu.

« — Quel joli bijou tu as là, — fit-elle d'un ton admiratif. — Le mien a l'air bien malheureux à côté.

« Et elle montra à son poignet un modeste cercle en argent, sans aucune pierre ni ornement.

« — C'est René qui m'en a fait cadeau dimanche, — répliqua Francine.

« — Vous avez eu bon goût, monsieur René, — me dit-elle, — il est charmant et je donnerais beaucoup pour en avoir un pareil.

« En même temps, je vis ses yeux briller d'une lueur d'envie.

« Francine surprit cette lueur et, afin de ne pas exciter la convoitise de son amie, remit son bras sous les draps.

« Mais Dinah semblait vouloir percer ceux-ci de son regard pour le fixer encore sur le bracelet.

« Cependant, s'étant aperçue que je la considérais avec quelque étonnement, elle s'empressa de détourner la vue.

« Bientôt Francine recommença à souffrir.

« M. P... m'avait laissé une ordonnance pour le cas où, comme il était probable, la pauvre enfant aurait une nouvelle crise de douleurs.

« Dans le trouble où j'avais été depuis son départ, j'avais oublié d'aller la faire préparer.

« Je priai Dinah de me rendre ce service. Elle y consentit volontiers.

« Dès que je me retrouvai seul avec mon amie, elle passa ses bras autour de mon cou et me murmura à l'oreille :

« — René, mon cher René, c'est fini, je le sens, je vais mourir... »

« Je voulus l'empêcher de continuer.

« — Ne m'interromps pas, — fit-elle, — je n'ai plus si longtemps à te parler... Je vais mourir, te dis-je, mon heure est venue et il n'est au pouvoir de personne de la retarder même d'une seconde... A cet instant suprême, je te rappelle le serment que tu m'as fait dimanche, là-bas à Meudon, sous la tonnelle : de ne pas me retirer ce bracelet après ma mort. Le tiendras-tu ? »

« J'essayai encore de chasser de son esprit cette idée de la mort ; mais, de nouveau, elle m'arrêta.

« — Ne cherche pas à m'illusionner, — reprit-elle. — J'ai bien vu ce matin à la physionomie de ton professeur que j'étais perdue. Ainsi tout ce que tu pourrais me dire à ce sujet serait inutile. Réponds-moi : tiendras-tu ton serment ? »

« Vous pensez quelle fut ma réponse. Je lui renouvelai ce serment dans les termes les plus énergiques. Je lui jurai, en outre, que si elle mourait, — ce à quoi je me refusais à croire, quoi qu'elle en dît, — je n'aurais plus jamais de maîtresse.

« — O René ! — s'écria-t-elle, le visage illuminé d'un rayon de joie intense, — l'amour que tu as pour moi survivrait-il à ce point dans ton cœur, après l'anéantissement de mon être ?... Je n'ose l'espérer... non, je n'ose...

« — Sois-en assurée, pourtant, repartis-je avec un accent qui ne devait lui laisser aucun doute sur la sincérité de la promesse que je lui faisais.

Celle-ci se dressa lentement sur le lit, les paupières grandes ouvertes.

« — Alors, — dit-elle comme extasiée, — maintenant je n'ai plus peur de mourir, puisque, quoique au tombeau, je continuerai à vivre en toi !

« Et elle me couvrit de tendres caresses dans lesquelles elle fit passer toute son âme et que je lui rendis avec effusion.

« Dinah, que nous entendîmes revenir, mit fin à nos embrassements.

« Je fis absorber la potion à Francine qui, ne tardant pas à en éprouver les effets, fut prise d'un engourdissement général et, par suite, ne sentit plus ses souffrances.

« Depuis soixante-douze heures, je n'en avais pas dormi quatre.

« Je pensai donc qu'il était temps de me reposer un peu et, Dinah ayant consenti à veiller pendant mon sommeil, je me jetai tout habillé sur un canapé.

« Ce ne fut qu'au milieu de la nuit que je me réveillai.

« Francine était toujours tranquille, mais Dinah dormait à son tour.

« Elle occupait un grand fauteuil, à dossier renversé, et la pose légèrement inclinée en arrière, que cette disposition du meuble l'avait obligée de prendre, faisait encore valoir les lignes si pures de son corps sculptural.

« Le croiriez-vous, mon cher José. — dit Cambise avec une sorte de confusion, — en ce moment où nulle pensée profane n'aurait dû se faire jour en moi, je m'arrêtais à contempler, avec un sentiment de plaisir sensuel, cette superbe créature dont les charmes m'apparaissaient dans toute leur splendeur.

« Afin même de mieux jouir de leur vue je pris une chaise et vint m'asseoir en face d'elle.

« Tout à coup, mon attention fut détournée par un sursaut que fit Francine.

« Son engourdissement cessait et la sensation de la douleur lui revenait.

« Une crise se déclara, crise affreuse, au cours de laquelle la malheureuse enfant subit les pires tortures.

« Elle gémissait à fendre l'âme, se tordant dans les draps et se déchirant la poitrine à coups d'ongles.

« Dinah, qui s'était réveillée, m'aidait à la maintenir pour l'empêcher de se mettre en lambeaux. »

IV

Le docteur poursuivit après un moment de silence :

« Jusqu'au matin Francine se débattit sans un moment de répit, puis, brusquement, après un dernier spasme, poussa un long soupir et demeura immobile.

« Je crus d'abord que ce n'était qu'une syncope, mais des indices auxquels un médecin ne se trompe pas me firent promptement revenir de mon erreur.

« C'était fini, elle était morte !...

« Je n'essaierai pas de vous décrire mon désespoir ; j'étais comme fou et un instant je fus sur le point de me broyer la tête contre le mur.

« Un éclair de raison me retint.

« Je tombai alors à genoux près du lit et la tête enfouie dans les couvertures j'éclatai en sanglots convulsifs.

« Dinah, elle aussi, profondément affligée de la mort de sa petite camarade, avait pris place à mes côtés et pleurait non moins fort que moi.

« Toute la matinée, je demeurai ainsi, l'âme perdue, le cerveau vide et n'ayant plus conscience de rien.

« Enfin, la réaction s'opérant, je repris possession de moi-même et songeai à remplir les formalités relatives aux obsèques.

« Je laissai Dinah garder le corps, puis sortis pour aller d'abord à la mairie faire la déclaration du décès et ensuite aux Pompes funèbres commander le convoi.

« Au bas de l'escalier je rencontrai le domestique de M. P... qui m'envoyait prévenir de ne l'attendre qu'assez tard dans l'après-midi, son temps étant pris jusque-là.

« Je fis savoir à cet homme que tout était consommé et que, par conséquent, la visite de son maître était inutile.

« Ah ! combien j'eus tort de dire cela, car si mon professeur était venu il aurait vu, lui, ce que je ne voyais pas, c'est-à-dire que Francine... mais je m'arrête pour ne pas empiéter sur ce qu'il me reste à vous apprendre.

« Je passai une partie de la journée à faire mes courses et rentrai vers six heures du soir.

« En pénétrant dans la chambre mortuaire, j'aperçus la juive tenant soulevé dans ses deux mains le poignet de Francine — le poignet où était le bracelet et fixant celui-ci avec des yeux étincelants.

« Dès qu'elle me vit, elle replaça le bras de la morte sur le lit et me demanda ce que je comptais faire de ce bijou.

« — Le laisser où il est. — dis-je assez brusquement.

« — Comment ! — exclama-t-elle, — vous allez perdre ainsi un objet de cette valeur?

« — Francine a exprimé la volonté de l'emporter avec elle dans la tombe et je me suis engagé par serment à lui obéir, — répliquai-je.

« — Tant pis ; c'est vraiment malheureux. »

« Et elle considéra de nouveau le bracelet d'un œil brillant de désir.

« Afin de changer le cours de ses idées, je l'invitai à aller prendre l'air, attendu que, renfermée comme elle l'était depuis vingt-quatre heures, elle devait en avoir besoin.

« En même temps, elle dînerait et irait apprendre la triste nouvelle aux camarades de Francine qu'elle trouverait certainement encore à l'atelier.

« Elle accepta de faire ce que je lui disais et m'annonça qu'elle reviendrait ensuite, tenant, assurait-elle, à rester près de la morte, jusqu'au moment de l'enterrement.

« Pendant son absence qui dura environ trois heures, je voulus reporter toutes mes pensées vers celle qui gisait là devant moi et dont la silhouette se dessinait rigide sous les draps.

« Mais, à tout instant, j'étais distrait de ma méditation par l'image de la belle juive qui me hantait avec persistance, quoi que je fisse pour la chasser de mon esprit, de même que je ne pouvais me défendre d'aspirer avec délices le parfum subtil qu'elle avait laissé dans la chambre et dont la pénétrante suavité me causait une réelle ivresse.

« A neuf heures elle reparut et me proposa de veiller encore Francine cette nuit-là.

« Mais je refusai et exigeai qu'elle se reposât.

« — Il faut même vous coucher, — lui dis-je — car, de dormir comme la nuit dernière dans un fauteuil, cela vous fatiguerait au lieu de vous délasser.

« — Me coucher! et où donc? — fit-elle étonnée... — Je ne vois pas d'autre lit que...

« — Pas ici, cela va de soi, — m'empressai-je de répondre, — mais dans un cabinet meublé qui est sur le palier et que je vais vous faire donner. Vous n'y serez pas mal du tout, je vous l'assure.

« — Ma foi si vous y tenez, moi, je veux bien, — dit-elle. — Seulement, vous savez, ne vous gênez pas pour venir me réveiller dès qu'à votre tour vous voudrez vous reposer.

« — C'est entendu. »

« Un quart d'heure après elle était installée dans un cabinet voisin et, aussitôt, se mettait au lit.

« Je ne sais quelle crainte m'avait poussé à me débarrasser d'elle.

« Toute la nuit, moi, je restai éveillé.

« Au matin, sentant que j'allais une seconde fois succomber au sommeil, je crus pouvoir aller réclamer son assistance.

« Elle devait d'ailleurs être levée, car je l'entendais remuer chez elle.

« J'allai frapper à sa porte.

— Entrez, — me cria-t-elle familièrement.

« Je tournai la clef et poussai l'huis.

« Elle était à sa toilette et à peine vêtue.

« Je fus assez surpris qu'elle me reçût dans un costume aussi sommaire.

« Néanmoins, je m'avançai vers elle, pensant qu'elle allait passer une camisole. Elle n'en fit rien et ne parut aucunement offusquée de ce que je la visse ainsi.

« — Vous venez me chercher pour vous remplacer près de Francine? — me demanda-t-elle.

« — Oui, — lui répondis-je, — je suis absolument las.

« — Vous auriez dû venir de meilleure heure, alors. Je vous avais dit de ne pas vous gêner et avais laissé exprès la clef sur la porte pour que vous puissiez entrer quand bon vous semblerait.

« — La fatigue m'a pris il n'y a qu'un instant, sans quoi je serais venu plus tôt, — renvoyai-je.

« — Ah! c'est différent, — répliqua-t-elle, — et, en ce cas, vous avez bien fait de ne pas me déranger. »

« Il me sembla qu'elle avait dit cela sur un ton légèrement ironique.

« Après un temps elle ajouta :

— Je n'en ai plus que pour une minute, monsieur René, vous pouvez donc, dès maintenant, aller vous reposer; vous paraissez, en effet, en avoir grand besoin.

« — Bien, merci, — fis-je, — j'y vais tout de suite.

« Mais, au lieu de partir, je ne sais quelle force inconnue me cloua au sol et m'empêcha de faire un seul pas de retraite.

« J'étais littéralement hypnotisé par la vue de cette sirène dont les charmes que je n'avais fait que deviner la veille se montraient alors à moi presque sans voiles.

« — Eh bien ! — reprit-elle, au bout d'un moment. — qu'est-ce qui vous retient donc ici ?

« Puis, me voyant immobile, les prunelles dilatées et dardées sur elle, elle continua avec une feinte naïveté :

« — Quoi ! vous seriez las au point de ne même plus pouvoir retourner chez vous ? S'il en est ainsi, je vais vous aider. Voyons, appuyez-vous sur mon bras. »

« Et elle s'approcha de moi comme pour me soutenir ; si près, que mes lèvres effleurèrent le satin de ses épaules.

« C'en était trop ; un ange n'y eût pas résisté. J'eus un éblouissement et l'enlaçai d'un geste fou.

« Mais elle se cambra violemment en éloignant sa tête de la mienne.

« Pendant dix secondes, nous nous regardâmes tous deux en silence, elle calme et froide comme une belle statue de chair, moi, dans un trouble qui lui disait assez de quels désirs j'étais assailli.

« — Soit !... — me dit-elle soudain... — j'y consens... mais à une condition.

« — J'y m'y soumets d'avance, — fis-je, ne pouvant me douter de celle qu'elle allait m'imposer.

« — Vous me laisserez prendre le bracelet de Francine.

« — Oh ! cela, jamais !... — m'écriai-je avec véhémence... — Jamais ! ce serait un crime. Comment osez-vous me demander pareille chose après ce que je vous ai dit ?

« — Alors, n'en parlons plus, — reprit-elle, — et permettez que j'achève de m'habiller. »

« En même temps elle me glissa des bras et s'enfuit à l'autre bout de la chambre.

« S'il m'eût resté encore une lueur de raison, j'aurais compris toute la bassesse d'âme de cette femme qui ne consentait à me céder que par un sentiment de vil intérêt et je serais parti en lui jetant mon mépris à la face.

« Malheureusement, j'étais arrivé à ce degré d'aberration où l'homme ne mérite plus ce nom et n'a plus rien de ce qui en fait une créature pensante.

« Aussi, m'élançai-je vers elle et cherchai-je à la ressaisir. Sa résistance ne faisait que m'affoler davantage et me donnait le vertige.

« Mais elle me tint à distance.

« — Oui, si vous me promettez le bracelet... autrement, non, — fit-elle d'un ton résolu.

« — Tout ce que vous voudrez, excepté cela, » — dis-je encore dans une dernière révolte de ma conscience.

« Elle haussa les épaules sans me répondre.

« Un nuage me passa devant les yeux, je perdis toute notion de l'honneur et, l'enlaçant de nouveau, je prononçai d'une voix sifflante :

« — Eh bien ! oui... vous l'aurez... je vous le donne.

« — Vrai !...

« — Oui... oui... vous le prendrez vous-même...

« — Enfin !... » — s'écria-t-elle triomphante.

« Et elle s'abandonna...

. . . .

« Quand mon délire eut pris fin, un horrible vide se fit en moi.

« C'était comme si un abîme s'y fût creusé ; et j'avais peine à rassembler mes pensées tant était grand le désarroi de mon cerveau.

« Dinah, elle, avait couru à la chambre mortuaire. Je l'y rejoignis.

« Elle tenait déjà le bras de Francine et s'efforçait d'en retirer le cercle d'or.

« Mais elle n'y réussissait point. Par suite de la maladie, la main de la morte avait subi un léger gonflement et formait obstacle au passage du bijou.

« Je vous rappelle que celui-ci, étant tout d'une pièce, ne pouvait se mettre ou s'ôter qu'en le faisant glisser le long des doigts. Il était même si étroit que, je vous l'ai dit, j'avais eu une certaine difficulté à le placer au poignet de ma pauvre amie.

« Aussi, était-il presque impossible de l'en enlever maintenant.

« Néanmoins, Dinah s'acharnait à vouloir s'en emparer, pétrissant les chairs pour essayer d'en diminuer le volume et venant même à les excorier, tellement elle y mettait de brutalité.

« Moi j'étais là, à la regarder, hébété, stupide, mais ressentant au cœur une douleur lancinante comme s'il eût été percé d'un fer acéré.

« La juive s'irritait de plus en plus de ne pas réussir dans l'opération qu'elle tentait et ses traits fortement crispés témoignaient de la violente colère où elle était.

« — Venez donc m'aider, vous, à la fin, — me cria-t-elle d'une voix dure, — vous voyez bien que je ne peux pas y arriver seule. »

« Je m'avançai d'un pas automatique dans l'intention de faire ce qu'elle me disait. Mais, à peine eus-je touché le poignet de Francine, que celle-ci se dressa lentement sur le lit, les paupières grandes ouvertes et semblable à un spectre revenant de l'autre monde.

« A cette vue, Dinah et moi, croyant à une résurrection provoquée par la lâcheté de notre crime, nous nous reculâmes pris d'une épouvante sans nom, les cheveux hérissés et les tempes baignées d'une sueur froide.

« Francine nous considéra l'un et l'autre d'un regard qui nous fouilla jusqu'au fond de l'âme, abaissa ses yeux sur son bras meurtri, d'où sourdaient quelques gouttes de sang clair et, comprenant tout, me lança ce cri que, depuis lors, j'ai entendu bien longtemps résonner à mes oreilles.

« — Parjure !... Doublement parjure !... »

« Puis, pendant que Dinah s'enfuyait éperdue et que moi je m'écroulais à terre anéanti, elle retomba lourdement sur sa couche... pour ne plus se relever, cette fois.

« Pendant les vingt-quatre heures qui venaient de s'écouler, elle n'avait été qu'en léthargie, état pathologique présentant toutes les apparences de la mort et duquel j'avais été dupe.

« C'est ce qui me faisait vous dire tout à l'heure que j'avais eu tort de ne pas laisser venir mon professeur qui, lui, se serait aperçu au premier examen de l'erreur où j'étais et, en m'en tirant, m'aurait épargné le sacrilège dont je m'étais rendu coupable.

« L'enterrement eut lieu le lendemain.

« Dinah eut la pudeur de ne pas y paraître.

« Moi, je suivis le convoi l'âme en détresse et baissant la tête comme si j'eusse eu mon infamie écrite sur le front.

« Au cimetière, la cérémonie terminée et tout le monde parti, je renouvelai sur la tombe de Francine le serment de ne plus jamais avoir de maîtresse, en y ajoutant, pour me punir de mon parjure, celui d'observer le célibat jusqu'à la fin de mes jours.

« Voilà, mon ami, — conclut le docteur, — pourquoi je suis garçon et le resterai toute ma vie, car, vous pouvez le croire, je ne faillirai pas une seconde fois à ma parole.

« — Je reconnais, mon cher Cambise, — répondit José, — que vous avez commis là une action des plus blâmables et qui ne peut être mise que sur le compte d'un moment de folie; cependant, à mon avis, elle ne comportait pas un châtiment aussi rigoureux.

« — J'ai peut-être été un peu téméraire, j'en conviens, de me condamner de la sorte à vivre seul désormais. Toutefois, en y réfléchissant, je suis moins à plaindre que vous ne croyez.

« Francine m'ayant, en effet, pris le meilleur de mon cœur, il m'aurait

LA FILLE DE L'OUVRIÈRE

--- Vrai! en voilà une drôle de farce tout de même.

été impossible d'aimer d'amour celle qui serait devenue ma compagne,

« Or, à quoi m'aurait servi de l'épouser? A risquer de la rendre malheureuse si elle s'était affectée de mon indifférence et à me créer ainsi des soucis qui auraient empoisonné mon existence.

« Vous admettrez que ce n'était pas là une perspective bien séduisante et de nature à me faire regretter d'être célibataire.

« Aussi, mon châtiment n'est-il point, en réalité, dans cette privation d'un foyer conjugal, mais bien plutôt dans le souvenir que je garde de ma faute et qui, quoique atténué par le temps, ne m'en cause pas moins toujours une certaine souffrance chaque fois que je m'y appesantis.

« — Alors, mon ami, — dit José, — je vous demande de nouveau pardon pour vous l'avoir rappelé... bien involontairement, il est vrai.

« — Je suis heureux, au contraire, que vous l'ayez fait, mon cher José, car, maintenant que je me suis confessé à vous, il me semble que mon remords est moins cuisant. Oui, je me sens le cœur beaucoup plus léger, comme si je m'étais libéré d'un secret lourd à porter... »

« La figure du docteur qui, jusque-là, était restée voilée de tristesse, venait en effet de prendre une expression moins sombre.

« Le silence se fit un instant entre les deux hommes; puis José demanda :

« — Et cette Dinah, pensez-vous qu'elle aussi ait éprouvé quelque repentir de sa méchante action?

« — Je crois pouvoir affirmer que non, car j'ai appris qu'elle s'était jetée dans la galanterie dont elle faisait commerce.

« — C'est une bien vilaine créature.

« — Certes; et l'antipathie qu'elle m'avait inspirée lors de ma première rencontre avec elle, n'était, hélas! que trop justifiée.

« — L'avez-vous revue?

« — Jamais. Cependant, il y a quelques jours, il m'a semblé la reconnaître, — autant qu'on peut reconnaître quelqu'un à seize ans de distance, — dans une femme aux allures tapageuses, qui passait en voiture découverte avenue des Champs-Élysées.

« Comme j'étais à me demander si c'était là mon ancienne complice, deux jeunes gens vinrent à me croiser et j'entendis l'un qui disait à l'autre en la désignant :

« — Tiens, voilà Nini-Mouchette qui va faire son tour au Bois. »

« Ce nom de Nini-Mouchette, — un nom de guerre évidemment, — ne me renseignant point sur l'identité de cette personne, je continuai ma route sans plus m'occuper d'elle.

« Était-ce Dinah? N'était-ce pas elle? Je n'en sais absolument rien.

Mais cela m'importe peu, attendu que je n'ai nul désir de la revoir.

« — Je le conçois; elle vous a fait trop de mal.

« — Oh! oui... »

A cet instant Pepe vint annoncer que le déjeuner était servi.

— Bien, — fit José; — alors va dire à M**e Colette de venir.

V

L'IVRESSE DE MÉMÈCHE

Dès que la jeune fille fut arrivée on se mit à table.

Le docteur avait maintenant d'autres pensées que celles se rapportant aux événements de sa jeunesse.

Il se doutait que Mémèche n'était pas la vraie fille de la Mùda et voulait le lui faire avouer.

Le repas fut très agréable pour celle-ci et c'était vraiment une façon de la distraire qui lui plaisait beaucoup.

Cambise et José étaient de charmants causeurs quand ils le voulaient et l'enfant était ravie de les entendre l'un et l'autre.

Elle prenait, du reste, sa bonne part de la conversation et sa voix claire de soprano s'harmonisait parfaitement avec le contralto des deux hommes.

Pourtant, quelque chose la gênait : c'était le regard pénétrant que le docteur ne cessait d'attacher sur elle.

Pourquoi la fixait-il ainsi?

Ne parvenant pas à se l'expliquer, elle pensa qu'en qualité de médecin il devait avoir l'habitude de considérer les gens de cette manière et finit par n'y plus prendre garde.

De son côté, M. de Penaflor était très intrigué.

Quel était le but de son ami en invitant Colette à déjeuner avec eux, et, en outre, que signifiait cet ordre qu'il lui avait fait donner à Pepe d'apporter du cognac à la fin du repas?

Il se creusait la cervelle pour le deviner.

Vint le moment du dessert.

Le vieux nègre parut avec un plateau chargé de diverses friandises, u milieu duquel se dressait un élégant flacon plein d'un liquide doré et flanqué de trois verres à madère, les plus petits que Pepe eût trouvé à l'office.

Obéissant à une muette indication que lui fit le docteur, le nègre posa le plateau sur la table, bien en vue de Mémèche.

Aussitôt qu'elle aperçut le flacon, la jeune fille eut un tressaillement de plaisir et d'un accent joyeux s'écria :

— Oh! de l'eau-de-vie, quel bonheur.

Elle dit cela avec un tel élan que José la regarda surpris.

— Vous aimez donc cette liqueur? — lui demanda-t-il.

— Si je l'aime! — s'exclama-t-elle, d'un ton passionné, — j'en suis folle...

— Permettez-moi de vous dire que vous avez là un singulier penchant... pour une demoiselle.

— Que voulez-vous, c'est si bon !

— Ce sont vos parents adoptifs qui, sans doute, vous ont habituée à en boire.

— Oui... ce sont eux... — repartit Mémèche avec quelque hésitation.

— Ils ont été bien coupables, car rien n'est plus pernicieux que l'alcool pour les personnes de votre âge et surtout de votre sexe.

— Bah! vous voyez pourtant que je ne m'en porte pas plus mal, — répliqua la jeune fille qui n'avait jamais remarqué les tremblements nerveux dont elle était fréquemment agitée.

Et, impatiente, elle ajouta :

— Donnez-m'en vite, je vous prie.

— Mais je ne sais si je le dois. Monsieur qui est médecin va peut-être me le défendre, — observa José en interrogeant de l'œil le docteur dont il ignorait les desseins.

— Oh! pour une goutte, cela ne tire pas à conséquence, — dit Cambise. — Toutefois, mademoiselle devrait attendre qu'elle ait fini de déjeuner, cela vaudrait mieux.

— Mais j'ai fini.

— Et ces gâteaux, ces confitures, ces fruits confits qui ont un aspect si appétissant, vous les dédaignez donc ?

— Ma foi, oui; ce sera pour une autre fois.

— D'ordinaire, cependant, quand vous êtes avec Mme votre mère, vous vous en régalez, paraît-il?

— C'est vrai, mais aujourd'hui ils ne me disent rien.

— Vraiment?

— Rien du tout, je vous l'assure.

— Eh bien, nous ne voulons pas vous faire languir et allons vous donner un peu de ce cognac qui vous fait tant envie, — dit le docteur semblant très satisfait de l'impatience que montrait l'enfant.

Prenant alors le flacon, il remplit jusqu'au bord les trois verres à madère et en présenta un à Mémèche.

José ouvrit de grands yeux. Comment, Colette allait boire tout cela!

Il n'avait pas eu le temps d'achever cette réflexion que la jeune fille prenait son verre d'une main fébrile et le vidait d'un seul trait.

— Dieu! que c'est bon! — fit-elle la figure épanouie et en faisant claquer sa langue contre son palais en signe de contentement.

Bien que pour elle, cette quantité d'alcool fût des plus minimes, elle en éprouva néanmoins les effets presque sur-le-champ; car, depuis dix jours qu'elle n'en avait absorbé la moindre larme, elle n'avait plus la tête aussi solide qu'auparavant.

— Vous le trouvez à votre goût, à ce que je vois? — lui demanda Cambise.

— Je serais difficile, autrement, vu qu'il est délicieux. C'est du fin, ça, je m'y connais

— On n'en buvait pas de semblable, chez vous, je parie?

— Chez nous?... Où ça, chez nous?

— Dame, chez vos parents adoptifs.

— Ah! oui, oui... chez M. et Mme Honoré, vous voulez dire?

— Naturellement.

— Non certes, on n'en buvait pas de pareil, — repartit la jeune fille, qui avait peine à suivre le fil de ses idées.

— En voulez-vous encore, puisque vous le trouvez si bon?

— Tant qu'il vous plaira.

Le docteur remplit une seconde fois le verre de Mémèche et, pendant qu'elle le vidait avec non moins de rapidité que le premier, plaça le sien devant elle.

— Que faites-vous donc, mon ami? — murmura José à l'oreille de Cambise, — est-ce que vous lui destinez aussi votre part?

— Oui... ainsi que la vôtre.

— Mais elle va se faire mal.

— Ne craignez rien, je ne lui en laisserai pas prendre plus qu'il ne faut.

En reposant son verre sur la table, Mémèche fit entendre un petit gloussement de joie.

— C'est malheureux, — dit-elle, — que je n'en aie pas tous les jours autant; je serais joliment contente.

— Est-ce qu'avant d'être ici vous buviez quotidiennement de l'eau-de-vie? — lui demanda José.

— Oui, mais rien que le soir.

— Tiens, pourquoi?

— Parce que dans la journée j'étais occupée à mon commerce.

— Quel commerce?

— Comment, quel commerce? Pardié, celui de bouq...

La jeune fille s'interrompit. Elle n'était pas encore assez étourdie pour ne pas se rendre compte qu'elle se trahissait.

— Je vous croyais danseuse dans un établissement de l'Exposition? remarqua le docteur.

— Oui, en effet, j'étais danseuse... je ne sais ce qui m'a pris de vous parler de commerce; la langue m'a fourché.

— Ah!...

La jeune fille se passa la main sur le front comme pour chasser de son cerveau les vapeurs qui l'obscurcissaient.

— Prenez garde, — lui dit Cambise, — vous allez renverser le verre qui est là devant vous.

— Est-ce pour moi aussi, ça? — questionna-t-elle.

— Si vous voulez.

— Je crois bien que je veux.

Et elle avala sans broncher la part du docteur.

— Encore une fois, mon cher Cambise, — dit M. de Penallor à voix basse, — je crains fort que ces libations répétées d'alcool ne soient funestes à M\ :ie: Colette.

— Non, mon ami, elle est de force à en boire le double. D'ailleurs, ce que je fais là est nécessaire.

— Quelle est donc votre intention?

— De la griser.

— De la griser! Dans quel but?

— Vous allez le savoir bientôt.

Mémèche avait mis ses deux mains sur sa figure comme pour regarder en elle-même.

Elle cherchait à coordonner ses pensées qui devenaient de plus en plus confuses sous l'ivresse qui l'envahissait rapidement.

Durant quelques minutes elle garda cette attitude.

Comme José, étonné de son silence, se disposait à lui demander à quoi elle songeait, Cambise mit un doigt sur sa bouche pour lui recommander de ne pas la déranger.

Soudain, la jeune fille découvrit son visage.

Elle était maintenant très pâle avec un peu de rose aux pommettes et ses yeux noyés n'avaient plus qu'une lueur incertaine.

Se sentant l'esprit perdu, elle voulut se lever pour s'en aller.

Mais tout se mit à tourner autour d'elle et le plancher sembla onduler sous ses pieds, comme s'il eût été doué de mouvement.

Vivement elle se rassit et d'instinct se retint même à la table de crainte d'être emportée dans cette valse bizarre.

A un moment son regard vint à rencontrer le verre de **M.** de Penaflor, qui était encore intact, et paraissait s'approcher et se reculer d'elle, comme pour la défier de le saisir.

Elle le fixa d'un œil atone, puis, dans un reste de lucidité, dit sourdement :

— Non... non... assez... assez... je n'en veux plus aujourd'hui... j'en ai déjà trop bonne mesure.

Mais, en même temps qu'elle prononçait ces mots, poussée par une puissance plus forte que sa volonté; elle s'empara avidement du verre et en engloutit le contenu d'une gorgée.

Ce fut le dernier coup porté à sa raison.

Sa pâleur s'accentua encore, ainsi que le vermillon de ses pommettes, puis brusquement elle éclata de rire, d'un rire nerveux et saccadé, qui emplit la salle de ses cascades sonores et métalliques.

Cet accès d'hilarité dura un certain temps, diminuant d'intensité par instants, pour reprendre ensuite avec plus de force. Enfin, il s'éteignit graduellement et se termina par quelques hoquets spasmodiques.

Alors la jeune fille se prit à parler, mais sans s'adresser à personne C'était comme un monologue qu'elle se tenait :

— Vrai ! en voilà une drôle de farce, tout de même, — dit-elle d'une voix grasseyante et revenant à son langage du cabaret de la rue des Anglais. — Faudra que je la raconte chez le Père Lunette quand j'y retournerai.... ça amusera les camaros... Oui, ils riront un brin, lorsque je leur dirai la comédie que j'ai jouée... ils ne voudront pas le croire... Moi, Mémèche, la buveuse de « blanche... » qui couchait plus souvent au poste ou en plein air que dans un lit... devenue une demoiselle de la haute... habitant un appartement tout doré, avec un tas de belles choses dedans... et soignée, dorlotée comme une princesse !... Non, ce qu'ils s'esclafferont, je les vois d'ici...

— Per Dio ! — s'exclama José stupéfait, — que signifie ce verbiage? deviendrait-elle folle à son tour?

— Nullement; elle redevient au contraire elle-même. Mais écoutons-la, nous avons grand intérêt à ne pas perdre un mot de son soliloque.

— Il me remit cette petite fiole pleine de la précieuse substance.

Mémèche continuait :

— Ça ne fait rien, si l'on m'avait dit, il y a quinze jours, que je serais aujourd'hui la fille d'une dame chic, j'aurais pris ça pour une jolie postiche... Et quand M. Honoré est venu me commander de lui apporter ce bouquet au *Rocher Suisse*... j'étais loin de m'attendre à ce qu'il allait me proposer... Quelle drôle d'histoire m'a-t-il donc dégoisée, déjà?

Elle s'arrêta quelques secondes pour faire appel à sa mémoire ; puis, se souvenant :

— Ah ! oui... m'y voilà... Il y avait une femme qui était toc toc, parce qu'elle avait perdu sa miochine dans le temps... et elle ne devait retrouver la boussole que si on lui rendait la petite... la petite qui ne l'était plus, s'entend... puisqu'il y avait des années de ça... Alors, comme on ne savait pas où était celle-ci... il me demandait si je voulais la remplacer... Il paraît que je le pourrais très bien, ayant moi-même à peu son âge... Fallait seulement avoir l'aplomb de me faire passer pour elle... L'aplomb... ce n'était pas ça qui me manquait... et je le lui ai prouvé en lui racontant la frime que j'avais faite à la Bosco quand je m'étais déguisée en dame quêteuse... Aussi, a-t-il dit que ça irait tout seul... et nous avons combiné l'affaire tous les deux... non, tous les trois... car il y a le monsieur des Champs-Élysées qui en est également... le monsieur au teint chocolat qui m'a conduite ici... Et, en effet, ça n'a pas fait un pli... J'ai été acceptée d'emblée pour la vraie fille de la femme folle... ni vu ni connu, passez muscade... et en avant le sentiment...

A mesure que Mémèche parlait, les traits de M. de Penaflor prenaient une expression de stupeur indicible.

Il comprenait la machination dont il avait été victime et que, dans son ivresse, la pauvre Colette lui révélait.

Le docteur, lui, demeurait impassible, comme s'il se fût attendu à ce qu'il entendait.

Continuant, ainsi que font les ivrognes, à émettre ses impressions tout haut, Mémèche reprit après une légère pause et en lâchant de plus en plus ses phrases :

— Oui, mais il ne faudrait pas qu'elle durât trop longtemps, cette farce-là... on finirait par découvrir la manigance... et ça ne serait peut-être pas drôle pour moi... ni pour les deux autres...

« Ce n'est pas que la situation me déplaise... au contraire, je me trouve très chiquement... Puis je l'aime bien, moi, cette pauvre femme... et ça me fait de la peine de la voir dans cet état-là... oui, beaucoup de peine... j'en viens même à regretter de ne pas l'être, sa vraie fille... car, alors, je lui *recoquerais l'entendement*...

« Aussi, si je savais où elle est, cette demoiselle, j'irais la chercher et je l'amènerais ici...

« Ah ! non... au fait... qu'est-ce que je dis donc là ?... C'est pour le coup qu'on saurait tout... et qu'il m'en cuirait... Non, non, pas si bête... laissons les choses s'arranger toutes seules...

« Cependant, — fit Mémèche paraissant réfléchir, — ce serait mal de

ne pas y aller... oui, très mal, puisque sans elle sa mère ne peut pas
guérir.

« Eh bien! tant pis... — ajouta-t-elle résolument. — J'irais tout de
même... quoi qu'il puisse arriver... et les autres diraient ce qu'ils vou-
draient... ça me serait bien égal...

Et cette idée prenant corps dans son esprit, elle poursuivit :

— Mais où peut-elle être, cette Colette?... Si j'avais seulement une
indication... une toute petite indication... Je pourrais essayer... Malheureusement, je n'en ai aucune... aussi légère qu'elle soit... et je m'userais
les jambes avant de la dénicher... A moins que le hasard...

Soudain, la jeune fille s'interrompit.

— Oh! quelle pensée me vient! — s'exclama-t-elle. — Cette jolie demoiselle que j'ai rencontrée l'autre jour sur le boulevard avec un monsieur...
et qui m'a acheté mon bouquet... Je vois encore son visage si fin, si gracieux... ses grands yeux si doux qui me regardaient avec tant de bonté...
Quelle étrange ressemblance elle a avec la Mûda!... Ce sont tout à fait
ses traits... oui, tout à fait... Comment cela ne m'a-t-il pas frappée plus
tôt?... Si c'était elle?... Mais non... à quoi vais-je songer là... M. Honoré
m'a dit qu'elle avait été enlevée par un jeune homme... et elle appelait
le monsieur son père... Ça ne peut donc pas être elle...

« Pourtant, il n'y a qu'une mère et une fille pour se ressembler d'une
façon aussi complète... Oh! il faut que je la revoie... je sais justement
où elle demeure... le monsieur m'a invitée à venir chercher les dix francs
qu'il me redevait sur le bouquet à... à...

« Tiens! le nom m'échappe... Où donc est-ce, déjà ?

« Pour sûr, c'est tout près de Paris... et il y a du *saint* dedans...

Et Mémèche fit effort pour se rappeler la localité qui lui avait été
désignée.

— C'est curieux... fit-elle au bout d'un instant... je ne peux pas me
souvenir... non... ça ne me revient pas du tout... j'ai comme un brouillard
dans la cervelle... Cependant, cherchons bien... je finirai peut-être par
trouver...

En disant cela, la jeune fille, sans doute pour mieux concentrer ses
facultés mnémotechniques, ferma les yeux et inclina sa tête sur sa
poitrine.

VI

SPÉCIFIQUE INDIEN

— Eh bien! que dites-vous de cela, mon ami? demanda alors Cambise à José.

— Je dis, per Dio! que j'ai été berné par deux misérables : Erreguy et ce M. Honoré, répliqua M. de Penaflor furieux et sortant de la stupéfaction où il était resté plongé pendant tout le monologue de Mémèche. — Ah! les coquins, qui aurait jamais pu se douter de cela?

— Moi, mon ami; dès le premier instant j'ai soupçonné que vous étiez trompé.

— Vraiment?

— Oui.

— A quoi donc?

— A certaines choses qui m'ont paru singulières. D'abord, j'ai été surpris que la fille de la Mùda, demeurée introuvable jusque-là, ait été découverte presque immédiatement, sur l'ultimatum que vous avez signifié à votre compatriote et qui lui faisait craindre pour la prime que vous lui aviez promise.

« Ensuite, le jour même ou Erreguy nous a présenté cette enfant, j'ai remarqué chez elle diverses manifestations nerveuses qui m'ont démontré qu'elle était une alcoolique invétérée.

« Enfin, dans quelques-unes des réponses qu'elle a faites à nos interrogations, pourtant des plus rationnelles, j'ai relevé plusieurs contradictions et contre-sens flagrants.

« Or, de cet ensemble de faits et sachant que les alcooliques, notamment les femmes, possèdent le don de simulation par excellence, j'ai réduit que nous avions devant nous une Colette non authentique et que Erreguy s'était entendu avec M. Honoré pour nous la fournir.

— Et vous ne m'avez rien dit de cela?

— Si j'avais eu une certitude complète, absolue, croyez bien, mon cher José, que je me serais empressé de vous révéler la fraude. Mais je n'avais que des soupçons et, en conséquence, devais me taire, car, après tout, il se pouvait que je me trompasse.

— C'est juste

— Toutefois, je me promettais de m'éclairer avant peu d'une façon positive et c'est pourquoi j'ai tenté l'épreuve de ce matin, pensant avec raison que sous l'empire de l'ivresse cette jeune fille perdrait sa faculté de simuler et nous dévoilerait la vérité. Voyez que j'ai réussi.

— Mais pourquoi avez-vous attendu jusqu'à aujourd'hui pour cela?

— Parce qu'il était nécessaire de laisser le temps au « sujet » de se déshabituer quelque peu de l'alcool afin de pouvoir l'enivrer plus facilement; sans quoi, il m'aurait fallu, pour obtenir ce résultat, lui en faire absorber des quantités relativement considérables. Vous avez vu ce que j'ai déjà dû lui donner de cognac avant que sa raison fût troublée. Qu'aurait-ce donc été si j'eusse agi dans les premiers jours, alors que ses organes étaient encore saturés d'eau-de-vie?

— C'est vrai, une carafe pleine y eût à peine suffi, et je reconnais que vous avez été très habile en procédant de la sorte. Mais qu'allons-nous faire de cette malheureuse, présentement? Notre devoir est, il me semble, de l'envoyer se reposer sans retard. Nous verrons ensuite, quand elle sera dégrisée, les mesures que nous aurons à prendre à son égard.

— Il vaudrait mieux, selon moi, la dégriser tout de suite, — dit Cambise. — Il est inutile de la laisser ainsi jusqu'à demain.

— Évidemment, cela vaudrait mieux, mais comment la dégriser?

— Oh! c'est bien simple, vous allez voir.

Le docteur prit dans sa poche une petite fiole en cristal épais et de forme plate et longue, qui contenait aux trois quarts un liquide incolore. Elle était hermétiquement bouchée.

— Qu'est-ce que cela? — demanda José.

— Cela, mon ami, — répondit Cambise, c'est une essence qui a la vertu de dissiper instantanément les fumées de l'alcool. Je l'ai rapportée d'un voyage que j'ai fait aux Indes il y a quelques années. Son effet est miraculeux. Fût-on ivre mort, en quelques minutes elle rend à la raison toute sa lucidité et, du même coup, débarrasse l'estomac, par évaporation immédiate, de ce qu'il contient encore de matière spiritueuse.

« Si bien que l'ivrogne le plus alourdi par la boisson redevient incontinent frais et dispos et ne se ressent en rien de son ébriété.

— On devrait bien, en ce cas, en importer l'usage dans les grandes villes européennes; les cas de s'en servir ne manqueraient pas.

— Certes; malheureusement, il est impossible de s'en procurer, et c'est à une circonstance toute fortuite que je dois d'en posséder.

« Elle est la propriété d'une secte d'Indiens religieux des bords du Gange, qui la fabriquent dans le plus grand secret avec des plantes qu'ils cueillent sur les rives du fleuve sacré.

« C'est à elle qu'ils doivent le respect dont ils sont entourés, ainsi que les nombreuses offrandes qui leur sont faites.

« Ils adorent et servent comme prêtres un Bouddha quelconque, dont le culte les fait vivre grassement.

« Pour prouver l'omnipotence de leur dieu et les rapports directs qu'ils ont avec lui, voici comment ils s'y prennent :

« Ils vont de ville en ville, par petites troupes, et s'arrêtent sur une place publique. Là, ils se font apporter des quantités de boissons à base d'alcool, qu'ils se mettent à absorber jusqu'à ce que l'ivresse les terrasse et les rende absolument inertes.

« L'un d'eux, seul, s'est abstenu de boire. Il fait alors constater par les assistants l'état dans lequel se trouvent ses compagnons ; puis, après avoir invoqué leur Bouddha, en le suppliant de lui communiquer son pouvoir divin, il se penche sur chacun d'eux et, tout en ne paraissant que les toucher d'un doigt aux lèvres, il leur verse dans la bouche quelques gouttes de cette essence, dont il a une fiole habilement dissimulée dans la main.

L'effet tient du prodige. En moins de cinq minutes, ces êtres qui gisaient sur le sol semblables à des cadavres, la face congestionnée et les yeux hors de la tête, se sont relevés pleins de force et de vigueur et l'esprit aussi sain qu'auparavant.

« On crie au miracle, on se prosterne devant eux et les dons en nature et en espèces pleuvent de tous côtés, en même temps qu'on implore leur protection.

« Ayant été témoin un jour d'une de ces cérémonies, je voulus en percer le mystère que, comme vous devez le penser, je n'attribuais à aucune puissance occulte.

« Pour cela, je suivis la troupe qui venait de « travailler » devant moi, et parvins à me lier avec l'un de ceux qui en faisaient partie.

« Précisément ce saint personnage était affligé d'une tumeur qui lui causait de grandes souffrances et menaçait de se gangrener si elle n'était opérée promptement.

« Il me demanda, me sachant médecin, si je pouvais l'en délivrer.

« Je lui répondis que oui, mais à une condition : c'est qu'il me dévoilerait le stratagème qu'ils employaient pour faire disparaître leur ivresse avec une telle rapidité.

« Il se fit d'abord longtemps tirer l'oreille ; puis, enfin, y consentit sur la parole que je lui donnai de n'en rien dire à personne tant que je résiderais dans la contrée.

« Je lui enlevai donc sa tumeur — que je lui aurais enlevée sans

, cela, ça va de soi — et, à l'issue de l'opération, trouvant probablement que je n'avais pas été assez payé par la confidence qu'il m'avait faite, il me remit cette petite fiole, pleine de la précieuse substance.

« Voyant qu'il était si bien disposé pour moi, j'essayai de savoir de quels ingrédients celle-ci était composée.

« Mais là, je me heurtai à un refus catégorique. Tout ce que je pus apprendre, c'est que, comme je viens de vous le dire, elle était un extrait de plantes spéciales croissant sur les bords du Gange.

« En me la donnant, il me recommanda, au cas où j'aurais à en user, de l'étendre d'eau dans une forte proportion, parce que les personnes auxquelles j'en ferais prendre, n'ayant pas l'habitude de la supporter pure, comme eux l'avaient de longue date, ne parviendraient jamais à l'ingurgiter et se brûleraient en outre atrocement la bouche.

« Je le remerciai du conseil, me promettant, à la première occasion, d'expérimenter cette eau merveilleuse.

« Quelques jours après, je gagnai la mer et m'embarquai pour l'Europe.

« L'occasion que j'attendais se présenta le lendemain même de mon départ.

« Trois des matelots de l'équipage ayant rapporté à bord des bouteilles de whysky — j'étais sur un navire anglais — s'enivrèrent abominablement.

« Si le capitaine les apercevait, c'était pour eux une punition des plus sévères.

« Je résolus de les soustraire à cette punition en essayant sur eux l'effet de mon essence.

« Je leur en fis avaler à chacun six gouttes diluées dans un demi-verre d'eau et guettai ce qui allait se passer avec une vive curiosité. Le résultat ne tarda pas à se produire. Mes trois gaillards, qui ne pouvaient plus se tenir debout et roulaient sur le pont comme des ballots, étaient, un quart d'heure après, aussi solides sur leurs jambes que s'ils eussent été à jeun depuis la veille et avaient de plus l'intelligence d'une netteté parfaite. Ce dont, par parenthèse, ils furent grandement stupéfaits.

« L'expérience était concluante et je conservai avec soin cette liqueur magique.

« Deux fois, par la suite, j'eus encore à m'en servir.

« La première, pour sauver d'une mort certaine un buveur d'absinthe qui avait fait le stupide pari de boire d'un coup un demi-litre du poison vert.

« Le malheureux râlait déjà quand je survins et lui rendis la vie.

« La seconde, pour tirer un jeune sous-préfet d'une situation délicate.

« Invité chez son chef hiérarchique à un dîner de gala, dont j'étais, il s'était grisé au dessert en vidant trop de coupes de champagne et, n'ayant plus conscience de ses actes, voulait à toute force embrasser Mme la préfète.

« Comme il était très joli garçon, cet accès de galanterie ne déplaisait peut-être pas à la dame qui était déjà mûre et délaissée depuis beau jour par les soupirants.

« Mais le mari riait jaune et paraissait voir la chose d'un assez mauvais œil.

« Craignant qu'à la fin la comédie ne tournât mal, je dégrisai notre trop entreprenant jeune homme qui, en apprenant quelle avait été sa folie, se confondit en excuses auprès de la femme de son chef, laquelle, cependant, ne semblait nullement mécontente de son audace.

« Depuis lors, je n'ai rencontré aucune occasion nouvelle de faire usage de ma liqueur, — ou, du moins, aucune occasion qui en valût la peine, — n'ayant garde, bien entendu, de la prodiguer à tous venants.

« Cette jeune fille est donc la quatrième personne seulement qui en éprouvera les bienfaisants effets, car je ne doute pas d'obtenir avec elle le même succès que j'ai obtenu avec les « sujets » précédents.

— J'avoue qu'il me tarde d'assister à ce singulier phénomène, — dit José.

— Cela ne va pas être long, — répliqua Cambise.

Le docteur prit un verre, le remplit d'eau à moitié, puis y versa cinq ou six gouttes de la fameuse substance.

Aussitôt l'eau se teinta d'une nuance opaline, eut comme un léger bouillonnement et, peu après, redevint calme et limpide.

Il s'en exhalait une odeur aromatique pénétrante qui se répandait dans la pièce et la parfumait délicieusement.

Cambise s'approcha de Mémèche avec le breuvage.

Celle-ci était toujours dans la même position, marmonnant entre ses dents des mots inintelligibles.

Les deux hommes avaient pu causer à haute voix devant elle sans qu'elle les entendît, tant son ivresse la détachait des choses ambiantes.

— Tenez, buvez ceci, mademoiselle, — dit le docteur en lui frappant doucement sur l'épaule, — ça vous rafraîchira, car vous devez avoir la poitrine en feu.

Mémèche releva avec effort sa tête appesantie.

Elle n'avait perçu que le son des paroles qui venaient de lui être adressées, sans en saisir le sens.

— Pardon, messieurs, pardon! — s'écria l'enfant en se jetant aux pieds de M. de Penailor et du docteur.

Cambise répéta sa phrase.

Cette fois elle comprit.

— Sûr, que ça me chauffe là-dedans, — bégaya-t-elle d'une voix empâtée. — C'est comme si j'avais avalé un cent d'épingles.

Et avisant le verre que lui tendait le médecin :

— Qu'est-ce que c'est que ça? — fit-elle en couvrant le cristal d'un

regard vitreux. — Si c'est de la « blanche », quoique ce soit ma toquade...
je n'en veux pas... j'ai mon compte...

— Non, ce n'est pas de la « blanche », c'est une boisson fraîche et
excellente ; buvez, vous vous en trouverez bien.

— Donnez voir, alors.

Elle voulut s'emparer du verre, mais sa main était si mal assurée
qu'elle ne pût y parvenir.

Cambise fut obligé de le lui placer sur les lèvres et de la faire boire
lui-même.

— Oui... c'est bon... — dit-elle quand elle eut fini — et ça fleure
comme un baume.

Puis elle retomba dans son abrutissement.

Un assez long moment passa sans que rien dénotât le moindre changement dans son état.

— On dirait que ça ne réussit pas, — observa José.

— Attendez, — fit le docteur ; — l'essence n'a pas eu le temps de
pénétrer dans le sang.

Cinq grandes minutes s'écoulèrent encore, toujours sans plus de
résultat et Cambise commençait à être un peu inquiet, lorsque, brusquement, Mémèche se redressa sur son siège, tout le corps en proie à une
vive agitation.

Ses paupières battaient comme des ailes de papillon et sa poitrine se
soulevait par saccades si violentes qu'elle y porta les mains pour la
comprimer.

Mais cette agitation ne dura que quelques secondes et, dès qu'elle eût
cessé, une transformation complète s'opéra en elle.

L'expression d'hébétude répandue sur sa physionomie disparut
presque soudainement, ses yeux reprirent leur éclat accoutumé ainsi
que leur rayon d'intelligence, et un vif incarnat vint remplacer la
pâleur cireuse de ses joues.

Son ivresse était entièrement évanouie et elle venait de rentrer dans
la vie pensante.

VII

LE REPENTIR DE MÉMÈCHE

Le docteur regarda José d'un air victorieux.

Et ce dernier ne put s'empêcher de s'écrier :

— C'est réellement magique ! Cela tient du surnaturel.

— Chut ! — fit Cambise en lui montrant la jeune fille, — elle nous entend maintenant.

Mémèche semblait sortir d'un rêve. Elle considérait les deux hommes avec étonnement, paraissant se demander par quel hasard elle se trouvait en leur compagnie et non auprès de la Mûda, comme à son ordinaire.

Elle ne se rappelait encore rien de ce qui s'était passé depuis une heure.

Sans lui permettre de réfléchir davantage, le docteur lui dit à brûle-pourpoint :

— Eh bien ! mademoiselle Mémèche, comment cela va-t-il à présent ?

En entendant ce nom, la jeune fille sauta sur sa chaise et un flot de sang lui monta au visage.

Elle crut que ses oreilles l'avaient trompée.

— Que me demandez-vous, monsieur ? — fit-elle d'une voix altérée.

— Je vous demande si vous vous ressentez encore du malaise que vous a causé le cognac dont vous vous êtes régalée tout à l'heure et que vous paraissiez apprécier au moins autant que la « blanche » de chez le Père Lunette.

— Oh ! mon Dieu !... vous savez donc ?... — gémit-elle, se souvenant maintenant qu'elle s'était grisée après avoir déjeuné avec les deux hommes et devinant que, pendant son ivresse, elle avait dû tenir des propos qui l'avaient trahie vis-à-vis d'eux.

— Oui, mademoiselle, — repartit José d'un ton sévère, — nous savons, par vous-même, que vous n'êtes nullement la fille de la Mûda et que vous vous êtes introduite ici par ruse, avec la complicité de deux coquins, qui avaient intérêt à nous abuser aussi impudemment.

« C'est très mal ce que vous avez fait là et vous mériteriez que nous vous punissions d'une façon exemplaire.

— Pardon, messieurs, pardon !... —s'écria l'enfant en se jetant aux pieds de M. de Penaflor et du docteur. — Oui, c'est vrai, je me suis attribué une fausse qualité pour pénétrer dans cette demeure, mais je suis moins coupable que vous ne le croyez, car, si j'ai agi ainsi, c'était dans une louable intention.

— Dans une louable intention ! Que voulez-vous dire par ces mots ?

— Je vais tout vous avouer, messieurs : vous verrez que je pensais bien faire et que j'ai droit à beaucoup d'indulgence de votre part.

Mémèche raconta alors comment le Rouquin et Erreguy l'avaient amenée à jouer le rôle de la disparue.

— Tous deux m'ont assuré que ma présence près de la Mûda serait d'un effet salutaire sur elle et que, quoique je ne pusse lui rendre la raison, elle éprouverait néanmoins un certain soulagement à me voir à ses côtés, la pauvre femme devant s'illusionner assez pour trouver en moi une vague ressemblance avec sa fille. J'ai donc accepté de me faire passer pour celle-ci, ne voyant là que l'occasion d'accomplir une bonne action.

— Dites-vous vrai ?

— Je vous jure que c'est la vérité pure. Interrogez devant moi ce monsieur qui m'a conduite ici et je le mets au défi de dire le contraire.

— C'est inutile, mon enfant, je vous crois, — répliqua José ; — le ton de sincérité dont sont empreintes vos paroles ne me permet pas de les révoquer en doute, et je vois que c'est inconsciemment que vous êtes entrée dans ce complot.

« Relevez-vous donc et ne craignez plus que nous sévissions contre vous. Nous vous plaignons plutôt que nous ne vous blâmons.

— Oh ! merci, merci, messieurs... je vous suis grandement reconnaissante de ne pas me punir... J'ai déjà bien assez de peine d'être obligée de m'en aller ; car vous ne pouvez plus me garder, je le comprends. Je n'avais pas la prétention de rester toujours ici, mais j'espérais du moins ne pas en sortir sitôt... et surtout de cette façon.

« Puis, je m'étais attachée à cette pauvre femme et, par moments, je me croyais vraiment sa fille.

« D'ailleurs elle-même paraissait prendre plaisir à ma compagnie, vous avez pu le remarquer.

— En effet, — fit José. — Et c'est ce qui m'ôtait tout soupçon à votre égard.

— Cela me cause donc aussi beaucoup de chagrin de m'éloigner d'elle et de ne plus la revoir jamais, — reprit Mémèche avec un accent de véritable affliction. — Vous voyez que je suis suffisamment punie.

— Mais vous aurez au moins la consolation de retourner dans votre famille qui, entre nous soit dit, à dû prêter les mains à cette fraude et sait, sans doute, que vous êtes avec nous ?

— Je n'ai plus de famille ; je suis orpheline depuis l'âge de dix ans.

— Vous avez alors un parent quelconque qui veille sur vous ?

— Non, aucun, je vis seule, entièrement seule.

— Quel est votre nom ?

— Angélique Biron.

— Et de quoi vivez-vous ? Avez-vous un métier qui vous fasse subsister ?

— Oui, je suis marchande de bouquets. Je cours les boulevards tout le jour avec mon éventaire et je gagne assez pour me procurer ma nourriture quotidienne.

— Et boire de la « blanche » chez le Père Lunette, — insinua Cambise.

— C'est vrai, — repartit Mémèche avec un peu de confusion, — et j'ai là un grand défaut, je le reconnais ; mais que voulez-vous ? mon existence est si triste que je cherche à l'oublier dans l'eau-de-vie.

« Du reste, d'habitude, je ne bois jamais que le soir, — ajouta-t-elle en guise d'excuse.

— C'est encore trop, — observa José. — Il est étonnant que vous puissiez résister à un pareil régime.

— Oh ! je sais bien que si je continue je n'irai pas loin, on me l'a dit souvent. Mais bah ! qu'est-ce que ça me fait ? Je tiens si peu à la vie... Surtout maintenant que me voilà retombée à la rue ; car il est certain que je n'ai plus à compter sur la promesse de M. Honoré.

— Il vous avait fait une promesse ?

— Il devait, lorsque la comédie que je jouais serait terminée, me monter un fonds de bouquetière.

« Hélas ! il ne faut plus y songer à cette heure. Quand il saura ce qui arrive...

Si la jeune fille avait su elle-même où était le Rouquin à l'instant où elle parlait, elle eût été encore bien plus sûre de ne pas voir se réaliser son espoir.

M. de Penaflor était vivement touché de la malheureuse situation de l'enfant et se demandait comment il pourrait bien lui venir en aide.

Comme il était à y penser, Mémèche reprit :

— Enfin, il n'y a rien à faire à cela. C'est la déveine qui me poursuit, et je crois décidément que je suis née sous une mauvaise étoile.

Puis, voyant qu'on ne lui disait plus rien, elle ajouta d'un ton résigné :

— Quand voulez-vous que je quitte cette maison, messieurs? Est-ce sur-le-champ?

— Mademoiselle, — répondit Cambise en désignant José, — cela dépend de monsieur qui est le maître de céans et peut seul prendre une décision à votre égard. Mais, en attendant qu'il se soit prononcé, je désirerais vous poser une question,

— Laquelle, monsieur? Je suis toute disposée à y répondre.

— Au cours du soliloque que vous vous êtes tenu pendant que étiez sous les fumées de l'alcool, vous avez dit à un moment avoir rencontré l'autre jour sur le boulevard une jeune demoiselle, accompagnée de son père et à laquelle vous aviez vendu un bouquet.

« Vous avez fait la remarque que cette demoiselle ressemblait étonnamment à la Mûda et que, par suite, il n'était pas impossible que ce fut sa fille.

« Enfin, vous avez parlé de dix francs qui vous restaient dus sur le prix du bouquet et que le père vous avait invitée à venir chercher dans une localité des environs de Paris dont le nom vous échappait.

« Tout cela est-il réel ou bien n'était-ce qu'un jeu de votre imagination surexcitée par l'eau-de-vie?

— C'est tout ce qu'il y a de plus réel!... — s'écria Mémèche. — Cette rencontre a eu lieu près du café Napolitain. Je tenais à la main un gros bouquet de fleurs rares, que M. Honoré était venu me commander, la veille, chez le Père Lunette, et qui lui avait servi de prétexte à entrer en relations avec moi.

« Comme il n'avait qu'en faire, il me l'a donné. Et c'est en allant le vendre au café que je viens de vous indiquer que j'ai rencontré cette demoiselle au bras d'un monsieur qu'elle a appelé son père et qui me l'a acheté pour elle.

— Ressemblait-elle vraiment tant que cela à la Mûda?

Mémèche se recueillit un instant :

— Oh! mais oui. — fit-elle; — à présent que je rapproche son visage de celui de la pauvre folle, je ne vois pas de différence entre eux deux. C'est tout à fait les mêmes traits. Et il est fort possible que ma jolie acheteuse soit, en effet, la vraie Colette.

— Vous souvenez-vous, maintenant que vous êtes de sang-froid, du nom de la localité où vous devez aller chercher les dix francs qu'on vous redevait?

— Je m'en souviens très bien; c'est à Saint-Mandé.

— Ce n'est pas loin; et à quel endroit de Saint-Mandé? Vous a-t-on donné une adresse précise?

— Non, je ne crois pas, ou, si l'on m'en a donné une, je ne l'ai pas retenue.

— Seriez-vous sûre de reconnaître cette personne si vous la rencontriez de nouveau?

— Je la reconnaîtrais entre mille autres et du premier coup. Il me semble que je l'ai encore là devant les yeux.

— En ce cas, il y aurait une chose à faire : ce serait...

— D'aller essayer de la retrouver là-bas? — acheva Mémèche.

— Vous l'avez dit.

— Je m'en charge... et j'ai idée que ce ne sera pas trop difficile. Jolie comme elle l'est, elle doit être connue de tout le monde dans le pays, qui, d'ailleurs, n'est déjà pas si grand.

— Voulez-vous commencer vos recherches dès aujourd'hui?

— Je veux même les commencer tout de suite.

« Dans une heure je serai à Saint-Mandé, et je parie qu'avant la fin de la journée elles auront abouti.

— Vous vous avancez peut-être un peu.., et je crains qu'il ne vous faille plusieurs jours pour arriver à un résultat.

— Bon, bon, je sais ce que je dis... vous verrez... Je vais de ce pas là-bas, et, ce soir, je me fais fort de vous rapporter une bonne nouvelle.

Sur ces mots, Mémèche, sans même se donner la peine de dire au revoir aux deux hommes, sortit précipitamment de la salle à manger.

— Eh bien! elle s'en va comme ça, — fit Cambise, surpris de ce départ subit. — Mais il était nécessaire de nous entendre avec elle sur ce qu'il y aurait à faire, une fois cette demoiselle retrouvée, en admettant qu'elle la retrouve.

— Évidemment, — approuva José; — il y aurait certaines dispositions à prendre pour la mettre en notre présence.

M. de Penaflor sonna Pepe. Le nègre vint aussitôt.

— Va chercher Mˡˡᵉ Mémèche et ramène-la près de nous, — lui commanda-t-il.

Pepe demeura bouche béante, ne comprenant pas. Ce nom de Mémèche que venait de prononcer José sans y penser le déroutait.

— Mamazelle Mémèche!... — jargonna-t-il en écarquillant ses gros yeux jaunes. — Li pas connaître...

— Ton maître a voulu dire Mˡˡᵉ Colette, — rectifia le docteur.

— C'est vrai, — fit José en riant, — je me trompais.

— Ah! bon... — répliqua Pepe. — Pas même chose... moi connaître li.

Et il disparut. Deux minutes après, il revenait, mais seul.

— Mamazelle Colette pas ici, — annonça-t-il. — Li pris manteau, chapeau et partie vite, vite...

— Déjà ! — dit Cambise, — c'est regrettable.

— Elle ne doit pas être encore bien loin ; cours après elle, — ordonna José.

De nouveau, Pepe s'éclipsa, et cette fois ne reparut qu'au bout d'un quart d'heure.

— Vu li nulle part dans la rue, — dit-il. — Li avoir jambes jeunes, moi vieilles... alors pas pu couri...

— C'est juste, mon pauvre Pepe, — repartit José, — je n'avais pas songé que tu n'étais plus ingambe... Bah ! laissons-la faire, nous verrons ce qu'il adviendra.

Et s'adressant au docteur, pendant que Pepe retournait à son antichambre :

— Mais ne trouvez-vous pas, mon ami, — dit M. de Penaflor — qu'il y a un point obscur dans ce que Mlle Mémèche — ou plutôt Mlle Biron, puisque c'est son véritable nom — nous a raconté sur l'acheteuse de son bouquet?

« La vraie Colette, celle qui a été recueillie dans l'église Saint-Honoré-d'Eylau par les époux Honoré et élevée par eux, s'est enfuie de leur demeure, voilà bientôt six mois, enlevée par un jeune homme ; du moins est-ce là ce qu'ils ont assuré à Erreguy.

« Or, quand cette inconnue a été rencontrée par Mlle Biron, elle était avec son père. Cela ne s'accorde guère, il me semble?

— Le fait est qu'il y a là quelque chose qui n'est pas clair et ferait croire que cette demoiselle n'a rien de commun avec la fille de la Mùda. Cependant, comme tout ce qui touche cette dernière est entouré de mystère, nous ne devons pas nous étonner outre mesure de cette circonstance en apparence anormale. Attendons le retour de Mlle Biron ; alors seulement nous saurons à quoi nous en tenir.

— Vous avez raison, attendons de la revoir, car jusque-là nous en sommes réduits aux hypothèses. D'ailleurs notre attente ne sera pas longue puisqu'elle doit être ici ce soir même, avec des nouvelles de son inconnue.

— Il est à souhaiter qu'elle ne se soit pas vantée en vain de la retrouver aujourd'hui, quoique, vu son manque complet de renseignements sur elle, ce délai me paraisse bien court.

— A moi aussi, mais elle avait l'air si certaine de réussir que je ne serais point du tout surpris que sa prédiction se réalisât. Et comme si cela était,

Voyant qu'elle était des plus sérieuses, il se mit à rire.

je désirerais beaucoup que vous fussiez là au moment de son retour pour
entendre ce qu'elle nous dira, vous seriez bien aimable de revenir dans
la soirée.

 — Très volontiers, mon ami ; je reviendrai immédiatement après le
dîner, soit vers sept heures et demie ou huit heures au plus tard.

 — C'est cela, vous m'obligerez.

LIV. 129. — H. GEFFROY, édit. — Reproduction interdite.   129

— Au surplus, si vous aviez besoin de moi auparavant, vous n'auriez qu'à me faire donner un coup de téléphone. Je vais rester toute cette après-midi dans mon cabinet. Je tiens à lire un livre nouvellement paru et qui traite de matières des plus curieuses, autant que j'ai pu en juger par quelques pages sur lesquelles j'ai jeté les yeux.

— Un livre de science médicale, sans doute?

— Hum! je ne sais trop si on peut appeler cela de la science... et surtout médicale. C'est un nommé Rivolet, journaliste, qui raconte une visite qu'il a faite à un sien ami, perdu dans un coin des Hautes-Alpes, où il passe son temps à se livrer à des expériences bizarres, ayant pour but de développer d'une façon extraordinaire l'intelligence des animaux et même des hommes qui en seraient le moins doués.

— Diable! voilà qui me paraît quelque peu présomptueux. Et comment s'y prend-il pour cela?

— Au juste, je ne saurais le dire, n'ayant encore que feuilleté le livre, mais j'ai vu qu'il était question de tubes qu'on enfonce dans le crâne des *sujets* en traitement, de substances chimiques qu'on introduit dans ces tubes et aussi d'autres choses non moins étranges.

« Est-ce une histoire vraie ou simplement un jeu d'esprit? Je ne serai fixé sur ce point que lorsque j'aurai lu le volume en entier, ce à quoi je vais passer le restant de ma journée. Donc, mon cher José, je suis à votre disposition quand il vous plaira. En tout cas, à ce soir entre sept et huit.

Sur ces mots, le docteur prit congé de M. de Penaflor.

VIII

A SAINT-MANDÉ

En quittant les deux convives, Mémèche n'avait fait qu'un saut jusqu'à la chambre de la Mùda, — qui était également la sienne, — avait pris, comme l'avait dit Pepe, son chapeau et son manteau et s'était élancée au dehors en courant.

Aussi, était-elle déjà à une bonne distance, quand José avait ordonné au nègre de la rattraper pour la faire remonter; ce qui explique l'impossibilité où avait été le pauvre vieux de remplir sa commission avec succès.

D'après le long trajet qu'elle avait parcouru en compagnie de Gomez, le jour où celui-ci l'avait conduite à l'ambassade, la jeune fille se croyait dans un quartier extrême de Paris.

Elle fut donc toute surprise, au bout de deux cents pas environ, de se voir en pleine avenue des Champs-Élysées.

Mais dans l'impatience où elle était de se rendre à Saint-Mandé, elle ne s'arrêta pas à chercher la raison de cette bizarrerie, et descendit l'avenue d'une allure toujours rapide.

Comme elle parvenait à la place de la Concorde, un cocher en station l'interpella du haut de son siège.

— Hé! la petite dame, — lui cria-t-il, — vous faut-il un sapin? Je suis libre et Bichette ne demande qu'à marcher; c'est pas une « feignante ».

La jeune fille comptait d'abord gagner à pied la gare de la Bastille qui dessert Saint-Mandé. Avec ses jambes de seize ans et habituée comme elle l'était à arpenter les boulevards toute la journée, cette course n'était qu'une promenade pour elle.

Toutefois, elle réfléchit qu'ayant promis de revenir le soir, plus tôt elle arriverait au but, plus elle aurait de temps à donner à ses recherches.

Elle accepta donc l'offre du cocher.

— Vous allez me conduire à la gare de Vincennes, — lui dit-elle.

— Bigre! — fit l'automédon avec une grimace, — c'est pas tout près, vous savez?

— Certes oui, je le sais, si c'était près, je n'aurais pas recours à vous.

— Y aura-t-il un bon pourboire, au moins?

— Je vous donnerai trois francs.

— Alors, ça va. Montez, la petite dame, Bichette va s'allonger.

— C'est cela, allez vite, parce que je suis très pressée.

— N'ayez pas peur, on va filer bon train.

Mémèche s'installa dans le véhicule et le cocher fouetta son cheval qu'il dirigea vers la rue de Rivoli.

Mais Bichette était bien la rosse la plus étique qui eût jamais été attelée à un fiacre et, au lieu de « s'allonger », elle partit d'un petit trot tout tranquille, sans paraître s'inquiéter le moins du monde de la volée de coups de fouet que son maître crut devoir lui octroyer pour stimuler son zèle.

La pauvre bête avait, en effet, la peau si tannée que, depuis beau jour, elle était devenue insensible au contact de la lanière sur son échine ou sur ses flancs décharnés.

Dès que le véhicule se fut mis à rouler, la jeune fille se prit à réfléchir sur la manière dont elle allait s'y prendre pour découvrir promptement la demeure de sa jolie acheteuse ; ce qui l'occupa assez pour l'empêcher de remarquer la lenteur avec laquelle elle avançait.

Cependant, vingt minutes s'étant écoulées, elle voulut voir où elle en était du parcours et regarda par la portière.

Elle aperçut sur la droite l'église Saint-Germain-l'Auxerrois.

Furieuse de n'avoir encore fait que si peu de chemin elle apostropha le cocher :

— Ah çà ! vous et votre cheval dormez donc ? — lui lança-t-elle d'une voix courroucée.

— C'est parce que, voyez-vous, on vient de mettre du pavé en bois et alors ça gêne un peu Bichette, — répliqua l'automédon sans s'émouvoir. — Mais ça ira mieux quand nous aurons rattrapé le pavé de grès.

— En ce cas, dépêchez-vous de le rattraper ; je vous ai dit que j'étais pressée.

Et Mémèche reprit le cours de ses réflexions, pendant que Bichette continuait à marteler le sol de son trot lourd et pesant.

Un nouveau quart d'heure ayant passé, l'enfant voulut une seconde fois s'assurer du chemin effectué.

Elle constata avec stupeur qu'elle venait à peine de dépasser la tour Saint-Jacques.

— C'est trop fort ! — s'écria-t-elle ; — en allant de la sorte, je n'arriverai sûrement pas avant demain.

Puis au cocher :

— Où donc est-il votre pavé de grès ?

— Par là... vers la rue Saint-Antoine.

— Rien que ça !... c'est-à-dire à une heure d'ici avec votre façon de marcher... J'aime autant aller à pied...

Elle sauta à terre, fouilla dans sa poche et jeta trois francs au bonhomme.

— Tenez, — lui dit-elle, tout en colère, — voici ce que je vous ai promis, mais vous ne le méritez guère... vous m'avez fait perdre du temps au lieu d'en gagner...

— Pas ma faute, la petite dame, — renvoya le cocher, goguenard ; — je vous dis que c'est le pavé de bois... sur le pavé de grès, je suis forcé de retenir la bête.

Mémèche était déjà loin. Elle avait pris la course et filait comme le vent.

En moins d'une demi-heure elle atteignit la gare. Malheureusement, comme elle y arrivait, le train omnibus de la Varenne-Saint-Hilaire, qui fait escale à Saint-Mandé, venait de partir et elle dut attendre le départ du suivant.

Elle était fort ennuyée. Elle avait quitté la rue Marbeuf à deux heures et il en était près de trois et demie.

Cette maudite voiture à allure de tortue l'avait beaucoup retardée et elle songeait non sans appréhension que, la nuit venant de bonne heure, elle n'aurait que peu d'instants de jour devant elle pour commencer ses investigations.

Enfin, un nouveau train s'étant formé, elle y monta et un quart d'heure après débarquait à Saint-Mandé.

Aussitôt dans la localité, elle voulut se mettre en quête de celle qu'elle cherchait.

Elle venait d'entrer dans une large voie plantée d'arbres de chaque côté et bordée d'élégantes villas particulières.

Mais toutes étaient closes et inhabitées, leurs propriétaires n'y séjournant que durant la belle saison.

Cette avenue offrait l'image d'une solitude, que rendait encore plus complète l'absence de tout passant.

Toutefois, à quelque distance d'elle, Mémèche aperçut un cantonnier occupé à combler une ornière avec des cailloux.

Elle se dirigea vers lui et l'aborda.

— Monsieur, — lui dit-elle, — je suis à la recherche dans le pays d'une jolie demoiselle, blonde comme moi et à peu près de mon âge. La connaissez-vous?

L'employé municipal, un vieux bonhomme, regarda celle qui lui parlait, semblant se demander si elle voulait plaisanter, puis voyant qu'elle était des plus sérieuses, se mit à rire.

— Qu'est-ce qui vous fait rire? — interrogea Mémèche.

— Dame, ma belle enfant, la question que vous m'adressez.

— En quoi donc est-elle si risible? — fit la jeune fille piquée.

— Mais... en ce que les jolies demoiselles, blondes comme vous et à peu près de votre âge ne manquent pas à Saint-Mandé, permettez-moi de vous dire.

— Oh! mais celle dont je parle n'est pas comme toutes les autres, — répliqua vivement Mémèche. — Elle est jolie, jolie, avec un petit air très distingué et une expression de physionomie si douce qu'on la remarque tout de suite.

— Ma foi, je vous répondrai encore qu'il y en a pas mal que je connais dont c'est assez le signalement. Pouvez-vous me donner d'autres détails sur elle?

— Non, hélas! c'est une demoiselle que j'ai vue une seule fois à Paris et pendant quelques instants seulement.

— Vous aurez de la peine à la trouver, alors.

— Il faut pourtant que j'y arrive aujourd'hui, car j'ai à lui faire une commission très importante... Ah! je sais qu'elle se nomme Jeanne, — ajouta Mémèche se souvenant que le monsieur qui était avec la jeune fille l'avait appelée ainsi.

— Ce n'est qu'un prénom, ça ; c'est son nom de famille qu'il serait utile de savoir.

— Je l'ignore.

— Est-elle riche ou pauvre ?

— Je pense qu'elle doit être riche... ou, du moins très à son aise.

— Habite-elle Saint-Mandé toute l'année ?

— Je n'en sais rien : tout ce que je puis dire, c'est qu'elle doit y demeurer actuellement avec son père.

— Comment est-il, son père ?

— C'est un homme d'environ quarante ans, au visage un peu triste mais à l'air bon et affable.

Le cantonnier se gratta le menton et parut réfléchir.

— Tout ça c'est bien vague, — dit-il après un moment de silence, — et je ne vois pas trop comment je pourrais vous renseigner. Cependant, je vais vous donner une indication. Il y a là, au tournant de cette avenue, un marchand de fer en gros qui a une fille de seize à dix-sept ans, je crois, blonde ou peu s'en faut, et dont la figure est assez agréable. Allez donc voir si, par hasard, ce ne serait pas la personne que vous cherchez. Vous trouverez facilement : c'est la troisième maison à gauche. Elle est précédée d'une cour où sont dressées le long du mur des quantités de barres et de charpentes de fer.

— Bien, merci, monsieur, je vais y aller ; peut-être votre indication est-elle bonne.

Mémèche s'éloigna et, bientôt, fut devant la maison qui lui avait été désignée.

A une fenêtre ouverte du rez-de-chaussée, elle vit une jeune fille en train de s'amuser à jeter des miettes de pain à une bande de moineaux qui avait fait invasion dans la cour.

L'enfant fut déçue.

Celle qu'elle apercevait était blonde, en effet, mais d'un blond ardent, tirant sur le roux et approchant de cette nuance que les Anglais appellent « auburn ».

De plus elle avait le visage rond comme une pleine lune et l'épiderme tout parsemé de taches de rousseur qui lui faisait une sorte de masque.

Il fallait que le cantonnier eût bien mauvaise vue ou un singulier goût pour lui trouver une figure agréable.

Mémèche n'eut besoin que de la considérer une seconde pour voir qu'elle ne ressemblait pas plus à son inconnue que le blanc ne ressemble au noir.

Elle s'empressa donc de poursuivre sa route.

Elle était maintenant dans une des rues commerçantes de la localité et les boutiques ainsi que les magasins se succédaient presque sans interruption.

— Sans doute, — se dit-elle, — j'obtiendrai par ici quelque bon renseignement.

Elle s'adressa en plusieurs endroits, faisant toujours la même question et fournissant sur sa jolie acheteuse des détails aussi précis que possible.

Mais nul ne savait de qui elle voulait parler.

Ce n'était pas, comme l'avait dit le cantonnier, que les demoiselles blondes manquassent dans le pays, non plus, du reste, que les hommes de quarante ans à l'air bon et affable ; seulement aucune des personnes qu'on connaissait ne répondait au signalement qu'elle donnait du père et de la fille.

La pauvre Mémèche était désespérée. Elle qui avait cru réussir aisément dans ses recherches, s'apercevait maintenant combien elle s'était abusée.

Sans être grand, Saint-Mandé est pourtant encore assez étendu et, de plus est divisé en deux par la voie du chemin de fer qui le traverse dans le sens de sa largeur ; ce qui en fait comme deux petites villes distinctes dont les habitants de l'une frayent peu avec les habitants de l'autre.

Or, Mémèche étant sortie de la gare du côté droit de la voie, à la suite du seul voyageur descendu à la station et qu'elle avait pris pour guide, elle s'était trouvée ainsi dans la partie de la commune entièrement opposée à celle où demeurait Jean de Lavaur, qui, on s'en souvient, habitait avec les Bertin une petite maison près du cours de Vincennes, c'est-à-dire dans la partie située à gauche du chemin de fer.

Il n'était donc pas étonnant, en raison du peu de relations qu'ont entre eux les habitants des deux sections, que Jean et sa fille ne fussent pas connus dans celle où était la petite bouquetière, puisqu'ils n'y étaient jamais venus ni l'un ni l'autre.

Et si, comme l'avait pensé cette dernière, Jeanne était d'une beauté assez remarquable pour qu'on ne l'oubliât pas une fois qu'on l'avait vue, au moins fallait-il encore la voir.

Pendant plus de deux heures, Mémèche parcourut le quartier commerçant, interrogeant tout le monde. même les enfants, sans pour cela être plus avancée qu'à la première minute.

La nuit était tombée depuis longtemps, augmentant encore la difficulté de sa tâche, car nombre de boutiques et de magasins commençaient à se fermer et les passants devenaient de plus en plus rares.

A la fin, ne sachant plus à qui s'adresser, elle prit le parti de retourner à Paris.

— Je reviendrai demain dès le matin, — se dit-elle, — et comme j'aurai la journée entière devant moi, peut-être serai-je plus heureuse.

Là-dessus elle remonta vers la gare.

Mais elle était toute triste de son insuccès, qu'il lui coûtait fort d'aller annoncer rue Marbeuf, après l'assurance qu'elle avait donnée de rapporter une bonne nouvelle.

Elle n'était plus qu'à peu de distance de la station, lorsqu'elle vit venir de son côté un individu portant une bêche sur l'épaule et marchant avec quelque peine.

Comme il passait près d'un arbre, l'extrémité de l'instrument aratoire vint à en heurter le tronc et la secousse le fit rouler à terre.

L'homme voulut le relever, mais il avait beaucoup de mal à se courber et faisait effort pour arriver à l'atteindre.

Obligeamment, Mémèche s'avança et le lui ramassa.

— Merci, mademoiselle — lui dit l'individu avec un sourire, — vous venez de me rendre un véritable service.

— Il n'est pas grand, pourtant, — répliqua l'enfant en riant.

— Pour vous peut-être, mais pour moi il l'est, car j'ai les jambes un peu raides et, comme vous l'avez vu, je ne peux me baisser que malaisément. Donc, merci encore.

Et il allait reprendre sa marche, quand il vint à l'idée de Mémèche de faire une dernière tentative près de ce passant que le hasard mettait sur son chemin.

Elle lui adressa alors la question qu'elle avait déjà faite plus de cent fois, lui contant l'embarras où elle était.

— Je puis vous tirer sur-le-champ de cet embarras, — répondit l'individu, — attendu que je connais très bien, ainsi que son père, cette demoiselle dont vous parlez.

— Vous la connaissez, — fit Mémèche sautant de joie devant ce résultat inespéré.

— Pardon, monsieur, est-ce ici que demeure le médecin des pauvres?

— Très bien, vous dis-je.

— Et vous savez où elle demeure?

— Je dois le savoir puisque je suis le jardinier de la maison.

— Oh! je vous en prie, menez-moi vite près d'elle.

— Vous mener près d'elle, cela je vous serai obligé de m'en dispenser

à cause de mes jambes, mais je puis vous indiquer exactement son domicile qui, pour vous, est à dix minutes d'ici, pas plus.

— Alors indiquez-le-moi ; je vais m'y rendre, car il faut que je la voie sans tarder... son père aussi, d'ailleurs.

— Eh bien ! vous allez passer le chemin de fer, prendre l'avenue qui est en face et monter jusqu'au cours de Vincennes.

— Comment! c'est donc Saint-Mandé aussi, par là?

— Certainement.

— Ah ! si j'avais su...

— Une fois au cours de Vincennes, vous le traverserez en face de l'Avenue, vous verrez alors une petite rue qui oblique à gauche et forme une légère courbe. C'est au numéro 16 de cette rue que demeurent Mlle Jeanne et son père qu'on nomme le médecin des pauvres.

— Quel bonheur que je vous aie rencontré, monsieur, — fit Mémèche ravie de se voir tout à coup au bout de ses peines au moment où elle y comptait le moins. — Grand merci, pour votre renseignement, — vous me payez largement le petit service que je vous ai rendu.

Et, légère comme une oiseau, elle partit dans la direction que l'individu lui avait indiquée.

Celui-ci n'était autre que ce malheureux soldat revenu du Tonkin perclus de douleurs et que nous avons vu un matin pénétrer dans le cabinet du docteur noir, où il avait été soumis à l'influence de l'électricité au moyen d'un bain statique.

Quoiqu'il allât beaucoup mieux et pût marcher sans cannes ni béquilles, il n'était cependant pas encore guéri. Aussi son invalidité l'empêchant toujours d'exercer un métier lucratif, Jean avait pensé à le prendre comme jardinier jusqu'à sa complète guérison, car il le savait trop fier pour accepter de l'argent de lui à titre d'aumône.

De cette manière, le pauvre garçon gagnait sa vie en travaillant, et, en même temps, se livrait à un exercice très salutaire pour sa santé.

Il venait de finir sa journée et retournait chez lui, quand il avait fait la rencontre de Mémèche.

Et, comme tout s'enchaîne dans la vie, il avait fallu qu'il eût précisément une réparation à faire à sa bêche, pour que, au lieu de la laisser au jardin comme d'habitude, il l'emportât à son logis et que sa chute à terre, en l'amenant à causer avec la petite bouquetière, fournît à celle-ci l'occasion de lui demander le renseignement qu'elle désirait tant avoir.

IX

EN FAMILLE

La demie après six heures allait sonner.

Dans la petite maison habitée par Jean et les Bertin, on en était au moment du dîner, et tout le monde réuni dans la salle à manger n'attendait plus, pour se mettre à table, que Mme Bertin qui était encore à la cuisine occupée à donner un dernier coup d'œil à ses casseroles.

Pour prendre patience jusqu'à ce qu'elle parût, on causait.

Assis l'un près de l'autre, André et Jeanne se parlaient bas et se disaient ces choses que se disent les amoureux, ne se lassant pas de se les répéter bien que ce fussent toujours les mêmes.

A côté d'eux, Pacault écoutait Balthazar Capricas — par hasard, le Marseillais ne dînait pas dehors, ce soir-là — qui lui annonçait son départ prochain.

Il devait quitter Paris dans deux ou trois jours pour aller dans le Midi et pousserait sans doute jusqu'à Marseille afin de dire bonjour « aux vieux » et voir comment marchaient les *Docks coloniaux*, dont la renommée, assurait-il, devenait de plus en plus universelle.

Jean et le père Bertin étaient également en conversation.

Le vieillard était radieux.

Après avoir été si longtemps ouvrier, il allait être enfin patron à son tour.

Sans en rien dire à personne, il avait monté un atelier d'ébénisterie dont l'ouverture allait avoir lieu la semaine suivante, et il racontait à Jean, auquel il l'apprenait seulement maintenant, de quelle façon il achevait de l'installer.

Ce serait un atelier modèle, d'où ne sortiraient que des œuvres parfaites.

D'ailleurs, partageant les idées nouvelles, il ferait participer ses ouvriers aux bénéfices de la maison, ce qui leur donnerait tout intérêt à ne produire que des *pièces* de premier ordre.

— J'ai commencé à les embaucher aujourd'hui, — dit-il, — et j'ai pris d'anciens camarades à moi, dont je connais la manière de travailler.

Il n'y a qu'un nouveau parmi eux, mais j'en suis sûr aussi de celui-là. C'est, du reste, un de vos « clients », monsieur Jean.

— Tiens, lequel donc?

— Ce vieux que vous traitez pour un eczéma.

— Ah! il est ébéniste? Je le croyais menuisier, d'après ce qu'il m'avait dit.

— Il l'est, en effet, mais j'ai cru devoir le prendre tout de même, parce que j'aurai besoin de lui pour certains ouvrages qui touchent de très près à l'ébénisterie. Je l'ai essayé et me suis assuré qu'il était très adroit dans sa partie.

— Vous avez fait là une bonne action, mon cher Berlin, — dit Jean.

— Ce malheureux vieillard était désolé de se voir évincer de partout où il se présentait, sous prétexte que sa maladie était contagieuse, ce qui est une sotte erreur.

— Je le sais, vous l'ayant déjà entendu dire. Aussi n'ai-je pas hésité à l'engager. Il se fait un plaisir de vous annoncer la nouvelle à sa première visite.

— Et moi je m'en fais un de l'apprendre dès à présent, car je comprends combien le pauvre homme doit être content.

— Pour sûr, il l'est; il m'a remercié les larmes aux yeux. Et, comme après avoir conclu l'affaire, nous nous étions mis à causer, il m'a dit que, puisque maintenant il allait avoir du travail et être par là à l'abri du besoin, il ne lui manquait plus qu'une chose pour être tout à fait heureux.

— D'être guéri?

— Non, ce n'est pas cela. C'est tout autre chose. Voici ce dont il s'agit. Il avait un frère de quinze ans plus jeune que lui qui, autrefois, était employé chez un marchand de porcelaines de la rue de Crussol. Assez beau garçon, ce frère avait plu à la fille de son patron et était arrivé non seulement à l'épouser, mais encore à succéder à ce dernier qui était mort peu après leur union.

« Sa femme possédait, paraît-il, beaucoup de qualités et il n'avait qu'à se louer d'elle sous tous les rapports. Malheureusement elle avait un défaut capital : elle était fière et, se prenant pour une bourgeoise « de la haute », ne voulait frayer qu'avec des gens de son monde.

« Or, selon elle, les ouvriers n'étaient que de « petites gens » indignes de sa société et elle semblait fort humiliée d'avoir pour beau-frère un simple menuisier.

« A plusieurs reprises, même, celui-ci étant venu à la maison dans les commencements de leur mariage, elle lui avait fait sentir assez librement qu'on se serait bien passé de sa présence.

« Tout en riant du sot orgueil de « madame la bourgeoise », le père Biron — c'est le nom du bonhomme, vous le savez sans doute?

— Oui, je sais qu'il s'appelle ainsi.

— Le père Biron, dis-je, avait cru bon dès lors de se tenir éloigné du ménage, afin de ne pas créer de dissentiments entre les deux époux ; car son frère était loin d'approuver la conduite de sa femme envers lui.

« Pourtant il aurait bien voulu pouvoir venir de temps en temps embrasser et cajoler une jolie petite nièce qu'ils lui avaient donnée et pour laquelle il ressentait beaucoup d'affection. Mais cela lui était interdit en raison même de ce manque de relations avec eux.

« Quelques années après il partit à l'étranger où il avait trouvé à s'occuper d'une façon plus lucrative qu'ici.

« Son absence fut longue. Quand il revint à Paris, il apprit tout à la fois que les affaires de son frère ayant mal tourné, lui et sa femme avaient été obligés pour vivre de se faire marchand des quatre-saisons — ce dont avait dû être singulièrement rabaissée la fierté de cette dernière; — que tous deux étaient morts presque coup sur coup, et qu'enfin sa nièce avait été recueillie par une pauvre bouquetière nommée La Bosco, qui était voisine et amie de ses parents.

« S'étant alors fait indiquer la demeure de cette femme charitable, il y avait couru afin de lui reprendre l'enfant qu'il allait désormais garder près de lui.

« Mais une grande déception l'attendait.

« La Bosco avait également quitté ce monde deux mois auparavant et sa nièce avait disparu sans qu'on sût ce qu'elle était devenue.

« Il eut beau faire les recherches les plus minutieuses, il lui fut impossible de la retrouver et, depuis trois ans, il ignore son sort.

« Aussi en éprouve-t-il un gros chagrin.

A cet instant un coup de sonnette retentit à la grille d'entrée.

Aussitôt toutes les conversations cessèrent.

— Té! — fit Balthazar en se levant, — qués aco? Est-ce une commande qu'on m'apporte?

— Je crois plutôt qu'on vient me chercher pour un malade, — dit Jean.

— Attendez, je vais aller voir, — reprit Balthazar. — Si c'est une commande je n'en ai que pour un instant : j'inscris et je renvoie.

Le Marseillais avait toujours la tête aux affaires.

— C'est cela, ne soyez pas long, — lui cria Mᵐᵉ Bertin paraissant avec une énorme soupière, — le potage est sur la table.

Le commis voyageur descendit au jardin et s'avança vers la grille.

Mémèche était derrière.

La lumière qui passait à travers les carreaux de la salle à manger éclairait son visage, vivement coloré par la course qu'elle venait de faire, car elle était venue d'une seule traite depuis l'endroit où elle avait rencontré le jardinier.

— Pardon, monsieur, est-ce ici que demeure le médecin des pauvres? — demanda-t-elle à Balthazar dès qu'il fut près d'elle.

— Eh! oui, c'est ici, — repartit le Marseillais un peu dépité de voir qu'il ne s'agissait pas d'une commande, mais en admirant néanmoins la gracieuse figure de l'enfant. — Vous venez pour un malade?

— Non, ce n'est pas pour cela.

— Alors, que lui voulez-vous, mademoiselle?

— C'est bien lui qui a une fille du nom de Jeanne, n'est-ce pas? — reprit Mémèche au lieu de répondre à la question du jeune homme.

— C'est lui.

— De seize ans environ?

— Elle vient de les avoir.

— Très jolie?

— Té, si elle est jolie... je vous crois!... Plus jolie que vous-même, ce qui n'est pas peu dire, — répliqua galamment Balthazar. — Mais pourquoi me demandez-vous cela? — ajouta-t-il étonné de ce singulier interrogatoire.

— Pour m'assurer que c'est bien à elle que j'ai affaire avant de la prier de me recevoir.

— Vous avez à lui parler?

— Tout de suite, si c'est possible.

— Qu'avez-vous à lui dire? — questionna assez indiscrètement le commis voyageur.

— Je ne puis le confier qu'à elle... ou à son père; mais c'est très important.

— En ce cas, entrez, mademoiselle, — fit Balthazar en ouvrant la grille; — vous allez les voir tous les deux. Ils sont là ensemble dans la pièce éclairée.

Un instant après, Mémèche, précédée du Marseillais qui lui servait d'introducteur, paraissait sur le seuil de la salle à manger.

Tous les regards se dirigèrent vers elle et on l'examina avec curiosité.

— C'est une jeune fille qui désirerait parler à Mlle Jeanne ou à son père, — annonça Balthazar. — Il paraît que c'est très sérieux.

Jean s'approcha de Mémèche.

— Vous désirez parler à ma fille ou à moi, mademoiselle? — lui dit-il.

La petite bouquetière sembla ne pas avoir entendu.

Elle avait les yeux fixés sur Jeanne qu'elle considérait avec une extrême attention.

— Oh! oui, — murmura-t-elle, — ce doit être elle la fille de la Mùda... elle lui ressemble au point qu'on la prendrait pour elle-même.

— Que dites-vous? — demanda Jean qui n'avait perçu que quelques mots de cet aparté.

Mémèche était si absorbée à scruter les traits de la jeune fille qu'elle continua à garder le silence.

— Eh! mais, — fit soudain Jeanne, — qui de son côté dévisageait la nouvelle venue, je ne me trompe pas, père : mademoiselle est la personne à qui nous avons acheté il y a quelques jours, ce si beau bouquet de fleurs rares.

— Tiens, en effet, c'est notre petite marchande du boulevard des Italiens, — repartit Jean en reconnaissant Mémèche à son tour.

— Oui, c'est bien moi, — dit celle-ci prenant enfin la parole.

Et remarquant que les riches vêtements qu'elle portait causaient quelque étonnement au père et à la fille, qui l'avaient vue sous d'autres si différents, elle s'empressa d'ajouter :

— Je comprends que vous ne m'ayez pas reconnue sur-le-champ. Quand je vous ai abordés à Paris, j'étais vêtue bien plus pauvrement que je ne le suis maintenant, mais vous saurez tout à l'heure d'où vient ce changement. Je vais d'abord vous dire pourquoi je suis ici.

— Nous le devinons, — répliqua Jean avec un sourire.

— Vous le devinez? — fit Mémèche surprise.

— Dame, ce n'est pas bien difficile; ma fille et moi sommes vos débiteurs et vous venez nous réclamer votre dû, ce qui est trop juste. Seulement, je me demande comment vous avez pu arriver à découvrir notre demeure, car je me rappelle avoir oublié de vous laisser notre adresse. Quoi qu'il en soit, vous voici et nous allons nous acquitter de notre dette en vous donnant de plus une petite gratification pour le dérangement que ce voyage vous a causé.

Mémèche comprit alors que Jean faisait allusion aux dix francs qui lui étaient rendus sur le prix du bouquet.

Elle en fut même tout à fait convaincue en le voyant fouiller dans sa poche et en tirer une pièce d'or avec un peu de monnaie blanche.

— Oh! — fit-elle en faisant le geste de repousser de la main l'argent qu'on allait lui offrir, — il ne s'agit pas de cela; j'étais bien loin de songer à cette peccadille.

— Comment, ce n'est pas là le but de votre visite?

— Nullement.

— Quel est-il donc, alors ?

— Je voudrais vous le dire en particulier, soit à vous, soit à mademoiselle... ou à tous les deux à la fois si vous l'aimez mieux.

X

ÉMOTIONNANTE NOUVELLE

A ces mots, les trois Bertin, Pacault et le Marseillais firent mine de se retirer.

Jean les retint.

— Restez, mes amis, — leur dit-il.

Puis à Mémèche :

— Mademoiselle, j'ignore ce que vous avez à apprendre à ma fille ou à moi, mais quoi que ce puisse être, toutes les personnes présentes ici peuvent l'entendre. Parlez donc sans crainte, nous vous écoutons tous.

— Monsieur, — repartit la petite bouquetière, — ce que j'en disais était par simple discrétion, ne sachant pas si vous m'auriez approuvée de vous faire cette confidence devant tout le monde ; mais puisque vous m'y autorisez je n'hésite plus à parler.

« Toutefois, un mot, d'abord.

« Mademoiselle n'a-t-elle pas été élevée par M. et Mme Honoré ?

— En effet, — répondit Jeanne étonnée de cette question et en se sentant frémir au nom des deux gredins qui l'avaient tant fait souffrir.

— Ne vous nommiez-vous pas Colette, à l'époque où vous étiez avec eux ?

— Si, c'est ainsi qu'ils m'avaient appelée.

— Et n'étiez-vous pas artiste dans un grand établissement de l'Exposition ?

— J'étais au *Café Maure*.

— Bien, en ce cas, je suis sûre que vous êtes bien celle que je cherchais. Maintenant voici ce que j'ai à vous révéler.

« Il y a dans une maison de la rue Marbeuf une femme folle d'environ trente-quatre à trente-cinq ans. La démence de cette malheureuse

Et il ouvrit les bras à sa fille qui vint s'y jeter éperdue.

remonte à une époque déjà lointaine et est survenue, paraît-il, à la suite de la perte qu'elle a faite de son enfant, une petite fille encore toute jeune.

« Comment cette femme est-elle là? Je n'en sais rien. Chez qui est-elle? Je ne le sais pas davantage. Mais ce qu'on m'a dit et que je vous rapporte c'est qu'elle ne doit recouvrer la raison que le jour où elle embrassera sa fille.

« Or, celle-ci était il y a quelques mois sur le point de lui être rendue quand, tout à coup, elle s'est enfuie du domicile de ceux avec qui elle était, sans qu'on ait pu, depuis lors, découvrir l'endroit où elle s'était retirée.

« Eh bien! moi, mademoiselle, je dis que cette enfant, c'est vous; et cela, je l'affirme tant parce que ma conviction découle de ce que vous venez de m'apprendre sur vous, que parce que votre ressemblance avec la pauvre folle est si frappante que, pour ainsi dire, vous ne faites qu'une toutes les deux... âge à part, bien entendu.

Dès les premières paroles de Mémèche, Jean et sa fille avaient été pris d'une violente émotion: Jean, surtout, qui en était devenu tout pâle.

— Oh! mon Dieu! — fit Jeanne en joignant les mains; — quel espoir insensé nous donnez-vous là, mademoiselle!

Et se tournant vers Jean:

— Père, serait-ce possible que nous ayons l'immense bonheur de revoir ma mère en ce monde? Je n'ose m'arrêter à cette pensée...

Jean était si bouleversé qu'il en demeurait comme hébété.

Oui, c'était là un espoir insensé qu'on faisait naître en lui et, de même que sa fille, il n'osait croire qu'il pût devenir une réalité, quoique cependant il eût depuis quelque temps le pressentiment qu'un jour ou l'autre il retrouverait Denise.

— Quel est le nom de cette femme? demanda-t-il d'une voix altérée.

— Je ne la connais point. On l'appelle la Mùda, ce qui en espagnol signifie « la muette », parce qu'elle ne parle jamais.

— Et vous dites qu'elle ressemble à ma fille?

— A s'y méprendre.

Jean savait que Jeanne était tout le portrait de sa mère, dont il avait toujours l'image présente à ses yeux.

C'était même, on se le rappelle, cette similitude de traits qui l'avait frappé lorsqu'il avait vu l'enfant pour la première fois chez les Bertin.

Ce ne pouvait donc être que Denise qui était dans cette maison de la rue Marbeuf.

Toutefois, avant de se laisser aller à la joie délirante qui l'envahissait, il voulut adresser encore quelques questions à Mémèche, de manière à ce qu'aucun doute ne subsistât plus touchant l'identité de celle dont il s'agissait.

— Comment savez-vous cela? — lui demanda-t-il de nouveau.

— Il y a dix jours que je vis avec cette infortunée dans la plus étroite intimité.

— Vous!... Mais quand nous vous avons rencontrée à Paris, vous étiez marchande de fleurs, ce me semble?

— Ce n'est que le lendemain de ce jour que j'ai été amenée près d'elle.

— Qui donc vous y a amenée?

— Qui? fit Mémèche avec un certain embarras.

Puis prenant bravement son parti :

— Tenez, je vais tout vous avouer, — dit-elle: — comme cela vous en saurez autant que moi.

Et la petite bouquetière recommença le récit qu'elle avait fait quelques heures auparavant à Cambise et à M. de Penaflor, c'est-à-dire raconta comment elle s'était mise au service du Rouquin et d'Erreguy pour jouer le rôle de la disparue.

Jeanne apprit ainsi une chose qu'elle avait toujours ignorée : c'est qu'on l'avait déposée dans l'église Saint-Honoré d'Eylau et que c'était là où l'avaient trouvée ses soi-disant parents.

Quant à connaître qui l'avait abandonnée en ce lieu, cela restait un mystère, Mémèche n'en sachant rien elle-même.

La bouquetière compléta son récit par la scène de sa présentation à la Mûda.

Elle dit avec quelle avidité la pauvre folle s'était emparée des petits vêtements qu'on lui avait remis pour prouver son identité et aussi avec quelle tendresse passionnée elle les avait embrassés, cherchant en même temps à prononcer un nom que, malgré tous ses efforts, elle n'était pas parvenue à articuler.

Comme elle avait fait la description des misérables hardes, Pacault qui, jusque-là, n'avait pas dit un mot, s'exclama joyeux :

— Oui, oui, c'est bien cela... ces vêtements sont bien ceux qui enveloppaient l'enfant. J'en suis d'autant plus sûr que la veille du jour où sa mère est partie de la rue Saint-Jacques, je les ai raccommodés moi-même, celle-ci n'en ayant pas le courage.

En entendant la voix du nain, Mémèche porta les yeux de son côté et l'aperçut seulement, car, à son arrivée, il s'était dissimulé derrière André Bertin.

Elle eut un mouvement d'effroi ; mais elle se rassura immédiatement en voyant combien sa physionomie dénotait la bonté et la douceur.

— En effet, — dit-elle, — ces malheureuses loques étaient reprisées en divers endroits et, chose que j'ai remarquée, avec du fil qui n'était pas de la même couleur que l'étoffe.

— C'est cela, c'est bien cela, — répéta encore Pacault, — j'avais pris le premier fil qui m'était tombé sous la main, sans prendre garde à sa nuance.

Cette fois, Jean ne pouvait plus douter.

Celle qu'on ne connaissait que sous le nom de la Mûda était Denise... Denise qu'il pleurait depuis quatorze ans et dont le souvenir était plus que jamais vivant en lui.

— Jeanne, mon enfant!... — s'écria-t-il enivré. — Dieu a eu pitié de nous... il consent enfin à nous rendre ta mère.

Et il ouvrit les bras à sa fille qui vint s'y jeter éperdue.

Le père et l'enfant, étroitement enlacés, mêlèrent leurs larmes pendant de longues minutes, chancelant sous le bonheur inattendu qui les accablait.

Pacault, on le pense, n'était pas moins heureux. A lui aussi, de grosses larmes coulaient le long des joues et son cœur bondissait à l'idée de revoir celle qu'il avait adorée comme une sainte et qu'il croyait morte depuis tant d'années.

Les autres assistants avaient eux-mêmes les yeux humides et gardaient un silence quasi religieux, comme s'ils eussent craint en parlant de faire envoler toute cette joie.

Soudain, Jean, domptant son émotion, annonça qu'il partait à l'instant pour Paris avec sa fille, afin d'aller retrouver Denise.

— Voulez-vous nous servir de guide, mademoiselle, ou préférez-vous simplement nous indiquer la maison où nous devons nous rendre? — demanda-t-il à Mémèche.

— Je vais vous conduire, monsieur, parce qu'il me serait impossible de vous désigner cette maison d'une façon précise, vu que je ne sais pas exactement où elle est située dans la rue.

— Vous savez sans doute quel numéro elle porte? Cela nous suffirait.

— Non; j'y suis entrée sans le remarquer et sortie de même. J'ignore également, ainsi que je vous l'ai dit, en quel endroit j'étais.

— Au fait, vous ne nous avez pas dit quelles sont les personnes chez qui demeure cette femme.

— Je n'en sais rien non plus.

— Vous avez parlé de deux messieurs, je crois?

— Oui, mais il n'y en a qu'un qui est le maître de la maison. On l'appelle M. José.

— M. José tout court?

— Je n'ai pas entendu lui donner d'autre nom. Il est étranger et doit être très riche, car les appartements sont meublés avec un luxe inouï. C'est lui qui a voulu que je sois habillée comme vous me voyez, afin que mes vêtements fussent en accord avec ceux de la Mûda qui, elle, est parée encore bien plus richement.

« Quant à l'autre monsieur, c'est son ami, un médecin, qui vient le voir tous les jours et avec lequel il paraît très intime. C'est tout ce que je puis vous dire à ce sujet.

— Cela ne nous renseigne guère; mais peu importe, nous saurons bientôt par nous-mêmes à quoi nous en tenir sur ces messieurs. Maintenant, un dernier mot, mademoiselle : comment vous nommez-vous, que nous sachions au moins à qui nous sommes redevables de notre bonheur?

— Je me nomme Angélique Biron, — répondit Mémèche.

— Bien, merci, soyez certaine que nous ne l'oublierons pas, — fit Jean, — sans se rappeler, tant il avait l'esprit occupé de Denise, que ce nom était le même que celui du vieux menuisier à l'eczéma.

Le père Bertin, du reste, n'y prit pas garde non plus.

Il était aussi bien trop absorbé par ce qui arrivait pour penser à autre chose.

— Va vite l'habiller, mon enfant, — dit Jean à sa fille, — j'ai tant de hâte d'être à Paris qu'il me semble que je ne vis plus.

Puis, s'adressant aux Bertin pendant que Jeanne montait lestement chez elle :

— Mes amis, — ajouta-t-il, — je ne sais quand je reviendrai; peut-être vais-je être obligé de rester un ou deux jours loin de vous. Dans tous les cas vous aurez de mes nouvelles demain sans faute.

— C'est cela, — repartit l'ébéniste, — apprenez-nous tout de suite ce qui se sera passé; nous attendons de le savoir avec impatience.

— Vous pouvez compter sur une lettre de moi dans la journée, je vous le promets.

Une minute après, Jeanne étant redescendue, le père et la fille, accompagnés de Mémèche, quittaient la petite maison de Saint-Mandé.

XI

Entre sept heures et demie et huit heures, le docteur Cambise, suivant sa promesse, arriva à l'ambassade du Chili.

— Eh bien ! — demanda-t-il à José, — Mlle Biron est-elle revenue?

— Pas encore.

— Alors, il n'y a rien de nouveau.

— Non, si ce n'est que, depuis une heure, la Mûda de chez laquelle je sors est dans une agitation extrême. Elle ne cesse d'aller et venir de tous côtés en poussant de sourdes exclamations, s'arrête devant les fenêtres, regarde dans la rue avec une singulière attention et a même essayé à plusieurs reprises d'ouvrir la porte de sa chambre comme si elle eût voulu s'en aller. Je ne l'ai jamais vue ainsi et je ne sais d'où cela vient.

— C'est sans doute l'absence de sa petite compagne habituelle qui lui a causé ce trouble.

— Le croyez-vous?

— Je le suppose, du moins, car autrement je ne vois pas ce que ce pourrait être. Mais cela va se passer; ses nerfs vont tomber d'eux-mêmes, et elle reprendra alors sa tranquillité ordinaire.

— Je le souhaite, car Mouna ne sait que faire pour la calmer. A propos, pour parler d'autre chose, — continua José, — j'ai eu la visite de Gomez, tantôt.

— Bah ! il a osé venir?

— Oui, ignorant, naturellement, ce qui avait eu lieu ce matin, il venait voir, a-t-il dit, si enfin la Mûda avait reconnu sa fille.

— C'était du front.

— Vous pensez si je l'ai bien reçu et quels durs reproches je lui ai faits.

— Je m'en doute. Mais vous a-t-il rendu, au moins, les vingt mille francs qu'il vous a escroqués?

— Non, et je ne les lui ai pas redemandés. Seulement, je l'ai prévenu qu'à partir de ce jour, il n'y avait plus rien de commun entre nous, et que je lui défendais expressément de remettre les pieds ici. Je l'ai averti aussi que, quoiqu'il fût mon compatriote, il n'avait plus à compter dorénavant sur aucuns subsides de ma part, ne tenant pas à lui servir une pension de douze mille francs pour se moquer de moi de la sorte.

— C'est assez rationnel. Et qu'a-t-il répondu?

— Il n'a su que balbutier des excuses, ne pouvant, bien entendu, justifier sa conduite.

— Cela lui était, en effet, quelque peu difficile. En définitive, c'est cent vingt mille francs que lui et son complice vous ont volés comme dans la poche.

— Non, par bonheur; j'en sauve la plus grande partie. Mon banquier m'ayant informé hier soir que ce complice n'était pas encore venu toucher son argent, ce qui, par parenthèse, est assez singulier, je lui ai envoyé dans la journée l'ordre de ne plus s'en dessaisir si le gredin venait maintenant à se présenter.

— Voilà cent mille francs qui reviennent de loin.

— Certes! mais comme ils étaient sacrifiés, je ne les ferai pas reverser dans ma caisse. Mon intention est de les consacrer à quelques bonnes œuvres. J'ai déjà eu idée...

M. de Penaflor fut brusquement interrompu par l'entrée de Mémèche qui fit irruption dans la pièce où il se tenait avec le docteur.

Avant que l'un ou l'autre eût eu le temps de l'interroger, elle lança d'une voix triomphante :

— Bonne nouvelle! ainsi que je vous l'avais promis.

— Vous avez retrouvé votre inconnue? — demanda José.

— Ah! ça n'a pas été sans mal.

— Mes compliments, mademoiselle, — fit Cambise.— Je n'aurais pas cru que vous y seriez si vite parvenue.

—Je dois avouer que le hasard y est pour beaucoup,—repartit Mémèche.

— Quoi qu'il en soit, c'est fait... et cette demoiselle, comme je m'en doutais, est bien la vraie Colette, c'est-à-dire celle qui a été élevée par M. et Mme Honoré.

— En êtes-vous sûre? — fit José.

— Absolument sûre... aussi sûre qu'elle est la fille de la Mùda. Son père, qui était présent, a très bien reconnu sa mère dans le portrait que je lui ai fait de la pauvre folle.

— Et alors?

— Alors, tous deux ont voulu venir immédiatement à Paris avec moi.

— En quel endroit sont-ils descendus? Je veux aller les voir sur-le-champ.

— Ils sont ici.

— Ici... chez moi?

Denise tenait Jeanne sur ses genoux et la regardait avec une fixité étrange.

— Dans le salon d'attente.

— Je me rends de ce pas près d'eux, — dit José en se levant.

— Venez avec moi, mon ami; vous allez assister à l'entrevue qui va avoir lieu.

— Et moi? — fit Mémèche.

— Vous, mademoiselle, retournez auprès de la Mûda ; je crois que vous lui manquez.

Le docteur et M. Penaflor pénétrèrent dans le salon où avaient été introduits Jean et sa fille, qui étaient en proie à une profonde émotion.

De son côté, José était profondément troublé. Il sentait que le moment décisif, déjà plusieurs fois reculé, était venu enfin et que son sort allait se décider.

Tout d'abord, les regards de Jean et de Cambise se croisèrent.

Les deux anciens étudiants étaient bien changés depuis qu'ils ne s'étaient vus.

Le temps avait marqué son empreinte sur leur visage que quelques rides sillonnaient déjà et qui portait la trace des nombreux soucis dont leur existence avait été traversée.

Cependant, ils n'eurent besoin que de se considérer un instant pour se reconnaître l'un et l'autre.

Simultanément ils s'écrièrent :

— Jean !

— Cambise !

Et d'un même mouvement ils se tendirent la main qu'ils se serrèrent avec effusion.

— Comment ! vous vous connaissez, messieurs ? — fit José stupéfait.

— Si nous nous connaissons ! — dit Cambise. — Permettez-moi, mon cher José, de vous présenter M. le baron de Lavaur, ex-roi des étudiants.

Et à Jean :

— M. de Penaflor, marquis de Moncade, ambassadeur du Chili à Paris, qui veut bien me compter au nombre de ses amis.

— Eh ! quoi ! — exclama José, — monsieur serait ce compagnon de jeunesse dont vous m'avez entretenu si fréquemment ?

— Lui-même !

Et se tournant vers le père de Jeanne, le docteur Cambise ajouta :

— Oui, mon cher Jean, j'ai parlé souvent de toi à M. de Penaflor, je lui ai même raconté comment un jour, à l'époque où nous suivions les cours de l'École de médecine, tu avais quitté notre bande joyeuse pour te vouer tout entier au pur et chaste amour que t'avait inspiré...

« Mais pardon... — se reprit-il en jetant un coup d'œil du côté de Jeanne, — je me laisse entraîner là à des indiscrétions...

— Non, mon ami, tu n'es pas indiscret, — répliqua Jean, — car ma fille que voici est le fruit de cet amour qu'elle a appris de ma bouche même.

— Ainsi cette jeune ouvrière avec laquelle tu t'étais mis en ménage ?...

— Est la mère de ma Jeanne... et c'est elle qui est ici sous le nom de la Mùda, comme vous l'appelez.

Et levant une voilette, abaissée sur le visage de la jeune fille, Jean ajouta :

— Voyez si l'on en peut douter un seul instant.

José et Cambise demeurèrent muets d'étonnement devant la ressemblance extraordinaire de l'enfant avec la folle.

Évidemment, il était impossible de nier que toutes deux fussent la mère et la fille.

— Je vous dirai tout à l'heure, monsieur de Penaflor, reprit Jean, — par quelle suite d'événements celle que j'aimais m'a été ravie au moment même où j'allais l'épouser. Je vous dirai également comment, il y a deux mois à peine, j'ai retrouvé ma fille que longtemps aussi j'avais crue perdue pour moi. Mais, auparavant, je vous en prie en grâce, conduisez-moi près de ma pauvre Denise, — c'est le nom de l'infortunée, — afin que j'aie la joie suprême de contempler ses traits, de la vue desquels j'ai été privé depuis une éternité.

— Tu sais, mon ami, que la malheureuse n'a plus sa raison ? — dit Cambise.

— Oui, je le sais ; mais si j'ai bien compris la personne qui nous a amenés ici, n'espère-t-on pas la lui voir recouvrer quand son enfant lui sera rendue ?

— Si, selon moi, il est certain qu'alors son esprit reviendra lucide. Aussi, suis-je d'avis que tu te présentes à elle avec mademoiselle.

— En ce cas allons... allons vite... il serait cruel de me faire attendre davantage.

— Eh bien ! venez tous les deux...

« Mon cher José, — ajouta Cambise, — c'est à mon tour de vous prier d'assister à cette entrevue... et au mystère qui va s'accomplir.

— C'est-à-dire à l'anéantissement de mon bonheur, — murmura M. de Penaflor, pas assez bas pour que ses paroles soient perdues pour Jean.

Mais le médecin des malheureux n'eut pas le loisir d'en chercher le sens caché.

Tout à coup, des éclats de voix, accompagnés d'un bruit de pas précipités, retentirent au delà de la porte et, presque aussitôt, celle-ci s'ouvrit brusquement laissant apparaître Denise, à la robe de laquelle étaient cramponnées Mémèche et la vieille négresse qui s'efforçaient de l'empêcher d'aller plus avant.

La petite bouquetière crut devoir expliquer cet événement imprévu.

— Ce n'est pas de notre faute, monsieur José, — dit-elle. — Nous avons fait, Mouna et moi, tout notre possible pour la retenir, mais il n'y a pas eu moyen; elle nous a entraînées malgré nous.

Cambise fit signe aux deux femmes de laisser la folle, qui demeura immobile sur le seuil de la pièce.

En entendant la porte s'ouvrir avec violence, Jeanne, par un mouvement de peur instinctif, s'était placée derrière son père.

De sorte que Denise, d'où elle était, n'apercevait devant elle que les trois hommes.

Tout de suite, son regard avait pris la direction de Jean. Mais il ne s'arrêtait pas à lui; il semblait aller au delà de sa personne... à Jeanne qu'il masquait de son corps.

Assurément, elle ne reconnaissait pas son ancien amant.

Toutes ses facultés étaient absorbées par la pensée de sa fille, qu'avec une merveilleuse intuition elle devinait derrière lui, comme elle avait deviné sa venue bien avant qu'elle n'arrivât à l'ambassade; ce qui avait provoqué chez elle l'agitation remarquée par M. de Penaflor.

La prunelle brûlante paraissait vouloir traverser de son éclair l'obstacle vivant qui dérobait à sa vue l'objet de son ardent amour.

Jean la contemplait comme en une sorte d'extase.

Oui, c'était bien là sa chère et adorée Denise; et non pas à l'état de vain fantôme, ainsi qu'elle lui était apparue si souvent en rêve ou dans sa petite chapelle lorsqu'il invoquait son souvenir, mais bien vivante et pleine de force et de santé.

Il croyait la revoir telle qu'il l'avait quittée, le jour où, partant pour Kerdaniou, il lui avait fait ses adieux dans la chambrette de la rue Saint-Jacques.

A ses yeux aucun changement ne s'était opéré en elle et dans la femme faite qu'elle était maintenant il retrouvait la frêle et délicate jeune fille d'autrefois.

D'ailleurs, nous l'avons dit plus haut, ses traits, malgré la marche du temps, avaient gardé la pureté de leurs lignes ainsi que leur grâce juvénile, et quiconque n'eût pas su son âge ne se serait jamais douté de celui qu'elle avait réellement.

Ce prolongement de jeunesse après un si long temps écoulé ne pouvait pas passer pour une chose bien étrange étant donné son perpétuel sommeil moral, car on sait bien que le vieillissement des êtres pensants est dû en grande partie aux efforts combinés du travail cérébral et des sentiments qui font vibrer le cœur.

Aussi Jean ne pouvait-il en détacher sa vue, oubliant où il était et les personnes qui l'entouraient.

Celles-ci attendaient ce qui allait suivre en proie à une troublante anxiété.

José, l'âme angoissée, et la sueur aux tempes, songeait à sa vie désormais brisée et à la noire tristesse qui, à présent, serait la compagne assidue de ses jours.

Cambise, lui, chez qui l'homme de science dominait en ce moment, était sous le coup d'une vive curiosité, mais non exempte d'inquiétude.

De l'événement qui était sur le point de se produire allait-il résulter ce qu'il avait tant de fois et si formellement assuré à José et qu'il venait aussi d'assurer à Jean il n'y avait qu'un instant?

Maintenant qu'on touchait au but, il était pris d'une certaine appréhension et se demandait s'il ne se serait pas trompé.

Quant à Jeanne, toujours abritée par son père, elle glissait en tremblant un regard du côté de la folle, partagée tout à la fois entre le violent désir qu'elle avait de courir se jeter à son cou et la crainte que lui inspirait son état de démence.

Soudain, l'enfant étant venue à se découvrir à demi pour mieux voir sa mère, celle-ci l'aperçut et aussitôt, bondissant jusqu'à elle, l'enlaça de ses bras avant qu'elle n'eût pu faire un mouvement pour se soustraire à cette étreinte, puis, après l'avoir soulevée de terre avec une vigueur rare pour une personne de son sexe, elle l'emporta en courant à travers les appartements.

Tout cela avait été exécuté en moins d'une seconde et les spectateurs de cette scène étaient encore dans la stupéfaction où elle les avait jetés que Denise avait déjà regagné sa chambre avec son précieux fardeau.

Les trois hommes, revenus enfin de leur surprise, s'élancèrent sur ses pas et arrivèrent bientôt chez elle.

Mais ils s'arrêtèrent à l'entrée de la pièce, frappés du spectacle qui s'offrait à eux.

Denise, assise sur la chaise longue où elle avait coutume de se reposer, tenait Jeanne sur ses genoux et, ayant un peu éloigné sa tête de la sienne, la regardait avec une fixité étrange.

Si les yeux du cœur la lui avaient révélée, ceux du corps ne la lui faisaient pas encore reconnaître et l'on voyait, aux sinus qui se creusaient sur son front, qu'un travail laborieux s'opérait en son esprit dont les voiles avaient peine à se déchirer.

Jeanne, toute défaillante d'émotion, la couvrait d'un regard d'ineffable tendresse; mais elle n'osait ni bouger ni parler, de crainte de retarder le miracle attendu et qu'elle pressentait tout proche.

Quelques instants passèrent; puis, graduellement, les traits de Denise perdirent de leur tension, une lueur d'intelligence commença à animer ses prunelles qui, jusque-là, n'avaient reflété que le chaos de ses pensées et, enfin, une expression de bonheur indicible se répandit sur sa physionomie qu'elle illumina tout entière.

La raison venait de reprendre possession de son cerveau et de l'éclairer de sa divine étincelle.

Alors, dans un cri où vibra toute son âme un nom jaillit de ses lèvres :

— Jeanne!... Jeanne!... ma fille!... — proféra-t-elle en attirant l'enfant sur son sein et en l'y pressant de toutes ses forces. — Jeanne!... Jeanne!...— continua-t-elle à répéter à plusieurs reprises, en même temps qu'elle l'embrassait éperdument dans des élans fous, qui la secouaient tout entière d'un frisson de joie sublime.

Un long moment, elle demeura ainsi, prononçant parfois, avec une grande volubilité, des paroles qu'on ne saisissait pas, mais où revenait sans cesse le nom de Jeanne, qu'elle redisait comme un refrain.

Parfois, aussi, elle rejetait en arrière le visage de Jeanne qui s'abandonnait complètement à ses étreintes, si douces pour elle, parcourait ses traits d'un regard avide; puis, avec une sorte de rage, la serrait de nouveau contre sa poitrine palpitante, d'où montaient des sanglots qui s'arrêtaient à sa gorge et semblaient près de l'étouffer.

Elle était en proie à un véritable délire maternel, d'autant plus violent qu'il se manifestait au réveil même de sa raison et, après avoir sommeillé quatorze ans dans son cœur.

Aussi, elle ne put supporter davantage une pareille commotion.

Soudain, on vit ses bras, qui emprisonnaient la jeune fille, se desserrer et glisser le long de son corps, ses paupières s'abaisser rapides sur ses yeux, comme si elle succombait à un sommeil subit, puis son buste se renverser inerte contre le dossier de la chaise longue.

— Dieu! — fit José effrayé, — la voilà qui se meurt!...

— Non point, — répliqua Cambise, tout rayonnant de voir que sa prédiction s'était réalisée, — elle est simplement évanouie; et, s'il faut vous le dire, je m'attendais à cette syncope, car je pensais bien qu'il lui serait impossible de résister à une telle secousse.

— En ce cas, faisons-la vite revenir à elle.

— Au contraire, laissons-la quelque temps dans cette insensibilité, — repartit Cambise. — Pendant que la matière se repose, l'esprit ne demeure pas inactif et continue son travail de régénération sans en faire sentir le contre-coup à celle-ci.

— Ce que tu dis.là est très juste, — approuva Jean; — plus longtemps elle restera privée de sentiment et mieux cela vaudra.

Le père de Jeanne, cela se comprend, était ivre de joie; toutefois, ayant remarqué les tristesses de José dont il croyait pénétrer la cause, en songeant aux paroles qui lui étaient échappées peu avant, il se contraignait pour ne pas montrer devant lui son exaltation.

La jeune fille, elle, ne sachant ce qu'avait sa mère, cherchait à la ranimer par toutes les caresses que lui suggérait son amour filial.

Mais Jean lui expliqua l'état dans lequel elle était, l'avantage qu'il y avait pour elle à ce que son évanouissement ne cessât pas sur-le-champ.

Puis il ajouta :

— Pour que ma vue n'ébranle pas de nouveau son cerveau trop fortement, je ne veux pas être là quand elle rouvrira les yeux. Je vais donc m'éloigner quelques moments avec le docteur Cambise et M. de Penaflor. Toi, lorsqu'elle aura repris ses sens et que vos premiers épanchements seront un peu apaisés, tu la prépareras tout doucement à ma venue près d'elle. Ton cœur te dictera ce que tu auras à lui dire pour cela.

— Bien, père, — répondit l'enfant, — je ferai selon ton désir.

Jean, après avoir jeté un long et tendre regard sur Denise, sortit alors avec Cambise et José.

Dans l'antichambre, ils rencontrèrent Mémèche, et la vieille négresse qui, elles aussi, la porte étant restée ouverte, avaient été témoins de ce qui venait de se passer.

La petite bouquetière en paraissait tout heureuse, mais Mouna pleurait.

— Li partir d'ici, maintenant... — larmoyait-elle en parlant de Denise. — Li s'en aller avec d'autres... et moi, grand chagrin... car aimais beaucoup li...

José l'entendit et poussa un gros soupir. Ses plaintes avaient en lui un douloureux écho.

XII

EXPLICATIONS

Quand les trois hommes se trouvèrent réunis dans le salon particulier de l'hôtel, Jean, tenant la promesse qu'il avait faite au marquis, le mit au courant des événements qui avaient eu lieu autrefois et s'étaient opposés à son mariage avec la mère de Jeanne.

Il lui apprit par suite de quelles circonstances fatales il était revenu à Paris quelques heures seulement après le départ de celle-ci de la rue Saint-Jacques, quel avait été son désespoir à la lecture de la lettre dans laquelle elle faisait connaître sa résolution, les innombrables recherches qu'il avait effectuées pour tâcher de découvrir d'elle quelque trace au cas où elle n'aurait pas exécuté son funeste projet et, enfin, en présence du résultat négatif de toutes ses démarches, la conviction qui, peu à peu, était entrée en lui, qu'elle n'était plus de ce monde.

Par contre, il lui dit qu'il avait toujours eu la certitude que sa fille vivait et qu'un jour ou l'autre il finirait par la retrouver; ce qui, en effet, était arrivé tout récemment et par le plus grand des hasards, ainsi qu'il l'en fit juge, en lui racontant de quelle façon il avait été amené à la reconnaître chez les Bertin.

Lorsqu'il eut terminé, José parla à son tour.

— Moi aussi, monsieur de Lavaur, — commença-t-il, — j'ai bien des choses à vous apprendre et, quoique certaines ne soient pas pour me mériter vos louanges, il est cependant de mon devoir de vous en faire part.

« Je vais, pour cela, remonter à un peu plus de quatorze ans d'ici.

« J'avais vingt-cinq ans à cette époque et, arrivé depuis peu à Paris où je m'étais rencontré avec un de mes compatriotes, nommé Gomez Erreguy, je me laissais aller, guidé par lui, à tous les plaisirs qu'offre la capitale à un jeune homme dont la bourse est bien garnie et qui ne demande qu'à s'amuser.

« Un matin du mois de janvier de l'année 1875, je sortais avec ce compatriote d'une maison de la rue de Franklin où nous venions de souper en joyeuse compagnie et me disposais à rentrer chez moi prendre un peu de repos avant de me rendre à cette ambassade dont je n'étais alors que le premier secrétaire, lorsque tous deux nous aperçûmes, se mouvant dans l'obscurité à quelques pas de nous, une ombre dont les allures nous parurent singulières.

« Comme il était à peine six heures et demie et qu'il faisait encore nuit pleine, nous ne distinguions que très imparfaitement cette ombre et, intrigués, nous demandions ce que ce pouvait être.

« Pendant que nous étions occupés à l'examiner, nous la vîmes s'avancer vers nous et, tout à coup, s'affaisser comme une masse au pied d'un réverbère voisin.

« Nous nous approchâmes vivement et, à notre extrême surprise, reconnûmes que c'était une jeune femme d'une merveilleuse beauté.

« Elle devait avoir vingt ans au plus, mais ses traits pâles et amaigris

— Ah! monsieur, comment vous témoigner ma reconnaissance!

dénotaient la souffrance et les privations, de même que son extérieur indiquait le plus profond dénûment.

« C'était la Mûda.

— Et quel jour était-ce? — demanda Jean avec émotion.

— Le 8 janvier.

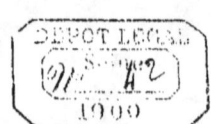

— Le 5 janvier... oh! la malheureuse... elle était partie de notre logement la veille et avait erré toute la nuit dans Paris!...

José continua :

— Gomez et moi l'interrogeâmes afin de savoir pourquoi elle se trouvait dehors à une heure aussi matinale et dans un pareil état de misère.

« Mais, au lieu de nous répondre, elle se mit à monologuer tout haut, disant qu'il ne lui restait plus qu'à mourir... que sa peine était trop grande... qu'elle n'avait plus un morceau de pain à *lui* donner... plus un abri pour *la* faire reposer... Que ça lui faisait trop de mal de *la* voir souffrir... et encore d'autres choses semblables.

« Ne comprenant pas de qui elle voulait parler en employant la troisième personne, nous allions la questionner de nouveau pour essayer de le lui faire dire, quand nous remarquâmes qu'elle était sur le point de perdre connaissance.

« Aussitôt, aidé de Gomez, je cherchai à la remettre debout pour la conduire dans la maison que nous venions de quitter et lui donner des soins.

« Mais, à ce moment, recouvrant soudain son énergie, elle se dressa toute seule sur ses pieds et se sauva avec une telle rapidité qu'il ne nous fut pas possible de nous opposer à sa fuite.

« Cependant, espérant la rattraper, nous nous préparions à la poursuivre pour l'empêcher de commettre quelque acte de désespoir, comme il y avait lieu de le craindre, d'après ce qu'elle avait dit, quand de faibles gémissements s'élevèrent du sol et arrêtèrent notre élan.

« Nous nous baissâmes et découvrîmes à terre un paquet qui paraissait doué de mouvement.

« C'était un enfant.

— Comment! elle avait ainsi abandonné sa fille? — exclama Jean.

— C'est-à-dire qu'elle l'avait oubliée. Sans qu'elle s'en doutât, celle-ci avait glissé de son manteau, dans lequel elle la tenait enveloppée; j'en eus la certitude un peu plus tard.

« Gomez et moi pensâmes alors à nous occuper d'abord de la petite, sans néanmoins négliger la mère.

« J'avais mon coupé qui stationnait tout près de là.

« Je donnai l'ordre au cocher, le vieux Pepe, que vous avez vu ici, de se mettre à la recherche de cette dernière qui, pensions-nous, n'avait pas dû aller bien loin, puis nous transportâmes la mignonne créature dans la maison.

« La voyant toute transie, car elle n'était vêtue que de mauvaises loques qui la recouvraient mal, nous **commençâmes** par la réchauffer de notre mieux, puis lui donnâmes un biscuit avec une goutte d'eau rougie afin de la réconforter quelque peu, ce dont elle paraissait avoir grand besoin.

« Ensuite, nous attendîmes le retour de mon cocher, comptant qu'il allait nous ramener la fugitive et que nous n'aurions plus qu'à la lui remettre.

« Mais Pepe revint peu après nous annoncer l'inutilité de ses recherches, bien qu'il eût exploré les environs sur un assez grand parcours.

« Nous étions, vous le concevez, fort embarrassés.

« Qu'allions-nous faire de l'enfant?

« Moi, je voulais la porter dans un poste de police, où je savais qu'on prendrait toues les mesures nécessaires pour lui procurer un gîte, jusqu'à ce qu'on ait retrouvé sa mère.

— Votre idée était excellente et il est bien regrettable que vous ne l'aviez point suivie.

— C'est Gomez qui m'en détourna.

— Et pourquoi?

— Parce qu'il m'assura qu'il en résulterait pour moi de graves ennuis.

« Je dois vous dire qu'en raison de mes fonctions de premier secrétaire d'ambassade, je passais pour un homme rangé et de mœurs irréprochables, tant aux yeux de mes supérieurs qu'à ceux des personnes du monde avec lesquelles j'étais en relations.

« Or, Gomez me fit observer que le dépôt de la petite entre les mains de ces messieurs de la police donnerait lieu à une enquête sur nous deux, sur moi, notamment; que cela ferait connaître les fredaines auxquelles je me livrais et que, l'affaire s'ébruitant, ma réputation en aurait fort à souffrir.

« Bref il m'effraya tellement que je renonçai à mon dessein.

« Nous cherchâmes donc un autre moyen de nous débarrasser de l'enfant sans qu'il nous en coûtât aucun désagrément.

« Après en avoir délibéré quelque temps, Gomez proposa d'aller la déposer dans une église voisine, l'église Saint-Honoré d'Eylau, où, disait-il, elle serait certainement recueillie par quelque âme charitable.

« Quoique cela ne me sourit qu'à demi, je finis cependant par me ranger à son avis.

« Alors, pour que la pauvrette n'eût pas froid, je l'entourai d'un riche tapis de table qui se trouva être à ma portée; puis, je ne sais trop par quelle fantaisie, lui passai au cou un collier de perles d'une grande valeur, que j'avais oublié de donner à une des dames avec lesquelles nous avions soupé.

« Cela fait, Gomez partit. »

— Eh! quoi, monsieur, — fit Jean, avec un accent de reproche, — vous avez consenti à cet abandon?

— Hélas! oui, monsieur, — répliqua José d'un air contrit. — Mais j'en ai toujours éprouvé et en éprouve encore un remords profond.

« J'ai agi là, je le sais, en véritable égoïste, ne songeant qu'à moi et non au sort que, pour de mesquines considérations, je réservais à l'innocente.

« Aussi, je m'en confesse devant vous et vous en demande sincèrement pardon.

— Je suis trop heureux en ce moment, monsieur, pour ne pas vous pardonner cette... faute, — repartit Jean qui vit combien José paraissait affligé de ce qu'il avait fait.

— Faute que, d'ailleurs, M. de Penaflor a largement rachetée peu après, — dit Cambise.

Jean le regarda d'un œil interrogateur.

— Tu vas voir comment par ce qui va suivre, — reprit le docteur. — Mais continuez, mon cher José, votre récit n'est pas fini.

M. de Penaflor poursuivit :

— Gomez fut assez long à reparaître. A son retour, il me dit que l'enfant était en sûreté et que je ne devais plus avoir aucune inquiétude à son sujet.

« Nous montâmes alors dans ma voiture et quittâmes la rue Franklin pour regagner nos domiciles respectifs.

« J'avais ordonné à Pepe de nous mener rondement et le coupé filait à grande allure, suivant les bords de la Seine.

« Malgré moi, et bien qu'elle me fût totalement étrangère, je songeais à la malheureuse qui s'était échappée de nos mains.

« Son affreuse situation m'intéressait et j'aurais été très heureux de lui venir en aide.

« Mais comment savoir ce qu'elle était devenue?

« Je fus tiré de mes réflexions par un brusque arrêt de la voiture.

« J'allais m'informer de ce qui arrivait, lorsque Pepe me cria qu'il venait d'apercevoir l'infortunée à quelque distance de là.

« Je sautai du coupé et vis en effet la pauvre femme à une dizaine de mètres devant moi.

« Le jour commençait à se lever, il me fut aisé de la reconnaître à ses vêtements en lambeaux.

« Elle était adossée à un arbre et semblait plongée dans de sombres pensées.

« Vivement je me dirigeai vers elle ; mais, au même instant, elle se mit en marche d'un pas rapide, gagna le pont d'Iéna qui était à proximité ; puis, parvenue au tiers environ, enjamba le parapet et se précipita dans la Seine.

— Dieu ! — s'écria Jean... — elle a réellement attenté à ses jours ?

— Vous le voyez.

— Mais on s'est élancé sur-le-champ à son secours, je suppose ?

— Oui... je plongeai immédiatement après elle... et eus le bonheur de la sauver.

— Eh quoi ! monsieur, — exclama de nouveau le père de Jeanne, — c'est vous qui vous êtes dévoué ?

— N'était-ce pas tout naturel et devais-je la laisser se noyer ?

— Ah ! monsieur, — reprit Jean en étreignant la main de José qu'il pressait avec chaleur, — comment vous témoigner ma reconnaissance ? Je me sens impuissant à vous l'exprimer. Ainsi, c'est à vous que je dois la vie de Denise ?

— Oui, c'est à lui, — dit Cambise. — Et tu fais bien de l'en féliciter, car il a risqué généreusement la sienne pour la lui conserver. Il ne te parle pas, par modestie, du danger qu'il a couru, mais moi, je le sais par Pepe, qui m'a raconté ce sauvetage, et je te réponds qu'il lui a fallu un vrai courage pour l'opérer.

— Je vous en prie, mon ami... — fit doucement M. de Penallor avec un geste de protestation. — Il est inutile d'insister là-dessus.

— Et pourquoi donc ? Vous avez bien confessé l'abandon de l'enfant ; il est assez juste, ce me semble, de ne pas laisser ignorer le dévouement dont vous avez fait preuve en cette circonstance.

Et Cambise narra par le menu toutes les péripéties de la lutte que José avait eu à soutenir contre les flots grossis et impétueux de la Seine, avant de parvenir à en retirer Denise saine et sauve.

— Ah ! certes, oui, monsieur, — dit alors Jean, — vous avez largement racheté votre faute et me voici maintenant avoir contracté envers vous une dette insolvable.

José eut un sourire amer.

On allait le payer de cette dette en le séparant de celle qui était l'essence même de son existence. Car il ne doutait pas, comme l'avait dit Mouna, que la jeune fille le quittât pour retourner avec le père de sa fille.

—Mais, — reprit Jean, — comment se fait-il, puisque à présent vous aviez la mère, que vous n'ayez pas envoyé tout de suite rechercher l'enfant dans l'église. Il y avait beaucoup de chance pour qu'elle y fût encore.

— C'est ce que j'ai fait, dès que j'eus ramené chez moi la malheureuse que je venais d'arracher à la mort. J'y suis même allé en personne avec Erreguy; mais elle en avait déjà été enlevée.

— Par M. et Mᵐᵉ Honoré?

— Précisément.

— Il est bien singulier qu'ils se soient trouvés là, juste à point, pour s'en saisir. D'après ce que Jeanne m'a dit d'eux, ce n'étaient pourtant pas des gens à fréquenter les saints lieux.

— Voici ce qui était arrivé et ce que j'ai appris, il y a quelques mois seulement, lors de mon retour à Paris.

« C'est Gomez qui, pressé par moi, a dû me l'avouer.

« En sortant de l'église, au lieu de reprendre le chemin de la maison où je l'attendais, il s'engagea, par inadvertance, dans une autre voie qui le mena avenue de la Grande-Armée.

« Là, s'apercevant de son erreur, il allait revenir sur ses pas, lorsqu'il vit s'avancer de son côté un homme et une femme dont l'aspect lui semblait peu rassurant. Voulant éviter leur rencontre, il se dissimula derrière un arbre afin de les laisser passer tranquillement.

« Quand ils furent à sa hauteur, il surprit entre eux une conversation qui lui fit comprendre qu'ils venaient de s'emparer de la petite.

« Ils exerçaient, paraît-il, le métier de musiciens ambulants et s'étaient abrités sous le porche de l'église pour se garer du mauvais temps. C'est de là qu'ils avaient vu entrer dans celle-ci Gomez avec l'enfant, qu'aussitôt après son départ ils étaient allés chercher.

— Et, voyant qui ils étaient, il n'a pas essayé de se la faire rendre par eux?

— Non, il n'a pas eu ce courage. Il m'a donné pour raison de sa poltronnerie que l'homme et la femme, croyant, à cause du tapis et du collier de perles dont elle était parée, qu'elle appartenait à une famille riche, s'étaient promis de l'élever avec soin, dans l'intention d'obtenir de ses parents une forte récompense, le jour où ils les connaîtraient.

« D'ailleurs, pour appuyer cette excuse, il disait être convaincu que la mère n'existait déjà plus, et que, par suite, la petite serait aussi bien avec des étrangers cupides qu'aux Enfants-Trouvés où elle devait nécessairement être portée.

— Étrange raisonnement, — dit Jean en frémissant. — Ainsi, c'est à cause de la lâcheté de cet homme, que ma fille a vécu quatorze ans avec de pareils coquins?

— Oui, et quand j'ai connu cette lâcheté, je ne lui ai pas ménagé les termes de mon indignation, je vous l'assure.

— Certes, sa conduite mérite d'être sévèrement jugée, surtout si l'on considère les tristes conséquences qui en ont découlé. Enfin, ceci est le passé et je ne veux point m'y appesantir.

« Mais, maintenant, — continua Jean, — permettez-moi une question, monsieur de Penaflor : vous veniez de dire que vous aviez ramené Denise chez vous, après l'avoir sauvée. Et ensuite?

— Ensuite, — répéta José avec un certain embarras.

— Elle y est restée, — acheva Gambise.

— Comment, elle est avec vous depuis ce jour? — fit Jean d'un ton de vive surprise.

— Oui, — répondit José. — Lorsqu'elle fut ranimée, on s'aperçut qu'elle avait l'esprit égaré et qu'elle était devenue muette, c'est-à-dire n'était plus capable de se diriger elle-même dans la vie... J'ai donc pensé que l'humanité me faisait un devoir de la garder près de moi...

« D'autant plus que, en égard à l'état misérable dans lequel elle était, je la supposais seule au monde... ou, du moins, sans personne qui s'intéressât désormais à elle... et, qu'en agissant de la sorte, je ne croyais la soustraire à aucune affection.

José avait prononcé ces paroles avec une certaine hésitation.

Il était visible pour Jean que ce n'était pas uniquement par philanthropie que le Chilien s'était constitué le gardien de Denise pendant tant d'années. Et cela le confirma dans le soupçon qu'il y avait déjà de la passion du marquis pour la pauvre folle.

— Puis, — ajouta M. de Penaflor, — je savais que le seul moyen de lui faire recouvrer la raison était de la remettre en possession de sa fille ; et puisque c'était moi qui la lui avais perdue, il était juste que ce fût également moi qui la lui rende.

« Je ne voulais donc pas qu'elle me quittât avant d'avoir accompli envers elle ce que je considérais comme une obligation sacrée.

« Aussi, quand je partis d'ici le mois suivant, je l'emmenai avec moi, après avoir chargé Gomez, qui continuait à résider à Paris, de faire toutes les recherches posibles pour retrouver l'enfant.

« Et, je vous le répète, ce n'est qu'à ma rentrée dans la capitale que j'appris dans quelles mains elle était tombée.

« Maintenant, monsieur, vous savez le reste par la jeune fille qui est allée vous chercher à Saint-Mandé et à laquelle vous devez l'heureux dénouement qui vient de se produire.

XIII

MÈRE ET FILLE

Cette conversation entre les trois hommes avait duré presque une heure.

Jean pensa alors qu'il pouvait, sans inconvénient, se rendre près de Denise. Elle avait dû reprendre connaissance depuis un bon moment déjà, et Jeanne avait eu, par conséquent, tout le temps de la préparer à le voir.

José et Cambise ne voulurent pas l'accompagner, quoiqu'il les en priât. Ils craignaient que leur présence ne le gênât dans ses effusions avec elle.

Ce fut donc seul qu'il se dirigea vers l'appartement réservé à la Mûda.

Mais, avant de l'y suivre, nous allons dire ce qui s'était passé entre la mère et la fille, dès que l'évanouissement de la première avait pris fin.

Au bout d'une vingtaine de minutes, Denise se ranima d'elle-même. Pendant ce temps, ainsi que l'avait assuré Cambise, les ressorts de son cerveau avaient continué à se remettre en mouvement, et à reprendre graduellement leurs fonctions normales.

Aussi, fut-ce avec un calme relatif qu'elle se livra à un nouvel accès de tendresse envers Jeanne.

Cet accès terminé, elle put exprimer ses impressions d'une façon raisonnable.

— Ainsi, c'est toi, Jeanne, — dit-elle à l'enfant d'une voix un peu hésitante, car elle était déshabituée de parler, mais où vibrait la joie indicible dont elle était pénétrée jusqu'au plus profond de ses fibres. — C'est toi que je retrouve aujourd'hui si grande... après t'avoir quittée si petite... alors que tu bégayais à peine et que je te soutenais encore pour marcher...

— C'est moi, c'est bien moi, ma mère, — répondit Jeanne en se ser-

— Denise! — s'écria-t-il en tombant à ses genoux; — ma chère et bien-aimée Denise!

rant contre elle. — Les années ont fui depuis l'époque que vous rappelez, et, danc, j'ai grandi et je suis devenue jeune fille.

— C'est vrai, je sens que je me réveille d'un long et lourd sommeil pendant lequel j'ai perdu la notion du temps. — Est-ce un rêve que j'ai fait ou Dieu m'a-t-il ressuscitée après m'avoir reçue près de lui?

— C'est un rêve, ma mère, car vous n'avez cessé d'exister et Dieu ne ressuscite pas ceux qu'il a retirés du monde des vivants.

— Et ce rêve a duré longtemps?

— Oh! oui, bien longtemps, car j'ai seize ans à présent.

— Seize ans!... — répéta Denise en réfléchissant, — et tu n'avais pas tout à fait dix-huit mois quand je t'ai vue pour la dernière fois... Mon Dieu! est-il possible que plus de quatorze ans aient passé depuis lors...

— Hélas! oui.

— Pourtant, il me semble que cela date d'hier et qu'un jour seul me sépare de ce moment.

— Vous l'avez dit, ma mère, le temps s'est arrêté pour vous durant ce long engourdissement où votre esprit a été plongé.

— Je comprends; j'ai été en dehors de la vie réelle... et, mon âme étant absente, je n'ai plus vécu que par le corps.

— C'est cela.

— Mais pourquoi suis-je tombée dans cette nuit de la pensée? La cause m'en échappe.

— C'est, m'a-t-on dit, à la suite d'un grand chagrin que vous avez éprouvé.

— Un grand chagrin? Quand donc?

— Autrefois, lorsque vous habitiez rue Saint-Jacques.

Ce nom fit soudain surgir en la mémoire de Denise tous les faits passés.

— Ah! oui... je me rappelle... — s'exclama-t-elle en même temps que son visage se contractait douloureusement. — Oui... on t'a dit vrai... j'ai été bien malheureuse.

Et revivant par le souvenir sa vie de jadis, lorsqu'elle s'était crue délaissée par Jean; se remémorant les sombres jours au cours desquels elle avait été en proie à toutes les tortures morales et physiques dont puisse être accablé un être humain, elle ajouta d'une voix creuse :

— Oh! quelles angoisses ont été les miennes... et que n'ai-je pas eu à souffrir pendant qu'il était là-bas... Je l'attendais chaque heure, chaque minute... et il ne revenait pas... Il m'avait oubliée...

— Non, ma mère, non, vous vous trompez, — dit Jeanne vivement.

Mais Denise ne fit pas attention aux paroles de l'enfant et continua :

— Oui... oubliée... après m'avoir tant promis de revenir... après me l'avoir juré, même... Cette idée me faisait un mal atroce et m'ôtait toute énergie.... Je ne travaillais plus... ne m'occupais plus de rien... et la misère était entrée chez moi... la misère noire, horrible, dans ce qu'elle a de plus hideux... Si j'avais été seule, encore, je l'aurais supportée sans me plaindre... mais tu étais là, toi, pauvre petite... toi... que je voyais dépérir d'instant en instant, faute de ne pouvoir te donner une nourriture suffisante... et cela me rendait folle de douleur...

— Ma mère, — interrompit de nouveau Jeanne, — je vous en prie, ne songez plus à ces jours de malheur; ils sont loin à présent, et quand vous saurez...

— Puis, — poursuivit Denise tout à son émotion et sans toujours paraître entendre ce que lui disait sa fille; — puis, pour comble de détresse, on m'expulse de mon logement... on me jette à la rue sans pitié... Alors, je pris le parti de me réfugier dans la mort et de t'y entraîner aussi... C'était criminel, je le savais... mais je redoutais que plus tard tu n'eusses à passer par de pareilles épreuves... et je voulais te les épargner...

« Un soir donc, te tenant dans mes bras, je sortis de la maison d'où l'on me chassait... et me dirigeai vers la Seine pour m'y jeter avec toi... Quand je fus arrivée, le courage me manqua... et j'errai toute la nuit sur les quais, reculant sans cesse le moment d'exécuter ma suprême résolution...

« Vingt fois je m'approchai du fleuve et vingt fois je m'en éloignai, ne pouvant me décider à en finir.

« Pauvre innocente! tu dormais du sommeil des anges, toi, pendant ce temps-là... des anges près desquels je pensais que tu allais être bientôt... et souriais au milieu de ton sommeil, comme si tu rêvais déjà aux félicités célestes...

« Mais, à mesure que les heures passaient, je sentais mes idées se brouiller dans ma tête et ma volonté se paralyser peu à peu... Par moments, je ne me rappelai plus pourquoi j'étais dehors avec toi, au lieu d'être tranquillement dans ma chambre à te bercer... C'était comme un voile noir qui s'étendait sur mon cerveau et ne lui permettait plus de penser...

« Puis j'étais transie, parce qu'il neigeait, et l'humidité transperçait les misérables vêtements qui me couvraient... Toi aussi, du reste, tu étais glacée. J'avais beau t'envelopper de mon manteau, je ne parvenais pas à te préserver du froid... ce qui ajoutait encore à ma souffrance.

« Je voulus marcher vite afin de me réchauffer et de te communiquer un peu de ma chaleur... mais mes membres étaient si raidis que je ne me mouvais qu'avec une grande difficulté... j'allais de droite et de gauche, heurtant tous les obstacles que je rencontrais sur ma route... et prête à tomber à chaque instant...

« Quel trajet ai-je fait?...

« Quel chemin ai-je suivi?...

« Je n'en ai aucune conscience...

« Je me souviens cependant m'être engagée, à la fin, dans une rue assez large bordée de maisons luxueuses... et où j'allai m'affaisser au pied d'un bec de gaz.

« A partir de ce moment, tout n'est plus que ténèbres pour moi... Tout disparaît complètement, comme si on m'eût soudain plongée dans les ténèbres du tombeau...

Sur ces mots, Denise se tut et parut s'absorber en elle-même.

Elle s'était plutôt parlé à elle qu'elle n'avait parlé à Jeanne, comme si elle eût goûté un amer plaisir à se rappeler toutes les phases de son martyre.

L'enfant l'avait écoutée émue, mais avec curiosité, car elle lui apprenait une partie de sa vie qu'elle ignorait.

— Pauvre mère, — lui dit-elle, les larmes aux yeux, — quel calvaire a été le vôtre pendant cette terrible nuit!

La voix de sa fille tira la jeune femme de sa méditation.

— Oh! oui, — répondit-elle. — ç'a été une lente, une atroce agonie... et rien qu'en y pensant j'en ressens encore toutes les affres... Mais que m'importe maintenant, — ajouta-t-elle d'un ton joyeux, — puisque tu es là près de moi et que je peux te presser bien fort sur mon cœur!

Et attirant de nouveau la jeune fille sur son sein, elle couvrit de tendres baisers ses beaux cheveux blonds et son front si pur.

— Mais — fit-elle au bout d'un instant, reprise par ses souvenirs —une chose que je ne comprends pas, c'est que nous ayons été séparées l'une de l'autre. Pourquoi donc ne sommes-nous pas restées ensemble?

— Je l'ignore, ma mère, — répliqua Jeanne qui ne connaissait pas les explications que venait de donner José à son père. — Je sais seulement que j'ai été déposée dans une église et que des personnes m'y ont recueillie.

— Dans une église? Est-ce moi qui t'y aurais portée et ne m'en souviendrais-je plus?

— Je ne puis vous le dire, ma mère, car je ne suis pas éclairée à ce sujet.

— C'est singulier... j'ai la certitude pourtant, que tu étais encore dans mes bras quand je suis tombée près du bec de gaz.

— Nous saurons sans doute bientôt comment cela s'est fait, — dit Jeanne, qui pressentait qu'à bref delai le mystère de sa vie n'aurait plus de secrets pour elle.

— Oui, il faudra qu'on m'apprenne pourquoi on t'a éloignée de moi... je tiens à le savoir, car on a été bien cruel en le faisant.

Puis, changeant d'idée :

— Et qu'es-tu devenue avec les personnes qui t'ont trouvée dans cette église ?

— Je suis restée avec elles.

— Ce sont elles qui t'ont élevée ?

— Oui, ma mère.

— T'ont-elles rendue heureuse, au moins ?

Jeanne, ne voulant pas attrister sa mère en lui disant quels avaient été ses parents adoptifs et la singulière existence qu'ils lui avaient faite, hésita avant de répondre.

— Je te demande si tu as été heureuse près d'elles, — reprit Denise.

— Pas si heureuse que depuis que je suis avec mon père, — repartit la jeune fille, éludant la question.

— Ton père!... — répéta Denise, en arrêtant pour la première fois sa pensée sur son amant, car, tout à l'heure elle n'en avait parlé que comme d'un être impersonnel,

— Oui, mon chère père, auquel j'ai été rendue il y a quelques mois et qui me cherchait sans repos depuis que j'avais disparu.

— Il s'est donc enfin souvenu que tu existais ? — fit Denise d'un ton presque dur.

— S'il s'en est souvenu!... Mais il ne l'avait jamais oublié... jamais, jamais !

— Alors tu as eu plus de bonheur que moi... qui n'existais plus pour lui...

— Oh! quelle profonde erreur est la vôtre, ma mère... Si vous saviez, au contraire, quelle a été sa douleur, son désespoir quand, à son retour de Bretagne, il ne vous a plus trouvée rue Saint-Jacques!

— Il y est donc revenu ?

— Certainement.

— Longtemps après, sans doute ?

— Le lendemain matin même du jour où vous en étiez partie,

— Oh! Dieu... est-il possible... Si j'avais pu prévoir... Au fait, qu'est-ce que cela m'aurait fait? Il ne m'aimait plus puisqu'il était resté six grands mois sans me donner de ses nouvelles.

— Il croyait que vous en receviez, car il vous écrivait assez souvent.

— Mais je n'ai jamais reçu une seule de ses lettres...

— Parce que sa mère, qui voulait s'opposer à son mariage avec vous, s'était arrangée de façon à ce qu'elles ne vous parvinssent pas.

— Dis-tu vrai ?

— Je vous le jure ; de même qu'elle interceptait celles que vous lui écriviez.

— Qu'est-ce que tu m'apprends là, grand Dieu !

— Ce qui a exactement eu lieu.

— Ainsi, les appels désespérés que je lui ai adressés ne sont jamais arrivés jusqu'à lui ?

— Jamais.

— Quel cœur avait donc sa mère pour les lui céler ? Ils étaient pourtant assez éloquents !

— Mᵐᵉ de Lavaur était, paraît-il, prévenue contre vous et voulait user de tous les moyens pour retenir son fils près d'elle.

— En ce cas, comment l'a-t-elle laissé revenir à Paris ?

— A la fin, elle a eu un remords de sa conduite et lui a tout avoué en lui remettant vos lettres. Alors, il n'a pris que le temps de courir au chemin de fer et de sauter dans le premier train qui se dirigeait vers la capitale ; malheureusement il est arrivé quelques heures trop tard... et, je vous le dis encore, ma mère, il a failli devenir fou de douleur en lisant la lettre dans laquelle vous annonciez votre détermination de vous détruire avec moi.

— Oh ! Jean, Jean ! — fit Denise avec un accent de profonde contrition, — moi qui t'ai accusé d'oubli... qui ai cru que tu nous avais abandonnées toutes deux... combien je suis coupable !...

Puis, une pensée lui venant, elle ajouta, ravie :

— Mais, s'il en est ainsi, il m'aimait donc toujours ?

— Il n'avait jamais cessé de vous aimer un seul instant.

— Ah ! cela rachète toutes mes peines et j'ai hâte de lui demander pardon d'avoir pu douter de son affection. Tu es avec lui, m'as-tu dit ?

— Oui, nous demeurons ensemble.

— Alors, tu peux me conduire près de lui ?

— Cela m'est facile ; mais je crois qu'il voudrait mieux que ce fût lui qui vînt près de vous.

— C'est que le temps que tu ailles le chercher et le ramènes va me sembler bien long !

— Et s'il n'était pas loin d'ici ? — fit Jeanne en souriant malignement.

— Vous habitez dans les environs ? — demanda Denise qui se trompa sur le sens de ces paroles.

— Ce n'est pas cela que je veux dire ; j'entends : s'il était dans cette maison même ?

— Quoi, il serait si près?

— Oui... tout près.

— Oh! va vite le prévenir que je l'attends... va vite...

Mais, au lieu de s'empresser d'obéir à sa mère, la jeune fille prêta l'oreille. Quelqu'un s'approchait de la chambre.

— C'est inutile, — dit-elle en reconnaissant le pas de son père, — car le voici.

En effet, elle n'avait pas achevé ce mot que Jean ouvrait la porte.

XIV

LE RÉVEIL D'UN CERVEAU

A la vue de son ancien amant, qui pour elle n'avait pas changé non plus, Denise voulut s'élancer vers lui; l'émotion qu'elle ressentit ne lui en laissa pas la force. C'est à peine même si elle put balbutier son nom.

L'expression de sa physionomie et le bonheur qu'il lisait dans son regard firent deviner à Jean ce que l'enfant avait dû lui dire.

Il courut à elle.

— Denise! — s'écria-t-il en tombant à ses genoux. — Ma chère et bien-aimée Denise!...

Mais, à lui aussi, son trouble était si grand qu'il ne put en dire davantage et, son cœur débordant, un flot de larmes inonda ses joues.

Denise se mit également à pleurer et tous deux restèrent un long moment à se regarder en silence, à travers le nuage humide qui obscurcissait leurs yeux.

— Denise, — dit-il enfin, en s'emparant d'une des mains de la jeune femme qu'il pressa tendrement, — pourras-tu jamais me pardonner le mal que je t'ai fait?

— Te pardonner, ami? — répondit-elle. — Et comment pourrais-je t'en vouloir, maintenant que Jeanne m'a tout appris... D'ailleurs, n'ai-je pas, moi aussi, à te demander pardon pour avoir pu supposer que tu ne m'aimais plus?... Car c'est ce doute qui me tuait et m'a poussée à cette fatale résolution de mourir...

— Tu es généreuse, Denise, et t'accuses à ma place; mais moi, je me juge plus justement. Si ma mère a été coupable, je ne l'ai pas moins été d'être resté si longtemps loin de toi sans chercher à savoir ce que tu devenais pendant mon absence, alors que je ne recevais aucune de tes nouvelles.

— Eh bien! pardonnons-nous mutuellement, Jean, — répliqua Denise avec un doux sourire, — et ne mettons notre malheur que sur le compte de la fatalité, car si j'avais attendu jusqu'au lendemain au lieu de partir le soir, toutes ces peines nous auraient été épargnées.

— Il y a eu là quelque chose de fatal... un de ces coups du sort contre lesquels on ne peut lutter. Quand je songe qu'il n'a fallu qu'un retard de sept ou huit heures au plus pour nous causer un tel tourment!...

— Écoute, ami, ne pensons plus à cela. Le grand bonheur que nous avons d'être réunis après une si cruelle séparation doit l'effacer de notre mémoire.

— Oh! oui, séparation bien cruelle; car, moi aussi, Denise, j'ai horriblement souffert, et, comme à toi, un moment l'idée de la mort m'est venue... Mais, tu as raison, oublions toutes ces angoisses et abandonnons-nous sans réserve à l'immense joie qui nous est donnée aujourd'hui...

« Oh! comme nous allons être heureux maintenant, ma bien-aimée!... — continua Jean en prenant place près de Denise... — Comme il va nous sembler bon désormais de vivre à côté l'un de l'autre, ayant Jeanne entre nous deux.

— Oui, nous reprendrons notre existence où nous l'avons laissée... et essayerons, en nous aimant doublement, de rattraper ces quatorze années de perdues.

— Et nous arriverons, sois en sûre... je sens que, pendant ce temps, il s'est amassé dans mon cœur une telle provision de tendresse pour toi, que je n'ai pas à craindre de l'épuiser, quelque prodigue que j'en sois.

— Cher Jean... tu vas me rendre trop heureuse, je le vois.

— Tu ne saurais jamais l'être assez, Denise; ainsi que tu le dis, je veux te faire regagner ces quatorze ans de malheur. Dans deux ou trois jours, tu vas venir demeurer avec nous et ne nous quitteras plus.

— C'est cela, nous serons comme jadis dans notre petite chambrette.

— Un peu plus confortablement, — fit Jean en souriant. — Je suis riche, à présent, et nous pourrons nous procurer une foule d'agréments matériels ou autres que nous n'avions pas alors.

— Oh! quant à moi, je ne tiens pas à jouir des avantages que donne la richesse. J'ai des goûts très simples et désire, au contraire, vivre aussi modestement que possible.

Il fut assez surpris de n'y trouver que son ancien camarade qui lisait tranquillement
un journal.

— Vrai! la fortune ne te fait pas envie?

— Aucunement, je t'assure.

— Cependant, — dit Jean avec une pointe de malice, — depuis le temps que tu vis au milieu d'un luxe presque princier, tes goûts auraient dû se modifier, il me semble?

— Que dis-tu? — fit Denise étonnée.

Liv. 135. — H. GEFFROY, éditeur. — Reproduction interdite.   135

— Regarde autour de toi.

La jeune femme, qui, jusque-là, n'avait eu des yeux que pour Jeanne et son père, porta la vue sur les objets qui l'environnaient et demeura interdite de se voir au milieu de toutes les merveilles que, on le sait, José avait accumulées dans sa chambre, pour lui faire un cadre digne d'elle.

Elle les apercevait seulement maintenant, et les considérait avec stupéfaction.

— Mais où suis-je donc ici? — demanda-t-elle, croyant rêver.

— Tu es chez le marquis de Penaflor, ambassadeur du Chili à Paris.

— Et par quel hasard m'y trouvé-je?

— Parce qu'il t'a sauvé la vie.

— Sauvé la vie? Je ne comprends pas. J'ai donc failli mourir?

— Il s'en est fallu de bien peu.

Et comme Denise lui adressait une muette interrogation, Jean ajouta:

— C'est toi-même qui, le matin de cette nuit terrible du 7 janvier 1875, a voulu mettre fin à tes jours, selon la fatale détermination que tu avais prise.

— Quoi! vraiment, j'aurais accompli cette folie?

— Hélas! oui, ma pauvre amie.

— Je n'en ai pas le moindre souvenir. Quel moyen ai-je donc employé pour cela?

— Tu t'es précipitée dans la Seine du haut d'un pont.

— Oh! mon Dieu!... Et avec Jeanne?

— Non, par bonheur, tu ne l'avais plus à ce moment-là. Je te dirai plus tard ce que tu en avais fait et comment elle a été déposée dans l'église Saint-Honoré-d'Eylau, ainsi qu'elle a dû te l'apprendre. Sache seulement pour l'instant que M. de Penaflor, t'ayant vue te jeter à l'eau, s'est élancé à ton secours et t'as arrachée à une mort certaine.

Jean jugeait inutile de faire connaître à Denise l'abandon de l'enfant par José. Il tenait, en le passant sous silence, à ne rien diminuer du mérite de son action à ses yeux.

— J'exprimerai ma bien grande reconnaissance à M. de Penaflor dès que je le verrai, — dit la jeune femme.

— Je lui ai déjà exprimé la mienne, — répliqua Jean, — mais je crains fort que nous ne nous acquittions mal de notre dette envers lui.

— Pourquoi as-tu cette crainte?

— Parce que tu vas être obligée de le quitter.

— Eh bien! que lui fait mon départ? Ne suis-je pas une étrangère pour lui?

— C'est vrai, tu ne lui es rien, — dit Jean qui ne voulait pas révéler à Denise le secret qu'il avait surpris, relativement à la passion du Chilien pour elle; — mais il était accoutumé à te voir près de lui depuis si longtemps que cela va lui faire un grand vide dans son existence.

— Depuis si longtemps, dis-tu?

— Dame, depuis le jour où il t'a sauvée.

— Comment! il y a quatorze ans que je suis chez lui?

— Oui; te voyant l'esprit affaibli à la suite de ta tentative de suicide et te croyant complètement seule sur terre, il a cru de son devoir de se faire ton fidèle gardien.

— Oh! quel dévouement... et cela ajoute encore à la gratitude que je lui ai déjà pour m'avoir conservé la vie.

— N'as-tu donc pas, malgré ton état d'inconscience, remarqué quelquefois sa présence à tes côtés?

Denise parut chercher en elle-même.

— Il me semble que si, — dit-elle après un instant. — Pendant ce temps où mon intelligence était obscurcie, j'avais des moments où je sentais qu'il s'y faisait comme une éclaircie... Alors, je voyais confusément un homme qui se tenait à quelque distance de moi et me regardait d'un air triste... Parfois le son de sa voix venait frapper mon oreille, mais sans que je distinguasse ses paroles. Il restait là immobile, des heures entières, et, de temps à autre, des larmes coulaient lentement sur ses joues... Était-ce lui?

— Oui, c'était lui... ce ne pouvait être que lui... Tu comprends combien tu vas lui manquer maintenant?... Pauvre homme!

— Mais il restera notre intime ami; et si, comme tu le crois, il s'est habitué à ma compagnie, bien que je ne m'explique pas en quoi il a pu la trouver agréable, il me sera loisible de me voir aussi souvent qu'il lui plaira. Tantôt il viendra chez nous, tantôt c'est nous qui irons chez lui...

— Évidemment. Toutefois, j'ai idée que, nonobstant ces visites de part et d'autre, il souffrira de ton absence d'ici... Enfin, nous chercherons à nous arranger de façon à ce qu'il n'ait pas à regretter ta guérison.

— Oh! oui, car je serais désolée de lui causer la moindre peine, après tout ce qu'il a fait pour moi.

« Et quand le verrai-je, cet homme généreux?

— Tu pourrais le voir ce soir même; mais, à mon avis, il serait préférable que tu attendisses à demain pour cela, afin de ne pas ajouter une nouvelle émotion à celles que tu viens déjà de subir.

— Soit, j'attendrai à demain, puisque tu le désires. Dans tous les cas, je ne partirai pas de sa demeure avant de l'avoir remercié comme je le dois de sa noble conduite envers moi.

— Bien entendu. D'ailleurs, tu vas rester auprès de lui encore deux ou trois jours, de manière qu'il s'accoutume peu à peu à l'idée de ton départ. Quatorze ans de dévouement, cela donne des droits. Il serait peu convenable, tu le conçois, de le quitter ainsi brusquement.

— Oui, c'est vrai, ce serait agir avec trop de sans-gêne.

— Puis, il faut me permettre de prendre certaines dispositions pour l'installer chez nous, car rien n'y est préparé pour te recevoir. Ce n'est que l'affaire de vingt-quatre ou quarante-huit heures, mais encore est-il nécessaire que j'aie ce temps devant moi.

— Oh! je ne veux vous occasionner aucun dérangement; où que tu me mettes, je me trouverai bien pourvu que je sois avec vous deux.

— Que parles-tu de nous déranger, ma bien-aimée, quand c'est toi qui va apporter la joie dans notre maison, quand ta présence parmi nous va être une source de bonheur continuel? Mais la meilleure place te revient de droit et je compte bien que tu l'occuperas.

— Cher Jean! — fit Denise attendrie.

— Et où demeurez-vous, que je sache, dès à présent, où je vais aller?

— A Saint-Mandé.

— A Saint-Mandé? C'est aux environs de Paris, je crois?

— Tout près du bois de Vincennes. Nous sommes là dans une coquette petite habitation qui nous sied à merveille. Toutefois, je dois te prévenir que nous n'y logeons pas seuls. Nous avons avec nous des amis, d'excellentes gens envers qui j'ai contracté de grandes obligations, car ils ont été de véritables parents pour Jeanne.

— Ce sont sans doute les personnes qui l'ont trouvée dans l'église?

— Non, ce ne sont pas celles-là, heureusement... Je remets aussi à plus tard de t'apprendre comment Jeanne a été amenée à vivre avec elles, car cela nous entraînerait trop loin ce soir. Mais ce que je puis te dire, en attendant, c'est que nous ne formons qu'une seule famille.

— Vraiment, vous êtes si liés que cela ensemble?

— On ne peut plus, et je suis sûre que tu ne pourras faire autrement de les aimer autant que nous les aimons nous-mêmes.

— Moi aussi, j'en suis sûre, — fit Jeanne qui, jusque-là, avait gardé le silence, afin de laisser son père et sa mère tout entiers à leurs épanchements; — surtout quand tu sauras combien ils ont été bons pour moi et quelle tendre affection ils m'ont toujours témoignée.

— D'après ce que vous m'en dites, je sens que je les aime déjà, — répliqua Denise. — C'est un ménage, je suppose?

— Oui, un vieux ménage, — répondit Jean.—Ils se nomment M. et Mme Bertin, et ont un fils, un charmant et honnête garçon que je tiens en grande estime.

Cette allusion à Henri Bertin fit se roser subitement les joues de la jeune fille.

— Père, — s'empressa-t-elle de dire pour détourner la conversation, — tu oublies de nous parler de quelqu'un qui est aussi avec nous et dont ma mère, je crois, serait peut-être contente d'avoir des nouvelles.

— Eh! c'est vrai, je n'y songeais pas. Tu vas retrouver Pacault, ton ancien voisin.

— Oh! ce pauvre Pacault, —fit Denise d'une voix émue, —et moi qui ne pensais pas nous plus à vous demander ce qu'il était devenu. Quoi! il est près de vous?

— Nous ne nous sommes jamais quittés depuis mon retour de Kerdaniou, — dit Jean.—C'est grâce à lui que j'ai eu le courage de supporter mon malheur. Ah! quel cœur dévoué! Il m'a souvent consolé et réconforté aux moments où je désespérais de tout. Aussi, je le considère bien plus comme un frère que comme un ami.

— Et moi donc, que ne lui dois-je pas! — repartit Denise. — Sans vouloir revenir sur les tristes jours d'autrefois, je ne puis m'empêcher pourtant de me rappeler les soins constants, les prévenances dont il m'a entourée alors, faisant complète abnégation de lui-même pour ne s'occuper exclusivement que de nous deux Jeanne.

« S'il n'avait pas été là, il est certain que nous serions mortes vingt fois l'une et l'autre.

« Comme je vais être heureuse de le revoir!

— Je crois que ta vue ne lui causera pas un moins grand bonheur, car ton image a toujours été aussi vivante en lui qu'au premier jour. Mais il y a une autre surprise qui t'attend là-bas, et de laquelle tu ne te doutes guère, je gage.

— Quelle surprise? — fit Denise curieuse.

— As-tu encore en mémoire tous les meubles et objets qui garnissaient notre petite chambre de la rue Saint-Jacques?

— Certes, oui, je me souviens parfaitement des uns et des autres.

— Eh bien! je les ai conservés et ils sont disposés dans une pièce de notre maison de la même manière qu'ils l'étaient jadis. Rien n'y manque; jusqu'aux jouets de Jeanne, tout y est.

— O Jean! je devine la pensée qui t'a fait garder ces humbles souvenirs!...

— Oui, puisque je te croyais morte, je voulais que leur vue te fasse revivre à mes yeux. Et, chaque jour, j'allais passer quelques heures au milieu d'eux.

« C'était ma petite chapelle, mon sanctuaire, comme je l'appelais.

« J'y pénétrais, le cœur serré d'angoisse, et pour y prier de même que sur une tombe.

« Maintenant, je n'y entrerais plus que l'âme réjouie et pour remercier Dieu de t'avoir rendue à ma tendresse.

Ces paroles firent perler de nouvelles et douces larmes aux paupières de Denise, et, dans un gracieux abandon, elle inclina sa tête sur l'épaule de son ancien amant qui, lui-même, était vivement ému.

Quelques minutes, ils demeurèrent ainsi gagnés par un charme indéfinissable qui les envahissait peu à peu et semblait les immatérialiser.

Enfin, Jean revint à la réalité.

— Ma chère Denise, — fit-il soudain, — je m'aperçois que la joie que nous avons d'être ensemble nous fait oublier que l'heure s'écoule et que minuit va bientôt sonner. Quelque peine que cela me fasse, je suis donc obligé de m'en aller, car je ne suis pas chez moi ici.

— Tu vas partir ? — fit la jeune femme d'un ton douloureux.

— Il le faut bien, sans quoi M. de Penaflor serait en droit de trouver que je manque de discrétion. Je reviendrai d'ailleurs demain matin de très bonne heure. Comme je ne retourne pas à Saint-Mandé, cela me sera facile.

— Pars, alors, mon cher Jean, puisqu'il le faut, — fit Denise avec un soupir, — mais j'espère que tu me laisses Jeanne, au moins? — demanda-t-elle inquiète.

— Oui, oui; pour cela, notre hôte ne dira rien, assurément.

« A demain donc, ma bien-aimée.

— A demain, Jean, mon bon Jean... Est-il besoin de te dire avec quelle impatience Jeanne et moi t'attendrons, moi surtout?...

— Crois-tu donc que je ne partage pas cette impatience? Je voudrais que cette nuit fût déjà passée.

Sur ces mots Jean embrassa longuement Denise et sa fille, puis, sortant de la chambre, se rendit au salon où il avait causé avec Cambise et José.

Il comptait les y rencontrer tous deux et se disposait à prendre congé de ce dernier.

Il fut assez surpris de n'y trouver que son ancien camarade qui lisait tranquillement un journal.

Cambise l'informa que José s'était retiré dans son appartement, mais qu'il mettait son hôtel à sa disposition.

Pepe avait ordre de lui préparer un lit s'il le désirait.

— Non, merci, — dit Jean ; — tout en sachant beaucoup de gré à M. de Penaflor de l'hospitalité qu'il m'offre, je préfère m'en aller. Toutefois je me suis permis de laisser Jeanne près de sa mère.

— Parbleu ! je pense bien qu'elle ne t'aurait pas permis de la lui enlever. Alors puisque tu ne veux pas rester, partons. Je ne faisais faction, moi, que pour te communiquer la proposition de mon ami.

Les deux hommes quittèrent l'ambassade.

Quand ils furent dans la rue, Jean raconta à Cambise son entrevue avec Denise.

— Je vois, — dit celui-ci. — que sa guérison est entière. Et qu'as-tu décidé pour elle ?

— Elle va venir habiter avec nous à Saint-Mandé. A ce propos — je veux dire à propos de son départ de chez M. de Penaflor — je voudrais que tu me répondisses avec franchise à une question que je vais te faire.

— Parle ; de quoi s'agit-il ?

— Est-ce uniquement par un sentiment d'humanité que le marquis à gardé Denise quatorze ans près de lui ?

— Pourquoi me demandes-tu cela ?

— Parce que... j'ai cru voir qu'à ce sentiment s'en joignait un autre d'une nature toute différente.

— Ah ! et quel serait cet autre sentiment. selon toi ?

— Celui de l'amour... me suis-je trompé ? Cela m'étonnerait fort.

Cambise prit un temps, puis répondit :

— Non, Jean, tu ne t'es pas trompé, et puisque tu veux savoir la vérité, je vais te la dire en toute sincérité.

« M. de Penaflor a. en effet. pour la mère de Mlle Jeanne un amour profond et inaltérable qui ne mourra qu'avec lui. Mais je m'empresse de te rassurer en t'apprenant que cette passion n'a pour ainsi dire rien de terrestre. C'est un amour pur, éthéré. que jamais n'a effleuré la moindre pensée charnelle. En réalité, il rend à Denise le même culte qu'on rend à une idole.

— Ce que tu me dis là me surprend étrangement, — répliqua Jean. — Comment, lui, jeune, beau, riche à millions, m'a-t-on dit, a consenti à s'isoler du monde pour se confiner dans cette amour bizarre ?

— Oui, il a tout délaissé pour s'y consacrer en entier. Et remarque une chose, c'est que ces sortes de passions qui, quoique rares, existent pourtant,— nous en avons la preuve en la sienne,— ne s'éteignent jamais même avec l'âge, car elles ne se nourrissent que de chimères et d'idéal.

— Mais, alors, que va-t-il devenir de ne plus avoir Denise avec lui ? Il va souffrir horriblement, le malheureux !

— Il souffre déjà ; ce soir, dès que nous avons été seuls, il est tombé dans une noire mélancolie dont je n'ai pu le distraire. C'est même pour que je n'essayasse pas davantage de l'en tirer qu'il est allé s'enfermer chez lui.

— Que faire, en cette occurence ? — demanda Jean. — Je ne peux cependant pas me priver de Denise pour la lui laisser adorer à son aise ?

— Non, certes.

— D'autre part, la lui enlever, c'est, je le reconnais, bien mal le payer de son dévouement envers elle. Il lui sera loisible, cela va de soi, de la voir aussi fréquemment qu'il le désirera, mais trouvera-t-il cette compensation suffisante ?

— Ma foi, je n'en sais absolument rien. Dans tous les cas, agis comme tu le dois, c'est-à-dire emmène Denise ; nous verrons ensuite ce qu'il y aura à faire vis-à-vis de M. de Penallor.

XV

CONVERSATION ÉDIFIANTE

Tout en continuant à s'entretenir de la question qui les occupait, les deux amis descendirent les Champs-Élysées.

Bientôt ils arrivèrent près d'un petit théâtre dont la salle servit au panorama de Poilpot et qui est redevenu depuis, sous le nom de « Marigny », un théâtre genre music-hall.

La représentation ayant fini un peu tard, les spectateurs commençaient seulement à en sortir.

Comme les yeux de Jean se portaient sur eux, il aperçut, franchissant le péristyle, une femme dont la vue attira ses regards.

Celle-ci, après avoir fait quelques pas au dehors, s'arrêta et parut attendre quelqu'un resté à l'intérieur.

La lumière crue d'une lampe électrique près de laquelle elle se tenait permettait de distinguer facilement ses traits.

Jean la considéra avec attention, puis la montrant à Cambise :

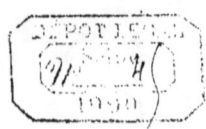

— Regarde donc cette femme, lui dit-il.

— Regarde donc cette femme, — lui dit-il ; — ou je me trompe fort, ou c'est celle que nous avons connue dans le temps sous le nom de Clara la Lyonnaise.

Cambise examina la personne que son ami lui désignait et répondit :

— Tu ne te trompes pas, c'est bien elle ; fortement épaissie, il est vrai, mais pas assez changée cependant pour que je ne la reconnaisse parfaitement.

— La coquine ! — dit Jean, — je ne sais ce qui me retient d'aller lui cracher à la face tout le mépris qu'elle m'inspire.

Et comme Cambise paraissait surpris de ces paroles, Jean ajouta :

— Quand je pense que c'est elle qui, pour une bonne part, a été cause de notre malheur à Denise et à moi !...

— Elle !... — fit Cambise de plus en plus étonné.

— Oui, elle... et sa mère.

— Je ne comprends pas, explique-moi donc cela.

Jean raconta brièvement à son ami ce que lui avait confessé la veuve Filoche, au sujet du mal qu'elle et Clara avaient fait à Denise pendant qu'il était en Bretagne.

— Les misérables ! — exclama Cambise, — elles étaient bien dignes l'une de l'autre. Mais si la mère a eu des remords, la fille ne semble guère en avoir.

— Comment veux-tu qu'elle en ait ? Son existence n'étant qu'une suite de débauches continuelles, elle n'a pas le temps d'écouter la voix de sa conscience. Cependant comme une mauvaise action emporte toujours sa punition avec elle, j'espère qu'un jour elle subira le châtiment de la sienne d'une façon quelconque.

— Je l'espère comme toi... et ce sera justice, ainsi qu'on dit au Palais.

A cet instant, une autre femme sortit du théâtre et rejoignit Clara la Lyonnaise, car c'était bien elle, en effet.

Ce fut au tour de Cambise de considérer attentivement la nouvelle venue.

— Eh ! mais, — fit-il, après l'avoir dévisagée durant quelques secondes, — nous sommes en pays de connaissance, ce soir. De même que toi, je retrouve, en celle que tu vois avec Clara, une personne qui, jadis, a été aussi mêlée à ma vie, dans des circonstances douloureuses.

— Ah !...

— Oui, je te dirai ça une autre fois ; c'est une histoire un peu longue et qui demande à être contée en détail.

Clara et sa compagne, laquelle était son amie Nini-Mouchette, venaient de se mettre en marche et se dirigeaient vers un landau qu'on apercevait stationnant sur la chaussée de l'avenue Gabriel.

Toutes deux, ne sachant que faire de leur soirée, étaient venues la passer aux Folies-Marigny, avant d'aller, selon leur habitude, souper dans quelque établissement de nuit.

Jean et Cambise, poussés par la curiosité, les suivirent en prenant soin de se dissimuler afin qu'elles ne pussent les remarquer.

Néanmoins, ils en demeurèrent assez près pour saisir les paroles qu'elles échangeaient entre elles.

— Je t'ai fait attendre un peu, ma petite Clara, — disait Nini-Mouchette, — mais ce n'est pas du tout de ma faute. Cette maladroite d'ouvreuse avait égaré mon manteau et ne parvenait pas à remettre la main dessus. J'ai cru un moment qu'il était perdu... Vrai, il n'aurait plus manqué que ça; c'est mon coulissier qui en aurait fait une tête, lui qui me l'a acheté ce matin cinq cents francs.

— Cinq cents francs ! — repartit Clara d'un ton admiratif. — Il a donc dévalisé beaucoup de clients ces jours-ci qu'il a été aussi généreux !

— C'est probable.

— Sais-tu qu'il est très malin, ton petit Z.... de ne jamais se faire pincer, avec tous ses tripotages?

— Pour sûr, il l'est. Tiens, de ce moment, il s'occupe d'une grande affaire dans laquelle il n'aura pas à risquer un sou et qui doit lui rapporter je ne sais combien en cas de succès.

— Qu'est-ce que c'est que cette affaire?

— Au juste, je ne saurais le dire parce qu'il ne m'en a parlé qu'en l'air. Pourtant j'ai cru comprendre qu'il s'agissait d'une grosse, très grosse somme qu'allait lui confier un bonhomme de province, de Bretagne, il me semble, et avec laquelle il avait l'intention de tenter un coup de bourse formidable. S'il réussit, c'est, m'a-t-il assuré, tout simplement son million qu'il décroche, rien que ça.

— Et s'il ne réussit pas?

— Ah! dame, tant pis pour le bonhomme, fit Nini-Mouchette en riant.

— Évidemment.

Les deux femmes étaient arrivées au landau. Clara donna un ordre au cocher, puis y monta avec son amie.

Un instant après, la voiture disparaissait au loin dans la nuit.

— Pouah ! — fit Jean avec dégoût, — quel monde !

— Oui, c'est ce qu'on peut appeler « canaille et compagnie ».

— Il est bien regrettable que nous ne connaissions pas l'individu dont il vient d'être question. Ce serait un véritable service à lui rendre que de le mettre en garde contre le coulissier véreux auquel il s'apprête à confier des fonds.

— En effet. Malheureusement, comme il ne nous est pas possible de le connaître, nous ne pouvons que lui souhaiter d'être éclairé à temps sur la moralité du coquin et de garder son argent par devers lui. Sur ce, parlons d'autre chose.

— Où as-tu dessein d'aller gîter cette nuit?

— Dans le premier hôtel que je vais rencontrer.

— Veux-tu venir chez moi? Tu y seras toujours aussi bien qu'où tu irais.

— Je n'en doute pas ; j'y serai même, certainement, beaucoup mieux, car j'ai les hôtels en horreur. Mais je crains de te gêner, — dit Jean qui ignorait la vie intime de Cambise.

— Tu ne me gêneras en rien, attendu que, quoique célibataire, j'habite entièrement seul, — répondit celui-ci qui devina le scrupule de son ami. — Allons, viens, et si tu n'as pas trop sommeil je te dirai l'histoire de Nini-Mouchette, ce qui t'expliquera pourquoi je vis en sage.

Jean se laissa alors entraîner par Cambise qui bientôt l'introduisit dans son modeste logement de garçon.

XVI

SÉPARATION

Le lendemain, vers huit heures, les deux amis arrivèrent rue Marbeuf.

Ils avaient pensé que, vu les circonstances, M. de Penaflor excuserait leur venue quelque peu matinale.

En chemin, Jean avait mis à la poste une lettre que, dès son réveil, il avait écrite aux Bertin pour leur faire part des événements de la veille et les prier de préparer aussi promptement que possible une chambre pour Denise qu'il allait ramener avec lui.

Une fois dans les appartements de l'ambassade, Cambise demanda à Pepe, qui, justement, sortait de chez José, si son maître était déjà visible et, sur la réponse affirmative du vieux nègre, il dit à Jean :

— Toi, mon ami, tu vas aller rejoindre la mère de Mlle Jeanne qui doit être en grande impatience de ton arrivée, comme de ton côté tu dois l'être de te retrouver près d'elle. Quant à moi, je me rends chez M. de Penaflor pour voir dans quelle situation d'esprit il est ce matin et lui remonter le moral s'il est besoin.

— C'est cela, essaye de le raisonner un peu, puis tu lui diras que Denise a hâte de le remercier et de lui témoigner sa reconnaissance.

— Bien, je le lui dirai. Quand crois-tu qu'elle pourra le recevoir?

— Mais dès maintenant, je suppose; à moins toutefois qu'elle ne soit pas encore levée, ce qui m'étonnerait, l'ayant prévenue hier que je serais ici de bon matin. D'ailleurs, il est facile d'aller nous en assurer si tu veux?

— Ce n'est pas la peine, car voici quelqu'un qui, sans doute, va être à même de nous renseigner.

Mémèche venait en effet d'entrer dans la pièce où étaient les deux hommes.

La pauvre fille, qui avait couché avec Mouna, s'était vue un peu oubliée depuis la veille et elle errait dans l'hôtel, inquiète de connaître la décision qu'on allait prendre à son égard.

Interrogée par Cambise, elle lui apprit qu'il y avait une heure que « la dame et la demoiselle » étaient levées et habillées.

Elle le savait par Mouna qui était déjà allée se mettre à leur service.

— Tu le vois, dit Jean, M. de Penaflor peut venir quand il voudra.

— Puisqu'il en est ainsi, je vais faire en sorte qu'il ne tarde pas trop.

Cambise se dirigea vers la chambre de José, laissant Jean prendre le chemin de celle de Denise.

En pénétrant chez M. de Penaflor, le médecin s'attendait à le trouver profondément abattu, car il appréhendait que l'humeur sombre à laquelle il l'avait vu en proie dans la soirée ne se fût encore accrue pendant la nuit.

Il fut tout surpris de le voir très calme et en pleine possession de lui-même.

Assis devant un bureau, il était occupé à mettre en ordre et à classer de nombreux papiers ayant trait aux affaires de l'ambassade.

— Bonjour, mon ami, — dit-il à Cambise d'une voix où il était impossible de saisir la moindre émotion.

— Bonjour, mon cher José, — répondit celui-ci, — et permettez que je m'excuse de me présenter à une heure aussi indue, mais j'ai accompagné M. de Lavaur qui, comme vous devez le penser, était impatient de revenir à l'hôtel.

— Vous vous excusez de m'être agréable? — répliqua M. de Penaflor en riant, — vous êtes vraiment bien bon... Et vous dites que votre ami est ici?

— Il vient d'aller retrouver Mlle Jeanne et sa mère.

— A propos, est-ce aujourd'hui qu'il emmène cette dernière?

— Non, ce n'est que demain ou après.

— Bien, cela le regarde. Où la conduit-il? Dans son habitation de Saint-Mandé, je présume?

— Oui, la place n'y manque pas et elle y trouvera aisément à se loger.

— Dans tous les cas, elle y respirera un meilleur air qu'à Paris et cela ne pourra qu'achever de remettre son esprit en parfait équilibre.

José parlait avec une tranquillité et un sang-froid qui déroutaient complètement le médecin.

Était-il donc parvenu à se résigner au départ de Denise, ou cette indifférence qu'il montrait n'était-elle qu'un masque derrière lequel il cachait sa douleur?

Cambise opinait plutôt pour cette seconde hypothèse, car il se refusait à croire qu'il eût pu en si peu de temps s'accoutumer à l'éloignement de la jeune femme, lui qui tous les jours passait plusieurs heures près d'elle.

— J'ai à vous dire, mon cher José, — reprit-il, — que Mme Denise serait très heureuse de vous voir. Elle sait à présent tout ce qu'elle vous doit et tient à vous en remercier.

— Bon, bon, cela ne presse pas, — fit M. de Penaflor.

— Au contraire, cela presse beaucoup et Jean m'a fait entendre que vous lui feriez plaisir si vous lui rendiez visite dès ce matin.

— Eh bien! puisqu'elle le désire, j'irai avant midi.

— Pourquoi pas maintenant?

— Comment, tout de suite? Mais il n'est que huit heures un quart?

— Qu'est-ce que cela fait? Elle et sa fille sont levées et votre venue n'aura rien qui puisse blesser les convenances. D'ailleurs, Jean est là.

— En ce cas, j'y vais; je ne veux pas avoir l'air de me faire prier. Mais, auparavant, je voudrais savoir ce qu'elle a dit lorsque M. de Lavaur lui a appris l'abandon que j'avais fait de son enfant; cela me guidera dans la contenance que j'aurai à tenir devant elle.

— Jean ne lui en a pas parlé, je le sais.

— Il a été généreux. Ainsi elle ignore ma faute?

— Absolument.

— C'est un grand soulagement pour moi, car je redoutais fort que, tout en me remerciant, elle ne me fit des reproches assez vifs à ce sujet.

A ces mots, José se leva et se rendit chez Denise avec le médecin.

Dès qu'il parut, Jean alla à sa rencontre et l'amena près de la jeune femme, à laquelle il le présenta ainsi que Cambise.

Celui-ci était curieux de voir comment il allait supporter la présence de la mère de Jeanne.

Jean lui-même n'était pas sans inquiétude sur ce qui allait se passer au cours de cette entrevue.

Mais José eut une attitude des plus simples.

Après avoir reçu les remerciements émus de Denise, il la complimenta sur sa guérison et la félicita sur le bonheur qu'elle avait de retrouver du même coup sa fille et celui qu'elle aimait.

Tout cela dit sur un ton très naturel et sans qu'aucune altération dans sa voix indiquât chez lui un trouble caché.

Jean et Cambise ne savaient que penser.

Au bout d'une demi-heure de conversation avec la jeune femme, — pendant laquelle son calme ne se démentit pas un instant, — José se retira avec le médecin.

A midi, le déjeuner réunit tout le monde à table.

M. de Penaflor avait fait dire à Jean que, puisque lui et les siens étaient ses hôtes, il voulait les traiter comme tels et ne souffrirait pas qu'ils vécussent à part.

Durant le repas, il fut très gai et très aimable avec chacun, montrant par là une entière liberté d'esprit.

— C'est inconcevable, — pensa Cambise; — il faut qu'il ait une force de caractère inouïe, car je suis convaincu qu'il a le cœur brisé... et cette feinte tranquillité ne me fait augurer rien de bon.

. . . .

Mémèche avait été également invitée. Vu le rôle important qu'elle avait joué dans cette affaire, il était juste, en effet, qu'elle partageât la joie commune.

Elle eut aussi, d'ailleurs, sa part de bonheur personnel.

Son véritable nom étant venu à être prononcé, Jean se rappela ce que lui avait dit M. Bertin en lui parlant du vieil ouvrier menuisier qu'il avait embauché pour travailler dans son atelier d'ébénisterie et qui s'appelait exactement comme elle.

Si la veille, lorsqu'elle s'était nommée chez lui, il n'avait pas fait attention à cette ressemblance de nom, cette fois il en fut frappé et se demanda si, par hasard, la jeune fille ne serait pas cette nièce tant cherchée par le vieillard.

Il fut tout étonné de trouver son ami en train de préparer ses malles.

Ce qu'il savait d'elle semblait, du reste, se rapporter assez au récit fait par ce dernier.

Il voulut éclaircir ce point sur-le-champ.

— Dites-moi, mademoiselle, — lui demanda-t-il, — vos parents n'auraient-ils pas tenu autrefois un magasin de porcelaines rue de Crussol?

— Si, monsieur.

— Et leurs affaires n'ayant pas prospéré, ne seraient-ils pas devenus marchands des quatre saisons ?

— En effet, monsieur.

— Puis, après leur mort, n'auriez-vous pas été recueillie par une voisine, une pauvre femme nommée la Bosco?

— Mais oui, monsieur. Comment donc savez-vous tout cela? — questionna Mémèche qui ne se souvenait pas avoir fait ces confidences à d'autres qu'au Rouquin.

Jean était suffisamment éclairé. C'était bien la nièce du père Biron qu'il avait devant lui.

— Je sais cela, — répondit-il, — par quelqu'un qui vous cherche depuis longtemps.

— Moi... et pourquoi?

— Parce que vous êtes sa parente.

— Vous voulez rire, monsieur : je suis complètement seule au monde.

— C'est une erreur, vous avez encore un oncle.

— Mais non, monsieur, je n'ai pas d'oncle, j'en suis sûre; pas plus que je n'ai de tante, de cousin ou de cousine.

— Je vous certifie que si... et cet oncle est le propre frère de votre père, le frère aîné. Voyons, vos parents ne vous ont-ils jamais rien dit de lui?

— J'ai entendu quelquefois papa parler d'un frère qui était parti à l'étranger et y était mort, voilà tout.

— Eh bien! c'est de lui qu'il s'agit, car il est vivant et bien vivant. Il est resté effectivement de longues années hors de France sans donner de ses nouvelles, ce qui a pu faire croire à sa mort; mais il est revenu à Paris, il y a environ trois ans, et depuis ce moment est en quête de vous.

— Ah! par exemple, — fit Mémèche, — voilà une nouvelle à laquelle je ne m'attendais guère.

— Seriez-vous fâchée de l'apprendre?

— Oh! non, monsieur, au contraire, j'en suis bien heureuse, car je vais maintenant avoir quelqu'un à aimer et qui m'aimera.

« C'est si bon de se sentir une affection ! — ajouta l'enfant avec une larme d'attendrissement aux paupières. — Et il demeure à Paris, venez-vous de me dire?

— A Vincennes, qui en est à deux pas.

— Il est aussi dans le commerce, sans doute?

— Non, c'est un modeste ouvrier menuisier qui, pour le moment même, n'est pas dans une brillante situation, le pauvre homme. D'abord il est âgé, car il avait quinze ans de plus que votre père; ensuite, ayant été plusieurs mois malade et ne pouvant pas travailler, il est tombé dans la gêne. Mais sa position va s'améliorer, je le sais.

— Oh! ça ne fait rien, quelle qu'elle soit, je n'en serai pas moins bien contente d'être avec lui. Je suis jeune, moi, je travaillerai pour nous deux. Je vais me remettre à mon métier et, à présent, ma recette ne sera plus pour... enfin, je m'entends, — fit Mémèche, ne tenant pas à dire devant tous où passait auparavant l'argent qu'elle gagnait à vendre ses fleurs.

— Vous allez redevenir bouquetière? — demanda Jean.

— Oui, monsieur; dès demain je reprends mon éventaire en même temps que mes courses sur les boulevards.

— Vous êtes courageuse, je le vois, mon enfant, — dit Jean; — mais je ferai en sorte que vous exerciez votre métier d'une façon moins fatigante.

Et, comme la jeune fille le regardait, semblant chercher ce qu'il entendait par là, il ajouta :

— Vous saurez avant peu ce que je veux dire. En attendant, si vous m'en croyiez, vous iriez retrouver votre oncle aujourd'hui même. Il est inutile de retarder sa joie, ne fût-ce que d'un seul jour.

— C'est bien mon intention, — répliqua Mémèche, — et je vais partir tout à l'heure. Voulez-vous me donner son adresse?

— Moi, je ne la connais pas exactement; mais vous n'avez qu'à passer chez nous, M. Bertin, que vous y avez vu, vous l'indiquera. C'est lui qui va être son patron bientôt.

— Bon, — dit la jeune fille, — j'irai la lui demander.

— S'il vous interroge sur nous, ce qui est à présumer, vous direz que Jeanne, sa mère et moi sommes au comble de la joie, et que, ainsi que je l'ai écrit, nous revenons tous les trois après-demain.

— Bien, monsieur.

A ce moment, José eut un mouvement nerveux et sa main chassa de côté avec brusquerie un superbe compotier de Baccarat qui alla se briser contre une riche cafetière en argent ciselé, laquelle se renversa sous le choc et répandit une partie de son contenu sur la table.

Mais il se maîtrisa aussitôt et dit en riant :

— Quel maladroit je fais! Me voici en passe d'être grondé par Pepe, qui va me reprocher de salir la nappe et de briser ses cristaux.

Personne, sauf peut-être Cambise, n'ayant remarqué ce mouvement, on crut en effet à une maladresse de M. de Penaflor et l'incident fut vite oublié.

Le déjeuner fini, José demanda la permission de retourner dans ses bureaux, où, disait-il, l'appelaient quelques affaires urgentes.

Peu après, Mémèche dit au revoir à tout le monde et partit pour Saint-Mandé, chercher l'adresse de son oncle.

Denise, elle, resta encore deux jours à l'ambassade et, pendant ce temps, José continua à demeurer totalement maître de lui-même.

Le moment des adieux étant venu, Jean lui dit que ce n'était qu'une séparation pour la forme et qu'il se ferait un devoir de venir souvent lui rendre visite avec Denise : ce à quoi il répondit qu'il serait toujours très heureux de revoir celle qui avait été si longtemps sa compagne et pour laquelle il s'était pris d'une grande amitié.

Puis on se sépara en se faisant, de part et d'autre, toutes sortes de protestations d'affectueuse sympathie.

. . . .

Est-il besoin de dire l'accueil que les Bertin firent à Denise ?

Ils ne lui adressèrent ni phrases pompeuses ni longs discours, mais ils la reçurent par quelques mots touchants qui, partis de leur cœur, allèrent droit à celui de la jeune femme.

Et, tout de suite, elle se sentit aussi familière avec eux que si elle les eût connus depuis des années.

Quant à Pacault, nous n'essayerons pas de décrire sa joie. On la devine.

Elle fut non moins intense que celle de Jean; peut-être même fut-elle plus profonde, son amour, comme celui de M. de Penaflor, étant tout immatériel et la jouissance qu'il en éprouvait ne s'adressant qu'à son âme.

Balthazar Capricas n'oublia pas, on le comprend, de venir faire son compliment à la nouvelle venue.

Et, quoiqu'il l'émaillât de nombreux *té! cé! caraï! bagasse!* et autres locutions du cru, il plut néanmoins beaucoup à Denise qui ne vit que le fond et non la forme.

. . . .

Quatre jours après l'installation de la mère de Jeanne à Saint-Mandé, Jean retourna à Paris, voir Cambise. Il voulait aller avec lui faire une visite de politesse à M. de Penaflor.

Il fut tout étonné de trouver son ami en train de préparer ses malles.

— Tu pars en voyage? lui demanda-t-il.

— Oui, dans une heure je prends le train de Saint-Nazaire d'où je m'embarquerai pour l'Amérique.

— Qu'arrive-t-il donc?

— Il arrive que José, après avoir envoyé par télégramme sa démission à son gouvernement, a remis toutes les affaires de l'ambassade entre les mains du premier secrétaire et à quitté Paris hier soir pour se rendre au Chili.

— Quelle étrange idée lui a-t-il pris?

— Je pourrais te dire que je n'en sais rien, mais la vérité me force à l'avouer qu'il n'a pu s'habituer à ne plus voir Denise près de lui, et que, s'il part dans son pays, c'est pour essayer de l'oublier; ce dont je doute fort, car, je le répète, ces passions-là ne meurent jamais.

— Comme je le plains! Alors, tu vas le rejoindre?

— Oui, il m'attend à Saint-Nazaire; il a voulu partir en avant pour fuir Paris au plus vite.

« J'allais t'écrire, pour t'annoncer cet événement, mais puisque te voilà, la chose est faite. Dans une heure je serai en route.

« Adieu donc, mon ami, je te tiendrai au courant de ce qui se passera là-bas.

Jean revint tout contristé à Saint-Mandé; il était loin de s'attendre à ce qui arrivait.

Toutefois il eut soin de cacher sa peine à Denise, afin de ne pas être obligé de lui en apprendre la cause qui, si elle l'eût connue, l'aurait à coup sûr grandement affectée.

XVII

HYÈNE ET CHACAL

Ce même jour, vers trois heures de l'après-midi, le juif Isaac Möser sortait de la Préfecture de police, portant sous son bras un de ces vastes portefeuilles en cuir comme en ont les garçons de recettes des maisons de banque.

Il avait reçu le matin une lettre émanant du cabinet du Préfet, par laquelle on l'avisait que des 76,000 francs qu'on lui avait soustraits six semaines auparavant, 58,000 avaient été retrouvés, tant sur la personne même des voleurs dont on avait opéré la capture, qu'au domicile de l'un d'eux, nommé le Marquis, où une perquisition avait eu lieu.

La missive administrative qui lui apportait cette bonne nouvelle mentionnait que lesdits 58,000 francs étaient à sa disposition et qu'il lui suffisait de se présenter pour rentrer en leur possession.

Tout autre, à sa place, eût été, certes, très content de récupérer une aussi forte somme sur le montant du vol. Lui, au lieu de cela, poussa un gémissement de douleur et pleura les dix-huit mille francs envolés, en accusant de sottise et d'incurie la police qui n'avait pas su arrêter les filous avant qu'ils eussent dépensé un centime du magot.

Néanmoins, il se rendit dans la journée à la Préfecture, où ses fonds lui furent remis après qu'il eut accompli les formalités exigées en pareil cas.

Et maintenant, il s'en allait, — à pied, par économie, comme il était venu, du reste, — serrant fortement contre lui le portefeuille qui les contenait et lançant de droite et de gauche des regards soupçonneux pour voir si quelque malandrin n'en convoitait pas le larcin.

Tous les passants lui semblaient avoir de mauvaises intentions à son égard et si, par hasard, l'un d'eux venait à le frôler d'un peu trop près, il était pris d'une sueur froide et chancelait d'effroi.

Ses angoisses ne cessèrent que lorsqu'il fut arrivé à l'hôtel qu'il habitait avec Clara la Lyonnaise, aux environs du parc Monceau.

Par une crainte superstitieuse, il ne voulait pas réintégrer cet argent dans son coffre-fort de la rue de Choiseul, bien qu'il eût fait réparer celui-ci et tripler son blindage.

La façon dont il en était sorti lui faisait redouter qu'il n'y attirât de nouveau le malheur.

Il allait le garder momentanément chez lui, et le porterait ensuite dans un des établissements où il avait déjà des valeurs en dépôt.

C'était plus prudent, pensait-il.

Étant monté à son appartement, il pénétra dans une pièce où il n'y avait pour tous meubles que quatre chaises, une table-bureau et un secrétaire.

Cette pièce lui servait à recevoir certains de ses clients qui, pour une raison quelconque, ne voulaient pas aller traiter avec lui à sa maison de banque.

Elle était froide et triste comme une geôle et rien ne venait y égayer l'œil, car les murs, tendus d'un papier sombre, étaient veufs de tout tableau ou gravure. Seul s'y étalait, au-dessus de la cheminée et remplaçant la glace, un tarif du change des monnaies dans tous les pays européens.

Sur la table se voyaient une demi-douzaine de livres de comptabilité, quelques journaux financiers et un barrème des intérêts légaux, lequel semblait une ironie, vu les taux fantastiques auxquels prêtait le gredin.

On y remarquait en outre une écritoire à double godet, un serre-notes à ressort, un buvard recouvert en moleskine et, enfin, un coupe-papier en acier ayant la forme d'un poignard.

Aussitôt après être entré, l'usurier retira la clef de la porte et s'enferma à l'intérieur.

Du moins crut-il s'enfermer, car il ne s'aperçut pas que le pêne, bien qu'il l'eût fait jouer, était revenu sur lui-même au lieu de s'encastrer dans la gâche.

Ensuite il alla à la table, vida sur le buvard le contenu du portefeuille, qui se composait d'or et de billets de banque, puis disposa l'or d'un côté et les billets de l'autre.

Les deux masses qu'il forma ainsi avaient un aspect fort agréable et, malgré les regrets que lui faisaient éprouver les dix-huit mille francs manquants, il se prit à les considérer tour à tour avec un vif plaisir.

Si vif même que, s'y absorbant, il n'entendit pas, au bout de quelques instants, la porte s'ouvrir soudain et Clara s'avancer dans la pièce.

En trois pas, la Lyonnaise fut près de lui.

— Enfin, je vous trouve, monsieur, — dit-elle avec une certaine aigreur, — ce n'est pas malheureux ! voici deux heures que je vous cherche.

Möser, tiré de sa contemplation par la voix de sa maîtresse, eut un sursaut violent et, tout d'abord, se baissa vivement pour placer ses bras en croix sur les précieux tas.

Il était stupéfait de la présence de Clara qu'il ne s'expliquait pas et paraissait douter que ce fût elle.

S'était-elle donc muée en sylphe pour passer ainsi à travers les murs ?

— Ah çà ! qu'avez-vous à me regarder avec cette mine effarée, — lu demanda-t-elle en lisant dans ses yeux la profonde surprise où il était. Aurais-je donc quelque chose d'extraordinaire en moi ?

— Non, ma chère Clara, — balbutia-t-il. — Vous êtes toujours la même... seulement... ce que je ne comprends pas, c'est par où vous êtes entrée.

— Par la porte, parbleu !

— Par la porte... vous êtes bien sûre ?

— Comment, si je suis sûre !

— C'est qu'elle était fermée à clef.

— Il faut croire que non, puisque je n'ai eu qu'à tourner le bouton pour l'ouvrir.

— Ah ! — fit Möser, ne semblant pas très convaincu de cette assertion.

— Voyons, redressez-vous, — ajouta Clara, — vous n'allez pas demeurer courbé en deux comme ça, je suppose?

Le juif hésita une seconde, puis se redressa lentement, non sans avoir soin de pousser, comme par mégarde, un des journaux sur l'argent afin de le cacher aux yeux de sa maîtresse, ce à quoi il ne réussit qu'à demi, car tous les billets restèrent à découvert.

— Et qu'est-ce qui me vaut le plaisir de vous voir, ma chère Clara? — demanda-t-il à celle-ci, quoiqu'il ne se doutât que trop du but de sa visite.

— Ne le devinez-vous pas?

— Ma foi non, — fit-il d'un air dégagé. — Comment voulez-vous que je le devine?

— Alors, je vais vous le dire : j'ai besoin d'argent.

— Eh quoi! encore?

— Que signifie votre « encore »?

— Dame, je vous ai remis deux mille francs il n'y a pas quinze jours.

— Eh bien! qu'est-ce cela et que voulez-vous que je fasse avec deux mille francs? Ils m'ont duré juste une semaine.

— Mais vous me ruinez, Clara! — gémit Möser, — vous me ruinez totalement.

— Si je vous ruinais, — repartit la Lyonnaise, — il n'y aurait pas grand mal; vous en ruinez assez d'autres. Par malheur, j'aurais de la peine, vous êtes trop pingre avec moi pour que j'y arrive jamais.

— Trop pingre... quand je vous alloue près de soixante mille francs par an!

— Ce qui fait cinq mille par mois... une misère, vu la situation que j'occupe dans le monde.

— Dans votre monde, vous voulez dire? — ne put se retenir de rectifier ironiquement le juif.

— Soit, dans le mien, si vous y tenez. Mais c'est une raison de plus pour que vous me donniez davantage, attendu que la vie qu'on y mène y coûte très cher.

— Pourquoi le fréquentez-vous?

— Pourquoi? Ah! ah! la question est jolie, — ricana Clara. — Et dites-moi, je vous prie, quel autre monde je pourrais fréquenter? Étant la maîtresse d'un personnage tel que vous, je voudrais bien savoir où l'on me recevrait?

— Clara!... — fit Möser, blessé dans sa dignité.

— Oh! vous avez beau prendre vos grands airs, c'est comme ça.

— Enfin, je vous trouve, monsieur!...

Souvenez-vous, du reste, de la réception qu'on nous a faite il y a deux
mois au Bois de Boulogne dans l'enceinte de la Société du patinage.
L'un et l'autre ressemblions tout à fait des chiens galeux.

— Clara!... — fit de nouveau le juif d'un ton de plus en plus
froissé.

— Aussi, — continua la Lyonnaise, — le monde où je vais est-il le seul où je puisse aller..., encore, votre réputation rejaillit-elle sur moi et n'y suis-je acceptée que parce que j'y fais des folies.

« Vous voyez bien que vos cinq mille francs par mois me sont insuffisants.

— Il m'est pourtant impossible d'être plus généreux envers vous... tout à fait impossible.

— C'est ce que nous verrons; il ne me plaît point de discuter là-dessus avec vous maintenant. Pour le moment, il s'agit d'autre chose : il me faut sur-le-champ une somme assez forte et je viens vous la demander.

— Mais je n'ai pas de fonds disponibles actuellement, ma chère amie.

— Bah! et ceux-ci? — dit Clara, en montrant les billets de banque que n'avait pas dissimulés le journal.

— Oh! ceux-ci, je ne puis y toucher.

— Pour quelle raison?

— Parce qu'ils viennent de m'être rendus sur les soixante-seize mille qui m'ont été dérobés rue de Choiseul.

— J'en suis heureuse pour vous, monsieur, mais je ne vois pas en quoi cela vous empêche d'en disposer.

— Si; cela m'oblige à les conserver intacts. Vous comprenez, — ajouta le juif avec aplomb — que mes voleurs n'ayant pas encore été jugés et, par suite, l'affaire étant pendante devant la justice, il se peut qu'on m'invite à les représenter pour servir de pièces de conviction.

— Vous vous moquez de moi, monsieur. Si on vous les a rendus, c'est qu'on n'en avait plus que faire, évidemment.

« D'ailleurs, sans être fort au courant des choses judiciaires, je sais cependant que les pièces de conviction ne sortent jamais des bureaux de la Préfecture de police et y sont mises au contraire très soigneusement sous scellés. Donc, ce que vous me dites est ridicule.

« Quoi qu'il en soit, j'ai besoin d'argent, je vous le répète, et pourvu que vous m'en donniez, il m'est indifférent que vous le preniez là ou ailleurs.

Moser vit que, malgré tous les prétextes qu'il inventerait, il ne parviendrait pas à éviter une saignée à sa bourse et, croyant s'en tirer à bon compte, prit le parti de céder au désir de Clara.

— Tenez, ma chère amie, — fit-il, — il m'en coûte d'avoir avec vous un débat financier et, pour vous prouver que je ne suis pas aussi pingre que vous voulez bien le dire, je vais vous satisfaire.

« Combien vous faut-il?

— Je vous l'ai dit, une assez forte somme.

— Cela ne m'indique pas un chiffre. Voyons, mille francs vous suffisent-ils ?

— Mille francs ! — s'exclama Clara avec une expression de dédain. — C'est une plaisanterie, j'imagine ?

— Eh bien ! mettons deux mille. Vous voyez que je ne lésine pas.

La Lyonnaise haussa les épaules.

— Vous me faites pitié ! — dit-elle.

— Mais combien désirez-vous donc ? — demanda le juif qui commença à s'effrayer.

— Trente mille ! lança Clara résolument.

Moser crut avoir mal entendu.

— Vous dites?... — fit-il en devenant blême.

— Je dis : Trente mille, — répéta la Lyonnaise.

L'usurier eut un brusque recul, comme s'il eût reçu un fort coup de poing en pleine poitrine.

— A mon tour, c'est moi qui vous demanderai si vous voulez plaisanter? — répliqua-t-il avec un sourire jaune.

— Non, certes, rien n'est plus sérieux.

— Alors, s'il en est ainsi, je me vois, à mon grand regret, obligé de vous refuser tout net, et cela pour une raison bien simple, c'est que je n'ai pas de libre une somme de cette importance. Au surplus, l'aurais-je, que je ne vous la donnerais pas, car je ne puis comprendre comment elle vous est nécessaire.

— Ah ! vous ne pouvez le comprendre? En ce cas je vais vous l'expliquer :

« Votre misérable mensualité de cinq mille francs ne suffisant pas à mes dépenses, il s'en faut, j'ai depuis longtemps contracté de nombreuses dettes. Je dois à ma couturière, à ma modiste, à ma lingère et à bien d'autres fournisseurs encore.

« Jusqu'à ces derniers temps, j'avais pu les faire patienter, mais, aujourd'hui, ils ne veulent plus attendre et, comme s'ils s'étaient concertés ensemble, me réclament leur dû tous à la fois.

— Laissez-les réclamer.

— Vous en parlez à votre aise. Ils me poursuivent partout où je vais et me font des scènes en public. Je ne puis faire un pas sans rencontrer quelqu'un d'eux sur ma route.

« Il y a huit jours, étant à souper dans un restaurant de nuit, ma couturière est venue m'y relancer à deux heures du matin et m'a apostrophée si grossièrement que j'ai dû quitter la place.

« Avant-hier, c'est le mari de ma modiste qui a arrêté ma voiture sur le boulevard des Italiens et m'a traitée de voleuse devant la foule qui s'était rassemblée.

— Il vous a traité de « voleuse » ? — s'exclama le juif ; — il fallait le faire danser, sacrebleu ! Je connais un petit musicien de ma religion et bon Allemand, comme moi, qui ne vit pas autrement. Il pleure misère de droite et de gauche, parle de sa femme, de ses petits enfants, menace de se suicider avec les siens tant le malheur l'accable, et par ce procédé finit toujours par tirer quelque argent d'une bonne âme compatissante, à titre de prêt, bien entendu. Par exemple, au moment de rembourser, il déclare ne rien devoir et s'arrange toujours de façon à pousser à bout celui qui lui est venu en aide. Ce dernier, finalement exaspéré, tombe dans le traquenard tendu, le traite de voleur devant les témoins véreux dont mon musicien allemand est toujours accompagné. Alors le but est atteint, il attaque en diffamation le « sale Français » et se fait octroyer des dommages.

« Vous le voyez, Clara, mon ami est un habile homme, vous devriez agir comme lui avec vos fournisseurs.

— Enfin, — continua la Lyonnaise en haussant les épaules, — pas plus tard que ce matin, il m'a fallu subir les invectives de mon bijoutier qui, en pleine rue de la Paix, a cherché à m'arracher une broche que je lui ai achetée l'année dernière avec d'autres bijoux, en disant que ce serait toujours cela de moins que je lui devrai.

« Donc, je veux en finir avec ces gens-là et les payer tout de suite afin de ne plus être en butte à de pareils scandales.

— Offrez-leur des acomptes.

— Ils n'en veulent pas ; ils tiennent à être réglés d'un seul coup et c'est pourquoi il me faut une trentaine de mille francs, sur lesquels il ne me restera presque rien pour moi lorsque je me serai acquittée envers eux.

— Je vous le dis encore, — répliqua Moser, paraissant peu touché des embarras de sa maîtresse, — il ne m'est pas possible de vous donner une telle somme.

« Tout ce que je puis vous offrir, au maximum, c'est trois mille francs, pas un sou de plus. Ainsi, vous auriez tort d'insister, ce serait peine inutile de votre part.

— J'insisterai cependant, monsieur, — reprit Clara que la colère gagnait, — et je ne sortirai pas d'ici avant d'être en possession de ces fonds.

— Alors, vous pouvez vous y établir à demeure, car vous aurez long-temps à attendre, — renvoya froidement le juif.

Clara eut un éclair de rage dans les yeux. Elle pensait bien que son vieil amant ne céderait pas aisément à ses exigences, mais elle ne prévoyait pas chez lui une semblable résistance.

D'autant plus que, jamais encore, il n'avait employé avec elle ce ton sec et cassant.

Avait-elle donc perdu son empire sur lui?

Elle voulut s'en assurer avant de se laisser aller à la fureur qui bouillonnait en elle.

— Voyons, Isaac, — reprit-elle en se faisant câline et en prenant dans la sienne la main aux doigts crochus de l'usurier, — voyons, soyez gentil comme d'habitude et contentez-moi; je vous en saurai un gré infini.

Mais Moser, comme s'il fût enfin parvenu à se soustraire au magnétisme qui, jusque-là, l'avait mis au pouvoir de la sirène, se montra insensible à cette caresse et fit de la tête un signe de refus catégorique.

— Tenez, — continua Clara sans se décourager, — je crois qu'il va nous être facile de nous arranger.

« Vous reconnaissez m'allouer cinq mille francs par mois, n'est-ce pas? Eh bien! donnez-moi les trente mille en question et, pendant six mois, je m'engage à ne pas faire un seul appel à votre bourse.

« En définitive, c'est simplement une avance que vous me consentez, pour employer un de vos termes de banque.

« J'espère que je suis raisonnable?

— Non, Clara, je n'accepte pas cette combinaison. D'abord, parce que, je ne cesse de vous le répéter, je suis à court pour le moment; ensuite parce que, si je l'acceptais, c'est encore moi qui en subirais les conséquences.

— En quoi donc?

— En ce que, si vous avez déjà contracté tant de dettes ayant cinq mille francs à dépenser mensuellement, que n'en contracteriez-vous pas encore davantage, vous trouvant dénuée de toutes ressources?

« Il s'ensuivrait que, dans six mois, vous seriez obligée de faire près de moi une démarche semblable à celle-ci et non plus pour me demander trente mille francs, mais au moins le double, si ce n'est même le triple.

— Non point, car je me priverai et restreindrai mes dépenses.

— Pourquoi dire cela? Vous savez bien que vous n'en ferez rien?

— Certainement si.

— Je croirais plutôt le contraire.

— Ainsi, vous me refusez?

— Absolument.

— C'est votre dernier mot?

— C'est mon dernier mot.

— Eh bien! — fit Clara éclatant et repoussant la main du juif dont le contact lui inspirait un horrible dégoût. — Eh bien! je les aurai malgré vous, ces trente mille francs, et puisque vous ne voulez pas me les donner, je vais les prendre moi-même.

Et avant que Moser eût pu prévoir son mouvement, elle s'empara des billets de banque qui étaient sur le buvard et les enfouit dans son corsage.

Elle avait calculé de l'œil que leur total devait former à peu de chose près la somme dont elle avait besoin.

Elle ne s'était trompée de guère, car il y en avait en tout pour vingt-huit mille cinq cents francs.

— Rendez-moi ces billets! — cria l'usurier furieux. — Rendez-les-moi sur-le-champ, vous entendez, Clara?

— Non, monsieur, je ne vous les rendrai pas, vous pouvez y compter.

— Rendez-les-moi, vous dis-je, sans quoi vous allez m'obliger à vous les reprendre de force.

— Vous oseriez porter la main sur moi?

— J'oserais tout.

— Essayez donc! — fit-elle d'un air de défi.

Le juif était au comble de l'exaspération.

Quoi! cet argent qu'on venait de lui restituer, alors qu'il ne comptait plus le revoir, et qui, pour cela même, avait à ses yeux une valeur bien plus grande que tout autre, il allait en être dépouillé de nouveau!

Cela le mettait en rage.

Mais il ne le souffrirait pas.

Coûte que coûte, il lui fallait en redevenir possesseur.

— Encore une fois, voulez-vous me rendre ces billets? — clama-t-il.

— Non, mille fois non, vous dis-je! — répondit Clara avec véhémence.

— Alors, ne vous en prenez qu'à vous de ce qui va arriver. Ce sera de votre faute et non de la mienne.

Et il se jeta sur sa maîtresse, cherchant, par des mouvements brutaux, à ouvrir son corsage pour en retirer les soyeux papiers.

— Ah! misérable que vous êtes! — s'écria la Lyonnaise, — vous avez la lâcheté d'user de violence envers une femme?... Mais je saurai vous résister!

En même temps, pour tenter de se dégager de son étreinte, elle imprimait de brusques secousses à son corps et de ses ongles acérés lui labourait les mains dont elle enlevait des lambeaux de chair.

Efforts et défense inutiles; le coquin tenait bon et ne lâchait pas prise.

Soudain, l'étoffe du vêtement se déchira, découvrant une partie de la gorge de Clara et laissant glisser à terre le dépôt qu'il recélait.

C'était tout ce que voulait Möser qui, sans même accorder un regard au gracieux spectacle qui s'offrait à sa vue — car la Lyonnaise était encore belle — se baissa aussitôt pour ramasser son bien.

Mais au même moment, Clara saisit la lourde écritoire en métal placée sur la table et l'en frappa rudement à la tête.

Son intention n'était que de l'étourdir afin de l'empêcher de reprendre les billets.

Malheureusement, un des coins de l'écritoire pénétra dans le crâne du vieillard et lui fit une ouverture d'ou le sang jaillit avec abondance.

— Ah! coquine... tu m'as tué!... — rugit Möser qui se crut touché mortellement bien qu'en réalité sa blessure ne fût pas grave ; — tu m'as tué pour me voler mon argent... mais tu ne l'auras pas, je le jure... non, tu ne l'auras pas... car je vais te tuer aussi...

Et, prompt comme l'éclair, il s'arma du coupe-papier d'acier en forme de poignard dont nous avons parlé, et le plongea à trois reprises différentes dans la gorge nue de la Lyonnaise.

Celle-ci tournoya sur elle-même sans pousser un cri, battit l'air de ses bras désespérément, puis s'écroula comme une masse sur le sol.

Mais, en tombant, ses mains ayant rencontré le cou de l'usurier et s'y étant nouées fortement, elle avait entraîné ce dernier avec elle dans sa chute.

Une demi-heure après, un domestique, qui vint à passer devant la pièce, remarqua qu'un filet rouge s'échappait de dessous la porte.

Il entra et, à sa grande épouvante, aperçut le juif et sa maîtresse étendus sans vie à côté l'un de l'autre, au milieu d'une mare de sang déjà à demi coagulé.

Il lui fut aisé de reconnaître à quel genre de mort chacun d'eux avait succombé, car la Lyonnaise avait encore, plantées dans la poitrine, l'arme avec laquelle elle avait été frappée, et le vieillard portait au col, entre le menton et le sternum, l'empreinte profonde des dix doigts de la jeune femme.

Cet événement tragique occupa Paris pendant quelques jours et fournit à Rivolet, le journaliste, matière à un article sensationnel.

Puis d'autres événements survinrent et on n'y pensa bientôt plus.

Möser n'ayant pas l'ombre d'héritiers, sa fortune, qui s'élevait encore à près d'un million, malgré les énormes brèches qu'y avait faites Clara, fit tout entière retour à l'État, ainsi que le veut la loi en pareil cas.

Mais, en apprenant de quelle source elle provenait, il la donna à l'Assistance publique afin de la purifier par la charité.

De sorte que le coquin qui avait causé tant de misères durant sa vie soulagea de nombreuses infortunes après sa mort.

Son âme dut grandement en souffrir.

XVIII

AU CHILI

Nous allons maintenant traverser les mers et conduire avec nous le lecteur au Chili, pour y retrouver José de Penaflor et son ami le docteur Cambise.

Le Chili, une des plus belles contrées de l'Amérique du Sud, est une vaste langue de terre qui, géographiquement parlant s'étend de 17° 57 de latitude méridionale, limite de la province de Tacna et du Pérou, jusqu'au cap Horn et aux îles Diego-Ramirez, par 56° 30′ de latitude, également méridionale, sur une longueur d'environ 4,220 kilomètres.

Il est limité à l'ouest par le grand océan Pacifique, et à l'est par la crête principale de la Cordillère des Andes, qui le sépare de la République argentine.

Aux premiers âges du monde, son sol a dû subir de puissantes convulsions, car en maints endroits il est soulevé et bouleversé effroyablement.

Les montagnes de 6 et 7,000 mètres n'y sont pas rares, et au sommet de beaucoup d'entre elles s'ouvrent d'immenses cratères de volcans éteints ou même encore en activité.

Le long de la Cordillère, qui se dresse à l'ouest comme une muraille gigantesque, couronnée çà et là de cônes volcaniques, se voient des gradins géants faits pour le pas de quelque Titan voulant escalader le ciel.

Ils sont séparés par des bourrelets montagneux qui descendent vers la mer et aboutissent à des falaises de 3 à 400 mètres de hauteur.

Tout est grandiose, dans ce pays, et nos Alpes ou nos Pyrénées sembleraient de simples collines auprès de ces monts dont la cime paraît toucher la voûte céleste.

Les précipices qui s'y rencontrent en grand nombre sont en proportion des montagnes.

Il s'arma du coupe-papier en forme de poignard et le plongea à trois reprises dans la gorge nue de la Lyonnaise.

Ils atteignent des profondeurs insondables, comme s'ils s'enfonçaient jusqu'au centre de la terre.

La végétation y est d'une luxuriance extraordinaire.

Herbes, plantes et arbres croissent à foison en tous lieux et prennent des dimensions colossales.

LIV. 139. — H. GEFFROY, édit. — Reproduction interdite.

139

48

Dans les Pampas, ou prairies, un homme à cheval n'arrive pas à la hauteur des tiges qui l'environnent.

Pourtant il pleut rarement, si ce n'est à certaines époques de l'année, où il se produit des orages antédiluviens qui changent les ruisseaux en torrents impétueux et font déborder les fleuves sur une étendue considérable.

C'est ce qu'on nomme les « Eaux », véritable fléau dont les ravages sont parfois considérables.

Le Chili a toujours été très peuplé.

Ses principaux habitants étaient autrefois les Araucans, indigènes de l'Araucanie, grande province située sur le versant du Pacifique.

Les Araucans n'ont jamais pu être soumis et se sont refusés jusqu'à présent à toute civilisation.

Leur nom, d'ailleurs, vient de *Acauès* qui, paraît-il, signifie « rebelles ».

Très nombreux jadis, ils ne sont plus aujourd'hui que 60 ou 80,000 et continuent à vivre à l'état sauvage, formant ainsi une nation absolument à part.

Ce sont des hommes fiers et courageux, à l'orgueil indomptable.

On se souvient peut-être de l'équipée de cet aventurier français, le docteur Tounens, qui, il y a quelques années, voulut se faire élire roi par eux.

Le malheureux, atteint de la folie des grandeurs, se rendit chez les Araucans, réunit les grands chefs de la nation, et après leur avoir vanté les bienfaits de la royauté, leur demanda de le nommer leur souverain. Les grands chefs l'écoutèrent tranquillement en fumant leur calumet, se consultèrent ensuite entre eux, puis l'attachèrent sur une mule et le reconduisirent hors de leurs frontières, en l'invitant à ne jamais plus les franchir s'il tenait à conserver sa tête sur ses épaules.

Il comprit mal sans doute ce qui lui fut dit, car, étant revenu en France, il se proclama à son de trompe roi d'Araucanie, nomma des ministres, créa des ordres, distribua des diplômes et rédigea même un projet de constitution gouvernementale qu'il se préparait à aller faire sanctionner par « ses sujets », quand la mort vint mettre un terme à ses ambitieux projets.

Ce qu'il y a de plus curieux, c'est qu'il avait trouvé des gens assez naïfs pour partager ses idées et accepter de le suivre en Amérique où il se disposait à retourner.

Ce qui prouve qu'un fou trouve toujours plus fou que lui.

Si nous prenons l'histoire du Chili, nous y voyons que, lors de la conquête du Pérou par les Espagnols, ceux-ci y établirent aussi leur domination.

L'or y abondant en aussi grande quantité que chez son riche voisin, il était tout naturel qu'ils s'en emparassent également pour le piller.

Mais ils eurent grand'peine à garder leur proie, car les Indiens se révoltaient sans cesse et exerçaient envers eux de cruelles représailles.

En 1540, Pedro de Valdivia, qui en fut le premier gouverneur, eut à soutenir des guerres importantes contre leurs tribus coalisées et finit par être vaincu.

Ce fut un chef araucan, le fameux Capaulican, dont le nom a été conservé dans les annales chiliennes, qui gagna sur lui une bataille où l'armée espagnole fut aux trois quarts détruite.

L'ayant fait prisonnier, il le mit à mort en lui versant dans la bouche de l'or fondu.

— Rassasie-toi de cet or dont tu fus si affamé ! — lui dit-il.

Pendant près de trois siècles, les Indiens, et notamment les Araucans, luttèrent avec une énergie farouche pour chasser de leur territoire ceux qui l'avaient envahi.

Mais, à la fin, épuisés par ces luttes successives, ils durent céder et se soumettre, sauf les Araucans qui, comme nous venons de le dire, parvinrent à rester libres.

Depuis 1826, le Chili s'est constitué en république et s'accommode très bien de ce régime.

Cependant, si les mots « Égalité » et « Fraternité » sont, comme chez nous, inscrits au fronton des monuments publics, il s'en faut qu'ils le soient dans les cœurs.

Il existe, en effet, de même qu'au Pérou, une démarcation bien tranchée entre les Chiliens de race espagnole pure et ceux que l'on désigne sous le nom de *métis*, c'est-à-dire qui ont du sang mi-espagnol et mi-indien dans les veines.

Jamais les premiers ne frayent avec les seconds, qu'ils considèrent comme de beaucoup au-dessous d'eux.

Il en résulte que la population est divisée en deux classes, — que l'on pourrait appeler la classe supérieure et la classe inférieure, — ayant chacune leurs coutumes et leurs mœurs qui diffèrent totalement les unes des autres.

Cela n'empêche point pourtant que la bonne harmonie ne règne entre elles et que toutes deux ne prennent part au même degré à la gestion des affaires publiques.

La capitale du Chili est Santiago, qui fut fondée par ce Pedro de Valdivia dont nous avons parlé.

C'est une très jolie ville, entièrement bâtie aujourd'hui à l'européenne.

Elle est coupée de larges rues, bordées pour la plupart de grands et beaux arbres qui gardent leur feuillage presque toute l'année et produisent ainsi constamment une ombre des plus salutaires, vu l'extrême chaleur du climat.

C'est environ à deux lieues derrière Santiago, en remontant dans l'intérieur des terres, que commençaient les immenses propriétés appartenant à José de Penaflor et dont il tirait sa colossale fortune.

Ces propriétés, entièrement agricoles, consistaient en plantations de cannes à sucre, en champs de cotonniers, de caféiers, de vanilliers et autres arbustes non moins utiles.

Elles s'étendaient sur un espace de plusieurs lieues carrées et occupaient une quantité innombrable de travailleurs.

Une habitation rustique y attenait.

Elle était destinée à loger les nombreux employés de toute sorte, nécessaires à l'administration et à la surveillance des propriétés.

C'était une vaste construction en pierre où de spacieux greniers avaient été aménagés pour servir de magasins.

Elle avait assez l'aspect d'une maison de ferme et représentait un carré creux, auquel il aurait manqué un côté, c'est-à-dire était composée de trois corps de bâtiment se rejoignant à angle droit.

De leur vivant, les parents de José résidaient à Santiago, où ils possédaient une magnifique demeure. Mais, chaque année, ils avaient l'habitude de venir passer là un mois ou deux, pour assister aux récoltes et prendre en même temps l'air de la campagne.

Aussi plusieurs chambres y avaient-elles été transformées en appartement et meublées un peu moins sommairement que les autres.

C'est dans une de ces chambres que nous retrouvons José, six semaines après son départ de Paris.

Depuis quinze jours il était arrivé au Chili en compagnie de son ami Cambise.

Tout d'abord il avait habité à Santiago l'ancienne demeure familiale où, depuis la mort de leurs maîtres, étaient restés quelques vieux domestiques, l'attendant toujours.

Mais bientôt, fatigué du bruit de la ville et de la curiosité générale dont il était l'objet, car son retour inopiné avait fait événement, il était venu loger à l'habitation rustique afin d'être plus à lui-même.

Le lendemain du jour où il s'y était installé, son intendant, chargé de gérer sa fortune pendant son absence, s'était présenté à lui pour lui demander s'il désirait dorénavant prendre la direction de ses affaires ou la lui laisser comme par le passé.

C'était un vieux métis d'une probité scrupuleuse et qui s'acquittait de ses fonctions d'une façon parfaite.

Il se nommait Paz Eusebio et, comme Pepe et Mouna, était depuis de longues années au service de la famille.

Le vieillard apportait avec lui des registres et des papiers couverts de chiffres pour les lui faire examiner.

Mais José n'avait rien voulu voir.

— C'est inutile, Eusebio, — lui avait-il dit. — Je sais que mes biens sont en bonnes mains et te laisse les gérer entièrement à ta guise. Remporte donc toutes ces paperasses et ces grimoires qui sont pour moi de l'hébreu.

— Laissez-moi au moins vous rendre des comptes, — avait insisté le métis.

— A quoi bon ? — avait répondu José d'un air indifférent, — je te dis que je n'y comprendrais rien.

Et il avait congédié Eusebio stupéfait d'une pareille insouciance pour ses intérêts.

. . . .

Au moment où nous revenons près de lui, il était environ huit heures du matin.

Nonchalamment étendu sur une espèce de canapé en bambou, relevé à une de ses extrémités pour maintenir la tête, il avait les yeux mi-clos et semblait absorbé dans une rêverie profonde.

La pièce où il se tenait se trouvait au rez-de-chaussée.

Elle était meublée de chaises et de fauteuils en jonc d'une tresse très fine, et de quelques petites tables à collation.

Des nattes également en jonc en recouvraient le sol de simple terre battue.

Deux grandes fenêtres ouvrant sur la campagne l'éclairaient et laissaient errer la vue sur d'immenses plantations de cannes à sucre et de cotonniers, qui se succédaient les unes aux autres sans qu'on pût en apercevoir les limites.

Au loin, l'horizon était borné par la ligne sombre d'une forêt, derrière laquelle se profilaient, avec une grande netteté, par suite de la pureté de l'atmosphère, les premiers contreforts de la Cordillère des Andes.

Peu sensible à cette admirable perspective, José, on le voit, n'y prêtait aucune attention, renfermé qu'il était dans ses pensées.

Sa physionomie était revêtue d'une indicible tristesse et, à ses traits
tirés ainsi qu'à leur pâleur, on sentait qu'une souffrance sourde le minait.

Cambise demeurait avec lui. Son logement était contigu au sien et il
était rare qu'ils ne fussent pas ensemble.

Car le docteur s'était fait son compagnon de tous les instants afin
d'être toujours prêt à le réconforter lorsqu'il le voyait se laisser par trop
abattre.

Il avait été très content de le voir venir aux plantations.

— Là, au moins, — s'était-il dit, —je pourrai lui procurer des distractions qui peut-être serviront de dérivatif à son mal. La ville l'ennuyait,
les champs l'intéresseront sans doute.

« Je ne réussirai pas, je le sais, à le guérir radicalement, mais il se peut
qu'avec le temps sa peine s'adoucisse assez pour qu'il en vienne à vivre
avec elle comme on vit avec ces maladies incurables aux souffrances desquelles on finit par s'accoutumer.

Ce matin-là, Cambise avait formé le dessein d'emmener José visiter
ses propriétés, — ce que celui-ci avait accepté, — et c'était pendant qu'il
s'occupait des préparatifs de cette excursion que M. de Penaflor, en l'attendant, s'était plongé dans la méditation où nous le voyons.

Tout à coup, le docteur entra suivi d'un jeune homme de vingt-quatre
à vingt-cinq ans, vêtu à l'indienne, c'est-à-dire n'ayant qu'une chemise
de calicot rouge, qui bouffait légèrement au-dessus d'un caleçon en coton
écru dont les jambes s'arrêtaient un peu au-dessus des genoux.

Ses pieds étaient emprisonnés dans une paire de chaussures souples,
en peau de bison, retenues aux chevilles par des lanières de cuir entrecroisées.

Il avait la peau cuivrée et était entièrement glabre.

À son nez busqué, à sa bouche largement fendue, à ses cheveux noirs
et raides, ainsi qu'à la forme allongée de son crâne et à la proéminence
de ses arcades sourcilières, il était facile de reconnaître en lui un Indien
pur sang.

C'en était un, en effet.

Bien que la majorité des Araucans, nous l'avons dit, soit jusqu'à ce
jour restée réfractaire à toute promiscuité avec les Européens, quelques-
uns cependant, d'un esprit moins intransigeant ou plus avancé prennent
volontiers contact avec eux et n'éprouvent même aucune honte à se
mettre à leur service..

Celui-là était depuis deux ans sous les ordres de Paz Eusebio qui, à ses fonctions d'intendant, ajoutait celles de « Directeur du personnel des plantations ».

Un jour on l'avait vu arriver à l'habitation avec une jeune fille et un jeune garçon qui étaient sa sœur et son frère cadets.

Devenus orphelins quelques mois auparavant, ils venait s'engager tous les trois comme serviteurs, voulant, disaient-ils, vivre désormais de la vie des blancs.

Eusebio s'était empressé de déférer à leur désir — car les Chiliens ne perdent jamais une occasion de retenir chez eux les transfuges indiens — et leur avait assigné à chacun un emploi en rapport avec leurs capacités respectives.

Ainsi que dans toute grande propriété de planteur, il y avait dans celle de José une nombreuse cavalerie, tant bêtes de selle que bêtes de trait.

Les deux frères ayant prouvé qu'ils étaient très habiles à dresser et à soigner les chevaux, avaient été chargés de l'entretien de cette cavalerie.

Quant à la sœur, dont les mains étaient trop délicates pour s'attaquer à de gros ouvrages, elle avait été attachée au service de la fille d'Eusebio qui, mère de famille, avait trouvé de quoi l'occuper dans son ménage.

Le frère aîné avait nom Sacha-Atché (l'œil brillant); la sœur, Lontsi-Hà (la tige élancée), et le dernier, Pech-Echkto (le chevreuil bondissant).

Mais le vieux métis, trouvant que ces vocables étaient trop durs à articuler, les avait changés en d'autres moins barbares, tout en leur laissant un peu de leur assonance primitive.

Il avait appelé *l'œil brillant* Sanchez, *la tige élancée* Lucia, et *le chevreuil bondissant* Pedro.

Si c'était moins pittoresque, ç'avait par contre l'avantage d'être plus facile à prononcer.

. . . .

— Allons, mon cher José, dit Cambise dès qu'il eut fait deux pas dans la chambre, — tout est prêt, les chevaux sont sellés et nous n'avons plus qu'à nous mettre en route. Justement le vent souffle de la mer et nous ne serons pas trop incommodés par la chaleur. Notre promenade sera donc une véritable partie de plaisir.

José, que l'entrée du docteur et de l'Indien avait tiré de sa quasi somnolence, se dressa à demi sur le canapé puis demanda d'un ton résigné :

— Ainsi, mon ami, vous tenez absolument à me faire faire cette excursion ?

— Certes, j'y tiens, —répondit Cambise, — car depuis que vous êtes ici vous n'avez presque pas pris d'exercice et, au point de vue hygiénique, elle vous sera très salutaire.

— Il est vrai que jusqu'à présent je n'ai guère bougé de mon appartement, mais que voulez-vous, je suis si las que je voudrais toujours me reposer.

— C'est précisément cette lassitude qu'il faut combattre, sans quoi elle engendrerait bientôt chez vous un engourdissement total, aussi bien du corps que de l'esprit.

— Eh bien! ce serait tant mieux... parce qu'alors je ne souffrirais plus.

Cambise fit semblant de ne pas avoir entendu ces derniers mots et reprit :

— D'ailleurs, il est assez juste, je pense, qu'un propriétaire connaisse ses propriétés et vous n'avez pas, je suis sûr, la moindre idée des vôtres.

— Je l'avoue, ne m'en étant jamais occupé. Mais je me demande à quoi me servira de les connaître ?

— Parbleu! cela vous servira à vous rendre compte par vous-même d'une foule de choses qui sont de nature à vous intéresser. Vous saurez ainsi comment elles sont exploitées, le travail qui s'y fait, les productions afférentes à chacune d'elles, etc... etc...

— Et vous croyez que cela m'intéressera?

— J'en suis convaincu.

— Alors, allons, mon ami, — fit José en se levant, — je souhaite de grand cœur que vous ne vous trompiez pas. Et tout est prêt pour notre départ, dites-vous?

— Oui, il ne vous reste plus qu'à informer Sanchez, qui vient exprès pour le savoir, si vous désirez rentrer dans la journée ou demeurer dehors jusqu'au soir.

— Ma foi, je l'ignore. Si je prends comme vous le pensez quelque intérêt à cette visite, je la prolongerai jusqu'à la nuit, sinon je reviendrai dans l'après-midi.

Puis, se tournant vers l'Indien auquel il s'adressa en espagnol, seule langue que le jeune homme entendît et parlât suffisamment :

— Mais en quoi cela t'importe-t-il, mon garçon ? — lui demanda-t-il.

— C'est parce que si vous rentriez tard j'emporterais des manteaux, senor, — répondit l'Araucan.

— Des manteaux par une chaleur pareille!

— Les soirées sont très fraîches, senor, et il est prudent de se couvrir si l'on ne veut pas gagner du mal.

— Sanchez a raison, — approuva Cambise. — Une fois le soleil

Eusebio ne lui ménageait pas les explications.

— Une fois le soleil couché, l'atmosphère se refroidit beaucoup et si l'on a pas soin de se préserver du serein qui tombe alors avec abondance, on risque fort de pincer une fluxion de poitrine ou tout au moins une bronchite, quand ce ne sont pas les deux ensemble. Vous devez, d'ailleurs, savoir cela mieux que personne, mon cher José, puisque vous êtes du pays?

— C'est vrai, mais je ne m'en souvenais plus et, n'étant pas encore
sorti le soir depuis que je suis de retour, je n'avais pas eu occasion de
me le rappeler. A tout hasard, emporte donc les manteaux; peut-être en
aurons-nous besoin.

— Bien, senor, — fit l'Indien en disparaissant.

José et le docteur se rendirent alors dans la cour de l'habitation.

Cinq chevaux tout sellés et bridés étaient attachés par une longe à des
anneaux de fer fichés dans le mur des écuries.

Tous étaient de superbes bêtes.

Mais deux, surtout, se faisaient remarquer par leurs formes élégantes
et impeccables.

C'étaient des *mustangs*.

Les mustangs sont des chevaux qui vivent dans les prairies à l'état
sauvage.

Importée au xv° siècle par les premiers conquérants, la race des chevaux espagnols, trouvant dans les pampas une nourriture abondante, a
prospéré et constitue sous ce nom plusieurs espèces fort recherchées.

On s'empare des mustangs pour les domestiquer et en faire des bêtes
de selle.

Ils se laissent dompter assez facilement et deviennent alors très
dociles, tout en restant pleins de feu et de vigueur.

Leur vitesse est extraordinaire et ils peuvent parcourir des espaces
considérables sans faiblir un seul instant.

On cite un habitant des frontières qui, sur un mustang, a franchi,
en 1887, le désert entier de Tucuma — lequel sépare le Chili du Pérou et
a quatre-vingts lieues de long — en vingt-huit heures, avec un seul repos
de deux heures. Prouesse que les vainqueurs tant vantés de nos « grands
prix » auraient, croyons-nous, grand'peine à accomplir.

Ces deux-là avaient été capturés au lasso par Sanchez et son frère
Pedro dans les vastes plaines qui s'étendent au pied des Cordillères et
où l'on rencontre des nombreuses troupes de leurs congénères.

Ce qui, notamment, attirait l'attention sur eux, c'était le port altier
de leur tête qu'à tout moment ils rejetaient en arrière en secouant leur
épaisse crinière ; leur œil vif et rempli de flamme d'où s'échappait un
regard d'une réelle fierté qu'ils dardaient hardiment devant eux ; leurs
jambes fines et nerveuses dont on voyait se tendre les muscles au moindre
effort et enfin leur robe brune, rayée par endroits de larges bandes d'une
teinte fauve, qui leur donnait un aspect des plus étranges.

Ils devaient servir de montures aux deux Indiens qui faisaient partie
de l'excursion et étaient chargés de veiller aux bêtes pendant les haltes.

Eux seuls, d'ailleurs, étaient assez habiles cavaliers pour les chevau-, cher, tant les nobles animaux gardaient encore de leur sauvage ardeur et de leur impétuosité native.

Pedro, portant un costume à peu près semblable à celui de son frère, se tenait près d'eux, les flattant de la main et cherchant à modérer leur impatience, qu'ils témoignaient par de continuels piaffements ou de brusques bonds en arrière, comme s'ils eussent voulu rompre leur longe.

On voyait que cette immobilité leur pesait et qu'il leur tardait de se trouver libres de toutes entraves.

Eusebio était là aussi, attendant José et Cambise que sa qualité d'intendant lui faisait un devoir d'accompagner dans cette promenade d'inspection.

— Señors, — dit-il en s'inclinant, — quand il vous plaira.

Le docteur et José se mirent en selle.

Eusebio les imita ainsi que Pedro et on n'attendit plus pour partir que Sanchez revînt avec les manteaux qu'il avait été chercher à l'intérieur de la maison.

Bientôt le jeune homme parut, porteur d'un volumineux paquet qu'il alla fixer par des courroies sur la croupe du mustang de son frère, le sien étant déjà chargé d'une sorte de sac en jonc contenant des provisions de bouche pour le déjeuner.

Cela fait, il sauta sur son cheval et l'on se mit en route.

On n'eut, pour ainsi dire, qu'à tourner l'habitation pour entrer dans les plantations.

XIX

CHASSE AU PÉCARIS

Pendant près de quatre heures, José parcourut les champs de cotonniers et de cannes à sucre, guidé par Eusebio qui ne lui ménageait pas les explications et lui donnait une foule de détails sur tout ce qu'il voyait.

Mais, quoi qu'en eût dit Cambise, ces divers renseignements paraissaient n'avoir qu'un intérêt médiocre pour M. de Penaflor.

Sa pensée était ailleurs.

Que lui importait que ses propriétés eussent une étendue de quinze cents hectares quatre-vingts ares cinquante centiares, — car le vieux métis était d'une précision de cadastre dans ses énumérations, — qu'elles lui rapportassent annuellement trois mille balles de coton, six cents tonnes de sucre, huit mille vannes de café et vingt mille sachets de vanille ?

Il eût préféré être pauvre comme Job et avoir encore près de lui Denise dont le souvenir occupait sans cesse son esprit.

. . . .

Vers midi, on suspendit la promenade pour déjeuner.

A cet effet, on s'installa sous un hangar, situé à proximité d'une large voie qui était une des artères principales des plantations.

Après le repas, Eusebio proposa de poursuivre la visite de celles-ci.

Mais José dit que c'en était assez pour une fois et qu'il reviendrait l'achever un autre jour.

Puis il demanda machinalement où conduisait le chemin près duquel ils étaient.

— Par ici, — répondit le métis en indiquant sa gauche, — il mène à un village qui nous fournit des travailleurs au moment des récoltes. Du côté opposé il aboutit à une plaine dite la plaine des *Pécaris*.

— Ah! c'est la plaine des Pécaris qui est là-bas? — fit José; — cela me rappelle mon jeune temps, car, autrefois, j'y suis venu souvent chasser avec mon père.

— Tiens, vous avez été chasseur? — dit Cambise.

— Je crois bien, chasseur enragé même. De seize à vingt-quatre ans, j'ai eu pour la chasse une véritable passion.

— Il est malheureux qu'elle vous ait passé, — observa le docteur; — elle aurait été actuellement une grande distraction pour vous.

— Mais elle ne m'a pas passé, — repartit M. de Penaflor; — je l'ai toujours. Seulement, vous conviendrez qu'il m'eût été difficile, une fois investi des fonctions de diplomate, de continuer à faire le nemrod.

— En ce cas, redevenez-le, puisque vous êtes libre, maintenant.

— Au fait, pourquoi pas? Vous me donnez là une excellente idée, mon cher Cambise, — fit José qui sembla sortir soudain de son apathie.

— Il ne doit pas manquer de gibier par ici et je suis sûr que vous feriez des chasses très fructueuses.

— Oh! non, senor, le gibier ne manque pas, — intervint Eusebio; — il y en a même beaucoup trop.

— Pourquoi, beaucoup trop ?

— Parce que nos plantations sont sans cesse envahies par une quantité de bêtes de toutes sortes qui y pénètrent et y causent de grands ravages.

— Eh bien ! mon cher José, — reprit le docteur, — voilà une bonne occasion de défendre votre bien et, en même temps, de vous livrer à votre plaisir favori.

— Ah! si notre maître pouvait exterminer toutes les vermines qui pullulent aux alentours, il nous rendrait un fier service. Mais il aurait fort à faire avant d'y parvenir, car, quoique chaque année nous en détruisions des centaines, soit à l'aide de pièges que nous leur tendons, soit en opérant des battues générales, leur nombre ne fait qu'augmenter de jour en jour dans des proportions de plus en plus inquiétantes.

— S'il ne les extermine pas toutes, il peut cependant en abattre une bonne partie et ce sera toujours ça de moins.

— Parbleu! oui, je le puis, — dit José en s'animant, — car je me souviens que j'avais le coup d'œil assez juste, jadis, et qu'il était rare que je perdisse ma poudre. Il nous est arrivé, à mon père et à moi, de tuer jusqu'à vingt-cinq et même trente pièces à poil dans une seule journée, pièces dont la plupart étaient des pécaris.

— Fichtre, c'était joli, — fit Cambise. — Mais le pécari n'est-il pas cet animal qu'on appelle le porc sauvage?

— Oui, senor, c'est lui, — répondit Eusebio. — Il est très friand de sucre et dévaste les plants de cannes en coupant celles-ci par la base pour les faire tomber et en sucer la substance à son aise. La plaine dont il s'agit en est infestée et c'est ce qui lui a valu son nom.

— Il est regrettable, — dit José, — que je n'aie pas emporté un fusil; j'aurais commencé sur-le-champ à leur faire la guerre.

— Si vous le désirez, il est facile de vous en procurer un, — répartit Eusebio.

— Comment cela?

— En envoyant un de nos Indiens à l'habitation où nous possédons d'excellents winchesters qui nous servent à opérer les battues dont je vous ai parlé.

— Mais il reviendra trop tard pour que ça vaille la peine de me mettre en campagne cet après-midi, car nous devons être à une grande distance de chez nous, il me semble?

— Nullement. Quoique nous ayons mis près de quatre heures pour venir jusqu'ici, nous n'en sommes pourtant pas très éloignés, attendu que nous n'avons pas marché qu'au pas et en nous arrêtant souvent, même. En une heure au plus, donc, notre homme, avec son mustang, peut faire la route aller et retour.

— Alors, envoie-le vite.

— Il va partir à l'instant, — répliqua Eusebio en se levant pour aller trouver les deux Indiens qui gardaient les chevaux à quelques pas de là.

— Eh bien! et moi, — fit Cambise, — vous allez me laisser les mains vides?

— Quoi, vous voulez chasser aussi?

— Certainement. Je ne suis pas comme vous un fervent disciple de saint Hubert, mais je n'en ai pas moins toujours éprouvé un vif plaisir chaque fois que j'ai eu l'occasion de faire une partie de chasse, comme celle qui se présente aujourd'hui, par exemple.

— Alors, fais apporter deux fusils, — commanda José au métis.

— Bien senor, — dit celui-ci en s'éloignant.

— Je pense que cela ne vous contrarie point, mon ami? — reprit le docteur.

— Me contrarier! Per Dio! j'en suis charmé, au contraire, mon cher Cambise. Rien n'est agréable, du reste, comme de chasser à deux. On se stimule mutuellement et, par suite, on n'y met que plus d'ardeur. Vous allez voir quel massacre nous allons faire l'un et l'autre.

En ce moment, un galop précipité se fit entendre.

C'était le frère de Sanchez qui, monté sur son mustang, partait à fond de train dans la direction de l'habitation.

— Pedro m'a assuré qu'il serait ici dans trois quarts d'heure, pas plus, — annonça Eusebio, revenant de faire sa commission.

— Bon, nous n'avons pas longtemps à attendre, — dit José. — Et lui as-tu recommandé, au moins, de prendre des munitions en quantié suffisante?

— Il doit rapporter deux ceintures de cinquante cartouches chacune. Ce sera assez pour une demi-journée, je présume?

— Certes, nous avons avec ça de quoi faire déjà pas mal de victimes. Mais si nous nous rendions dès à présent dans la plaine? Sanchez resterait là pour guetter le retour de son frère et nous rejoindrait ensuite avec lui. Êtes-vous de cet avis, mon cher Cambise? — demanda M. de Penaflor au docteur.

— Parfaitement, — répondit ce dernier; — cela vaudra mieux, à coup sûr, que de rester inactifs sous ce hangar.

— Alors, en route.

Vingt minutes après, les deux amis et le métis sortaient des plantations et débouchaient dans une vaste prairie, couverts de hautes herbes et semée, de-ci de-là, de petits bouquets de bois qui en coupaient agréablement la monotonie.

— Eh! je la reconnais, cette plaine, — exclama José en jetant des regards de tous côtés, — je crois encore m'y voir avec mon père, la parcourant à cheval et le fusil au poing. Nous avions l'habitude, je me souviens, de nous arrêter souvent près d'un ruisseau pour faire boire et reposer nos bêtes. Où est-il donc, déjà?

— Là-bas, à environ quinze cents mètres devant nous, où vous voyez cette ligne d'herbes plus vertes et plus touffues.

— Allons-y, — dit José, — nous y attendrons nos Indiens.

Les trois hommes éperonnèrent leurs montures et s'avancèrent au grand trot dans la prairie.

Ils arrivèrent promptement au ruisseau.

C'était un petit cours d'eau de sept à huit pieds de large dont les ondes fraîches et limpides couraient sur un lit de mousse.

A leur approche, une quinzaine de pécaris qui étaient couchés en troupe tout auprès, s'enfuirent en poussant des grognements de colère et se dispersèrent à droite et à gauche.

Quelques-uns traversèrent le ruisseau et restèrent sur l'autre bord à regarder avec des yeux pleins de fureur ceux qui venaient ainsi les déranger dans leur repos.

Le pécari a beaucoup de ressemblance, comme aspect, avec notre porc domestique.

Toutefois il est plus petit et a le corps plus élancé. Son pelage est gris fauve, ponctué par endroits de taches noires de forme ronde ou oblongue.

Il est excessivement leste et saute comme un lévrier. Sa chair est exquise et très saine.

Il compose sa nourriture, d'herbe, de mousse et de graines de toute espèce. Il aime aussi à ronger l'écorce des jeunes arbres, dont il fait ainsi mourir une grande quantité. Mais son régal ce sont les matières sucrées.

C'est ce qui le porte à ravager les plants de cannes à sucre.

Il se multiplie avec une rapidité surprenante et, malgré l'acharnement qu'on met à le détruire, ses bandes sont toujours très nombreuses.

— Vous voyez, señor José, que vous n'aurez pas loin à aller pour trouver du gibier, — dit Eusebio. — Tous les abords du ruisseau sont remplis de ces vermines. Elles dorment le jour et font leurs coups la nuit.

« Et, remarquez leur audace. En voici quatre qui ont l'air de nous narguer, — ajouta le métis en montrant les pécaris qui avaient sauté le ruisseau et continuaient à demeurer immobiles, les yeux fixés sur les trois hommes.

— C'est vrai, on dirait qu'ils se moquent de nous. Attends, je vais les faire déguerpir.

Et M. de Penaflor, franchissant le filet d'eau, se mit à poursuivre les quadrupèdes qui venaient de prendre la fuite, se dirigeant vers un bouquet d'arbres, situé à quelques centaines de mètres de là.

Mais sa poursuite ne durait pas depuis trente secondes que déjà les pécaris avaient disparu dans le petit bois.

Il revint alors vers Cambise et Eusebio.

— Voilà des bêtes qu'il serait difficile de forcer à la course, observa le docteur en riant, dès qu'il les eut rejoints.

— Le fait est que j'aurais eu de la peine à les rattraper, — répartit José; — mais je les retrouverai tout à l'heure.

Pour prendre patience jusqu'au retour des Indiens, les deux amis et le métis se promenèrent le long du ruisseau, faisant lever de nouvelles bandes de « vermines », — selon l'expression d'Eusebio — qui, de même que la première, s'enfuyaient aussitôt.

Enfin, Sanchez et Pedro reparurent et accoururent près d'eux.

Ils rapportaient deux belles carabines à canon rayé et deux ceintures dont les pochettes étaient gonflées de cartouches.

Pour leur compte, ils s'étaient munis chacun d'un lasso qui était leur arme, à eux, et dont ils se servaient avec une adresse sans égale; car les Araucans sont réputés, à juste titre, pour être les premiers *lasseurs* du monde.

José et Cambise bouclèrent leur ceinture et chargèrent leur carabine.

— En chasse, maintenant, — dit M. de Penaflor. — Nous accompagnes-tu, Eusebio?

— Non, senor, — répondit ce dernier, — des occupations me rappellent à la maison. Puis, s'il faut vous le dire, je ne me sens plus assez jeune ni assez vigoureux pour me permettre de s emblables parties. Mais je vous souhaite bonne chance et forme des vœux pour que tous vos coups portent.

Merci, nous ferons en sorte qu'ils soient exaucés.

Le métis tourna bride et reprit le chemin de l'habitation pendant que nos chasseurs se mettaient à la recherche de pécaris.

Ils ne tardèrent pas à en voir. Les premiers qu'ils aperçurent furent les quatre que José avait poursuivis et qui montraient leur groin à l'orée du bouquet de bois où ils s'étaient réfugiés.

— Ah! ah! mes gaillards, — fit M. de Penaflor. — J'avais bien dit que je vous retrouverais et, cette fois, vous ne me brûlerez pas la politesse comme tout à l'heure, ou, du moins, pas tous.

Disant cela, il visa celui qui était le plus en vue.

Le coup partit et la bête roula à terre.

A cette vue, la malheureuse mère alla se jeter sur le corps de son enfant.

Les autres rentrèrent incontinent dans le petit bois, mais pour en ressortir peu après et fuir à toute vitesse dans la plaine.

José, qui avait rechargé son arme, en visa un second et l'abattit aussi.

Quant aux deux derniers qui gagnaient toujours du terrain, ils étaient trop loin maintenant pour qu'il essayât de les atteindre.

— J'aurais bien voulu cependant les mettre bas tout les quatre, — dit-il, — mais il m'est réellement impossible de les tirer à une distance pareille.

Il n'avait pas fini de parler que Sanchez et Pedro partaient au triple galop, à la poursuite des deux pécaris.

— Ah çà ! où vont-ils de ce train-là ? — fit M. de Penaflor. — Espèrent-ils par hasard rattraper nos fugitifs à la course ?

— On dirait que c'est leur intention.

— Je serais curieux de voir ça, par exemple.

Les deux Indiens, courbés sur le cou de leurs chevaux, filaient comme un ouragan.

Ils allaient avec une telle vélocité qu'on eût dit deux projectiles traversant l'espace.

— Per Dio ! — s'exclama José, — leurs mustangs ont donc des ailes ?

— Ma foi, je ne serais pas éloigné de le croire, — répliqua Cambise. — Jamais je n'ai vu une rapidité aussi vertigineuse .

Comme s'ils eussent senti le danger qui les menaçait, les pécaris avaient encore redoublé de vitesse.

Malgré cela, les Araucans s'en rapprochaient visiblement d'instant en instant, et deux minutes ne s'étaient pas écoulées qu'ils étaient sur eux.

Alors, saisissant leur lasso, ils le firent tournoyer un moment au-dessus de leur tête, puis le lancèrent sur les quadrupèdes.

Le nœud coulant, adroitement dirigé, vint s'enrouler autour de leur cou et les arrêtèrent net sur place.

Immédiatement les deux Indiens firent faire volte-face à leurs mustangs et, toujours au galop, revinrent sur leurs pas, traînant après eux leurs malheureuses victimes.

José et Cambise allèrent au-devant d'eux. A leur arrivée, les pécaris étaient morts. Ils avaient été étranglés.

— Senor, — dit Sanchez, — vous regrettiez que ces deux bêtes vous eussent échappé, les voici.

— Merci, mes amis, — répliqua M. de Peñaflor. — Je vous sais gré de cette prévenance. Mais recevez tous mes compliments, je n'aurais jamais cru que vous pussiez les atteindre. Quel chevaux vous avez là !

— Dans notre pays, senor, — repartit Pedro, — on appelle les mustangs « les ailes du vent ».

— Et on a certes raison, — dit Cambise, — car ils volent plutôt qu'ils ne courent. Il n'y a guère que Pégase qui pourrait les distancer.

Les Indiens ne comprirent pas, bien entendu, cette allusion mythologique et, supposant qu'on leur parlait d'un cheval ordinaire, secouèrent la tête comme pour dire qu'ils ne le croyaient pas.

La chasse continua.

José, ainsi qu'il l'espérait, n'avait rien perdu de la justesse de son coup d'œil et il était rare que sa balle n'atteignît pas le but qu'il visait.

Cambise, lui, était loin d'être aussi adroit et son plomb trouait plus souvent le sol que la peau du gibier.

D'ailleurs il était moins occupé à régler son tir qu'à regarder son ami qu'il ne reconnaissait plus.

Celui-ci, qui pendant deux mois était resté plongé dans un complet abattement, indifférent à tout et se laissant vivre machinalement, semblait soudain s'être transformé et montrait maintenant un entrain endiablé.

Ce n'était plus du tout le même homme.

— Bon, — se dit Cambise, — il faudra que j'entretienne chez lui cette ardeur pour la chasse. Peut-être que là est le remède à son mal.

Toute la journée, la plaine retentit de coups de feu et, vers le soir, une trentaine de pécaris gisaient sans vie sur l'herbe, tués presque tous par M. de Penaflor ou *lassés* par les Indiens.

Le docteur, lui, n'en comptait que quatre à son actif, mais son amour propre n'était pas moins très satisfait de ce résultat.

XX

LE PUMA

Comme le soleil commençait à baisser sur l'horizon, nos chasseurs arrivèrent près de la forêt qu'on apercevait de l'habitation.

Il y entrèrent, pour se reposer avant d'effectuer leur retour.

Ils venaient de pénétrer dans une petite clairière et se disposaient à y faire halte, lorsqu'ils virent, assise à terre contre un arbre, une paysanne métisse, d'une trentaine d'années, qui paraissait en proie à un violent désespoir.

S'approchant d'elle, ils lui demandèrent le sujet de sa peine.

Elle raconta qu'étant venue dans la forêt avec son enfant, un garçon de huit ans, pour faire une provision de *pang* (arbuste dont les branches servent à confectionner des paniers), une espèce de gros chat s'était jeté sur le petit et l'avait emporté sous ses yeux.

Elle avait aussitôt couru après l'animal pour le lui reprendre, mais il avait disparu si vite qu'elle n'avait pu le rejoindre.

Alors elle s'était laissée tomber là, ne sachant plus comment faire pour retrouver son fils.

José lui fit décrire l'animal dont elle parlait et, d'après ce qu'elle lui en dit, il crut comprendre que c'était un *puma*, félin qui, en effet, ressemble à un chat, mais a la taille d'une panthère et est aussi féroce.

S'il ne se trompait pas, l'enfant était certainement mort maintenant, déchiré qu'il avait dû être par le fauve.

Toutefois il se garda de faire partager ses craintes à la mère qui conservait l'espoir de le revoir vivant.

— Attendez-nous là, ma pauvre femme, — lui dit-il, — nous allons, à notre tour, nous mettre à la recherche de votre fils. Peut-être serons-nous plus heureux que vous.

— Non, — répliqua-t-elle, — je ne veux pas attendre, j'aime mieux aller avec vous.

José et Cambise tentèrent de la détourner de cette idée afin qu'elle ne se trouvât pas brusquement en présence du cadavre de son enfant, mais elle insista tant pour les accompagner qu'il fallût lui céder.

Les Indiens attachèrent alors les chevaux et les quatre hommes, guidés par la femme, s'enfoncèrent dans la forêt du côté où le félin s'était enfui.

Ils marchaient déjà depuis un certain temps sans avoir rien découvert qui pût leur indiquer ce qu'était devenu le petit garçon, lorsque, soudain, en entrant dans un fourré, ils l'aperçurent étendu à terre sans mouvement et tout couvert de sang.

Près de lui, immobile aussi, gisait l'animal qui l'avait enlevé.

A cette vue, la malheureuse mère alla se jeter sur le corps de son fils, l'appelant désespérément et donnant les marques de la plus profonde douleur.

Sa peine faisait mal à voir.

Pendant qu'elle se lamentait ainsi, José examinait le fauve qui, selon ses prévisions, était bien un *puma*.

Il avait près d'un mètre de long de la tête à la naissance de la queue et devait être dans l'âge adulte, c'est-à-dire dans la plénitude de sa force. Aussi ne s'expliquait-il pas qu'il fût mort.

Qui donc l'avait tué ?

Cambise, lui, s'était penché sur le petit et le considérait attentivement.

— Mais cet enfant vit, — dit-il au bout d'un moment.

— Il vit !... — s'écria la femme, tressaillant de joie, — vous dites qu'il vit ?

— Oui, il n'est qu'évanoui et, autant que je puis en juger, il ne me paraît même pas blessé dangereusement.

À cette nouvelle, la pauvre mère faillit devenir folle de bonheur.

— Toutefois, — continua Cambise, — il est nécessaire de lui donner des soins sans retard.

En même temps il prit son mouchoir, demanda le sien à José, puis, les déchirant tous les deux, en fit des bandelettes.

Après quoi il pansa les blessures de l'enfant, qui, comme il l'avait présumé, étaient peu graves, les dents et les griffes du fauve n'ayant touché aucun organe vital.

Le petit reprit bientôt connaissance et put raconter ce qui lui était arrivé.

Quand il s'était senti dans la gueule du puma, qui l'avait saisi par le flanc, il avait d'abord eu une peur effroyable et n'avait pas osé bouger, de peur de l'irriter.

Puis il s'était remis peu à peu et avait songé au moyen de lui échapper.

Heureusement, il n'avait pas lâché le couteau qui lui servait à couper les branches de *pany* et le tenait toujours tout ouvert à la main.

Alors, à l'instant où l'animal pénétrait dans le fourré, il avait glissé son bras entre ses pattes de devant et l'avait frappé à la poitrine de toutes ses forces.

Le puma l'avait aussitôt lâché, s'était tordu sur le sol pendant quelques instants, puis n'avait plus remué.

Mais, en se débattant, il lui avait lancé quelques coups de griffes à la suite desquels il s'était évanoui.

Le bambin paraissait tout fier de l'exploit qu'il venait d'accomplir.

C'était un enfant très gentil de figure, aux cheveux noirs frisés, et qui paraissait assez avancé pour son âge.

Il se nommait Déko, ce qui veut dire Jacques en langue du pays.

— Où est-il, ton couteau ? — lui demanda José.

— Je l'ai laissé dans la bête, — répondit-il.

Sanchez retourna le puma qui était un mâle. Il avait l'instrument planté en plein corps. Par un hasard vraiment miraculeux, la lame avait rencontré juste le cœur et l'avait tué du coup.

Déko le reprit, l'essuya avec soin et le remit tranquillement dans sa poche.

— Mais, — fit M. de Penaflor, — j'ai entendu dire que les pumas marchaient toujours par couple. Je ne serais donc point supris qu'il y en eût un second dans les environs. Prenons nos précautions et armons nos carabines.

Tout à coup, comme pour lui donner raison, un miaulement formidable retentit à quelque distance, car le puma miaule comme le chat.

— C'est bien cela, — reprit-il, — voici l'autre, la femelle, puisque celui-ci est le mâle. Attendons qu'il paraisse et soit assez près de nous, pour être sûrs de ne pas le manquer.

— Senor, — dit Sanchez, — je crois qu'il vaudrait mieux le prendre au piège. Je sais que ces animaux, dont il y a beaucoup chez nous, ont la vie très dure, et vous ne feriez sans doute que le blesser, ce qui lui permettrait de s'enfuir. Tandis qu'au piège il ne nous échappera pas. C'est de cette manière que nous les chassons dans nos bois.

— Si tu crois que cela est préférable, je veux bien ; mais quel piège vas-tu lui tendre ?

— Un piège de ma façon, vous allez voir. Seulement, il nous faudra attendre et peut-être passer la nuit où nous sommes, car il se méfiera et rôdera longtemps autour avant de venir s'y jeter.

— Qu'en dites-vous, Cambise ? — demanda José au docteur. — Vous sentez-vous le courage de rester ici jusqu'à demain ?

— Mais certainement, mon ami. Ce que nous promet Sanchez doit être très curieux à voir et je m'en voudrais de ne pas y assister.

— Eh bien ! restons. D'ailleurs on est parfaitement en cet endroit et le lit que nous offre la nature n'est déjà pas si désagréable, tant la mousse qui recouvre le sol est épaisse. Le diable est que nous n'allons pas dîner.

— Vous vous trompez, senor, — dit Sanchez, — vous allez dîner.

— Et avec quoi ?

— Avec un cuissot de pécari que Pedro va aller couper à l'un des derniers que vous avez abattus.

— Tiens, c'est une idée ; mais comment le faire cuire ? Nous n'allons pas le manger cru, j'imagine ?

— Non, senor, vous le mangerez rôti.

— Tu as donc de quoi faire du feu ?

— J'ai un briquet sur moi.

— Ah ! c'est différent. Eh bien ! prépare-nous ton festin ; j'avoue que j'y ferai honneur, car cette chasse m'a grandement aiguisé l'appétit.

— A moi aussi, — dit Cambise, — et, comme vous, je me propose de jouer bellement des dents.

— Vous n'avez pas encore mangé de pécari?

— Non, pas encore; et je serai très heureux, par parenthèse, de goûter pour la première fois à la chair de ce pachyderme que j'ai souvent entendu vanter, mais que, jusqu'à présent, je ne connais que par ouï-dire.

— Alors, ce sera un régal pour vous, car elle a une saveur exquise, même sans le moindre assaisonnement. Vous en jugerez.

Pedro s'était déjà éloigné pour aller chercher le cuissot annoncé et Sanchez s'occupait à ramasser des menues branches de bois mort qu'au fur et à mesure il empilait les unes sur les autres, afin d'en former une sorte de bûcher.

Lorsqu'il en eut rassemblé une assez grande quantité, il prit une poignée de feuilles sèches, y mit le feu à l'aide de son briquet, puis les glissa sous les branches qui s'enflammèrent comme des allumettes.

A l'instant où la dernière achevait de se consumer, Pedro reparaissait avec une forte et grasse cuisse de pécari, à laquelle attenait une partie du train de derrière.

Sanchez enleva cette partie de manière à ne garder que la cuisse même, puis inséra celle-ci sous le monceau de cendres que venait de produire la combustion du bûcher.

— Senors, — dit-il ensuite, — dans une demi-heure ce sera cuit à point. En attendant, je vais construire le piège avec lequel je veux capturer le puma.

— C'est cela, — dit José, — ça nous fera patienter.

Un buisson de *pang* dressait non loin de là ses longs et souples jets, aussi droits que des baguettes d'osier.

L'Indien alla en couper un des plus forts, le tourna en cerceau et assujettit au milieu le nœud coulant de son lasso, dans le haut duquel il suspendit ce qui restait du pécari.

Après quoi il alla fixer solidement cet appareil entre deux arbres peu distants l'un de l'autre, en ayant soin de le placer à dix ou douze pieds du sol.

— Voilà le piège tendu, — dit-il; — nous n'avons plus qu'à attendre que le puma vienne s'y faire prendre.

— Oui, mais viendra-t-il? — observa Cambise.

— Il viendra, je vous le promets.

Pendant ces préparatifs, la femme métisse était partie avec son petit

... Et toujours au galop revinrent sur leurs pas, traînant après eux leurs malheureuses victimes.

garçon, redoutant sans doute pour lui le voisinage par trop immédiat du fauve.

Une demi-heure s'étant écoulée, Sanchez retira le cuissot des cendres, puis le servit à José et au docteur, sur un lit de mousse fraîche, plat qui n'aurait peut-être pas fait belle figure sur une nappe couverte d'argen-

terie et de cristaux, mais qui était tout à fait de circonstance dans la
situation présente.

Les deux amis se mirent à table, c'est-à-dire s'assirent à terre, et se
taillèrent chacun une large tranche dans la pièce de viande dont la chair
tendre et juteuse exhalait un fumet délicieux.

Comme l'avait dit José, ce fut un régal pour le docteur qui assura
n'avoir jamais rien mangé de meilleur.

Et pour prouver combien il appréciait ce mets nouveau pour lui, il fit
succéder plusieurs autres tranches à la première.

— Cette viande est réellement d'une rare succulence, dit-il.

— N'est-ce pas qu'elle est parfaite ?

— De tous points; et si c'est la première fois que j'en mange, je
compte bien que ce n'est pas la dernière. Aussi, dès maintenant, le
pécari a-t-il en moi un ennemi implacable.

— Cela fera plaisir à Eusebio, — repartit M. de Penaflor en riant.

Quand les Indiens eurent à leur tour pris part au repas et que tout le
monde fut rassasié, on ne songea plus qu'à assister à la capture du
puma.

— Écartons-nous un peu, — dit Sanchez, — ici nous sommes trop
près et empêcherions la bête de s'approcher.

Les quatre hommes s'éloignèrent et allèrent s'installer à une certaine
distance du piège.

D'où ils étaient, ils pouvaient tout à la fois surveiller leurs chevaux
attachés dans la clairière et guetter l'arrivée du félin.

La nuit était venue et la lune montait lentement dans le ciel, inondant
la forêt de ses rayons argentés, qui en dissipaient les ombres et l'éclairaient presque comme en plein jour.

Mais la fraîcheur commençant à se faire sentir, les deux amis, qui
n'étaient vêtus que de légers costumes de coutil, durent réclamer les
manteaux que Sanchez avait eu la précaution d'emporter.

Les Indiens, eux, en vrais enfants des bois, se contentèrent de bou-
tonner leur chemise de calicot qu'ils avaient tenue ouverte jusque-là.

Les instants passèrent sans que le puma parût.

Il ne devait cependant pas être loin, car de temps à autre on l'entendait jeter un miaulement prolongé qui troublait lugubrement le silence
de la nuit.

— Il nous sent, — dit Sanchez, — et n'ose pas avancer; mais comme il
a éventé aussi le morceau de pécari qui est dans le piège, il ne veut pas
s'en aller avant d'avoir essayé de s'en saisir.

Après deux heures d'attente inutile, José et Cambise, pris de sommeil, s'étendirent sur l'herbe et s'endormirent, laissant les deux frères faire faction. Ils devaient les prévenir dès que le félin paraîtrait.

Ce fut au jour naissant seulement que les Indiens les réveillèrent.

Il était trois heures du matin.

— Voilà le moment, senors, — fit Sanchez, — le puma est près du piège.

— Per Dio! il y a mis le temps, — repartit José en se frottant les yeux.

— Il a rôdé toute la nuit aux alentours, — reprit l'Indien, — mais il se méfiait et n'approchait pas.

— Et pourquoi se décide-t-il enfin à tenter l'aventure?

— Parce que le jour se lève et qu'il craint qu'un autre n'aperçoive sa proie et ne la lui vole.

Puis le jeune homme, mettant un doigt sur ses lèvres pour recommander de faire silence, montra le fauve qui, accroupi à quelques pas de l'appareil, avait la tête levée vers l'appât.

Tout à coup, on le vit se ramasser sur lui-même et s'élancer sur un des arbres qui servaient de supports au cerceau, s'efforçant de déchirer les liens qui y retenaient celui-ci, dans l'intention évidente de le faire tomber à terre.

Mais, n'y réussissant pas, il regagna le sol et parut réfléchir.

Au bout d'un moment, il recommença sa manœuvre qui n'eut pas meilleur résultat.

Alors, devenant furieux, il se rua sur le tronc de l'arbre, et de ses griffes puissantes en arracha l'écorce qu'il se prit à mâcher en poussant de sourds rauquements.

Puis, sans perdre le piège de vue, il s'éloigna lentement à reculons.

— Il nous échappe, — dit José, — le voilà qui s'en va.

— Il est sûrement à nous, au contraire, — répondit Sanchez; — s'il se recule, c'est pour prendre de l'élan.

— Tu crois?

— Voyez, il va partir et ne se reposera qu'en l'air.

En effet, le fauve tendit ses muscles, fit un bond formidable et piqua droit vers le centre du cerceau.

Il avait si bien visé qu'il arriva juste à la hauteur du morceau de pécari. Mais à peine l'avait-il saisi que le nœud coulant, faisant son office, lui enserra le cou et le força à le lâcher.

Aussitôt il s'agita dans des convulsions horribles, ses ongles cherchant le sol qui lui manquait et sa gueule grande ouverte demandant un souffle qui ne parvenait pas jusqu'à ses poumons.

Par pitié, José l'acheva d'un coup de fusil dans la tête.

Sanchez alla le décrocher afin de rentrer en possession de son lasso. On le mesura ; il était encore plus grand que le premier et, même après sa mort, conservait un caractère d'extrême férocité.

Les deux frères le traînèrent près de sa femelle, puis, se conformant à une coutume de leur pays, ils les insultèrent l'un et l'autre, leur reprochant tous les méfaits qu'ils avaient commis, ou avaient dû commettre.

Ensuite ils crachèrent dessus, les fouettèrent de leurs lassos et les repoussèrent du pied avec mépris.

Cette cérémonie terminée, José et Cambise pensèrent qu'il était temps de partir et se mirent en devoir de rentrer à l'habitation. Deux heures après ils y étaient de retour, ne regrettant pas, quoique un peu fatigués, leur nuit passée à la belle étoile, dont ils se croyaient d'ailleurs amplement dédommagés par le spectacle qui leur avait été donné.

XXI

LES EAUX

Depuis ce jour, M. de Penaflor se livra assidûment à l'exercice de la chasse et, en compagnie de Cambise, ne cessa de courir les champs et les bois du matin jusqu'au soir.

Souvent même, suivis de Sanchez et de Pedro, les deux amis entreprenaient des expéditions lointaines qui duraient parfois des semaines entières.

Ils s'enfonçaient dans l'intérieur des terres où ils trouvaient à poursuivre le gros gibier, tels que le sanglier, le bœuf musqué, l'once et même l'ours gris.

De simple amateur qu'il était, le docteur était devenu un chasseur aussi intrépide que José et, comme lui, se passionnait pour cette vie toute de mouvement et d'émotions.

M. de Penaflor ne lui parlait jamais de Paris ni de Denise.

On eût dit qu'il avait totalement oublié la jeune femme.

Cela ravissait Cambise qui en arrivait à le croire guéri de son amour, bien qu'au fond il fût un peu étonné de cette guérison si rapide ; car, ainsi qu'il l'avait dit lui-même, les affections telles que la sienne, si elles parviennent à s'atténuer, ne s'éteignent pourtant jamais, du moins d'une façon absolue.

Mais en présence du silence complet de José sur son ancienne compagne, il pensait que peut-être il faisait exception à la règle générale.

Du reste, il se gardait bien de réveiller, par quelque allusion que ce fût, le souvenir de celle-ci en lui.

Il n'avait pas encore écrit à Jean depuis son départ de Paris ; toutefois il se promettait de le faire au premier jour, attendant pour cela d'être définitivement fixé sur l'état du cœur de son ami.

. . . .

Les excursions dans lesquelles se lançaient nos deux Nemrods n'allaient pas toujours sans danger et, à plusieurs reprises déjà, leur vie avait été sérieusement menacée.

Une fois, il s'étaient vus poursuivis par une troupe de bœufs musqués et n'avaient dû leur salut qu'à la vitesse de leur chevaux ; sans quoi c'en eût été fait d'eux, car la fureur de ces ruminants est terrible, et lorsqu'ils tiennent leurs ennemis en leur pouvoir ils ne les abandonnent qu'après les avoir mis en pièces.

Une autre fois ils avaient été attaqués par une dizaine de singes de forte taille de l'espèce dite « zambo ».

Le singe zambo est bien un des êtres les plus étranges de la création par sa ressemblance frappante avec l'homme.

Comme lui, il a le nez saillant, le menton arrondi et une bouche avec des lèvres.

Son visage est très expressif et reflète plutôt les passions humaines que les instincts d'une brute.

Il a de cinq pieds à cinq pieds et demi de haut et possède une force colossale ; ce qui se reconnaît d'ailleurs à ses cuisses et à ses bras qui ne sont que des paquets de muscles gros comme des câbles.

Rarement il se sert de ses membres antérieurs pour marcher, si ce n'est pour opérer une fuite précipitée.

Aussi, de loin, quand il se tient au repos, appuyé le plus souvent sur un bâton, dirait-on voir un chasseur des prairies revêtu de son costume de peaux de bête et ayant son fusil à la main.

José et Cambise, ainsi que les deux Indiens, avaient eu toutes les peines du monde à se défendre contre de pareils adversaires et ce n'était qu'après un combat acharné qu'ils étaient parvenus à s'en débarrasser, non sans avoir été frappés et mordus cruellement par eux.

Mais le plus grand péril que nos chasseurs avaient couru avait eu pour cause un de ces phénomènes atmosphériques si fréquents dans ces climats torrides, et qui produisent un tel bouleversement qu'on croirait à la chute du ciel sur la terre.

Nous voulons parler de ce qu'on appelle « les Eaux ».

Un jour, accompagnés de Sanchez et de Pedro, ils traversaient une immense plaine située à plus de trente lieues de Santiago, et se dirigeaient vers un petit quinconce d'arbres où ils comptaient se reposer, — car ils étaient depuis plusieurs heures en marche, — lorsqu'ils remarquèrent que leurs chevaux soufflaient et reniflaient bruyamment.

— Qu'ont donc nos bêtes? — dit Cambise ; — elles semblent prises d'inquiétude. Sentiraient-elles un fauve à proximité?

— Je crois plutôt que c'est la fatigue, — répliqua José, — mais nous allons bientôt faire halte.

Quelques instants plus tard, ils arrivaient près de quinconce.

Soudain, Sanchez s'approcha d'un arbre, l'examina deux ou trois secondes, puis s'écria, en s'adressant à José :

— L'ouragan, senor, nous allons avoir l'ouragan!...

— L'ouragan ! — répéta M. de Penaflor, — à quoi diable vois-tu cela? Le ciel est de la plus grande pureté.

— Ça ne fait rien, — repartit l'Indien, — regardez cet arbre.

— Eh bien ! qu'a-t-il, cet arbre?

— Les feuilles s'agitent quoiqu'il n'y ait pas de vent, et une vapeur humide s'en échappe.

— En effet, — fit Cambise, — son feuillage fume comme s'il avait été arrosé avec de l'eau chaude.

— Cela indique la tempête, senor, — reprit Sanchez, — c'est un signe qui ne trompe jamais. Sentez, d'ailleurs, comme l'air devient brûlant.

L'Indien disait vrai.

Depuis un moment l'atmosphère s'était embrasée et on éprouvait une certaine difficulté à respirer.

Cependant José hésitait encore à croire à ce qu'annonçait le jeune homme.

— Es-tu bien sûr de ce que tu dis? — lui demanda-t-il.

Sanchez n'eut pas le temps de répondre.

Un sourd grondement, paraissant sortir des entrailles de la terre, résonna dans l'espace, et le sol sembla secoué d'un long frémissement.

À ce bruit, les chevaux se mirent à trembler et à hennir de terreur.

M. de Penaflor dut alors se rendre à l'évidence.

— Sanchez a raison, — dit-il ; — voici les avant-coureurs de la tempête. Il nous faut fuir, fuir au plus vite et tâcher de trouver un abri avant qu'elle nous atteigne.

— Y aurait-il donc danger pour nous si nous étions surpris par elle? — demanda le docteur.

— Nous serions perdus, mon ami, et perdus sans retour. La rafale nous emporterait comme des fétus de paille pour nous laisser retomber, brisés, au loin.

— C'est donc si terrible que cela?

— Vous allez vous en rendre compte par vous-même; mais fuyons, fuyons, le moindre instant de retard peut nous être fatal, car nous avons à peine deux heures devant nous et nous sommes à plus de six lieues de toute habitation.

Les quatre hommes lancèrent alors leurs montures au galop, prenant la direction opposée à celle que devait suivre l'ouragan et que leur indiquait des oiseaux qui déjà filaient devant eux à tire-d'aile.

Comme s'ils eussent compris que de leur rapidité dépendait la vie de leurs maîtres, les chevaux dévoraient le terrain et franchissaient tous les obstacles qu'ils rencontraient sans se donner le temps de les tourner.

Au bout d'une heure de cette course au clocher, la petite troupe sortit de la prairie et, ne voyant pas d'autre issue, s'engagea dans une étroite vallée, bordée de chaque côté de hautes montagnes entièrement dénudées.

Là, l'air était encore plus raréfié que dans la plaine, et pesait sur les poumons comme une chape de plomb.

Jusqu'alors, le ciel avait gardé sa teinte ordinaire bleu foncé verni d'or.

Mais, subitement et sans aucune transition, il devint d'un gris sombre et livide.

Puis, presque aussitôt, un nuage noir se forma au-dessus de la vallée, grandit en un instant et la recouvrit comme d'un suaire.

Il semblait une monstrueuse chauve-souris qui aurait appuyé l'extrémité de ses ailes sur les deux chaînes de montagne.

— Voici la tempête, — dit José; — elle vient plus tôt que je ne croyais. Si nous ne sortons pas de ce défilé avant qu'elle éclate, notre dernière heure aura sonné.

— Ne perdons pas courage, — répliqua Cambise, — et fuyons toujours. Peut-être y échapperons-nous.

Et les deux amis enfoncèrent leurs éperons dans les flancs de leurs chevaux qui accélérèrent encore leur vitesse.

Les Indiens, eux, n'avaient pas besoin de stimuler les leurs. Ils étaient même plutôt obligés de les retenir, pour ne pas prendre l'avance sur leurs compagnons.

Les proportions du nuage devenaient de plus en plus effrayantes et peu à peu il couvrait tout de son ombre gigantesque.

Les cavaliers cotoyaient maintenant une campagne plantée d'acajous et de palmiers.

— Si nous nous réfugions sous ces arbres? — proposa Cambise.

— Gardons-nous-en bien, — repartit José, — nous y serions beaucoup plus en danger que partout ailleurs.

Tout à coup, des langues ardentes jaillirent du nuage et sillonnèrent l'air en tous sens, répandant une odeur âcre et sulfureuse.

Puis retentit une détonation formidable, à la suite de laquelle se fit un moment de silence funèbre.

Mais la sombre nuée s'ouvrit de nouveau et, pendant quelques secondes, toute la campagne sembla être en feu.

Un deuxième coup de tonnerre succéda à ces lueurs fantastiques et, alors, la tempête, comme si elle eût brisé les portes de sa prison, se rua furieuse et souveraine du haut du ciel, broyant et balayant tout sur son passage.

Les arbres tressautèrent et parurent se raidir contre l'ouragan.

Mais leur résistance fut vaine.

Avec un bruit pareil à celui de plusieurs batteries d'artillerie qui auraient tiré ensemble, des arpents entiers furent rasés et moissonnés jusqu'au niveau du sol.

Les branches volaient en miettes, les troncs éclataient et jonchaient la terre, les racines se déchiraient et sautaient en l'air.

C'était un chaos, une mer de rameaux, de souches et de blocs de bois, torturés et secoués comme des vagues par la rafale, ou emportés dans l'espace comme des grains de sable.

L'atmosphère était noire de poussière, de feuilles ou de débris de toute sorte.

Au second coup de tonnerre, les Indiens avaient crié aux deux amis :

— Pied à terre, senors, où vous allez être enlevés.

Et donnant l'exemple, ils s'étaient sans retard jetés en bas de leurs chevaux.

Cambise avait obéi à leur commandement aussi vite que possible, mais, malgré sa promptitude, il avait été saisi par le tourbillon et renversé violemment sur le sol où il était resté étendu, tout étourdi.

Quant à José, il avait disparu comme par enchantement.

Lorsque le docteur eut repris ses esprits, il s'aperçut qu'il était au pied d'un fort renflement de terrain qui l'avait en partie protégé contre la rafale.

Ce renflement se prolongeait, ainsi qu'une petite colline, jusqu'à l'extrémité de la vallée.

— Mais cet enfant vit, dit-il au bout d'un moment.

Il se releva et fut très surpris de ne plus voir ni M. de Penaflor ni les deux Indiens.

Il appela; personne ne lui répondit.

Pendant qu'il demeurait perplexe, se demandant où ils avaient pu passer tous les trois, il entendit comme un coup de pistolet qui eût éclaté à ses oreilles; puis un second, puis un troisième et, enfin, une suite

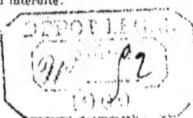

d'explosions ininterrompues qui se succédèrent par centaines, par milliers.

C'étaient « les eaux ». Les coups de pistolet n'étaient que le retentissement des gouttes de pluie.

Mais quelles gouttes de pluie!

Elles avaient la grosseur d'un œuf de poule et frappaient avec la force d'un énorme grêlon.

Le malheureux en était aveuglé, meurtri pour ainsi dire, et cherchait vainement à s'en garer.

Puis, bientôt, il n'y eut plus de gouttes distinctes. Les cataractes du ciel s'étaient ouvertes et, à présent, c'était un déluge, un océan qui se précipitait sur le globe.

Le docteur comprit qu'il ne pouvait pas rester là et voulut voir si, derrière le renflement de terrain, il ne découvrirait pas un abri quelconque.

Il gravit alors la petite colline. Mais, parvenu au sommet, la terre détrempée et sans consistance cédant sous ses pieds, il glissa sur une pente rapide, roula plusieurs fois sur lui-même et finalement tomba dans un torrent qui coulait au bas du renflement et que l'orage avait rendu impétueux.

Il se remit debout, se raidit contre le courant qui menaçait de l'entraîner et, ayant regardé autour de lui, poussa un cri de joie en apercevant José qui, à quelques pas d'où il était, luttait aussi contre la force des eaux pour ne pas être emporté par elles.

A son cri, M. de Peñaflor, qui ne l'avait pas encore vu, se retourna et lui dit :

— Ah! mon cher Cambise, que je suis heureux de vous revoir; je vous croyais enlevé par le vent.

— Il s'en est fallu de peu, — repartit le docteur.

Et il lui raconta ce qui lui était arrivé, ainsi que sa chute dans le torrent.

Puis il ajouta :

— Mais vous, comment êtes-vous là? Vous vous êtes évanoui soudain sans que j'aie pu m'expliquer votre disparition.

— J'ai été soulevé comme une plume par la rafale, pendant que je descendais de cheval, et transporté jusqu'ici d'un seul coup.

— Eh bien! l'un est l'autre avons encore en de la chance dans notre malheur, — observa Cambise.

— Oui, mais il reste maintenant à nous tirer de ce pas difficile.

Ces mots firent remarquer au docteur que le torrent était encaissé entre deux talus rocheux presque à pic, qu'il leur était impossible de gravir sans secours.

En outre, ils avaient de l'eau jusqu'à la poitrine et les flots bouillonnants charriaient quantité de débris et même des arbres entiers qui, à chaque instant, manquaient de les broyer contre les rochers.

— Et nos compagnons, que sont-ils devenus? — demanda José.

— Je l'ignore; ils ont disparu en même temps que vous.

— Les pauvres garçons! Le tourbillon les aura pris, sans doute, et jetés contre quelque obstacle où ils se seront brisés.

— C'est à craindre, hélas! sans quoi nous les aurions déjà vus.

La position des deux amis se faisait de plus en plus critique.

L'eau montait, montait toujours et, à présent, elle leur arrivait jusqu'aux épaules.

Ils se rapprochèrent l'un et l'autre afin de mieux pouvoir résister au courant.

Leur intention était d'essayer de gagner une petite roche en saillie qu'ils voyaient en amont à quelques mètres d'eux et à laquelle ils comptaient s'accrocher.

Mais, quoi qu'ils fissent, le torrent continuait à les entraîner et ils devaient même déployer toute leur vigueur pour se maintenir debout.

Cette lutte durait déjà depuis une demi-heure, lorsque José, constatant l'impuissance de leurs efforts, dit froidement :

— Allons, mon cher Cambise, c'en est fait de nous. Après avoir échappé à l'ouragan, il va nous falloir mourir ici.

— Résistons encore, — repartit vivement le docteur; — résistons tant que nous pourrons: peut-être un secours va-t-il nous venir!

— Et d'où voulez-vous qu'il nous vienne? Il n'y a pas une âme dans ce lieu et, à moins d'un miracle...

— N'importe, ne nous décourageons pas. Si nous pouvions seulement atteindre cette roche qui est là...

— Quand même nous l'atteindrions, à quoi cela nous servirait-il? Ne voyez-vous pas que nous sommes incapables d'escalader le talus sans y être aidés?

— J'en conviens, mais cela nous donnerait toujours un moment de répit.

— Et ne ferait que retarder notre mort de quelques instants. Mieux vaut, à mon avis, ne pas prolonger notre agonie.

— Pour Dieu! mon cher José, ne vous abandonnez pas ainsi, — répliqua Cambise. — Faites comme moi appel à toute votre énergie, au contraire.

M. de Penaflor secoua lentement la tête et un sourire amer plissa ses lèvres.

Que se passait-il en lui en ce moment?

Sa douleur endormie venait-elle de se réveiller soudain et le dégoût de la vie le reprenait-il?

Il aurait été difficile de pénétrer sa pensée.

Une minute, il demeura le front plissé et les regards vagues; puis, soudain :

— Adieu!... mon cher Cambise, — fit-il, — continuez à lutter si vous voulez, moi je me laisse aller... Adieu!...

Et déjà il cédait au courant qui l'emportait, quand quelque chose tomba dans l'eau et que des voix qui semblaient descendre du ciel lancèrent ces mots :

— Tenez bien, senors, tenez bien... nous voici...

Cambise étendit la main et saisit un lasso qu'il sentit se tendre aussitôt.

Il s'élança vers son ami qui n'était encore qu'à peu de distance de lui et parvint à le rattraper à l'instant où les flots allaient l'engloutir.

— Sauvés!... José, — lui cria-t-il, — nous sommes sauvés... on vient à notre aide!

Ce secours inattendu rendit le courage à M. de Penaflor et fit triompher chez lui l'instinct de la conservation.

Un second lasso venait d'être jeté. Il s'en empara à son tour et s'y retint vigoureusement.

Alors les deux hommes levèrent les yeux pour voir quels étaient ceux que le hasard leur envoyait si à propos.

Ils aperçurent Sanchez et Pedro qui, dressés au haut du talus, se raidissaient sur leurs lanières de cuir, afin de les attirer près des rochers.

— Tenez bien, senors, — leur répétèrent les Indiens, — nous allons vous monter.

Peu à peu, ils se sentirent soulevés hors de l'eau, d'une façon lente mais continue, et cinq minutes après, en s'aidant eux-mêmes de tout ce qui pouvait leur servir de soutien, ils avaient franchi l'escarpement et se trouvaient près de leurs sauveurs.

On pense s'ils remercièrent chaleureusement les jeunes gens.

Ceux-ci leur apprirent comment il se faisait qu'ils fussent sains et saufs.

Tout d'abord ils avaient été entraînés par la tourmente et roulés longtemps à terre; mais, heureusement, un trou assez profond s'étant

rencontré sur leur chemin, ils y avaient été précipités tous les deux —
sans éprouver aucun mal, toutefois — et y étaient restés blottis jusqu'à
ce qu'ils n'eussent plus rien à craindre.

— Après quoi, — dit Sanchez, — nous nous sommes mis tout de
suite à votre recherche, impatients de savoir si, de votre côté, vous aviez
pu échapper au fléau. Mais ne vous voyant nulle part, nous commencions
à désespérer de vous retrouver, lorsque, à la fin, nous pensâmes que vous
étiez peut être tombés dans le torrent et y courûmes sans perdre un
instant.

— Par ma foi, vous avez bien fait, car si vous en aviez perdu un
seul, vous arriviez trop tard : nous étions prêts à disparaître sous les
flots. Aussi recevez encore nos remerciments et croyez que nous saurons
reconnaître l'éminent service que vous venez de nous rendre.

— Vous ne nous devez rien, senors, — repartit Sanchez avec fierté. —
Dans notre pays, un homme qui se fait payer pour avoir sauvé la vie
d'un autre est considéré comme un lâche, et personne ne veut plus le voir
ni lui parler.

— Bien, bien, mes amis, — fit le docteur, — je n'avais pas l'intention
de vous froisser. Cependant vous ne nous empêcherez pas d'être vos obligés... et de nous en souvenir.

Le ciel était redevenu clair et le soleil brillait de nouveau dans son
azur profond.

José et Cambise, après avoir simplement tordu leurs habits, laissant
à l'air le soin d'achever de les sécher, se mirent, avec les Indiens, en
quête des chevaux dont ils ignoraient le sort.

Ils n'étaient pas sans inquiétude à leur sujet et redoutaient fort qu'ils
n'eussent succombé dans le cataclysme.

Si cette crainte devenait une réalité, leur embarras était grand, car,
égarés dans cette région déserte, ils se voyaient forcés de faire plusieurs
lieues à pied avant d'arriver à quelque endroit habité.

Ils suivirent alors la crête de la petite colline pour que leur vue portât
plus loin et qu'ainsi ils pussent mieux découvrir quelque indice de leurs
bêtes.

Mais ils parvinrent à l'extrémité de la vallée sans en avoir aperçu la
moindre trace.

Celle-ci aboutissait à une seconde plaine, aussi vaste que la première.

Comme ils y débouchaient, quelle ne fut pas leur joie de voir, à
environ cent mètres devant eux, les quatre animaux couchés paisiblement
au milieu des hautes herbes que l'orage avait abattues et qui leur formaient une somptueuse litière.

Il les sifflèrent et, immédiatement, ils accoururent en hennissant et en montrant leurs dents blanches, pour témoigner du plaisir qu'ils avaient à retrouver leurs maîtres.

Sauf quelques écorchures insignifiantes, ils étaient indemnes de toute blessure grave et paraissaient très dispos.

Nos chasseurs s'empressèrent de les enfourcher et poussèrent en avant pour gagner un petit bourg qu'ils savaient être au delà de la plaine.

Chemin faisant, ils constatèrent avec épouvante les effroyables ravages causés par l'ouragan.

Le terrain était sillonné de larges crevasses creusées par les eaux, qui maintenant séjournaient et formaient de véritables lacs; en divers endroits, le sol était fouillé, bouleversé jusqu'à plusieurs mètres de profondeur; des rochers déracinés et emportés à d'incroyables distances levaient en l'air leur base brisée et souillée de boue : de toutes parts on ne voyait qu'arbres renversés et fracassés, que débris accumulés les uns sur les autres, dans un désordre sans nom.

C'était un spectacle lamentable et qui montrait avec quelle furie l'élément dévastateur s'était déchaîné.

Deux heures durant, ils eurent cette triste image sous les yeux. Enfin, ils atteignirent le bourg vers lequel ils se dirigeaient, et où ils purent prendre un repos qui leur était des plus nécessaires.

Ils y demeurèrent jusqu'au lendemain, puis décidèrent de revenir aux plantations, car leurs armes et leurs munitions étant restées au fond du torrent, leur expédition se trouvait forcément terminée.

XXII

NOUVELLES DE FRANCE

A quelque temps de là, le facteur apporta à Cambise une lettre venant de France et portant le timbre de Paris.

Il n'eut pas besoin de faire grand effort pour deviner qu'elle était de Jean de Lavaur.

Vivement il l'ouvrit, tout heureux de recevoir des nouvelles de son ami, mais non sans quelque remords de ne pas lui avoir encore écrit, malgré la promesse qu'il lui avait faite.

Voici ce que contenait cette lettre :

« Mon cher Cambise,

« J'attendais toujours que tu me fisses connaître ce que M. de Penallor et toi deveniez là-bas. Mais puisque tu n'as pas encore jugé bon de me l'apprendre, je prends le parti de te l'écrire le premier.

« Je commencerai par t'annoncer une assez désagréable aventure qui m'est arrivée et change quelque peu ma vie.

« Je suis ruiné, mon ami, sinon entièrement, du moins peu s'en faut.

« Te souviens-tu de la conversation que nous avons entendue ensemble, le soir où, sortant de chez M. de Penallor, nous nous trouvions aux Champs-Élysées près du théâtre des Folies-Marigny ?

« Cette conversation avait lieu entre Clara la Lyonnaise et une autre femme que tu avais connue jadis, laquelle, si je ne m'abuse, portait le nom d'emprunt de Nini-Mouchette.

« Cette dernière, tu te le rappelles, disait à Clara qu'un notaire de Bretagne était sur le point de confier des fonds à son amant, un certain petit Z..., coulissier véreux, qui voulait s'en servir pour tenter une grande spéculation sur des valeurs étrangères.

« Tu te rappelles aussi que cette affaire, d'après ce que nous comprimes, nous parut être une si flagrante escroquerie que nous regrettâmes de ne pas connaître, afin de le prévenir, l'imprudent qui allait se faire ainsi dépouiller.

« Eh bien ! mon ami, nous le connaissions, ou plutôt je le connaissais ce malheureux, car le notaire en question était le mien et les fonds dont il s'agissait constituaient ma fortune en dépôt chez lui.

« Depuis trois ou quatre ans, j'avais remarqué qu'il me faisait parfois attendre assez longtemps pour m'envoyer l'argent que je lui demandais, mais j'étais à cent lieues de soupçonner la cause de ces retards.

« Aujourd'hui, je n'en suis que trop instruit, hélas !

« Il paraît qu'il jouait à la Bourse, il y avait déjà plusieurs années, et perdait presque constamment.

« Ce n'était que par des prodiges d'habileté qu'il parvenait à cacher ses pertes, ainsi qu'à dissimuler l'état de ses finances qui s'obéraient de plus en plus chaque jour.

« Mais, à la fin, il s'est trouvé acculé à une situation sans issue, et voulant essayer de rattraper d'un seul coup tout ce qu'il avait perdu, il s'est abouché avec le petit Z.... auquel il a confié les quatre cent derniers mille francs qui lui restaient de mon patrimoine pour qu'il les mît dans cette fameuse affaire dont avait parlé Nini-Mouchette.

« Tu devines naturellement ce qui est arrivé et ce que nous prévoyions, d'ailleurs.

« La dite spéculation sur les valeurs étrangères n'était qu'un leurre et mon pauvre argent y a été englouti jusqu'au dernier sou.

« Toutefois quelqu'un en a profité : c'est le petit Z... qui, dit-on, ayant joué en dessous la contre-partie, a fait exprès échouer l'opération pour en réaliser le bénéfice.

« A la suite de cet événement, mon notaire s'est brûlé la cervelle et son voleur a cru prudent de prendre la fuite.

« Comme je viens te le dire, je suis donc ruiné. Tout mon avoir se borne à présent à une trentaine de mille francs que j'ai ici chez moi et provenant du dernier envoi qui m'a été fait.

« Il est vrai que je possède encore mon château de Kerdaniou, dont la vente me procurerait cinq ou six mille livres de rente. Mais je ne veux point m'en défaire, ayant dessein d'aller l'habiter un jour.

« Je vais désormais travailler pour vivre.

« Jusqu'alors, j'avais été un médecin philanthrope, je me vois forcé de devenir un médecin intéressé.

« Je suis déjà en train de me former une clientèle suffisamment aisée pour que je n'éprouve aucun scrupule à me faire rémunérer par elle.

« Par exemple, j'avoue que les premières fois j'aurai quelque peine à réclamer mes honoraires. C'est une habitude qui me manque. Mais j'espère arriver à la prendre tout comme mes confrères.

« Tu crois peut-être que ma ruine m'a douloureusement affectée ?

« Si oui, tu te trompes fort, mon cher Cambise. Je m'en suis vite consolé, je t'assure. N'ai-je pas près de moi celle qui, à mes yeux, vaut toutes les fortunes du monde, ma Denise adorée ?

« Il y a un mois que nous sommes mariés. C'était bien le moins, après seize ans d'attente, que nous ne retardions pas davantage notre union.

« Du reste, elle était nécessaire, aussi bien pour le monde que pour Jeanne dont la situation était équivoque.

« Je crois t'avoir dit que j'avais pieusement conservé tous les meubles et objets qui garnissaient la chambrette que nous avions occupée autrefois rue Saint-Jacques et que je les avais disposés dans une pièce de mon appartement d'une façon exactement semblable à celle où ils se trouvaient auparavant.

Il avait été saisi par le tourbillon et renversé violemment sur le sol.

« C'est près d'eux que nous avons passé notre nuit de noces, au milieu des souvenirs qu'ils évoquaient en nous.

« Ah! mon ami, que de douces larmes nous avons versées en nous rappelant le temps béni de notre jeunesse et combien elles nous ont payés des jours amers qui ont suivi!

« Nous étions si heureux, par moments, que nous pensions rêver et

étions obligés de nous serrer doucement les mains pour nous prouver que nous étions bien éveillés.

« Jusqu'au matin nous sommes restés là, sans songer aux heures qui s'écoulaient, tellement le bonheur nous illusionnait et nous ôtait la notion de la vie matérielle.

« Et quand le jour s'est levé, nous avions tant parlé de notre ancienne existence, nous nous étions si bien identifiés avec elle, que, nous y croyant revenus, Denise s'apprêtait à se remettre à sa table à ouvrage pour commencer sa journée et moi à repasser mes leçons comme je le faisais dans le temps avant d'aller à l'École de médecine, suivre les cours du père Bonhommet.

. . . .

« C'est une semaine après notre mariage que j'ai appris la perte totale de mon bien.

« Denise, à qui j'en ai fait part, n'en a pas été plus émue que moi.

« — Je vais reprendre mon ancien métier de couturière, » s'est-elle contenté de dire.

« Tu penses si je m'y suis formellement opposé. Il n'aurait plus manqué que je l'eusse retirée du luxe où elle était, bien qu'elle n'en eût pas conscience, pour la faire travailler comme une simple ouvrière.

« D'ailleurs, nous n'en sommes pas réduits là et je compte même gagner assez pour qu'elle soit toujours entourée d'un certain bien-être.

« Jeanne va aussi se marier bientôt. Son fiancé, tu le sais, est André Bertin, le fils des braves gens avec lesquels nous demeurons.

« Je croyais être à même de donner une belle dot à la pauvre enfant ; malheureusement cela m'est à présent impossible et elle n'aura guère de ma part que quelques billets de mille francs, pour entrer en ménage.

« Le revers de fortune qui m'atteint n'a du reste en rien modifié les sentiments du jeune homme à son égard, car il a le cœur trop bien placé pour mettre son amour en balance avec un peu d'or.

« Au surplus, il l'aimait avant qu'elle fût riche et paraît plus épris d'elle que jamais depuis qu'elle est redevenue pauvre.

« Les jeunes époux ne nous quitteront pour ainsi dire pas. Leur demeure sera toute proche de la nôtre et ils seront sans cesse chez nous.

« Il en a été convenu ainsi pour que Denise ne soit pas privée de sa fille aussitôt après l'avoir retrouvée.

« Maintenant, veux-tu que je te donne des nouvelles d'une personne que tu n'as certainement pas oubliée et à laquelle Denise et moi devons notre bonheur?

« Tu as sans doute déjà prononcé le nom de Mlle Biron.

« Cette jeune fille vit actuellement avec son oncle qui est un des ouvriers de M. Bertin.

« Le vieillard adore sa nièce et celle-ci a pour lui la plus tendre affection.

« Je sais qu'elle a perdu son vilain défaut et, à présent, ne boit plus jamais une seule goutte d'alcool.

« Mais ce qui va te surprendre, c'est qu'elle n'est pas éloignée non plus de convoler en justes noces.

« Je t'ai parlé, tu dois te le rappeler, d'un ami d'André Bertin, un certain Marseillais qui se nomme Balthazar Capricas, un nom à désinence phocéenne, s'il en fût, et qui est bien le meilleur et le plus jovial garçon que je connaisse.

« C'est un commis voyageur en toutes sortes de choses et dont les parents tiennent un magasin de denrées coloniales dans la rue de la Canebière, à Marseille.

« A lui aussi, tu ne l'ignores pas, j'ai de grandes obligations, car je l'ai raconté comment c'était grâce à son intervention que Jeanne m'avait été rendue.

« Lorsqu'il est à Paris, Balthazar — ainsi que nous l'appelons entre nous — habite une petite maisonnette située au fond de notre jardin et dans laquelle il s'est installé très commodément.

« Dès le premier jour où Mlle Biron lui est apparue, c'est-à-dire dès celui où elle est venue nous chercher à Saint-Mandé, Jeanne et moi, — car il était là quand elle s'est présentée, — il a ressenti pour elle un vif penchant, qui n'a fait que s'accroître encore lorsqu'il l'a revue près de son oncle, et a fini par se transformer en amour sérieux.

« Si bien que, de son côté, la jeune fille ne paraissant pas insensible à ses hommages, au contraire, même, semblant les accepter avec grand plaisir, une promesse de mariage a été échangée entre eux et tout fait présumer qu'ils ne tarderont pas à être mari et femme.

« Tu vois qu'il n'y a pas que nous d'heureux et que d'autres le sont aussi.

« Denise et moi nous entretenons souvent de M. de Penallor. Elle n'ignore plus aujourd'hui le tendre sentiment qu'elle lui avait inspiré et comprend combien il a dû souffrir d'être obligé de se séparer d'elle à jamais.

« Elle sait, en outre, que s'il est parti au Chili, c'est pour essayer d'atténuer par l'éloignement le chagrin qu'il ressent de cette séparation et elle souhaite ardemment que le temps, ce grand médecin des âmes malades, fasse peu à peu rentrer en lui la paix et la tranquillité. Souhait qui est le mien également.

« Tous deux, d'ailleurs, nous comptons sur la sincère amitié que tu lui as vouée pour le consoler et faire en sorte qu'il en arrive à soupçonner son mal sans trop souffrir.

« A te le dire en toute franchise, nous pensons qu'il a bien fait de quitter Paris ; car s'il y était resté et que nous eussions été en relations suivies avec lui, le spectacle de notre bonheur, que malgré la contrainte que nous nous serions imposée en sa présence, il nous eût été impossible de lui cacher tant il rayonne en nous, n'aurait fait qu'ajouter à sa peine et la rendre chaque jour de plus en plus vive.

« Donc, à notre avis, il a pris en s'éloignant une très sage résolution et nous ne pouvons que l'approuver d'avoir agi ainsi.

« Mais s'il est loin de nous, cela ne diminue en rien, tu peux le croire, notre profonde reconnaissance à son égard et c'est toujours d'une voix émue que nous parlons de lui, en ne cessant de regretter d'être la cause de son malheur.

« Au revoir, mon cher Cambise ; écris-nous promptement afin que nous sachions si sa blessure commence à se cicatriser et si la vie lui apparaît sous des couleurs moins sombres que celles où il la voyait lors de son départ.

« Ton ami,

« JEAN DE LAVAUR.

« P.-S. — Au moment de fermer ma lettre, M. Bertin m'apporte un journal où il me fait lire le compte rendu d'une audience de la Cour d'assises, devant laquelle viennent de passer deux gredins de la pire espèce, dont l'un, comme tu vas le voir, n'est autre que ce M. Honoré, qui a servi de père adoptif à Jeanne.

« Je frémis quand je songe que ma fille a vécu pendant quatorze ans près d'un pareil misérable et de celle qui lui servait de compagne.

« N'ayant plus de place pour t'analyser ce compte rendu, je le détache du journal et te l'envoie.

« Tu verras en même temps quelle a été la fin de Clara la Lyonnaise et du juif Isaac Moser, son vieil amant. »

Cambise regarda dans l'enveloppe et y aperçut, en effet, une coupure imprimée qu'il n'avait pas remarquée tout d'abord.

Mais, avant de la lire, il plia la missive de son ami, la réintégra dans l'enveloppe et plaça celle-ci dans le tiroir d'un secrétaire.

— Il ne faut pas que cette lettre vienne à tomber sous les yeux de José, — pensa-t-il. — Quoiqu'il soit en bonne voie de guérison, Jean s'y montre trop heureux et cela pourrait amener chez lui une rechute, comme nous disons, nous autres médecins. Au reste, il est absent de l'habitation ce matin et ne saura même pas que je l'ai reçue.

XXIII

COUPURE DE JOURNAL

Cette réflexion faite, il prit connaissance de la coupure et lut ce qui suit :

« On n'a sans doute pas oublié le vol avec effraction et tentative de meurtre qui a eu lieu, il y a trois mois, chez le banquier juif Isaac Moser dont les bureaux sont situés au premier étage de la maison portant le numéro 140 de la rue de Choiseul.

« Les auteurs de ce méfait, qui étaient d'abord parvenus à se soustraire aux recherches de la police, ont été arrêtés il y a six semaines environ, sur la dénonciation de l'un d'eux, un nommé Tirache, dit File-Menton, qui, la semaine précédente, s'était fait prendre à Vienne, en Autriche, dans des circonstances assez singulières.

« Le coquin ayant les poches pleines d'or et voulant « faire la fête », avait invité un soir à souper une fille de mœurs légères qu'il avait rencontrée dans une brasserie de cette ville.

« Pendant le repas, excité par de nombreuses libations, il se mit à parler de choses qui mirent en éveil l'attention de la demoiselle, laquelle joignait à son métier de femme galante celui « d'indicatrice », c'est-à-dire de moucharde.

« Les propos qu'il tenait parurent tellement graves à cette dernière qu'elle l'emmena chez elle, acheva de le griser entièrement, puis réussit à lui faire avouer qu'il avait pris part au vol commis chez Isaac Moser.

« Le lendemain, sur sa déclaration, le gredin était appréhendé et, quelques jours après, revenait à Paris, escorté de deux agents de police qui étaient allés le chercher à Vienne.

« Dans le premier interrogatoire que lui fit subir le chef de la Sûreté, M. G..., le chenapan protesta véhémentement de son innocence, jurant qu'on n'avait jamais vu un plus honnête homme que lui.

« Mais, bientôt, accablé par des preuves évidentes, devant lesquelles tombaient toutes ses dénégations, il se décida à entrer dans la voie des aveux et dénonça ses complices.

« Ceux-ci étaient trois, dont une femme. L'un se nommait Auguste Foreau, dit le Rouquin, dit M. Honoré, et était un ancien repris de justice qui avait déjà fait cinq ans de prison dans une maison centrale.

« L'autre, dont on n'a pu découvrir la véritable identité, bien qu'il se soit donné comme étant le fils d'un grand personnage, était appelé « le Marquis » dans le monde de la pègre, surnom que lui avait valu la réelle distinction de ses traits et la tournure élégante de sa personne.

« Il avait la spécialité de dévaliser les coffres-forts et possédait à cet effet de nombreux outils supérieurement conditionnés, qui ont été trouvés au cours d'une perquisition opérée à son domicile.

« Quant à la femme, elle avait nom Justine Lacombe, mais était plus connue sous le sobriquet de la Bibasse. Elle vivait depuis longtemps avec le Rouquin et, comme lui, avait été condamnée jadis à cinq années d'emprisonnement.

« De ces quatre malfaiteurs, deux seulement comparaissaient hier devant le jury, la Bibasse ayant été brûlée vive, à la suite d'un accident terrible survenu lors de son arrestation, et le « Marquis » s'étant, dit-on, suicidé dans sa cellule, peu de temps après avoir été incarcéré.

« On raconte, au sujet de sa mort, l'histoire suivante, dont on nous garantit l'authenticité absolue.

« Un matin, le « Marquis » fit appeler le directeur du Dépôt et lui dit qu'il désirait qu'on allât prier M. X... de venir lui parler, parce qu'il avait quelque chose de très important à lui confier.

« Le nom qu'il prononça étant celui d'une haute notabilité parisienne, le directeur, assez surpris, lui demanda par quel hasard il connaissait ce monsieur.

« — Par le hasard que c'est mon père, » — répondit le coquin avec aplomb.

« Et comme le fonctionnaire demeurait stupéfait de cette révélation, il reprit :

« — Il ne m'a pas reconnu, il est vrai, car je suis le fruit d'une liaison clandestine qu'il a eue avec ma mère, mais son sang n'en coule pas moins dans mes veines. J'ai en ma possession — déposées en lieu sûr — des preuves indéniables de ma naissance.

« — Si ce que vous avancez est exact, — repartit le directeur, — il est heureux pour lui que vous ne portiez pas son nom. Et qu'avez-vous à lui dire, à M. X... ?

« — Ceci me regarde.

« — Mais s'il ne veut pas venir, comme cela est à présumer ?

« — Il viendra, je vous l'affirme. Vous n'aurez qu'à lui faire remettre ceci et il accourra aussitôt. »

« Ce disant, le « Marquis » tendit au fonctionnaire un bout de papier sur lequel étaient écrits au crayon ces quelques mots :

« *Le fils de Thérèse est arrêté pour vol et désire vous voir.* »

« Bien que le directeur doutât fort que M. X... consentît à se rendre auprès du prisonnier, surtout sur une pareille requête, il lui fit néanmoins porter l'étrange dépêche.

« À son grand étonnement, celui-ci arriva dans la journée au Dépôt et demanda à parler au « Marquis ».

« M. X..., d'après ce qu'on dit, est un vieillard de soixante-cinq ans environ, de haute taille et bâti en athlète.

« On le conduisit immédiatement près du gredin et on le laissa seul avec lui.

« Que se passa-t-il entre les deux hommes ? On n'a pu le savoir et on ne le saura sans doute jamais.

« Mais on assure que, lorsqu'une heure après M. X... sortit de la cellule du « Marquis », il était très pâle et semblait en proie à une violente émotion.

« Avant de quitter le Dépôt, il se rendit chez le directeur et lui affirma, avec la plus grande énergie, n'être aucunement le père de ce misérable qui, depuis plusieurs années, ne cherchait à se faire passer pour son fils que dans le but de lui soutirer de l'argent.

« Puis il ajouta que s'il était venu le voir, c'était afin de lui démontrer combien cette imposture, s'il la soutenait devant le tribunal, était de nature à aggraver son cas, au lieu de lui mériter l'indulgence des jurés.

« Le soir, quand on apporta son repas au « Marquis », on le trouva étendu sans vie sur son lit.

« Il avait, enfoncé jusqu'au fond de la gorge, un pan de sa couverture, qui avait amené chez lui une asphyxie complète.

« On ne put, bien entendu, que conclure à un suicide.

« Donc, ainsi que nous le disions, deux des auteurs du vol seulement étaient venus s'asseoir au banc des accusés.

« Les débats n'ont rien offert de bien saillant, si ce n'est que lorsque

le banquier, cité comme témoin, fut appelé pour déposer, un commissaire
de police vint déclarer qu'à la suite d'une dispute qui avait éclaté la
veille entre sa maîtresse et lui, ils s'étaient entre-tués tous les deux.

« Il avait constaté leur décès le matin même.

« A un moment, il se produisit aussi un incident dont l'assistance fut
assez vivement émue.

« Pendant qu'ils étaient occupés à forcer le coffre-fort du juif, les
malfaiteurs avaient été surpris par le gardien des bureaux en train de
faire sa ronde de nuit.

« Cet homme, un ancien soldat, nommé le père Briscard, avait
entamé courageusement une lutte avec les bandits et, peut-être, serait-il
parvenu à les empêcher de commettre leur forfait, si la Bibasse, pour se
débarrasser de lui, ne s'était avancée par derrière et ne lui avait asséné
sur la tête un coup de pince-monseigneur d'une telle force que le malheureux en avait eu le crâne fracturé.

« Depuis ce jour sa raison était restée ébranlée et il divaguait sans
cesse, ne parlant plus que des batailles auxquelles il avait assisté autrefois.

« On l'avait conduit à l'audience, non pour servir de témoin, car il
était incapable de fournir le moindre renseignement utile sur l'affaire,
mais pour que les jurés vissent en quel triste état l'avaient mis les
coquins.

« Quand on l'introduisit dans la salle et qu'il aperçut ces derniers, il
fut pris d'une fureur épouvantable et s'élança vers eux en criant :

« — V'là les Autrichiens !... En avant... à la baïonnette... Ah! chiens
de Kaiserlicks, vous m'avez sabré... mais vous allez me le payer et je
vais vous démolir aussi, moi... En avant!... »

« On eut beaucoup de mal à le maîtriser, car il est encore très vigoureux, et sa colère ne se calmant pas, on dut finir par l'emmener.

« Le Rouquin et File-Menton étaient blêmes de peur et tremblaient
comme la feuille, montrant ainsi toute leur lâcheté.

« Cette pénible scène ne contribua pas peu à les faire condamner
sévèrement.

« Reconnus coupables l'un et l'autre sans circonstances atténuantes,
ils se virent appliquer le maximum de la peine, soit vingt ans de travaux forcés, avec la relégation perpétuelle.

« Le châtiment était rude, mais mérité, et tout le monde l'approuva. »
Ici, finissait le compte rendu.

— Pauvre Jean ! — fit Cambise quand il en eut terminé la lecture ; —
je comprends qu'il ait dû frémir en apprenant que sa fille avait été élevée

Mais, quoi qu'ils fissent, le torrent continuait à les entraîner.

par un Rouquin et une Bibasse; car il a fallu que l'enfant fût d'une honnêteté à toute épreuve pour ne s'être pas pervertie cent fois au contact
de telles gens.

« Mais il ne serait pas bon que José vît ceci non plus, — ajouta-t-il. —
Comme c'est lui qui, avec Erreguy, a été cause en partie qu'elle est tombée
entre leurs mains, cela pourrait encore augmenter ses remords.

Et il mit la coupure en morceaux.

XXIV

LE COUP DU COEUR

Deux jours après, M. de Penaflor recevait aussi une lettre. Mais elle n'avait pas traversé les mers, celle-là. Elle venait tout bonnement de Santiago et portait le cachet du ministère des Affaires étrangères du Chili.

C'était, d'ailleurs, le ministre qui lui écrivait en personne. Il le priait de vouloir bien passer à son cabinet le plus tôt possible pour lui donner quelques renseignements au sujet d'une affaire qui avait été engagée avec le gouvernement français, du temps où il était encore ambassadeur à Paris.

Il s'agissait d'un projet de conventions à établir entre les deux nations, pour déterminer l'impôt dont devaient être frappés certains produits chiliens lorsqu'ils pénétraient en France.

José n'avait plus qu'une très vague souvenance de ce projet, mais il pensa qu'il en retrouverait trace dans divers papiers qu'à titre de mémentos il avait emportés avec lui en quittant l'ambassade, prévoyant le cas où, comme cela se présentait maintenant, on aurait besoin de le consulter sur quelques affaires se rattachant à son ancienne administration.

Afin de pouvoir répondre au ministre d'un façon satisfaisante, il se mit donc en quête de ces papiers qu'il était sûr d'avoir apportés à l'habitation, sans toutefois se rappeler exactement où il les avait serrés.

Mais il eut beau fouiller partout, il ne put mettre la main dessus.

Cela le contrariait, car s'il ne se rafraîchissait pas la mémoire à l'aide de quelque pièce relative aux dites conventions, il ne saurait rien en dire de précis et paraîtrait ne s'être occupé que légèrement d'une chose qui pourtant était des plus sérieuses.

Soudain, il se souvint que sept ou huit jours après que Cambise et lui étaient venus s'installer aux plantations, il avait fait transporter quelques meubles de son logement dans celui de son ami dont le mobilier lui avait semblé un peu sommaire.

— Je parie que mes documents sont dans l'un de ces meubles, — se dit-il, — car, n'étant pas ici, il n'y a que là évidemment qu'ils peuvent être. Je vais, du reste, y aller voir.

A son tour M. de Penaflor se trouvait seul à l'habitation.

Cambise était parti dès le matin pour aller donner des soins à un de ses travailleurs qui souffrait d'une maladie bizarre que dans le pays on nomme vulgairement « le ballon », laquelle a pour effet de provoquer une enflure de tout le corps et de faire ressembler celui qui en est atteint à un bonhomme en baudruche gonflé outre mesure.

Cette maladie se traite par des massages et des ponctions profondes.

Le docteur devant, par suite, rester absent une partie de la journée, José jugea inutile d'attendre son retour et pénétra chez lui pour y explorer les meubles en question, sachant bien qu'il ne se formaliserait nullement de cette petite indiscrétion de sa part.

Il n'avait pas commencé ses recherches depuis cinq minutes qu'il tomba sur la missive de Jean, que Cambise, on le sait, avait placée dans le tiroir d'un secrétaire.

Les timbres dont l'enveloppe était revêtue ne lui laissèrent aucun doute sur sa provenance.

— Une lettre de M. de Lavaur ! — fit-il étonné.

Il regarda la date d'arrivée.

Elle remontait à l'avant-veille.

Il y avait, par conséquent, quarante-huit heures que Cambise l'avait reçue.

— Pourquoi donc ne m'en a-t-il pas parlé ? — se demanda-t-il, en sentant une angoisse lui poindre au cœur. — Elle recèle donc des choses que je ne dois point savoir ?

Il se prit à considérer l'enveloppe avec une curiosité anxieuse.

Brusquement, sa pensée venait de le reporter à Paris.

Paris! où, après avoir été si heureux, il avait vu son bonheur sombrer tout à coup.

Il s'empara de la lettre et la tint dans sa main en continuant à l'examiner.

— On y parle de moi, certainement, — fit-il, — mais qu'en dit-on ?

Cette question qu'il se posa sembla le préoccuper.

— Bah ! — reprit-il, — que m'importe après tout ? Si Cambise n'a pas cru devoir me faire part de ce que lui disait M. de Lavaur, c'est que, sans doute, il a eu une raison pour cela ; au surplus, peut-être n'y a-t-il pas songé.

Ayant fait cette réflexion, il allait remettre la missive à sa place, lorsqu'une force inconnue l'en empêcha.

Machinalement, alors, il la retourna en tous sens, puis en vint à faire bâiller l'enveloppe.

— Il y a au moins huit pages, — remarqua-t-il. — M. de Lavaur avait beaucoup à dire, il paraît.

Et sans qu'il s'en aperçût, ses doigts écartaient les feuillets entre lesquels il plongeait des regards ardents.

A un moment, son nom et celui de Denise s'offrirent à ses yeux.

Il n'y put tenir davantage, et d'un mouvement fébrile, presque inconscient, il tira la lettre de l'enveloppe.

Rapidement, il en parcourut les premières lignes, où Jean racontait la perte de sa fortune, puis arriva à celles où il parlait de la jeune femme.

Ces mots le frappèrent :

« Tu crois peut-être que ma ruine m'a douloureusement affecté? Si oui, tu te trompes, mon cher Cambise. N'ai-je pas près de moi celle qui vaut toutes les fortunes du monde, ma Denise adorée? »

Un rictus amer contracta ses lèvres.

— Comme il dit vrai! — pensa-t-il. — Il est pauvre, mais le trésor qu'il possède ne le rend-il pas mille fois plus riche que moi? Oh! combien j'envie son sort et que je donnerais volontiers tous mes millions pour être à sa place !

Il poursuivit sa lecture et, parvenu à la fin de la lettre, s'arrêta aussi à cette phrase :

« Nous pensons qu'il a bien fait de quitter Paris, car s'il était resté près de nous et que nous eussions été en relations suivies avec lui, le spectacle de notre bonheur, qu'il nous eût été impossible de lui cacher tant il rayonne en nous, n'aurait fait qu'ajouter à sa peine et la rendre chaque jour de plus en plus vive. »

Cet aveu si franc lui fit un mal atroce et raviva d'un coup toutes ses souffrances qui n'étaient qu'assoupies.

— Oh! oui, j'ai bien fait de partir, — murmura-t-il, — car, comme le dit M. de Lavaur, le spectacle de son bonheur et de celui de Denise aurait fini par me rendre fou de désespoir.

Puis, après un instant, il ajouta :

— Au fait, à quoi cela m'a-t-il avancé de m'éloigner d'eux? En suis-je plus heureux? Non, hélas! Quoi que je fasse pour oublier, je ne puis y parvenir.

« Ces parties de chasse, ce mouvement incessant que je me donne distraient ma pensée, m'étourdissent, mais voilà tout. Ma douleur n'en subsiste pas moins et est aussi lancinante qu'au premier jour.

« Quelle misère est la mienne! — s'écria-t-il. — Avoir gardé cette femme quatorze ans près de moi, n'avoir vécu que par elle et pour elle, m'être bercé si longtemps de cet espoir trompeur qu'elle resterait toujours à mes côtés, puis m'en trouver tout à coup séparé sans retour et la voir désormais devenue une inconnue pour moi.

« Elle était folle, c'est vrai, et je n'avais d'elle ni son âme ni son cœur, mais qu'est-ce que cela me faisait puisque j'étais heureux ainsi?

« Maintenant c'est fini, elle est avec un autre... et je suis condamné à ne la revoir jamais.

« A lui et à elle de longs jours de joie et d'allégresse, toute une vie de tendresse et d'amour!

« A moi, une existence morne et décolorée, que je vais traîner comme un boulet de forçat... car, je le sens, mon mal est inguérissable et ne fera que grandir à mesure que le temps passera.

M. de Penaflor avait prononcé ces mots avec un accent d'une tristesse infinie.

Il demeura un instant à méditer, puis, ayant replacé la lettre dans le tiroir du secrétaire, il retourna chez lui où il s'absorba dans une sombre rêverie.

Il ne songeait plus ni au ministre ni au projet d'impôt.

Toute la journée il demeura enfermé dans son appartement, seul à seul avec ses pensées.

. . . .

Quand le docteur revint vers le soir, il le trouva en grande conférence avec le métis Paz Eusebio.

Tous deux étaient assis devant un bureau sur lequel étaient éparses de nombreuses paperasses couvertes de chiffres du haut en bas.

— A quoi vous occupez-vous donc là, mon cher José? — lui demanda-t-il.

— Vous le voyez, à faire des additions qui n'en finissent plus, — repartit M. de Penaflor.

— Mon maître a voulu enfin connaître l'état de sa fortune, — dit Eusebio, — et je suis en train de lui en donner le détail exact.

— Tiens! — fit Cambise, — quelle idée vous a pris, mon ami? Ce n'est pas qu'elle soit mauvaise, loin de là, seulement je suis surpris que vous l'ayez eue.

— Et pourquoi, je vous prie?

— Dame, vous aviez paru jusqu'à présent vous soucier si peu de savoir combien vous possédiez que, vous l'avouerez, j'ai lieu d'être étonné que le désir vous en soit venu comme cela tout d'un coup.

— Votre remarque est assez juste, mais vous n'ignorez pas ce que dit le proverbe : Mieux vaut tard que jamais... et je me conforme à cet adage... Si vous voulez venir m'aider? — fit M. de Penaflor en riant.

— Non, merci, — répliqua Cambise ; — j'ai toujours eu horreur des chiffres, et c'est tout au plus si je sais que deux et deux font quatre.

— Ma foi, je ne suis guère plus fort que vous, mais Eusebio tient absolument à ce que je vérifie ses comptes et c'est lui qui m'a attelé à cette besogne.

— En ce cas, je vous laisse ; je reviendrai quand ce sera fini. En attendant, je vais aller me reposer, car je suis un peu fatigué.

— A propos, et notre malade, comment va-t-il ?

— Assez bien. Je lui ai fait l'opération de l'acupuncture, c'est-à-dire que je l'ai dégonflé à coups d'aiguille et l'ai ensuite massé aussi vigoureusement que mes forces me le permettaient. Il en a, j'espère, pour deux ou trois mois avant de se regonfler.

— J'irai le voir ces jours-ci, le pauvre homme, — dit José. — Mais allez prendre un peu de repos, mon ami, moi je me remets à mes additions.

Il faut croire que la vérification des comptes d'Eusebio était longue à faire, car M. de Penaflor, après l'avoir poussée jusqu'à l'heure du dîner, dut la continuer ensuite pendant presque toute la soirée.

Enfin, il la termina et reconnut que sa fortune totale s'élevait à un peu plus de dix-sept millions.

Il se fit faire par Eusebio un relevé des divers éléments dont elle se composait, puis congédia le métis qui partit en emportant toutes ses paperasses.

Onze heures du soir allaient sonner.

M. de Penaflor était maintenant seul dans sa chambre.

Cambise était venu plusieurs fois pour causer avec lui, mais le voyant toujours plongé dans ses chiffres, il avait fini par aller se mettre au lit.

José, lui, ne songea pas à se coucher.

Il prit plusieurs feuilles de papier blanc et, ayant écrit au haut de la première : « Ceci est mon testament, » il commença à les remplir.

Ce n'est qu'à quatre heures du matin qu'il donna son dernier coup de plume.

Il réunit alors les feuilles, les plaça sous une large enveloppe et, après avoir cacheté celle-ci avec soin, y mit la suscription suivante :

« A ouvrir après ma mort par le docteur Cambise. »

Cela fait, il la serra dans le bureau, à un endroit où elle pût être facilement découverte.

Malgré cette veille prolongée, M. de Penaflor n'avait pas envie de dormir.

Pour ne point rester inactif et aussi pour se rafraîchir le sang qui lui brûlait les veines, il sortit, alla lui-même seller son cheval et partit dans la campagne.

Le disque du soleil paraissait déjà au-dessus de la chaîne des Cordillères.

— Je le vois se lever, — dit José, — mais c'est pour la dernière fois. Ce soir, quand il se couchera, je ne serai plus de ce monde.

Et il tomba dans une profonde et triste méditation.

Pendant trois heures, il erra de droite et de gauche, laissant vaguer sa monture au gré de sa fantaisie, puis rentra aux plantations.

XXV

HISTOIRES D'OURS

— Eh! d'où venez-vous donc, mon cher José? — lui cria Cambise dès qu'il l'aperçut. — Depuis une éternité je vous cherche partout.

— Je viens de faire un tour aux environs.

— Vous avez été bien matinal, il me semble, car je suis entré chez vous à cinq heures, vous n'y étiez déjà plus.

— Non, en effet, j'en étais sorti vers quatre heures et demie.

— Vous n'avez donc pas dormi?

— Très peu.

— Ce sont sans doute ces maudits chiffres qui vous trottaient par la tête.

— Oui, ce doit être cela, car j'en avais la cervelle farcie. Mais pourquoi me cherchiez-vous?

— Pour vous apprendre une nouvelle qui certainement vous fera plaisir.

— Laquelle?

— Je vous ai souvent entendu dire que vous seriez bien aise de vous offrir une chasse à l'ours et souvent aussi exprimer le regret que le hasard ne vous eût pas encore fait rencontrer un de ces fauves. Eh bien! votre désir va être satisfait.

— Ah! comment cela?

— Sanchez et Pedro, profitant de ce que nous nous sommes reposés ces deux derniers jours, sont allés en reconnaissance et ont découvert à une douzaine de lieues d'ici la retraite d'un superbe *grizzli.*

— Bah ! un ours gris.

— Il paraît.

— Le grizzli est rare cependant dans nos parages, car il ne quitte guère les montagnes.

— C'est vrai, mais il est à présumer que c'est un égaré qui sera venu là établir son gîte momentanément. Aussi, comme il se pourrait que d'un moment à l'autre il regagnât son repaire habituel, je crois que nous ferions bien de le chasser tout de suite.

— Est-ce le chasser aujourd'hui même que vous voulez dire?

— Oui; n'êtes-vous pas de cet avis?

José se mit à réfléchir.

La proposition qui lui était faite semblait déranger un plan arrêté d'avance dans son esprit.

— Y verriez-vous quelque inconvénient? — reprit Cambise, en remarquant le silence de son ami.

Un instant encore M. de Penaflor demeura songeur, puis répondit :

— Non, aucun; seulement je me demande si nous sommes sûrs de trouver la bête.

— Ça ne fait point de doute, au dire de Sanchez.

— En ce cas, allons. Il est huit heures, nous pouvons être arrivés à destination vers midi ou midi et demi.

— Et, si la chasse ne nous tient pas trop de temps, être de retour ici avant la nuit.

— Oh! de retour, — murmura M. de Penaflor, — vous, peut-être... mais moi...

— Vous dites? — fit Cambise qui n'avait pu saisir ces mots.

— Rien, rien, c'est une réflexion que je me faisais.

Une demi-heure après, José, le docteur et les deux Indiens quittaient la maison rustique et s'enfonçaient dans l'intérieur des terres.

Tous quatre, pour la circonstance, s'étaient armés d'une façon spéciale.

M. de Penaflor et Cambise avaient, outre leur carabine, un revolver de gros calibre qu'accompagnait un fort couteau de chasse, et les Indiens portaient un long épieu ferré qui devait leur servir d'arme offensive et défensive.

Nos chasseurs firent sept à huit lieues d'une seule traite, puis, parvenus sur la lisière d'un petit bois, s'arrêtèrent pour déjeuner avec quelques provisions qu'avaient emportées Sanchez et Pedro.

José, qui pendant une partie du chemin avait paru soucieux et comme en proie à des pensées importunes, se montrait maintenant très ouvert et même très gai.

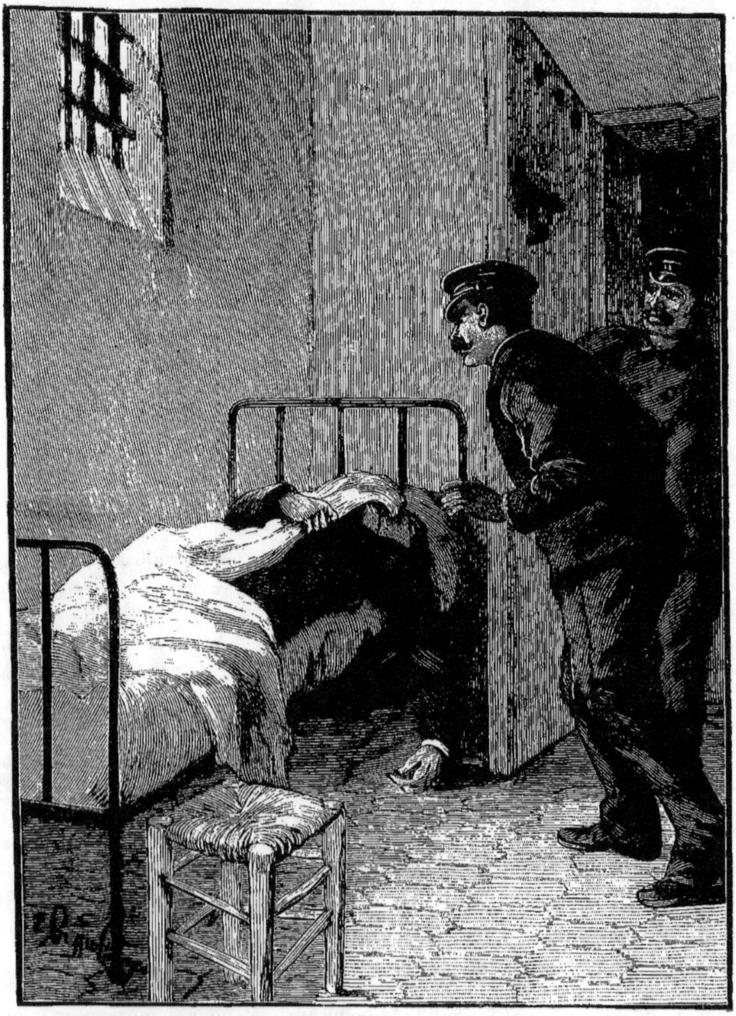

LA FILLE DE L'OUVRIÈRE

Il avait enfoncé jusqu'au fond de la gorge un pan de sa couverture qui avait amené chez
lui une asphyxie complète.

Sa gaieté, il est vrai, était un peu nerveuse, et, par moments, étonnait Cambise; mais celui-ci mettait cette nervosité sur le compte de la fatigue qu'il devait ressentir à la suite d'une nuit d'insomnie et ne s'en préoccupait pas davantage.

Durant le repas, les deux amis s'amusèrent à raconter des anecdotes se rapportant à la chasse à l'ours, et José n'était pas le moins en verve.

— Un jour, — dit-il, — je me suis trouvé, avec mon père, en présence d'un de ces messieurs fourrés, dans des circonstances assez singulières et alors que nous ne pensions pas du tout à le chasser.

« Voici comment :

« Guidés par les empreintes d'un sanglier sur la piste duquel nous étions, nous finîmes par arriver tous deux à un bosquet de hauts aliziers où nous découvrîmes l'animal au pied d'un arbre dont les fruits tombaient abondamment à terre.

« Ayant levé les yeux pour chercher la cause de ce fait insolite, nous vîmes au milieu du feuillage un gros ours noir en train de se régaler d'alizes à gueule que veux-tu.

« Chaque mouvement de l'ours faisait pleuvoir les alizes par centaines et, qui pis est, les plus mûres.

« L'ours, à coup sûr, ne l'ignorait pas et l'on devinait au balancement de sa tête qu'il était furieux de voir le sanglier faire à ses dépens un succulent festin, tandis que lui-même, n'osant pas s'aventurer à l'extrémité des branches, ne pouvait cueillir que les fruits verts et peu savoureux.

« De temps en temps il poussait un grognement féroce en fixant des regards étincelants de colère sur son convive importun; mais ce dernier n'en prenait nul souci et répondait par un grondement goguenard, comme pour dire : « Merci, monsieur l'ours, c'est fort aimable à vous de manger « les alizes vertes et de m'envoyer les autres. »

« Après avoir contemplé cette petite scène pendant quelques minutes, je m'apprêtais, trouvant qu'elle avait assez duré, à tirer sur maître Martin en le visant à l'œil, quand mon père me retint.

« — Laisse-moi faire, — me dit-il, — je vais tâcher de nous débarrasser d'un seul coup de nos deux adversaires.

« — Comment vas-tu t'y prendre? — lui demandai-je.

« — Tu vas voir; mais ne bougeons pas et restons cachés, car si l'ours nous voyait, ce sur quoi je compte n'arriverait pas. »

« En même temps il fit feu, s'arrangeant de manière à blesser seulement le terrible animal.

« Aussitôt, quoique fort légèrement atteint, celui-ci se mit à beugler et à se gratter le cou avec furie tout en montrant ses crocs au sanglier qui, au bruit de la détonation, s'était contenté de dresser les oreilles pour reprendre bientôt ses occupations gastronomiques.

« Maître Martin était assurément convaincu qu'il devait sa blessure à l'audacieux voleur de ses alizes.

« Un tel forfait méritait une punition exemplaire et notre ours, incapable de différer d'une seconde sa vengeance, se laissa tomber du haut de son perchoir et s'élança sur celui qu'il considérait comme son agresseur.

« C'était là-dessus que mon père comptait.

« Un combat s'engagea entre les deux fauves.

« Il fut sanglant.

« Si l'ours était dix fois fort comme le sanglier, ce dernier, armé de deux défenses de plus de six pouces, n'en était pas moins un rude champion pour lui.

« Maître Martin le reconnut du reste promptement, car il ne tarda pas à avoir tout le corps labouré par les dites défenses qui lui firent de si nombreuses ouvertures dans la peau que son sang jaillissait de toutes parts.

« Cependant il ne se découragea pas. Loin de là, il n'en devint que plus furieux et, enfin, ayant réussi à crever avec ses griffes les yeux à son ennemi, il l'acheva en lui brisant le crâne d'un terrible coup de patte.

« Mais lui-même était à bout de forces et, sa vengeance assouvie, il s'affaissa à terre où il expira bientôt.

— L'idée de votre père ne manquait pas d'originalité, — observa Cambise.

— Et surtout de prudence, — repartit José, — car si nous avions eu à tenir tête aux deux animaux à la fois, je ne sais trop comment nous nous en serions tirés.

— Vous auriez peut-être, en effet, passé un vilain quart d'heure.

— C'est plus que probable.

— Moi, — reprit Cambise, — en fait d'histoire d'ours, j'en connais une qu'on m'a racontée alors que je voyageais en Asie, et dont le héros était un jeune homme de dix-sept ans que j'avais pris pour quelque temps à mon service.

« C'est de son frère que je la tiens, car lui, modeste autant que brave, ne parlait jamais de la prouesse qu'il avait accomplie.

« Ce jeune homme, nommé Nouradin, était un garçon d'apparence frêle et délicate, un pas efféminée même, et qui, pour cette raison, avait eu souvent à subir les railleries de ses camarades, lesquels lui disaient qu'il n'était qu'une femme et n'aurait pas seulement le courage de faire la chasse à un écureuil.

« Nouradin, après avoir supporté longtemps ces plaisanteries sans rien dire, finit par s'en froisser et jura de prouver aux railleurs qu'il était un homme tout comme eux.

« Un jour, il alla s'embusquer, armé d'un fusil, dans une gorge resserrée entre deux hautes montagnes et où il savait rencontrer des ours.

« Pendant qu'il était aux aguets, il aperçut derrière des broussailles l'entrée d'une sombre caverne qui s'enfonçait sous un amas de rochers.

« L'odeur qui en sortait et les empreintes dont ses abords étaient couverts le convainquirent qu'il venait de découvrir le repaire d'un ours de grande taille.

« Ayant exploré du regard la caverne et constaté l'absence de celui qui l'habitait, il résolut d'attendre son retour et alla se poster sur un arbre voisin, pour guetter sa venue.

« Une partie de la journée il demeura ainsi en sentinelle, et la nuit approchait déjà sans que la bête eût encore donné signe d'existence, quand, tout à coup, il la vit venir non loin de lui, traînant vers son antre le corps d'un daim.

« Il n'eut garde de la déranger et la laissa rentrer avec sa proie.

« Puis, au bout de deux heures environ, supposant que le monstre devait être gorgé de chair et plongé dans la léthargie de la digestion, il descendit de son arbre, appuya son fusil contre le rocher et se faufila dans la caverne.

« Il voulait, avant d'en venir aux prises avec l'ours, reconnaître comment il devait l'attaquer.

« Peu après être entré, et lorsque ses yeux se furent habitués à l'obscurité, il aperçut l'énorme animal étendu sur le sol et dans une complète immobilité.

« Il était endormi et ronflait comme plusieurs tuyaux d'orgue.

« Nouradin sentit qu'il foulait une couche épaisse d'os et de débris, et plus d'une fois il se crut perdu en entendant des rats, des serpents et d'autres reptiles, troublés dans leur repas par son invasion, s'enfuir de tous côtés avec de bruyants sifflements et toutes sortes de bruits étranges.

« Cependant, la brute ne s'éveilla pas et le jeune homme, son examen achevé, se traîna hors de la caverne pour faire ses préparatifs d'attaque.

« Cassant une branche de sapin résineux, il en coupa un morceau de six à sept pieds de long, mit le feu à une de ses extrémités et fixa ce singulier flambeau debout, contre la muraille des rochers.

« Ensuite, il s'empressa d'aller prendre position au dehors.

« Rapidement la branche s'embrasa tout entière et une vive clarté emplit la sombre demeure.

« L'ours, tiré de son sommeil par cette lueur éblouissante, se dressa sur ses pattes et parut d'abord surpris du spectacle qu'il voyait. Puis il s'avança vers la torche pour la jeter bas.

A ce moment, Nouradin épaula son fusil, visa longuement, sachant bien qu'il était perdu si la balle ne faisait que blesser le monstre, et lâcha la détente.

« Une détonation ébranla la caverne, suivie presque immédiatement d'une lourde chute qu'avait précédé un affreux grognement...

« Le lendemain, l'intrépide chasseur revenait chez lui et montrait à ses camarades les deux pattes de devant de l'ours.

. « — Oserez-vous dire encore que je ne suis qu'une femme? — s'écria-t-il.

« A la vue de ces trophées sanglants, les railleurs restèrent ébahis et, dès lors, eurent pour Nouradin une respectueuse considération.

— Il la méritait, — dit José, — car il a fait preuve en cette circonstance d'un courage peu ordinaire.

— D'autant plus qu'il risquait une mort atroce, l'ours d'Asie étant d'une férocité inouïe et prenant plaisir à déchirer lentement son ennemi afin de jouir lentement de son agonie.

— Ce n'est pas comme le grizzli, — repartit José. — S'il est aussi très féroce, il n'a pas du moins la cruauté de son congénère asiatique. Quand il tient son homme, il vous le tue tout de suite sans le faire languir, ce qui est un avantage.

M. de Penaflor avait prononcé ces derniers mots d'un air de satisfaction visible.

— Hum! — fit Cambise, — voilà un avantage que je n'apprécie guère.

— Il en vaut la peine cependant, — répliqua vivement José, — et pour mon compte, je...

Mais il s'interrompit soudain et garda pour lui le reste de sa pensée.

Puis, changeant de conversation :

— Voyons, — fit-il, — avec nos histoires nous oublions que nous avons encore trois ou quatre lieues à faire.

— C'est vrai, — dit Cambise, — il nous faut songer à repartir, sans quoi nous arriverions lorsque l'ours serait en train de faire sa méridienne au fond de sa retraite, ce qui nous obligerait à attendre qu'il voulût bien en sortir.

— A moins d'aller l'y chercher, comme votre Nouradin, avec une torche de résine.

— Oui, mais le moyen est trop dangereux. Il vaut mieux attaquer la bête en plein air. D'ailleurs, il est probable que nous la trouverons dehors. Allons, à cheval, mon cher José, et en avant!

XXVI

LE GRIZZLI

Les quatre hommes enfourchèrent leur monture et se remirent en route.

Une heure et demie après, ils arrivaient à un vaste plateau boisé, sur la surface duquel s'élevaient d'énormes rochers échafaudés les uns sur les autres.

Ils s'y avancèrent pendant quelques centaines de mètres, puis ayant atteint un endroit rempli de broussailles, Sanchez les arrêta en leur disant :

— C'est ici, senors ; l'ours doit être dans les environs.

Tous descendirent de cheval et, pendant que José et Cambise préparaient leurs armes, les Indiens s'éloignèrent pour aller à la découverte du grizzli.

Mais à peine avaient-ils fait une trentaine de pas qu'ils revinrent précipitamment en arrière et, se tapirent derrière un fourré, en faisant signe aux deux amis d'accourir les rejoindre.

— Qu'y-a-il donc ? — demanda Cambise quand José et lui furent près d'eux.

— Ne faites pas de bruit et ne vous montrez pas, senors, — répondit Sanchez, — vous allez assister à quelque chose de curieux ; regardez à travers le fourré.

Les deux hommes firent ce qu'on leur disait et aperçurent alors un cerf qui fuyait à toute vitesse, suivi à peu de distance par une once.

Il devait y avoir déjà longtemps que durait la poursuite, car lorsque les deux coureurs se rapprochèrent on put voir leurs langues pendantes et remarquer que leurs bonds n'avaient plus l'élasticité ordinaire.

Derrière un rocher se tenait un monstrueux ours gris qui, couché à terre, le museau sur ses pattes, regardait tranquillement la course des deux animaux.

Parvenu à une cinquantaine de mètres du grizzli, le cerf leva la tête et renifla l'air comme s'il eût voulu s'assurer que celui-ci était dans son gîte.

Puis, sentant l'once presque sur lui, il pivota brusquement et doubla sa piste, passant sous le nez même de son ennemi étonné de cette manœuvre inattendue.

Ce dernier, incapable de s'arrêter sur-le-champ, poussa un rugissement de colère et se remit à la poursuite de sa proie, mais cette fois sans la serrer d'aussi près.

— Les voilà partis, — dit José, — nous n'assisterons pas à la prise du cerf.

— Attendez un moment, senors, — répliqua Sanchez, — ils vont bientôt revenir.

Il ne se trompait pas.

Au bout de quelques instants, le cerf, qu'on avait perdu de vue, reparut, accourant de nouveau vers le rocher où l'ours se tenait tapi.

L'allure du pauvre animal était bien ralentie et l'once n'avait plus que peu d'efforts à faire pour le rejoindre.

Cependant, à mesure qu'il approchait de la retraite du grizzli, il semblait calculer attentivement chacun de ses bonds.

Soudain, il accéléra sa vitesse, prit un dernier élan et, arrivant droit sur l'ours, sauta par-dessus sa tête, puis disparut.

L'once, qui était à plus de vingt pas de là, allait suivre le même chemin lorsque le grizzli, se levant, lui barra la route.

La surprise du félin fut extrême, car il était loin de s'attendre à la présence d'un pareil ennemi.

Il se battit les flancs avec sa queue, poussa des rugissements de colère et se promena de long en large, paraissant hésiter sur le parti qu'il devait prendre.

L'ours, calme et impassible, le regardait sans faire un mouvement et ayant l'air de le narguer.

Pendant près d'un quart d'heure, tous deux demeurèrent ainsi en expectative sans que l'un ou l'autre se décidât à agir.

Enfin l'once, perdant patience, se jeta sur l'ours et entama une lutte avec lui.

Comme il se doutait sans doute que s'il l'attaquait par devant, il n'aurait aucune chance de victoire, il avait eu l'idée de le tourner et s'était élancé sur son dos qu'il lui déchirait affreusement de ses griffes et de ses dents.

C'était assez bien calculé, car, de cette façon, il se trouvait hors des atteintes des pattes du grizzli.

— A quoi vous occupez-vous donc là, mon cher José? — lui demanda-t-il.

Mais il n'en fut pas plus heureux pour cela, car ce dernier, se renversant violemment sur le dos, l'écrasa sous son poids formidable et lui broya les os qu'on entendit craquer avec un bruit sinistre.

Quand l'ours se releva, l'once n'était plus qu'un cadavre dont on distinguait à peine la forme primitive.

— Voilà qui est bien joué de la part du cerf, — dit Cambise, — et je ne prévoyais pas du tout ce dénouement.

— Pedro et moi nous en doutions, — repartit Sanchez, — car c'est une ruse fréquemment employée par les animaux poursuivis que de jeter leur ennemi sur un autre plus fort qu'eux.

— Elle est très adroite et je fais tous mes compliments au cerf de s'en être servi. En pareille circonstance, un être humain n'eût peut-être pas été aussi habile tacticien : et j'en arrive à croire, pour aussi paradoxal que cela puisse paraître, qu'en bien des choses les bêtes nous sont supérieures.

— Vous pourriez dire en tout, — répliqua José, — attendu qu'elles ont pour elles l'instinct qui ne les trompe jamais, tandis que nous n'avons que la raison qui nous égare sans cesse, et nous fait commettre mille sottises... Oui, mille sottises et mille folies! — répéta-t-il avec force.

— Ne parlez pas trop haut, senor, — recommanda Sanchez; — si nous signalions notre présence à l'ours, il rentrerait dans son antre ou bien irait se perdre dans les rochers où il nous serait très difficile de le rejoindre.

— Oh! je saurais bien aller l'y retrouver, — fit José.

Les quatre hommes étaient à trente ou trente-cinq pas du grizzli qui, pour le moment, n'ayant rien de mieux à faire, s'occupait à lécher, autant que cela lui était possible, la partie de son dos qu'avait endommagée les griffes de l'once.

Mais le mal n'était pas grand et c'était plutôt pour s'amuser que pour se soulager qu'il se livrait à cette occupation.

De même que tous ses semblables, il avait la peau extrêmement dure et épaisse, et le félin n'avait pu, malgré sa rage, y creuser que des sillons superficiels sans parvenir à la déchirer profondément.

Les chasseurs délibérèrent à voix basse de la manière dont ils devaient l'attaquer.

L'ours n'a guère de vulnérable que l'œil ou le défaut de l'épaule.

Mais il faut être d'une grande adresse pour l'atteindre juste à l'un de ces deux endroits, que, souvent, on n'arrive à pouvoir viser qu'après être resté longtemps en joue, ce qui ôte beaucoup à la sûreté du tir.

Cambise était d'avis de le frapper à l'œil.

José, lui, opinait pour l'épaule.

— Eh bien! tirons-le chacun selon notre idée, — proposa le docteur.

— Soit.

— Seulement, ne faisons feu que l'un après l'autre. Il ne faut pas que nos deux fusils se trouvent déchargés du même coup ; nous n'aurions peut-être pas le temps de les recharger avant que la bête soit sur nous.

— Bien entendu.

— Voulez-vous commencer, José? — demanda Cambise.

— Je n'y tiens pas, commencez si vous voulez, — répondit M. de Penaflor.

— Bon, en ce cas, je vais tirer.

Le docteur épaula son arme. Malheureusement l'ours, contourné comme il l'était sur lui-même, se présentait mal à son point de mire, et il lui fallut attendre qu'il prît une position convenable.

Une minute entière passa pendant laquelle il dut rester en joue, et il allait se reposer de crainte que la fatigue ne fît trembler sa main, lorsque le grizzli, cessant de se lécher, releva la tête et se montra de profil.

C'était le moment propice... Cambise lâcha son coup.

Mais, à l'instant où il appuyait le doigt sur la détente, M. de Penaflor, en élevant à son tour son arme pour viser, lui toucha le bras, — involontairement sans doute, — et sa balle, déviant de sa trajectoire initiale, ne fit qu'effleurer le crâne du monstre, de dessus lequel elle enleva une touffe de poils.

— Quel malheur! — s'écria le docteur, — vous me l'avez fait manquer... je le tenais au bout de mon fusil... Vite, alors, à vous, mon ami, et tâchez d'être plus heureux que moi...

Le fauve, ne comprenant pas ce qui venait de lui arriver, s'était immobilisé dans la pose où il se trouvait et, la tête tournée vers le fourré, flairait l'air en remuant le mufle de droite et de gauche.

José l'ajusta quelques secondes et tira en le visant au défaut de l'épaule.

Mais il fut encore plus maladroit que Cambise, car sa balle alla écorner, à un pied plus haut que le corps de l'ours, un rocher près duquel était celui-ci.

— Je l'ai manqué aussi, — dit-il froidement et sans paraître surpris de cet étrange chou blanc qui, cependant, aurait dû l'étonner fort, car il était un tireur de premier ordre.

Le grizzli fit alors quelques pas dans la direction du fourré, puis s'assit sur son train de derrière.

Le bruit des détonations, qui devait être tout nouveau pour lui, semblait beaucoup l'intriguer.

Assurément, il se demandait par quel phénomène se produisaient ces coups de tonnerre qui éclataient ainsi à ses oreilles; et il regardait avec attention la masse de verdure qui lui interceptait la vue des quatre hommes, comme s'il eût deviné que, de là, allait lui venir l'explication qu'il cherchait.

Mais cette explication tardant probablement trop, à son gré, il se décida à faire demi-tour et à s'en aller.

Cambise avait rechargé son fusil.

— Attention, mon ami, — dit-il à José, — je vais le tirer simplement pour le faire se retourner, car je ne puis plus le toucher en bonne place. Vous, tenez-vous prêt à le viser au moment où il vous présentera sa tête de côté, et à l'œil, rien qu'à l'œil, c'est beaucoup plus sûr que l'épaule.

Disant cela, il fit feu sur le grizzli qui reçut la balle au bas des reins.

Le plomb resta logé dans le cuir et ne pénétra pas jusqu'aux chairs; mais l'animal, se sentant blessé, s'arrêta soudain et, comme l'avait présumé le docteur, se retourna pour voir quel était l'ennemi qui l'attaquait.

— Tirez vite, José, — dit Cambise, — la position est excellente...

Et voyant M. de Penaflor demeurer immobile :

— Mais tirez donc, pour l'amour de Dieu, mon ami.... tirez donc...

— Non, c'est inutile, — fit tout à coup José, — je le manquerais encore... Je vais le combattre autrement.

A ces mots, il sortit du fourré, et avant que le docteur eût pu prévoir ce qu'il allait faire, marcha droit vers l'ours, son couteau de chasse à la main.

La stupeur de Cambise et des deux Indiens fut telle qu'ils ne songèrent pas à le retenir et restèrent cloués sur place.

Dès qu'il avait aperçu M. de Penaflor, le grizzli s'était retourné tout à fait, et, maintenant, le regardait venir.

Son poil hérissé, les sourds grognements qu'il poussait et ses lèvres retroussées sur ses gencives armées de dents longues d'un pouce témoignaient assez de la fureur où il était.

José avançait toujours vers lui et bientôt il ne s'en trouva qu'à trois pas.

A cet instant, le grizzli se mit debout et, ouvrant la gueule, pointa en même temps ses puissantes griffes en avant.

M. de Penaflor fit halte une seconde, puis, chose incompréhensible, laissa tomber son couteau à terre et, quoique désarmé, se jeta résolument sur le fauve... qui le reçut dans ses pattes.

Cambise et les deux Indiens, une fois revenus de leur stupéfaction, avaient bondi hors du fourré et s'étaient élancés à son secours.

Mais comme ils arrivaient près de l'homme et de la bête, un affreux craquement se fit entendre, suivi aussitôt d'un horrible cri d'angoisse.

Le docteur déchargea à bout portant son revolver dans l'œil de l'ours, pendant que les deux frères lui enfonçaient leurs épieux dans le flanc.

L'animal, atteint mortellement, lâcha prise et M. de Penaflor, la colonne vertébrale brisée, roula tout sanglant sur le sol.

Laissant Sauchez et Pedro achever le grizzli, Cambise se précipita sur José.

L'infortuné avait déjà les paupières closes, mais vivait encore.

A la voix du docteur qui l'appelait, il rouvrit les yeux et lui adressa un regard de suprême adieu.

Cambise avait tout compris.

— Ah ! José... malheureux José !... — s'exclama-t-il, fou de désespoir, — est-il possible que vous ayez pris une telle détermination?

— Je souffrais trop, mon ami... — murmura M. de Penaflor, comme dans un souffle, — j'ai mieux aimé mourir...

Et il expira...

XXVII

Dans le courant du mois qui suivit ce tragique événement, Cambise ayant été mis en possession du testament du défunt, se rendit à Valparaiso dans le but de s'y embarquer pour la France.

Il avait à faire connaître à Jean de Lavaur les dernières volontés de José, dont une des plus importantes le concernait, et, au lieu de lui écrire, préférait le voir personnellement.

Il pensait aussi trouver près de lui quelque consolation à l'immense chagrin qu'il ressentait de la mort de son ami.

Le lendemain de son arrivée dans la ville maritime, il passait sur le port pour aller retenir une place à l'agence des paquebots, lorsqu'il aperçut près de la jetée un rassemblement nombreux et remarqua que les personnes qui le composaient paraissaient être sous l'empire d'une vive émotion.

Croyant qu'un accident venait de se produire, il s'approcha pour s'assurer de ce que c'était et donner ses soins s'il y avait lieu.

— Qu'y a-t-il donc? — demanda-t-il dès qu'il fut dans la foule.

— Il y a qu'on les a repêchés, — lui répondit un individu qui avait entendu sa question.

— Repêchés? — fit Cambise, ne comprenant pas.

— Oui, tous les deux, l'homme et la femme.

— Quel homme et quelle femme?

— Parbleu ! ceux qui, hier, ont voulu à toute force qu'on les conduise à bord du *Cormoran*, le petit navire que vous voyez là-bas, avec des voiles grises. Vous n'avez donc pas entendu parler de l'affaire ? On en a pourtant assez jasé dans la soirée.

— Je ne la connais point, — repartit Cambise ; — vous plairait-il de me l'apprendre ?

L'interlocuteur du docteur, qui était un batelier du port, ne se fit pas prier et satisfit volontiers à son désir.

— Voilà la chose, — dit-il, — c'est Carlo lui-même qui me l'a racontée.

— Qui est-ce, Carlo ?

— Un batelier comme moi. Hier donc, à la tombée de la nuit, deux étrangers, un monsieur et une dame, arrivent à l'endroit de la jetée où il se tient et le monsieur lui demande s'il veut les conduire tout de suite à bord du *Cormoran*. Il lui promettait deux piastres pour la peine.

« L'aubaine était bonne, car cette « passade » valait tout au plus soixante ou quatre-vingts *centavos* (soixante ou quatre-vingts centimes).

« Mais faut vous dire que le vent commençait à souffler ferme et que la mer avait l'air de vouloir devenir mauvaise.

« Carlo, qui a de la famille, se gratta l'oreille pour mieux réfléchir, puis finalement refusa.

« — Demain si vous voulez, — leur dit-il, — mais pas ce soir, ce serait dangereux, car avant dix minutes la mer va grossir et nous risquerions de couler. »

« Le monsieur insista, il ne voulait pas attendre à aujourd'hui.

« Carlo lui fit remarquer que si c'était pour prendre passage sur le *Cormoran*, il n'y avait pas de presse, puisque le navire ne mettait à la voile que dans deux jours.

« — Ça ne fait rien, — dit le monsieur, — nous voulons être à son bord dès ce soir. »

« Et pour le décider, il lui offrit une piastre de plus. Ça ne prit pas encore. Alors il lui en proposa quatre, puis cinq, puis six ; bref, il alla jusqu'à douze.

« Cette fois Carlo n'y tint plus ; il céda.

« — Allez, embarquez, — fit-il, — je ne peux pas refuser de gagner d'un coup une somme qui me coûte d'ordinaire deux mois de travail. Mais si nous buvons un coup, vous ne direz pas que je ne vous ai point prévenus.»

« L'homme paya d'avance et monta dans la barque avec la femme.

« Il tenait à la main une petite valise dont il semblait avoir grand soin.

« Carlo ne s'était pas trompé en assurant qu'il y avait du danger.

« Il n'était encore qu'à mi-chemin que voilà la mer qui se démonte et que les vagues se mettent à faire danser son bateau comme un simple bouchon de liège.

« La femme pousse des cris, l'homme roule des yeux effarés en serrant sa valise contre son cœur, comme si c'eût été son bien le plus précieux.

« Tout à coup, arrive une embardée qui fait capoter la barque et envoie Carlo et ses voyageurs tenir compagnie aux poissons.

« Lui, qui heureusement savait nager, remonte à la surface et réussit à regagner sa coquille à laquelle il reste cramponné jusqu'à ce qu'on vienne à son secours, mais l'homme et la femme coulent à pic et on ne les revoit plus.

« C'est seulement, il y a une heure qu'on a aperçu leurs corps flottant entre deux eaux et qu'on les a repêchés.

— Les malheureux ! dit Cambise Et où les a-t-on déposés?

— Là, dans la logette du guetteur. On vient de les y monter en attendant l'arrivée du commissaire du port qui doit faire les constatations légales. Carlo est près d'eux.

— Je vais aller les voir, — fit le docteur ; — peut-être sont-ce de mes compatriotes.

« Merci de vos renseignements, mon ami, — ajouta-t-il en glissant une piécette blanche dans la main du batelier.

— A votre service, — répondit le bonhomme, en s'empressant de tirer son bonnet de laine.

Cambise, traversant les rangs de la foule, pénétra dans la cahute qu'on venait de lui indiquer.

Elle était déjà remplie de curieux, en train d'écouter le batelier Carlo qui, pour la centième fois au moins depuis la veille, racontait l'histoire de son naufrage.

Les deux noyés gisaient sur le sol à côté l'un de l'autre ; mais on ne voyait pas leur visage qui était caché par un morceau de toile à voile.

Le poing crispé de l'homme serrait encore la poignée de sa valise qui était dans l'état le plus piteux.

Crevée, disloquée de toutes parts, la serrure brisée, elle béait grande ouverte, montrant ses flancs vides.

Pendant que le docteur était à se demander quels pouvaient être ces infortunés, entra un nouveau personnage, qui vint se placer près de lui et se mit à examiner les cadavres.

— Ah ! vous voilà, maître Perez, — dit Carlo en interrompant son récit. — Comme ces deux étrangers étaient descendus chez vous hier, je vous ai envoyé prévenir pour que vous les reconnaissiez et aidiez le commissaire à faire son rapport.

— Tu as eu raison, car j'ai pas mal à lui dire à leur sujet, — répliqua maître Perez qui était le patron d'un hôtel situé sur le port.

— Ce sont bien vos deux clients, n'est-ce pas?

— Oui, oui, ce sont bien eux, je les reconnais parfaitement à leurs vêtements et, surtout, à la valise que tient encore l'homme.

— Ne seraient-ce pas des Français? — questionna Cambise. — A la façon dont il sont habillés, on le croirait.

— Si, senor, ce sont même des Parisiens.

— D'où venaient-ils? de France directement?

— Non, il y avait déjà un certain temps qu'ils étaient en Amérique, où, à mon idée, ils n'avaient pas dû venir pour faire un voyage d'agrément.

— Ah! que voulez-vous dire par là?

— Je veux dire qu'ils me paraissaient être d'une honorabilité douteuse et que, s'ils étaient partis de leur pays, c'est qu'ils devaient avoir pour cela de sérieux motifs.

— Qu'est-ce qui vous incitait à faire une telle supposition?

— Plusieurs choses. D'abord, dès leur entrée dans le bureau de mon hôtel, hier vers quatre heures du soir, comme il s'y trouvait quelques personnes à causer avec moi, ils ont commencé par regarder chacune d'elles avec une défiance si visible qu'elles en étaient tout embarrassées. Puis ils ont demandé qu'on leur donnât une chambre isolée, disant qu'ils ne voulaient pas avoir de voisins. Ensuite, quand un des domestiques est venu pour prendre cette valise que vous voyez — ou du moins ce qui en reste — l'homme s'y est opposé énergiquement et a presque battu le pauvre garçon qui avait déjà mis la main dessus. Vous comprenez que tout cela me semblait singulier.

— En effet, ce n'était pas très naturel.

— Mais il y a mieux. Ayant refusé de dîner avec les autres clients à la table d'hôte, on les avait placés dans une petite pièce à part, laquelle n'est séparée de l'office que par une mince cloison.

« Or, pendant le repas, ne se doutant pas qu'on pût surprendre leur conversation, ils se sont mis à parler entre eux de leurs affaires, et voici ce qu'a entendu un de mes employés que son service à la cuisine oblige à se tenir près de cette cloison et qui comprend le français aussi bien que moi :

« — Est-ce que nous allons enfin pouvoir demeurer quelque temps ici? dit la femme à un moment.

Je la vois se lever, mais c'est pour la dernière fois.

« — Non, répliqua l'homme, il nous faut encore aller plus loin... et partir dès ce soir même, car j'ai aperçu par ici des gens dont la figure ne me revenait pas.

« — Mais où donc nous arrêterons-nous? Depuis trois mois que nous voyageons, nous ne nous sommes pas reposés un seul instant.

« — N'aie pas peur, Nini, nous nous reposerons tout à notre aise quand nous serons en sûreté.

« — En quel endroit? Au bout de la terre, alors?

« — Dame, oui, si cela est nécessaire.

« — Ah bien! tu sais, Gaston, j'aurais autant aimé que tu ne fisses pas ce que tu appelles ton grand coup, car nous serions ainsi restés tranquillement à Paris; Cette course perpétuelle que nous nous offrons là n'est pas amusante du tout.

« — Elle ne tardera pas à finir, Nini; prends encore un peu patience... Et une fois que nous n'aurons plus rien à craindre, nous profiterons de ce qu'il y a dans cette valise. »

« A cet instant, mon employé fut forcé de quitter la place où il était et ne put en entendre davantage.

« Mais quand il vint me rapporter la chose et que je rapprochai cela des remarques que j'avais faites précédemment, je me dis :

« — Pour sûr, voilà des gens qui n'ont pas la conscience nette. »

« Aussi, ai-je été content lorsque, dans la soirée, ils m'ont annoncé leur départ. Je n'aime pas à avoir de ce monde-là chez moi.

« — C'est cela, allez-vous-en, et le plus tôt sera le mieux, » n'ai-je pu m'empêcher de leur dire.

« Ils m'ont regardé d'un air effaré et ont filé avec rapidité.

« J'ai su, un peu plus tard, qu'ils s'étaient informés sur le port s'il y avait un navire prêt à quitter Valparaiso, et que la personne à qui ils s'étaient adressés leur ayant répondu qu'il y avait le *Cormoran,* ils avaient résolu de se rendre à son bord tout de suite, bien que cette personne les prévînt qu'il n'appareillait que dans quarante-huit heures.

« Cela a achevé de me confirmer dans les soupçons que j'avais sur eux, et je me disposais à aller trouver la police pour qu'on les surveillât, lorsque j'appris leur mort à tous deux.

Comme maître Pérez prononçait cette dernière phrase, les curieux s'écartèrent pour livrer passage au commissaire du port.

L'hôtelier lui répéta mot pour mot ce qu'il venait de dire à Cambise. Le fonctionnaire consigna sa déclaration sur son carnet, puis ordonna qu'on découvrît le visage des noyés.

Dès que celui de la femme apparut, le docteur dut se retenir pour ne pas laisser échapper un cri de surprise.

Dans la malheureuse qui était là, étendue à ses pieds, belle encore malgré la rigidité de ses traits, il reconnaissait Dinah la juive, celle pour laquelle il s'était parjuré jadis et qui, par la suite, était devenue Nini-Mouchette.

Et, se souvenant que c'était son amant, un coulissier véreux, comme le petit Z..., qui avait volé la fortune de Jean, il comprit que le cadavre placé près du sien était celui de ce dernier avec lequel elle s'était enfuie.

Quant à cet argent dérobé par le gredin et qui était évidemment contenu dans la valise dont il prenait tant de soin, il gisait maintenant dans les profondeurs de la mer, perdu à jamais pour tout le monde.

Cambise jugea inutile de dévoiler l'identité des défunts. Il pensait, en effet, qu'il valait mieux laisser planer l'obscurité sur cette triste affaire.

Quelques jours après, il faisait voile pour la France.

XXVIII

LA MISSION DE CAMBISE

Tout était en fête, ce matin-là, dans la petite habitation de Saint-Mandé.

C'était le jour du mariage de Jeanne de Lavaur avec André Bertin, et les deux jeunes gens, qui n'avaient pas cessé de s'aimer d'un ardent et sincère amour, allaient être enfin unis pour toujours.

Comme il avait été convenu, les nouveaux époux demeureraient tout près de là afin que Denise pût constamment voir sa fille sans laquelle, maintenant, il lui eût été impossible de vivre.

La pauvre mère avait bien senti son cœur saigner à la pensée que son enfant n'allait plus être désormais entièrement à elle. Toutefois, comprenant qu'il eût été égoïste de sa part de faire passer son bonheur avant celui de Jeanne, elle avait refoulé son chagrin au plus profond d'elle-même, de peur que celle-ci ne le devinât et n'en souffrît.

. . . .

La cérémonie religieuse devait avoir lieu à onze heures et, comme il en était déjà dix, on attendait avec impatience que la mariée fût prête pour se rendre à la mairie où devait d'abord être célébré le mariage civil.

Mais Jeanne semblait se faire désirer et la porte de sa chambre restait hermétiquement close.

Ce n'était pourtant pas sa faute, à la pauvrette, si elle tardait tant à se montrer.

Ne fallait-il pas, auparavant, qu'on eût fini de l'habiller?

Et, certes, ce n'était pas une mince affaire.

Depuis deux grandes heures elle était aux mains de Denise et de Mme Bertin, que secondait Angélique Biron, devenue son amie intime.

Les trois femmes faisaient de leur mieux pour se dépêcher, mais il y avait toujours quelque chose à ajouter ou à modifier à la brillante parure de la jeune fille.

C'était un nœud de rubans à changer de place, un cordon à serrer, un autre à relâcher, des plis à régulariser, etc., etc.; ça n'en finissait pas.

Pendant ce temps-là, dans une pièce du rez-de-chaussée se tenaient « les hommes », c'est-à-dire Jean de Lavaur, le père Bertin, André son fils, Pacault le nain, et le Marseillais Balthazar Capricas.

Jean et le vieil ébéniste s'entretenaient ensemble, formant des projets d'avenir pour les deux enfants, tandis qu'André, un peu à l'écart et silencieux, savourait avec recueillement la joie profonde qui inondait son cœur.

Pacault, lui, songeait. Le pauvre être, ne pouvant avoir de bonheur pour son propre compte, était heureux du bonheur des autres et se réjouissait surtout d'être bientôt grand-père... car il considérait Jeanne comme étant un peu sa fille.

Quant à Balthazar Capricas, auquel il eût été difficile de demeurer en place une seconde, il allait et venait sans cesse dans la pièce, parlant tantôt à l'un, tantôt à l'autre, et se parlant encore plus souvent à lui.

Il trouvait que la mariée était bien longue à s'attifer.

On voyait bien qu'elle n'était pas de Marseille, sans cela il y aurait longtemps que ce serait fait.

Pour tuer le temps, il prit le parti de sortir et alla faire un brin de causette avec les cochers des voitures de noce qui stationnaient devant la maison.

Il était là depuis quelques minutes, lorsqu'il vit s'arrêter de l'autre côté de la rue un modeste fiacre d'où descendit un monsieur tout de noir habillé.

Ce monsieur regarda le numéro de la maison, consulta un calepin comme pour en vérifier l'exactitude, puis, certain qu'il ne se trompait pas, s'avança vers Balthazar.

— M. de Lavaur est-il chez lui? demanda-t-il au Marseillais.

— Té, oui, il y est, répondit le jeune homme. Ce serait drôle s'il n'y était pas ce matin... il marie sa fille, Mlle Jeanne.

— Ah! c'est aujourd'hui qu'il marie sa fille? fit l'inconnu qui parut réfléchir et hésiter à pousser sa visite plus avant.

Puis, faisant un geste comme pour dire : au fait, cela ne fait rien, il ajouta :

— Quoi qu'il en soit, je désirerais le voir. Voudriez-vous avoir l'obligeance de lui remettre ma carte ?

Et le monsieur passa à travers la grille un petit carré de bristol à Balthazar.

Le commis voyageur porta les yeux sur le nom qui y était inscrit et lut :

« Docteur Cambise. »

Ce nom n'était pas étranger pour lui, car fréquemment il l'avait entendu prononcer par Jean. Aussi, s'empressa-t-il de faire entrer le nouveau venu et de le conduire à la maison où il l'introduisit au salon. Après quoi, il alla prévenir M. de Lavaur.

— Cambise ! — s'écria celui-ci. — Quoi ! il est revenu à Paris ? Comme cela se trouve bien ! Il vient juste pour assister au mariage de Jeanne.

Et il courut rejoindre le docteur.

— Par quel heureux hasard te revoyons-nous, mon ami ? lui demanda-t-il tout joyeux.

Mais remarquant aussitôt la tristesse répandue sur ses traits, il ajouta :

— Qu'as-tu donc ? On dirait que tu es en proie à quelque chagrin.

— M. de Penaflor est mort, dit simplement Cambise.

— Il est mort ! exclama Jean, soudain attristé à son tour.

— Oui... il s'est suicidé.

Et le docteur rapporta au père de Jeanne quelle avait été la terrible fin de José ainsi que ce qui l'avait poussé à se détruire.

M. de Lavaur fut péniblement affecté de cette nouvelle.

— L'infortuné ! — fit-il tout ému... — qui aurait pu jamais s'attendre à ce qu'il en vînt à une pareille extrémité. Ce que tu m'apprends là m'afflige beaucoup, je te l'assure.

— Je regrette, mon ami, de venir jeter une ombre sur le riant tableau de cette journée, mais j'avais hâte de t'instruire de ce triste événement... et aussi de te faire connaître les dispositions testamentaires prises par José vis-à-vis de toi et de Denise.

— Comment ! il a pris des dispositions envers nous ?

— Oui, son testament qui est très long, car il comporte d'innombrables legs faits soit à des personnes, soit à divers établissements, se termine par ce court et laconique paragraphe :

« Enfin je lègue à M. le baron de Lavaur et à sa femme, résidant en France dans la commune de Saint-Mandé, près Paris, ce qui reste de ma fortune, c'est-à-dire la moitié, dont la somme s'élève à huit millions cinq cent mille francs. »

— Mais, fit Jean stupéfait, nous n'avons aucun droit à une telle générosité de sa part.

— Mon ami, en fait de testament, il n'y a pas de droit. Il n'y a que la volonté du testateur.

— Je le sais ; cependant, en acceptant, il me semblerait commettre un vol envers des collatéraux.

— Il n'en existe point. M. de Penaflor a donc pu disposer de son patrimoine à sa guise, sans léser qui que ce soit et je ne vois pas pourquoi Denise et toi refuseriez ce magnifique cadeau.

« D'ailleurs, selon moi, il a eu une raison pour vous le faire et, quoiqu'il ne m'ait pas confié sa pensée, j'ai la conviction de l'avoir pénétrée.

« Il s'est dit certainement que cet argent vous servirait à faire le bien et que, par suite, il ne pouvait lui trouver un meilleur et plus noble emploi.

— Tu crois que ç'a été là sa pensée ?

— J'en suis sûr.

Jean resta quelques instants songeur puis repartit :

— Eh bien ! soit, s'il en est ainsi, j'accepte son legs pour Denise et pour moi. Oui, nous l'emploierons à faire le bien et chaque fois que nous soulagerons une misère, nous l'associerons par le souvenir à notre action charitable. — Mais, continua Jean, si tu veux m'écouter, nous ne dirons rien de tout cela à Denise aujourd'hui. La douloureuse impression qu'elle en ressentirait gâterait toute sa joie.

— Je ne lui en ouvrirai pas la bouche, je te le promets.

— Si elle te parle de M. de Penaflor, comme c'est à présumer, tu feras en sorte de lui répondre d'une façon évasive.

— C'est entendu.

— Dans quelques jours, c'est moi qui lui apprendrai sa mort.

— Cela vaudra mieux, en effet, — approuva Cambise. — Maintenant, ajouta-t-il, je dois encore te faire savoir que José n'a pas oublié non plus Mlle Biron. Il lui laisse les cent mille francs que le Rouquin devait toucher pour l'avoir introduite chez lui comme étant la fille de Denise et qui sont restés en dépôt dans la caisse de son banquier à Paris, d'où elle peut les retirer quand il lui plaira.

— Ah ! c'est un joli denier et cela me fait plaisir pour elle. Elle aura là certes de quoi réaliser son rêve, c'est-à-dire de se monter un magasin de fleurs. Elle aura même beaucoup plus qu'il ne lui faut et Balthazar qui croyait l'épouser sans dot va être agréablement surpris de lui en voir une aussi belle. Si je n'avais pas perdu ma fortune, mon intention à moi était de lui en constituer une, mais, comme tu peux le penser, elle serait loin d'atteindre à ce chiffre. Cela tombe donc à merveille.

— A propos de ta fortune, sais-tu où elle est à l'heure actuelle? Je parie que tu ne t'en doutes guère?

— Dame, selon toute probabilité, elle doit être dans la poche de mon voleur.

— Elle est au fond de la mer, dit Cambise qui fit part à Jean de ce qui s'était passé à Valparaiso. Le gredin, comme tu le vois, a été puni de son larcin.

A cet instant, la voix de Balthazar se fit entendre à travers la porte.

— Monsieur Jean, criait le Marseillais, la mariée est prête et on n'attend plus que vous pour partir.

— Allons! viens, mon ami, dit M. de Lavaur au docteur et, encore une fois, pas un mot à Denise.

Les deux hommes sortirent du salon et allèrent se joindre aux autres personnes.

Tout le monde entourait Jeanne, dont le riche et virginal costume rehaussait encore la merveilleuse beauté.

Ainsi qu'il était à prévoir, les premières paroles que Denise adressa au docteur furent pour lui demander des nouvelles de M. de Penaflor.

— Il ne souffre plus, madame, répondit le docteur en domptant son émotion, il est aujourd'hui guéri... complètement guéri...

— Ah! j'en suis bien heureuse, répliqua ingénument la jeune femme. Je savais bien, moi, que l'éloignement finirait par ramener le calme en lu

FIN

www.ingramcontent.com/pod-product-compliance
Lightning Source LLC
Chambersburg PA
CBHW070915100726
47908CB00001B/4